Edzard Schaper

Geschichten aus vielen Leben

■

Sämtliche Erzählungen

Artemis

© 1977

ARTEMIS VERLAG ZÜRICH UND MÜNCHEN

PRINTED IN GERMANY

ISBN 3 7608 0989 8

INHALT

DAS LIED DER VÄTER

UNTER DEN mannigfaltigen Aufzeichnungen, die der ehrwürdige Pilger Makarius im Kuremaa-Kloster zu Ehren der Himmelfahrt Mariä hinterließ, als er sich eines Morgens nicht mehr aus dem Sarge erhob, in dem er zwischen dem Mitternacht- und Morgengebet zu ruhen pflegte – als er so diese Welt verlassen hatte und von den Nonnen seine an Äußerem arme Hinterlassenschaft geordnet wurde, fanden sich unter seinen Papieren mit Betrachtungen, Lehrstücken, Gebeten und Gleichnissen auch ein paar Blätter mit Aufzeichnungen über sein Leben, von des Ehrwürdigen eigener Hand geschrieben, denn sein Augenlicht war bis ins höchste Alter hinein ungetrübt. Als diese Berichte des Greises nun endlich gelesen wurden, ergriff die Leser große Bestürzung, und die Erinnerung an den Tod eines anderen Mannes mit dem Namen Makarius – von ihnen einstmals zur Unterscheidung Makari genannt –, den Tod, den der vor noch nicht einem Jahr unter den Wölfen erlitten, ward in ihnen überwältigt durch des Pilgers Geständnis.

Über den Inhalt dieser Aufzeichnungen ist indessen wenig verlautet, es sei denn bis in den sehr engen Kreis von Freunden des Klosters und seiner geistlichen Welt. Sie wollen in jenen Geständnissen oftmals den so schweren Sieg erblicken, den die Seele des Pilgers, dem geistlichen Auftrag des Pilgeramtes getreu, zu erringen vermag.

Das Pilgertum ist fast stets mit der Übung des ›klugen Tuns‹ verbunden, die das ›Herz erwärmen‹ und so zum ›unaufhörlichen Gebet‹ leiten soll; aber spricht aus den Aufzeichnungen auch nicht das ›uneigennützige Wohlgefallen an der Welt‹, wie es eine jede Pilgerschaft erfüllen soll, so vermag die Zeit, die der greise Jüngstverstorbene an jene Aufzeichnungen verwandte, dem angebeteten Heiligtum seines Lebens doch nicht verloren erscheinen, denn es dünkt in seinem oftmals schmerzlichen Bericht das uneigennützige Wohlgefallen verwandelt in das Gefühl väterlicher, sorgender Liebe für jenen Makari, den inneren Streit zwischen Weisheit und Weltentsagung, verwandelt am Ende in jenes seltsame: Gott untertan sein und ihm dennoch widerstehen; es gäbe aber viele Worte des Herrn, solche Torheit des Herzens vor allem klugen Tun zu loben.

Der erste Teil jener Erzählungen spricht mit sparsamen Worten von der Jugend des Ehrwürdigen in einem Dorf des südlichen Estland, von seinen frühen Mannesjahren und den ersten Zeiten der Ehe.

Der spätere Pilger war zu Anfang Lehrer einer kleinen Landgemeinde. Dort heiratete er ein Mädchen seines Dorfes, und alsbald wurde ihm ein Söhnchen geboren, das nach dem Vater Makarius genannt wurde. Es war ein friedliches Leben, das der künftige Pilger dort lebte, von nichts anderem erfüllt als der Liebe zu Weib und Kind, einem behutsamen Dienst an den Schülern, die ihm anvertraut waren, und einer Neigung, gar Liebe zu den Wissenschaften, die so wenig genährt wurde in der äußeren Ärmlichkeit seines Daseins, wie sie niemals erkaltete und sich gleich einer Blüte, wenn sie zur unrichtigen Zeit zu erwachen droht, lange im Stillstand gedulden mußte, bis ihre Zeit angebrochen war: um dann nicht Wissen zu erlangen, sondern Gewißheit und Weisheit darin.

Dieses gesegnete Leben zerstörte erst ein Aufstand der estnischen Bauern gegen die russische Obrigkeit, und dabei kam durch einen Irrtum das Weib des nachmaligen Pilgers ums Leben. So erzog nun Makarius seinen mutterlosen Sohn ganz allein, und weil der Knabe stets Liebe zum Ackerbau gezeigt, gab er ihn nach seinem vierzehnten Jahr auf den Hof eines Bauern im Westen des Landes zur Lehre. Er selbst war nun von allen verlassen. Und unter Umständen damals, die näher zu erzählen er sich scheut, ward er zum Pilger. Er nennt die Stunde seiner Berufung auf den ewigen Weg nur ›die Stunde, da das Licht kam und verzehrte die Finsternis‹.

Ein Pilger war er nun, der keine bleibende Statt hat, der das Fernste zum Nächsten macht, das Nächste aber auch abweist von sich; ein Mann, der ganz unbewußt ein Lehramt verwaltet: er lehrt sich selbst, der er zur Vollkommenheit und zum Vorbild strebt. Die Mannesjahre seines Lebens füllten weite Wanderungen aus: zum Heiligen Lande, zum Berge Athos, kreuz und quer durch das rechtgläubige Land, und in all diesen Jahren verlor er seinen Sohn nicht aus dem Sinn. Aber dann kam der Krieg und riß die Nächsten zu Fernsten auseinander und führte die Fernsten einander zu, und dann kam die Blutwelle der Revolution und der Kriege nach dem großen Krieg, in denen jedes Wissen der Nächsten umeinander ertränkt ward. In Kriegen und Revolutionen lernte Makarius seinen Sohn vergessen, und nur sein Herz, das allem Anhang in dieser Welt schon entsagt hatte, bewahrte Liebe für ihn, der von ihm tot gewähnt werden mußte, denn der Sohn war schon vom ersten Kriege an Soldat.

Der Pilger hebt erst wieder an, von seinem Leben zu berichten in Zeiten des Friedens. Es sind zwei Jahre, bevor er diese Welt verließ, daß er die Wanderung zum Kloster der Himmelfahrt Mariä antritt, und dort wird er bleiben. Die Pilgerschaft ist zu Ende, »der Engel, der uns heimruft, will mit Andacht erwartet sein«, spricht Makarius in biblischen Jahren. Aber er, dessen Leben ein einziger Weg der Nachfolge war – er spricht jetzt das Lob der Stätte:

... Hier steht nun das erste Kloster der rechtgläubigen Kirche, und hier steht ihr letztes. Der Feind, der die Grenze im Osten überschritt und in dunklen Nächten vorstürmt, eräugt es als die erste Burg des Friedens, und der Pilger, der aus der Abendröte in den künftigen Morgen zieht, gewahrt es auf dem einsamen Berge im Moor als eine große, vieltürmige Arche; ich wußte nicht, ob von den Zeiten der ersten Sündflut geblieben oder ob gerüstet für die künftige Drangsal eines himmlischen Zorns. Aber sehet: das gelbe Mauerwerk glüht gen Osten immer aufs neue rosig wider von Gottes Langmut, die da Licht leuchten läßt über Gerechte und Ungerechte, und lange, nachdem die Sonne gesunken ist, strahlen die blauen Kuppeln noch auf dem Berge, gleich Blumen, die sich allmählich im Dämmern entfalten und eins werden mit dem Staub der Nacht, die sich über die Tiefe der Moore ringsum gesenkt hat, bis, gleich dem Rauch von unzähligen Opfern, der Nebel wunderbar zu steigen anhebt.

O gesegneter Friede, in den mein Leben einging! Gleich wie der Berg, den der Mensch erstiegen, ihn unwillkürlich hinanhebt zum Himmel, so dünkte mich, nirgends wäre schöner, auf den rufenden Engel zu warten, als hier. Aber jetzt erst fühlte ich das letzte Stück der Pilgerschaft nahen: den Weg nach innen. Er ist der schwerste, aber er ist der köstlichste, denn es steht geschrieben: ›So sehet ihr mich in euch, wie irgendeiner von euch sich erblickt im Wasser oder im Spiegel.‹

O heiliges Herz! und darin du heiligstes Unterpfand, das du im Geiste angebetet werden willst und im Geiste der Wahrheit! Wie ward ich nicht müde, meine Blicke gleich den Gedanken zur Höhe schweifen zu lassen, und wie beseligt empfand ich den

Berg, auf den mich Gott im Alter enthoben! Meine letzte Wohnstatt vor der endlichen steht innerhalb des Mauerkranzes, der den Gipfel des Berges umzieht; vielfenstrig blicken allein die Häuser der Geweihten ins Land. Doch wenn ich vor die Mauer trete, schwindelt mich fast in der Weite, die sich nach allen Seiten hin auftut: die Moore, die unendlichen Moore, inmitten deren das Kloster steht. Ein einziger Weg, gewunden und steil gegen sein Ende, führt zu ihm hinauf. Zu allen Seiten liegt das Moor, wie ein düsteres Meer, von Kiefern spärlich bestanden und von stillen Gewässern durchzogen, in deren dunkle Tiefe alles Leben zum Schlaf gebannt scheint.

Wo die Kraft des Auges endet, beginnt in allen vier Winden der Wald, ein schier unendlicher Wald, ein dunkler Wall am Horizont. Aber hinter dem Wald?...Ich wußte, hinter diesem Wald endete einmal die gläubige Welt; wie oft war ich gerade dort gewandert! Gen Osten zog sich dort wie eine ewig offen gehaltene Wunde eine breite Rodung durch den Wald, von Norden nach Süden. Dort waren die wilden Dornsträucher des Waldes unter der Menschen Hand zu Stacheldrähten erstarrt, dort erhoben sich Türme, furchtbarer Waffen voll, dort verlief die Grenze zum Roten Reich. Und in jener Wunde, die man dem Wald geschlagen, zog sich auch ein Gewässer hin, trübe und faulig vom Auswurf schnell fahrender Schiffe, unüberquerbar unter dem Licht von künstlichen Leuchten, die ein Hälmchen und einen Fisch aus der Geborgenheit der Nacht zu reißen vermögen, und von dort kam alles Unheil für uns, gar für die Welt, wenn das Eis die Gewässer bedeckte. Nur flüchtig gebannt von den grellen Strahlen hüben und drüben, schleichen im Winter die Wölfe über das Eis und die Rodung, tollwütige Hunde, Ratten und Katzen – tollwütig sie alle und von Hunger geplagt, nach Westen gejagt aus den Reichen der darbenden Fron. Es fallen Schüsse hüben und drüben, wie bösartige Arme tasten die Strahlen des Lichtes von den Türmen; sie suchen Bären, sie gelten Wölfen, sie greifen nach Hunden und Katzen mit der Ruhelosigkeit ihrer Tollwut, den Ratten endlich, die mit heißem, offenem Rachen zwischen den Baumwurzeln hasten – und dann und wann auch nach den Menschen, wenn ein Schlitten voller Flüchtlinge von Osten nach Westen jagt und in den nachgesandten Salven liegenbleibt.

Nur der Tollheit Getier rettet sich in die tiefen Wälder jenseits der Grenze, und wenn es die mit gestilltem Heißhunger durchquert hat, betritt es spähend unsere Moore. Die Hasen flüchten von ihrer heimlichen Moosbeerenernte bis in unseren Hof, der ihnen Schutz verheißt, alles Getier rettet sich gen Westen vor den hungrigen und tollwütigen Botschaftern des Antichrists. Wie oft, wenn ich des Abends vor das Tor trat, sah ich im Mondlicht die Wölfe ruhelos über die Einöde schweifen; sie kauerten sich in den Schnee und schrien auf zu mir. Und wie oft bekümmerten mich die mit Verderben geladenen Schatten auf allen Seiten des Berges, gequält von ihrer Sichtbarkeit in der weißen Öde, gequält vom Hunger, von ihrer Feigheit und Vorsicht. Ja, die Hölle hatte uns ihre Boten entsandt; wie segnete ich den Berg, der unseren Frieden trug, und wie schloß ich inniglich jeden Tag alle Wandernden und Fahrenden in meine Fürbitte ein!

Aber ich gestehe es, mein Herr und mein Gott, dem alles offenbar ist: es schweiften meine Gedanken zu nächtlicher Stunde oft ab vom Gebet, denn in jener Öde unter dem Berg, tief in jenen eisigen Bezirken, da der Hunger aufschreit und den Zahn wider sich selbst richtet, wußte ich seit ein paar Wochen einen Menschen gleich mir, der ich im Frieden weilte; es hatte ihm Gott der Herr auch meinen Namen zu tragen auferlegt: Makarius lebte dort fern im Moor, der Torfstecher des Klosters, kurz Makari genannt von allen, seitdem ich zu ihnen gekommen war.

Dort, wo das größte der Moorgewässer, der Kaldama-Bach, sich zur Rechten und zur Linken ein breites, sandiges Bett angeschwemmt hat, darin die Wasser still zu liegen scheinen – dort hatte sich Makari, der das runde Jahr hindurch im Moor lebte, des Sommers den Torf stach und ihn zu Winterszeiten auf breiten Schlitten zum Kloster fuhr, eine tiefe, geräumige Höhle in die Erde gegraben, die das Gotteslicht nur durch die Tür, wenn die offen stand, und aus einem winzigen Fenster empfing, das er in die zum Hügel gewölbte Decke eingelassen. Man hatte mir vieles von ihm erzählt, weil er meinen Namen trug und auch sonst im Umkreis seltsamen Ruf genoß.

Schon vor vielen Jahren hatte er sich dem Kloster verdingt: ein getreuer, fleißiger Knecht, ohne Ansprüche, es sei denn das Essen, das er in gewaltigen Vorräten mitnahm, wenn er seine Torflasten abgeliefert. Im Sommer war er fast unsichtbar, und das Moor schien ihn verschluckt zu haben, denn wer ihn, wie es doch bisweilen vorkam, dort suchte, mußte lange und laut nach ihm rufen, bis er irgendeiner tiefen Grube entstieg.

Wie die lebendig gebliebene Sage, fast wie ein Märchen, das der aberglaubende Mund der Bauerngeschlechter in den Fluß der Zeiten wirft, daß es weitergehe vom Ahnen zum Enkel, lebte Makari dort hinten im Moor; gleich einem noch nicht gebannten Naturgeist, vom Aberglauben der Einfalt umwoben. Alles von ihm klang düster, gegen das Licht unseres Heils gesehen: er lebte tief unter der Erde, und seine Seele hatte tausend Wurzeln in die düstere Unwegsamkeit des Moores gesenkt, in das mählich versinkende Land. Wohl glaubte er unseren erhabenen Glauben, aber nur wie eine dünne Lichtschicht auf einem Schattenreich von Quellgeistern, Moorgeistern, Baum- und Erdwichteln und finsteren Göttern. Einen Schrat habe er sich geschnitzt aus Wacholderwurzeln und ihm Odem eingeblasen, wie unser Herr seinen ersten Geschöpfen, auf daß er lebendig und dienstbar werde, erzählten die Leute. Über die finstere Unterwelt solcher Naturgeister und -götter hatte er gleichsam Christus als obersten Herrscher eingesetzt. Ja, er war ein Mensch unserer Tage, aber befangen geblieben in der Vorzeit oder wieder hinabgestiegen zur Dämmerung furchtsamen Wähnens, in das, von uns Menschen einstmals so schwer erkannt, das große Leuchten gefallen ist, das die Augen der Heiligen für diese Welt immer geblendet hat. Aber dieser düstere Bewohner der Finsternis wußte die Gefahren der Öde zu bannen, und ich habe ihn fröhlich lachen gehört eines Winters. Er hatte ein Michaelsschwert wider den Alp seiner Welt...

Wie oft in dunkler Nacht gedachte ich seiner, über dem das Verderben wachte in hungrigen Rachen! Aber siehe, Gott hatte ihn aller Fährnis entrückt. Etwas Uraltes und Hehres schirmte ihn, ein Geschenk des Schöpfers, das unter unzähligen Händen geheiligt ward und mit der Menschheit gottseligsten Zungen; geheiligt durch die Würde, die man ihm verliehen, heilig von Gott und geheiligt vom Menschen.

Standen dort fern im Moor die Wölfe um den hohen Hügel am Bach, aus dem ein schwarzes Ofenrohr stach, und scharrten gierig den Schnee mit den Läufen – siehe, es sprühten Funken aus dem Rohr, fahl strich der Torfrauch über den Schnee hin, und mit einemmal durchwob die frostharte Erde ein Klingen, das die Wölfe in Scharen davonstürmen ließ. Es konnte Makari getrost seine Tür öffnen und zum nächtlichen Gefild aufsteigen – kein Rachen gähnte gegen ihn, denn er hatte die mächtigste Waffe in Händen, ein köstliches Gut, einen Schatz, wie er sagte: das Kannel, die vielsaitige Harfe. Kein Untier wagte sich in den Bann der Töne; solange das Kannel erklang, hatte die Einöde Frieden; es bauten das Lied und der Saitenklang mächtige Mauern um den einsamen Mann. Und darum auch trug Makari das Kannel bei sich, wo immer er war. Habe ich es nicht selbst später in einer Sommernacht weithin über die Moore hallen gehört? Mein Gott, du weißt es, daß ich erbebte, als Makari dort im Verborgenen sang. Oh, diese einfältigen Worte: »...Liebes Kannel, teures Kannel, goldensaitiges Kannel, du... Komm, o komme doch, du Windchen, trag des Kannels Töne fort...« Mir war, als trüge der Sommernachtwind, der aus der ewigen Helle um des Täufers Fest strich, meine eigene Jugend mir altem Manne zu...

Ja, das war der Klang des Kannels, jener kleinen Harfe, der die Liebe unseres Volkes von den ältesten Zeiten an gilt und das jetzt fast ausgestorben ist wie alles, worin das Alter der Völker auf Erden noch lebt, die Ferne, die Vorzeit. Das war der Klang, der auch die Vorzeit meines Geschlechtes durchwob; der Klang, den jeder unserer Ahnen dem Enkel weitergab im Wissen um die Kunst des Spiels, in einem Schatz uralter Gesänge und Gesetze. Denn wir sind ein Geschlecht, das von alters her dem Kannel untertan und dienstbar war, ein Geschlecht, in dem diese kleine Harfe vom Sarg zur Wiege weitergegeben wurde. Wir standen lange im Ruhm der Sänger und Spieler und wahrten darin ein gottseliges Erbe von Jubals Zeit an, eine Berufung, ein Geheimnis am Ende. Oh, ich kenne das stille, süße Lied wohl, das mich mein Vater gelehrt hat, wie es ihn einst vom Ahnen gelehrt worden war, und das jetzt Makari im Dunkel dort sang. Hatte ich es nicht selbst einmal meinen Sohn gelehrt? ›...Komm, o komme, komme doch, du Windchen, trag des Kannels Töne fort...‹ Der Sommernachtwind, der leise, von Kühle getränkte wie aus dem Mund eines Engels – er trug sie fort. Ich saß am Brunnen vor der Mauer, wo ich gern verweile, gleich den biblischen Pilgern, und ich weinte, von meiner Jugend angerührt, indes der Wind das verhallende Lied zu mir trug...

Geliebte Brüder: es steht geschrieben: ›Siehe, der Mensch ist wie eine Leier, und ich fliege hinzu wie ein Plektron; der Mensch schläft, und ich wache.‹

Der Letzte eines Geschlechtes von Spielern der Leier, bin ich selbst einmal in ferner Zeit der Leier gleich geworden, und der Herr kam wie ein Plektron, und ich erklang ihm zum Lobe. Dennoch rührte mich, dessen Saiten Gott bald zum Verstummen bringen wird, in jener Nacht noch einmal der Wind an, ein Hauch meiner Jugend, und brachte mich in Torheit zum Tönen. Und fast – erbarme dich meiner! – fast kam mich eine schwindelnde Lust an, noch einmal in die Saiten zu greifen: ich, selbst gespielt vom erhabensten Plektron und spielend mit jenem Griff, den das Wissen meines Geschlechtes mir vermacht hat. Ich hatte es ja schon einmal weitergegeben, doch in den Tod hinein, da nichts mehr klingt und alle Saiten entspannt sind. In jenem unsichtbaren Menschen nun, der noch eigenhändig die Saiten rührte, ehe er vielleicht zur Leier wurde und selbst zu tönen anfing, ehrte und liebte ich die Allmacht, den göttlichen Ratschluß, der erwählen und berufen kann, der den einen selbst klingen und den anderen die Saiten rühren läßt. Ich liebte in Makari, dem fernen, unsichtbaren Sänger, meine Jugend und das Geheimnis unseres Geschlechts, und ich segnete sein Tun, wie man ein geheiligtes Werk des Menschen, darin sich das Wirken aller seiner Vorfahren und die göttliche Gnade kundgeben, auch segnen muß.

Es kam die Stunde der Stille nach Mitternacht. Der Wind war zur Ruhe gegangen; langsam zog der Glanz des vergangenen Tages hinüber gen Osten, wo aus der glühenden Asche alsbald die erneute Flamme aufsteigen würde. Endlich umschloß Morgen und Abend und Mitternacht in den Himmeln ein purpurnes Band. Es lohte noch einmal das Ende, vom Aufgang gespeist, und es lieh das Ende dem Anfang die goldene Schwinge. Still war es geworden über den Mooren, still eine letzte Stunde lang vor dem neuen Tag, der auf dem Morgenwind kam...

Ich wähnte den Sänger jetzt schlafend, aber mit einem Male, da ertönte seine Stimme näher denn je. Es hatte den Anschein, als wäre er in der Stille nur ausgeschritten und stünde nun unter dem Berge. Ich hörte ihn in die Saiten greifen – ein Hauch des Morgens schon rührte mich an – und da erscholl auch seine klare Stimme, klar wie der aufbrechende Tag! Anfangs lauschte ich still, aber mit jedem Ton, der zu mir drang, war es, als lauschte mehr und immer mehr in mir, bis endlich meine arme Seele ein Schauer durchrann, ein Erkennen, ein Entzücken, ...ach, ein

Träumen sie durchschäumte und ein Leuchten sie erhellte wie ein Blitz und Finsternis in ihr abermals zusammenschlug. Bänglicher Jubel, der mich durchhallte, zaghaftes Fragen! War es das Lied? Und war *er* der Sänger? Es klang die Stimme und ertönte das Kannel wie vor meinem Angesicht; ich schloß die Augen und tat mein Herz auf für verblaßte Bilder und längst verklungene Worte. Er war es! Ich erkannte ihn in den Tönen! Und doch wünschte ich sehnlich, meine Ohren und mein Herz verschließen zu können. Dennoch, es war dieses Lied, nur dem Geschlechte der Sänger und Seher seit ältesten Zeiten bekannt und meinem Geschlechte eigen. Was ich einstmals meinen Sohn gelehrt, ich hörte es gleichsam als Echo, zurückgeworfen von der Wand der Jahre. Er mußte es sein! So griff nur in die Saiten, wem ich selbst einst die Finger gelenkt; so konnte nur singen, wem mein eigener Mund Wort und Ton anvertraut! Es hatte die lange Reihe der Ahnen ihr Wissen und Wesen in die Hände eines Enkels gelegt und in seine weithallende Stimme; und diese Hände rührten jetzt die Saiten für einen, der selbst zur Leier Gottes geworden war. Denn der Mann, der dort in den Mooren sang und spielte, unsichtbar bleibend, als riefe er – Rufer für ein ganzes Geschlecht – mich zu Ahnen und Enkeln zurück mit der gebieterischsten, weil dem Geschlechte heiligsten Formel – dieser Mann mußte von meinem Geschlecht, es konnte nur und mußte mein eigener Sohn sein.

ES SPRICHT von den verborgenen Worten des Herrn eins mit unendlichem Trösten zu uns, so schwer es unserer Schwäche auch wiegt, denn es vermag das Reich der Himmel zu öffnen. »O ihr Kleingläubigen«, sagt der Heiland zu denen, die ihm nachgefolgt sind, »wie lange noch werdet ihr nicht glauben, mich befragen und erforschen? Ihr wollt ohne Schmerzen verstehen…«
Mein Herr und mein Gott, auch ich habe ohne Schmerzen verstehen wollen; ich habe mich wider den Schmerz gewehrt aus Lust am irdischen Leben, weil ich fürchtete, unter den Schmerzen, die du beschertest, von hinnen scheiden zu müssen zu einer Zeit, da meine Seele noch nicht gerüstet war. Du aber, mein Gott, schicktest Schmerzen nach meinem Vermögen; siehe, ich trug sie durch die Gnade deiner Kraft, und ein wenig Geduld, zu der

ich mich anhielt, hast du tausendfältig mit tieferem Glauben, reicherem Verstehen und inbrünstigerer Andacht gesegnet. Es ist das Wort der alten Kirche Wahrheit, daß im Feuer des Leidens die läuternden Kräfte wohnen, solange der Mensch strebt, und daß die Seele das Licht der Erkenntnis aus dem Rachen ungezählter Versuchungen holt.

Ich weiß nicht mehr, in welcher Gestalt das Böse mir nahte: in allen Gestalten, die unfruchtbare Selbstbeschau zeugen kann. Es spricht der Herr: »Richte den Stein auf, und du wirst mich dort finden; spalte das Holz, und ich bin dort!« Allüberall gleichsam drängte sich so auch die Versuchung in Gottes Gegenwart ein. Als sei ein Verfolger hinter mir her, eilte ich, mich oftmals umblickend, in meine Kammer - herrlich erhob sich schon Gottes Morgen rundum - und fiel dort vor dem Kreuz auf die Knie. Erlöse mich, Herr, von den Geistern der Versuchung! flehte ich. - Armseliger, der ich mich hier in Frieden wähnte vor diesen Geistern! Und wie menschlich war doch mein Wähnen! Die Geister der Schuld, die du auf dich geladen, die Geister der Reue, die dein gerechteres Herz gezeugt, die Geister vergangener Zeiten, einmal beschworen - sie alle flehst du Menschenkind an, dir gleich zu werden in deiner Ohnmacht; auf daß du, schnelleren Fußes, ihnen zu entfliehen vermöchtest, deine Kammer ihnen zu versperren mit Wänden und Türen und Schlössern, deinen Anblick ihnen zu entziehen mit Finsternis. Wisse aber, es kennt der Geist Wände und Schlösser nicht, und er findet dein Herz auch in der Finsternis.

Und mein Herz rief doch die Geister, die, Mauern nicht achtend noch Türen und Schlösser, auch kamen. Beschwor das Klingen des Kannels in mir nicht die Geister vergangener Zeiten? Ich betete wohl innig zum Herrn, Stunde um Stunde, aber was waren die geflüsterten Worte wider das Tönen in meinem Herzen! Mein Gott, du empfingst zahllose Bitten von mir, aber sie schwebten zu dir auf den Klängen längst verklungener und nun jäh nachhallender Lieder; du gewahrtest alle meine Ängste und mein bitteres Entsagen gemischt mit den süßen Lockungen des Herzens. Denn aus den Wurzeln, die meine Seele in diese Welt gesenkt und die ich schon längst tot und erstorben geglaubt, trieb jetzt über Nacht ein geiles Reis vielfachen Wünschens. War das ein Werk jener Geister, über die Makari im Moor gebot? Kehrten, von des Kannels Klängen und seinen Runen beschworen, die alten Götter zurück, die Götter unseres Volkes, die der heiligen dreieinigen Gottheit des Vaters und des Sohnes und des Heiligen Geistes gewichen sind? Im Geiste jener alten Götter und ihren Zeichen hatte mein Geschlecht gesungen; rührte sich nun im Enkel dumpf noch das geheimste Wähnen der Ahnen?

O ihr alten Götter, wer seid ihr? forschte ich grübelnd am langen Mittsommertag. Und als bald die ewige Dämmerung der Sommernacht anhob, schloß ich die Augen, bangend, es könnte in ihnen die Kraft der heidnischen Ahnen noch wohnen, denen die Götter sich einst auf Erden offenbart hatten, menschlichen Leibes. Meine Augen sollten der ewigen Unsichtbarkeit und dem Geist des verborgenen Gottes anhangen und einzig auf seinen Boten, den gekreuzigten Heiland, gerichtet sein. Mein Herr und mein Gott, sprach ich mit zitternden Lippen, es sind keine Götter außer dir. Erleuchte du deinen leidenden Knecht Makarius!

»Ihr wollt ohne Schmerzen verstehen…« O wunderbares Wort! O Wort, so hart und voll tröstlicher Milde! Es mag der Mensch wandern, so weit er will, er mag verstehen die Menge – aber er gelangt nirgends so weit wie in seiner eigenen Brust, und nirgends kann sich so viel ihm öffnen wie in seiner eigenen Seele. Und litte er Drangsal und Schmerzen auf allen Straßen der Erde, er leidet die größte Pein auf dem verschlungenen Pfad, den er selber in seiner sterblichen Brust birgt. Er mag ziehen, wohin es ihn dürstet, des Unendlichen viel wird er finden, aber Gott begegnet er auf dem einsamen Pfad seines Herzens, und diese Begegnung wird sein tiefster Schmerz – will er verstehen – und sein höchstes Glück – gelangt er zum Glauben, zur göttlichen Kraft. Im Anfang aber ist der Schmerz, und am Ende winkt das Glück; nicht wie eine Belohnung, sondern als der Sieg, der dem Tode die Verklärung entringt; es dauert aber der Kampf sehr lange. Denn ein jeder Mensch muß die Kindheit der Erde durchleben, muß unzähligen Göttern verfallen, Götzen erwählen und sie verdorren sehen; es öffnet der Geist des Ganzen sich nur in geringen Teilen, und es trinkt der Mensch den Becher des Wissens mit Schmerzen in vielen Absätzen. Erst wenn er die Vielfalt der Kindheit dieser Erde durchmessen und sich, dem Kinde gleich, selbstlos und unbewußt für das Ganze geöffnet hat – erst dann schöpft er gleichsam Atem und steht bebend, starr, der Sinne nicht mehr mächtig, vor dem unfaßlichen Einen, dem keiner seiner Sinne mehr gewachsen ist und das sich doch, ihm unbekannt, hinter dem Vielen als ewiges Ganzes und Eines verborgen hat.

Der Biene gleich, die von unzähligen Blüten den Honig sammeln muß, der sie in der Winternacht nährt, holt der Mensch aus dem Gleißen unzähliger Versuchungen, die er mit dem Sieg der Wahrheit übersteht, so viel Licht, daß er sein Ziel zu erhellen vermag, das Ewig-Eine. Ich tat es, Makarius, der Pilger; er tat es, Makari im Moor. Nicht die geringsten aller Versuchungen erleben die Menschen aneinander, nicht das kleinste Licht ist es, das sie daraus heimzutragen vermögen, aber es gibt auch kaum tiefere Finsternisse als jene, in die sie beieinander zu stürzen vermögen. Nirgends verfällt der Geist so unbarmherzig dem Staube, als wo sich das Vergängliche mit der Blüte des Bösen geschmückt hat. »Gebt keinen Vorwand dem Bösen!« spricht unser Herr, aber des Menschen stündlicher Herr, sein Herz, ist unaufhörlich vom Bösen bedroht, wenn es dem Vergänglichen nachtrachtet und im Kleid des Vergänglichen dem Ewigen der Seele: in der Liebe.

Aber gedenket dessen wohl, meine geliebten Brüder: daß ihr das Licht auf des Menschen Ziel vermehrt, wenn ihr das Paradies in euers Bruders Herz erschlossen habt und eure Herzen in der Wahrheit vereinigt. Gedenket dessen um des Pilgers Makarius willen, der erst am Ende seiner Tage lernen mußte, daß der Mensch nichts verstehen kann, ohne den Schmerz bis zur Neige zu kosten, und daß auch die Hand versengt werden muß, um das Licht aus der Versuchung zu bergen.

Drei Tage lang betete ich nach jener Nacht, drei Tage und Nächte suchte ich Gott zu begegnen, und Tage und Nächte lang trachtete ich, Geister und Götter aus meinen Gedanken zu bannen. Wahrlich, ich mühte mich, den Pfad nicht unter den Füßen zu verlieren, auf dem ich dem Heil begegnet war. Ich wollte den geilen Trieb der selbst-verstrickten Wünsche an der Wurzel ausrotten und die Liebe zur Welt erfrieren lassen im Gebot der Entsagung. Aber aus dem Erdreich, in das mein Herz einst Wurzel gesenkt, brannte eine Flamme der Eiseskälte der Kasteiung entgegen, und sehet: mein eigenes Herz nährte die Flamme, das Feuer sang. Oh, gewiß habt ihr gehört, wie die Flammen singen! Sie brausen, sie flüstern, es werden Töne angerissen in ihnen wie auf Saiten, die gleich zerspringen, und wenn ein Windhauch in die Glut schlüpft, blühen die Feuerfahnen in Klängen auf, als griffe ein nächtlicher Sänger voll in die Harfe...

Gewiß habt ihr alle das gehört! Lag nicht unser aller Vergangenheit um solche Feuer im Wald und auf der Heide, wo wir mit unseren Tieren rasteten? Aus solchem Flammensprühen ist auch das Lied des Kannels geworden, wenn im Walde der Vorzeit der Nachtwind die Herzen zum Tönen brachte, und das heilige Erschauern unserer Ahnen vor den Mächten der Schöpfung zittert wohl auch in unserer Brust noch unendlich nach. Was in allen deinen Vorfahren Leben war - siehe, es ist gesammelt in dir! Du selbst bist immer die Scheuer für alle Frucht, die auf dem Acker deines Geschlechtes geerntet ward.

Geliebte Brüder: verzeiht dem Pilger über den Tod hinaus, wenn damals in solchen Überlegungen sein unendliches Gebet geendet war. Das Gebet führt zur Gewißheit über die Kraft unserer Vernunft hinaus, aber die Überlegung des Menschen, die als Frucht des Zweifels in immer tiefere Zweifel gerät, gleicht einem angepflockten Pferd, das, soviel es auch trabt, immer in die Runde trabt. Ich will von ihnen nicht mehr berichten, nicht die Nächte zählen, da mich der Schlaf auch für die wenigen Stunden floh, die ich ihm eingeräumt hatte, nicht die Morgen noch einmal heraufleuchten lassen, die mich in der Verfinsterung meines Gemüts unfaßlich dünkten. Das Ende war, daß ich vor die Mauer trat, was ich mir in jenen Tagen bis dahin versagt hatte. Das Verstehen geht durchs Erleiden, das Erleiden aber durch des Menschen Tun; in der Tiefe vor der Tat hat sich der Wunsch geregt: ich wollte ihn sehen, der mich für mein ganzes Geschlecht gerufen hatte, von Gott und meiner Pilgerschaft fort.

Die Moore, die unendlichen Moore... Ich stand auf dem Berg, und meine Augen suchten einen Weg darin. Langsam verstand ich die Sprache der Wüste. Hier dehnten sich weite, hellgrüne Bezirke, dort wieder sah es aus, als wäre Schnee gefallen, an anderen Stellen war die Einöde schwarz und tot, und es krümmten sich Kiefern wie gepeinigt über der Erloschenheit der Welt, auf die sie als Same gefallen. Ganz in der Ferne gewahrte ich den Kaldama-Bach, und dort, an einer Stelle, die mir freundliche Menschen immer wieder deutlich zu machen versuchten, dort ungefähr wohnte Makari. Meine Augen taten mir weh, wenn ich unablässig die Einöde betrachtet und einen Weg zu erkunden versucht hatte. Tagtäglich tat ich es, und allmählich ergriff der Schmerz von meinen Gedanken Besitz. Doch ich lernte die Sprache der Wüste. Grundlos seien die freundlichen, hellgrünen Felder, sagten die Menschen, grundlos der Schnee; Sicherheit gewährten nur die öden, dunkeln Bezirke von Torf, denn dort hatte der Tod des Wachstums eine Brücke geschaffen. Auf der wollte ich wandern. Ein letztes, ein allerletztes Mal schweifte mein Blick vom Berge hinunter und wanderte mir voraus zum Kaldama-Bach. Ängstlich suchten meine Augen den geradesten Pfad und schlugen über das weite Gefild eine Brücke, in der auch kein einziges Glied fehlte. Endlich sah ich den Weg zu Makari und prägte ihn meinem Gedächtnis ein. Ich wähnte mich sicher...

War trotzdem meine Wanderschaft nicht ein einziges ängstliches, vom Tode vielfach bedrängtes Irren? So war es, mein Gott, der du mir an jenem Tage oftmals deine Engel geschickt hast. Der Weg hatte mich kurz gedünkt; doch er war lang; sicher gedünkt, aber er war voll Fährnis. Meine Pläne zerspellten, mein Gedächtnis enttäuschte, all meine Überschau vom Berge ward hier unten zunichte.

Ich war vor Mittag ausgegangen, und die Sonne stand mir im Scheitel, als ich das Moor betrat. Flüchtig bedachte ich mich noch und schlug dann den Weg ein, dessen Anfang ich von hier aus noch deutlich erkannte. Die Sonne glühte nieder, und ein giftiger Brodem wallte auf; es roch nach Moder und Fäulnis. Betäubend mischte sich der Duft wilder Blumen darein, die ich zum erstenmal erblickte. Sie standen in jenen Bezirken des Lebens, die auf mich mit qualvollem Tode warteten. Wolken von blutdürstigen Fliegen und Mücken erhoben sich mit jedem Schritt, den ich tat; Glutbündeln gleich strahlte mir die Wärme vom federnden, so unwirklich dünkenden Boden entgegen.

Unwirklich war diese Welt - ich sah es bangend, sooft ich den Blick erhob. Sie lag reglos in der Gewalt eines finsteren Schreckens über sich selbst. So frei der Himmel nach allen Seiten auch war und so eben das Feld - es dünkte mich doch eine finstere Schlucht, über der, von der Hitze bewegt, die Luft in unaufhörlichem Zittern stand. Gewitterliche Schwüle und der Schatten des erbarmungslosen Nichts - etwas Unfaßliches verweilte tödlich über ihr. Und ich kroch, ich stolperte hindurch, den Blick angstvoll an die abgestorbene Erde gefesselt, die mich wie ein erloschener Krater anmutete. Ich weiß nicht, woher der Windhauch kam, der die Mißgeburt einer Erle zum Plappern brachte, aber ich schrak zusammen wie beim Zischen einer Schlange, und furchtbar, wie ein heraufziehendes Gewitter den Himmel verdunkelt, stieg in meiner Seele, hinter meiner vom Angstschweiß benetzten Stirn, eine fahle Welt auf, eine Wirrnis von Schatten - mächtig genug, alles Licht in mir zu verzehren. Lange Zeit mußte ich rasten; und an der warmen, dunkeln Erde liegend, über mir die Schleier singender Mücken, über mir die flirrende Luft, die mich schwer wie eine glühende Felsplatte drückte, war es mir, als sei ich begraben und streckte mich hier zum letzten Schlaf. Aber diesen Schlaf umgab kein Frieden. Ich träumte schwer; die unwirkliche Welt war ein bedrückender Traum. Und in diesem Traum gewann, wie in unseren Nachtgesichten, das Tote ein zweites, geisterhaftes Leben; nur wußte ich nicht: gab meine Seele es ihm, zeugte ich selbst dieses Leben, oder regte sich das Leben im Gestorbenen selbst, ohne Zusammenhang mit mir, und ich erkannte es jetzt nur, weil meine Augen endlich dafür geöffnet waren? Eines verstand ich in Schmerzen: die Angst, die dunkle Angst des vorzeitlichen Menschen, der sich wehrlos dem Geheimnis der Schöpfung gegenüber fühlte und in übermächtigen Augen Geister erschaute, Geister der Finsternis, Geister des Wachstums, der Macht und des Friedens. In Schmerzen liegend, spürte ich etwas von der unfaßlichen Kraft, die das Leben antreibt, der Kraft, die in Wolken und Winden, im Erdreich, im Halm und im Strauch, im Wasser und im Staube gleichsam wartend liegt, ewig zu Werken bereit; die Kraft, der der Mensch sich hingeben darf und die ihn hinauszutragen vermag über sich selbst, zu ewig bleibenden Werken, von denen der Herr spricht: sie folgen ihm nach.

Viele Straßen ist mein Fuß gewandert, und nicht selten in tiefer Angst, aber hier im Moor, auf dem Wege zu meinem Sohn, lag ich in den tiefsten Ängsten. Die Einöde brütete unablässig neue Geister aus, neue Gespenster und Wahngebilde, die das Licht meiner Seele raubten. Ich stand auf und wanderte weiter. Es waren versunkene Welten, über die ich schritt, versunkene Wälder und Auen, dem Gotteslicht verloren, versunkenes Leben der Tierlein - geendet alles im Untergang zur Finsternis. Nun zeugten gleichsam Schatten für diese Herrlichkeit. Die Sonne brannte hernieder, und aus der Öde wallte ein feuchter, warmer Brodem auf. Ragende Wälder gaukelten meinem Wege voran, riesenhafte Vögel kreuzten die Sonne - alles versunkene Leben träumte sich in trüben, schwankenden Formen empor zum Licht, das es hatte verlassen müssen. Es war die Vorzeit, durch die ich zurückschritt, zurück zur Vorzeit meines Geschlechtes.

O Pfad der Finsternis in dunkeln Ängsten! Denn ich erlebte, wie unsere Seele sich zurücklehnt an ein uraltes Erlebnis. Wir sind die Scheuern für alle Frucht, die bis zu unserer Lebenstunde auf dem Acker unseres Geschlechtes gewachsen ist, sagte ich, liebe Brüder. Nun also wisset, daß die Frucht auf die Tenne fallen kann, und daß du, die Scheuer und die Tenne, zum Acker wirst, darin die Früchte der Vorzeit zu sprießen beginnen wie Saatgut in einem dunkeln Verlies. Es saugen diese jähen Schößlinge deine ganze Kraft aus dir, durstig und gierig vermögen sie in Sekunden zu wachsen. Sie verzehrten so auch all meine Kraft, all mein Wissen und Hoffen und meine Gewißheit des Heils. Was in mir ewig und unvergänglich zu werden getrachtet hatte - sie verwandelten es zur Nahrung für ihr heißhungriges Wachstum, gleich der Pflanze, die dem Erdreich in Feuchte und Salzen Nahrung entnimmt. Was das Lebendige war in der Vorzeit meines Geschlechtes - es löschte mein Leben mächtiglich aus. Die alten Götter und Geister erwachten in meiner Brust auf diesem Ödland, das seine einstige Wirklichkeit in trüben Dünsten und Schatten zum Licht empor träumte. Ich verlor den Weg unter den Füßen.

Diesen Weg durch Gottes Schöpfung zu meinem Ziel, alle Wege, die mich zu mir selbst und meinem Heil geführt. Wie ein Schlafwandler, aufgeschreckt, sich erwachend am Rand eines Abgrunds gewahrt, in den er sogleich stürzen wird, weil er eine Beute der Unsicherheit alles menschlichen Bewußtseins ist, so fuhr ich aus meinen Alpträumen auf, da mein Fuß ins Bodenlose versank. Es brodelte und schlürfte rundum mit höllischem Gestank, es schmatzte und fraß mit jeder Sekunde mehr von meinen Gliedmaßen - ich schrie laut auf und riß meinen Fuß aus dem Rachen, der ihn kaum mehr lassen wollte, und fiel rücklings dorthin, wo mich der Boden noch eben getragen. Dann lag ich wie betäubt, indes Fliegen auf mir Wehrlosem saßen und an meinem Blut ihren Durst stillten. Es währte lange, bis ich die Kraft fühlte, mich wieder aufzurichten und Umschau zu halten.

Endlich, ich begriff kaum, was ich tat, endlich richtete ich mich auf und stand und rief, so laut ich's vermochte...

Gott hätte mein angstvoller Ruf gelten sollen, doch er galt meinem Sohne. Makari! Makari...! schrie ich, als geböte er über die Schrecknisse dieser Welt und vermöge die Geister zu bannen. Aber der Klang meiner Stimme hallte ohnmächtig über die Öde, auf die jetzt schon des Nachmittags Sonne fiel. Stille, grenzenlose Stille schloß sich hinter meinen Rufen zusammen; die Öde sog sie in sich auf, wie sie schon unzählige Rufe verirrter Wanderer empfangen hatte und ihren Leib am Ende. Ich hörte keine Antwort: Ja, Vater, ich komme... Es blieb still, es ward meinen Ohren immer stiller, und das einzige dann - war das Geräusch meiner eigenen Schritte. Gequält von Durst inmitten des Übermaßes an Feuchte, wankte ich zurück. Zurück, wähnte ich; in Wirklichkeit war es in die Runde. Im Schrecken meiner Seele thronten Götter und Geister. Meine Angst gewahrte, was der Vorzeit ihre Eingeweihten und Zauberer geöffnet; fragt mich nicht, was alles ich sah! Die Finsternis meines Gemütes ging ein in eine dunkle Unterwelt, die vielleicht in jedem von uns erwachen kann. Wieviel hat das heilige Licht doch in uns zu erhellen! Dann schied die Sonne, und es verflocht sich der Dunst zu Fahnen und endlich zu einer stillen, zitternden Flut, die meine Füße umspielte.

Ich beschloß, vor Einbruch der Nacht eilends zum Kloster zurückzukehren, aber damit hatte ich große Beschwer. Immer wieder war ich gezwungen, den geraden Weg zum Ziel meinem Leben zum Opfer zu bringen, und damit wurde es schlimmer, je mehr mir der Nebel die Beschaffenheit des Bodens verbarg. Endlich lag der Klosterberg weit zur Linken; ich verspürte Reue und Heimweh nach ihm. Und was ich vor Augenblicken mir nicht zugestanden hätte zu tun - ich tat es: ich setzte mich und ruhte und schöpfte Kraft vor dem Halbdunkel der Sommernacht.

Was, sprach ich zu mir selbst, was trieb dich aus dem Frieden, was ist es, das dich den Pfad deiner Pilgerschaft verlassen ließ? Was trübte dir die Klarheit, in der du Gott auf deinem Wege erkannt? Was ist es, das dich mächtiger rief als die Offenbarung des Königtums Gottes, warum schweifst du in Grauen und Finsternis durch die Öde? Warum glaubst du nicht und forschst noch und fragst? Hebe deine Füße auf und wandere über das

Moor, stark im Glauben, stärker noch als der auf den Wassern schwankende Petrus! Entreiße der Hölle den Sieg, Makarius, geh zurück!

Ist er dein Sohn, den du hier suchst und doch nicht gefunden hast, ist er dein Nächster? Gott ist dein Nächster! Stoß das Nächste auf Erden von dir! Stehet nicht geschrieben: daß du alles verlassen mußt und allem Diener sein um Seinetwillen? Warum willst du dir nicht das uneigennützige Wohlgefallen an der Welt bewahren, in dem der Friede Gottes, das Maß aller Dinge, gedeiht? Verstehe in Schmerzen...! Nun, du hast den Schmerz gefühlt, verstehe daraus und kehre zurück!

Glaubt ihr nicht, geliebte Brüder, daß dies klare und starke Sprache ist? Nun, gleichwohl hörte ich, der sie aus eigenem Mund in die Dämmerung sprach, nicht deutlich genug, um ihr zu folgen. Wisset daraus, wie stark eines anderen Sprache war oder: wie taub mein Gehör. Ich saß dort in der Dämmerung: ein verirrtes Kind der Vorzeit, doch ohne die Schärfe der Sinne, die das Menschengeschlecht früherer Zeiten für seine Welt besessen hat. Ich war ein unglückliches Geschöpf des Zwiespalts: zurückgerissen vom Drang der Seele, indes die Sinne erschlafft waren für den Rückweg in die versunkene Welt. Müdigkeit und Furcht flößten mir grenzenlose Todessehnsucht ein. Ich kauerte mich wie der Erde Getier zum Sterben zusammen, und mir war, als kämen die letzten feurigen Träume. Die Wildnis strömte einen brandigen Atem aus; wie versengt knisterte rundum erstorbenes Gesträuch. Von meinen Augen, heiß und brennend nach dem Gluthauch des vergangenen Tages und dem irrenden Schauen über die Einöde, und von meinem verdorrenden Gaumen trieb ein Fieber in meine Gedanken hinein. Alsbald gewahrte ich in meiner Erschöpfung Flammen lodern hinter geschlossenen Lidern, und wenn ich die Augen hastig aufschlug, brach meinem Blick aus der Höhle des eigenen Auges eine Feuerlohe in den unendlichen Himmel, in dem schon der Abendstern glühte. Feurige Lohe stieg aus mir selbst, indes ringsum in der Dämmerung der hohe, brausende Ton einer allmächtigen Verzückung schwebte, den das geflügelte Getier, zu Milliarden sich schwingend, der Nacht lieh. Wie auf einer Wolke fühlte ich mich von diesem Brausen getragen, von diesem einen Ton, den die Milliarden schwingender Flügel aus Milliarden voneinander verschiedener Töne erbaut hatten. So, dachte ich, so schwingt die unendliche Mannigfaltigkeit zusammen zum Einen, zum Einzigen. Die Mannigfaltigkeit ist zu greifen und offenbar; das Eine, das Einzige bleibt dennoch unfaßlich. Es ist, aber suche es nicht zu erkennen; es ist, darum öffne dein Herz, daß es in dir sei!

Solch ein Gedanke, der sich meiner Ohnmacht entrungen, ließ mich noch heller im Feuer glühen. Und dieses Feuer ward zum Blühen der Flammen, zum Singen und Rauschen... Ihr alle habt das Feuer gehört. Ein geheimer Schatz unseres Selbst ist um die Hirtenfeuer der Vorzeit zusammengeflossen aus dem nächtlichen Dunkel, damals im Rücken der Menschen. Und in den Händen aller unserer Ahnen wuchs so auch das Kannel mit feuergoldenen Saiten. Es rauschte und sang und klirrte hell und brummte, wie der Wind, der sich im Holzstoß gefangen hat, ehe er ihn auf Flammenzünglein singend verläßt. In mir, dort im Moore zu einsamer nächtlicher Rast, dem das Fieber Flammen entriß, in mir klang das Kannel; und mit seinen Klängen dicht unter dem Ohr vereinte sich das verzückte Brausen der Nacht.

Ja, ich hörte das Kannel klingen, dicht unter mir; ich ward von seinen Klängen hinübergetragen in seliges Vergessen, durch das kein Frösteln drang und kein Schmerz vom Biß des rasenden Getiers. Ich hatte, da sich der Schlaf auf mich senkte, in Frieden heimgefunden zur Offenbarung meines Geschlechtes und gab mich mit schwindenden Sinnen ihr hin.

Die Uhr steht, wenn der Mensch ihrem Werk die Kraft anvertraut für einen neuen, langen Tag. In diesem Stillstand fließt der Gang der Zukunft in ihr Triebwerk ein: gesammelt, noch nicht entfesselt im Drehen der gezahnten Räder. Allnächtlich so erneut die Seele ihre Kräfte, und wenn Gott sie gesegnet, trägt sie aus jedem Tag ein Übriges für den klaren, langen Tag der Ewigkeit. Sie muß mehr empfangen, als sie gibt, und es ist seltsam, aus welch scheinbar unfruchtbaren Bezirken sie die köstlichsten Schätze zu speichern vermag. Sie empfängt in Leiden mehr als in Freuden, weil in Freuden und Glück die Sinne viel zu hungrig teilhaben an ihrer Ernte. Ja, die Freuden der Sinne vermögen die Seele darben zu lassen. Wie überreich aber beschenkt die göttliche Seele die menschlichen Sinne, selbstlos und opfervoll, aus der ewigen Fülle ihrer Heimat! Wie taucht sie die Zuneigung der Menschen in göttliche Verklärung, welch gnadenreiches Licht spendet sie über die Freuden der Sinne darin und läßt so die irdische Liebe den Himmel widerleuchten! Welche Liebe aber wäre unberührter aus der göttlichen Heimat ins Fleisch des Menschen gedrungen als die eines Vaters, welche wäre selbstloser! In reicherer Glorie erstrahlt die Liebe der Mutter, ihr geben die Blutstropfen der Wehen und Schmerzen purpurne Röte; abendlich strahlt sie, der Erde schmerzlich verhaftet, über dem Leben des Menschen. Morgendlich klar und jung und von der Weite des Himmels gekühlt, geht die Liebe des Vaters für das Leben des Geborenen auf und folgt ihm: ewig die Liebe des Vaters im Himmel - und für ihre Frist die Liebe des staubgeborenen Menschen. Selbstlos zu sein, ist das schwerste Erfüllen aller Vaterliebe auf Erden; wir sollen es unserem himmlischen Vater gleich darin tun.

Solcher Gedanken voll, erwartete ich den Morgen, da ich vom Schlafe erwacht war. Dann gedachte ich so mancher Rast meines Lebens, entblößt und der Notdurft enthoben wie diese; doch ein anderer Weg war ihr stets vorausgegangen, ein Weg, viel klarer und reiner, dünkte mich; mühevoller auch, aber gesegneter darin. Bei Nacht und bei Tag - unaufhörlich hatte ich im Kampf gegen meine Schwäche gelegen, um der Reinheit willen, die ihre Wohnung in mir haben sollte. Ich war in jenen vergangenen Tagen der Freund aller Welt gewesen, hatte mich stündlich an meinen menschlichen Bruder verschenkt, um ihm zu helfen, das Ziel des Lebens eher zu erreichen. Denn die Entsagung des Pilgertums soll in Wahrheit sein: vom Staube losgelöst, von Besitz und Macht und irdischer Enge, sich der Unendlichkeit des Himmels anzuvertrauen, alles zu lieben und nichts an sich zu binden, Leben und Liebe für jeden Bruder in der Brust zu tragen, ohne einen Lohn dafür zu erwarten, in aller Gemeinschaft doch einsam zu sein und frei für Gottes Berufung. So allein wird Weltentsagung nicht zu pharisäischer Weisheit bei verdorrtem Gemüt. Gott gab dem Menschen das Leben, auf daß er gemeinsam mit seinen Werken wirke, und es wird das Glück der Menschheit auf Erden und ihre wahre Herrschaft über die Welt nur solange währen, wie der Mensch noch Gottes Knecht und Diener der Schöpfung und Bruder seines Werkzeugs bleibt. In einer Herrschaft ohne den Dienst an Gott wird er Leid erfahren und Heimweh und Reue empfinden wie ein ungetreuer Knecht, der seinem Herrn entlief, weil er dessen Gut übel verwaltet hatte.

War es verwunderlich, wenn ich in dieser Morgenstunde meines Sohnes gedachte im Gedanken an die Pflicht zur Selbstlosigkeit für unsere irdische Liebe? Still, wie ich lag, den Morgen abzuwarten und das Licht, um dann Umschau zu halten, wo ich wäre, mühte meine Seele sich, heimzufinden und die Schattenwelt der Götter und Geister durch die Klarheit des Heils in Gott auszulöschen und mir die Macht über Sinne und Gedanken abermals zu verleihen. Ich hatte Frieden gefunden am Ende meines Irrens, sagte ich euch, meine Brüder. Mit jenem letzten Gedanken, den mir das Brausen der Sommernacht eingab: daß die greifbare Mannigfaltigkeit unvorstellbar vervielfacht das unfaßliche Ganze trägt, ward ich auch Herr über die alten Götter und Geister. Was anderes waren sie, die ich in mir zurückkehren gefühlt, als die Ohnmacht der menschlichen Seele, dem Ganzen, Unendlichen und Unsichtbaren getreu zu sein, ohne das Endliche und Sichtbare und Faßliche zu halten? Wäre ich des Brausens der Sommernacht mehr inne geworden, wenn ich eins der Milliarden von geflügelten Wesen erhascht hätte, es in meiner Hand eingeschlossen und dem Summen seiner Flügelchen gelauscht? Wollet darum nicht Göttern anhangen, geliebte Brüder, Götzen für die Unzahl der Kräfte und Güter des Lebens; tut es den alten Völkern in der Kindheit der Erde nicht gleich, die einen Gott des Krieges ehrten, einen Gott des Handels, des Friedens, des Gesanges, der Weisheit, und die Maße ihres Lebens so weit übertrugen, daß sie gar Götter und Göttinnen erkoren. Es ruhen der Frieden und der Krieg, der Ton, die Weisheit, die unendliche Menge doch nur in Einem. Die Kräfte der Schöpfung, die ihr im Gleichnis verehrt und mit Gestalten begabt bis auf den heutigen Tag – sie sind nur Zeugen für die Herrlichkeit ihres Vaters.

Aber ich bekenne es: wir tragen soviel Kindheit dieser Welt, soviel Erbgut von der Anbetung des Gottes, dem unser Geschlecht sich mit seinen Werken geweiht, in uns, daß die Andacht der Ahnen allstündlich in uns nachzittert und unser Denken zu bestimmen und unser Tun zu regieren vermag. Eine dunkle Vertrautheit, die wir gar nicht zu erklären vermögen, wird manchmal in uns lebendig; wir fühlen Heimweh nach der Vorzeit, die sich in uns regt, um ihr wieder mit schlichten Werken zu dienen und aufzugehen im alten, geheiligten Tun, wenn unser Leben davon abgewichen ist. Wie dürstet es doch den Menschen, der den Pflug verlassen hat, den seine Ahnen geführt, wenigstens einmal im Leben wieder beim Anblick des Pflügers danach, den Sterz in seiner Hand zu halten! Wie klingt einem anderen das Herz wider vom Klingen des Ambosses, an dem sein Vorfahr gestanden; wie folgt das Auge des Wanderers dem Zuge der Herden und ihrem Schäfer und verlangt es ihn unergründlichen Heimwehs danach, zurückzukehren von seiner Straße in die Rast der Herden, an die nächtlichen Feuer der Hirten, unter die Sterne des Sommers, die vielleicht einmal über dem Werden eines Urahnen in einer Nacht unruhigen Blutes geleuchtet! Wie müßte nicht aufhorchen beim Klang der Harfe, wer einem Geschlecht von Spielern entsprossen!?... Wie könnte er sich nicht aufgerufen hören und geweckt, wie wäre es möglich, daß nichts in ihm Antwort gäbe und er nicht endlich in seiner Seele das Erbe von vielen über das Eigene wachsen spürte? Gewiß hat sich auch das Geschlecht der Kannel-Spieler in der Obhut eines Gottes gefühlt, ihm geweiht, seinem Geheimnis und Wesen, und die Auferstehung eines Gottes hatte Götter und Geister wachgerufen in mir. So nahe und beschwörend der Teil deutlich geworden war in der Reue des Alters, so hatte auch die Wiederkehr des einzelnen der menschlichen Einfalt die Anschauung des Ganzen geraubt. Denn nie fällt es dem Menschen so schwer, dem einigen Gott seinen Blick zu bewahren, als rückschauend durch das Erbe seiner Ahnen und der Liebe zu ihnen, und vorwärts durch seine eigene Gegenwart im Gefährten, den sich seine Liebe erkoren, und seine Zukunft: sein Kind.

Es war eben die Sonne im Aufgang zu ihrem langen, feurigen Wege, als von ferne her Glockengeläut zu mir drang. Wach war ich gewesen seit einiger Zeit, doch nun war es, als erwachte ich zum zweitenmal. Ich kniete nieder und lobte Gott, lobte und pries ihn wie der junge Tag, in dem sich die Mächte der Schöpfung freudenvoll rührten. Ich schaute zum Klosterberg aus, und siehe, es standen die vieltürmigen Mauern vom Morgenrot überhaucht, gesegnet vom Licht als erstes im Lande. O herrliche Klarheit, die mich mit der Verklärung der Sonne erfaßte! Ich pries mit Tränen den Schöpfer der Welt, der hinter dem gewaltigen Wirken seiner Werke in unendlicher Ruhe thronte. O ewiger Vater!... flüsterte ich nur, Ehre sei dir, Ehre!...

Vom Gebete erquickt, erhob ich mich und blickte in die Runde, und das erste, dessen ich gewahr wurde, war - der Sohn! Es stand einen Steinwurf weit entfernt von mir ein Mann, still und unbewegt wie ein Baum. Ich, der ich mich eben vom Gebet erhoben, ich war das erste lebendige Wesen, das er an diesem Morgen gewahrte. Und mein Anblick dünkte ihn so unfaßlich, wie mich der seine zum Zittern brachte. Mein Herr und Gott, dort stand ein Mensch! Ich fühlte meine Knie beben… Fragend blickte er zu mir herüber, forschend gar, ob ich Getier oder Mensch sei, mit der tausendmal geschärften Wachsamkeit eines Bewohners der Wildnis. War das mein Sohn? Auf die Entfernung vermochte ich seine Züge noch nicht zu erkennen, und doch bohrte sich mein Blick in den seinen. War das er, den ich einst auf den Armen gehalten, der auf meinen Knien geritten war, dem ich die Hand geführt zum ersten Wort auf der Tafel, zum ersten Ton auf dem Kannel? War das mein Kind, über dessen Schlaf und Spiel ich einst in Sorge und Liebe gewacht? Wieviel Schmerz fühlte ich bereit, sich in Sekunden auszugießen, wieviel Tränen der Sorge, noch ungeweint! Mein Blut drängte zum Herzen, es hüpfte freudig und schmerzlich, wie in den alten Sagen die Wunde zu bluten beginnt, tritt jener herzu, der sie schlug. Eine Sturzflut von Erinnerungen sah ich gestaut hinter der reglos verharrenden Erscheinung des Mannes, gewärtig, daß sie hervorbräche und mich mit sich wirbelte, wenn ich in ihm den Gesuchten erkannte.

Es war kein Zögern mehr in mir. Ohne zu achten, worauf mein Fuß trat: Tod oder Leben, Sumpf oder Erde, schritt ich auf den Wartenden zu, von dem nun, da ich näherkam, das wachsame Mißtrauen zu weichen schien. - Jetzt war ich schon so nahe, daß sein Gesicht klar erkennbar wurde. Ich starrte ihn an - um dann die Augen zu schließen, innehaltend, wie in schwerer Fron mühsames Werk schnell verrichtend. Ich grub, ich grub, ich häufte Gebirge zur Seite, Berge vergangener Zeit. Ich scharrte mit armseligem Werkzeug, scharrte einen schweren, hohen Grabhügel zur Seite, weil ich darunter das tot gewähnte Leben suchte, von dem meine Augen mir jetzt sagten, es sei gar nicht tot. Wie an erstorbenen Stätten der alten Welt die Menschheit von heute Berge versetzt und Hügel abträgt, welche die Zeit über das Tote gehäuft, um nur das Bildnis vergangener Menschen zu finden, Merkmale ihres Seins aus ihrem Alltag, also stand ich: fieberhaft mich mühend, mir das Bild meines Sohnes zu vergegenwärtigen. Wie hatte er ausgesehen, da ich ihn zum letzten Male sah...? Ich wußte es nicht. Die Zeit hatte einen so hohen Grabhügel darüber getürmt, daß die Sekunden nicht reichten, es auszugraben. Ich raffte mich zusammen und gab mich dem Anblick des Jetzigen hin.

Von der schweren Arbeit gekrümmt und geduckt wie vom Wohnen in der Höhle, im dunkeln Arbeitskittel, einen Spaten in der Hand, der da sprühte wie von Silber, braunschwarzen Gesichtes, wie aus der Erde des Moores geformt, stand der Fremde vor mir.

Ich hob meine Augen auf zu seinem Gesicht: es war Bruderschaft eingegangen mit der Welt, in der er wohnte. Es war dem Moor so verwandt wie die Kiefern, die, jeder Zukunft inne, als Samen hergeweht waren, ein hochragender Baum an anderen Orten hätten werden können, aber in der Welt ihres Wachstums niedrig geblieben waren und vom Winde gekrümmt. Dieses Gesicht war wie aus einer düsteren Wurzel geschnitzt, nur klaffte dicht neben dem einen Auge die Narbe vom Schuß einer Kugel, die den ganzen Kopf aufgerissen. Ein Mensch, ein Mensch unserer Tage, geliebte Brüder - wäre er aus den Schrecknissen der Schlachtfelder, von denen sein Haupt noch zeugte, vollends ohne Augen heimgekehrt. Denn wisset: die Welt, die er in sich trug, die wahre, einzig wirkliche Welt seiner Seele - sie blickte mich aus Augen, die dem Unergründlichen nachträumten und für die Gegenwart stets vergeßlich und unaufmerksam schienen, wie hinter dem Schleier von Jahrhunderten an.

War das mein Sohn?

Zuviel Leben und zuviel Kräfte dieser entfesselten Zeit waren über sein Gesicht hinweggegangen; auch war es gleich geworden dem Ewig-Gleichen der Schöpfung. Es war so gültig geworden wie das Gesicht eines Toten. Stürmte nicht dennoch etwas in mir ihm entgegen, willig, ihn in die Arme zu schließen, willig, seine Liebe anders zu empfangen, als ich sonst Liebe auf Erden empfing? Tiefste Ratlosigkeit und Angst vor dem nächsten Augenblick ließen mich innehalten. Ich sah nur ihn, ich begehrte stürmisch sein Wesen; ich wachte insgeheim schon darüber, alles von ihm allein zu wissen, mein Herz war daran, ihn in diesen Sekunden unzertrennlich zu erwählen für sich. Er redete mich an - aber ich hörte es nicht und blieb nur betroffen stehen.

Vater, woher kommt denn Ihr? fragte er mich noch einmal.
Vater!... hatte er mich angeredet. Es war dieses Wort wie ein
Blitz gesprochen; es leuchtete auf, in die Finsternis geschleudert
und sie spaltend, bis sie sich wieder schließen würde zu noch
tieferer Finsternis. Aber noch bevor diese Flamme erlosch,
schlug jäh eine zweite auf, von unvergänglichem Leuchten.
Dieses Feuer glüht, denn es ist die Fackel ewigen Lebens; sie
wird nie wieder sterben, nach ihrem Leuchten kann es nie wieder
dunkel sein. Denn durch den zweiten Blitz in meinen Gedanken
erschien meinen fürs Irdische geblendeten Augen hinter der Gestalt Makaris die Herrlichkeit Gottes auf ihrem Thron. Mich
schwindelte, und meine Hand auf das Moor hinter uns gerichtet,
über dem das Licht des Morgens aufgegangen war, sagte ich leise, seinen Augen begegnend: Von dort her, mein Sohn! - Oh,
ich, den die Menschen gemeinhin Vater Makarius nennen, hatte
nun endlich mit Schmerzen das Wesen meiner Vaterschaft an
Makari verstanden. ›Dein Vaterherz öffne mir nun, mir, der aus
den Sünden zurückkehrt, himmlischer Vater. Nicht stoße mich
fort, denn dein Erbarmen ist maßlos.‹

DIE BÄUME unter dem Himmel wachsen; sie blühen, wenn ihre
Zeit erfüllt ist, und werfen Samen. Die Samen keimen und senken Würzelchen ins Erdreich und wachsen und beginnen selbst
zu blühen und tragen Früchte mit neuer Saat. Noch unter den
Zweigen des ersten vermehrt sich die Art und wirft schon Zukunft von sich unter dem Fruchten ihres Ursprungs. Nur im Leben des Menschen, will es dünken, gibt es einen Sommer allein,
ein Blühen und Ernten. Ein Menschenleben begleitet seine
Frucht nur bis an seine Schwelle des Blühens, und dann ist seiner
Erscheinung in Wahrheit schon ein Ende. Das Alter tilgt, was es
im Kreis des Sichtbaren geworden; es wächst nach innen, es
drängt zum Wachstum ins Unsichtbare, und mit dem Tod hat es
seine Blüte auf einer anderen Welt geöffnet. Ja, was uns inne-
wohnt, beginnt erst zu wachsen, wenn wir ins Sichtbare um uns
gegeben haben, was wir vermocht. Die Glieder der Kette, als die
wir Menschen uns so gern ein Geschlecht denken, sind doch nur
soweit miteinander verbunden, wie ihr Halt aneinander gesichert scheint. In Wahrheit beginnen wir hienieden schon zu

sterben, wenn wir das Leben, das wir gezeugt haben, auf der Schwelle zu eigenmächtigem Dasein gewahren. Wisset denn so, die ihr diese Blätter lest, daß ich an jenem Tag der Begegnung mit Makari zu sterben begann. Der eine oder andere von euch ist Zeuge des hitzigen Fiebers gewesen, das mich nach der Rückkehr aus dem Moor ergriff. Ihn wird es nicht wundernehmen, daß ich mein Ende hierher setze, ob meiner Betagtheit, die vielleicht den Mühen der Wanderung nicht gewachsen gewesen war. Aber ich sage euch, daß ich meine Kräfte durch ganz andere Wege verrinnen fühlte von jenem Tag an. Der ich in Frieden bald von hinnen zu gehen hoffe, bekenne ich, daß jener Makari mein wahrhafter, leiblicher Sohn gewesen ist, und daß ich - nicht wissend damals, wozu ihn der Herr auserwählt - spürte, es sei meine Zeit abgetan, das junge Leben schon längst über die Schwelle getreten. Ich war sein Vater - gewesen, drängt es sich mir auf zu sagen. Und ich wurde abermals Vater, Vater Makarius, für ihn. Da ich mit der Hand hinter uns gezeigt hatte und gesagt, von dorther käme ich, aus der Weite der Welt zu ihm, um als sein Vater sein Bruder zu sein - damals verstand ich den gewandelten Sinn meiner Vaterschaft. Habe ich sie erfüllt? Nun wohl, geliebte Brüder, ich habe in Schmerzen zu verstehen gesucht und innig darum gebetet, Gott hinter der Gestalt des Sohnes nicht aus den Augen zu verlieren, und als er in der Stunde der Not zu mir kam - Makarius zu sein, der Bruder, der Pilger, und mich ehrfürchtig gescheut, die Ernte des Himmels zu stören. Denn es hat in jedem Menschen Gott seinen Anteil, und was der Himmel in deines Bruders Herz ernten will, ziemt dir nicht, voreilig zu zerstören, da es noch Knospe ist. Mein Vater im Himmel, du weißt, daß mein Blut es oft anders gewollt hat, du weißt es; rechne ihm mein Entsagen zum Lohn!

Mein Sohn, mich dürstet! sprach ich zu ihm, als wir dort im Morgen standen, und Makari, dessen Blick unverweilt über die Moore schweifte, auf die ich gezeigt hatte, kehrte gleichsam mit Leib und Seele zu mir zurück. Mich dürstet! sprach ich, gib dem Pilger um Gotteslohn zu trinken!

Er nahm mich beim Arm. Zitterte ich nicht, dessen Morgenfrische verloren schien wie der Tau, den das Licht schnell getrunken?

Kommt, Vater! sagte er, und wir gingen. Und ehe ich es mich versah, stand ich vor einer Reihe mit Reisig und Stangen gefestigter Stufen, die in die Erde hinabführten, wo eine Tür geöffnet stand, hinter der sich ein dämmriger Raum auftat. Makari führte mich am Arm in die Höhle hinein wie in eine andere Welt, die ich später, auf seinem Lager sitzend, mit Staunen und Rührung betrachten mußte.

Ihr alle, meine Geliebten, habt ja von dieser Höhle gehört. Sie ist eng im Geviert, mit Moos und Flechten gepolstert und von etlichen jungen Bäumen gestützt; niedrig, doch so, daß er aufrecht zu stehen vermochte. Ein winziges Fenster in der gewölbten Decke läßt das Licht des Himmels wie in einen Keller scheinen. Roh sind die Bank und der Tisch, aus Stämmen gehauen und mit Zweigen und Binsen umflochten, und die Bettstatt voll Moos will dem scheuen Tier des Waldes angemessen scheinen. Kühl ist es im Sommer darin und warm im Winter, wozu das Öfchen, das inmitten der Höhle steht und sein Rohr in den Tag lugen läßt, noch beiträgt. So, denke ich, und noch ein wenig armseliger haben die Menschen der Vorzeit gelebt; ganz ohne Prunk, redlich dem Leibe dienend, wieviel dieser Herr fordert, dem Himmel genauso aufgeschlossen wie wir. Ich saß auf seinem Lager, an das er mich geführt, und blickte versunken auf diese Welt, die in die Erde gesenkt ward von ihm. Makari war alsogleich stumm und emsig beschäftigt. Das Brot, ein gewaltiger Laib, hing bei ihm unter der Decke; er nahm es und legte es vor mich. Dann ergriff er einen Krug und verschwand damit.

Allein war ich, und noch leichter ward es mir jetzt, die Höhle zu betrachten, da er meinen Blick nicht verfolgte.

Aber was gab es hier zu sehen? Worauf hätte ich starren können, ein neugieriger Fremdling? Sein Leben mußte wahrlich so genügsam sein wie das des armseligsten Getiers. Nichts erblickte ich, woraus nicht der Dienst an der Notdurft sprach. Wahrlich: prunklos rollte dieses Leben hier in der Einöde dahin. Es wuchs, es stand; wo waren die Zeugnisse der Gelüste, die uns in der Blüte der Jahre überkommen? Keines davon gewahrte ich. Hier war Erdreich, und darin wuchs ein Mensch wie ein Halm. Ein Käfer kriecht über die Moore: der Himmel ist über ihm, die Erde unter seinem Fuß. Hinter ihm hat sich das Tor des Lebens einmal geöffnet, der Weg ist sein einfältiges Werken, an der Grenze zur Unendlichkeit wartet der Tod auf ihn. Und auch in ihm hat Gott seine Wege, auch in ihm seinen Anteil...

In meinen Tränen sah ich die Höhle verschwimmen. Aus mir war dieses Leben entstanden, aus mir und meinem Weibe, Gott sollte ihrer Seele gnädig sein. Es tastete ein Sonnenstrahl durch das blinde Fenster in der Decke, und die Stäubchen, die aus dem Moose gewölkt, lagen glänzend in seinem Licht. Sichtbar wurde, was uns immer umgibt; deutlich auch meinen Sinnen, was im Herzen verborgen war: die Sonne im Häuschen des Dorfes, an dessen Kindern ich einst gewaltet, die Sonne des Glücks über meinem erwählten Weibe, dem Kinde, den Blumen im Fenster, dem Tisch, da Gott uns unser Brot beschert, den Freuden, den einfältigen Freuden des Lebens... Wie einem Träumenden zwischen den dunkeln Wänden des Schlafes eine farbenglühende Welt aufzuleuchten vermag, sann ich meinem Leben abermals nach.

Da verfinsterte sich die Höhle bis auf das Licht, das durch das Fenster in der Decke fiel. Ich schrak zusammen; Makari kam wieder; aber indes ich meinen Blick zur Tür wandte und mich aufrichtete, rührte ich an etwas, das mit flüsternden Tönen mir Antwort gab. Es war das Kannel, neben dem ich schon lange verweilt!

Wahrlich, so heben wir Schätze ans Licht: unser Fuß schreitet über sie hin, unser Leben rastet neben ihnen, sie sind, und wir sind und wissen lange nicht voneinander. Ich hatte wandern und in die Erde steigen müssen, um das Kannel hier zu finden. Ich hatte, angerufen von meinem Sohn, tief und lange mich versenken müssen in die innere Welt, um jetzt zu erkennen, wie köstlich das Gut war, das ich in den Händen hielt. Als Makari eintrat, schob ich das Moos zur Seite; ich griff zu, als hätte ich schon immer gewußt, daß das Verlorene dort auf mich wartete, und erst als ich es in den Händen hielt, ließ mich die Stille in der Höhle aufmerksam werden auf den, der eben gekommen war.

Den Krug in den Händen, stand Makari im Eingang und ließ sich nichts entgehen von allem, was ich nun tat. Wie er dort stand, schien er bereit zum Mord, möchte ich denken; Gott verzeihe mir, wenn ich ihm unrecht getan. Es war still in der Höhle, still wie im Grab, und der Sonnenstrahl, der hereinfiel, ließ die Ahnung von noch tieferer Stille entstehen: der Stille im Weltall, bevor Gott im Geschaffenen das Wirken entfachte, das Leben von seinen Fesseln löste, bevor die Bäume zu rauschen begannen, das Wasser zu murmeln, die Tierlein zu schreien, bevor in den

Sphären die Harmonien der kreisenden Gestirne ertönten, bevor der unfaßliche Chor des Lebendigen begann...

An diese Stille muß ich wohl gedacht haben, als ich das Kannel in beiden Händen vor mir hielt. Rührte ich mich - es hätte zu klingen beginnen können; hob ich den Kopf - er hätte vielleicht die Sprache gefunden; wer weiß, was geschehen wäre, und so regte ich mich nicht. Meine Augen verweilten auf dem Holz, streiften die Saiten und liebkosten die Wirbel, von denen etliche älter waren als Makari und ich zusammen. Dort sah ich das Zeichen unseres Geschlechtes, die Marke, die auch unser Haus einst getragen: Runen, im heidnischen Glauben entstanden. Eine Rose war an beiden Seiten aus dem Holz geschnitzt und sandte Ranken nach oben und unten. Hier, hier... Nein, es war zu dunkel, als daß ich es hätte erkennen können: das Zeichen, das ich als Knabe einstmals ins Holz geritzt, meinen Anteil am Kannel zum Zeugnis. Oder war dieses Zeichen vergangen? War dieses mein Zeichen allein ausgelöscht unter den vielen, vielen Zeichen, die das Holz bedeckten, weil ich allein dem Kannel untreu geworden war?

Eine Angst, wie sie das Kind erfüllen muß, das sein Vaterhaus verschlossen und verlassen für sich findet, wenn es vom Botengang für die Seinen abgeirrt war und spät erst zurückkehrt, durchzitterte mich. Ich vergaß Makari, der sich in seiner Unbeweglichkeit so leicht vergessen ließ, und beugte mich tief über das Kannel. Schon spürte ich die Saiten mein Haar und den Bart berühren - berühren zum Klingen! -, und während ein winziges Rieseln ertönte, richtete ich mich auf. Wie ein Blinder mit dem verfeinerten Tastgefühl seiner Finger hatte ich noch einen Hauch meines Zeichens im Holz gespürt und war glücklich, glücklich, als hätte die Heimat das Kind nicht verstoßen.

Makari war nähergekommen, als ich den Kopf erhoben hatte, und stellte den Krug auf den Tisch. Er sah mich an und setzte sich auf die Bank. Nur wie es Menschen tun, die sich für kein Werk ihrer Hände zu schämen brauchen, legte er seine Hände vor sich auf den Tisch, und so nahmen sie mich unwillkürlich gefangen: diese Hände, die wahrlich noch Werkzeuge waren und zum wenigsten Werkzeuge hielten. Er sprach nicht und schaute vor sich hin mit einem seltsamen Ausdruck der Vergessenheit im Gesicht, des Träumens oder des Schweifens über den Augenblick hinaus, den ich so oft an ihm bemerkt hatte.

Ich habe dich manchmal das Kannel spielen hören, und singen, mein Sohn, sagte ich leise.

Oh, jetzt zitterte ich, jetzt schlug mir mein Herz zum Zerspringen. In dieser Welt fiel es mir nicht leicht, meine Herrschaft zu bewahren; in diesem Dunkel, da das Wähnen der Ahnen uns umgab wie der zitternde Staub, war es schwer, Gott nicht aus den Augen zu verlieren. Wieviel wußte er? Wußte er alles, ein wenig oder gar nichts? Wußte er, was ich auf dem Holz des Kannels gesucht?

Er sah mich an. Das ernste Moor, das in seinen Zügen widergespiegelt war, begann in seinem Lächeln zu blühen wie ein köstlicher Garten. Ja, Vater... sagte er nur. Aber mein Sohn, wer hat dich die Lieder gelehrt, die du singst? war ich schwach genug zu fragen und blickte in den Sonnenpfeil, der durch die Höhle zielte.

Es kam keine Antwort. Ich wagte es nicht, ihn anzusehen; und als ich's endlich tat, saß er noch immer mit einem Blick des Vergessens auf der Bank mir gegenüber. Er erwachte gleichsam, als ich meine Augen zu ihm aufhob, es war gar ein wenig Verwirrung in seinen Zügen zu lesen.

Wenige Menschen kommen hierher, sagte er leise. Eßt und trinkt, Vater! Er bot mir die Kanne voll Milch - die Milch einer Ziege, die er sich hielt - und brach Brot von dem Laib und reichte es mir zu. Es glich einem Stück seiner selbst, braun und hart, wie es da in seiner Hand lag! Da, nehmt! meinte er einladend und leise, und beim Klang dieser Worte - wie alle so leise gesprochen, als würden wir belauscht oder horche er ihrem Klang nach, forschend, bis wohin er ginge -, bei diesen Worten sah ich ihm, ich weiß nicht, warum, mitten ins Auge... Hell und klar wie ein Türkis aus dunkelm Samt strahlte es mir entgegen. Es hatte etwas von dem Sonnenstrahl in sich, der zu uns in die Dämmerung brach. Aber daneben glühte ganz frisch, als wollte sie niemals vernarben, die Wunde am Haupt, über die auch kein Haar mehr gewachsen war.

Du warst im Krieg, mein Sohn? fragte ich fast ängstlich, wie der Vater, der von schrecklicher Gefahr für den Sohn erst erfährt, wenn die Gefahr schon überstanden ist, und sich dennoch ängstigt.

Sein Blick, jetzt nicht selbstvergessen wie sonst, gewann an Schärfe, als verfolgten seine Gedanken einen anderen Weg; und unbeirrt von meiner Frage, formten seine Lippen langsam die Worte, die sie schon immer hatten sprechen wollen: Ich habe schon viel von Euch gehört, Vater...

Ach! meine Fragen verhallten bei ihm ohne Antwort, wie im Moor. Er lebte, er dachte und fühlte und dachte und fühlte beharrlich das seine, unbeirrbar durch meine Fragen; und so langsam, wollte es scheinen, als hätte das Leben hier ihn der Zeit entwöhnt. Er hätte eine Frage vielleicht am Abend denken können und erst am nächsten Tag aussprechen. Die Zeit dünkt einen so Einsamen nichts.

Überdem aß ich und trank ich, aber die Speise wollte meinem Leibe nicht wohl. Kürzer und heißer nur ward mein Atem, die Stirn beschlug mir trotz der Kühle; Makari, der mir noch immer gegenübersaß, schien mich nicht mehr zu sehen. Wie ein Träumender im schweren Traum an das Entsetzliche die Frage richtet, mit der er dann schweißgebadet erwacht, ehe die Antwort gefallen ist, nahm ich da all meine Kraft zusammen und fragte ihn noch einmal: Sage, mein Sohn, wer hat dich die Lieder gelehrt? – Und ohne die Antwort abzuwarten, drängte ich tiefer ihn ihn: Woher kommst du? Bist du hier geboren? Es bist doch nicht du, der das schöne Kannel geschnitzt hat? Auch ich habe schon viel von dir gehört, ehe ich dich sah, und dich zu sehen, bin ich gekommen, doch auch mit dir zu sprechen! Kennst du Vater und Mutter nicht?

Makari stand auf. Ich, sprach er wie ein Träumender im Schlaf, ich kenne niemanden. Ich kenne nur diese Lieder, ich weiß nicht, woher; mein Gedächtnis..., ach, mein Gedächtnis...

Es war ihm sichtlich schwer, ja quälend, wie dem Träumenden, zu mir zu sprechen, und seine Hand fuhr an den Kopf zur Wunde, als schmerzte sie ihn, wenn er so tief nachdenken mußte. Er nahm den Spaten, den er zur Seite gestellt hatte, und wog ihn in der Hand. Hängt das Brot wieder unter die Decke, wenn Ihr gegessen habt, sagte er wie zum Abschied; die Ameisen fressen es sonst auf...

Willst du denn jetzt gehen, mein Sohn? fragte ich und erhob mich eilends. Ja, sagte er leise, meines Erstaunens nicht achtend, aber ich komme noch vor Mittag zurück. Er schickte sich an, die Treppe hinaufzusteigen, als ich ihn noch zurückhielt. Hatte er denn gedacht, ich bliebe für lange Zeit hier?

Ich bitte dich, zeige mir den Weg zum Kloster zurück! Gestern ging ich fehl und verirrte mich; ich will jetzt auf dem schnellsten Wege dahin, gleich, sogleich…

Mein Bleiben hatte ihn nicht verwundert; die Eile, mit der ich zum Aufbruch drängte, nicht mehr. Er nahm das Brot und hängte es unter die Decke und gab mir so ein klares Zeichen dafür, daß er den Wanderer genugsam ausgeruht glaubte. Vor mir schritt er die Treppe hinauf.

Im Licht des Morgens war ich wie trunken, und fast glaubte ich nicht an die dämmrige Höhle, in der wir noch eben verweilt hatten. Doch der Mensch, der neben mir schritt, zeugte für sie. Hier oben im Licht glich er einem auferstandenen Toten.

Zum Kloster! sagte ich mahnend, als er mich in eine ganz andere Richtung führte. Er nickte nur schweigend und ging weiter. Der Boden war von der Sonne gehärtet, aber ohne jegliche Spur. Zur Linken und zur Rechten war alles genauso unberührt, nur dehnte sich dort noch das sumpfige Land, das keinen von uns getragen hätte. Bald jedoch wandten wir dem Berg das Angesicht zu, und ich verstand, daß nicht das Auge es war, das den Weg des Menschen hier fand, wie ich mich von meinen Augen hatte leiten lassen. Es war sein Sinn, ein Sinn, der ihm erst wachsen mußte in der Vertrautheit mit dieser Welt.

Geraume Zeit wanderten wir stumm. Ich hatte keinen Mut, aufs neue zu fragen; alle meine Gedanken nahm auch gar bald der Wunsch nach meiner Zelle ein, denn es lehnte sich mein Leib gegen die Wanderschaft auf. Ich fühlte das Fieber sich entzünden und hatte nichts, nichts, womit ich es löschen konnte.

Plötzlich hielt Makari inne. Seht Ihr die Spur, mein Vater? fragte er. Zu Boden blickend, gewahrte ich wirklich die Spuren von Wagen und Menschen. Er stach den Spaten in sie, hob dann den gleißenden Stahl und zeigte damit auf die Häuser und Türme in der Ferne. Ohne daß er ein Wort dazu gesprochen, hatte ich ihn vollkommen verstanden. In diesen Spuren fand ich zurück. Er schickte sich an, umzukehren, aber da ergriff ich noch einmal seine Hände.

Hab Dank, Gott vergelte es dir! stammelte ich unter Tränen, Gott segne dich, Makari… Er verneigte sich, wie vor einem Priester; als Vater, den er mich genannt, zeichnete ich das Kreuz über seine Stirn.

Vielleicht habe ich dich zum letzten Male gesehen, sprach ich zu ihm, es hat der Herr meine Tage gezählt. Oh, daß er doch das

Flehen hörte, das in meiner Stimme zu ihm drang, mein Flehen, ein Zeichen zu geben, daß er mich erkannt ...!

Er hielt den Kopf noch gesenkt; ja, Vater ..., murmelte er dann und küßte mir die Hand, wie dem Priester.

Gott sei mit dir und in dir, mein Teurer ...! spreche ich, und er geht.

Ja, ein Mensch geht über die Moore: der Himmel ist über ihm, die Erde unter seinem Fuß. Hinter ihm hat das Tor des Lebens sich einmal geöffnet, der Weg ist sein einfältiges, demütiges Werken. Und auch in ihm hat Gott seine Wege, auch in ihm hat Gott seinen Anteil.

Der Pilger wandert; in ihm ist Unrast. Er zieht aus, Göttern zu begegnen und Geistern, aber überall steht die heilige dreieinige Gottheit auf seinem Weg, im Geringsten am Werke. Er versteht in Schmerzen, Reue und Heimweh erfüllen seine Seele, und in der Wahrheit des Wortes, daß die, die Ihn sehen und Sein Reich ergreifen wollen, Ihn unter Trübsal und Leiden in Besitz nehmen müssen, schleppt er sich zurück zum Berge der Andacht, auf daß er zurückgekehrt von der Wanderung sei und gerüstet zum letzten Wege, wenn der rufende Engel erscheint. Aber er, dem der Herr schon so oft das Fragen und Forschen verwies, weiß nicht, daß der Engel des Todes sich einem anderen noch früher nahen wird als ihm und daß er den Weg, den er sich mit schwindenden Kräften eben dahingeschleppt hat, noch einmal wird gehen müssen, unter viel mehr Beschwer. Kaum zurückgekehrt in die enge Zelle, da der Leib rastet, jagen Fieberqualen seine Seele hinaus ins Moor unter eine brennende Sonne. Jeden Weg geht er noch einmal, jeden Gedanken denkt er, jede Empfindung fühlt er und jedes Wort spricht er noch einmal; aus allem, was er scheint, keltert Gott, was er ist, und der verborgenste Saft und der geheimste Sinn – der ist Sein!

Überdem reifen die Beeren des Moores bis auf die blutrote Moosbeere, die der Hase unter dem Schnee ernten wird, das Korn sinkt hin, fern vom Kloster, wo die Felder sich erstrecken, die Früchte der Erde fallen in des Menschen Scheuer. Und der Herbst beginnt. Gläserne Klarheit senkt sich über die Erde mit den ersten Frösten; der Pulsschlag des Lebens mit seiner Unrast von Blühen und Fruchten sinkt tiefer hinab und schlägt endlich im Verborgenen, aus dem er gestiegen war: in der Wurzel alles Geschaffenen. Und dort kommt der Schlaf über ihn, Tod genannt bei den Menschen. Über dem Klosterberg schwebt eine dunkle Wolke. Sie senkt sich und steigt; zum letzten Male im Anbruch der Nacht und zum ersten am Morgen. Tag um Tag flattert sie, nimmermüde, jagt über die Moore und verweilt dort für Stunden und fällt für die Nacht wieder auf dem Berge ein. Nie endet das Gespräch der Stare. Selbst in den dunkelsten Nächten plaudern sie noch im Halbschlaf. Und in einer Nacht, da der Reif die Luft durchkältet, fällt unter ihnen vielleicht auch die Losung: denn am Morgen steigen sie auf, höher und höher, und entschwinden dem Blick bis zum nächsten Frühling. Gott schirme sie auf ihrem weiten, gefahrvollen Weg.

Wie die Bausteine eines künftigen Hauses ragen im Moor dunkle, geschichtete Mauern auf. Ist es Makari, der die Höhle verlassen hat und sich im Licht ansiedeln will? Nein, er hat kein Haus gebaut, er wird auch keins mehr bauen. Wer im Licht wohnen will, kommt nicht auf die Erde, wenn die lange Winternacht naht. Die Mauern gehen in Flammen auf, wenn er sie, Schlitten um Schlitten, zum Kloster gebracht haben wird. Nun ist es still, ganz still. Klingen auch die Stimmen weiter als sonst bei der Klarheit der Luft - es ist niemand, der seine Stimme erhebt. Der Glockenklang dringt vom Kloster bis ganz zur Grenze, wenn der Wind gen Osten weht. Ruft er, warnt und verkündet er, mahnt er den Antichrist? Oder betten die Klänge nur den Pilger in Frieden? Was wird geschehen? Du weißt es, o Gott!

Stiller wird es mit jeder kalten Nacht. Das Gras verdorret, die Halme sinken, es ebnet und streckt sich, was aufrecht gestanden. Nun wird die Stille das Große und Herrschende auf dieser Welt. Sie spannt sich von Osten gen Westen, eine eisige Brücke, sie verzehrt selbst das Klirren des nächtlich sich bildenden Eises. In ihrem Banne liegen Ebene und Berg. Bis von Osten her ein heiserer Rachen gegen das Schweigen aufheult...

Auf den Mooren kauern die ersten Wölfe und klagen die Stille an in ihrem Hunger und schweifen in die Runde und erfüllen die Finsternis mit Unrast und Keuchen.

In solch einer Nacht wich das Fieber, und meine Seele kehrte aus ihren Wanderungen im Moore zurück. Hinter ihr verhallte das Geheul der Wölfe, und das war auch das erste, darauf ich im Dunkel meiner Zelle wachen Sinnes zu lauschen begann. Vater, sei mit meinem Sohn! betete ich, wenn die Meute in ein Kreischen ausbrach, als hätte sie ihr unglückliches Opfer erreicht.

Oder hatte sie der Schrecken Gottes ergriffen, und sie flohen entsetzt, wie sie es, den Erzählungen der Leute nach, taten, wenn sie den Klang des Kannels vernommen? Ja, Gott war mit Makari wie mit dem Kinde, aus den Klängen des Kannels tönte allmächtig sein heiliger Friede.

Geliebte Brüder: Gott ist mit dem Kinde, Gott ist im Kinde, unser Heiland spricht: »Suchet mich, der ich im vierzehnten Äon weile, im Kinde von sieben Jahren. Lasset die Kindlein zu mir kommen und wehret ihnen nicht, denn ihrer ist das Reich Gottes. Wahrlich, ich sage euch: wenn ihr nicht wie die Kinder werdet, werdet ihr das Reich niemals erlangen!« Was ist es nun, das die Kindlein Gott soviel näher sein läßt als uns Alte? Was ist es, das ein Kind dem Raubtier entgegengehen läßt ohne Zagen, das es die Flamme umarmen und über die Wasser schreiten lassen will? Es ist eine geheime Kraft, dünkt mich, die aus dem Unbewußten zu ihm kommt, eine Kraft, die fremd ist auf dieser Erde, als hätte Gott sie von seiner Welt genommen und den Kindern dieser für den heiligen Anfang ihres Lebens geschenkt. Ahnungslos nennen wir das Kind, aber unendlicher Ahnungen, der Ahnung ins Unendliche ist es voll. Denn das Kind lebt im Herzen der Schöpfung, in Gott, das Kind trägt sanftmütig die unfaßliche Ganzheit in sich, es ist der Freund aller Welt. Nichts weiß es von sich, nichts will es für sich, es lebt, schon auf Erden, noch immer im Paradies. Wie heilig dünkt es uns Reuige, Abtrünnige, wie ist sein Heiligtum noch nicht geschwunden im Kampf mit dem Teil, mit der Mannigfaltigkeit der Kräfte, mit dem Zweifel, der bitteren Frucht menschlicher Eigenmacht. Es ist, das Kind, noch hat kein Zweifel an ihm gerührt; es ist und lebt das kurze, heiligunbewußte Geschwisterleben mit seiner Schwester, der Blume, und seinem Bruder, dem Wind.

Gott war mit meinem Sohn wie mit dem Kinde, denn er ist auch mit denen, die ihre Kindheit bis ins Alter bewahren, den Armen des Geistes, von denen die Bergpredigt spricht. Ein frischer, aufgeweckter Knabe war Makari gewesen, da ich ihn verlassen, und im Dunkel der Trennung lag, was ihn dem Kinde wieder gleichgemacht hatte. Aber sein Kindestum war nicht unversehrt. Es war ein Sprung darin, ein Schaden, ein Gebrest, das der Mensch nicht so schnell erkennt, und darin lagerte das Rätsel, das von seinem Wesen ausging, das beklemmende Rätsel - weit entfernt von dem friedevollen des wahren Kindes.

Im Krieg war Makari gewesen, und dort hatte ihn die Kugel getroffen, die ihn – verwüstet hatte zum Kinde. Oh, wie entsetzlich dünkt es, daß der Mensch seinen Bruder mit dem Werk seiner Waffe zurückzuschleudern vermag in eine Welt, in der nicht mehr das Gesetz des Lebens regiert, das Werden und Wandeln, obgleich dieser Bruder äußerlich am Leben bleibt. Geht nicht von jenen Untaten, in denen der Leidende das Gedächtnis, die Kraft des Zeugens oder gar den Schlaf verliert, ein viel tieferes Grauen aus als vom Verlust eines Gliedes zum Beispiel? Ja, sie sind ein Verbrechen wider den Heiligen Geist, den wir nicht betrüben sollen, nach des Herrn Wort, sie sind ein Anschlag wider die majestätische Ganzheit.

Der Krieg hatte Makari mit einer klaffenden Wunde im Kopf das Gedächtnis verlieren lassen, und doch, geliebte Brüder, und doch behielt er ein Gedächtnis für die alten Lieder! Wie seltsam ist dies, und gehe ich sehr in die Irre, wenn ich meine: daß die Kindheit, zu der er gewaltsam zurückgeworfen ward, gerade in diesem Umstand eine feierliche Bestätigung fand? Sein Gedächtnis für sein eigenes Leben wurde ausgelöscht, aber keine Wunde konnte ihm das Größere und Geheimnisvollere rauben, das im Menschen schlummert: das Wissen seines Geschlechtes, die Erinnerung, in der alles ruht, was die Reihe der Ahnen ist und ihr Werken und Sinn. Man kann den Menschen töten, aber nicht die Menschheit in ihm, denn sie ist der Geist, und der Geist ist Gott. Herrlich klang darum aus Makari, als er selbst verklungen war, die Stimme des Kannels und derer, die ihm gedient. Wahrlich, er mußte sterben in allem, was er von sich selbst wußte, um dem Wissen des Größeren zu dienen; und darin heiligte er sich abermals, für uns so rätselvoll und von Grauen umwittert, zum Kinde.

Wo aber wäre es anders? Immer sprengt die Offenbarung die irdische Hülle und Form, an deren liebvertrautes Bild wir uns klammern. Der Seher war schon in ältesten Zeiten blind oder taub, und in der Blindheit für diese Welt hatte sich sein inneres Gesicht herrlich gestärkt, in der Taubheit ein anderes Gehör ihm erschlossen. Wer das Gedächtnis der Ahnen ist, muß ohne Erinnerung für sein kleines Leben und Tun sein. So, wie wir alle uns einmal nach befleckenden Irrtümern einen Tod wünschen, um der Auferstehung willen und eines besseren und reineren Anfangs, so hatte Makari einmal von Grund auf vergessen müssen, um dann rein die Stimme der Vorzeit zu sein.

Geliebte Brüder: Wozu habe ich das alles überdacht, wozu erzähle ich es hier? – Denket doch daran: er war mein Sohn, und von der Sekunde an, da ich wieder zum Leben erwachte, überdachte ich dieses und immer nur dies. Zweimal noch sah ich ihn, und beide Male ergriff mich ein Schmerz, der mich dahin brachte, zu fragen und zu forschen, wie der Herr es uns verweist. Mein Gott, mein Vater, erbarme dich eines Vaters auf Erden und zürne ihm nicht, wenn er deinem Geheimnis nachtrachtet. Ich habe mich gemüht, deiner Offenbarung zu folgen, wenn ich in Makaris Spuren schritt. Über den Klang hinaus wollte ich zum Sinn vordringen. Wie langsam und mühselig bin ich da gewandert, und wie oft, wenn ich Makaris Wesen liebend anhing, mußte ich mir zuvor ein Maß erwerben im Durchforschen der eigenen Brust. Wir waren von einem Fleisch; wie schwer ist es da, dem Geist getreu zu sein… Und wenn ich so trachtete, dem eingeborenen Sinn nahe zu kommen – nicht zuletzt geschah es, um für eine neue Begegnung mit ihm mächtiger und gerüsteter zu sein, denn ein jedes Mal bei seinem Kommen war es, als spränge eine Flamme in meine stille Zelle und suchte nach Nahrung.

Winter war es geworden, und es lag schon genug Schnee, daß die Schlitten zu gleiten vermochten. Tagtäglich nun brach Makari die Mauern aus Torf auf dem Moore ab und baute sie im Klosterhof wieder auf. Er tat dies mit großer Fröhlichkeit, seine Stimme drang bis in meine Zelle. Und da er bald an meinem Haus angelangt war, um eine zweite Mauer aus Torf neben der steinernen aufzurichten als Vorrat, ließ ich ihn bitten, zu mir zu kommen.

Er kam. Er betrat meine Zelle mit Lächeln, ohne daß er es in Worte zu kleiden vermochte. Er lächelte nur, und dieses Lächeln verband ihn in den Sekunden des Schweigens abermals so tief dem Kinde, das noch nicht unsere fehlerhafte Sprache gefunden hat für alles, was es empfindet, und im heilig unbewußten Lallen und Stammeln lebt, dem reineren Urbild des vernunftgebundenen Wortes. Er lächelte, er leuchtete, das Leben lohte aus ihm. Er war Freude, einig und untrennbar lebte er in ihr. Wie blickte er mich an! So, daß kein Wort es hätte fassen können, denn kein Wort faßt das Ganze.

Nun, mein Sohn, sprach ich, den ganzen Tag höre ich deine Stimme; sie klingt durch die Wände und macht mich fröhlich, wie du es bist! Er lächelte mir zu; alles, was ich gesagt, schien sein Einverständnis zu finden. Und dabei war er nicht linkisch und blöde! Nein, er war ein Mensch in unermeßlicher Freude, und darin von nichts angerührt. Und wie er da stand! Von seinen rauhen Kleidern, der Jacke aus Schafspelz, den hohen Stiefeln, den Wassersträhnen im Gesicht, die das Tauen unsichtbarer Eiskörnchen in seinem Haar rinnen ließ: von allem ging etwas Unbändiges aus!

Was freut dich so, Makari, kannst du es mir sagen? Der erste Laut von ihm war ein Stammeln, dem es nicht gelang, Wort zu werden. Ein Kind in heißem Glück bringt durch seinen kleinen Mund auch mehr heiliges Gefühl an den Tag, als seine Zunge in Worte zu kleiden vermag, und darum schreit und jauchzt es auch, das Seelchen, und besingt sein Glück ohne die Fesseln der Worte, ohne das Ganze zu teilen. So war es mit Makari. Der erste Laut ein Stammeln, ein des Wortes unmächtiges Keuchen.

Vater, Vater..., sprach er dann und trat näher, als wäre es so leichter, mit mir zu teilen.

Ach, mein Sohn..., sprach ich leise und ergriff seine Hände und horchte auf ihn wie auf ein Kind, was er mir wohl zu sagen hätte. Und als ich so dicht bei ihm verweilte und der Odem der Wälder und der Moore mich anhauchte, ward ich plötzlich ergriffen von der Erinnerung, wie ich einstmals, da er nicht mehr als ein Jahr alt gewesen war, meinen Kopf auf sein unschuldiges Haupt gelegt, auf das weiße Hälschen, über das sich die ersten Locken geringelt, und den Geruch seines reinen Körperchens eingeatmet hatte wie den Balsam einer paradiesischen Welt. Nun senkte ich den Kopf, hielt seine Hände und lauschte. Langsam, so zögernd wie in einer Beichte, erzählte er dann, was ihn bewegte; und je mehr ich hörte, um so mehr war ich bemüht, meinen Erinnerungen zu entfliehen und mich für die Gegenwart zu sammeln - für diese Welt, denn sie war es, die Makari für sich gefordert hatte.

Warum waren es nur Schreck und unsägliche Angst, die mich beim Teilen seiner Freude ergriffen? Schnell, atemlos schnell nahm ich Abschied vom Paradies der Kindheit, darin ich noch eben verweilt hatte, um mich an seine Seite zu stellen vor dem Entsetzlichen - damit er umging wie ein Kind.

Die Welt forderte ihn! Jeden von uns bescheidet sie, einmal, unaufhörlich, werdet ihr sagen, geliebte Brüder, aber merket wohl auf: sie bescheidet euch! Wollet nicht ein Kind vor Gefahren führen, denen noch ihr erliegen könnt. Daß ihn, Makari, die Welt gefordert hatte, war ein furchtbares Wissen, ja Ahnung fast. Er war dem Kinde gleich, aber nicht unverwundbar, sondern, so gewaltsam er wieder Kind geworden war, tiefer gefährdet als jeder andere. Doch wie konnte ich ihn schützen? Lang, lang war es her, daß ich des Kannels Saiten gerührt. Und eben das sollte er, das Kannel spielen, vor aller Welt!

Was er erzählte, war in so weitem Abstand von seinem Wesen oder seinem Leben, daß es anmutete, als hätte ihn der Böse auf einen anderen Stern beschieden: er sollte in die Hauptstadt fahren! In die Hauptstadt, weit, weit von hier, viele Stunden Wanderung bis zur Eisenbahn und Stunden der Fahrt. Und was dann?

Ja, er war einer der letzten Spieler des Kannels, vielleicht gar der letzte oder doch der beste unter den wenigen. Und eben darum: weil ein entartetes Geschlecht Heimweh bekommen hatte nach der heiligen Glücksfülle der Natur und deutlich fühlte, wie das Band, das es mit seinen Ahnen und seiner Vorzeit verknüpft hatte, zerrissen war – darum sollte Makari ihnen die alten Lieder ihres Volkes vorsingen und die alten Kannel-Weisen spielen. Aus vielen Landschaften waren Menschen gerufen gleich ihm. Die Kunde von seinem Spiel, anfangs nur auf die Gemeinde beschränkt, war weiter gedrungen bis zur Kreisverwaltung und immer weiter, und eines Tages hatte die ferne Welt auf den Ruf, in dem Makari stand, geantwortet; ein Federstrich war entstanden, und das war der Befehl: die Namenlosen, die Vorzeit, die heiliggesprochene Vergangenheit des Volkes sollte die entseelte Hauptstadt mit Leben erfüllen, Makari voran, der letzte Spieler des Kannels, das unser Volk vor allen anderen Instrumenten liebgehabt hat. Männi-Mart und Uueda-Jüri aus Tori sollten mit dem Dudelsack kommen und Karja-Peter mit dem Hirtenhorn; vor allen aber Makari mit dem Kannel, dem königlichen Instrument, einem Gut der Seher mehr denn der Spieler. – Gott vergebe mir: einen Augenblick lang schlug mein Herz schneller und weitete sich mir die Brust. Makari war es, mein Schüler, von unserm Geschlechte, der des heiligen Ahnenrings Bote war! Aber heißer denn alles andere stieg in mir doch die Angst auf.

Ich saß vor ihm und hielt seine Hände gefaßt und hatte den Blick gesenkt. Über die Verwirrungen und Leiden hinaus, die ich für ihn ahnte, blickte ich auf die Verwirrung und die heimlichen Leiden des Menschengeschlechts. Was alles war geschehen, indes ich Christum nachgefolgt war in lebenslänglicher Pilgerschaft! Wohin hatte der Weg die anderen geführt, wenn sie eine höhere Wahrheit und eine göttliche Eingebung nun von Makari erhofften?! Ja, sie waren in die Irre gegangen, und im Irren hatte sie Heimweh erfaßt. Sie hatten sich zu Herren der Welt gemacht, Herren ihrer Sklaven: der so vervollkommneten Werkzeuge, daß die Kraft des Menschen an ihrem Wirken keinen Anteil mehr hatte. Und nun standen sie müßig und ohnmächtig, ihr entgleitendes Leben zu erfüllen. Heimweh hatte sie gepackt nach der heiligen Fülle des Ganzen, in der sie einst, weniger selbstherrlich, enthalten gewesen waren. Sie waren nicht mehr demütig genug, Gott zu dienen, und sie hatten auch keinen Sinn mehr für das unendliche Ganze der Schöpfung, in der Gottes Geist Botenmächte entsendet. Unaufhörlich versuchten sie Gottes Werke zu spalten, um ihren selbstzerstörerischen Kräften darin einen Ansatz zu verschaffen. Und doch hatte einige von ihnen jetzt der Schrecken ergriffen, der den Menschen überfällt, wenn er sich vereinsamt in der Schöpfung gewahrt, ausgeschlossen - er vermag nicht zu erklären, woraus. Ja, sie wußten kaum mehr, woher sie kamen, und noch viel weniger, wohin sie gingen. Die lebendige Überlieferung war abgeschnitten; Geschlechter zerstreut, in feindliche Stände zerklüftet, von Entfernungen getrennt, die zu überwinden einstige Demut und Ausdauer und heiliges Gefühl der Verbundenheit fehlten. Zwingburgen der Entartung waren die Städte geworden und hungerten nun aus an ihrer eigenen Öde. Der große Hunger hatte Boten ins Land gesandt, Boten zurück zu den Quellen, aus denen der nun trübe Menschenstrom, der sich in die Straßen der Städte ergoß, einstmals klar gesprudelt war. Es dämmerte die Ahnung, daß die Vorzeit trotz hölzerner Pflüge tiefer gepflügt und gewisser und reicher geerntet hatte, daß sie in der Fülle gelebt, im Ganzen, daß sie im Unbewußten glücklich gewesen war und von sich stetig erneuerndem Leben erfüllt, von allem, was die Menschenkinder nun zu missen begannen. So fragten sie nun: wer waren die alten Götter, in denen das bessere Leben einst beschlossen lag, und welcher Art war das Wirken der Menschen unter ihrem Antlitz? Als wäre ihnen Christus niemals erschienen...

Wann wirst du fahren, mein Sohn? fragte ich, wie aus einem

hoffnungslosen Traum erwachend, und seufzte. Lange war Makari still. Ich hielt noch immer seine Hände gefaßt, und für einen Augenblick war ich versucht zu glauben, er hätte an meinen Gedanken teilgehabt, als unsere Herzen zusammenschlugen und unser Blut hinter den dünnen Wänden des Fleisches dicht aneinander vorbeifloß. Ich blickte zu ihm auf...

Ja, aneinander vorbei. Über mir stand er mit lächelndem Gesicht und strahlendem Blick, als sähe er schon in die kommenden Tage hinein, staunend, wie ein Kind. Ich fragte noch einmal, und er nannte mir einen nahen Tag, an dem er sich auf dem Bahnhof einzufinden hatte. Der Zug, mit dem er fahren mußte, war ihm bekanntgegeben, die Anweisung auf eine Fahrkarte besaß er auch schon, in der Hauptstadt wurde er von jemand erwartet, der sich seiner anzunehmen hatte - ein fein gesponnenes Netz sollte über ihn geworfen werden, als sei er ein aussterbendes Tier und die Rechtfertigung vieler, hoffärtiger Reden in der Hauptstadt, die da beschworen, es hätten die Erzväter unsere Sprache gesprochen und stamme die Menschheit von uns allein ab. Dunkel ahnte ich das Blendwerk, zu dem er dienen sollte, der Tor. Aber konnte ich ihn hindern? Wer schaute ein Kind an, in dem die Freude leuchtet, und wüßte sich mächtig, sie ihm zu rauben? Und risse er ihm auch aus den Händen, was es gerade hält - er risse nicht die Freude aus seiner Seele.

Ich hatte ihn nichts mehr zu fragen, ihm nichts mehr zu sagen, und dennoch ließ ich seine Hände nicht fahren. Am liebsten hätte ich ihn nicht fortgelassen. Und er stand, stand geduldig neben mir, ohne daß ich gewahren konnte, worauf er den Blick gerichtet hielt. Lächelte er noch, sah er noch staunend-verzückt in die Zukunft?

Die Wölfe sind wiedergekommen, mein Sohn, sagte ich endlich; hast du keine Furcht?

Er antwortete nicht. Ich fragte aus einer anderen Welt. Und da mit einemmal, nachdem ich mich lange gegen Gott gewehrt und ihn, meinen einzigen Sohn, nicht hatte von mir lassen wollen - da mit einemmal ergriff mich solche Verzagtheit, daß ich seine Hände sinken ließ und aufstand und ihm betrübt in die Augen sah.

Geh mit Gott, mein Kind, sprach ich, Friede sei auf deinem Wege, ich werde für dich beten, mein Teuerster!

Ich nahm ihn an der Schulter und führte ihn zur Tür. Fast war es mir in diesem Augenblick leichter, nur zu wissen, daß ich ein Kind auf Erden besaß, als es bei mir zu sehen. Er ging hinaus; ohne Gruß, ohne mich noch einmal anzublicken; mit so verschwiegenen Schritten, als habe er in einem Geheimnis verweilt. Die langen Stunden danach sah ich ihn nicht mehr. Er hatte wohl als letzte seiner täglichen Bürden die Torflast zu meiner Zelle gebracht und war zurückgekehrt in die Moore, denn schon begann es auch Abend zu werden, und der Tag ging zur Neige.

Mein Gott, fragte ich, im Dämmern verweilend, welche Pläne hast du für dieses arme Leben gefaßt? Was ist es, das du durch ihn offenbaren willst? Erleuchte deinen Knecht, den liebenden Vater! Herr, laß mir den einzigen! Erleuchte auch ihn und gib ihm verlorenes Vermögen zurück, auf daß er mich erkenne und noch einmal und anders: Vater... spräche zu mir. Aber nicht, wie ich will, Vater, sondern wie du willst. Ich befehle uns in deine Hände, o Menschenfreund! – Bald sprach ich so, bald sprach ich anders: Nimm, Vater, ihn nicht von mir, sei barmherzig, ich flehe dich an...! Um deines eingeborenen Sohnes willen, erbarme dich meiner!

Der frühe Abend war angebrochen, es wurde Nacht. Zwischen den Gebetsübungen, zu denen sich alle Frommen in der Kirche versammeln, saß ich allein in meiner Zelle.

Es verlieren alle Eltern ihre Kinder, sprach ich mir tröstend zu. Sieh, wie es in der Natur bestellt ist: der Wind entführt der Frucht ihren Samen und trägt ihn fort. Es ist in der Pflanze kein Fragen: wohin? Gesegnet der Wind, der den Samen trägt und der Art ihre Dauer beschert. Und sieh die Vögel unter dem Himmel: sie vermehren sich, die Eltern dienen sorgsam den Kleinen, aber sind die flügge geworden, so zerreißt das Band, und die Kleinen fliegen davon. Auf wie viele nicht wartet der Tod allerorten! Sei es zufrieden: dein Sohn lebt. Du hättest ihn unwiederdringlicher verlieren können... Noch unwiederbringlicher? fragte ich; fast wollte ich, er wäre tot und im Tode geborgen. Viel schlimmer dünkte es mich, daß er, dem Leben entzogen, noch lebte, neben mir lebte! Denn ich hatte ihn schon verloren; aber nicht an den Tod – in diesem Wissen vermögen wir noch einmal Frieden zu finden, wenn der erste Schmerz gestillt ist –, sondern an etwas fast Lebensfeindliches, an eine Unnatur, in der ein anderes als des Lebens Gesetz regiert. Daß ihm das Gefühl für die Zeit abhanden gekommen war, hatte ich schon gespürt und mit seinem an keine Zeit gebundenen Leben im Moor in Verbindung gebracht. Dennoch dünkte es mich jetzt tieferer Ursache zu sein. Es war mich bei seinem Anblick und seinem Verweilen in meiner Zelle die Ahnung von etwas Zeitlosem in höherem Sinne angekommen, die Ahnung von einem Wesen, das allen Lebens und Wachstums bar in die Zeit hineinragt. Ihn hatte eine ferne Zeit, die schon zur Ewigkeit erstarrt war, und ein fernes Geschlecht, das in die Menschheit zurückgeflutet ist, gezeugt; weniger ein Mensch als ein Teil der Menschheit; nicht ich. Und doch rang ich um den Besitz an ihm, rang ich um etwas, das rätselhaft mein an ihm war. Vielleicht verhielt es sich so, daß ich als einer der letzten teil an ihm hatte, teil mit unserem ganzen Geschlecht, und daß so, wie ich um meinen Anteil in ihm rang, auch der Geist des ganzen Geschlechtes in seinem Tun und Denken um Treue warb. Treue, die er dem Geschlecht zu halten hatte, Treue ihrem heiligen Werk, Treue dem Sinn des Lebens, das die Ahnen einst geführt, Treue dem Ewigen, das sich im Kannel bewahrt, Treue endlich – das Viele zum Einen geeint –, Treue gegen Gott.

Ich betete für ihn, und mein Herz dürstete weiter. Einmal noch hörte ich seine Stimme von fern, und als ich ein andermal nach ihm fragte, sagte man mir, Makari sei in die Hauptstadt gefahren. War er mir darum ferner gerückt? Nein. Tagtäglich bekannte ich seinen Namen Gott, unserem Herrn, und bat, ihn zu schirmen. Wovor? Ich wußte es nicht. Das Gefühl, er schwebe in höchster Gefahr, wich nicht von mir. Und endlich: ich hatte mich schon zu sehr daran gewöhnt, diesen Sohn am reinsten in meinen Gedanken zu besitzen, als daß mir das Wissen, er weile noch ferner als sonst, nun mit der räumlichen Trennung das Gefühl des Voneinander-Geschiedenseins gegeben hätte. Fast mein ganzes Leben lang hatte ich ihn nicht anders besessen als jetzt. Oh, ihr glücklichen Väter dieser Erde, die euch ein anderes Band mit euren Kindern verbindet, wie gesegnet seid ihr! Wie hat sich auch meine Seele nach einfältiger, frommer Kindesliebe gesehnt, nach einem gläubigen, vertrauenden Herzen, nach einer Hand, einem ergebenen Blick! Ich mußte es missen lernen; ja, war nicht gerade dies der Sinn meiner Pilgerschaft?

Er war es, aber ich war ihm untreu geworden. Anklagen und Versäumnisse spürte ich mit einemmal überall. Makari, dem

Kinde, war ich die Treue schuldig geblieben, und um wieviel mehr jetzt auch Gott! Am Ende meines Lebens sah ich alles in Trümmern liegen, und dauerhafter und besser noch einmal zu bauen, gab Gott mir wohl keine Zeit.

Wirf alles von dir! sprach ich zu mir selbst; trachte nach uneigennützigem Wohlgefallen und versenke dich in klügeres Tun, als womit du jetzt deine Tage füllst; folge Ihm nach und verlasse die Welt, die du schon einmal verlassen hast!

Dies, sprach ich, ist nicht nach des Heilands Gebot. Ich will meinen Nächsten lieben. Doch liebe ihn uneigennütziger, sagte ich zu mir selbst, laß seinen Schatten dir nicht die Sonne verdunkeln!

Aber was wäre meine Liebe, entgegnete ich, brennte sie nicht wie ein Feuer! Und wes Inhalts wäre sie, suchte nicht ich, ihm zu helfen?

Tag um Tag und Nacht für Nacht stritt ich so. Wer weiß, wohin die Entscheidung gefallen wäre, hätte nicht Makari, der zurückkehrte, die Antwort gegeben.

ES WAR an einem grauen Morgen. Geschneit hatte es schon, da ich um die Mitternacht zum Gebet in die Kirche gegangen war, und noch eben schneite es in dichten Flocken. Keine Spur vom Schritt eines Menschen lag im weiten Klosterhof. Es ging in den Vormittag hinein, aber es war dämmrig und still wie zur Nacht. Halbdunkel lag meine Zelle.

Ich hatte niemand an meinem Fenster vorbeigehen sehen, aber plötzlich öffnete sich die Tür, und aufblickend konnte ich keinen Ton über die Lippen bringen, denn der da eintrat - war Makari. Aber war er es wirklich? Ich starrte ihn ungläubig an...

Stumm schleppt er sich auf mich zu. Vater im Himmel! denke ich bebend, ist es Makari? Noch hat er kein Wort gesprochen, keinen Blick mir geschenkt; er kommt wie ein Geist, gerufen, gebannt, ihn treibt etwas wie eine dunkle Pflicht zu mir, wie einen Mörder das Gewissen zur Stätte seiner Untat. Ist er es wirklich? Ich schlage ein Kreuz - das Böse soll weichen! -, ist es Makari, der da steht?

Er schweigt. Schneeflocken, auf seine Schulter gehäuft, fallen von ihm; in seinem Haar schmilzt das Eis, ganz wie damals, bevor er in die Welt fuhr, als das Leuchten der Freude ihn einhüllte.

Noch immer habe ich nicht sprechen können, und auch aus seinem Mund kommt kein Wort. Bebend sitze ich in meinem Stuhl und starre ihn an. Fühlt er, daß ich ihn nicht erkennen kann?... Langsam, ganz langsam tritt er noch näher, und dann richten sich seine Augen zum ersten Male auf mich, und gleich wieder senkt er den Blick. In diesen Augen aber las ich namenlose Angst, namenloses Unglück, Ratlosigkeit und das Bewußtsein einer Schuld, die er gekommen war, vor mir zu gestehen.

Es leben Kräfte in unserer Brust, die in seltenen Augenblicken gleichsam wetterleuchtend unsere Ahnung erfüllen. Wir, die unser Leben in eine große Vereinsamung geführt hat, fernab der Wiege unserer Geschlechter, der heiligen Stätte, die etwas vom Geist des Werdens und Vergehens in sich aufgesogen hat – wie vermöchten wir uns noch in lebendiger Anschauung zu erhalten, daß ein Geschlecht auf Erden ein unverlierbares Gut ist, eine jenseitige Kraft, aber in vergänglichen Werten verkörpert. Es muß so viel Unvergängliches in jedem einzelnen Wert liegen, daß das Gut sich mehrt in den Jüngsten Tag. So trägt auch ein jeder Verantwortung vor Gott. Denn über alle Ereignisse unseres irdischen Lebens hinaus bewahren wir doch mit jedem Schritt gleichsam eine Richtung, die uns heilig sein sollte; und wie mannigfaltig die Kräfte des einzelnen sich auch zu rühren vermögen – sie zielen nie über einen Kreis hinaus, der um das Unvergängliche des Geschlechtes gezogen scheint für seine vergänglichen Glieder. Wir alle sind nur Abwandlungen des Unveränderlich-Einen, und je treuer wir ihm dienen und je reiner wir ihm zu gleichen versuchen, um so näher gelangen wir der Vollkommenheit und der Rückkehr aus der Erscheinung in den Geist des Ganzen.

Untereinander aber bindet uns ein Gelöbnis. Uns alle hat Gott auserwählt, und uns allen wohnt ein geheimes Wissen inne, einstmals Rechenschaft schuldig zu sein. Was immer wir tun, und wie widerspruchsvoll unsere Taten in sich auch sind – eins bleibt unveränderlich, und eine geheime Magnetnadel erblicken wir in unserem Gewissen: sie irrt niemals ab vom Ewig-Gleichen. Und sind auch unsere Sinne verwüstet, umnachtet oder verschollen – ein Übersinnliches bleibt, und das, glaube ich, forderte auch Makari, vor mir zu gestehen. Ich war der letzte lebende Richter des Geschlechtes auf Erden, vor dem er bekannte, daß er sein Gelöbnis gebrochen.

Er hatte das Kannel verkauft.

Dieses war sein erstes Geständnis. Noch sehe ich ihn vor mir: müde, mit herabhängenden Händen, der Kraft beraubt wie eine welkende Pflanze, die, so armselig sie gewesen war, einstmals ihr Haupt frei und herrlich zum Himmel erhoben hatte. Der Kopf war ihm auf die Brust gesunken.

Vater..., murmelte er vor sich hin; lange schwieg er, und mit großen Pausen vollendete er das erste Bekenntnis: Ich habe das Kannel nicht mehr, Vater...

Ich vermochte nicht, etwas zu denken oder zu sagen. Das Gefühl unaussprechlicher Leere schnürte mich ein. Wir waren dahin und verloren. Verloren, ja. Soviel ich mich später auch mühte, zu denken und zu sprechen, Nützliches zu sagen und Hilfreiches – das Gefühl des Verlorenseins wich nicht von mir. Makari hatte sein köstlichstes Gut auf Erden verkauft...! Ich wagte es nicht zu fassen. Ach, ich ergriff von ihm, was meinen Händen erreichbar war, ich klammerte mich an seine Kleider, ich packte seine Hand und richtete mich mit Mühe auf. Es war, als fiele die Nacht um uns beide; so sehr verdüsterte der Morgen sich. Du hast, stammelte ich, du hast... das Kannel nicht mehr...?

Er schwieg. Nichts vermochte, ihm Antwort zu entlocken, wie sehr ich auch in ihn drängte. War er denn gekommen, um nach diesen Worten schon zu schweigen? Oh, es war ja eigentlich auch fast alles mit ihnen gesagt. Aber da ich, als mein Schreck sich seiner ersten Worte entledigt hatte, weiter in ihn drängte, mir mehr zu erzählen, das Ganze, fiel es in mich wie eine tiefe Besinnung, und es kam ein langsames Sichaufrichten nach den ersten Schlägen. Ich stand auf seine Schulter gestützt; er rührte sich nicht.

Oh, wie konntest du das tun! sprach ich nach einer Weile vor mich hin; oh, Makari, wie konntest du das tun! Als mein Vater mir das Kannel zu treuen Händen übergab, sagte er mir, es wöge dieses Weiterreichen so schwer wie die apostolische Kraft, die in unserer heiligen Kirche fortwirkt. Vermessen war es, so zu sprechen, und gewiß eine Lästerung, aber ich verstehe, was er damit hatte sagen wollen. Und als ich mein Zeichen ins Holz ritzte neben die vielen, die schon auf wieder verlöschten standen, hatte ich auch ein dunkles Gefühl, daß ich damit einen Pakt unterschrieb. Habe ich ihn gebrochen, als ich dir das Kannel schenkte, da wir uns trennten? Ich habe kein Zeichen von deiner Hand gesehen, als ich das Kannel in deiner Höhle wiederfand; hast du ihm auch keins gegeben? Es wäre dein gutes Recht gewesen. Nun freilich sieht es so aus, als hätte der, der das letzte der Zeichen ins Holz grub, es weggeschenkt, und das bin ich... Ich schwieg, indes ich bestürzt einer Einflüsterung lauschte, die mir sagte: ja, ich hätte das Kannel weggeschenkt, ich wäre der Schuldige, denn ich hätte es in seines Wertes und seiner Bedeutung unwissende Hände gelegt. Vierzehn Jahre alt war Makari gewesen, als ich es ihm übergab...

Alle meine Gedanken stockten bei dieser Stimme, ihr Flüstern verschlug mir die Sprache. Warum also klagte ich jetzt Makari an? Wie konnte ich über ihn zu Gericht sitzen, der ich selbst schuldig war?

Vater, ich habe von allem dem nichts gewußt..., sagte da Makari leise wie im Traum. Wohl habe ich es immer meinen Schatz genannt, aber ich wußte nicht, wie...

Welche Sprache aus seinem Mund! Ich schrak zusammen und starrte ihn an, der den Blick noch immer gesenkt hielt. Was war mit ihm geschehen? Schon wollte ich ihn an mich pressen, als mich seine Stimme - so dumpf und leise wie aus einem halb verschütteten Gewölbe - abermals zögern ließ.

...Als ich aus dem Krieg kam..., das ist nun lange her, ja..., sprach er sinnend, als suchte er im Knäuel dessen, was ihm eingefallen war, den verborgenen Anfang. Damals... Er stockte und schien nicht über Schwellen treten zu können, die es, unsichtbar für mich, gab. Damals... Damals..., als ich aus dem Krieg kam... holte ich mir alle meine Sachen bei dem Bauern ab, zu dem mein Vater mich geschickt hatte..., und das Kannel, das Kannel war auch dabei, ja... Und dann... Er setzte mehrmals an, weiterzusprechen, aber wie bei einem Stummen verzerrten sich seine Züge nur in ohnmächtiger Anstrengung gegen Fesseln, die er nicht zu sprengen vermochte.

Überdies waren meine Hände, die sich an ihn geklammert hatten, abgeglitten von ihm. Ich stand wie vor einer Offenbarung, Tränen überströmten mein Gesicht, wie das seine die Schmelzwassertropfen. Meine innigsten Gebete waren erhört! Ich zog ihn an mich und spürte dabei schon ein Zaudern bei ihm, ja gar eine Abwehr und Angst. Mein Sohn! rief ich und zog ihn trotz seines Widerstrebens an meine Brust und bedeckte seine Wangen mit Küssen. Ach, die Knie trugen mich nicht mehr in meiner Schwäche!

Erkennst du deinen Vater, Makari, mein Teurer? rief ich und hob sein Angesicht zu mir auf. All mein Gefühl der Verlorenheit war geschwunden unter dem Glück, daß ich meinen Sohn wiedergefunden hatte, dem Gott ein neues Leben geschenkt. Ich hob sein Angesicht auf zu mir - und wich entsetzt zurück...

Der Schlafende, der im Traum spricht, gibt Antwort dem Frager, den er nicht sieht und nicht mit Bewußtsein hört. Es antwortet aus ihm, unbewußt, und entblößt ihn seines Geheimsten. Aber die Fragen müssen dem Klang aus dem Mund des Antwortenden gleichen, es muß sich Frage und Antwort verknüpfen, die Frage mit der Antwort fließen zu neuer Frage und neuem Geständnis. Behutsam hätte ich seinem Gedächtnis zu Hilfe kommen müssen, ihm über jene unsichtbaren Schwellen helfen und dem Geist, der sich so unsäglich zart aus dem Gefängnis des Schweigens befreite, beistehen sollen, wie ein fürsorglicher Mensch dem Küchlein, das die harten Schalen seines Eies nicht allein zu sprengen vermag. Ich aber hatte ihn mit der Stimme meiner selbstsüchtigen Liebe laut angerufen und an meine Brust gezogen, und jetzt...

Als ich sein Angesicht zu mir aufhob, war es, als sei über das Leben, das darin flüchtig gewohnt, endgültig die Decke des Schlafes, der Schleier des Unbewußten gefallen. Dunkel und unergründlich wie die Moorgewässer, die von unserem Berge aussehen, als sei in sie alles Leben zum Schlaf gebannt, sahen seine Augen mich an. Aber sahen sie mich, seinen Vater?

Oh, ich weiß, daß er mich für Augenblicke erkannt hatte, daß er, seltsam abgeschieden von den Zusammenhängen unseres Lebens, erwacht und - noch ehe er, wie in einem fremden Lande, sich umgeschaut hatte - für immer eingeschlafen war. Ich glaube nicht, daß er späterhin noch mich, seinen Vater, gewahrte, als mein Gesicht sich vor das seine drängte. Er sah da wohl nur einen Menschen, einen von allen.

Doch abermals wetterleuchtete jene übersinnliche Kraft in ihm auf, und waren auch seine Sinne schon wieder erloschen, sein Gedächtnis für mich - so nahm er doch, als lange Zeit über jenen geheimnisvollen Verwandlungen vergangen war, das Geständnis auf vor dem Richter seines Geschlechtes. Eins konnte der ihm nicht mehr sagen, der Richter, was er euch, meine Brüder, jetzt gesteht: daß er in jener Stunde neben Makari trat vor den höchsten Richter, an seine Brust schlug und demütig bekannte: Vater, ich habe gesündigt gegen den Himmel und vor dir; ich war es nicht wert, daß du in meine unwürdigen Hände das Erbe unseres Geschlechtes gelegt!

Zwei verlorene Söhne der alten, heiligen Welt, der Reue voll und der Hoffnung auf unseres himmlischen Vaters Erbarmen, weilten wir dort in der Dämmerung. Vergib mir, o Herr, die Lüge der Ruhe, die ich zu wahren trachtete; und vergib mir die Lüge der Würde, die ich mir angemaßt oder mit der mich dein reuiger Sünder und Knecht Makari begabte. Es soll der Richter weise sein und das Zerbrochene wieder richten und aufrichten. Ersehet denn, ihr Brüder, meine Armseligkeit aus Makaris letzter Erzählung und seinem ungetrösteten Ende.

DER KURIERZUG, der unser Land von Osten nach Westen durcheilt, kam herangebraust, daß Makari vor Staunen beinahe das Einsteigen vergaß, aber während er noch unschlüssig die hohen Wagenwände betrachtete, stürzte auf eine der Plattformen ein Haufe Männer und schrie nach ihm und winkte ihm zu. Oh, sie waren guter Dinge! Etliche winkten, anstatt mit der Hand, schon mit der Flasche nach ihm, und andere bliesen hinter ihrem Rücken den Dudelsack wie ein Signal der Kriegsreiterei. Zu ihnen sollte er einsteigen, sagten Makari die lachenden Schaffner, und kaum hatte er nach ihrem Geheiß die Plattform bestiegen, auf die ihn die fröhliche Bande halb hinaufzog, da fuhr der Zug an und gingen auch die Waghalsigsten in das Abteil zurück, ein Abteil für sie ganz allein; es saßen einige darin, die aus dem fernsten Ingermanland kamen und die Fahrt von Anfang bis Ende mitmachten. Es war eine lustige Reise und ein Gelage ohne Ende und Maß. Große Reden hielten die einen, die anderen waren voll Ungeduld und stürzten bei jeder Station aus dem Wagen, zu fragen, wie weit es noch wäre. Andere waren zaghaft und bereuten es fast, eingestiegen zu sein, denn bei jeder Haltestelle sagten sie wie zu sich selbst: Von hier aus sind es schon vier Stunden!, bei einer anderen: Jetzt schon ein halber Tag!, und bei der nächsten: Hotz! jetzt, ...ich glaube, jetzt muß man schon eine Woche dransetzen! Sie rechneten aus, wie weit der Weg bis nach Hause wäre, und je schneller der Zug fuhr, um so bekümmerter schauten sie drein. Die meisten aber waren lustig, und seitdem Makari zugestiegen war, den sie sogleich weidlich ausgeforscht, konnte es doch sein, daß auch auf ferneren Stationen noch jemand wartete, mit einem Gegenstand unter dem Arm, der ihn für sie gleich kenntlich machte; und so stürzten die meisten bei jedem Anhalten hinaus und hielten Umschau und liefen wieder hinein, sobald der Zug anfuhr, und ließen die Flasche kreisen.

Sie waren hochmütig, und sie fühlten sich geschmeichelt, aber im geheimsten wußte keiner so recht, was man eigentlich von ihm wollte: sie waren wie Kinder. Daß sie vor den anderen Menschen auffielen und die Gaffer an den Bahnhöfen der kleinen Städte lachend ihre Kleider betrachteten, die sie mit bunten Wollgarnen ausgestickt hatten, merkten sie nicht. Die meisten waren auch schon betrunken, als der Zug endlich des Abends spät in der Hauptstadt ankam, und hier verloren sie einander aus dem Sinn. Sie sahen einander ja noch immer wieder, sie schliefen auch alle auf ein und demselben Strohlager im Turnsaal einer großen Schule, aber jetzt war ein jeder mit sich beschäftigt, und die fremde Stadtwelt erforschte ein jeder für sich allein. Zum Schlaf des Nachts sahen sich nur die wenigsten. Die meisten von ihnen hatte die Stadt verschluckt, die fremdartigen Vergnügungen, das Laster, die Unzucht; sie kamen gar nicht mehr auf ihr gemeinsames Stroh. Und wenn einer von ihnen doch am hellichten Tag dahertorkelte, wurde er vom Diener der Schule hinausgewiesen und schlief irgendwo in einer Spelunke seinen schweren Rausch aus.

Das wurde anders, als sie jeder einen ›Paten‹ bekamen, ihren Führer, und ihre Arbeit leisten sollten. Sie wurden kurz gehalten und in ihrem Tun und Treiben bewacht. Es mußte auch ein jeder vorspielen und singen, was er konnte, und die Lieder wurden aufgeschrieben und auf ein Programm gesetzt. Zwei Abende lang hatten sie in einem großen Saal vor vielen Menschen und dem Präsidenten oder Kaiser und seinen Ministern selbst vorzuspielen und wurden streng ermahnt, nüchtern zu sein und sauber. Am Tage zeigten ihnen die Paten die Hauptstadt und versuchten, sie über alles zu belehren. Gar nicht zu sagen, was alles in diesen Tagen auf sie einstürmte, und die beiden Abende im großen Saal, in dem sie singen und spielen sollten, waren auch nicht so leicht zu bestehen. Die meisten von ihnen tranken sich vorher doch ein wenig Mut an, aber mit Maßen, so daß er nicht zum Übermut wurde; es wäre eine lange Geschichte, würde von jedem einzelnen berichtet, wie seine Tage dort geendet haben.

Das Gefängnis nahm einige von ihnen für kürzere Zeit auf, weil sie im Rausch zu den Messern gegriffen hatten; andere das Laster, in dem sie tiefer und tiefer sanken; die Dudelsackbläser wurden Spielleute in einem Nachtwirtshaus, aus dem sie, als man ihrer überdrüssig war, in die Bettelhöfe wanderten; die wenigsten kamen zurück, einige erst nach Jahren, und von den wenigen - wer weiß, wie viele mit heiler Seele, ihr Horn oder die Fiedel oder die Flöte unter dem Arm.

Die größte Aufmerksamkeit bei den Menschen der Stadt erregte Makari. Nach den beiden Abenden, da er mit allen anderen im großen Saal seine Kunst gezeigt, führte ihn sein Begleiter zu immer neuen Menschen in der Stadt, und alle stellten sie ihm mit Fragen nach. Was er erzählte - sie schrieben es alsogleich auf, aber er erzählte ihnen längst nicht genug. So führten sie ihn dann in ein seltsames Haus, in dem es wie in einer Werkstatt aussah, und dort hießen sie ihn, in einen Trichter zu singen und zu spielen, was er nur widerwillig tat; und kaum hatte er diese Pflicht erfüllt, da spielten sie ihm, was er eben gesungen, auf flachen Scheiben zum Spaß gleich vor, damit er sich auch selbst einmal höre.

Was Wunder, wenn ob solch schwarzer Künste seine Seele nicht aus dem Staunen geriet! Alle Lieder, die er kannte, mußte er ihnen vorsingen; die meisten in den Trichter, indes sie danebensaßen und sorgsam die Worte aufschrieben und dünne Linien mit Punkten füllten; bei jedem Lied mußte er erzählen, was er darüber wußte. Er wußte nichts. Sie forschten ihn nach seinem Leben aus und waren erstaunt bei allem, was sie zu hören bekamen. Und endlich fragte ein Magister, der sich seiner sonderlich angenommen hatte, ob er ihm nicht sein Kannel verkaufen wolle. Nein! sprach Makari. - Aber er könnte sich doch ein neues schnitzen? - Niemals! entgegnete ihm Makari. Da ließ der andere von ihm ab. Nun aber, sagte er, nun sei die Arbeit getan, und es müsse das Vergnügen beginnen; ob er nicht mit ihm frühstücken wollte? Darauf ging Makari ein. Es war am letzten Tag seines Aufenthaltes in der Stadt. Man hatte ihnen allen Geld gegeben am zweiten der Abende und die Anweisung auf eine Fahrkarte für die Eisenbahn. Sein Zug, sagte der Magister, ginge erst am Nachmittag, und in der Nacht wäre er bei unserer Station; aber die Wanderung in der Finsternis bis nach Haus sei ja wohl für ihn ein leichtes. So ging denn Makari mit dem Magister zum Frühstück. Der Fremde war ein tüchtiger Zecher und ließ auch den Gast nicht darben. Soviel er nur erfahren konnte, forschte er Makari aus; über das Kannel schien er noch längst nicht genug zu wissen; und unaufhörlich trank er ihm zu. Das geschah in einem kleinen Wirtshaus, dicht vor dem Bahnhof, und als sie mit dem Imbiß fertig geworden, aber die Zeit bis zum Abgang des Zuges noch lang war, schlenderten sie abermals in die Stadt hinein, Makari mit seinem Kannel unter dem Arm, nicht mehr ganz sicheren Schrittes.

Die seltsamsten Geschäfte gab es auf ihrem Weg, und vor jedem Laden hielten sie an, die ausgestellten Waren zu betrachten. So kamen sie auch zu einem prächtigen Geschäft, in dessen beiden Fenstern es vor Gold und Silber nur so funkelte; und es war kein Schmuckwarenhändler, der hier seine Sachen feilhielt, wie Makari anfangs dachte, sondern ein Mann, der Musikinstrumente verkaufte! Sie lagen da in den Fenstern, geschwungen und gekrümmt, gedreht und gedrechselt, unglaubliche Wunder aus Gold und Silber. Gar nicht auszudenken, was für Töne aus ihnen herausgelockt werden konnten! Der Magister nun, der ward nicht müde, Makari diese Wunder auszumalen, aber Töne muß man ja hören, denn auch der beste Nachahmer gibt keine rechte Vorstellung vom Klang.

Ich kenne den Mann, der die Dinger verkauft, sagte da mit einem Male der Fremde, und unversehens standen sie auch schon im Laden, der so groß war, daß kleine Häuschen in ihm Platz gefunden hatten, und aus jedem der erleuchteten Häuschen klang gedämpfte Musik.

War es nun eine Folge des überreichlich genossenen Branntweins, der Makari jetzt nach dem Weg durch die frische Luft und dem Eintritt in den halbdunklen, märchenhaften Laden zu Kopf stieg – oder mehr die Verwirrung durch das Fremde, das unaufhörlich mit dem Staunen über Wunderbares und Rätselhaftes auf ihn eindrang – nur wie durch einen Schleier entsann er sich, daß der fremde Magister ihm etwas auf dem merkwürdigsten aller Instrumente vorgeblasen hatte. Es war aus Silber, dieses

Instrument, und hatte eine Form, als sei es mutwillig verbogen worden, aber es gleißte und glänzte unvorstellbar schön, Klappen und Hebel besaß es, wie ein Tausendfüßler Beinchen. Und die Töne, die ihm der Fremde entlockte! So etwas Lustiges und Lächerliches hatte Makari noch nie gehört. Es blökte wie ein Schäfchen, dann wieder kamen seine Töne wie mit dem warmen Atem einer Kuh, es konnte gar lachen und kichern und rührselig flennen und sanft vor sich hin dudeln.

Sein Ja auf die mutwillig-anmaßende Frage des Fremden, ob ihm denn dieses wunderbare Instrument aus Silber nicht sein hölzernes Kannel wert sei, hörte Makari wie ein Echo. Und er verstand später nicht mehr, daß es das Echo seiner eigenen Stimme gewesen war...

Was dann noch mit ihm in der Stadt geschah, wußte er nicht recht. Ja, irgendwo hatte er geschlafen, mit dem silbernen Ding im Arm, sehr froh über den Tausch; dann war er mit dem Fremden in einer Kutsche gefahren und endlich neuerlich eingeschlafen in einem ununterbrochenen Rollen... Dunkel war es, als er erwachte und langsam begriff, daß er in der Eisenbahn auf einer Bank lag; so langsam er dies begriff, ging ihm auch manches andere auf, aber immer wie unter Schleiern verborgen. Das silberne Instrument lag unter seinem Kopf, in einem vortrefflich angemessenen Kasten, und als er den bei sich sah, war er ganz zufrieden. Wach lag er schon, als ein Schaffner kam und ihn knuffte, bei der nächsten Station müßte er raus.

Ob es die Station war, wußte er nicht: er stieg aus, als der Zug anhielt. Ja, dort, wo er stand, brannten auch ein paar Lampen, aber wie kümmerlich nahmen sich die nach dem Lichterglanz der Stadt aus!

Die Fahrt war, während er geschlafen hatte, so schnell vergangen, daß er sich jetzt erst fassen mußte und vertraut machen mit der alten Welt. Er stand und stand, seinen Kasten unter dem Arm, und war sich selbst damit ein wenig fremd. Im Dunkel eilten die Schaffner umher und schwenkten ihre Laternen, auch ein paar Bedienstete der Station; einer pfiff, einige kletterten schnell in die Wagen, und dann fuhr der Zug ab mit Donnern und Rollen und sprühenden Funken auf dem eisernen Strang.

Sogleich war es still. Das rote Licht am letzten Wagen verglühte in der Nacht. Und Makari stand noch immer, wohin er gestiegen war. Kein Mensch war zu sehen. Es schien, als löschte der

Wind die wenigen Laternen rundum. Und da mit einemmal spürte er, wie bitterlich kalt die Nacht war. Er machte, daß er fortkam, überquerte die Geleise und fand auch sofort die Landstraße mit ihren Spuren von Schlitten und Pferden. Mit denen als Richtmarke schritt er kräftig aus. Wie lange, das wußte er nicht. Ein unbezähmbares Verlangen danach, sich zu setzen, ließ ihn die nächste Schneewehe erwählen. Weit und breit war es dunkel; kein Gesinde in der Nähe und der Bahnhof schon fern und das letzte Licht in ihm wieder verlöscht. Über ihm summte eine Telegraphenlinie, die das Land durchquerte; wohin, das wußte Makari nicht. Vielleicht sind die letzten Gesinde schon hinter mir, dachte er; es steht wirklich vom Kloster an kein Haus mehr bis zu den wenigen Höfen, die schon dicht an der Eisenbahn liegen. Er begann schläfrig zu werden und streckte sich eben aus, als ihn die Angst vor dem Erfrieren durchzuckte und sofort wieder munter werden ließ. Damit er etwas höre, schlug er seine Stiefel zusammen; das konnte ihm auch die Füße wärmen. Und die ganze Zeit über war ihm, als müßte er sich auf etwas besinnen, nur fiel ihm nicht ein, was es war. Die Folgen der Trunkenheit ekelten ihn; er war seiner selbst leid, wie niemals zuvor. Ach, ich... ich..., dachte er, als er seine Glieder zusammensuchte und von neuem zu wandern begann.

Langsam ging es damit. Der Weg war schlecht, und ihm war so traurig zumute. Stunde um Stunde verging, und er war auf den Beinen. Längst war er von der Landstraße abgebogen und hatte den Weg ins Moor eingeschlagen, der nur zu ahnen war im Dunkel der Nacht. Der Schnee wurde tiefer. Wenn sich zur Rechten und zur Linken das Land ein wenig erhob, war der Weg so verweht, daß Makari die Hänge erklettern und über die Felder wandern mußte. Auszuruhen fürchtete er sich, denn er war zum Umfallen müde, müde wie nach dem schwersten Tagewerk nicht, und Einschlafen bedeutete jetzt den Tod. Und doch gab es nichts Einschläferndes als das Dunkel der Nacht, das Holpern seiner Schritte auf der gefrorenen und bloßgewehten Erde, dem er lauschte, und das Singen des wandernden Schnees, der aus jedem seiner Fußstapfen sprühte.

Ich will mich doch ein wenig ausruhen, dachte er, als der Weg an einer sanften Halde entlang führte, auf die auch kein Lüftchen sprang - aber nein, er wanderte weiter. Die Nacht war noch lang, und er wollte nicht mehr als eine Rast wagen. So kam er an den Anfang des Moores. Und fast war es nicht die Müdigkeit, die ihn hier wie an den Schultern zu Boden drückte, sondern seine Traurigkeit. Er war traurig; warum? Er wußte es selbst nicht und hätte sich auf jener Wanderung auch kaum danach gefragt. Es kroch nur etwas in ihm zusammen und bangte und wagte nicht aufzublicken; so, wie er auch auf der Rast den Kopf zwischen die Schultern einzog und nicht vor sich hin blicken mochte. Er war ganz allein in der Nacht, zum ersten Male in seinem Leben. Rund um ihn zischte der Schnee und knarrten vereiste Bäumchen im Frost; über ihm blitzten die Sterne hinter einem milchigen Schleier, sehr fern voraus war seine Hütte, und hinter ihm lag die Station in ihrem winddurchwehten Dunkel, schliefen die Bahnbediensteten neben ihren Laternen, fuhr der Zug durch die Nacht. Und weiter noch, in der Ferne, prunkte die Hauptstadt mit Lichtern und Bahnen und Wirtshäusern, mit Schlössern und Kirchen und Menschen, ob bei Tag oder bei Nacht; glitzernde Perlensäume waren ihre Straßen am Meer, Schiffe zogen auf sie zu, und Schiffe fuhren von ihr aus... Ach, daß dies alles war und nicht voneinander wußte, machte ihn traurig; traurig, daß er selbst darin enthalten war und niemand ihm einen Gedanken schenkte.

Er war eben am Einschlafen, als ihm der Kasten mit dem silbernen Instrument entglitt. Das weckte ihn auf. Ach, dachte er erleichtert und rieb sich die Hände, ich will versuchen, ob auch ich blasen kann, das wird mich munter machen! Es soll sich zwar nicht gut in der Kälte blasen, aber ein paar Töne wird das Ding immerhin geben! Nur war das Öffnen des Kastens nicht leicht; nicht wie bei dem Sack, den er seinem Kannel geflochten: er zog an der Schnur und griff hinein – sondern hier gab es vornehme stählerne Haken und Knöpfe, die man im Finstern nicht so schnell fand. Die Suche aber ermunterte ihn, und so war auch das zum Nutzen, und endlich sprang der Deckel wie im Versehen auf, und zwischen dem dunkeln Tuch, damit der Kasten ausgeschlagen war, glitzerte und gleißte es wie das Allerheiligste... Nur betörte das Makari nicht mehr wie ehemals im Laden der Hauptstadt. Das Ding war fremd und in seinen etwas frostklammen Fingern so ungebärdig, als wollte es ihm aus den Händen springen. Ja, als er es da zum Munde führte, war es eigentlich wie etwas Bösartiges und Unheimliches; es schauderte ihn fast vor dem kalten Metall, das in der Kälte sogleich wie Höllenpech an seinen Fingern zu kleben schien. Aber er schöpfte Luft, halb zornig; mochte es doch seine Stimme geben!

Er blies hinein und setzte es schnell wieder ab, obschon es ihm die Lippen wund riß. Was für ein Ton…! Es klang, als hätte ein Geißbock gelacht; ein Heulen war das, wie ein abtrünniger Seufzer des Bösen. Er sah sich ängstlich um, als könnte ihn jemand gehört haben; er schämte sich sogar vor der Nacht. Hatte er das in der Stadt gehört und dagegen den stillen Klang des Kannels getauscht?

Er rieb sich die Ohren, setzte das glitzernde Ding abermals an die schmerzenden Lippen und blies, ob ihm auch die Ohren wehtaten; und dann legte er es hastig wieder in den Kasten, schlug den Deckel zu und sprang auf. Ich werde es nie wieder anrühren! dachte er ganz benommen, denn seine Ohren gellten noch von dem abscheulichen Geschrei und Gejohle.

Wieder mußte er Umschau halten. Dies wird die Richtung sein! dachte er, als er sich anschickte, weiterzugehen, und durchforschte die Finsternis, in der er doch nichts sah – nichts als zwei glimmende Punkte vor ihm, zwei zur Linken, zur Rechten abermals zwei, und zwischen ihnen krochen knurrende Schatten entlang…

Unzählige Male zuvor hatte Makari den Wölfen getrotzt und war Herr und Meister geworden über ihren Blutdurst, denn er hatte etwas, das sie seine Nähe scheuen ließ wie das Feuer. In Wahrheit – hatte er es gehabt. Denn als er jetzt, die Zähne zusammenbeißend, den Kasten mit dem silbernen Instrument an seine Brust preßte, entrang sich ihm im nächsten Augenblick ein Stöhnen. Seine Hände wurden schwach, und der Kasten fiel in den Schnee: dumpf und weich, ohne ein Klingen, ohne das Raunen der Saiten, ihr Flüstern und Lispeln wie im Schlaf oder im Träumen. Mit wehrlosen Händen stand er da allein in der Nacht, umkreist von den Schatten, näher und immer näher gierig betrachtet aus glühenden Augen. Ihm stieg auf einmal ein Heißes in den Blick, der forschend die Nacht zu durchdringen und keinen der Schatten zu verlieren suchte, und in ohnmächtigen Entsetzen gab er sich zum ersten Male verloren. Kein Wolf hatte sich in die Nähe seiner Hütte am Kaldama-Bach gewagt, wenn das Kannel erklang. Und jetzt…? Er trat auf den dumpf hallenden Kasten und drehte und wandte sich unausgesetzt, um keinen der Feinde unbemerkt nahen zu lassen.

Er hatte ein Messer! Er hatte es doch? ... Einen Augenblick lang fürchtete er, es nicht bei sich oder verloren zu haben, aber nein, es stak in seinem Gurt. Und als er das hervorzog und blank zwischen die Zähne nahm, daß der Stahl nicht die Lippen berühre, klapperte etwas in seiner Tasche. Zündhölzer lagen darin! In der Windeseile, mit der er die Griffe nach Messer und Zündhölzern tat, schöpfte er frischen Mut. Er konnte wenigstens Stück um Stück verbrennen: die Fäustlinge zuerst, dann das Sacktuch, die Bluse – alles, bis auf den Pelz. Der zum mindesten mußte ihm bleiben, wenn er nicht erfrieren wollte.

Wie ein Soldat vor der Feldschlacht, legte er seine Waffen bereit. Mochten sie näherkommen! Noch war es zu weit, um sie mit Feuer zu scheuchen, noch waren die Waffen zu kostbar. Sein Blick wanderte wachsam in die Runde. Er sprang auf der Stelle und lief hin und wieder ein paar Schritte zur Seite, wenn er meinte, dort besseren Stand zu haben. Er versuchte sich warm zu halten und klemmte die Zündhölzer so in die Schachtel, daß er nur eilends ein paar davon anzureißen brauchte; und über den Schnee und die darauf schweifenden Schatten erhob sich sein irrender Blick in den Himmel, die ersten Zeichen des Morgens zu suchen. Überdem aber hatten sich die Sterne verhüllt, und allmählich begann es zu schneien... Da fing die mit den Augen nun vollends undurchdringbare Finsternis von allen Seiten her an, leise zu knurren... Er hielt es nicht mehr aus, riß ein paar Zündhölzer an und steckte einen Fäustling in Brand. Wartend, bis die Flamme größer und heller geworden war – ob sie auch seine Finger versengte –, ergriff er die Lohe und trug sie wie ein Besessener mit wilden Sprüngen und Schwüngen in der Nacht umher. Dicht vor ihm floh aufkreischend ein Schatten, und im Nu hatte er sich zurückgeworfen und raste mit dem schon die Hand verbrennenden Feuer ins Dunkel, das ihm noch eben im Rücken gestanden, das Messer zu jedem Kampf bereit zwischen den Zähnen.

Bar und blank war die Erde, auf die er sprang: keine Wurzel, kein Bäumchen bot sich als Nahrung für ein Feuer, und im weiteren Umkreis zu suchen, war es zu dunkel. Das Messer blieb ihm zum letzten Versuch einer Rettung.

Aber es war seltsam, zu wie vielen Gedanken der Kampf ihm noch Zeit ließ. Vielen? Es war immer ein und derselbe Gedanke, den er in seinen Nöten gleichsam von den vielen Seiten her dachte: er hatte das Kannel verloren, und sein Friede war dahin, seine Kraft, seine Macht über das wilde Getier, die er ehedem als felsenfestes Vertrauen gespürt, fast nur als Liebe zum Kannel. Ihm war jetzt, als sei er abtrünnig geworden, als hätte er sein Leben mitverkauft, und die Reue überwältigte ihn so, daß er lange Zeit, ohne sich zu wehren, die Meute näher und näher kommen ließ, bis er, wieder gepackt von einer wilden Gier, zu leben, ein ganzes Bündel Zündhölzer anriß und ihnen entgegenwarf.

Danach hatte er einige Zeit lang Ruhe. Die Wölfe hockten irgendwo vor ihm beisammen und heulten und knurrten; es klang, als klagten sie ihn für seinen hartnäckigen Widerstand an.

In dieser Zeit, ehe sie den Ansturm mit der Witterung für den Morgen heftiger denn je erneuten, saß Makari gedankenverloren im Schnee, der ihn tiefer und immer tiefer begrub.

Gewiß hat das Geblök aus dem silbernen Teufelsdreck des Magisters sie hergerufen, dachte er, wie konnte ich auch nur das Kannel weggeben! Warum tat ich das? Mein Vater gab es mir, als ich jung war; es ist seit ältesten Zeiten bei unserem Geschlecht...

Eine wundersame Helligkeit erfüllte ihn. Es fiel wie Schuppen von seinen Augen, unbeschreiblich weit tat sich etwas in ihm auf; zum erstenmal, dünkte ihn, und doch war ihm, als hätte er schon einmal darin verweilt. Mein Vater gab es mir doch..., murmelte er vor sich hin. Die Tränen stürzten ihm in die Augen, es würgte ihn vom Schluchzen, er sprang auf - in vieler Bedeutung: wie aus dem Schlaf -, hier in der finsteren Nacht wurde sein Leben mit einemmal so unermeßlich weit, fühlte er, er war auferstanden, wie aus dem Grabe... Seine in der Wildnis des Moores geschärften Sinne handelten dann für ihn, der noch in die innere Welt verirrt war, als er neue Zündhölzer in den zweiten Fäustling anriß und den noch zeitig genug zum Brennen bekam, um einer Woge geduckter Leiber schreiend entgegenzustürzen...!

Barhäuptig war er längst, sein Pelz lag im Schnee, er hatte sich vom Leibe gerissen, was seinen Fäusten nachgab, als der Morgen anbrach. Und noch im grauenden Tag sprang er keuchend umher: eine belagerte Festung, die Sturm auf Sturm erduldet hatte im Dunkel. Mit dem Morgen wurden die Wölfe scheuer. Nur einer von ihnen stand unaufhörlich bleckend und knurrend da und maß den Stand des Menschen. Das war ein Untier, das man noch niemals hatte zur Strecke bringen können, obgleich es allwinterlich hauste. ›Der graue Alte‹ nannten es die Leute und erzählten sich schaudernd, es sei der Herrscher des Roten Reiches selbst, der, zum Werwolf verwandelt, die Christenheit jenseits der Grenze seines abtrünnigen Landes heimsuchen wollte. Er war der letzte auf dem Plan gegen Makari, und dann war die Festung befreit.

Einen jungen Baum in den Fäusten, den er eilends gebrochen, schleppte Makari sich durch den schneeverhangenen Morgen in die Höhle am Kaldama-Bach. Tag und Nacht schlief er wie ein Toter, und als er aufwachte, zitterten seine von vielen Brandblasen bedeckten Hände und fuhren ungelenk hierher und dorthin, als müßte er noch immer Flammen um sich werfen. Als er nach neuem Schlaf abermals erwachte, war ihm, als hätte er wie im Traum einmal in unendlicher Klarheit und Weite verweilt, in einem himmlischen Licht, dessen Widerschein bis in diese Stunde noch immer nicht verblaßt war. Sein Gedächtnis reichte bis zu dem Tag, da er mit den fröhlichen Kumpanen in die Hauptstadt gefahren war, aber an die Geschehnisse dort in den letzten Stunden vermochte er sich nur undeutlich zu erinnern. Auf dem Weg der Träume vor dem Erfrieren, bevor ihn der Angriff der Wölfe aufschreckte, hatte er von seinem Vater gehört, durch eine liebliche Stimme voll Klarheit und Licht, wie sie in den Träumen des weißen Todes spricht; vom Vater... Ja, Vater..., murmelte er verloren am Ende seiner Erzählung und wandte sich ab.

Die Stunde war umwoben von Träumen, erfüllt von doppelter Wirklichkeit, beschattet vom Schlaf; es wußte wohl keiner von uns, welches Leben ihn trug. Geist und Gestalt waren verwirrt, die Erscheinung trog, das Unsichtbare war so gegenwärtig wie wir, zwei Menschen von Fleisch und Blut. Das Schweigen des dunkeln Tages schien der Vergangenheit Zeuge zu sein. In Gottes Hand atmeten wir beide.

Mein Sohn..., sagte ich leise und legte ihm meine Hand auf die Schulter. Mehr wußte ich nicht zu sagen. Sie kommen! murmelte er, sie kommen jedesmal! Ich spiele, ich blase auf dem höllischen Silber, ich kann es nicht lassen, ich weiß nicht, warum. Ich liege da und johle und leide dabei und sage mir, daß dies gerecht ist. Und wenn ich innehalte...? Sie sind da! keuchte er, wie lauschend, und starrte zum Fenster, sie sind gekommen, es hat sie gelockt! Ich höre sie schleichen und kratzen über mir. Ich möchte die Tür aufreißen vor ihrem Rachen, da bin ich! sagen – aber ich lasse sie noch eine Weile scharren und ihnen das Wasser im Maul zusammenlaufen. Ich komme ja doch, und das Silber sollen sie zuerst fressen oder darauf blasen, wenn sie es verstehen... Ich will es nicht mehr!

Er drehte sich hastig zu mir herum, als hätte ich es ihm zugemutet, und starrte mich aus flackernden Augen an, lange, unbarmherzig lange. Und je länger sein Blick auf mir verweilte, um so tiefer veränderte sich der Ausdruck seines Gesichtes. Etwas wie die Ruhe des Schlafes glitt wieder hinein, eine Glätte und Lösung – aber ihr war kein Ende gesetzt, so beschwörend ich auch seine Hand ergriff, ihn am Einschlafen zu hindern. Vor meinen Augen verfiel sein Antlitz. Es nahm den Ausdruck der Totenstarre an, der Erloschenheit, und wurde darin zum Schrecken. Der Schlaf kam über ihn und verwandelte ihn nach jenem kurzen Aufleuchten der Gedächtniskraft und eines übersinnlichen Erkennens wieder zum lebendigen Toten.

Makari, sagte ich, und es war dieser Plan meine größte Hoffnung, ich werde für dich in die Hauptstadt fahren und danach trachten, das Kannel zurückzubekommen. Bleibe du derweilen hier, und kehre erst wieder ins Moor zurück, wenn ich dir das Kannel gebracht habe!

Er starrte mich an, daß es mir vorkam, als habe er mich gar nicht verstanden. Noch einmal und eindringlicher gestand ich ihm mein Vorhaben, und während ich sprach, merkte ich, daß sein Verstand sich mühte, gegenwärtig zu sein. Es zuckte in seinem Gesicht von Qualen der Anstrengung; es war, als wollte er Fesseln zerreißen, um die Welt aus der meine Stimme zu ihm klang, zu erreichen.

Vergeblich. Er machte zuletzt eine Gebärde: so hilflos und alles verloren gebend, daß mir die Brust zu eng ward. Ihm war das Kannel für ewig dahin. Und ich glaube: auch wenn er es wirklich wiederbekommen – es wäre für ihn verloren gewesen. Jene übersinnliche Kraft, die ich in ihm so oft am Wirken gespürt, sagte ihm deutlich, daß der Geist des Geschlechtes, der Geist Gottes zurückgekehrt war in die Heimat der Sphären. Er schickte sich an, zur Tür zu gehen, aber ich vertrat ihm den Weg.

Bleibe, mein Teurer! flehte ich ihn an, bleibe bei deinem Vater! Makari, Söhnchen…! Ich hing an seinem Hals und rief ihm die zärtlichsten Namen zu, die so frisch in meinem Gedächtnis hafteten, als hätte ich sie erst gestern das letzte Mal gesprochen. - Er aber löst meinen Arm von seinem Hals und blickt mich nur stumm an. Für Sekunden steht ein Lächeln auf seinem Gesicht, ein Lächeln, aus dem ich schon die Erfüllung meiner Wünsche lese und die abermalige Rückkehr seiner Erinnerung, und dann öffnet er, mit dem Arm mir wehrend, die Tür und geht. Ich aber schleppe mich vor das Bild des Erlösers und bete…

Ich betete Tag und Nacht, Tage und Nächte; ihr wißt, geliebte Brüder, daß ihr, von der Kunde gerufen, zu mir kamt, um dieses Gebet über Tag und Nacht und die Gebote der Notdurft als Zeichen meiner Auserwähltheit vor Gott zu ehren. Oh, hättet ihr gewußt, welche Not und Drangsal des Herzens das Gesetz der Kreatur in mir zum Schweigen gebracht! Oh, hättet ihr die Selbstsucht meiner Gebete, in denen mein Fleisch gestorben war, erkannt - ihr wäret mit Schaudern geflohen!

Ich rang mit dem Höchsten, und er besiegte mich. Alle die Lästerungen, die meine Liebe zu meinem Sohn in seine Unnahbarkeit schrie, sie seien euch besser verschwiegen. Der Herr, der Höchste, er hat sie gehört. Und als er nach jenem Kampf von mir abließ, geschah es nur, um mich durch euch seinen harten Sieg wissen zu lassen.

Es hatten Männer im Moor Makaris Gebeine gefunden. Er war das Opfer der Wölfe geworden, oder er hatte sich ihnen selbst hingeworfen, da ihn sein Leben leer dünkte ohne das Kannel, das er verschenkt hatte. »Denn wo dein Schatz ist, da ist dein Herz«, spricht der Herr, der Erbarmer.

ALS IN DEN verworrenen Oktober- und Novemberwochen des
Jahres 1944 allnächtlich Boote mit Schiffbrüchigen des großen
Krieges im Osten den Bottnischen Meerbusen von Finnland aus
gen Westen überquerten, deren Insassen, in der Mehrzahl Esten,
Ingermanländer und einstige Bewohner von Ostkarelien, nach
Schweden übersetzten, um ihrer im Waffenstillstandsvertrag
ausbedungenen Rückkehr zu den alten Unterdrückern zu entgehen, erhielten wir, die selber nach unserer Landung wenige
Tage zuvor dem Quarantänelager in einer kleinen, uns spiel-
zeughaft-freundlich anmutenden Stadt des nördlichen Hälsing-
land zugeführt worden waren, an einem regnerischen Novem-
berabend den Zuzug einer großen Schar von Männern, Frauen
und Kindern jeden Alters, die erst in den frühen Vormittags-
stunden eben dieses Tages nach einer schweren Überfahrt in sehr
gebrechlichen, alten Booten an der nahen Küste mehr gestrandet
als gelandet waren.

Der Polizeidiener des Dorfes, in dessen Nähe die Schar die Küste
erreicht hatte, und der von den in aller Eile an den Ort der Landung gerufenen Vertretern höherer Behörden beauftragt worden war, die Ankömmlinge in dieses Lager einzuweisen, wollte
es überhaupt als ein Wunder ansehen, daß die Boote, mit denen
sie gekommen waren, so viele Menschen über die breiteste Stelle
des Bottnischen Meerbusens hatten tragen können, und als - im
Hauptberuf - erfahrener Fischer meinte er, daß die Ankömmlinge ungeachtet aller Wunder, die sich wie überall auch zwischen dem finnischen und dem schwedischen Ufer zutragen
könnten, bei ihrer Fahrt und bei der Landung bewiesen hätten,
sie verstünden recht wohl mit Booten umzugehen und hätten
großes Geschick gezeigt, woran die ruhigen und sachkundigen
Weisungen ihres Ältesten, ›eines Priesters oder einer Art Priester‹,
bedeutenden Anteil gehabt hätten.

Im übrigen aber wollte der biedere Mann beim Anblick der
Schar, die auf drei Lastwagen herbeigeschafft worden war und
eben die Leitern herniederstieg, nicht aufhören, halb mitleidig,
halb entsetzt den Kopf zu schütteln. Er schien es auch nicht weiter leid zu sein, daß Abgesandte der Stadtbehörden, die sich zugleich mit der Ankunft der Lastwagen eingefunden hatten, ihn

71

bei seinem Auftrag ablösten. Nachdem er dem Polizeiamtmann der Stadt noch mit dienstlicher Beflissenheit ein Bündel von Papieren und Ausweisbüchlein, die man den Flüchtlingen nach ihrer Landung zusammen mit etlichen Handfeuerwaffen abgenommen, ausgehändigt und die Hand grüßend an seine sonntäglich neue Mütze gelegt hatte, wischte er sich mit einem dikken, baumwollenen Taschentuch die Stirn, legte die Mütze, die hier neben der Uniform städtischer Polizisten auch schwerlich verfangen hätte, auf den Führersitz eines der Lastwagen, mit denen er in sein Dorf zurückkehren sollte, und betrachtete fortan mehr als sachkundiger Zuschauer, wie sich das Schicksal der bis eben noch ihm selbst Anbefohlenen weiter entwickelte.

Die Dunkelheit, die mit der unsagbaren Traurigkeit eines Aschenregens hereinbrach und in der sich die Wagen und die Menschenschar vor dem Skelett des in den hohen Zaun um das Lager eingelassenen Gattertores drängten, wurde mit einem Schlage erhellt, als die elektrischen Lampen, die armselig nackt an hohen, behelfsmäßig eingepflanzten Pfosten hingen, aufflammten. Und war in ihrem zerstreuten Licht auch manches Einzelne und Besondere an den Menschen und an den unförmigen, aufgeweichten Bündeln zu erkennen, die sie einander von den Wagen herabreichten, so sah man in dem gleichen Licht erst recht deutlich, wie dicht der Regen herniederstrählte und daß die Wartenden neben und zwischen den Wagen mit den gedämpft spinnenden Motoren in den bläulichen Auspuffgasen wie in einem leichten Nebel standen.

Der Polizeiamtmann der Stadt und seine Helfer schienen sich über irgend etwas, was bislang strittig gewesen war, einig geworden zu sein und öffneten eben die große Pforte, die sich für alle, die durch sie eingingen, in der Regel erst nach zwei Wochen wieder auftun würde, als der Polizeidiener einigen wenigen unentwegten Zuschauern, die sich auch von dem Regen nicht hatten abschrecken lassen, erzählte: Gott solle einen bewahren, es sei ein Elend sondergleichen, Menschen auf solchen Fahrzeugen das stürmische Herbstmeer überqueren zu sehen, nicht viel habe gefehlt, und man hätte die Frauen und Kinder – ja, übrigens auch nicht so wenige Männer! – wie Heringe aus der Tonne aus ihren Booten schaufeln können, der Krieg sei verflucht, der seine Opfer um alles und jedes brächte, und auf die murmelnd eingeflochtene Frage eines Mitleidigen: woher denn die Ankömmlinge stammten? - mit einem so hilflosen Achselzucken, als wäre die Weltkarte ihm zu groß für seinen mit weniger zufrieden gewordenen Sinn, erwiderte: das sollte nur einer herausfinden bei der Sprache, die sie sprächen und die nicht Finnisch und nicht Russisch sei - er aber glaube, ihr Land liege irgendwo hinter dem Ladogasee, jenseits der russischen Grenze.

Damit waren seine Kenntnisse erschöpft, und gleich seinen Zuhörern und gleich uns allen sah er dem dunkeln Trupp nach, der sich in den großen Hof zwischen dem offenen Viereck der barackenähnlichen Holzhäuser entfernte. Das Treten und Trappeln der vielen Schritte war das einzige Geräusch, das aus der Schar aufstieg. In diesen Augenblicken hätte uns aufgehen müssen, daß diese Schar sich von allen jenen, die bisher durch die große Pforte in das Lager eingezogen waren, auf eine schwer zu beschreibende, geheimnisvolle Art und Weise unterschied. Wie gefahrvoll und anstrengend auch die Überfahrt gewesen sein mochte, hatte die eigentümlich gesammelte Stille, mit der diese vielen Menschen angelangt, die Ruhe ihrer Anstalten, als sie ausgestiegen waren und einander ihre Bündel zugereicht hatten, nicht die Vorstellung aufkommen lassen, daß hier erschöpfte, todmüde, von der Fremde verängstigte Menschen keines Wortes mehr fähig waren. Und als die Schar sich jetzt vor dem Eingang eines der bis eben unbewohnten Häuser staute, etliche Beamte vorausgingen und - während die angeschaltete Beleuchtung nun aus allen Fenstern auf den Hof hinaus schien, über bloße Köpfe und Pelzmützen der Männer, die hellen und dunkeln Kopftücher der Frauen und die Kapuzen der kleinsten Kinder, die sie auf dem Arme trugen - einen nach dem andern auf der kleinen Vorhaustreppe aus dem Dunkel in den hellen Innenraum an sich vorbeigehen ließen, da gemahnten Sammlung und Eintreten nicht an eine zufällig zusammengewürfelte Schar von Flüchtlingen, die ein Obdach gesucht und hier gefunden hatten, sondern als wäre ein ganzes Dorf auf der Wanderschaft, als beträte eine Gemeinde ihren festlich erleuchteten Tempel. Die Unterschiedslosigkeit der Menge hatte eine verklärte, ja beinahe geheiligte Hoheit erhalten.

Ein Gefühl davon war es wohl auch, was etliche Zuschauer bewog, den Hof zu überqueren und bei den Neuankömmlingen hineinzusehen. Die ersten, die das taten, kamen noch zurecht, um Zeuge zu werden, wie einer aus der Schar, ein bärtiger Mann in älteren Jahren, angetan mit schwarzen Hosen, die in hohen, geteerten Stiefeln steckten, einer hoch aufschließenden schwarzen Joppe und mit – was das eigentümlichste war und ihn äußerlich allein von den anderen unterschied – langem, bis in den Nacken fallendem Haupthaar abgesondert von der Menge inmitten des ersten Raumes mit seinen Schlafstellen und seinem langen Tisch stand, in alle vier Winde ein Kreuz schlug und mit klarer Stimme in psalmodierendem Ton ausrief: Ehre und Dank sei dem Vater und dem Sohn und dem Heiligen Geiste, in alle Ewigkeit! Worauf die Schar der Männer und Frauen, das große Kreuz der Rechtgläubigen über Kopf und Brust zeichnend und sich wie vor einem unsichtbaren Altar verneigend, mit einem halb gesungenen, halb gesprochenen: In alle Ewigkeit, Amen! einfiel, bevor sie diesen Raum und die folgenden für die kurze Rast auf ihrer Wanderschaft, die ihnen zubemessen sein mochte, in Besitz nahm.

WIEWOHL DIE Neuankömmlinge in den folgenden Tagen und Wochen ebenso willenlose Insassen des Pferches waren wie wir anderen auch und vor einer Schar von gleichbleibend freundlich und verlegen lächelnden Beamten Rede und Antwort stehen mußten über alles, was sich in ihrem Leben zugetragen hatte, vor dem Arzt den Mund öffnen, das Haar betrachten lassen und über alle Krankheiten, die sie je gehabt, Auskunft geben mußten – während so Stöße von Akten über sie sich häuften, stand doch auf keinem der Papiere das Wichtigste. Dies war ihre seltsame, allen spürbare Wirkung in dem Lager selbst, das mit ihrem Kommen auf beinahe zweihundert Insassen angewachsen war. Die Wirkung lag nicht darin, daß vor der neu bezogenen Baracke nun mehr als ein Dutzend flachsköpfiger Kinder spielte, oder, wenn es regnete, aufgereiht wie Blumentöpfe hinter den Fenstern hervorlugte oder daß ein regeres Kommen und Gehen auf dem Hof war, ein lauteres Stimmengewirr im Küchenhaus, daß die Äxte der Holzhacker einen rascheren und munteren Takt schlugen – im Wachsen der Zahl und in der gesteigerten Regsamkeit lag die Wirkung nicht. Die Wirkung lag bei den Ursachen dazu. Sicherlich hatten die wortkargen Männer, denen man das Zuhausesein in Wäldern und auf Feldern ansah, und die sich, wenn sie etwas sagten, einer gleichsam weit, weit entlegenen karelischen Mundart mit vielen darin eingestreuten russischen Brocken und einem viel weicheren Ton, als er dem Finnischen eigen ist, bedienten, ebensoviel und ebenso Merkwürdiges erlebt wie wir anderen auch, die Frauen und Kinder ebensolche Schrecken und Ängste ausgestanden wie andere Frauen und Kinder, nur trugen sie das viel kreatürlicher, und kein Rätseln und Hadern während der erzwungenen Laguntätigkeit lähmte ihre Selbstsicherheit. Die meisten von uns, seit beinahe fünf Jahren aus dem gewohnten Leben gerissen und seitdem dazu verurteilt, Gewalt zu verüben oder Gewalt zu erleiden und, seit den düsteren Novembertagen des Jahres 1939 dazu geneigt, alles verloren zu sehen, was das angestammte Glück eines Menschen ausmacht: sein Vaterhaus, seine Heimat, sein Vaterland – bedachten hier einen verworrenen, von viel Schuld beladenen Weg, und in den ebenso hilflosen wie verständnislosen Blicken der schwedischen Beamten, die über einen schmalen Tisch hinweg die Beichte und die Rechtfertigung Neunzehnjähriger empfingen, warum sie hatten töten und brennen, fliehen und kämpfen und abermals fliehen müssen, wozu das nur scheinbar Böse gut gewesen sei, eine Pflicht, eine Ehre – in diesen Blicken begegnete ihnen gleichsam die eigene verlorene Kindheit, und sie fühlten, wie weit sie abgeirrt waren von einer natürlicheren Gemeinschaft als der einer Kompanie, und einer gerechteren Ordnung als der des Faustrechts. Selbst bei den alten Weibern, die – mit allen Wurzeln ihres Lebens immer noch auf den kargen Inseln vor der estnischen Festlandsküste haftend und nur dem allmählich verdorrenden Stamm nach hier im Lager, in einem fremden Lande weilend – irgendwo in einem Winkel hockten und sich etwas von Hausbier-Rezepten und Kirchfahrten und verschwundenen Nachbarn erzählten, selbst bei ihnen kam etwas Glanz in den trüben Blick, wenn sie mit einer von den Frauen der Neuankömmlinge zu sprechen versuchten. Vielleicht spürten sie die unsichtbare Kraft des Zusammenhanges, in den auch diese eine Frau noch einbeschlossen war. Und wie die Gewohnheiten und Sitten der Neugekommenen sich allmählich als eine eigene Ordnung neben der Lagerordnung abhoben, wurde es den meisten von uns, obschon lutherischen Glaubens, zur Gewohnheit oder zum Bedürfnis, am Abend in die Baracke der Neugekommenen zu gehen und mit ihnen zusammen den Gottesdienst der dritten Stunde zu feiern und eine kurze Auslegung dessen zu hören, den sie mit Ehrerbietung Vater Tichon nannten.

Die meisten von uns hatten in der Armee genug Feldgottesdienste erlebt, um sich von dem äußeren Rahmen, in dem die göttliche Liturgie gefeiert wurde, nicht ablenken zu lassen. Die Schlafstellen in dem rechteckigen Raum zu beiden Seiten des langen Tisches in der Mitte ließen eine breite Gasse frei, und an der Stirnwand des Raumes bei der Eingangstür konnte die ganze Gemeinde stehen, ohne daß unser Dazukommen sie eingeengt hätte. Die Alten und Abgängigen genossen hier zudem das Vorrecht, auf der Bank am Tisch sitzen zu dürfen - demselben Tisch, an dessen oberem Ende Vater Tichon die ganze Zeit stand. Doch indem er, wie es allabendlich geschah, nachdem alle sich versammelt hatten, in den angrenzenden Schlafsaal der Männer ging, dort aus seinem Bündel unter dem Bett das geweihte Buch der Evangelien nahm, das in eine geweihte Decke gehüllt war, und - während bei den Seinen zwei Kerzen am oberen Ende des Tisches angezündet worden waren - mit dem Buch hoch erhoben in den Händen und mit dem Epitrachelion über seiner dunkeln Joppe zurückkehrte, in eine mit der Stiftung des Neuen Bundes auch hier verwandelte Welt, darin der Tod seine Macht verloren hat und der Hölle ihr Sieg entrissen ward -, da gewahrten die Augen der Andächtigen, was bislang unter dem Brokat des Meßgewandes eher verborgen gewesen war und jetzt erst ganz ohne Dazutun und Gleichnis sichtbar wurde. Sie sahen es nicht mehr im Spiegel der ehrwürdigen Formen, sondern wie von Angesicht zu Angesicht, und der Geist hatte kein Kleid mehr. Als ich später hörte, Vater Tichon sei, seitdem die Verfolgung des Glaubens ihm keine andere Wahl mehr gelassen, in den letzten fünfzehn Jahren Flößer gewesen und habe nur an Feiertagen sein Amt als Priester ausgeübt, wollte mich das eine Erklärung dünken für die apostolische Kraft, mit der er in jener Notherberge des Flüchtlingslagers die göttliche Liturgie vollzog. Jeder der bedeutungsvollen Riten, die er in diesem aller Pracht der Stätte entkleideten Obdach verrichtete, war wie die Regung eines entblößten Leibes: überdeutlich und wie zum ersten Male seit Anbeginn der Welt.

»Lasse scheinen, o menschenliebender Herrscher, in unsere Herzen das unvergängliche Licht deiner göttlichen Erkenntnis und öffne die Augen unsres Verstandes zur Erkenntnis deiner Botschaft im Evangelium!« betete er mit allen, die sich noch nicht wieder aufgerichtet hatten, seitdem das Buch der Frohen Botschaft eingekehrt bei ihnen war. »Pflanze in uns ein die Frucht deiner beseligenden Verbote, auf daß wir nach deinem Wohlgefallen denken und tun.

Denn du bist die Erleuchtung unsrer Seelen und Leiber, o Christos, unser Gott, und zu dir senden wir die Lobpreisungen empor, und zu deinem anfangslosen Vater und deinem allheiligen und guten und lebendig machenden Geist, jetzt und immerdar und in die Ewigkeit der Ewigkeiten, Amen.«

Der gar nicht einmal große, knochige Mann mit dem angegrauten Haar und Barte blickte auf und schien sich in der Betrachtung der Kerzenflammen zu sammeln, deren flackernder Schein über sein Gesicht fiel, die Falten darin mit Schatten vertiefend, bevor er, Priester und Diakon in einer Person, sich gen Westen wandte, »Weisheit! Aufrecht! Friede Euch allen!« rief und von der ganzen Schar vor ihm und noch von der gebrechlichsten der Alten, die von einer Lagerstatt zur Rechten halb aufgerichtet, mit weit offenen Augen in die Kerzen starrte, die Antwort erhielt: »Und deinem Geiste!«

Vater Tichon kündigte, als sein eigener Diakon, die Schriftstelle an.

»Ehre sei dir, o Herr, Ehre!« dankte die Gemeinde, daß ihr die Frohe Botschaft geschenkt ward. Und dann las er, langsam, die Worte kamen ihm nicht geläufig. Es klang, als bedächte er jeden Satz schon, nachdem er ihn gelesen hatte.

»Friede sei mit dir, der du das Evangelium verkündigt hast!« nahm der Chor der Gemeinde ihm das Wort ab, das sonst der Priester dem Diakon spendet, und gab Gott die Ehre mit einem lauten und immer lauteren: »Ehre sei dir, Ehre!«, das bis ins Dunkel der Nacht vor den Fenstern hallte und vom Winde weit mitgetragen ward. Seine Auslegung der Heiligen Schrift war sehr anschaulich und kurz, und während er sprach, konnte es geschehen, daß der Blick aus seinen Augen, die sehr hellgrau waren, von einem zum anderen wanderte, mit einem Ausdruck heimlicher Übereinkunft für jedes Wort, das er sprach. Ein Stamm allein, sagte er einmal, kann verlorengehen. Er kann von dem reißenden Wasser der Schmelze zersplittert werden, er kann das ganze Flößwasser sperren. Zu vielen vereint im Floß kommen die Stämme am sichersten ans Ziel, und der Flößer, der sie lenkt, ist – wenn Menschen die Stämme sind – der Priester. Das Band aber, das sie alle vereint, die Stämme, ist der Glaube an den, der gesagt hat, sein Joch sei sanft und seine Last sei leicht.

AN EINEM der ersten Abende schon machte ich die Bekanntschaft Vater Tichons, des Flößers, und auf meine Fragen erzählte er mir, diese Schar sei in der Tat der Rest seiner einstigen Gemeinde in Ostkarelien jenseits der russischen Grenze, nachdem der Krieg mit seinen Aushebungen und schwere Verluste während ihres Lebens zwischen den Fronten breite Lücken in die Reihe der erwachsenen Männer gerissen hätten. Im Spätsommer des Jahres 1941 von finnischen Fernpatrouillen in einem Waldlager mitten in der Ödmark aufgespürt, als sie – Haus und Habe in dem Dorfe Tuulos Gottes Schutz anheimstellend – das Dorf verlassen hätten, um der Drangsalierung und neuen Aushebungen zu entgehen, hätten sie geraume Zeit sich im Walde verborgen halten müssen, da die russischen Truppen sich gerade in ihrem Dorfe, das auf der Vormarschstraße nach Olonez gelegen habe, festgesetzt und den nachdrängenden finnischen Jägern den Übergang über den Tuulos-Fluß verwehrt hätten. So hätten sie ein paar Wochen lang unter der Bahn der Geschosse gelebt, bis der von den finnischen Truppen wieder aufgenommene Vormarsch, der gerade bei Tuulos seinen Anfang genommen habe, sie eines Morgens unversehens im Hinterland der Kriegsfront habe aufwachen lassen. Da aber sei von ihrem heimatlichen Dorfe wenig übrig gewesen, was man hätte bewohnen können, die wenigen Häuser entweder vermint oder für finnische Feldlazarette beschlagnahmt, und so viele ihrer noch gewesen wären, hätten die Behörden sie ins nördliche Savo umgesiedelt, bis daß der Ausgang des Krieges darüber entschieden habe, wohin sie gehörten.
Aber nicht mehr dorthin! sagte Vater Tichon mit einem kranken Lächeln, das nur andeutete, wie er das von dem geschlagenen Finnland ausbedungene Versprechen, Menschen wie ihn und seine Gemeinde auszuliefern, empfand.
Mir blieb keine Zeit, stürmisch herandrängende Erinnerungen auszusprechen; denn etliche von seinen Gemeindegliedern warteten schon darauf, mit dem Priester sprechen zu können, und gleich danach hatte im Lager Ruhe einzukehren.

Ich ging allein über den dunkeln Hof, auf dem der erste Frost schon eine spröde Kruste gefroren hatte, unter welcher das aufgeweichte Erdreich federnd wie Moorboden lag, und sah den Himmel weit ausgestirnt mit jenen leuchtenden Zeichen, zu denen in vergangenen Jahren so häufig aufgeschaut worden war und die unzählige Erinnerungen aus verworrenem Dunkel, in denen wir uns unser eigenes Schicksal abhanden gekommen meinten, grüßten.

Es waren aber nicht die trübsten Bilder des Feldzugs in Karelien östlich des Ladogasees, die sich mit dem Dorfe Tuulos verbanden – gerade jenem Dorfe, aus dem die Gemeinde und Vater Tichon, der Flößer, stammten. Ich nahm es auf mich, gegen die Lagerregel zu verstoßen und wanderte hin und her auf dem nächtlich verödeten Hof, der weiter und weiter wurde, je mehr Licht hinter den Fenstern der Häuser, die ihn umgaben, erlosch. Am Ende lag die erleuchtete Straße, von der mich nur der hohe Zaun ausschloß, beinahe so hell da wie einst das Tal des Tuulos-Flusses zwischen der Mauer des karelischen Urwaldes auf der einen Seite , auf der wir vorgerückt waren, und dem recht steilen Ufer auf der anderen, auf der längs dem Uferhang stromaufwärts das Dorf mit seinen silbrig-grauen Häusern in der Septembersonne badete, während flußabwärts, bei der Mündung des Flusses in den gewaltigen See zwischen hohen Dünen, unserem Walde gegenüber schon wieder ein Dickicht von jungen Erlen und Birken stand, in dem unsere Vorhut, die dort gestauten Floßstämme mit ziemlich hohen Verlusten zum Übergang benutzend, einen Brückenkopf gebildet hatte und in ständigem Scharmützel mit dem Feinde stand. »Freue dich, du russische Thebais, frohlocket, ihr heiligen Wälder und Einöden von Olonez…!« war mir die alte Lobpreisung dieses Landes, das von alters her eine Zuflucht der frömmsten unter den Rechtgläubigen gewesen war, durch den Sinn gegangen, wenn die von keinem eigenen Suchen geleiteten Wege des Krieges uns in den vergangenen Tagen und Nächten oftmals doch zufällig wie ins Herz der Thebais geführt hatten: durch die unergründlichen, schwermutvollen Wälder, in denen heute noch der Klang der Kantele und die Zauberrunen des Kalewala neben den vom Einsiedler aus dämmerigem Blockhaus ins Unendliche gestammelten Hymnen und dem fortwährenden Gebet schwebten; zu stillen, blauenden Seen, deren Spiegel noch kein Ruder je zerschlagen zu haben schien; in

79

Dörfer, deren steil aufragende Brunnenschwengel wie silbergraue Wahrzeiger zum Himmel deuteten, daß der ihre Verlassenheit behütete; in rauchige Badstuben, in denen wir stumm und lahm gewordenen Meilenfresser wieder entdeckten, daß wir noch leibhaftige Menschen unter den staubergrauten Uniformen waren; vor winzige Äcker, bei deren liegengebliebenen Geräten die dafür Kundigen unter uns mit etwas wie Ergriffenheit erkannten, daß die von gleicher Art und nach demselben uralten Gesetz verfertigt wären wie die in Finnland jenseits der überschrittenen Grenze, und daß man doch nicht in der Fremde sei, sondern bei Brüdern; zu versonnen und lautkarg dahingleitenden Wasserläufen voll abgebarkter, rötlich schwärender und leuchtender Stämme, die sich an den Ufern festgefahren und wirre, ächzende, knirschend aneinandergepreßte Verhaue gebildet hatten, hinter denen das Wasser blasig aufbrodelte, weil die Flößer abberufen worden waren...

Das Frohlocken der heiligen Wälder aber erstarb in der jaulenden Bahn der Geschosse, die vom Ladogasee und von den dort kreuzenden Kanonenbooten her und von den Batterien und Granatwerfern hinter den Fronten diesseits und jenseits des Flusses einschlugen.

Tagelang, wochenlang hatten wir Zeit, von unserer Deckung am Waldrand aus das Dorf jenseits des Flusses zu betrachten und nach der Karte und unserer Phantasie darin umherzuspazieren. Nur in einem führte die Karte uns irre: die Kirche, die auf ihr dicht neben dem Flußlauf eingezeichnet war, fehlte. Wie sehr wir uns auch anstrengten, eins von den kleinen, grauen, schindelgedeckten Häusern mit dieser Würde zu begaben - keins wollte uns dazu recht passend erscheinen. Nun aber hatte Vater Tichon heute noch gesagt, er sei ihr Priester gewesen... Hatte es sie damals doch gegeben, oder hatten die Truppen, die sich im Dorfe eingenistet, das verachtete Heim der verfolgten Religion schon zerstört, als wir unseren Ausguck am anderen Ufer bezogen? Nur hatten wir auch keine Ruine gewahren können, und unsere Artillerie hatte diesen Abschnitt, in dem sich kaum menschliches Leben zeigte, noch nicht mit ihren Geschossen belegt.

Die Umstände fügten es so, daß ich in den darauffolgenden Tagen häufig mit Vater Tichon, dem Flößer, zusammentraf, da ich als Dolmetsch zwischen ihm und zwei Beamten dienen mußte, denen der Priester die Bitte unterbreitete, daß die ganze Gemeinde womöglich ungeteilt irgendwo zu Waldarbeit und Landarbeit angesiedelt werden möge. Nach einer jener Unterredungen geschah es, daß ich ihm erzählte, ich kenne sein heimatliches Dorf recht wohl, und daß wir vergeblich die Kirche gesucht, die uns die Karte versprochen habe.

Nein, die stand damals nicht mehr, sagte er, und als er das sagte, fiel mir auf, wie kindlich hoch seine sonst so entschlossen klingende Stimme sprechen konnte, und daß meine Bemerkung schwere Erinnerungen geweckt haben mochte. Der Blick aus seinen hellen Augen war so, als blickte er irgend etwas nach, was sich immer weiter entfernte...

Ich fragte ihn, ob sie in den Jahren der Verfolgung zerstört oder anderen Zwecken nutzbar gemacht worden wäre, wie das ja häufig geschehen war.

O nein! fiel er mir ins Wort.

Ich wollte nicht in ihn drängen und fragte nicht weiter, und für diese unsere Begegnung beließ er es bei der Auskunft, die Kirche hätte es erst seit dem Pfingstfest jenes Jahres, in dem Tuulos von uns erobert worden sei, nicht mehr gegeben. Zu Christi Himmelfahrt und am Vorabend der Pfingsten habe sie noch gestanden, fügte er nachdenklich hinzu. Dann aber, und er sah mich lächelnd an, sei der Geist gekommen, und ›Wunder seien geschehen oben im Himmel und Zeichen unten auf der Erde‹, wie geschrieben stehe, ehedenn ›Blut und Feuer und Rauchdampf‹ gekommen seien – mit uns.

Ich meinte, darin einen Vorwurf zu hören, daß wir gekommen seien und die Wunder und Zeichen gestört hätten, aber weil das so wenig mein freier Wille gewesen war wie der meiner Kameraden, zuckte ich nur die Achseln.

Ich las die düster wahrschauenden Worte des Apostels, die er zu den Ungläubigen in Jerusalem gesprochen hatte, eine Weile später auf meiner Schlafstelle nach, während um mich herum der ärmliche Alltag in der Lagerenge wimmelte, und die ersten Erinnerungen an die heiligen Wälder und Einöden von Olonez und die in der Sonne badende Stille des Dorfes am Flusse verwandelten sich, als lagerte die Wetterwolke des Letzten Gerichts über allem. Wieder sah ich die träge verharrenden Wände des Rauches von den riesigen Waldbränden, welche das Artilleriefeuer entfacht hatte und hinter denen die Sonne wie ein zorniges, blutunterlaufenes Auge glühte, hörte noch einmal das wabernde Knistern und Sausen, das der Feuerwalze vorauseilte, und sah das ängstliche Huschen des Getiers unter dem schrillen Ruf, der dem gelähmten Entsetzen vorangeht – jener Stille, jener atemberaubenden Stille, in der sich dann erst der wehrlose Untergang vollzieht. ›Blut und Feuer und Rauchdampf‹ überall, wo wir gewesen waren – und Krähen, die mit der unangefochtenen Emsigkeit von Bedienten unter dem mannshohen Farnkraut zu beiden Seiten des Weges verrichteten, wozu es keine Gefangenen gab ...

›Blut und Feuer und Rauchdampf‹ seien mit uns gekommen, sagte ich, als ich den Priester das nächste Mal am gleichen Tage traf, und dennoch stehe geschrieben, daß ›selig werden soll, wer da den Namen des Herrn anruft‹!

Ich bereute beinahe, es gesagt zu haben, als der Priester mich mit einer Strenge, die ich noch nie zuvor an ihm wahrgenommen hatte, betrachtete. Er schien mich zu prüfen, jetzt, da ich's am wenigsten erwartet hatte, und es war auch, als hätte er zuvor schon etwas anderes erwogen, als er mit einemmal sehr knapp und beinahe befehlend sagte: Nun, so seien Sie dankbar, daß Ihnen noch eine Weile Zeit dazu gewährt ist!

Damit schieden wir voneinander, und ich merkte, daß er es sich beim Weggehen förmlich zur Pflicht machte, doch noch ein wenig zu lächeln, um nicht gar zu abweisend zu erscheinen. Indessen führten die Umstände uns an diesem Tage noch ein drittes Mal zusammen, das den Ausschlag gab und mich neben vielem anderem über das Leben des Priesters und seiner Gemeinde und seine Erlebnisse in den Jahren der Heimsuchung auch erfahren ließ, was mit der Kirche von Tuulos geschehen war. Einer der lutherischen Pfarrer der Stadtgemeinde fand sich hinter dem Stacheldraht ein, um seinem Amtsbruder anderen Glaubens einen Besuch abzustatten, und da man bei der Lagerleitung wohl ein Gespräch voraussah, das sich nicht mit einem kärglichen Wortschatz bestreiten ließ, wurde ich wieder einmal als Dolmetsch gerufen.

Der Besucher, ein rosiger Mann mit einer natürlichen Würde, die von seinem schwarzen Rock noch unterstrichen wurde, hatte zahllose Fragen an den Priester bereit, darunter Fragen, welche die naive Vorstellung verrieten, daß ein Flüchtling eben auf alles zu antworten und kein Anrecht darauf habe, irgend etwas aus seinem Leben für sich behalten zu dürfen. Dabei erfuhr ich, daß Vater Tichon 1890 geboren war, als Sohn eines Diakons, daß er das geistliche Seminar in St. Petersburg und Nowgorod besucht hatte, daß er im Jahre 1918, mitten in den Schrecken des Bürgerkrieges, von dem später ermordeten Metropoliten Benjamin, der soviel Gefallen an ihm gefunden, daß er ihn zu einem seiner Handsekretäre gemacht hatte, schon in aller Heimlichkeit zum Priester geweiht worden war und der Verhaftung in Petrograd nur durch den Auszug in die heiligen Wälder und Einöden seiner ostkarelischen Heimat entgangen war; daß er in kinderloser Ehe gelebt und seine Frau durch Krankheit in Finnland verloren hatte, daß er aber noch keine geistliche Obrigkeit oder eine Gelegenheit gehabt habe, die Mönchsgelübde abzulegen...

Er hat mein halbes Leben mitgenommen, sagte Vater Tichon lächelnd, als wir den Besucher verabschiedet, zur Pforte geleitet und ihm nachgeblickt hatten. - Aber das meiste, sagte er, ist ein Schlangenhemd. Die Seele häutet sich in immer neuen Erfahrungen, Ängsten, Freuden, Zufriedenheiten und Sorgen, und schließlich...

Er stand in seinen Stiefeln breitbeinig an der Pforte und sprach, unausgesetzt zu Boden blickend, nachdenklich vor sich hin. Sein knochiges Gesicht konnte zu dem eines Bauern passen, der prüfend betrachtete, wie die Saat aufgegangen sei. Aber es gab feine Merkmale darin, daß er viel gelernt hatte - Handwerk oder Kunst? Wer wollte darüber entscheiden! Um die Schläfen, den Mund und die Nase waren Erfahrungen eingegraben, von denen er nichts erzählt hatte.

Ich bemerkte jetzt erst, wie wortkarge Lippen er hatte, und daß alles Lebhafte an ihm, das Feuer, das mitunter - namentlich in Augenblicken der Strenge - in seinen Augen glühte, die Raschheit der Bewegungen, die Schnelligkeit, mit der er einem ins Wort fallen konnte, von einem Eifer in ihm zeugten, der ihm nicht angeboren war und ihn irgendwann einmal überfallen haben mochte. Ja, ich wollte meinen, es gab irgendein Erlebnis, eine geistige Erfahrung, die diesen Mann erst einmal richtig erweckt hatte, mochte er da auch schon längst Priester gewesen sein.

Schließlich? fragte ich, als er immer noch nicht zu Ende gesprochen hatte.

Schließlich, junger Freund, sagte er mit einem Male unerwartet feurig und blickte mich mit seinen scharfen, grauen Augen voll an, schließlich brennen alle diese Kleider in dem Feuer der Gewißheit auf, daß wir Erlöste sind. Schuldige, aber Entsühnte; Geängstigte, aber Getröstete; Erfreute, aber mit unvergänglichen Freuden; Zufriedene, aber Gesättigte im Vater; Sorgende, für die aber gesorgt wird. »Und der Geist und die Braut sprechen: Komm! Und wer es hört, der spreche: Komm! Und wen dürstet, der komme; und wer da will, der nehme das Wasser des Lebens umsonst!«

Mit diesen Worten der Offenbarung nahm er mich beim Arm und führte mich weg vom Tor, den Häusern entgegen.

Barmherziger! meinte er mit einem Male, als hätte der vertraute Anblick des Lager-Gevieres ihn an etwas gemahnt, was predige ich Ihnen! Aber so ist es, so ist es, halten Sie sich daran, ich weiß es. Soviel weiß ich kleiner, unwissender Dorfpriester doch. – Aber noch nicht lange, fügte er, stehenbleibend, hinzu, noch nicht lange. Nicht zu spät, nein; aber wie hätte ich leben können, wenn ich es früher gewußt hätte! Und wie hätte ich leben sollen, wenn ich es auch heute nicht wüßte! Sie alle, alle – und er machte eine andeutende Bewegung zum Haus der Flüchtlinge hin.

Ich habe einen Augenblick geglaubt, Sie wären ein zweiter Pitirim, sagte Vater Tichon einige Tage später. Ich meinte, ich müßte Sie warnen, und ich riet Ihnen, dankbar zu sein für die Zeit, die Ihnen noch gewährt ist, selig zu werden.

Wer aber war der erste Pitirim, fragte ich, wenn schon ich der zweite gewesen sein sollte?

Sie sind es nicht! sagte der Priester mit entwaffnender Väterlichkeit. Seien Sie froh, ja – aber nein, er ist selig geworden, meine ich, nur hat Gott ihm keine Zeit mehr gegeben, oder gerade soviel, wie nötig war, was wissen wir...! Ihm schienen viele Erinnerungen zu kommen, die er noch eine Weile mit der ganz nüchtern klingenden Erklärung zurückhielt, der allererste Pitirim sei der Heilige, dessen Asche in Tambow aufbewahrt werde, und der zweite Pitirim sei ein junger Mann gewesen, Arbeiter bei einem Sägewerk in Tuulos, ursprünglich ein Kind seiner Gemeinde, das sich dann von der losgesagt habe – und nun in der Gemeinde der Seligen, schloß er so selbstverständlich, daß es einen Spötter zum Lachen hätte herausfordern müssen.

Unser Gespräch fand am Vormittag eines Tages mit einer blassen Wintersonne statt, wie sie zu den Tagen um das Fest aller Märtyrer überall auf der Welt einmal aus den Wolken bricht.

Die Zeit unserer Absonderung von der übrigen Welt war vorüber, unsere Reinigung auf vielen Papieren vermerkt; bis daß Gewißheit wurde, wo wir unser künftiges Leben und die Arbeit, die ja irgendwo auf uns warten mußte, finden würden, hatten wir die Erlaubnis, uns frei am Ort zu bewegen. In der Ereignislosigkeit des Lagerlebens war mir der Umgang mit dem Priester das einzige geworden, worin etwas geschah – und etwas für mich sehr Wichtiges geschah. Es war so wichtig, daß ich späterhin alle meine Pläne und Absichten fahren ließ und gleich dem Priester und den Seinen Waldarbeit in einer nördlicheren Provinz annahm.

Bei einem unserer gemeinsamen Wege auf den Höhen rund um die Stadt, bei denen wir anstatt der in Reih und Glied gepflanzten neun jungen Kastanien auf dem Lagerhof endlich wieder Bäume über den Köpfen hatten – da gestand er mir, er hätte mich anfangs für einen zweiten Pitirim gehalten.

Das schrecke mich nicht mehr, nachdem er jenen Pitirim eben noch der Gesellschaft der Seligen zugezählt habe, erwiderte ich.

Sagen Sie das nicht, beharrte er ernst. Es ist ihm ergangen wie Simon Jona, ohne daß er alt geworden wäre. Ein anderer gürtete ihn und führte ihn, wohin er nicht wollte. Ich werde Ihnen seine Geschichte erzählen. Es ist zugleich unser aller Geschichte. Wir haben nichts Bedeutsameres erlebt, als was durch ihn und mit ihm geschah. Ich sage Ihnen: Wir konnten nur auf die Knie fallen und beten: »Du hast dich in Herrlichkeit erhoben, Herr… Du richtest gerecht. Wie der Rauch auseinandergetrieben wird, so treiben deine Feinde auseinander…« Und wenn Sie diese Geschichte gehört haben, fuhr er, wie zurückgeholt aus einer Verzückung, die ihn überkommen hatte, in anderem Ton fort, werden Sie begreifen, warum wir hier sind, ja, warum Ihre Karte, von der Sie sprachen, nicht mehr gestimmt hat. Ja, sagte er und sah sich nach einem Platz um, auf dem wir im Windschutz und an der wärmenden Sonne sitzen konnten, jeder von uns sollte sie sich jeden Tag einmal erzählen, diese Geschichte. Die Vergegenwärtigung wäre wie der gesegnete Umgang mit einer Reliquie…

DIE KIRCHE hat dort gestanden, wo Sie sie gesucht haben und wo Ihre Karten sie verzeichnet haben mögen, das alles ist richtig, begann er seine Geschichte. Sie stand ungewöhnlich dicht am Flusse, weniger als einen Steinwurf vom Wasser entfernt, und wenn wir das Fest der Wasserweihe hielten und der Bittgang zum Wasser stattfinden sollte, mußte ich mir immer einen kleinen Umweg ausdenken, damit – obwohl das Wasser vor der Pforte lag – eine rechte Prozession daraus würde, ein Weg bis zur Weihe, verstehen Sie? Ach ja... Er lachte leise auf eine gutmütigspitzbübische Art vor sich hin, die bei ihm neben dem häufigen Gebrauch von Stellen aus der Heiligen Schrift so wohltat.

Aber das war nicht immer so, das ist nicht immer so gewesen. Unsere Kirche war eine der ältesten im ganzen Bistum, sie wurde von frommen Vätern des Klosters Olonez erbaut, denen auch das Klosterleben zu laut geworden war, und die sich tiefer in die Einöde zurückzogen, das mag wohl vier- oder fünfhundert Jahre her sein. Und damals floß der Fluß noch nicht so dicht neben dem Heiligtum. Nach allem, was uns die Ältesten und deren Väter und Vorväter erzählt haben, muß er eine gute Strecke entfernt geflossen sein, und nur der gewaltsame Eisgang während der Frühlingsschmelze hat sein Bett allmählich geändert.

Sie haben wohl nie erlebt, wenn es Frühling bei uns wird... Doch?... Nun, so wissen Sie, nur ein ganz schweres Gewitter hat ähnliche Gewalt. Die schweren Wetter aber dauern Stunden, und wenn es Frühling bei uns wird, dauert es Tage und Wochen. Aber glauben Sie mir, es hat Jahre gegeben, da wir mit dem Herzschlag im Halse auf das Brüllen aus den Wäldern und vom See her lauschten, auf das Dröhnen und Donnern – erst unter dem Eis –, dann auf den schmetternden Schlag, wenn irgendwo die Eisdecke barst, und dann – mochten Regen und Sturm dazukommen und die Schmelze beschleunigen – auf ein Stöhnen und Brechen und Schlagen, als läge ein Untier im Sterben und wehrte sich vor dem Ende noch mit allen vier Pranken. Solche Gewalten haben den Lauf des Wassers geändert und ihn mit der Zeit immer näher an die Kirche herangeführt, was uns in der Zeit des Eisgangs, wenn sich vor der Mündung leicht eine Barriere bildete und den ganzen Oberlauf mit seinem Treibeis staute, schon oftmals Sorgen bereitet hatte. Denn die rasselnden, wie flache, graue, riesenhafte Larven vorwärtskriechenden Schollen mit ihrem gezahnten Buckel waren häufig bis dicht an die

Kirche gekrochen. Gott aber war immer gnädig gewesen. Er hatte unser Heiligtum verschont. – Oh! schön ist es gewesen, mein Herr! Ehrwürdig in seinem Alter, so klein es war. Gesegnet durch den frommen Sinn derer, die es erbaut, Stamm um Stamm dazu gefällt, behauen, Balken um Balken gefügt, es ausgekleidet, ausgemalt hatten – ach! der fromme, andächtige Sinn hatte beinahe nicht genug Wände gehabt, sich in die Geschichte des Heils und der Heiligen zu vertiefen. Einem jeden der frommen Väter waren wohl die Augen übergegangen von all dem, was er schaute, und ein jeder hatte mit Pinsel und Farbe erzählen wollen. Und dabei sahen wir doch das meiste gar nicht; denn die Fenster baute man in jenen Zeiten viel kleiner als heute, es war halbdunkel im Innern unseres Tempels, man ging von der Pforte auch drei Stufen hinab, so stark hatte der Bau sich gesetzt. Hier war in Balken und Brettern die ganze Schöpfungsgeschichte Himmels und der Erden eingeschlossen, und alle Geschichte des Menschengeschlechts. Man mußte nur lange und innig genug in der Dämmerung verweilen, dann – ach ja! dann konnte einem ein Licht aufgehen, heller, als es die Augen ertragen können, mein Lieber. Außen war sie so grau und schmucklos wie alle Häuser aus Balken, unsere Kirche. Wir besaßen immer noch nicht mehr Glocken in dem kleinen Turm mit der schindelblättrigen Zwiebel, als die frommen Väter einmal gespendet bekommen hatten – denn Sie wissen, die Bauern bei uns sind nicht reich –, einige dreipudige, einige weniger schwere; aber so lebendig wie das Geläut in den großen Wäldern schallte, so ewig lebensvoll blieben die dunkel glühenden Bilder an unserem Ikonostas.

Das letzte hohe Fest, das wir darin begingen, war das Fest der Himmelfahrt Christi. Damals war noch Winter, ich erinnere mich gut. Denn bevor ich das Troparion am Vorabend der Himmelfahrt sprach: »Es stehe Gott auf, daß seine Feinde zerstreut werden; wie der Rauch auseinandergetrieben wird, so treiben sie auseinander...«, da schändeten etliche junge Burschen vom Sägewerk, die zu den ›kämpfenden Gottlosen‹ gehörten, das Heiligtum, indem sie, bevor die Gläubigen sich's recht versahen, auf einer kleinen Bahre, die sie verfertigt, einen Schneemann hereintrugen, den sie sehr grob als Priester ausstaffiert hatten, natürlich auch mit einer Flasche Schnaps als Sakramentswein, und stellten diesen Schneemann stumm grinsend mitten vor die Königliche Pforte...

Er machte eine lange Pause und lehnte sich zurück.

»Wie Wachs zerschmilzt vor dem Angesicht des Feuers«, sprach er leise aus dem Troparion weiter. Ja, meinte er dann, so sagte ich wohl. Ich betete das Troparion zu Ende. Die Meinen standen wie aus Eisen gegossen da, die Frevler lärmten draußen vor der Pforte. Niemand hatte den Mut, diesem teuflischen Gebilde aus unschuldigem Schnee, das da ins Allerheiligste grinste, einen Fußtritt zu geben, wie er einem Götzen der Gottlosigkeit gebührte. Nein, keiner rührte sich. Und – ich sehe heute noch, wie die Tür sich einen Spalt breit öffnet und die Untäter hereinlugen, die sich der Wirkung ihrer Schandtat vergewissern wollten – ich trat vor den Götzen und sprach: Nicht nur Wachs zerschmilzt vor dem Angesicht des Feuers. Auch der Schnee schmilzt hin unter der Sonne des Allmächtigen. Und wer ihn zu Werken des Frevels geballt und ihm Gestalt gegeben hat nach der Fratze des Bösen, dessen Hand wird verdorren, dessen entartetes Gesicht wird der Herr austilgen, auf daß dem Satan kein Denkmal bleibe, sondern der Mensch allein sei nach Gottes Bilde. »Die Gerechten aber müssen sich freuen…« Dieser Schnee war so rein, wie er vom Himmel gefallen ist, sagte ich zu den Meinen. Menschen haben ihn so beschmutzt. Habt Mitleid mit dem armen Schnee, sagte ich, und so wie ihr sanftmütig mit euern Feinden sein sollt, so nehmt auch keinen Anstoß an ihm da.

Und so blieb der Götze stehen. Und was teuflisch an ihm war, mag sich gequält haben, fortwährend auf den Opfertisch des Herrn zu sehen und des Herrn Auferstehung und Himmelfahrt verkündigt zu hören, an diesem »Tag, den der Herr gemacht hat, und an dem wir jubeln und fröhlich sein sollen«!

Nun, das war nicht die erste Schandtat, die jener Pitirim vom Sägewerk sich ausgedacht und mit seinen Kameraden ins Werk gesetzt hatte, aber es war die frechste. Wir hatten an Fest- und Feiertagen schon Pflöcke aus frischem Holz in die Schlüssellöcher getrieben gefunden, wenn die Kirche geöffnet werden sollte, wir hatten schon Fenster ohne Scheiben gehabt. Unter einer losen, federnden Planke hatte man einmal eine alte Ziehharmonika angebracht, die jedesmal ein wildes Gedudel von sich gab, wenn jemand auf diese Stelle trat und damit den Balg zusammendrückte, und ein zweites Geheul, wenn die Planke sich wieder hob – o ja, wir hatten mehr als zwanzigjährige Erfahrungen. Bis hierzu aber hatte noch keiner von diesen jungen Gottesleugnern gewagt, während der göttlichen Liturgie in die Kirche zu kommen.

Die Andacht am Vorabend der Himmelfahrt war zu Ende. Die Meinen gehen hinaus, draußen werden sie von den Schmähern erwartet. Ein Weilchen später gehe ich heim, und entgegen tritt mir eben jener Pitirim als Wortführer seiner Genossen.

Höre, Bürger Evangelium, beginnt er, aber was er sagen will, geht dann in dem Gelächter unter, das die Seinen über diesen Witz anstimmen.

Du hast recht, sage ich, ich bin ein Bürger des Neuen Bundes, ihr braucht nicht zu lachen.

Du wirst dein Geschäft schließen, Bürger, beharrt Pitirim, oder wir zeigen dich beim Kreissowjet an.

Das könnt ihr tun, sage ich, aber das wird euch nichts nützen. Nun hatte ich die Drohung, mich anzuzeigen, nicht zum ersten Male gehört, sie jagte mir auch diesmal keinen Schrecken ein.

Wir, sage ich, sind als ›Gruppe von Gläubigen‹ registriert, der Kreissowjet hat uns die Kirche zur Nutzung übergeben, wir haben die Vorschriften des Gesetzes beachtet und werden sie weiter beachten, du bemühst dich unnütz, Genosse Pitirim. Aber, sagt er, die Kirche kann geschlossen werden, wenn ein Teil der Bürgerschaft Anstoß an ihren Umtrieben nimmt und gestört wird!

Du irrst, sage ich, ich kenne das Dekret des Rates der Volkskommissare besser. Sie muß öffentlich Ärgernis erregen, aber das tut sie nicht, und ihr seid keine Öffentlichkeit. Wir haben die Bestimmungen über das Veranstalten von Prozessionen genau eingehalten, wie du weißt. Und ich bin ein Werktätiger wie du und ihr alle.

Aber, beharrt er, hier ist gegen die Bestimmung verstoßen worden, daß bei Jugendlichen unter achtzehn Jahren keine religiöse Propaganda getrieben werden darf. Und dabei sind Jugendliche in der Kirche gewesen! Das werden wir anzeigen, und das wird dein Geschäft schließen.

Das letzte stimmte – und stimmte doch nicht. Es waren tatsächlich kurz vor Ostern ein paar halbwüchsige Kinder von ihren frommen Eltern zur Kirche geschickt worden und hatten vorzeitig getriebene Weiden und Blumen zur Schmückung des Sarges Christi bringen sollen; aber sie hatten nicht am Gottesdienst teilgenommen, waren nicht während des Gottesdienstes dagewesen, hatten nur einen Botengang für ihre Eltern gemacht. Und das erkläre ich Pitirim. Er grinst. Das genügt vor Zeugen, meint er und sieht sich siegesgewiß nach seinen Kameraden um.

Mensch, sage ich da und vergesse mich vielleicht zum ersten Male in einem Kampf mit ihm, der schon an die drei Jahre gewährt hatte, und trete auf ihn zu und will ihn schon beim Rock greifen, als ich's gerade noch bleiben lassen kann, wenn du schon keine Obrigkeit im Himmel kennst, so nimm doch Lehre an von deinen Oberen hier auf Erden. Und hast du selber keinen Glauben, dann halte dich an die Bekämpfung des Glaubens, und nicht der Gläubigen, wie Lenin gelehrt hat. Und versuch nicht, mit Schneemännern zu überzeugen, denn die schmelzen sehr schnell. Propagiere für deinen wissenschaftlichen Materialismus, wie Genosse Stalin es befohlen hat. Aber als Gläubiger rate ich dir: gib beides auf! Es hat größere Feinde Christi gegeben als dich, und am Ende sind sie doch immer für ihn gestorben. Der Himmel meint es bisweilen so scheinbar verkehrt. – Und damit ging ich, ohne seine Antwort abzuwarten.

Am nächsten Morgen trat während des Gottesdienstes ein gottloser Sprechchor vor den herbeigeeilten Kindern nahe der Kirche auf, und in unsere Hymnen zu Ehren des gen Himmel Aufgefahrenen schallte die Musik aus dem Lautsprecher des Ortssowjets, von dem man eine Leitung mit einem Lautsprecheranschluß bis hierher gezogen hatte. Als unsere Glöckner die Glocken läuten wollten, hatten die keine Klöppel mehr. Die waren irgendwann einmal während der Nacht ausgefeilt worden... Und ich sage Ihnen: es war ein schauerlicher Wirrwarr, dieses Gemisch aus Lautsprechermusik vor den Fenstern und unserem Gesang – aber es war die Propaganda für den wissenschaftlichen Materialismus, die ich selber empfohlen hatte.

Mitten in dieser Hölle jedoch tat der Herr das erste Zeichen und Wunder. Der Gottesdienst ging eben zu Ende, als es draußen mit einem Male still wurde. Die Sprechchöre waren verstummt. Alle, die hinausgingen, empfing von dorther das Gemurmel friedlichen Ratschlagens und Staunens. Selbst die Ungläubigen waren voller Verwunderung, die Gläubigen aber erfaßte da schon ein geheimes Wissen, daß die Zeit erfüllt sei. Ich sehe sie noch heute vor mir, die Meinen, viele von ihnen sind jetzt hier: Sie stehen vor der Kirche, sie haben vergessen, den von fernher herangeleiteten Draht und den Schalltrichter zu betrachten, sie starren zum Himmel und bekreuzen sich und beten: Herr, erbarme dich unser! Denn sieben Sonnen standen am Himmel um die dritte Stunde des Himmelfahrtstages, um jene uns täglich vertraute herum im Kreise sechs kleine Sonnen, die um ihren hellen Kern in allen Regenbogenfarben glänzten, und rot strahlten sie zu unserer abtrünnigen Erde hinunter. So waren wir, wie wir meinten, in den siebenten Äon eingetreten, und der Herr gab den Seinen ein Zeichen, daß der große, offenbare Tag, von dem die Schrift spricht, nahe sei.

JA, SIE MÖGEN sich wundern und fragen, hub er nach einer langen Pause wieder an, warum ich Sie jenem Pitirim verglichen habe, von dem Sie doch nach allem, was ich erzählt habe, meinen könnten, er wäre nur ein ganz roher, ungeschlachter Raufbold und Friedenstörer gewesen. Nun, das war er gar nicht. Diese Roheit war sicher nur sein letzter, dreister Versuch, des Allmächtigen Liebe auf sich zu lenken. Vielleicht ist das bei vielen der Gottlosen so. Die Menschen sind wunderlich. Wenn Gott ihnen kein Zeichen gibt, daß er zu ihnen kommt, dann laufen sie trotzig wie die Kinder zum Teufel und sehen sich doch fortwährend nach Ihm um, immerzu hoffend, Er käme ihnen nach – und ohne zu wissen, daß sie ja auch auf diesem verkehrten Wege häufig nur auf einem Umweg zu Ihm sind. Man muß Erbarmen mit ihnen haben und Geduld, wie Er mit uns allen. Nun ja… Ich habe diesen Pitirim schon gekannt, als er ein halbwüchsiger Bursche war und mit seiner Mutter, der Witwe eines Verbannten, aus der Gegend von Petrosawodsk zu uns kam. Er war ein nachdenklicher, lesehungriger Knabe; man merkte ihm an, daß er nicht vom Lande stammte, sein Vater soll ein Beamter oder so etwas Ähnliches gewesen sein. Ich war der einzige im Dorf, der noch ein paar Bücher und alte Zeitschriften besaß, die habe ich ihm ausgeliehen. Später bekamen wir die Kinderkrippe des Ortssowjets beim Kolchos, und die Vorsteherin dort bekam auch ein paar Handbücher und Zeitschriften zugeschickt. Da las er bei ihr. Er war damals ein Bursche, der gerne fragte und disputierte und vor allem gern die Schulbeispiele der Logik an der Heiligen Schrift abhandeln wollte. Ich habe mich oft im stillen gewundert, wie gut er die Heilige Schrift kannte und alles, was sie an einer Stelle sagt, mit einer anderen verglich; mir kam es zuletzt vor, als lebte er förmlich in einem Zimmer voller Lampen und säße doch im Dunkeln, denn keine Lampe gab Licht. Vor lauter Lesen und spitzfindigen Versuchen, das Wort Gottes bei einer Dummheit zu ertappen, vergaß er, um die Offenbarung der Herrlichkeit zu beten. Die unseligen Verhältnisse, daß ich mich schwer gegen das Gesetz vergangen hätte, wenn ich auch nur einen Versuch machte, mit ihm zu sprechen – das wäre die streng geahndete Propaganda bei Jugendlichen gewesen –, brachten es mit sich, daß ich nur durch seine Mutter zu ihm sprechen konnte, die damals noch lebte und tief unglücklich über ihren Sohn war. Das Gefährliche lag darin, daß er unter den einfältigen Bauernschädeln seiner Arbeitskameraden unvergleichlich klüger als alle war, als der Klügere Achtung und Einfluß genoß und auch dementsprechend hoffärtig wurde. Man betraute ihn mit allem, was Zelle, Block, Ausschuß, Stoßbrigade und Arbeitsschlacht hieß, und eher schwächlich in seiner Gesundheit, wie er es war, bei einem Beruf, der starke körperliche Kräfte forderte, mußte er vor allem mit dem Kopf wettmachen, was ihm in den Muskeln fehlte.

Der rote Pitirim hieß er, nicht wegen seiner Treue zur Sache der Revolution, sondern seiner Rothaarigkeit wegen, die ihm zusammen mit seinem etwas spitzen Gesicht, der bleichen, teigigen Haut mit seltsamen rötlichen Adern und Tupfen im Gesicht immer etwas Fiebriges und Heftiges gab. Und, sehen Sie, keiner ist so klug, daß er sich nicht, wie seine Kameraden, wenigstens zeitweise das Denken abnehmen ließe. Damit rechnen die Gottlosen auch. Sie liefern ihren Mitgliedern die Lösung des Lebensrätsels bis auf eine Bruchstelle genau ausgerechnet und nennen es wissenschaftlichen Materialismus. Aber in der einen Stelle liegt immer weiter die große Unbekannte; nur nennen sie es genau, und das besticht. Wir Christen haben es nur unter den Theologen zu ähnlicher Leichtfertigkeit gebracht wie sie. Und ein Kniefall schon täte oftmals der Herrlichkeit Christi mehr Ehre an als alle ihre Auslegungen, ach ja… Was würde geschehen, kann man sich fragen, wenn Gott sich nicht immer wieder offenbarte und die Ordnung des Teufels heilsam verwirrte?

Die sieben Sonnen, zwischen denen er gen Himmel fuhr, loderten bis um die sechste Stunde in einem geheimnisvollen Kreis, und wir fragten uns in unseren Herzen: ›Herr, willst du auf diese Zeit wieder aufrichten das Reich Israel?‹ und antworteten uns selber: ›Es gebührt uns nicht zu wissen Zeit oder Stunde, welche der Vater seiner Macht vorbehalten hat.‹ Uns war nur auferlegt, zu bleiben und zu warten und die Kraft des Heiligen Geistes zu empfangen und alsdann seine Zeugen zu werden zu Jerusalem und in ganz Judäa und Samarien und bis ans Ende der Erde – einmütig beieinander mit Beten und Flehen, wie geschrieben steht. Und glauben Sie mir, hatte jemals einen von uns der Ödmarksschrecken befallen, wenn er an einem Augusttag halb von Sinnen vor Angst geraten konnte in der Unendlichkeit der Stille, über der die Sonne für ihn zu tanzen begann, dann war das doch nichts gegen den Schrecken, der uns jetzt befiel, als um die neunte Stunde das Licht der sieben Sonnen abgelöst wurde von einer seltsamen Dunkelheit, in welcher der Himmel sich verschleierte, der Schnee grau dahinzusiechen schien und die Wälder zu seufzen begannen, ohne daß sich ein Wind geregt hätte. Um die dritte Nachtstunde bewog mich eine unerklärliche Unruhe, zur Kirche hinüberzugehen. Aber dort war niemand, nur die Finsternis noch erschreckender dort, und das Horn des Mondes, das über den Wäldern aufstieg, floß nach unten geneigt aus und war von brandiger Röte. Um diese Zeit aber hörte ich auch schon, wie es in dem finsteren Mantel der Nacht knisterte und krachte. Die Nähte des Eises auf dem Flusse waren bis zum Bersten gespannt.

Mit so unerklärlichem Trieb, wie er Tieren vor einem Unwetter eigen ist, war die Gemeinde zwischen Christi Himmelfahrt und Pfingsten beieinander. Die Gläubigen griffen häufiger denn je zum Psalter, und wenn ich nach der Arbeit in irgendeine der Hütten einkehrte, ließen die Guten mich nicht wieder weg, und aus einem Besuch wurde eine Andacht, nach der sie begehrten. Bei solchen Gelegenheiten aber kam mir auch das Gerücht zu Ohren, der rote Pitirim habe laut und öffentlich geschworen, der Heilige Geist würde zum Pfingstfeste wohnungslos und keine Kirche mehr haben, in der er Einlaß fände. Das waren traurige Nachrichten – der Lästerung wegen und weil sie mich Schlimmeres fürchten ließen. Was aber sollten wir tun? In vielen Häusern, in denen ich war, sah es schon pfingstlich aus, wie wir es gewohnt sind. Meine geistlichen Kinder hatten beizeiten Birkenreis und ganze kleine Bäume aus dem Walde geholt und in ihren Stuben zum Grünen gebracht. Mit denen sollte der Tempel geschmückt werden. Ich ermahnte sie, nicht ihre Kinder zu schicken, da dieses uns übel ausgelegt würde, sondern selber zu kommen. Und so versprachen sie es. - In den zehn Tagen, die unser Herr und Erlöser bei seinem Vater verweilte, um alsdann seinen Geist zu uns zu senden, den Tröster, den Helfer, den Geist der Liebe und der Wahrheit - in diesen zehn Tagen wurde es Frühling. Und welch ein Frühling! Die Ältesten von uns konnten sich nicht entsinnen, die Wende jemals mit solcher Gewaltsamkeit erlebt zu haben. Nach der Finsternis des Himmelfahrtstages wurde es niemals mehr hell. Der See und die Wälder hüllten sich in einen schweren Dunst, der dort enden mochte, wo die Wolken begannen, niemand konnte das unterscheiden. Ein warmer Sturm brach herein, wie geradewegs aus dem kaspischen Süden; Regen, warm und mit großen Tropfen, fiel auf den Schnee, daß die Erde das Tauen gar nicht zu fassen vermochte. Wir saßen des Abends in unseren Häusern und blickten uns stumm an, wenn zwischen dem Brummen und Heulen der Bären, die da vor unseren Fenstern zu tapsen schienen, mit einem Male ein Schmettern und Donnern erscholl, mit dem die Wassermassen des Flusses den fesselnden Schild des Eises zerspellten. Aber ich sage Ihnen: wenn es jetzt still geworden wäre, wenn jetzt der Regen aufgehört hätte, wenn jetzt die allmählich sich öffnende Erde die Wassermengen in sich hätte aufnehmen können - noch wäre das Unheil aufzuhalten gewesen. Doch es kam anders.

Alle Arbeiten hatten eingestellt werden müssen; auch unten bei der Säge war das Wasser über die Ufer getreten. Es schoß über der alten Eisdecke dahin und schwoll und schwoll. Am Morgen vor dem Pfingsttag floß der Fluß unmittelbar neben der Kirche vorüber, und das Wasser spülte schon bis vor die Stufen. Und immer noch war es im Steigen. Die Männer und Frauen, die am Sonnabend die Birken brachten, hatten Mühe, sich aufrecht zu halten, so gewaltsam war der Sturm, der in die eben grünenden Zweige griff. Zur Abendandacht mußten die meisten schon durch die Sakristei Einlaß suchen. Aber nun war auch der Eisgang eingetreten. Wie schwere Wagen, rasselnd und polternd, schoben sich die Schollen neben der Kirche dahin, und die Strudel mahlten sie in die Runde und häuften sie aufeinander wie zu widerwärtiger Paarung, die Unheil gebiert.

»Du hast dich erhoben in Herrlichkeit, Christos, unser Gott, die Jünger erfreuend durch die Ankündigung des Heiligen Geistes, daß sie durch deine Segnung darin bestärkt würden, daß du bist der Sohn Gottes, der Erlöser der Welt!« So lautet das Troparion am Vorabend der Pfingsten, und ihm ist der 103. Psalm zugeordnet: »Lobe den Herrn, meine Seele, und was in mir ist, seinen heiligen Namen!« - Oh! gewaltige Worte im Tempel! Draußen aber, vor der Pforte, über den Wassern und den sturmgebeugten Wäldern und dem stäubenden Ladogasee, sprach noch gewaltiger der Herr selbst in all diesem Brausen. Den Schall unserer Glocken, denen wir neue Klöppel eingesetzt hatten, vernahm niemand im Dorf, so rasch riß der Sturm ihn mit fort in die Einöde. Doch um die Zeit, da die Sonne eben untergegangen war, endete dieser Sturm ebenso plötzlich, wie er ausgebrochen war. Es blieb ganz allein die Stimme des Wassers. Und die war gewaltig! Jetzt erst, da sonst nichts anderes mehr zu hören war, vernahmen wir sie recht. Es hatte angefangen zu dämmern, als jemand in unser Haus kam und mit Entsetzen meldete, bei der Mündung des Flusses in den See habe sich eine Barriere aus Treibholz und Eis gebildet, die das Wasser im Oberlauf noch höher steigen ließe. Und nun, das war mir sogleich klar, war unsere Kirche in schwerer Gefahr! Ich eilte mit dem Boten hinaus und fand den Platz um den Tempel herum schon jetzt mit zersplitterten, aufs Land geschobenen Eisschollen bedeckt - Eisschollen, die wieder vom Wasser eingeholt werden würden, wenn nur der Fluß weiter stieg. Etliche Männer aus meiner Gemeinde hatte dieselbe Botschaft erreicht. Sie kamen und holten auf mein Geheiß Stangen mit eisernen Haken und Spitzen, wie wir sie beim Flößen benutzten, um die Schollen, die gegen das Gotteshaus drängten, abzuwehren und, wie es die Baumstämme mit sich tun lassen, in die Strömung zu leiten. Und über dem ersten Erkennen der Gefahr und dem Wissen, daß jetzt gekämpft werden mußte, solange das Wasser nicht fiel, gekämpft gegen die ganze Gewalt des Wassers und des Eises, die sich von den Quellen des Flusses bis hier an seiner Mündung gesammelt hatte, wurde es dunkle Nacht.

Einige von den Männern gingen heim, um mehr Stangen zu holen und auch Laternen und sich für eine Nachtwache zu rüsten; wir anderen blieben derweil und gingen erst, als sie wiedergekommen waren. Selbst etliche von den Frauen hatte die Nachricht aufgeschreckt. Sie kamen und hielten die Laternen in die Höhe, daß wir in ihrem Licht besser sehen könnten, und kauerten sich in ihre Tücher und blickten mit vor Entsetzen weiten

Augen bald auf unsere kleine Kirche und bald auf den ungeheuerlich zum Strom angeschwollenen Fluß mit seiner verderblichen Eislast. Ja, einige wollten, als es erst Abend war und das Ärgste uns noch bevorstand, schon ein Knirschen und Bohren in den Balkenwänden der Kirche gehört haben; andere plagte die Angst zu einem hellen Aufschrei des Entsetzens, weil sie eine Erscheinung im Turm bei den Glocken gesehen zu haben meinten, aber wir taten das alles mit gutem Zureden als Wahn ab.

Hätten wir gewußt, was uns noch bevorstand - wir hätten den Kampf jetzt schon aufgegeben.

Um die dritte Stunde - das war gegen elf Uhr in der Nacht - schöpften wir ein wenig Hoffnung. Das Wasser war nicht mehr gestiegen, wir hatten alle Schollen bislang abwehren können. Freilich waren uns auch etliche Lanzen an dem häufig zwei Meter dicken Schild des Eises zersplittert. Was uns alle aber bis aufs äußerste peinigte, war das ungeheuerliche Tosen, Splittern und Krachen in der Finsternis, das uns eine Angst einflößte, wie wir sie noch nie verspürt hatten. Alle waren wir Flößer und Holzhauer, wir waren mit der Stimme des Wassers und des Waldes vertraut. Hier aber hatte der Herr alle Gewalten aus seinem Bann entlassen und ihnen befohlen: Reißt! rast! schlagt! zerrt! schiebt! brecht! und wir sahen ja nur das wenigste, wir hörten es und fühlten unser Entsetzen. Uns war, als hätten wir uns angemaßt, die gerechte Sündflut einzudämmen, die doch steigen mußte, steigen, steigen, daß sie alles von diesem sündhaften Geschlecht ertränke. Wir bildeten uns ein, über Gottes Zorn siegen zu können. Die Laternen erloschen. Niemand von uns hatte Zeit, neues Öl zu holen und nachzufüllen. Und so fanden die schlimmsten Stunden uns schwächer gerüstet als vorher.

Horche ich nur recht tief in mich hinein, so höre ich heute noch das ungeheuerliche Toben jener Nacht. Es war so gewaltig, daß es uns nie mehr verlassen hat. Es hat sich mit jeder Faser von uns verbunden und hallt so in uns nach wie das Meeresrauschen in der Muschel. - Bis jetzt aber hatten wir immer noch auf festem Boden gestanden und aus sicherem Stand unsere Waffen gefällt. Das wurde anders, als keine Laternen mehr leuchteten. Wir sahen uns kaum, die wir fünfe oder sechse waren. Wir ahnten den Feind mehr, der sich da in der Finsternis, polternd und klirrend, wie in eisernen Rüstungen, heranwälzte, als daß wir ihn erblickt hätten, und so mag es wohl sein, daß wir unsere Waffen nicht mehr so sicher gegen seine Weiche ansetzten wie vordem. Mit einem verzagenden Stöhnen räumte irgendeiner von uns den Kampfplatz, seine Kraft war zu Ende, er ergab sich, er trat auf die Eisscholle, die sich unter seinen Füßen heranschob, und suchte schon die nächste, die noch vor ihm sein mochte, um die abzuwehren – und gleich danach erschütterte ein hohles, dumpfes Dröhnen die Kirche –, die Scholle war gegen ihren Sockel gerannt und war von dem aufgehalten worden, als Menschenmacht und -kraft versagt hatten.

Dies war der erste Einbruch des Feindes in unsere Linien. Er blieb nicht der einzige. Alle standen wir bald auf wanderndem Grund: nicht mehr auf der Erde, sondern auf Schollen, die sich unter unseren Füßen bewegten, von der nachpressenden Kraft anderer hinter ihnen gezwungen, splitternd in den Kanten, berstend an den Enden, pressend und selber zusammengepreßt – bis unter dem Aufschrei eines der Unsern, der halb hintenüber fiel und halb sich wie vor dem Rachen eines Untieres selber aus dem Wege zu werfen versuchte, die ungeheuerlichen Kräfte eine von den Schollen sich aufteilen und dann, wie den Kiefer eines Rachens, über den Füßen bis hinauf zu den Knien des unglücklichen Daliegenden niederfallen ließen. Wir sahen das nur schemenhaft, wir ahnten auch diese Gefahr mehr, als daß wir sie erkannt hätten. Uns wollten nur schier die Adern platzen vor Angst und vor Anstrengung, diesen Eisrachen daran zu hindern, daß er sein Opfer gänzlich verschlang. Und während wir unsere Stangen einstemmten und halb wimmernd, halb stöhnend diese Scholle zu heben und zurückzuschieben versuchten, schrie der Daliegende so, als hätten wir die Eisen in seinen Leib eingestemmt. Aber das war natürlich nur Angst, laute Angst vor dem Eisblock, den er im Daliegen wie einen Panzer über sich hinwegrollen sah – bis ihn das lautlose Entsetzen packte, aber da hatten wir ihn auch schon bei den Schultern gefaßt und in Sicherheit gezogen.

Es soll so gegen drei Uhr morgens gewesen sein, als nochmals etliche von den Frauen kamen, um uns eine Stärkung zu bringen. Sie füllten auch die Laternen auf. Das ganze Dorf kam nun auf die Beine, alle, die um unsere Kirche bangten. Aber zu retten war sie doch nicht, das hatte der Herr anders beschlossen. Nur glaubten wir noch fest daran, daß wir es könnten. Denn unsere Augen sahen nicht, was eben noch von der Dunkelheit und der Entfernung verborgen nahte: blank wie Stahl, in einem einzigen

Stück von zahllosen Frostnächten gehärtet, gezahnt und scharf wie die beste Säge, die wir je an einen Baum angesetzt, von der Gewalt des neuerlich steigenden Wassers in der Länge des ganzen Flußbettes geführt – eine einzige große Scholle, die unverharscht geblieben war, die furchtbarste Waffe dieses untergehenden Winters, groß, daß drei Kirchen von der Größe der unseren Platz darauf hatten. Sie kam. Wir sahen es nicht. Sie wartete den Morgen ab, das erste fahle Grau, das mit einem Male um uns war und in dem wir selber die letzten Finsternisse der Nacht zu sein schienen. Wir standen da schon im Wasser. Wir hatten unseren Standplatz vorverlegt, um den Feind vor der Feste des Tempels leichter abdrängen zu können, weil uns dort draußen die Strömung williger beistand. Sie wartete. Erst mußten noch mehr von den Unseren gekommen sein, oben am Abhang stehen, klagen, Herr, erbarme dich! stöhnen bei allem, was geschah. Die Sonne sollte erst aufgehen als ein glutender Schimmer am östlichen Himmel und unser Pfingsten bezeugen. Dann erst kam sie, und mit ihr zusammen ein Schwall von Hochwasser, wie wir ihn während der ganzen Nacht nicht so sprunghaft erlebt hatten. Wahrscheinlich war im Oberlauf eine stauende Barriere geborsten. Und mit der Gewalt dieses Wasserschwalles hob sie ihren gepanzerten Rücken und stieg zu uns hinauf… Wir sahen es nicht. Wir konnten uns die Augen reiben, in denen das Salz unseres Schweißes brannte – es waren die Frauen, die soviel höher standen, die ihr Nahen als erste gewahrten. Sie schrien, sie bekreuzten sich eilends, etliche machten Anstalten, davonzulaufen vor Entsetzen… Wir blickten hinauf zu ihnen, wir verstanden sie anfangs nicht, dann aber… Nein, wir selber rannten davon, den Abhang hinauf, weg, nur weg – gegen diesen Feind waren unsere Stangen machtlos, ebensogut hätte man versuchen können, den apokalyptischen Reitern in die Zügel zu fallen. Und so erlebten wir mit zitternden Knien, auf unsere Stangen gestützt, mit leeren Augen und einem Kopf, in dem jeder Muskel uns schmerzte, alles, was jetzt noch geschah. Ich sage Ihnen: hätte dieses Ungeheuer von einer Eisscholle seinen Weg geändert, hätte es sich höher den Hang hinan gewälzt – wir hätten uns nicht von der Stelle zu rühren vermocht, seine Zähne hätten uns mit zersägt. Aber es kam nicht. Es kroch wie eine sagenhafte Larve langsam auf die Kirche zu: ächzend von seiner eigenen Schwere, die immer neue Kraft aus dem Schwall bezog; es brach nicht entzwei an seiner eigenen Größe, nein, es bog sich, und es gab dabei einen Ton von sich wie eine ungeheure Saite, aber es war zäh wie federnder Stahl. Und kein Laut bei uns allen, die zusehen mußten, nur ein Atmen von erstickten Schreien – bis die schartige Kante dieser Scholle anfing, an dem Fundament unserer Kirche zu sägen. Da erst brach ein Stöhnen aus unserer Brust. Doch das Mühelose dieser Zerstörung war für unsere Augen zuviel. Die Frauen preßten sich die Hände vors Gesicht, denn unsere Kirche wankte, unsere Feste wankte! Mit einem vielstimmigen Klang, der so schrill war wie ein Schrei, begannen die Glocken zu tönen, denn der kleine Turm stand mit einem Male schräg. Gleich darauf vernahmen wir ein Splittern und Krachen, von dem wir nicht begriffen, wie es zustande gekommen war, wir Narren! Hätten wir doch sehen müssen, mit eigenen Augen, daß diese Scholle sich unter unserer Kirche hindurchschob: zur einen Seite hinein – ein Klageschrei aus allen Glocken, deren Klöppel gegen eine Wand geschleudert wurden! – zur anderen Seite hinaus – ein zweiter Schrei nach leise bebendem Wimmern, als die Klöppel gegen die andere Seite geschleudert wurden –, und dann, barmherziger Gott! wir sinken in die Knie; denn hinter dem gurgelnden Wasser, das zwischen den verbliebenen Grundbalken schäumt, aufrecht, mit scherbendem Glockenklang im Gepolter der Schollen, treibt unsere Kirche stromabwärts davon!

»Herr, erbarme dich unser! Herr, erbarme dich unser! Du kennst, was für ein Gemächte wir sind, du gedenkst daran, daß wir Staub sind…«

Gott im Himmel! schreit aber mit einem Male eine von unseren Frauen, im Turm…! und weint laut auf.

Und was sehen wir? Aus der Kirche, die auf dem Strom dahintreibt, ist mit einem Male ein Mensch auf dem Turm erschienen. Er läuft von einer der Pforten zur anderen, beugt sich hinaus, blickt hinunter – wir denken, er will springen, aber nein, das tut er nicht, er steht da, er eilt weiter zur nächsten Pforte, er rennt umher, wie ein Vogel im Käfig flattert.

Das ist Pitirim! ruft jemand von den Unsrigen. Und dann ist er nicht mehr zu sehen. Ist es der Dunst, sind es die Tränen, die in unseren Augen stehen? Die Kirche entschwindet…

Wir aber, dort bei den Wassern der Schmelze auf den Knien liegend, wie die Letzten vor der Drangsal des himmlischen

Zorns, wir hören ein Brausen zwischen Himmel und Erde, die roten Feuerzungen der Sonne spielen durch den Dunst, und wir beten, daß unsere ohnmächtigen Lippen kaum noch die Worte recht zu fassen vermögen: »Ich habe den Herrn allezeit vorgesetzt vor mein Angesicht; denn er ist an meiner Rechten, auf daß ich nicht bewegt werde. Darum ist mein Herz fröhlich, und meine Zunge freuet sich; denn auch mein Fleisch wird ruhen in der Hoffnung.

Denn du wirst meine Seele nicht dem Tode lassen, auch nicht zugeben, daß dein Heiliger die Verwesung sehe. Du hast mir kundgetan die Wege des Lebens; du wirst mich erfüllen mit Freuden vor deinem Angesicht!«

Dies alles ist so geschehen, wie ich gesagt habe, aber es geschah noch mehr. Der Geist der Pfingsten war ausgegossen in den Herzen. Wir alle blieben fortan beständig in der Apostel Lehre, die durch mich Knecht Gottes verkündet ward, und nun erst war mir, als sei ich, noch mitten im Leben, schon von den Toten auferweckt und mit dem Geist *eines* Fleisches. Wir blieben auch, wie geschrieben steht, »in der Gemeinschaft und im Brotbrechen und im Gebet«. Mein kleines Haus vermochte die Schar derer, die da kamen, gar nicht zu fassen, als wir nach dieser Nacht endlich heimgekehrt waren. Ich segnete sie alle, die Meinen, und viele, die da insgeheim gefragt hatten: Was sollen wir denn tun? und denen ich geantwortet: Tut Buße, und lasse sich ein jeglicher taufen auf den Namen Jesu Christi zur Vergebung der Sünden! mit dem grünenden Reis der Birken, in denen das Leben erwacht war. »Und der Herr tat fortan täglich hinzu, die da selig wurden, zu der Gemeinde.« Und die Einfältigsten unter uns waren an diesem Tage voll Weisheit, die nicht von dieser Welt stammt. Wie der eisbedrängte Fluß entfesselt einhertobte, so gewaltig gingen Ströme lebendigen Wassers durch diese Menschen. Wir besaßen keine Kirche mehr, aber mein kleines Haus ward zum Tempel, jedes Herz, das darin schlug. Keine Reliquie verband uns mit der Gemeinschaft der Heiligen, und doch, glaube ich, waren alle gegenwärtig. Wir hatten weder Kelch noch Tisch, aber der Geist heiligte das Brot, das die Anrufung zum Fleisch bereitet, und Wasser und Wein, die dadurch zum Blut wurden. Wir gelobten uns auch, alles inskünftig so zu halten, wie die Apostel getan.

Am Nachmittag dann war unsere Kraft zu Ende, und nament-

lich wir, welche die Nacht bei der Wache verbracht, mußten
schlafen. Gott verzeihe mir, aber ich verschlief zum ersten Male
den Gottesdienst am Abend des ersten Pfingsttages und den am
Morgen des zweiten. Ich schlief wie ein Toter. Kurz vor dem
Erwachen aber mußte es gewesen sein, daß ich von Pitirim
träumte. Ich sah ihn im Traum in unserer eigenen Kirche stehen,
vor der Königlichen Pforte des Ikonostas, die weit offenstand
und aus der sich ein blendendes Licht in die dunkle Kirche ergoß,
und hörte ihn laut schallend predigen, mit emporgestreckten
Armen, wie ein anstatt in Wasser in seliger Verzückung Ertrin-
kender, aber ich verstand nicht, was er sagte. Und als ich mich
fragte: Was redet der da! Ist der nicht aus Tuulos wie ich? Was
will das werden? – da war das die Frage, mit der ich erwachte,
und mein traumbefangenes Ohr vernahm aus der Kammer nebenan ein Stimmengewirr.
Ich lag eine Weile und gab nicht zu erkennen, daß ich wach war
und lauschte. Aber dann mit einem Male merkte ich, daß ich gar
nicht wach gewesen, daß auch das scheinbare Erwachen nur
ein Traum im Halbschlaf gewesen war. Die Stimmen aber waren Wirklichkeit.
Man hat sie läuten hören, sagte eine Stimme, die mir vertraut
war, sehr ferne, aber man hat es vernehmen können. Manchmal
stärker, manchmal schwächer, aber man kann immer noch nichts
sehen.
Es hat keinen Zweck, sich hinaus zu wagen, meinte ein anderer.
Und wer wollte das tun! Am Strand haben sie ein Feuer angezündet, seine Kameraden, und schlagen auf Töpfe und Pfannen.
Aber ob er das hört?
Gott ist ihm gnädiger, als er's verdient, sagte ein Dritter. Seine
eigene Wohnung hat er ihm als Obdach gegeben, daß er sich
darin bergen kann, der Frevler…
Ja, oder daß sie sein Grab wird. Aber ein heiliges Grab für einen
Tempelschänder.
Ich sah immer noch Pitirim vor mir, wie er mir eben im Traum
erschienen war, und wie der blendende Lichtstrahl aus dem Aller-
heiligsten, in dem ich ihn gesehen hatte, kam mir mein Entschluß. Ich sprang aus dem Bett und bemerkte, wie es nebenan
im selben Augenblick still ward.
Gottes Friede mit euch! rief ich hinüber und begann mich anzukleiden.

Friede mit Euch, Vater Tichon! antworteten sie mir. Während ich die Kleidungsstücke zur Hand nahm, begann ich mir meinen Plan zu machen – ach nein! da überkam mich ein Gesicht! Ich sah mich selber in einem Boot mit flachem Boden, wie wir's zum Fischen auf den Seen benützen, zwischen Eisschollen draußen auf dem offenen See, das Boot bald aufs Eis ziehend und vor mir her schiebend, wie einen Wasserschlitten, bald rudernd, wo die Waken sich öffneten und das bleigraue Wasser schweren Dunst ausatmete. Und mit einem Male, sehe ich, wächst unsere Kirche, schief geneigt, doch immer noch stehend, riesiger als die Isaakskathedrale vor mir auf, stumm in den Schwaden, ohne Glockenklang. Pitirim aber steht an der Pforte, wie die Büßer und Bettler, und ich bin gekommen, um ihn aus Gottes Gewahrsam abzuholen, ins Leben auf Erden zu retten.

Nun, so war es in Wirklichkeit nicht. Nur mein Entschluß, ihn zu suchen, blieb immer der gleiche. Vor den besorgten Mahnungen der Meinen, diese Gefahr nicht auf mich zu nehmen, die Gott als tollkühnen Frevel ansehen möchte; vor den Tränen meines Weibes, das sich vorzeitig zur Witwe gemacht sah, während in Wirklichkit ich es dann war, der sie überlebte; vor den finsteren, mißtrauischen Blicken der Kameraden jenes Pitirim, die unten am Strande hausten und Feuer unterhielten und Lärm machten – sie sagten, um ihm die Richtung nach Hause anzuzeigen, ich glaube aber, um sich Mut zu machen, so wie Kinder im Dunkeln zu singen anfangen. Wie war es in Wirklichkeit? Schwerer, viel härter, viel wirklicher, ja, Gott sei gepriesen: wirklich!

Die große Prüfung war für mich nur zu Anfang, daß der Nebel sich nicht heben wollte. Der ganze zweite Feiertag lag wie unter einem grauen Leichentuch. Hätte ich meinen Entschluß gleich in die Tat umsetzen können – nichts wäre leichter gewesen, so merkwürdig das auch klingt. So aber hatte ich Zeit zum Überlegen, Zeit zum Ängsten, Zeit zum Zweifeln. Ich hatte Zeit, den Fluß zu betrachten, der immer noch gewaltig angeschwollen war, doch nicht mehr ganz so hoch wie in jener Nacht. Ich hatte Zeit, meine Gefährten und Feinde zu betrachten, gegen die ich schon eine Nacht lang um die Kirche gekämpft: die Eisschollen, die mich draußen auf dem See zahllos umgeben würden. Ich hatte Zeit, unten am Strande zu stehen und in die milchigen Schwaden zu starren, unter denen es knisterte und knarrte und gluckste und schmatzte, wie von einem lüsternen, sich räkelnden Untier – und mich zu fragen, ob in dieser ungeheuerlichen Öde, deren ganze Maßlosigkeit der Dunst mir noch gnädig verbarg, irgendwo auf einer der treibenden Schollen unsere Kirche stehen und drinnen ein Mensch sein mochte, ein verlorener, dem Tode geweihter, wenn Gott ihm nicht seinen Engel schickte. Ich hatte Zeit, an meiner Kraft zu zweifeln, an der Vernunft in meinem Vorhaben, an der Wahrscheinlichkeit, daß er noch lebte – barmherziger Gott! es war eine lange, schreckliche Zeit. Doch als zweifelte, zagte, zauderte ich gar nicht, betrieb ich nebenher meine Zurüstungen für die Fahrt.

Als die Burschen am Strande das sahen, wurden ihre Mienen noch finsterer.

Wann, fragte ich sie, hat man unsere Kirche das letzte Mal läuten hören?

Das letzte Mal, sagten sie, hörten wir sie am zweiten Feiertag nachmittags. Aber da war es, als schrien alle Glocken zugleich.

Glaubt ihr, daß er selber sie geläutet hat?

Nein, so hatte es nicht geklungen. Eher so, als hätte sie jemand hingeworfen, alle zugleich.

Sie konnten auch nicht ungefähr die Richtung angeben, aus der die Glocken geklungen hatten. Von draußen, vom See her war der Schall gekommen, von dort…! und die Hand, die hinauszeigte, nahm sich so armselig und klein aus, wie der Mensch unter dem Himmel ist. Aber was mir eine Prüfung zu sein schien, war nichts als Gottes Güte. Hätte ich spornstreichs davonfahren können, wäre ich gewiß nicht wieder zurückgekommen. So aber vermochte ich die Fahrt besser vorzubereiten. Ich sah gründlicher, wie gefährlich und anstrengend sie sein würde, und richtete mich danach ein. Und wunderbar war auch, wie alle mich warnten und mich davon abzuhalten versuchten – und gleichzeitig ungefragt und ungebeten am Strande zusammentrugen, was mir nützlich sein könnte. Sie rüsteten mich wie zum Seehundsfang aus, und das war mein Glück.

Während dieser Vorbereitungen, die ich zu Ende führte, um sogleich fahren zu können, wenn der Nebel zu lichten versprach, gesellte sich mir immer häufiger einer der Kameraden Pitirims, half mir wie verschämt, griff hier zu und dort zu, immer so, als geschähe es nur nebenbei, bis er mich mit einem Male fragte, ob er mitkommen dürfe. Dessen war ich von Herzen froh und segnete ihn für seinen Entschluß, wogegen er sich nicht wehrte, und wir verabredeten miteinander, daß der eine den anderen aufsuchen und abholen sollte, wenn der Nebel sich nur hob und wir die Fahrt antreten konnten. Der Jüngling, Makari hieß er, versprach, sich zu rüsten. So war die Nacht hereingebrochen, abermals eine Nacht, die der Unglückliche, wenn er noch lebte, auf dem Eise verbrachte. Ob das die letzte war, oder hatte er schon, ohne daß wir es wußten, seine letzte erlebt? Ich war dankbar, daß es dunkel war, als ich nach Hause kam. So brauchte ich die verweinten Augen meines Weibes nicht allzu deutlich zu sehen.

Ich bitte zu Gott, daß der Nebel sich niemals heben möge, schluchzte sie am Abend, als wir uns legten. Aber da ergriff ich ihre Hände und riß sie auseinander und führte sie vor das Bild der jungfräulichen Mutter mit dem Kind und sprach: Tu Buße, Weib, für solch sündhafte Reden! Bete, bete, daß er noch leben möge, und daß es gelingt, ihn zu retten! Bete, daß der Nebel sich noch zur Stunde hebe und wir ihn finden und vom Herrn beschirmt zurückkehren! Bete: Allerreinste, erhabene, erbarmende Mutter... und ich trat neben sie und umschloß ihre bebenden Hände und beugte mein Haupt vor dem Bilde. – Und sie begann leise und mitunter von Tränen überwältigt und mit Händen, die ich zwischen den meinen zittern fühlte wie ein erregtes, frierendes Vögelchen, nachzusprechen, was ich ihr vorsprach.

Segne mich! bat ich sie, als wir uns legten, und sie zeichnete das Kreuz über mich.

Der Herr ist auch in den Schwachen mächtig, sagte ich, und ich fühle, Er befiehlt es.

In derselben Nacht, nach Mitternacht, klopfte Makari, mein Begleiter, an unsere Hütte und meldete, der Nebel hebe sich, es sei ein Windchen aufgekommen, und alles verspreche einen klaren Tag.

Erkennst du das Zeichen der gnädigen Erhörung? sagte ich zu meinem Weibe. Bleibe im Gebet! Ich bin bald wieder zurück!

Das konnte wie eine Lästerung klingen, aber es war die Gewißheit des Glaubens, der Berge versetzt.

Und nun begannen wir Pitirim zu suchen.

WIE GUT, daß ein Boot, wenn es am Strande liegt, so groß aussieht! Daß es das Selbstvertrauen des Menschen stärkt, der sich damit aufs Wasser begeben will. Und daß ihm das Umkehren unmöglich erscheint, wenn er gewahr geworden ist, wie klein, wie verschwindend klein es in Wirklichkeit ist, nicht viel sicherer, als wollte er sich in seine eigene Hand setzen und darin wegschwimmen.

Dies war wohl unser beider erste Erfahrung, als wir abgestoßen waren. Makarius indessen war klug gewesen. Er hatte sich ein eigenes Boot gerüstet. Dieses, meinte er, sei besser, weil ein Boot immer vom Eise beschädigt und leck werden könne; auf dem Rückwege wollten wir ja zu dritt sein, und das sei viel für solch ein flaches Boot, zumal wenn etwas Wind aufkomme, und müßten wir auf dem Eis übernachten, dann habe jeder von uns in dem umgekippten Boot eine Hütte. Er hatte sich, wie ich, Kleider, Pelze und Decken und neben einem Eßvorrat auch etwas Holz mitgenommen.

Bis zum Morgengrauen sprachen wir kaum ein Wort außer einem verlorenen: da! dort! so!, wenn wir uns auf den leichtesten und kürzesten Weg aufmerksam machten. Von Zeit zu Zeit blickten wir uns um, um uns nach dem Land unsere Richtung zu merken. Wir ruderten, wir stiegen auf das Eis, wo die Schollen sich drängten und keine Handbreit Wasser mehr zu sehen war. Wir schoben unsere Boote wie Wasserschlitten vor uns her. Wir keuchten und schwitzten und hatten uns längst den Pelz ausgezogen und fröstelten gleich danach, wenn wir zu den Riemen greifen mußten. Wir hatten auch schon etliche Male offenkundig in Gefahr geschwebt. Gerne hätten wir uns mit einem Strick aneinander gesichert; aber das ging nicht, ohne daß der Strick uns unmöglich gemacht hätte, uns frei zu bewegen. So mußten wir uns, falls einmal der eine von uns stürzen oder ausgleiten und ins Wasser fallen sollte, darauf verlassen, daß der andere rasch zu Hilfe eilen konnte. Verräterische Schollen, die dünn und an den Kanten brüchig waren und entweder brachen oder in die Tiefe tauchten, wenn der Fuß sie betrat, gab es genug. Das Boot aber, das wir vor uns herschoben, sicherte den Weg, und etliche Male konnten wir uns noch im letzten Augenblick bäuchlings auf seinen Bord werfen, als der Fuß keinen Halt mehr fand. Die Klarheit aber, die bald nach Mitternacht angebrochen war, hielt an und verstärkte sich.

Sie offenbarte uns, als das Morgengrauen über den östlichen Himmel kroch, ein unbarmherziges Bild. Was half es uns, daß wir uns lobten, wir hätten seit dem Aufbruch schon ein tüchtiges Stück Weg hinter uns gebracht – entmutigend war die Öde der grauen und schwärzlichen Schollen, zwischen denen kleine Bäume und verschrobenes Wurzelwerk wie abgenagte Skelette herausstaken, und so weit der Blick reichte, war nichts als nur eben dies zu sehen – und hinter uns die gleichsam schützende Umarmung der Wälder am Horizont. Vergebens stieg Makari von Zeit zu Zeit auf die Ruderbank seines Bootes und hielt Ausschau. Er sah auch von dem erhöhten Standort aus nicht mehr.

Je weiter wir in den See hinausgelangten, um so größer und stärker wurden die Schollen. Oftmals gewahrten wir, daß sie in zwei oder gar drei Schichten übereinander lagen. Da hatten sich über die geborstene Eisdecke des Sees die Schollen geschoben, die mit den befreiten Flüssen gekommen waren, und dieser ganze schwere, graue, schwärzlich angelaufene Panzer über dem Leib des Sees hob und senkte sich und knisterte zuweilen leise wie von gewaltigen, ruhigen Atemzügen eines Schlummers in der völligen Stille.

Als die Sonne aufging, rasteten wir das erstemal und stärkten uns mit einem Imbiß. Boot an Boot und darin Bank an Bank saßen wir und ratschlagten. Da der Wind an jenem Morgen von Südosten geweht hatte, mußten wir ihn weiter nördlich suchen, meinten wir beide, denn wo die Strömung ihre Kraft verloren, hatte sicher der Wind den Weg der Scholle beeinflußt. Und wenn die Glocken am zweiten Feiertag nachmittags noch in Hörweite geklungen hatten, konnte er ja doch jetzt schwerlich mehr als doppelt so weit hinausgelangt sein. Wenn er nun überhaupt in die Weite gelangt war, und nicht in die Tiefe... Und wenn er überhaupt noch am Leben war, denn wir hatten ja heute schon den vierten Tag, seitdem er...

Ja, es war nicht anders möglich: wenn wir von Pitirim sprachen, mußten wir auch von der Kirche sprechen. Und nun erhielt ich einige Erklärungen, die Makari mir bisweilen stockend und scheinbar mit dem Absuchen des Eisfeldes beschäftigt gab. Ich versuchte, nur nach all dem zu fragen, was für die Möglichkeit, daß Pitirim alle diese Tage und Nächte lebend überstanden hatte, wichtig sein konnte. Hatte er einen Pelz angehabt, als er..., ja, als er... sich, ohne daß jemand von uns darum wußte, in der Kirche aufhielt?

Nein. Sie hatten am Nachmittag gezecht und auf ein gutes Gelingen getrunken, und mit den Querhölzern, Schrauben, dem Bohrer und anderem kleinem Gerät hatte er sich später auf den Weg gemacht, um eine günstige Gelegenheit abzupassen und sich auf dem winzigen Chor zu verstecken, von dem aus man auch in den Turm gelangte.

Mit Querhölzern und Schrauben...?

Ja, die Pflöcke im Schlüsselloch hatten ja nichts genützt, und da er sich in den Kopf gesetzt hatte, daß die Kirche nicht mehr geöffnet werden sollte, hatte er sich ausgedacht, sie von innen her mit quer über die Pforten geschraubten Hölzern bei allen Eingängen zu verschließen. Er hatte vierzöllige Schrauben mitgenommen. Das habe sicher eine ganze Weile gedauert, und dann habe er sich vielleicht hingelegt und seinen Rausch ausgeschlafen, denn tüchtig getrunken habe er gehabt. Und dann war er also der Gefangene seiner eigenen Untat geworden und hatte im letzten Augenblick nicht den Mut oder Geistesgegenwart genug gehabt, vom Turm herunterzuspringen... Alles das war so unglaublich, daß ich unwillkürlich aufsprang.

Barmherziger, sei ihm gnädig! sprach ich. Du hast durch den Mund deines Dieners gesagt, daß du geduldig bist und von großer Güte, daß du nicht immer hadern noch ewiglich Zorn halten willst, daß du nicht nach unseren Sünden mit uns handeln und uns nicht nach unserer Missetat vergelten willst. Lehre ihn fürchten, Herr, wie du gesagt hast, dann ist deine Gnade nicht ferne, und erbarme dich dieses Kindes, wie du dich aller erbarmst, die dich fürchten!

Und als ich das gesprochen hatte, gewahrte ich zum ersten Male, daß Makari, der stumm auf seiner Bank gesessen hatte, das Kreuz über sich schlug. Dann schien er es eilig damit zu haben, daß wir wieder aufbrachen. Vielleicht, dachte ich im stillen, hat Gott eine Seele zum Leben erweckt, als er eine andere heimbefahl.

Unsere Glieder waren steif geworden vom Dasitzen, obwohl wir die Pelze angezogen hatten. Uns beiden begannen die Schenkel zu schmerzen von dem gleitenden, immer sichernden Schritt auf den schlüpfrigen Schollen. Der Himmel war von einem dünnen, weißlichen Gespinst bedeckt, in dem die Sonne wie das weißeste aller weißen Flaumknäuel erschien. Aber das Wetter hielt sich. Wir bogen weiter nach Norden zu ab und stiegen immer häufiger auf die Bank unserer Boote, aber wir sahen nichts, was unsere Aufmerksamkeit erregt hätte. Am Mittag hielten wir eine längere Rast und erwogen noch einmal, wie die vermutliche Trift der Schollen gewesen sein könnte. Und wir wußten uns keinen besseren Rat, als weiterzugehen, uns aber nicht zu trennen. Nach der Mittagsrast legten wir unseren Weg wieder mehr nach Norden.

Vielleicht ist sie zu den heiligen Vätern nach Walaam geschwommen, die Kirche, meinte Makari einmal.

Dort sind keine heiligen Väter und Mönche mehr, belehrte ich ihn. Die sind seit dem Winterkrieg weggezogen. Was wird dort schon sein! Ein Grenzwachtkommando vielleicht, und nicht einmal das. Der ganze See gehört ja nun zu unserer Seite.

Ja, meinte Makari, und das klang bedauernd.

Ich fühlte die lange, zögernde Dämmerung des Frühlings hereinbrechen, aber ich sagte nichts, und vielleicht ging es Makari ebenso. Wir schoben unsere Boote, wir ruderten, wir stakten. Ich gewahrte schwere Schatten der Müdigkeit um Makaris Augen. In der Wende zum Abend, als er wieder einmal auf die Bank gestiegen war, schrie er mit einemmal laut auf.

Ich zuckte zusammen und kletterte torkelnd in mein Boot und stieg auf die Bank. Etwas Schwarzes, das kein Baum und kein Wurzelstock war! Ja, es schien sich zu regen! Wir sprachen kein Wort, wir sprangen aus den Booten, begannen in der Richtung darauf zu zu schieben. Schneller, immer schneller, keuchend, schweißüberströmt, ohne Unterlaß, als gälte es jede Minute. Und dann sahen wir, was es war: das erste Lebewesen seit unserem Aufbruch, ja, ein Hirsch, der aufs Eis hinausgeraten war, vielleicht um bei einer Wake zu trinken, wie es die Tiere taten, und der mit dem Eis abgetrieben war, ohne zurück zu können. Erschöpft, im Verenden, mit vereistem Fell, das blutig war nach einem Sturz oder nachdem er einmal am Eis festgefroren war, als er gelegen hatte. Bei unserem Nahen hob das entkräftete Tier noch einmal das Haupt mit dem stolzen Geweih und stöhnte dumpf und versuchte, sich aufzurichten. Aber das vermochte es nicht mehr. Einer seiner Vorderläufe schien gebrochen zu sein. So lag es da, nur noch lebendig in seinem Kopf, in dem das ganze verlöschende Leben sich gesammelt zu haben schien. Wir betrachteten es, und ich nickte: ja…, als ich Makari an seinem Messer nesteln sah, um den Qualen ein Ende zu machen.

Er tat es geschickt, glaube ich – ich sah nur, wie er sich von hinten her an das Tier heranschlich.

Wir wanderten noch mehr als eine gute Stunde weiter, bis der erste Stern am Himmel erschien. Und als wir uns gerade auf einer Scholle befanden, von der wir meinten, sie könne uns noch ein paar Wochen tragen, schlugen wir unser Nachtlager auf. Und hier erst, gestehe ich, dachte ich zum erstenmal an die Unsrigen daheim.

Wir breiteten Pelze und Decken aus, stülpten die Boote um, daß wir im Windschutz sitzen und liegen konnten, zündeten ein sparsames kleines Feuer an und wärmten uns; aßen und tranken etwas von dem, was wir mitgenommen, Makari rauchte. Darüber wurde es dunkel. Mit der Dunkelheit schien der Wind strenger und kälter zu wehen, und der Atem unter dem gewaltigen Panzer, auf dem wir nächtigten, schien tiefer und voller zu gehen. Davon knisterte und knarrte das Schuppenhemd der Schollen; Glied mahlte an Glied und erzeugte ein betäubendes, einförmiges Geräusch, in dem die ganze Stille zu schwingen schien, ja, ohne das es sie gar nicht geben mochte. Über uns flackerten die Sterne mit grünlichem Feuer.

Wir saßen still da, Makari war die Zigarette zwischen den Lippen erloschen. Als ich einmal aufstand, schreckte er zusammen und fragte verwirrt, was es gebe. Da erst merkte er, daß er geschlafen hatte.

Es wird Zeit für uns, sagte ich.

Ja, murmelte er. Dann stand er auf und ging rund um unser Lager, stopfte hier ein Bündel Papier in eine Ritze und zog dort die Pelze dichter zusammen - mehr aufs Geratewohl, als nach einem Plan, denn es war schon so dunkel, daß er kaum etwas sah.

Dann setzte er sich auf sein Boot. Er schien vor sich hinzustarren und schwieg. Zündete noch eine Zigarette an, warf sie aber bald wieder weg. Eine Weile senkte er den Kopf, als lauschte er auf die Atemzüge des Sees. Dann wieder blickte er sich wie furchtsam nach allen Seiten hin um.

Wie tief ist der See, Vater? fragte er mit einemmal.

Nun, ich denke, einige hundert Meter, antwortete ich.

Und wie dick ist das Eis, Vater?

Wir haben es ja gesehen, drei Meter vielleicht.

Er schwieg geraume Zeit. Ich spürte seine Angst bis zu mir.

Und wie hoch ist... wie hoch ist... wie hoch war unser Kirchturm?

Acht oder zehn Meter, glaube ich.

Lange Zeit herrschte Schweigen. - Und da ist er nicht gesprungen! murmelte er dann.

Wieder hörte und sah ich ihn lange Zeit nicht, und wieder fragte er dann, wie die Nacht selbst: Vater, können Sünden vergeben werden?

Ich ließ ihn eine Weile warten. Jeder von uns stand für sich, dem anderen mehr zu ahnen als zu erkennen.

Weißt du denn, was Sünden sind, Makari?

Ja, ich glaube wohl, meinte er zögernd.

Dann bist du also doch ein halber Christ gewesen, sagte ich.

Ich? Nein, ich glaube nicht, ach nein...

Nun wohl, ein Kind des Alten Bundes. Du wußtest, daß du sündigst und dich damit von Gott abkehrst, denn ohne Gott gäbe es keine Sünde. Aber du kannst ein Christ werden im Glauben an den Neuen Bund und den, der ihn geschlossen hat. Und um seines Kreuzes und seiner Auferstehung und seiner Herrlichkeit zur Rechten des Vaters, des Allmächtigen willen, können deine Sünden dir vergeben werden.

Dann vergeben Sie mir meine Sünden!

Nein. Nicht ich. Gott - durch mich. Aber sag mir, ob du bereust!

Ja..., murmelte es im Dunkeln.

Komm her zu mir!

Er kam.

Sage mir, ob du von ganzem Herzen bereust, von ganzer Seele, ob du um Vergebung bittest im Namen Jesu Christi, zu dessen Anbetern, als dem Sohne Gottes des Allmächtigen, du von ganzem Herzen gehören willst, als ein treues Kind unserer rechtgläubigen Kirche! Sprich!

Ja, Vater! sagte er. Und ich sprach ihn los und bekreuzigte ihn.

Dann legten wir uns schlafen.

WIR WACHTEN etliche Male in der Nacht auf und lagen auch meistens nur im Halbschlaf. Die Kälte und das beim Liegen viel vernehmlichere Gurgeln und Brausen des Wassers unter uns setzten uns hart zu. Einige Male riß es gewaltsam im Eis, und wir lagen wie auf einen lang verhallenden Donner gebettet. Als der Morgen graute, waren wir flink auf den Beinen und stampften uns warm, bevor wir etwas aßen und tranken. Zum ersten Male geschah es, daß ich Makari Gottes Friede bot, und er errötete bis unter das Haar hinauf.

Sei im Frieden Gottes auch ohne Furcht, sagte ich später zu ihm. Er ist das einzige, worin man keine Angst mehr auf dieser Welt zu haben braucht!

Ich merke es, sagte er.

Woran merkst du das? fragte ich.

An Ihnen selber, Vater, erwiderte er. Sie waren der erste und der einzige, der ihn suchen wollte – Pitirim, meine ich.

Aber der zweite bist du gewesen. Ich habe schon recht, daß du die ganze Zeit ein halber Christ gewesen bist. Und was die Angst betrifft, mein Freund – ich hatte auch Angst. Barmherziger! ich hatte Angst, als ich am Strande stand und so recht sah, womit ich's aufnehmen wollte. Auch Christus hat einmal Angst gehabt, mein Lieber.

Wir waren fertig und brachen auf. Die Sonne stieg eben über den Saum des Horizontes, in dessen dunklerer Schattenlinie man sich einbilden konnte, noch den Wald zu erkennen. Aber wohin sollten wir? In dieser grenzenlosen Öde, in der uns nichts mehr als das verlassene Lager einen Anhaltspunkt bot, tauchte diese Frage zum ersten Male beunruhigend auf. Nach einigem Überlegen beschlossen wir, unsere gestrige Richtung beizubehalten, mit der Zeit aber mehr nach Westen und Südwesten zu gehen und endlich... Ja, es stand uns klar: mit diesem Bogen wollten wir wieder zurückkehren nach Hause. Hatten wir ihn heute bis Mittag nicht gefunden, dann traten wir den Heimweg an.

Eine halbe Stunde später hielt Makari zum ersten Male an und bestieg die Ruderbank. Stand und reckte sich und spähte – ich sah es mit der Zeit seiner Haltung an, daß er nichts fand. Schweigend kletterte er aufs Eis zurück.

Nichts, sagte er nach einer Weile. Dieses einzige Wort tropfte nach. Und dann blieb es still. Das Eis wurde schlechter. Viele kleine Schollen nebeneinander, wie Fünfrubel-Stücke aus alter Zeit, und kaum so groß, daß sie einen sicher trugen, aber auch kein offenes Wasser zum Rudern. Dazwischen, wie ein Feld zwischen kleinen, zerstückelten Gärten, wieder einmal eine große Scholle, auf der wir sicher ausschreiten konnten. Und dann mit einemmal ein breiter Riß, der sich meilenweit hinzuziehen schien. Eine seltsame Grenze. Begann von hier an ein neues Reich? Es glich dem alten ebensosehr, wie eine von den kleinen Schollen der anderen glich. Vielleicht wurde es hier ein wenig kälter, das mochte sein.

Makari hielt inne und wischte sich mit seiner Mütze die feuchte Stirn. Uns beiden schmerzten die Augen, wir glaubten vom Schweiß, aber es war die Weiße des Eises, die uns brannte. Dann stieg er ins Boot und betrat die Bank. Im selben Augenblick tat auch ich das, ich weiß nicht, warum. Und da standen wir, keines einzigen Wortes fähig, nur mit einem so starken Gefühl von Schwindel, daß wir beinahe gleichzeitig polternd von unseren Bänken strauchelten - dicht bei den Resten unserer Kirche! Jetzt, wieder auf dem Eise stehend, sahen wir sie sogar. Wir hatten vorhin nur nicht aufgepaßt. Ein wenig weiter zur Linken als unsere Marschrichtung gewesen war, lag ein wirrer Haufen Planken und Balken, halb auf dem Eise und halb aus dem Wasser einer Wake ragend...

Wir würgten vor Erregung, ich sah es auch bei Makari. In Gottes Namen! flüsterte ich und steuerte mein Boot auf das dunkle Gewirr zu. Und noch einmal schoben wir keuchend nebeneinander her. Ich sah, wie bei Makari die Adern auf der Stirne anschwollen und sein Gesicht sich verzerrte. Das Eis war schlecht. Der Himmel prüfte uns noch so nahe vor dem Ziel. Wieder kam ein Augenblick, da wir uns nur dadurch retteten, daß wir uns bäuchlings nach vorn auf das Boot warfen, wie glühend der Schmerz uns auch durchzuckte, weil unsere Kleidung nicht viel von dem Schlage abfing. Wir arbeiteten uns weiter, als müßten wir unser Leben retten und nicht das eines anderen. Aber wir kamen näher. Wir überblickten das Gewirr von Balken, Goldleisten, Bildern, Brettern, das von unserer Kirche übriggeblieben war und das sich hier so unsagbar armselig ausnahm. Aber wir sahen keinen Menschen.

Pitirim! schrie da unversehens Makari, Pitirim! Keine Antwort. Niemand zeigte sich.

Es kam ein Stück offenes Wasser. So dicht vor dem Ziel mußten wir noch einmal die Boote vorsichtig zu Wasser lassen, hineinspringen, rudern. Wir waren so erregt, daß wir alles zweimal tun mußten, und immer wieder fiel uns hin, was wir zur Hand genommen hatten. Pitirim! schrie Makari noch einmal, im Boot stehend, bevor er es jenseits des Wassers wieder aufs Eis zog, Pitirim!

Und da, barmherziger Gott! kriecht aus den Trümmern eine Gestalt hervor. Aber war das ein menschliches Wesen? Eine torkelnde Gestalt, mit den Händen fechtend, als versuchte sie, sich an der Luft festzuhalten, und ein farbiges, ein rotes Meßgewand flattert um die torkelnden Schritte, die wild rudernden Arme. So taucht die Gestalt auf, so läuft sie umher. Wohin? Uns entgegen? Ja…, nein…, sie hat gehört, aber sie sieht uns nicht, sie irrt ziellos umher… Pitirim! schreit Makari noch einmal, und noch nie hatte ich einen Menschen so schreien hören, Pitirim! Halt…! Halt…!

Im selben Augenblick aber verschwand die Gestalt, als wäre sie wie ein glühendes Lot durch Wachs geschmolzen, und wir hörten offenes Wasser schlagen und ein Gurgeln und Lallen…

ICH WEISS NICHT, wie es zuging, aber wir haben ihn herausgezogen, als er da, das Gesicht schon unter Wasser, in jener Wake hing. Jawohl, er hing. Das Meßgewand der freudenreichen Auferstehungs- und Pfingstzeit hielt ihn schwimmend. Die Luft darunter wölbte den brokatdurchwirkten, steifen Stoff zu einem Buckel auf seinem Rücken, und daran hing er noch in dieser Welt, als sein Leben schon beinahe entflohen war.

Was haben wir nicht alles mit ihm getan! Zuerst legten wir ihn einfach wie einen Toten in eins der Boote und schoben ihn darin, so schnell wir nur vermochten, auf eine größere Scholle, die uns ganz sicher schien. Dann behandelten wir ihn wie einen Ertrunkenen, und er gab auch viel Wasser von sich. Wir zogen ihn aus bis auf die Haut; was wir nicht schnell genug abstreifen konnten, schnitten wir mit dem Messer weg. Wir rieben seine Haut mit Schnee. Wir trockneten ihn, daß wir meinten, gleich müßte die Haut sich wie Rinde abschälen. Wir bewegten seine Arme und Beine, wir rissen die Ruderbank aus einem der Boote, legten das mit unseren wärmsten Pelzen aus, kleideten ihn von neuem mit unseren Sachen an und betteten ihn, bei den Schultern und Beinen zupackend, ins Boot hinein. Da lag er nun – leblos oder wie leblos, und wir, zu beiden Seiten kauernd, hatten ihn zwischen uns wie in einer Wiege. Aber dieses Kind schien zum Todesschlaf in die Wiege gelegt.

Mit einemmal kam mir ein Gedanke. Ich ergriff seine Hand unter dem Pelz und suchte nach dem Pulsschlag. Ich konnte ihn nicht fühlen. Ich entblößte mühevoll seine Brust, die wir eben erst mit allen wärmenden Kleidern, die wir besaßen, bedeckt hatten; Makari neigte das Boot auf meine Seite, ich beugte mich hinunter und legte das Ohr auf sein Herz… Ja, irgend etwas klopfte, aber ich wußte schon nicht mehr, ob es mein eigenes wild pochendes Herz war oder Pitirims. Nein, lachen Sie mich aus, aber ein Mensch weiß in der nächsten Nähe des Lebens oder des Todes nicht mehr, wo der Schlag seines eigenen Herzens endet und wo ein anderes Herz zu schlagen anfängt. Ich wurde nicht klug daraus. Und so machten wir uns auf den Heimweg. – Aber wieviel bedeutete das von dort aus, wo wir standen!

Ich zögerte, ich zauderte umzukehren, wie ich einst gezaudert hatte, aufzubrechen, ich stand da und betrachtete auf eine Steinwurfweite immer wieder, was einmal unsere Kirche gewesen war: im Ganzen geweiht und im Einzelnen doch so vergänglich. Und als hätte diese Kirche auf ihren Diener gewartet, geschah in jenen Minuten etwas, was keiner von uns beiden zu fassen vermochte. Vor unseren Augen begann der wirre Haufen der Trümmer mit einem Male wieder zu leben. Die Bretter fingen an, sich zu verschieben, von den Balken steilten einige sich empor, die Bilder richteten sich auf und stürzten – all dieses lautlos, wie uns schien. Es stäubte ein wenig, und dann waren der Trümmer mit einem Male weniger geworden, und das Häuflein sank, wie von einer unsichtbaren Hand eingeebnet, zusammen.

Ich hatte nur Tränen und setzte mich, schwach geworden, auf mein Boot.

Wie lange ich so dasaß, weiß ich nicht. Makari war es, der mich weckte. Er kam zu mir und hielt mir, über beide Hände gelegt, das rote Meßgewand der freudenreichen Zeit hin, da der Tod überwunden ist, der Triumph des Auferstandenen verkündigt und der Geist der Liebe und der Wahrheit ausgegossen. Das Gewand war schwer von Wasser und dunkel geworden. Aber wie Sonne und Wind es trocknen und wieder hell wie Herzblut glühen lassen würden, so, wußte ich, würde auch meine Trauer besänftigt werden, und ich konnte dem Geist vertrauen, der des Menschen Mund fröhlich macht und der ihn wieder jung werden läßt wie einen Adler. Nehmen Sie das, Vater? fragte Makari.

Und ich stand auf und nahm das Gewand der Freude und der gewissen Zuversicht.

Alsdann traten wir den Heimweg an.

WIR WAREN noch nicht weit gekommen, als Pitirim das erste Zeichen des Lebens von sich gab. Und hatten wir vordem geglaubt, daß er alles Wasser von sich gegeben hätte, das er geschluckt, so wurden wir eines anderen belehrt. Das Schütteln und Rumpeln des Bootes, das wir abwechselnd vor uns herschoben, hatte dieses heilsame Erbrechen gefördert. Wir mußten haltmachen und ihn versorgen und ihm trockene Kleider anziehen. Wir konnten sie uns nur selber vom Leibe ziehen, denn unser Vorrat war dahin. Abermals einige Stunden, und er gab ein kaum hörbares Stöhnen von sich. Wir hätten ohnehin rasten müssen, denn es war um die Mittagszeit, und taten das jetzt. Dabei flößten wir ihm zum erstenmal ein Getränk ein. Noch aber hatte keiner von uns seine Augen offen gesehen. Wir kürzten die Rast für uns ab, ohne auch nur mit einem einzigen Wort übereingekommen zu sein. Wir hatten den gleichen Gedanken: so schnell wie nur möglich nach Hause zu kommen. Wenn wir stehenblieben, geschah es nur, um die Boote ins Wasser zu schieben oder sie aus dem Wasser aufs Eis hinaufzuziehen, oder um Pitirims Hände zu befühlen, die Stirn - uns zu vergewissern, daß wir nicht einen Toten vor uns herschoben. Nein, das taten wir nicht. Er lebte. Aber dieses Leben wurde von einer Heftigkeit, die uns noch mehr erschreckte als die vermeintliche Leblosigkeit früher. Mit jeder Stunde schien uns sein Körper wärmer zu werden, und nichts war willkommener. Aber als die Lippen nicht mehr blau waren, sondern rot, öffnete sich der Mund zu keuchenden Atemstößen, das Kinn fiel hinunter wie bei einem Sterbenden, die Zähne bleckten entblößt, aus der Tiefe der Brust stieg ein Stöhnen und Gurgeln, das immer hohler und rasselnder klang. Man konnte es jagen nennen, was wir taten. Schneller als wir konnten Menschen, die ein schweres Boot vor sich herschoben, einfach nicht das Eis überqueren. Einmal brach ich ein, wollte mich bäuchlings nach vorn werfen, aber das Boot schnellte unter mir weg, und ich hing, an dem sich neigenden Bord klimmend, im Wasser, das mir bis an die Hüften reichte, bis Makari mich eingeholt hatte und mich befreite. Da waren meine

Füße und Beine auch schon so starr wie aus Holz. Und dann holte die Nacht uns ein.

Wir waren vor ihr weggerannt, so weit wir vermochten - in Wirklichkeit ihrer Feste im Osten entgegen -; aber dann umschlang uns der Mantel ihrer Finsternis doch. Als wir Wasser von Eis nicht mehr zu unterscheiden vermochten, mußten wir stehenbleiben. Und nun wußten wir nicht: war es eine große, oder war es eine kleine Scholle? Würde sie sich während der Nacht spalten? Würde sie von einer anderen bezwungen und unter das Wasser gedrückt werden? Nichts wußten wir. Wir hatten es zu spät werden lassen, als daß wir hätten wählen können, wo wir den Morgen abwarten wollten. Das einzige, was uns übrigblieb, war: daß wir die Boote miteinander vertäuten, damit sie unter keinen Umständen getrennt werden konnten, und uns nebeneinander in einem von ihnen ausstreckten, unter einer Decke. Das taten wir auch. Aber keiner von uns wußte, wann er schlief und wann er auf den keuchenden, röchelnden Atem aus dem anderen Boot lauschte. Und dies war die längste Nacht meines Lebens. Ich war so müde, daß ich nicht dachte, nicht betete. Ich lebte nur mit den Ohren: lauschend, und mit den Augen: suchend, wann endlich das Dunkel sich lichten würde. Und endlich, endlich wurden sie mit dem leisesten Grau, das sich einschlich und den ebenmäßigen Mantel der Finsternis faltete, daß die Eisschollen und die Waken sich voneinander schieden, belohnt. Da brachen wir auf. Als es hell geworden war, grüßte uns der Saum der Wälder am Ufer und gab uns neue Kraft. Sprechen miteinander - das taten wir längst nicht mehr. Der dritte sprach für uns, im Fieberwahn. Ungeformt und unbegreiflich, aber es war eine Zunge, bei der uns das Entsetzen überrieselte. Bald die einer ringenden Menschenseele, bald das Geheul einer Meute von Dämonen. Seine Hände waren zu Fäusten geballt, daß die Knöchel weiß durch die Haut schimmerten, und hämmerten rastlos die Luft, während der Schaum ihm blasig um die Lippen stand. Und dieses Angesicht stundenlang vor Augen, diese Fäuste stundenlang gegen uns geballt, diese Reden stundenlang gegen unsere Ohren gehalten - ohnmächtiger als ohnmächtig eilten wir dem Ufer entgegen.

Am späten Vormittag langten wir an. Wie die Träumenden. Man hatte uns schon geraume Zeit kommen sehen, und alles, was Beine hatte, war unten am Strand zusammengelaufen. Über unsere Sinne war ein barmherziger Schleier gebreitet. Mein Weib stürzte mir entgegen und schloß mich in die Arme, das weiß ich noch. Ich sagte zu ihr: Nimm ihn auf als deinen Sohn!

Die Meinen traten auf mich zu. Sie schüttelten mir die Hände, sie küßten mir die Hand, sie fragten aufgeregt durcheinander - ich aber bin wie taub, ich nehme Makari beim Arm. Wir wollen gehen, man soll Pitirim hinauftragen. Jemand sagt, man solle die Ambulanzbahre aus der Kinderkrippe des Ortssowjets holen. Oder die Totenbahre, das ist näher! ruft ein anderer, aber ich schüttle den Kopf und wehre ab, nein, nein, und da eilen ein paar Beherzte zum nächsten Schuppen, heben eine Tür aus den Angeln und kommen mit der als Bahre zurück.

Nimm ihn auf als deinen Sohn! sage ich noch einmal zu meinem Weibe, und sie nickt mir mit von Tränen der Freude verklärten Augen zu.

Wir gehen, Makari und ich.

WIE IM TRIUMPHZUG brachten sie uns Pitirim, das ganze Dorf. Wir saßen noch so, wie wir uns hatten niederfallen lassen am Tisch. In Tagen und Nächten hatten unsere Augen sich ausgestarrt an der Wüste des leeren Eises - jetzt, da wir wieder in unserer vertrauten Umgebung waren und bekannte Gestalten und Gesichter sich um uns drängten, sahen wir die nur wie Schemen. Wir wollten etwas trinken, aber wir vermochten nichts in unseren Händen zu halten, ja, nicht einmal die Hand zu öffnen, die für alle Zeiten in jenem krampfhaften Griff um das Boot erstarrt zu sein schien, den sie so viele Stunden ununterbrochen gefaßt hatte. Und wie arbeitsgewohnt unsere Hände auch gewesen waren - jetzt erst sahen wir, daß sie zu unförmigen Klumpen aufgeschwollen und mit wäßrigen Blasen bedeckt waren. Abgestorben, fremd, ohne Gefühl des Zusammenhanges mit uns lagen sie da auf dem Tisch. Unser Haus besaß eine Küche und zwei Kammern. In eine der Kammern trugen sie Pitirim, zogen ihn aus, betteten ihn warm. Aber dessen hätte es gar nicht bedurft. Er selber war wie ein glühender Ofen. Seine Lippen waren ihm von der Glut des Fiebers verdorrt, und die Augen hielt er fortwährend geschlossen, als lebte er wie eingekerkert in dem Dunkel hinter geschlossenen Lidern. Etliche von dem vertrauteren Umgang meines Weibes waren mit hineingekommen und halfen ihr bei dem Kranken, während draußen noch viel Volks versammelt war und miteinander sprach und die Kinder sich vor den Fenstern drängten. Wir saßen derweil in glücklicher Vergessenheit.

Erst als der Kranke versorgt war, kamen die Frauen zu uns und halfen uns dabei, uns der Stiefel zu entledigen, die keiner von uns mit eigenen Händen je hätte von den Füßen bekommen können. Und bei den ersten Schritten auf Strümpfen taumelten wir wie Trunkene und mußten uns an den Wänden entlangtasten zur Kammer. Doch keiner von uns dachte an Schlafen. Als wir uns gereinigt und die Kleider gewechselt hatten, saßen wir stumm da und lauschten auf die Rede, die das ganze Haus erfüllte, heftiger bald und bald ersterbend, in einem Gurgeln und Röcheln ganz und gar unverständlich. Was aber Pitirim nun sprach, machte alles andere vergessen, was er früher in seinem Leben gesagt hatte. Und als mein Weib mir versprochen, ihn wie einen Sohn aufzunehmen, hatte sie nicht mehr versprochen als sie jetzt Stunde um Stunde in geduldiger Fürsorge und liebender Pflege auch hielt.

Wir aßen, wir tranken. Wir saßen da am Tisch mit aufgestützten Armen, vielleicht schliefen wir auch mitunter ein. Aber wir warteten. Am Nachmittag wurde der Kranke unruhiger, während zugleich sein Bewußtsein wiederzukehren schien. Mein Weib bat mich endlich, nach ihm zu sehen. Makari und ich gingen hinüber in die Kammer. Die Frauen blieben bei der Tür. Und wie ich Pitirim nun dort liegen sah, mit dem von Schweiß gedunkelten roten Haar, das mich sogleich wieder an das von Wasser schwere und dunkelrote Meßgewand denken ließ, mit dem bleichen, spitz und raubvogelhaft gewordenen Gesicht, in dem nur etliche große, rote Fieberflecken glühten, wie Male nach dem Schlag einer Hand, die keiner von uns je gesehen hat, mit Händen, die sich bald zur Faust schlossen und bald öffneten, aber nun nicht mehr die Luft hämmerten, sondern rastlos an der Decke nestelten, unter der er lag, als wäre sie ihm zu schwer, als wollte er sich von ihr befreien – da erschien er mir so fremd und weit entfernt, daß ich wußte: der würde nie mehr zurückkehren. Das Beängstigende für alle war, wie er atmete. Von Zeit zu Zeit fiel der Kiefer wie bei einem Leblosen hinunter, und ein scharfes Pfeifen aus seiner Brust war bis an die Tür vernehmlich. Seine

Ellenbogen bohrten sich in das Lager, die Hände, die sich im Krampf ballten, richteten sich langsam in die Höhe, und der ganze Oberkörper steilte sich auf und spannte sich in einer Brük-ke von äußerster Anstrengung, die nur auf seinen spitzen Schultern ruhte, während sein Gesicht sich zugleich bis ins Unkenntliche verzerrte.

Ich setzte mich auf das Bett neben ihn. Ich ergriff seine Hand – Barmherziger! was hätte ich darum gegeben, diese Not lindern zu können! Doch sie wich allmählich, wie sie jäh gekommen war. Pitirim! sagte ich, erkennst du mich? Pitirim! Pitirim! – Ich rief viele Male vergebens.

Laß mich hinaus! glaubte ich sein Keuchen deuten zu können, als der Atem ruhiger ging. Und später noch einmal, da allen verständlich: Laß mich hinauuus!

Nun wußten wir, wo er immer noch war. Aber vielleicht meinten wir das nur zu wissen. Als der Nachmittag zu Ende ging, irrte sein gefangener und umnachteter Geist durch die Jahrtausende, durch die das Heil zu uns gekommen ist, und rechtete da schon mit Ahimelech, dem Priester, daß er ihm von dem geweihten Brote gebe.

Warum, stöhnte er, warum soll ich nicht von den Schaubroten essen? Ich habe Hunger, ich habe Hunger..., ich habe sie nicht angerührt, Marfa... Gib mir die Brote! Laß mich hinaus!

Er wird die geweihten Brote in der Kirche gegessen haben, als er hungrig wurde, und Gott fordert Rechenschaft, flüsterte eine von den Frauen bei der Tür.

Ich nickte. Wenn es ihm doch das Brot des Lebens geworden wäre! dachte ich traurig.

Schließen! heulte er langgezogen, und das war das Schauerlichste, was er bislang geschrien hatte. Und dann, nach vielen Anstrengungen, ein Wort zu formen, die vergeblich blieben, kam noch einmal, so flehentlich, daß mir die Tränen in die Augen stiegen, seine letzte Bitte: ... Hinauuus!...

Was er dann noch sagte, ging in dem Rasseln unter, mit dem seine Brust um Luft rang und einen blutigen Schaum über seine ausgedorrten, wie hornigen Lippen schickte. Die Hände auf der Decke griffen ziellos um sich, endlich war es nur noch ein Zukken, und auch das erlahmte. Als ihm das Kinn das nächste Mal auf die Brust sank, war kein Leben mehr da, das ihm den Mund wieder schloß. Aber dafür standen seine Augen jetzt zum ersten

Male offen und waren, da er wohl endlich hinausgelangt war, voll von einem großen, glanzlosen Staunen...

Uns blieb noch soviel Zeit gewährt, daß wir ihn in den Sarg legen und drei Tage und drei Nächte die Evangelien für ihn lesen konnten. Das alles geschah in meinem Hause. Auch das Totenamt ward dort vollzogen, und das Begräbnis geschah von dorther. Es war, als hätte er nirgends sonst Freunde besessen in seinem Leben als bei denen, die er verfolgt hatte. Die Panichiden hielt ich dort nicht mehr. Bald nachdem der klirende und rasselnde Zug der Eisschollen auf dem Tuulos-Fluß aufgehört hatte, begannen die Panzerwagen der Roten Armee bei ihrem Aufmarsch zur finnischen Grenze zu rollen, und die große Straße am See war jetzt wie der Fluß einst. Und da wir nach soviel Wundern am Himmel und Zeichen auf Erden den großen und offenbaren Tag des Herrn nahe herbeigekommen wähnten, verließen wir unser Dorf, in dem die Aushebungen schon große Lücken unter den Meinen gerissen hatten, und zogen, als der Frühling in seiner Blüte stand, in den Wald hinaus. Denn, sehen Sie, dieser neue Krieg war ebensowenig unsere Sache wie unsere Seite die rechte war; vielmehr verlangte uns alle, in denen der Geist des Herrn am Werke war, nur noch seine Zeugen zu sein bis ans Ende dieser Zeit.

DIES WAR Vater Tichons Erzählung von der Kirche zu Tuulos, die von den Zeichen auf Erden hinweggenommen ward, als die Wunder am Himmel den Geist der Pfingsten auf die Gemeinde ausgossen. Ich fragte ihn noch nach Makari, und er berichtete, daß er Makari seit jener Suche auf dem Eise zu seinen Treuesten zähle. Er sei mit ihm und allen anderen Überlebenden der Gemeinde hierher gekommen.

Zwei Tage, nachdem er mir diese Geschichte erzählt hatte, kam der Bescheid, der die ganze Gemeinde unter Vater Tichons Führung nach Norden in die großen Wälder und an die Ströme aufbrechen ließ, bei denen alle ihre verlassene Heimat wiederzuerkennen meinten. Daß die Schrift erfüllt werde, wäre nachzutragen, daß sie – und ich mit ihnen – so leben, wie geschrieben steht: »Alle aber, die gläubig waren geworden, waren beieinander und hielten alle Dinge gemein.

Ihre Güter und Habe verkauften sie und teilten sie aus unter alle, nachdem jedermann not war.

Und sie waren täglich und stets beieinander einmütig im Tempel und brachen das Brot hin und her in Häusern, nahmen die Speise und lobten Gott mit Freuden und einfältigem Herzen und hatten Gnade bei dem ganzen Volk. Der Herr aber tat hinzu täglich, die da selig wurden, zu der Gemeinde.«

WEIT VOR DEN großen Wäldern in der Blöße der Moore wohnte Semjon mit den Seinen. Früher einmal war er Waldhüter gewesen, und die Wälder hatten sich hier erhoben, wo jetzt das Moorwasser unter jedem Schritt aufquoll; aber zu jener Zeit war der Fluß nahe seinem Haus noch nicht die Grenze gewesen zwischen zwei Ländern, still und langsam war er damals durch die gewaltigen Wälder geströmt, still und langsam, wie heute durch das Moor; aber ob er jetzt im Hochsommer schrumpfte oder sich im Frühjahr weit in die Ufer zur Rechten und zur Linken fraß – seit einigen Jahren war seine langsam und blasig strömende Mitte die Grenze, und wieviel Wasser auch fließen mochte: die Grenze blieb sie zum roten Rußland. Grenze war auch die Eismitte zu Winterzeiten. Erst als es für Semjon zu spät war, um noch einmal anderswo heimisch zu werden, hatte man den Fluß als Grenze erkoren und die Wälder, die Semjon bis dahin gehütet, hüben und drüben zu fällen begonnen. Da war der schon morastige Grund zum offenen Moor geworden, und Semjon hatte angefangen, den schlechten Torf in der Flußniederung zu stechen. Weit in der Runde verfiel alles der Axt, aber sein kleines Haus hatte man nicht gefällt. Es stand da auf der Blöße allein und wuchs nicht, wie das nachwuchernde Erlengestrüpp, sondern versank allmählich tiefer und tiefer und verfaulte wie die letzten Baumstümpfe und hatte neue, seltsame Nachbarn bekommen. Hüben standen im Abstand von einigen Kilometern kleine Blockhäuser für die Grenzwacht-Soldaten, die bei Tag und bei Nacht am Fluß entlang Kundschafter-Gänge machten, und drüben im roten russischen Reich waren kleine Türme aus der Einöde gewachsen, mit einem Scheinwerfer darauf, Fernsprecher und Blinklicht und einer beständigen Wache am Maschinengewehr.

Kein Sturm, der über das leere Moor fegte, hatte Semjons Hütte bislang wegzutragen vermocht, kein Hochwasser sie fortschwemmen, kein Eisgang sie von ihren Fundamenten reißen können. Aber so manches Mal war es nahe daran gewesen, daß ein Federstrich im Kriegsrat des Reiches sie meilenweit landeinwärts entführt hätte. Man sah das einsame Haus am Grenzfluß nicht gern, man wünschte keine Herberge für Spione; nur der Ruf, in dem Semjon stand, soweit es bei der Menschenleere weit und breit einen Ruf für ihn gab, hatte ihn bis jetzt vor der Zwangsumsiedlung bewahrt: er war unter den Verlockungen vom jenseitigen Ufer nicht schwankend geworden und war gottesfürchtig und fromm. So, wußte man, würde er kaum Böses tun gegen seine eigene Heimat und nicht denen anhangen, die Gott verleugnen.

Semjon hatte vor ein paar Jahren seine Frau verloren und saß mit vier Kindern allein im Moor, vom Morgen bis zum Abend bei seiner harten Arbeit. Des Sommers und bis tief in die Frostzeit hinein stach er den Torf, und zu Winterzeiten zog er ihn wie ein zottiger, keuchender Gaul auf einem breiten Schlitten in die fernen Dörfer, wenn er nicht mit Marfa und Kyrill, den ältesten Kindern, Moosbeeren unter dem Schnee hervorsuchte und damit einen armseligen Handel trieb. Fische im Fluß fing er auch, für die Grenzwacht-Soldaten.

NUN WAR ES auch in der Mooröde Weihnacht geworden, und gerade im Dämmern des Christtages kam Semjon von solch einer Fahrt in die Dörfer nach Hause. Auf den breiten Schlitten, den er ächzend, daß ihm der Schweiß unter der Pelzmütze hervorquoll, durch den hohen Neuschnee zog, hatte er einen kleinen Tannenbaum gebunden und einen dicht verschnürten Packen, von dem er bald die Kinder, die bei seinem Nahen neugierig schnüffelnd wie junge Hunde herangestürzt kamen, mit gutmütigem Schelten wegtrieb. Was der Pack barg, wußten sie nicht zu erraten; aber den Tannenbaum ließ Semjon sie losbinden und in die Hütte hineintragen, in der er bald wie im Walde stand: denn auch in Semjons Hütte lag Schnee, den der zischende Wind durch die vielen Ritzen und Spalten der Wände bis an den Ofen heranjagte, und es war kalt, als stünden die Mauern der Hütte nicht mehr.

Semjon, den Pack unter dem Arm, schnupperte schon an der Schwelle und sah verwundert den Ofen an, befühlte gar noch, als er sich die Fäustlinge ausgezogen, die Steine und faßte dann seine Kinder ins Auge: Marfa, die Zwölfjährige, Kyrill, zwei Jahre jünger, und endlich Polja und Natascha, die Kleinsten, die sich an Marfas Kittel schmiegten – mit blauen Gesichtern sie alle und frostweißen Nasen, wenn auch eine flüchtige Freudenröte ihre Wangen jetzt überhaucht hatte.

»Warum ist der Ofen kalt, Marfa?« fragte Semjon niedergeschlagen.

Marfa schwieg betreten, die Kleinsten verkrochen sich hinter den Tannenbaum, den man im Dämmern kaum sah. Semjon ging vor das Heiligenbild in der Ecke, um sich zum Eintritt zu bekreuzigen – aber da gewahrte er, daß auch das Ewige Licht vor dem Bildnis des Wundertäters erloschen war.

»Gib Streichhölzer, Marfa!« sagte er und wollte schnell Feuer anmachen, denn er dachte, das Mädchen wäre nur säumig gewesen; doch da gestand ihm Marfa, sie hätte kein Hölzchen mehr. Semjon suchte in seiner Tasche nach den eigenen, aber auch nicht einmal ein Spänchen fand er dort. »Irgendwo werden schon welche sein«, tröstete er sich und die Kinder, und dann begannen sie alle zu suchen: auf dem Ofen, auf dem sie schliefen, und hinter dem Ofen, in allen Kleidern und allen Kisten! Aber nein, nirgends war etwas, woraus sich Feuer schlagen ließ. Semjon steckte seinen Kopf in den Ofen und stocherte in der Asche herum, ob nicht doch noch irgendwo ein Fünkchen Glut zu sehen wäre, aber nein, der Ofen war kalt. Da fiel ihm ein, daß er von alter Zeit her ein Feuerzeug haben müßte, aber wo, das wußte er nicht. Gleichwohl begann er mit allen Kindern zu suchen, nur war es inzwischen beinahe dunkel geworden. Nicht viel fehlte, und er hätte die Dielenbretter losgerissen, um nachzusehen, ob nicht unter ihnen das Feuerzeug liege.

Am Ende merkte er, daß er anfing zu frieren, und so zog er den Pelz wieder an und ließ auch die Kinder in die dicksten Kleider kriechen. Nun galt es zu überlegen, was sie anfangen sollten. Weihnachten feiern, den Lichterbaum anzünden, ja, ja. Aber kein Licht brennt, ohne daß es angezündet wird! Essen wollten sie alle, ja, ja, aber Brot und kaltes Wasser sind keine festliche Speise! Sie konnten sich doch auch zuschanden frieren, wenn der Ofen nicht heizte. Und gerade auf den Lichterbaum hatten sich die Kinder über die Maßen gefreut! Es war der erste ihres Lebens, früher hatten sie ihn nicht gekannt, denn einen Baum zu haben, war bei ihnen nicht Sitte. Und jetzt den ersten, aber kein Streichholz, kein Fünkchen im Herde, um daran die Kerzen anzuzünden.

Semjon hockte auf der Ofenbank und stützte den Kopf in die

Hände. Der Wärme wegen zog er auch die Fäustlinge wieder an. Und nach und nach krochen die Kinder vom Ofen herunter und kauerten sich eng an den Vater.

»Wie kommt es«, fragte Semjon, »daß wir keine Streichhölzer haben? Warum sendet Gott uns an diesem Tage solch ein Unglück?« Die Kinder schwiegen; Semjon hatte die Frage wohl auch nicht an sie gerichtet. »Wie kann das sein?« grübelte er halblaut und dachte an den Bösen, aber weil es ihn reute, seiner an diesem Abend überhaupt gedacht zu haben, bekreuzigte er sich und wollte zum Heiligenbild aufblicken... Vom Dunkel und von Marfas blassem Gesicht neben seiner Schulter blieb es verborgen.

»Vater...«, sagte die kleine Polja, ohne etwas anderes damit zu wollen, als sich in Erinnerung zu bringen, wie es Kinder tun, die dem Vater nur bis an die Knie reichen. »Marfa, wie kann das sein, wo sind unsere Streichhölzer geblieben?« fragte Semjon, aus einem Traum von Hunger und Müdigkeit erwachend.

Keins der Kinder antwortete, sie schmiegten sich nur noch dichter an ihn. Schuldbewußt! durchzuckte es Semjon auf einmal, und vor Hunger und Kälte und Niedergeschlagenheit wurde er sogar ein wenig zornig. »Nun, sag, wo sie sind!« drängte er heftig in das Mädchen, bereute es aber gleich und legte ihm die schwere Hand im Fäustling auf den Kopf, um den sie sich gegen die Kälte ein Tuch gebunden.

Marfas Augen füllten sich mit Tränen, und stockend, an dem Vater vorbei zum Fenster blickend, durch das ein bleicher Widerschein vom Schnee fiel, berichtete sie. Semjon schlief beinahe ein bei dem leisen, dünnen Stimmchen und unterbrach sie nicht ein einziges Mal...

Vor drei Tagen war der Vater in die Dörfer gefahren, und bis gestern Morgen war es warm in der Hütte gewesen. Aber gestern, noch bevor sie das Feuer im Ofen angezündet hatte, war ein Grenzwächter gekommen und hatte um ein Streichholz gebeten, weil er sich eine Pfeife anzünden wollte, und der hatte im Versehen die ganze Schachtel mitgenommen. Erst als der Mann schon lange wieder gegangen, war ihr eingefallen, daß diese Schachtel die einzige im ganzen Hause gewesen war. Von da an wäre es kalt bei ihnen gewesen, denn der Ofen war bei dem starken Winde bis zum letzten Glutpünktchen erloschen. Den ganzen Tag lang hätten sie Wache am Fenster gehalten, um aufzupassen, ob nicht jemand vorbeikäme, aber niemand, niemand war gekommen. Und hinauszugehen und auf einen Wachtrupp zu warten, um bei den Soldaten ein paar Streichhölzer zu erbitten – das hätten sie nicht gewagt, denn sie wären des Vaters Befehl eingedenk gewesen: sich wegen der Wölfe niemals weit von der Hütte zu entfernen. Vom Hause aus aber hätten sie keinen Menschen zu Gesicht bekommen; ja, wohl einmal einen Soldaten am jenseitigen Ufer, aber den hätten sie natürlich nicht herüberrufen können. Sie hätten sich auch darauf vertröstet, daß ja der Vater bald kommen und sicherlich Streichhölzer bei sich haben würde...

»Jajaja...«, murmelte Semjon vor sich hin. Er wollte nicht schelten; niemand hatte hier schuld. Und gefroren hatten die Kinderchen also seit gestern morgen und seit vorgestern nichts Warmes mehr zu essen bekommen, jaja... Er rührte sich nicht und schwieg.

Und als er lange Zeit so still gesessen hatte, nahm er die Hände vom Gesicht und schloß, nach rechts und links greifend, die ganze kalte kleine Schar in seine Arme, hörte die Herzen schlagen, die Körper atmen, zart hauchte es ihn aus ihren Gesichtern an. »Wißt ihr was?« fragte er mit einemmal und lächelte verstohlen in seinen Bart, »wißt ihr, was der Vater jetzt tut? Er geht und sucht einen Soldaten, und wenn er auch bis zum nächsten Blockhaus laufen müßte, und holt Feuer! Und wenn er wiedergekommen ist, dann zünden wir die Lichte am Baum an und heizen den Ofen und feiern Weihnachten wie alle anderen Menschen zu dieser Zeit auch.«

»Ja, Vater...«, seufzten die Kinder um ihn herum, glückselig, als könnten sie es nicht ganz fassen, und nachdem Semjon ihnen noch einmal eingeschärft, nicht hinauszugehen und nach ihm Ausschau zu halten, wenn es etwas länger dauern sollte, machte er sich auf den Weg.

Doch schon auf der Schwelle kehrte er noch einmal um. Er dachte: Ich könnte jemand treffen, der mir nicht mehr als ein Streichholz geben will, und dann wäre der Gang vergebens gewesen! Darum steckte er einen Lichtstumpf in die Tasche, den konnte er anzünden und damit das Feuer nach Hause tragen. Die Nacht war ganz windstill, und eine Kerze brennend zu bewahren, das hatten sie schon als Knaben auf so mancher Lichterprozession geübt. Sein Licht löschte ihm kein Wind so leicht aus!

ES BLIEB STILL in der Hütte, als Semjon die Tür hinter sich schloß und lauschte: ins Haus hinter ihm, in die Nacht hinaus, in der es zuweilen flackerte, nur in einem Widerschein am Himmel sichtbar, weil die Lichtquelle fern und verborgen blieb. Das Grenzufer in diesem Abschnitt lag still. Der Fluß war vom Eise bedeckt, grenzenlos dehnte sich der Schnee, der Himmel ließ Licht leuchten über Gerechte und Ungerechte und schickte seine Gaben, ohne der Grenzen zu achten, die die Menschen erfunden. Wohl hatten die Soldaten auf dem Fluß mit Reisigbündeln die Mitte gekennzeichnet, aber der Neuschnee hatte die kleinen Besen längst wieder begraben und alle Grenzen getilgt.

Still war es hinter Semjon im Haus. Er hatte die Kinder auf den Ofen geschickt, bis er wiederkäme. Dort oben, dicht unter der Decke, war es immer noch am wärmsten, und Marfa konnte ihnen ein Märchen erzählen, damit die Zeit schneller verging oder der Schlaf eher kam.

Still war es vor ihm, weit und breit. Der Himmel hatte eine seltsame Helligkeit in sich, als stünde der Mond hinter den dichten Wolken. Benommen und verwirrt machten ihn nur die tanzenden Schneekörnchen in der Luft. Das glänzte und flimmerte in allen Regenbogenfarben und zauberte ihm unaufhörlich Lichter vor die Augen, wo gar keine waren.

Semjon faßte einen Entschluß, welche Richtung er einschlagen wollte, und stapfte nicht mehr gerade leichtfüßig los. Die Soldaten, dachte er noch, die haben es gut! Wie die Geister schlurften sie im Winter auf Schneeschuhen umher, von ihren weißen Mänteln und Kapuzen dem weißen Moor angeglichen, wie Schneehasen, daß man sie kaum noch erkannte. Nur das Gewehr, dieser schräge, schwarze Kreuzbalken über der Schulter, der ließ einen auf sie aufmerksam werden.

Längst war das Haus hinter Semjon versunken, als er bei sich dachte, es hätte doch keinen Zweck, nur immer drauflos zu stapfen. Umsehen müßte er sich, denn vielleicht bekam er schon vor dem Blockhaus einen Soldaten zu Gesicht. Aber als er stehenblieb und in die eisige Stille hineinhorchte und die flimmernde Dunkelheit zu erkennen versuchte, merkte er, wie todmüde er war... Und müder noch wurde er vom Schauen ins Dunkel, müder von jedem flimmernden Schneekorn, das ihm wie eine Sternschnuppe vor den Augen tanzte. Nichts war zu sehen, nichts..., und er stapfte weiter. Manchmal paßte er sogar nicht einmal mehr auf, in welche Richtung er ging. Wie die Kälte das Wasser tiefer und tiefer einschlürft und ein Bach bis auf den Grund gefrieren kann, so raubte ihm die eisige Stille alle Vorsätze, welchen Weg er einschlagen wollte, und alle Berechnungen, wo am ehesten ein Soldat zu treffen wäre.

Zuweilen blieb er tief aufatmend stehen und wischte sich den Schweiß von der Stirn und blickte zum Himmel, der so wenig dunkel wie hell war. Ach! dachte er, das sieht aus, als schaue man durch ein beschlagenes Fenster in einen Festsaal hinein. Man merkt: da drinnen ist es hell und heiter, und doch sieht man nichts von allem. Ob da hoch droben nicht auch heute die Engel schwebten und sangen? Und er, wie alle Menschen auf der weiten Erde, sah es nicht und ahnte es nur an dem seltsamen Glanz in den Wolken... Als er ein nächstes Mal stehenblieb, starrte er mit hämmerndem Herzen in die Runde, in der alles Ferne nahe schien und alles Nahe gleich fern. Der Schnee weit und breit, aus dem sich hier und da ein verkrüppeltes Bäumchen reckte - alles sah so selbstvergessen aus.

Es lebte noch, ja, aber es lebte nicht dort, wo das Auge es sah. Ganz ähnlich hatte er selbst die Hütte vergessen und wußte es nicht. Auch er lebte noch, aber nicht dort, wo er sonst gelebt hatte.

Es waren wohl der Hunger, die Mattigkeit der Glieder, die einsinkenden Knie, die ihn wieder daran erinnerten, daß zu Hause ein schöner Pack mit nahrhaften Sachen liege, und ehe Semjon es recht wußte, hatte er den Kerzenstumpf aus der Tasche hervorgeholt und ein Ende von dem weichen, duftenden Kirchenwachs abgebissen. Doch die eisige, dunkle Nachtstille hatte seine Überlegungen schon bis beinahe zum Grunde ausgefroren; wie ein dünnes Rinnsal sickerten auf dem Grunde seines Selbst noch ein paar verschwommene Mutmaßungen über seinen Weg dahin; und auch sie versickerten oder wurden zur gläsernen Stille seltsamer Träume, zu einer Stille von der Art, in die das murmelnde Wasser des Winterbaches eingeht. Er setzte sich in den Schnee, um ein wenig auszuruhen, und gleichsam sich selbst zur Mahnung, hielt er den Kerzenstumpf in der rechten Hand. Licht wollte er doch holen! dachte er noch und schloß die Augen, weil der Schnee ihn förmlich anzuglühen schien, und dann wollte er Torf in die Stube tragen und den Ofen heizen und Grützbrei kochen. Ganz heimlich könnte er Feuer anmachen, während sie schliefen. Ach, warm, warm würde es zu ihnen hinauf auf den Ofen wehen! Und verstohlen, ganz sachte, Kerze um Kerze, könnte er den Baum anzünden. Ein Lichtlein..., ein zweites Lichtlein..., ein drittes...»Vater?« würde es da auf dem Ofen fragen – und sieh, Polja gähnte und reckte sich. »Vater, was ist das?« fragten jetzt alle, und er würde neben dem Tannenbaum stehen, der schon viele brennende Lichte trug, und hinauflachen zu ihnen, hinaufgehen zu ihnen, gerade wie die Wärme aus den Steinen... Unten stand der Baum und strahlte und strahlte, wie der liebe Erlöser selbst. Aber damit nicht genug! »Hier, nimm, Marfa, der Herr hat's gegeben!« könnte er sagen – und hielt da nicht Marfa ein Paar neue Strümpfe in den Händen, Polja ein Tuch, Kyrill neue Stiefel und Natascha zu allem hinzu eine Puppe? Der Herr hat es gegeben, ihr gesegneten Kinder, der Herr, in dieser Nacht, in der er auf die Welt gekommen ist! Der Herr auch gab das Licht, der Herr ist das Licht, die Flamme für unser kaltes Dunkel. Und davon, seht, brennt das Feuer im Ofen, brennen die Lichte am Baum, brennt unser Herz... Mit uns ist Gott! würde er sagen, das Festgebet der heiligen Kirche beten, und den Wölfen würden sie einen Knochen vor die Tür werfen, der unerlösten Kreatur, denn auch sie harrt ihres Erlösers, wie die Menschen. Gesegnete Nacht, gesegnete Nacht!

Semjon hockte im Schnee, den Kerzenstumpf in der kalten Hand. Es sah aus, als betrachte er ihn, aber seine Augen waren längst geschlossen. Und jetzt, da er all dies gedacht, hatte die eisige Stille das letzte Rinnsal denkenden Lebens in ihm erstarren lassen. Wie in einem Eiskristall das eigene Licht vielfarbig aufglüht, so spiegelte sich in ihm mit Träumen, was rund um ihn her geschah.

Nicht weit von ihm flammte ein Scheinwerfer auf, und sein Lichtstrahl glitt über die Öde, manchmal verweilend, manchmal verstört zur Seite greifend, näher und näher dem kauernden Manne – bis er voll und blendend auf ihm verweilte, sich rings um ihn schloß: eine riesige Hand, die nicht mehr loslassen wollte, was sie einmal gepackt, und sich dann plötzlich, in finsterster Finsternis erlöschend, zurückzog. Semjons Lider zitterten, als der Strahl auf ihm ruhte. Für Sekunden war es sogar, als blinzelte er, aber dann fielen die Augen ihm wieder zu. Das Licht erlosch, aber es war in ihn gedrungen, ein einsamer Strahl, wie in ein tiefes Verlies, und leuchtete dort weiter mit überirdischem Glanz...

Was, was… träumte er, was ist das? Der Schnee brennt! Ist das
alles Feuer? Ich will doch mein Licht anzünden, mein Licht…!
Ach nein, ach nein, er hatte sich getäuscht. Dunkel war es, stock-
dunkel. Aber nach einer Weile schritt jemand aus der Finsternis
auf ihn zu: eine hohe Gestalt, wie von Flammen umsprüht. Ru-
hig wandelte sie über die höchsten Schneewehen, ganz wie auf
Wellen… Das ist der Herr, es ist der Heiland! dachte Semjon.
Er kommt! Er kommt! Es ist ja auch seine Nacht, die heilige
Nacht…! Ihm wollte er sich zu Füßen werfen, sobald er ihn,
Semjon, gesehen hatte, und ihn ehrfürchtig um Feuer bitten.
Aber sah er ihn denn…?
Semjon richtete sich auf und versuchte, die erstarrten Arme zum
Himmel zu erheben, ehe er lautlos vornüber fiel. Ja, er sah ihn,
der Gottessohn. Aber Semjon konnte ihn nicht anschauen, denn
als wäre der Schnee in Brand geraten, so rein umloderte ihn das
Feuer, aus so klarem Leuchten war sein himmlischer Leib, und
aus seinem Antlitz strahlten die Augen wie Wintersterne. Licht
und hehr wandelte er auf den Daliegenden zu…, nun stand er
gar vor ihm… Semjon preßte den Kopf in den Schnee.
»Semjon, Kyrills Sohn, suchtest du mich?« fragte es aus der Höhe, und nun, hörte Semjon, nun sangen die Engel wie einstmals
bei Bethlehem über den Hirten.
»Ja, Herr, du weißt, daß ich dich suchte« hauchte Semjon in den
Schnee, und eine seltsame Wärme küßte seine bärtigen Lippen.
»Semjon, Kyrills Sohn, suchtest du wirklich mich?« fragte es
abermals und hallte durch die ganze Welt.
Semjon preßte sich noch tiefer in den Schnee. »Herr, Herr«, flüsterte er endlich, »ich suchte dich wohl; heute ging ich zwar aus,
Licht für meine Hütte zu holen, für die Kerzen am Baum, Feuer
für den Ofen, Wärme für meine Kinder, sie frieren…« Und da,
mit einemmal kam ihm neuer Mut.
Er hob den Kopf und streckte die Hand mit dem Lichtstumpf
aus. »Herr!« sagte er leise in das große Leuchten hinein, »spende
doch du mir das Feuer, du Wohltäter der Menschen. Darf ich
nicht meine Kerze an deinen lodernden Mantel halten? Es brennt
ja doch das Geringste an dir!«
»Nimm dir Licht!« sagte da gütig und freundlich der Heiland,
»nimm dir Licht, mein Knecht, nimm ruhig von mir! Nähre die
Flamme damit, auf daß sie leuchte und wärme.«
»Ja, Herr…«, seufzte Semjon und tauchte seine Hand mit der Ker-

ze in die große Flamme. So warm ward es ihm, so wundersam warm! Tränen des Glücks rannen ihm in den Bart... »Sie werden sich freuen, die Meinen, Herr...«, stammelte er.

»Nimm, Semjon, nimm, soviel du brauchst von meinem Licht! Es wird darum nicht weniger!« kam von oben die Stimme.

Vor Semjons Augen brannte nun die Kerze unbewegt in der Nacht, während hinter ihrem süßen Schimmer das größere Leuchten um den Heiland selbst langsam verblaßte und in den zwielichten Himmel stieg. Nun hatte er das Feuer! Semjon starrte glückselig in die goldene Flamme und barg sie behutsam in der hohlen Hand. Aber wurde es jetzt nicht Zeit, daß er nach Hause ging? Sonst war das Wachs gar verbraucht, ehe er damit das Feuer im Ofen anzünden konnte! Oh, wie würden die Kinder sich freuen!

Ja, nun mußte er aufstehen, so steif er auch schon geworden war! Nur achtgeben auf die Kerze!

Der Stiefel eines russischen Grenzwachtsoldaten, der vom nahen Scheinwerferturm ausgeschickt worden war, um zu untersuchen, was der Lichtstrahl vorhin entdeckt, stieß Semjon, der zusammengekauert vornüber im Schnee lag, in die Seite. Da kam noch einmal Leben in den fast Erstarrten. Etwas vor sich hinlallend, was der Soldat nicht verstand, und die Hände zusammenpressend, als bewahrte er darin etwas, richtete Semjon sich stöhnend auf und versuchte, eilig davonzugehen.

»Halt!« schrie der Soldat, aber Semjon hörte es nicht. Stolpernd und strauchelnd lief er durch den Schnee, ohne eine Richtung einzuhalten, denn schon trugen ihn seine Beine kaum mehr.

»Halt!« schrie der Soldat und riß das Gewehr hoch, dem Davontaumelnden folgend.

Jetzt gilt es, sich zu sputen! träumte Semjon. Ach, wie werden die Kinderchen schon warten! Doch es war, als würden ihm seine Beine unter dem Leib weggezogen. Daß nur sein Licht nicht verlösche! Schon flackerte es vor seinen Augen, das Licht, und manchmal verlor er es aus dem Blick, wie einen fernen, kleinen Stern am Himmel... Den Ofen mußte er heizen, Essen kochen, Kyrill endlich die Stiefel geben und Marfa die Strümpfe... Da rann ihm eine feurige Lohe über den Rücken, und zugleich gewahrte er, wie sein Licht erlosch. Dahinter aber - dahinter erschien wieder das große Leuchten um die Gestalt des Heilands! Die Kerzenflamme, so klein sie war, hatte es ihm verborgen gehalten. Der Herr! Lob und Preis! Er war ihm unbemerkt vorausgeschritten...

Semjon brach in die Knie. Ihm war, als stürzte er in die Nacht hinein, in den Himmel, der schon vor seinen Augen begann; und zwischen den Sternen, die wie ein feuriger Regen in die Tiefe sprühten, loderte die reine Flamme um den Heiland aller Welt... »Herr, Herr!« stöhnte Semjon und reckte die Hand mit dem erloschenen Licht nach vorn, »es ist ausgelöscht! Herr, habe Gnade und zünde es mir noch einmal an!« In Semjons Ohren brauste nur der Himmel von den Weltenwinden um Gott des Vaters Thron. Vor ihm aber, der im Schnee lag, stand der Sohn, dem diese Nacht auf Erden gehörte, und blickte Semjon an, daß dem die Sinne schwanden. »Gib mir das Licht!« sagte leise der Heiland, und Semjons Hand mühte sich durch den Schnee zu ihm. »Gib es!« sagte noch einmal und leiser der Heiland, »ich will es dir wieder anzünden, aber nicht hier, hier brennt es nicht mehr.«

»Dank, du Wohltäter!« stöhnte Semjon ein letztes Mal und weinte in unermeßlichem Glück vor dem großen Leuchten, und langsam, wie eine Welle am Ufer verrinnt, streckte sich sein Arm aus, und gab den Lichtstumpf zurück und damit auch das letzte Fünklein Leben. Ehe der Soldat herangekommen war, seinen Körper umdrehte und ihm ins Gesicht starrte, das jetzt zum Himmel emporgewandt lag...

Die Grenze, diese Wunde: im Schnee verharscht und verwachsen mit Eis, brach in dieser Nacht wieder auf und blutete, wie sie niemals verheilen wird und nie sich ganz schließen. In den Männern, die am jenseitigen Ufer an Scheinwerfern und Maschinengewehren auf den Türmen hockten, lebte wohl eine ungeheure Angst, es könnte der Heiland aller Erde in dieser seiner Nacht heimlich in ihr abtrünniges Reich eindringen, denn kaum war die Nachricht von dem Tod des Grenzläufers das Ufer entlanggeeilt, da tasteten von allen Türmen Scheinwerferhände und suchten die Einöde Meter für Meter ab. Und als die Grenzsoldaten an den Blockhäusern jenseits des Flusses angesichts der feindlichen Türme Weihnachtsbäume im Freien anzündeten und sangen, kläffte von allen Maschinengewehrständen ein wütendes Schießen gegen den frommen Gesang, wie um auch keinen Ton und kein Wort der frohen Botschaft über den Fluß hinüber zu lassen, wo Semjon gleichwohl eben der Heiland begegnet war. Gegen Mitternacht fiel die heimliche Kriegsfront in Ruhe, und es wurde, bis auf einen vereinzelten Gewehrschuß am andern Ufer, wieder ganz still. Nur die Scheinwerferstrahlen tasteten nimmermüde von allen Türmen, gleichsam um Christus zu fangen. Der aber war schon zur Herberge in vielen Herzen, ohne daß die Wächter es wußten, und manche Kerze ward verstohlen an seinem Licht entzündet.

UM DIESE ZEIT aber waren auch Semjons Kinder schon vom Ofen herabgestiegen. Marfa war die erste gewesen, ihr folgte der Bruder Kyrill, und endlich kamen die Jüngsten zu ihnen, die nach dem Vater, nach Essen und dem Lichterbaum verlangten. Marfa tröstete sie, so gut sie es vermochte, und drückte sie in der Kälte an sich; sie alle standen am westlichen Fenster und hielten unverwandt Ausschau. Stunde um Stunde verging, und der Vater kam nicht. Bisweilen war es Marfa, als müßte sie förmlich aufwachen unter dem Blick des Bruders, der es müde geworden war, in die Nacht hinauszuspähen, und ratsuchend seine Augen nicht von ihr ließ. Dann versuchte Marfa zu lächeln, damit Kyrill nicht den Mut verlöre, und sagte seufzend, als sei das Warten nur ärgerlich: »Ach, warum kommt er nicht!« - Das Lächeln blieb auf ihrem Gesicht, als gefröre es dort, und Kyrill, der Bruder, zuckte die Achseln, grub das Kinn tiefer in den Kragen und fing wieder an, hinauszuspähen. Müde vom Warten und vom Stehen, seufzte Marfa und blickte hinaus. Wenn sie doch nur schlafen könnte! dachte sie und beneidete Polja und Natascha, die unter dem Tuch mit regelmäßigen Atemzügen gegen ihre Brust hauchten. Dann begann das Maschinengewehrfeuer, und Marfa und Kyrill zuckten zusammen. Sie waren es gewohnt, daß draußen bei Tag und bei Nacht Schüsse fielen, aber so heftig wie heute hatten sie es niemals gehört. Sie zitterten und atmeten schnell wie Vögel und blickten scheu zur Wand, denn weil die Nacht sehr kalt war, schmetterten die Salven, als würden sie hinter dem Hause abgefeuert. Das Hämmern der Maschinengewehre zerschliß und zerfetzte die Stille, und dazu tauchten die Scheinwerferstrahlen ins Dunkel. In Bündeln strahlten sie, in Garben standen sie still, unwirklich schimmernd über dem Schnee, und wie bislang verborgen gebliebene Sterne begannen die in der Luft flimmernden Kristalle aufzuglühen, so daß vor dem Fenster ein Sprühen und Funkeln anhob.

Polja und Natascha krochen, vom Gewehrfeuer geweckt, unter dem Tuch hervor und starrten schlaftrunken hinaus, die Wangen an Marfas Brust gepreßt, die Hände an sie geklammert, Marfa sah aus dem Fenster wie immer.

»Ist der Vater noch nicht gekommen?« fragte eine der Kleinen, aber Marfa hörte es nicht im Knallen der Schüsse, Marfa wollte es gar nicht hören, um nicht antworten zu müssen.

Als stünde hoch über der Hütte ein Sämann und streute Licht in die Finsternis, so flogen die Scheinwerferstrahlen hin und her. Sie jagten sich, als sei Korn ausgeworfen und fiele mit leuchtenden Spuren zur Erde. Und das ganze Moor vor dem Fenster funkelte in Regenbogenfarben, der Schneestaub flimmerte: grüne, rote, goldene Samen, die aus einem unerschöpflichen Körnertuch rieselten. Die Schüsse knallten so schnell hintereinander, als fiele prasselnd zur Tiefe, was eben noch geleuchtet. Aber dieses alles war ein furchterregender Saatgang, in dem die Kinder beieinander Zuflucht suchten. Mit schreckhaft aufgerissenen Augen starrten sie in den Brodem, der die ehedem lautlose und unbewegte Nacht erfüllte, wie in einem von Blitzen blutenden Gewitterhimmel. Wenn ein Hagelwetter sie des Sommers beim Beerensuchen auf dem Moor überraschte, hatten sie sich so geduckt wie jetzt: nichts als Angst, unaussprechliche Angst; jede Überlegung hatten die Eiskörner damals so aus ihnen herausgeprügelt wie jetzt in der Christnacht die feurige Saat...

»Der Vater!« schrie mit einemmal Polja laut auf.

»Wo? wo?« riefen sie alle laut durcheinander und beugten sich noch weiter vor. »Wo, Polja, wo siehst du ihn?«

Die Augen des kleinen Mädchens standen überweit offen. »Da, da...«, stammelte sie halb weinend, halb lachend und hob langsam den Finger und zeigte zum Fenster hinaus. »Da, da...«, stammelte ihr kleiner Mund unentwegt, »oh! er winkt, er kommt, er hat noch jemand mitgebracht...!«

Das Gewehrfeuer war verstummt, mit einem Schlag; nur irgendwo in der Ferne hämmerte noch ein Maschinengewehr. Die Kinder hatten vorher eng beisammen gestanden, aber bei Poljas Ruf waren sie auseinandergefahren und hatten sich über die ganze Breite des Fensters verstreut.

»Da, da...!« stammelte Polja noch immer glückselig, und weil es mit einemmal so still war, brauste es ihnen in den Ohren davon. Hell und strahlend wie ein blühender Garten lag jetzt das

Schneegefilde vor ihnen, und gleich einem Blütenregen sanken langsam die Flocken herab. Mitten darin...»Da! da!« stammelte Polja und zeigte mit dem Finger – ja, mitten darin, so war ihnen allen, stand der Vater: groß, heiter, leuchtend von Licht. Und neben ihm, Polja hatte ganz recht, neben ihm stand jemand, den er mitgebracht: ein anderer, den alle Scheinwerfer zu beleuchten schienen, denn er war ganz in Licht gehüllt. Und wie in einem weißglühenden Birkenscheit die Kohle auch nur zu ahnen ist als ein dunklerer Kern in der schneeigen Glut, so war in Licht und Leuchten auch die Gestalt des Fremden nur zu vermuten. Man konnte denken, es hätte ein Wirbelwind dort eine Schneesäule errichtet, wie man sie manchmal auf den Mooren sieht...

Was sie nun taten, geschah, als träumten sie es: halb schauten sie sich selbst bei allem zu, und wiederum handelten sie emsig – alle aus einem seltsam geeinten Wollen, geeinten Schauen, fast aus einem einzigen Leib, so vollkommen waren ihre Sinne vereinigt.

Marfa lief zur Tür und trat bis auf die Schwelle. Vergessen war Vater Semjons Geheiß, auch wenn es länger dauern sollte, nicht hinauszugehen, denn denn... der Vater selbst rief sie ja!

Kaum stand Marfa draußen, da waren auch die Geschwister bei ihr, und sie alle schauten ein und dasselbe: Mitten in der von Lichtern erhellten Nacht standen der Vater und der Fremde, der Vater so merkwürdig groß, als schwebte er über dem Schnee, und jung und strahlend wie nur des Samstags, wenn er aus der Badstube kam. Und als wollte der Vater gar nicht mehr bis zur Hütte kommen, lächelte er sie an und winkte ihnen: sie sollten doch kommen. Marfa, Kyrill, Polja und Natascha – sie plapperten vor sich hin von allem, was sie sahen, verständiger die einen und stammelnd die andern, aber sie alle sahen ein und dasselbe.

»Kommt!« sagte Marfa seufzend und nahm Polja bei der Hand. »Kyrill, nimm du Natascha, der Schnee ist tief!« befahl sie dem Bruder. »Gehen wir zum Vater...« Und da geschah es, daß in dieser von Lichtern durchzuckten Stille die Kinder zu gehen begannen. Jedes der älteren führte eins der kleineren an der Hand. Aber bald schon blieben sie alle still wie die Schlafwandler stehen, und als Kyrill sah, daß Marfa die kleine Polja aufhob, dieses Bündel von Tüchern und Lumpen, machte er es ebenso mit Natascha und trug sie weiter auf seinem Arm. Und so gingen sie zum Vater: vier Kinder, mitten in der großen Nacht, zwischen allen vier Winden, zwischen dem hohen Himmel und dem tiefen Schnee, im Labyrinth der Lichtstrahlen, die sich kreuzten und verschlangen und wie Bündel und Garben lagen und standen. Und doch war es nicht schwer, den Weg zu finden; leicht, ihn zu halten. Sie waren todmüde, und die Augen fielen ihnen zu, aber auch noch durch einen Spalt gewahrten sie, daß der Vater, vereint mit dem Fremden, vor ihnen herging. Er wartete nicht auf sie, und das war traurig. Aber jedesmal, wenn eins von ihnen, Kyrill oder Marfa, in die Knie brach – jedesmal blieb der Vater stehen und wartete, bis der Gefallene wieder Fuß gefaßt; und jedesmal schaute er sich um, lächelte und machte ihnen Mut für den schweren Weg. Der wurde leichter, je weiter sie gelangten, und wenn eins von ihnen fiel, geschah es wie im Traum, wo der Fall so sanft ist wie ein Schweben, so schmerzlos, so lautlos. Was rund um sie war, sie wußten es nicht. Sie gingen wie in einer tiefen, finsteren Schlucht dahin. Die Wände rechts und die Wände links – alles verzehrte sich in Finsternis. Nur das Licht über dem Spalt, das sahen sie, nur den Vater vor ihnen, und seinen Spuren setzten sie Schritt um Schritt nach, ihre Geschwister im Arm. »Vater!« seufzte Marfa glücklich, und Kyrill wagte ein paar unvorsichtig weite Schritte, ehe er umsank. Aber auch im Schnee liegend, die Schwester in seinem Arm vor der Kälte bewahrend, ließ er keinen Blick von allem, was geschah. Vater Semjon, der lange geduldig gewartet hatte, kam zurückgeschritten. Leicht, als sei der Schnee eine ebene Tenne, wanderte er auf seine Kinder zu, während sein Begleiter in der Ferne verharrte. Näher und näher fühlten die Kinder ihn kommen, sie fühlten es mehr, als daß sie es sahen; sie schlossen die Augen und sahen ihn doch. Fremd war ihnen der Vater, wie er da kam; so fremd wie früher, wenn er vom Sakrament in der Kirche andächtig gestimmt nach Hause gekommen war und noch eine Weile vor dem Bild in der Stube gekniet hatte. Es schien, als käme er nur zu Besuch und ginge gleich wieder; aber wo er ging, war es hell, und warm war es um ihn, wie unter der Sonne. Kyrill, der noch im Schnee lag, fühlte sein Nahen, als würde es Sommer und als läge er mit geschlossenen Augen am Moorbach in der heißen Sonne. Er war so klar, der Vater, sein Angesicht so hell wie von Eis und Schnee, und seine Stimme kam wie ein Säuseln gütig zu ihnen. Eine Lichtsäule schwebte heran, ein Sonnenstrahl wanderte weiter, aber gesprochen hatte es, daß ihnen die Ohren klangen: alle ihre Namen wie ein Ruf.

Was sollten sie tun? Marfa und Kyrill fühlten es dunkel werden und kalt wie zuvor, und schlugen die Augen auf. Es war ihnen, als hätten sie lange geschlafen. Die Schwestern in ihrem Arm waren wohl aufgewacht, denn sie mühten sich, die Köpfe aus den Tüchern hervorzustrecken, und als es ihnen gelang, riefen sie nach dem Vater. Marfa und Kyrill erhoben sich eilends. »Ja, ja, der Vater…«, sagten sie begütigend zu den Kleinen und stapften weiter. »Da, da…«, stammelte Polja, als träumte sie immer noch von allem, was in der Hütte geschehen war.

Der Vater mit seinem leuchtenden Begleiter war wieder dicht vor ihnen, aber je mehr sie in ihrer wachsenden Sehnsucht versuchten, ihn einzuholen, um so undeutlicher wurden ihnen die strahlenden Wanderer. Das große Licht um sie herum zerstob in viele golden funkelnde Sternchen, und zwischen den Sternen grünte der Wald. Ach! sie mußten wohl schon weit gewandert sein, wenn sie den Wald erreicht hatten. Betroffen blieben sie stehen und dachten zurück. Wie weit war es nun schon bis nach Haus? Weit, sehr weit. Und bis zum Vater? Marfa und Kyrill strengten die Augen an, aber dessen hätte es gar nicht bedurft: in großem, geeintem Glanz standen der Vater und sein Gefährte ganz nahe bei ihnen, und rund um sie her funkelten die Sterne, in denen sie ehedem verschwunden gewesen waren. Sie hatten sich umgedreht, die beiden, als wollten sie die Kinder nun für immer erwarten und gemeinsam mit ihnen weitergehen. Den Fremden verbarg ihnen sein großes Leuchten, aber eins sahen sie deutlich genug: er hielt einen Kerzenstumpf in der Hand, solch einen, wie ihn der Vater mitgenommen hatte, und wie seinen liebsten Freund hielt er den Vater umschlungen. Der, da er jetzt seine Kinder so nahe sah, schien traurig zu sein; aber er lächelte und winkte ihnen zu, und sich zärtlich ein letztes Mal umschauend, winkte er noch, als er vor ihren Augen mit seinem Begleiter zwischen grünen Tannen und Sternen verschwand. Sie waren stehengeblieben, die Kinder, als sie dem Vater so nahegekommen waren; aber jetzt schritten sie weiter. Kein Auge ließen sie von der Stelle, wo er verschwunden: sie wollten das Tor nicht verlieren, das es dort geben mußte, wollten selber auch den verborgenen Eingang finden. Gut, daß der Schnee mit einemmal nicht mehr so tief zu sein schien, die Erde wie blankgefegt, denn so kamen sie schneller und sicherer vorwärts und konnten hoffen, daß es ihnen gelingen würde, die Entschwundenen doch noch einzuholen.

DIE GRENZWÄCHTER im Bezirk westlich der Moorhütte erzählen, daß in der Christnacht, als sie um ihren Weihnachtsbaum vor dem Blockhaus standen, mit einemmal zwei Kinder in ihren Kreis getreten wären: ein Knabe und ein Mädchen, die auf ihren Armen zwei jüngere Geschwister trugen. Lautlos, ohne daß sie, die auch nicht besonders wachsam gewesen wären, es vorher bemerkt, hätten die beiden plötzlich vor dem Weihnachtsbaum gestanden: mit halb geschlossenen Augen, wie Schlafwandler. Und hinter ihnen, dicht vor dem Haus, lagerte ein Rudel Wölfe, das ihnen bis hierher gefolgt war. Ohne die Umstehenden zu gewahren, wären der Knabe und das Mädchen auf den Tannenbaum zugegangen. Erst dicht vor ihm, von den erschreckten Rufen wie aus einem Traum geweckt, in dem dieser Baum für sie wohl gestrahlt haben mußte, seien sie zur Wirklichkeit erwacht. Wie schwer, unter wieviel Zittern und Tränen - daran werden die Soldaten sich zeitlebens erinnern. Nicht nur, daß die vier halb verhungert und erfroren waren und aus Schwäche umsanken, sie stürzten in die Wirklichkeit wie der Schlafwandler in eine gähnende Tiefe. Solange nur ihre Augen den Christbaum sehen konnten, starrten sie, als wären sie aus einer andern Welt gekommen, in das Licht seiner Kerzen. Nichts von allem, was sie stammelnd erzählten: vom Vater, wie er ausgegangen war, Licht zu holen, seinem strahlenden Begleiter, und wie die beiden in den Tannen - wohl dieser Weihnachtstanne - verschwunden waren, konnten die Soldaten verstehen. Sie sahen nur, daß vier halb verhungerte und erfrorene Kinder zu ihnen gekommen waren, und labten sie und wärmten sie, als wären es ihre eigenen. Am andern Tage mußten sie doch erkennen, daß Wunderbares die vier zu ihnen geführt. Nicht eins von ihnen hätte in der Moorhütte noch den Morgen erlebt, denn in jener Nacht setzte eine Kälte ein, als sollte alles, was zwischen Himmel und Erde Odem besaß, erfrieren. Aber da die Nachricht von Semjons Tod zu ihnen drang, erinnerte sich mancher der verworrenen Erzählungen der Kinder und ward inne, daß in dieser Nacht Christus in den verlassenen Mooren geweilt und die geführt hatte, derer das Himmelreich ist.

DIE GEHEIMNISVOLLEN Bauten längs der ganzen Ostgrenze, über die schon seit Jahren hin und wieder ungenaue und einander widersprechende Berichte eingegangen waren, und deren Ausmaß der Donner der Sprengungen andeutete, der bei Tag und bei Nacht über das Wäldermeer von Ostkarelien rollte, veranlaßten den finnischen Generalstab um die Mitte des Jahres 1937, auf Mittel und Wege zu sinnen, sich genaue Unterlagen über Art und Umfang dessen zu verschaffen, was eben noch als ein ›grauer Krieg‹ jenseits der Grenzen betrachtet werden konnte, jedoch tödliche Gefahren für das ganze Land in sich schloß, wenn dieser ›graue Krieg‹ einmal blutig über die auf finnischer Seite nur mangelhaft oder gar nicht befestigte Grenze getragen werden sollte.

Den unmittelbaren Anlaß zu den neuen Vorkehrungen des Generalstabes bildete die sich sprunghaft mehrende Zahl der Flüchtlinge, die aus dem Wälderdickicht der russischen Seite in der ganzen Länge der Grenze ausbrachen und von Schrecken erfüllte Berichte über Umsiedlungen und Zwangsverweisungen der Bevölkerung gaben, denen sie selber zwar entronnen waren, aber die auf eine völlige Räumung dieser Gebiete von ihren angestammten karelischen Bewohnern als unzuverlässigen, nationalen Elementen schließen ließen – eine Vereinsamung und Verödung jener ohnehin spärlich besiedelten Gegenden, in welcher die geheimnisvollen Bauvorhaben um so verschwiegener und sicherer durchgeführt werden konnten. Denn die zum Ersatz für die angestammte und nun vertriebene Bevölkerung mit unaufhörlichen Transporten aus dem Süden herangeführten Arbeiterheere, die zu Tausenden und aber Tausenden, in Arbeits- und Zwangsarbeitslager gepfercht, hier leben und arbeiten sollten, waren einmal durch die strenge Bewachung der Lager und darüber hinaus durch die Mauern der für sie undurchdringlichen Einödwälder und die grundlose Tiefe der Moore Menschen ohne jedweden Zusammenhang mit der Umwelt, ohne Mitteilungsvermögen und deshalb ungefährlich, die Verschwiegenheit, welche die großen Bauvorhaben umgab, je durchbrechen zu können. Daß diese streng bewachten Bauten, denen zuliebe eine wahre Völkerwanderung eingesetzt hatte, ausschließlich militärischen Zwecken dienen sollten und dabei nicht Vorkehrungen zur Verteidigung, sondern Vorbereitungen zu einem Angriffskrieg darstellten, lag auf der Hand.

Nichts hätte nähergelegen, als geeignet erscheinende Männer unter den Flüchtlingen gegen das Versprechen eines angemessenen Entgelts zurückzuschicken und damit zu beauftragen, genaue Unterlagen über den Ort, die Art und den Umfang jener Bauten und Anlagen zu beschaffen; aber einmal hatte der Gedanke, die Geflüchteten – wenn auch gegen Lohn – zu Gefangenen ihrer Hilflosigkeit zu machen, etwas Abstoßendes, zum andern wollte keiner von den Männern, die ihr Leben lang fernab der Technik in urweltlichen Einöden gelebt hatten, für solch einen Auftrag geeignet erscheinen, und zum dritten verlangte die Erkundung so großer Bauvorhaben mit militärischem Zweck geschulte, sachkundige Beobachter, denen eine Straße nicht nur eine Straße schlechthin war, sondern eine Schlagader in der Blutbahn, welche eine Front mit immer neuer Kampfkraft nährt, und an der Brücken, Steigungen und Gefälle und anderes wichtig sind. Ähnlich verhielt es sich mit den Flugplätzen, die in den Berichten der Flüchtlinge nur als für sie unbegreifliche, gewaltige Rodungen in den Wäldern erkennbar wurden, von den Eisenbahnlinien zu schweigen, die dem Vernehmen nach als Stichbahnen von der ziemlich genau süd-nordwärts führenden Murman-Bahn an mehr als sechs Punkten westwärts gegen die finnische Grenze zu vorgetrieben wurden, sommers und winters, in dem erbarmungslos heißen, ewigen Tag der subarktischen Jahresmitte und in der ewigen Nacht des Winters, wenn alles im gläsernen Panzer des Eises erstarrt, die Schneelasten dem Menschen seine Erde heimatlos und unkenntlich machen und alles für das Licht Geschaffene verwaist.

So war nun der Fall gegeben, daß mit jedem neuen Tag eine ungeheure Gefahr wuchs, Aufmärsche von großem Umfang möglich wurden in Gebieten, die man bis dahin wegen des Fehlens von Aufmarschstraßen für die Infanterie und Stützpunkten für die Luftkriegführung als völlig ungefährdet betrachtet hatte, und daß dabei doch niemand zuverlässig anzugeben vermochte, welche Truppenstärken die einzelnen Garnisonen jenseits der Grenze aufnehmen, welche Belegung die Flugplätze aushalten, welche Verkehrsdichte Eisenbahnen und Straßen bewältigen konnten – ja, nicht einmal, in welchen Planquadraten diese Ballung feindlicher Kräfte vor sich ging.

Das Nachrichtenwesen des Gegners hatte völlig die Taktik gewechselt. An die Stelle einheimischer Söldlinge waren Fachleute getreten, die mit scharf abgegrenzten Aufgaben von jenseits der Grenze her ins Land gebracht wurden und dies nach erfülltem Auftrag sofort wieder verließen – wenn ihnen dazu noch Zeit blieb. So war es eigentlich eine Nachahmung der gegnerischen Arbeitsweise, als der General N., dem vornehmlich an der Erkundung lag, den Vorschlag machte, man müsse versuchen, geschulte Leute über die Grenze zu bringen und an der Ausführung der Bauten selbst soweit teilnehmen zu lassen, daß sie sich – wenn auch in monate- oder gar jahrelanger Beobachtung – als Mitarbeiter einen umfassenden Einblick in alles verschaffen könnten, was jenseits der Grenze vor sich gehe. An Zwischenberichte in kürzeren Abständen sei bei diesem Verfahren natürlich nicht zu denken. Aufhalten oder gar verhindern könne man ohnehin nicht, was da geschehe; das Endergebnis nach langer Zeit aber könne die in Monaten und Jahren betriebene Kleinarbeit einzelner Männer belohnen. Nur so gelange man zu wirklich zuverlässigen Nachrichten, namentlich wenn es den einzelnen Männern vergönnt sein sollte, von einem Arbeitsplatz zum andern versetzt zu werden, bevor sie einmal den Rückweg antraten. Er bringe Angehörige einer jeden Waffengattung in Vorschlag, damit die Probleme allseitig geklärt werden könnten.

Dieser Plan oder Vorschlag, wie man es nennen wollte, erhielt vorerst keinerlei Öffentlichkeit in der Sechsten Abteilung. Das meiste, was der Verwirklichung vorausging, wurde zwischen General N., dem Obersten M., der damals Leiter der Abteilung war, und einem oder zweien seiner nächsten Mitarbeiter außerhalb der Dienststunden erwogen und erst gegen Mitte August einem sehr kleinen Kreise von Offizieren der Sechsten Abteilung bekannt, als jene eingeweiht werden mußten, welche das durch Flüchtlinge und Grenzläufer eingegangene Material sichteten. Es war auch noch kein Zeitpunkt ins Auge gefaßt, zu dem das Vorhaben verwirklicht werden sollte, und auch nur vermutend oder andeutungsweise dieser oder jener Name für die Auswahl der Kundschafter genannt worden, die allesamt freiwillig Gefahr und Verdienst tragen sollten, als eines Morgens der Rittmeister Mitterhusen sich beim Oberst melden ließ und ihm nach dem Eintreten in knappen Worten seinen Wunsch mitteilte, diesem Unternehmen zugeteilt zu werden.

Dem Oberst, der bei den ersten Worten Mitterhusens noch nicht ganz aufmerksam gewesen war und nachdenklich zum Fenster hinausgeblickt hatte, war es, als habe einer der Karyathiden, die er von seinem Platz am Schreibtisch aus sehen konnte und die dort draußen ein sinnloses Ziergesims an dem großen, altmodischen Hause trugen, mit dem Kopf gezuckt. Das geschah in der Sekunde, in der er rasch seinen Blick auf den Rittmeister richtete und den eine Weile sprachlos ansah. »Wollen Sie romantisch werden, Mitterhusen?« fragte er dann leise. Die Notwendigkeit, diesen ihm vom täglichen Umgang vertrauten Offizier seiner Abteilung in Verbindung mit dem Plan zu bringen, dessen Verwirklichung – von allen Gefahren abgesehen – im völligen Dunkel eines Niemandslandes lag, aus dem keiner von ihnen belegbare eigene Erfahrungen berichten konnte, verwirrte ihn. Zugleich spürte er, wie er selber angesichts der unerwarteten Meldung des ersten Freiwilligen vor der Verwirklichung eher zurückschreckte, als daß er die Gelegenheit beherzt hätte ausnutzen wollen, ob das nun an der Person Mitterhusens lag oder an der Sache selbst.

Mitterhusen hatte der Abstreitung romantischer Beweggründe, von denen er nicht einmal wußte, was sein Oberst darunter verstand, nichts hinzuzufügen und schwieg.

Der Oberst, der ein Weilchen die Tischplatte betrachtet hatte, blickte zu ihm auf, und jetzt schürzte ein halb verlegenes, halb ironisches Lächeln seine Lippen. Die beiden waren, ob auch den Jahrgängen nach weit auseinander, beim gleichen Dragonerregiment gewesen, und Mitterhusen hatte erst als Reserveoffizier, bevor er zu dieser Abteilung des Generalstabs eingerückt war, eine Sonderausbildung bei den Pionieren und im Befestigungswesen erhalten. Eine gewisse besondere Kameradschaftlichkeit, die alle Berittenen verbindet, mögen sie auch abgehalftert haben oder für alle Zeit abgesessen sein, hatte das nicht ganz vergessen machen können.

»Aber«, sagte der Oberst, den Bleistift am äußersten Ende steil wie ein Flakrohr auf den Tisch aufstemmend und mit dem andern Ende Kreise in die Luft zeichnend, »das ist doch ein Himmelfahrtskommando. Ist Ihnen das klar?«

Mitterhusen nickte stumm.

»Warum wollen Sie sich dazu freiwillig melden?« forschte der Oberst.

Mitterhusen drückte mit einer höflich verlegenen Gebärde aus, er wisse darauf nicht zu antworten. Dann aber fügte er mit seiner stets ein wenig heiseren, verschleierten Stimme, die zusammen mit dem farblosen Grau seines Gesichts und dem fernsichtigen Blick der Augen an durchwachte Nächte denken ließ, hinzu: Es würden, soviel er wisse, nur Freiwillige für diese Aufgabe eingesetzt, die über besondere Kenntnisse verfügten, und er sei von seiner Arbeit hier in der Abteilung her mit allen Fragen vertraut.

Der Blick, den er dieser Bemerkung nachschickte, schien dem Oberst von sehr, sehr weit her zu kommen.

Er werde es sich überlegen, sagte er so unverbindlich, aber auch so freundlich, wie ihm möglich war, und werde ihn wieder zu sich bitten lassen. – Dabei wurde sein Blick in die fernsichtigen Augen des Rittmeisters, der mit keiner Miene zu erkennen gab, ob ihn dieser Entscheid freue oder enttäusche, länger, als ihm lieb war, und als der Besucher ging, blickte der Oberst, von irgend etwas verstört, geflissentlich an dem Jüngeren vorbei.

Seine erste Eingebung, als die Tür sich hinter Mitterhusen geschlossen hatte, war, mit jemand – gleichviel, wem – über diese Meldung zu sprechen und das wenn nicht Rätselhafte, so doch Verwunderliche in einer Aussprache zu klären. Er gestand sich selber verlegen ein, daß er, wann immer sie im engen Kreise den Plan dieser Entsendung von Offizieren besprochen, sich nie die Verwirklichung deutlicher vorgestellt hatte, als ein phantasiebegabter Mensch das bei vielem, auch bei Unmöglichem, vermag. Mit jeder Minute aber, in der er sich die Gesellschaft eines Dienstkameraden versagte, schlich sich um so mehr das Gefühl ein, von irgend etwas an Mitterhusen selber gehe eine Warnung aus, ihn zu diesem Abenteuer zuzulassen – nur vermutete der Oberst dieses ungreifbare Etwas in einem Bereich, den zu erkunden die Personalakten helfen könnten. So ließ er sich, als er zum Schein vor sich selbst einige andere Arbeiten verrichtet und Besuche empfangen hatte, das Dossier kommen, das den Namen des Rittmeisters trug.

Er saß selbstvergessen bis in den Mittag hinein, ohne diesem Etwas auf die Spur zu kommen. Er vermochte es auch nicht einmal zu erraten, wenn er wie ein Inquisitor die Bilder betrachtete, die dem Dossier beigegeben waren und die den Rittmeister in Uniform und in Zivil wiedergaben. Den Klang seiner Stimme, diesen etwas heiseren, geborstenen Klang, mußte er aus der Erinnerung hinzutun, aber darin... Ein paar Sekunden lang nur war der Oberst geneigt zu glauben, in dieser eigentümlichen Stimme verberge sich alles, worüber Mitterhusens Selbstgeschriebenes und Zeugnisse und Berichte über ihn Aufschluß versagten.

Sein Lebenslauf war nicht eben ungewöhnlich.

Er entstammte einem angesehenen livländischen Adelsgeschlecht, das zu schwedischer Zeit vor etlichen hundert Jahren ins Land gekommen war und sich in Karelien niedergelassen hatte, wo noch sein Vater besitzlich gewesen war. Zu russischer Zeit hatte die Familie engere Beziehungen mit St. Petersburg als mit der Hauptstadt des Großfürstentums Finnland unterhalten, ohne daß dies Anlaß zu Zweifeln an ihrer guten Gesinnung gegeben hatte, denn es war wohl mehr das Standes- als das Vaterlands-Bewußtsein, das dabei den Ausschlag gegeben hatte, und der junge Mitterhusen hatte dann auch der Kadettenschule in Hamina den Vorzug vor andern des russischen Reiches gegeben. Im Weltkrieg hatte er sich in Kämpfen an der österreichischen Front das Rittmeisterpatent erworben, um gleich danach in den Kämpfen des eigenen Freiheitskrieges zu Fuß seinen Mann zu stehen. In die Reserve entlassen, vermeldete sein Lebenslauf, daß er eine Weile technische Studien betrieben, diese dann aber an den Nagel gehängt und jahrelang einen Handel mit Teppichen gehalten habe, der wohl nicht allzuviel eingebracht haben konnte, denn die Polizeiberichte aus diesen Jahren schilderten sein Leben als ›unübersichtlich‹, ›wenig öffentlich‹, ›künstlerhaft‹, wie ein Rapport besagte – allem Anschein nach von einem Beobachter, der wenig Sinn für die ›unübersichtlichen‹ Verhältnisse dieses Standes besessen hatte. Geheiratet hatte er nicht, und einer der Berichte ließ durchblicken, es könne der Diener, den Mitterhusen sich mit unangebracht gutsherrlicher Großzügigkeit auch als Teppichhändler gehalten hatte, ihm einen Ersatz für die Frau geboten haben, die er nie geheiratet. In politischer Beziehung war er, der äußerst zurückgezogen gelebt hatte, nie hervorgetreten. Nach allem zu urteilen, schien er ein Mann von leisen Umgangsformen gewesen zu sein.

Zu Anfang der dreißiger Jahre hatte er mit einemmal die Schwenkung vollzogen, die ihn nach einer vorangegangenen Sonderausbildung bei verschiedenen technischen Truppenteilen in die Sechste Abteilung gebracht hatte, wo er durch seine ungemeine

Kenntnis russischer Verhältnisse und Besonderheiten und einen deduktiven Spürsinn, der schon beinahe ein sechster Sinn war, ein besonders wertvoller Mitarbeiter geworden war. Er war um diese Zeit ein Mann von vierundvierzig Jahren, hatte äußerst erfolgreich bei der Aufdeckung verschiedener Agentengruppen gearbeitet, großen Anteil an der Unschädlichmachung Ginken-Bogdanows, und war eigentlich erst durch die Beschäftigung mit der ›großen Liga‹, deren Aufdeckung der Flucht des verräterischen Leutnants Pentikäinen gefolgt war, über die Grenzen seines eigentlichen Arbeitsgebietes, über die Grenzen des Landes – und damit auch ins Erste Büro der Sechsten Abteilung gegangen. Die gewohnheitsgemäß angeforderten und eingegangenen Berichte aus jüngster Zeit lauteten übereinstimmend günstig. Nach ihnen zu urteilen, lebte der Rittmeister eben noch mehr zurückgezogen als früher... Mit einer gewissen Beschämung schloß der Oberst die Akte und verließ das mittäglich verödete Haus.

Ohne daß er sich das bewußt eingestand, erlebte er eine Enttäuschung, als der engste Kreis, in dem die Verwirklichung des Planes seit mehr als zwei Wochen besprochen wurde, die freiwillige Meldung Mitterhusens mit wahrer Begeisterung aufnahm. Seine eigenen Einwände, ohne daß er diese sachlich zu begründen vermocht hätte, machten die Runde anfangs stutzig, als wolle ein jeder, Tatsachen unkundig, die allem Anschein nach nur dem Obersten bekannt waren, dessen Bedenken den Vortritt lassen, doch als der Oberst nichts als seine eigene Unlust, Mitterhusen zu entsenden, ins Feld zu führen vermochte, hielt man sein Schwanken für das Zaudern, einen so bewährten Mitarbeiter an der Abteilung zu verlieren, und rühmte den Rittmeister als den Glücksfall bei solch einem Unternehmen.

»Aber ich wette, er kommt nicht zurück!« warf der Oberst ein.

Das, erwiderte General N., solle man nicht zum Voraus sagen, dann sei es freilich besser, Mitterhusen bleibe zu Haus. Wie er übrigens darauf komme... Warum kehre der Rittmeister nicht zurück? Er habe doch wohl keine Anhaltspunkte...?

Der Oberst beeilte sich zu versichern: Um Gottes willen, nein, was der General denke! So stehe es nicht! Und eigentlich war es ein Versuch, die unbedacht hingeworfene, zweideutige Bemerkung vergessen zu machen, als er schließlich sein Einverständnis erklärte, obwohl er von Zeit zu Zeit immer noch abwartend in die Runde blickte, als habe er die Hoffnung nicht aufgegeben, irgendeiner der Herren könne Bedenken anmelden. Keiner tat das, und das Gespräch drehte sich schon um andere Männer und andere Namen, die für das Unternehmen in Frage kamen.

Als der Oberst wenige Tage nach der ersten Meldung Mitterhusen zu sich kommen ließ und ihm eröffnete, er könne nach reiflicher Prüfung sein Einverständnis erklären, der Rittmeister möge seinen Aktionsplan entwerfen und die nötigen Vorbereitungen einleiten, die ganze Angelegenheit jedoch ausschließlich mit ihm erörtern, ertappte der Oberst sich dabei, daß er die ganze Zeit über in einer eigentümlichen Zwiegeteiltheit des Bewußtseins sprach, so als sei der Untergebene vor ihm der eine und ein anderer mit ihm zugleich im Zimmer anwesend, mit dem die andere Hälfte seines Ich sich wortlos oder nur in einer Gedankenübertragung verständigte.

Die Frage, die er nach dieser dienstlichen Eröffnung an Mitterhusen richtete, lag mitteninne zwischen den beiden.

»Sagen Sie mal«, begann er, die Hände vor sich auf dem Tisch, »warum wollen Sie das eigentlich mitmachen? Natürlich, Sie sind wie ausgesucht dazu, ich meine, der Eignung nach…, aber haben Sie sich das reiflich überlegt?«

Mitterhusen blickte ihn aus seinen blauen, fernsichtigen Augen ruhig an und sagte mit seiner verschleierten Stimme: Ja, das habe er, natürlich wisse er auch, daß das Unternehmen gefährlich sei, und daß man davon nicht zurückkehren könne, doch sei es ja bei allen nicht ganz alltäglichen Sachen so, und er könne sich vorstellen, daß er sich nützlich machen werde. Jemand müsse sich ja dazu zur Verfügung stellen, und wenn jemand, dann sei er am ehesten mit der Sache vertraut. Er habe seinen Plan schon so ziemlich fertig und könne ihn dem Oberst morgen vorlegen.

Also habe er nie gezweifelt, daß er, der Oberst, ihn gehen lasse? warf der Oberst ein.

»Nein«, erwiderte Mitterhusen seelenruhig. – Im übrigen hätten sie, was die Papiere betreffe, besonderes Glück gehabt. Bis auf den Bart fehle ihm eigentlich nichts mehr.

Und den Bart müsse er sich schon selber anschaffen! schloß der Oberst lachend. Gut, er erwarte ihn morgen.

Als Mitterhusen sich am folgenden Tage beim Oberst melden ließ, brachte er so ziemlich alles mit, was ein sowjetischer Bürger namens Gaspar Sergejewitsch Woskanow an Papieren besitzen konnte, einschließlich der Zeugnisse, die ihn zum Bauleiter befähigt erklärten, und rühmender Anerkennungen, die er sich als Führer verschiedener Arbeitsstoßtrupp-Brigaden im Süden der Sowjetunion erworben hatte. Seine ›Legende‹ war lückenlos, selbst die ›Kommandirowka‹, die Woskanow gerade dorthin entsandte, wo Mitterhusen auftauchen wollte, fehlte nicht.

Der Oberst wurde bedenkenvoll. – »Stechen Sie nicht zu hoch, Mitterhusen?« sagte er halb fragend und halb besorgt zweifelnd.

Mitterhusen erwiderte ruhig, das glaube er nicht. Nur müsse er jetzt eilen, damit sein ›Schemen‹ frisch bleibe. Zur Sicherheit habe er vierzehn Tage Urlaub nach einem Arbeitsunfall miteinberechnet und ausweisen lassen.

Er habe, bemerkte der Oberst staunend, in der letzten Zeit wohl nichts anderes getan als Woskanow gepäppelt!

Mitterhusen entgegnete sachlich, es habe etwas Arbeit gemacht, aber er habe sich eigentlich schon seit Jahren mit so etwas beschäftigt. Gar zu niedrig, habe er gemeint, dürfe man nicht anfangen, weil man sonst nur zum Schwarzarbeiter werde und keine Pläne zu sehen bekomme. Und ohne Einsicht in Pläne könne man sein Leben lang arbeiten, ohne mehr als den jeweiligen Bauabschnitt kennenzulernen. Er wolle hier anfangen, sagte er und breitete vor dem Oberst eine Skizze aus, in der er seinen Weg zur Grenze bei Suojärvi und das Hinterland ostwärts mit allem, was wissenswert schien, eingezeichnet hatte. Bis Petrosawodsk gehe er als blinder Passagier, von dort an wolle er als Bauleiter Woskanow leben. Er lasse eben den gestempelten Fahrausweis anfertigen. Der Vordatierung wegen habe er nur noch das Einverständnis des Obersten einholen müssen.

Nun, wenn er das Billett schon bestellt habe, müsse er natürlich reisen, zu jedem Zeitpunkt, der ihm selbst günstig erscheine.

Er müsse sich nach dem Neumond richten, bemerkte der Rittmeister.

»Sie denken auch an alles, an Himmel und Erde«, sagte der Oberst halb belustigt und halb entsetzt von der Genauigkeit dieser Vorbereitungen. Irgend etwas in der Art und Weise, wie der Rittmeister in eine andere Existenz einging, war ihm beklemmend. – »Wie ist das«, fragte er aus einer jener Eingebungen, die ihn zu später Stunde im Kasino zu einem ungemütlichen Gesprächspartner machen konnten, »ist Woskanow verheiratet?«

Zum ersten Male, meinte er, wurde Mitterhusen unsicher und verlegen.

»Nein«, erwiderte er schließlich betreten. »Und«, fügte er hinzu, »warum sollte er das sein?«

Der Oberst machte eine abwehrende Handbewegung, er habe nur so gefragt...

»Woskanow hat niemand und nichts auf der Welt«, erklärte der Rittmeister, leise aber mit einer sonderbaren Bestimmtheit, wie es schien, und als der Oberst aufblickte und ihn ansah, wußte er nicht, wer das von wem gesagt hatte. Die Erklärung hinterließ ein betretenes Schweigen, das er nicht anders zu brechen verstand, als indem er scharrend seinen Stuhl zurückschob und aufstand.

»Machen Sie nur alles so weiter«, sagte er leichthin, »es wird schon gut so.«

Mitterhusen dankte und ging.

In den frühen Morgenstunden eines der ersten Septembertage, als nach kalter Nacht dem Aufgang der Sonne vorauf ein dichter Bodennebel lagerte, überschritt Mitterhusen-Woskanow im Grenzabschnitt Suojärvi unbemerkt und ungehindert die Linien.

Er hatte sich diesen Abschnitt selbst ausgesucht, weil er die Paßzeiten und die Wechsel der Wachen auf der andern Seite hier am besten kannte, durch Agentenmeldungen und Protokolle von Verhören mit Flüchtlingen mit dem Hinterland dieses Abschnitts am innigsten vertraut war, auch über Kartenskizzen verfügte, die er nach Aussagen von Grenzgängern hatte anfertigen lassen und die er im vorgeschobenen Quartier nahe der Grenze bis zum letzten Augenblick studiert und seinem Gedächtnis eingeprägt hatte, und weil er von diesem Abschnitt aus den kürzesten Anmarschweg nach Petrosawodsk hatte, wo er öffentlich zu leben beabsichtigte. Er hatte jedoch beschlossen, in den ersten Marschtagen nicht den kürzeren Weg durch die Seenenge zwischen Saamajärvi und Ylöjärvi zu marschieren, weil dem Vernehmen nach dort große Bauten: eine Eisenbahnlinie, die nach dem Anschluß an das finnische Netz in Suojärvi zielte, Straßen und mindestens zwei Flugplätze, entweder schon ausgeführt wurden oder erst begonnen werden sollten und deshalb mit verschärfter Bewachung zu rechnen war, sondern den längeren, aber auch sichereren Weg nördlich des Saamajärvi zu wählen, soweit er sich überhaupt auf Straßen und Wege einlassen konnte. Er war, als er nach anstrengend raschem Marsch bis zu völliger Tageshelle sein Bild betrachtete, ein kranzbärtiger Mann, den schon nach wenigen Stunden des Marsches der Schweiß und Dornenbüsche roh umgezeichnet hatten, trug einen Anzug, wie er - nach seiner Meinung - aus tausenden nicht herauszukennen war [er hatte ihn auch Beständen entnehmen lassen, die Flüchtlinge in der Quarantäne hatten abgeben müssen], hohe Stiefel, die von hier stammten und auf deren Schmierfett jeder Wachhund auf finnischer Seite untrüglich spurte, und verwahrte seine geringe Habe in einer hölzernen Trommel aus Birkenfurnier, die zu den Habseligkeiten abgefangener Grenzgänger gehört, in die er aber vorsorglich noch seinen Namen eingebrannt hatte - aus einer Laune vielleicht, oder aus dem Bestreben, dieses herrenlose Stück seinem neuen Dasein sichtbar zu verbinden. Die Trommel trug er an der Lederschnur, mit der sie in seinen Besitz gekommen war, einer Art langem Schuhriemen, nicht eben praktisch, weil er auf der Schulter einschnitt, solange sein Zehrvorrat noch schwer wog, aber er hatte nichts verändern wollen.

Wie ihm erst hinterher klar wurde, dehnte er diese erste Rast übermäßig lange aus. Es geschah aus dem quälenden, dunkeln Gefühl, er sei noch nicht ›beieinander‹, das heißt: Woskanow, der doch hierher gehörte, sei noch nicht nachgekommen. Mitterhusen hatte die Linien überschritten, rasch, mit zum Voraus genau berechneten Schritten und Wendungen, bald kriechend, bald aufrecht im Laufschritt, blitzschnell nach links und nach rechts peilend, lautlos verhoffend, wie ein flüchtiger Hase, unbeweglich hingestreckt unter der grauen Grabplatte des Nebels wie ein Ammonshorn im Kalkstein. Mitterhusen war, ohne noch eine Karte zu brauchen, nur nach der grüngleißenden, hüpfenden Nadel des Kompasses gehastet, weiter, weiter aus Zone eins nach Zone zwei, über elf Kilometer in wenigen Stunden, und Woskanow... Woskanow...?

Mitterhusen war es ein paar Augenblicke lang, als habe dieser Woskanow, den er monate- oder jahrelang wie seinen Schatten beobachtet, dessen erdichtete Gestalt er unaufhörlich mit Wirklichkeiten genährt hatte, welche er sich selbst versagt und für den andern aufgeopfert, dessen ›Legende‹ er wie die Hohlform, nach der sein eigenes Schicksal gegossen worden war, gebildet hatte - als sei dieser Woskanow ein unauffindbares Vexierbild, das ihn im Stich gelassen hatte, der nicht mitgekommen war, zu dem Mitterhusen sich verwandelt hatte, ohne Woskanow zu werden, weil irgend etwas fehlte, die Befolgung irgendeiner geheimen Formel, welche erst Leben und Wirklichkeit verbürgte und die er jetzt vergessen hatte. Und dabei schien ihm mit einemmal, dieser Woskanow sei ihm seit Jahren bekannt oder vertraut, ein Jugendkamerad, den er vielleicht schon auf der ersten Schulbank beneidet hatte, der immer gute Zensuren bekommen hatte, weil er nichts wußte und alles richtig tat... Und jetzt nahm er Rache, weil er nicht *er* war...

Seine hellen blauen Augen, die dem Oberst fernsichtig erschienen waren und die Blicke nachschicken konnten, wie der Strahl eines Leuchtfeuers noch durch das weite Dunkel zu blitzen scheint, während der sich drehende Mantel hinter dem prismischen Auge schon wieder das Lid geschlossen hat, durch das der Lichtstrahl entsandt wurde – diese Augen starrten fernsichtig vor sich hin, als versuchten sie, Woskanow auf einen sehr weiten Abstand zu erkennen. Er trocknete sich ein paar Mal mit dem filzigen Ärmelrücken die Stirn und starrte dann auf die taugleiche Nässe, die an den Haaren des Tuches haftete. Der Tag wurde sonnig und warm, der ganze Wald duftete nach gerbender Bitternis und Pilzen, und die Fäden des Altweibersommers hingen schwer vor Nässe zwischen den Zweigen. Es herrschte die freundlichste Stille, wie vor Kinderschritten in seiner Jugend, wenn man mit der Mutter, der Magd, dem Kutscher, der die Teemaschine trug, und den Hunden den herbstlichen Pilzausflug angetreten hatte... Diese Erinnerung, so flüchtig und verblaßt sie auftauchte, verwirrte ihn, und als sei die Stelle schuld, an der er saß, stand er auf, schlenderte zwanzig, dreißig Meter weiter und ließ sich dort abermals nieder. Er versuchte, sich selbst zu vergessen und nur an Woskanow zu denken, was ihm ehemals spielend leicht gefallen war, so leicht, daß er ihn auch nur deshalb so genau hatte erfinden können: wie etwas, was in seinem eigenen Leben keinen Platz gefunden hatte, dem er in einem Schatten Herberge gab. Und jetzt? – Jetzt war die Herberge des Schattens leer. Nichts. Die Papiere in der Trommel... Er war nicht einmal sicher, ob er den mühelos gelernten Inhalt der Scheine noch auswendig hersagen konnte. Woskanow, Gaspar Sergejewitsch, geboren am dreißigsten September in Pskow... Dreißigsten September! Das war ein Fehler! Warum hatten Mitterhusen und Woskanow den Geburtstag gemeinsam? Er erinnerte sich: das war eine Laune von ihm gewesen... Nur eine Laune, nichts weiter, nicht die verwirrende Spiegelung des einen in den andern, als die es ihm jetzt erschien – eine Ähnlichkeit, die alles nur fremder machte.

Mitterhusen hatte einen Augenblick lang das Gefühl, er müsse umkehren, zurückkehren und alles noch einmal von vorne anfangen, wie eine Rechnung, in der man schon weit gekommen ist, aber von der man mit einemmal merkt, daß ein Fehler in den ersten Anfängen steckt. War es der rasche, ermüdende Marsch, das Nachlassen der Spannung während der vergangenen zwölf Stunden, in denen die Spannung von Wochen verdichtet gewesen war – ihn packte ein Schwindel, und er streckte sich mit geschlossenen Augen im Grase aus. Er konnte nicht weiter. Er fühlte es: sie waren immer noch nicht beieinander, er war immer noch nicht eins – in den zweien. Geboren am dreißigsten September... ging es ihm durch den Kopf. Bald hatte er Geburtstag. Geburtstag... Gaspar Sergejewitsch... Wann hatte er Namenstag? Natürlich, Namenstag! Den Tag dessen, nach dem er seinen Namen trug!

Seine Rechte machte unwillkürlich eine Bewegung des Vergewisserns nach der Trommel hin, und zugleich richtete er sich, nein, schnellte er auf. Das hatte er vergessen! Er war nicht getauft! Das heißt... Woskanow war nicht getauft! Er selber!... Wo nur, wo...? In Pskow... Er brauchte nicht zu wissen, wo; er war ja doch nicht dabeigewesen. Dabeigewesen natürlich, aber ohne etwas davon zu wissen... Getauft war er, natürlich... in der... in... der... Alexander-Newskij-Kathedrale, die gab es. – Gab es die? Er forschte zurück. Vor Jahrzehnten, auf einem Transport, 1914 oder 1915, hatten sie in Pskow verladen. Fähnrich war er damals gewesen. Aber in der Kirche? Nein... wahrscheinlich in irgendeinem Bordell, aber auch daran erinnerte er sich nicht mehr. Vielleicht nur auf dem Bahnhof. Er war rechtgläubig getauft – oder so gut wie rechtgläubig, ganz zu eigen machen ließ diese Vorstellung sich nicht, als wehre die Taufe selbst sich gegen die Lüge. Oder doch nicht! Wieviel Leute mit grinsenden, verlegenen Gesichtern hatte er vor den Kämpfen am Karapetsch vor ihrem Feldpriester knien sehen. Vielleicht war dieses Grinsen nur eine äußere Verlegenheit gewesen, und innwendig hatten sie Gesichter wie der heilige Nikolaus gehabt! –

Und dabei hieß er Gaspar! Gaspar... Das war einer der Heiligen Drei Könige, der mit Melchior und Balthasar weit weg von daheim in die Fremde ausgezogen war, um den neuen Gott anzubeten, von dem die Sterne nicht sagten, ob er nur ein großer König, ein großer Arzt oder ein großer Prophet sei, und den sie dann als alles in Einem erkannt hatten: den neuen Menschen, den wahren Gott. Gaspar Woskanow... Was wußte der von seinem Patron, dessen Namen er trug und von dem er letzten Endes doch unzertrennlich und unablöslich war, wie der Schatten von der Gestalt...?

Mitterhusen ließ sich wieder ins Gras zurücksinken, aus dem kleine Heuschrecken nach allen Seiten stoben, und die Augen weit geöffnet zu dem blassen, klaren, blauen Himmel zwischen dem gilbenden Gezweig der Birken und der gleichsam unstofflichen Schwärze der Tannen, empfand er das Versäumnis, keinen Glauben für Woskanow erwählt zu haben.

Wie hatte er daran nicht denken können? Das war die Lücke, das war das fehlende Glied in der Kette, und deshalb hielt die auch nicht - reichte sie nicht aus, meinte er mit einemmal erkennen zu können, um sie beide unzertrennlich zu vereinen. Denn Woskanow [er untersuchte nicht, wie er zu dieser Annahme kam]..., Woskanow, die Hohlform, nach der sein eigenes Schicksal gegossen worden war und noch weiter gegossen wurde... Woskanow mußte glauben, denn vielleicht hatte er selber, Mitterhusen, nicht geglaubt, glaubte eben noch nicht, glaubte nichts... Ja, bestimmt glaubte Woskanow, bestimmt trug er ein Kreuz auf der Brust. Alles: Gottlosigkeitspropaganda und kämpferischer Atheismus, Kirchensturm und Zellenbildung, die Kasernierung in Arbeitskolonien und die lauernde Beschattung in staatlichen Wohnblöcken - nichts, nicht einmal seine Gewohnheit, zu glauben, hatte ihm den Glauben nehmen können! Und dieses Geheimste und Eigenste, was ihn erst glaubhaft und unverwechselbar machte, seine erdachte Figur zum Leben erträglich, weil in diesem Glauben letzten Endes wohl doch das einzige unauflösliche Stück Persönlichkeitswert steckte..., das hatte er vergessen. Alles hatte er für ihn erfunden, den ganzen Menschen, soweit er Arbeiter, Bürger, Steuerzahler, Mensch im Verhältnis zu Menschen und zu seinem Staat war - aber über das Menschliche hinaus war Leere. Nichts, Zusammenhangslosigkeit, in der er mitsamt Woskanow wie Spreu verwehte. Er hatte ihn mit vielen Wirklichkeiten genährt, lächerlich vielen, wenn er an alle die Papiere in der Trommel dachte…, nur eine war er ihm schuldig geblieben, die eine, auf die es ankam…

Mitterhusen sah gefaßt in den blauen Himmel. Ihm war jetzt ganz klar, daß er sich aus Verzweiflung freiwillig gemeldet hatte. Und er nahm diese Erkenntnis, die ihm hier zum ersten Male bewußt wurde, wo die Lockung der Verwandlung in einen andern Menschen nicht mehr nur ein spielerisches Vergnügen der Spiegelung, sondern eine furchtbare, den ganzen Menschen fordernde Wirklichkeit war, in gefaßter Verzweiflung an. Ohne Beschwerde beim Schicksal. Mit dem, meinte er, war er schon längst fertig. Er wollte keins, er wollte keins mehr, deshalb hatte er ja mit Woskanow getauscht. Der war nach Jahrzehnten des Alleinseins sein erster Freund, seine erste Gesellschaft in der Zusammenhangslosigkeit mit der Welt, die ihm schon zur Gewohnheit geworden war. Er hatte sich damit abgefunden gehabt, längst; alle Versuche, seinem Schicksal etwas anderes abzutrotzen, waren in den vergangenen Jahrzehnten in einem Nichts geendet. Woskanow aber hatte es anders gewollt, und er hatte es für Woskanow anders gewollt, wie aus einer Erinnerung an sich selbst und den, der er hatte werden wollen. Warum war er ein so guter Mitarbeiter in der Sechsten Abteilung geworden, wie man sagte? Weil er mit den Jahren die Fähigkeit bekommen hatte, sich jeden Fall ›zu eigen‹ zu machen – viel gefährlicher, als die Redewendung durchblicken ließ. Er war ein reines Nichts gewesen; deshalb hatte er in jedem Schicksal hausen, sich jeden Vorgang einverleiben, sich jede Möglichkeit aneignen, in ihnen denken, aus ihnen folgern, handeln, tun und lassen können – nur durch eine stündlich bedrohte, stündlich dem Sturm des eigenen Nichts ausgesetzte Instanz davor bewahrt, dem Fremden, Einverleibten, zu eigen Gemachten tödlich zu verfallen, durch den letzten, unauslöschlichen Funken Bewußtsein seiner selbst, seines Ranges, seiner Aufgabe und Pflicht. Und in wieviel qualvollen Stunden er die Glut dieses Funkens hatte mühsam wachhalten müssen – das wußte niemand von denen, die ihn gelobt hatten. Manchmal war es ihm in einer peinigenden Spaltung seines Bewußtseins so vorgekommen, als habe er selbst seine eigenen Gewohnheiten nur nachgeahmt und nicht in ihnen gelebt. Diese Zeit, wollte ihm scheinen, stellte wohl nur deshalb so gute Agenten und Provokateure, weil so wenig Menschen in ihr lebten, und es war eine lächerliche Vereinfachung, zu meinen, das Nachrichtenwesen sei durch die vervollkommnete Technik der unsichtbaren Vermittlung so vollkommen geworden. Nein: weil der Mensch unsichtbar und beinahe unauffindbar geworden war, und das hing wohl damit zusammen, daß das Bild dessen, für den er ›zum Bilde‹ geschaffen worden, versunken war. Woskanow aber hatte wohl nicht einmal die Gewohnheit das Leben nehmen können... Deshalb, ja, vielleicht nur deshalb hatte er ihn so liebevoll geschaffen - bis auf das eine, das er ihm nicht hatte geben können. Verheiratet war er auch nicht... Woskanow hatte nichts und niemand auf der Welt... Wie ihn der Oberst damals angesehen hatte! Aber an den Oberst wollte er nicht denken. Das alles - es lag eine unerklärliche, und wie er spürte, gefährliche Macht darin -, kam ihm völlig wesenlos vor, seine freiwillige Meldung vielleicht als die rettende Flucht vor dem Selbstmord als der letztmöglichen Selbstbestätigung vor dem Abgrund des Nichts...

Er zog die Trommel an sich wie ein Liebender die Geliebte. Und in dem Bruchteil eines Augenblickes, in dem ihn ein Glücksgefühl völlig ausfüllte, schlief er ein.

Lange geschlafen haben konnte er nicht, denn als er wieder aufwachte, schien die Sonne ihm ins Gesicht, die, wie er sich zu erinnern meinte, in den letzten Augenblicken des Wachseins von einem Baumstamm verborgen gewesen war. Er sprang wie willentlich geweckt auf und griff nach der Trommel. Eine Weile ging er auf und ab, drei, vier Schritte hin, drei, vier Schritte her - eine Beschränkung, deren Lächerlichkeit ihm bewußt wurde, als er die Geräumigkeit um sich überblickte, aber er hatte sich in dem unbewußten Trieb bewegt, ganz wach zu werden und nicht wieder der Lockung der reglosen Stille rundumher zu verfallen. Stillstehend befragte er den Kompaß und verglich den dann mit dem Stand der Sonne. Er gab sich die ganze Zeit hindurch Mühe, aufmerksam zu sein und Mitterhusen von nichts beirren zu lassen, doch ohne daß er mit dem, was er dachte, tat und empfand, sein Ich verbunden gefühlt hätte. Er blickte zur Sonne auf und sah sich dabei selber zu, er lebte wie in einem Niemandsland zwischen Woskanow und Mitterhusen, unentschlossen, in wen er einkehren solle.

Dieses Empfinden hatte er später noch den ganzen Tag, ja eigentlich immer, solange er allein war, und das war er während der folgenden vier Tage und Nächte, so rasch er auch ging, um seinen Zeitplan einhalten zu können. Er ging zumeist mit dem anstrengenden Bemühen, sich auf etwas besinnen zu müssen, und nur in Augenblicken, die schärfste Wachsamkeit verlangten, eilte der Rittmeister Mitterhusen gleichsam von ferne herbei, holte - aus der Vergangenheit kommend - diesen Augenblick ein und entschied, wie der Mann im Niemandsland sich zu verhalten habe. Dabei perlte diesem Manne im Niemandsland der Schweiß über die Stirn, ob Mitterhusen zurechtkommen würde oder ob er Woskanow vorschicken müsse - Woskanow, mit dem er vorerst längst nicht vertraut genug war.

Vom zweiten Marschtage an verwandelte sich auch die Welt ganz entscheidend, und diese Verwandlung war für ihn, wie er fand, heilsam. Denn seiner Berechnung nach gleich weit von Honkaselkä wie von Lahti entfernt, in Stunden entspannter Aufmerksamkeit, zu der die geisterhaft große Stille ihn so leicht verführte, blieb er mit einemmal wie angewurzelt stehen und duckte sich dann, als sei die Erde unter ihm versunken, weil er durch das leise Geräusch seiner sorglosen Schritte andere Schritte, die ihm entgegenkamen, gehört und, während er zu Boden sank, eine aufrecht gehende Gestalt zwischen dem Gezweig erkannt zu haben meinte!

In den ersten Minuten fluchte er seinem Herzen, das wie eine Schiffsmaschine stampfte. Mit gebeugten Knien, beide Hände auf den Boden gestützt, als wolle er, wie ein Wettläufer beim Startschuß nach vorn, zu einem federnden Luftsprung in die Höhe ansetzen, und den Kopf erhoben, ihn unentwegt in einem Halbkreis bewegend, damit die Ohren das geringste Geräusch und die Augen auch nur den Schemen einer Erscheinung auffangen könnten, verharrte er - er wußte nicht, wie lange. Die Stille schlug wie eine Brandung gegen seine Ohren, betäubend; aber unter dem Dröhnen... War da nicht ein leises Knacken und Knirschen, wie wenn unter dem brechenden Wasserschwall Stein an Stein mahlt, mit einem winzig feinen, spröden, schmatzenden Knistern...?

Das war nicht mehr die freundlichste Stille, wie vor Kinderschritten. Das war eine nicht auszuhaltende, betäubende Stille voller Gefahren und Spannung, eine schleichende Stille mit schleichenden Schritten... Als in diesen Augenblicken - er spürte es wie ein Erdbeben in seinen Händen, deren Finger den Boden mit den

Spitzen berührten, und mit mehr als nur seinen Ohren -, als in diesen Augenblicken unheimlich nahe ein gewaltiger dumpfer Donner von einer Sprengung die Luft und den Boden erschütterte, knickten seine Knie vollends zusammen, oder er hatte das Gleichgewicht verloren - jedenfalls saß er ein paar Sekunden lang von Schrecken geschlagen da, aber die Bewegung des Körpers war noch nicht zur Ruhe gekommen, als er mit einer kreisenden Drehung auf die Füße sprang und geduckt davonhastete, in weitem Bogen dem Platz ausweichend, an dem er die Gestalt vorhin wahrgenommen zu haben meinte. Wenn es ein Mensch gewesen war, dann war es einer, der selber nicht gesehen werden wollte; und war es ein Tier, dann tat er recht daran, über sich selber zu lachen. Lästig blieb, daß es in diesem Dickicht schwer hielt, die Richtung zu bestimmen, aus der das Dröhnen der Sprengung gekommen war.

In einer gläsern klaren Abenddämmerung, die den Eisatem eines kommenden Nachtfrostes in sich zu sammeln schien, erklomm er am Ufer eines winzigen Waldsees eine Tanne, deren Geäst förmlich dazu einlud. Doch als er den höchsten der Äste erreicht hatte, die ihn noch trugen, und das grüne Gezweig vor dem Kopf wie eine Gardine zur Seite drängte, versank er während der ersten Augenblicke ganz in die Großartigkeit des einförmig Ungestalten, das ihm nichts als seine eigene Unendlichkeit darbot: die Wälder. Bis an den fernsten Horizont reichte ihr schwermütiges Gewoge. Er befand sich nicht hoch genug und sah nicht in sie hinunter, sondern ihm war, als habe er seinen Kopf über einen grün-schwarzen Sammet mit goldenen Blüten gesenkt - Tannen und Birken, zwischen denen er sonst wie der winzigste aller Käfer umherkroch. Ein paar Augenblicke focht ihn der Zweifel an, ob er hier je herausfinden könne. Dann aber meinte er, über einer Stelle des Horizonts eine Trübung zu erkennen, wie vom Rauch einer Stadt, und unter dieser Trübung mußte Petrosawodsk sein. Der Kompaß bestätigte diese Vermutung.

Er blieb noch geraume Zeit müßig auf dem Baum, bis selbst diese klare Dämmerung die Umrisse der Waldstreifen verwob und er zu frösteln begann. Dann umging er den Waldsee, der in weitem Umkreis in Sumpfgemarkung verlandete. Aber seitdem er den Rauch ausgemacht hatte, dachte er schärfer und ging er gespannter. Wie eine erregende Festlichkeit, im Vorgefühl noch

unvorstellbar, schien – so widersinnig das war – der Augenblick
vor ihm zu liegen, da ihn die wirkliche, unsäglich graue Armseligkeit des Lebens umgab, das er in allen, scheinbar auch belanglosesten Einzelheiten jahrelang nur in der Vorstellung gehütet hatte: Woskanows Welt, in die es Mitterhusen aus Über-
druß an der Seinen lockte, oder weil er vielleicht trotz Fort-
schritt, Bequemlichkeit und Sicherheit gar keine eigene Welt
mehr besaß. In sie hinein zu gelangen, würde schwer sein;
schwerer, als die Grenze in den Wäldern zu überschreiten. Denn
hier hatte er eine unsichtbare, aber darum nicht weniger wirkliche Grenze in den Bereich der erbarmungslosesten Ordnung
zu überschreiten. Ihm kam es vor, als habe er sich zum Ziel gesetzt, sich durch eine im Gang befindliche riesige Maschine mit
stampfenden Pleuelstangen und gleißend schnell rotierenden
Rädern und Wellen lebendigen Leibes hindurchzuwinden.
Trotzdem wartete er ungeduldig auf den Augenblick, vielleicht
weil er spürte, daß er dieses weltlose Alleinsein mitteninne zwischen Woskanow und Mitterhusen nicht mehr lange würde aushalten können.

Am Abend des folgenden Tages wußte er sich vor der Entscheidung. Er befand sich, seiner Berechnung nach, im rechten Winkel der Straßengabelung etwa zwanzig Kilometer nordwestlich
von Petrosawodsk, wo genau in der Richtung Süd-Nord die
Hauptstraße über Järventaus nach Kontupohja und genau ost-
westlich die Straße grenzwärts nach Viitana sich trennten. Die
den rechten Winkel ziemlich genau in zwei spitze Winkel von
je fünfundvierzig Grad durchscherende Straße nach Porajärvi
mußte er entweder zur Rechten oder zur Linken haben – so
genau wußte er das nicht. Alles Horchen blieb vergeblich. Entweder hatte er sich im Abstand nach links und nach rechts ver-
schätzt, oder die Straße war nicht sonderlich belebt, wogegen
jedoch der Umstand sprach, daß sie die Zufuhrstraße für das
Material bei den strategischen Wegebauten von Porajärvi in
Richtung Grenze auf das finnische Illomantsi und Korpiselkä zu
war, über die er ziemlich genaue Agentenmeldungen gelesen
hatte. Übrig blieb, daß die Straße eine Sommerstraße ohne irgendwelchen Belag war, bei der alle Geräusche vom Boden gedämpft wurden. Außerdem war auch dieser Tag ungemein
warm für die Jahreszeit gewesen und die wabernde, stille Luft
dem Schall nicht günstig.

In der langen Abendrast, als er sich noch nicht entschlossen hatte, ob er Lager beziehen oder weitermarschieren solle, erhielt er dann mit einemmal Gewißheit. Als völlige Dunkelheit hereingebrochen war und es merklich abgekühlt hatte, stieg über einem Jungwald vor ihm unversehens ein blasser Lichtfinger ins Firmament. Im Winter hätte er ihn zunächst für den Beginn eines Nordlichts gehalten, um diese Jahreszeit aber war kein Irrtum möglich: es war der Scheinwerferstrahl eines Wagens, der starke Scheinwerfer eines starken Wagens, wie er für schwere Transporte zur Anwendung gelangte, oder aber ein sehr, sehr weit entfernter Scheinwerfer der Luftabwehr... Die nächsten Minuten entschieden darüber. Denn während der Lichtfinger sich senkte und mit dem Ende einer steilen Steigung, die der Wagen inzwischen erklommen haben mochte, ganz verschwand, drang durch die Finsternis Motorbrummen. Er lauschte gespannt, um die Entfernung danach bestimmen zu können, ob er die Modulation der veränderten Schaltung vernehmen könne, aber anstatt einer Modulation trat nach einer Weile völlige Stille ein. Er versuchte, die Richtung mit Hilfe des Kompasses genau zu bestimmen, und entschloß sich, nach ein paar Stunden weiterzugehen. Der Morgen mußte ihn an der Weggabelung finden. Er hätte nicht zu sagen gewußt, warum, mit welchem Plan. Unmerklich war er in den Sog der Ereignisse geführt worden, und alles, was nun geschah, spielte sich ohne Spiegelung ab, so, als vertraue der eine von den beiden, die er war, blindlings dem andern.

Er marschierte bis nach Mitternacht und bezog dann ein Lager. Für die letzte Strecke des Anmarsches bis zur Straße wollte er die Morgendämmerung abwarten, weil mit der Nähe der Straße die Möglichkeit, in die Nähe von Ansiedlungen zu geraten, immer größer wurde. Sein Herz klopfte laut, als er sich ausstreckte und zu dem reich ausgestirnten Himmel aufblickte - er wußte nicht, ob von der Anstrengung des Marsches oder von der erregenden Nähe der kommenden Ereignisse. Die Kälte war durchdringend. Er glaubte, in eiskaltem Wasser zu liegen. Wahrscheinlich lag er in einer Senke, die eine Wasserader durchzog. Zum ersten Male konnte er lange Zeit nicht schlafen und ertappte sich dabei, daß er unbewußt fortwährend lauschte. Jedes Knakken und Rascheln in der Finsternis ließ ihn hochfahren. Schließlich versank er in ein Dämmern, in dem sich aber sein Bewußtsein niemals ganz von ihm löste. Mit dem Gefühl, sein Ich wache dicht über ihm, wie eine Wolke, die sich nicht vom Gipfel eines Berges zu lösen vermag, ruhte er aus. Doch als er aus diesem Dämmerzustand auftauchte, war es erst drei Uhr, und bis sich das erste fahle Morgengrauen einstahl, saß er fröstelnd unter einem Baum und rauchte. Er dachte gar nichts mehr. Er kannte sich nicht mehr. Ihm war, als erwache er, als die aus der Finsternis hervortretenden Umrisse von Bäumen und Büschen ihm sagten, nun könne er weitergehen. Erst als er die Trommel umhing, wurde er gespannter. Er beschloß, auf dem kürzesten Wege bis zur Straße vorzustoßen und dann parallel mit ihr bis zur Gabelung zu gehen, immer in der Deckung, die der Wald bot. Und an der Gabelung – wollte er warten. Irgendein Auto mußte ihn aufnehmen und in die Stadt bringen. Das war die unauffälligste Art, sich einzuschleusen. Den Wagen auf der Straße nach Kontupohja konnte er an der Gabelung sagen, er sei aus Porajärvi oder aus Viitana gekommen, und denen von Viitana oder von Porajärvi her, er komme aus Järventaus. Sie hätten ein paar Werst vor der Gabelung einen Defekt gehabt, der Wagen mit der Mannschaft sei zurückgeschleppt worden, er aber, weil er sich zum neuen Arbeitseinsatz in Petrosawodsk melden müsse, sei zu Fuß bis hierher gegangen, weil er sich gedacht habe, daß er hier an der Gabelung dreimal wahrscheinlicher eine Fahrgelegenheit bekommen würde. Sie sollten ihn mitnehmen und irgendwo in der Stadt absetzen.

Beim Marschieren prüfte er Glied für Glied in der Kette dieser Legende nach, wo eine Unwahrscheinlichkeit, wo eine Schwäche liegen könnte. Aber je mehr er nachdachte, um so unsicherer wurde er, und irgendein Instinkt riet ihm, nicht mehr zu denken – vielleicht Woskanow, der nichts richtig wußte und alles richtig tat. Und was ihn so spannend gedünkt hatte, ergab sich dann mit einer kaum glaubhaften Selbstverständlichkeit.

Die Mauer des Waldes wurde licht… Da, wie eine breite Schneise, lag die Straße! Vorsichtig und zögernd trat er hinaus, blickte nach links, blickte nach rechts… Leere, völlige Leere. Nein, er hatte sich's gedacht: sie war nicht geschottert. Der Staub lag wie eine dicke Puderschicht auf der Fahrbahn, zur Seite der für die Pferdefuhrwerke bestimmte Grasstreifen mit tiefen Rillen. Mit den ersten großen Herbstregen verwandelte sich das alles in einen grundlosen Sumpf.

Er wandte sich nach rechts, der Gabelung zu, und ging dicht neben den ersten Bäumen, deren Laubdach ihn noch überwölbte. Ihm fiel ein, daß er sich von seinem Kompaß trennen müsse: endgültig, nicht nur aus der Tasche in den Stiefelschaft. Ein paar Sekunden zögerte er. Der Abschied war schwer. Ihm war, als habe ihm die tagsüber fahle, im Dunkel hell gleißende Nadel mehr als nur den Weg durch dieses grüne Labyrinth gewiesen, als beginne nun eine andere, noch gefährlichere Richtungslosigkeit, in der er noch keinen verläßlichen Weiser wußte. Aber es mußte sein. Er blieb stehen und betrachtete zum letzten Male das Feld, in dem die Nadel leise zitternd sich stets beharrlich nach Norden richtete, in aller Schwäche und Vereinsamung des aus der Masse gelösten irdischen Stoffes einer unsichtbaren, ungeheuern Gewalt untertan und ihr verbunden geblieben im Kraftfeld geheimer Ströme. Ohne dieses Kraftfeld war sie nichts, gar nichts, noch weniger als der aus seinen Zusammenhängen gelöste Mensch. Aber was war der Mensch, wenn er in seinem Feld blieb...! Er bohrte mit der Stiefelspitze eine Höhlung unter einen hohen Grashümpel, bückte sich, schob den Kompaß in die Höhle und zog die Grasnarbe wieder darüber. Als er die gar nicht mehr sichtbare Wunde festtrat, tat er's behutsam, wie um nicht wehzutun. Eine knappe Stunde später war er, ohne auf eine einzige Ansiedlung gestoßen oder einem Fahrzeug begegnet zu sein, bei der Gabelung. Er hielt eine Weile auf allen Straßen Ausschau und las den Wegweiser. Ihm war, als brauche er sich gar nicht zu setzen, als sei es eine Frage von Minuten, wann ein Fahrzeug komme, aber hier geschah weniger als das Gegenteil von dem, was er erwartet hatte. Hier geschah gar nichts.

Müder vom Stehen als vom Gehen, setzte er sich hin. Er fragte sich, ob dieser Tag ein Feiertag sein könnte. Die im Tau gebadete Stille kam ihm selber sonntäglich vor. Dann aber rechnete er aus, daß es mindestens zwei Stunden dauern würde, bis ein Fahrzeug käme, denn nahm er den Beginn der allgemeinen Arbeitszeit mit sechs Uhr an und rechnete die Fahrzeit von den nächstgelegenen Ansiedlungen bis zu dieser Gabelung hinzu, dann - konnte er die ersten Fahrzeuge gegen sieben Uhr erwarten. Und nun wurde er müde - so müde, als sei er schon am Ziel.

Er ging bis zu den ersten Bäumen und setzte sich dort hin: die Knie angezogen, die Hände darum verschränkt und den Kopf auf den Knien. Eine Weile horchte er noch, wider die bessere Einsicht, daß es unnütz sei. Dann schlief er ein, schreckte aber bald wieder von der Einbildung hoch, er habe in der Ferne das Brummen eines Motors gehört. Die Einbildung war so stark, daß er sogar aufstand und die Straßen hinunter Ausschau hielt. Nichts war zu sehen; er ging zu seinem Platz zurück und schlief noch einmal ein. Das zweite Mal weckte ihn wirklich ein Auto, aber eins, das von Petrosawodsk her kam. Das erkannte er so früh, daß er sich gar nicht aufrichtete, sondern sich, als der Wagen dicht vor der Gabelung war, flach hinlegte. Er sah die Plane eines gedeckten Lastwagens auf der Straße nach Viitana ein paar Sekunden lang wie eine düstere Fahne dicht über den Gräserspitzen flattern. Dann war wieder lange Zeit Stille, und er aß seinen letzten Mundvorrat auf, wie um damit mehr als die saugende Leere in seinem Magen zu füllen. Die Mahlzeit machte ihn von neuem schläfrig, und er dämmerte vor sich hin. Wenn er die Augen einen Spalt breit öffnete, sah er, daß die Sonne aufgegangen war. Das Gras blinkte. Seine Kleider waren durchnäßt und kalt...

Mit einemmal wußte er, daß er aufspringen und eilen mußte. Er packte die Trommel beim Riemen und rannte zum Wegweiser. Der Wald hinter ihm hatte ein Motorengeräusch abgefangen, der Staub das Rumpeln der Räder gedämpft. Der Wagen – er kam von Porajärvi her! – war schon ganz nahe, die Staubschleppe hing ihm, so weit er sehen konnte, nach.

Er trat an den Straßenrand und winkte mit der Trommel, deren gelbes Blinken ihm selber, während er den entgegenkommenden Wagen betrachtete, nicht aus dem Blickfeld wich.

Es war ein Lastwagen mit einem Zeltplan-Verdeck – einer, wie er am Morgen schon einmal an ihm vorbeigefahren war. Schon konnte er erkennen: es saßen... zwei, nein... drei Mann vorn auf dem Führersitz, es waren Soldaten... Hielten sie? Ja, der Wagen verlangsamte seine Fahrt... Die Mützen waren... grün! Truppen des Kommissariats für die innere Sicherheit! Er konnte nicht mehr..., er mußte... Sollte er...? Nein, er konnte nicht mehr zurück...

Sie hielten. Zwei Fernöstliche, einer, der nach einem Russen aussah. Woskanow fiel ihm wie ein Schutzengel ein. Er lachte... und begann zu reden, in ihre mürrischen, unausgeschlafenen Gesichter hinein: woher... wohin...

Der eine machte stumm eine Kopfbewegung nach rückwärts. Dahin, er solle hinten aufsitzen!

Er stolperte die niedrige Böschung hinab und umging den Wagen. Die Zeltplane war hinten aufgerollt; drei Soldaten, die Hände um den Gewehrlauf geschlossen, guckten neugierig hinunter, als er erschien.

Er ließ die Trommel auf den Rücken gleiten, setzte einen Fuß ein, wo er Halt fand, zog sich mit beiden Händen an der Kante der Ladeklappe hoch und fühlte - ohne vor Anstrengung und Erregung mehr als ein paar verschwommene Gesichter zu sehen -, wie ihm fremde Fäuste unter die Achsel griffen. Dann war er oben und zog den andern Fuß nach.

Los! rief derweil einer der Soldaten hinausgebeugt zum Führersitz hin.

Der Wagen setzte sich in Bewegung. Er schwankte und griff nach einem Halt über sich ins Verdeck. Seine überwachten Augen brauchten ein paar Sekunden, bis sie sich an die Dämmerung unter der Plane gewöhnten. Er starrte mit weiten Blicken...

Die drei Soldaten neben ihm bewachten eine Wagenlast Männer, Frauen, Kinder mit Bündeln und zusammengeschnürten, armseligen Ballen Habe, die ihn anguckten, als hätten sie einen Augenblick lang an ein Wunder geglaubt, an einen Engel, der sie befreite, bevor die Austreibung in die Gefangenschaft einer unbekannten Ferne Wirklichkeit wurde, und in deren Enttäuschung und Trauer er mit jedem Atemzug unter ihnen ertrank.

Er kauerte sich nieder und tat, als schlafe er ein.

Sie hatten ihn auf dem Bahnhofsplatz abgesetzt, bevor der Wagen zum Güterbahnhof weiterfuhr, wo auf den Abstellgeleisen lange Reihen von Güterwagen auf die Fracht der Lastautos von fernher warten mochten. Mitterhusen hatte, als er absprang, das quälende Gefühl gehabt, er sei sich das Schicksal schuldig geblieben, das die andern erwartete. Seitdem er während der Fahrt auf dem Wagen einmal aus einem verstohlenen gemurmelten Gespräch in seiner Nähe das Wort ›koti‹ - ›zu Haus‹ - aufgefangen, hatte er niemand mehr ansehen können.

Er war auf den Bahnhof gegangen und hatte die Tabelle mit den Ankunfts- und Abfahrtszeiten studiert, hatte sich, weil er warten mußte, bis er angekommen sein konnte, in den verräucherten Wartesaal gesetzt und war vor lauter Müdigkeit eingeschlafen.

Dann war er geweckt worden – von der allgemeinen Stille, als zwei Mann der Bahnhofsmiliz die Runde gemacht und alle Wartenden kontrolliert hatten. Seine Papiere waren ihm stumm zurückgegeben worden. Das Lauteste bei dem Vorgang war sein Herzklopfen gewesen. Dann war er auf das Kommissariat für öffentliche Arbeiten gegangen, an das sein Gestellungsbefehl lautete, war von dort zum Militärbezirksbüro geschickt worden, von diesem weiter zum Kommissariat für die öffentliche Sicherheit. Nirgends war er gemeldet worden... »Irgendeine Schweinerei!« hatte einer der Beamten gesagt, »die Meldung hätte schon längst da sein sollen!« Was für Arbeiten er bis jetzt geleitet habe?

»Alles«, hatte er geantwortet, »Eisenbahnen, Wege, Plätze...« Er wundere sich nur: dort, woher er komme, hätten sie ihn der Arbeit wegen am liebsten nicht weggelassen, und hier sei nicht einmal bekannt, daß er komme.

Die hätten gewiß ihre kleinen Absichten dabei, aber die sollten ihnen versalzen werden. Keiner von denen solle sich einbilden, er könne wegen Mangel an Arbeit hier wieder freigestellt werden. Eisenbahnen? habe er gesagt? Daran sei hier kein Mangel – das heiße: Mangel schon, und deshalb Arbeit im Überfluß.

Mitterhusen hatte das Gefühl gehabt, er irre im Nebel umher. Manchmal hatte er sich selbst aus den Augen verloren, hatte sich nicht mehr an sich selber erinnern können, hatte Woskanow gesucht, als müsse der neben ihm gehen und stehen – und hatte nicht einmal dessen Gesellschaft gehabt, war selber Woskanow gewesen und doch nicht Woskanow: Zweie in einem und keiner ganz. Und mitten in dieser verwirrten und verwirrenden Hilflosigkeit hatte ein Rest klaren Denkens in ihm, das an eine unauswechselbare Person gebunden zu sein schien, gewußt, daß dies die gefährlichste Phase war, von unbedingt tödlicher Gefahr...

Er war für die Nacht in eine Unterkunft geschickt worden, einen Barackenraum, den er mit vier oder fünf durchreisenden Facharbeitern teilte und gegen den, solange man noch etwas gesehen, eine Lenin-Statue in Rednerpose unentwegt die Faust geballt hatte. Er hatte diese Faust wie gegen sich selber geballt gesehen und innerlich gewartet, ob sie zuschlagen würde oder nicht. Hatte auf seinem Strohsack gelegen, nachdenken, sich besinnen, die Verwirrung ordnen wollen: dies war Mitterhusen [obschon er kaum gewagt hatte, den Namen auch nur zu denken], das war Woskanow. Mitterhusen durfte keinen Augenblick die Herrschaft über Woskanow verlieren, ein Handschuh war noch nicht die Hand selber; er verlor die Herrschaft über die Lage, wenn dieser Handschuh zugriff... Aber er hatte gespürt, wie die Umrisse der Identitäten anfingen zu verschwimmen. Woskanow hatte einen übermächtigen Verbündeten bekommen: die Welt um sie beide herum, die Mitterhusen langsam tötete und in der Woskanow zu Haus war.

Ihm war der Schweiß ausgebrochen. Die Trommel unter dem Kopf, hatte er auf dem Rücken gelegen und zurückgedacht in den Wald und weiter... weiter, aber wo die Grenze verlief, hatte er nicht mehr gewußt. Schon diese wenigen Tage und Nächte hatten die Linien, die er überschritten hatte, ausgelöscht. Es gab kein Zurück mehr. Und hätte er zurück wollen? Nein. Er vermochte sich nicht vorzustellen, daß er jenseits der Linien noch einmal würde leben können, so wie er dort jahrelang mit allen seinen Vorstellungen unentwegt hier gelebt hatte. Ja, vielleicht hatte er *dort* nur leben können, weil er mit seinen Vorstellungen *hier* gelebt hatte! Vielleicht hatte er überhaupt nur in Vorstellungen gelebt, von fremden Wirklichkeiten, um nicht die Pistole abzudrücken, die er in den letzten Jahren so manches Mal in der Hand gehalten hatte - nur so... Er hätte kein einziges Mal einen andern Grund anzugeben gewußt als den, nach dessen Gesetz der Apfel vom Baum fällt und der Stein im Wasser versinkt. Das Leben hatte ihn einfach nicht mehr tragen wollen. Aus Müdigkeit war er zu Woskanow geflüchtet, hatte sich in dem eingenistet, aus ihm heraus gelebt - bis auf die eine Vergeßlichkeit, die vielleicht noch schicksalhaft wurde. Denn konnte auch ein Woskanow am Leben bleiben, ohne daß er mehr als Mitterhusen besaß?

Er hatte unruhig geschlafen - in der Nähe der andern mit einemmal ausgestoßen in die Angst, er könne im Schlaf in einer falschen Sprache zu reden anfangen, obschon diese ›falsche‹ Sprache in der karelischen Räterepublik eigentlich die richtige war. Mitten in der Nacht, die das Sägen der Schnarcher ihm in Bruchteile ständig wiederkehrenden Wachens zerteilt hatte, war mit einemmal eine alpdruckähnliche Angst in ihm aufgetaucht, bleiche Todesangst, nichts weiter, der gegenüber die Erinnerung an den Mut vor dem eigenen Revolver zu einer gespenstischen

Komödie ohne Wirklichkeitswert geworden; Angst, die ihn in Versuchung geführt hatte, sich anzukleiden, aufzustehen und davonzulaufen - zurück! oder vielleicht nicht zurück, sondern einfach in die Wälder hinein oder auf den Güterbahnhof, wenn der Transport dort noch nicht abgegangen war... Nur weg aus dieser Verwirrung, in ein Leiden seinetwegen, aber in ein Leiden, das in irgendeiner sinnbezogenen Verrechnung zu der schicksalslosen Leere der vergangenen Jahre stand. - Wo aber wäre der Sinn gewesen, wenn er jetzt weggelaufen wäre? Er hatte keinen Sinn gesehen...

Ein anderer war aufgestanden, einer von den Fünfen, ein bärtiger, ruhiger Mann, der ihm schon am Abend aufgefallen war; war zwischen den Pritschen umhergeschlichen, als gelte einer jeden sein Besuch.

Er hatte sich schlafend gestellt und ab und zu blinzelnd beobachtet, wie der Frühaufsteher sich im Schein einer Kerze fertig machte und umherging... Das hatte beziehungsvoller zu den andern Schläfern ausgesehen, als es in Wirklichkeit gewesen war. Als er fertig gewesen war, hatte er dagestanden, wie unschlüssig vor dem Abschiednehmen, hatte die Schläfer in der Runde... [Er hatte da gerade die Augen schließen und sich schlafend stellen müssen; warum eigentlich? Er hätte ja auch den Erwachten spielen können! Aber Angst und Unsicherheit empfahlen alle Lebensformen, in denen man für die Mitwelt unzugänglich war!] ... mit einem nachdenklichen, beinahe betrübten Ausdruck im Gesicht betrachtet, das Licht genommen und mit dem brennenden Licht in der einen, seinem Werkzeugkasten in der andern Hand den Raum verlassen.

Diese Begegnung war ihm nicht mehr aus dem Sinn gegangen. Warum? Er hatte so menschlich ausgesehen, dieser Frühaufsteher. Er hatte sich allein gewähnt, die andern schlafend. In dieser frühen Stunde vor Tag hatte er seine Seele über die Lippen gelassen, daß sie sich dort ein Weilchen ergehe - in dem sinnenden Ausdruck um seinen Mund, in dem ruhigen Ernst der Augen, im Schweigen, das mehr als ein Nichtreden war, in allem, was die Menschen hier sonst tagsüber ängstlich zu verstecken schienen. Nicht wie ein Heiliger hatte er ausgesehen, aber wie ein Mensch im Bilde von Heiligen, nach deren Antlitzen er schon immer, wenn er sie lange betrachtet hatte, geraume Zeit lang keinen lebendigen Menschen mehr hatte ertragen können.

Er hatte eine Weile wachgelegen, als der andere gegangen war, erst auf seine sich entfernenden Schritte gelauscht, dann auf die Atemzüge der andern in der Runde. Seitdem der Mann mit dem Licht gegangen war, hatte ihn der Raum noch viel dunkler gedünkt, nichts als ein Verlies seiner Angst. Er hatte aufstehen wollen und es ohne triftigen Grund nicht gewagt. Draußen hätte er nur abermals von einer Milizpatrouille kontrolliert werden können und Aufsehen erregt. Wenn sie ihm heute noch keine Arbeit zuwiesen, hatten sie Verdacht geschöpft, war ihm in den Sinn gekommen, und diese Befürchtung – stundenlang unter den Gewohnheiten und dem Geschwätz Woskanows mit den Mitbewohnern des Raumes begraben – hatte sich wieder gemeldet, als er abermals zum Kommissariat gegangen war.

Ob er der sei, der früher bei den ›Putilow‹ gearbeitet habe?

Er hatte aufs Geratewohl gelogen: »Ja!«

Dann sei alles in Ordnung, hatte man gesagt, aber das hätte er gleich sagen sollen. Die am andern Ende der Leitung hätten sich seiner auch nur danach wieder erinnern können. Er habe aber keinen Stempel von dort im Arbeitspaß...?

Er sei mit einem Spezialauftrag vom Militärbezirk hingeschickt worden, und bei dieser Abteilung würden keine Vermerke im Arbeitspaß gemacht, er wisse doch...

»Richtig, stimmt!« hatte der Genosse, der nicht dümmer als der Zugereiste hatte scheinen wollen, gesagt. – Dann müsse er heute fahren. Er habe doch Eisenbahnen gesagt? Nun gut. Da hätten sie schon seit langem die Anforderung aus Kotschkoma. Dort brauchten sie einen tüchtigen Bauleiter bei der Eisenbahn.

»Neubau?« hatte er vergewissernd gefragt.

Alles hier sei neu und werde von Tag zu Tag neuer, hatte der Beamte gescherzt. Da oben werde er nach Herzenslust bauen können. Nun müsse er nur noch alle Papiere ausstellen lassen und nach dort oben hin Bescheid geben.

Wieviel Arbeiter da seien, und ob er selbständig werde arbeiten können, hatte er mit dem frisch geweckten Interesse des Neulings am Platz gefragt.

Wieviel Arbeiter? Danach müsse er bei den Grünen fragen. Sie hier hätten sie nie gezählt. Die meisten seien wohl von der Sorte, die nicht gezählt werde. Hauptsache, daß immer genug da seien. Ganz selbständig werde er natürlich nicht sein, aber Platz genug sei da oben vorhanden, und die Strecke sei eben erst angefangen worden. Er wisse nicht genau, bis wohin man gekommen sei. Fahren müsse er bis Kotschkoma.

Jetzt, da er ihn in seinen Listen untergebracht hatte, war der Genosse gesprächig und freundlich gewesen und hatte ihm versichert, er wolle alles tun, daß er seine Papiere heute zusammenbekomme. Im schlimmsten Falle werde er halt mit dem ›Nachtgespenst‹ fahren müssen.

»Nachtgespenst?«

Ja, so nannten sie hier den Zug, der um die dümmste Zeit nordwärts fuhr, kurz nach drei. - Den Namen habe er von den Hinterwäldlern bekommen, die jetzt so allmählich verschwänden.

Woskanow hatte nachdenklich genickt. Der andere hatte gemerkt, daß dieser Zugereiste auf dem laufenden war. Das war ihm, allem Anschein nach, unheimlich vorgekommen, und er hatte den Vielbeschäftigten gespielt, seinem Gast empfohlen, die aufblühende Hauptstadt der karelischen Räterepublik zu bewundern, bevor er in die Wälder verschwinde, und ihn geheißen, am Nachmittag wiederzukommen.

Als er am Nachmittag wiedergekommen war, hatte der Beamte [wie ihm geschienen hatte, mit einer Spur Schärfe in der Stimme, aber vielleicht bildete er sich das nur ein] gesagt, es sei doch nicht so schnell gegangen, wie er gehofft habe, er müsse sich noch gedulden. Später...

Wann später?

Schwer zu sagen. Er habe ja Zeit. Vielleicht gegen Abend einmal...? Er nehme an, die Grünen hockten so lange auf den Papieren, das seien die Gründlichen... Aber mit Recht, mit Recht! hatte er eilends hinzugefügt, wie um nicht in falschen Verdacht zu geraten.

Er war gegangen, hatte die aufblühende Hauptstadt bewundert, er war wiedergekommen. Um diese Zeit war es schon dunkel gewesen, und er hatte dem spärlichen Licht der Laternen gedankt, daß er eine Weile unbeobachtet, wie er gemeint, sich hatte sammeln und Mut fassen können, bevor er noch einmal die Schreibstube betrat.

Der Knoten habe sich plötzlich gelöst, hatte der Genosse gesagt. - Er sei aber auch ein Heimlichtuer!

Woskanow hatte versucht, ein Gesicht zu machen, das alles hatte ausdrücken können.

Na, er wisse schon Bescheid! – Ob ›er‹ der Beamte oder ›er‹, Woskanow, gewesen sei, hatte er nicht zu erraten vermocht, solange er im Zimmer verweilt und den Empfang seiner Papiere bestätigt hatte. – Aber nun könne er fahren…

Irgendeine Verwechslung hatte vorgelegen! Erst war er bei den Putilow-Werken gewesen, danach hatten ›die am andern Ende der Leitung‹ sich seiner erinnern können, und jetzt hatte man ihn einen Heimlichtuer genannt, dem freundlichen Ton nach jemand, der sein Licht unter den Scheffel gestellt hatte…

Er war durch die dunkeln Vorstadt-Straßen in seine Herberge gegangen, langsam, das ›Nachtgespenst‹ hatte ja erst um drei Uhr fahren sollen. Dabei war ihm wieder der Mann mit dem Licht eingefallen. Der, meinte er, konnte mit diesem Zug gefahren sein – wenn er überhaupt mit der Eisenbahn gefahren war! Die Zeit hatte gestimmt. Für ihn selber hatte sie ungünstig gelegen. Es war dunkel bis gegen sechs Uhr; er würde nichts sehen können: nicht, wie weit die Elektrifizierung der eingleisigen Strecke ging, wo man Ausweichstellen und Laderampen angelegt hatte und dergleichen mehr – gestand er sich's ehrlich ein: mit einemmal merkwürdig unwirkliche Tatsachen! und er hatte nicht begreifen können, woran es lag.

In seinem Quartier hatte die Belegschaft beinahe völlig gewechselt. Nicht einmal die gleiche Pritsche hatte er bekommen, sondern die des abgereisten Frühaufstehers mit dem Licht. Die seine hatte irgendein Neuling in Besitz genommen, ein Fahler, Hohläugiger, nur noch Sehnen und Knochen, der fortwährend gehustet hatte und mit einem Kommando in den Süden unterwegs gewesen war. Für diesen Husten, der kein gewöhnlicher Husten sei, hatte er versichert, könne er sich bei den verfluchten Sümpfen da oben bedanken, und bei den zweiundfünfzig Tagen Nacht im Jahr. Er hatte bei Kola an einer Stichbahn gearbeitet – in einem Wetter für Ratten und Schlangen, aber nicht für Menschen, hatte er gesagt und nachdenklich seinen Auswurf im Munde gerollt. Jetzt komme er als ›Pionier der Arktis‹ vom Weißen ans Schwarze Meer… Woskanow habe Unglück, daß er gerade zum Winter dort hinauf verschlagen werde. Aber eine große Sache werde da oben gespielt. Sie hätten im Pionierklub einen Vortrag darüber zu hören bekommen, sie könnten sich schon denken… Wenn man sich klarmache, daß seit mehr als zweihundert Jahren ein und dasselbe gewollt worden sei und

jetzt, dem Plan nach, in zwei, drei Jahren Tatsache werde...!
Das lohne einen Husten auf Lebenszeit.

Der Kranke hatte sich in Eifer geredet. Er hatte die Begeisterung gebraucht, um sich mit seinem Husten aussöhnen zu können. Und er, Woskanow, hatte als Anfänger und Neuling gefragt, Mitterhusen über die Schulter gebeugt, und war dankbar für jede Stunde gewesen, die dahinging.

Er hatte noch einmal weggehen wollen. Der Kranke hatte ihm zugeblinzelt und gefragt, ob er auch einen gelben Scheck zum Abschied bekommen habe. Er hatte die Papiere durchgesehen... Ja, da sei er, aber den könne er ihm schenken. Das werde er bereuen, hatte der Pionier gesagt.

Irgend etwas müsse man zu bereuen haben.

Ihm hatte der Mann mit dem Licht gefehlt. Und um nicht mehr sprechen zu müssen, hatte er sich hingelegt.

...Er würde achtgeben müssen, hatte er gedacht. Vielleicht schickten die Grünen ihm jemand mit auf die Reise. Aber nein, warum sollten sie solche Anfänger sein! Sie nahmen ihn in Empfang, wenn er in Kotschkoma ankam. Unterwegs war er allein. Aber er durfte sich nicht so verhalten, als ob er allein sei...

Er war eingeschlafen, solange die andern noch auf ihren Pritschen gesessen und gedämpft miteinander gesprochen hatten. Der Kranke hatte immer noch das große Wort geführt. Fiebrig hatte es sich angehört. Aber kaum war die schwärzlich verschmutzte Glühbirne unter der Decke erloschen, da war er an der Stille aufgewacht. Nun hatte er nicht mehr einschlafen dürfen, um nicht den Zug zu versäumen. Und seine Sachen... Er hatte im Dunkeln um sich getastet und alles, was er ausgezogen hatte, näher zu sich gerafft, denn er hatte kein Licht gehabt. Mit einemmal war ihm das Eigentümliche daran aufgefallen, daß der Frühaufsteher in der vergangenen Nacht ein lebendiges Licht besessen hatte. Ein lebendiges Licht! – Er hatte in einer Zweiteilung seines Sprachgedächtnisses versucht, herauszufinden, woher ihm die Bezeichnung ›lebendiges Licht‹ gekommen sei. Dann hatte er es gewußt, heraufgeholt wie eine Erinnerungsgabe aus ferner Vorzeit an die Gegenwart: in der Sprache seiner Kindheit und Jugend sagte man ›lebendiges Licht‹, wenn man Kerzen meinte. Dieser Mann aber hatte mehr als nur den Unterschied zu Kerzenstärken in einer elektrischen Birne getragen. Lebendiges Licht...!

Er war aus dem Einschlafen hochgeschreckt und hatte zur Sicherheit gleich seine Beine über den Rand der Pritsche gleiten lassen. Um ihn herum hatte das Schnarchen eingesetzt. Der Kranke hatte im Schlaf zusammenhanglose Reden zu halten begonnen. Zwischendurch hatte er gestöhnt. Und dieses Stöhnen hatte ihn vertrieben. Vor der Zeit hatte er sich angezogen und war gegangen. Er hatte immer daran denken müssen: wie anders als der Frühaufsteher in der vergangenen Nacht. Der hatte sich zu seiner Reise ruhig wie für die Ewigkeit gerüstet, und er selber war davongeschlichen wie ein Dieb in der Nacht. Auf dem ganzen Wege zum Bahnhof hatte er das seltsame Gefühl gehabt, er gehe ihm nach... Und nun saß er hier im ›Nachtgespenst‹, das ratternd durch die in Finsternis und Regen versunkenen Wälder heulte, um ihn herum Schlafende, die wie in den aberwitzigsten Haltungen hängen- und liegengebliebene Gefallene aussahen. Und er selber lag auch schon im Sterben.

DER NEUE Bauführer Gaspar Sergejewitsch Woskanow kam mit dem ›Nachtgespenst‹ in Kotschkoma an, als es schon wieder am Einnachten war und der wolkenverhangene Himmel, aus dem von Zeit zu Zeit ein Schauer niederging, die Wälder grau und zottig wie nasse Pelze erscheinen ließ. Der Stationsvorsteher, nach den Verbindungen zum Arbeitslager ›Roter Pionier‹ der Stichbahn befragt, erwiderte, zerstreut dem ›Nachtgespenst‹ nachblickend, dessen Schlußlichter eben in die Schneise der Strecke nordwärts hinausglitten, dorthin gebe es keine regelmäßigen Verbindungen, er könne nach der Strecke gehen, dort draußen – und er zeigte in die regenverhangene Südeinfahrt hinaus – zweige sie ab. Er solle sich keinen allzu weiten Weg vorstellen, denn über acht Werst hinaus sei man noch nicht gelangt. Gegen Abend aber komme meistens auch eine Draisine, die Post hole und bringe, und die nehme ihn wohl mit, wenn Platz sei. Er müsse warten, wenn er nicht gehen wolle.
Er wolle warten und auf dem Bahnhof bleiben. Zum Gehen werde es jetzt schon zu dunkel, sagte er, und außerdem regne es sich ein. Der Bahnhofsvorsteher solle den Leuten von der Draisine nur sagen, sie müßten den neuen Bauführer mitnehmen.
Er ging in den Wartesaal, wo eine alte Frau, die zuvor den war-

tenden Reisenden Tee ausgeschenkt hatte, in einer Ecke damit beschäftigt war, ein halbes Dutzend trübe, dicke Gläser, ein paar Blechlöffel und eine kleine Kanne in einen Weidenkorb zu pakken, den Samowar, den sie an einer durch die beiden Seitengriffe gezogenen Schnur mit einer Hand tragen konnte, von einer Kiste zu heben, die sie mit einem in Spitzenmuster ausgeschnittenen Stück Zeitungspapier bedeckt hielt, und damit ihren Ausschank zu schließen. Gegen das Versprechen, mindestens fünf Gläser zu trinken, bewog er sie zum Bleiben und wollte sich mit ihr unterhalten, aber die Alte – ob nun kindisch und keiner Überlegungen mehr mächtig oder verstört und verschüchtert – war nicht zum Reden zu bringen, bis auf die nach dem ersten Glas gestellte Forderung, er müsse alle fünf Gläser gleich bezahlen, die sie aus zahnlosem Munde in finnischer Sprache vorbrachte. Sie mochte durch schlechte Erfahrungen gewitzigt sein.

Woskanow gab nach, und wie um nicht einer Versuchung nachzugeben, zählte er die Summe laut und deutlich russisch rechnend auf. Dann setzte er sich zum Warten hin. Die Alte in der Ecke saß wie versteinert. Nur wenn er ein Glas ausgetrunken hatte, schlich sie, die ihn wohl doch genau beobachtete, herbei, holte das leere Glas und brachte es ihm mit immer dünnerem und weniger warmem Tee gefüllt zurück. Nach dem dritten Glas sagte er ihr, sie könne gehen, er habe an den dreien genug, das Geld für das vierte und fünfte könne sie behalten – und ohne ein Wort zu sagen, packte sie Korb und Maschine und ging grußlos hinaus.

Der Wartesaal wurde kalt, und ihn fror. Geraume Zeit ging er auf und ab, um sich warmzuhalten. Dann setzte er sich wieder und lehnte sich in die Ecke. Auf dem Bahnhof kehrte Totenstille ein. Niemand hätte sich vorzustellen vermocht, daß hier Züge ankommen und abfahren könnten.

Es waren mehr als drei Stunden vergangen, als er meinte, ein leises, kaum vernehmbares Rollen zu vernehmen, und gleich danach tauchten in dem zerstreuten Licht der zwei Lampen, die noch auf dem Bahnsteig brannten, ein paar Gestalten auf, die vor Nässe blinkende Zeltplanen und Decken wie Lasten trugen.

Er ging hinaus und hörte schon von ferne, wie der Bahnhofsvorsteher ihnen erklärte, sie hätten den neuen Bauführer mitzunehmen. Also waren sie vom Streckenlager.

Es waren drei Soldaten. Zwei Zivilisten, die mitgekommen waren, verschwanden eben vom Bahnhof in die Stadt, die in der Regennacht nicht zu sehen war. Die Soldaten händigten dem Stationsbeamten einen Sack ein und bekamen einen andern zurück. Außerdem bestanden sie darauf, ein Faß Petroleum mitnehmen zu müssen, das aber nicht da war. Sie müßten es haben!

Dann sollten sie selber zusehen, woher sie es bekämen, sagte der Beamte. Er habe keins für sie bekommen.

Aber es sei schon längst abgeschickt.

Es sei aber noch nicht angekommen. Und er könne nur geben, was schon angekommen sei.

Kanaille! Er wolle bloß nicht, weil es so spät sei.

Er sei keine Kanaille, und zu spät sei es auch nicht...

Er hörte sich den ganzen Wortstreit als unbeteiligter Zuhörer an, auf und ab gehend, wie um ihnen in Erinnerung zu bringen, daß er warte.

Nun, dann säßen die halt weiter im Dunkeln wie die Schaben, sagte schließlich einer von den Soldaten, und könnten warten, bis das Nordlicht die Beleuchtung gebe.

Grußlos ließen sie den Beamten stehen und gingen zurück. Ihre Draisine stand am Anfang des Bahnsteigs; zwei lange Stangen, mit denen sie das Gefährt vorwärtsstießen, standen dagegengelehnt. Er schloß sich ihnen stumm an.

»Los, sitz auf!« murmelten sie übelgelaunt. Er stieg auf die winzige Plattform und kauerte sich auf ein paar regennasse Säcke. Zwei von ihnen standen hinten auf und hielten ihre Stangen wie Fährleute, wartend, daß der dritte, der den Postsack trug, neben ihm einen Platz gefunden habe. Dann sah er die beiden zu Häupten ausholen, hörte, wie die eisenbeschlagenen Spitzen der Stangen Halt im Kies zwischen den Schwellen fanden, und das Rollen der Räder zitterte ihm durch den ganzen Leib, bis die erste Schienennaht mit einem kurzen, harten Schlag den Fluß der Schwingungen zerteilte. Halb stöhnend und halb unterdrückt schreiend, gaben die beiden Fergen sich den Takt, und das kleine Gefährt rollte springend schneller und schneller dahin - den roten Sternen entgegen, als welche die Sperrsignale der Ausfahrt im Regendunkel glühten.

Mit einem langgezogenen Ruf, lauter, als er nötig gewesen wäre, aber laut aus Freude am Schreien, machte der neben ihm Sitzende die beiden Fergen auf irgend etwas aufmerksam, und die beiden bremsten die Räder mit ihren Stangen ab. Der Mitreisende sah gar nichts; er wußte die Sperrsignale mehr über ihnen, als daß er sie gesehen hätte, denn von unten herauf waren sie nicht zu erkennen. Langsam rollte das Gefährt weiter, bis die Stangen es jäh halten ließen. Als erste sprangen die beiden Fährleute ab, dann kletterte der Sitzende auf die Strecke hinunter, als letzter der Mitreisende.

Schweinerei, daß sie hier nicht schon längst eine Lampe angebracht hätten! schimpfte einer von den dreien. Wie sollte man bei dieser Finsternis die Weiche finden!

»Fahr geradeaus, da ist es besser!« hänselte ihn ein anderer.

»Hier!« rief der erste.

Er strengte sich an, die Schienenstränge zu erkennen, aber es war so finster, daß er kaum etwas unterscheiden konnte. Wie ein Schatten kehrte einer von den dreien zur Draisine zurück, schob sie vorwärts, hielt an, ergriff einen Gegenstand, der etwas so Schweres wie ein Brecheisen sein konnte, stemmte den auf dem Boden ein, zog das andere Ende mit einem Ruck an sich, und die beiden anderen schoben die Draisine, die fast unmerklich nach rechts abschwenkte, über die Stelle, an der die Weiche liegen mußte. Das Brecheisen, oder was es nun war, wurde wieder verstaut. Er hörte es mit einem gedämpften Poltern zwischen die Säcke fallen, und alle stiegen von neuem auf.

»Woher bist du gekommen?« fragte ihn der neben ihm Sitzende, als sie ihre Plätze eingenommen hatten.

Er sagte, er sei mit dem ›Nachtgespenst‹ aus Petrosawodsk gekommen.

»Nur aus Petrosawodsk? Nicht von weiter her?«

»Doch, von weiter her. Aus...«

»Na, dann wirst du dich wundern«, war alles, was er zur Antwort erhielt.

Es war jetzt auch keine Gelegenheit zum Sprechen mehr. Durch den Durchstich einer hohen Düne, deren Böschungen wie Bergkämme rechts und links aufragten, ging die Fahrt in einer ziemlich scharfen Rechtskurve nach der Weiche noch mit mäßiger Geschwindigkeit. Dann lag zur Rechten ein freies Feld, aus dem die spärlichen Lichter der Stadt herüberblinzelten, und nun schien ein Gefälle einzusetzen, denn die Fahrt wurde schneller, während die Fergen ihre Anstrengungen nicht zu steigern schienen. Ihre Rufe verbanden sich zu langgezogenen Melodien, aus denen ein mehrstimmiger Gesang wurde, in den auch der dritte neben ihm einstimmte. Als sie in den Wald einfuhren, hallte das Echo wie bellende Schüsse. Die drei sangen, wie vom eigenen Lärm und von der Geschwindigkeit berauscht. Sie brüllten gegen den Fahrtwind und die stiebenden Schleier des Regens an.

Als sie bremsten, schrie der neben ihm Sitzende ihm lachend ins Ohr, nun seien sie im Sack angelangt, ganz unten...

Er unterschied beinahe gar nichts. Nur ein paar schwache Lichter, die auf freiem Felde zu leuchten schienen. Als sie anhielten und er wie alle abgestiegen war, mußte der dritte ihn am Ärmel packen und führen. Sie gingen den Lichtern entgegen, die zur Linken der Strecke blinkten. Dann meinte er, langgestreckte, niedrige Baracken zu erkennen, die aber völlig dunkel dalagen. Die Lichter brannten in einem Gewirr von kleineren Hütten und Blockhäusern jenseits des morastigen Weges, auf dem sie gingen. Dann tauchte, übersteigert riesig in der Finsternis, ein hoher Zaun auf, der aus Palisaden und Draht zu bestehen schien. Hunde mit grober, tiefer Stimme bellten. Er sah den Zusammenhang zwischen allen diesen Einzelheiten nicht. Als sie nach rechts zu den Lichtern abschwenkten, führte der Weg leicht aufwärts und wurde etwas trockener. Und nun unterschied er Häuser, die sich allesamt an den Hang zu ducken schienen. Irgendwo knatterte ein Petroleum- oder Benzinmotor; die Fehlzündungen hackten einen mühsamen Takt, der sich gegen das riesige Schweigen in der Runde nicht durchsetzen zu können schien. Er lieferte das Licht - das erkannte er sofort an dem Flackern, mit dem die verstreuten Lampen brannten, auch die in der Wachstube, die sie betraten.

Der beißend-scharfe Gestank von Tabak, Schmierlederstiefeln, Schweiß und Riemenzeug umfing ihn wie eine Erinnerung an seine Fähnrichszeit.

Hier sei der neue Bauführer!

Mit vom Regenschlag und Fahrtwind und der langen Finsternis wie erblindeten Augen blinzelte er in die Gesichter der Soldaten, die ihn umgaben. Ja, der sei er...

Für heute abend sei doch alles zu spät, hörte er einen Offizier sagen, der aus einem angrenzenden Raum gekommen war; und zu einem von den Wachmannschaften gewandt: er solle den Bauführer ins Quartier bringen!

Er ließ sich im Schein einer starken Blendlaterne, die dem Soldaten am Schulterriemen hing, wieder ins Dunkle hinausführen.

Dort drüben liege die Bauleitung, sagte sein Begleiter, aber weder erkannte er, wohin in der Finsternis der andere zeigte, noch was dort lag. Alles war nichts als Finsternis und Regen.

Bekomme er Spez-Unterkunft? fragte der Soldat.

»Mindestens«, antwortete er.

Dann seien sie zu zweit.

»Gut so.«

Und dort drüben liege die Kantine!

›Drüben‹ war nichts als ein dunkleres Loch der dunklen Nacht mit einer armseligen Funzel darin.

Hier sei die Baracke!

Er meinte, an einer Stelle der dunklen Wand, auf die sie von der Seite her zuschritten, so etwas wie einen Lichtschein erkennen zu können. Aber als der Soldat die klappernde Tür in der Giebelwand aufgerissen hatte, lag der ganze Mittelgang dunkel.

»Vierzehn«, brummte er, »da ist gestern einer vor dir eingezogen«, und ließ den Lichtstrahl die dünnen Wände mit vielen Türen darin entlanggleiten.

Er hatte das Gefühl, hinter allen Wänden und Türen halte ein gespannt lauerndes Leben den Atem an.

Noch einmal, als der Strahl der Lampe des zögernd abzählenden Soldaten in eine andere Richtung fiel, meinte er, durch eine Türritze Licht gesehen zu haben. Dann aber überschien die Taschenlaterne diesen Spalt.

»Hier!« sagte der Soldat und ging auf diese Tür zu. »Der schläft aber wohl schon.«

Er öffnete leise die Tür und leuchtete ins Dunkel, wo man auf einer der Schlafstellen die Gestalt eines Schlafenden unter ein paar alten Decken erkannte. Die andere Pritsche war leer.

»Es ist gut«, sagte er, in der geöffneten Tür verweilend, »ich finde mich schon zurecht.« Und während er das sagte, war ihm, als könne er deutlich den Geruch einer Kerze spüren, die eben erst ausgelöscht worden war, und als habe der ganze Raum noch die Wärme einer lebendigen Flamme.

Der Soldat ging.

Er schlich in den Raum hinein, tastete gebückt nach der Kante der Bettstatt und setzte sich hin. Der mürbe Strohsack knisterte nur noch ganz leise. Im Gang verhallten die Schritte des Soldaten. Die Tür schlug. Dann trat Stille ein. Er rührte sich nicht. Hier also…, dachte er.

»Ich habe gewußt, daß wir uns wiedersehen würden«, sagte es mit einemmal im Dunkel.

Seine Hände griffen um die Kante der Pritsche. Er starrte in die Finsternis und versuchte, das Lager auf der andern Seite zu erkennen, aber es war vergeblich. »Wie in einem Sack, ganz unten…« [So hatte der Soldat sich ausgedrückt]… war das Dunkel.

»Du bist der mit dem Licht!« sagte er. – Seine Stimme klang in der Erregung wie geborsten.

»Ja, der bin ich«, kam als Antwort aus dem Dunkel. »Und du…, du bist der mit dem Angstschweiß, nicht wahr?«

Er konnte nicht antworten. Sein Herz stockte.

»…Der in Petrosawodsk auf der Pritsche lag und mir zusah und doch so tat, als schlafe er, ja…«

Das ruhige Ja am Ende bestätigte dem Sprecher selbst alles, weil er noch immer kein Wort fand.

»Ja, so soll es wohl sein«, sagte die Stimme, und wie sie das ›soll‹ betonte, gab an, daß er sich füge und es annehme. – »Gute Nacht!«

Er hätte gerne sprechen wollen, aber er wußte nicht, was er jetzt hätte sagen können. Der mit dem Angstschweiß…, der sich schlafend gestellt und in Wirklichkeit zugesehen hatte… Woher… woher wußte er das alles? Mit wem war er hier zusammengeraten?

»Gute Nacht!« erwiderte er in die Stille, aber er saß noch lange in völliger Ratlosigkeit, bevor er seine bis an die Knie hinauf schlammbespritzten Stiefel auszog und sich, nachdem er sich der nassen Oberkleider entledigt hatte, zum Schlafen hinlegte.

Er schlief in dieser Nacht so fest wie noch nie. Schlief mit einem Gefühl der Unruhe und zugleich einer grenzenlosen Sicherheit ein und erwachte erst, als schon ein grauer Tag im Fenster stand. Das Lager auf der andern Seite war leer, aber sorgfältig aufgeräumt, der Werkzeugkasten verschwunden. Er stand geraume Zeit vor dem fremden Lager, als betrachte er es. In Wirklichkeit sah er es gar nicht mehr. Er starrte in ein graues Ungewisses, in einen Nebel, aus dem verlorene Gesprächsfetzen widerhallten.

»Du bist der mit dem Angstschweiß, der auf der Pritsche lag und so tat, als schlafe er…« Wie hatte dieser Fremde der Wahrheit so nahekommen können! Und dabei – er hätte dafür seine Hand ins Feuer legen können –, dabei war er keiner von den Grünen! Ein Hellsichtiger! – Jetzt, im Grau des späten Morgens, der ganz windstill zu sein schien, war er versucht, das Ganze für eine Einbildung zu halten. Vielleicht hatte er alles nur geträumt! Aber das Gespräch... das Gespräch hatte stattgefunden, kaum daß die Schritte des Soldaten im Gang verhallt gewesen waren, die Tür... Er stellte den Ablauf der Ereignisse nach der Erinnerung in jeder Einzelheit wieder her und konnte nicht mehr zweifeln, was er im Grunde genommen auch nie getan hatte. Aber wie wollte er – er! gerade er! – mit diesem hellsichtigen Menschen in einem Raum zusammenleben, ohne entlarvt zu werden. An mancherlei Gefahren hatte er denken können, nie und nimmer an diese! Er mußte eine andere Herberge suchen, noch heute.

Allmählich fand er sich in der um diese Stunde wie ausgestorbenen Baracke zurecht und wusch sich in dem für alle Bewohner gemeinsamen Waschraum – einem Vorraum bei der Tür der Giebelwand am andern Ende, wo ein paar Zuber und Eimer und zwei bis ins Unkenntliche verbeulte schmutzige Schalen standen. Dann ging er hinaus und versuchte, sich einen Überblick zu verschaffen, wo er sich befand.

Es regnete eben nicht mehr, aber der wolkenschwere Himmel hing tief über den Wäldern. Die Dachpappe der Baracken hatte das Wasser nicht abgestoßen, sondern sich mit Nässe vollgesogen und war tiefschwarz. Alle Gebäude sahen unter dieser schwarzen Bedachung noch niedriger aus. Sie lagen, große und kleine, Schuppen und Blockhäuser, an einem sanft ansteigenden Hang, mit ziemlich weiten Abständen zwischeneinander, die das Ganze ziemlich gut überblicken ließen. Er zählte bis zu vierzehn aus Rundholz aufgeführte oder mit Latten roh verkleidete Gebäude, die frei, ohne Absperrung voneinander, lagen. Erst tiefer unten, wo ein lehmiger Weg am Hang entlang führte, erstreckte sich parallel zum Weg ein hoher Zaun aus Palisaden und Stacheldraht, und dahinter lagen... acht große Baracken auf engem Raum und neben und zwischen ihnen bunkerartige Erdunterstände, die mit Abfallholz, Torfsoden und Rasenstücken gedeckt zu sein schienen und von denen man nicht ahnen konnte, wie weit sie sich unter der Erde erstreckten. Hinter diesem eingezäunten Lager, in dessen langem Rechteck zu beiden Schmalseiten zwei roh aufgeführte, vielleicht fünf, sechs Meter hohe

Beobachtungstürme standen, erstreckte sich noch ein paar hundert Meter weit freies Feld, und dann begann ein lichter Bruchwald, hinter dessen kahlem Geäst er den erblindeten Spiegel eines kleinen Sees erblickte. Die Eingangspforte zum Lager im Zaun hatte ein Wahnwitz als Triumphbogen aufführen lassen: groß, hoch, aus massiven Baumstämmen mit allerlei Zierat aus geflochtenem Gitterwerk, halb römisch, halb byzantinisch, ungeheuerlich wie die Phantasie eines berauschten Gehirns. In dem Pferch selbst aber war kein Mensch zu sehen.

Hier also..., dachte er, hier lebte er! und schlug den Weg zur Kantine ein – oder dorthin, wo er sie vermutete.

Es war eine große Welt im Kleinen, darüber wurde er sich nach wenigen Stunden klar. Die wichtigsten Aufzeichnungen, die er über sie hätte machen können: ihren Zweck, ihre Organisation, ihren Menschenbestand – hätten Dutzende von Seiten gefüllt –, Seiten, die er nicht schreiben konnte. Und alles dieses lag in einer geradezu tödlichen Wildnis, und Tausende von gefangenen Händen schaufelten, hackten, sprengten, rodeten, betteten ihr Unglück Tag für Tag weiter vorwärts in die Einöde – bis einmal die Grenze kam und dem Willen aller, Gefangener und Gefangenenwächter, vorläufig Halt gebieten würde. Wer aber würde dann noch übrig sein? Vielleicht alle von denen, die oben am Hang in frei betretbaren Blockhäusern lebten. Von denen unter ihnen... wahrscheinlich niemand.

Die Isolierbaracken, zwei gab es, konnte man vom Lager selbst aus nicht sehen. Sie lagen tausend Meter weiter in einer tiefen Bucht des Sees für Kranke und Abgängige, die auf der Austauschliste standen. Von diesem kleinen Nebenlager führte ein schmaler Weg nordwärts zur Landstraße, die zwischen Kotschkoma und Repola die kürzeste Verbindung zur Grenze darstellte. Die ihr im großen und ganzen parallel führende Bahnlinie wurde zur Entlastung und für schwere Transporte gebaut; den Streckenverlauf hatten Ingenieuroffiziere von der topographischen Abteilung des Leningrader und Petrosawodsker Militärbezirks bestimmt, die vor zwei Jahren ihre Vermessungen abgeschlossen hatten. Für die Flugplätze in der Nähe der Strecke, drei an der Zahl, waren kleine Stichbahnen mit Spezial-Draisinen für die Munitionsbeförderung, für ihre Zisternenanlagen Druckleitungen bis zu zwei Werst Länge vorgesehen.

Woskanow nickte bei diesen Aufklärungen wie ein Mann, der

die Sache sehr ernst nahm. Er fragte nicht viel. Sein Schweigen schien Erklärung zu fordern. Nur einmal erkundigte er sich wie nebenbei, mit welcher Belegung bei den Plätzen gerechnet werde und ob man die Hallen unterirdisch anlege.

Der oberste Chef, dem er unterstellt war, Iwan Wassiljewitsch Schilkin, ein untersetzter, dunkelhaariger, überaus lebhafter Mann mit Nickelbrille, vom Aussehen eines Volksschullehres, war ungeheuer nervös, immer wie bei Fehlern ertappt, und war deshalb förmlich besessen von einer Sucht, alles, was ihm nicht klar war, als eine Verdächtigung abzustreiten. Es machte den Eindruck, als sei die Strecke schon längst in Gebiete vorgestoßen, für die seine Ausbildung nicht reichte, und als baue er auf schwankendem Grund weiter, weil er sich nicht mehr für unzuständig erklären konnte. Seine Gehilfen, die er fortwährend, auch bei den belanglosesten Aufträgen, mit einem leeren Redeschwall von der weitreichenden Bedeutung ihrer Handlangerdienste zu überzeugen versuchte, waren farblose Gesellen – Zöglinge des Petrosawodsker Technikums, die den Eindruck machten, sie verstünden kaum, mit dem geläufigsten Landmesser-Rüstzeug umzugehen. Die Wachen, etwa hundertfünfzig an der Zahl, die in drei dauerhaft aufgeführten Blockhäusern lebten, standen unter dem Befehl eines Hauptmanns, der wie ein strammer Metzgergeselle aussah: viereckig in Kopf und Schultern; unter seinen Mannschaften befanden sich auffallend viele Fernöstliche, denen die Wartung der Wolfshunde oblag, eine Pflicht, deren sie sich bei den durch die Dressur zu unkreatürlichen Bestien entarteten Reißern und Würgern mit so etwas wie Zärtlichkeit unter Verwandten entledigten. Das eingezäunte Lager hatte, dem Vernehmen nach, etwa eintausendfünfhundert Insassen, Männer und noch mehr Frauen, doch werde, wie Schilkin sagte, bald eine Auswechslung nötig sein, denn der jetzige Bestand habe mit starkem Verschleiß von Anfang an beim Bau mitgearbeitet und tauge nichts mehr. Auch seien zu wenig gelernte Arbeiter übriggeblieben.

Alles das war seine Welt, die sich zu gebotenen Stunden, wenn einer der Soldaten von der Wache mit einem langstieligen Holzhammer eine frei hängende Stahlplatte schlug, die unter seinen Schlägen ein weit vernehmbares, glockenhaftes Dröhnen von sich gab, hier zusammenfand: zu einem grauen, träge dahinschleichenden, bald stockenden, bald hastenden Gewimmel.

Und das alles wurde mit jedem Tag, der dahinging, mehr und mehr eine Selbstverständlichkeit: seine Welt, die Welt des Ersten Gehilfen der Bauleitung.

Man wollte ihm schon am ersten Tage die Verwaltung der Vorräte aufhalsen, aber von der Erinnerung an den kurzen Wortwechsel um das Faß Petroleum auf dem Bahnhof in Kotschkoma gewarnt, sagte er mit Entschiedenheit nein. Das entspreche erstens nicht seiner Ausbildung, und zweitens erweise man sich damit einen schlechten Dienst. Er sei noch nicht eingearbeitet, kenne hier niemand und nichts, seine Aufgaben lägen bei den Karten und auf der freien Strecke... Für das Magazin könne man beinahe einen Hund abrichten.

»Ach, ginge nur einer von den Reißern diesen Kerlen an die Gurgel!« verriet Schilkin seine Unzufriedenheit mit den für die Anlieferung zuständigen Stellen, »dann vergäßen die uns nicht mehr so leicht wie jetzt!« Ja, also, er sei einverstanden. Dann solle Genosse Woskanow einmal die Strecke in Augenschein nehmen und sagen, was er meine, aber zuständigkeitshalber alles bei ihm... Er gab ihm einen Blick, der halb flehend und halb argwöhnisch war.

Er ging mit ein paar Streckenkarten die geschlagene Schneise der Linie entlang. Kaum einen Kilometer hinter dem Lager füllte die Hauptmasse des grauen Gewimmels der Gefangenen den tiefen Durchstich durch einen bewaldeten Höhenzug. Er blieb stehen und sah dem madenartigen Kriechen und Krabbeln der Namenlosen von ferne zu, ohne Schrecken, nur mit einer Ergebung in das eigene Geschick – selber nicht seines Namens teilhaftig, selber ohne Raum und Zeit in einem Nichts, von dem er nicht wußte, wie lange er es noch ertragen würde. Das war seine Welt, ja, und war es doch nicht. Er wartete vom Morgen an auf den Abend.

Als er am Abend ihre gemeinsame Kammer betrat, saß der andere schon auf der Pritsche. Er legte gerade den Löffel weg, mit dem er seine Abendmahlzeit statt in der Kantine hier allein verzehrt hatte, und stand mit dem Geschirr auf, wie um wegzugehen und es zu reinigen, schlug aber erst ein großes Kreuz über sich und verneigte sich vor einem unsichtbaren Dritten. Dann blickte er den Eintretenden an.

»Guten Abend!« sagte Woskanow ein paar Sekunden verdutzt, die Tür noch in der Hand. »Habe ich Sie überrascht?«

»Nein, nein«, erwiderte der andere ruhig. »Wir müssen unsere Gewohnheiten kennenlernen.«

Woskanow betrat, immer noch zögernd, die Kammer.

»Machen Sie schnell, daß wir uns einmal bei Tage sehen«, sagte der andere mit einem gutmütigen, leisen Lachen und steckte den Löffel in den Stiefelschaft. »In einer halben Stunde ist es Nacht.«

Das alles klang so sicher, daß Woskanow verlegen wurde. »Guten Abend«, sagte er heiser und streckte dem andern die Hand hin. Gaspar Sergejewitsch Woskanow sei er, der Erste Gehilfe des Bauleiters! ›der mit dem Angstschweiß‹, wollte er lächelnd hinzufügen, aber es wurde nur eine Grimasse daraus.

Der andere blickte ihn aufmerksam an. Er sei gerade als Zimmermann und Modelltischler hergekommen, Wassilij Pawlowitsch Agafonow sei sein Name.

Sie standen sich ein paar Augenblicke stumm gegenüber, dann setzte Woskanow sich auf seine Pritsche.

Agafonow stand da, wie er aufgestanden war.

Da tat er in seiner Verlegenheit die Frage, die dem anscheinend Nebensächlichsten galt: »Warum fahren Sie durch ganz Rußland mit einem lebendigen Licht, Wassilij Pawlowitsch?«

Agafonow runzelte die Stirn. Sein bärtiges Gesicht sah sehr nachdenklich, beinahe abweisend aus.

»Warum?« wiederholte er, »ist es nicht dunkel genug? Soll man nicht ein Licht bei sich haben?«

Die Worte waren so doppelsinnig, daß Woskanow schwieg. Jede Deutung hatte ihre Gefahren.

»Und woran«, fuhr der andere fort, »hätten Sie mich denn wiedererkennen sollen, Gaspar Sergejewitsch, wenn ich nicht das Licht gehabt hätte?«

Woskanow schwieg und lehnte sich gegen die Wand.

»So ist es«, sagte der andere leise, und als bringe er seinen Vorsatz jetzt zur Ausführung, ging er mit dem Geschirr aus der Kammer hinaus. Woskanow hörte ihn zum Waschraum gehen. Selber ließ er sich müde auf den Strohsack fallen.

Wer war dieser eigentümliche Mensch, unter dessen Blick er sich nackt und bloß fühlte! Kein Spitzel jedenfalls… Hatte er aber nicht beim Sprechen beinahe unmerklich gezögert, als er seinen Namen aussprach, wie um ihm anzudeuten, daß es nicht der seine sei? – Jetzt kam er zurück! Er erkannte seine Schritte

183

im Gang, in dem nun ein reges Kommen und Gehen war. Alle hatten ihre Abendmahlzeit in der Kantine beendet.

Er stand auf, widerwillig, aber er wollte nicht liegen, wenn der andere kam. Stellte sich ans Fenster und blickte hinaus, wo die Baracken hinter dem Zaun dunkel wie Särge aufgebahrt lagen.

»Warum ist da kein Licht?« fragte er, als Agafonow eingetreten war, und deutete hinaus.

Agafonow antwortete nicht und trat neben ihn ans Fenster.

»Wo?« fragte er kurz.

»Da unten in den Baracken!«

Der neben ihm Stehende blickte eine Weile stumm hinaus. – »Da ist viel lebendiges Licht«, sagte er dann leise, wie um von keinem andern als von ihm gehört zu werden. »Man sieht es nur nicht. Die andern aber können nicht einmal für Petroleum sorgen.«

Woskanow schwieg.

»Viele aus meiner Heimat sind da unten«, fuhr Agafonow fort, »viele von uns…«

Woher er sei, fragte Woskanow; er wagte nicht, den ›vielen von uns‹ eine andere Deutung zu geben als die einer Dorfgemeinschaft.

Er sei aus der Gegend von Isborsk, nahe der Grenze im Westen, ob er wisse…

Woskanow nickte errötend. [Er… er… war aus Pskow!]

…Und von dort seien sie in den letzten Jahren alle verpflanzt worden. Aber nicht nur, weil die Grenze so nahe gewesen sei. Sie hätten sich schon vor vielen hundert Jahren bei der großen Trennung die Welt zum Verfolger gemacht.

Woskanow erinnerte sich der Altgläubigen-Siedlungen, die es im Gebiet des Peipus-Sees gegeben hatte und die Agafonow wahrscheinlich meinte.

»Wie halten Sie das aus, Wassilij Pawlowitsch, die Ihren da unten zu sehen und selber hier oben zu sein?« fragte er mit gedämpfter Stimme.

»Wie ich das aushalte?« entgegnete der andere; »Sie können ebensogut fragen, wie die da unten das aushalten, warum sie nicht vor Mitleid mit mir vergehen!«

Er machte eine Pause. Dann sagte er, wie um der Umkehrung das Verzerrte zu nehmen: »Glauben Sie nicht, daß das Auserwählte sind, die da unten leben dürfen? Daß sie gewürdigt worden sind, das Gericht vorwegzunehmen und mit ihren Leiden für unser Heil mitzuleiden? Wovon leben wir denn, Gaspar Sergejewitsch, wenn nicht von der Barmherzigkeit, die jene uns schaffen? Meinen Sie wirklich, soviel Böses in der Welt könnte bestehen, ohne daß unaufhörlich soviel Gutes und Heiliges gelebt wird, um von Gott eine Frist auszuwirken? – Mein Gott!« murmelte er, »wir zechen ja doch einstweilen nur noch, weil jene zahlen! Aber es sind heilige Schuldner Gottes unter ihnen, seine Auserwählten...« Woskanow hatte mit wachsender Erregung zugehört. »Aber ich bitte Sie, Wassilij Pawlowitsch«, fiel er ihm ins Wort, »wollen Sie Gott in Verdacht bringen, diese entsetzliche Ökonomie zu betreiben, mit anderthalb tausend Leidenden das Wohlleben von zweihundert Soldaten und Spezialisten zu bestreiten...?«

Agafonow wandte ihm sein Gesicht zu und sah ihn streng an. »Was wollen Sie«, sagte er mit gekrauster Stirn, »gegen Ihren Zahnarzt murren Sie nicht, wenn er Ihnen wehtun muß, um Ihnen zu ermöglichen, Ihr Leben schmerzlos und ohne Geschwülste zu genießen. Aber Gott schauen alle Nichtswisser auf die Finger und meinen, alles in seinem Regiment sei stümperhaft und halte ihrer Logik nicht stand – die der Teufel ihnen gegeben hat.«

»Warum hat der Teufel sie ihnen gegeben?« widersetzte sich Woskanow.

»Weil die göttliche Logik unbegreifbar ist. Die der Menschen«, fuhr er langsam fort, »hat göttliche Erinnerungen, weil der gefallene Engel, der Satan, sich auch immer noch Gottes erinnern muß, das ist ja gerade sein fürchterlicher Schmerz. Und was er den Menschen gibt, daß sie selbstbewußt werden und sich von Gott abkehren, verleugnet selten die ewige Werkstatt, in der er selber gestohlen hat.«

Sie schwiegen eine Zeitlang. Das Dunkel nahm rasch zu. Alles draußen verschwand, weil es sich unaufhörlich auszudehnen schien und miteinander verwuchs.

»Warum sind Sie nicht unten?« fragte Woskanow schließlich.

»Ja, warum wohl nicht!« erwiderte Agafonow. »Ich weiß es nicht. Gott würdigt mich dessen nicht, oder er hat andere Absichten mit mir, ich weiß nicht. Die da unten haben nichts getan, was ich nicht auch getan hätte. Aber so ist es...«

»Und warum sprechen Sie so mit mir? Wissen Sie denn, ob ich nicht ein Spitzel bin...?«

Agafonow schwieg so lange auf diese Frage, daß Woskanow das Herz zu klopfen begann. Das Schweigen des andern strafte den verwegenen Doppelsinn, den - wie er meinte - nur er kannte. Er hielt es nicht mehr neben ihm aus, weil er dachte, Agafonow müsse sein Herz hören und seine Unruhe spüren. Als sei er müde vom Stehen, setzte er sich auf sein Bett. Das Schweigen wurde immer bedrohlicher für ihn. Wenn der andere jetzt nicht bald etwas sagte: daß er ihn nicht für einen Spitzel halte, oder so ähnlich, dann drückte er mit seinem Schweigen einen Verdacht aus. Vielleicht - und das erklärte dann seine Gesprächigkeit -, vielleicht wollte er verraten werden, weil er den leidenden Auserwählten zugezählt werden wollte. Lag das vielleicht in der unbegreifbaren ›göttlichen Logik‹?

Er sah ihn kaum mehr. Die Gestalt am Fenster war nur noch wie ein Schemen. Und dennoch - Licht zu machen, fiel ihm nicht ein, so sehr ihn das körperlose Dunkel quälte. Genug, daß die Namen falsch waren, die Leben gelogen! Nun selbst den Trug nicht mehr erkennen zu können...? Mein Gott! dachte er und staunte zugleich über den Anruf, wohin sollte das führen?

»Sie sind kein Spitzel, Gaspar Sergejewitsch«, sagte die Stimme im Dunkel, als sei der Sprechende nach reiflicher Erwägung zu diesem Ergebnis gekommen. »Aber Sie sind auch nicht der, der Sie sind, oder der Sie sein könnten und sein möchten. Das habe ich gleich gesehen...«

Woskanow entfuhr ein halb unterdrückter Ausruf der Überraschung.

»Sie haben das Siegel auf der Stirn...«

»Was habe ich...? Wie sagen Sie?«

»Das Siegel des Lammes, ja!« bestätigte der andere. »Und wir sind zusammengeführt worden, damit wir darüber sprechen. Sie haben zu große Angst. Warum haben Sie Angst? Ich habe auch große Angst gehabt, in den ersten Jahren damals...«

Woskanow erriet nicht, was er mit den ›ersten Jahren damals‹ meinte.

»...Aber jetzt? Nein. Und ich kann tun, was ich will, wenn ich dem Bösen nur keinen Vorwand gebe. Das darf man nicht. Es heißt in der Schrift: ›Gebt keinen Vorwand dem Bösen!‹ Und das ist sehr wichtig in dieser Zeit des Bösen. - Mir fehlen die

Worte, Ihnen das richtig zu erklären. Aber sie werden schon kommen, warten Sie nur... Wir wollen Licht machen!« sagte er mit Bestimmtheit. Woskanow hörte mehr, wie er vom Fenster zum Lichtschalter an der Tür ging, als daß er ihn gesehen hätte.

Gleich danach flammte die elektrische Birne unter der Decke auf und sandte ihr flackerndes, stoßweises Licht in den Raum. Er erschrak in der Helle, die ihn blendend scharf dünkte, und meinte, er müsse Blößen bedecken. Agafonow aber würdigte ihn keines Blickes. Ruhig zog er seinen Werkzeugkasten hervor, schloß ihn auf, kramte lange in seinem Inhalt und klappte den Deckel dann wieder zu.

Als er hinsah, hatte Agafonow eine altmodische Nickelbrille aufgesetzt und hielt ein Buch in den Händen. Er mochte den Blick des andern spüren, denn unversehens sah er auf und sagte: »Wir wollen bei unsern Gewohnheiten bleiben, nicht wahr, Gaspar Sergejewitsch? Ich habe die meinen, daran haben Sie mich erkannt, Sie behalten die Ihren...«

»Ich habe keine«, sagte Woskanow leise wie ein Eingeständnis.

»Keine?« fragte Agafonow erstaunt. »Schade.« – Und nach einer Weile: »In welchem Glauben, Gaspar Sergejewitsch, sind Sie getauft?«

Woskanow hob die Füße in den Stiefeln auf die Pritsche und streckte sich aus, als habe er die Frage gar nicht gehört.

»...Davon bekommt man nämlich sein Leben.«

Woskanow verschränkte die Arme unter dem Kopf.

Agafonow sah ihm bei allem stumm zu. Dann, als es still blieb, blickte er wieder ins Buch.

Nach einer Weile hörte er, wie Woskanow hinausging, aber nun blickte er nicht mehr auf.

Mit der Stunde, die er erlebte, als er das Zimmer mit dem stumm Lesenden verließ und draußen hinter der Baracke bald auf und ab ging, bald auf den Stufen beim Eingang saß und rauchte, nahm er zahllose Stunden vorweg, die er in den folgenden Tagen und Wochen erlebte und die dann schließlich jäh die Entscheidung für ihn herbeiführten. Im Grunde genommen lebte er Augenblicke seiner Kindheit weiter, in denen er mit angehaltenem Atem dagesessen und versucht hatte, sich seiner Identität bewußt, sich klar zu werden: der, dessen Hand jetzt das Knie packt, der bin... ich. Ich... ich... was ist das? wenn er jetzt vor der Baracke saß und sich einzuschärfen bemüht war: Ich heiße Mitterhusen... ich kenne Mitterhusens Lebenslauf... ich weiß, wozu ich hier bin, ich darf meine Pflicht nicht versäumen. Man hat mich auf Lebenszeit abkommandiert, wie man damals lächelnd gesagt hat. Erst wenn ich tot sei, müßte ich auf jeden Fall zurückkehren, um auf den Heldenfriedhof zu kommen. Ich habe hier meine Arbeit. Ich bin am richtigen Ort angelangt, jeder Tag ist wertvoll... Aber spätestens vom Lebenslauf an wollte er sich dieses Mitterhusens nicht mehr erinnern, muteten diese Hinweise auf die Pflicht eingelernt an, unwirklich - hallende Kommandos über einem nebligen Schlachtfeld, auf dem sich kein Leben mehr regte. Es war, als habe es den Mann des langen, verworrenen - nur er wußte wie befleckten - Lebenslaufes längst nicht mehr gegeben, als der sich zu einem freiwilligen Einsatz gemeldet hatte. Oder aber es hatte ihn nur soweit gegeben, als er sich schon in die Gestalt des andern eingenistet hatte, in die Person dessen, der hier ganz wirklich lebte: Woskanow... Und der gerade jetzt doch nicht mehr Woskanow sein wollte und konnte und zwischen dem einen und dem andern stand... Woskanow war zu wenig. Woskanow war eine Lüge, die zu Ende gelogen worden war, fertig - ein Ungetaufter, der auf die erste Frage nicht mehr antworten konnte, dem das fehlte, ›wovon man nämlich sein Leben bekommt‹, hatte Agafonow gesagt. Und dabei hatte er Woskanow aus dem Nichts, aus seiner in der ganzen Abteilung anerkannten Einfühlung geschaffen. Abgeguckt hatte er ihn dem Leben, das er jahrelang nur in seiner Vorstellung getragen hatte; hatte ihn gezeugt nach etwas, was dieser Zimmermann-Scholast da drinnen die Logik des gefallenen Engels nennen würde, die dem Leben sehr nahe komme, es aber nie lebendig schaffen könne, weil das Element des Satans: das Nichts, die Verneinung, selber - der Tod sei. Nun wußte er, daß es richtig gewesen war, als er gespürt hatte, dieses eine Versäumnis werde sich rächen...

Aber im Ernst: wollte er denn meinen, es hätte etwas zu bedeuten gehabt, wenn er Woskanow auch noch einen gefälschten Taufschein ausgestellt hätte? Nein, natürlich nicht. Natürlich hätte er das können, wenn ihm das wesentlich erschienen wäre. Und das war es nicht gewesen. Sein Woskanow war der ganzen umständlichen Mannigfaltigkeit des Lebens abgeguckt und ihr nachkonstruiert; nur eine Beziehung fehlte dieser Konstruktion, die ausschlaggebende, ohne die sie sich selber und ihrem Konstrukteur sehr schnell verleidet wurde, unmöglich, gelebt zu werden, wie er jetzt sah. Und diese eine ausschlaggebende Beziehung hatte ihm selber gefehlt, fehlte ihm eben noch. Er hatte sie für Mitterhusen wie für Woskanow vergessen. Aber sie brachte sich selbst in Erinnerung. Und weil sie die Echtheit der Identität voraussetzte, ja, diese Echtheit erst schuf, die Natur des menschlichen Ich aus dem Übernatürlichen bezeugte – konnte er im Schatten Woskanows nicht mehr leben. Er wurde seiner eigenen Konstruktion fremd, und die Konstruktion wurde ihm fremd. Einer von beiden mußte ausgelöscht werden, sterben. Sterben aber konnte nur, wer am Leben war. Und wer von ihnen beiden lebte? Woskanow – für alle hier, für seinen Auftrag... Aber dieser Auftrag war ja nur ein Schein! Mitterhusen hatte den Auftrag, ohne auch nur mit einem Quadratmillimeter in diesem Leben hier beheimatet zu sein! Und wer von den beiden hatte ›das Siegel des Lammes‹ auf der Stirn?

Er vergaß sich und ging mit langen Schritten hinter der Baracke auf und ab, dort, wo der Lichtschein aus manchen der Fenster ihn nicht mehr erreichte.

Es muß zu Ende gehen, dachte er, ich werde verrückt! Ich falle – gerade wie der Apfel vom Baum oder wie der Stein ins Wasser. Es trägt nicht mehr, keinen von uns, nicht Mitterhusen und nicht Woskanow. Ich muß zurück! Dabei ahnte er, daß es kein Zurück mehr gebe. Wohin? In das Nichts, in dem er gelebt und aus dem heraus er Woskanow geschaffen hatte? Andere Figuren, das wußte er, würde er nie erschaffen können... Immer nur Bürger dieser gleichsam synthetischen Welt staatlicher Funktionen. Und auch das war nicht genug, wie er gesehen hatte, denn sie lebten, ob sie wollten oder nicht, mit den Agafonows zusammen, die sie durchschauten. Aber was focht ihn das an! Das... Das focht ihn an, ja. Vielleicht hatte auch der Satan einen ungestillten, traurigen Hunger nach Heiligkeit. Oder in den Bruchteilen göttlicher Logik, die in den Baustoff des Teufels eingingen, lebte und wirkte immer noch die unendliche, unverlierbare, unerschöpfliche Anziehungskraft Gottes, zum mindesten als ein Leiden an der Unvollkommenheit, am Bewußtsein der Spaltung, als ein Heimweh... Floh er von hier, dann war das kein wahres Zurück. Vielleicht konnte er nur vorwärts fliehen, in sich selber...?

Ein Windhauch ging durch die feuchte Dunkelheit, den er wie einen gewaltigen Atemzug hörte. Er blieb stehen.

Ich muß mir klarwerden, dachte er. Ich habe Angst; ich bin nicht der, der ich sein könnte oder sein möchte, das hat er gleich gesehen. – Woran hat er das erkannt? Ich habe doch meine Rolle gut durchgehalten. Und wenn der es mir schon angesehen hat, dieser versponnene, seltsame Sektierer – für wen haben dann die andern damals in Petrosawodsk mich gehalten? Auch nicht für den, als den ich mich ausgegeben hatte, für einen viel Höheren, als ich schien, einen ›Heimlichtuer‹, der sein Licht unter den Scheffel stellte. Beide haben etwas gemerkt. Der eine vermutlich etwas Richtiges – warum er? –, die andern etwas so Falsches, wie es der Bauführer Woskanow war und ist. Nur behielt jedes Wort von Agafonow einen unbestimmbaren Doppelsinn. Angst... Was für Angst? Vor wem? ›Nicht der, der ich sein möchte...?‹ Nicht Woskanow also. Aber auch ›nicht der, der ich sein könnte...‹ Wer könnte ich sein? Nur ich... Mitterhusen? Nein... und doch! Vielleicht der Mitterhusen mit dem Siegel des Lammes, wie er sich ausgedrückt hatte. Was sollte das heißen: Siegel des Lammes! Das klang wie nach den krausesten Metaphern der Geheimen Offenbarung. Und was sollte dieses Siegel zu bedeuten haben? Sollte man es brechen? Oder sollte man damit sein Leben lang umhergehen? Danach mußte er fragen. Doch als er nach geraumer Zeit zurückging, war die Kammer schon dunkel, und die Wärme des lebendigen Lichts, das hier vor kurzem gebrannt hatte, war nur noch wie eine Erinnerung, die dem Dunkel innewohnte. Er hörte, als er an der Tür stehenblieb, ruhige Atemzüge eines Schlafenden, starrte eine Weile in den Raum hinein, in dem er nichts unterschied, und legte sich dann selber zur Ruhe. Vieles, was er angestrengt gedacht hatte, ging ihm nicht aus dem Kopf, und deshalb meinte er lange Zeit, er träume, als er einen Lichtstumpf brennen und die dunkle Gestalt Agafonows davor knien und allem Anschein nach stumm in das rötliche Licht starren sah. Nein, die Lippen bewegten sich! Und unter einem kaum spürbaren Atemhauch flackerte bisweilen die Kerzenflamme...

Er lag da und sah zu, sah immer nur zu, als bleibe ihm das Bild dadurch, daß er es regungslos betrachtete, erhalten. Nun sah er auch, daß Agafonow gar nicht das Licht betrachtete, sondern seine Hände, die er vor sich hingestreckt hielt... und auch nicht die Hände allein, sondern etwas, was er in den hohlen, nebeneinander liegenden Handflächen hielt... Irgend etwas; was, das sah er nicht. Seine beiden Hände waren wie die Seitenflügel eines Triptychons aufgeklappt. Die Mitte war...

Agafonow erhob sich. Vor das Licht legte er irgend etwas Dunkles hin. Er verneigte sich tief und bezeichnete sich mit dem großen rechtgläubigen Kreuz...

Er wußte nicht, von wann an er wach gewesen war, aber wach war er, träumte nicht, und auch das Bild Agafonows kam nicht im Traum vor. Alles war Wirklichkeit. Und trotzdem rührte er sich nicht, lag wie gebannt und starrte den andern an. Wie zufällig streifte ihn einmal Agafonows Blick, aber er erschrak nicht vor Woskanows offenen Augen, sondern nickte ihm ruhig zu.

»Zeit, aufzustehen«, sagte er kurz.

Woskanow antwortete nur mit den Augen. Dann richtete er sich auf.

»Was«, fragte er Agafonow, der vor seiner Kiste hockte und darin kramte, »was ist das Siegel des Lammes?«

Agafanow drehte sich im Dahocken um und betrachtete ihn stumm.

»Das Siegel des Lammes«, sagte er nachdenklich, »das... das ist ein Zeichen, daß Gott nicht an uns vorübergeht, oder daß er ›schonend vorübergeht‹, wie im Alten Bund, weil einer vom Blut des Lammes im Neuen Bund gezeichnet ist. Das Siegel des Lammes trägt der Mensch, der Gott nicht mehr entrinnen kann, weil sein Heimweh nach ihm zu groß ist. Er mag laufen, wohin er will – immer läuft er ihm in die Arme. Und wie tief er auch fällt – er fällt immer in Gottes Schoß.«

»Fällt er...«, fragte Woskanow, »...in Gottes Schoß?«

Agafonow nickte.

»Und wenn er aus Verzweiflung fällt?«

»Keine Verzweiflung ist so tief, daß nicht die Erbarmung Gottes noch unter ihr sein könnte«, sagte Agafonow ernst. »Haben Sie keine Angst!« – Er wandte sich wieder um, kramte noch ein Weilchen in seiner Kiste, schloß sie dann ab und war zum Gehen bereit.

Von draußen her, wo noch tiefes Halbdunkel herrschte, dröhnten die Schläge, welche die Tagwache verkündeten. Woskanow war es zum erstenmal, als läuteten Glocken einen neuen Tag für ihn ein. Er sprang auf.

Agafonow nickte ihm zu. »Bis heute abend!« sagte er und ging. Als die Tür sich hinter ihm geschlossen hatte, hielt Woskanow inne und fragte sich verwirrt, was er hatte hören sollen: eine Verabredung oder eine angesetzte Frist. Er wußte sich nicht zu antworten... Aber keine Verzweiflung war so tief, daß nicht die Erbarmung Gottes noch unter ihr sein konnte. Angst zu haben brauchte er nicht...

Und doch: Agafonow hatte sicherlich eine andere Angst gemeint, als sie seit dem vergangenen Abend empfand: eine Angst, die in jede Stunde des Tages einsickerte, wie Blut aus einer klaffenden Wunde. Er hatte sich vorgehalten, daß er Klarheit schaffen müsse: Mitterhusen sei er, so und so sei sein Auftrag, die Figur des Ersten Gehilfen der Bauleitung nichts als seine Arbeitshypothese – doch mit dieser spaltenden Klarstellung zog Mitterhusen allstündlich Woskanow den Boden unter den Füßen weg, keiner von beiden war selbstverständlich der, der er war, keiner durfte sein, wie er war. Der ganze Tag verging in einer quälenden, bewußten Schauspielerei, die ihn bis zur Erschöpfung ermüdete und ihm nicht einmal das Gefühl gewährte, er habe seine Rolle glaubhaft gespielt. Zudem stellte sich ein beinahe körperlicher Ekel des einen vor dem andern ein. Und wie um die Qual zu steigern, kam Schilkin gerade an diesem Tage auf den Gedanken, ihn am Abend in der Kantine mit uferlosem Geschwätz festzuhalten, einem Redestrom, der nicht einzudämmen war und der wohl der Angst vor einer Revision seiner Tätigkeit entsprang, die man aus allen seinen Selbstverteidigungen heraushören konnte. Die Gehilfen, die ebenfalls noch in der Kantine, aber weiter entfernt von ihnen saßen, blickten von Zeit zu Zeit geringschätzig lächelnd zu ihnen herüber. Jeder von denen hatte wohl an einem seiner ersten Abende hier das gleiche erlebt. Welcher von ihnen den Bauleiter ans Messer liefern würde, war ihnen nicht anzusehen. Einstweilen beobachteten sie seine straffällige Geschäftigkeit noch. Aber, durchzuckte es ihn, während er dem Redestrom geistesabwesend sein Ohr zuneigte, wenn die Arbeit hier einer Kritik unterzogen wurde, dann würde Schilkin versuchen, die Verantwortung auf seinen Ersten Gehilfen abzuwälzen! Die Freundlichkeit heute abend war trügerisch, und das wußten die lächelnden Beobachter auch.

Er saß da wie betrunken – wie in den längsten Kasinonächten seiner Vergangenheit, wenn Wände und Decke vor dem angestrengt starrenden Blick, der einen Halt gesucht hatte, auf und nieder geflogen waren... über den Kopf hinweg nach hinten: das Bild, das ihn immer an die letzte Möglichkeit zum Aufbruch gemahnt hatte.

Er, sagte er mit einem maskenhaften Lächeln, er müsse bitten, ihn entschuldigen zu wollen, aber er sei todmüde oder noch nicht ganz im Konzept. Er habe sich wohl noch nicht richtig eingelebt...

Die Augen hinter der Brille bekamen ein argwöhnisches Lauern. Er wolle gehen? – Woskanow nickte matt. – Das sei schade. Er habe ihn gerade heute abend in das Ganze einführen wollen. Wenn er auf eigene Faust die Strecke abgehe und die Pläne studiere, sei das doch nicht alles, was er brauche. Die letzten Absichten kenne immer nur die Bauleitung. Er solle sich nur nichts von den andern weismachen lassen... Mit unverhohlenem Haß machte Schilkin eine Kopfbewegung, die nach dem Tisch mit den Gehilfen deutete, und dabei hatte Woskanow gemeint, der Bauleiter habe die Beobachter gar nicht bemerkt. Natürlich, stammelte er, werde er sich an die Bauleitung halten. Wozu sei er sonst ihr Erster Gehilfe?

Er gab dieses Versprechen nur, um schnell gehen zu können, und als er zur Tür ging, meinte er eine Unzahl von Blicken auf sich ruhen zu fühlen. Draußen blieb er erschöpft stehen. Er fühlte sich krank, als er durch die Dunkelheit zur Baracke hinüber ging. Und mitten auf dem freien Gelände zwischen den Gebäuden stehenbleibend, blickte er mit Sehnsucht in die schwarze Tiefe hinunter, in der das Lager der Gefangenen liegen mußte. Dort war das lebendige Licht, dort waren alle Namen ausgelöscht, dort war jedes Leben in seiner Anonymität von aller Welt abgelöst, war nur noch das Sein am äußersten Rande der Möglichkeiten, zu sein... Aber auch seine eigene Baracke lag dunkel, wie ausgestorben. Mit einemmal eilte er. Er hatte in keinem der Fenster auch nur den geringsten Lichtschein entdecken können, und dennoch jagte ihn die Hoffnung, es könne sich wiederholen, was er am ersten Abend erlebt hatte: daß die Finsternis zu sprechen anfing. »Bis heute abend!« Hatte das nicht wie eine Verabredung geklungen? Mehr als das, als die Ansetzung einer Frist. In vier Wochen sitze ich als Saboteur im Gefängnis und werde erschossen! dachte er. Sie werden ihn ans Messer liefern - die Beobachter vom Nebentisch, und er wird jetzt Tag für Tag versuchen, mich soweit ins Vertrauen zu ziehen, daß ich bis dahin seine Verantwortung teile! Und dann... Wie er sein eigenes Geschöpf zu fürchten und zu hassen begann, diesen Woskanow, diese erlogene und verlogene Konstruktion, die nun eine erpresserische Rechnung an ihren Vater zu stellen begann, um den für das Phantom einer Schuld in aller Wirklichkeit umzubringen! War das die Rache des Nichts, aus dem er ihn geschaffen hatte, die folgerichtig ihn selber ins Nichts ziehen wollte? Und wie konnte er sich dagegen wehren?

Selber den Bauleiter anzeigen! dachte er mit einem Schauder von Ekel. Noch war es Zeit, noch war er nicht mitschuldig geworden. Noch konnte er selber den geheimen Revisor spielen, der die mangelhaften Bettungen der Strecke, die zu lockere Schüttung der Dämme, die ungenügende Faschinierung der Böschungen, die unzulängliche Schweißung, die fehlenden Schrauben und Versatzstücke aufrechnete und damit denProzeß gegen die Saboteure an den Verteidigungsanstrengungen des proletarischen Vaterlandes eröffnete. Jeder weitere Tag machte ihn selber haftbar. Die grauen Lächler vom Nebentisch würden eine Draisine in einer Kurve entgleisen lassen und am Beispiel im Kleinen vorwegnehmen, was geheime Verräter im Großen mit Munitions- und Truppentransporten planten und was durch ihre proletarische Wachsamkeit verhindert wurde. Brachte eben nicht jeder neue Tag neue Berichte von aufgedeckten Komplotts und neuen Verhandlungen und Todesurteilen? Die Generäle aus der alten, kaiserlichen Zeit schwelgten in Selbstanklagen, bevor sie vor das Peloton traten, das sie erschoß... Und wie scheinbar echt, lückenlos und überzeugend Woskanows Papiere waren - einem Untersuchungsrichter der Grünen hätte er sie nicht vorlegen wollen. Was aber mußte geschehen, wenn er, der Sabotage verdächtig, mitangeklagt wurde? Eben das, was nicht geschehen durfte... Woskanows Rache an dem, der ihn ins Leben gerufen hatte, hilflos gegenüber seiner eigenen, heillosen Welt.

Er eilte mit raschen Schritten durch den finsteren Mittelgang, und als er vor seiner - ihrer - Tür angekommen war, ging sein Atem so stürmisch, daß er ein paar Augenblicke zögerte, bevor er die Klinke niederdrückte. Doch schon der erste Spalt machte ihn niedergeschlagen. Finsternis... Er hatte es gewußt, er hatte es schon von draußen her sehen können, aber er hatte es anders erhofft. Finsternis und Stille. Nur die ruhigen Atemzüge des Schlafenden. Nicht nur Atemzüge zum Schein, wie es zum Schein geschlossene Augen gab.

Er setzte sich auf seine Pritsche und wartete, ob nicht doch noch... Nein. Er hatte nur das Gefühl, die Dunkelheit werde mit jedem dieser Atemzüge des Schläfers tiefer, die Nacht eile voran, dem Morgen entgegen, vor dem ihm graute. Eine Weile stand er mit angehaltenem Atem da und hatte schon einen Fuß in der Richtung auf die andere Pritsche vorgesetzt. Er war entschlossen, Agafonow zu wecken. Aber wozu? Wie sollte er ihm erklären, was er von ihm verlangte? Und was verlangte er denn? Er wußte es ja selbst nicht. Doch vielleicht würde Agafonow das wissen..., sicher sogar. Agafonow wußte alles, Agafonow durchschaute ihn ja doch, von der ersten Begegnung an damals... Mein Gott! dachte er, wie weit das zurückliegt, und war doch erst...! Er rechnete nach und erschrak. In wie wenigen Wochen war alles geschehen! Eine knappe Stunde hatte ihn ›in den Sack‹ gebracht, ganz unten... Jetzt meinte er, daraus etwas heraushören zu können, was wie eine Anspielung klang. Säcke wurden zugebunden... Vielleicht war der Knoten schon geschlagen, und nur er wußte das nicht.

Er setzte sich wieder hin. Nein, es hatte keinen Zweck, Agafonow zu wecken. Damit konnte er sich vor diesem Hellseher nur verraten. Und helfen konnte der ihm ja doch nicht. Nur er selber konnte das: Mitterhusen Woskanow und Woskanow Mitterhusen. Jetzt mußte er einfach kaltblütig bleiben. Anzeigen durfte Woskanow den Bauleiter nicht, aber er mußte Deckung vor kommenden Anklagen suchen und sich Zeugen sichern.

Kaltblütig bleiben! Keine Angst haben! schärfte er sich vor dem Einschlafen ein, als wolle er für den kommenden Tag vorsorgen, aber schon im Einschlafen war ihm, als seien diese Vorsätze hohl und als könne die Angst, die Agafonow gemeint hatte, heißer werden als alle seine Kaltblütigkeit kalt.

Der Morgen empfing ihn mit einer verdrossenen Leere. Er sah mit dem ersten wachen Blick, wie die Tür sich hinter Agafonow schloß, und lebte von dem Vermissen in den neuen Tag hinein. Auf der Bauleitung wartete er bis zu dem Augenblick, da Schilkin und die Gehilfen versammelt waren. Und dann führte er seinen Vorsatz aus. Er fragte, wann die Versammelten das letzte Mal die Strecke in Augenschein genommen hätten.

Schilkin wußte sich nicht mehr zu erinnern. Die Gehilfen machten Ausflüchte, sie wollten es nicht sagen. Er sagte, daß seine Beobachtungen aus den letzten Tagen stammten. Und vor seinen Augen hatte nichts Gnade gefunden: weder die Erdarbeiten noch die Verlegung der Geleise, nicht die Schweißungen und nicht einmal das Krampen - ja, was die Überhöhung einiger Kurven betreffe, wolle er empfehlen, noch einmal Nachrechnungen anzustellen, damit nicht von einer gewissen Geschwindigkeit an entweder der Unterbau sich als zu schwach erweise oder die Überhöhung als zu gering.

Er sprach mit finsterer Entschlossenheit bald in das alle Schattierungen der Ratlosigkeit spiegelnde Gesicht des Bauleiters hinein oder in die ausdruckslosen Gesichter der Gehilfen, denen er ansah, daß sie jetzt nicht mehr wußten, wer dieser Erste Gehilfe war.

»Man... man muß Anweisung geben, daß die Gefangenen besser überwacht werden. Bestimmt sind Saboteure darunter!« stammelte Schilkin leichenblaß.

Woskanow lächelte grausam. »Natürlich«, sagte er, »immer sollen andere schuld sein, wenn irgend möglich solche, die sich nicht verteidigen können. Ich habe gesagt, man müsse die Überhöhungsprozente nachrechnen. Das machen nicht die Gefangenen. Das wird hier gemacht. - Haben nicht Sie die Ausrechnungen angestellt, Genosse?« wandte er sich an einen der Gehilfen.

»Ich habe sie dem Bauleiter vorgelegt«, wandte der ein.

»Erlauben Sie, Gaspar Sergejewitsch, mit welcher Vollmacht führen Sie hier die Untersuchung?« wandte Schilkin nun ein.

»Mir hat man gesagt, ich bekäme einen Ersten Gehilfen - von einem Revisor ist nicht die Rede gewesen! Und Sie mischen sich in alles ein, was unter meine Verantwortung fällt, und haben mein Vertrauen mißbraucht. Ich habe Sie ganz allein die Strecke abgehen lassen...«

Es sei besser, er sei allein die Strecke abgegangen und hätte die Mängel festgestellt, die sich jetzt noch beheben ließen, als daß in naher Zukunft vielleicht andere die Strecke abgingen, die bei jedem feststellbaren Mangel nicht an die Elementarbegriffe des Streckenbaus dächten, sondern an ganz andere Dinge... Zum

Beispiel, ob man diese Vergehen der Transportgefährdung fahrlässig oder vorsätzlich zu nennen habe... Er sah es den Gesichtern an, daß er zu weit gegangen war. Die einstmals Uneinigen, die doch schon Monate gemeinsamer Irrtümer und Fehler miteinander verbanden, waren - ohne daß er's gewollt hatte - durch ihn geeint worden: gegen ihn. Mit Sekundenschnelle, ohne ein Wort, war das vor sich gegangen, und es spiegelte sich nun in ihren Gesichtern, ihrer Haltung und wie sie die Plätze wechselten. Er hätte lachen mögen, wie sinnfällig das wurde: die Gehilfen scharten sich um ihren Meister. Und der spürte das.

Er sei ein Freund jeder aufbauenden Kritik, sagte Schilkin würdevoll wie ein Festredner, aber er müsse sich überlegen, ob er nicht verpflichtet sei, über die Art und Weise, wie Woskanow Gehorsam und Loyalität verweigere, einen Bericht einzusenden. Eine Eisenbahnlinie, sagte er pathetisch, müsse bei ihrem Bau alle Kräfte einen. Auf der Parallelität der gemeinsamen Anstrengungen beruhe das Gelingen der Sache, so wie auf der Parallelität des Schienenpaars die Sicherheit der Transporte beruhe, und da sich nun herausgestellt habe, daß der Genosse Woskanow vom ersten Tage an seine eigene Linie verfolge...

Wohin käme man ohne Linientreue, ganz allgemein gesprochen! warf einer der Gehilfen ein.

...Jetzt verstehe er auch, warum Woskanow gestern abend so schroff jedwedes kollegiale Vertrauen zurückgewiesen habe, sagte der Bauleiter rachelustig.

Gestern abend sei er krank gewesen, verteidigte Woskanow sich.

Sei er dessen sicher? Nur gestern abend? Sei er nicht vielleicht auch heute noch krank? Das wäre ein Grund, ihm mildernde Umstände nicht zu versagen. Das Klima und die Besonderheit der Arbeit hier verlangten freilich widerstandsfähige Männer, von denen er wohl keiner sei, Männer mit Pioniergeist, arktischem Pioniergeist, wie er sie zum Glück in seinen andern Gehilfen bekommen habe. Er wolle Woskanow hier nicht gegen dessen Wunsch und Eignung festhalten...

Schurke! dachte Woskanow, aber er mußte zugeben, daß Schilkin geschickt vorging und daß er das Spiel verloren hatte.

»Ich werde Ihnen«, sagte er, »eine in allen Einzelheiten begründete Aufstellung geben, was nach dem Urteil eines jeden Fachmannes mangelhaft an der Strecke ist!«

»Tun Sie das, Gaspar Sergejewitsch! Ich stelle Ihnen die Zeit, die Sie dazu brauchen, gern zur Verfügung.«

Woskanow sah den Bauleiter an. – »Ich weiß, warum Sie so freigebig mit meiner Arbeitszeit sind«, sagte er lächelnd. »Aber Sie werden sehen, ich… ich mache auch gern Geschenke. Kann ich gleich anfangen?«

»Bitte, bitte«, sagte Schilkin. Man merkte ihm an, daß er noch nicht fertig damit war, über die Anspielung seines Ersten Gehilfen nachzudenken.

Woskanow ging.

Er überquerte, ohne etwas zu denken, die ganze Halde. Er fühlte nur, daß er fröstelte und wie ausgehöhlt war. In der Baracke angekommen, ging er in ihre Kammer, aber kaum hatte er einen Blick auf die leeren Pritschen getan, als er kehrtmachte und wieder ins Freie ging. In Gedanken vergegenwärtigte er sich den Lagerplan, der im Baubüro hing, und suchte darauf die Tischlerei. Er wollte zu Agafonow.

Ich hätte ihn doch in der Nacht wecken sollen, dachte er, dann wäre das nicht vorgekommen. – Kaltblütig bleiben! Keine Angst haben! fiel ihm ein. Sein Gefühl hatte ihn nicht betrogen. Und jetzt… Jetzt hatte er alle Ursache, es mit der Angst zu bekommen. Das ganze Baubüro lebte für die kühnsten Konstruktionen von Plänen, ihn so rasch wie möglich aus dem Wege zu räumen – und zum Schweigen zu bringen. Das würden sie sorgfältiger betreiben als den Streckenbau, bestimmt.

Stumm trat er unter das halbe Dutzend Gefangener, die ohne Militäraufsicht der Tischlerei zugeteilt waren – ihrer Handfertigkeit nach zu urteilen selber vom Handwerk oder seit langem mit der Arbeit vertraut. Sie blickten nicht auf.

Er betrat den großen Schuppen, in dem Agafonow mit zwei Gefangenen stand und allem Anschein nach Balken sortierte. Der mit Sägemehl gepolsterte Boden dämpfte das Geräusch seiner Schritte, und Agafonow, der mit zusammengekniffenen Lidern Balkenlängen gemustert hatte, blickte erst auf, als er schon beinahe neben ihm stand. Dann aber verrieten seine sonst so ruhigen Augen Staunen und Unruhe.

»Guten Tag!« – Mehr wußte er nicht zu sagen.

Agafonow erwiderte den Gruß, sagte aber kein Wort mehr. Die Gefangenen, ältere Männer, blickten ihn scheu an, als wüßten sie nicht, ob sie zu gehen hätten oder bleiben könnten. Quälend lange stand er stumm da und empfand, daß er Verwirrung stiftete und störend war. Da setzte er sich hin, auf den ersten besten Balken, und stützte den Kopf in die Hände.

»Es geht nicht mehr, Wassilij Pawlowitsch«, murmelte er schließlich.

»Ich habe es mir gedacht, als ich Sie so kommen sah«, erwiderte Agafonow. - »Sprechen Sie ruhig vor diesen hier«, fügte er hinzu, als Woskanow nichts mehr sagte. »Es sind Freunde.«

Woskanow blickte auf, blickte um sich, in das Halbdunkel, in dem Bretterstapel lagen und sich halbfertige, hölzerne Gerippe für Verschalungen und Verstrebungen von Betonguß-Formen spannten; er sah Agafonow an, von Agafonow zum nächsten... zwei älteren Männern mit gefurchtem, erdfarbenem Gesicht, bärtig, daß die Augen beinahe verschwanden... Ihre Stirnen, die so fahl aussahen, als habe jahrelang keine Sonne mehr auf sie geschienen, erfüllten ihn mit einer Trauer und einer Zuneigung, wie er sie noch nie verspürt hatte, und ihre maulwurfsgrauen Hände, wie zu ewigem Graben mißbraucht, prägten sich unauslöschlich seiner Erinnerung ein. Er wunderte sich, daß sie nicht blutig waren.

»Freunde...?« murmelte er fragend.

»Brüder, alles Brüder«, flüsterte der eine, »wenn wir den gleichen Vater haben...«

Woskanow, da auf dem Balkenstapel sitzend, blickte um sich, als habe er bis eben geträumt und erwache und finde sich an einem unbekannten Ort wieder. Er sprang auf, als müsse er gehen, setzte sich aber gleich wieder hin.

»Sind Sie krank, Gaspar Sergejewitsch?« fragte Agafonow.

»Vielleicht«, murmelte Woskanow einsilbig. Dann wiederholte er: »Es geht nicht mehr, alles.«

Agafonow betrachtete ihn eine Weile stumm. Dann blätterte er in einem Büchlein, das er vor sich liegen hatte und in das er wohl Maße und Zahlen seines Handwerks einzutragen pflegte, schob die Brille von der Stirn vor die Augen und sagte leise: »Ich sagte Ihnen damals, daß mir die richtigen Worte fehlten, um Ihnen alles zu erklären. Aber ich wußte, daß sie kommen würden, von irgendwoher... Und sie sind gekommen. Von unten, von dort, wo soviel lebendiges Licht ist, wie ich Ihnen sagte. Da haben sie beinahe alle Bekenntnisse und Völker, da können sie, ohne zu streiten, aus der einen großen Quelle schöpfen und gönnen einander das Wasser des Lebens. Von dort ist das Wort gekommen, das ein Spanier für Sie gesagt hat. Ich habe es mir für Sie aufschreiben lassen:

›Herr, mein Gott, du bist keinem ferne, der sich nicht entfernt von dir. Wie mag man sagen, du seiest abwesend? Du zeigst dich zuerst und kommst denen entgegen, die nach dir verlangen. Du wirst mir nicht nehmen, o mein Gott, was du einmal mir gegeben in deinem eingeborenen Sohn Jesus Christus, in dem du mir alles gegeben hast, was ich verlange. Dessen will ich mich freuen, daß du nicht säumest, wenn ich auf dich hoffe. – Wie magst du noch länger zuwarten, o meine Seele, da du jeden Augenblick deinen Gott lieben kannst von deinem ganzen Herzen?‹«

Agafonow schob seine altmodische Brille in die Stirn hinauf und blickte Woskanow an, als habe er mit der letzten Frage den Dasitzenden gefragt und erwarte Antwort.

»Lesen Sie noch das zweite Wort, Wassilij Pawlowitsch!« flüsterte einer von den Gefangenen Agafonow zu, »das andere, von dem wir nicht wissen, wer es gesagt hat, es war unsere Lesung heute!«

Agafonow blätterte in dem verschlissenen Buch, rieb sich die Augen und begann, nachdem er einmal flüchtig zum Eingang des Schuppens geblickt hatte, noch leiser:

»Ja, wir müssen aufhören, die Außenseite unserer Seele und deren oberflächlichste Umzäunung zu bewohnen. Wir müssen hineingehen und bis in ihr Innerstes dringen. Dort werden wir in der Tiefe unseres Selbst sein. Sind wir da angelangt, müssen wir noch weiter vordringen, um den eigentlichen Mittelpunkt zu erreichen, der nicht mehr wir sind, sondern der Gott ist. Dort ist der Meister. Dann und wann kann uns die Gnade geschenkt werden, bei Ihm einen ganzen Tag hindurch zu verweilen. Ist uns aber erst einmal diese Gnade zuteil geworden, wird unser Wunsch sein, Ihm überall und stets zu folgen, und zwar als Seine Apostel, Seine Schüler, Seine Diener.«

Woskanow hatte beim Zuhören den Kopf gehoben und sah, daß die Gesichter der beiden Gefangenen nichts als ein Lauschen widerspiegelten. Sie nickten, als Agafonow das Büchlein sinken ließ.

»Dort werden wir in der Tiefe unseres Selbst sein«, schärfte Agafonow wiederholend ein. »Aber der eigentliche Mittelpunkt unseres Ich, wenn wir das erst einmal gefunden haben, liegt noch tiefer. Dort ist Gott, dort ist der Meister... Und unser Ich ist nur getreu daheim bei sich selbst, wenn es bei Ihm ist, dienend, anbetend, lernend... Barmherziger! gesegnet soll sein, der das gesagt hat, ob er lebt oder ob er nicht mehr im Leibe ist. Er ist in der Wahrheit, denn dieses Wort ist aus der Wahrheit!«

Die drei schienen Woskanow vergessen zu haben, der mitten unter ihnen saß. Ihre Augen leuchteten. Agafonow blickte immer noch in das Buch.

»Solche Worte des Lebens!« sagte er. »Wie ist es, Gaspar Sergejewitsch, können Sie auch damit nicht weiter ?«

Da ereignete sich etwas, worauf keiner von den dreien gefaßt war. Woskanow, der ihnen jetzt noch bleicher erschien als vorhin, da er so überraschend gekommen war, stand langsam auf. Er blickte Agafonow an, trat mit schleppenden Schritten auf ihn zu und ergriff ihn bei beiden Armen, während zugleich sein Kopf vornüber sank, als wolle er ihn an die Schulter des andern lehnen. Mit vorgeneigtem Kopf, in einer Haltung, welche die tiefste Demut oder Hilflosigkeit ausdrücken konnte, verharrte er geraume Zeit.

Agafonows Rechte griff an Woskanows Arm vorbei zu dessen Kopf, als wolle er den stützen. Er legte ihm auch ein paar Sekunden lang seine Handfläche gegen Schläfe und Wange. Aber dann zeichnete er ihm mit zwei Fingern ein Kreuz über den Scheitel und sagte begütigend: »Der Auferstandene hilft uns allen unter dem Kreuz! In seinem Namen geht es weiter, Gaspar Sergejewitsch! Haben Sie keine Angst!«

Woskanow richtete sich auf und wollte sich, an ihm vorbei, zum Gehen anschicken. Aber ob Agafonow nun seine Schritte zu unsicher dünkten, oder ob er ihn einfach nicht allein lassen wollte - er flüsterte den beiden Gefangenen zu: »Macht weiter, Brüder!« und zu Woskanow sagte er laut, wie zu einem Schwerhörigen: »Warten Sie, Gaspar Sergejewitsch, ich helfe Ihnen auf den Weg!«

ES WURDE dem, dem Agafonow auf den Weg half, in den folgenden Tagen klar, daß er weiter werde gehen müssen, als er oder Agafonow sich in jenen Augenblicken hatten vorstellen können.

Und welcher Sinn in dem ›Weg‹ einbeschlossen war, auf den Agafonow ihm geholfen hatte, war dem Helfer selber nicht bewußt, denn er hatte nicht wissen können, wen er geführt hatte. Auf dem kurzen Wege von der Tischlerei zur Baracke hinüber hatten sie kein Wort mehr gesprochen, und in der Baracke angekommen, hatte Woskanow sich auf seine Pritsche fallen lassen, zu dem vor ihm stehenden Agafonow aufgeblickt und nur leise gesagt: »Lesen Sie noch einmal das zweite Wort, Wassilij Pawlowitsch, das zweite, von dem man nicht weiß, wer es gesagt hat.«

Agafonow hatte stumm das Büchlein hervorgezogen, die Seite gesucht und ihm noch einmal, leise und sehr langsam, Satz für Satz vorgelesen.

»Es ist gut«, hatte Woskanow gemurmelt, und nach einer Weile wie zu sich selbst hinzugefügt: »Das ist es…«, als habe er das Problem nun genau erkannt. Agafonow hatte ihn allein gelassen.

Allein war er meistens in den folgenden Tagen.

Er floh aus dem Weichbild des Lagers, um sich unbeobachtet zu wissen, während er die Berechnungen über die Linie anstellte, hinter denen er ganz andere Berechnungen, eine viel schwierigere Augenscheinnahme und viel entschiedenere Verbesserungsvorschläge gegenüber sich selbst verbarg. Der aufrührerische Erste Gehilfe der Bauleitung schritt sieben Werst mit dem Troglodythen, der Meßlatte und dem Meßblatt ab - Mitterhusen dreiundvierzig Jahre der Erinnerung, alles Vergangene an der Wahrheit des gegenwärtigen Wortes erwägend.

Der erste, tagelang anhaltende Zustand glich einer Betäubung, in der er dennoch handelte, sprach, seinen Dienst so versah, wie es die feindselige Kälte in der Bauleitung möglich erscheinen ließ. Er lebte mit einem wunderlichen Abstand von sich selbst und den täglichen Ereignissen und dennoch, nach einer geheimen Logik, die stärker war als er selber in seiner Betäubung und Hilflosigkeit, in jedem Augenblick der Berührung mit der ihm feindlichen und fremden Umwelt in Worten und in seinem Verhalten das Richtige wählend. Aber stand er draußen allein auf der Strecke und visierte eine Meßlatte an, dann konnte es geschehen, daß er sie nicht sah. Er starrte und starrte, schließlich richtete er sich auf und strich sich über die Augen. Sie stand da, er sah sie... jetzt..., aber er hatte nicht immer die Augen dafür. Was er erkennen wollte, lag viel weiter entfernt.

Eine innere Stimme riet ihm beharrlich, er müsse weg, so rasch wie möglich. Wohin, wußte sie nicht und wußte er nicht. Aber rasch, bevor das Komplott in der Bauleitung ihm alle Auswege versperrte und solange Woskanow seiner Welt noch glaubhaft erschien. Ihm selber... Weg von Woskanow mußte er, soviel war klar! Ihn abstreifen wie ein Schlangenhemd. Der letzte Dienst, den der Erste Gehilfe der Bauleitung noch leisten konnte, war vielleicht, daß er dem, der unter seinem Namen ging, dazu verhelfen konnte, sich weit genug vom Lager zu entfernen, um sich selber nahekommen zu können. Aber zu Mitterhusen zurück führte kein Weg, das war ebenso klar. Nicht zu dem Mitterhusen, der einmal Woskanow geschaffen hatte und dann von seinem eigenen Geschöpf besessen worden war. Er mußte ein ganz anderer sein oder werden. Der, der er war, mußte Mitterhusen erst wieder bewohnbar für sich machen. Und auch dann noch... Nein, schon hatte er das Gefühl, ihn beheimate kein Name mehr, keine andere Person als die, die er zwischen zwei falschen, überlebten Personen geworden war, kein anderer Sinn des Daseins, als ihn das Wort des Unbekannten umschrieb. Das eigentümliche war nur, daß er sich vieles klarmachen, zergliedern, bis in alle Einzelheiten zerlegen konnte - die ganze Vergangenheit; der eine Augenblick dann aber bei Agafonow im Schuppen, der Blitzstrahl einer Erkenntnis, die für Sekunden Zusammenhänge enthüllt hatte, die er nie wieder so deutlich sah, geschweige denn in Gedanken zu fassen und in Worten darzustellen vermocht hätte - dieser eine Augenblick, dessen überwältigender Wahrheitsgehalt für ihn unumstößlich sicher geworden war, entzog sich jeder Spiegelung. Ihm war, als sei der ein Einbruch übermenschlicher Macht in seinem Leben gewesen, das zwischen Unnatur und Unentschlossenheit, welche menschliche Gestalt es annehmen sollte, hin und her geschwankt hatte. Er hatte nicht mehr gewußt, wer er war; er hatte nicht mehr gewußt, wer er sein konnte; er hatte nicht mehr gewußt, wer er sein wollte, ja, ob er überhaupt das Dasein noch wollte... Und der Blitzstrahl der Erkenntnis in wenigen Sekunden, der das Spiel der Namen und die Magie vertauschter Rollen ausgelöscht

hatte, hatte ihm in der Verwüstung des Nichts zugleich das geheiligte, unzerstörbare Gefilde offenbart, auf dem das Leben sich
selber getreu beheimatet war: namenlos in dem Einen Namen,
der alle Menschlichkeit umschrieb. Das aber... diese Lebens-
möglichkeit, die er ahnte und ergreifen wollte, war - unerklärlich, so unerklärlich, wie ihm in früheren Zeiten die Unmöglichkeit, weiterzuleben, erschienen war, mochte er sie auch dem
Gesetz der Schwere verglichen haben, dem Beispiel vom Apfel
oder vom Stein.

Der zweite Zustand beschäftigte ihn mit deutlich umrissenen
Fragen und Antworten. Er war am Ende. Er mußte weg. Sein
Auftrag war gescheitert. Er besaß alle Unterlagen, die er sich über
diese Strecke nur wünschen konnte, und er fertigte auch einmal
auf einem seiner Streckengänge in einer Stunde flüchtigen, wiedererwachten Eifers für den Auftrag, zu dem der Rittmeister Mitterhusen sich einst freiwillig gemeldet hatte, eine stark verklei-
nerte Kopie der Streckenkarte mit allen für die Abteilung nur
wünschbaren Einzelheiten an, aber als er mit der Arbeit fertig
war, fragte er sich, was er damit wolle, als glaube er nicht mehr
daran, daß er sie je werde abliefern können, und versteckte sie
dann doch in einer Innentasche seines Rockes, obwohl er wußte, daß es ihm das Todesurteil eintragen mußte, wenn man diese
Kopie auf ihm fand.

Er mußte weg. Woskanow mußte in dem Nichts verschwinden,
aus dem er geschaffen worden war. Sein Scheindasein vertrug
sich mit keinem mehr - weder mit dem seines Schöpfers Mitterhusen, den es inzwischen nicht mehr gab, noch mit dem Dasein
dessen, der als der dritte der Überlebende war: gestorben und
auferstanden in Einem. Aber wohin? Seine Verhaftung oder
zum mindesten seine Abberufung wurde eben mit verlogenen
Beschwerden und mit Beweisen, für welche die Bauleitung ein-
stand, vorbereitet, dessen war er sicher. Wieviel Zeit ihm noch
blieb, seine Flucht vorzubereiten, wußte er nicht. Er meinte,
auf jeden Fall noch so lange in Sicherheit zu sein, bis er seine Aufstellung über die Mängel der Strecke und seine Vorschläge, was
getan werden müsse, abgeliefert hatte: dem Bauleiter, der sich
insgeheim schon längst klar darüber gewesen war, daß die Strecke
so, wie sie eben war, keinen der Transporte tragen konnte, die
man ihr zugedacht hatte. Es war lachhaft, aber um noch möglichst viel Zeit zu haben, seine Flucht vorzubereiten, mußte er die

Überprüfung möglichst lang und gründlich gestalten, und seine Gründlichkeit hatte dann zur Folge, daß etwas gut und gefährlich wurde, was sonst als Stückwerk keine Gefahr dargestellt hätte. Nur konnte er sich mit gutem Gewissen sagen, daß das, was zufällig er jetzt tat, auf jeden Fall irgendwann einmal von einem andern besorgt werden würde, wenn der erste Zug erst einmal entgleist war. Ihm verhalf es dazu, das Leben zu retten, das er nicht bei Schilkins Komplott verlieren wollte.

Fliehen, ja. Aber wohin? Der Weg zur Grenze war von hier aus doppelt so weit wie von dort, wo er öffentlich zu leben begonnen hatte. Als Kompaß würden ihm zur Not am Tage die Uhr und des Nachts die Sterne dienen können – wenn tagsüber die Sonne und nachts die Sterne zu sehen waren in dieser grauen, immer dunkleren Zeit. Und verschwand er über Nacht...? Die Hunde! Waren es auch Wachhunde und nicht eigentlich Fährtensucher – ihn fanden sie doch. Blieb als Ausweg ein gefälschter Befehl, der ihn nach Süden auf die Reise schickte. Der Vorsprung, den ihm die Eisenbahnfahrt verschaffte, konnte entscheidend sein. Zwölf Stunden Unwissenheit und Ahnungslosigkeit brauchte er, um sein Leben retten zu können. Aber..., er glaubte nicht daran. Es schien ihm unwirklich, weil er am Ende dieses Weges keine Wirklichkeit sah. Eine Linie, die man nicht zurück überschreiten konnte, und dahinter ein Niemandsland, in dem sein Ich heimatlos geworden war. Er ahnte einen furchtbar hohen Preis der Treue gegenüber sich selbst: daß sie den, der sie hielt, auf dieser Welt der verbindlichen Halbheiten enterbte. Aber er ahnte auch den noch höheren Lohn: daß sie ihm eine ganze neue Welt zu eigen schenkte.

Im Augenblick drängte keine Entscheidung sich auf. Er beschloß nur, alles, was er von seiner Verpflegung ersparen konnte, zu sammeln und für den Tag zu verstecken, der kommen mußte. Das wichtigste war, die Absichten seiner Feinde in der Bauleitung kennenzulernen, aber er sah keine Möglichkeit, in ihre Pläne Einsicht zu gewinnen, und solange ihn die Arbeit an der Strecke und alle seine Überlegungen um das Woher und Wohin seines Ich beschäftigten, fesselten ihn die auch nicht. Wie schon einmal zuvor, lebte er auf den Abend zu, wenn Agafonow die Kammer mit ihm teilte.

Doch schon vom ersten der Abende an verfolgte ihn jetzt die eifersüchtige Rache Woskanows: das Geheimnis seines auf Lüge und Trug errichteten Daseins stand zwischen ihnen – der falsche Schein, diesem Ahnungslosen gegenüber erst recht zur quälenden Wirklichkeit geworden. Doch konnte er Agafonow ahnungslos nennen? Wenn sie am Abend auf ihren Pritschen saßen, Agafonow das Buch hervorholte [das er zwischen einem doppelten Boden seines Werkzeugkastens verwahrte, wie er ihm freimütig erklärt hatte] und begonnen hatte, halblaut zu lesen, er selber eine Weile von seiner Pritsche her gelauscht hatte, dann leise aufgestanden und zu dem Lesenden hinübergeschlichen war, sich neben ihn gesetzt und nun lauschte, was immer der andere las: die Klagen Jeremiae oder die Briefe Pauli – es verging keine lange Zeit, und er fühlte, daß er anfangen müsse zu sprechen, zu bekennen, den Wohlmeinenden aus seinem Trugschluß zu reißen und ihm zu eröffnen, er sei gar nicht der, für den er ihn halte. Seine Anfechtungen wurden so stark, daß er's nicht aushielt, aufstand und zu seiner Pritsche zurückging, sich hinsetzte und die Ohren mit den Händen verschloß, weil ihm war, er dürfe nicht hinhören, solange seine Lüge Frevel mit der Wahrheit treibe. Einmal wurde er gewahr, wie Agafonow aufgehört hatte zu lesen und zu ihm hinüberblickte – halb enttäuscht und halb forschend –, und auch da nicht einmal konnte er reden. Alle Selbstvorwürfe hörte nur er allein. Sollte er sprechen? Konnte er sprechen? Durfte er nicht soviel Vertrauen erweisen, wie der andere ihm tagtäglich bewies?

Er erzählte ihm von den Insassen des Lagers, welche Nationalitäten dort zusammenhausten: ingermanländische Esten und Finnen, die letzten Nachkommen deutscher Kolonisten aus der Gegend von St. Petersburg, russische Altgläubige von den Ufern des Peipus-Sees und Ostkarelier, die auf den Abtransport – wahrscheinlich in den Fernen Osten – warteten: protestantische Lutheraner, rechtgläubige Russen, Altgläubige und sogar ein paar Römische Katholiken. Allnächtlich, berichtete Agafonow, werde da unten im Finstern mit alten Blechbüchsen als Kelch und Tisch und ein paar Brocken Brot, einem Becher Wasser und ein paar Tropfen Wein das Liebesmahl gehalten, die göttliche Liturgie oder die Heilige Messe gefeiert, unter vielerlei Namen das Eine hochheilige Wunder vollzogen, und so wenige sich in der Barackenecke oder in der Erdhöhle versammeln könnten, da das geschehe – alle erreiche der Heilige Geist um jene finstern Verstecke, und wie ein Wunder mute ihn an, daß die Gefangenen sich immer wieder den Wein zu verschaffen gewußt hätten, der Christi verklärtes Blut werde. Es sei auch noch keiner von den vielen, die starben, gestorben, ohne daß ihn irgendwie das Sakrament erreicht hätte, mitunter vielleicht einen Lutheraner ein orthodoxes und einen Orthodoxen das Römische. Gottes Allwissenheit müsse man demütig anvertrauen, den heiligen Leib seines Sohnes zwischen den Lippen derer, die an seine wirkliche Gegenwart, und jenen, die nur an das Sinnbild glaubten, zu unterscheiden. Vor seinem Richterstuhl werde der geheimste Sinn offenbar, und endlich: wo das Leben nur noch aus dem Glauben an den Einen Herrn möglich sei, da hingen wohl alle Bekenntnisse unter Christen auf eine geheime, gültige Art und Weise zusammen. Damit tröste er sich.

Woskanow hörte ihm stumm zu. Seine fernsichtigen Augen bekamen einen verlorenen Ausdruck, als blicke er in eine staunenerregende, weite Welt, von der er nichts gewußt hatte. Doch schon die nächste Frage Agafonows ließ ihn wie ein verwundetes Tier ins Dunkel des Schweigens und ins Versteck störrischer Verschlossenheit fliehen: »Ich habe Sie schon einmal gefragt, Gaspar Sergejewitsch, auf welchen Glauben sind Sie eigentlich getauft?«

Er starrte Agafonow sprachlos an.

»Fragen Sie nicht, Wassilij Pawlowitsch!« murmelte er dann heiser.

Er hätte aus der Kammer laufen mögen, um nur nicht mehr Fragen zu hören und nicht schweigen zu müssen. Denn zu sagen: auf den lutherischen Glauben, dem schon alle seine Vorfahren angehangen hatten - damit wollte er sich nicht begnügen. Und Agafonow hätte als Nächstes gefragt, wie ein Mann namens Woskanow zum lutherischen Glauben gekommen und nicht orthodox sei.

»Ich... ich bin noch nicht der, der - ich bin! Fragen Sie nicht!« war das Äußerste, was er sich einmal abnötigte, und er litt unter der Strenge, mit der Agafonow ihn betrachtete.

Von da an war er versucht, Agafonows Gesellschaft eher zu meiden als zu suchen, und da ihm klar war, daß die Rache Woskanows sich zwischen sie stellte, empfand er nur noch drängender die Notwendigkeit, das Dasein Woskanows zu verlassen und zu fliehen, um nicht vor Agafonow und sich selber weiter lügen zu müssen. Denn die Wahrhaftigkeit und Wirklichkeit die-

ses Menschen vertrug keine Lüge…, nur war die Wahrheit, die er
ihm hätte eingestehen müssen, unsagbar vor ihm. Seine Prüfung
war, dieses Opfer bringen und diesen Menschen verlieren zu
müssen, wenn er sich selber gewinnen wollte. Weg mußte er,
weg! Bis dahin versuchte er's so einzurichten, daß er ihre Kammer erst spät betrat, wenn er wußte, daß Agafonow sich anschickte, schlafen zu gehen. Aber, gestand er sich ein, wie lange
konnte er das durchhalten? Die Tage wurden kürzer, von drei
Uhr mittags an herrschte Dunkelheit, der Regen strählte die
Wälder, bevor der Frost sie erstarren ließ und der erste Schnee
fiel. So kurz, wie die halbdunkeln Tage wurden, so eng wurde
der Raum, der ihr Leben beherbergte.

Seine hölzerne Trommel war mit Brot und den schmalen Streifen Speck gefüllt, die er sich vom Munde abgespart hatte. Er
errechnete sechs sparsame Tagesrationen, als er einmal allein in
der Kammer war. Ob er's jetzt wagte? Seine Ausrechnungen,
was die Strecke betraf, waren abgeschlossen. Er hatte sie nur
noch nicht abgeliefert, weil er sich nicht dazu hatte entschließen
können - sich nicht hatte entschließen können zum Ende. Denn
das war das Ende. Er wußte das, und es wurde ihm von Tag zu
Tag gewisser, wenn er daran überhaupt Zweifel gehabt haben
konnte. Das eisige Schweigen, unter dem er das Blockhaus der
Bauleitung betrat, gab ihm Gewißheit.

Aber gerade dieses Schweigen löste sich am folgenden Tage und
gab ihm, der sich schon daran gewöhnt hatte, eine Sturzflut von
Fragen auf.

Schilkin, der Bauleiter, empfing ihn im Beisein der andern Gehilfen, als habe er auf sein Erscheinen gewartet.

»Wichtige Neuigkeiten, Gaspar Sergejewitsch, die einen Unzufriedenen wie Sie interessieren werden«, sagte er lächelnd. Er
sei nicht im allgemeinen unzufrieden als unverbesserlicher Nörg-
ler, sondern aus triftigen Gründen, wie er beweisen könne, in
dem besondern Fall der acht halbfertigen Werst ihrer Strecke,
sagte Woskanow einsilbig und ohne das erste Lächeln Schilkins
seit langer Zeit zu beachten.

Ja, sagte der Bauleiter mit einer Ausflucht, vielleicht hätten sie
aneinander vorbeigeredet; so etwas könne, wenn jeder voller
Eifer sei, leicht vorkommen.

Woskanow sah ihn sprachlos an. Er wußte nicht, was er von diesem versteckten Eingeständnis halten sollte. War es eine Falle

oder eine Finte? Oder hatte Schilkin höheren Orts eine Enttäuschung erlebt, die ihm klargemacht hatte, er müsse sich mit seinem Ersten Gehilfen aussöhnen? Er versuchte, die Gesichter der übrigen Gehilfen zu erforschen, aber die taten mit ihrer Arbeit beschäftigt.

Er wolle ihn bitten, einen wichtigen Auftrag zu übernehmen, begann Schilkin von neuem, einen Auftrag, an dessen guter Ausführung gerade ihm mit seinen Verbesserungsvorschlägen gelegen sein müsse. Die Strecke Louhi-Kiestinki weiter im Norden sei entweder fertig, oder die Arbeiten daran würden für die Dauer des Winters eingestellt, er wisse es nicht – auf jeden Fall sei ihm vom Abschnittskommando ›Roter Pionier‹ Bescheid zugegangen, er möge einen verläßlichen Fachmann ins Hauptlager schicken, um dort die Auswahl von Arbeitskräften zu treffen, die – zum mindesten während des Winters – hier eingesetzt werden könnten, vor allem gelernte Arbeiter und noch widerstandsfähige Leute, die man nicht so bald ins Krankenlager abzuschieben brauchte. Er habe natürlich an ihn als Fachmann gedacht. Allerdings müsse er, wenn er den Auftrag übernehme, gleich fahren, weil die Abschnittsleitung es aus irgendwelchen Gründen sehr eilig habe, das Lager dort oben aufzulösen, und der Teil der Lagerinsassen, den man nicht hierher abziehe, bei irgendeinem wichtigen Bau in der Gegend von Kola benötigt werde. Auf jeden Fall hätten sie hier die erste Wahl und damit die Aussicht, gute, frische Arbeitskräfte zu bekommen.

Louhi-Kiestinki, dachte er insgeheim und betrachtete die unsichtbare Karte, die ihm vor den Augen hing. Von Kiestinki waren es in der Luftlinie nur siebzig Kilometer bis zur Grenze…

»Ich kann ja hinfahren«, sagte er einsilbig und bemerkte: der Bauleiter deutete diese Einsilbigkeit falsch.

Wenn ihm dieser Auftrag lästig sei, könne er ja mitteilen, daß sein Erster Gehilfe nicht habe fahren wollen.

Also habe er sein Kommen bereits angemeldet? fragte Woskanow.

Die Frage entschlüpfte ihm schroff wie in einem Verhör, in dem der Fragende um sein Leben fragte.

Nicht gerade angemeldet, wich Schilkin aus, das sei zuviel gesagt, aber… in Aussicht gestellt!

Ich darf nicht fahren! Ich kann nicht fahren! wollte eine innere Stimme ihm einschärfen, ich fahre nicht!

Der Auftrag sei für ihn nicht weiter schmeichelhaft, sagte er statt dessen, aber wenn man es erwarte, werde er ihn natürlich übernehmen. Nur störe ihn, daß man ihn schon angekündigt habe, ohne ihn vorher zu fragen.

Er habe versprochen, seinen besten Mitarbeiter zu schicken, wenn er selber nicht abkömmlich sei.

Woskanow gab seinem Vorgesetzten statt einer Antwort einen Blick, der schwer zu deuten war. – »Wann muß ich fahren?« fragte er kurz.

Heute – oder spätestens morgen, jedenfalls so bald wie möglich! Leute mit der Draisine stünden immer zur Verfügung. – Was denn die angekündigten Vorschläge für die Verbesserung der Strecke machten? Sei er mit der Ausarbeitung fertig?

Auf diese Frage hatte er gewartet!

»So ziemlich«, sagte er.

Wann die Bauleitung sie zu sehen bekomme?

Wenn er zurückgekommen sei, wolle er sie ihm unterbreiten...

Nun kam die Entscheidung: war Schilkin damit nicht einverstanden und wollte sie gleich sehen, bevor er fuhr, dann war er sicher: er kam nicht zurück. Aber...

Nun gut, dann bis nach seiner Rückkehr. Vielleicht brachte er da auch schon die Leute mit, welche die Arbeiten ausführen konnten.

...Aber wer sagte ihm, daß der andere nicht damit rechnete, sie aus seiner Hinterlassenschaft ausgehändigt zu bekommen?

»Ich fahre noch heute«, murmelte er, »lassen Sie den Auftrag ausschreiben!«

Als er sich umwandte, um zu gehen, meinte er zu sehen, wie Schilkin sich die Hände rieb, und das erbitterte ihn dermaßen, daß er stehenblieb und diese Hände betrachtete, die sich jetzt auf den Tisch aufstützten.

»War sonst noch etwas, Genosse Woskanow?« fragte Schilkin.

Er zögerte, als habe er nicht recht verstanden. »Nichts«, sagte er einsilbig und ging.

Nach kurzer Zeit brachte ihm einer der jüngeren Gehilfen die Papiere in die Baracke und richtete aus, der Bauleiter nehme an, er werde noch heute mit dem ›Nachtgespenst‹ fahren.

»Vielleicht«, sagte Woskanow geistesabwesend.

Er stand am Fenster und versuchte, sich in den Gedanken einzuleben, daß er diesen seit Wochen vertrauten Ausblick nach wenigen Stunden nicht mehr sehen, nie wieder sehen, vielleicht nach ein paar Stunden oder Tagen die ganze Welt nicht mehr sehen würde…, wenn seine Vermutungen sich bewahrheiteten. Aber warum sollten sie das? Warum sollte er, wenn das Komplott zum Erfolg geführt hatte, erst bis nach Louhi oder gar bis nach Kiestinki fahren, um dort verhaftet zu werden? Welche Polizei, wenn sie seiner habhaft werden wollte, ließ sich auf solche Umständlichkeiten ein? Oder wollte man ihn mit irgend etwas, was man inzwischen dort vorbereitete, noch auf eine Probe stellen? Ihn, ohne daß er es ahnte, mit irgend jemandem konfrontieren? – Dieser Gedanke erregte ihn, weil er eine große Wahrscheinlichkeit in sich barg. Aber mit wem? Hatte man in der Zwischenzeit, seitdem er die Grenze überschritten hatte, einen Kameraden von früher gefangen? Einen, dem es nicht gelungen war, sich unbemerkt einzuschleichen? Wer konnte das sein? Aber wozu ließ man ihn dann eine so weite Reise machen? Ebensogut konnte diese Gegenüberstellung ja auch hier erfolgen! Er kam nicht weiter. Jede Vermutung enthielt Wahrscheinlichkeiten genug, um von einem argwöhnischen Verstand angenommen zu werden. Die Erfahrung allein sprach das Urteil. Er mußte sich bereit machen, und er war schon so gut wie fertig. Abschied zu nehmen brauchte er nur im Schuppen – und in Gedanken bei der großen Schar jener Namenlosen, deren jedem einzelnen, Unbekannten er sich von einem bestimmten Tage an inniger verbunden gefühlt hatte als allen ihren Wächtern zusammen.

Er ergriff die Trommel beim Riemen, aber im Gehen wandte er sich noch einmal um und zögerte. Er betrachtete die beiden Pritschen. Die seine erschien ihm schon merkwürdig fremd, als habe er nie eine Stunde darauf verbracht. Und dabei… Der unbeholfene kleine Tisch vor dem Fenster… Die nackten, leeren Wände, ohne andere Spuren als die der Wanzen und die der Nägel, die andere vor ihnen eingeschlagen hatten. Ihr spurloses Leben, ihr gesichtsloses Leben, Zug um Zug der Heimlichkeit der Nacht anvertraut. Und dennoch war diese Kammer die Eingangshalle in eine neue Welt geworden…

Er betrachtete alles und merkte, wie er sich in den Gedanken, dieses alles nie mehr wieder und vielleicht sehr bald die ganze Welt nicht mehr zu sehen, nicht hatte einleben können. Entweder waren diese Augenblicke traumhaft und der klaren Erkenntnis unzugänglich, oder das, was ihn erwartete, entzog sich der vorwegnehmenden Einbildung. Er ging.

Als er Agafonows Schuppen betrat, wurde das Gefühl des Traumhaften dadurch verstärkt, daß er meinte, schon äußerlich in das gleiche Bild einzutreten. Die Brille auf die Stirn geschoben, stand Agafonow da und reichte zwei Gefangenen Bretter hin, die er von einem Stapel abhob und musterte. Und wieder bemerkte niemand sein Kommen, bis er in ihrer Nähe stand.

»Guten Tag«, sagte er, sonst nichts.

»Guten Tag, Bruder«, antwortete Agafonow. – Jetzt erst bemerkte er die Trommel, aber er sagte kein Wort.

Die beiden Gefangenen standen heute so weit entfernt, daß sie nichts verstehen konnten, wenn er leise sprach.

Er komme, um Abschied zu nehmen, sagte Woskanow.

Der sonst dem Anschein nach so sichere, auf alles gefaßte Agafonow brachte kein Wort über die Lippen. Er starrte ihn an.

Er fahre weg, und er habe das Gefühl, für immer, wenn es auch heiße, es sei nur ein kurzes Kommando.

»Wohin?« fragte Agafonow. Es klang wie ein abgerissenes Knurren.

»Nach Louhi... und weiter nach Kiestinki zu.«

Was er da solle?

Es heiße, Arbeitskräfte auszusuchen in einem Lager, das aufgelöst werde, gab Woskanow zur Antwort und erklärte Agafonow soviel, wie er selbst wußte. Agafonow machte ein Gesicht, wie wenn er mehr verstanden hätte, als Woskanow hatte sagen wollen.

Er wisse ja nicht..., fügte Woskanow achselzuckend hinzu.

»Alle wissen wir nichts. Gott weiß es«, sagte Agafonow leise. Und nach einer Weile des Nachdenkens noch leiser, kaum hörbar: »Soso, du gehst, Gaspar Sergejewitsch..., immer dem Stern nach... Ja, dunkel genug ist es. Wer jetzt den Stern nicht sieht...!«

»Denk an mich!« sagte Woskanow leise.

Agafonow nickte wortlos.

»Bitte für mich!« fügte er hinzu.

Agafonow versprach es mit einem Kopfnicken.

»Bete für mich!« sagte Woskanow in einem Atemzug, wie mit einem Stoßseufzer, der ihn schwer angekommen war.

»Wir beten!« sagte Agafonow, und mit einem Blick zu den beiden

Gefangenen hinüber, die bemüht waren, den Anschein zu wahren, daß sie arbeiteten, fügte er hinzu: »Komm mit!«

Er ging zu den beiden, die in ihrer Arbeit innehielten, und sagte zu dem einen, einem hagern, ausgemergelten Manne mit schütterem, gebleichtem Haar und erloschenem Blick, so, daß Woskanow es auch verstehen konnte: »Vater, segne ihn! Er geht... Er geht dem Stern nach, wie sein Patron vor Zeiten zur Krippe im Stall!«

Der Angeredete blickte Woskanow an, als ermesse er etwas, was über dessen eigenes Begreifen ging. Woskanow hatte mit einemmal das Gefühl, er stehe diesem Greis ganz allein gegenüber, und er täuschte sich nicht, denn Agafonow und der andere Gefangene hatten sich wie nach einer Verabredung so hingestellt, daß der Greis und Woskanow jedem, der den Schuppen betrat, unsichtbar blieben.

»Du gehst einen weiten Weg«, sagte der Greis.

Woskanow nickte, und wie in einem Vorgefühl dessen, was ihn erwartete, wandelte ihn einen Augenblick lang eine grenzenlose Schwäche an, und er sank nieder.

ES KONNTE geschehen, daß Woskanow auf der Fahrt mit der Draisine nach Kotschkoma und von dort nach langem Warten zehn Stunden durch die Nacht bis nach Louhi, wo er in der Nachmitternacht des folgenden Tages anlangte, sich von Zeit zu Zeit behutsam tastend über Stirn und Scheitel strich, als fühle er nach, ob er dort noch etwas finden könne - so leibhaftig meinte er den Segen spüren zu müssen, den er in Agafonows Schuppen empfangen hatte. Er vermochte sich auch nur in einem rasch wiederkehrenden Zustand der Entrücktheit an jene Augenblicke zu erinnern, da er, wie er meinte, den ersten Segen seines Lebens empfangen hatte; und was er niemals früher in seinem Leben gekannt hatte: Denkbahnen, die ihm ganz ungeläufig gewesen waren, Vorstellungen, die aus einer für ihn bis hierzu völlig anderen Welt stammten [wenn er bis dahin überhaupt an das Vorhandensein dieser andern Welt geglaubt hatte! er bezweifelte das oder stritt das ab] - alles das war mit der Gewalt einer Sturmflut zum Erlebnis für ihn geworden. Und deckte dieses Erlebnis sich wenigstens noch ungefähr mit der Aussage von Worten, so mußten die umschreiben, daß ihn ein grenzenloser Hunger nach Anbetung und Heiligung verzehrte. Er dachte dabei nicht an die Gestalt einer Konfession. Er hätte in jedem Augenblick die angenommen, aus der ihm die Offenbarung am ungetrübtesten hervorzutreten und in der ihm die Verwirklichung seines Verlangens nach Heiligung und Anbetung am reinsten möglich zu sein, der geradeste Weg in die Tiefe des Selbst und noch tiefer in den göttlichen Mittelpunkt der Selbstentäußerung zu führen schien. In diesem Leib und Seele erfassenden Bewußtsein: gesegnet zu sein, verbrachte er die ganze Reise, die in ein nie enden wollendes Dunkel getaucht war, mit einer eigentümlichen Unangefochtenheit und Entrückung. Selbst die Mutmaßungen über den Zweck dieser Reise und die Anschläge, die sich dahinter verbergen könnten, beschäftigten ihn nicht mehr. Eine eigentümliche Entrückung hob das Schwergewicht aller Fragen und Anfechtungen, mit denen er sich wochenlang gequält hatte, auf.

So kam es wohl, daß er auf die Eisenbahnbediensteten, die er in Louhi über die Verbindungen nach Kiestinki befragte, und auf das Personal des kleinen Zuges, der am folgenden Morgen gegen sechs Uhr in Richtung Kiestinki verließ, den Eindruck eines mit unbeirrbarer Sicherheit auftretenden Funktionärs machte, der in schwer zu erratenden Geschäften unterwegs war und aus Fremdheit mit den örtlichen Verhältnissen die Ausrüstung eines Handwerkers gewählt haben mochte. Woskanow war, als im Zuge von zwei schwerbewaffneten Milizionären mit grünen Mützen seine Papiere im Schein einer Laterne eingehend geprüft wurden, während ein Dritter den Schein seiner Blendlampe ununterbrochen gegen sein Gesicht gerichtet hielt, nicht einmal bewußt, daß er jetzt in förmlich atemberaubender Nähe der finnischen Grenze fuhr – auf die Seenenge zwischen dem Tuoppa-Järvi und dem Pää-Järvi, auf der das Dorf Kiestinki lag und von wo aus ein gewohnter Waldläufer in weniger als zwei Tagen über die Linie zu gelangen vermochte, wenn er zum Übertritt den Pää-Järvi-Abschnitt wählte.

Vor wenigen Tagen noch, als er Überlegungen angestellt hatte, wie er seine Flucht am leichtesten und am schnellsten bewerkstelligen könne, hätte er es als eine unverspielbar sichere Gelegenheit empfunden, von dieser Gegend aus den Rückweg antreten zu dürfen. Jetzt aber, als er im scharfen Strahl der Blendlaterne erst blinzelte, dann die Augen schloß, schließlich vor sich hin tastend die Hand des Soldaten zur Seite stieß, daß der Schein ihm nicht mehr ins Gesicht strahle, und kurz angebunden sagte:»Lassen Sie das bleiben, Genosse!«–jetzt kam ihm weder ein Gedanke an die Flucht noch die Überlegung, wie diese von Kiestinki aus am sichersten zu bewerkstelligen sei.

Auch sein tatkräftiger Einspruch gegen die Folter der Anstrahlung war so unbewußt erfolgt, daß ihm die Verlegenheit der drei Soldaten gar nicht auffiel, die sich an den Unrichtigen gekommen sahen, die Prüfung der Papiere beendeten und grüßend weitergingen. Unangefochten hatte er den Lichtstrahl abgewendet, unangefochten saß er weiter im Dunkel des unbeleuchteten Wagens, bis das erste Morgengrauen, das in diesen Breiten nie mehr heller Tag zu werden vermochte, aus dem südöstlichen Himmel stieg. Die Funkenschleppe der mit Holz geheizten Lokomotive, die er in der Dunkelheit so lange neben sich sprühen gesehen hatte, verlor ihre Schrecken.

Der arme Wintertag über den Einöden und Wäldern begann nüchtern und kalt. Bis in den Wagen hinein spürte er den Atem des Frostes, stand auf und fing an, im fahrenden Zug auf und ab zu wandern. Ein Teil seines Ich hätte gern nüchterne, klare, von der Vernunft regierte Überlegungen angestellt: was ihn jetzt erwartete, wie er sich verhalten solle und dergleichen mehr, aber er vermochte es nicht, und trotzdem war in aller Unklarheit und Unbewußtheit nicht die leiseste Unruhe vor dem, was ihm bevorstand. Er fragte sich nicht einmal, wie der Auftrag, mit dem man ihn hierhergeschickt hatte, sich abspielen würde. Er zuckte nur zusammen, wie bei einer Serie von Maschinenpistolen-Schüssen, als der Zug in die freie Gasse zwischen lange Reihen abgestellter, leerer Güterwagen einfuhr und Hall und Widerhall zwischen den Wänden betäubend laut wurden. Dann, zum Fenster hinausblickend, gab er sich Rechenschaft: das waren die Wagen, die auf die Transporte warteten, südwärts nach Ruka-järvi, nordwärts nach Kola mit denen, die er nicht brauchte. Die Eile, von der Schilkin gesprochen hatte, wurde hier glaubhaft. Und also war er am Ziel seiner Reise.

Schon auf dem wie zwischen die Unendlichkeit der Wälder verlorenen Bahnhof, bei dem die Strecke angesichts der Weite des Tuoppa-Järvi unvermittelt endete, bekam er zu wissen, was die Eile gebot, mit der das noch beinahe zweitausend Menschen enthaltende Lager geräumt werden mußte. Die Lebensmittel-Vorräte waren zu Ende! Durch irgendeinen Fehler andernorts waren die Leerzüge, welche den nötigen Frachtraum für den Abtransport herbeischaffen sollten, ohne die vier Wagen voll Proviant eingetroffen, welche die Lagerleitung angefordert hatte, und bei der Auswahl jener, die in den Bauabschnitt ›Roter Pionier‹ nach Süden, und jener andern, die in den Abschnitt ›Pionier der Arktis‹ sollten, galt es einen Wettlauf mit dem Hungertode, der – durch den Ausfall der Verpflegung seit Tagen – Hunderte und aber Hunderte der Lagerinsassen bedrohte.

Woskanow brach bei diesen Eröffnungen der Schweiß auf der Stirn aus, und bei dem scharfen Frostwind war ihm gleich danach, als spanne sich ein eiserner Reif um die Schläfen.

»Um Gottes willen!« entfuhr es ihm. – Der Stationsmeister sah den Zugereisten wie geistesabwesend an.

Der, als wolle er eine Erklärung beibringen, sagte ernst, wenn es nicht schnell gehe, könne er sich keine Hoffnungen machen, brauchbare Leute in seinen Bauabschnitt zu bringen.

Es habe geheißen, man müsse noch auf einen Spezialisten warten, der eine Musterung vornehmen wolle...

Der Spezialist sei er!

Nun, dann sei es ja gut. Dann könne man wohl anfangen, die Züge vorfahren zu lassen. Nur wisse er nicht, wieviel Achsen er für die einzelnen Züge veranschlagen solle. Werde der größere Teil nach Kola gehen?

Das könne er nicht sagen. Er habe ja noch niemand gesehen und wisse nicht, was ihn erwarte.

Dann sei das Beste, er gehe ins Lager. Dort herrsche, wie er gehört habe, große Aufregung. Die Gefangenen seien teils matt wie Winterfliegen und teils vor Hunger aufsässig geworden. Die Wachmannschaft habe vorerst noch genug zu essen und sei bei Kräften, um die Unruhen unterdrücken zu können.

Auf jeden Fall könne er am Abend mit dem Verladen rechnen, sagte Woskanow heiser und wischte sich mit der Mütze die Stirn.

Gut, dann lasse er rangieren und erwarte Bescheid, wie er zusammenstellen solle. – Mit langen Schritten eilte Woskanow weg.

Das Lager zu finden hielt hier nicht schwer. Wie ein gewaltiger Pferch lag es inmitten der freien Fläche, auf der die Ansiedlungen lagen – erbarmungslos allen Winden und den eisigen Klauen des

Frostes preisgegeben, um diese Stunde wie ausgestorben und doch, wie er schon wußte, von Hunderten und aber Hunderten von Hungernden gefüllt.

Der Hauptmann der Wache empfing ihn mit zorniger Erleichterung, daß er endlich gekommen sei.

Woskanow rechnete ihm mit leiser Stimme vor, wann er den Auftrag, hierherzufahren, bekommen habe, wann er abgefahren und wann er angekommen sei.

Wie er es machen wolle, wurde er unwirsch gefragt. Wolle er in die Baracken gehen, oder solle er die Leute barackenweise draußen antreten lassen? – Er habe, weil Hungerunruhen ausgebrochen seien, seit vorgestern vor jeden Barackenausgang einen Doppelposten mit zweihundert Schuß aufziehen lassen und ein Verbot verhängt, den Lagerhof zu betreten. Wer die Tür geöffnet habe, sei niedergeknallt worden. Erst gestern noch habe es ein paar Tote gegeben, Leute, die wohl irrsinnig geworden seien und sich nicht an das Verbot gehalten hätten, heute aber sei bis jetzt nichts vorgekommen. Natürlich könne er antreten lassen. Zum Bahnhof müsse die ganze Bande sowieso gehen. – Warum er bloß so spät gekommen sei, jetzt werde die Auflösung des Lagers eine schlimme Arbeit.

Das habe er ihm ja gesagt. Und im übrigen gehe es vielleicht besonders leicht und schnell, weil die Gefangenen matt seien. Er gedenke jedenfalls, keine Umständlichkeiten zu machen, und habe dem Bahnmeister schon gesagt, daß heute abend verladen werde. Gingen die Transporte aber noch heute abend ab, dann müsse der Hauptmann dafür sorgen, daß spätestens in Louhi wagenweise Verpflegung ausgegeben werde. Leichentransporte nähmen sie in Rukajärvi nicht an und würden sie mit derselben Lokomotive nach Petrosawodsk ans Kommissariat weiterschicken. Wo denn die erwarteten vier Wagen liegengeblieben seien?

Die seien irgendwo unterwegs abgehängt worden, wo und wie wisse kein Mensch. – Der Hauptmann lächelte.

Ihm sei natürlich gleichgültig, was aus dem Transport werde! Hauptsache, er habe sein Lager befehlsmäßig geräumt! meinte Woskanow.

»Nun, Genosse, so nun auch nicht«, entgegnete der Hauptmann lahm, »aber natürlich – sind sie einmal weg, bin ich fertig.«

»Fangen wir an!« sagte Woskanow. – Der Hauptmann solle sich

aber doch gleich mit Louhi verbinden lassen und für Verpflegung dort sorgen.

Er müsse ihm ein paar Leute mitgeben! Wie sei es nun: wolle er in die Baracken? Oder solle er antreten lassen?

Der Wind, der sich gegen die Fensterscheiben der gutgeheizten Wache preßte, war es, der Woskanow eingab, zu sagen: Die Insassen der Baracken sollten drinnen antreten. Sobald er wenigstens ungefähr wisse, wieviel Leute er mitnehmen könne, solle man den Bahnmeister unterrichten. – Wieviel Insassen habe das Lager eben?

Er schätze, nach Abzug der vermehrten natürlichen Todesfälle und der Ausfälle durch die Unruhen in den letzten Tagen noch an die elfhundert Menschen, in der Mehrzahl Männer. Politische, Religiöse und Korrektionäre, die letzteren aber in sehr geringer Zahl.

Woskanow nickte stumm. Dann wolle er anfangen.

Der Hauptmann gab Befehl für die Begleitung. – Wie halten wir sie auseinander? fragte er den Angereisten, als er sich schon zum Gehen wandte.

Woskanow blickte zu Boden. Die Sicherheit, mit der er bislang aufgetreten war, schien ihn bei dieser einfachen Frage verlassen zu haben.

»Wir könnten alle, die Sie mitnehmen, gleich nach dem Bahnhof in Marsch setzen und dort waggonieren«, schlug der Hauptmann vor.

Ja, nickte Woskanow, und während der Hauptmann noch ein paar Unteroffiziere in das Verfahren einweihte, ging er schon hinaus. Man konnte es ihm als Ungeduld auslegen, endlich an die Arbeit zu kommen.

Doch wie er sich dann seines Auftrags entledigte, schien zwischen umständlicher Gründlichkeit und rasender Eile zu wechseln. Der Soldat, der ihn ständig durch die Baracken begleitete – andere beaufsichtigten derweil schon den Auszug derer, die sich auf dem Lagerhof zum Abmarsch nach dem Bahnhof sammelten –, wurde nicht klug daraus, und Woskanow selber wußte nicht, wie schnell oder wie langsam er seine Auswahl traf, denn mit dem ersten Schritt in das Innere der ersten von den halbdunkeln Baracken war er in eine Welt eingetreten, in der für ihn alle Zeit zu Ende war. Alle Zeit und alle Hoffnung, auch nur einem von den Hunderten, die schwankend auf schwachen Knien, gegen die bis dicht unter die Decke reichende Mauer der Schlafpritschen gelehnt oder am Boden kauernd, den Mittelgang säumten: hohläugig mit vor Hunger stumpfem Blick, bleich von der Haft und abgezehrt von Jahren schwerer Arbeit, jemals wieder ans helle Licht eines glücklicheren Daseins verhelfen zu können. Er ertrank in der Trauer und der Enttäuschung der Gesichter, daß er kein Brot gebracht hatte, so wie er schon einmal auf dem Lastwagen gemeint hatte, in der Trauer und Enttäuschung, daß er nicht der Engel der Befreiung war, ertrinken zu müssen. Er hastete, und er verweilte, aber er merkte es nicht. Stumm, die Stirn von Schweißperlen übersät, schritt er in dieser – wie er an jeder Fiber seines Körpers qualvoll erlitt – schauerlichsten Komödie und Tragödie seines falschen Namens, seines leibhaftigen und doch nur gespenstischen Seins die von Leiden geprägte Wand der für ihn Angetretenen entlang, starrte in die Gesichter, bis er nichts mehr sah, stehenblieb, versucht war, zu schreien und diese Wand zu durchbrechen, um nur hinter sie zu gelangen und sie nicht mehr sehen zu müssen: sie, die für ihn litten, wie Agafonow gesagt hatte – auch für ihn, gerade für ihn... Er wußte, als er in der dritten Baracke stand und sich alles über seine Kraft zum dritten Male hundertfach wiederholte, in einer jähen Eingebung, daß er das, was er hier tat, niemals in seinem Leben vor Gott und sich selber würde verantworten können, wenn er nicht die Gewalt, die ihm sein gelogenes Dasein als Lenker der Schicksale dieser leidenden Menschen verlieh, damit sühnte, daß er freiwillig an seinem eigenen wahren Ich dasselbe Schicksal auf sich nahm. Daß er an seinem Leibe erstattete, was noch mangelte an Trübsal zur Aufrechnung der Schuld, die seine Lüge durch den schicksalhaften Eingriff in das Leben aller dieser Menschen beging. Daß er, nach Agafonows Worten, vom Zecher zum Zahler wurde.

In den ersten Baracken war der begleitende Soldat noch voller Aufmerksamkeit gewesen und dicht hinter ihm gefolgt. Jetzt säumte er und blieb zurück. Er selber hatte all jene, auf die er aufmerksam geworden war, nach ihrem Beruf gefragt. Hatte er ein Handwerk nennen oder jemand sich als Arbeiter ausgeben gehört, hatte er genickt und den Betreffenden geheißen, auf den Hof zu gehen – doch niemals, ohne daß er ihn noch gefragt hatte, ob er hier nahe Verwandte habe. Hatte das zugetroffen, dann waren beide gegangen: Mann und Frau, Bruder und Bruder oder

Vater und Sohn. In der dritten der Baracken aber, als er gerade seine Hand auf eine Schulter legte, wie um diesem Menschen zu bedeuten, er solle gehen, blieb seine Hand auf der fremden Schulter liegen, sein Blick verlor sich in der Ferne, und er geriet ins Schwanken. Auf den selber Schwachen gestützt, erfuhr er die tiefste Schwäche am eigenen Leibe.

»Geh auf den Hof«, sagte er schließlich leise, beinahe unhörbar, und er mußte wohl, wie in einem Spießrutenlaufen, an die zehn Meter durch die Gasse gegangen sein, ohne noch eins der Gesichter erkennen zu können, denn mit einemmal stand er vor der Tür am andern Ende, besaß noch soviel Kraft, sie zu öffnen, mußte sich aber, im Freien angelangt, auf die Treppenstufen setzen und einem Würgen nachgeben, das ihn wie eine Riesenfaust zusammenpreßte und wieder entließ... Was die Menschheit unter der Hölle verstand, mußte eine absterbende Vorstellung sein, dachte er. Es konnte Gott längst gefallen haben, schon diese abtrünnige, diesseitige Welt zur Hölle zu machen, mit allen Qualen der jenseitigen. Anders vermochte er nicht zu fassen, was ihm geschah.

Die vierte Baracke... die fünfte... Es dunkelte schon so stark, daß die Wache ihn mahnte, zu eilen. Mittag war vorüber, die bleiche Dämmerung des Wintertages versank in Nacht. Er spürte kaum den Boden unter den Füßen, seine Augen lagen tief in den Höhlen. Ohne daß er es wußte, glich er vom Anschauen Hunderter und aber Hunderter von Gefangenen ein wenig einem jeden von ihnen. Jedes der Gesichter hatte sich ihm so schmerzvoll tief eingeprägt, daß sie alle zusammen ihn selber geprägt hatten. Es war äußerlich eine Verwandlung in Stunden... für Zeit und Ewigkeit. Das innere Bild aber, dem er sich beim Abschreiten dieser schier endlosen Wände von menschlichen Leidensgesichtern gegenübergestellt sah, war der unendliche Ikonostas des in jedem einzelnen Märtyrerantlitz wiederkehrenden, in die Unsumme menschlichen Daseins gespiegelten, in unzähligen Schicksalen des Leidens nachvollzogenen EINEN, der auf Golgatha gehangen hatte – die Bilderwand, vor der er in der einbrechenden Nacht hin und her irrte, die Gassen der Gesichter vier, fünf Baracken weit auf und ab, wie um irgendwo, an einer eben noch vor ihm verborgenen Stelle, Einlaß zu finden und damit selber in Zukunft ein Teil des ewig nachgelebten und -gelittenen Christus zu werden.

Er wußte da nicht, daß die Vergangenheit ihm um diese Zeit so nahe war wie noch nie - als solle er auch vor ihr und von ihr noch einmal geprüft werden.

In der sechsten Baracke geschah es, als er in einer neuen Art Entrücktheit schon sein Leben so gering zu achten begonnen hatte, daß er das Wagnis der Bruderschaft mit den Gefangenen einging. Um die Zeit, da er die Gesichter nur noch wie durch Rauchschleier erkannte. Mann um Mann standen sie aufgereiht, ihm schienen sie alle stärker zu sein, als er selbst war. Er war ungeachtet aller Mahnungen zur Eile wieder zum Verweilen geneigt, als müsse er aus allen Gesichtern einen Teil des eigenen Schicksals lesen und sich lange auf die Achsel des vor ihm Stehenden stützen, bevor er soviel Kraft gesammelt hatte, weiterzugehen. Den zwölften Priester hatte er vor sich gehabt, einen bleichen Mann von geringem Wuchs, den die zerfetzte wattierte Kleidung noch kleiner erscheinen ließ, als er war, und auf dessen knochigen Wangen Fieberflecke glühten. Zum zwölften Male hatte er, die Hand auf der Achsel des Staunenden, mehr geflüstert als gesagt: »Geh auf den Hof, Bruder, melde dich als Tischler und Zimmermann!« und seinen Nebenmann, den dreizehnten Priester, hatte er aus der Reihe gezogen und auf den Hof gehen geheißen mit dem Befehl: »Modelltischler bist du, grüß Agafonow!«

Aber da verfolgte ihn auch schon der gierige Blick, der nicht abwarten zu können schien, bis die Reihe an ihm war, und der ihm entgegengeeilt kam:... ein jüngerer Mann. Er blickte ihn an.

»Parkkiainen, Photograph, Sechste Abteilung«, preßte es sich, finnisch gesprochen, zwischen kaum geöffneten, schmalen Lippen hervor.

Seine Hand, die sich dem jungen Manne auf die Achsel hatte legen wollen, blieb in der Luft. Er sah sie vor sich, als schwebe da etwas, was mit ihm selber und seinem Körper keinen Zusammenhang besaß. Er starrte und starrte in dieses Gesicht, und die harten Augen vor ihm starrten ihn an, als sei dem Gehirn dahinter jetzt erst das von tödlicher Gefahr umschlungene Wagnis des Vertrauens aufgegangen.

»Parkkiainen, Photograph... Photograph... Parkkiainen...«, murmelte er vor sich hin, halb fragend, halb wie in Erinnerungen abschweifend.

In einem Schweigen, das sich wie ein Bann über die Nächststehenden legte, das die aber nicht zu deuten vermochten, starrte Woskanow den jungen Photographen an, legte ihm dann schwer, mit einem fühlbaren Druck, die Hand auf die Schulter und sagte leise: »Auf den Hof, Parkkiainen!« ehe er sich zum Nächsten wandte. Doch an den folgenden Gesichtern schritt er, wie geistesabwesend, rasch vorbei, und als er einmal längere Zeit stehenblieb und nachzudenken schien, ging er rasch wieder weiter, als habe er die Wahl gescheut, vor die er sich gestellt gesehen haben mochte.

Und dann war er fertig.

»Wie viele sind es?« fragte er den Soldaten, der sich wieder zu ihm gesellte, wie mit schläfriger Stimme.

»Über dreihundertfünfzig«, bekam er zur Antwort.

»Über dreihundertfünfzig«, wiederholte er langsam. Sie standen vor der sechsten Baracke. Auf dem dunkeln Hof, auf den nur ein spärlicher Lichtschein aus den erleuchteten Fenstern fiel, in den sich erst später, dann aber messerscharf teilend, die Strahlenbündel der Scheinwerfer von den Wachttürmen mischten, ordnete sich der lange Zug, der schon jetzt zum Bahnhof marschieren sollte. Die Eile der Lagerleitung lag in der Luft.

»Wann sollen die andern zum Bahnhof?« fragte er.

»Sofort!« war die Antwort. Der Hauptmann habe es so befohlen. Es sei schon überall Packen angeordnet worden.

Er schwieg und sah dem Zug der dreihundertfünfzig nach, dessen schleppende und schwankende, alle Ordnung der Reihen auflösende Schritte die Scheinwerferstrahlen erbarmungslos verfolgten. Mit einemmal, rasch, als sei er sich eines schweren Versäumnisses bewußt geworden, hieß er den Soldaten, von der Wachstube aus dem Bahnmeister Bescheid zu geben, wie sich die Transporte nach Süden und nach Norden zahlenmäßig verteilten. Dreihundertfünfzig nach Süden, der Rest nach Norden – damit er die Zugstärke danach bemesse.

Der Soldat versprach, sofort Bescheid zu geben.

Noch mußte der Fremde wissen, wo die Kantine sei.

Er erhielt Auskunft.

Und dann gehe er schlafen, sofort.

Er wolle ihm glauben, daß er müde sei. – Nun ging er.

Und nun war er ganz allein mit sich selbst.

Er saß geraume Zeit auf einer Treppenstufe der sechsten Baracke, in der, wie in allen andern, der hohle Boden unter Schritten dröhnte. Ihm war es, als höre er einen aufgestörten nächtlichen Stall voll ungebärdiger Remonten, wie er ihn vor Jahrzehnten als wachthabender Offizier zum letzten Male gehört hatte.

In Scheinwerferbahnen, wie für die Nachtlandung eines Flugzeugs gestrahlt, sollte die Aufstellung der nordwärts Fahrenden beginnen. Rufe und Flüche, die zur Eile antrieben, durchhallten die Nacht. Ein paarmal sah er Gestalten im Scheinwerferstrahl unter einer Last, die den Schwachen zu schwer war, niedersinken. Jedesmal war er versucht, aufzuspringen und hinzueilen - und jedesmal blieb er sitzen. Noch immer kümmerte sich niemand um ihn.

Doch als er das Gefühl hatte, es könne nicht mehr lange dauern, bis die Spitze des Zuges sich in Bewegung setzte, stand er auf, verharrte eine Weile regungslos wie in tiefem Nachdenken und überquerte den Hof dann im Dunkel, das von den reglosen Scheinwerferstrahlen nicht erreicht wurde, dem Ausgang zu. Er hatte das Gefühl, daß ihm auch dort niemand Beachtung schenkte. Zudem waren die Augen von den scharfen Gegensätzen zwischen Hell und Dunkel geblendet.

Er ging zum Bahnhof, wo die Beleuchtung so schwach war, daß er nicht einmal aus nächster Nähe die Güterwagen deutlich zu unterscheiden vermochte, in denen die dreihundertfünfzig seiner Wahl verladen worden waren. Die Wachmannschaft, die sie begleitet hatte, stand in einer lockeren Kette längs der Strecke verteilt. Er wurde das erst gewahr, als er geraume Zeit dort gestanden und Ausschau gehalten hatte. Das in der großen Finsternis hilflos versprühende Licht der spärlichen Lampen erreichte ihn nicht mehr.

Der Zug mit den dreihundertfünfzig aber... Der schien abgefahren zu sein! Nirgends waren geschlossene Wagen zu sehen, und der lange Zug, den eine funkenspeiende Lokomotive eben dem kleinen Bahnhofsgebäude entgegenrangierte, hatte nur Wagen..., zehn... zwanzig... beinahe dreißig! deren Schiebetüren aufgeschoben waren und deren dunkler Einstieg schwarz wie ein Verlies gähnte. Jetzt hielt er. Die letzten Wagen fuhren bis etwa hundert Meter vor ihm.

Er blickte sich um - dahin, woher er gekommen war, ob sich dort nicht bald die Spitze des langen Pilgerzuges zeige oder das Geräusch von soviel hundert Schritten zu hören sei. Doch wie er auch seine Sinne anstrengte – er sah nichts und hörte nichts. Da beobachtete er wieder, was auf dem Bahnhof geschah: wie der Bahnmeister mit zwei Rangierern sprach, wie die Kette der Wachen sich verengte – nicht, weil es ihrer mehr geworden waren, sondern weil in der müßigen Wartezeit alle zum Licht und zum Bahnhof strebten, wo man in Sprechweite voneinander stand.

Er wartete, bis der ihm Nächste sich schlendernd entfernte. Dann trat er zwischen das Schienenpaar hinaus, das zum Prellbock führte, ging weiter, auf die Wagenreihe zu, deren geöffnete Pforten wie dunkle Tore gähnten, die ihn in seine Zukunft führten, und zog sich in das nächste Dunkel hinein – wenige Augenblicke, bevor die Wachen, von den Schritten der nahenden langen Marschkolonne auf ihre Posten befohlen, wieder ausschwärmten und bald danach die dunkle Schar der Gefangenen sich – matt, wie eine gebrochene Welle – auch auf den Wagen zuwälzte, in dem er stand…

IN DER Sechsten Abteilung des Generalstabes wartete man jahrelang, wann er zurückkehren würde, und gab die Hoffnung nicht auf. Aber Mitterhusen kehrte nie zurück. Bis auf das eine flüchtige Zusammentreffen mit Parkkiainen, das der nach seiner Rückkehr gemeldet hatte, gab es auch keine Nachrichten über ihn.

Im Oktober des Jahres 1944 wurde dann aus gebotenen Gründen die letzte Spur von ihm: seine Personalakte, die bei der Abteilung geblieben war, vernichtet, und damit war auch hier, wie er selber es sich wohl gewünscht hätte, sein irdischer Name ausgelöscht.

DAS CHRISTKIND
AUS DEN GROSSEN WÄLDERN

EINE FERNPATROUILLE der dritten finnischen Jägerbrigade unter dem Befehl des Leutnants Heiskanen, die in den Vorweihnachtstagen des Jahres 1941 den Auftrag erhielt, aus den Wäldern um Kuolemaajärvi vorzustoßen und aufzuklären, ob der Feind sich in den gleich Inseln im Wäldermeer Ostkareliens verstreuten Einöddörfern festgesetzt und dort Anstalten zur Verteidigung getroffen habe, hatte auf diesem einsamen Erkundungsgang, bei dem die Teilnehmer durch die dünn besetzte russische Front stießen und mehr als fünf Tage lang ohne jedwede Verbindung mit ihrer Truppe waren, ein Erlebnis, das, als das Fest der Heiligen Drei Könige vorüber und schon ein eiskalter Januar angebrochen war, an diesem Frontabschnitt immer noch von Mann zu Mann besprochen wurde.

Die sieben Teilnehmer an der Patrouille hatten sich am dritten Tage nach dem Aufbruch, auf Schneeschuhen abseits der Straße, auf welcher der Vormarsch gegen Osten bis eben vor sich gegangen war, bis in das tief verschneite Gebiet um die Seenenge von Munasoo vorgearbeitet und hatten bislang keinerlei Anstalten des Feindes zu mehr als nur schwach hinhaltender Verteidigung feststellen können. Die Verwüstungen im Walde durch Baumsperren über der Straße hatte frisch gefallener Neuschnee verhüllt, und die von der Straße in die Gräben hinabgefahrenen, mit verschneitem Reisig getarnten Panzer machten auch bei längerer Beobachtung den Eindruck, sie seien ohne Bemannung und eher bei Mißgeschicken der Rückzugskolonnen im Graben geendet, als vorsätzlich zur Deckung des Rückzugs und zur Verteidigung aufgefahren. In keinem der einsamen Gehöfte hatte die Patrouille Menschen feststellen können, allerdings auch nicht gewagt, den Augenschein näher als durchs Fernglas vorzunehmen und sich - trotz tarnendem Schneehemd - von der Flanke her auf weniger als fünf-, sechshundert Meter anzuschleichen. In der ungeheuerlichen Stille, die den fortwährend gespannten Ohren der sieben Männer allmählich zu tönen begann und in der schon das leise Geräusch der Erleichterung, mit dem ein Zweig unter der abgleitenden Schneelast emporschnellte, wie das Getöse einer Lawine anmutete, hatte die Patrouille kurz vor Einbruch der Nacht das erste größere Dorf, Kangasjärvi, erreicht. Auch hier verharrte die Patrouille geraume Zeit im Schutz der Bäume und unterzog die Waldlichtung mit dem darinliegenden Dorf, dessen graue Häuser im eindunkelnden Abend wie eine kleine Herde aussahen, die sich zur Rast niedergelegt hatte, einer argwöhnischen Beobachtung. Doch auch hier verging die Zeit, ohne daß der Argwohn, das Dorf könne oder müsse besetzt sein, auch nur die geringste Nahrung erhalten hätte. Immerhin vertrat Leutnant Heiskanen so lange die Ansicht, hinter dieser völligen Stille und Ausgestorbenheit verberge sich eine Finte des Gegners, die man nur deshalb so schwer durchschauen könne, weil die Russen statt rechtsherum linksherum dächten, daß es schon dichte Dämmerung war, als die Patrouille sich den Häusern mit der Absicht näherte, im Dorfe selbst aufzuklären und womöglich einmal die Nacht nicht unter freiem Himmel zu verbringen.

Weit auseinandergezogen, in äußerst vorsichtigem, zögerndem Anmarsch erreichten die Männer schließlich den Ausgang des Dorfes von hinten her und sammelten sich bei einer Bodenwelle mit einer kleinen Scheune, die vor Einsicht vom Dorfe her geschützt lag. Die Straße, die sie dabei zu überqueren gehabt hatten, war allen sieben das schwerste Stück gewesen, denn zu der Möglichkeit, daß sie vermint sein konnte, war die Gefahr gekommen, hier am ehesten entdeckt zu werden. Indessen gelang der unbemerkte Anmarsch vollkommen, und die sieben fanden sich im Schutze der Scheunenwand unbeschadet zusammen.

Eine lange, zögernde, weiche Winterdämmerung, in der schon ein paar Sterne aufglommen, vereinigte Himmel und Erde für eine Weile, ehe das strenge Dunkel hereinbrach. Die anhaltende Stille aber war, nachdem die Spannung gewichen war, so erregend, da die sieben trotz der Gefahr nicht ohne Befriedigung laute Anzeichen von der Nähe des Feindes hingenommen hätten. Heiskanen schlug vor, die Häuser näher in Augenschein zu nehmen, die Dämmerung begünstige das Anschleichen in lockeren Gruppen von je zweien oder dreien, man müsse sich nur vor Minierungen in der Nähe der Häuser und in den Häusern selbst hüten. Daß ein Dorf in so beträchtlicher Entfernung von der Frontlinie jetzt schon völlig geräumt und statt der Zivilbevölkerung nicht einmal von Truppen belegt war, erschien allen unbegreiflich. Der Gegner mußte erwartet haben, daß der Vormarsch der Jägerbrigaden nicht zum Stillstand kommen würde, und hatte wohl diese Dörfer übereilig geräumt, ohne von den mannigfaltigen Möglichkeiten, sie zur Verteidigung zu benutzen, Gebrauch zu machen. Vielleicht aber verbargen sich auch ganz andere Absichten dahinter, auf die nur sie, die rechtsherum dachten, nicht verfielen. Mißlich genug, war so viel Neuschnee gefallen, daß sie aus Straßenspuren auch nicht im geringsten mutmaßen konnten, wann dieses Dorf geräumt worden war.

Der Abendstern funkelte schon in einem tieferen Blau, als die sieben die Kapuzen fest ums Gesicht schlossen, die Maschinenpistolen vor die Brust schoben und in kleinen Gruppen aufbrachen. Der Korporal Jänttinen machte sich, wie immer, mit seinem Freunde Sanavuori auf, der aus demselben Städtchen wie er in der Landschaft Häme stammte. Nach kurzer Zeit, in der auch nicht das geringste Geräusch die noch Zurückgebliebenen davor gewarnt hatte, den Vorausgegangenen zu folgen, lag der Rastplatz hinter der Scheune leer. Alle sieben waren im Dorf, und der Zufall fügte es gleich zu Anfang so, daß sich der Gruppe Jänttinen und Sanavuori auch der Feldwebel Suukselainen anschloß, der eigentlich zur Gruppe Heiskanen gehörte. Spätestens nach Einbruch völliger Dunkelheit sollte man sich wieder bei der Scheune treffen. Heiskanen wollte nämlich statt eines Hauses im Dorfe die Scheune ein besseres Nachtquartier dünken, denn das Gelände in ihrer Umgebung begünstigte einen Rückzug unter Beschuß, falls man doch mit dem Feinde in Fühlung geraten sollte.

Bei der Erkundung im Dorfe bekamen die einzelnen Gruppen einander bisweilen zu Gesicht, freilich nur schemenhaft und für wenige Augenblicke; doch war das Erstaunen maßlos, als beim Sammeln später Korporal Jänttinen in Gesellschaft von Sanavuori und Suukselainen mit einem unförmigen Bündel erschien, das er um den Hals geknüpft hatte und das - keiner wollte das so recht glauben und meinte, er müsse sich im Nachtdunkel getäuscht haben - ein lebendiges Kind enthielt! Wie, um des Himmels willen, waren Jänttinen, Sanavuori und Suukselainen in diesem auch bei genauem Zusehen völlig ausgestorbenen, allerwege vom Tod der Verminung umlauerten Dorf zu einem Kind, einem lebendigen Kind gekommen? Jänttinen, ein sehr großer, grobknochiger Mann, im Zivilberuf Maschinenschlosser, saß mit dem Bündel auf den Knien und der Maschinenpistole darüber verlegen da und lächelte. Er ließ Sanavuori erzählen, was sich zugetragen hatte. Ohne Sanavuori, meinte er einsilbig, wären sie auch alle drei nicht zurückgekommen. Die Erzählung Sanavuoris nun ließ den andern so heiß werden, daß sie die Kapuzen losknöpften und atemlos lauschten.

Bei der Erkundung in etlichen Häusern am Eingang des Dorfes, zu denen, wie sie bemerkt, keine der andern beiden Gruppen hingegangen sei, hätten sie aus einiger Entfernung etwas gehört, was sie zunächst für das Jammern einer Katze gehalten, dann aber als das Schreien eines Kindes erkannt hätten. Daß sie's überhaupt gehört, hätten sie nur dem eigentümlichen Umstand zu verdanken gehabt, daß die Tür eines Hauses weit offen gestanden hätte, die der Kammern zu beiden Seiten der Vorstube aber geschlossen gewesen wären. Geraume Zeit hätten sie abwartend vor dem Hause verbracht, bis ihnen zur Gewißheit geworden sei, daß tatsächlich in einer der Kammern ein Kind schrie. Und alle Vorsichtsmaßnahmen zu beschreiben, unter denen sie sich schließlich Eintritt in dem Hause verschafft hätten, reiche die Zeit einfach nicht aus. Sanavuori erwähnte nur, daß er auf Suukselainens Rat den Hackklotz, der vor dem Hause gestanden, mit einer Stange tiefer und tiefer in den Hausflur geschoben hätte, um sicher zu gehen, daß nicht der Fußboden vermint sei. Bei dem Gerumpel in seiner Nähe aber habe das Kind nur noch lauter zu schreien begonnen. Sie hätten es heiß bekommen in dieser absonderlichen Lage. Als sie zu guter Letzt sich bis ins Haus selber vorgewagt – Suukselainen habe die Wache am Eingang übernommen –, hätten sie dort die ganze Ärmlichkeit in wilder Unordnung, wie nach einem überstürzten Aufbruch der einstigen Bewohner, vorgefunden. Im Lichtkegel der Taschenlampe aber habe sich auch ein kleines Bett gezeigt, in welchem das Kind gelegen und laut geschrien habe. Das Haus sei völlig ausgekühlt gewesen, und nur viele Decken, unter die man den Kleinen gebettet, hätten ihn wohl vor dem Erfrieren bewahrt. Sie hätten diesen einzigen Bewohner des Dorfes zunächst einmal fassungslos angestarrt. Dann habe Jänttinen ihn aufnehmen wollen und in die Decken gegriffen…

Im selben Augenblick aber – er wisse nicht, wie er das erklären solle –, sei er, Sanavuori, hinzugestürzt und habe Jänttinen daran gehindert. Jänttinen habe nicht begriffen, warum, und ihm wehren wollen. Der Knabe, still geworden, habe ihnen derweil nur zugeschaut, mit weit offenen Augen. Sie hätten die Decken vorsichtig abgehoben. Und da hätten sie bemerkt, daß das Kind in seinem Bett festgebunden war... »Festgebunden ?« wiederholten etliche ungläubig.

...Und Jänttinen habe schon die Stricke lösen wollen, da sei er ihm abermals in den Arm gefallen, und dabei sei ihm die Taschenlampe entglitten, und sie hätten ein paar Augenblicke im Dunkeln dagestanden, und ihm habe das Herz bis in den Hals hinauf geklopft – vor Angst, Jänttinen könne im Dunkeln nach dem Kinde greifen. Achtung, Mine! habe er sagen wollen, aber diese beiden Worte einfach nicht herausgebracht und, auf den Knien, mit aller Angst im Leibe nur immer weiter im Dunkeln nach der Laterne getastet, die auf dem Fußboden liegen mußte. Als er sie gefunden habe, sei sie halb unter dem Bett gelegen, neben den Sprengsätzen, die er als etwas Kaltes nur mit den Fingerspitzen berührt habe, unter dem Bett, unter dem Kinde, das also auf Tod und Verderben festgebunden lag und mit jedem, der sich seiner erbarmen wollte, in die Luft fliegen mußte. Die Stricke, mit denen man es gefesselt, standen in Verbindung mit der Zündung. Zog man an ihnen, dann zog man auch die Zündung ab... Er könne gar nicht sagen, wie ihm in diesem Augenblicke zumute gewesen sei. Als es wieder hell geworden sei, habe er Jänttinen an den Knoten nesteln sehen, das habe er wohl schon im Dunkeln getrieben...
Jänttinen nickte.
...und habe nur noch stammeln können: Mine! Da habe Jänttinen die Knoten in Ruhe gelassen und ihn angestarrt. Er sei so erleichtert gewesen, daß er nichts mehr gesagt und ihn stumm beim Arm genommen habe. Wahrscheinlich habe er weg wollen, weg von dem Kinde, weg aus dem Haus – überhaupt weg von dieser teuflischen Falle. Jänttinen aber habe nicht weg wollen. Da sei er niedergekniet, habe ihm gewinkt, das gleiche zu tun, und habe ihm die Sprengsätze unter dem Bettchen gezeigt. Jänttinen habe nur lächelnd genickt. Als sie aufgestanden seien, habe er einen Augenblick vor dem Bett gestanden. Das Kind, das wohl etwas zu essen erwartet hatte und enttäuscht worden war, habe abermals angefangen zu wimmern. Und dann – das sei alles so schnell gegangen, daß er nicht habe begreifen können –, dann habe er mit einemmal gesehen, wie Jänttinen seine Laterne vom Riemen genommen, sie angeknipst, die Schlaufe

mit den Zähnen gepackt und sein Messer gezogen habe. Er habe nicht gewußt, was er eigentlich vorhabe. Jänttinen habe das Kind betrachtet, als wolle er's schlachten – ja, genauso habe er ausgesehen, so finster und grimmig –, und dann habe er die Stricke vorsichtig durchgeschnitten, in der Rechten das Messer, mit der Linken zwischen das Kind und seine Fesseln greifend, so daß die gespannten Stricke sich nicht plötzlich unter dem Messerschnitt lockerten. Als er das Kind vorsichtig umgekehrt habe, um nachzusehen, ob es auch mit seinen Kleidern irgendwo festgebunden sei, hätten seine Hände gezittert, das habe er, Sanavuori, genau sehen können. Dann aber habe er den Knaben, der ein einziges feuchtes Paket gewesen sei, aus dem Bett gehoben und in die Decken gewickelt, die trocken gewesen seien. Und da seien sie nun, mit einem Kind als Beute…

Die anderen sechs betrachteten Jänttinen, der mit dem Bündel und der Maschinenpistole auf den Knien dasaß und verlegen lächelnd den Blick erwiderte.

»Was soll man machen?« murmelte er und zuckte die Achseln, als könne man eine so unverhoffte Gabe, wie hinderlich sie auch sei, nicht ausschlagen.

Die andern fragten, ob es ein Knabe sei.

Er nickte und sagte gutmütig mißbilligend, der Bursche müsse ein wahrer Brunnen gewesen sein, obschon er doch nichts zu essen und zu trinken bekommen habe.

Immerhin könne er nicht gar zu lange so gelegen haben, sonst wäre er nicht mehr am Leben, wandten etliche ein. Das Dorf sei wohl erst gestern geräumt worden. Noch eine Nacht ohne Nahrung in der Kälte des ungeheizten Hauses hätte das Kind aber schwerlich überstanden. Der Einfall, die rührende Unschuld und Hilflosigkeit eines Kindes zur Vernichtung eines Gegners zu mißbrauchen, war so ungeheuerlich, daß sie kein Wort darüber sagten. Was aber sollten sie jetzt mit dem Kinde anfangen? Milch hatten sie nicht, überhaupt nichts zu essen außer ihrem Trockenproviant, und mit einem Kinderwagen konnten sie auch nicht auf Patrouille gehen, ganz zu schweigen davon, daß ihre Ausrüstung keine Windeln enthielt und sie bestenfalls ein paar Verbandpäckchen opfern konnten. Heiskanen hatte von hier aus den Rückmarsch antreten wollen, aber er konnte sich nicht vorstellen, daß sie dabei ihrer acht sein sollten. Was wurde aus dem Kind, wenn sie Feuer erhielten und Hals über Kopf zurück mußten!

Der Bedenken dagegen, das Kind mitzunehmen, waren viele, und doch sprach keiner sie aus. Als Jänttinen in das etwas betretene Schweigen der Kameraden hinein ruhig und ohne sonderlichen Nachdruck erklärte: »Ich nehme es halt mit!« wurde kein Widerspruch laut, nicht einmal Bedenken, obschon Heiskanen da gerade einfiel, das Kind könne ja zu allem hinzu auch noch durch Geschrei zur unrechten Zeit eine wahre Hölle heraufbeschwören. Er ließ sich von Sanavuori nur in seine Kartenskizze das Haus einmerken, in dem sie das Kind und die Minen unter seinem Bett gefunden hatten. Dann berichteten die andern von ihren Entdeckungen.

Als sie nach etlichen Vorsichtsmaßnahmen die kleine Scheune bezogen, in der sich noch ein paar Hände voll Heu fanden, die ihnen das Lager weicher machen konnten, übernahm Jänttinen die erste Wache. Die Kameraden, die sofort einschliefen, gewahrten an diesem Abend noch nicht, was ihnen in den folgenden beiden Tagen zum gewohnten Anblick wurde, der für sie allmählich alles Lächerliche verlor: wie der bärtig verwilderte Jänttinen bedächtig ein Stück Trockenbrot aus seiner Tasche holte, es lange kaute und den dunklen, säuerlichen Speisebrei dann, tief über das Kind gebeugt, ihm mit den Fingern in den Mund tat. Er gab, was er hatte, das einzige, womit er das Kind am Leben zu erhalten hoffen konnte, und die absonderliche Form des Vorkauens und des ›Kröpfens‹, wie die Kameraden es später nannten, gab er an den folgenden Tagen nur insoweit auf, wie die andern ihm bedeuteten, er habe ja einen Löffel, mit dem er dem Kind die vorgekaute Nahrung verabreichen könne. An jenem ersten Abend erhielt der Knabe noch eine pelikanische Mahlzeit, die er im Schein der abgeblendeten Taschenlaterne gierig verschlang. Dann weckte Jänttinen den Kameraden, der die folgende Wache übernehmen sollte, und legte sich, Kind und Maschinenpistole an der Brust, zum Schlafen nieder. In der Morgenfrühe, vor dem Aufbruch, wurden seine Kameraden Zeugen der zweiten Mahlzeit; auch wusch er dem Kinde später mit einem Stück Verbandmull das Gesicht. Das alles, sagte er, sei ihm nichts Ungewohntes; er habe daheim selber zwei. Die Kameraden begannen, den Knaben Iwan zu nennen und sich unter diesem Namen nach dem Befinden des Kindes zu erkundigen. Jänttinen streifte dann ein paarmal die Vermummung zurück und ließ sie das Gesicht eines schlafenden Kindes mit dunklem

Haar sehen, das wenig mehr als ein Jahr alt sein mochte und dem, nach der Farbe seiner Wangen zu urteilen, nichts zu mangeln schien. Als die Patrouille aufbrach, hing Jänttinen sich das Kind in Decke und Zeltplan dicht vor die Brust, so daß das Bündel nicht gar zu wild schaukelte. Seine Hände hatte er frei. Er lief jetzt nur ein wenig gebeugter unter dem Gewicht der Last, die von den Achseln herab vor seiner Brust hing und noch mit Riemen an seinem Koppel befestigt war. Heiskanen und mancher von den andern betrachteten ihn zweiflerisch. Er wisse nicht, wie das gehen solle, äußerte der Leutnant. Ach, das gehe schon, erwiderte, den Rücken aufrichtend, Jänttinen seelenruhig. Die Last um den Hals aber ließ ihm die Adern auf der Stirn hoch anschwellen.

Sanavuori versprach, mit ihm abzuwechseln. – Hierlassen können habe man ja das Kind doch nicht, das wäre sein gewisser Tod gewesen.

Das wollte der Leutnant nicht bestreiten. Nur, meinte er, könne man keine Rücksicht nehmen. Wenn Jänttinen mit dem Kinde nicht so schnell sein könne wie die andern, wisse er nicht, wie sie sich anders helfen wollten als dadurch, daß sie den Ballast doch über Bord warfen. Er wolle die Patrouille heil zurückbringen und keinen Mann aufs Spiel setzen.

Jänttinen tat so, als höre er das nicht. Als sie den Rückmarsch antraten, war er es, der die Geschwindigkeit steigerte. Wie eine Lokomotive pflügte er sich vorwärts, den Kopf gesenkt, die Schultern mit der Zeit immer tiefer vornübergebeugt, darauf bedacht, das Bündel vor seiner Brust nicht in gar zu heftige Schwingungen geraten zu lassen. Als Sanavuori ihm nach ein paar Stunden anbot, das Kind zu tragen, schüttelte er nur stumm den Kopf, den die verdoppelte Anstrengung des Tragens und des Laufens feuerrot gemacht hatte. Die andern musterten Jänttinen stumm und verstohlen, wenn die Patrouille einmal den weit auseinandergezogenen Gänsemarsch aufgab und sich in einer Gruppe sammelte. Heiskanen verbesserte tagsüber mehrfach die Karten mit der Lage der Hindernisse, die er auf dem Anmarsch gezeichnet hatte. Wäre nicht das vonnöten gewesen, niemand von den sieben hätte glauben können, etwas anderes als einen ungewöhnlich langen Ausflug mitzumachen. Die Stille und das Ausbleiben jeglicher Berührung mit dem Feinde, der diesen Frontabschnitt doch nicht unbemerkt und so gänzlich aufgegeben haben konnte, wie es den Anschein machte, wirkten am Ende unheimlich, und mehr als einmal ging einem der sieben der Gedanke durch den Kopf, sie liefen mit jeder ungestörten Stunde nur immer tiefer - wie Fische in eine Reuse - in eine Falle hinein, aus der es dann kein Entrinnen mehr gebe. Nicht einmal das Kind ließ von sich hören. Heiskanen äußerte einmal die Vermutung, daß Jänttinen sich damit abplage, einen Toten durch die Wälder und die Frontlinien zu tragen; sein Erst- und Eingeborener [er hatte nach dem Winterkrieg geheiratet] hätte sich schon längst gemeldet, aber nachdem dieser Argwohn einmal ausgesprochen worden war und Jänttinen ohne viel Widerrede nur stumm die Decke von dem Gesicht des schlafenden Kindes zurückgeschlagen hatte, um die Ungläubigen mit dem Augenschein zu überzeugen, wurde derlei nie mehr geäußert. Eher neigte man insgeheim der Auffassung zu, Iwan mit seinem krebsroten Gesichtchen müsse krank geworden sein, doch sprachen gegen diese Vermutung der ruhige Atem und die zu Fäustchen geballten Hände neben den Schultern.

Jänttinen selber überzeugte sich, nachdem einmal ein Verdacht ausgesprochen war, von Zeit zu Zeit verstohlen, daß es mit dem Kinde zum Rechten stand. Bei der ersten Mittagsrast überraschte er die Kameraden durch sein Kröpfen und ging am Abend statt der Finger zum Löffel über.

Es konnte nicht ausbleiben, daß sich während der Mahlzeit alle um Jänttinen versammelten und zusahen. Ihm fehlte es dabei nicht an Ratschlägen, wie er dieses und jenes besser oder anders machen könne. Diejenigen unter den sieben, die selber Väter waren, streuten sparsam eigene Erfahrungen aus. Es wurde jedoch von allen als so etwas wie ein stillschweigendes Einverständnis mit der Anwesenheit des Kindes betrachtet, als der Leutnant an Jänttinen ein gut Teil seines Verbandpäckchens und eine Tube Wundsalbe verschenkte und ihm den Vorschlag machte, Iwan in Ermangelung von Wasser mit dieser Salbe zu reinigen. So habe er's seine Frau bei ihrem Sohn machen sehen. Jänttinen nahm die Gabe an, unterließ jedoch die Reinigung, die man, wie er sagte, verschieben müsse, bis man es in der Wärme tun könne. Der Schmutz schade dem Kind bestimmt weniger als Kälte.

In der Nacht, als die Patrouille unter ein paar riesigen Tannen mit tief herabreichendem Geäst ihr Lager aufgeschlagen hatte und alles bis auf die Wache schlief, begann das Kind, das an Jänttinens Brust lag, mit einemmal zu wimmern, und Jänttinen erwachte davon... Und da zum ersten Male hörte der wachende Kamerad, wie Jänttinen das weinende Kind in seiner eigenen Sprache zu beschwichtigen versuchte und es dabei bald Juhani und bald in allen möglichen Koseformen dieses Namens Jussi, Juha, Jukka und Jukku nannte. Ob Jänttinen selbst bei diesen Beruhigungsversuchen richtig wach war, wußte die Wache nicht, denn der Pflegevater brauchte seinem Kind nur ein paarmal gut zuzureden, da wurde es still, niemand war von seinem Weinen aufgewacht, und kaum war das Kind eingeschlafen, da lag auch Jänttinen wieder ruhig atmend da und hielt das stille Bündel zwischen seinen Armen.

Als die Patrouille, noch bevor es Tag geworden war, von neuem aufbrach, bot jener, der in der Nacht Zeuge der Beschwichtigung gewesen war, Jänttinen seine Hilfe an, er könne Jussi gut eine Meile tragen [er sagte da schon Jussi, ohne sich dabei etwas zu denken], doch Jänttinen wehrte das freundlich ab. Ihm mache es nichts aus, er habe sich schon daran gewöhnt, und es sei auch besser, daß das Kind bei ihm bleibe, falls sie doch unvermutet in Schwierigkeiten kommen sollten.

Das war eine für Jänttinens sonstige Wortkargheit ungewöhnlich lange Erklärung.

Bei der nächsten Mahlzeit, die man hielt, legte Heiskanen Jänttinen mit einemmal ein paar Stücke eines hellen, trockenen Gebäcks auf den Mantel und meinte, als Jänttinen verdutzt aufblickte, Weizenbrot werde Iwan besser zuträglich sein als das dunkle, gesäuerte Hartbrot, worauf etliche jedoch bemerkten, Juhani sei bestimmt mit Rindenbrot aufgewachsen, so üppig habe das Dorf, dem Anschein nach, nicht gelebt, und nachdem das Kind – unerklärlich, wie – schon nach einem Tage, da ein finnischer Soldat es durch die ostkarelischen Einödwälder getragen hatte, in die Familie des eigenen Volkes aufgenommen worden war und den finnischen Namen des Täufers und Vorläufers erhalten hatte, sprach auch der Leutnant fortan von Juhani oder Juha, und der Tag ging nicht hin, ohne daß jeder sich einmal erboten hatte, Jänttinen seine Last abzunehmen.

Er schlug die Hilfe jedesmal aus, so als sei ihm unumstößlich gewiß, daß nur er allein das Kind durch die Wälder und die feindlichen Fronten tragen dürfe. Die Vermutungen der Kameraden,

Iwan-Juhani brauche keineswegs russischer Herkunft zu sein, die Bevölkerung dieser Gebiete sei ja von finnischem Stamm, soweit nicht für die ausgesiedelten und verschickten Tausende finnischer Herkunft und Sprache eine neue Bevölkerung aus dem Innern Rußlands angesiedelt worden war, hörte er sich mit Gleichmut an. Sein Blick, mit dem er den Kopf des Kindes vor sich betrachtete, hatte nichts Forschendes, welcher Herkunft Juhani wohl sei, und das Kind, das – wenn es seine Augen geöffnet hatte – eigentlich nur Jänttinen betrachtete und keinen der andern, wie denen mit der Zeit auffiel, schien diesen Pflegevater als seinen einzigen und wahren Vater anzunehmen, als habe es vor ihm noch keinen Menschen gesehen. Dagegen schien Jänttinen nicht gern zuzuhören, wenn die andern sich in Mutmaßungen ergingen, was für eine Mutter das gewesen sein müsse, die sich ihr Kind zu einem so ungeheuerlichen Anschlag habe nehmen lassen. Kam die Rede darauf, dann ging er aus der Gruppe davon. Er tat dies, auch wenn nicht darüber gesprochen wurde, um so häufiger, je näher sie den eigenen Linien gelangten, ohne ersichtlichen Grund. Es hatte beinahe den Anschein, als gehe auch ihm allmählich auf, daß es ein großes Wagnis sein werde, mit dieser Bürde eine Strecke zu durchqueren, in der es auf größte Schnelligkeit und Wendigkeit ankam.

Bei ihrer letzten Besprechung, in der Dämmerung des zweiten Rückmarschtages, saß Jänttinen in finsterem Schweigen da und ließ Heiskanen und den anderen fünf die Entscheidung. Heiskanen war der Meinung, allein aus der Tatsache, daß sie Jussi gefunden hätten, gehe hervor, daß der Feind ein schnelles Nachdrängen der finnischen Truppen erwartet habe. Seine Linien könnten also nur sehr locker und dünn mit vereinzelten Widerstandsnestern besetzt sein, ohne eine eigentliche, zusammenhängende Stellung. Überrascht vom Ausbleiben des finnischen Vorstoßes, würden die Russen wohl jetzt erst das Gelände durch Truppen besetzen, die sie aus ihren Auffangstellungen vorschikken könnten. Um dieser Maßnahme zuvorzukommen, sollte ihr Stab baldmöglichst im Besitz ihrer Aufklärungsergebnisse und der Kartenskizzen sein. Er wolle deshalb vorschlagen, daß sie weitermarschierten, dann könnten sie entweder im Schutze der Nacht oder spätestens in der Morgendämmerung nach verabredetem Signal in die eigenen Linien gelangen. Aus einem begreiflichen Heimweh nach den eigenen Quartieren waren alle dafür, den nächtlichen Gewaltmarsch auf sich zu nehmen. Selbst Jänttinen rang sich ein stummes Nicken seines bärtig-verwilderten Kopfes ab. Man aß ausgiebiger als sonst, die Nähe des eigenen Lagers ersparte bedachtsame Schonung der Vorräte, je weniger Gepäck man hatte, um so unbehinderter konnte man ausschreiten, und selbst Jussi erhielt von dem mit der Zeitvergessenheit eines Tieres kauenden Jänttinen eine so reichliche Mahlzeit, wie er sie vordem noch niemals genossen. Ein paar derbe Bemerkungen, Jänttinen als einziger müsse im Gepäck mittragen, was an reichlicher Verpflegung schon genossen worden sei, den Jussi werde man mit der Spitzhacke aus dem Bündel befreien müssen, ließ Jänttinen in seiner Verfinsterung unbeachtet. Er duckte sich, vornübergebeugt, wie ein Stier zum Angriff, als man die Stöcke einstemmte und mit Heiskanen an der Spitze zum letzten Marsch aufbrach.

Um diese Zeit war es bereits dunkel. Jedes laute Wort verbot sich von selbst, und es gab in der völligen Stille, die nur vom Schleifen der sieben Schneeschuhpaare unterbrochen wurde, Augenblicke genug, da jeder der sieben befürchtete, Jussi könne gerade für diese Stunde seine Stimme gespart haben – Augenblicke, da mancher sich fragte, wozu er, wenn das geschehen sollte, dann wohl fähig sein könne. Verfinsterten Sinnes fuhr der so Denkende in die immer tiefere Finsternis hinein.

Heiskanen, an der Spitze, legte häufiger einen kurzen Halt ein und ließ aufschließen, einmal um den Kompaß zu befragen, ein andermal um zu lauschen und Verhaltungsmaßnahmen für einen Ernstfall auszugeben, oder auch nur um den heftig arbeitenden Lungen eine Weile Ruhe zu gewähren, bis der Schweiß anfing zu erkalten und ein Schauder über den Rücken zu neuem Aufbruch mahnte. Die Wachsamkeit war nun schon dermaßen gespannt, daß das geringste ungewohnte Geräusch alle sieben in Deckung gehen und die Hände vom Knauf der Stöcke an die Maschinenpistole fliegen ließ. Einmal trat ein unerwarteter Riß in der Kette ein: Jänttinen, in der Mitte, war unvermittelt stehengeblieben und flüsterte heiser in das Bündel hinein. Nur er hatte das ganz leise Wimmern daraus vernommen und war mit stockendem Herzschlag stehengeblieben. Als die Kette sich wieder zusammenfügte, war das Schweigen in beiden Gliedern ein anderes als zuvor. Viele Augen suchten Jänttinens Bürde zu erkennen. Die Ohren unterschieden jetzt schon in der Ferne das Geräusch fahrender Transporte und hin und wieder einen Abschuß. Die Patrouille stieß zögernder vor, Heiskanen vervielfachte die Horchpausen und spähte unablässig ins Gelände, um richtungweisende Merkmale ausmachen zu können. Der Wald aber war so unwegsam und dicht wie an allen vorangegangenen Tagen.

Mitternacht war längst vorüber, als ein Gewehrschuß in der Nähe die sieben aus der Monotonie des schleifenden Anmarsches weckte und hinter die Baumstämme bannte. Keiner von ihnen wußte, ob der Schütze die eigenen Linien hatte alarmieren wollen, oder ob sie, ohne es zu wissen, schon so nahe an die Front gekommen waren, daß dieser Schuß zu dem planlosen Störungsfeuer gehörte, mit dem nächtliche Posten sich zuweilen Mut zu machen und den Gegner zu überzeugen versuchen, daß man gegen alle Überraschungen auf der Hut sei. Als nach diesem vereinzelten Schuß lange nichts mehr zu hören war, glaubte mancher schon, der Knall habe von einem Baum hergerührt, den der starke Frost gespalten hatte. Immerhin erlaubte das Beispiel des Leutnants keinem auch nur die geringste Bewegung. Sie kauerten wie aus Erz gegossen hinter den Stämmen und verwuchsen mit jeder Minute mehr mit der Reglosigkeit der froststarren Nacht. Heiskanen jedoch schien ein weiteres Vordringen allzu gewagt. Die Patrouille war wie blind, jeder Schritt wäre nur ein Tasten gewesen, bei dem man unvermutet auf ein feindliches Widerstandsnest stoßen konnte. Keiner hatte, als dieser vereinzelte Schuß abgefeuert worden war, das Mündungsfeuer gesehen und sich danach eine Vorstellung zu bilden vermocht, wo der Schütze lag. Anderseits ließ die völlige Stille hinterher die Vermutung zu, daß man ihr Nahen überhaupt nicht bemerkt hatte. Unter diesen Umständen hielt Heiskanen es für das geratene, die erste Morgendämmerung abzuwarten. Er winkte seine Leute zu sich heran. Geduckt, die Knie in einem beinahe spitzen Winkel vorschiebend, glitten sie zu ihm und sammelten sich um ihn. Er sagte, daß er bis zum Morgen warten wolle. Einen Augenblick herrschte Stille. Dann murmelte Jänttinen keuchend, sie sollten lieber weiter.

Als er das sagte, klang es nicht wie ein Widerspruch, sondern wie ein eigentümlich dringlicher Rat oder Vorschlag. Die sechs waren verblüfft und schwiegen, als mit einemmal, mitten in dieses Schweigen hinein, Sanavuori ein kaum vernehmliches »Achtung!« zischelte. Irgendwie teilte seine Haltung den andern das

Empfinden mit, sie müßten noch regloser werden. Und von irgend etwas, was sie selber nicht sahen und was nur Sanavuori beobachtet hatte, in diese Reglosigkeit gebannt, in der sie nichts als ihr Herz vernehmen konnten, gewahrten sie mit Entsetzen, wie das Bündel vor Jänttinens Brust schaukelte und unter der Decke her ein winziges Keuchen vernehmbar ward, das jeden Augenblick zum Weinen werden konnte. Dann... sie bewegten wie mit der Geschwindigkeit eines Stundenzeigers den Kopf in in die Runde..., dann hörten sie halblaute Stimmen und Prasseln, mit dem firniger Schnee unter Schritten zerbrach.

»Dreißig Meter, grad voraus!« flüsterte Sanavuori.

Alle – oder beinahe alle – hielten in der angegebenen Richtung Ausschau; aller – oder beinahe aller – Hände spannten sich um die Maschinenpistole. Nur einer griff statt zur Waffe zum Bündel, das an seiner Brust hing, und blickte statt nach vorn auf das Kind. In der atemberaubenden Stille begann Jänttinen wie in höchster Not zu flüstern, unsinnige Kosenamen für Juhani, die alle mit der Bitte endeten, still zu sein, ganz still.

Als die dunkle Gruppe, die Sanavuori als erster bemerkt, im Gänsemarsch eine kleine Waldlichtung vor ihnen überquert hatte, aus der Sicht war und die Männer der Patrouille wieder wagten, sich zu rühren, gewahrten sie, wie Jänttinen statt der Maschinenpistole das Kind in seinen Armen hielt und langsam hin und her wiegte. Er flüsterte jetzt nicht mehr. Als er die Blicke der sechs bemerkte, ließ er das Bündel sinken und richtete sich auf. In diesem Verhalten lag etwas so Entschiedenes, zum Aufbruch Mahnendes, daß alle es ihm nachtaten und Heiskanen nicht einmal Einspruch erhob, als Jänttinen, ohne ein Wort zu verlieren, sich zum Anführer der Patrouille machte und, sich links im Schatten zwischen den Bäumen haltend, auf eben jene kleine Lichtung zustrebte, welche die dunkle Gruppe der Feinde soeben überquert hatte. Jänttinen ging tief vornüber geneigt, mit weit ausholenden, rudernden Bewegungen der Arme, jedoch nicht mehr ganz so schnell, und die hinter ihm Folgenden hatten das Gefühl, sie müßten für den Gebeugten Ausschau halten. Als sie in einer Höhe mit der Lichtung waren, blieb Jänttinen stehen. Sie wußten nicht, ob seine Bürde ihn beuge oder ob er die Spuren betrachte, die hier zu erkennen waren. Dann aber schob er seine Skier in der alten Richtung vorwärts, auf ein Gehölz zu, das dunkler als alle andern Dunkelheiten vor ihnen lag. Er trat jedoch

nicht in das nur mit Lärm zu betretende Dickicht ein, sondern hielt sich am Rande, wo eine schneisenähnliche Breite hangabwärts führte. In dieser Breite drang er jedoch außerordentlich langsam, beinahe spürend vor und bog, je tiefer sie gelangten, immer weiter nach links ab, bis er mit einemmal – im selben Augenblick, da eine anfangs nur zu ahnende größere Helligkeit vor ihnen sich als freie Fläche erwies – wie angewurzelt stehenblieb. Und kaum hatte das Schleifen der Schneeschuhe und das Knistern, mit dem die Stöcke in den Schnee eintauchten und sich aus ihm hoben, aufgehört, da vernahmen alle von rechts her, wo das umgangene Dickicht an die offene Gemarkung grenzen mochte, ganz deutlich Stimmen. Sie priesen Jänttinens unerklärlichen Trieb, der sie nach links gedrängt hatte, sonst wären sie in das feindliche Nest hineingelaufen. Wie weit aber reichte das Schußfeld des Maschinengewehrpostens, der sich dort rechter Hand eingegraben hatte? Konnten sie's wagen, ihn zu umgehen und dann über das offene Feld zu schleichen? Oder sollten sie diesen Posten mit ein paar Handgranaten ausräuchern? Daß sie sich unbemerkt anschleichen und die ganze Besatzung gefangennehmen könnten, wollte keiner glauben. Und beim geringsten Mißgeschick würde dann die ganze Nachbarschaft alarmiert.
Nicht Heiskanen war es, der die Entscheidung traf. Abermals nahm Jänttinen sie ihm ab. Ohne ein Wort zu sagen, brach der Korporal auf und strebte durch den Wald von neuem hangaufwärts, dorthin, von wo sie gekommen waren. Bei der Lichtung angelangt, verweilte er ein paar Augenblicke, glitt dann rasch über die Schneisenbreite und umging das Dickicht, eng an dessen Dunkel geschmiegt, ohne zu bedenken, daß gegen seine Finsternis die Schneehemden der Patrouille doppelt abstechen mußten. Als sie in einem lichteren Walde wieder abwärtsglitten, überließ er Heiskanen dadurch die Führung, daß er sich nach einer Horchpause sehr langsam vorwärtsschob. Als sie am Waldrand vor dem offenen Feld angelangt waren, schloß er als einer der letzten auf. Das Bündel mit dem Kind in den Armen, betrachtete er die Aussicht, die ihm hier günstiger schien als bei der ersten Stelle, denn die Talsenke mit einem schmalen Bach enthielt hier reichlich lockeres Gebüsch, das ihnen bei der Überquerung gute Deckung bieten konnte.
»Die Rakete!« murmelte er, bevor noch einer von den andern ein Wort gesagt hatte.

Heiskanen schwieg. Nach einer Weile sagte er, man könne auf den Morgennebel warten. Bis dahin könne es nicht mehr lange dauern. Jänttinen machte ihm, ohne daß er zu erklären vermocht hätte, wodurch, den Eindruck einer ängstlich um ihr Kind besorgten Mutter. Die Klugheit, die er eben bei der Führung bewiesen, hatte für ihn nichts Soldatisches an sich gehabt.

Die Rakete müsse man jetzt schießen, beharrte Jänttinen, und zwar aus dem Dickicht dort... Der Leutnant schwieg ob dieser Beharrlichkeit, aber da keiner von den andern Jänttinen widersprach, ließ er von seinen Zweifeln ab. Er lud die Signalpistole in ihrem Beisein mit der verabredeten Rakete und entfernte sich. Sie hörten, wie er in das Dickicht eindrang, dann aber mochte er eine Gasse gefunden haben, die ihn völlig lautlos aufnahm, denn sie vernahmen nichts mehr. Alle setzten sich in den Schnee, ein jeder mit einem Stamm neben sich, und als nach einem kaum vernehmbaren Puffen der Stern am grauenden Himmel erschien, betrachteten sie ihn mit geblendeten Augen, so lange waren sie das Dunkel gewohnt, und sahen ihn wie die schönste Hoffnung über der heimatlichen Talseite versprühen. Der letzte Funken aber war noch nicht erloschen, als zu ihrer Linken das Maschinengewehr zu hämmern begann und einen Fächer von Leuchtspurgeschossen über der Talbreite aufschlug. Von der andern Seite blieb das Feuer zu ihrer Erleichterung unbeantwortet.

Bei den ersten Schüssen waren sie aufgestanden, gerade als ob sie Heiskanen, der aus dem Dickicht auf sie zuglitt, stehend hätten erwarten wollen, in Wirklichkeit aber weil sie festzustellen trachteten, wo sich das Maschinengewehrnest zur Linken befand und ob zur Rechten ein zweites, das sie noch nicht bemerkt hatten, einfallen würde. Doch in dem bei der frostklaren Nacht äußerst gellen Knall der Abschüsse erwachte das Kind, und Heiskanen empfing zu seinem Unmut das Wimmern an Jänttinens Brust. Solange die Schießerei währte, mochte Juhani das Weinen noch hingehen; was aber taten sie mit ihm, wenn es wieder still wurde? Diesen Augenblick schien Jänttinen selber zu fürchten, denn er entfernte sich eilig von der Gruppe nach rechts hin, wie um aus der Hörweite der Maschinengewehrbedienung zu kommen. Daß er dabei anderen feindlichen Wachen entgegenging, schien ihm nicht in den Sinn zu kommen. Heiskanen zischte ihm nach, er solle zurückkommen und den Balg zur Ruhe bringen.

Jänttinen blieb in der Tat stehen. Es war schon so hell, daß man unterscheiden konnte, wie sein hinabgebeugter Kopf mit dem Bündel an seiner Brust verschmolz. Im selben Augenblick verstummte das Maschinengewehr zu ihrer Linken, der Posten schien das Nutzlose eingesehen zu haben, und da nun wieder völlige Stille eintrat, hörten die sechs noch Jänttinens Gemurmel.

»Der Nebel ist schon da«, meinte Heiskanen, den Blick auf die Talsohle geheftet, in der man tatsächlich ein dünnes, graues Gespinst zu unterscheiden begann.

Sanavuori schlug vor, das Feld nicht im rechten Winkel, sondern nach zwei-, dreihundert Metern weiter rechts in einem spitzen Winkel zu überqueren. Jänttinen solle der zweite sein, ihm sollten die anderen weit auseinandergezogen folgen. Auf jeden Fall müsse man es sogleich wagen; der dünne Nebel gebe weniger Schutz als die Dunkelheit.

Auf diese Bemerkung schien Jänttinen in seiner Ungeduld gewartet zu haben, denn kaum hatte Sanavuori ausgeredet, da setzte er sich in Marsch. Er schob sich aber so langsam vorwärts, daß Heiskanen und Sanavuori sogleich neben ihm aufschließen konnten und, als die Enge der Zwischenräume zwischen dem Gezweig ein Nebeneinander unmöglich machte, sich an die Spitze setzten. So ging es stumm vorwärts, bis sie etwa dreihundert Meter zurückgelegt hatten, ohne auf Widerstand zu stoßen.

Als Heiskanen, der die Spitze hielt, stehenblieb, schob Sanavuori sich an ihm vorbei, überflog ein paar Sekunden lang sichernd die freie Gemarkung und schoß dann, die Stöcke weit vorgesetzt, tief gebeugt in die offene Fläche hinaus, auf der das nächste, tief im Schnee verwehte Gebüsch etwa sechzig Meter entfernt den Lauf des Baches kennzeichnete. Die Zurückgebliebenen sahen, daß er offensichtlich einer Stelle zustrebte, wo das Buschwerk eine filigrandünne, zinngraue Gardine bildete. In seiner Spur folgte einen Augenblick später Jänttinen, und das Keuchen, mit dem er sich abgestoßen hatte, hing noch allen im Ohr, als seine geduckte Gestalt schon in die Talsohle stob.

Im selben Augenblick aber durchzuckte den Leutnant der Gedanke, daß er viel zu unaufmerksam auf Sanavuoris Vorschlag, Jänttinen solle das Feld als zweiter überqueren, eingegangen sei, denn wenn die Maschinengewehrbedienung vielleicht auch Sanavuori zu spät entdeckte, konnte sie Jänttinen um so sicherer unter Feuer nehmen. Außerdem war nach der Rakete und dem Sperrfeuer hinterher vielleicht irgendwo weiter rechts noch ein leichtes Maschinengewehr in Stellung gebracht worden.

Mit hämmerndem Herzschlag blickte er Jänttinens kaum erkennbarer Gestalt nach und bangte um jede ruhige Sekunde. Zugleich kochte in ihm ein Grimm ob Jänttinens aberwitzigem Einfall, dieses Kind mitzunehmen – ein Einfall, der jetzt die Patrouille vielleicht schwere Verluste kosten würde, denn ohne den wimmernden Balg hätten sie den Frontübertritt mit aller Ruhe und Sorgfalt vorbereiten können.

»Ist er durch? Ist er durch?« fragte er – ohne es zu wissen – die letzten vier, die bei ihm standen.

Er hörte nicht, was sie als Antwort flüsterten. »Die nächsten! Los!« kommandierte Heiskanen. »Schnell!«

Er sah nicht einmal, wer es war, der aus der Gruppe vorschnellte und in den Spuren der Vorausgegangenen mit weit ausgreifenden Stöcken davonlief. Im Halbdunkel versuchte er zu erkennen, ob Jänttinen angelangt sei.

»Die scheinen zu schlafen!« flüsterte jemand, »wir können alle miteinander weg.«

»Der nächste!« flüsterte Heiskanen. Er sah nichts mehr. Seine Augen hatten sich an der Dunkelheit und dem bleichen Schneewiderschein blind gestarrt. Ein neuer Mann brach auf, dann noch einer, die Zwischenräume wurden immer geringer. Auf einmal stand er allein da. Es war immer noch still. So still und so kalt, daß er, als jetzt die Spannung überstanden schien, zu frösteln begann. Er blickte sich um. Mit einemmal schien ihm dieser Ort, an dem sie eben noch zu sieben gestanden hatten, gefährlich zu sein, das freie Feld eine Zuflucht. Er versuchte auszumachen, wo die anderen waren, sah aber nur die mittlerweile tief ausgefahrenen Spuren, die sich in einem Nichts verloren, einem Nichts, das bei den eigenen Linien lag – und mit einem Gefühl unsäglicher Erleichterung glitt er die ersten Meter auf das Feld hinaus. Kaum aber war er da in einer, wie ihm jetzt dünkte, beängstigend großen, nackten Helligkeit angelangt, da schlug ihn der Bann einer seltsamen Verhexung. Er war überzeugt, ebenso schnell wie die Vorausgefahrenen zu laufen, genauso schnell, wie er sonst lief, wenn er alle Kräfte einsetzte, und doch hatte er in einer qualvollen Gespaltenheit das Gefühl, er könne sich selber zusehen, wie er hier gleich einem Schwimmschüler an der Luft-

angel Arme und Beine bewegte und dennoch keinen Meter
vorwärtskam. Keinen Meter, durch irgendeine Zauberei fest-
gebannt, und mit wild rudernden Armen und auf dem Fleck
vorwärts und rückwärts schiebenden Schneeschuhen eine Ziel-
scheibe für die, die ja doch einmal aufwachen mußten, wenn
nicht bei sechs Malen dann beim siebentenmal. Der kalte
Schweiß brach ihm aus. Er sah nichts mehr. Die große Helligkeit
hatte ihn geblendet. Und seine uferlose Angst – er war davon
überzeugt, bevor die erste Garbe von hinten her durch die Dämmerung fegte –, seine Todesangst machte die andern da hinter
ihrem Maschinengewehr lebendig!
Er ließ sich in die Spur fallen, als das Maschinengewehr hinter
ihm zu mähen begann, und lag einen Augenblick regungslos –
nur mit dem einen Trieb, unbeweglich zu sein. Als irgendwo
vor ihm im verschleierten Dunst helle Flämmchen aufsprühten
und das Feuer des Maschinengewehrs aus einem halben Dutzend
Maschinenpistolen erwidert wurde, begann er weiterzukrie-
chen. Dann hockte er sich hin und stieß sich mit den Stöcken
weiter. Er tat das alles, ohne zu denken – nur mit einem Gefühl
der Erleichterung, daß die andern für ihn den Bann gelöst und
das Feuer von ihm abgelenkt hätten. Daß er jenseits des offenen
Feldes war, merkte er erst, als er in ein Gestrüpp hineinglitt. Im
nächsten Augenblick – er lag da völlig reglos und versuchte,
herauszufinden, wo er sei – hörte er in der Nähe ein Kind weinen.
Da ergriff ihn von neuem ein seltsames Bangen. Die Einschläge
lagen jetzt so viel näher als vorher. Die Maschinengewehrbedienung hatte ihn wohl aus der Sicht verloren und schoß sich jetzt
auf dieses Gebüsch ein. Um Gottes willen! dachte er, wenn dem
Kind etwas zustieß!
»Aufhören! Aufhören!« schrie er, so laut er konnte, wenn nur
noch der Nachhall einer Geschoßserie ihm in den Ohren schwang.
Dann leckte seine Zunge, ohne daß er's wußte, Schnee in die
Brandglut, von der er ausgedörrt wurde, um gleich danach
wieder das eine flehentliche Wort zu formen: »Aufhören!«
Als das Feuer auf beiden Seiten schwieg, lag er noch eine Weile
reglos. Dann preßte er sich durch das lockere Gebüsch weiter.
Die Zweige strichen ihm pfeifend um den Kopf. Schwäche
überwältigte ihn. Er glaubte einen Augenblick, verwundet zu
sein und das nicht anders als in dieser uferlosen Schwäche zu
spüren, in einem unbezähmbaren Bedürfnis, einzuschlafen, hier,

mitten in der Nacht, im Schnee. Daß er zu den sechs Vorangegangenen hinfand, war nicht allein sein Verdienst. Er begegnete
etlichen von ihnen, als sie ihn suchten und er sich, tief hinge-
kauert, immer weiter vorwärtsstieß. Aus der Talsohle stemmte
er sich in der Schere hangaufwärts.

Sie müßten sich beeilen, war das erste, was er hörte, das Morgengrauen werde sonst zu hell. Heiskanen sah wie ein Erwachender
um sich. Er gewahrte Jänttinen, der eine Weile halb aufgerichtet
dahockte, etwas kaute und dann den struppigen Kopf tief über
das Bündel beugte. Heiskanen fiel auf, daß sein Tarnhemd über
dem Rücken klaffte, wie mit einer glühenden Schere geschlitzt
und versengt.

Jänttinen habe einen Streifschuß abbekommen, der ihm nur das
Tarnhemd geschlitzt habe, erklärten die andern.

In einer lockeren Gruppe hockten sie jetzt zu sieben versammelt.
Keiner sagte ein Wort. Als Jänttinen sein Bündel so geordnet hatte, daß kein Spalt mehr klaffte, und die Schlaufe tiefer in den Nak-
ken drückte, richteten die ersten sich auf. Heiskanen hatte sich
wieder gefaßt.

Es blieb ruhig. Gegen die Sicht von hinten her durch die Gardine
des Buschwerks geschützt, erreichte die Patrouille nach weniger
als dreihundert Metern die vorgeschobenen Posten der eigenen
Linien und schleuste sich in die finnische Front ein. Und erst bei
den scherzhaften Bemerkungen unbekannter Kameraden, sie
hätten sich wohl das vertraute heimatliche Weihnachtsstroh und
den Festschinken nicht entgehen lassen wollen und deshalb den
Übertritt selbst an dieser mißlichen Stelle lieber heute gewagt,
als noch einen Tag länger zu warten, kam ihnen wieder die Nähe
des hohen Festes zu Bewußtsein, und sie wurden inne, daß Weihnachten war.

Auf diese Bemerkungen indessen gab der Leutnant eine Antwort, die in ihrer kindlichen Einfachheit, und so unerwartet sie
kam, lange Zeit unvergessen blieb. Nein, erklärte er in seiner
etwas nüchternen, phantasielosen Art, sie seien nicht deshalb gekommen, sondern ›wegen dem Kind da‹, und dabei zeigte er auf
den riesigen Korporal.

OHNE DASS die sieben untereinander ein Wort darüber gewechselt hätten, ganz wie nach einer heimlichen Übereinkunft, trennten sie sich nicht von dem Kinde. Als sie beim ersten Bataillonsstab ihre Verpflegung empfingen und in einem halbdunkeln Pappzelt um den dampfenden Kessel saßen, kam es ihnen schon sonderbar vor, daß die Kameraden so viel Aufhebens davon machten, als Jänttinen nach beendeter Mahlzeit das Bündel öffnete und Juhani bedächtig einen Brei aus geweichtem Brot, Milch und Kaffee zum Munde führte - stark gesüßt, wie er selber den Kaffee gern trank. Sie wußten nicht, daß sie auf ihre Gastgeber den Eindruck einer versprengten Familie machten und daß die geheimnisvolle Beziehung, in der jeder von ihnen, tätig bemüht oder auch nur müßig anschauend, zu dem Kinde stand, ihnen allen sieben als etwas Unerklärliches anhing, als ein Hauch des Wunderbaren, des Friedens und der Wehmut. Juhani aber - noch nie in seinem kurzen Leben hatte er so viele Taschenuhren gesehen, von den vor ihm hockenden Soldaten zum Greifen nah schaukelnd vor seinem staunenden Blick bewegt, blitzende, blinkernde oder stählern-stumpfe Uhren, von denen alle seine Anbeter nichts lieber wollten, als daß er nach ihnen greife. Jänttinen saß während dieser Spiele stumm in würdigem Stolz da und stellte ihnen seinen Juhani dar, wie ein leiblicher Vater es nicht inniger vermocht hätte. Auf die Fragen, was sie denn nun mit dem Kinde anfangen, ob sie's gar zum Soldatenbuben erziehen wollten, wie es deren in den Feldzügen Fähnrich Stahls genug gegeben hatte, schwiegen sie oder gaben ausweichende Antworten, sie wüßten's noch nicht. Der Aufenthalt hier war überdies so kurz, daß man keine Zeit fand, die Frage näher zu erörtern oder eine von den Lottas aus den rückwärtigen Stützpunkten zur Pflegemutter für das Kind zu bestellen. Mit einem Lastwagen, der ins rückwärtige Frontgebiet fahren sollte, hatten die sieben eine Gelegenheit, bis dicht zum Brigadestab ihres eigenen Verbandes und dem Ausgangspunkt ihrer Patrouille zu gelangen. Sie blieben in diesem Abschnitt aber eine sonderbar anheimelnde Erinnerung, die für alle Zeit mit dem Weihnachtstag und seinem wunderbaren Kinde zusammenhing.

Wie die auf sieben vermehrten Heiligen Drei Könige wurden sie dann, als Jänttinen das Kind enthüllt hatte, bei den Ihren empfangen, und obschon sie, die an dieser Patrouille teilgenommen hatten, aus zwei oder drei verschiedenen Kompanien ausgewählt worden waren, verbrachten sie den Rest des Tages und den Heiligen Abend nicht in der alten Gemeinschaft ihrer verschiedenen Kompanien und Züge, sondern in der neuen Gemeinschaft der Patrouille, die - unausgesprochen - die Gemeinschaft um das Kind war. Juhani schlief in einer Plane in einem geheizten Zelt, und Jänttinen, der über seinen Frieden wachte, bevor er selber einschlief, gab dieser frei im Raum schwebenden Wiege von Zeit zu Zeit einen Stoß, der sie ins Schwingen brachte.

Heiskanen war schon längst aus dem Stab zurück, wo er Meldung erstattet hatte; den Teilnehmern an der Patrouille waren zwei Ruhetage zugesprochen worden, sie hatten eine Weile geschlafen, waren in der Badstube gewesen, wo Jänttinen, als sie unter sich waren, auch das Kind der ersten großen Reinigung unterzogen hatte - es dunkelte allmählich in den lautlosen Wäldern, und der Heilige Abend brach an. Jeder der sieben ging zu seiner Truppe, empfing dort Post und Essen; alle nahmen, in den drei Kompanien vereint, an dem Appell und dem Feldgottesdienst teil, der um der Kälte willen nur Minuten währte, und alle strebten dann zu dem Zelt zurück, in dem der kleine Juhani allein geblieben war. Die Müdigkeit aus fünf Tagen hing ihnen nach, der Abend machte einen jeden nachdenklicher als sonst, sie lasen ihre Briefe und tauschten ein paar Leckereien, die ihnen die Post vom selber darbenden Zuhaus gebracht hatte: es herrschte eine Stimmung wie bei allen Weihnachten an der Front, doch konnte es wie eine wohltätige Befreiung von den eigenen Gedanken und Kümmernissen scheinen, daß alles, was sie an diesem Abend miteinander sprachen, der Zukunft des Kindes galt. Sie kamen auf den Rat Heiskanens überein, daß man es durch das nächstgelegene Lotta-Kommando oder einen Trupp jener Frauen, welche die Soldatenheime im rückwärtigen Frontgebiet betreuten, in ein Heim für elternlose Kinder oder ein Lager der Zivilbevölkerung, die man in diesen Gebieten noch angetroffen und dann in großen Lagern versammelt hatte, schicken müsse. Jänttinen nahm an den Beratungen, was das beste sei, kaum teil. Doch als man so weit gekommen war, daß man es den Lottas überlassen wollte, das Rechte zu wählen, sie von hier aus könnten das kaum entscheiden, gab er mit der eigensinnigen Beharrlichkeit, die man an ihm kannte, zu erkennen, daß er das Kind keinesfalls einfach ins Ungewisse zu geben gewillt sei, er wolle genauen Bescheid, wie man mit ihm verfahre, wohin es komme und wer für sein Fortkommen sorgen würde. Daraus entstand bei allen der Plan, so etwas wie eine Patenschaft an Juhani zu übernehmen, ihn wirklich nach Christenbrauch Juhani taufen zu lassen und für seinen Unterhalt etwas auszuwerfen. Damit war auch Jänttinen zufriedengestellt. Sie machten sich, alle sieben, schon am folgenden Tag, der für sie ja ein Urlaubstag war, in die Etappe auf, um Juhani den Lottas zu übergeben. Und waren die Lottas der Feldküche höchlichst überrascht von dem Ansinnen der sieben und verwiesen sie an eine andere Gruppe, die im nahen Stab vornehmlich beim Telephon beschäftigt war, so bedurfte es auch dort noch vieler Gespräche zu noch weiter im Hinterland stationierten Einheiten, Feldlazaretten und Amtsstellen der mit der Fürsorge für die Zivilbevölkerung betrauten Ämter - Gespräche, die an diesem Feiertag nur schwer Teilnehmer fanden -, bis Jänttinen, der schon geschworen hatte, er nehme das Kind einfach wieder mit, soweit zufriedengestellt war von den Auskünften und Versprechungen, daß er das Bündel einer älteren Lotta überließ, die ihm, wie um ihn zu trösten, anvertraute, Juhani sei bei ihr in gewohnten Händen, sie habe selbst drei Kinder geboren und erzogen, soviel wie er verstehe sie auch. Und doch stand Jänttinen in erschütternder Zaghaftigkeit da, als er das Bündel aus seinen Händen ließ. Er ließ die Arme hängen, als seien sie fortan zu nichts mehr nütze, betrachtete schweigend seinen Juhani in den Armen der Fremden, drehte sich dann auf dem Fleck um und ging.

Er wartete draußen vor dem Haus, als die andern nachkamen. Als Heiskanen ihm Namen und Anschriften von Personen und die Bezeichnung des Heims vorlas, in das Juhani vermutlich gebracht werden würde [er hatte sich alles in sein Taschenbuch geschrieben], sagte er kein Wort. Auf dem ganzen Heimweg trottete er finster schweigend vor ihnen her, und nur einmal, als ein feindlicher Jäger gar zu niedrig über der Straße patrouillierte und sie in Deckung unter den Bäumen gehen mußten, blieb er in ihrer Gesellschaft.

Sie sahen ihm diese störrische Unkameradschaftlichkeit nach, milder gestimmt gegen ihn als alle andern der Leutnant, und nicht nur weil der glückliche Ausgang des Abenteuers mit dem Kinde seine Abneigung gegen diesen, wie er damals gemeint hatte, wahnwitzigen Ballast beschämte, sondern weil er wußte,

daß seit den späten Abendstunden des vergangenen Tages im Bataillonsstab ein Telegramm lag, das Jänttinen mit sofortigem Urlaub für zwei Wochen in die Heimat rief. Der Bataillonsadjutant hatte nicht einmal ihm, Heiskanen, sagen wollen, um was es sich bei diesem Abruf handelte. Es müsse sich da, hatte er ausweichend erklärt, wohl um Familienangelegenheiten handeln, die im Zusammenhang mit Luftangriffen gegen Städte und Dörfer in der Heimat ständen. Man dürfe nicht vergessen, daß das Leben nicht nur in der vordersten Linie gefährlich sei. Das Telegramm sei gekommen, während Jänttinen auf Patrouille gewesen war, den Heiligen Abend aber habe man ihm gestern nach der Rückkehr nicht zerstören wollen und deshalb beschlossen, bis heute zu warten. Auch seien, wie ihm, Heiskanen, wohl aufgefallen sei, am Heiligen Abend keine Zeitungen ausgeteilt worden. Das habe man bis auf morgen verschoben. Die Briefpost sei von älterem Datum als die Zeitungen, die nur ein paar Tage brauchten, um nach vorn zu gelangen. Mit der frischen Erinnerung an dieses Gespräch betrachtete Heiskanen den schweigsamen Jänttinen und schlug immer neue Abstecher von dem Weg ins Frontquartier vor, um den Augenblick, da Jänttinen zum Kompaniestab gerufen wurde, hinauszuschieben. Insgeheim fragte er sich, ob nicht auch schon für ihn solch ein Telegramm angekommen sei, und erst als ihm dieser Gedanke aufgetaucht war und keine Ruhe mehr gab, beharrlich weiterbohrte und ihm einen Schrecken einflößte, so heiß, als habe er das Telegramm schon gelesen - da schlug er ungesäumt den Rückweg ein, immer rascher, je näher sie dem verödeten Zeltquartier kamen. Schon in einiger Entfernung sah er das beschriebene Blatt Papier, das jemand in ihrer Abwesenheit vorsorglich am Eingang angebracht hatte. Er wußte, was darauf stand, und eilte nicht mehr, ließ den andern wie von ungefähr den Vortritt und betrachtete Jänttinens Rücken, als der Riese da vor dem Papier stand und mit lautlos mitsprechenden Lippen las: »Korporal Jänttinen sofort zum Kompaniestab kommen!«
Er ging abseits, wie um auf der anderen Seite des Zeltes etwas nachzusehen, als er gewahrte, wie Jänttinen starr dastand und sich dann zögernd, mit ein paar Schritten, die noch richtungslos waren, anschickte, dem Befehl nachzukommen. Er war im ersten Augenblick entschlossen, wegzugehen und so lange auszubleiben, bis Jänttinen aufgebrochen war. Dann aber schämte er

sich, und kaum hatte er bemerkt, wie Jänttinen - nun in schlecht verhehlter Eile - zum Stab ging, da kehrte er ins Zelt zurück. Denen, die drinnen waren - es waren alle fünf -, erzählte er kurz, was er gewußt habe und daß Jänttinen schwerlich aus einem freudigen Anlaß zum Kompaniestab befohlen worden sei und dort Heimaturlaub erhalte. So kam es, daß, als Jänttinens holprige, halb springende Schritte von draußen her vernehmbar wurden, das dämmrige Zelt mit seinen Bewohnern ihn mit betretenem Schweigen empfing.

Jänttinen selber aber schien das nicht einmal zu bemerken. Die Nachricht, die er empfangen, hatte ihn dermaßen verstört gemacht, daß er seiner Umgebung keinerlei Beachtung schenkte. Er sagte in abgerissenen Sätzen, daß er gleich aufbrechen und nach Hause fahren müsse, und schien gar nicht zu vermissen, daß sich bei dieser Nachricht nicht die freudige Aufregung einstellte, die sonst jeden Urlauber umgab und eine Sturzflut von Anliegen an ihn, was alles er mitbesorgen könne, im Gefolge hatte. Er kramte ein paar Sachen zusammen und stürzte mit einem zerstreuten Gruß in sein altes, richtiges Quartier, wo er seine übrigen Habseligkeiten verwahrte. Der Abschied war dermaßen ungewöhnlich, daß sie alle aufstanden, vors Zelt hinausgingen und ihm wortlos nachblickten, aber da war er schon zwischen den Bäumen verschwunden.

Er kehrte auch gar nicht noch einmal in ihr Zelt zurück. Als sie später bei seiner Kompanie nach ihm forschten, hörten sie, daß er Urlaubsschein und Marschbefehl gleich beim Kompaniestab mitbekommen habe, nicht bis zum Abend auf eine Fahrgelegenheit habe warten wollen, sondern ungesäumt aufgebrochen sei. Er habe kaum etwas gesprochen. Mit aufgerissenen Augen, die Stirn von Schweißtropfen besät, habe er seinen Rucksack gepackt und sei beinahe grußlos auf Schneeschuhen losgefahren.

Diese Auskünfte verschlugen ihnen das Gespräch. Der ruhige Nachmittag dieses ersten Feiertages kroch in qualvoller Lautlosigkeit dahin. Sie schliefen viel. Am Abend, mit dem Postempfang, kamen zum erstenmal Zeitungen - Zeitungen, die auch Jänttinen überall, wo er jetzt auch sein mochte, in die Hände geraten konnten und in denen seine ganze Familie in der amtlichen Bekanntgabe über die Opfer unter der Zivilbevölkerung, die ein feindlicher Angriff gegen die kleine Stadt L. gekostet habe, aufgeführt stand. Ein Volltreffer hatte das Vorstadthäuschen zerstört. Alles übrige erfuhren sie erst später.

Sie befanden sich da schon längst nicht mehr in den Stellungen, in denen sie Weihnachten gefeiert hatten, denn noch am St.-Stephans-Tag war der unterbrochene Vormarsch wiederaufgenommen und unter Beachtung der Meldungen, welche die Fernpatrouille heimgebracht, mit flankierender Umgehung der Hindernisse, welche den finnischen Vormarsch auf der Straße zu verzögern beabsichtigten, bis über das Dorf Kangasjärvi hinaus vorgetragen worden. Die wenigen Häuser dieses Dorfes, die stehengeblieben waren und die zu entminen eine Arbeit gekostet hatte, bei der es nicht ohne Opfer abgegangen war, beherbergten jetzt einen Bataillonsstab und ein Feldlazarett. Zu diesen wenigen Häusern gehörte auch das, in dem Jänttinen, Sanavuori und Suukselainen das Kind entdeckt hatten. Von den sieben war gerade Suukselainen dicht hinter Kangasjärvi verwundet worden und hatte als Verwundeter die Bekanntschaft mit dem Hause flüchtig erneuert, bevor er in ein Etappenlazarett verbracht worden war. Doch auch dieses Etappenlazarett lag in einer Gegend, zu der die sieben von früher her eine, wenn auch äußerlich lockere, Verbindung unterhielten, denn in seiner Nachbarschaft lag mit einem Lager für die einheimische Bevölkerung, die durch Kriegshandlungen obdachlos geworden war, jenes Heim, in dem man elternlose Kinder jeglichen Alters untergebracht hatte, und in dieses Heim hatte man auch Juhani aus Kangasjärvi gebracht.

In den Tagen seiner Genesung verschaffte Suukselainen sich dort Zutritt und feierte Wiedersehen mit dem Kinde. Er hörte dort aber auch von den Pflegerinnen, daß inzwischen einer seiner Kameraden dagewesen sei, Juhani Kangasjärvi [so wurde das Kind nun in amtlichen Listen geführt] besucht und darauf bestanden habe, ihn an Sohnes Statt anzunehmen, und aus zwei Briefen, die er von den an der Front verbliebenen Kameraden erhielt, und aus den Erzählungen der Pflegerinnen konnte er sich ein Bild machen, was alles sich zugetragen hatte seit jenem von tödlichem Schweigen geschlagenen Tage, an dem ihr Kamerad Jänttinen sie verlassen hatte.

Jänttinen erfuhr von dem Unglück, das sein Haus geschlagen hatte, schon aus den ersten, rasch zerlesenen, fettfleckigen Zeitungen, die ihm während eines Wartehaltes in Frontnähe in einer Soldatenkantine in die Hände gerieten. Er saß zwischen andern an dem mit Lachen von verschüttetem Kaffee befleckten Tisch; Lautsprechermusik und Stimmengewirr hüllten ihn ein. Er hielt lesend den Kopf in beide Hände gestützt und saß auch, nachdem er die Zeitung drei-, viermal nacheinander gelesen hatte, genauso da. Eine kleine Zeit – wie lange, wußte er nicht – stahl sich aus seinem Leben fort –, er wußte nicht, wohin. Sie war nicht mehr da, als er gleichsam erwachte, war verronnen, ohne daß er's gewußt oder gemerkt. Der große Barackenraum brauste wie eine Turbinenhalle in seinen Ohren. Als er aufstand, schwankte er, und etliche von seinen Nachbarn flüsterten schon etwas davon, daß der da die alkoholfreie Frontzone wohl etwas verschmälert habe; doch als sie gewahrten, wie der Schwankende die Zeitung, die er gelesen, mit tränenüberströmtem Gesicht zusammenfaltete und in die Tasche steckte, schwiegen sie still. Der ganze Tisch war vor Entsetzen verstummt, als Jänttinen mit atemberaubender Langsamkeit seine Sachen zusammenpackte und grußlos nach draußen ins Dunkle verschwand.

Er fuhr diese Nacht und den folgenden Tag, erst mit den ins rückwärtige Gebiet fahrenden Transportkolonnen, vom frühen Morgen an mit der Eisenbahn. Er hatte großes Glück, was die Verbindungen betraf, aber kein Glück freute ihn, denn er hatte, abermals und immer wieder die allmählich zerschlissene, in jeder Falte schon leere Zeitung lesend, sich ausgerechnet, daß er für alles zu spät kommen würde.

Was ihm verblieb, als er schließlich spät in der zweiten Nacht das Städtchen L. erreichte, war nicht viel, doch das Wenige tat er mit schlaflosen, brennenden Augen gleich. Er stand eine Weile in der verdunkelten Straße vor den Resten seines Hauses und hörte die ewig mißtrauischen, zänkischen Vorstadthunde heulen. Dann legte er sein Gepäck hinter eine Schutthalde, dorthin, wo früher einmal die Treppe in den Keller seines Hauses geführt hatte, und ging zum Friedhof. Es war auch hier in der Heimat viel Schnee gefallen, und die Kälte unter frostklarem Himmel ließ seine Schritte knirschen. Die Verdunkelung aber, so streng sie eingehalten wurde, ersparte ihm jedes Wiedersehen. Draußen vor der Stadt, auf dem Friedhof, ging er den Weg entlang, den die meisten Schritte ausgetreten hatten und der von der Pforte her noch mit gehacktem Tannenreisig ausgestreut lag, das ihn im Zwielicht zwischen Himmel und Erde wie einen wasserlosen, stummen Bach zwischen die verschneiten Hügel zeichnete. Kein Windhauch war zu spüren, doch als er die lange Reihe der frischen, einheitlich mit kleinen, weißen Kreuzen gekennzeichneten Gräber abschritt, in denen die Opfer des Angriffs als ruhmlose Soldaten des größeren Heeres in der Heimat bestattet worden waren, hörte er zwischen seinen Schritten die vom Frost verbrannten Kränze aus einst lebendigen Blumen und das wachsierte Papierwerk der künstlichen Sträuße, von denen selbst jetzt ein matter Widerschein blinkte, spröde knistern, als sprängen da zu dieser finsteren Stunde Kapseln auf, die ihren Samen verstreuen wollten.

Er zündete seine Taschenlampe an, als er's gar nicht mehr zu tun brauchte, schon wußte: hier!..., aber bevor er sich in den Schnee niederfallen ließ, so wie er manchen Kameraden an der Front von einem Schuß ins Herz getroffen hatte zusammenbrechen sehen, las er die Namen deutlich im Schein der Lampe und doch wieder so verschwommen, als stünden sie hinter einer unaufhörlich niederströmenden, in der Gleichförmigkeit wie erstarrten Breite fallenden Wassers...

Weniger als drei Tage später war Jänttinen abermals auf dem Weg an die Front. Finster, schweigsam, auf keine Anrede achtend, saß er in einem der schier endlosen, verdunkelten Züge, die allabendlich die Fracht lärmender Soldaten weiter und weiter nach Osten führten. Er sprach mit niemandem, niemand sprach mit ihm, nachdem er jeden Versuch, ihn zum Reden zu bringen, mit Schweigen abgewehrt hatte. Der Militärpolizei, der er auf Verlangen seine Papiere hinstreckte, blickte er so finster ins Gesicht, daß selbst der athletische Hüne, der – die Papiere musternd – vor ihm stand und die dem Urlaubschein nach eben erst angetretenen zwei Wochen Urlaub in keinen vernünftigen Zusammenhang mit dem Datum dieses Tages zu bringen vermochte, davon abstand, ihn zu fragen, warum er schon unterwegs sei, und ihm den Schein stumm zurückgab.

Als Jänttinen zwei Nächte und einen Tag unterwegs war, kam er in die Gegend, in welcher die Namen ihm jetzt mehr sagten als zuvor, eine Gegend, in der er sich mit einemmal wie zu Haus fühlte. Bisweilen verschwand hier schon das Kreuz mit den drei Namen, das er sonst überall, wo nur Schnee lag, vor sich sah. Und als er einmal in der Etappe einen Friedhof sah – keinen Soldatenfriedhof, sondern einen für die Menschen, die einmal hier gewohnt hatten –, schloß er sogleich die Augen und war froh, daß das Lastauto, mit dem er unterwegs war, schnell fuhr. Im übrigen aber ließ er sich Zeit, oder die Zeit ließ ihn in Frieden; ihn drängte kein naher Tag, an dem er sich zurückmelden mußte. Schweigsam und allezeit abseits half er die Soldatenheime bevölkern, deren ihn jeden Tag ein anderes aufnahm. Irgendwann einmal sang und schrie man laut und hieß ein neues Jahr willkommen, aber er sang nicht mit. Bisweilen hatte er das Gefühl, er wisse nicht mehr, woher er komme und wohin er solle. Seine Kompanie war ihm wegmarschiert. Er konnte sich nicht vorstellen, wie er sie in den großen Wäldern jemals wiederfinden sollte. Aber ohne daß er es merkte oder besonders viel dazu tat, sog ihn doch jede Stunde, die er marschierend oder unter der Plane eines Lastwagens verbracht, tiefer und tiefer in jene Einöden hinein, in denen die weit vorgeschobene Front jetzt verlief, und immer noch hatte er acht Tage Urlaub.

Als in irgendeiner Kantine unterwegs, in der er sich ein Geschirr voll Erbsensuppe holte, eine ältere Lotta ihn wiedererkennend anblickte und ihn nach seinem Sohn fragte, war es zunächst finsteres Schweigen, zu dem er seine Zuflucht nahm, wie gegenüber allen Lebendigen, die ihn anredeten. Doch schon der nächsten Frage: Ob er denn nicht jener Korporal sei, der ihr vor kaum zwei Wochen ein Kind übergeben habe, das er auf einer Patrouille irgendwo weit hinter der Front gefunden hatte, wußte er nicht mehr das alte, finstere Schweigen entgegenzusetzen – jene Wand, die er während der vergangenen Tage zwischen sich und der Welt aufgerichtet hatte.

Er guckte sie an und nickte stumm.

Ob er bei dem Kleinen gewesen sei?

Er schüttelte stumm den Kopf und wandte sich schon ab, um zu gehen, als er wieder stehenblieb und beinahe unhörbar zurückfragte, wo das Kind jetzt sei.

Das Kind? Hätten sie es nicht Juhani genannt? – Juhani, der sei jetzt in einem Heim, das nur ein paar Kilometer entfernt von hier liege. Er solle sich nur an die Lagerleitung dort wenden und fragen. Als Juhani sei er hingebracht worden, Juhani und noch etwas, sie erinnere sich nicht mehr, wie es geheißen habe…

»Kangasjärvi!« flocht er ein.

Ja, das könne wohl sein.

Sie nickte ihm zu, nahm das nächste Geschirr, das ihr zugereicht wurde, Jänttinen ging. Zögernd, zwischen jedem Löffel lange in das Geschirr blickend, als müsse er die Erbsen zählen, aß er. Dann stand er vor der Baracke, blickte ins Dunkel, als wolle er die Wege erkennen, lauschte in das ferne Rollen der Front, an der die Minenwerfer angefangen hatten zu arbeiten, und drängte sich schließlich, als habe er es sich doch anders überlegt, durch die Gruppen, die rauchend im Freien umherstanden und auf irgend etwas warteten, zu den Wagenkolonnen, die nach vorn sollten. Er stieg auf und hockte schweigend auf der Fracht, ob man ihn auch bisweilen ansprach, und merkte erst, daß sie abgefahren waren, als die Abschüsse und Einschläge eines morgendlichen Duells zwischen den beiden Fronten die mechanische Reaktion eines frontgewohnten Soldaten bei ihm auslösten. In seinem eigentümlichen Schweigen war er, ohne es zu wollen oder zu wissen, allen, die mit ihm fuhren, unheimlich geworden. Man war froh, als er absprang, um den Stab zu suchen und seine alte Kompanie zu finden.

Doch als Jänttinen dem Dämmerdunkel unter der Zeltplan entstieg, sich seinen Rucksack und die Schneeschuhe herunterlangte und einen Augenblick wie zwischen Schlaf und Wachen regungslos dastand, bis das schwankende, dunkle Gehäuse des Lastwagens weitergerollt war, strich er sich im nächsten Augenblick übers Gesicht, als müsse er ein Gespinst entfernen. Er blickte sich um. In dem grauenden Morgenlicht, das sich wie ein nüchternes Frösteln zwischen Himmel und Erde stahl, stand er vor dem Haus, in dem sie Juhani gefunden hatten! Erst meinte Jänttinen zu träumen. Er ging die Straße mit ihren zinngrau blinkenden Fahrspuren weiter, kehrte mit einemmal um und ging zurück, über die Stelle hinaus, bei der er abgestiegen war. Dann betrachtete er das Haus, an dessen kleinem Balkenvorbau ein bleiches Fähnchen mit dem roten Kreuz hing. Und dann setzte er sich auf seinen Rucksack, das Gewehr vor der Brust. Er saß, saß da, nichts weiter. Er atmete tief. Die bei aller Kälte feuchte Luft erfrischte ihn. Mitunter betrachtete er das Haus, ließ den Blick weiterschweifen zum nächsten – viele, merkte er, fehlten. Dann stand er auf und stapfte dem Dorfausgang zu. Erst die Scheune, wenn es sie gab, konnte ihn überzeugen – die Scheune, hinter der sie damals gesessen und in der sie geschlafen hatten. Und die Scheune stand genau dort, wo sie stehen mußte. Überdies hätte es auch dieser Scheune gar nicht bedurft, er hatte ja im Grunde genommen doch schon vorher das Dorf wiedererkannt. Von ferne, auf der Straße stehend, betrachtete er die Scheune. Dann kehrte er um und ging zum Stab.

Gegen Mittag meldete er sich zum allgemeinen Erstaunen bei seiner Kompanie zurück, die - aus der ersten Linie zurückgezogen - in Ruhestellung lag. Er empfing ein paar verlegene Händedrücke und ein scheues Gemurmel des Beileids, das er nicht zu hören schien; dagegen stand er sichtlich verwirrt da bei der Eröffnung, man habe mit seiner vorzeitigen Rückkehr gar nicht gerechnet, und es sei fraglich, ob seines Bleibens bei der Kompanie lange sei, irgendeine Versetzung zu einem Wachkommando weiter hinten sei in der Schwebe, der Bescheid jedoch noch nicht endgültig gekommen, einstweilen könne er natürlich bleiben.

Dieses nun schien ihm, kaum daß er freiwillig vor der Zeit zurückgekommen war, schwerzufallen. Er hockte den Nachmittag über in den verschiedensten Zelten - immer stumm, eine merkwürdig lähmende Stille um sich verbreitend, als sei sein Unglück so groß, daß er unter Menschen keine Heimstatt mehr haben könnte. Niemals fragte er nach alten Kameraden, ob sie noch bei der Truppe seien oder schon tot und verwundet [denn die Kompanie hatte beträchtliche Verluste gehabt] -, er schien, obschon zurückgekehrt, nicht richtig anwesend zu sein und dämpfte mit irgend etwas, was stumm in ihm vorging, auch die Gesprächigkeit der andern. So nahm es niemand wunder, daß er am Abend nicht mehr da war. Ja, im Grunde genommen war man froh, daß sein finsteres Gesicht mit den tief eingesunkenen, schlaflosen Augen nicht mehr als Schreckgespenst künftigen Unheils in die flüchtige Sorglosigkeit dieser Ruhetage starrte. Es hieß von Mann zu Mann, beiläufig erwähnt und schnell abgetan, Jänttinen habe sich um die Zeit, da mit einbrechender Nacht die Transporte der Verwundeten und der ›stillen Jungen‹ in die Etappen abgingen, unvermutet beim Kompaniefähnrich gemeldet und gefragt, ob er noch einmal nach hinten dürfe, er habe da etwas vergessen, und natürlich sei ihm das, da er ja noch sieben Tage Urlaub zugute hatte, bewilligt worden. Nur sei ihm aufgetragen worden, sich vor der Rückkehr zur Kompanie zu erkundigen, ob er nicht inzwischen zu einer andern Einheit kommandiert worden sei.

Mit den Verwundeten und den ›stillen Jungen‹, den Toten, fuhr Jänttinen also am gleichen Tage zurück. Die ›stillen Jungen‹ enthoben ihn der Mühe, reden zu müssen. Er sprach erst wieder, als er am Vormittag des folgenden Tages bei dem Heim für elternlose Kinder Einlaß begehrte. In voller Feldausrüstung stand er eine Weile vor der Tür und unterhielt sich mit den Frauen auf der Schwelle, ob er hier am rechten Ort sei. Er wolle Juhani aus Kangasjärvi sehen. Vielleicht heiße das Kind – es sei ungefähr anderthalb Jahre alt oder so – auch schon in den Papieren so. Das sei sein Kind, sein Sohn…

Er mußte von den Schneeschuhen steigen, denn man bat ihn herein. Wortkarg antwortete er dort auf viele Fragen. Irgendwie aber schien man von allem zu wissen und verglich, was er zur Rechtfertigung seines Ansinnens anführte, mit allem dem, was in einem Buch vermerkt stand. Und mit einemmal – er hatte das noch gar nicht erwartet, er war noch völlig unvorbereitet –, mit einemmal machte die Frauensperson, mit der er geredet hatte, eine Bewegung… Bitte, er solle mit ihr kommen! Jänttinen starrte sie fassungslos an. Dann stolperte er ihr mit tauben Füßen nach. Sie führte ihn durch den Gang in ein sehr geräumiges, beinahe saalartiges Zimmer, in dem in der einen Ecke Kinderbetten so eng nebeneinandergerückt standen, daß kaum noch Platz zwischen ihnen blieb, während in dem freien Raum beim Fenster kleine Kinder umherschwankten und spielten. Alle hatten Kittel von der gleichen Farbe, sie sahen wie kleine Uniformierte aus.

Neben der Tür blieb die Frau mit ihm stehen. Jänttinen blickte wie gebannt zu den Betten hinüber.

Nun, ob er ihn wiedererkenne, wurde er gefragt.

Jänttinen wandte sich ihr widerwillig zu. Er könne von hier aus nicht in die Betten hineinsehen, sagte er.

Aber da sei doch der Juhani gar nicht! Ein Bürschchen von anderthalb Jahren liege nicht mehr im Bett. Da sehe man, daß er selbst keine Kinder habe.

Jänttinen antwortete nicht. Er ging weiter ins Zimmer hinein, auf die spielenden Kinder zu, die bei seinem Nahen innehielten und aufblickten.

Die Pflegerin sah, wie er mit schlaff herabhängenden Armen auf die Schar zuging, stehenblieb und irgend etwas sagte, was sie nicht verstand. Dann aber gewahrte sie, wie Juhani, der kleine

Findling aus Kangasjärvi, mit einemmal zu dem fremden Soldaten aufblickte und wie ein kaum merklicher Widerschein des Erkennens über das kleine Gesicht ging. Im selben Augenblick hockte der Soldat nieder und blieb auf den Knien. Er streckte die Hände nach dem Kinde aus, das langsam auf ihn zukam und sich von ihm in die Arme schließen ließ. Jänttinens Hände legten sich um den mageren Rücken und streichelten ihn. »Juhani, Jussi!« murmelte er, und das Kind plapperte ihm etwas ins Ohr, was wohl nur er zu deuten verstand – vielleicht über das Begreifen hinaus das wehmütige und zugleich freudige Wissen, daß seit der einen Heiligen Nacht der Geburt keiner von uns Menschen mehr nur für sich leben kann, aber daß wir auch alle nicht mehr für uns allein sterben können; daß wir füreinander verloren werden und füreinander gefunden, bis wir vereinigt werden in der Einen Hand.

DAS WIEDERSEHEN

AN EINEM Spätsommerabend des Jahres 1941, während des großen Krieges im Osten, bezogen einige Kompanien eines deutschen Infanterieregimentes Quartier in einem Dorf der östlichen Ukraine, das vom Gegner einmal aus Furcht, eingekesselt zu werden, in großer Eile kampflos geräumt worden und mitsamt der angestammten bäuerlichen Bevölkerung unversehrt in deutsche Hände gefallen war. Dabei fügte es sich so, daß beinahe der ganze erste Zug der zweiten Kompanie in ein Anwesen eingewiesen wurde, dessen enge Räumlichkeiten wohl der Zahl derer spotteten, die hier Unterkunft finden sollten, doch dessen schon auf den ersten Blick offenbare Ordnung und Sauberkeit eine trotz der Enge erträgliche Nacht verhießen.

Der lärmende Haufen meist junger Soldaten, der sich so gut wie möglich einrichtete, war noch keine Stunde in diesem Hause, als schon jedem klar war, daß er hier keine Schätze oder verborgene Leckerbissen würde finden können, sondern daß die Eigenheit dieses Quartiers eine sonderbare, in manchen Kleinigkeiten lächerlich übertriebene Ordnung war, wie sie zumeist alten Männern eigen ist, zumal verwitweten, die - allein gelassen - mit männlicher Übertreibung zu wiederholen lieben, was sie ihren Frauen ein Leben lang abgeguckt haben. In der Tat wurde auch, bis der spätere Abend anbrach, keine Frauensperson sichtbar, die als Hausfrau hätte gelten können, und ein alter Mann, an dem sie sich beim Beziehen des Hauses recht achtlos vorbeigedrängt hatten, schien der Besitzer und Wirt dieses Anwesens zu sein.

Er saß neben dem großen Ofen in der Stube, aus der ihn niemand vertrieben hatte, und blickte, die Hände im Schoß, scheu in das Gewimmel derer, die jetzt kochen wollten und nach etwas Brennbarem oder nach Töpfen und Pfannen suchten oder die sich schon zur Nacht einzurichten begannen und zwischen ihren Habseligkeiten hockten. Ein paarmal, als irgend jemand ihm einen gutmütig derben Trost auf die Schultern geklopft hatte, er solle sich von dem unvermuteten Getümmel in seinem Porzellanladen nicht bange machen und alles gehen lassen, wie es gehe [denn er hatte etliche Male den schüchternen Versuch unternommen, die Ordnung wiederherzustellen, wo sie nach seinem Gefühl gar zu gröblich mißachtet worden war], hatte er verzagt vor sich hingelächelt, aber nichts gesagt, und soweit jemand sich hätte Gedanken machen wollen, was in ihm vorgehe, hätte man den Alten in der Ofenecke vielleicht für etwas schwerhörig oder altersschwach oder aber für dermaßen ›verbiestert‹ gehalten, daß ihm das Reden vergangen sei.

Indessen hätte man, wenn man ihm Beachtung geschenkt hätte, merken können, wie sein Gesicht mit der Zeit einen wacheren, gespannten Ausdruck annahm, daß er, immer weiter reglos auf der Ofenbank sitzend, bisweilen stumm die Lippen bewegte, oder daß, als die ganze Mannschaft bei verhängten Fenstern schon zu jener Ruhe gekommen war, die dem baldigen Schlaf vorangehen konnte, und nur noch einige am Tisch miteinander sprachen, er aus seiner Ecke jedem der Sprechenden auf den Mund sah und mit seiner Miene eine Anteilnahme an der Unterhaltung bewies, die ihm bei völliger Unkenntnis der Sprache nicht zugekommen wäre. Jedoch hatten alle die Anwesenheit des Alten in der Ofenecke so gut wie vergessen. Bis in einer Pause bei dem Gespräch derer, die noch am Tisch saßen und sich darüber stritten, ob die Ukraine jemals ein richtiger, selbständiger Staat gewesen sei, aus der halbdunklen Ofenecke etwas hörbar wurde, was halb ein Räuspern und halb ein Gurgeln war, und eine Stimme, jedes Wort nur mühsam formend auf deutsch einwarf: Jawohl, das sei sie gewesen, viele Male im Laufe der Zeit, und nur die Polen...

Wäre die Überraschung beabsichtigt gewesen, sie hätte nicht erregender ausfallen können. Wie? Was? riefen die am Tisch nach einer Pause sprachloser Betroffenheit, in der sie sich zunächst ratlos umgesehen und gemeint hatten, sie müßten den Sprecher woanders suchen, verstehe er Deutsch? Woher? Warum? Wie das komme und dergleichen.

Sie wollten ihn aus seiner Ofenecke hervorziehen, aber er wehrte sich. Das Getümmel nun aber, in dem sie ihn nötigen wollten und zu überreden versuchten, war so groß, daß etliche von jenen, die schon eingeschlafen waren, wieder aufwachten und nach Ruhe schrien. »Der Alte versteht Deutsch!« rief man ihnen zu und erregte ihre Anteilnahme und die anderer, die jetzt erst erwachten, und allmählich kam es dahin, daß sie alle, am Tisch sitzend oder, vom Schlaf erwacht, auf dem Nachtlager am Boden hockend, den alten Mann in der Ofenecke verhörten.

Er sei eigentlich aus Deutschland, erklärte der, immer mit der gleichen ungelenken Aussprache, die alle Merkmale der Aussprache des Russischen hatte, das heiße: er sei ein Deutscher, er lebe nur so hier...

Die Überraschung bei seinen Zuhörern war noch nicht beschwichtigt. Vom Tisch und vom Boden befragte man ihn wild durcheinander, wie das gekommen sei, wie lange er schon hier lebe, wie er als Deutscher überhaupt hier habe leben dürfen und was dergleichen mehr war, und die erregte Anteilnahme war nun so stark, daß alle, die sich schon einmal hingelegt hatten, wieder aufstanden und zur Ofenecke kamen, aus welcher der alte Mann, von Fragen und Blicken bedrängt, nicht ohne Scheu, oftmals stockend, nach Worten suchend und, wenn er sie nicht gleich fand, mit Gebärden oder mit russischen Brocken als Hilfe, seine Geschichte erzählte.

Er sei als deutscher Soldat im ersten Weltkrieg schon gleich zu Beginn in russische Kriegsgefangenschaft geraten, habe erst eine Zeitlang in einem sibirischen Lager verbracht und sei dann zur Landarbeit in die Ukraine geschickt worden – in eben dieses Dorf und dieses Haus. Darin habe damals ein alleinstehender alter Mann gelebt, ein Witwer – ein sehr guter, frommer Mann fügte er mit der Rührung der eigenen Jahre hinzu. Schon als Gefangener habe er hier wie dessen Sohn gelebt. Der Alte habe nämlich keinen eigenen Sohn gehabt. Und dann, nach dem Kriege, sei er geblieben... Die jungen Leute staunten. – Geblieben? Einfach dageblieben? Habe er denn nie Heimweh gehabt? Nach seinem Zuhause? Nach seinen Eigenen?

Doch. Ja...

Und trotzdem sei er nicht weggegangen, als der Krieg zu Ende gewesen sei?

Nein. – Das heiße doch, ja.

Habe er einen Versuch gemacht?

Der Alte zögerte einen Augenblick weiterzusprechen, aber es war dem Anschein nach nicht nur die ihm fremd gewordene Sprache, die ihn zaudern ließ. – Doch ja, er sei auch einmal weggegangen von hier, als der Krieg zu Ende gewesen sei, sozusagen nach Haus...

Woher in Deutschland er denn stamme, fragte jemand.

Aus Mecklenburg sei er.

Jemand rief halbbelustigt dazwischen:

»Na, Albert, was sagst du, ein Landsmann!«

Der alte Mann blickte von einem zum anderen, bis er den gefunden zu haben meinte, der ein Mecklenburger sei und Albert heiße, und sagte dann: als er aber von hier weggegangen und nach Hause gekommen sei, sozusagen nach Haus, da habe er gemerkt, daß er dort gar kein Zuhause mehr habe und daß sein Zuhause hier sei.

Wie er denn das gemerkt habe, fragten ihn viele.

Ja, also... Sie hätten ihn damals bei... bei den Preußen, sagte er zu aller Ermunterung, und dieser Ausdruck wies ihn glaubwürdiger aus als alles, was er bis dahin gesagt hatte, der Ausdruck schien ihm aber auch aus der tiefsten Tiefe der Erinnerung gekommen zu sein, aus der ein Mensch nur mit Mühe etwas hervorholt, und er schwieg einen Augenblick wie ermattet... Bei den Preußen also, fuhr er dann fort, hätten sie ihn, der in Gefangenschaft geraten war, auf die Gefallenenliste gesetzt und seiner Frau zu Hause seinen Heldentod gemeldet.

Verheiratet sei er also auch – oder verheiratet gewesen?

Der alte Mann schien den Einwurf überhören zu wollen und fuhr fort: Als er damals von dem alten Manne hier weggegangen sei [der habe ihn beschworen zu bleiben, aber schließlich ja verstehen müssen, daß er nach so vielen Jahren wieder ins eigene Land zu den eigenen Leuten wollte] und sich auf allerlei abenteuerlichen Fahrten bis nach Haus, nach Mecklenburg, durchgeschlagen habe [das sei in jener Zeit und bei den Verhältnissen, die damals geherrscht hätten, keine Kleinigkeit gewesen], da habe er natürlich nicht gewußt, daß er... na, daß er eigentlich tot sei, daß es ihn gar nicht mehr gebe. Und zufällig, er wisse nicht mehr, wie das gekommen sei, ob er nicht daran gedacht habe, Nachricht vorauszuschicken, oder ob er die Seinen habe überraschen wollen [daß er tot sei, habe er ja nicht gewußt] – zufällig habe es sich so gemacht, daß er eines Morgens in aller Herrgottsfrühe daheim mit der Bahn angekommen sei. Und kein Mensch von denen, die von alter Zeit her auf dem Bahnhof gewesen seien, habe ihn erkannt, nicht der Vorstand und nicht der vom Güterschuppen, kein Mensch...

Wo das gewesen sei, fragte der, den sie vorher Albert genannt hatten.

Das sei bei Mirow gewesen. – Na, er wisse wohl nicht... Jener Albert warf ein: Doch, er wisse das, er... und wollte schon weitersprechen, als die neben ihm Stehenden ihn knufften, er solle den Alten weiterreden lassen.

Kein Mensch habe ihn erkannt, ja. Erst habe ihm das Spaß gemacht, aber dann sei ihm schon ganz merkwürdig zumute geworden. Er habe sozusagen selber nicht mehr gewußt, wer er sei. Er habe so nach diesem und nach jenem im Dorf gefragt, was der und der mache, wie es dem und dem gehe, nach der ganzen Kegelbrüderschaft und dem Gesangverein, und ob der Baron... [bei dem sei er nämlich als Wagner im Dienst gewesen, auf dem Gut], ... ob der Baron alle seine Söhne heil aus dem Krieg zurückbekommen habe - immer so, als sei er aus der Nachbarschaft und hier gut bekannt. Und schließlich, er wisse nicht, wie ihm das beigefallen sei, habe er mal nach sich selbst gefragt. Und da... da habe er nun also auf nüchternen Magen gehört, daß er gefallen sei. Da sei ihm schon ganz blümerant geworden.

Er sprach zusehends freier und gebrauchte in seiner Erzählung immer häufiger Worte, die aus der Welt seines alten, mecklenburgischen Ichs stammten.

... Ganz blümerant sei ihm geworden da morgens in aller Frühe auf dem regennassen Bahnsteig, das wisse er wie heute. - »Na, und die Frau?« habe er gefragt.

Ach, die habe im Jahr danach den Schmied geheiratet, den kenne er doch sicher auch, so ein Schwarzer...

»So, so«, habe er gerade noch sagen können. - Und... und der... ob die nicht auch einen Sohn gehabt habe?

Einen vom Wagner, vom ersten Mann, ja. Aber jetzt habe sie schon zwei dazu, sei glücklich verheiratet, wie man so sage.

Der Alte schwieg ein Weilchen und blickte vor sich hin, als sähe er den regennassen Bahnsteig, den Wald rundherum, den alten Vorstand mit der roten Mütze. Dann räusperte er sich und bemerkte trocken: da habe er nicht stören wollen und sei tot geblieben. Und weil ihn auf dem Bahnhof doch niemand erkannt habe, habe er nur Danke schön für die vielen Auskünfte gesagt, seinen Sack genommen und sei - abgehauen. Erst mal zu Fuß bis zur nächsten Station und dann so in einigen Wochen und Monaten zurück - hierher. Hier sei er jetzt zu Hause gewesen, und hier sei das letzte Stück Welt gewesen, das er als Toter gehabt habe, sein Grab und seine Häuslichkeit, an der er gehangen habe, zugleich. Der Alte habe ihn freudestrahlend empfangen. Sie hätten miteinander gelebt, als sei er gar nicht weggewesen, und als der

Alte nach einigen Jahren gestorben sei, habe er ihm das Ganze vererbt. Wie das Dorf bei Mirow heiße, aus dem er stamme, fragte der, den sie Albert genannt hatten, mit spröder, beinahe streng klingender Stimme. Der Alte blickte zu ihm auf und sagte leise, Kummerow habe es geheißen, aber sein flüchtiges Aufblicken verwandelte sich vor den Augen aller Umstehenden in einen Schrecken, der sein Gesicht verzerrte und seinen Mund sprachlos offenstehen ließ, während der junge Soldat vor ihm totenblaß geworden war und ihn mit schweißbedecktem Gesicht und weit aufgerissenen Augen stammelnd fragte: Dann sei er der Wagner Wilhelm Dallichow? In diesem Augenblick drängten sich die meisten der um die Ofenecke Gescharten zusammen, packten einander beim Arm und beugten sich vor, denn ihr Kamerad, Albert, der... Der Frager stand von einem Augenblick zum andern allein vor dem Alten.

Der alte Mann, die Hände auf den Knien, wie er den ganzen Abend dagesessen hatte, aber mit Augen, die ihm förmlich aus den Höhlen quollen, nickte ins Leere. Nach geraumer Zeit endlich hörte man ihn nur flüstern: Ja, Wilhelm Dallichow aus Kummerow, das sei er... Von dem, was der vor ihm stehende Soldat, ihr Kamerad, mit erstickter Stimme sagte, hörten die meisten nur das letzte Wort: »... Vater!«

DIE EINQUARTIERUNG fand in dieser Nacht wenig Ruhe und Schlaf, so verheißungsvoll das kleine, sauber gehaltene Haus dafür ausgesehen hatte. Und selbst als Vater und Sohn den Raum, in dem alle hingestreckt lagen, spät in der Nacht verlassen hatten und draußen allein miteinander waren, taten die meisten kein Auge zu und bedachten das Ereignis, das zwei zueinander gehörende Menschen unter so seltsamen Umständen wieder vereinigt hatte.

Am folgenden Tage bekamen sie zu wissen, was sie den Erzählungen ihres Kameraden von dessen häuslichen Verhältnissen eigentlich schon früher hätten entnehmen können: daß seine Mutter seit beinahe zwanzig Jahren abermals Witwe sei. Ihr zweiter Mann war bald nach dem Krieg gestorben.

Sie begegneten dem alten Mann am folgenden Tage mit einiger Scheu oder auch mit so etwas wie Ehrerbietung. Mitten in einem

Krieg, den sie nach Osten trugen, so wie einmal auch er als Soldat des ersten Weltkrieges, schien er ihnen nach allem, was sie aus seinem Munde gehört hatten, eine dunkle Summe von Kriegserfahrung zu verkörpern, die manchen eine bange Frage an das eigene Geschick stellen ließ. Im Umgang mit ihrem Kameraden Albert bewiesen selbst diejenigen unter ihnen, die nicht zu den zartesten gehörten, eine Behutsamkeit, wie sie wohl selbst für vieles tauben Naturen abgenötigt wird, wo das Schicksal des einzelnen unter ihnen in geheimnisvoller Beziehung zu jenen Mächten offenbar wird, die nicht immer so offenkundig wie hier in das Dasein eingreifen, und durch Leid und Verstrickung Träger einer unerklärlichen Weihe wird.

Albert D. setzte von diesem Tage an alles daran, seine alte Mutter daheim wieder mit dem Vater, den er hier gefunden, zu vereinigen. Vielleicht machte er sich nicht einmal so viele Gedanken darüber, was er mit diesem Unterfangen, bei dem ihn alle amtlichen Stellen bereitwillig unterstützten, heraufbeschwor; was für Erinnerungen und welches Leiden er einem jeden der beiden wieder vergegenwärtigen mußte, wenn er das Wiedersehen zustande brachte und jenen Toten wieder lebendig machte, der von seiner Mutter einmal kurz beweint und rasch vergessen worden war, und wenn er dem alten Manne noch einmal die nun alte Frau zuführte, an deren ahnungsloser Untreue sein Leben am Morgen der Heimkehr auf einem regennassen Bahnsteig so gut wie zerbrochen war. Er war der Sohn, der nicht nur Vater und Mutter in zwei so ungleichen Welten haben wollte, sondern ein Elternpaar in *einer* Welt.

Das Wiedersehen des alten Paares fand nach einigen Monaten statt, mitten im Winter, in jenem Dorf, in dem der Sohn den Vater entdeckt hatte; es lag damals schon weit, weit hinter der Front. Der alte Mann hatte bis zuletzt nicht darin einwilligen wollen, die Reise nach Westen zu unternehmen, dorthin, von wo er einst als Toter weggefahren war. Nicht so sehr Trotz als Angst hielt ihn davon ab; zudem war er kränklich und die Reise aus Mecklenburg in die Ukraine für eine deutsche Staatsbürgerin leichter zu bewerkstelligen als der umgekehrte Weg für den sowjetrussischen Bürger. Über das Wiedersehen - wie es vor sich ging und was dabei gesprochen wurde, wie lange es dauerte, was ihm gefolgt sein könnte - ist nichts bekannt, gar nichts. Denn der einzige, der Zeuge war, ist nicht mehr am Leben. Der Gefreite Albert D., dem die Anteilnahme aller Vorgesetzten und die Fürsprache des Divisionspfarrers die Gunst verschafft hatte, um jene Zeit zu einer Wachkompanie im ›Heimatdorf‹ seines Vaters kommandiert worden zu sein, wurde bei einem Bombenabwurf russischer Flugzeuge auf die Lagerschuppen, vor denen er Posten stand – ein Ereignis, wie man es sich dort, weit im Hinterland der Front, damals überhaupt nicht hätte träumen lassen –, getötet. Er hatte das Wiedersehen seiner Eltern da um nur zwei Tage überlebt.

DIE GESCHICHTE, die ich hier erzählt habe, ist manchen bekannt. Aber sie verdient es, immer wieder einmal erzählt zu werden. Denn wie groß ist doch der Mensch, daß er sich am Menschen erweise! Wir können nicht hoch denken von uns allein. Bedeutsam sind wir erst, wenn wir – wie der Sohn an Vater und Mutter – die geheimnisvollen Aufträge erfüllen, die Gott wohl einem jeden von uns bereithält – so gering er ihn auch achtet, daß er ihn, kaum daß er ihn als Werkzeug nach seinem Willen gebraucht hat, fallen läßt. Aber leben wir für uns allein oder füreinander? Oder leben wir miteinander für Ihn?

VOM FEBRUAR des Jahres 1942 an war durch Gefangenenaussagen ein gewisser Sokolow, seinem Rang nach Major, als Kommandeur der Partisanenkriegführung im Abschnitt R.-järvi an der ostkarelischen Front zu ermitteln gewesen, und die beklemmend erfolgreiche Tätigkeit dieses Sokolow, die in der Ausrottung mehrerer Einöddörfer und in einigen für den Nachschub der finnischen Jägerbrigaden sehr verlustreichen Überfällen auf Feldwachen und Transporte im rückwärtigen Frontgebiet gipfelte, war der Anlaß dazu, daß im Frühjahr, bevor noch die Schneeschmelze eintrat, alles aufgeboten werden mußte, um festzustellen, wo man nun eigentlich in der lockeren, dünn besetzten Front den › Wechsel‹ der ständig durchsickernden Partisanengruppen zu suchen habe. Dabei traf in der Vorosterzeit die Begebenheit ein, die damals, als die Kriegführung sich im allgemeinen auf Artillerieduelle und Späh- und Stoßtrupp-Unternehmungen beschränkte, den ganzen Frontabschnitt tiefer beunruhigte, als dies ein schwerer Angriff des Gegners vermocht hätte, und die eigentlich erst ein volles Jahr später, am heiligen Osterfest selber, ihren unerwarteten Abschluß fand - da freilich von den wenigsten gewußt. Denn was der Truppe 1942 bekannt und bei ihr mit einem wahren Schauder und in gedrückter Stimmung zwischen Mann und Mann erörtert wurde, war ein Karfreitag ohne Ende, als seien zweitausend Jahre nur ein Schein und alles von Anbeginn her ewig dauernde Gegenwart.

Die Bekämpfung des feindlichen Partisanenwesens war damals einigen Patrouillen und Stoßtrupps übertragen worden, deren Mannschaften vorsorglich aus Angehörigen der unter dem Kommando des Generalmajors T. stehenden Grenzwacht-Brigade zusammengestellt worden waren - aus Leuten also, die schon zu Friedenszeiten hier Dienst getan hatten und denen dieses uferlose Wäldermeer von Ostkarelien so vertraut geworden war, wie das überhaupt möglich scheinen kann. Genaue Kenntnis von den Ansiedlungen hier besaßen sie allerdings nicht, da der Krieg die Front ja auf ehemals russisches Gebiet vorgetragen hatte und sie sich auch nur auf Aussagen von Grenzgängern und die Berichte jener Fernpatrouillen verlassen konnten, die während der vergangenen Monate ausgeschickt worden waren. Immerhin wußten sie auch aus den Erzählungen von Flüchtlingen in vergangenen Jahren, daß die Stille und Unzugänglichkeit der Wälder, Moore und der kleinen Inseln in den unzähligen Seen noch manches Leben hütete, das hier gleichsam überwinterte, und waren ihnen - obschon in der Mehrzahl Glieder der rechtgläubigen Kirche - auch nicht die Hymnen jenes Kirchenvaters bekannt, der diese Einöden als ›die russische Thebais‹ gepriesen hatte, als ›heilige Wälder, Wohnstätte der Belehrung, Schule des himmlischen, göttlichen Verstehens, Paradies der Frömmigkeit, wo ununterbrochen in der Flamme der göttlichen Liebe die Lampe des unaufhörlichen Gebetes brennt‹, so wußten sie doch, daß in den Einsamkeiten hier sich noch manches Leben der Nachfolge Christi weihte.

Indessen war den Angehörigen eines Kommandos unter dem Befehl des Leutnants Virtanen, das - beunruhigend stark verspätet - erst am Ostersonnabend von einer tagelangen Jagd auf Sokolows Partisanen vollzählig zurückkehrte, in ihrer Wortkargheit deutlich anzumerken, daß etwas, was sie erlebt hatten, ihr Fassungsvermögen völlig überstieg. Obschon selbst ganz unbeschadet, strebte die Zwölfergruppe Virtanens mit drei primitiven Astgabelschlitten, die von den erschöpften zwölfen abwechselnd gezogen wurden, eilig zum nächsten Verbandsplatz, kaum daß sie durch die Linien passiert war, entledigte sich dort der Schlittenfracht, war vorerst durch nichts zum Erzählen zu bewegen und schlief in den Ostermorgen hinein. Ihr Bericht verbreitete sich erst später, manchem zum Schauder, daß der Karfreitag überstanden war, und ihn dennoch über seine Dauer hinaus Tag für Tag erneuernd. Wer den Verbandsplatz aufsuchte, bei dem Virtanens Gruppe sich zuerst aufgehalten hatte, kehrte von dort zurück, ohne gesehen zu haben, was Virtanens Leute eingeliefert hatten, nur mit ein paar phantastischen Gerüchten mehr, und während im Frontlazarett von Sämijärvi die Ärzte fieberhaft bemüht waren, drei Schächer unserer Zeit vom Tode zu erretten, erzählte der nicht mehr junge Leutnant Virtanen, nachdem er seinen Patrouillenbericht abgegeben hatte, dem Feldpriester Vater Agathon alles, was sich zugetragen hatte. Durch den, der dann bei nächster Gelegenheit nach Sämijärvi fuhr, bekam die Truppe den ersten, einzig verläßlichen Bericht, denn Virtanen und die zwölf waren geraume Zeit nicht zum Reden zu bringen.

Bei der Ausführung ihres Auftrages war die Gruppe Virtanen an einem Frontabschnitt aufgebrochen, der seit einiger Zeit als der mutmaßliche ›Wechsel‹ der Partisanen galt, und hatte in dem völlig unübersichtlichen Gelände auf Skiern einen Hinterhalt gelegt in der Hoffnung, Sokolows Partisanen würden, auf eine festliche Sorglosigkeit der finnischen Gegner bauend, gerade diese Zeit zu einem Überfall ausnutzen wollen. Die Spuren, die sie im Schnee vorfanden, gaben ihnen lange Zeit keine Gewißheit, ob sie von eigenen Patrouillen oder von durchgebrochenen Partisanen herrührten, und als mehrere Tage vergangen waren, ohne daß sie einen Gegner zu Gesicht bekommen hätten, waren sie – von Schüssen in der Ferne gelockt – im Eifer der Jagd immer tiefer auf feindliches Gebiet vorgestoßen. Dort entdeckten sie mit einemmal frische Spuren, die auf die Front zuführten, und in völliger Gewißheit, es hier mit einer Partisanengruppe zu tun zu haben, welche ihrem ›Wechsel‹ zustrebte, setzten sie zur Verfolgung nach. Nicht ohne Enttäuschung jedoch wurden sie nach vielen Stunden gewahr, daß der Trupp, den sie ingrimmig wie ein Wild verfolgten, noch weit vor der Front nach Norden zu abgeschwenkt und in weitem Bogen zu seinem Ausgangspunkt zurückgekehrt war. Immerhin schien ihnen auch jetzt noch die Verfolgung nützlich, um die Ausgangsstellung in Erfahrung zu bringen, und weit auseinandergezogen, mit äußerster Vorsicht, strebten die zwölf weiter, die Richtung nach Virtanen wählend, der in den Spuren der Feinde lief, die sich dicht aufgeschlossen spurend bewegt haben mußten. Eine Unmenge Hülsen von Sonnenblumenkernen im Schnee zeigte jeweils an, wo der Gegner rastend verweilt hatte.

Kurz vor Einbruch der Dämmerung des zweiten Jagdtages geschah dann, was alle ihre Aufgaben und Absichten völlig über den Haufen warf.

Auf den Spuren des Feindes gelangten sie zu einem Moor inmitten der Wälder, das in seiner Mitte, vier-, fünfhundert Meter vor ihnen, eine sanfte Bodenwelle aufwies, bei der die Krüppelkiefern der sumpfigen Zone, in welche die Spuren hinausführten, wieder zu voller Höhe aufstrebten.

Ohne eine längere Rekognoszierung getraute sich Virtanen nicht, seine Leute aus der Deckung des Waldes hinauszuführen,

ja, etliche von den Unteroffizieren schlugen schon vor, die Moorlichtung einfach zu umgehen und die Verfolgung der Spuren
dort wieder aufzunehmen, wo sie vom Moore her abermals in
den Wald führten, als Virtanen selber, das Glas vor den Augen,
mit einemmal zusammenzuckte und: »Häuser...!« murmelte,
bevor er das Glas dem Nächststehenden weiterreichte, damit der
überprüfe, was er entdeckt zu haben meinte. Und in der Tat ergab der Augenschein durchs Glas bei den meisten der zwölf, was
schon der Leutnant erkannt hatte: auf jenem Hügel mitten im
Moor unter den höheren Kiefern, zwischen dem schütteren
Gebüsch kaum zu erkennen, standen drei mit Reisig und Soden
gedeckte Hütten, welche das Gestrüpp nicht überragten. Hier -
und nur hier! meinten die zwölf - hatten sie die Ausgangsstellung der feindlichen Trupps vor sich, wenngleich die Dislozierung eines kleinen feindlichen Verbandes in diese Wildnis ihnen
allen unbegreiflich scheinen wollte. Hier aber, wie den Bären in
seinem Lager, wollten sie ihren Gegner stellen.

Mit gespannter Aufmerksamkeit die Moorlichtung beobachtend, mit umgehenden Bewegungen nach links und nach rechts
noch bei sinkendem Tageslicht bemüht, sich einen Überblick
zu verschaffen, wie die drei Hütten aus anderer Richtung aussahen und wie weit der Weg nach dem nächstgelegenen Waldrand von einer anderen Seite her war, faßte Virtanen mit seinen
Leuten den Beschluß, nach Einbruch der Dämmerung weit auseinandergezogen die drei Hütten zu umzingeln und dann, in
möglichst geräuschlosem Nahkampf, den Feind zu überwältigen. Ganz dunkel durfte es dazu nicht werden, wenn man nicht
der Möglichkeit verlustig gehen wollte, Freund von Feind zu
unterscheiden.

Und so wurde der Plan auch ausgeführt. Doch als die Patrouille,
in Vierergruppen aufgeteilt, mit raschen Sätzen zwischen dem
Kieferngebüsch vor die reisiggepolsterten Türen der drei Hütten
sprang, die Maschinenpistolen in Anschlag zwei der Türen auf-
stieß [während die der dritten Hütte schon weit offen stand], ereignete sich nichts, gar nichts..., außer daß den gespannt lauschenden, von ihrem eigenen Keuchen gequälten zwölfen das
Stöhnen vernehmlich wurde, das aus allen drei Hütten drang.

Sie blickten einander an, ratsuchend der eine bei dem anderen,
irgendeiner zeigte mit einemmal auf die Spuren, die den Schnee
rund um die Hütte aufgewühlt hatten, und während das Wim-

mern und Stöhnen aus den Hütten qualvoll laut wurde und ihre eigene Unsicherheit und Ratlosigkeit sie zugleich lähmte, etwas zu tun, was sie nicht zuvor miteinander verabredet hatten, standen sie geraume Zeit völlig verwirrt wartend, ihres Willens durch das Unerklärliche und Geheimnisvolle beraubt, so daß keinem von den zwölfen der Argwohn auftauchte, bei diesem Stöhnen und Wimmern könnte es sich um die letzte Kriegslist des eingeschlossenen Feindes handeln, mit der er die Belagerer dazu verführen wollte, sich in die dunklen Fallen der Hütten hineinzubegeben.

Virtanen räumte später freiwillig ein, daß das Gelingen der unbemerkten Umzingelung sich vor den Türen in eine völlige Niederlage und Ratlosigkeit verwandelt hätte, wenn... ja, wenn in den Hütten tatsächlich jener Gegner gewesen wäre, dessen Spuren man so lange verfolgt hatte. Doch er war es nicht.

Als die Patrouille nach weiterer Erkundung, ob aus dem völlig vertrampelten Schnee rund um die Hütten Spuren übers Moor waldwärts führten [was sich bewahrheitete], und nach gründlichen Vorkehrungen gegen die Gefahr, daß die Hütten miniert sein könnten, in das erste der drei dunklen, halb in die Erde hineingebauten Gelasse eindrang, fand man dort in dem Durcheinander einer ärmlichen Einsiedler-Wohnstatt, das der Strahl der Taschenlaternen stückweise aus der Dämmerung riß, am Boden liegend, mit zwei Messern an beiden Händen und mit einem Stück Draht um beide Füße an ein großes Kreuz geheftet, das eigentlich [wie bei manchen beschaulichen Frommen der Sarg] als Mahnung an die Vergänglichkeit dieses Lebens die Schlafstatt des nun darauf Gemarterten gewesen war, einen bärtigen alten Menschen.

Virtanen gestand später, daß sich beim Anblick des Gekreuzigten die Niederlage seiner Patrouille in etwas völlig Unvorstellbares verwandelt hätte, was durch die Entdeckung, in jeder der beiden anderen Hütten befinde sich noch ein Gekreuzigter, womöglich noch gesteigert worden sei. Aber, sagte er, das sei eigentlich kaum möglich gewesen, und das Eigentümliche sei gewesen, meinte er, in seiner nie mehr ganz weichenden Erschütterung Worte findend, die sich ihm sonst nie gewährt hätten, daß sie da alle miteinander vor diesen drei Gekreuzigten gestanden hätten wie das ganze Menschengeschlecht ... Ja, anders könne er es nicht ausdrücken: wie sein eigener Vater und seine eigene

Mutter, wie... alle Menschen, von allen Zeiten an... Es seien
Augenblicke gewesen, da sie ein Entsetzen und eine Angst und...
Nein, er könne nicht ausdrücken, was sie überfallen hätte - eben
alles, was die ganze Welt in allen Zeiten vor den Gekreuzigten
gedacht und gefühlt hätte... »Mein Gott, ja!« murmelte er, vor
sich hinstarrend, leise hinterher.

Und über alles weitere schwieg er, auch wenn er später noch
einmal den ersten Teil ihrer Erlebnisse wiedergab. Er schwieg
darüber, wie sie in jeder der Hütten [so erzählte er's ein einziges
Mal Vater Agathon] schweißüberströmt mit zitternden Händen
den Gekreuzigten erst die Drahtfessel um die Füße am Kreuzes-
stamm gelöst und dann, mit geschlossenen Augen, aus jeder der
Hände das stehende Messer gerissen hätten - einzig und allein
bemüht, diese grauenvolle Tat für den Gekreuzigten mit so
geringem Schmerz wie nur möglich zu tun, im rechten Winkel
zum Holz, so daß die durchbohrte Hand keine neue Verwundung
erleide. Wie sie dann das durch schwärzliches Blutgerinsel nach-
sickernde frische Blut zu stillen versucht, die Hände mit allem
Verbandszeug, das sie besaßen, verbunden, jedem der Gekreuzigten, die aschfahl gewesen seien, etwas Stärkendes eingeflößt,
Zeltbahnen um sie gehüllt, nun - schon im Dunkeln - Gabelschlitten von den nächsten Bäumen geschlagen hätten und
schließlich bei völliger Finsternis in einer jagenden Eile wieder
aufgebrochen seien, zurück..., zurück - als hätten sie nicht nur
das Leben dieser drei in Sicherheit zu bringen, sondern mehr
noch dieses neue Golgatha fliehen wollen, das - einst Paradies der
Frömmigkeit und Versenkung - nun unrein und verdammt
worden war durch das, was sich da zugetragen hatte.

Er schwieg auch darüber, daß - kaum daß sie ihrer ersten Pflicht
zur Barmherzigkeit genügt hätten - die meisten von ihnen, von
mehr als nur dem Anblick bis dahin unvorstellbaren Leides, halb
ohnmächtig geworden und von einem krampfartigen Erbrechen heimgesucht worden seien, dadurch beim Rückmarsch um
kostbare Zeit betrogen. Er gestand aber, daß sie, wenn er's jetzt
recht bedenke, auf dem Rückmarsch von einer unverantwort-
lichen Leichtfertigkeit gewesen seien, einzig und allein bemüht,
rasch vorwärts zu kommen, ohne Sicherung nach den Flanken
und, schon durch die Zuglasten dazu genötigt, für die sie die
Spuren der ersten hatten ausnützen wollen, dicht aufgeschlossen, also ein bequemes Ziel für jeden Gegner, der für sie alle

zwölf nicht einmal ein halbes Magazin hätte verbrauchen müssen. Und die drei in den Gabelschlitten, die sie hinter sich hergeschleift hätten, unter ihrem Stöhnen vermutlich mehr leidend als jene selber in der Gewalt der schmerzstillenden Mittel, die sie ihnen vor dem Aufbruch verabfolgt hätten – die Gesichter dieser drei hätten sie von Zeit zu Zeit ungläubig staunend betrachtet: daß sie bei diesem ungelinden Transport immer noch am Leben seien! Sie hätten – jedenfalls wolle er so von sich selber sagen – am Ende gar nicht mehr gedacht und gefühlt als ihre Eile, und ihre Augen hätten auf nichts anderes mehr gewartet als auf den Anblick des ersten von den Eigenen. Als der aufgetaucht sei, hätten sie nur nach dem nächsten Verbandsplatz gefragt und ihn ruhig in dem Glauben gelassen, daß die Patrouille selbst schwere Verluste gehabt habe…

Als Vater Agathon nach einer Zeit nachdenklichen Schweigens sagte: »Nun, so war es ja auch… Alle Gekreuzigten…, sind sie nicht die Unseren?« entgegnete Virtanen nichts. Er blickte den Feldpriester unsicher an, als scheue er sich, mit Worten zu bekennen, was er und seine Männer in der Verborgenheit des Waldes zuvor schon ausgeübt hatten. Er bat ihn nur, wenn er im Feldlazarett Nachforschungen anstelle, ihm und seinen Leuten zu erzählen, wie es den drei Gekreuzigten ergehe. Selber könne er sich nicht vorstellen, daß sie noch am Leben seien. Nur habe man vielleicht inzwischen von ihnen erfahren, was sich in der Einsiedelei zugetragen habe, bevor die Patrouille sie gefunden.

Aus den Berichten des Priesters, nachdem er etliche Male im Lazarett gewesen war, erfuhr die Truppe mit der Zeit, daß zwei von den Gekreuzigten – und die ältesten von den dreien – nach schweren Leiden im Starrkrampf gestorben seien, daß aber der dritte nach Ansicht der Ärzte sein Kreuz überleben werde. Beim folgenden Besuch im Lazarett blieb Vater Agathon zwei Tage aus. Zur Truppe zurückgekehrt, erzählte er nach den Berichten des Überlebenden, der gedenke mit inniger Dankbarkeit seiner Retter und entbiete ihnen allen seinen brüderlichen Gruß in Christo. Was er den Offizieren, die ihn vernommen hätten, zu Protokoll gegeben habe, sei in Kürze folgendes:

Seit den großen Verfolgungen aller Ostkarelier finnischen Stammes und der Unterdrückung des Glaubens in der Einöde verborgen, von Gott wohlgefälligen Bewohnern der Ansiedlungen im weiteren Umkreis dann und wann mit Nahrung über das Wenige hinaus versehen, was sie sich selber in der Wildnis zu schaffen vermochten, doch in ihrer Verborgenheit niemals verraten oder entdeckt, allen, die sie aufgesucht, zu geistlichem Rat erbötig und eifrige Fürbitter aller Bedrängten, hätten sie ihrer drei: zwei Mönche und er selber, Vater Pitirim, ein Diakon, ehemals an der Pfarrkirche von Petrosawodsk, seit dem Jahre 1936 ein Leben der Betrachtung und des unaufhörlichen Gebets geführt, bis sie durch Boten vom Ausbruch des großen Krieges erfahren hätten. Doch hätten sie da nicht mehr ihre Einsiedelei verlassen mögen und können, vielmehr dem Schutze Gottes vertraut, und wären geblieben, wenngleich in der Folge die Boten ihrer Getreuen immer spärlicher gekommen seien und, wenn sie gekommen, auch nur immer schrecklichere Nachrichten und immer weniger Nahrung für sie gebracht hätten. Der ferne Lärm der Schlachten hätte auch Kunde gegeben, die sie bei Tag und bei Nacht nicht mehr zu überhören vermocht hätten.

Um die Mittagsstunde des Tages, an dem man sie gekreuzigt gefunden, seien ihre Hütten mit einemmal von Soldaten umstellt gewesen – von Soldaten, die ebensolche Uniformen getragen hätten, wie er sie hier sehe. Doch seien es, erinnere er sich recht, zum größten Teil Heiden gewesen...

Uniformen, wie er sie hier sehe?

Ja.

Finnische Uniformen?

Wenn nur in Finnland solche Uniformen getragen würden, dann seien das finnische Uniformen gewesen.

Das bestätige, hatte man ihm erklärt, daß die Partisanen Sokolows sich finnischer Uniformen bedienten, die sie Gefangenen und Toten ausgezogen hätten, um den Argwohn einzuschläfern und ihre Überfälle leichter ins Werk setzen zu können. – Was er aber mit ›Heiden‹ meine?

Heiden? – Nun, es seien in der Mehrzahl Kirgisen, Mongolen oder Menschen anderer Völker aus dem Osten gewesen. Doch nicht nur solche.

Und dann?

Sie seien verhört und mißhandelt worden, immer wieder nach dem Versteck ihrer Feinde befragt und beschuldigt, dem Feinde zu helfen und Spione zu sein. Und schließlich, als sie eine ausgiebige Rast und trunkfreudige Mahlzeit ihrer Peiniger gebunden, am Boden liegend, überstanden hätten, seien sie von den

274

mittlerweile schwer Berauschten zum Tode verurteilt worden, den sie, wie man ihnen zum Hohn gesagt, ja doch so schön fänden, daß sie sich sogar ihre Ruhelager darauf gesucht hätten: zum Tode auf dem Kreuz… Weil sie drei sich nämlich zur Buße und um der Leiden des Herrn allezeit gegenwärtig zu sein, ein großes, breites, flach am Boden liegendes Kreuz als Bettstatt erwählt hätten. Darauf hätten sie des Nachts geschlafen und tagsüber ihren Betrachtungen gelebt…

Und darauf hätten sie sterben sollen?

»Ja«, hätte der überlebende Diakon Pitirim leise gesagt und wäre errötet, »…Gott hat uns dessen würdigen wollen…« – Aber die Schergen seien um Nägel verlegen gewesen und hätten lange welche gesucht. [Weil die drei nämlich ihre Hütten ohne Nägel gebaut hätten.] … Und schließlich… schließlich hätten einige ihre großen Messer geopfert, solche, wie auch die Soldaten hier sie am Gürtel trügen.

»Unsere eigenen Messer also, die man unseren Toten abgenommen hat?«

»Das könnte wohl so sein…«

»Und dann?«

Der Diakon hätte die Frager stumm angeblickt, und dieses Gesicht, diese lautlos gespiegelte Erfahrung der Kreuzigung, dieser Blick aus den immer noch nachtschwarz umrandeten Augen und das Zittern, das um seinen stummen, bärtigen Mund gespielt hätte – alles das hätte seine Frager aufhören, von seinem Lager aufstehen und sich abwenden geheißen… Denn was dann geschehen war, konnte er wohl mit niemandem teilen. Ihm, dem Priester, habe er einmal gestanden, er wisse nicht viel aus diesem Augenblick und der darauffolgenden Zeit. Ein andermal aber, zum Reden ermuntert, habe er beinahe tonlos geflüstert: Er wisse zuviel, als daß er davon noch sprechen könne. Er könne nur noch beten.

Als er von dem Tode seiner beiden Brüder erfahren hätte [die nicht nur gestorben, sondern auch schon in geweihter Erde begraben worden waren, Vater Agathon selbst hatte das Totenamt für die Märtyrer gehalten und dem hochwürdigsten Metropoliten einen ausführlichen Bericht eingesandt], sei das beinahe ein Wunder zu nennende Ereignis eingetreten, daß seine durchbohrten Hände gegen alle ärztliche Voraussicht abermals zu bluten begonnen hätten, und es hätte den Anschein gehabt, als lasse er, der, kaum bei Bewußtsein, mit unaufhörlich sich bewegenden Lippen, im Bett gelegen hätte, wissentlich sein Blut verrinnen. Dadurch sei eine Zeitlang auch sein Leben neuerlich bedroht gewesen, bis die Blutungen von selber aufgehört hätten und unter den rastlosen Bemühungen der Ärzte, die diese Wunden und den ganzen Pflegling mit einer gewissen Scheu behandelten, die endgültige Genesung angefangen hätte.

Daß sie nur sehr langsam voranschritt, wurde bei der Truppe vorn noch bekannt; auch daß der Gekreuzigte viele Monate später, nach der Entlassung aus dem Lazarett, darum gebeten hatte, jene Teile der Bevölkerung geistlich zu betreuen, die man in den eroberten Gebieten vorgefunden und der Sicherheit und ihrer Versorgung wegen in großen Lagergemeinschaften vereinigt hatte, sprach sich herum. Doch erfuhren das eigentlich nur die zwölf, die ihn einmal in der Finsternis jenes Karfreitages vom Kreuz gelöst hatten. Für die meisten, welche von Gefangennahme und Kreuzigung gehört hatten, endete das Schicksal des Diakons irgendwo hinter der Front, wo er genesen und in Sicherheit war. Einzig und allein Vater Agathon verlor ihn nie aus den Augen, ja, er wurde von den ersten Stunden an, da der Gekreuzigte wieder zu sprechen vermocht hatte, der Beichtiger und der geistliche Vater des Diakons, und er ging mit ihm den letzten Gang, den der unter den Augen eines Menschen der westlichen Welt tat – doch nur bis zur Grenze, wo der andere den Blicken dessen, der ihm nicht folgen konnte und nicht folgen durfte, in der Finsternis entschwand.

Wer aber könnte den Weg bis zu jenem Grenzabschnitt in jener Nacht, ein Jahr nach seiner Kreuzigung, wirklich ermessen? Wer sähe den Verlauf in jeder Strecke eines jeden Tages zwischen den armseligen Baracken des Lagers, einer jeden Erkenntnis, eines stufenweisen Vordringens – bis zu dem Augenblick, da der Wille sich in das Opfer, in die Hingabe, in die freiwillige Preisgabe des einmal Erzwungenen verklärte? Über diesen Tagen und Monaten, da Vater Pitirim still, in sich gekehrt, nie mehr so bei Kräften, wie er's einmal in der Unbill des Einsiedlerlebens gewesen sein mochte, seiner Arbeit nachging, lag mehr Geheimnisvolles als in allem andern zuvor. Denn das Leben ist wohl das größere Geheimnis als das Sterben.

Er überraschte Vater Agathon, den Feldpriester, einmal mit der Frage: »Was meinen Sie, Vater Agathon, warum hat Gott wohl meinen Tod nicht angenommen?« War ich's wirklich nicht wert?« Und ein andermal, viele Wochen später, sagte er mit einem verlorenen Lächeln, das – wie Vater Agathon später berichtete – ihn ganz jenseits gedünkt habe, so entrückt habe der Diakon gesprochen: »Man muß das alles als Auferstehung verstehen!«

Doch bei dem Hinweis darauf, er sei, wie unser Herr, wirklich am Karfreitag gekreuzigt worden, hatte der Diakon den geistlichen Vater in maßlosem Entsetzen angestarrt und tonlos geflüstert: »Nein, nein, warum wollen Sie den Herrn schmähen! Ich habe nur in dieser kleinen Zeit gelitten, die ein Kalender macht. Er aber in aller Ewigkeit, aus der Er uns die Zeit gegeben hat... Sprechen Sie nicht so! Um Gottes willen! Sprechen Sie nicht so! Lehren Sie mich nicht fürchten, daß der Teufel mir zum Leben verholfen hat!«

Auch an die langen Jahre, die er mit seinen beiden Brüdern in der Einöde in Gebet und Betrachtung verbracht hatte, ließ er sich anscheinend nicht gerne erinnern. Drängte Vater Agathon ihn, davon zu erzählen, dann blickte er angestrengt vor sich hin, als betrachte er diese Zeit wie etwas, was ganz dinghaft zur Prüfung vor ihm lag, und sagte nach langem Schweigen versonnen: »Was taugt es vor Gott! Was gilt das Beten und Betrachten, solange uns Gott unsern Willen läßt! Glauben Sie...«, und nun sah er auf und heftete seinen Blick so eindringlich auf den Feldpriester, als sagte er dem ein furchtbares Geheimnis..., »glauben Sie vielleicht, ich hätte mich nicht gewehrt, als sie mich auf das Kreuz warfen? Und deshalb auch... Mein Gott! wie eitel! Was ist das alles ohne die Bitte für jene, die es mit einem tun!... Glauben Sie mir, unter der Gnade dieser Erkenntnis habe ich seitdem mehr gelitten als damals, als sie... Davon habe ich dann gar nichts mehr gemerkt. Aber die Anfechtung, die entsetzliche Einsicht..., welch eine Gnade, mein Gott und Herr! Auferstehen, ja, aber wozu, wenn nicht, um die zu lieben, die einen töten, jeden Tag!«

Vater Agathon sah ihn nur stumm an. Er besaß nicht die Erfahrungen, die jener vor ihm voraus hatte, und deshalb auch nicht die Einsicht oder die Offenbarung.

In der Folge, als die heilige Osterzeit sich näherte, bemerkte er nur, wie der Vater Diakon sich noch mehr als früher absonderte und noch stiller als sonst seiner Arbeit oblag, als hätte er sich vorgenommen, die Seelen derer, die ihm anvertraut waren, nur mit seinem Blick und einem Lächeln zum Leben zu erwecken und sie mit dem größten Teil seiner Rationen, die er verschenkte, zu belohnen.

Als ihm darob Vorhaltungen gemacht wurden, er dürfe seine schwache Gesundheit nicht abermals aufs Spiel setzen, berief er sich auf die Fastenzeit, doch meinte sein geistlicher Vater ihm sagen zu müssen, er solle sich nicht eitel selber zerstören.

Nach dieser Mahnung blickte der Diakon ihn traurig erschrocken an, als habe der andere ihn bei einem alten Fehler ertappt. »Ich will es beachten«, sagte er leise. »Ich muß auch sehr stark werden«, fügte er, vorerst unbegreiflich, hinzu. Und dann, die Arme mit den starren, verkrüppelten Händen sinken lassend, wie in einem Eingeständnis, das ihn die schwerste Überwindung gekostet hatte, sagte er in das beklommene Staunen Vater Agathons hinein: »Sie müssen nämlich wissen, Vater ..., ich habe mich damals nicht nur gewehrt ... Ich habe ... ich habe ... nach ihnen geschlagen, mit Händen und Füßen ... und das, nachdem ... ich sechs Jahre auf dem Kreuz gelegen hatte. Mein Gott! Ich frage Sie: Kann man mit dem Frommsein Hurerei treiben? Sagen Sie, erleichtern Sie meine Seele!«

»Alle Gewohnheit ist vom Übel«, meinte Vater Agathon lahm. Er war zu erstaunt oder unfähig, zu begreifen, was der Diakon meinte. Und da, vielleicht früher, als er's beabsichtigt hatte, wie von sich selber überrascht oder von der unvermuteten Gewalt eines Plans, den er erwogen, aber noch nicht zum Entschluß erhoben hatte, ganz überwältigt trat der Diakon mit einemmal an den Priester heran, preßte seine starren Hände auf dessen Arm und flüsterte: »Lassen Sie mich gehen! Lassen Sie mich gehen!« als könnte der andere ihm die Erlaubnis dazu geben.

»Wohin?« fragte Vater Agathon.

»Zurück!« flüsterte der Diakon. »Wozu auferstehen, wenn nicht in der Liebe! Wozu am Leben bleiben, wenn nicht, um diese Eitelkeit zu büßen! Wozu jahrelang auf dem Kreuze schlafen, wenn nicht, um unter dem Kreuz zu wachen! - Ich kann nur verstehen, daß ich dazu am Leben geblieben bin. Nur dazu... aber nicht mehr allein, nein!«

»Wollen Sie die aufsuchen, die Sie ans Kreuz geschlagen haben?« fragte Vater Agathon hilflos. Aber die Antwort des Diakons machte ihn betroffen.

»Alle, die Ihn ans Kreuz schlagen, tagtäglich - wozu hätte ich mich sonst wehren und um mich schlagen und trotzdem weiterleben dürfen! denke ich manchmal. Das wäre diese Verirrung wert.«

Vater Agathon sah den Diakon, der dies alles in höchster Erregung gesprochen hatte, halb entsetzt und halb mitleidig an. Aber der Diakon ließ von diesem Tage an nicht ab, ihn um seine Zustimmung zu bestürmen und ihn zu bitten, sein Fürsprech zu sein, damit ihm die Erlaubnis erteilt werde, zurückzukehren. - Er wolle keinen Schutz! wehrte er ab, als der Priester, der schon halbwegs sicher war, daß man die Erlaubnis in diesem besonderen Fall erteilen würde, ihn auf die Gefahren aufmerksam machte. Und als Vater Agathon ihn einmal beschwor, doch nicht die ihm Anvertrauten zu verlassen, erwiderte er nur, die seien jedem andern von geistlichem Stand, den es hier unbehindert geben dürfe, ebenso anvertraut wie ihm selber. Gott brauche die, die für ihn zeugten, nicht unter seinen Freunden, sondern unter seinen Feinden, und wer sei dazu besser geschickt als er, der Ihn einmal so bitter verleugnet habe?

Die geheime Folgerichtigkeit dieser Reden, die, so kindlich unbedacht sie klangen, voller Beweiskraft waren und überhaupt von einer Macht, die dem Diakon, wie es den Anschein hatte, von Tag zu Tag mehr eigen wurde, bewogen Vater Agathon am Ende, nicht mehr Einspruch zu erheben. Vor dem Kommandeur dieses Abschnittes, der die Erlaubnis erteilte, daß der Diakon dort zurückkehren könne, wo die Zwölfergruppe Virtanens ihn bewußtlos im Gabelschlitten auf finnisches Frontgebiet gezogen hatte, nahm er es mit einer gewissen Beschämtheit auf sich, eines Geistes Kind mit dem Diakon zu sein, als dessen Fürsprecher er auftrat. In Augenblicken der Selbstprüfung später erfüllte ihn das mit einem geheimen Stolz.

Durch seine Pflichten von dem Diakon getrennt, versah Vater Agathon sein Amt in der Leidenswoche bis zur Nacht der Auferstehungsfeier. Doch kaum war die zu Ende gegangen, als er mit dem Diakon, der Weisung gemäß, bei jenem Feldverbandsplatz zusammentraf, bei dem die drei Gekreuzigten die erste Hilfe auf finnischem Gebiet erhalten hatten. Von dort aus hatten sie einen wenig länger als nur halbstündigen Weg zu den letzten Vorposten der finnischen Linien.

Der Diakon, besser und wärmer gekleidet als damals, aber ohne jede andere Ausrüstung als ein kleines Bündel, das ihm von der Achsel herabhing, sprach auf dem ganzen Wege durch den feuchten Buschwald kaum ein Wort, und Vater Agathon, von dem Ungewöhnlichen dieses Ganges viel zu erregt, als daß er Worte hätte finden können, ging neben dem wie ungeduldig rasch Ausschreitenden auch nur stumm einher. Sie hatten Mühe, von Posten zu Posten zu finden. Die Wildnis des locker gegliederten Waldes, der um diese Jahreszeit schon schneelos lag, war von samtner Finsternis, und auch der ausgestirnte Himmel gab, so nahe dem Morgen, wenig Licht.

Als der letzte Vorposten sie feindwärts führte, hielten sie alle drei mit einemmal jäh inne, denn von einem benachbarten Abschnitt, aus weiter Ferne, trug die totenstille, unbewegte Luft Stimmen herüber, die wie aus dem geöffneten Schoße der erlösten Schöpfung selber dröhnten, und wie Posaunen des Gerichtes, unter deren Schall auch die Feste der Ungläubigen wankt. Es waren die Lautsprecher, die weithin in die Wälder die Botschaft riefen: »Christus ist auferstanden!« und aus denen später der singende Jubel der Seraphim und Cherubim tönte.

Der Diakon stand noch einen Augenblick ganz still. Dann umschlangen seine Arme mit den Händen, die so starr waren, daß sie nicht zu dem lebendigen Leibe zu gehören schienen, einen jeden seiner Begleiter. Der Posten gestand sich erst später ein, daß ihn ein paar Sekunden lang nur der heiße Schrecken gelähmt und willfährig gemacht habe, sich von dem Fremden umarmen zu lassen.

»Er ist wahrhaftig auferstanden!« flüsterte der Diakon und küßte einen jeden.

Und wenige Augenblicke später, bevor die beiden sich noch zu fassen vermochten, war er verschwunden; lautlos, sie hörten nichts knacken und nichts rascheln, wie sehr sie auch ihr Gehör anstrengten.

Geraume Zeit standen die Zurückgebliebenen schaudernd in der Morgenkälte. Der Himmel nahm einen grünlichgrauen Schimmer an. Die ersten Schnepfen strichen über ihren Köpfen dahin.

»Wer war denn das?« fragte leise der Posten, der jetzt erst Worte fand.

Der Priester, immer noch angestrengt lauschend, ob etwas zu hören sei, halb in der Angst, es könnten nicht nur das Knacken und Brechen von Zweigen eine Spur des Verschwundenen anzeigen, sondern auch Schüsse, und auch halb willens, den Posten nicht auf die Antwort warten zu lassen, sagte einsilbig und wie zerstreut: »Wer das war? – Der, den sie gekreuzigt haben... Aber er lebt... Und jetzt geht er zu ihnen zurück.«

Später, als die Sterne verblaßt waren und der Morgen graute, wußte er selber nicht mehr, was er geantwortet hatte. Ihm war nur, als habe er nach einem geheimen Zwang eigentümlich richtig geantwortet, und er grübelte seinen Worten nach, ohne sie je wieder so zusammenfügen zu können, daß er untrüglich wußte: so war es richtig, dies war die Wahrheit...

ALS AM 8. Juli des Jahres 1709 die Armee des schwedischen Königs Karl XII. bei Poltawa in der Ukraine von den Russen geschlagen wurde und das Heer in Auflösung geriet, strebten drei Offiziere, vom Gros abgesprengt, auf eigene Faust in die ferne Heimat zurück. Es waren dies die Herren Graf Cronstedt, von Möllerhusen und der Baron Lejongap, die mit verschiedenem Rang alle zum Ersten Nyländischen Dragonerregiment in Finnland gehört hatten und, bis auf Cronstedt, der in der schwedischen Landschaft Sörmland ansässig war, auch in Finnland beheimatet waren.

Während, ohne daß sie es wußten, ihr oberster Kriegsherr zu den Türken floh, um bei der Pforte Bundesgenossenschaft gegen den Zaren zu suchen, waren diese drei Offiziere bemüht, dem ›alter turca‹ Peter dem Großen nicht in die Hände zu fallen und sich durch feindliches Gebiet allmählich bis nach Haus durchzuschlagen, wobei sie froh sein wollten, wenn sie nur erst einmal Ingermanland oder Estland erreichten, die wie Finnland zur Krone Schwedens gehörten und von wo aus sich wohl, wie sie meinten, immer eine Gelegenheit bieten würde, zu Schiff bis nach Finnland oder bis nach Schweden zu gelangen, wenn die Neuaufstellung der Truppenteile nicht ihr Verbleiben dort erheischte. Sie ahnten da noch nicht, daß die Reste der geschlagenen Armee, zwölfhundert Offiziere und siebzehntausend Mann, sich nach einem vergeblichen Fluchtversuch südwärts am 11. Juli bei Perewolotschna durch Kapitulation dem Feinde ergeben hatten.

Daß dieser Durchbruch durch feindliches Gebiet zu den eigenen Linien keine Kavalierstour werden würde, war ihnen schon am ersten Tag klar, da sie sich nach der verlorenen Bataille und den sofort einsetzenden scharmützelnden Nachhutgefechten in unwegsames Sumpfgebiet versprengt zusammenfanden. Sie waren auch bereit, der Sicherheit und dem raschen Fortkommen unter diesem fremden, heißen Himmel soviel irdische Reichtümer zu opfern, als sie auf dem siegreichen Vormarsch an Kriegsbeute gewonnen hatten; doch hätte keiner von ihnen an jenem Anfang des Rückzugs von sich selber glauben mögen, daß aus ihm in dem Maße, wie er vom Dragonersattel auf die ›Apostelpferde‹ umsteigen mußte, weil ihre Pferde sie nicht mehr lange zu tragen

283

vermochten, und wie die einsame Not und Unbill unter Feinden, bei ständiger Verfolgung und in Hunger und Entbehrungen jeder Art wuchsen, mit der Zeit, da statt der ukrainischen Sonne die ersten Nachtfröste nördlicher Landstriche sie verbrannten, der Buschklepper werden könnte, als der er schließlich zerlumpt und zerfetzt, in einer nicht mehr wiederzuerkennenden Montur, über die estländischen Grenzen schlich - mit zwei anderen, die ebenso aussahen wie er selber. Und statt in die eigenen Linien, wie man fortwährend gehofft hatte, kam man nun in ein Land, das die Kriegsfurie der Armeen Scheremetjews und die schwankende Haltung der estnischen Bevölkerung wie der deutschbaltischen Grundherren um keinen Deut sicherer machten als die Wälder und Einöden, in denen man bis eben genächtigt.

Ob ihre verzweifelte Lage die drei Herren schon bis dahin zu etwelchen Gewalttaten verleitet hatte und, wenn dem so gewesen war, zu welchen, ist nicht berichtet. Verbürgt ist nur, daß sie wie drei von ihrem Rudel abgedrängte, monatelang gejagte Raubwölfe äugten, als sie eines Tages zu Ende Oktober oder Anfang November bei einem früh hereingebrochenen Schneesturm, der aber nicht aus linden Flocken bestand, sondern mehr wie ein Eisregen aus dem niedrigen Herbsthimmel auf sie niederprügelte, ein Wälderdickicht verlassen hatten, auf ein paar armselige Anwesen in freiem Felde zuschlichen, um dort zu proviantieren, und dort statt des eilfertigen Schreckens, den sie von ihrem Erscheinen zu Pferd in früheren Zeiten gewohnt waren, finsterer, störrischer Unwilligkeit, ihnen auch nur das Geringste abzustehen, ja am Ende so unverhohlener Aufsässigkeit begegneten, wie sie dem Bauersmann nach ihrer Meinung nicht anstand und wie sie ihm mit der Pistole ausgetrieben werden mußte, wenn er den Kriegsmann und Kavalier nicht auch unter Lumpen erkannte.

So gelang es ihnen noch einmal, den Magen mit ein paar armseligen Brocken zu füllen, denn was dieses Gesinde ihnen dreien zu bieten vermochte, hätte nicht einen von ihnen zur Völlerei verleiten können, doch hatten sie von diesem Tage an das Ritter- und Landrecht zum Feinde, das jetzt besonders unnachsichtig war, weil die adligen Grundherren dieser leibeigenen und tributpflichtigen Bauern am wenigsten in solchen Zeiten entraten wollten, da schwedische Aushebungen zuvor die Arbeitskraft rar gemacht, gar zu viele Felder in der Brache hatten liegen lassen und marodierende Horden allerorten zwischen den von Tag zu Tag wechselnden Fronten Schloß wie Hütte bedrohten. Vielleicht, daß dem geschlagenen Kriegsmann jetzt wieder abverlangt wurde, was sein oberster Herr in Zeiten des Sieges vom landsässigen Adel genommen hatte mit den Reduktionen, die den Adel gegen die Krone Schweden heftig aufgebracht, und daß man von ihm auch bei Gefahr des Hungertodes den Respekt vor fremdem Eigentum erwartete, den das Königshaus selber nicht entrichtet hatte.

Hatten die drei Herren, die keine Ahnung besaßen, wie das Auf und Ab des Kriegstheaters zwischen den gekrönten Akteuren inzwischen gewechselt hatte, sich monatelang in der Hoffnung gewiegt, dieses Land werde sie wohl empfangen, und hatte recht eigentlich diese Hoffnung sie in allen Nöten gestärkt und sie die Unbill ertragen lassen, so sahen sie sich jetzt schwer getäuscht. Und hier bedrängte sie nicht mehr nur der Kriegsfeind und zwang sie zu heimlichen Märschen und verstohlenem Obdach in Scheunen, sondern die irdische Gerechtigkeit, die nach ihnen zu fahnden begann; und das furchtbarste war, daß sie sich am Ende nicht mehr getrauten, auch nur einen Menschen leben zu lassen, der sie drei einmal lebendig gesehen hatte, und daß sie meinten, sie müßten einen jeden - auch den Nichtsahnenden - stumm machen, mit dem sie einmal ein Wort gesprochen hatten. Dabei war es wie zum Trotz und Hohn, als ob - je weiter auf ihrem Wege quer durch das Land nach der Küste zu sie gelangten - ihr Hunger um so größer würde, je öfter und reichlicher sie ihn stillten; als ob jedesmal, da sie den Leib füllten und gestärkt weiterzogen, eine eigentümliche saugende Leere, eine Art Herzenshunger in ihnen, quälender würde, so als wollte jede lebendige Hand, die ihnen etwas gegeben hatte, alles und mehr zurückfordern, wenn sie sich leblos zum letzten Male krallte - also daß sie am Ende von einem ganz anderen Hunger gepeinigt wurden, der sie vollends von Sinnen brachte und dazu bewog, sich untereinander zu belauern, als trachte einer dem anderen nach dem Leben.

Als sie in die Nähe der Stadt Reval kamen, in welcher noch immer ein schwedischer Gouverneur dem Namen nach herrschte und auch eine kleine schwedische Garnison lag, die jedoch nicht imstande war, der Ohnmacht des Landes zu steuern, hielten sie es für geraten, die Bannmeile der städtischen Gerichtsbarkeit so zu meiden wie die Faust des Ritter- und Landrechts, das der Adel ausübte, ganz zu schweigen von dem Stab der Profosse in ihrer eigenen Armee, die sie nicht zu begnadigen vermocht hätten für alles, was sie schon angerichtet, wenn man auch strafmildernd in Anschlag hätte bringen wollen, daß die Zeiten verworren und daß sie drei Flüchtlinge im eigenen Land mit dem Anspruch auf das Notrecht wären. Und da sie den Mauerkranz und die Türme der herrlichen Feste, die noch nie ein Feind im Sturm zu nehmen vermocht hatte, lange Zeit zu ihrer Rechten verweilen und schließlich in dem Meer der Wälder abermals untergehen sahen, sich dieser und jener Begebenheit erinnerten, da sie bei der ›nie bezwungenen Jungfrau‹, wie die Stadt damals rühmend genannt ward, in Quartier gelegen und an deren Kindern aus Fleisch und Blut die Wahrheit zuschanden gemacht hatten, die am Steine noch galt, ihrer Hoffnungen inne wurden, mit denen sie den Feldzug angetreten hatten, wie durch einen rotgesprengten Nebel der jüngsten Vergangenheit noch einmal erblickten, was ihnen bei dem letzten Défilée zur ewigen Glorie der drei karolinischen Löwen erschienen war – da kam ein scheeles Glitzern in ihre Augen, und sie wandten den Blick dahin ab, wo in der Ferne die hohen Moore gähnten und die einsamen, verkrüppelten Bäume eine höhere Gerichtsbarkeit, als Bauern, Bürger und Adel sie verwalten, mit unzähligen Galgen in der Verlassenheit anzukündigen schienen.

An diesem Tage floß von ihrer Hand kein Blut. Und auch am anderen Tage, als sie beim Pfarrherrn von Kegel einsprachen, der in seinem Pfarrhaus neben der Kirche auf dem Hügel wie in einer Arche über der November-Sündflut von soviel grauem Leid und Elend im ganzen Lande geborgen war, brachen sie nicht mit Gewalt in diese Zuflucht, sondern legten sich nur aufs Nötigen. Hätten sie aber von Anfang an Gewalt anwenden wollen, so hätten sie nur auf ihre Körperkraft oder vielleicht auf ihre Übermacht bauen können [wenn der Pfarrherr keine Knechte besaß], denn die Pistolen, die sie als einzige Waffe übrig hatten, taugten nur noch zum Schlagen und nicht mehr zum Schießen. Allen dreien war ihnen Pulver und Blei ausgegangen. Und dies verlangten sie als erstes.

Aber sie bekamen es nicht.

Der Pfarrer, listig, wie er war, erklärte ihnen, sie seien an einen Ort des Friedens gekommen und nicht der Gewalt, wie er Soldaten besser behage. Sie sollten es im nahen Schloß versuchen, wo der Grundherr mit seinen Knechten ein Fähnlein aufgestellt und gewiß auch Pulver und Blei genug habe, seine Leute schießen zu lassen. Auf den Schutz, den die Krone Schweden gegen den Moskowiter biete, sei wenig Verlaß, das habe man erfahren müssen, und wollten schwedische Offiziere sich jetzt noch von dem ausrüsten, was man selber für den schwarzen Tag gespart habe, dann sei nicht abzusehen, wohin es in der Gefahr komme. Auf wen sie denn schießen wollten, hier im Westen der Stadt, da der Feind immer von Osten und Süden anrücke! Schlössen sie sich dem Fähnlein des Grundherrn an, so stehe ihnen wohl soviel zu Rate, wie der ihnen gebe...

Nein, sie wollten nach Haus.

Das könne er ihnen nach soviel Unbill und Nöten nicht neiden, sagte der Pfarrer.

»Hund!« sagte Lejongap mit einemmal, als habe er den Pfarrherrn durchschaut, und machte Miene, gegen ihn loszugehen und seinen Hals in den Schraubstock seiner Fäuste zu nehmen, »Hund, sage, wo du Pulver und Blei hast, bevor wir dich selber im Mörser zerstoßen!«

Der Pfarrer sah die beiden anderen an, sie sollten doch dem Kameraden wehren, und versicherte noch einmal, er habe keins von beidem. Das seien nicht die Waffen des Herrn, dem er diene. Mit einiger Mühe möge seine Magd den drei Herren wohl etwas zu essen auftischen können, aber ein Mahl wie am St.-Martins-Tag werde das auch nicht werden, das müsse er gleich sagen. Und glaubten sie ihm nicht, dann sollten sie nur im leeren Hause suchen; soviel wie die Wahrheit dessen, was er sage, würden sie immer finden.

Lejongap verspürte wieder den doppelten Hunger, den im leeren Magen und den brennenden Hunger des Bösen, und maß mit knirschenden Zähnen die Gestalt des Pfarrers, wieviel Kräfte man ihr zutrauen könne; aber weil weder Cronstedt noch Möllerhusen Miene machten, ihm beizustehen, ließ er von seiner finsteren Lust ab. Er knurrte: zu essen wolle er haben, und reichlich, dann werde man weitersehen! und darin pflichteten die andern ihm bei.

Der Pfarrer beklagte eilfertig, er habe keine Frau, die es den Herren recht machen könne, die sei ihm an der Pest gestorben, aber er werde seine Magd heißen, das Beste zu tun.

Sie könne eine Martinsgans schlachten! warf Cronstedt ein, in dessen Ohren die Bemerkung, daß es keine Mahlzeit wie am Martinstag werden könne, hängengeblieben war.

Die letzte Gans habe schon vor Jahren ein schwedischer Obrist verspeist, sagte der Pfarrer.

Und den fräßen jetzt hoffentlich die Würmer in Polen, warf Möllerhusen ein.

Alle seien sie jetzt wie Bettler am Martinsabend, sagte der Pfarrer, die Herren kämen wirklich zeitgemäß, aber der Mantel reiche einfach nicht mehr...

Was er sich unterstehe, königliche Offiziere, die dieses Land vor dem Feinde geschützt und ihm sein Wohlleben verteidigt hätten, Bettler zu nennen! Was man nehme, das nehme man immer noch als Herr im Hause, von seinen - des Pfarrers - Christenpflichten zu schweigen!

Der Pfarrer, die drei ungebetenen Gäste in einen anderen Raum komplimentierend, in dem, wie er sagte, das Mahl für sie gerüstet werde, beeilte sich, mit scheuem Blinzeln zu versichern, er habe die Herren nicht beleidigen wollen, mitnichten, er habe nur auf einen Brauch angespielt, von dem er gemeint habe, daß er auch im Königreich Schweden noch im Schwange sei. Am Vorabend des St.-Martins-Tages, der freilich erst morgen sei, pflege sich nämlich hierzulande neckisches Volk, jung und alt, als Bettler herauszustaffieren [obschon das, wie er - seinen blankgewetzten, geflickten Rock betrachtend - sagte, heutzutage nicht mehr eigens nötig sei] und in den Häusern mit Lärm und Tanz aufzuwarten, Gaben heischend - zum Andenken an die Guttat des Heiligen, der mit einem Bettler seinen Mantel geteilt.

Und dieser Heilige sei ein Soldat gewesen! warf Cronstedt ein. Nun solle der Pfarrer auffahren lassen und damit den Heiligen und die Soldaten, wie sie welche seien, ehren.

Er habe eben auch nur einen Mantel, sagte lächelnd der Pfarrer. Den aber wolle er, sei er auch treu lutherischen Glaubens, verdienten Männern geradesogut wie ein Römischer geben. Und er rief die Magd, die nicht wenig erschrak und die sich von den dreien mustern lassen mußte, als werde sie selber gegessen.

Dies schien dem Pfarrer neue Befürchtungen einzuflößen, und er versuchte, sie rasch wegzuschicken. - »Bring, was du hast«, sagte er in estnischer Sprache, »die drei Herren wollen essen.« Die Magd zauderte. »Ich habe nichts«, entgegnete sie kleinlaut.

Er solle sofort sagen, was er mit dem Weibsbild rede, oder sich einer christenwürdigen Zunge mit ihr befleißigen! schrien die drei mißtraurisch auf den Pfarrer ein. Geheimnisse gebe es vor ihnen nicht!

Sie verstehe keine andere Sprache als ihre eigene, entschuldigte sich der Pfarrer, und wenn er etwas zu essen bestelle, müsse er's in ihrer eigenen Sprache tun, sonst gebe es nichts. - Er habe ihr gerade gesagt, sie solle bringen, was sie habe, aber sie habe beteuert, sie habe nichts.

Nun, dann werde sie selber der Bissen sein, der für sie alle drei reiche, spottete Lejongap und näherte sich dem Mädchen, aber der Pfarrer sagte im selben Augenblick, das sei wohl nur in der Bescheidenheit aller Köchinnen so gesagt, das Mädchen sehe, die Herren seien von Stande, und habe nicht den Mut, ihnen etwas so Geringes vorzusetzen, wie das Haus es eben leider nur vermöge, und mit solchen und ähnlichen Reden verstand er's geschickt, die drei von dem Mädchen abzulenken und diesem die Gelegenheit zu verschaffen, eilends das Zimmer zu verlassen.

Es sei eben St.-Martins-Tag, oder so gut wie St.-Martins-Tag, Bettlertag - das meine er für das, was er zu bieten habe, begann er von neuem und zählte schwitzend die Minuten, bis die Magd wieder erschien, während er ihnen die Schwänke und Verse, die zum Martinstag unter den ›Bettlern‹ im Schwange waren, hersagte.

Im Pfarrhaus zu Kegel also bekamen Cronstedt, Möllerhusen und Lejongap - wenn auch nicht Pulver und Blei - Kenntnis davon, daß der folgende Tag der St.-Martins-Tag war und daß um diese Zeit Schalke und Bettler arglos Aufnahme fanden, weil die Barmherzigkeit größer sein soll als der Verstand.

Sie tafelten mit dem Pfarrer in aller Bescheidenheit, wie der nicht übertrieben hatte, schlugen sich mit getrocknetem, zähem Schafsfleisch, Brot und Hausbier voll und ließen den Gastgeber nicht aus den Augen, ob der nicht vielleicht durch die Magd Hilfe herbeiholen und mit angemessener Verstärkung die Rechnung einfordern würde, die zu bezahlen sie keineswegs gewillt waren. Sie sagten, daß sie zu Schiff weiterwollten.

Warum sie dann nicht in der nahen Hauptstadt auf eine der dort viel häufigeren Gelegenheiten gewartet hätten, fragte der Pfarrer klüglich nicht. Als finde er's ganz in der Ordnung, bemerkte er, von den Raagö-Inseln und von den Anwesen bei Packerort, das sie an der Küste gerade vor sich hätten, gehe um diese Jahreszeit noch häufig ein Schoner in See, sehr viel später aber nicht mehr, weil dann die Schiffer Stürme und Eis fürchteten.

Die drei ließen sich von ihm die Gegend erklären – die arm sei, wie der Pfarrer bemerkte, arm und spärlich bewohnt bis auf einen größeren Herrenhof in Leez, bei dem sie aber als schwedische Offiziere auf wenig Huld und Gastfreiheit rechnen dürften, denn der sonderliche Grundherr dort, ein Graf von Ungern und Sternberg, sei gegen das Regime des Königs verbittert, das ihm zu etlichem Besitz, der bei den Reduktionen enteignet worden sei, zwei Söhne genommen habe, die in schwedischen Diensten vor dem Feinde geblieben seien, in Polen. Auch lebe er jetzt, was sein Auskommen betreffe, mehr schlecht als recht, und das wolle in solchen Zeiten viel heißen, denn recht sei die Armut geworden. Pferde und Mannsvolk habe man dem Hofe genommen und dem Herrn darauf noch eben die Pflugschar gelassen. Das Weibervolk: die Schwiegertöchter, Enkel und etliche Hofsleute, spannte sich dort selber vor den Pflug, und er, der Alte, führe den Sterz, obschon ihm das manche als Geiz auslegten, gehe doch immer noch die Rede, er sei gar nicht arm. Freilich wolle er, der Pfarrer, meinen, die Genügsamkeit sei sein größter Besitz, und wenn der sich mit jedem Tag, den man hinter sich gebracht habe, mehre, dann seien sie alle in diesem Lande Krösusse.

Unter solchen Reden vertrieb er seinen Gästen die Zeit und war froh, als die Anstalten machten, aufzubrechen. Doch ging das dann nicht ganz ohne Tumult ab, weil nämlich Lejongap den Pfarrer mit einemmal beiseite zog, ihn anschaute, ihn dann mit beiden Fäusten um die Gurgel packte und ihn anzischte: »Würger, heraus mit Pulver und Blei!« bis der Pfarrer hochrot im Gesicht anlief, mit beiden Händen Lejongaps Arme umklammerte, sich aber gewiß nicht aus dem Griff zu befreien vermocht hätte, wenn nicht Cronstedt und Möllerhusen ihm zu Hilfe gekommen wären.

Mit einem in Tränen verschwimmenden Blick meinte der Pfarrer kleinmütig, das sei ein schlechter Lohn für das Mahl gewesen, und als Lejongap ihn immer noch herrisch anblickte: er habe doch schon gesagt, daß er beides nicht habe. Doch wenn den

Herren so daran gelegen sei… Sie wollten sich eine Martinsgans schießen! sagte Lejongap lachend.

…Dann könne er gleich zum Gutsherrn gehen und bei dem fragen!

Allein diese Andeutung brachte seine unliebsamen Gäste vollends auf den Weg. Lejongap drohte dem Pfarrer, der in die Tür getreten war, von ferne noch einmal mit der Faust, als wolle er ihm begreiflich machen, daß er sich aller Versuche, ihnen Pulver und Blei auf den Hals zu holen, enthalten solle, und der Pfarrer verstand es auch so und verriegelte die Tür und beschloß, niemand mehr einzulassen, mochte der auch nach der Letzten Wegzehrung des Glaubens begehren. Je länger er mit der Magd allein war, die er draußen in der Scheuer erst hatte suchen müssen, weil sie sich aus Angst verkrochen hatte, und über die drei Gesellen nachdachte, desto unheimlicher erschienen sie ihm, wenngleich er auch dem Dazwischentreten zweier von ihnen sein Leben verdankte, und die Sucht des dritten, sich eine Martinsgans zu schießen, machte ihn schaudern. Er fragte sich, wo die drei wohl die Nacht verbringen würden, denn der kurze Novembertag erlosch früh, und der Schnee verheißende Himmel lag schwer auf dem entlaubten Walde. Er wagte auch nicht die geringste Unschlittkerze anzuzünden, aus Furcht, die drei könnten sich noch nicht weit entfernt haben und durch den Lichtschein wieder herbeigelockt werden, und blieb, als könnte er, wenn er selber kein Licht anzündete, das ganze Pfarrhaus unsichtbar machen, im Dunkeln, immerzu lauschend. Da hörte er durch die Dämmerung erst das Geläute ziehender Schwäne und dann den Ruf der wilden Gänse und wußte, daß nun der Winter angebrochen war. Zugleich aber fiel ihm wieder die wüste Rede von der Martinsgans ein, und er schlich, leise wie ein Dieb im eigenen Haus, auf Strümpfen zu Bett.

Er wußte zum Glück nicht, wie nahe die Gefahr ihm war, denn Cronstedt, Möllerhusen und Lejongap waren wohl erst eine Stunde gegangen und hatten den leisen Rausch des mit Tabak gewürzten Hausbiers ausgelüftet, als sie der Dämmerung gewahr wurden, die sie umschlich, und begannen, sich Vorwürfe zu machen, daß sie das Haus des Pfarrers zur Unzeit verlassen hätten. Sie fragten sich, ob sie nicht gut daran täten, umzukehren und am folgenden Morgen von neuem aufzubrechen, und schalten Lejongap, der die Kirchenmaus mit seinem Auftreten bestimmt soweit eingeschüchtert habe, daß sie jetzt gar nicht mehr aus ihrem Loch herausschaue, und als der erwiderte, er werde den Schraubstock noch einmal schließen, ihn dann aber nicht eher wieder auftun, als bis ihm der ganze Kerl buchstäblich darin hange, bedeuteten sie ihm, daß solche Künste schon recht seien, wenn man allein mit einem Pfaffen sei, nicht aber, wenn ein Fähnlein mit Pulver und Blei in der Nähe stehe, denn selber besäßen sie doch nur noch Zunder und Stein.

Sie waren, während sie so berieten, immer weitergegangen, und als Lejongap noch bemerkte, hier glaube er einen Weg zu erkennen, von dem der Pfarrer gesprochen habe, und dieser Weg führe sicher zu einem Gesinde, in dem sie die Nacht verbringen könnten, entschieden sie sich endgültig zum Weitergehen.

Sie gingen in den immer unwegsameren Wald wie in einen Sack hinein und fluchten ihrer eigenen Kopflosigkeit, aufgebrochen zu sein. Aber wie sie bislang eigentlich jedem, der sie einmal zu Gesicht bekommen hatte, so daß er sie nicht mehr hätte vergessen können, das Augenlicht gelöscht hatten, und jeden, der mit ihnen gesprochen, stumm gemacht hatten, wagten sie nicht, den Pfarrer, mit dem sie die Ausnahme gemacht hatten, ein zweites Mal aufzusuchen, als müßte der Boden seines Hauses ihnen dann unter den Füßen zu brennen anfangen oder als würden sie in seiner Stube schon von den Häschern erwartet. Überhaupt wollte es einem jeden der drei, je weiter sie gingen und je schwärzer es um sie herum wurde, immer mehr so vorkommen, als hätten sie die größte Dummheit begangen, daß sie sich einem Manne von Stand und Erkenntnis gezeigt und diesen, da er sie schon einmal gesehen, am Leben gelassen hatten.

Den habe er durchschaut, diesen Hund, sagte Lejongap mit einemmal unvermittelt aus seinen Gedanken, und flugs waren die andern beiden mit der Bemerkung zur Stelle: Wolle er sich dessen rühmen, dann rühme der Pfarrer sich jetzt wahrscheinlich schon, sie drei selbander durchschaut zu haben!

Und deshalb sei es kurzsichtig gewesen, ihn, Lejongap, davon abzuhalten, daß er ihn so lange im Schraubstock behalte, bis ihm die Augen übergingen und er die Herrlichkeit Gottes sehe.

Möllerhusen maulte dawider, Cronstedt aber war von diesem

Augenblick an still. Und schweigend oder nur einen unterdrückten Fluch ausstoßend, wenn der Vorangehende ihm einen Zweig wie einen gezielten Peitschenhieb ins Gesicht schlagen ließ, stapften sie alle drei weiter.

Die Gegend kam ihnen mit der Zeit verhext vor, denn abgesehen davon, daß mitnichten ein Gesinde auftauchte, wie Lejongap verheißen hatte, als sie diesen Weg einschlugen, wollte es ihnen mitunter so vorkommen, als gingen sie an Stellen vorbei, die sie schon einmal weniger dunkel gesehen hatten. Und als auch noch der Boden unter ihnen zu schwanken begann und nichts mehr sie im Ungewissen darüber ließ, daß sie auf ein Moor hinausgingen, blieb der bis dahin schweigsame Cronstedt stehen und sagte entschieden: Nein, wenn Möllerhusen und Lejongap so kurz vor dem Ende der Reise noch in des Teufels Rachen hineinmarschieren wollten, indem sie sich immer tiefer ins Moor begaben, sollten sie das allein tun. Er für sein Teil bleibe hier. Sie sahen ihn nicht, die andern, aber sie hörten eine schlecht verhehlte Feindseligkeit aus seiner Stimme heraus. Und eigentlich war die es, mehr als die eigene Müdigkeit und die Verärgerung über die Lage, die den als ersten vorangehenden Lejongap haltmachen, sich umdrehen und zu den Nachfolgenden zurückkehren ließ, wobei er nicht mehr als ein halb spöttisch gereiztes, halb beipflichtendes: »Zu Befehl, Herr Rittmeister!« sagte.

Cronstedt nahm die Anzüglichkeit nicht zur Kenntnis. Er meinte einsilbig, vorhin sei ihm eine Stelle besonders geeignet für ein Biwak erschienen, ein wenig höher gelegen und mit Nadelbäumen in der Umgebung, bei denen es wahrscheinlich auch trockene Äste für ein Feuer gebe. Er schlage vor, sie gingen zurück.

Das war nun leichter gesagt als getan. Sie gingen, aber Cronstedt wollte sich zu keiner der Stellen, bei denen sie haltmachten, als der Stelle bekennen, die er im Sinn gehabt habe, und als sie endlich bei einer zu bleiben beschlossen, war das ein kümmerliches Quartier mit wenig Holz und einem eisigen Wind durch die Büsche - nicht zum Aushalten, wenn einer an die Daunenpfühle des Pfarrhauses dachte...

Oder an das Rauchfleisch und das scharfe Hausbier, meinte Möllerhusen, ein starker Esser.

...Oder an das Mädchen, wie Lejongap rundheraus sagte, bevor er, den Rücken gegen einen Baumstamm gelehnt, einschlief.

Keiner von ihnen wußte, wie oft er in der Nacht wach gewesen war und Holz nachgelegt oder fröstelnd im Halbschlaf dagehockt hatte; nur fuhr Cronstedt gegen Morgen, als es aber noch dunkel war und der seit der Nachmitternacht rieselnde Schnee sie bestäubt hatte, ohne daß sie es gewahr geworden wären, in der Meinung, auch die andern seien wach, aus dem Dahocken auf und sagte heiser, er habe einen sonderbaren Traum gehabt. Als er aber die Kameraden nur schlaftrunken blinzeln sah, stand er stumm auf, legte Holz nach, stand eine Weile regungslos im Schein der Flammenzungen, als müsse er nachdenken, und versuchte dann, sich im Schein des auflodernden Feuers warmzuspringen.

Als er das tat und seine Gestalt mit dem flatternden blonden Bart und dem seit langem nicht mehr gebändigten Haupthaar dabei einen seltsamen Anblick bot, erwachten Möllerhusen und Lejongap und fragten unwirsch, warum, zum Teufel! er den Boden hier dröhnen lasse, als reite ein ganzes Regiment Attakke. Cronstedt aber, der noch vor einem Weilchen gern die Kameraden wach gesehen hätte, entgegnete weiterspringend nur kurz, er habe versucht, sich warmzuspringen, und rate ihnen, ein Gleiches zu tun, wenn sie nicht daheim mit einem Holzbein aufwarten wollten.

Lejongap und Möllerhusen, ihre Glieder befühlend, knurrten nur, aber nach einer Weile waren auch sie auf den Beinen, Möllerhusen nicht ohne zu schimpfen, es sei wahrhaftig nicht nötig, sich die Eßlust durch Springen und Tanzen zu reizen, sein Magen knurre schon jetzt wie ein Wolf. Lejongap schlug sich mit verzerrtem Gesicht, was man ein ›Fuhrmannsfeuer‹ nannte, so daß seine Hände sich auf dem Rücken beinahe berührten. Und springend und schlagend starrten sie zwischendurch in den Himmel, ob sich nicht endlich der Morgen ankündigen wolle, doch bei stärkerem Schneefall blieb es noch lange Nacht, und als es endlich dämmerte, hatte der frisch gefallene Schnee auch jeden Weg und Steg ausgelöscht. Sie bemerkten das, jeder für sich, stumm, mit dem Gefühl, daß sich irgend etwas um sie herum zusammenschnüre, aber sie sagten nichts.

Als Lejongap ihnen im ersten Morgengrauen, da die Kälte sie

294

ärger denn je schlottern ließ, ausmalte, wie der Pfarrer um diese Zeit gerade im warmen Bett von dem Mädchen ablasse und ihm befehle, eine kräftige Suppe zu kochen, die es ihm ans Bett bringen könne, starrten Möllerhusen und Cronstedt ihn hohläugig und mit bläulichen Lippen an, als wüßten sie nicht, welchen Pfarrer er meine, und daß es überhaupt Pfarrer mit Mägden gebe – so als seien sie selbst nur Gespenster und nicht mehr wirklich, oder als gebe es keine Wirklichkeit mehr. Insgeheim wartete jeder der drei auf des anderen Frage: Wohin? Doch erst als es soweit Tag geworden war, daß sie daran denken konnten, aufzubrechen, fanden sie sich mit einemmal einander gegenüberstehen, einander anblicken, die Achseln zuckend und ein stummes: Wohin? auf den Lippen.

Lejongap hielt den fragenden Blick der beiden Kameraden am längsten aus. Er machte eine rasche Wendung und ging voran, und ohne daß auch nur einer gefragt hätte, woher er denn wisse, daß dies der richtige Weg sei, folgten die andern.

Was Weg, was Steg! Lejongap ging. Er meinte aber im stillen, er gehe zurück. Und die stumme Folgsamkeit seiner Kameraden bestärkte ihn geraume Zeit in der Meinung, er habe die rechte Richtung gewählt, bis er selber anfangen mußte zu springen und das zwischen den verschneiten Tümpeln aufspritzende Wasser ihn belehrte, daß sie abermals aufs Moor hinausgingen.

Möllerhusen und Cronstedt hatten es ihm beim Springen geraume Zeit nachgemacht, ohne ein Wort, als gehöre das mit zu dem Weg, da drehte Lejongap sich mit einemmal um und herrschte sie mit funkelnden Augen an: Genug! Was habe das für einen Zweck! Daß sie da hinter ihm hertrabten, sei gehässig!

»Wieso gehässig?« fragten die beiden verdutzt; er aber gab keine Antwort.

Doch dies war nur der Anfang jenes sonderbaren Zerfalls zwischen ihnen, den der ganze Tag offenbarte, bis zu jener noch sonderbareren Einmütigkeit am Abend, die dann aber ohne Verabredung kam, ganz plötzlich, als habe sie alle drei ein böser Wille gepackt.

Sie irrten den ganzen Tag lang umher. Und wiewohl das Gebiet, in dem sie umherirrten, nicht groß sein konnte, wie sie meinten, weil ihm das Meer von zwei Seiten her Grenzen setzte,

schien es für ihre allmählich immer müderen Schritte unermeßlich zu sein. Als Lejongap am frühen Vormittag einmal einen
Baum bestieg, um sich über das verwirrende Dickicht hinaus-
zuschwingen und Ausschau zu halten, verkündete er den unten
Wartenden mit einer – wie denen schien – unheimlich klang-
losen, windverwehten Stimme, er sehe nur Wald, endlosen
Wald, wie ein Meer. Von einer Richtung, die einzuschlagen
sich empfehle, könne hier keine Rede mehr sein. Wieder unten
und zu einem Entschluß genötigt, irgendeine Richtung, gleichgültig welche, einzuschlagen, sagte er mit düster glimmenden
Blicken: es gebe nur eine Erklärung für das Ganze, der Pfarrer
zu Kegel habe sie verhext!
Die andern schwiegen, entweder weil ihnen das zu aberwitzig
vorkam oder weil sie die Behauptung überlegen wollten.
Und, schrie Lejongap sie an, die Welt von solch einem Luder
zu befreien, hätten Möllerhusen und Cronstedt ihn gehindert!
Da solle…
Cronstedt erwiderte, das mit dem hexenden Pfarrer erinnere
ihn an ihre schlimmsten Tage in der Ukraine. Da habe man sich
einmal ums andere beklagt, wenn der König die Bataille gewonnen hätte, säße man jetzt nicht so verloren im Elend.
Und, fügte Möllerhusen hinzu, wenn sie später einmal jemand
hätten still machen müssen, habe es geheißen: wieder einmal
habe man auf seine Kappe nehmen müssen, was der König mit
seiner Krone im Krieg viel besser hätte zudecken können.
Lejongap sah die beiden mit einem lauernden Blick an. – Er
habe, sagte er, recht spät die Schönredner und Philosophen in
ihnen entdeckt. Aber wenn sie so gescheit seien und mit seiner
Führung unzufrieden, wie er spüre – bitte, sie sollten sich selbst
aus dem Dreck herausfinden, in welchen letzten Endes der
König und sein unersättliches Kriegstheater sie gebracht habe.
Er spiele nicht mehr mit.
Lejongap, dem man mit seiner bräunlichen Haut, dem schwarzen Haar und den ein wenig wulstigen Lippen recht wohl die
wallonischen Ahnen ansah, die einer der Vasakönige ins Land
gerufen hatte, war hitzigen Blutes und jäh umschlagend in seinen Entschlüssen. Das kannten die anderen an ihm, und so verwunderte sie seine Weigerung, weiter den Führer abzugeben,
nicht übermäßig. Möllerhusen meinte einsilbig, da es ja noch
nicht gar so lange her sei, daß seine Vorfahren mit königlich

schwedischem Siegel aus Livland nach Finnland ausgewandert seien, finde er sich in diesem Land, das aus Haseldickicht, Sumpf und Föhren zu bestehen scheine, vielleicht besser zurecht als die anderen. Er müsse auf den sechsten Sinn der Vorfahren vertrauen. Zur Rekognoszierung wolle er selbst einmal den Baum besteigen, später, wenn es abermals zu schneien anfange, sei es dazu vielleicht zu spät. Sie sollten derweil ein Frühstück bereiten...

Dies war nun ein grimmiger Spott, der ihnen nach allem Ärger den Hunger nur noch deutlicher zum Bewußtsein brachte. Lejongap und Cronstedt setzten sich denn auch mißmutig unter den Baum auf die nackte Erde und warteten. Nach einer Weile kam Möllerhusen pfeifend heruntergestiegen.

»Man sieht das Meer«, sagte er zur Überraschung der andern, fügte jedoch gleich hinzu: »Es kann aber auch der Schneedunst sein!«

Lejongap verzog geringschätzig den Mund, kroch aber, so mühsam es für ihn war, vom Boden auf und folgte den beiden anderen ohne Widerrede in eine neue Richtung. Insgeheim wünschte er dem schulmeisterlichen Livländer beinahe, daß auch seine Führung im Moor enden möge.

Indessen ging dieser Wunsch nicht in Erfüllung, vielmehr schlugen sie sich weiter durch ein trockenes Dickicht, in dem die Kälte die Peitschenschläge aller Gerten ein wenig schärfer und schmerzhafter machte. Vor dem Mittag noch bat Cronstedt um eine Rast. Er müsse ausruhen, er könne nicht mehr weiter, sagte er und ließ sich auf einen umgestürzten Baum sinken, wo er, um seinen Zähnen etwas zu tun zu geben, alsbald ein paar Blätter von dem Preiselbeerkraut zu kauen begann, das rundumher wuchs, während Lejongap und Möllerhusen sich die Mühe machten, unter der dünnen Schneeschicht zu forschen, ob es dort vielleicht Moosbeeren gebe. Sie fanden aber keine und ließen sich neben Cronstedt auf dem Baumstumpf nieder, stumm vor sich hinstarrend, die leder-zähen Blätter kauend. Und in dieser Stille, durch die trübselig ein schwacher Wind pfiff, hörten sie in der Ferne einen Hund...

Keiner stand auf, keiner sagte etwas – sie wandten einander nur stumm die Gesichter zu, Möllerhusen lächelte, als wollte er fragen: ›Nun, was habe ich euch gesagt...?‹

Nun versuchten sie, herauszufinden, woher der Schall käme,

aber jeder riet auf eine andere Richtung, und dann brachen sie in der von Möllerhusen vermuteten auf. Lejongap ging finster.

Nach ungefähr zwei Stunden bemerkte er spöttisch zu den Vorangehenden, entweder – und das sei das Wahrscheinliche – sei der sechste Sinn von Möllerhusens Vorfahren nichts wert, oder aber der Hund könne um die Ecke bellen. Auf jeden Fall hätten sie das Vieh schon längst zu Gesicht bekommen müssen, wenn sie richtig gegangen wären.

Cronstedt, der Jüngste von den dreien, blickte von einem zum andern. Er schwieg. Sein Gesicht drückte nichts als Erschöpfung aus. Er mochte aber die gefährliche Spannung zwischen den Kameraden spüren.

Er solle seine Ahnen in Ruhe lassen, die nähmen es mit den wallonischen Schmieden immer noch auf, erwiderte Möllerhusen und ging weiter, und kaum hatte man sich wieder in Marsch gesetzt, als der als erster gehende Möllerhusen mit schadenfrohem Grinsen hinzufügte: Das Handwerk, ob man es auch zum Baron damit bringe, mache halt immer mehr Lärm als die Herrschaft [womit er auf Lejongaps Abstammung von den wallonischen Schmieden anspielen wollte, die erst in Schweden zu Vermögen, Einfluß und Adel gekommen waren, und auf die seine von einem livländischen Landratsgeschlecht] – bitte, hier sei der Weg!

Und wirklich konnten sie wenige Schritte weiter aus dem unländigen Dickicht auf einen Weg hinaustreten, auf dem Fahrspuren und Roßdünger zeigten, daß er vor nicht allzu langer Zeit noch benutzt worden war. Cronstedt atmete hörbar auf.

Vielleicht hätte Lejongap auf die Herausforderung Möllerhusens wegen der wallonischen Schmiede anders gezeichnet, wenn nicht zugleich der Weg unter seinen Füßen gelegen hätte; so aber schwieg er und streifte Möllerhusen nur mit einem Blick, der an seinen Schraubstock, von dem er gern und viel redete, denken ließ. Vielleicht war Cronstedt zu müde, diesen bösen Blick zu bemerken; Möllerhusen selber entging er jedenfalls nicht, und er sagte sich im stillen, zwei Zeugen seien für die letzten Wochen zuviel. Vielleicht aber beschlich ihn hier auch schon das dunkle Gefühl, dieser Weg, den er selber gefunden hatte, führe auch ihn ins Verderben.

War es so, dann schüttelte er diese Empfindung jedenfalls rasch ab. – Heißa! jetzt gehe es zu Braunbier und Schinken! rief er laut, dieser verdammte Wald habe ihn eben zeitig genug entlassen. Es habe nicht viel gefehlt, und er hätte sich für den kurzen Rest seines Lebens mit Preiselbeerblättern zufriedengegeben wie Cronstedt! Jetzt, mit einem Weg unter den Füßen, könne es nicht mehr lange dauern, bis sie an einem gedeckten Tisch säßen.

Aber, erwiderte Lejongap hämisch, als gönnte er Möllerhusen das Vergnügen der guten Aussichten nicht, wie wenn sie nun zu dem Hof jenes sonderlichen Grafen kämen, der schwedischen Offizieren, ja, der Krone Schweden überhaupt, übel gesonnen sei? Wolle Möllerhusen dann vielleicht hineingehen und sich als den verlorenen Sohn eines livländischen Landrats präsentieren und nach dem mißglückten Dienst bei dem großen Schwedenkönig reumütig um ein wenn nicht liv- so doch estländisches Kalb bitten?

Möllerhusen schien zu guter Laune, als daß er auf diesen Spott hätte eingehen wollen.

Man könne, sagte er, wenn es tatsächlich dieser Hof sei, wovor einen dieser und jener bewahre, als Bettler auftreten! Heute sei ja St.-Martins-Tag! Und da falle denn endlich einmal, da er des Kriegstheaters müde sei, wie er gesagt, eine rechte Rolle für Lejongap ab! – Möllerhusen sagte das alles vor sich hinredend, wie um sich von dem Gefunkel in Lejongaps Augen nicht aus der Laune bringen zu lassen.

Das sei ein schönes Ende des siegreich begonnenen Krieges: Offiziere der schwedischen Majestät als Bettler vor den Türen der Stoppelritter! höhnte Lejongap, und als ganze Ausbeute so vieler glorreich gewonnener Bataillen am Ende nur noch den eigenen Hinteren voll von einem geschworenen Feind Seiner Majestät. Da paktiere ein anderer, er wolle das nicht, am allerwenigsten nach der Niederlage.

Aber, mischte sich Cronstedt ein, wenn die Bettlerrolle nun einmal der einzige Weg sei, um zu Essen und Nachtlager zu kommen, wolle er die Tressen nicht zur Mauer vor dem Paradies machen. Er sei mit von der Partie, wenn Möllerhusen so wolle. Die Ehre, von der Lejongap soviel Aufhebens mache, habe ihn eine ganze Weile nicht mehr satt gemacht.

Da kehre er sich zuvor den Rock um, sagte Lejongap laut.

Wieso, was er meine, fragten die anderen stutzig.

Lejongap grinste. Was er meine? Nun, ihm sei ein Einfall gekommen. Er mache mit, ja, aber er kremple zuvor den Waffenrock um, einmal um die Uniform oder was von ihr noch übrig sei – er guckte mit verachtungsvollem Grinsen an seinem Rock herunter –, nicht zu verunehren, denn sie seien und blieben eben doch Offiziere der schwedischen Majestät, und zum andern... Bettlerhafter könne ja wohl nichts aussehen, als wenn sie drei ihren Bettel noch auf die linke Seite kehrten!

Und dann, fuhr Möllerhusen fort, könnten sie das Gaudium vollenden und sich Stecken schneiden, auf denen sie einreiten könnten...

Und auch wegen der Hunde! fügte Cronstedt hinzu.

»Stecken, schwere Stecken! Ordentliche Knüttel!« sagte Lejongap, mit einemmal Feuer und Flamme. – Keiner von den andern hätte, wenn er's versucht hätte, den jähen Umschwung in Lejongaps Stimmung und Meinung zu erraten vermocht.

Das sei, meinte Cronstedt nach einer Weile, in der ein jeder seinen Gedanken nachgehangen hatte, kleinmütig, das sei die Niederlage des Heeres vollendet: wenn seine Dragoner vom Pferderücken auf die Steckenpferde umsattelten. Da habe er recht, meinte Lejongap mit einem Ausdruck der Anfechtung – warum eigentlich diese blödsinnigen Steckenpferde? Sie brauchten sich doch nicht selber zu verhöhnen, wenn schon die Umstände ein Hohn auf ihren Stand seien! Auf ein richtiges Possenstück, das hier landläufig zum St.-Martins-Tag passe, komme man wohl nur, wenn man sich selber verhöhne, verteidigte Möllerhusen seinen Einfall. Die Würde zu wahren, sei der Bauch zu leer und, fügte er zum Himmel aufblickend hinzu – die Nacht zu nahe und die Wolken zu trächtig von Schnee.

Lejongap schien sich zufriedenzugeben. Er prüfte auch bald etliche Male die Stauden am Wege, ob sich von ihnen ein richtiger Ziemer schneiden lasse, wie er ihn mit so etwas wie Begeisterung geschildert hatte: ein schwerer Stecken, ein ordentlicher Knüttel!

»Da hätten wir einen« sagte er später einmal und machte einen Abstecher nach einem Busche, wo zuvor wohl jemand einmal Zweige geschnitten hatte und wo dadurch ein eigentümliches Gebilde entstanden war: ein gerader Knüttel, der beim Stamm in so etwas wie einer Keule endete. »Das wäre ein richtiger Ochsentöter!« knurrte Lejongap, als er das Mißgebilde mit viel Mühe losbekommen hatte und wollüstig in der Hand wog. Gleich danach faßte er sich an die Seite, wo er seine schwere Reiterpistole trug, befühlte sie, warf den eben mit Mühe geschnittenen Knüttel geringschätzig weg und ging weiter, kehrte aber nach wenigen Schritten wieder um, hob ihn auf und kam mit dem Knüttel in der Hand den anderen nach. Möllerhusens Augen hatten ihm bei allem wachsam zugesehen, aber Lejongap verlor über sein merkwürdiges Schwanken kein Wort. Wortlos wirbelte er den Knüttel in der Luft und sah sich neugierig in der Gegend um.

Er wolle vorschlagen, erst einmal zu rekognoszieren, wenn sie zu dem Anwesen kämen, und mit ihrem Spuk zu warten, sagte er später. Cronstedt aber schien das nicht zu passen.

Er sei müde genug, seine Beine bald unter einen Tisch zu strekken, widersprach er; was Lejongap denn rekognoszieren wolle!

Sei es der Hof, von dem der Pfarrer gesprochen habe, dann gehe er nicht hinein, ohne sich zuvor des Rückzugs versichert zu haben, sagte Lejongap. Wenn er am Wasser liege, wie der Pfarrer gesagt, dann müsse es hier auch Boote geben, und vielleicht könnten sie sich das ganze Warten auf eine Schiffsgelegenheit sparen und hier in des Königs Namen eine Schaluppe requirieren. Soviel Segelkunst, daß es sie bis Ekenäs trage, verstehe er auch!

Das waren ganz neue Aussichten, und da sie für alle drei die Hoffnung boten, den Boden, der ihnen einesteils so ungastlich und kalt war und ihnen in einem anderen Sinn doch unter den Füßen brannte, rasch verlassen zu können, änderte sich Möllerhusens und Cronstedts Einstellung zu dem Plan. Sie einigten sich darauf, daß Cronstedt, als der müdeste, von einem sicheren Versteck aus den Hof beobachten und die Besonderheiten, die es dort gab, feststellen könne, während sie, Lejongap und Möllerhusen, in einem weiten Bogen rundherum bis zum Strand patrouillieren wollten, um ihn – Cronstedt – dann wieder wie einen Waldhasen aus dem Busch zu klopfen, daß er zum feierlichen Eintritt seinen Holzklepper besteigen und zu Tisch reiten könne.

Der Hof, sagte Möllerhusen, solle nur gefälligst bald zum Vorschein kommen, sonst komme noch eher die Dunkelheit!

Da aber merkten sie schon, daß sie sich einer Lichtung näherten, und nachdem sie die Vorsichtsmaßregel beobachtet hatten, dicht an den Rand des Weges zu treten und, an die Büsche links und rechts gedrückt, weiterzugehen, brauchten sie nicht mehr lange zu wandern, bevor sie ein weites, gelichtetes Rechteck von Feldmark betraten, in dem, von einer anmutig geordneten, gepflanzten Gruppe von Büschen und Bäumen umgeben, der Hof stand. Der Weg, der auf ihn zuführte, war durch die Feldmark hindurch von Bäumen gesäumt, in denen um diese Zeit nahe der Dämmerung die Krähen schrien. Scheunen und Ställe lagen ein gut Stück vom Herrenhaus entfernt als ein geschlossenes Viereck – die ›Burg‹, wie man hierzulande sagte und wie sie schon früher häufig gesehen hatten.

Hier, vielleicht noch ein wenig näher angeschlichen, solle er bleiben und achtgeben, wieviel verschiedene Mannsleute er sehe, sagte Lejongap zu Cronstedt. – Der nickte mit seinem vor Hunger eingefallenen Gesicht und ließ sich nieder.

Lejongap, seinen Knüttel wiegend, winkte mit einer herrischen Gebärde, die keinen Widerspruch zu dulden schien, Möllerhusen heran und hieß ihn voranzugehen. Sie wollten einen weiten Haken schlagen, dann aber doch so nahe der Viehburg wie möglich am Hof vorbei in den Strandwald hinunter, dessen Bäume sich mit ihren Kronen gerade eben noch über die Kimme eines Steilhangs erhoben, mit dem irgendwo vor ihnen die freie Lichtung sehr unvermittelt zum Strand abfallen mußte.

Möllerhusen hatte bei der Beobachtung der Lichtung gesagt, das stimme, solch einen Steilhang gebe es hier längs der ganzen Küste, die Einheimischen nannten ihn den ›Glint‹. Aber obschon er sich wieder einmal als der Orstkundigere erwiesen hatte, weigerte er sich, als Lejongap ihm rief, voranzugehen.

Lejongap sah ihn finster an. Möllerhusen maß ihn mit kalten Blicken.

Bitte, nach ihm, bedeutete Möllerhusens Hand. Cronstedt sah ihrem Gehaben zu. Mit einemmal bekam er Angst um die beiden.

Das Handwerk mache zuviel Lärm, und hier heiße es leise vorgehen! zischte Lejongap.

Möllerhusen stutzte einen Augenblick. Nicht aus einem Einfall, sondern nach Überlegung schlagfertig, entgegnete er mit einem Anflug von Hochmut: es komme aber auf die Herrschenden an, und die gingen aus Bescheidenheit stets hinterher. Bitte... und er wiederholte die Handbewegung, Lejongap möge vorangehen.

Und wirklich gab Lejongap nach etlichem Zögern noch einmal nach und ging. Cronstedt sah den beiden verwundert nach und bemühte sich dann, in der Stille nicht einzuschlafen, sondern Ausschau zu halten, wie man es ihm aufgetragen hatte. Nur schläferte ihn das singende Zischeln ein, mit dem abermals ein feinkörniger Schnee zwischen die welken Blätter zu rieseln begann. Auf dem Hof war keine Seele zu entdecken, auch kein Hund zu hören oder zu sehen - das ganze Anwesen lag wie ausgestorben da.

Als die Kameraden bei tiefer Dämmerung zurückkamen, in leisem Gespräch, nebeneinander, wie Cronstedt sofort bemerkte, erstattete er Bericht. Lejongap rieb sich die Hände.

»Morgen abend liegen wir im ›König von Dänemark‹ in Ekenäs vor Anker!« sagte er aufgeräumt, beinahe triumphierend.

Sein Unmut von vorhin schien gänzlich verflogen, und was er und Möllerhusen Cronstedt von ihrer Rekognoszierung erzählten, war für alle drei der reine Fortunabecher, der ihnen - und nur ihnen - an die Lippen gesetzt ward.

Mannspersonen außer dem alten Hofherrn, den aber auch noch niemand gesehen hatte, schien es hier wirklich nicht zu geben; dafür unten am Strand ein Schiff, wie man's zu zweit oder zu dritt noch mühelos bedienen konnte, seeklar, soweit sich hatte feststellen lassen, noch nicht an Land aufgebockt, weil man wohl vor Einbruch des Winters noch ein paar Fahrten vorhatte, und nun - nun gelte es nur noch, den Proviant zu beschaffen und dann vom Steckenpferd auf die Planken zu steigen.

Cronstedt, von soviel Gunst des Schicksals wie überwältigt, fragte mit einemmal zu der beiden anderen Erstaunen, ob man es nicht vielleicht erst im Guten versuchen und den Hofherrn überreden sollte, ihnen das Schiff zu leihen?

Lejongap starrte ihn an, tippte sich dann an die Stirn und warf Möllerhusen, mit dem er jetzt wieder in bestem Einvernehmen zu stehen schien, einen fragenden Blick zu, ob man darauf überhaupt antworten solle.

Möllerhusen schüttelte stumm den Kopf; er schien auch ungeduldig zu sein, endlich zu seinem Essen zu kommen. Wie um Probe zu reiten, steckte er sich den Knüttel, den er sich unterwegs geschnitten hatte, zwischen die Beine und murmelte: Wer als Herr einmal hinausgeworfen sei, könne nicht ein zweites Mal als Bettler kommen. Ob er, Cronstedt, es sich vielleicht anders überlegt habe? Einen Knüttel habe er auch nicht, wie man sehe, und habe doch Zeit genug gehabt, sich einen zu schneiden! Cronstedt schlich beschämt zum nächstbesten Busch und zog das Messer. Die andern beiden sahen geringschätzig, mit was für einer Gerte er zurückkam.

»Ganze Schwadron, aufgesessen!« rief Lejongap unterdrückt. Aber keiner, nicht einmal er selber, rührte sich. Es kam ihnen einfach zu lächerlich vor.

»Na, dann gehen wir einstweilen«, entschied Lejongap; »abgesessene Dragoner sind immer noch Dragoner!« und er begann, die Allee entlang auf das Gutshaus loszugehen. Möllerhusen und Cronstedt schlossen auf. Mit einemmal schlug Lejongap sich vor den Kopf, blieb stehen und begann, seinen Rock so auszuziehen, daß die Ärmel sich dabei von selbst umkrempelten. Die andern taten es ihm nach. Alle drei standen sie da, nachdem sie die umgekehrten Röcke mit Mühe mehr auf den Leib gezwängt als angezogen hatten, und betrachteten einander mit einem faden Grinsen. Lejongap stak die Pistole weit unter dem Rockschoß hervor, und er schob sie ärgerlich zurück, als dürfe sie sich nicht zu früh zeigen.

»Los!« sagte er finster. Und sie marschierten los. Nur einem von ihnen war es, als müsse er bis zum letzten Augenblick hoffen, daß das Anwesen unbewohnt sei, aber gerade da glomm in der tiefen Dämmerung, in der das Haus mit den Bäumen und Büschen in seiner Umgebung sich schon zu einem einzigen dunklen Nest zusammenballte, ein winziger rötlicher Lichtschein auf.

Lejongap stieß einen lauten Ruf aus und beschleunigte seine Schritte. Die anderen, ob sie wollten oder nicht, mußten es ihm nachtun, wenn sie zugleich mit ihm vor dem Hause anlangen wollten, doch behielt Lejongap immer noch ein paar Schritte Vorsprung.

Er behielt ihn in allem. Von Cronstedt gar nicht zu reden, weil der am Ende seiner Kräfte war und nur mithinkte und in allem nachhinkte – auch Möllerhusen mußte Lejongap seinen Vorsprung lassen und kam, was die Einfälle und die Raschheit betraf, mit der Lejongap jede Lage erfaßte, nur mit Mühe nach. Der schwarzbärtige Wallonenenkel stürmte zu einem wilden Spiel und machte sich zum Meister im Tanz.

»Lustig! Lustig!« schrie er laut, als sie zwischen den Bosketts eines Vorgartens angekommen waren, warf die Arme in die

Luft, stieß einen wilden Juchzer aus und ließ den Keulenstock wirbeln. Dann hockte er in die Knie und warf die Füße in winzigen Schritten vor, wie sie's das gemeine Volk in der Ukraine beim Tanz machen gesehen und eifrig auch zu lernen versucht hatten. Und während er sich mit funkelnden, verworfenen Augen nach den Kameraden umblickte, hieß er sie mit unwirsch rudernden Armen, alle seine tollen Kapriolen mitzutun.

Cronstedt und Möllerhusen aber, von seiner jähen Lustigkeit noch nicht angesteckt, und Cronstedt vor allem, weil er zu schwach war, hatten bei Lejongaps erstem lautem Ruf angefangen, die niedrigen Fenster des Gutshauses zu beobachten, ob sich hinter den Scheiben dort ein Gesicht zeige oder ob ein Hund zum Vorschein komme. Lejongap aber schien den Lärm nicht mehr entbehren zu können. Er brauchte ihn, der war - wie Wasser für den Schwimmer - ein Element, das ihn trug. Doch schien es auch, als berauschte ihn sein eigenes Schreien und Johlen. Sich der Kameraden besser zu versichern, blieb er stehen, hakte, nach links und nach rechts greifend, bei ihnen unter und zwang sie, weitergehend, mit einem Druck seiner Ellbogen oder indem er ihre Arme in die Höhe riß, alle seine Kapriolen, wenn auch ein wenig lahm, nachzumachen. Dabei schrie er unentwegt vor sich hin. Und so, bald hockend, bald mit emporgestreckten Armen, näherten sie sich der Tür, bis Lejongap mit einemmal haltmachte, den Stock zwischen die Beine klemmte und als das an der tête des Verbandes spielerisch tänzelnde Pferd weiter vorrückte, die Kameraden ein wenig hinter sich.

»Ganze Schwadron, antraben!« kommandierte er, mochte sich dann aber, der Erzählungen des Pfarrers eingedenk, weil er das Spiel ungeachtet aller Possen doch mit großer Kaltblütigkeit betrieb, rasch bedacht haben, denn anstatt in der militärischen Kommandosprache fortzufahren, nahm er vor der Tür Aufstellung und begann mit plärrender Stimme ein Verslein herzusagen, das Cronstedt und Möllerhusen mit Staunen hörten und wiedererkannten, hatte doch der Pfarrer es ihnen gesagt.

> Sankt-Martins-Tag, Sankt-Martins-Tag!
> Wer immer etwas geben mag,
> Der geb es gleich, der geb es gleich
> Und komm dafür ins Himmelreich!

sang Lejongap plärrend, wie es Kinder mit ihren Laternen- und Mailiedchen tun, und begehrte mit heischendem Blicke nach rechts und nach links, die Kameraden sollten in den Sang einstimmen. Und Möllerhusen und Cronstedt fielen bei der Wiederholung ein. Nun aber dünkte Lejongap das Singen nicht mehr genug. Bei den betonten Versteilen mußten sie eine komische Kniebeuge machen, wie um ihre ganze Jämmerlichkeit noch zu unterstreichen, während sie zugleich keinen Blick von den Fenstern ließen.

Und da waren jetzt etliche Gesichter aufgetaucht!

Keiner von den dreien unterschied, ob es Männer waren oder Frauen, erwachsene Menschen oder Kinder. Aber Menschen waren es! Nur öffnete, solange sie dastanden und fortwährend, wie um keine Stille aufkommen zu lassen,

> Sankt-Martins-Tag, Sankt-Martins-Tag!
> Wer immer etwas geben mag,
> Der geb es gleich, der geb es gleich
> Und komm dafür ins Himmelreich!

sangen, niemand die Tür. Die Leute waren wohl in diesen Kriegszeiten mißtraurisch geworden.

In Lejongaps Stimme kam eine wütende Entschlossenheit, nicht abzulassen. Er plärrte wie von Sinnen, als könne die Haustür davon aufgehen, so wie die Mauern von Jericho unter Posaunenschall sanken. Und er berechnete richtig, daß nur unentwegter Mummenschanz die Vorsicht und den Argwohn einschläfern könne.

»Jetzt tanzen wir den Bärentanz!« schrie er in der Meinung, das könne drinnen gehört werden, faßte die Kameraden bei der Hand und begann, mit gebeugten Knien langsam in die Runde zu stampfen, unentwegt singend, wo immer eine Gelegenheit sich bot, das nächste der beiden erleuchteten Fenster beobachtend.

Cronstedt lallte nur noch mit zuckenden Lippen und war mehr als einmal am Umsinken. Aber die Tür ging nicht auf, obschon es bereits finster geworden war. Schließlich stellte Lejongap sich wieder mitten vor die Tür und sagte noch einmal, wie nach beendetem Spektakel, sein Verslein her, nach dem die Tür sich auftun *mußte*, wenn die da drinnen nicht erst unter den Flügeln des Roten Hahns weglaufen wollten. Er war fest entschlossen, sich so zu rächen!

Aber wie um dieses Unglück abzuwenden, damit ein noch größeres geschehen könne, tat die Tür sich jetzt wirklich auf, wenn auch nur um einen schmalen Spalt, aus dem das Licht in die Finsternis fiel, und ein alter Mann, unverkennbar der Gutsherr, von dem man ihnen erzählt hatte, erschien. Das Licht blendete die drei so, daß er nur dem Umriß nach sichtbar wurde. Im selben Augenblick, da er die Tür geöffnet hatte, begann Lejongap von neuem:

Sankt-Martins-Tag, Sankt-Martins-Tag...,

aber der Greis fiel ihm unwirsch ins Wort: Himmel oder Hölle, sie hätten selber kaum soviel, daß es für den eigenen Hunger lange!

Aber, widersprach Lejongap, der allem Anschein nach nicht nur im Lärm, sondern auch gern am Wort bleiben wollte, sie hätten doch wenigstens eine warme Stube! Und das hätten sie drei nicht! Und bei diesen Worten ging er langsam näher zur Haustür – jeden Augenblick gefaßt, einen Sprung tun zu müssen, um den Fuß dazwischenzubringen, wenn der Alte versuchen sollte, ihm die Tür vor der Nase zu schließen.

Sie kämen, ihrer drei, von weither, sagte er, bemüht, die Aufmerksamkeit auf seine Rede abzulenken, und hätten wohl einmal ein ehrliches warmes Nachtlager verdient. St. Martin habe ja auch seinen Mantel geteilt, obwohl er nur einen besessen habe, und...

»Zurück! Zurück!« herrschte ihn die Gestalt in der Tür mit einer keuchenden Altmännerstimme an, aber da hatte Lejongap schon seinen Fuß über die Schwelle gebracht.

»Kerl!« keuchte der alte Mann, und mit der Linken den Türflügel haltend, schien er mit der Rechten zu fuchteln, bemüht, sie zur Türöffnung hinauszubringen, »Kerl, bist du ein Schwede?«

»Nicht weit davon entfernt«, sagte Lejongap lachend, mußte aber im nächsten Augenblick blitzschnell vorgreifen und den Lauf einer Pistole abwenden, die sich gegen ihn gerichtet hatte.

»Das ist mir ein schöner Heiliger!« schrie er jubelnd, als er dem alten Mann das Schießeisen entwunden hatte und dieses klirrend auf die steinernen Fliesen gefallen war.

»Nichts für ungut«, rief er, sich mit der Schulter gegen die Tür stemmend, daß sie zur Gänze aufflog und nur noch die Gestalt des Alten den Eingang versperrte - »wir fühlen uns dennoch willkommen. Herein!« - Und gegen die Gestalt des alten Mannes andrängend und den zur Seite schiebend, gab er den Kameraden das Beispiel, wo der Zimmermann das Loch für sie gelassen hatte, zu dem sie einmarschieren könnten.

Möllerhusen hob unterwegs die Pistole auf und steckte sie zu sich.

Die Kriegszeiten, sagte Lejongap lachend, machten alle mißtrauisch gegen alle, der Hausherr möge sich den schlechten Anfang nicht verdrießen lassen, das Ende komme dann besser. Nun solle hier Martinsabend gefeiert werden im Warmen! Er stieß, den alten Mann neben sich, die Tür aus dem Vorraum nach rechts hin auf und schob den Alten voran. Hier kamen sie in das Zimmer, aus dem Licht geleuchtet hatte. Und hier waren die Menschen, die vorhin aus dem Fenster geguckt hatten!

Alle waren wieder dorthin zurückgekehrt, von wo sie bei dem Lärm draußen aufgestanden waren: vom langen Abendtisch; doch waren die meisten aus Angst hinter den Tisch gegangen, so daß die ganze Breite und Länge des Tisches zwischen ihnen und der Tür lag: etliche Frauen verschiedenen Alters, solche von der Herrschaft und solche vom Gesinde, und dazu drei oder vier Kinder. Alle starrten mit weitoffenen, erschrockenen Augen die Eintretenden an. Die kleine Öllampe auf dem Tisch flackerte im Luftzug und drohte zu verlöschen.

»Licht her! Jetzt beginnt das große Fest!« schrie Lejongap die Erschrockenen an, machte dann aber sogleich eine halb höhnische, halb demütige Bettler-Verbeugung und streckte die Hand mit dem Hut vor, als bitte er um ein Almosen, und begann noch einmal sein Verslein vom St.-Martins-Tag zu plärren.

Möllerhusen starrte auf den Tisch, auf dem gesalzene Strömlinge und dunkles Kleie- oder Rindenbrot lagen, und tat ein paar Schritte darauf zu, um sich zu bedienen.

»Kerl!« herrschte der alte Hausherr ihn an, »du tust, als seiest du hier daheim und nicht wir!«

Möllerhusen blickte ihn an und wich betreten zurück. Obschon der Alte, in der Not dieser Zeit oder aus Geiz, nur Kleider aus schwerem Bauernfries trug, sah man ihm den Herrn von Stand an, und sein Halstuch war von schwerer Seide.

Ein paar Sekunden lang herrschte betretenes Schweigen - ein

Schweigen, das Möllerhusens Kapitulation vor dieser herrischen Stimme ausgelöst hatte, und die Hausgewalt lag bei den stummen Lippen und den reglosen Mienen derer, die überfallen worden waren –, da machte Lejongap sich wieder zum Meister und rief das Verderben herbei.

»Jetzt«, rief er, mit zornerfüllten Blicken Möllerhusen streifend, »jetzt wollen wir uns unsren Bettel verdienen! Jetzt tanzen wir den Bärentanz!«

Und noch einmal riß er seine Kameraden herzu und brachte es tatsächlich fertig, mit ihnen eine Runde in der Kniebeuge zu stampfen. Als er aber bemerkte, daß etliche von den Frauen Anstalten machten, die Kinder zu einer Tür im Hintergrunde zu schieben und sich selber türwärts zurückzuziehen, richtete er sich im Nu auf und schrie: »Hiergeblieben!« – Dabei lachte er übers ganze Gesicht, ob er nun versuchen wollte, die Ängstlichen damit zu beschwichtigen, oder ob ihn der Rausch, in den er sich verlor, zu so bedenkenloser Fröhlichkeit erhoben hatte.

»Jetzt tanzen wir den Kranichtanz!« rief er, zog eine Decke von einem Tisch, verhüllte sich damit den Kopf, erhob den Knüttel, so daß die Keule über seinem Kopf aufragte, und begann mit wiegendem Schritt auf die stummen Zuschauer loszugehen – geradeso, wie er und die Kameraden es bei herbstlichen Festen der karelischen Bauern gesehen hatten. Aber der Kranich, fuhr es Cronstedt durch den Kopf, der Kranich trug dabei ja nicht einen Knüttel, sondern eine Sense, und was er darstellte, war – der Tod! Entgeistert starrte er Lejongap an, der stumm, mit wiegendem Oberkörper, einmal nach links, einmal nach rechts ausholend, auf die Frauen und Kinder zutanzte. Alle starrten ihn sprachlos an. Keinem, nicht einmal den Kindern, war anzusehen, ob er den Mummenschanz lustig oder unheimlich fand. Nur öffnete sich dem Tänzer, als es deutlich wurde, daß er nicht haltmachen würde, eine breite Gasse, und Lejongap schritt, nachdem er sich, nach links greifend, noch einen schweren Schemel vom Tisch gepflückt hatte, grunzend und kichernd durch die ganze Gruppe hindurch, den Schemel an die Brust gedrückt wie seine Dame.

Als er am Ende des Zimmers bei der Tür angelangt war, hielt er den dreibeinigen Schemel gestreckt von sich ab, drehte und wendete sich, den Schemel einmal mit der Linken und ein andermal mit der Rechten führend, in ein paar zierlichen *pas* hin und her und kam dann im Menuettschritt auf den alten Mann zu, der als einziger auf der Türseite des Tisches stehengeblieben war. Er drehte ein paar Pirouetten, wie um sich vor ihm so recht hervorzutun, und hielt den Schemel, der mit in die Runde wirbelte, in der ausgestreckten Rechten, ... als dieser Schemel ihm mit einemmal aus der Hand flog und, während ein schriller Aufschrei der Frauen und Kinder den Fall übertönte, der alte Gutsherr lautlos zusammenbrach.

Wenn dies noch wie ein Unglück hatte aussehen können, als sei dem sonderbaren Tänzer der Schemel entglitten, ließen die folgenden Sekunden keinen Zweifel mehr übrig, daß der Kranich hier in der Stube einen Totentanz tanzte; denn mit geschwungenem Schemel stürzte Lejongap sich um den Tisch herum auf die kreischenden Frauen und Kinder und schlug auf sie ein, solange sich Leben zeigte. Was zur Tür in die Vorstube drängte, wurde ihm von Möllerhusen wieder zugeworfen, also daß die schauerliche Ernte der sieben oder acht reglosen Leiber am Boden, auf die Lejongap immer wieder noch einmal einschlug, als wollte er ganz sicher sein, daß sie nicht wieder aufstehen konnten, zweier Männer Werk war. Cronstedt stand die ganze Zeit hindurch mit verzerrtem Gesicht an die Wand gepreßt da. Er hatte nicht einen Finger gerührt.

Lejongap, der ihn so stehen sah, kam mit dem blutbesudelten Schemel, der ihm in der Rechten hing, auf ihn zu, ließ den Schemel fallen, packte Cronstedt bei der Brust und schüttelte ihn, daß dem anderen die Zähne klapperten. Seine Augen waren blutgesprengt, Blutspritzer entstellten sein Gesicht, das in konvulsivische Zuckungen geraten war, und während er sein Gesicht mit gebleckten Zähnen dicht vor Cronstedts Gesicht hielt, schnürten die Fäuste Cronstedt den umgekrempelten Rock so eng über der Brust zusammen, daß die Nähte knallend aufplatzten und Cronstedt bei aller Verwirrung und Angst nichts anderes erwartete, als daß der Schraubstock sich gleich um seinen Hals schließen würde.

»Du Hund, du!« keuchte der Wallone, »du Hund! Du hast dir die Arbeit gespart, was? Hast dich nicht schmutzig machen wollen, was? Bist zu fein für solche Handwerksarbeit, he?«

Wie lange das noch so gegangen und was das Ende gewesen wäre - wer weiß! Es war Möllerhusen, der dazwischentrat. Aber nun richtete Lejongaps Wut sich gegen ihn. Er griff nach dem Schemel und stürmte auf Möllerhusen zu, den er wieder einen Hund, einen Feigling, einen Fresser und Völler nannte, der nicht mehr als einen Treiber abgebe und nicht imstande sei, ein Stuhlbein ehrlich zu schwingen. Für den toten Strömling – und er sprang mit ein paar Sätzen zum Tisch –, für den toten Strömling – und er griff in die Schüssel und holte ein paar Fische aus der Salzlake, in der sie lagen – reiche seine Tapferkeit gerade noch aus. Da habe er seine ebenbürtigen Gegner! schrie er und warf Möllerhusen eine ganze Handvoll Fische ins Gesicht.

Der aber hatte schon die Pistole gezückt.

»Noch ein Wort!« sagte er drohend und wischte sich mit der Linken die Salzlake aus den Augenwinkeln, weil das Salz wie Feuer in den Augen brannte.

Lejongap wog den Schemel in der Rechten. Er wußte zweierlei nicht: daß diese Pistole nicht Möllerhusens Pistole, sondern die des toten Hausherrn war, also geladen – aber auch nicht, daß Möllerhusen in diesen Augenblicken wie geblendet war und, wenn er hätte schießen wollen, gar nicht hätte zielen können.

»Komm heran, du Hund!« schrie er, »nimm dir einen Schemel statt der Pistole, damit ich nicht im Vorteil bin!«

»Im Vorteil«, entgegnete Möllerhusen kalt, »ist der, der diese Pistole hat! Die reicht weiter als ein Stuhlbein.« – Er betonte, daß es *diese* Pistole sei. Lejongap, der den Lauf auf sich gerichtet sah, wurde starr. Dann aber ging ihm wohl der Sachverhalt auf. Er erkannte, daß er noch warten müsse, ließ den Schemel sinken und knurrte geringschätzig, es sei keine Kunst, mit Pistolen zu zielen, die ein anderer vorher für ihn habe erobern müssen. Und er drehte sich um, ging zum Tisch, nahm ein Stück Brot und ein paar Fische und begann, hier gierig im Stehen zu essen.

Dieser Anblick machte sie noch einmal einmütig. Zwischen den Toten stehend, hielten sie eine Mahlzeit, besessen von dem Drang, ihren Hunger zu stillen.

Mit einemmal aber, ohne ihnen sein Vorhaben anzukündigen oder zu erklären, ergriff Lejongap die Lampe und ging aus der Stube.

»Wohin?« riefen sie, mit vollen Backen kauend, da hatte er schon die Tür ins Vorhaus geöffnet, und sie hörten, wie er die große Eingangstür abschloß. Gleich danach kam er zurück.

»Hat niemand hinausdürfen, darf auch niemand herein«, sagte er finster. – Er hielt sich nicht bei ihnen auf, sondern ging, die Lampe in der Hand, mit hohen Schritten über die Daliegenden hinwegsteigend, zur anderen Tür, doch schlossen Möllerhusen und Cronstedt sich auf diesem Gang an.

»Es muß eine zweite Tür geben«, sagte Lejongap mit Bestimmtheit, und richtig führte eine zweite Tür aus der Küche auf der Rückseite des Hauses ins Freie. Auch diese Tür stand nur angelehnt.

Lejongap stutzte, schien dann aber nichts Arges dabei zu finden und schloß sie ab.

»Wer kennt sich hierzulande aus, he? Die mit dem sechsten Sinn, oder die, die ihre fünf Sinne beisammen haben?« fragte er höhnisch Möllerhusen.

Der gab darauf keine Antwort. Er hatte sich selber und Cronstedt hier in der Küche rasch mit Laternen versehen und öffnete schon eine Tür auf der gegenüberliegenden Seite der Küche. Lejongap sah ihm scharf nach.

»Keiner ist im Vorteil!« herrschte er Möllerhusen an, »wir fangen alle zugleich an!«

Möllerhusen gab nach.

»Ich habe noch Hunger«, entschied Lejongap und ging, die Lampe tragend, in die Stube mit den Toten zurück.

Cronstedt zögerte. Er, sagte er, könne nicht mehr, er wolle nicht mehr für den Anfang, aber er konnte auch dieses nicht zu Ende sagen, sondern mußte sich abwenden und alles, was er eben in sich geschlungen hatte, wieder von sich geben. Möllerhusen und Lejongap sahen ihm lachend zu. Später erst, als sie vor Cronstedts heißhungrigen Blicken den Tisch leergegessen hatten, begannen sie das Haus zu durchstöbern und packten in Decken, die sie von den Betten rissen, was sie mitnehmen wollten: drei gewaltige Bündel. Essen und Trinken, das sie in der Schafferei, im Keller und im Rauchfang aufgestöbert, Kleider, Kleinodien, die sie in den Zimmern im oberen Stockwerk gefunden hatten, alles, was ihnen gefiel oder was ihnen notwendig erschien. Das Haus hallte stundenlang von ihren bald polternden, bald springenden und schleichenden Schritten von zuunterst bis zuoberst wider, der flackernde Laternenschein warf ihnen tanzende Schatten; und wie nach einer stillschweigenden Verabredung trafen sie sich mitunter an den gleichen Orten: dort, wo sie Geld wähnten, oder – gleich zu Anfang – Pulver und Blei.

Lejongap hatte es darauf angelegt, dies zuallererst zu finden, denn er wollte nicht noch einmal wehrlos in Möllerhusens Pistole schauen. Darum riß er, kaum daß er den Waffenschrank des Gutsherrn entdeckt hatte, das große Pulverhorn und den Beutel mit dem Blei heraus, ließ die recht schönen Waffen unbeachtet, stopfte den für ihn wichtigsten Fund eilends in sein Bündel und stürmte weiter. Als er später von neuem in das Zimmer mit dem Waffenschrank kam, traf er Möllerhusen und Cronstedt vor dem Schrank und trat scheinbar gefesselt hinzu.

Doch weder Möllerhusen noch Cronstedt nahmen eine von den Waffen. Ihre Blicke schweiften suchend umher. Schließlich murmelte Cronstedt: »Wo hat er bloß Pulver und Blei versteckt?«

Lejongap gab sich den Anschein, ebenfalls zu suchen. Dann sagte er: »Im Keller wird er es haben!« und machte Miene zu gehen. Da aber schien Möllerhusen entdeckt zu haben, daß zwei der Haken im Schranke leer waren, denn er blickte Lejongap eigentümlich lauernd an, und Lejongap konnte sich's nicht versagen, diesen Blick schadenfroh zu erwidern, doch sagte keiner von ihnen ein Wort.

Dann begann Möllerhusen, die Wände abzuklopfen, in denen er geheime Verstecke vermutete, vor allem in der Nähe der Schreibschränke. Lejongap ließ ihn gewähren. Er hatte einen geheimen Grund. Mit Cronstedt zusammen, dem er jetzt nicht mehr zu zürnen schien, ging er noch einmal in den Keller hinunter. Von der Schwelle her aber fragte er den Schatzsucher, ob der nicht mit in den Keller wolle, ob ihm an Pulver und Blei nichts gelegen sei.

Er habe ja einen Schuß, meinte Möllerhusen scheinbar gleichmütig, ohne aufzublicken, und der sei ihm vorerst genug.

Nach dieser Antwort zog Lejongap Cronstedt stumm mit sich fort.

In dem tiefen Keller fanden sie nicht sonderlich viel, entdeckten auch, soviel sie kratzten und klopften, keine verdächtigen Fugen im Mauerwerk, die auf ein geheimes Versteck schließen lassen konnten, es stand hier unten kein Pulverfaß [wie Lejongap in Wirklichkeit auch nie vermutet], und sie schickten sich gerade an, wieder hinaufzugehen, als Möllerhusen kam und sie fragte, ob sie hier geklopft hätten, Kisten oder Tonnen geöffnet - irgend etwas, was einen hohl klingenden Schall gebe.

»Nein«, erwiderten die beiden.

Dann, sagte Möllerhusen, habe man von draußen an das Haus geklopft!

Es werde der Schall von unten herauf gewesen sein, meinte Lejongap ungläubig.

Oder irgend etwas im Hause habe geklappert, schlug Cronstedt vor.

Sie lauschten eine Weile, ob ein Klopfen wirklich für sie alle drei zu hören sei, aber alles blieb still. Dann stieg Lejongap vor den anderen eilig die Kellertreppe hinauf und leuchtete in die große Stube, in der er den Kranichtanz aufgeführt hatte. Er starrte hinein, als zählte er ab. Dann wendete er sich zu Möllerhusen um, der hinter ihm stand, und schüttelte grinsend den Kopf: »Nein... Aber haben wir alles?« fragte er die andern.

Die nickten.

Irgendeine Beklemmung schien sich für sie alle drei eingeschlichen zu haben.

»Dann Rückzug auf die eigenen Linien«, meinte Lejongap kurz angebunden, »und Segel gesetzt! Vorher aber noch ein Hähnchen!«

»Das ruft nur Leute herbei«, wandte Möllerhusen ein, und Cronstedt pflichtete ihm bei: der Pfarrer habe doch gesagt, daß es hier in der Gegend noch etliche Anwesen gebe. Und wenn deren Bewohner leibeigen seien und Hofspflichten hätten, dann kämen sie natürlich zum Löschen herbeigerannt.

»Na, dann nicht«, meinte Lejongap, »aber...« Ihm schienen neue Bedenken zu kommen, doch entschied er sich schließlich mit der Mehrheit, und sie stiegen hinauf, ihre Bündel zu holen. Mit denen auf dem Buckel kamen sie gleich zurück und standen einen Augenblick im Vorhaus. Cronstedt schlug vor, für den Rückzug den Küchenausgang zu benutzen.

Nein, von dort aus kannten sie beide den Weg zum Strande nicht, widersprach Möllerhusen ächzend unter dem riesigen Bündel hervor, sie müßten durch die Haupttür.

»Laternen aus!« kommandierte Lejongap und deutete auf die blakenden Flammen, die in den geschwärzten Laternen in Möllerhusens und Cronstedts Hand brannten. Er selber beugte sich als erster über die Öllampe, so daß es aussah, als wollte er sie mit seinem Bündel erdrücken, und blies die rötliche Flamme aus. Gleich danach löschten Möllerhusen und Cronstedt ihre Laternen. Sie standen in der Finsternis und ahnten die Bündel auf ihrem Rücken wie Berge.

»Ich gehe als letzter und schließe die Tür ab«, tuschelte Lejongap. Und so geschah es. Cronstedt, welcher der Tür am nächsten stand, mußte auf Lejongaps Geheiß leise öffnen und hinausgehen; ihm folgte Möllerhusen. Die Bündel scheuerten in der Tür, die zu eng für den Umfang ihrer Beute war, und mußten von ihnen hindurchgezwängt werden. Für Sekunden wurde dem ungeduldig wartenden Lejongap das Vorhaus noch dunkler. Jedesmal, wenn einer der Kameraden unter seinem Bündel durch die Tür trat, sah es aus, als schwanke ein Heufuder hinaus. Er hatte den Schlüssel drinnen schon abgezogen und suchte das Schlüsselloch auf der Außenseite, konnte es aber geraume Zeit nicht finden, weil, wenn er sich vorbeugte, das Bündel undurchdringliche Finsternis über seine Hand legte, und wollte nach etlichem Klappern und Rasseln schon davon ablassen, als er's endlich fand, sich hinauszwängte und die Tür hinter sich abschloß. Er war versucht, den Schlüssel gleich hier in die Büsche zu schleudern, bedachte dann aber, daß es zu nahe sei.

Mit Mühe vermochte er den Kopf unter dem Bündel so weit zu heben, daß er sich der andern beiden versichern konnte. Sie standen dunkel wie Heufuder in der Nähe und warteten. Und mit weitem Abstand voneinander, wie ihn die Traglasten erheischten, machten sie sich auf den Weg zum Strand, Lejongap als erster, Cronstedt als letzter.

Sie sprachen kein Wort. Stolpernd und strauchelnd schwankten sie dahin. Einmal trat Möllerhusen fehl und knickte unter seiner Last so jäh zusammen, daß Cronstedt beinahe auf ihn aufgerannt wäre, aber Möllerhusen war gleich wieder auf den Füßen, schon weil er Lejongap nicht aus dem Auge verlieren wollte, oder richtiger: nicht aus dem Gefühl, denn bei dieser Finsternis unter den Bäumen war den Augen doch nicht zu trauen. Und so ging es weiter. Cronstedt wollte es eine Ewigkeit scheinen. Endlich aber hörte er den Wellenschlag des Meeres, und mit einemmal sah er vor sich eine riesige Dunkelheit zu Boden fallen. Es war Möllerhusens Bündel, das der abgeworfen hatte und neben dem er nun verschnaufend stand. Vor ihnen hatte Lejongap haltgemacht, aber er behielt sein Bündel auf der Achsel. Er schien sich zu vergewissern, ob sie am rechten Ort seien. Nach einer Weile ging er weiter, und sie mußten folgen, und weil Möllerhusen erst wieder sein Bündel aufnehmen mußte, änderte sich die Reihenfolge. Das aber war auch das einzige Ereignis auf diesem Weg. Sonst geschah bis zu dem Augenblick, da Lejongap, indem er seine Last sinken ließ, das Zeichen gab, daß sie angelangt seien, gar nichts.

Sie waren am Ziel, standen bei einem aus Mauerwerk aufgeführten kleinen Hause, einem Waschhaus oder einer Badstube - was es war, konnte man ihm nicht ansehen. Und vor diesem Haus, erinnerten sich Möllerhusen und Lejongap, unmittelbar vor diesem Haus lag die Schaluppe vor Anker. Weiter zur Rechten, wo ein von dichtem Erlengebüsch gesäumter Bach ins Meer mündete, hatten sie am Nachmittag das kleine Boot auf den Strand hinaufgezogen gefunden, mit dem sie zur Schaluppe hinausrudern konnten, denn auch die Riemen, schmalblattige Bauernriemen, hatten darin nicht gefehlt. Und zuallererst mußten die Bündel an Bord!

Lejongap nahm sein Bündel mit beiden Händen und trug es vor sich her bis zu der Stelle, wo er das Boot vermutete. Als er's gefunden hatte, hob er das Bündel schon jetzt auf die Achterducht, wiewohl dies das Boot noch schwerer machen mußte, hob an und schob das Boot, bevor die andern angelangt waren, ins Wasser.

Die Riemen hob er so leise wie möglich heraus, und doch war bei alledem einiger Lärm nicht zu vermeiden, weil er in der Finsternis jeden Griff ins Ungewisse tat.

Möllerhusen und Cronstedt sahen ihn ins Boot springen und mit einem Riemen abstoßen. Dann war noch etliches Klappern zu vernehmen, aber die Finsternis hatte ihn rasch verschluckt. Eine müde, lange Dünung verrollte zischend am Strande, der hier ein reiner Sandstrand zu sein schien. Möllerhusen und Cronstedt standen fröstelnd neben ihren Bündeln und fragten sich insgeheim, ob Lejongap wiederkommen würde. Aber kein zweiflerisches Wort kam über ihre Lippen. Nach einer Weile meinten sie, ein lautes Rumpeln hören zu können, aber sie waren nicht sicher, denn der Wellenschlag übertönte alles. Sie fingen an, auf und ab zu wandern, bereit, einander im nächsten Augenblick ihre Befürchtungen mitzuteilen. Dann aber schämten sie sich, denn sie sahen, wie das Boot ein gut Stück weiter entfernt wieder strandwärts kam. Auf der letzten Strecke stand eine Gestalt aufrecht darin und stakte.

Es war Lejongap, der zurückkam. Er meinte, sie könnten zu dritt mit beiden Bündeln, die noch übrig waren, fahren. Gleichmäßig belastet, halte das Boot die Fracht aus.

Möllerhusen und Cronstedt waren insgeheim dermaßen froh, zugleich wegzukommen, daß sie stumm und eifrig nach Lejongaps Geheiß handelten: ein Bündel wurde vorn, das andere achtern verstaut, selber saßen sie zu dritt in der Mitte. Lejongap stakte die ersten Meter, dann setzte er sich, begann mit einem Riemen zu rudern und hieß Möllerhusen, das mit dem andern zu tun. So bekamen sie, wenn auch bei zwei verschiedenen Ruderern etwas mühsamer, Tiefwasser unter den Kiel. Und wenig später enterten sie an Bord der Schaluppe. Das kleine Boot, in dem sie gekommen waren, wurde auf Lejongaps Geheiß einstweilen am Steuer der Schaluppe festgemacht.

Das erste, was sie taten, war, daß sie sich im Windschatten ihrer Bündel niederließen und ausruhten. Ausruhten von der Mühe, ausruhten in dem Gefühl, alle Brücken zum Land hinter sich abgebrochen zu haben, allein zu sein, vor Verfolgern sicher.

Die Nacht war eiskalt, kein Stern leuchtete, die Schaluppe stampfte vor Anker, bisweilen flogen ein paar Spritzer über Deck, und man konnte das Wasser im Kielgang plätschern und schlürfen hören. Aber sonst war nichts zu hören, weder vom Wasser noch vom Lande her.

Lejongap stand auf und schlug sich ein ›Fuhrmannsfeuer‹ und murmelte etwas von einer verfluchten Kälte, bevor er sich wieder niederkauerte. Dann begann er zu aller Erstaunen mitten in Finsternis und Kälte seinen Rock auszuziehen und umzukrempeln, bevor er ihn wieder auf den Leib zog.

Man sei doch kein Bettler mehr, räsonnierte er vor sich hin, den Bettel habe man ihnen heimgezahlt, als ein karolinischer Offizier kehre man, wenn auch geschlagen, zurück.

Möllerhusen tat, als hörte er nichts, und Cronstedt kauerte wirklich im Halbschlaf hinter seinem Bündel. Bisweilen stöhnte er auf; dann hatte ihn der Schemel getroffen: oder die Nähte gaben nicht nach, und Lejongap hatte ihn mitten um die Brust im Schraubstock.

»Was hat denn der?« fragte Lejongap verächtlich. »He! Cronstedt!« rief er den Träumenden an, aber bevor der aufwachte, knurrte Möllerhusen gereizt: »Laß ihn!«

Das aber, und weil die Stille mit den einförmig wiederkehrenden

Geräuschen ihm aufs Gemüt zu drücken schien, nahm Lejongap zum Anlaß, aufzustehen und sich trotz der Dunkelheit umzutun. Er versuchte das Ruder, er hängte sich in die Pardunen, ob die ihn hielten, er prüfte die Falls, ob sie ledig in den großen Blöcken liefen, bei aller Neugierde doch als ein Sachkundiger kenntlich, und schließlich kam er zu Möllerhusen und sagte: könnte er nur mit seiner Hilfe die Segel setzen, so wolle er meinen, es sei das beste, sie führen davon.

Möllerhusen hatte gegen das Davonfahren nichts einzuwenden, getraute sich aber in der Finsternis weder die Segel zu finden, noch sie unterzuschlagen.

Lejongap, von einer eigentümlichen Rastlosigkeit, machte sich abermals da und dort zu schaffen und verwickelte Möllerhusen in ein weitschweifig mutmaßendes Gespräch darüber, wann es wohl hell werden könnte. Zum Schluß kauerte er sich abermals nieder und seufzte tief auf. Dann, meinte er, müsse man halt doch versuchen zu schlafen. Wenn bloß nicht dieser wütende Hunger wäre!

Sei er auch so hungrig? fragte Möllerhusen gefesselt. Er sei es schon lange. Die verdammten Strömlinge hätten ihn nur noch hungriger gemacht und so durstig, daß er einen wahren Brand in der Kehle verspüre.

Es mochte ein verächtliches Schweigen sein, was Lejongap wahrte, aber er begann in seinem Bündel zu kramen. Möllerhusen tat es ihm nach, und bald saßen die beiden da und rissen mit frostklammen Fingern Brocken aus dem Brot, das sie mitgenommen hatten, und faserige Stücke aus zähem Trockenfleisch. Und bald essend, bald im Halbschlaf, erwarteten sie den Morgen. Cronstedt allein schlief ununterbrochen.

Aber Cronstedt wie Möllerhusen erwachten davon, daß Lejongap vor ihnen stand, sie mit dem Fuß anstieß »Auf! Auf!«knurrte. Es klang gereizt.

Der Morgen dämmerte über dem Wasser. Es war schon so hell, daß sie Mast und Baum, das Steuer und – Narren, die sie gewesen waren! – ein gedecktes Luk im Vorschiff zu unterscheiden vermochten.

Darin hätte Cronstedt schlafen können! bemerkte Lejongap ironisch. Cronstedt starrte ihn schlaftrunken an.

»Wasch dir das Blut aus dem Gesicht!« sagte er dann leise, ohne daß Möllerhusen es hören konnte, und Lejongap lachte auf, fuhr sich aber später, als er sich beim Ruder zu schaffen machte, mit der angefeuchteten Hand übers Gesicht und trocknete es mit der Armbeuge der Rechten.

»Bevor es richtig hell wird, müssen wir draußen sein!« verkündete er mit finsterem Eifer. Die anderen nickten.

Wie die Betrunkenen taumelten sie über das auf und ab tanzende Deck, denn die Schaluppe stampfte im auffrischenden Morgenwind stärker, und versuchten sich an den Segeln. Der Wind kam ziemlich hart von Nordwesten und würde sie, wenn sie den Anker gehievt hatten, tiefer in die Bucht hineindrücken, als ihnen lieb sein könnte, wie sie meinten. Auf alle Fälle müsse einer von Anfang an das Ruder übernehmen, sagte Lejongap. Er schlug vor, sie sollten sich anfangs mit dem Großsegel allein begnügen und die Fock erst später setzen, obschon die gut ziehen helfe. Sie könnten sie später setzen.

Möllerhusen und Cronstedt hatten das Gefühl, daß ihm daran gelegen sei, aus der Sichtweite des Landes zu kommen. Auch fingen sie mitunter seinen Blick auf, den er zwischen der Arbeit auf das Ufer richtete, an dem man nun schon etliche Baumgruppen unterscheiden konnte.

Sie waren einverstanden und wollten das Manöver wagen. Lejongap sollte am Ruder stehen; sie beide wollten den Anker hieven.

Und so geschah es. Zu dritt hißten sie das Großsegel und gaben ihm Spielraum, daß es dem Wind keinen Widerstand biete, solange die Schaluppe vor Anker lag. Im selben Augenblick aber, da Cronstedt und Möllerhusen vorn den Anker hievten, nahm Lejongap an Ruder und Schoot den Kampf um jeden Meter in die raume See auf. Er holte die Schoot an und versuchte, mit möglichst geringem Verlust an Höhe hinauszukommen.

Die Schaluppe krängte weit über, Cronstedt und Möllerhusen klammerten sich an den Pardunen fest. Jede Minute mußte jetzt darüber entscheiden, ob sie breitseits an den Strand getrieben wurden oder ob sie durch den Wind im Segel mehr an Höhe gewannen, als der Wellengang sie landwärts trieb. Jedem von ihnen war klar, daß diese Augenblicke die Entscheidung enthielten, und jeder blickte nach vorn. Auf diese Weise sahen sie die Gestalt nicht, die in eben diesen Augenblicken am Strande auftauchte.

»Sie kommt! Sie macht sich!« schrie Lejongap mit wildem Jubel.

Und wirklich hatte sich die Schaluppe, den Wind jetzt mehr achterlich, aufgerichtet und strebte mit sprühendem Bugwasser seewärts, in einem immer steileren Winkel vom Strande weg.

Lejongap hatte die Schoot, ohne sie belegt zu haben, in der bloßen Hand, um auch jedem leisesten Druck gehorchen zu können. Nur sein Schraubstock war dessen fähig. Möllerhusen und Cronstedt standen an die Backbord-Pardune geklammert. Und so erreichte sie der Schrei, der den Wind und das Wasser übertönte.

Es war ein winziger Schrei in dem großen Brausen und Rauschen um sie herum, aber als der Schrei einer lebendigen Seele durchdrang er dennoch alle Stimmen der unbeseelten Natur. Sie meinten anfangs, es sei eine Möwe. Dann aber blickte Cronstedt zurück über den Strand, der hinter ihnen rasch entglitt, und schrie auf. Es klang, als gebe er Antwort.

Möllerhusen hatte zuerst geglaubt, Cronstedts Schrei sei ein Schrei wilder Erleichterung und Freude darüber, daß das Manöver gelungen war; als aber Cronstedt ihn beim Ärmel riß und zurück aufs Land deutete, wurde ihm klar, daß es sich anders verhielt. Sein Ausruf der Überraschung blieb ihm in der Kehle stecken. Dann eilte er gebückt und mit torkelnden Schritten, mehr als einmal in Gefahr, hinzufallen, zu Lejongap und begann, auf den einzureden. Und Lejongap blickte vom Steuer weg zum Land, während das Boot, dem er keine Aufmerksamkeit mehr schenkte, derweilen unmerklich in den Wind aufschoß.

»Zurück!« brüllte Lejongap in das Rauschen des Wassers und das Brausen des Windes.

Sein Gesicht war dunkelrot geworden, die Augen glühten, um seinen Mund begann es konvulsivisch zu zucken.

Möllerhusen - sah Cronstedt - war anscheinend bemüht, ihm das auszureden, nur verstand Cronstedt nicht, was er sagte. Lejongap blickte wie gebannt zum Strand, der hinter ihnen lag, als messe er die Entfernung. Die Großschoot spannte sich nicht mehr aus seiner Faust zum Großbaum, weil die Schaluppe tanzend im Winde stampfte und rasend schnell gegen Land zu treiben begann, und es war wohl nur das müßig schlagende Großsegel, das Lejongap auf die Gefahr aufmerksam machte, in der sie schwebten. Er blickte jäh vom Land weg auf das Segel und dann wieder zum Strande dwars, wo die langen Schaumkämme verrollten - im nächsten Augenblick riß er das Ruder gewaltsam zu sich heran und holte die Schoot an, daß das Segel wieder den Druck des Windes zu spüren bekam, und mußte zähneknirschend das ganze, schon einmal überstandene Manöver von neuem beginnen. Er sprach kein Wort dabei. Er blickte nur vorwärts auf das Wasser, ob irgendwo ein Fleck Brandung eine Untiefe anzeige. Die Schoot, die er sich um die Hand gewickelt hatte, schnitt ihm so tief ins Fleisch, daß die Haut hinter der gewaltsamen Abschnürung sich blau verfärbte. So hart kämpfte er um die Ausfahrt – er, der eben noch hatte zurückfahren wollen! Und so entging die helle Gestalt, deren Kleider im Winde wie Schleier wehten – die Gestalt eines Mädchens oder einer Frau, die Cronstedt als erster entdeckt und deren Schrei ihn geweckt hatte –, dem Tode. Aber von nun an wußten sie alle drei, daß sie einen lebendigen Zeugen zurückgelassen hatten.

Zurückgelassen, ja – aber vielleicht fuhr er auch mit. Es war nämlich ungeheuerlich, welche Macht die Erinnerung an die kleine, in der Weite und Verlassenheit des morgengrauen Strandes so hilflos erscheinende Gestalt über die drei Männer besaß. Sie ging zwischen ihnen umher wie eine allgegenwärtige wandernde Frage, und fragte jeden etwas anderes.

Lejongap hockte beim Ruder und starrte, nachdem sie die Gefahren der Strandnähe hinter sich hatten, halb vor sich hin und halb aufs Wasser. Er hatte die Schoot jetzt belegt und deshalb beide Hände frei, die er auf die Pinne gestützt hatte. Bisweilen legte er das Kinn auf die Hände. Dann sah es aus, als schlafe er im Sitzen, bis ein paar Wellenstöße, die das Boot abfing und die sich bis in die Ruderpinne fortsetzten, ihn auffahren ließen. Er blickte ins Segel und zurück zum Strande, der eben hinter ihnen versank, und schien mit gerunzelter Stirn und angestrengtem Blick zu zählen, wie am Abend vorher, als er mit der Lampe in die Stube geleuchtet, in der er den Kranichtanz aufgeführt hatte. Er sah aus, als fragte er sich, wie er denn diese eine habe auslassen können... Oder warum er sich von Möllerhusen habe beschwatzen lassen und nicht, wie er gewollt, zurückgefahren sei, um ganze Arbeit zu tun... Jetzt, mit der Pistole, ohne sich schmutzig zu machen, nach Herrenart, wie auf der Jagd... Ihn packte von neuem ein wilder Grimm gegen Möllerhusen, der an allem schuld war, wie er meinte. Aber der hatte ihnen ja das Klopfen gemeldet, das er gehört hatte, als er da oben Schätze gesucht hatte und Cronstedt und er bescheidener unten im Keller gewesen waren. Also hatte er, Lejongap, sich gar nicht verzählt! Waren trotzdem alle dagewesen, die... Und dieses lebendig gebliebene Wesen war vielleicht gar nicht im Hause gewesen, als er mit dem Schemel aufgespielt hatte? Er starrte in die leere Luft und bewegte die Lippen, als fragte er die kleine, helle Erinnerung: Wo bist du gewesen, daß du lebst?

Sie aber antwortete nicht, und er grübelte weiter. Möllerhusen, der bei dem lebhaften Seegang und dem Tanzen und Schwanken der Schaluppe wieder von sich hatte geben müssen, was er vor dem Morgengrauen in Lejongaps Gesellschaft mit so großem Eifer verzehrt, hatte sich vorn in dem gedeckten Luk neben seinem Bündel eingerichtet, das er – wie Lejongap und Cronstedt zu bemerken meinten – nicht aus dem Auge ließ, was anderes als sie er nun darin verwahren mochte. Noch bleicher geworden, saß er da und überlegte, was sie spätestens im Angesicht der finnischen Küste oder irgendwo im ruhigeren Schärenmeer miteinander bereden und worüber sie sich klar werden müßten: der Feldzug sei nun zu Ende, zu Ende seien auch die Praktiken, mit denen sie seit dem unseligen Tag von Poltawa bis hierzu ihr Leben gefristet hatten, und daß sie einander als Kavaliere geloben müßten, über alles, was sie erlebt und miteinander getan hatten, zu schweigen. Jeder von ihnen, Lejongap natürlich am meisten, wenn man nur an den gestrigen Abend dachte, sei darauf angewiesen. Jetzt kehrten sie zu Glauben und Sitte zurück und dürften auch die Ehre des Standes nicht schmälern. – Hoffentlich kam Lejongap nicht auf den verrückten Einfall, die gestrige Beute teilen zu wollen. Für diesen Fall versteckte er die Münzen, die er nach einigem Klopfen – und weil man eben doch den sechsten Sinn für solche Behältnisse besaß – in dem Geheimfach eines Sekretärs gefunden hatte, in seinem Gürtel am Leibe.

Er sah in das Bild der Erinnerung zurück, das letzte, das er von dieser unseligen Küste mitgenommen hatte, und fragte sich, wie Lejongap nur auf die verrückte Idee hatte kommen können, zurückzukehren und auch noch dieses letzte Wesen zu morden. Konnte er denn nicht mehr aufhören, auch wo es gar nicht nötig war? Er wollte froh sein, wenn ihre Wege sich wieder einmal trennten. Mit jeder Silbertresse an seiner Montur, die im Laufe der Monde schwarz geworden, war auch sein Gewissen erblindet.

Cronstedt hielt die frische Luft, wenn sie mitunter auch einmal einen Sprühregen brachte, für zuträglicher als das Luk, in dem Möllerhusen sich eingenistet hatte. Er hockte nicht weit von Lejongap entfernt hinter der Reling und starrte mit halbgeschlossenen Augen vor sich hin, matt, schläfrig und dennoch vom Geheimsten her unruhig, als sei noch längst nicht alles zu Ende. Wenn er seine Augen schloß, flatterte in das Grau des Meeres, das sie als letztes gesehen hatten, wie ein Gischtflöckchen eine helle Gestalt. Aber sie zerstob nicht wie der Gischt. Sie blieb und winkte und flatterte und gab einen kleinen, hellen Schrei von sich, bei dem es ihn stach und er die Augen mit dem Gefühl öffnete, nun müsse auch er schreien…

Beim Anblick Lejongaps indessen verging ihm die Lust dazu. Und wenn er die Gestalt des finster Vor-sich-hin-Brütenden nicht mehr anzusehen vermochte und wegguckte oder die Augen schloß, wirbelte ein blutiger Schemel, an dem Haarbüschel klebten, vor seinen Augen, oder die dahinrollenden, weißschäumenden Wogenkämme verwandelten sich zu einer Schar Kinder und Frauen - einer Schar, die hierhin stob und dorthin stob und immer wieder zurückgescheucht und zurückgeworfen wurde, dem Schemel entgegen, wie einer Sense…

Bei diesen Bildern vor seinem inneren Auge empfand er noch einmal das Verlangen, das er am vergangenen Abend empfunden, als er an die Wand gepreßt dagestanden hatte: daß die Wand hinter ihm, die unbeweglich-wirkliche, sich öffnen und ihn hinauslassen möge! Nun war die Wand von gestern die unverrückbare Mauer dessen, was alle Erinnerungen als seine Teilhaberschaft umschloß. Aber er wollte hinaus, er wollte einfach nicht mit dabeigewesen sein - und spürte zugleich, daß er's nie würde vergessen können, daß das Mauerrund seiner Teilhaberschaft sich mit der Zeit vielleicht eher verengen würde, anstatt sich zu erweitern, zusammenschrumpfen, gleichmäßig von allen Seiten her, zu einem winzigen Pferch, so winzig, daß am Ende nicht einmal er selber lebendig Platz darin haben würde… So, daß er würde versuchen müssen, daraus auszubrechen, irgendwohin, wo kein Leben und keine Erinnerung mehr waren, vielleicht in den Tod…

Als die Küste hinter ihnen versunken war, das war gegen Mittag, wurde die See ruhiger, weil jetzt der Rückschlag vom Lande her nicht mehr zu spüren war, und noch nicht der andere vom jenseitigen Ufer. Selbst Möllerhusen wagte sich aus dem Luk

hervor, Cronstedt aber hatte da schon unter Lejongaps Anleitung das Ruder übernommen.

Sie hatten noch kein Wort miteinander gewechselt, seitdem
sie die Gestalt am Strande hinter sich verlassen hatten. Das
Schweigen wurde unheimlich. Aber es schien von Lejongap aus-
zugehen.

Cronstedt war froh, daß er auf Ruder und Segel achtgeben
mußte und sich nicht mit dem unheimlichen Schweigen abzugeben brauchte. Lejongap hatte ihm so viel von der Kunst des
Schiffsmannes erklärt, daß seine Kenntnis, wie er meinte, bis zur
nächsten Küste ausreichte. Er mußte sie jetzt aber erproben. Zuweilen fuhr er in Gedanken schon in die Schären von Stockholm
hinein, denn war sein Geschlecht auch in Sörmland besitzlich, so
lebte es doch im Winter zumeist in der Hauptstadt.

Lejongap kramte lange und umständlich in seinem rotgewürfel-
ten Bündel, wahrscheinlich um etwas zu essen hervorzusuchen,
meinte Cronstedt, aber er selber fühlte sich nicht versucht, mit-
zuhalten. Möllerhusen war, als er Cronstedt am Ruder gesehen
hatte, wieder im Luk verschwunden und wollte wohl die dritte
Ablösung übernehmen, wenn es ins finnische Schärenmeer ging.
Cronstedt war das recht so.

Mit einemmal kam Lejongap gebückt zu ihm - mehr geschlichen als gegangen, dachte Cronstedt später -, mit finsterem,
verzerrtem Gesicht und starrenden Augen, und sagte: »Bleib am
Steuer, was immer geschehen mag. Ich muß Abrechnung halten!«

Cronstedt, der ihn entgeistert angesehen hatte, rief ihm nach, er
solle keine Dummheiten machen! Hätten sie es so lange zu dritt
ausgehalten, dann werde er es noch einen letzten Tag länger aushalten können! Aber Lejongap drehte sich nur mit einem verzerrten Grinsen um, wie um Cronstedt damit zu beschwichtigen,
und schlich weiter nach vorn zum Luk.

Dort, hörte Cronstedt, blieb er stehen und rief so laut, daß man
es bis nach hinten ans Ruder verstehen konnte: »Komm heraus,
du livländischer Hundsfott! Komm heraus, großer Herr! Ein
Handwerker will mit dir reden! Du schuldest ihm Lohn!« - Ob
Möllerhusen etwas erwiderte, konnte Cronstedt nicht hören.
Er stand an der Ruderpinne und reckte sich, um sehen zu können, was da vorne geschah. Ihm fiel sofort das Vorkommnis der
vergangenen Nacht ein, als Möllerhusen auf Lejongap in seinem

Mordrausch angeschlagen, und wie der von Sinnen geratene Wallone ihn selber bedroht hatte.

»Laß ihn doch in Frieden!« schrie er nach vorn, aber das verwehte der Wind.

Und Lejongap fuhr fort, Möllerhusen zu höhnen, um ihn, wie den Dachs aus seinem Bau, an Deck zu locken.

»Komm heraus, du Hund mit dem sechsten Sinn!« rechnete er ihm alle seine Spötteleien vor, »komm, du demütiger Herr, als letzter! Du darfst der erste sein, mit dem ich Abrechnung halte!«

Der zweite bin ich! durchzuckte es Cronstedt in bleichem Schrekken. Aber nun hörte er geraume Zeit nicht, ob Lejongap oder Möllerhusen etwas sagten, und als Lejongap wieder zu reden anfing, verstand er's nicht mehr. Möllerhusen war immer noch nicht an Deck erschienen. Wahrscheinlich, dachte Cronstedt, verlegt er sich auf Parlamentieren. Mit einemmal sah er, daß Lejongap sich den Rock mit den Schößen, soweit die reichten, über den Kopf gestülpt hatte und, eine Pistole als Sense an die Wange gepreßt, sich im Kranichtanz vor dem Einstieg ins Luk hin und her wiegte. Dabei redete er fortwährend vor sich hin; was, konnte Cronstedt nicht verstehen, aber es ließ sich denken, daß es nichts Schmeichelhaftes war. Und Möllerhusen, fiel ihm mit Schrecken ein, Möllerhusen hatte - wenn's darauf ankam - nur einen einzigen Schuß! Daß es darauf ankam, wollte er in demselben Augenblick nicht glauben, als ein Schuß fiel, um den tänzelnd sich wiegenden Kranich eine Pulverwolke verflatterte und Lejongap sich mit einem tierischen Brüllen an die rechte Schulter griff. Zugleich ließ er die Hand mit der Pistolen-Sense für einen Augenblick sinken. Und diesen einen Augenblick wollte der Schütze im Luk ausnutzen! Cronstedt sah, wie Möllerhusens bleicher Kopf im Einstieg auftauchte, wie er, die schwere Pistole mit der Rechten beim Lauf gepackt, bemüht war, so rasch wie möglich an Deck zu klimmen, um mit dem Kolben zu vollenden, was ihm mit einer einzigen Kugel nicht gelungen war - da hatte Lejongap, der schwer verwundet sein mußte, die Fassung wiedergewonnen. Cronstedt gewahrte, wie er geduckt auf den Einstieg ins Luk vorsprang und trotz der verwundeten Rechten seinem Feind einen feurigen Strahl mitten ins Gesicht sprühen ließ. Und diesen Anblick - er hatte da noch gar nicht recht erfaßt, was alles geschehen war - hielt Cronstedt nicht aus. Indem er die Pinne jäh von sich wegschob, ließ er das Boot in den Wind aufschießen und rannte vom Ruder weg nach vorn. Im selben Augenblick aber gewahrte er, wie Lejongap, der sich mit schmerzverzerrtem, aber vor Freude über den Tod des Gegners auch triumphierend lachendem Gesicht hatte aufrichten wollen, bei der jähen Wendung der Schaluppe das Gleichgewicht verlor, mit der Linken in die leere Luft griff, mit der gelähmten Rechten keinen Halt mehr suchen konnte und aufschreiend über Bord fiel. Als Cronstedt da angelangt war, wo Lejongap den Halt verloren hatte, sah er für einen einzigen Augenblick noch einmal dessen schwarzen Schopf. Dann trieb der Wind ihn ab, oder er war in die Tiefe gesunken; schwer verwundet, wie er war, hatte er wohl nicht die Kraft besessen, schwimmend auf Rettung zu warten.

Die Schaluppe trieb steuerlos mit wild schlagendem Segel im Winde. Die Blöcke kreischten, die Schooten rissen, als würden sie von scheuenden Pferden gezogen. Cronstedt starrte aufs Wasser und empfand eine tödliche Einsamkeit. Denn er wußte, daß er allein war. So sehr seine Aufmerksamkeit, als er vom Ruder weggestürzt und zum Luk gerannt war, das Straucheln Lejongaps und sein Sturz über Bord beschäftigt hatte, so wenig hatte er ganz übersehen können, daß Möllerhusen, zur Hälfte dem Luk entstiegen, mit dem Oberkörper an Deck lag. Lejongaps Kugel aber, auf so kurze Entfernung, ja eigentlich - wenn er sich recht erinnerte - ihm vor dem Gesicht abgefeuert, hatte ihm den Kopf gesprengt. Er wollte nicht hinsehen. Er wußte, wie grauenhaft so etwas aussah - und um wieviel grausiger bei einem Kameraden. Denn sein Kamerad oder so etwas wie ein Kamerad war Möllerhusen, von einigen Sticheleien abgesehen, ja dennoch gewesen.

Er wußte sich keinen besseren Rat, ja, er tat das vielleicht ganz mechanisch, als zum Ruder zurückzugehen, die Schaluppe wieder hart an den Wind zu bringen und weiterzusegeln. Das tat er wie im Traume. Manchmal starrte er ins Wasser, das die einbrechende Dämmerung noch dunkler als zuvor machte, wie schwarzes Glas, das unaufhörlich zersplitterte, und meinte, Lejongap müßte aus der nächtigen Tiefe noch einmal zum Vorschein kommen und auch ihn holen, den zweiten, den letzten, mit dem er Abrechnung hielt, weil alles, was in seine Gewalttätigkeit gefangen ist, vielleicht die Sanftmut anklagt, die ihr nicht hilft. Aber so viel er auch starrte – Lejongaps gebrochene Augen sahen ihn nicht, und er sah sie nicht.

Er wußte nicht, wie lange dieser Traum einer Fahrt währte. Er dachte nur immer wieder daran, daß es besser gewesen wäre, wenn sie sich damals bei Poltawa in ihr Los ergeben und sich hätten gefangennehmen lassen. Daß ihre Freiheit nichts als die Willkür mit der Gewalt geworden war, und daß so viele Tote ihr elendes, schuldbeladenes Leben hatten bestreiten müssen. Vielleicht auch wieder einforderten, wer konnte das wissen! Denn die Toten riefen zum Tode und die Lebendigen zum Leben, soviel war sicher.

Er konnte vom Steuer her des toten Möllerhusen Hinterhaupt und Schultern sehen, denn der war mit dem Gesicht flach gegen das Deck gestürzt, und der Anblick mahnte ihn daran, daß er sich, bevor Land in Sicht kam, des Toten und der Bündel entledigen müsse. Aber er scheute sich, mit dieser entsetzlichen Arbeit anzufangen, bevor die Dämmerung noch tiefer geworden war. Da erst, als er die einbrechende Nacht um Barmherzigkeit bitten konnte, ließ er das Steuer fahren und ging nach vorn. Er bemühte sich, auch jetzt nicht hinzusehen, stellte sich mit breit gespreizten Beinen über den Toten und versuchte, ihn bei den Schultern vollends an Deck zu heben. Doch Möllerhusen war schon halb steif – im Tode und vor Kälte –, seine Stiefel hakten sich unter den Treppenstufen fest, die aus dem Luk an Deck führten, als wollte er nicht aus dem Dachsbau heraus, in dem er sich verkrochen gehabt hatte, und in dem er sicher gewesen war. Erst als er ihn verlassen, hatte Lejongap ihn niedergestreckt.

Cronstedt mußte hinter seinem Rücken hinab und die zwischen die Stufen eingezwängten Stiefel lösen. Die Schaluppe stampfte derweil so ungestüm auf und ab, daß er zu seinem Schrecken und Ekel fortwährend dem Toten auf den Rücken geschleudert wurde. Als er wieder an Deck stieg, sah er die ganze Welt schwarz – schwarz das Wasser und schwarz den Himmel, wie in entsetzlichen Aschenstürmen... Er hatte gar keine Wahl mehr, mußte sich neben den Toten hinkauern und warten.

Als er meinte, wieder bei Kräften zu sein, fuhr er mit der Arbeit fort; und mit großer Mühe, oftmals über den Leichnam stürzend, weil er die Bewegungen der Schaluppe nicht im voraus zu berechnen verstand, gelang es ihm schließlich, den Toten bis zur Reling zu zerren und über Bord gleiten zu lassen. Da aber stand er bei der Dunkelheit schon tief in der Schuld, denn er hatte manches nur im Vertrauen auf sie tun können. Als Möllerhusens Leiche nicht mehr an Bord war, vermied er's anfangs, ins Wasser zu sehen, aus Angst, sie könnte neben ihm schwimmen, und gleich danach überkam ihn die Furcht, der Tote könnte sich mit den Kleidern irgendwo am Schiffsrumpf festgehakt haben und ihn unvermerkt begleiten. Deshalb kroch er längs der ganzen Reling ums Schiff und starrte ins Wasser, aber er sah nichts. Er sah auch nicht mehr, ob das Wasser, das er über die Decksplanken goß, die Blutspuren tilgte, die der Kampf dort hinterlassen hatte. Erst als er an Möllerhusens Bündel, das er zum Luk hinausgezerrt hatte, die Knoten löste und den Inhalt mitsamt dem umhüllenden Laken ins Wasser warf, um gleich danach genauso mit Lejongaps Bündel und, nachdem er ihm den Proviant entnommen, mit seinem eigenen zu verfahren, hatte er das Gefühl, der Erfolg sei verbürgt, denn die schweren Gegenstände hörte er selber glucksend in die Tiefe fahren, und andere trieben kurze Zeit um die Schaluppe herum, bis sie sich mit Wasser vollgesogen hatten und verschwanden.

Bei dieser Beschäftigung aber blickte Cronstedt sich schon von Zeit zu Zeit um, als könnte er, ohne es zu wissen, Zuschauer gehabt haben. So einsam er war – mit einemmal hatte er nicht mehr das Gefühl, allein zu sein, denn mit der Erinnerung an die, die bis eben noch bei ihm gewesen waren, sah er bald Lejongap, bald Möllerhusen vor sich, und dort, wo sie ein Focksegel hatten setzen wollen [und nie gesetzt hatten], eine lichte Gestalt, die winkte und winkte und mitunter einen kleinen, hellen Schrei ausstieß, bei dem es ihm einen Stich gab, und auf den er, wie er meinte, antworten müsse… Und er öffnete, am Steuer kauernd, auch schon den Mund und setzte zu diesem Schrei an, aber da war es wieder, als habe Lejongap ihn in den Schraubstock genommen, und er brachte keinen Ton aus der Kehle… Und fühlte doch, daß er die Antwort schuldig war…

Bis dahin war das alles eine Moritat, nicht mehr; eine düstere, gewiß, aber was wollte das heißen in einer Zeit, in der Krieg, Pest und Hunger sich den Fang aus den mordwütigen Klauen spielten, und in einem Landstrich, vor Zeiten einmal der Mutter Christi geweiht, in dem durch die Habgier gekrönter Häupter weite Gebiete zur Wüste wurden, also daß ein Mensch dankbar niederkniete und den Boden küßte, wenn er nur eines anderen Menschen Spur fand, während des Zaren Feldmarschälle ihrem obersten Herrn melden konnten, nun gebe es hier einfach nichts mehr zu verheeren, das ganze Land liege wüst, und daß sie von ›Vieh und Esten‹ abgesehen, mehr Gefangene an edeln Leuten hätten, als der Tod im Augenblick Seuchen erfinden könnte, daran sie stürben… Und also wären auch Lejongaps und Möllerhusens und Cronstedts Schicksale nur etwas, was nicht einmal das Unkraut auf den Gräbern derer, die sie umgebracht hatten, wert war. Indessen ist die Geschichte, was Cronstedt betrifft, noch längst nicht zu Ende.

Cronstedt überlebte diese einsame Fahrt!

Er scheiterte nicht im Schärenmeer, wie man bei seiner Unerfahrenheit in der Navigation hätte meinen können, und als er andern Tages in der Frühe [er wußte da aber schon gar nicht mehr, was früh und was spät war] am Steuer erwachte und in nächster Nähe Land gewahrte, gelang es ihm sogar, die Schaluppe zu verlassen, die er Wind und Wellen preisgab, und in das kleine Ruderboot überzusteigen, das die Schaluppe von der estländischen Küste her im Schlepp behalten, weil keiner von ihnen daran gedacht hatte, das Schlepptau loszuwerfen, wiewohl er das kleine Boot erst einmal leerschöpfen mußte, da viel Wasser hineingeschlagen war.

Er war da aber schon nicht mehr ganz bei sich, so hatten Kälte, Nässe und alle anderen Entbehrungen ihm zugesetzt, sah Himmel und Erde wie in einem Nebel, in dem ab und zu Sternchen zerplatzten, und hätte wohl, durch die Wirrnis der Schären und Holme rudernd, nie bis zu einer menschlichen Behausung gefunden, wenn nicht zu seinem Glück schon diese Außenschären bewohnt gewesen wären, er einmal ein Pferd hätte wiehern hören und der Dragoner in ihm erwacht wäre, der seinen Stall ebenso sicher wittert wie ein Pferd.

Er gelangte zu Menschen - nach Jahr und Tag in der Fremde und unter Feinden zum ersten Male wieder zu Menschen, die von seinem Volk und seiner Sprache waren, und ward von ihnen in Pflege genommen.

Diese Pflege, bei der er wochenlang in wilden Fieberträumen lag und den ganzen Feldzug noch einmal kämpfte, obschon er, wie seine Gastgeber meinten, doch mehr mit Säbel und Pistole

gefochten haben mußte als mit einem Schemel, von dem er fortwährend sprach und vor dem er sich noch im Bett niederducken
zu wollen schien, zog sich recht lange hin, und erst gegen Weihnachten jenes Jahres, bevor das Eis kam, überquerte er auf der
Fregatte ›Stolz von Angermanland‹ das Alandsmeer und langte
zum Fest in der Hauptstadt an, die ihres Königs immer noch verwaist war, weil Karl XII. nämlich fortwährend in Bender saß.
Auch im Reiche Schweden selber und nicht nur in den mit ihm
verbundenen Kronlanden am baltischen Ufer starrten Armut
und Not aus jedem Fenster, weil der bis zum Tag von Poltawa so
glorreiche Krieg das Vermögen der Krone, des Adels und des
gemeinen Mannes verzehrt hatte, und die Unzufriedenheit der
Stände war gewaltig gestiegen.
Die Kuriere, die der Herrscher von der Türkei her quer durch die
Ukraine, Polen und Preußen nach Stockholm entsandte, daß sie
Adel und Volk Botmäßigkeit und Geduld predigten, vermochten wenig mehr auszurichten, denn der Hunger und die hoch-
fliegenden Pläne der Stände machten sich andere Gedanken über
das Kriegstheater als die Majestät, die mit dreihundert Getreuen
und noch viel mehr politischen Hoffnungen in Bender aushielt.
Und nun schmiedete ein neuer Winter mit Eis und Schnee das
Land abermals in reglose Not.
Das war das Vaterland, in das Cronstedt heimgekehrt war.
Er schickte sich in die Verhältnisse, ließ sich von keiner Meinung,
die sich gegen den landfernen Herrscher empörte, in ein politisches Lager nötigen und zog sich auf das sörmländische Gut, von
dem er stammte, zurück. Er war mit dreiundzwanzig Jahren in
den Krieg gezogen und hatte etliche Bataillen in Polen, Sachsen
und Kurland und schließlich den ganzen russischen Feldzug, der
bei Poltawa endete, mitgemacht, aber daß er in so jungen Jahren das Patent als Rittmeister erhalten, hatte er wohl mehr der
Gunst und dem Ansehen, in dem sein gräfliches Geschlecht stand,
zu verdanken gehabt als seinen eigenen Verdiensten.
Der russische Feldzug und die Flucht, von denen er jedoch daheim nichts erzählte, hatten ihn für die Augen in seiner Umgebung, die zum größten Teil aus daheimgebliebenen Frauen oder
aus solchen Mitgliedern des Geschlechts bestand, die für den
Feldzug zu alt gewesen waren, lange vor der Zeit altern lassen.
Über die Anfälligkeit des Leibes hinaus prägten ihn, wie man
fand, von der Heimkehr an eine gewisse Schüchternheit oder

Scheu, weniger ein in seinem Wesen begründeter Ernst als eine Mutlosigkeit und Niedergeschlagenheit, mit denen er mitnichten schon in den Krieg ausgezogen war und die sich jeder Gesellschaft wie eine lähmende Unsicherheit mitteilten, so daß er sehr bald den Spitznamen ›der Mehltau‹ erhielt, weil er die Früchte einer heiteren Geselligkeit, die jetzt doppelt kostbar waren und auch bedenkenlos genossen wurden, schmälerte, wo nicht ungenießbar machte.

Er heiratete nicht, so viele junge Mädchen oder junge Witwen von im Krieg gebliebenen adligen Herren man ihm auch zuführte. Es hieß, daß er alles, was er begehre, ausschließlich im Schoße von Frauen ohne Stand finde, mit denen er nicht mehr als die caresse des Augenblicks zu teilen, denen er, der Verschlossene, sich nicht zu eröffnen brauche, wie ein Ehemann es wohl vor seinem angetrauten Weibe tut, und mit den Jahren gab es Leute, die zu wissen vorgaben, der Mehltau habe auch leibliche Abkommen, doch zeige er die nicht vor der Welt.

Er hatte aufgehorcht, als im Oktober des Jahres 1710 die Nachricht kam, wie in Livland hätten auch Ritterschaft, Rat, Stände und Gilden in Estland die Kapitulation mit dem zarischen Feldherrn unterschrieben und der Krone Schweden Valet gesagt, nachdem die Lande Unsägliches ohne jedweden Schutz durch schwedische Waffen von einem vielgestaltigen Feinde erduldet hätten. Mit klingendem Spiel sei der klägliche Rest einer schwedischen Garnison in Reval, ganze vierhundert Mann, zum Hafen gezogen und habe sich nach Haus eingeschifft, während auf der anderen Seite der Stadt zweitausend Russen einmarschiert seien.

Diese Nachricht, geeignet, jeden treuschwedischen Untertanen nachdenklich zu stimmen, weil sie zwei edle Steine aus Schwedens Krone brach, für deren Wert und Sicherheit man mehr als hundertfünfzig Jahre lang manches Gute unternommen, die man aber auch mit noch mehr Unrecht und Willkür bei der gerechten Vorsehung verpfändet hatte, stimmte Cronstedt, wie es seiner Umgebung den Anschein machte, noch nachdenklicher als andere, und als sich herumsprach, was alles die armen Bewohner von Estland in den vergangenen Jahren durch Hunger, Pest und die Gewalttätigkeit der Soldateska wie der zahlreichen Marodeure erduldet, verschwand er für längere Zeit nach Stockholm. Den Seinen war und blieb er ein Beispiel dafür, wie der

Krieg mitunter die, die ihn führen, gesund an Leib und Gliedern in die Heimat entlassen kann, ihre Seele aber als Raub behält. Er war anders geworden, als da er ausgezogen war, und wohl deshalb auch mochte er nichts mehr von Politik, Krieg und Soldatenglorie hören.

Wenige Jahre später jedoch, als der Adler von Bender aus noch einmal wieder herrlich die Schwingen spannte, der König im November 1714 quer durch die Ukraine, Polen und Preußen selber in seine Erblande ritt, den Fall von Stralsund und Wismar zwar nicht mehr zu verhindern vermochte, im Reiche Schweden selbst aber erschien und zum Feldzug in Norwegen rüstete, wurde der Waffendienst noch einmal Cronstedts Los, doch reichte seine Gesundheit da nicht mehr fürs Feld. Die unwirtliche Fremde der norwegischen Berge blieb ihm erspart. Und erst als nach Karls XII. Tod vor den Schanzen von Frederikshall Peter der Große im Juli 1719 die Gelegenheit gekommen sah, mit einer Flotte an der angermanländischen Küste zu landen, ritt Cronstedt wieder zum ersten Male an der Spitze eilig zusammengeraffter Reiterscharen, für die man auch die älteren Bauern noch aufgeboten, in hellen Tagen und bleichen Nächten gegen den Feind. Er war da ein Mann um die vierzig Jahre und galt als ein harter, kampferprobter Kriegsmann, der im Felde das Schweigen gelernt habe und den Erinnerungen schlaflos gemacht hätten.

Das stimmte. Er schlief nicht mehr gut. Seine Erinnerungen bedrückten ihn nicht, weil sie alle leibhaftig geworden wären und sich vor ihn gedrängt hätten, sondern er ging zwischen ihnen wie in einem beständigen Nebel umher; und so wie ein Nebel sich niederschlägt und alles durchnäßt, so erfüllten ihn manche Erinnerungen gestaltlos, aber mit körperhafter Dichte.

Am schlechtesten schlief er, als im Herbst des Jahres 1721 endlich zwischen Königin Ulrike Eleonore und dem großen Peter zu Nystadt jener Frieden geschlossen worden war, der Viborg, Ingermanland, Estland und Livland vor himmlischen und irdischen Mächten an die Krone Rußland abtrat und nach langwierigen Verhandlungen zwischen den Ritterschaften in Estland und Schweden und Kammer- und Hofgericht zu Stockholm die Notwendigkeit klarstand, daß Cronstedt als erbbegünstigter Vertreter seines Geschlechts sich nach Estland begeben müsse, um dort die durch schwedische Reduktionen in vergangener Zeit, ritterschaftliche Beschlüsse und kaiserlich-russische Konfirmationen der alten ritterschaftlichen Erlasse höchst verwickelt gewordenen Erbverhältnisse persönlich zu ordnen, denen zufolge ihm nach dem Erlöschen eines Zweiges des gräflichen Geschlechtes Stenbock-Kolk und des edeln Geschlechtes von Bagge-Matthias, mangels direkter männlicher oder weiblicher näherer Verwandten, ein nicht unbeträchtlicher Besitz zugefallen war, den Cronstedt indessen frei zu veräußern trachtete, wenn nicht die Ritterschaft oder die Krone als Bewerber darum anhalten wollten.

In der letzten Nacht vor seiner Abreise, die er schon in einer Kammer des Schoners ›Gotlands Favör‹ verbrachte, weil der Schiffer gleich nach Mitternacht in See stechen wollte, befand er sich in besonders merkwürdiger Stimmung.

Er hatte seine Effekten am Abend zu Schiff bringen lassen und sich in der Kammer, die ihm zur Überfahrt nach Reval einige Tage, wenn nicht gar Wochen dienen sollte, so gut eingerichtet, als die Enge zuließ, doch fand er hier noch weniger Schlaf als sonst, suchte ihn aber auch nicht sonderlich, weil das Hämmern, mit dem die Schiffsmannschaft die Luken verkeilte, ihn von der Zwecklosigkeit überzeugte. Also stieg er wieder an Deck und erging sich auf der Brücke, auf und ab schlendernd, bald an der Reling, die Skeppsholmen zugewandt lag, und bald an der anderen, von der er auf die nächtlich verödete Schiffsbrücke blickte, verweilend.

Es war eine helle, laue Nacht zu Anfang Juni; der Himmel von grünlicher Klarheit, das nie ganz dunkelnde Wasser, in dem rundum liegende Barken, Schoner und Fregatten sich mit ihren Masten und Rahen wie mit unbelaubtem Astwerk spiegelten, von eigentümlichem Glanz. Die hohen Giebelhäuser jenseits der Schiffsbrücke allein waren eine lange, finstere, schweigende Mauer. Hin und wieder konnte man auf dem Ritterholm in der alten Stadt die Nachtwächter hören, und dazwischen schnellten in der Stromfurche, die der Ausfluß des Mälarsees durch den Hafen zog, die ungebärdig laichlustigen Fische als silberne Blitze in die samtene Dämmerung und fielen planschend wieder ins Wasser zurück.

Cronstedt blieb stehen und blickte über die Wälle und die niedrigen Kasematten von Skeppsholmen, auf denen man die Schildwachen schlendern sah und von denen ihre Rufe bis zu ihm hinüberhallten, wenn sie einander die Losung gaben, und sagte sich, daß er eigentlich hätte unruhig sein müssen, gequält und ängstlich - und fühlte, daß er das alles nicht war.

Ein Abschnitt seines Lebens, der ihn wie ein Leben für sich anmutete, lag für ihn wie im Nebel. Aber indem er sich anschickte, das Land, das so wichtige Wochen dieses Lebens im Nebel beherbergt hatte, wieder aufzusuchen - des Todes, wenn man je erfuhr, wie er darin gelebt hatte -, wurde dieses Stück Leben klarer und vertrauter für ihn als die Jahre, die er nach seiner Heimkehr verbracht hatte und die für ihn, als er da in die Nacht hinausblickte, unbegreiflich, wie vergangen waren. Er hatte mit einemmal das Gefühl, er sei in den vergangenen elf Jahren nicht richtig bei sich selbst gewesen, und schauderte davor, sich zu dem estländischen Leben als dem eigentlichen bekennen zu müssen; aber vielleicht schauderte ihn auch in einem Morgenwind, der das Wasser krauste. Jahr für Jahr und in jedem dieser Jahre so manchen Tag und so manche Nacht hatte er sich mit den verschiedensten Erklärungen, warum das Leben so sein müsse, und daß es, zumal in Kriegszeiten, nicht anders sein könne, Pardon gegeben, und dies um so williger, als er nun feststellen zu können meinte: was er heute nicht mehr verantworten könne, habe er in jenen Jahren mit kindischer Unwissenheit um Gut und Böse, um Recht und Unrecht getan, und folglich sei er auch nicht nach der Strenge späterer Erkenntnis responsabel. Doch so verführerisch diese Beweisführung gewesen war - sie hatte ihm nie das Gefühl der Schuld zu nehmen vermocht, das von diesen Beweisen gar nicht erreicht wurde, geschweige denn von seiner Seele abgewälzt worden wäre. Indem er jetzt aber auf die Ereignisse selbst, die so bedrohlich dunkle Schatten über die vergangenen elf Jahre geworfen hatten, zuging, das Land aufsuchte, in dem sie sich abgespielt hatten, den Erinnerungen standhielt, die sich einstellten, als Lebendiger unter die Gestalten trat, die als Schatten aus dem Reich des Todes sich um ihn herum versammelten, war er auf eine eigentümliche Weise ruhiger, so als habe er eine ihm letztlich doch angemessenere Welt gefunden, denn er sie in den vergangenen elf Jahren bewohnt hatte. Nur war er traurig, wie nur ein Lebendiger unter Toten traurig sein kann. Zugleich aber spürte er, der in allen den vergangenen elf Jahren eine verzweifelte Einsamkeit zu ertragen gehabt hatte, an seinem schuldig gewordenen Leben zum ersten Male etwas wie Gesellschaft und Gemeinschaft. Eine Gemeinschaft, wie sie ihn keine Volksmenge hatte empfinden lassen, weil nichts, nicht einmal eine eigene Freude oder eine eigene Trauer oder eine eigene Schuld ihn mit ihr verbunden hatte - nicht einmal Gott, wenn er, wie es in den vergangenen Jahren mitunter geschehen, in eine Kirche gegangen war, weil er darin ein Zusammensein mit - Menschen gesucht hatte, das er in den Salons vermied. Er war, wie er empfand, unauflösbar geworden, und wo immer ein Gemeinsames oder Übermächtiges die Menschen zusammenschmolz, war er in der glühenden Masse unschmelzbar geblieben, ein Stein...

Mit einemmal schreckte Cronstedt zusammen und fühlte, daß er, ohne dem wehren zu können, zu zittern begann. Eine frühe Möwe war kaiwärts geflogen gekommen und über dem Schiff niedergestoßen, um zu äugen, ob sie etwas finde. Von irgend etwas erschreckt, stieß sie einen kurzen, hellen Schrei aus. Und dieser Schrei hallte in ihm wider und sprengte ihn beinahe. Es gab keine natürliche Erklärung für die Wirkung dieses Schreies auf ihn. In seinem Echo wurde alles das laut, worin er selber - verstummt war; und darin fragte ihn alles das, worauf er die Antwort noch schuldig war. Nur wußte er immer noch nicht, was er antworten könnte.

Ohne daß er's gemerkt, hatten sich zwei Ruderboote mit Knechten an den Riemen dem Schoner ›Gotlands Favör‹ vorgespannt, und erst als Skeppsholmen vor seinen ungläubigen Augen nach links zu schwimmen begann, ward er inne, daß der Schoner losgeworfen hatte und in See ging. Da gedachte er des Weihnachtstages, da er hier angekommen war, und als der Großbaum ihm zu Häupten mit lautem Kreischen ausschor, duckte er sich, wie er's so manches Mal unter dem wirbelnden Schemel getan hatte, und betrachtete mit verstörten Blicken das Deck, als tanze Lejongap darauf immer noch den Kranichtanz. Er war, schon hier, in Wahrheit noch gar nicht zurückgekommen, und kehrte auch nur wie aus einem Traum in einen andern ungefähr zehn Tage später in die Vergangenheit ein, fortwährend mit dem Gefühl, er müsse zu einer Wirklichkeit und Gegenwart erwachen, wenn er nicht für alle Ewigkeit verloren sein wollte.

Bei seinen Unterredungen mit den Sekretarien der estländischen Ritterschaft merkte Cronstedt, daß er seit dem Abschluß des Friedens die erste Standesperson war, die aus Schweden hier angelangt war, denn er bekam manche Klagen zu hören, was Land und Stadt durch die Untätigkeit der schwedischen Waffen auszustehen gehabt hätten, und daß man sich jetzt, obschon das zarische Regiment, nicht nur was den lieben lutherischen Christenglauben betreffe, ganz fremd sei, einer besseren Zukunft und Fortune getröste; doch quittierte Cronstedt, den man allerorten als einen etwas förmlichen oder von ewigem Nachdenken verschatteten Herrn betrachtete, derlei Bemerkungen mit einer so höflichen Geduld, daß niemand sich bewogen fand, diese noch weiter zu beanspruchen. In Wahrheit kosteten ihn diese Gespräche, während er mit gleichsam versteinertem Gesicht geistesabwesend zu sein schien, eine Aufmerksamkeit, die über seine Kräfte ging, und niemand konnte ahnen, daß er, wenn er in einer hellen Sommernacht spät aus der Adelsredoute nach Hause geleitet worden war, geraume Zeit auf seinem Lager hockte und versuchte, sein Gesicht auftauen zu lassen, das ihm in seiner eisigen Anstrengung wie gefroren war. Die Damen hatten vom ersten Augenblick an einen geheimen Sinn für dieses unbewegte Gesicht, hinter dem sie ein scheu verborgenes, um so beweglicheres Gemüt wähnten, und sagten ihm einen Herzenskummer nach, von dem sie ihn, da er in jeder Hinsicht stattlich und gefällig war, um so lieber zu befreien trachteten. Solche Werbungen wehrte Cronstedt jedoch mit einer knabenhaften Schüchternheit ab, die seine Aufmerksamkeit nur noch begehrenswerter machte.

Als er erst zu einem gräflich Stenbock-Kolkschen Gutshof östlich von Reval und dann westlich von der Stadt zu dem herrenlos gewordenen Besitz der Edeln von Bagge-Matthias unterwegs war, um dort Augenschein zu halten, geschah die große Verwandlung mit ihm.

Er hatte sich eingeschärft, ›er müsse ihn tragen‹ – diesen sonderbaren, maskenhaften, unwirklichen Zustand, in den er sich hineingelebt hatte: eine Verstellung, um nicht als der entdeckt zu werden, der er hier einmal gewesen war. Und nun brach er mit einemmal freiwillig daraus aus!

Es war um St. Johanni, verschwiegene Festzeit in dem verwüsteten, geschändeten Lande, das noch menschenleerer als einst geworden war. Wieviel brandgeschwärzte Ruinen man auch sah, wieviel Ackerland in der Brache lag, wie unsäglich schnell die Erde des Menschen und dessen, was seine Hand im Guten wie im Bösen gewirkt, vergaß – der wilde Kerbel schäumte über auf den Laubwiesen, der Faulbaum hatte gerade ausgeblüht, schon

öffnete sich der Holunder in schweren Dolden, und Schwalben-
augen und Trollblumen leuchteten –, das ernste Gesicht dieses
Landes, durch das er hinritt, erstrahlte in einem wehmütigen
Lächeln, als habe es vergessen, was ihm der Mensch angetan, und
die schlaflosen Kuckucke riefen ohne Unterlaß bis in die Nacht
hinein, als wollten sie alles bekräftigen.

Er sah keine Hügel, wie er sie von Sörmland her gewohnt war,
aber die Ebene schien ihm geduldiger als die Hügel, von den
Bergen zu schweigen, die er auf dem Feldzug gesehen. Was hier
noch blühte, das blühte von tiefer innen in der Erde aus seinen
Wurzeln her, das blühte aus unendlicher Geduld mit der Not
dieses Lebens. Und da erblühte in ihm selber etwas, er wußte
nicht, was. Der Stein, der er gewesen oder geworden war, ver-
goß mit einemmal Tränen, und eine unendliche Trauer und
Wehmut zogen in ihn ein. Er hatte dieses Land zu lieben begonnen...

Er sah seine Armut – und nahm sie als die seine an; er sah seine
Schwermut – und sein Herz antwortete brüderlich; er sah seine
Einförmigkeit und ebene Endlosigkeit zwischen Osten und Westen als ruhmlose Schwelle für alle Gewalten – und er willigte ein,
wie sie zu sein; er sah seine holdselige, arme Schönheit – und er
liebte sie wie die Braut, die er nie besessen und der er ganz zu
eigen sein wollte; er fühlte eine unerklärliche Vertrautheit damit
und empfand dunkel, daß es – seine Schuld war, die er darin
liebte, so wie wir alle das am tiefsten lieben, was uns an unwieder-
bringlich Verlorenes gemahnt.

In dieser tiefen Verwandlung, in der er fest entschlossen war,
keins der Güter zu veräußern, sondern sie als Grundherr hier im
Lande zu bewirtschaften, traf Cronstedt mit seinem Reitknecht
an einem Abend zu Anfang Juli auf dem Gute Wichterpahlen ein,
auf dem der ehemalige Feldobrist in königlich-schwedischen
Diensten Klas von Ramm wohnte, welcher die Aufsicht über
das verwaiste feste Haus von St. Matthias geführt und, dem Vernehmen in der ritterschaftlichen Kanzlei nach, selber die Absicht
geäußert hatte, zusagende Conditionen vorausgesetzt, Matthias
zu Erb und Eigen zu erwerben.

Cronstedt hätte den Weg dahin über den [wie man ihn vorbe-
reitet] fast völlig ausgestorbenen Flecken Kegel nehmen müssen,
in dem außer dem Pfarrhaus und der Kirche kaum noch etwas
stehe, denn Menschtschikows Fähnlein hätten das meiste dort

niedergebrannt, aber mit undurchsichtigen Begründungen hatte er's verstanden, einen anderen Weg, näher dem Strande, zu wählen, mit dem er den Flecken umging. Denn hier, westlich von Reval, ritt er auf eine für ihn atemberaubend erregende Weise mitten in seine Vergangenheit hinein.

Gestehen! befahl er sich mitunter; dann schrie er's in sich hinein: Gestehe! und wischte sich den Schweiß von der Stirn. Es ist nicht möglich, auf soviel Schuld und Lüge zu bauen!

Aber dann, die hell ergrünten Haselstauden und die mit den Kerzen ihrer Blüten festlich geschmückten Kiefern betrachtend, dachte er ungläubig: Ist das derselbe Wald, dasselbe Moor, in dem wir damals...? Das war damals eine andere Welt gewesen, nicht nur eine andere Zeit; und er grübelte, ob der Mensch so tiefer Verwandlungen fähig sei, oder ob die eigene Feigheit ihn arglistig täusche. Konnte er wirklich glauben, daß er damals ein ganz anderer Mensch gewesen und heute ein anderer Mensch sei? Nein, sagte er sich, dreimal nein. Du bist nicht mehr der nämliche Mensch, und bleibst doch ewig der gleiche. Glaub dir nur, wo du dich verleugnest! Nur dort bist du im Recht! Die Angst erfindet Versöhnungen vor der Ewigkeit... Wird aber in der Ewigkeit Versöhnung sein? fragte er. Und wo wäre die Sühne? Denn Sühne ist doch, Sühne muß doch sein...

Er verhielt sein Pferd und blickte in die Laubwiesen, inmitten deren jeder einmal das Paradies gelegen haben konnte, und fragte sich mit perlendem Schweiß auf der Stirn: Hier...? Gerade hier...? – Wo sonst! antwortete er sich selber, wo sonst, wenn nicht in der Welt der Schuld. Aber diesen Gedanken zu Ende zu denken, brachte er nicht über sich, und wiewohl er sich selbst widerlegt hatte, nahm er zu den alten Ausreden Zuflucht.

Der Herr auf Wichterpahlen empfing ihn mit altmodischer Steifheit. Sei es, daß er die Zeiten immer noch für so unsicher hielt, oder daß er's im Feldzug gelernt und für das Leben in der Heimat beibehalten hatte, aus dem Ort, an dem er sich befand, ein befestigtes Lager zu machen – sein Haus war in Wahrheit ein ›festes Haus‹ in der Wildnis, das zwei riesige Hunde umkreisten und dessen Mauerkranz nach Musketen und Hellebarden aussah.

Mit dem Augenblick, da er hier eingeritten war, fühlte Cronstedt sich beklommen und wünschte, er wäre in Matthias eingekehrt, das in der nahen Meeresbucht lag. Der Feldobrist ähnelte für ihn weniger einem Obersten der Artillerie, der er gewesen zu sein vorgab, als vielmehr einem Generalzahlmeister oder Intendanten: von pfennigfuchserischer, düsterer Genauigkeit, wie er meinte, der er nur dadurch zu begegnen vermochte, daß er die ganze Förmlichkeit hervorkehrte, die man in Reval an ihm gefunden, und mehr. Wieviel freudiger und unabhängiger hätte er sich befunden, dachte er, wenn er jetzt schon genau gewußt hätte, daß auch das Haus von St. Matthias sein bleiben würde. Doch wollte er, ohne es gesehen zu haben, noch keine Entscheidung treffen. Das Versöhnliche hier, meinte er vom ersten Augenblick an, waren die nach der Frau des Hauses blondschopfigen Söhne, welche die schweren Zeiten mit einem noch etwas nachdenklicheren Kinderblick überstanden hatten. Und außer der eigenen Familie des Obristen gehörten, wie der gleich sagte, zum Hausstand jetzt noch etliche Personen, die vormals, in den schwersten Hungerzeiten, vom Land in die Stadt hatten fliehen müssen und dann bei der Rückkehr ihren Besitz niedergebrannt vorgefunden hatten, und dazu die Enkelin eines Nachbarn, der von marodierenden Söldnern erschlagen worden war, Gott gnade der Seel; eine Comtesse von Ungern und Sternberg. Cronstedt blickte erst starr vor sich hin und nickte dann gemessen und ließ sich von seinem Zimmer zum Saal führen, wie sie die große Stube zu ebener Erde nannten. Dem Gastgeber, der die Kerze vorantrug, fiel es nicht auf, daß sein Besucher bleich wurde und häufig stehenblieb und zögerte – er meinte, weil er im flackernden Schein der Kerze nicht den Weg übersehe, und hielt diese näher und tiefer, aber Cronstedt war es, als gingen in den beiden Schatten, die der Oberst und er selber warfen, Lejongap und Möllerhusen mit.

Mit einemmal schützte er vor, in seinem Zimmer etwas vergessen zu haben, kehrte auf dem Fleck um und eilte zurück, ohne des Weges zu achten, der sich, vom Kerzenlicht nicht mehr erreicht, in völliger Finsternis verlor. Der Oberst stand allein und fand das Betragen des Grafen verwunderlich.

Cronstedt stand derweil in einem halbdunkeln Zimmer – er hätte nicht zu sagen gewußt, ob es wirklich das seine sei –, zu dessen Fenstern die fahle Dämmerung der Sommernacht hereinfiel, und preßte seine Hände gegen die hämmernden Schläfen. Er wußte, daß der Oberst draußen wartete, er war sich des Ungebührlichen, nicht nur Absonderlichen, in seinem Betragen bewußt, er erwartete von einem Augenblick zum andern, daß der Oberst vor seine Tür zurückkehren würde, um ihn abermals hinunterzugeleiten, daß dann abermals dieser Weg anheben würde... mit den beiden tanzenden Schatten zur Rechten, den Gang entlang, die Treppe hinunter..., wie zum Gericht..., wie zum Schafott..., und er hatte doch noch gar nichts bekannt! - Was hätte er darum gegeben, sich hier verbergen zu dürfen, nachzudenken in Ruhe, um zur Klarheit zu kommen... Und dabei hatte er die eine Äußerung des Obersten noch gar nicht zu überdenken gewagt, jene beiläufige Bemerkung von der Enkelin des Mannes, der von marodierenden Söldnern erschlagen worden war, sondern lief mit allen Gedanken vor ihr weg, als sei sie eine Zündschnur, die schon brannte - und wußte doch insgeheim, daß er nicht mehr schnell genug weglaufen konnte, und daß seine Schuld ihn im Wettlauf hier eingeholt hatte.

Da kam er!

Er mußte hinaus.

Und wie der Gefangene, den das Peloton erwartet und der seine Ehre dareinsetzt, auch zu seinem Ende nicht genötigt zu werden, öffnete er selber die Tür, murmelte eine Entschuldigung und ließ sich hinunterführen, ängstlich bemüht, weder nach rechts noch nach links zu blicken.

Als sie unten angelangt waren, klebten ihm die Haare an den Schläfen, und er ging und stand wie ein Schlafwandler. Die Ähnlichkeit der beiden Häuser - des einen vor mehr als elf Jahren und dieses anderen heute - in allem: wie sie gebaut waren und was sie enthielten, war so bestürzend, daß er nicht mehr wußte, was Vergangenheit und was Gegenwart sei.

In dem zu seinen Ehren festlich erleuchteten Saal erwarteten ihn die Hausherrin und alle anderen Bewohner des Hauses: die Kinder, Söhne und Töchter, die er schon bei seinem Eintritt gesehen, zwei ältliche Damen - und eine junge, vor die Cronstedt hintrat, als sei er aus Eis, und in deren graublaue Augen er so verloren hineinblickte, daß es den Eindruck erweckte, er habe die Zeit vergessen und wartete auf etwas, was an keinen irdischen Kalender gebunden wäre, was jetzt, jede Sekunde, eintreffen könnte, vielleicht wenn sie den Mund auftäte... Und die junge Dame, der er präsentiert wurde, tat einen leisen, hellen Ausruf, als er sich vor ihr verneigte. Von da an aber hob Cronstedt geraume Zeit nicht mehr den Kopf.

Er saß auf dem Ehrenplatz neben der Hausfrau und versuchte, durch Höflichkeit im Zuhören zu ersetzen, was selber zu sagen ihm gebrach. Aber mitten in der Höflichkeit konnte es geschehen, daß er – zu sich selber zurückkehrend – den Blick um den Tisch wandern ließ, bis er sie gefunden hatte, und sie ansah… Niemand, am wenigsten den ältlichen Damen, konnte das entgehen, und es verbreitete sich eine sonderbare Stimmung, nicht unähnlich der, die sich einst mit dem ›Mehltau‹ eingefunden und ob der jener seinen Namen bekommen hatte.

Der Oberst, bemüht, diese Stimmung durch doppelten Eifer zu vertreiben oder nicht merkbar werden zu lassen, berichtete über die Tischbreite hinweg, die zarische Majestät habe angefangen, hier in der Nähe gewaltige Fortifikationen ausführen und eine Stadt mit einem Hafen, die sie summarisch den Baltischen Port nennen wolle, anlegen zu lassen, damit sie den Finnischen Meerbusen verschließen könne, wann immer sie wolle – und auch zum Nutzen des Petersburger Handels, könne man hören, wenn das winterliche Eis die Einfahrt nach St. Petersburg sperre. Ob Cronstedt glaube, daß dieses abermals eine Faust gegen die Krone Schweden in Finnland sei, auf deren Schlag man nicht lange zu warten brauche?

Cronstedt, dessen Blässe man jetzt trotz dem warmen, rötlichen Kerzenlicht gewahrte, hatte ihm die ganze Zeit hindurch aufmerksam oder gar zu aufmerksam, mit starren Zügen und erloschenem Blick, zugehört, dem Anschein nach ungeteilt bei den Erzählungen des Obersten, in Wahrheit jedoch mit einer Spaltung seines Wesens irgendwo anders, wo sein Leben außer dem Leibe lebte.

Als es an ihm war, eine Antwort zu geben, sagte er kein Wort. Das Schweigen konnte ihm zur Not so ausgelegt werden, als habe er den Oberst nicht verstanden oder als wolle er's vermeiden, sich in die Politik zu begeben; auf jeden Fall aber war sein Schweigen peinlich.

Um etwas Besseres verlegen, fuhr die Hausfrau fort: Tausende von Leuten, die sich gegen die Neuerungen der Majestät aufgelehnt, ihre Bärte nicht hätten scheren lassen wollen oder die neue Regelung in Glaubenssachen nicht anerkannt, seien, zur Zwangsarbeit verurteilt und an ihre Karren geschmiedet, damit beschäftigt, Wälle aufzuwerfen und Ravelline zu bauen, zu denen der große Marschall Vauban die Pläne geliefert habe. An klaren

Tagen könne man von einem Platz, der nicht weit von hier liege, das Gewimmel der Unglücklichen sehen, von denen nicht wenige sich, dem Vernehmen nach, mitsamt ihren Karren ins Meer gestürzt hätten, um der Pein der Gefangenschaft zu entgehen, während andere Hunderte und aber Hunderte von Seuchen hinweggerafft worden seien, so daß sich bei dem Lager für die Lebenden auch gleich ein großer Friedhof mit noch mehr Bewohnern unter der Erde befinde.

Der Zar wolle durch einen Damm zwischen dem Festland und den Inseln die ganze Meeresbucht in einen einzigen Hafen verwandeln – eben den baltischen Port! rief der Oberst. Und Cronstedt nickte zu allem, nickte eine mumienhafte Höflichkeit.

Dem Oberst wollte scheinen, daß sein Gast sich seit der Ankunft völlig verwandelt habe, und von seinem ein wenig sonderlichen Gebaren auf der Treppe abgesehen, meinte er auch den Augenblick zu kennen, in dem diese Verwandlung vor sich gegangen sei. Er blickte den Tisch entlang, um sich dort zu vergewissern, wo seiner Ansicht nach der Grund für die Verwirrung zu suchen wäre, blieb aber mit seinem Blick an den Dazwischensitzenden hängen.

Mühsam schleppte sich das als ein festliches Ereignis gedachte Mahl hin, nicht einmal die Frage, was aus den schwedischen Kriegsgefangenen in Rußland geworden sei, von denen man seit dem Unglückstag von Poltawa wenig mehr gehört habe, vermochte dem Gast Anteilnahme zu entlocken, und während man mehr und mehr dazu überging, sich nach häuslicher Art leise miteinander zu unterhalten oder zu schweigen, durfte Cronstedt aufatmen, der ärgsten Qual entronnen zu sein.

Er hatte noch ein paarmal, unbekümmert um Schicklichkeit oder Unschicklichkeit, über den Tisch gesehen, häufiger, als er selber sich dessen bewußt war, doch immer nur einen geneigten Kopf gefunden. Der freilich hatte ihm die Beobachtung ermöglicht, daß das blonde Haar etliche graue Strähnen zeigte, die nichts mit dem Alter gemeinsam hatten. Und jetzt schon, nur durch eine Tischbreite von ihr getrennt, ahnte er oder wußte er, daß er ihr niemals würde näherkommen können; jetzt schon begann er, sich innerlich das Bild zu vergegenwärtigen, das er nur ein paar Sekunden lang, als man ihn ihr vorgestellt, ungehindert hatte anschauen dürfen, und von dem er dann ein ganzes Leben lang zehren sollte; jetzt schon wußte er, daß sein Herz die Antwort gegeben hatte, die er in den finstersten Stunden als seine Schuld gefühlt hatte – aber daß er die Antwort nie würde hören lassen dürfen...

Man legte ihm den Vorwand, daß die Reise ihn sehr ermüdet habe, so nahe, daß er ihn gar nicht übersehen und sich nach beendeter Tafel bald zurückziehen konnte. Ein Herren-Conveniat, von dem der Oberst zuvor gesprochen hatte, fiel aus. Doch indem er sich von den Damen verabschiedete, beging Cronstedt wie in einem verzweifelten Ausbruch aus der Festung der Sitte, die ihm den einzigen Augenblick seines Lebens vorzuenthalten drohte, auf den es in Zukunft ankommen würde, die ungewöhnliche Handlung, daß er sich über die Hand der jungen Comtesse neigte und sie viel länger, als schicklich war, küßte. Dann ließ er sich, wie in den Kerker zurück, in sein Zimmer führen.

Und es war auch ein Kerker ausweglober Not, die in jener Nacht nicht einmal in einen Schlaf zu entfliehen vermochte.

Er stand im dämmrigen Zimmer am Fenster und sah in eine bleiche Julinacht hinaus, wie er nie eine gesehen zu haben meinte. Es war die Nacht, dieselbe Nacht, in die er – vor etlichen Stunden – hinausgeblickt, bevor man ihn heruntergeholt hatte, und war doch eine ganz, ganz andere Nacht. Nun war es die Nacht, da er Antwort gab; die Antwort, die zu geben er sich schuldig gefühlt, als er an der Reling gestanden und sich an die Pardune geklammert hatte, während die Schaluppe mit Lejongap am Steuer in den grauen Morgen hinausgejagt war; die Antwort in dem sich unaufhörlich verengenden Pferch des Daseins, die er sich dem unsichtbaren Zeugen schuldig gewußt hatte; die Antwort, die er, als er schon ganz allein gewesen war, am Steuer kauernd hatte geben wollen, als der Schatten Lejongaps ihn wieder in den Schraubstock genommen und ihn des Atems beraubt hatte; die Antwort seiner Liebe gegen seine Schuld – die Antwort, die sie nicht hören durfte, weil es diese Antwort nicht ohne die Frage nach seiner Schuld gab. Und diese Frage mußte sein Geheimnis bleiben...

Nein, sagte er sich, das war nicht möglich. Die Jahre, die vergangen waren, trennten nicht zwei Leben, sondern sie schieden nur ein unteilbares Leben in zwei Abschnitte, die unzertrennlich voneinander blieben. Den Menschen gab es nicht, dem er *das* gestehen und den er weiter lieben durfte. Daran, daß er geliebt werden könnte, wollte er nicht denken. Und das andere... Der Weg ihrer Gewalttaten war ja dort nur zu Ende gewesen. Angefangen hatte er viel weiter im Südosten des Landes, bei Lais oder wo es nun gewesen war ... Ein Weg, der von Richtschwert und Rad gesäumt war. Und er - er konnte sich das alles in dieser Nacht weniger denn je vorstellen! -, er selber war ihn gegangen, ungestraft. Bis hierher. Ihm kam es mit einemmal so vor, als sei der Mensch mit allem, was er liebte, durch eine Schuld stärker verbunden als durch die Liebe, und als werde zugleich seine Liebe durch die Schuld auf ewig von dem, was er liebte, getrennt. Vielleicht liebte er zutiefst, wo seine Schuld am größten war, wer konnte das wissen! Und für diese Schuld gab es nirgends Sühne. Sollte er hingehen und sich selber bezichtigen und sich rädern und vierteilen lassen? - Ein Gedanke, hinter dem in dieser Nacht keine Wirklichkeit stand. - Das konnte seine Schuld vor *ihr* nicht sühnen. Nein, es gab keine Sühne für diese Schuld außer der einen - der, die er nicht wählen konnte, das fühlte er, sondern die über ihn verhängt ward als ein Urteil, das er innerlich anzunehmen bemüht war, als da er am Fenster stand und auf die hellen Wege unten im Garten starrte, die alle ins Ungewisse führten, in ein Nichts und Nirgends. Und hatte er auf seinem ersten Ausritt die holdselige, arme Schönheit dieses Landes wie eine Braut zu lieben begonnen, der er ganz zu eigen sein wollte, so spürte er jetzt, daß ihn auch ihre Arme nicht für sein Leben umschließen durften, sondern daß seine künftige Welt auf einem anderen Ufer lag ...

Was danach folgte, empfand Cronstedt selber später als einen Epilog, von dem ihm nicht viel mehr erinnerlich war, als daß er ihn so kurz wie nur möglich hatte halten wollen. Vielleicht aber hatte seine innere Überwindung und die Anstrengung, sich nichts anmerken zu lassen, dermaßen an seinen Kräften gezehrt, daß er für alles andere als die Gedanken, die immer noch ruhelos in ihm mahlten, unaufmerksam und in einem Zustand der Halbwachheit gewesen war, den die schlaflose Nacht allein nicht hätte erklären können.

Er hieß am folgenden Morgen den Reitknecht, mit dem er gekommen war, die Satteltaschen mit seinen Effekten auf sein eigenes Pferd zu nehmen und sich spätestens gegen Mittag auf dem Hof St. Matthias einzufinden, wo er ihn erwarten werde und von wo sie nach Reval zurückkehren würden. Er selber ritt auf seinem Pferd ohne die Taschen mit dem Oberst davon, und niemand von den Damen hier, die er in der Frühe nicht sah, nahm etwas anderes an, als daß der schwedische Graf nach vorgenommener Besichtigung in St. Matthias zusammen mit dem Hausherrn zurückkehren würde - hoffentlich gesprächiger als am Abend zuvor, wenngleich er einer im Hause auch in aller Schweigsamkeit beredt genug erscheinen würde, wie man untereinander scherzend andeutete.

Es war offenbar, daß man ihm sein Betragen am vorangegangenen Abend nicht übel und in gewisser Hinsicht ganz richtig ausgelegt hatte, denn Cronstedt, wenn er noch Zweifel gehabt oder sich solche zur Erleichterung seiner Lage gemacht hätte, hörte den Oberst unterwegs eine weitläufige Erzählung beginnen, mit der jener ihn wohlmeinend und väterlich einweihen wollte, die es aber mit sich brachte, daß er durch den hellen, leuchtenden Julimorgen wie durch eine neblichte Nacht dahinritt.

Die Comtesse, sagte der Oberst, dieses so liebenswürdige Kind, habe, wie er dem Grafen zu eröffnen für richtig erachte, ein ungemein trauriges Schicksal erleiden müssen, das heute noch seinen Schatten auf sie werfe und sie zu Zeiten für Wochen und Monate in die tiefste Melancholie stürze, gegen die kein Mittel etwas vermocht. Habe sie doch als einzige Überlebende, weil sie zufällig außer Hause gewesen und erst später, als das Unheil sich schon vollendet, von einem Besuch bei benachbarten kranken Bauersleuten heimgekehrt sei, am St.-Martins-Tag vor zwölf Jahren das ganze Hauswesen ihres Großvaters, seines, des Obersten, sonderlich favorablen Freundes, mit ihrer Mutter, den Geschwistern der Mutter, den eigenen Brüdern, Schwestern, Neffen und Nichten sowie den Mägden ermordet und ausgeraubt gefunden - ein Anblick, den ihre Seele nicht heil überstanden habe, wenn man es ihr auch nicht immer anmerke, zumal als Fremder. Deshalb wohl auch sei sie so früh ergraut, denn in der Familie habe das nicht gelegen. Die Mordgesellen, habe man nach jener Untat erzählt, sollten schwedische Soldaten gewesen sein, Marodeure, die der Hunger und die Verrohung der Kriegszeit reißender als Wölfe gemacht hätten. Sie wären, nachdem sie die Untat verübt, im Morgengrauen mit der Schaluppe des Hofes entkommen - das arme Kind, das völlig von Sinnen vor Schrecken und Angst die Nacht im Walde verbracht habe, habe sie noch davonfahren sehen. Die Schaluppe habe man später in Finnland geborgen, wo sie herrenlos angetrieben sei – vielleicht daß die Mörder sie nicht zu meistern gewußt oder sie mitsamt ihrem Raube beizeiten verlassen hätten. Niemand habe von ihnen eine Spur entdeckt. Der einzige Mensch, der meine, sie mit leiblichen Augen gesehen zu haben, bevor sie das Verbrechen begangen hätten, sei der jetzt hochbetagte Pfarrer von Kegel, der heute abend wohl auch zum Conveniat komme, weil er die eben verwaiste Pfarre von St. Matthias visitiere. Den könne der Graf fragen, wenn er Genaueres wissen wolle. Bei dem nämlich hätten sie am Tage zuvor einen gewalttätigen Besuch abgestattet und sich etwas zu essen und zu trinken ernötigt, ihn und seine Magd aber am Leben gelassen. Und er, der Pfarrer, wie er sich heutigentags noch zum Vorwurf mache, er habe sie zu dem Ungernschen Hof geschickt oder, wenn nicht geschickt, ihnen doch gesagt, wo der liege. Wie sich dann das entsetzliche Unheil am St.-Martins-Abend dort abgespielt habe, wisse kein Mensch.

Cronstedt blickte scharf auf den Sattelknopf.

Aber, begann der Oberst nach einer kurzen Pause und erhob seine Stimme und legte einen freudigeren, zuversichtlichen Klang hinein, das alles sei gewesen und geschehen, und nun müsse man nach soviel Streit und Tränen dem lieben Frieden vertrauen und ins Künftige planen. Er wünsche dem lieben Kind, das ihm wie ein eigenes Kind sei, eine glücklichere Zukunft. Und – das wolle er dem Grafen gleich sagen – ungeborgen sei sie als die einzige Erbin des Ungernschen Hofes nicht, obschon sie nie mehr dorthin habe zurückkehren wollen und er jetzt auch jenen Hof mit verwalte.

Er habe, sagte Cronstedt in einem finsteren Nebel, er habe... Aber er konnte nicht fortfahren, er hörte seine eigene Stimme nicht mehr. Nie war er dem Geständnis so nahe wie eben!

»Später...«, murmelte er und machte eine Handbewegung, die ihm eigentümlich groß geriet, so, als habe er die Berechnung im Raume verloren.

Der Oberst blickte betreten weg.

Nach kurzer Zeit fragte er, ob dem Grafen nicht wohl sei, er solle es sagen. Der Krieg habe immer noch mancherlei Krankheiten im Lande zurückgelassen...

Cronstedt erwiderte etwas rätselhaft: »Nein, ich halte es noch aus.«

Der Oberst tröstete ihn, es sei nicht mehr weit. Dann schwiegen sie geraume Zeit. Cronstedt versuchte, sich damit neue Kraft abzunötigen, daß er sich sagte, es müsse bald zu Ende sein.

Sie ritten nun in die Raagö-Bucht, zur Linken das Meer, das blank wie Seide dalag, zur Rechten den Wald, in dem sich unabsehbar und ebenmäßig wie eine Mauer, die von Menschenhand erbaut war, ein steiler Absturz des Kalkgesteins hinzog, das hier unter dem Boden anstand, und den der Oberst ihm als ›den Glint‹ bezeichnet hatte. Gerade vor ihnen, auf der gegenüberliegenden Seite der Bucht, sagte er, rage bald hinter der Stelle, welche die Majestät als den Ort der zukünftigen Hafenstadt gewählt habe, diese Kalksteinmauer an die vierzig Ellen hoch aus dem Meer auf, und eben deshalb wohl sei eine befestigte Küste hier uneinnehmbar. Wären die Russen bei allem, was sie vorhätten, nicht so mißtrauisch und sähen sich fortwährend von Spionen umgeben, sollte der Graf hinüberreiten und den Ort betrachten, aber einem königlich-schwedischen Untertanen stehe das wohl eben noch schlecht an.

Cronstedt lächelte abwehrend und sagte, er habe wenig Interesse für das Militärische übrig - eine Bemerkung, die sonderlich schlecht auf seine Zukunft paßte, aber vielleicht auch nicht, weil er da ohne alle innere Passion für den Beruf Soldat blieb.

Auf einen Imbiß in seinem Besitztum könne er rechnen, meinte der Oberst nach längerer Zeit des Schweigens, auf mehr aber nicht. Er habe ihren Besuch ansagen lassen, und das bedeute, daß man etwas zu essen wolle. Es lebe da noch eine Hofsfrau, die früher einmal bei der Herrschaft im Hause gedient habe, und die würde wohl um etwas Schickliches besorgt sein. Allerdings, mit einem Kalb empfange ihn das Vaterhaus nicht. Cronstedt murmelte etwas davon, daß man das später schlachten könne. - Was ihn jetzt erfüllte, war nichts als eine brennende Ungeduld, das Ganze möge zu Ende sein, der Knecht sich eingefunden und sie den Rückweg nach Reval angetreten haben.

Als sie in dem ungewöhnlich wohlerhaltenen aber einfachen Hause saßen, in dem der modrige Hauch der Verlassenheit durch die weit geöffneten Fenster in den heißen Julitag hinauswehte, wirkte er wieder sehr zerstreut und schien mitunter in die Ferne zu lauschen und war seinem Gesellschafter ein Rätsel mehr, weil der doch nie einen Grundherrn getroffen zu haben meinte, der für seinen Besitz so wenig Eifer zeigte. Überdies hatte er für seine Verwaltung ein wenig mehr Lob erwartet.

Doch Cronstedt wurde, nachdem die aufwartende Magd gemeldet hatte, der Reitknecht des Grafen habe sich eingefunden, zum ersten Male gesprächig, und nun gleich so, daß es dem Oberst den Atem verschlug.

Er habe, sagte er leise, es schon vorhin auf dem Weg sagen wollen, aber auf diese Stunde verschoben: daß er nämlich die beiden Höfe, die ihm, wie nach seiner Rücksprache in der Ritterschaftlichen Kanzlei klar stehe, zu Erb und Eigen überkommen seien, wieder verschenken wolle...

In dem Gesicht des Oberst malte sich ein verhaltener Unmut.

Doch werde der neue Besitzer ihn, den Oberst, für die Mühen seiner Verwaltung entschädigen und werde das sicher angemessen zu tun wissen. Er, als der Schenkende, sei nur sehr auf des Herrn Oberst Faveur angewiesen, weil er dessen Hilfe dazu brauche, die Höfe so zu verschenken, daß der neue Besitzer nicht erfahre, von wem das Geschenk gekommen sei. Es werde deshalb wahrscheinlich ein Verkauf zum Schein an ihn, den Oberst, stattfinden müssen und zugleich eine Schenkung von jenem an diejenige, der er – Cronstedt – die Höfe zugedacht habe – ›ausgestandenem Leide zur Sühne‹, sagte er stockend und mit hohler Stimme, und damit sie nie mehr an den Ort ihres Unglücks zurückzukehren brauche... die Comtesse von Ungern, meine er.

Der Oberst hatte sich, beide Hände auf dem Tisch, erhoben und starrte ihn an, als sehe er in Cronstedt, der blaß und schweißüberströmt trotz der Kühle des lange verschlossen gewesenen Hauses vor ihm saß, ein Gespenst.

Das Gespenst aber beachtete sein fassungsloses Staunen nicht und fuhr fort, er werde dieses alles mit den Herren Sekretarien auf der Ritterschaftlichen Kanzlei zu regeln wissen, wenn er heute abermals dahin aufbreche. Es sei nur des Herrn Obersten Zustimmung vonnöten, da er ja den Mittelsmann abgebe. Die Comtesse jedoch, wiederholte er leise und wie sinnend, dürfe nicht erfahren, daß er der Geber sei. Dies zu bewerkstelligen, überlasse er ihm. Und er brauche sich keine Gedanken zu machen, um nichts, um gar nichts... Der Oberst, der endlich zu Wort kam, fiel ihm hier in die Rede: »Wie, Ihr wollt heute auf Reval? Nicht zurück nach Wichterpahlen? Wir haben uns dieses Abends sicher gewähnt, zumal noch der Pfarrer von Kegel kommt und wir unser Conveniat halten könnten, nun in doppelt fröhlichem Anlaß...«

Cronstedt erwiderte mit Anstrengung, sich den Schweiß von der Stirn trocknend, es müsse unbedingt dabei bleiben. Er bitte bei den Damen um Reverenz und Vergebung…

»Denn Ihr müßt Euch klar sein«, unterbrach der Oberst ihn finster, »daß Euer Verhalten eine Enttäuschung, wenn nicht eine Kränkung ist.«

»Ich weiß das«, entgegnete Cronstedt mit entwaffnender Offenheit. »Das Unbegreifliche hat es häufig so an sich. Aber es muß sein.«

»Man wird«, murmelte der Oberst, sich wieder setzend, »man wird sehr enttäuscht sein…« Von der Schenkung, als könne er der noch weniger glauben als dem jähen Entschluß, nach Reval zu reiten, sprach er kein Wort.

»Kann ich«, fragte Cronstedt mit heiserer Stimme, »kann ich Eurer Mitwirkung als Mittler sicher sein?«

Der Oberst fuhr auf, blickte ihn mit hilflos-leerem Gesicht an und fragte dann: »Ja,… wenn… Ich bin soviel Merkwürdiges an einem Tag nicht gewöhnt und denke vielleicht auch langsamer als Ihr… Wenn es Euch denn wirklich ernst damit ist? Oder könnt Ihr auch das so rasch umstürzen wie den Besuch in unserem Haus?«

»Das«, erwiderte Cronstedt, »ist ganz sicher.«

»Ich«, sagte der Oberst, den Kopf in die Hände stützend, »ich begreife das nicht. Ihr habt…« Und er begann, vom Wert der Höfe zu sprechen, der Cronstedt vielleicht noch nicht aufgegangen sei, denn sie hätten zu wenig von der Gemarkung und von den Hofgebäuden gesehen, auch biete in Zukunft die Nähe einer Stadt großen Vorteil… Er dachte ans Praktische, Cronstedt aber wollte ein Ende haben.

»Ich«, sagte er zu ihm, »ich werde Euch auf ewig zu Dank verpflichtet sein, wenn Ihr Euern treusorgenden Sinn zum Besten der neuen Besitzerin regen wollt.«

Der Oberst blickte ihn, aller Worte unfähig, an. Cronstedt stand auf.

»Ich muß«, sagte der Oberst nun leise, auf Cronstedt zutretend, »ein Geheimnis in allem vermuten - ein Geheimnis, das jedweder Frage verschlossen ist.«

»So ist es«, sagte Cronstedt und wandte sich ab. Die Zeiten, murmelte der Oberst, hätten Seltsames im Bösen wie im Guten gebracht, und man verwundere sich über den barmherzigen Gott.

Solches habe er, Kind dieses Landes und ein alter Kriegsmann, der unter mancherlei Himmeln mit der Waffe gestanden habe, niemals erlebt... Aber es möge zur ewigen Glorie Schwedens gereichen, das in drei schlechten Söhnen diesem unschuldigen Kind soviel zuleide getan.

Cronstedt ging zur Tür.

»Ja, wie!« fuhr der Oberst auf, »soll das heißen, daß Ihr sogleich gehen wollt? Nun komme ich nicht mehr mit...«

Cronstedt sah den alternden Mann in dem weiten Zimmer stehen, in dem die Polsterstühle und die Lüster noch zum Schutz verhängt waren und nur die Plätze um den Tisch herum, an dem sie beide gesessen hatten, von dem Flor befreit worden waren, der alles andere wie zu einem Trauerhaus, einem Haus der Verlassenheit und der Verlassenen, machte, und er empfand Mitleid mit ihm und Zuneigung, wie zu dem ganzen Lande, dessen Kind er in seiner ruhmlosen Redlichkeit und Treue war.

»Ja«, sagte er und tat ein paar Schritte zurück, »eben das soll es heißen.« – Aber der Oberst solle sich nicht stören lassen und hier ruhig weiter dem Absonderlichen nachsinnen, das die, die es tun mußten, im Grunde so wenig verstanden wie die, die es miterlebten. Nur wüßten die einen, es müsse so sein.

War es seine ungewohnte, beinahe schmerzvolle Beredsamkeit, was den Oberst wunderte, oder der dunkle Sinn seiner Rede – wer weiß! Er fragte nur noch einmal, mit einem hilflosen Achselzucken: »Ist das wahr? Ist das wahr? – Soviel Güte...«

Und Cronstedt, angewidert von der Rolle des Wohltäters, die ihm das Schicksal aufzwang, erwiderte leise: »So wahr wie das Leid!« nannte sich seinen ergebensten Diener und ging hinaus. Der Oberst wagte nicht, ihm zu folgen.

Er hörte nach geraumer Zeit, die er – überwältigt von dem Geschehenen – geistesabwesend damit verbracht hatte, auf die Hummeln zu lauschen, die am Fenster summten, zwei Pferde sich im Schritt vom Hofe entfernen. Er konnte ihren Weg noch lange verfolgen, denn überall war nun die hohe Stille des Mittags eingekehrt.

Cronstedt hielt, was er versprochen, das wurde der Oberst bald gewahr, als ihm von der Ritterschaftlichen Kanzlei Mitteilung über die dort deponierten Scheinkaufs- und Schenkungs-Urkunden zuging, die er nach dem nächsten Landtag, da er in Reval gewesen war, ebenso verwundert in die Brieflade des Hofes legte, wie an jenem Julitag, da er die Neuigkeit zum ersten Male vernommen; denn alle die Mutmaßungen, die er angestellt hatte, was die Lösung des Rätsels sei, hatten ihm keinen Frieden gebracht, zumal sie alle hier zu sehen meinten, daß Cronstedts überstürzter Abschied nach jenem einzigen Abend - und nicht einmal ein richtiger Abschied, sondern nur ein stummes Ausbleiben - jener, der er einmal so stürmisch seine Zuneigung bezeugt hatte, viel näherging, als die flüchtige Begegnung hätte erklären können.

Von Cronstedt selber hörte er nie mehr. Aber dessen Spur verlor sich nicht nur für ihn, sondern auch für die meisten seines Geschlechtes. Er kehrte, nachdem er alle Angelegenheiten in Estland geordnet hatte, im August desselben Jahres nach Schweden zurück, doch nicht, um dort lange zu bleiben. Ihm war mit dem Augenblick, da er dem Sekretär der Estländischen Ritter- und Landschaft leise, aber mit fester Stimme den Namen des jungen Landedelfräuleins diktiert hatte, dem er seinen ganzen Besitz zu Erb und Eigen verschenkte, für alle Zeit - nicht so lange, wie die Siegel des Briefes hielten, aber doch so lange, wie sein Leben währte - unauslöschlich das Bild jenes blonden, unter unverschuldetem Leid früh ergrauten, von Trauer umschatteten Mädchens, dessen leisen, hellen Ruf er immer noch zu hören meinte, wie in einem geheimnisvollen Wiedererkennen zwischen Gläubiger und Schuldner, als ein Siegel in seiner Seele eingeprägt worden; und wenn er sich in der Folge der Jahre Gedanken über alles machte, meinte er erkennen zu können, daß die einzige Sühne, die er leisten könne, darin liege: auf ewig zu lieben - und nicht geliebt sein zu dürfen.

Und vielleicht hatte er damit recht. Denn es gibt wohl Schuld auf Erden, für die es in den Grenzen dieser Welt und dieses Lebens keine befreiende Sühne mehr gibt - keine Sühne, die unser irdisches Glück schont. Ja, so gibt es schon hier auf Erden Verdammnis.

Ob Cronstedt an eine Lösung jenseits von hier gedacht hat, vermag kein Mensch zu sagen. Manches, so zum Beispiel, daß er doch immer die Verantwortlichkeit über die Zeit hinaus, da seine Schuld entstanden war, und vor mehr als nur den Gesetzen dieser Welt empfunden und anerkannt hat, läßt darauf schließen.

Er verließ Schweden bald nach seiner Rückkehr, nahm Dienste an im herzoglich Holstein-Gottorpschen Heer und konnte vielleicht als ein Parteigänger jener Unzufriedenen gelten, die zu Prinz Karl-Friedrich als schwedischem Thronprätendenten hielten und mit der Wahl Ulrike-Eleonores als Königin nicht einverstanden waren. Aber das alles, wie wichtig es auch in der Politik jener Jahre gewesen sein mag, hatte für ihn gar keine Bedeutung. Er war auch kein Offizier von Passion mehr. Der Dienst hielt ihn in der Gewohnheit, am Leben zu bleiben, und das sagt alles darüber, daß er für sein Leben gezeichnet war.

Später, als Prinz Karl-Friedrich schon längst dem Rufe Peters des Großen nach Rußland gefolgt und in der deutschen Slobode von Moskau unrühmlich verkommen war, als die Russen abermals in Finnland einbrachen und die in Helsingfors eingeschlossene schwedische Armee kläglich hatte kapitulieren müssen - damals sah es noch einmal so aus, als wollte Cronstedt in seine schwedische Heimat zurückkehren. Doch als man ganz im klaren war, was sich dort oben im Norden ereignet hatte, war es für einen Soldaten schon zu spät, aufzubrechen, da war schon die Zeit der Politiker gekommen. Also blieb er. Nur wechselte er damals zu den Dragonern des Grafen Knyphausen über, um jene Zeit schon ein stiller, verläßlicher, in sich gekehrter Mann, den jedermann gern hatte und den alle betrauerten, als er eines Tages im Herbst starb.

Es war, ob er selber das nun gewußt hatte oder nicht, am St.-Martins-Tag, gegen Abend; man erzählte sich, bei einem furchtbaren Sturm.

Das Sterben wurde ihm nicht leicht, bis zuletzt, denn er war ja auch noch kein betagter Mann, sondern in den besten Jahren von einer Krankheit hinweggerafft worden, und sein Ende soll sehr unruhig gewesen sein - so wie die, die ihn kannten, aber nichts von seiner Vergangenheit wußten, es gar nicht für möglich gehalten hatten. Denn er verbarg sich auch auf seinem letzten Lager noch vor einem Feind, der ihn erschlagen wollte, und rief einmal übers andere: »Nicht mit dem Schemel!« - so wie er's schon gerufen hatte, als er, der Schaluppe entronnen, bei den Fischersleuten in Finnland gelegen hatte. Und wie in höchsten Nöten bat er eine Macht, die ihn vor dem Schemel schützen konnte: »Ruf mich doch! Ruf mich doch!«

Dazwischen lag er ganz still, wie lauschend. Und dann, während seine Unruhe gestillt wurde, ein Friede sein schönes, männliches Gesicht überstrahlte und in einem Lächeln aufging, flüsterte er als seine letzten Worte sehr glücklich: »Ja, ich komme...«

Und das war sein Ende am St.-Martins-Tag.

Er hat den Mantel der Barmherzigkeit, den er zusammen mit seinen beiden Kriegskameraden einmal mit Blut befleckt, geschändet und geraubt hatte, nicht mehr hier auf Erden bekommen, aber bekommen hat er ihn gewiß. Gott selber erließ wohl seinem Heiligen das Opfer und bedeckte alle seine Blöße und Schuld, weil er eben soviel reicher, weil er so unendlich reich an Barmherzigkeit ist.

UNSCHULD DER SÜNDE

DIE UHR der weißen Pfarrkirche zeigt ein Viertel nach sechs, als Lukas die Geißenherde durch die gedeckte Brücke über den Rotten treibt – durch diesen dämmrigen, von der im Holzwerk gespeicherten Wärme schwülen Tunnel, unter dem der Fluß nach der starken Schmelze des Tages wasserreich dahinschäumt. Zwischen dem hohlen Trommeln der Geißenschuhe und dem lärmigen Klimpern der Treicheln kann man das eilige Wasser immer noch hören, aber sehen kann man es nicht, denn der Boden und das hohe Brüstwerk sind ohne eine einzige lichte Fuge. Doch es ist auch nicht mehr die vollzählige Herde, die vor dem am Ausgang der Brücke neben der Bahnschranke hockenden alten Konrad stutzt, ihn mit glasharten Blicken mustert, den Rauch seiner Pfeife einschnobert, der träge in das Dämmern der Brückenwölbung zieht, und dann scheu seitwärts gedrängt weitergeht. Einen Teil der Herde kann man schon zwischen den dunklen Häusern im Unterdorf jenseits des Flusses umherstreunen sehen, wo die Tiere in den Kräutergärten zu naschen versuchen. Manche richten sich dort an einem Zaun auf zwei Läufe auf und recken die Hälse nach einem Gartenstrauch oder einem Apfelbaumzweig, und andere werden von den Kindern mit lautem Geschrei eingefangen und in den Stall abgeführt, in den sie selber es noch gar nicht so eilig hatten.

Der alte Mann am Ausgang der Brücke sieht und hört die Herde und scheint sie zugleich so wenig zu bemerken, wie er Lukas bemerkt, der ihm im Vorbeigehen einen guten Abend wünscht. Er blickt ins Leere, und worauf er horcht, ist nicht das Klimpern der Treicheln und das Trappeln der Geißenschühlein, sondern der ferne Pfiff der Eisenbahn, bevor sie dicht neben der Brücke vorbeifahren wird. Wenn er diesen Pfiff hört, wird er die kleine Schranke neben der Brücke niedergehen lassen. Das ist so leichte Arbeit, daß selbst ein alter Mann wie er nicht aufzustehen, sondern nur die Hand auszustrecken und auf den Baum zu legen braucht. Er hat das Gegengewicht gegen den langen Hebelarm so fein bemessen, als hätte er mit Fliegen gerechnet. Nur wenn eine Geiß noch auf der Brücke oder auf dem Geleise stehen sollte – sie haben es so an sich, manchmal stehenzubleiben und zeitvergessen Ausschau zu halten, als dächten sie nach oder als hätten sie von einem hohen Berg aus etwas im Tal entdeckt –, wird er aufstehen müssen.

Heute aber ist das nicht nötig.

Die letzte Geiß ist vorbei und Lukas dazu, bevor der ferne Pfiff vor der Kurve, wo ein Feldweg kreuzt, ins Tal schneidet und ein wenig später seine Antwort vom Echo aus dem Blindental bekommt. Lukas ist derweil schon um die Kirche und den Friedhof im Unterdorf diesseits des Flusses herum und geht, wie er meint, die letzten Schritte seiner Pflicht für heute, denn nur bis über die Landstraße hinter der Kirche, wo die Autos dahergerast kommen, gibt er der Herde sein Geleit. Auf drei schmalen Wegen, die hangaufwärts zwischen Häusern ins Oberdorf führen, finden die Tiere dann selbst ihren Weg, wenn sie nicht noch eine kurze Nachlese zum Weidegang an Wegrainen, in verbotenen Gärten oder um die Brunnentröge herum halten, wo das Grün selbst jetzt, gegen Ende August, vom Wasser getrieben üppig aufschießt.

Die späte Sonne, die auf der Dorfseite des Tals, hinter dem Nordhang, in einer halben Stunde verschwinden wird, wirft lange Schatten. Die zuoberst gelegenen Anwesen und die Ställe und Ausfahrten in den Matten liegen schon im Dunkeln. Dort aber, woher Lukas gekommen ist, jenseits von Straße, Bahn und Fluß am gegenüberliegenden Berghang, breitet sich noch helles Sonnenlicht aus, und die Kapelle, die auf ihrer kleinen, vorspringenden Kanzel den Eingang des Blindentals verschließt, leuchtet von ferne heller, als sie von nahem anzusehen ist. Lukas, wenn irgend jemand, kann das beurteilen, denn seit Juni treibt er tagtäglich seine Herde an ihr vorbei zum Weidegang im Blindental, das eben gar nicht als ein Seitental zu erkennen ist und nur eine finstere Scharte in der Flanke des großen Hochtals zu sein scheint.

Ein Weilchen steht er da und sieht der sich verlaufenden Herde nach, von der manche Tiere mit ihren zipfelspitzen vollen Eutern wie auf Stelzen gehen. So hat er Tag für Tag, auch an Sonntagen, seit dem ersten Juni hier gestanden, und heuer schon im dritten Jahr. Manchmal nach einem heißen Sommertag, wie heute, durchglüht von der Hitze auf den großen Steinen des Weidehangs, auf denen er viele Stunden verbringt, manchmal schlotternd vor Kälte nach einem Regentag, wenn die nassen Kleider am Körper klebten, und manchmal mit einem kranken Brennen in den Augen und einer unsäglich traumhaften Benommenheit, wenn ein träger Föhn das Tal herauffächelte und der Weg mit den Geißen aus dem kühleren Seitental ins Dorf zurück wie der Marsch in einen Ofen gewesen war. Und Tag für Tag hat es sich am folgenden Morgen wiederholt: so, wie sie sich heute verläuft, wird die Herde sich am folgenden Morgen wieder sammeln, wenn er, das alte Kuhhorn blasend, das ihm von Gott weiß wieviel Vorgängern überkommen ist, durchs Dorf gehen wird. Nur werden die, die heute die letzten waren, am andern Morgen die ersten sein, denn er muß im Oberdorf mit dem Austrieb anfangen, und die vom Unterdorf werden hinzukommen, wenn er den Fluß in umgekehrter Richtung überschritten hat. Und um diese Zeit werden sie bei der Messe drinnen in der Kirche ein Weilchen kaum wissen, was der Ministrant läutet und was seine Geißen läuten, wenn er mit der Herde den Platz vor der Kirche überquert.

Er sieht, als er dasteht: die Verlassenheit des Nachmittags, die stundenlang wie ein lähmender Schrecken über dem Dorfe liegt, ist noch nicht ganz gewichen. Schon steigt Rauch aus den Kaminen, und das zeigt an, daß Frauen daheim sind, und irgendwo schwebt ein hoher Rückenkorb um eine Hausecke, in dem jemand das Gras für die Hauskühe, die nicht mit auf die Alp gefahren sind, als Abendfutter in den Stall trägt; aber noch ist das Entsetzen, das - wie ihm vorkommt - in den stillen, menschenleeren Nachmittagsstunden zwischen den dunklen Häusern gähnt, so als läge in jedem ein Toter, nicht ganz gewichen. Er hat es immer so einzurichten gewußt, daß er nicht früher heimtrieb, als bis die ersten Heimkehrer von den Feldern diesen Bann gebrochen hatten.

Nun macht er endgültig kehrt und will die Straße ins Unterdorf hinab, dorthin, wo er den Sommer lang sein Zuhaus hat, aber als könnten die ersten Heimkehrer den von ihnen verscheuchten Schrecken ihm auf die Fersen gehetzt haben, blickt er sich noch einmal argwöhnisch um. Nein, denkt er, ganz ist er noch nicht gewichen. Aber der Pfarrer...

Ist das der Pfarrer?

Er ist schon an der Kirche vorüber, will eben zwischen Schulhaus und Friedhof zur Brücke hinab, da erst entdeckt er die schwarze Gestalt, will schon zur Mütze greifen, um zu grüßen, und verhält seinen Schritt - doch nun durchfährt es ihn mit

einemmal heiß. Denn das … das ist nicht der Pfarrer, das heißt …
Er blickt scheu zur Bank neben der Friedhofspforte und zieht im
nächsten Augenblick den Kopf zwischen die Schultern und stol-
pert eilig die Straße hinab. Nun kommt das große Kreuz am
Ende des Friedhofs, das alle Gräber bewacht. Seine Rechte fliegt
zur Stirn hinauf, hinunter zur Brust, nach rechts und nach links,
und er bleibt stehen, wie ermattet, und blickt sich zögernd um.
Der da gesessen hatte – das war der tote Pfarrherr! Sein Pfarrherr! Zeit seines Lebens hatte er gegen Abend vor dem Rosenkranz ein Weilchen dort gesessen, auf der Bank dort hatte er sogar
den Erstkommunikanten Unterricht erteilt, mit seiner ganzen
krankhaften Leibesfülle wie ein mit schwarzem Soutanenstoff
bespannter Block, unbeweglich, die Kinder vor sich und neben
sich und mit der ausgestreckten Hand gerade immer das zu sich
heranziehend, das er etwas gefragt hatte, über die Dreieinigkeit
oder über das Wirken der dritten göttlichen Person … Alte Erinnerungen verschlingen sich bei ihm ineinander: Bilder, Worte,
Gebärden. Was bleibt, ist die stammelnde Frage, wie der tote
Pfarrherr – sein Pfarrherr in einer besonderen Bedeutung! – tot
sein und dennoch dort auf der Bank sitzen kann. Denn das war
er gewesen! Nicht der neue Pfarrer, der seit weniger als einem
Jahre hier ist!
Lukas steht auf der Straße. Zur Linken, hinter der niedrigen
Friedhofsmauer, das große Kreuz. Er weiß … ! Einen Augenblick
denkt er daran, jetzt gleich zurückzugehen, nachzusehen, ob er
noch da ist, in die Kirche zu gehen – vielleicht ist der neue Pfarrer
zufällig dort –, gleich zu beichten, obwohl der Pfarrer sich wundern würde. Und wenn der alte, der … der tote Pfarrherr noch
auf der Bank sitzt? Soll er dann zu ihm gehen? Das helle Entsetzen beschleicht ihn. Bei einem toten Priester kann doch niemand beichten! Aber seinetwegen hat er ja dort gesessen, nur
seinetwegen, das weiß er mit einemmal sehr genau: um ihn zu
mahnen, daß er ja nicht säume! Daß er Buße, siebenfältige Buße
tue für das, was er heute mittag mit der Geiß getan hat – er, gerade
er, der ihn so bitter enttäuscht hat.
Er sei jetzt, im dritten Jahr, eigentlich schon zu groß für die Geißen, fällt ihm ein, hatte der neue Pfarrer mit einem so merkwürdigen Ton und einem Blinzeln gesagt. –
Einen Augenblick lang sieht es so aus, als wollte Lukas auf dem
Fleck kehrtmachen und zum Platz vor der Kirche zurückgehen –

vielleicht um nachzusehen, ob der tote Pfarrherr noch auf der Bank bei der Friedhofspforte sitze, oder um den neuen Pfarrer aufzusuchen und Buße zu tun, aber dann ist es, als zöge die sich abwärts neigende Straße ihn hinunter zum Fluß, und er geht in das, was er sein Zuhaus nennt. Es ist kein richtiges Zuhaus. Es ist nur das Obdach des Sommers, während er hier dient. Sein richtiges Zuhaus steht weiter unten im Tal. Aber in drei Jahren wird die gleiche Fremde jedem Menschen vertrauter, und so ist er von Mal zu Mal bekannter in das kleine Haus mit den hellblauen Fensterrahmen und Läden eingekehrt... Fremde, die er einmal belauscht hat, hatten die hellblauen Fensterrahmen und Läden mit den Fliegen in Zusammenhang gebracht. Sie hatten sich lang und breit darüber ausgelassen, daß dieses Blau eine für die Fliegen abschreckende, kalte Farbe sei. Er hatte lachen müssen. Die alte Witwe, die darin wohnt und ihn für die Gemeinde um ein geringes Entgelt mit Milchkaffee, Brot und Käse unterhält und ihm eine winzige Kammer bei der Treppe eingeräumt hat, will nicht die Fliegen verscheuchen, sondern die Gnade der Muttergottes herbeiziehen, die das Himmelblau liebt. Deshalb hat sie auch, so gebrechlich sie ist, eines Tages das schwere Gitter vor dem Altar in der Kapelle droben mit der gleichen blauen Farbe angestrichen, auf einem Hocker stehend, der alte Mensch, ganz allein.

Die Straße, in deren Mitte Lukas sich hält, ist immer noch leer, und er beschleunigt die Schritte, um aus der Hand des Schattens, die nach ihm zu greifen scheint, rascher in die Sonne zu kommen, die noch im Unterdorf verweilt. Die Bangnis des Schweigens und der Leere, die er jetzt wieder spürt, hat er vorhin, als er hinauftrieb, gar nicht empfunden. Einmal blickt er sich um, was wohl hinter ihm herkomme, aber es kommt nichts - nichts als die Stille, in welcher der Wildbach in jenem Seitental am Nordhang über dem Oberdorf, in dem er im Juni einmal gehütet hatte, wie erstarrter Seifenschaum zwischen den Wänden seines schmalen Bettes hängengeblieben zu sein scheint. Und diese Stille, so kommt es ihm vor, ist die Gemiedenheit, in der er einhergeht, die Absonderung der Sünde, die ihn nicht mehr entläßt. Vielleicht hat ihn jemand, ohne daß er es wußte, gesehen und alles erraten?... Saß der tote Pfarrer wirklich an der Friedhofspforte? fragt er die dämmernden Schatten unter den Giebelwänden. Vielleicht sollte er doch noch umkehren...

Aber er geht weiter, als müßte er die Bangnis des Schweigens und der Leere zu Ende gehen.

Der alte Mann ist verschwunden, als er zur Brücke kommt, denn mittlerweile ist der letzte Zug angelangt und weitergefahren. An jedem anderen Abend hat er dem keine Beachtung geschenkt. Das ist so, das hängt mit dem Fahrplan zusammen. Heute aber empfindet er es noch einmal als das Entweichen der Welt, die ihn absondern will. Der leere Prellstein, auf dem der Alte sonst zu sitzen pflegt, ist ein Stück Leere und zugleich eine Silbe stummen Vorwurfs, an dem er nicht ungeschoren vorbeikommt. Er flieht in das jetzt noch tiefere Dämmer der Brücke hinein, hört den Fluß unter sich rauschen, fühlt etwas wie Kühle des Wassers, die ihn anweht, und läuft wie mit der untergehenden Sonne um die Wette, um noch ihren Schein hinter dem Dunkel der Brücke betreten zu können. Denn nur im Schatten, so ist ihm, kann der tote Pfarrer leben, der an der Friedhofspforte saß und auf ihn wartete. Hier, wo der Sonnenschein über allen Kräutergärten unter den Giebeln leuchtet und den Phlox und die Levkojen baden läßt, kann er von nichts zehren. Die Nahrung der Toten muß der Schatten sein, und nur aus dem Schatten können sie fragen.

Er muß zu einem der letzten Häuser ›Auf dem Sand‹, wie man die Gegend heißt, die von dem Wildbach aus dem Blindental durchflossen wird, bevor er in den Rotten mündet und wo locker verstreut die Sägegatter, die Mühle, etliche Waschhäuser und das finstere, allzeit verschlossene Schlachthaus liegen, alle an einem in gehöhlten, halben Baumstämmen herangeleiteten Wasserlauf. Aber hier, wo es noch hell und warm ist und der von vielen Herden zertretene Weg stäubend wölkt, macht ihn auch der Sonnenschein nicht mehr froh. Wie er alles so grell überflutet, ist das Licht nichts anderes als die völlige Leere von Schatten, eine lähmende, beklemmende Ausgebreitetheit, in der einer nur platt daliegen und sich von den Strahlen festnageln lassen kann. Aufrecht zu gehen vermag er nicht mehr. Denn dann geht er und geht er und kann... nicht entgehen.

Der Knabe blickt sich hastig und scheu um. Nein, es folgt ihm niemand. Einen Augenblick ist ihm durch den Kopf geschossen, es könnte so sein. Denn er... er ist hier so auffällig: so laut in der leeren Stille, so hoch über dem Weg, der sich zwischen die Grasnarbe kauert, und die Sonne wirft ihm einen langen Schatten.

Zum Glück nach der dem Dorf entgegengesetzten Richtung, so daß niemand, der ihn verfolgt, in diesen Schatten springen könnte. Gleich danach denkt er: wer sollte ihn beschleichen? und fühlt, daß er nur selber sich beschleicht, irgend etwas in ihm, als habe er sich selber zwiegeteilt und fliehe als der, der ihn jagt, in lauter Fremde hinein, in der er noch nie gelebt, von der er immer nur gehört hat als dem Schrecklichsten und von aller Gnade Unerreichbaren.

In irgendeiner kleinen Scheune wird das frisch gedroschene Korn gesiebt, Spreu vom Roggen geschieden. Er lauscht. Ob auch das Wasser des Flusses zu seiner Rechten das ganze Tal mit dem Orgelton seines Rauschens erfüllt – er hört immer noch das scharfe, zischende Geräusch, mit dem die Körner im Siebe fliegen, durch den dunklen Orgelton des Wassers hindurch, und es friert ihn. Der Staub, der aus den Luken und Ritzen der Scheune wölkt und eine Weile über dem Weg in der Luft stehenbleibt, blinkt wie ein Getümmel schwirrender Bienenflügel, und er duckt sich ein wenig und rennt rasch, wie durch Feuer, hindurch. Dann endlich steht er vor dem Haus mit den blauen Fenstern, und er wäre vor allem geborgen und in Sicherheit, wenn er sich nicht mit einemmal fragte – zum ersten Male in drei Jahren! –, ob man ihm überhaupt auftun wird. So einem wie ihm! Aber wer er ist, weiß ja keiner. Kein Mensch; nur ein Vieh; und Gott, natürlich…

Die Witwe und er sprechen auch sonst nicht viel miteinander, wenn er die Herde heimgetrieben hat, jedenfalls nicht in der ersten Stunde, wenn er noch recht müde ist von dem länger als anderthalbstündigen Wege hangauf-hangab und den unzähligen Sprüngen und Sätzen, mit denen man die Geißen beisammenhalten muß. Er setzt sich dann zuerst in die Ecke und zieht die Schuhe aus, aus denen die Füße glühendheiß und staubgrau zum Vorschein kommen, und verfolgt mit Augen, die nur durch die Spannung, wann wohl der Milchkaffee fertig vor ihm stehen könnte, vor dem Zufallen bewahrt bleiben, wie die Alte am Herde wirtschaftet.

Heute aber tritt er schon so unentschlossen ein, als sei er nicht sicher, daß man ihn hierbehalten wird, setzt sich und läßt die Schuhe an den Füßen, blickt nur zum Herde, nichts sonst.

Wenn sie wüßte! denkt er einmal, aber von dem, was er selber weiß, erschreckt er dermaßen, daß er hochfährt und glaubt, er habe ein paar Sekunden geschlafen.

Sie weiß nichts, sie ahnt nicht einmal etwas. Während sie die Milch wärmt, redet sie mit der Herdwand vom schönen, warmen Wetter nach dem unbeständigen und eher kalten Sommer, daß jetzt das Korn trocken hereinkommt und das Winterkorn noch gut reifen kann und auch das Emd noch geraten könnte. Und die Erdäpfel können wachsen... Alles ein Segen der Muttergottes, die sie so rasch im Munde führt, wie anderer Frauen Hände eine Prise Salz bereit haben.

Er antwortet nicht. Sie erwartet es auch nicht. Er sitzt da und starrt die Wände an, warum sie ihn so fremd dünken, als wollten sie ihn hier nicht mehr leiden und hätten schon ein Urteil gesprochen, das sie mit ihrem feindseligen Schweigen ihm einstweilen noch vorenthielten. Aber hat es nicht dunkle Abende nach Regentagen gegeben, da er hier geborgen gesessen und einen Feuerschein aus dem Herd wie einen warmen Sonnenstrahl an einem kalten, windigen Tage auf der Weide genossen hat?

Die alte Frau stellt den dampfenden Kaffee vor ihn hin, er murmelt nur, auffahrend: »Danke!« und sie sagt, ohne Antwort zu erwarten: »Ja, bist müde!« als wisse sie das genau.

Er vergißt alles über dem Trinken. Der dampfende Kaffee ist für ihn wie ein Bad. Ertrinken wollen könnte er in diesem warmen Behagen, das sich von der Kehle bis in die Fingerspitzen verbreitet.

Erst nach der zweiten Tasse löst er die Schuhbänder, aber nicht bevor er die dritte getrunken hat, streift er die Schuhe ab. Draußen geht der Schatten des Berges auf der gegenüberliegenden Talseite, hinter der die Sonne versinkt, wie eine dunkle Wolke über das Haus hinweg, und er zieht den Kopf ein wenig zwischen die Schultern und blinzelt hinaus, welches Unheil jetzt kommen mag. Es kommt gar nichts. Aber seitdem die ungeheure Last des Bergschattens lautlos über das Haus gefallen und alles so fahl ist wie sonst nur vor einem Gewitter, muß er wieder an den toten Pfarrer denken. Bis eben, da es hell war, hätte er sich noch vorstellen können, daß er sich getäuscht habe, daß nicht der tote, der ehemalige Pfarrer auf der Bank bei der Friedhofspforte gesessen habe, der... dem er das Versprechen gegeben hat, sondern der jetzige, der lebendige Pfarrer. Jetzt kann er das nicht mehr. Er will sich nicht einmal mehr darauf einlassen, seine Erinnerungen zu befragen, wie der eine ausgesehen hat und wie der andere aussieht und wie er den anderen für den einen hat halten können. Natürlich saß der eine vor der Friedhofspforte, der, dem sein Pfarrer von daheim ihn anvertraut hatte, als er im ersten Jahr hierhergekommen war, der, dem er nach vielen Gesprächen das Versprechen abgelegt hat, Priester zu werden – er habe die Berufung dazu, hatte der Pfarrer gesagt –, der, der ihm vor zwei Jahren den Platz im Kollegium drunten in der Stadt besorgt, der für ihn gutgesagt und – den er heute mit seiner Sünde so schmählich verraten und enttäuscht hat. Denn mag er auch vor einem Jahr gestorben sein, der Pfarrer – sein Wille ist lebendig geblieben, er geht immer weiter ins Kollegium, nichts hat ihn von seinem Versprechen entbunden...

Nun hat er ihm, dem Abtrünnigen, seinen verratenen und enttäuschten Willen zeigen wollen und hat sich ihm zur Mahnung heute abend in den Weg gesetzt. Gewiß ist er nur seinetwegen noch einmal für kurze Zeit in eine seiner alten Gewohnheiten zurückgekehrt: vor dem Rosenkranz eine Weile bei der Friedhofspforte zu sitzen. In ihre unschuldigen, lieben Gewohnheiten als Lebendige finden die Toten am leichtesten zurück...

Wie er eigentlich an ihm vorbeigekommen ist, weiß er jetzt gar nicht mehr – und staunt über sich selbst und daß er hier sitzt. Ihm ist, als sei er an seinem Gewissen vorbeigekommen, so unglaubhaft mutet es ihn an, so, als hätten alle Pfarrer und Kapläne die Sünde und das Gewissen viel zu schwarz und zu schwer ausgemalt. Man *kann*, und selbst den wachsamsten Wächtern geht man ohne Schwierigkeit aus dem Weg! Das löst ein leises, finsteres Frohlocken in ihm, eins, in dem er mit den fahlen Schatten spricht und ihnen vertraulich zublinkert.

Ob er heute so müde sei, daß er gar nicht mehr aufstehen wolle? hat die alte Frau ihn schon zum zweiten Male gefragt, als er verwirrt vom Tisch aufspringt.

Er lächelt vor sich hin – etwas verlegen, aber es kann noch vieles andere bedeuten – und will mit den steifen Knien, die ihm jeder Tag auf dem Weidegang einträgt, gerade in seine Kammer schleichen, als er draußen jemand am Fenster vorbeigehen sieht. Das geht so schnell, als werde da draußen nur einmal eine schwarze Fahne am Fenster vorbeigeschwenkt, aber im allerletzten Bruchteil einer Sekunde weiß er, daß jemand zu ihnen ins Haus kommt, und erschrickt. Er denkt an eine schwarze Soutane, nichts weiter.

Überflüssiges Gerede der Alten, als die Haustür in der Laube geht: da komme noch jemand! Er weiß es. Aber als sie gleich danach hinausgeht, während er, als werde er abgeholt und wolle die letzten Augenblicke der Freiheit auskosten, am Tisch stehenbleibt und draußen die ersten Worte gewechselt werden, durchrieselt es ihn vor Erleichterung, und der Schweiß tritt auf seine Stirn: keine Soutane! keine Soutane! - Das alte Frohlocken will sich regen, beinahe mit etwas wie boshafter Schadenfreude und mit Spott über ihn, da muß er aufblicken und Antwort geben, denn die Alte öffnet von draußen her die Tür und verweist den Besuch an ihn, den Schuldigen, den Verantwortlichen, der jetzt Rede stehen muß.

»He«, sagt sie, halb fragend, halb vorwurfsvoll, »wie ist das, du, Lukas, da fehlt eine Geiß!«

Was danach folgt, hat keine der beiden Frauen, die in der Tür stehen, weder die alte noch die jüngere, die den Botengang gekommen ist, sich vorstellen können: Lukas dem Hirten springt das Blut wie ein Feuerbach ins Gesicht, und - nein, er setzt sich nicht, er fällt auf den Stuhl, wie niedergeschlagen.

Die beiden Frauen tauschen, ohne daß er's gewahrt, einen halb belustigten, halb verständnisvollen Blick.

»Eine Geiß fehlt!« wiederholt die Alte.

Er werde sie nicht geschlachtet und aufgegessen haben, das sage ja niemand, aber sie fehle, soviel man sie schon gesucht habe, in allen fremden Ställen und überall sonst im Dorf, sagt die Botin etwas begütigend angesichts des Schreckens, der bei Lukas zu gewahren ist. - Nur mit der Abendtränke für die Kälber sei man schlimm daran, so wenig Kuhmilch, wie eben im Dorf zu bekommen sei…

Die Alte pflichtet für die Not der Kälber bei, als stehe denen Tod und Verderben bevor.

Suchen werde man sie müssen, sagt die Botin, vielleicht sei sie irgendwo ›in der Stelle‹ geblieben, als er heimgetrieben hatte?…

Sie stellen Vermutungen an, was der Geiß zugestoßen sein könnte, aber Lukas hört eine Weile gar nichts. Er hat, das sehen sie, schon nach den ersten Worten angefangen, seine Schuhe hervorzusuchen, aber er tut das stumm und als schlafe er dabei! Es ist *die* Geiß! hat es ihn durchzuckt. *Die* Geiß ist es, die und keine andere!

Das Frohlocken ist verstummt, so jäh wie ein Kerzenlicht erlischt, das man ausbläst. Er weiß nichts, er denkt nichts, er sucht Schuhe, so wie man im Traum Schuhe sucht und immer danebengreift. Er zwängt seine Füße in die harten, staubigen Lederhüllen, obschon sie ihm dabei wehtun, weil sie für heute ausruhen wollen; er kreuzt die Riemen, die drei-, viermal von den Haken abspringen, als wollten sie nicht mehr geschnürt werden, und das tiefe Bücken zusammen mit seinem inneren Aufruhr und Schrecken läßt die Röte auf seinem Gesicht nur noch dunkler werden.

Die Frauen halten seine Verstörtheit für verwundeten Ehrgeiz und fühlen Mitleid mit ihm, wie er sich da nach einem langen Weidetag noch einmal anschickt, ins Tal hinaufzugehen und nach der Verschwundenen zu suchen. Aber »sie kann sich ja etwas gebrochen haben und elend zugrunde gehen«, sagen sie, wie um sich gegen das eigene Mitleid mit dem Dreizehnjährigen hart zu machen.

Lukas sagt zu allem dem nichts.

Eine braune Berggeiß sei es, mit schwarzem Rücken, daß er's wisse, sagt die Botin, aber selbst wenn Lukas das hörte, nützte es ihm nichts. Er hat über dreißig braune Berggeißen in der Herde, die jetzt alle daheim im Stall sind, und nur eine… Ja, braun war sie! durchzuckt es ihn, und er scheut sich, in die Erinnerung zu blicken, wie er damals am Mittag auch von der Geiß weggesehen hat, braun war sie – oder wie braun, von der Farbe des Milchkaffees… Er spürt, daß ihn ein Würgen ankommt und das Erbrechen nahe ist.

»Ja, ja«, sagt er nur wie schlaftrunken und blickt die Frauen mit aufgerissenen, leeren Augen an, während er schon auf der Stelle stapft, um die Schuhe fester an die Füße zu bekommen, »ja, ich gehe, ich gehe schon.«

Wenn er gehe, müsse er gleich gehen, ja, denn sonst werde es Nacht, sagen die beiden.

Nur die Alte jammert leise, als er zur Tür kommt, denn er dauert sie doch, daß er den weiten Weg zum dritten Male machen muß. An den vierten denkt sie nicht.

Er zögert vor der Schwelle, als würde sie von den beiden bewacht und könnten die ihm den Weg verwehren.

Er solle sich's aber nicht gar zu sehr zu Herzen nehmen, sagt die Botin, als sie gewahrt, wie der Knabe erst sie beide ansieht und sich dann in der Stube umblickt, als zögerte er noch, was er mitnehmen solle. – Geißen seien eben eigensinnige Tiere, die gerne stromerten. Vielleicht komme die ihre ihm schon auf dem Wege entgegen und habe selber gemerkt, daß sie allein zurückgeblieben sei.

Er solle nur rechtzeitig vor dem Einnachten umkehren, ob er sie gefunden habe oder nicht, schärft die Alte ihm ein, der es mit einemmal bange um ihn wird, denn nun kommt er zur Tür, und sie müssen beiseite treten, um ihn durchzulassen.

Kleinlaut schlüpft er zwischen ihnen hindurch, greift mit der Linken an den vertrauten Ort links neben der Tür, wo sein Stock steht, und ist im nächsten Augenblick verschwunden.

Ein Gottesglück sei es, daß er wenigstens erst noch etwas Warmes habe trinken können, sagt die Alte mit einem ganz leisen Vorwurf in der Stimme zu der Botin. Der arme Bub! Ja, das viele Studieren in der Stadt und das Geißenhüten gehe wohl nicht gut zusammen. Hoffentlich komme das Luder ihm schon entgegen. Man müsse zur Muttergottes beten oder zum heiligen Antonius... Habe sie gesehen, ob er das Weihwasser genommen habe?

Nein, die Botin hatte nichts dergleichen bemerkt – nicht darauf geachtet, verbessert sie, als sie bemerkt, wie die Miene der Alten sich verfinstert. Die geht zur Tür und blickt Lukas nach, der durch ›das Sand‹ zur ›Ledi‹ hinaufgeht – dem spitzwinkligen Ende der Matten im Talboden unterhalb der Kapelle im Eingang zum Blindental, wo etliche Ställe und Ausfahrten noch in der Sonne baden und zwischen ihnen die Zwergstadt der Schafscheide mit ihren Gehegen und Koben liegt. – »Schnell geht er, der Bub«, sagt sie, »so schnell, als hätte er nicht schon einen ganzen Tag hinter sich.«

»Es drückt ihm aufs Gewissen«, meint die andere, aber so lau, wenn nicht gar unfreundlich, wie das aufgenommen wird, läßt es sie gleich danach an den Heimweg denken. Und niemand hält sie zurück.

»So ein Luder! So ein Luder!« murmelt die Alte zwischen dem zerstreuten Abschied für die Botin vor sich hin. »So ein Luder!« – Aber sie meint die Geiß.

Das erste, was er empfindet, als er hinaustritt, ist eine unsägliche Fremde, voll von Schatten, die ihn beklommen machen – etwas so Dunkles, als hätte er vorher nie darin gelebt. Er blickt nach rechts zum Nordhang des Tales hinüber und sieht, daß der Sonnenball dort eben auf dem Grat aufsetzt. Aber nur von hier unten in der Talmitte her sieht das so aus!

Die Luft streicht kühl um seinen heißen Kopf. Wind geht nicht. Es ist die Abendkühle, die hin und her streicht, überallhin, wo es einen warmen Winkel auszufüllen gibt, von überallher, wo sich etwas Feuchte gelagert hat. Der Fluß trägt seinen Orgelton vernehmlicher als sonst dahin, unendlich vom unaufhörlichen Anfang am Gletscher, endlos bis an seine Mündung im Meer in nicht ausdenkbarer Ferne. Die Rotschwänzchen schwirren wie schattengraue, scheue Gedanken lautlos den Scheunenwänden entlang neben ihm her.

Er geht und geht und weiß es nicht. Erst als er am letzten Haus vorbeigeht und der Kreuzweg beginnt, merkt er auf. Er sieht aber nur die Sonnenhelle in der Ferne vor sich auf den Matten, das strahlende Weiß der Kapelle auf ihrer Kanzel, rechts und links auf den gespreizten Schenkeln der Talflanken die in der Abendsonne goldgrünen, aufwärts rauschenden Wogen der Lärchen und die namentlich auf der rechten Talseite wie Lanzenreiter herrisch gestaffelten, düsteren Tannen, unter denen später sein Weg führen wird. Das alles aber ist hell, und dahinter, schon von hier zu sehen, wenn der sich zwischen Steinwällen dahinschlängelnde Weg einmal weiter nach links ausbiegt – dahinter ist hellstes, schneeiges Licht, denn die weit geöffnete, aufrecht stehende Felsmuschel, in der das blinde Tal endet, badet mit allen Firnhalden von über dreitausend Metern abwärts bis zum Gletscher hinunter noch in strahlender Sonne und wird es noch geraume Zeit tun, wenn hier unten schon alles die Dämmerung einspinnt.

Einmal blickt er sich um. Aber es ist gerade in einem der Augenblicke, da dort, wo er steht, niemand etwas sehen kann – einer der Augenblicke, da das Sonnenlicht im Aufprall auf dem Grat des Nordhangs wie etwas Flüssiges zu zerstäuben und die ganze Luft im Tal wie mit Lichtstaub erfüllt scheint. Alles wird darin körperlos und verschwimmt, und selbst die tagsüber goldgelben Felder der Gerste am Nordhang werden fahl und gleichen auf einen farblosen Hintergrund gelegten, blind gewordenen Fensterscheiben. Ein paar Augenblicke nur dauert diese Entkörperlichung ins Schemenhafte, dann nährt die Sonnenlosigkeit alles wieder anders und gibt ihm nach seiner Art Gestalt und Farbe zurück. Aber so viele Augenblicke kann er nicht warten. Die Schatten kriechen mittwegs weiter. Er muß sie überholen und in die Sonne, er muß ganz einfach schneller als die Sonne sein. Und deshalb geht er nicht, nein - er stürmt.

Es gibt Tage, an denen ein Hirt allerlei Kurzweil daraus gewinnen kann, einen Schatten zu betrügen oder mit der Sonne Schritt zu halten. Er kann es heute abend nicht. Der rosa-schaumige Blütenfirst der Steinbrech-Polster auf den Steinwällen links und rechts weicht wie die Bugwelle eines Schiffes vor ihm auseinander, aber er in seiner Eile beachtet es nicht. Er sieht alles wie sonst, aber er ist völlig beziehungslos zu allem. Er sieht es mit einer Schärfe wie zum ersten- oder zum letztenmal, aber er gibt keiner dieser lautlosen Anrufungen aus der Welt, in der er bis eben gelebt hat, eine Antwort. Er mißt die Schatten vor sich, und er hastet mit eingezogenem Kopf weiter vor denen, die hinter ihm kommen: die ganze Nacht. Der tote Pfarrer. Die Finsternis der eigenen Sünde, die ihn allem entfremdet hat. Stürmt er dem Licht entgegen, so stürmt er gierig in die Versöhnung. Das fühlt er, ohne es sich klarmachen zu können, fühlt es so stark wie die Gewißheit, daß das Dunkel im Zunehmen und das Licht im Schwinden ist.

Die Erste Station: Jesus wird unschuldig zum Tode verurteilt…

Er hört die vorbereitende Betrachtung, wie er sie, soweit er sich zu erinnern vermag, bienenkorbgleich summend als ein Gewirr der Stimmen in den Kreuzweg-Andachten der Kirche gehört hat: »Wir beten dich an, Herr Jesus Christus, und preisen dich…« Er stutzt, denn vor seinen Augen sinkt die ganze Matte mit allen Schatten wie im Kniefall für einen Augenblick nieder, bevor sie sich wieder erhebt… »denn durch dein heiliges Kreuz hast du die Welt erlöst…«

Zur Rechten steht der Bildstock, aber er mag nicht hinsehen. Der Pfarrer, wenn er hier vorbeikommt, lüftet das Birett, und bei den Kreuzweg-Prozessionen, deren letzte Station oben vor der Kapelle steht, verweilt hier alles Volk im Gebet.

Er windet sich förmlich um die Erste Station herum und schaut nach links. Gleich wird die Stelle kommen, von der aus man das ganze Tal hinaufsehen und in der Ferne hoch oben noch das wie schlammig erstarrte Grauweiß des Rottengletschers erkennen kann. Und dann, mittwegs, nach der Zweiten Station, ist der Ort der acht Kirchen und Kapellen; so viele, von einem Ort aus zu sehen, zwischen Münster und dem Ritzinger Feld...

Die letzten Heuschrecken, die in der Wärme des Wegstaubs gerastet haben, schwirren nach rechts und nach links davon, wenn er kommt. Das Emd scheint nur aus gebrechlichen, kleinen Wiesenglockenblumen zu bestehen, die sich fröstelnd im kühlen Abendwind härmen. Einen Augenblick stehen die blauen Fensterrahmen vor ihm auf dem Wege, aber er springt hindurch. Silberdisteln, ohne Stiel, wie Ordenssterne auf der Brust. Die jungen mit weinrotem Blütenkorb, die alten schon ganz farblos ausgeglüht von der Gewalt der Sonne auf den Matten. Wie von hier genommen ist das silbrige Gesterne, das der Pfarrer auf dem schwarzen Meßgewand bei Seelenmessen trägt. Gestern war Jahrzeit für den, der im vergangenen Sommer oben in dem kleinen See beim Blindenhorn-Gletscher ertrank. Vom anderen Hang jenseits des Baches her hat er sie damals mit ihm kommen sehen: vier Männer. Den toten Burschen hatten sie auf einen leichten Heuschlitten gebunden, der gut über das Gras und das Geröll hinwegglitt. Ein Wagen mit dem Roß wartete weiter unten bei der ›Bachtele‹, wo der mit den Jahren tief ausgefahrene Fuhrweg zwischen den Geröllhalden anfängt und bis ins Dorf hinunterführt. Er sieht sie noch genau vor sich: vier Männer... Drei Schlitten hatten sie bei sich gehabt. Auf einem zogen sie den Toten hinter sich her, zwei mußten sie auf den Schultern tragen. Die langen, dünnen, wie Hörner geschweiften Birkenknüppel der Kufen ragten hoch über ihren Köpfen auf. Im Gänsemarsch waren sie stumm den Saumpfad talabwärts gegangen. Die Geißen hatten nicht aufgeschaut. Ihm hatte das Herz bis in den Hals hinauf geklopft... Nach beinahe zwei Stunden hatte vom Dorf herauf das große Geläut geklungen, das fest- und feiertägliche mit allen Glocken, die nach dem Salve Regina abgestimmt sind. Da hatte er gewußt: nun waren sie mit dem Toten in der Dorfgemarkung angelangt, und nun kamen nach alter Sitte die Mädchen und brachten dem, der keiner von ihnen Bräutigam hatte werden dürfen, alle weißen Blumen, die es im Dorfe gab...

Die Zweite Station: Jesus nimmt das schwere Kreuz auf seine Schultern... »Wir beten dich an, Herr Jesus Christus... Willig nahmst du, sanftmütigster Jesus...«

Er weiß genau, wie dieser Bildstock aussieht: der Dornengekrönte, dem das Kreuz aufgeladen wird, blickt jedem, der dort stehenbleibt, mitten in die Augen und prüft ihn… Das kann er nicht aushalten. Nicht heute… Aber… Er blickt sich scheu nach allen Seiten hin um, ob noch jemand auf den Matten ist, der zusehen könnte, wie er hier vorbeirennt. Niemand ist zu sehen. Der Himmel bekommt einen perlmutternen Glanz, und nach dem Schemenhaften im zerstäubten Licht ist alles dunkel, von den Schatten gesättigt, wieder Gestalt geworden: die Häuser, die Kirchen. Der Talboden liegt unter dem hohen Himmel tiefer denn je. So wie er kriecht ein Käfer in einem Backtrog umher.

Es sind nur an die zehn halb gesprungene Schritte, dann ist er am Bildstock vorbei und zugleich in der Sonne, aber da ist er auch schon etwas außer Atem und muß die folgende Strecke ruhiger nehmen. Die Sonne beschwichtigt ihn auch. Er geht in seinen eigenen langen Schatten hinein.

Hier haben die Silberdisteln einen hellen, metallischen Glanz, der sie Ordenssternen noch ähnlicher macht. Aus dem Walde vor ihm kommt ein Wildtaubenschwarm und biegt scheu von seinem Fluge ab, weil er ihn gesehen hat. Drei Paare waren es im Frühling. Jetzt sind es mehr als zehn.

Ein Krähenpaar aber hat denselben Weg wie er. Es fliegt hoch über ihn hinweg und strebt der dunklen, von Tannen bestandenen Seite des Tals jenseits des Baches zu, wo eine Fluh sich gleich einer schorfigen Wunde aus dem Dunkel unter den höchsten Tannen bis zum felsigen Bett des Baches hinunterzieht, der jetzt zum Abend viel Wasser führt. Durch diese Fluh steigt sehr steil auch der Pfad an, den die Geißen getreten haben. Dahinein muß er selber. Nicht auf die helle Talseite, welche die Lärchen kleiden, sondern auf den Schattenhang, den die Schwarzen bewohnen. Dort liegen die Matten für die Geißen, von dort ist er gekommen, dort war es… Und jetzt - da stockt sein Schritt, und er geht unschlüssig weiter -, jetzt weiß er mit einemmal, daß er seiner Sünde nachgehen muß, daß sie ihn zurückgerufen hat zur Buße, daß alles, was geschehen kann, bis er ihr wieder gegenübertritt, nur wie eine furchtbare Gewissenserforschung sein kann, da die Sünde nicht allein bleiben will, nicht ohne den, der sich zu ihr bekennt und den sie zur Buße fordert… Denn vielleicht dauert der gefallene Mensch sogar die Sünde…?

Er bleibt stehen; er, der Eilige, bleibt wirklich einmal stehen, als graue es ihn vor dem Schrecken, der ihn weitertreibt, und noch mehr vor dem Schattendunkel des Tals, das ihn erwartet. Und als er weitergeht, geht er mit hängendem Kopf.

Es kommt, am Eingang jener verödeten Stadt gelegen, welche zu Füßen des Kapellenberges etliche unbewohnte Ställe, Voralpen und Ausfahrten und die seltsamen, winzigen Straßen der Schafscheide mit ihren Koben und Verschlägen bilden, *die Dritte Station:* Jesus fällt das erstemal unter dem Kreuz…

Lukas kommen die Tränen in die Augen. Er weiß, daß er hier abbiegen, daß er rechter Hand über die kleine Brücke über den Bach gehen und in den Tann hinaufsteigen muß, steil aufwärts, durch die Fluh hindurch, den Hang entlang, an dem er eine gute halbe Stunde weit den schäumenden Bach tief unter sich haben wird, bis der Pfad sich weiter drinnen im Tal zu den Geißenmatten wieder senkt. Es ist wie ein Abschied, bei dem ihn Mitleid mit sich selber überfällt. Er steht eine Weile da und redet sich ein, die Geiß könnte hier irgendwo untergeschlüpft sein. Vielleicht gab es von der letzten Schafzählung her irgendwo noch ein Spürchen Salz…

Gleichmäßig entströmt dem Tal ein von Eis und Schnee gekühlter Atemhauch, den er hier schon spürt. Er fühlt, daß seine Haut unter den Kleidern sich wie mit einem kalten Mantel überzieht, und schaudert. Der Bach braust in die Stille zwischen den Ställen, und der Schall fängt sich zwischen Wänden und Dächern. Zögernd geht er in die Verlassenheit hinein. Um den dritten Bildstock hat er sich mühelos herumgestohlen, hat immer nur nach vorn geblickt.

Das Böse läßt sich so leicht tun, sagt er sich wieder mit einer armen, trotzigen Freude.

Seltsam feierlich liegen die von Regen, Sonne und Wind silbergrau gebleichten Schafkoben in langen Reihen längs Mauern und Wegen: vier Wände und in der Mitte ein großer, flacher Stein, wie ein Altar, auf dem der Lust am Salz geopfert wird. Alle zwei Wochen den Sommer lang, wenn das Wetter es zuläßt, strömt am frühen Morgen ein Bach von wolligen Leibern von der Hochalpe den Hang hinunter und mündet hier zwischen die Gatter, um sich in alle Koben zu verteilen, gemustert und gemerkt zu werden und wieder in die Höhe entlassen bis auf die, die ins Schlachthaus wandern. Wie bei den alten Juden, hat er schon manches Mal gedacht, sollten sie hier auf dem Stein geschlachtet werden, auf dem Altar ihrer Sucht. Heute mag er das nicht mehr denken. Er blickt die flachen grauen Steinplatten mit scheuen Augen an und streift weiter. Es ist wie ein Besuch in einer fremden Stadt, in der niemand ihn kennt, oder wie in einer ausgestorbenen Stadt, deren Bewohner alle tot oder ausgewandert sind. Er weiß, daß er hier nicht bleiben darf, aber es heimelt ihn so an, heimelt ihn mehr denn je an, weil er weiß, daß er gleich weiter muß, ins Dunkle und Leere.

Der Kreuzweg führt beim letzten Stall schroff linker Hand den Hang hinauf, um in drei, vier Kehren die Kapelle zu erreichen, aber dieser letzte Stall hat so etwas wie einen kleinen, eingefriedeten Hof, und dort, meint er, könnte er die Geiß auch noch suchen.

Doch es kommt gar nicht mehr dazu, daß er einen Blick über das stille Geviert wirft [in dem die Geiß natürlich auch nicht steht], denn wie angewurzelt bleibt er an der Ecke des dunklen Stalles stehen, wie überrascht oder - ja, wirklich überrascht! Er hatte vergessen gehabt, daß der Abstand diesmal ganz klein ist. Hier, an die dunkle Wand geschmiegt, ist *die Vierte Station:* Jesus begegnet mit dem Kreuz seiner betrübten Mutter...

Wo die Mutter hinzugetreten ist, steht er mit klopfendem Herzen da und kann nicht weiter. Gott mag man betrügen können, aber die Mutter kann man nicht hinters Licht führen. Er bekreuzt sich eilends. Jetzt mögen sie im Dorf beim Rosenkranz sein, denkt er, hört er förmlich - den Bienenkorb mit allen den harten Stimmen im Halbdunkeln, die sich in der Ferne zu einem metallischen, beinahe zornigen Brausen vereinen. Seine Lippen fangen an, sich zu bewegen, ohne daß er etwas denkt - wie von der Vorstellung allein bewegt. Sein Bewußtsein erwacht erst für den winzigen Bruchteil eines Augenblicks, wenn er ein Wort gesagt hat: »Gegrüßet... seiest... du, Maria... voller... Gnaden« und erlischt sofort wieder. Aber die Tränen! Die Tränen! Durch ihren Schleier hindurch sieht er die mitleidige Gebärde Mariens und sieht sich aus eigenem Hunger daran fest, und die Tränen bleiben ihm in den Augenwinkeln, als er schon wieder zurücktrottet und beim Ausgang der stillen Schafstadt zur Brücke abbiegt.

Vielleicht liegt es daran, daß er sich um die Vierte Station nicht herumgestohlen hat, vielleicht daran, daß die aufrecht stehende, ungeheure Muschelwand des Blindenhorns am Ende des Tales so lichtübergossen dasteht und mit dem Widerschein ihrer Firne auch den fernsten Anfang des Tales unter den Tannen noch zu erhellen vermag, was ihn ein Weilchen etwas gefaßter macht. Und dann das einförmige Brausen des Wildwassers, das ihn wie eine Wolke einhüllt.

Er geht, immer noch mit Tränen in den Augen, ohne etwas zu denken. Auf der Brücke aus rohen Rundhölzern ohne Geländer bleibt er einen Augenblick stehen und blickt ins Wasser, das zwischen den Steinblöcken dahinschäumt, als könnte auch das die Geiß vorübertragen. Es ist unfruchtbares Wasser, das nicht zum Wässern der Matten benutzt werden kann. Der Himmel weiß, warum. Aber das Brausen tut ihm wohl. Er enthebt ihn gleichsam seiner selbst, es hebt ihn auf und trägt ihn fort. Leichter, als er gedacht hat, wird es ihm, den steilen Pfad hinaufzusteigen, auf dem er nur daran denken darf, wie er seine Schritte setzt, damit er nicht abgleitet und dort hinunterrollt, wo der Bach dahinbraust. Das Blaubeer- und Preiselbeerkraut zur Rechten unter den Bäumen leuchtet unbegreiflich hell, als sei es voll vom Widerschein der Firne oder als gebe die kleine weiße Kapelle zur Linken auf der Kanzel mitten im Taleingang, die er jetzt in gleicher Höhe neben sich hat, das Licht weiter, das sie empfängt. Wenn er stehenbliebe, könnte er die Vierzehnte Station erkennen, die vor der Kapelle auf der großen Matte mit den Steinbänken am Rande steht: Jesu Leichnam wird ins Grab gelegt...

Aber er steigt und steigt keuchend weiter, und im Brausen des Baches, das den Orgelton des Rotten, der ihn bis zur Schafstadt begleitet, abgelöst hat, vergehen ihm fast die Sinne. Er denkt nicht. Er sieht nur den unendlich liebenden Arm der Kreuzweg-Mutter vor sich, der den Sohn nicht an sich ziehen und ihn nicht trösten darf...

Er ist hier, und die Mutter ist weit fort... Aber nein, auch wenn sie hier wäre! Wie könnte er das sagen! Gerade das! Und wie schwer wird es ihn ankommen, das bei der Beichte am Samstagabend zu sagen! Er hat schon jetzt das Gefühl, daß er das niemals beichten wird, niemals, er weiß nicht, warum, und wie er dann überhaupt weiterleben soll. Und weil er dieses Gefühl hat, ein Gefühl, Unentschuldbares getan zu haben, wofür nie Vergebung zu erwarten und nie Vergessen zu erhoffen ist, senkt das Tannendunkel sich tiefer über ihn, so daß sein Kopf ganz davon eingehüllt wird.

Er weiß nicht, warum er es diesmal so fühlt. Und es ist mehr als nur ein Gefühl. Es ist eine Gewißheit, aus der eine Ahnung aufsteigt, heute mittag... War das wirklich erst heute mittag? Ihm kommt es vor, als sei das an keinen Tag und keine Stunde gebunden, als habe sein ganzes Leben schon diese Sünde immer in sich getragen!... heute mittag habe sich sein ganzes Leben anders entschieden. Wozu, weiß er nicht. Nur daß er nach dieser Sünde nicht mehr Priester werden kann, weiß er. Dieses Eingeständnis ist er dem toten Pfarrer schuldig.

Die Häher sind noch wach und schreien vor ihm her, kündigen ihn an in die Ferne. In der Ferne ist niemand. Die Sennen auf den Alpen sind noch eine gute Stunde von seinem Weideplatz entfernt, und in ihre waldlosen Matten fliegt kein Häher. In der Tiefe über dem Bach schwirren lautlos und pfeilschnell auch noch die einzigen Vögel, die dieses Tal am Anfang bewohnen, kleine schwarz-weiße, die schwimmen und fliegen können; er hat ihren Namen nie ergründet und nie ergründen wollen, vielleicht weil er sie selber nie einen Laut von sich geben gehört hat.

Die Muschelwand des Blindenhorns leuchtet wie die Schauseite einer ungeheuren, vielzinnigen Burg durch das Tannendickicht, als er einmal stehenbleibt und Umschau hält. Ihr Gletscher ist die ausgefällte Zugbrücke der Burg...

Daß der tote Pfarrer da an der Friedhofspforte gesessen hat, um ihm zu zeigen, er verliere ihn nicht aus den Augen, macht ihn schaudern. Oder ist es der gleichmäßige, kalte, feuchte Luftstrom vom Gletscher her, gegen den er angehen muß? So muß Maria von Magdala es empfunden haben, als sie in die Grabkammer hineinging: kühl... dunkel... Aber nein, er will an so etwas nicht denken, er darf nicht, er ist nicht mehr würdig, auch nur eine Sekunde von allem dem nachzudenken. Er ist ein Verlorener – für alle Zeit. Ihn kann nicht einmal der tote Pfarrer losbeten, der gewißlich ein frommer Mann gewesen ist, das weiß er, und dieses Wissen ist mit jeder Stunde seit der Erscheinung vor der Kirche stärker geworden. Schon der Orgelton des Wassers – war der nicht so etwas wie eine Posaune des Gerichts?

Priester werden zu wollen, ist ihm erst hier gekommen. Am Ende des ersten Sommers. Und der tote Pfarrer hatte gesagt, er glaube, daß er, Lukas, die Berufung habe... Sie sind sieben Kinder zu Haus, er der Älteste. Der Vater arbeitet im Stollen, den sie neben dem Rotten graben, um Wasser für ein Kraftwerk tiefer unten im Tal abzuzweigen. Froschmann sei er, sagt er, weil sie im triefenden Dunkel des Berges mit Wassereinbrüchen und Felsdruck halbnackt im Akkord um die Kubikmeter kämpfen, für die bezahlt wird, nicht für die Stunden. Da unten im Berg habe er aufgehört, an Gott und Kirche und Gerechtigkeit zu glauben, hat er gesagt; aber als der Dorfpfarrer seinem Ältesten die Sommerstelle als Geißhirte hier im Ort vermittelte, hat er ja gesagt und bei achthundert Franken Lohn für seinen Ältesten zugeschlagen.

Nach dem ersten Sommer hat er die achthundert bekommen. Nach dem zweiten nicht mehr. Da hat er gemurrt, aber er hat sich gefügt, denn die Mutter sah den Lohn gern ins Kollegium wandern. Inzwischen aber war auch vieles geschehen.

Ihr Pfarrer daheim hatte ihn überhaupt nur ins Auge gefaßt, weil er, Lukas, ihm in der Kirche aufgefallen war. Er hatte so viel gesprochen, wenn er kam. Er war vor allen Statuen der Muttergottes und der Heiligen stehengeblieben und hatte ihnen guten Tag gesagt, wie Menschen, die es nur an sich hätten, fortwährend still dazustehen. »Guten Tag, heiliger Antonius! Guten Tag, Barbara! Guten Tag, Muttergottes!« Als der Pfarrer ihn einmal dabei belauscht, hatte er ihn später ins Gespräch gezogen und sich dann häufig mit ihm abgegeben. Und als hier im Dorf ein neuer Geißhirt gesucht worden war, war gerade der Pfarrer selig von hier bei ihrem Pfarrer zu Besuch gewesen. Dem hatte er Lukas empfohlen. Der Pfarrer selig hatte ihn dann seiner Gemeinde weiterempfohlen, und vor drei Jahren im Sommer war er angetreten, am ersten Tag nicht zu den Geißen, sondern zum Pfarrer bestellt, der während aller Sommermonate ein wenig über ihm gewacht hatte. Im September, bevor er wieder heimkehrte, hatte er ihm das Versprechen gegeben – so gern, als verspreche er's der Muttergottes selber in die Hand. Der alte Pfarrer selig, hatte er später einmal gehört, hatte große Freude und Befriedigung daran, geistlicher Vater bei Priestern und Ordensleuten zu sein, und hatte immer erklärt, er werde die kinderreichste Familie gründen.

Im folgenden Frühling hatte er die Dorfschule verlassen. Mit dem Lohn des zweiten Hirtensommers sollte er das Kollegium in der Stadt beziehen. Was zwischen Hirtenlohn und Schulgeld fehlte, würden fromme Menschen drauflegen, wenn sie einen

Priester in ihm heranwachsen sähen, hatte der Pfarrer selig zu ihm gesagt. Er solle nur immer recht ehrerbietig gegen den Lehrer und diesen und jenen Bauern sein, das seien seine Wohltäter um Christi willen.

Im Herbst nach dem zweiten Hirtensommer hatte er die unterste Lateinklasse des Kollegiums bezogen, und selbst der Vater hatte eine Woche lang etwas frömmer geredet - nicht deswegen, was Lukas jetzt war, sondern was er einmal werden sollte. Priestervater zu sein ist eine Ehre im Dorf, die verpflichtet.

Im Winter war der Pfarrer gestorben, der sein geistlicher Vater hatte sein wollen. Er hatte sich bei einem Sturz beide Arme gebrochen, aber der Doktor hatte das nicht erkannt und ihm recht bald nach dem Sturz Turnen verordnet, das werde die schmerzhafte Starre der Arme lösen. Und dann hatte ein Blutpfropf alles ganz anders gelöst, und man hatte einen für immer starren Mann in den Sarg legen müssen.

Er aber war den dritten Sommer wiedergekommen, denn was der Pfarrer selig mit ihm im Sinn gehabt habe, solle weitergelten, hatte der neue Pfarrer ihm im Beisein des Lehrers und seines Bruders, eines älteren Bauern im Unterdorf, gesagt. Man sei soweit zufrieden mit ihm...

Freilich sei er jetzt im dritten Jahr schon etwas zu groß für die Geißen, hatte der neue Pfarrer mit einem so merkwürdigen Ton und zwinkernden Augen gesagt. - Oder zwinkerte er immer?

Nun, man könne ihn im nächsten vielleicht zu den Schafen tun, hatte der alte Bauer gemeint, und er hatte ja gesagt, ihm sei es recht, er hatte ja auch nichts zu wählen.

Aber nun ist das alles zu Ende - Geißen, Schafe, Kühe, alles. Wer so gestrauchelt und so tief gestürzt ist wie er, kann nicht mehr Hirte der Seelen werden. Der ist am Tier... Er weiß nicht mehr weiter und bleibt stehen. Er hat ein unaussprechliches Gefühl, am Tier der Würde verlustig gegangen zu sein, mit der auch das Amt des Priesters unter Menschen verbunden bleiben muß. Er hat sich das Amt immer als etwas so Hohes und Erhabenes vorgestellt, daß er meint, aus der Welt, in der er Minuten geweilt hat, könne man in alle Ewigkeit nicht mehr bis in jene Höhe zurück. Und so heftig, als bekomme er das erst jetzt zu erfahren, wird ihm wieder bewußt, daß das, was sein Ende bedeutet, irgendwo vor ihm ist, lebendig oder tot, aber daß es in jedem Falle auf ihn wartet – das Tier… die andere Welt, durch die er jene, die ihm bestimmt gewesen war, verloren hat. Der Gletscherwind kann seinen heißen Kopf nicht mehr kühlen.

Was mag unter der Welt des Bösen sein? denkt er, auf der Höhe angelangt. Ist das Böse ganz böse? Wer hat es dann geschaffen? Oder ist es kein Teil der Schöpfung? Nein, dann könnte es ja das Böse gar nicht geben… Und ist der, der ihm verfällt, nicht mehr in der geschaffenen Welt? Wo aber ist er dann…?

Ihn beschleicht dunkel die Erinnerung daran, wie fremd er sich gefühlt hat – bei der Kirche, als er den toten Pfarrer sah, und hinterher bis in die Schafstadt hinein. Fremd in der Welt, fremd gegenüber sich selbst… Es ist nur ein dunkles Gefühl, dem Schatten verschwistert, vor dem er sich geduckt hat und dem er entflohen ist.

… Es ist aber nur *eine* Schöpfung, von Gott erschaffen, heißt es. Wo liegt dann die Welt des Bösen, von der man spricht? Gottes Schöpfung kann doch nicht auch die Schöpfung des Bösen sein, denn kann Gott, der vollkommen Gute, auch das Böse miterschaffen haben? Das Böse kann kein Teil des Guten sein… Vielleicht ist das Böse dann nur das Vom-Guten-Verlassensein? Woher stammt es dann aber, dieses Sein, wenn alles Sein, wie die Pfarrer sagen, von Gott herstammt? Gibt es ein Sein, das nicht Ursprung und Ziel bei Gott hat? Und warum und von wem hat es dann die Macht, alles andere, bessere Sein zu verdrängen und… und das Leben selbst zu sein? Wenn Gott allgegenwärtig ist, ist doch auch das Gute allgegenwärtig und kann nicht durch das Böse verdrängt werden, sonst wäre Gott nicht Herr seiner Schöpfung. Nur Böses kann einfach nirgends sein…

Das aber, was ihm mit Bildern der vergangenen Stunden und wie mit einem schwachen Echo dessen, was er damals empfand, wieder in den Sinn kommt, das… Wo liegt das?

Der Hang glüht in der Mittagssonne. Die Geißen schlendern träge und sind wählerisch vor Wohlbehagen. Wenn man vom Boden her aufblickt und die Augen mit den Händen gegen das Sonnenlicht abschirmt, steht über dem Bach eine zitternde, kühle Wolke von Wasserstaub, in der die Regenbogenfarben glühen und die sich unaufhörlich nach oben hin auflöst und zugleich von unten her erneuert wird. Manchmal streicht ein Luftzug hindurch und trägt selbst ihm in der Ferne einen kühlen Schwaden zu, den man einschnobern kann. Die Minze rund um die Quelle am Hang, die jetzt, so spät im Jahr, blaßblaue Blüten ansetzt, verströmt ihren Ruch in der Wärme.

Er liegt da. Bald ist es Zeit, in den Schatten beim großen Stein zu gehen. Er wartet nur noch auf ein Zeichen, das ein Lärchenschatten am anderen Hang geben muß. Und dann sind eben auch so viel Bilder vor ihm, wenn er die Augen geschlossen hält, und die Sonnenwärme läßt ihm unter den Kleidern ein Rieseln durch den ganzen Leib gehen, wie er's noch nie gespürt zu haben meint...

Da kommt die Geiß. Er blinkert, nur ganz flüchtig, wo sie wohl stehen mag, daß ihre Treichel ihm gerade ins Ohr zu klimpern scheint. Sie steht neben ihm, hellbraun leuchtend in der Sonne. Er muß an die leuchtend braunen Negerinnen denken, die er im Film gesehen hat. Oder waren es gar keine Negerinnen, sondern Frauen aus Java oder aus Siam...? Sie waren zu schön für Negerinnen, so zierlich, mit... Es war nur ein ganz kurzer Film, ein paar bunte Bilder als Vorschau auf das nächste Programm, welche die geistlichen Herren, die mit ihnen in dieser Schülervorstellung waren, im Dunkeln überstanden, und der folgende, der richtige Film handelte von einer Heiligen... Die meisten aber, mit denen er den Schlafsaal teilt, hatten damals von dem Vorfilm mit unsteten Augen geschwärmt.

Die Geiß hat das leuchtende Braun aus dem Film und läßt es ihn betrachten. Einmal reckt sie den schlanken Hals, will mit wählerischen Lippen von einem Kraut naschen, läßt es aber bleiben, hebt den Kopf, hält Ausschau. Lange. Wie in Jahrhunderte hinein. Er langt aus wohliger Versunkenheit nach ihrem Bart. Sie läßt ihn ergreifen, ja sie stellt sich näher, daß er's bequemer habe, hält den Kopf immer weiter gereckt, wie von der Sonne und der Stille, in der viele andere sich schon gelagert haben, verzaubert.

Er spielt mit ihrem Hals, der so glatt und so weich ist, er fühlt die Sehnen unter dem Fell hindurch, hebt blinzelnd die Lider... Sie zittert, es durchrieselt sie wie ihn. Seine Rechte tastet nach dem spitzen Euter... Die Brüste der Javanerinnen, oder was sie nun waren, hingen ganz ähnlich, und er schließt die Augen, weil er weiter Javanerinnen sehen will und nicht die Geiß, die sich jetzt an ihn drängt, daß ihr Euter schon seine Wangen streift. Und da, mitten zwischen dem Sehen mit geschlossenen Augen und dem Fühlen, das vom Tier zu den Menschen seiner Wachträume überspringt, ergreift ihn so etwas wie ein Rausch, er muß stöhnen vor Qual und Seligkeit, und der Länge lang hingestreckt muß er erdulden, was seine Mannheit ihm zum ersten Male schickt.

Er kann sich auch jetzt nicht daran erinnern, ohne daß es ihn grauenhaft dünkt und ihn den Pfad hinunter wie zu einem Wettlauf treibt – hinunter, hinunter in die Tiefe dessen, was sein Verhängnis und seine Sünde ist, so wie er damals am Mittag nach ein paar Sekunden, die es ihm gebraucht hat, aus dem Rausch zu ernüchtern und zu fassen, was geschehen war, aufsprang und wie ein Besessener in den tiefsten Schatten des großen Steins gekrochen war – in eine Senke dort, beinahe eine Höhle, die er sonst nie zu beziehen gewagt, weil er immer gefürchtet hatte, der riesige Stein könnte seine Lage verändern und ihn in der Grube erdrücken.

Jetzt hatte er nicht mehr daran gedacht. Schlotternd ob dem, was geschehen war, hatte er schweißüberströmt dagehockt und die Welt anders gesehen als sonst, das ganze Mittagstal von schwarzen Sandstürmen durchweht. Stundenlang hatte er die Tiere nicht mehr ansehen wollen oder nicht mehr anzusehen gewagt, als könnten sie Zeugnis wider ihn ablegen. Ihn, der heiligmäßig hatte sein oder werden wollen und der es durch ein Tier nur bis zum todsündigen Menschen gebracht hatte! Das Schlimmste – er rennt den Hang entlang, daß der Aufschlag der hinabkollernden Steine, die seine Schritte lösen, das Rauschen des Baches übertönt –, das Schlimmste ist das Geheime: daß kein Tier sich gegen die Gedanken solch eines Menschen, wie er es ist, zu wehren vermag! Aber was ihn getroffen hat, ist ein Doppeltes: seine eigene Entwürdigung, die er als eine nicht abzuwaschende Beschmutzung empfindet, und die Klage der von sündhaften Gedanken mißbrauchten Kreatur, die in ihm schreit, wo das Tier stumm bleibt und nicht einmal von etwas weiß, weil alle Geschicke der Herde im Hirten vereint sind…

Er kommt erst wieder zu sich, als er das Gefühl hat, nichts stehe ihm entgegen, sein Lauf gehe ins Nichts, das vor ihm wie unter ihm anheben könnte. Es dünkt ihn auch so eigentümlich still, als sei von einem Augenblick zum andern alles wie mit Wolle gedämpft.

Er hält inne und lauscht und will in den Wind spüren. Aber es gibt keinen Wind mehr… Der ehemals so stete, kühle Abendhauch vom Ende des Tals her hat ausgesetzt. Das ist, als sei ein

Leben zu Ende gegangen. Der Bach rauscht, als habe er eine Eisdecke über sich gezogen. Und die Luft... Er weiß, als er sich umblickt, sofort, was ganz rasch vor sich gegangen ist, während er achtlos dahinrannte. Der Wald auf dem jenseitigen Hang steht zottig da, wie ein gesträubtes Fell, und ist fahl. Der hohe Felshang am Blindenhorn kehrt alle seine Schrunden hervor, und alles ist von einer so unbegreiflichen Nähe in einer gläsern-klaren, ganz unbewegten und warmen Luft, welche die entferntesten Dinge zusammenrückt, wie in weit aufgerissenen, überwachen Augen, die sich mit fiebrigem Begehren nichts entgehen lassen wollen, alles verschlingen! Der Föhn ist eingebrochen!
Er blickt sich betreten um. Von der heißen, fieberglänzenden Netzhaut des weit aufgerissenen Auges, das die Welt jetzt ist, sehen ihn mit einemmal alle Dinge ganz anders an. Sprachlos, und in allem Schweigen so bedrängend. Beklommen geht er weiter, nun bedacht, keinen Lärm zu machen, mit einer Angst, von der er nicht weiß, woher sie kommt. Ist das die Föhn-Angst, die es gibt, oder ist das die Stimme der Schuld, die nur der Abtrünnige kennt, das Gewissen, der Jammer des Guten hinter der Pforte, durch die es von der Welt ausgeschlossen ist?
Wenn sie noch lebt, wird er sie bei dieser Stille leicht hören, denkt er gequält. Er will sie gar nicht hören, aber er muß sie hören, um sie finden zu können. Doch er weiß schon nicht mehr zu unterscheiden, von wem er denkt – von einem Tier oder von seiner Sünde. Die kennt er ja, die hört er ja, wo er sich auch befinden könnte, denn sie klagt ihn fortwährend an. Er will sie sich nicht mehr vorstellen, die will er vergessen, oder für die will er Vergebung erlangen, Buße tun, Buße... Und während er weiß, daß er das Tier finden kann, wenn es sich nur verstiegen hat und nicht tief abgestürzt ist, fühlt er zugleich, daß er selber verloren ist, während er hier auf dem sicheren, vertrauten Pfad wandert, daß ihn kein Retter mehr hören will, daß er kein Zeichen mehr zu geben vermag und schon so tief gestürzt ist, wie keine Hand greifen kann. Das Schlimmste mag sein: er ist nirgends. Zwischen dem Guten, das man verraten und verlassen, und dem Bösen, dem man erschrocken den Rücken gekehrt hat, liegt das graue, hoffnungslose Land der Verzweiflung...
Hätte er noch beichten können! Morgen abend erst könnte er beichten. Aber er hat nie gern gebeichtet, auch als er schon heiligmäßig zu leben versuchte, weil das Schuldgefühl, das ihn be-

herrscht hat, immer so wenig in Worte zu fassen gewesen war, wie eine Wolke zu beschreiben ist. Und vielleicht hatte er manchmal seine Schuld nur geträumt, oder sie beherrschte ihn so, wie jemand von dem dunklen Gefühl beherrscht wird, er habe irgend etwas vergessen und wisse nicht, was.

Soll er umkehren und einfach sagen, er habe sie nicht gefunden?

Der Vorschlag, den er sich selber macht, ist ein paar Sekunden lang so einleuchtend, daß er erst stehenbleibt und sich dann sogar hinsetzt und den jenseitigen Hang betrachtet.

Wenn er sagt, er habe sie nicht finden können, braucht er sie heute nicht zu suchen und nicht zu sehen ... Die Quelladern dort drüben auf dem Hang zeichnen sich mit einem zinngrauen Flor so deutlich in der Grasnarbe ab, daß er an das blaue Geäder einer Hand denken muß. Aber kaum hat er es gedacht, steht er auf. Er will nicht dort bleiben, wo der Versucher so deutlich zu ihm spricht.

Er muß suchen. Insgeheim wünscht er, daß er sie niemals finde, daß alles nur ein Traum und nicht wahr sei, und doch muß er suchen, als hätte er nie an der Wirklichkeit gezweifelt. - Dieses Als-Ob verwirrt ihn dermaßen, daß er geraume Zeit nichts denken kann. Der Föhn zieht ihm einen bleiernen Reif um den Kopf zusammen, daß die Schläfen anfangen zu stechen, und die Lider werden ihm so schlaftrunken schwer, er kennt das ...

Der Sonnenschein, der einmal die obere Hälfte der riesigen Muschel des Blindenhorns bestrahlt hat, ist längst zu einem schmalen Lichtband längs dem First geworden, und als er seine Weidemarken erreicht hat, lodert nur noch der von ewigem Schnee bedeckte Grat, bis auch dessen rosiges Feuer erlischt und von einer Minute zur andern etwas Seltsames, Atemberaubendes geschieht, dem er zusieht, zusehen muß, weil er fühlt, daß jetzt etwas Endgültiges geschieht, daß die letzte Stunde anhebt, bevor die Nacht alles verschlingt.

Im selben Augenblick, da das rosige Sonnenfeuer längs dem wild gezackten Grat des Berges erlischt - er sieht, daß es nicht eigentlich dort oben erlischt, sondern daß es nur weggehoben wird in eine andere Welt -, steht der Berg, diese riesige Muschelwand, in einer ungeheuren, sprachlosen Betroffenheit da, und in einer Einsamkeit, die über alles Begreifen geht. Es ist nichts mehr zwischen Himmel und Erde, dem er Antwort gäbe mit einem

Widerschein seiner Firne oder mit einem Schatten in seinen Schrunden und Klüften. Alles, was er ist in seiner ganzen ausweglosen Endgültigkeit am Ende des Tales, ist er aus sich selbst: die letzte Welt, in der kein Erbarmen mehr ist, kein Widerhall, kein Licht und kein Schatten.

Diese Strenge überwältigt den Knaben. Er geht zaghaft weiter, als könnte der Berg ihm schon im nächsten Augenblick eine Erklärung abfordern, warum er hier sei. Und dabei würde er nicht einmal genau wissen, woher er gefragt ist, denn so unabweisbar der Berg hier am Ende des Tales steht, scheint er mit seinen schroffen grauen Wänden und dem geisterhaft bleichen Schein der Firne aus sich selbst, wie von jenseits dieser Welt her, Ende und Anfang zugleich zu sein. Vor ihm ist so völlig gleichgültig, was einer heute mittag auf dieser Welt getan hat, denn was es auch gewesen sein mag – es ist in so ungeheurer Verlassenheit geschehen, es war schon verwirkt, bevor es geschah, das Urteil gilt ununterbrochen, für das Getane und für das Ungeschehene, gegen diese Strenge ist alles vergeblich, was vom Blute genährt wird.

Er ist wieder einmal stehengeblieben. Kleinlaut steht er da, aber er will lauschen, ob er etwas hören kann. Dabei merkt er, wie das weitaufgerissene Auge dieser Föhnwelt ihn so saugend anstarrt, daß er die Augen schließen muß, um besser lauschen zu können. Vielleicht hört er die Treichel der verirrten Geiß, vielleicht das Geläute der großen Herde auf der Alpe unterhalb des Gletschers, wo die Sennen sind. Drei Sennen leben da, drei Menschen, das ist gut zu wissen... Aber weggezogen können sie doch nicht sein!? Nur ist nichts zu hören, kein Ton... Wie hat er heute gehütet? fragt er sich. So wie jeden Tag. Die Gewohnheit macht ihn um Antwort verlegen. Wie gehütet wird, läßt der Hirt am besten die Herde bestimmen. Die Tiere verstehen sich besser darauf. Beim Heimtreiben, daran erinnert er sich, hat er sich dagegen wehren müssen, daß die Wildesten zu hoch nach oben gingen. Viele Steine hat er da werfen müssen, um ihnen zu zeigen, daß sie dort oben nichts zu suchen hätten.

Geißen gehen gern eigene Wege. Sie sind viel zu eigensinnig, als daß sie, wie Schafe, gern beieinander bleiben wollten. Jede meint, sie müsse das Beste finden, und wagt einen Ausbruch; das trennt schon die Muttergeißen von den Zicklein. Und dann geben sie jedem Einfall, der ihnen kommt, nach, weil nichts wie ein Herdentrieb sie zusammenhält, nichts sie regiert als die Naschsucht.

Das macht sie lustig – und beschwerlich, wie alle Einzelgänger auf dieser Welt.

Vielleicht, denkt er, ist ihm beim Heimtreiben eine entgangen. Er hat sie ja nicht gerne ansehen wollen. Ist höher geklettert, hat sich verstiegen und den Anschluß an die Herde verpaßt... Man kann so leicht eine aus den Augen verlieren, wenn der ganze Hang nur so wimmelt und doch jede für sich allein sein will.

Ihm ist fortwährend, als sagte er das alles laut und als hörte jemand ihm zu oder als hörte er sich selber zu... Und derweil denkt er noch ganz anderes, und alles, was er sich zur Erklärung sagt, handelt von etwas anderem, als er denkt.

Zwei- oder dreihundert Meter breit steigt vom Bachbett her der grasige Hang an, auf dem die Herde weidet. Er ist übersät von riesigen Steinblöcken, die irgendwann einmal in der Höhe losgebrochen sind, wo aus dem lichter werdenden Walde hohe Felskanzeln aufragen. Über denen beginnt dann bald das baumlose Hochgefild, das bis zu zweieinhalbtausend Metern ansteigt. Der Wald dort oben ist so licht, daß noch gutes Gras und würzige Kräuter zwischen den Bäumen wachsen, aber wo immer die Felsen zutage treten, ist der Hang zerklüftet und springt in schroffen, nackten Staffeln aufwärts – Staffeln und Felsbändern, auf denen auch eine Geiß gut ›in die Stelle‹ geraten kann, wie man sagt: auf die sie hinauf kann, aber von denen sie nicht mehr hinunter mag in die Tiefe, die soviel unsicherer dünkt als die Höhe, in welche die Lüsternheit sie getrieben hat, und weil sie wahrscheinlich an ihr volles Euter denkt...

Aber schon bei Tag wäre es eine schwere und lange Arbeit, unter allen diesen Felskanzeln durch das verwachsene Dickicht mit seinem Geröll und seinen Erdlöchern zu steigen. Jetzt ist es unmöglich, denn die Zeit drängt.

Es ist die letzte Stunde. Noch einige Zeit wird das Licht verweilen, aber dann wird alles in Finsternis verwachsen, Tiefe und Höhe. Unter den Felsen im Wald entlang kann er bestimmt nicht. Er sähe auch nichts. Das einzige, was übrigbleibt, ist, hinaufzusteigen und von oben her Ausschau zu halten. Nur kostet das weit über hundert Meter steilen Aufstieg.

Sie muß tot sein, denkt er, oder sie ist nicht hier... Ach! vielleicht gibt es sie gar nicht, nichts ist geschehen, gar nichts... Aber... Aber das kann nicht ungeschehen gemacht werden! gesteht er sich hoffnungslos. Und wohin sollte sie gelaufen sein?

Er sollte schreien, denkt er, aber er wüßte nicht zu sagen, wie oder was. Was er so tagsüber, ohne sich dabei etwas zu denken, schreit, wenn er die Menge treiben muß, kommt ihm nicht aus der Kehle, da es die einzelne gilt, gerade *diese* eine... Aber schrie er, würde sie vielleicht aufhorchen, sich bewegen, die Treichel würde ihre Antwort geben, und er würde wissen, wo er sie zu suchen hätte. Aber schreien, selbst wenn er sich zurechtlegte, was...?

Er blickt sich um. Die ungeheure Stille und die Strenge des Berges, deren er wieder wie zum ersten Male gewahr wird, lassen ihn stumm aufwärtssteigen. Und dabei sieht er in zwei hochmütig-spöttische, glasharte Augen, die der ganz stumme Vorwurf sind, warum er sich mit solchen Ausflüchten hier unten aufhalte. Er ist so verzagt, daß er sich gehorsam den nächstbesten Weg aufwärts sucht. Einmal stutzt er und steht wie angewurzelt still. Er meint, eine Treichel gehört zu haben, und der Klang war ihm so bekannt vorgekommen, als hätte er wochenlang nichts anderes versucht, als diese eine aus dem Geläut der ganzen Herde herauszuhören, diese, die er jetzt gehört zu haben meint und die - erinnert er sich recht? - heute nachmittag beim Heimtreiben gefehlt hat.

Er steht still und scheint zu lauschen. Vielleicht steht ein Verurteilter, den man hinausführt, einmal so da [wenn man ihn läßt] und horcht und blickt um sich, wo jemand Gnade! rufen mag oder den Schleier schwenkt, der ihm Leben bedeutet.

Nein, alles ist still. Der Grat des Berges hüllt sich in einen Kranz von Wölkchen, als sollte das Höchste den Blicken entzogen werden. Er nimmt es für das Allerletzte. Was das Allerletzte sein wird, weiß er nicht. Es wird von seinem Leben sein und zugleich mehr als das, fühlt er.

Der Föhn wird Regen bringen, sagt eine andere Stimme.

Er wäre so gerne Priester geworden. Er weiß nicht, warum. Und er hatte sich auch schon sein Ziel gesetzt und von allen Wegen, Gott zu dienen und zu verehren, den seinen gewählt...

Es ist schon die Geduld der großen, der uferlosen Traurigkeit, mit der er denkt.

... Er hätte sich der Anbetung des Herzens Jesu weihen wollen, des Herzens, das in der Nacht am Ölberg schlug, des Herzens vom Garten Gethsemane, des Herzens der Angst. Das ist das Unbegreiflichste von allem Unbegreiflichen des Glaubens, und zugleich…, es ist alles, es ist das Herz selber. Aber das darf er nicht. Warum nur macht Gott es seinen Heiligen so schwer! Will er nicht, daß es ihrer zu viele gibt? Man sagt, er prüfe sie. Aber wozu? Heilige können ja nicht heiliger werden durch die Prüfung…

Der Weg, den er sich sucht - um so mühsamer, je höher er gelangt, Gestrüpp umgehend, über Geröll hinwegsteigend -, der Weg ist so steil, daß er ihm den Atem raubt und ihm das Denken unmöglich macht. Er lebt eine Weile nur noch in den Knien und im Schlag seiner Pulse in den Schläfen. Der Wald nimmt ihn auf, und er erschrickt, wie dunkel es schon unter den Bäumen ist. Einmal, vom Berge ungesehen, setzt er zu einem Schrei an, mit dem er die Geiß rufen will, aber dieser Schrei stirbt ihm vom Munde weg, und es tönt nur ein leises Jammern, als habe er selbst um Hilfe gerufen.

Seiner eigenen Sünde in die Augen zu sehen, ist so schwer. Die Sünde hat einen unergründlichen Blick, mit der ganzen unerforschlichen Tiefe des Bösen, meint er. Kalt und mitleidlos, sobald wir die Ihren sind. Sie ist treulos. Wie sollte sich auch das Böse in Tugenden kleiden können! Aber in Schönheit…?

… Sie kam so willig. Sie schmiegte sich förmlich an ihn. Er war es gewesen, der weggelaufen war.

Die dünne Grasnarbe über dem Fels bröckelt unter seinen klimmenden Schritten weg; er muß zuweilen zwei-, dreimal nachsetzen und den Stock einstemmen, bevor er festen Stand hat und höher steigen kann. Die Stämme um ihn herum lichten sich, es wird freier und heller. ›Schwesternwang‹ nennen die Leute aus dem Dorf dieses Talstück; stiege er dem Talende zu höher, so käme er ins ›Hohe Licht‹ - der schönste Name für den Scheitel des Berges, den er je gehört hat, von dem etwas unendlich Feierliches ausgeht, das man nicht erklären kann.

Jetzt könnte er dem Hang entlang weitergehen, von Kanzel zu Kanzel mit allen tiefen oder nur sanft ausrundenden Buchten, die zwischen den einzelnen, vorspringenden Felsnasen liegen, und hinunterspähen. Aber daß er nichts hört! Dazu hängt man doch den Tieren die Treichel um, daß der Ton sie verrät, wenn sie sich verstiegen haben. Die Lautlosigkeit der Verschollenen will ihm als reine Bosheit erscheinen, eine unergründliche Bosheit, deren Absicht er nicht genau kennt oder nur ahnt. Will sie von ihm nicht entdeckt werden?

Aber es ist doch ein stallgewohntes Tier, das ins Warme und das gemolken sein will!

Als er sich bei der ersten der Kanzeln niederhockt und hinunterspähen will, muß er eine Sekunde lang die Augen schließen und die aufgestützten Arme abwehrend einstemmen, weil ihn der Schwindel ankommt. Er meint, er habe von unten her die Höhe der Felsen unterschätzt. Aber vielleicht trügt der Blick in der glasklaren Luft. Er umfaßt nicht nur die Tiefe bis zum Boden lotrecht unter den Kanzeln, sondern auch in der Schräge die viel beträchtlichere Tiefe bis hinunter zum Bach im Talgrund. Die mißt sicherlich einige hundert Meter, wenn auch die Föhnluft jeden Stein und Strauch seltsam nahe und deutlich heranrückt.

Wie lange er nach einem ersten, zögernden Blinzeln auch späht - er kann nichts entdecken. Alles liegt seltsam fremd und unbekannt da. Er kann sich nur wundern, daß dies die Welt sein soll, in der er drei Sommer lang beinahe Tag um Tag verbracht hat, in Sonne und Regen. Ihm ist, als blicke er in ein Leben hinein, das einmal seins gewesen ist, und wieder ergreift ihn dieses sonderbare, wehmütige Gefühl der Fremdheit zu sich selbst und allen Dingen.

Sorgfältig achtgebend, daß er den Stock beizeiten einstemmen kann, wandert er langsam eine tiefe Bucht des grasigen Abhangs aus und tritt auf ein neues Vorgebirge, das sich vom ersten der Form nach kaum unterscheidet. Aber auch von dort späht er ergebnislos aus.

Als er den letzten Blick in die Tiefe getan hat, mustert er nur noch den Berg, zu dessen Füßen ein Dunsthauch sich lagert, dicht unter dem Gletscher, wo die Alpen liegen. Und jetzt - er neigt den Kopf -, jetzt kann er auch ein Geläute hören. Ganz fern und sehr selten, vielleicht wenn einmal eine der Kühe, die sich gelagert haben mögen, den Kopf verwirft. Es tönt wie vom Grunde eines Meeres zu ihm herauf. Aber es tönt, es ist eine Stimme in diesem stummen, blinden Tal, in dem kein Vogel ruft... Ob er am Ende noch zu den Sennen geht und die fragt und bei ihnen schläft? Es wird sonst stockdunkle Nacht, bis er ins Dorf zurückkommt...

Aber morgen früh um sieben öffnen sie im Dorf die Ställe. Dann müßte er also um vier Uhr von den Sennen aufbrechen, ins Dorf und gleich wieder zurück. Hart nach dem heutigen Tag mit seinen vielen Wegen... Er weiß noch nicht, wie er es halten will. Noch hat er zwei, drei Kanzeln vor sich.

Zur nächsten kann er in beinahe gerader Strecke gehen. Nichts. Abermals nichts.

Dann kommt eine tiefe, scharf gezahnte Bucht hangeinwärts, in der viel Gestrüpp bis dicht unter den Felsrand wuchert und trügerisch Boden vortäuscht, wo keiner ist. Hier muß er einen weiten Bogen machen. Die nächste Kanzel ragt dafür besonders weit und frei hinaus, nur hat sie den Nachteil, daß sie ein wenig überhängt und nicht so leicht erkennen läßt, was unmittelbar unter ihr liegt.

Aus dem Innern der Felsen drängen ein paar Quellen, die ihr Wasser ins Tal hinuntertröpfeln lassen. Ein-, zweimal hat er das Glucksen und Plätschern und den Fall der Tropfen gehört. Die oberste Grasnarbe aber liegt so dünn auf dem trockenen Stein, daß sie sich unter dem Schritt oder dem Stock wie ein Hautfetzen ablöst. Es ist schon lange kein Regen mehr gefallen.

Er hat das Gefühl, unendliche Zeit sei vergangen, bis er auf die große Kanzel hinausgehen kann. Der Himmel ist derweil zu einer türkisenen Kuppel geworden, deren Glanzlicht in einem einzigen großen Stern Dauer hat. Und hier draußen, auf dem weit vorspringenden Fels, der von Rasen und einem ganz niedrigen Thymian wie von einem dünnen Pelz überspannt ist, gehört er mehr dem Himmel als der Erde an, wie ein Vogel, dessen Füße keinen Halt mehr wollen. Langsam geht er hinaus, blickt nach rechts und nach links in das üppige Gewirr der Sträucher, die den steilen, von Wasseradern durchzogenen Hang hinaufdrängen und doch haben anhalten müssen, wo die kalte, lautlose Hand des Schattens unter dem Fels gebieterischer Halt gebot als das Geröll. Er sieht nichts, nichts... Zwischen solchen Sträuchern wird auch keine Geiß weiden. Und unter der Kanzel?

Er geht weiter hinaus, aber hier muß er sich beinahe flach hinlegen, um von der Tiefe etwas sehen zu können. Das Gestrüpp, das zu beiden Seiten in die hohlen, wasserreichen Weichen der Kanzel drängt, läßt den ganzen Hang unmittelbar unter den gestaffelten Felsen frei, als könnte es unter der Drohung des überhängenden Gesteins nicht leben. Dort unten ziehen sich grasbestandene Felsbänder entlang, eins über dem anderen, wie Stufen einer Treppe, die aus dem Tal heraufführt, durch irgendeine ihm unsichtbare schmale Brücke an der Seite vielleicht noch mit dem Hang verbunden, denn...

Hat er, als er sich niederkauerte, ein paar lose Steinchen über den Hang gleiten lassen, daß sie in die Tiefe fielen? Oder ist es das Geräusch seiner Schritte hier oben, das bis dort unten zu hören ist? Auf einem der Felsbänder da unten, er kann nicht zählen, das wievielte und wie hoch oder wie tief es ist, aber er sieht das... dort wird das Gestein mit einemmal lebendig und schnellt hoch, auf vier Füße, steht da... Eine Geiß, die um sich herumäugt! Der scherbende Ton der Treichel hat im selben Augenblick, da sie aufsprang, die Stille zerrissen und läßt die fortan nicht wieder heil werden.

Der Knabe starrt hinunter und meint, nun blicke das Tier in die Höhe zu ihm. Und da kommt aus seiner Kehle zum ersten Male ein Schrei, von dem er gar nicht weiß und den er selber gar nicht mehr hört. Er starrt nur in das Augenpaar - diese harten, höhnischen Augen der Sünde, zu der er sich hier bekennen soll. Und vielleicht ist es, indem er sich rasch, gar zu rasch aufrichtet und auf die Füße springt - rasch wie das aufgestörte Tier -, vielleicht ist es der Ruf eines jähen Erkennens und des Antreibens, mit dem er das Tier dazu bringen will, den Sprung in die Tiefe zu wagen, oder ein Schrei, der ihm aus der Kehle kommt, weil er eine Versuchung, der er einmal erlegen ist, beschwören will, von ihm zu weichen - vielleicht ist es dieser Schrei, der seinem vornüber geneigten Oberkörper gerade so viel Übergewicht gibt, daß die trockene Grasnarbe und der verwitterte Stein unter seinen Sohlen wegstäuben und er kopfüber zu fallen beginnt...

Er weiß es nicht. Er empfindet weder Schrecken noch Angst. Er hat nur von einem Augenblick zum andern das Gefühl, eine ungeheure Veränderung habe begonnen, die ein Weg zu einer Befreiung ist, wie sie ihm nach der Verwirrung des Mittags und nach der Gefangenschaft in Reue und Selbstanklagen am Abend unsagbar schön vorkommt. Ein leichtes Brausen trägt ihn, wie ein pfingstlicher Anhauch, und aus dem verschwommenen Bild der sich nähernden Erde, so wie sie sich seinen schlaftrunkenen Blicken zum letzten Male einprägt, bevor er in einer nie zuvor gekannten Überfülle mit seligem Schmerze die Augen schließt, tritt ihm alles, was in seinem kurzen Leben Gestalt angenommen hat, leibhaftig hervor: Mutter, Vater, Geschwister, der tote Pfarrer, der Lehrer, das Tal, die Dörfer, die Kirchen, unendliche

Vielfalt, an die sich wohl nur der so lebendig zu erinnern vermag, dem der schon nahe Tod ein Übermaß gewährt, wie es denen, die ihm langsamer entgegenleben, nicht gebührt.

Alles tritt aus den vielfarbigen Wolken und Schleiern der sich nähernden Erde hervor, als hätte es sich lange darin verbergen müssen und als habe er nun das Zauberwort gerufen, das die Verborgenheit aufhebt und alles offenbar macht.

Wie alle Sterbenden fällt er dem entgegen, was wir Lebenden als den Abgrund der Schuld, den unser Leben unter uns gehöhlt hat, fürchten. Er aber in seligem Fall trägt schon eine Gewißheit in sich, die das Begreifen derer, die nicht den gleichen Fall tun, übersteigt: daß dieser Abgrund nicht die tiefste der Tiefen ist, sowenig wie das Böse dieser Welt ganz böse ist; daß in der verlorensten und verlassensten Sünde doch immer noch eine – wenn auch noch so armselige – Hoffnung lebt, sie könnte von ihrer Fessel gelöst werden, und daß unter der Tiefe der Sünde und des Todes noch tiefer eine Barmherzigkeit wacht, welche die Sünde der Lebendigen erdulden muß. Wie könnten die Lebendigen sonst leben!

Er blickt in das Gesicht seines toten Pfarrers, dessen weitgespannte Soutane alles das ist, was unter ihm ist, und der Pfarrer lächelt nachsichtig, daß er ihn so lange falsch verstanden habe. Hatte er denn nicht gewußt, daß er ihn rufen wollte...?

DIE ARCHE,
DIE SCHIFFBRUCH ERLITT

DIE SECHS hellgrünen Zirkuswagen fuhren, von je zwei abgemagerten Pferden in schnellem Trab gezogen, rasselnd die abschüssige Straße hinunter und dem Hafen entgegen, an dessen hölzerner Kaimauer ein kleiner, schnaubender Dampfer lag. Wie sechs farbenfreudige Fahnen knatterten sie durch die Provinzstadt des nördlichen Schweden, die sie schon nach der Durchfahrt für immer zu verlassen sich anschickten, obgleich ein paar Wochen vorher kleine Plakate und ein bescheidenes Inserat in der einzigen Zeitung der Stadt auf das Eintreffen des berühmten ›Zirkus Salamonski, verbunden mit sensationeller Raubtierschau aus vier Kontinenten‹, vorbereitet hatten.

Zu einer Vorstellung kam es indessen nicht mehr, denn schon hatte sich der Zirkus auf seiner Rundreise erheblich verspätet, hatte den vorletzten Dampfertermin zur Rückfahrt nach Lübeck verstreichen lassen müssen, weil ihn die Wege des Nordlandes und der erste Schnee im Gebirge zu immer häufigeren Rasten und längeren Stationen gezwungen hatten, war, den Schnee und das Schreckgespenst einer Überwinterung im kalten Norden fliehend, nach Süden an die Küste galoppiert und konnte eigentlich von Glück sagen, wenn er jetzt, zwei Stunden vor Abgang des Dampfers, mit dampfenden Gäulen und glühenden Achsen sein Ziel noch erreichte.

Den Bewohnern des Städtchens war es nur möglich, seine sechs Wagen von außen zu betrachten und von den merkwürdigen grunzenden, wiehernden, knurrenden und muhenden Lauten in den Käfigwagen auf die Sensation zu schließen, die der Stadt offensichtlich entgangen war; denn der Zirkusbesitzer, dessen vor Eile und Aufregung rot angeschwollener Kopf wie eine Kakaofrucht über dem giftigen Grün seiner Strickweste saß, hatte nach einem kurzen, heftigen Gespräch mit dem seinerseits vor Ungeduld hochroten Kapitän des Dampfers schon seinem Personal Anweisung gegeben, die Wagen zum Verladen fertig zu machen. Die zwölf Zugpferde wurden abgespannt und über eine breite Laufplanke ins Innere des Vorschiffes geführt, wo Streu ausgebreitet lag und Heusäcke aufgehängt wurden, und im Nu war die gaffende Menge vor den Wagen zerstreut, denn ein Haufe Schiffsvolk und die drei Männer, die das Personal des Zirkus darstellten, fingen mit ihrer Arbeit an. Im Verlauf einer knappen Stunde hatte der Lademast des Dampfers die Wagen auf das Schiff befördert. Dort standen sie festgezurrt mit angezogenen Bremsen und Rädern, von Keilen und Klötzen gefesselt, und wurden den Blicken der Gaffer undeutlich in den Dampfwolken, die dem Schiff aus allen Ventilen entströmten. Nur für Sekunden leuchteten, weil der Abend angebrochen war, durch das grelle Licht der Verladelampen die alle Wagen kreuz und quer bedeckenden Aufschriften und die verblaßten Bilder von sich zerfleischenden Löwen, Schlangen mit aufgesperrtem Rachen, anmutig sich darüber abspielenden Drahtseilakten, einem auf den Hinterbeinen stehenden Pferde, dessen Nüstern Dampf in dicken Bündeln nach rechts und links entströmte und auf dessen Rücken eine kecke Reiterin im steifen Ballettröckchen stand, und, was das Entzücken der Kinder erregte: einer schwarz-weißen Kuh mit schönem Gehörn, die einen Fuß wie zu einem ›pas‹ vorsetzte und mit diesem in der Malerei ein wenig zu lang gereckten Fuß auf das deutlich lesbare Rechenexempel $2 \times 2 = 4$ zeigte.

Endlich war die frühe Novembernacht mit einem leichten Nebel eingefallen, und die letzten Gaffer am Hafen sahen – weil die Umrisse des Dampfers mit dem Dunkel und Nebel verschwammen – nur zwei strahlend hell erleuchtete Plattformen vorn und achtern auf dem Schiff, zwei richtige kleine Bühnen, grell aus dem mächtigen Dunkel rundum geschnitten, und auf jeder dieser Bühnen stand im Wald von Masten und Wanten ein kleines, friedliches grünes Dörfchen mit rauchenden Schornsteinen und emsig umhereilenden Menschen. Allmählich entfernten sich die Dörfer immer weiter von den Schauenden, denn der Dampfer legte vom Kai ab und drehte seinen Steven in den schmalen Raum zwischen dem grünen und roten Licht der Ausfahrt. Bei dem Abschiedstuten der Dampfpfeife und dem Stampfen und Rauschen der ersten Schraubenumdrehungen glaubten etliche sogar, ein echoartiges Brüllen aus den Tierwagen vernehmen zu können, aber es kann sein, daß jenen jugendlichen Hellhörigen ihre Phantasie, die um entgangene Freuden trauerte, die fremdartigen, gruselerregenden Laute vorzauberte.

Die Neugierigen gingen mit einem Anflug von Enttäuschung schwatzend nach Haus, und der Dampfer mit dem berühmten

›Zirkus Salamonski, verbunden mit einer Raubtierschau aus vier Kontinenten‹, verschwand in der diesigen Novembersee.

Der Wächter des Leuchtturms auf der Halbinsel vor der Stadt sah ein wenig später zwei kleine, grüne Dörfchen unter sich in die Nacht gleiten, bis mit einem Schlage die Deckbeleuchtung des Dampfers erlosch und über den nun wohl schlafenden Dörfern gleichsam das Dreigestirn der farbigen Positionslaternen aufging.

DEM GRÖSSTEN Gastspielunternehmen des nördlichen Kontinents, wie sich der Zirkus, der soeben unter glücklichen Umständen nach viermonatiger Reise in ganz Schweden den letzten Dampfer zur Heimreise erreicht hatte, auf einer der vielen Wagenaufschriften selbst nannte, gehörten außer Herrn Salamonski, seiner Frau und der achtzehnjährigen Tochter noch drei Männer und ein junges Mädchen von siebzehn Jahren an, das vor den Vorstellungen an der Kasse zu sitzen und später die Drehorgel zu bedienen hatte.

Die drei Männer waren Allerweltskünstler, einmal Clowns, ein andermal Dompteure, dann wieder Bauarbeiter und Manegenfeger – alles, bis auf Beherrscher der Hohen Schule, die sich Herr Salamonski selbst vorbehalten hatte und der auch seine rundliche Frau auf dem Rücken des schönen Schimmels diente, dessen Bild die Wagen trugen. Ihre Tochter war das zarte Wesen, das die Neugierigen der eben verlassenen Stadt in den Wagenbildern auf dem Drahtseil balancierend bewundert hatten.

In den ersten Stunden der Fahrt durch die schwarze, rauschende Spätherbstnacht saßen die sieben Künstler völlig erschlagen im Direktionswagen auf dem Achterdeck. Sie waren fast nicht fähig, ein Wort miteinander zu reden, fast unfähig zu denken sogar, denn die eben in größter Eile und unter Anspannung aller Kräfte überstandene Gewaltfahrt ans Meer, weiter: das Verladen und Versorgen aller Tiere und Wagen hatte ihre Kräfte bis zum letzten Rest verbraucht. Aber noch mehr war es die Wirklichkeit der geglückten, ja, nach dem Rauschen der Dampferfahrt zu urteilen, ganz augenscheinlich und mit den Ohren vernehmbar geglückten Flucht vor dem Winter in Schweden, die sie ganz benommen machte. Nicht das Vergangene also, sondern das Gegenwärtige verwirrte sie, und es kann auch sein, daß die stärkere Dünung des nahenden offenen Meeres sich bei ihnen mit der ihr eigenen Lähmung des Denkens und Handelns bemerkbar machte; denn der Zirkus war ein Landzirkus, und keiner der ihm angehörenden Menschen oder gar Tiere war seefest.

Nach einer Weile vernahmen sie alle sieben in ihr Schweigen hinein, wie aus den Zwingern Brummen, Kratzen und Knurren ertönte. Die Tiere waren unruhig. Ob das der immer stärker werdende Seegang verschuldete oder das Ausbleiben der sonst um diese Zeit eintretenden Fütterung – jedenfalls stand Herr Salamonski ächzend auf, zupfte an der grünen Strickweste, die über seinen Gürtel in die Höhe gerutscht war, fuhr sich mit beiden Händen durch das rötliche Haar und über sein knochiges, sommersprossiges Gesicht, rieb sich dann noch die schmerzenden Knie, die beim ungewohnten Sitzen vollends steif geworden waren, und meinte zu den Seinen, es sei an der Zeit, die Menagerie zu füttern, worauf sich die eben noch so schweigsame Runde schwatzend aus dem Direktionswagen entfernte und, sich mit der Taschenlampe einen Weg leuchtend, in die beiden Dörfer begab.

Trotz der Fütterung blieben die Tiere unruhig, und beim Abendbrot meinte Herr Salamonski, von ihrer Unruhe angesteckt, mit einem Ton von Hilflosigkeit und Mißbilligung, das sei ein schlechtes Zeichen, so habe er immer bemerkt. Sein ältester Angestellter brachte die Rede auf die Herbststürme, was Frau Salamonski zu lauten Schreckensrufen veranlaßte, ihre Tochter aber zu kecken Äußerungen, wie: sie möchten nur kommen, dann wolle sie, wenn die Matrosen Lust hätten, auf der Antenne tanzen... und in den Schornstein fallen! griff der älteste Mann, der Ruprecht hieß, ein. Die junge Kassiererin und Orgelkünstlerin mit dem im Scheitel nach rechts und links hinabgekämmten, flachsblonden Haar sah Ruprecht nur bang fragend an, und Ruprechts stumme Augensprache hatte etwas Tröstendes und Begütigendes, als wolle er das furchtsame Kind beschwichtigen und auf seine Anwesenheit verweisen, mit der es immer Rat und Hilfe gab. Herr Salamonski blieb mißtrauisch, schlug, fortwährend seine Knie reibend, nach dem Abendbrot ein Spiel Karten vor, aber Frau und Tochter wollten schlafen, die drei Angestellten einen Besuch im Mannschaftslogis machen, und so entließ er die Seinen und trug den drei Männern nur auf, in ihren Kleidern zu schlafen und für alle Fälle immer bereit zu sein. Einzig und allein die junge Orgelkünstlerin hatte keine Absichten geäußert. Sie war stumm und unbefragt als erste gegangen, aber schon nach dem Verlassen der Wagentreppe brachte es ihr zögernder, unsicherer Schritt mit sich, daß die Männer sie überholten. Ruprecht ließ die beiden Kameraden wortlos zu dem ihnen dreien gemeinsamen Wagen vorangehen und hielt mit dem jungen Mädchen Schritt. Er lachte leise und gutmütig, wenn eine stärkere Dünung, die das Schiff erhoben hatte, auch ihn zum Schwanken brachte, und sein Spaß an diesem Spiel mit dem Gleichgewicht hatte wieder etwas von der Überraschung eines Vaters, die er mit seinem Kinde zusammen erlebt. Gar nicht so leicht! sagte er einmal und griff nach ein paar Trossen, um sich an ihnen festzuhalten.

Der Seitengang war ganz leer. Niemand begegnete ihnen, das Schiff schien ohne Menschen zu fahren, nur aus den Zwingern meldeten sich mit leisen, sogleich verwehten Lauten die Tiere. Und mit dem Rauschen des rechts und links entfliehenden Wassers, das in dem schwachen, aus den Schiffsfenstern dringenden Lichtschein nur zu ahnen war und in dem das Schiff stillzustehen schien, weil nichts den Augen Anhalt bot, um die Wahrheit zu erreichen – in dem gleichmäßig durchpflügten Dunkel der Nacht lag etwas durch seine Stetigkeit unendlich Stilles, etwas dem Tage und dem Leben, wie sie es kannten, ganz Ferngerücktes. Niemand sah die beiden, und sie gewahrten niemand; erst als sie das Vorschiff betraten, sah die Brückenwache sie als Schemen zwischen der Wagenburg verschwinden. Sie aber, die das Leben in den niedrigen Wagen ganz der Wachsamkeit nach oben beraubt hatte, kamen gar nicht darauf, daß der kurze Weg doch, wenn auch noch so schweigsame und verschwiegene, Zeugen gehabt haben könne, sie fühlten sich ganz allein, als sie nebeneinander auf den Stufen der kurzen Treppe saßen, die in das Gemach der kleinen Orgelkünstlerin in einem der Zwinger führte.

Eine Weile saßen sie da schweigend. Ruprecht hatte die Pfeife hervorgeholt, umständlich gestopft und Feuer geschlagen und rauchte. Regelmäßig traf sein Gesicht der Glutschein aus der Pfeife, dann versank es wieder in der Dunkelheit. Wenn nur kein Sturm kommt! sagte seltsam gut vernehmbar die junge Orgelkünstlerin und blickte fragend ins Dunkel, in dem sich die Wagenwände gleich hohen Mauern abzeichneten.

Ruprecht, als fürchte er, die Nähe der Ängstlichen könnte auch ihn anstecken, stand heftig auf.

Warum sollte denn ein Sturm kommen? fragte er, gegen eine Wagenwand gelehnt, und der Glutschein der Pfeife lieh seinem Kopf eine seltsam grelle Gloriole von den schreienden Farben des Wagenbildes. Er rauchte mit heftigen Zügen, sein ganzes Gesicht flatterte, und auf dem Wagenbild nahm es sich aus, als zuckten dort Blitze durch den gemalten Wald. Warum? Laß man, kommt schon keiner! sagte er dann, voller Sicherheit und doch wirkungslos. Er wiegte sich in den Knien mit den regelmäßigen Bewegungen des Schiffes, und seiner selbst ganz sicher, trat er zu ihr, blieb vor ihr stehen und legte ihr die Hände auf den Kopf, strich über das links und rechts fallende Haar und schwieg. Das junge Mädchen blieb stumm. Erst nach langer Zeit hob sie ihre Rechte und legte sie auf die rauhen und rissigen Hände Ruprechts, die ihren Kopf bis zu den Ohren umschlossen. So verharrten sie lange Zeit, in der das Rauschen des pflügenden Schiffsbugs für sie zu einem Himmel und Wasser ergreifenden Brausen wurde.

Ich will noch jetzt auf der Fahrt mit ihm sprechen, meinte Ruprecht gedämpft.

Es wird das beste sein, sagte still und vertrauensvoll das junge Mädchen. Sie nahm mit der Rechten seine beiden Hände von ihrem Kopf und blickte ihn an.

Glaubst du, daß…

Natürlich! sagte Ruprecht.

Er setzte sich zu ihr, und sie sprachen lange Zeit miteinander. Nur selten sagte das junge Mädchen etwas, sie hörte stets geduldig zu und schien Ruprecht in allem beizupflichten. Aber wenn sie das Wort ergriff und mit furchtsamer Stimme dieses oder jenes zu sagen hatte, erfaßte sie stets seine Hand, und ihr Blick suchte seine Augen in einem Aufstrahlen gläubigen Vertrauens und mit bedingungslosem Einverständnis, das ihn in der Finsternis nicht erreichte. Ruprecht sagte, es hätte keinen Zweck, noch länger zu warten, er würde nicht jünger dabei, siebenunddreißig Jahre sei er schon alt, und den Altersunterschied von zwanzig Jahren, der sie trennte, sollten sie lieber schon als junge Eheleute auf sich nehmen, denn besser würde es nicht, wäre sie bei der Heirat zwanzig und er schon vierzig. Herr Salamonski, ihr Vormund nach dem Tode der Eltern, würde bestimmt nichts dagegen haben, mit dem Geld würde man schon auskommen und mit der Wagenverteilung auch. Jetzt im Winter sei Zeit zu allem, die Menagerie würde einen kleinen, beständigen Verdienst abwerfen, wählten sie nur die richtige Vorstadt in Lübeck. Große Sprünge könnte man selbstverständlich nicht machen, aber für den Anfang sei alles gesichert.

Das junge Mädchen nickte immer wieder stumm. Sie gab kein Zeichen der Freude von sich, in ihrer Schüchternheit hielt sie alle Regungen zurück, und ihr war, als hörte sie ihren Vater mit seinem Blick fürs Praktische verständnisvoll einen Lebenslauf für sie entwerfen. Und in der Tat hatte sie sich Ruprecht mit der Liebe einer Tochter zu ihrem Vater angeschlossen, indes sein Bedürfnis zu schützen und zu lieben sie als oberstes aller lebenden Wesen, denen er in Treue anhing, umfaßte. Nächst ihr galt seine ganze Fürsorge den Affen im Käfig, und in der Güte, die er Mensch und Tier schenkte, zeigte sich eigentlich - vielleicht beschämend? - kein Unterschied. Denn er war immer ruhig, immer wachsam, sorgsam und freundlich, und selbst seiner Vorliebe oder Liebe zu der kleinen Orgelspielerin wohnte etwas Leidenschaftsloses inne, etwas Ausgekühltes, das sich vielleicht aus seinen reiferen Jahren erklärte oder aber damit, daß in der jungen Orgelspielerin ihre Schüchternheit den Wunsch, als Frau geliebt zu werden, vorerst gehemmt hatte. Sie war nie eitel, sie war nie darauf bedacht gewesen, Ruprecht zu gefallen, und vielleicht dieses gerade war es: die beinahe heilige Einfalt, die sie den schutzlosen und darin unsäglich rührenden Gefangenen der Käfige - derer sie ja auch eine war! - gleichmachte und seiner Treue teilhaftig werden ließ.

Heiraten! hatte er gesagt, und sie dachte es auch. Sie dachte und wünschte es mit der gleichmäßigen Anhänglichkeit einer Kreatur, die sich von ihrem Schützer nicht trennen will. Sie wollte bei ihm bleiben, und die Heirat erschien auch ihr das sicherste Glied, das nie reißen würde. Sie wagte es manchmal zu träumen, menschlicher, weiblicher Wünsche voll, aber eine harte Jugend, die Quelle ihrer Schüchternheit, ließ die Träume furchtsam verrinnen. Wie ein anhängliches Tier griff sie zum Allernächsten, Faßbaren, Sichtbaren, um darin glücklich zu sein: den täglichen kleinen Beweisen seiner Güte.

Ruprecht war lebhafter geworden und schwatzte guter Dinge drauflos; die Vorfreude hatte ihn wie so oft ergriffen. Ihre Augen wurden blank und strahlend, sie freute sich mit ihm, und das Äußerste, wozu sie sich treiben ließ, war, daß sie seine Hände faßte; er aber nahm die ihren sogleich zwischen seine, sie verschwanden ganz darin, und mit der Ruhe, mit jener Zuversichtlichkeit, die eine kommende Beständigkeit im Glücke verhieß, erzählte er von den guten Tagen, die ihrer warteten, bis die Kameraden ihn, richtigen Ortes vermutend, laut riefen.

Der lange Abend verlief ungeachtet der düsteren Andeutungen des Zirkusbesitzers vollkommen ruhig. Herr Salamonski, noch zu erregt, als daß er schon hätte schlafen können, saß rauchend und in eine Bilanz seines Unternehmens vertieft in seinem Wagen, in dessen einer Hälfte, durch einen Vorhang von ihm getrennt, Frau und Tochter bereits schliefen. Die kleine Orgelkünstlerin war nach dem Gespräch mit Ruprecht ebenfalls schlafengegangen, die drei Männer endlich führten im Matrosenlogis ein ruhiges Gespräch mit der Freiwache, das nur hin und wieder durch die eintönig wirkende Signalpfeife von der Brücke und den Abschlag der Glasen unterbrochen wurde.

Bei einer Flasche Bier wurde die Mannschaft neugierig und fragte nach den Attraktionen des Zirkus, deren Ankündigungen auf den Wagen in schwedischer Sprache sie nicht hatte lesen können; die drei Männer fingen an zu erzählen und brachen dann jäh ab, denn allen kam der Gedanke, die Schiffsfahrt zu einer kleinen Benefizvorstellung für sich selbst zu benutzen, wenngleich auch natürlich nur ein Teil des großen Programms gezeigt werden konnte. Als Dank für die Gastfreundschaft aber versprachen sie, der Freiwache am nächsten Morgen den Tierbestand zu zeigen, wobei sie die Möglichkeit einer Darbietung der Schaustücke zu späterer Zeit in Aussicht stellten.

So verlief der Abend vollkommen friedlich, ja, auch die Nacht hätte allen sorglosen Schlummer beschert, wenn nicht gegen halb zwölf Uhr der beflissene Ruprecht einen kleinen Rundgang angetreten und bei der Prüfung der Zwinger einige Auffälligkeiten festgestellt hätte, die Herrn Salamonski zu berichten er auch nicht säumte.

Den Auffälligkeiten jedoch war wenig entgegenzusetzen. Es glückte dem Zirkusbesitzer so wenig wie Ruprecht, der Kuh Stella das ängstliche Scharren und Brummen und die weit geblähten Nüstern und bebenden Flanken zu nehmen - Merkwürdigkeiten, die sich auch bei dem gesamten Pferdebestand wie-

derholten, und dort noch verstärkt durch das edlere und emp-
findlichere Wesen der Tiere -, es war ihnen auch nicht möglich,
den zwei Löwen das jämmerliche Winseln abzugewöhnen, das
an die Stelle ihrer sonstigen Lethargie und Erloschenheit getreten
war, oder den Bewohnern des Affenkäfigs ihre deutlich geäußer-
te Angst, in der sie den vorsichtig leuchtenden Männern um den
Hals sprangen und in ihre Jacken zu schlüpfen versuchten, endlich den gelehrten Spitzen die warme Schnauze, den trüben
Blick und andere Merkmale einer Verstörtheit. Einzig und allein
die Boa constrictor lag faul zusammengerollt und scheinbar leblos wie ein aufgerollter Wasserschlauch, während Marder, Wie-
sel und das Füchschen beim Kommen der Männer fauchend aus
dem Schein ihrer Lampen sprangen, und der eben in Schweden
gekaufte Wolf, eine wertvolle Bereicherung der Menagerie,
jedoch noch undressiert, nagte wie immer nach einem kurzen,
grünlich funkelnden Blick weiter an den Stäben seines Käfigs
und legte um das kühle Eisen dann und wann seine hellrote
Zunge. Mit einem merkwürdig ungreifbaren Gefühl von Angst,
Sorge und Hoffnungslosigkeit, wie sie fast allen seinen Tieren
um diese Stunde innewohnte, ging der Zirkusbesitzer nach einem kurzen Gespräch mit Ruprecht zu Bett.

DER NÄCHSTE Morgen, ein diesig und merkwürdig warm be-
ginnender Tag, fand ihn mit Frau und Tochter schweigsam
beim Frühstück, mit größter Zurückhaltung essend, denn alle
Glieder der Familie hatten das Gefühl, es sei vielleicht nicht
geraten, den Magen in seiner jetzt schon deutlichen Verwirrung bei dem ruhigen Auf und Ab der Dünung noch weiter zu
belasten.
Ruprecht und seine beiden Kameraden waren indessen mit der
Freiwache im Geviert der Wagenburg auf dem Vordeck, öffneten die Zwinger und hielten die Fütterung ab, bei der das Wesen
der einzelnen Tiere zu erkennen am leichtesten sei, wie sie dem
Schiffsvolk versicherten. Halte doch der Zirkus gegen ein nied-
riges Entgelt seine Pforten den Schaulustigen an Land zu dieser
Stunde auch offen, und es seien dörfliche Schulklassen gekommen, um die Tierkunde am lebenden Beispiel zu lernen. Das
niedrige Entgelt blieb hier aus, aber die Freiwache war voll lebhafter Anteilnahme an den Tieren, lebhaft und stillstaunend wie

Kinder, und kargte nicht mit Beweisen dafür, die aus der Kombüse erbeten wurden oder dem persönlichen Besitz in der Koje des einzelnen entstammten.

Insbesondere, und Kindern wie wahren Kennern des Tieres angemessen, hatte es ihnen der Affenkäfig angetan, dessen Bestand sie mit den allerdings stark übertriebenen Bildern der Wagen verglichen. Es fehlten der Wohnung die grünen Lianen, die kugeligen Kokosnüsse und goldgelben Bananen, zwischen denen herumturnend die Bilder des Wagens sie zeigten. Nein, die Affen saßen, am Bild ihrer Heimat gemessen, das viele der Matrosen von ihren Fahrten her kannten, in einem wahren Kerker auf schmutzigen Bretterborden an den Wagenwänden, vereinzelten und beschmutzten Ästen, von rasselnden Ketten gefesselt, traurigen Blickes sich festklammernd im Wiegen des Schiffes, und den einzigen Platz, der ihren behenden Gliedern gemäß sein konnte, hatte eine ältere Äffin eingenommen, deren Leib und Brust die Merkmale einer sich abschließenden Fruchtbarkeit trugen.

Die trotz allem Schmutz rührende und keineswegs abstoßende geduldige Fruchtbarkeit der Äffin war es wohl, die das Schiffsvolk davon abhielt, die Bewohner des Kerkers zu necken; ja, sie entgalten die auffallend ängstliche Stille und Traurigkeit der sonst so munteren Tiere mit einem Übermaß an Guttaten, die jedoch an der Zerschlagenheit der Tiere eindrucklos vorübergingen. Der wilde Wolf endlich fesselte die Beschauer vollkommen und regte sie zu langen Gesprächen an, während die Kuh Stella, Jupiter und Juno, die Löwen, und Arabeske, der schöne Schimmel, ihnen vorenthalten blieben. Von den Fähigkeiten, von der Gelehrsamkeit und den Künsten aller dieser Tiere verrieten die Männer nichts, und es war einzig und allein die Boa constrictor, deren Besichtigung ihrem Wortführer Ruprecht Veranlassung gab, zu erklären, sie verstünde nichts, nichts als zu fressen, aber sie habe den Vorzug der Zahmheit, so daß er sie nehmen und sie sich wie eine Boa um den Hals schlingen könnte, woraus auch der Name abzuleiten sei. Für die letzten Stunden der Fahrt wurde zwischen den dreien und der Freiwache im Namen aller Matrosen eine kleine Benefizvorstellung mit gekürztem Programm gegen Entree auf dem Achterdeck vereinbart.

In diese Gespräche schlug die Schiffsglocke, die Signalpfeife rief von der Brücke, die Freiwache war nicht mehr frei und trat jetzt vor den Augen der drei Künstler ihre Wache an. Einer lief zum Log und las den Stand dort ab, andere gingen fort und zogen sich die Mäntel an, um auf die Brücke ans Ruder zu gehen, die Runde zerstreute sich, doch nicht auf lange Zeit, denn bald trabten die bekannten Matrosen arbeitseifrig an Deck umher und ließen sich nicht mehr stören. Sie polterten zwischen den Wagen umher, schleiften Trossen und Zeltbahnen heran, kamen mit Schrauben und kamen mit Spiekern und gaben, befragt, was das zu bedeuten hätte, mit einemmal wortkarg zur Antwort, es sei der Schiffsleitung eingefallen, daß der Matrose nicht müßiggehen dürfe, und so sei eben ein bißchen Arbeit erfunden worden. Im allgemeinen schienen die Männer ihren Vorgesetzten darob nicht zu zürnen, und es erweckte eher den Anschein, als stünden sie ganz auf seiten ihrer Peiniger. Den Künstlern des Zirkus gegenüber waren sie jedenfalls wie Todfremde und spielten mit keinem Wort mehr auf die morgendliche Besichtigung an.

Nach kurzer Zeit lag alles, was dem Zirkus gehörte, förmlich eingeschnürt in einem Gewirr von Stahltrossen, so daß die kleinen Wagen in allen Fugen krachten und knackten. Herr Salamonski war über diese Behinderung der Bewegungsfreiheit ungehalten und drohte auf die Brücke zu gehen, um den Kapitän zu fragen, was das zu bedeuten hätte. Dann aber gab er, als erste seiner Maßnahmen, der stillen Orgelspielerin Auftrag, seinen Wagen besser zu heizen; denn wenn auch die Bewegungen des Schiffes bei der inzwischen fast spiegelglatt gewordenen See an Heftigkeit sehr eingebüßt hatten, so schien ihm doch, es sei um ein beträchtliches kälter geworden.

Nach dieser Anweisung, die sogleich befolgt wurde, begab sich der Zirkusbesitzer in seiner grünen Strickweste auf einen Rundgang durchs Schiff, der ein Umweg zur Kommandobrücke werden sollte. Als er aufs Vorschiff kam, sah er dort seine drei Angestellten in einem eifrigen Gespräch mit etlichen Matrosen, die ihnen nicht eindeutig genug zu erklären vermochten, warum denn die Schiffsleitung angeordnet hatte, alle an Deck abgestellten und zum Teil auf den Achsen verbliebenen Zwinger mit dicken Persenningen zu bedecken, die schweren, geteerten Leinendecken obendrein schier unlöslich mit Bandeisen, die ineinander verschraubt wurden, an den Zwingern zu befestigen und diese selbst mit Klammern unabreißbar den in das Deck eingelassenen Winschen zu verbinden, während viele Stahltrossen sich fast undurchdringlich wie ein Maschennetz kreuz und quer spannten.

Alle Versuche, diese Maßnahmen der Männer auf der Brücke bei ihren Werkzeugen zu unterbinden, schlugen fehl, und aufgeregt, halb empört und halb von schrecklicher Angst befallen, sich noch der plötzlichen Erhitztheit wegen schnell ein paar Westenknöpfe öffnend, turnte Herr Salamonski stolpernd in das bisher nur einmal zuvor betretene Allerheiligste des Schiffes.

Wie stark aber auch seine Vorsätze gewesen sein mochten – den Führer des Schiffes ob der einengenden Weisungen zur Rede zu stellen, sich solche Maßnahmen für seine hohen Frachtkosten zu verbitten und Aufklärung für das bereits Geschehene zu fordern –, angesichts der ruhigen Freundlichkeit, mit der ihn der grauhaarige Kapitän empfing, wurden sie zunichte. Herr Salamonski konnte seinen Zorn nicht loswerden, sondern mußte auf die freundlichen, tierlieben Fragen eingehen, die ihm gestellt wurden: was seine Menagerie beherberge und wie sich die einzelnen Tiere hielten, ob sie Hitze, ob sie Kälte, ob sie den Seegang vertrügen, wie seine Erfahrungen auf der Reise gewesen seien, ob sich das Reisen bezahlt mache – und der Zirkusbesitzer nahm die Gelegenheit wahr, auf solch freundliche, menschliche Fragen zu antworten und seiner Verstimmung über den finanziellen Mißerfolg der ›Tournee‹, wie er sagte, Luft zu machen.

Erst am Schluß seines Besuches hatte er Gelegenheit, nach dem Grund für die Fesselung mit Tauen und Trossen zu fragen, aber der Kapitän ging auf diese Frage nicht recht ein, verwies ihn nur auf die Erfordernisse der Seetüchtigkeit seines Schiffes, deutete an, die Schiffsleitung müsse beständig auf alles gefaßt sein, was das in dieser Zeit launische Wetter ihr beschere, und verabschiedete den Zirkusbesitzer mit einem freundlichen Kopfnicken, dem man vielleicht unterlegen konnte: Es hat schon alles seine Richtigkeit, beruhigen Sie sich nur, wir verstehen uns ja! und bis auf die nicht weichende Angst und ein beständiges Mißtrauen war der Zirkusbesitzer von seinem Besuch auch völlig befriedigt.

NUN ABER nahmen die Ereignisse einen Verlauf, als habe sich der Schatten eines unausweichlichen Verhängnisses an das Schiff und seine Fracht geheftet und als gäbe es kein Entrinnen mehr, sondern nur noch das von Glück oder Zufall begünstigte Abmildern eines Urteilspruches durch die Tatkraft, Umsicht und Klugheit jener Männer, die mit ihrem ganzen Leben Eingeweihte jener Gewalten geworden waren, welche von allen Horizonten her das Schiff zu beschleichen schienen.

In trauriger Narrheit lebten die Künstler des Zirkus auf dem das Meer gleichmäßig durchpflügenden Schiffe, Mutmaßungen zugetan, von unbestimmter Furcht besessen und jener Ahnungslosigkeit, die etwas Kränkendes an sich hat für den, der den Gewalten stiefbrüderlich verbunden ist. So waren Herr Salamonski und die Seinen also ausgeschlossen aus dem Kreis der Wissenden und lebten in bekümmerter Arglosigkeit, zu bekümmert, um glücklich, und doch zu arglos, um traurig zu sein. Sie lebten neben dem Leben der Schiffsleute, neben dem Leben des Schiffes selbst, das sein Aussehen, sein Wesen und seine Kraft verändert zu haben schien, denn es fuhr nun schneller, und das hatte seinen Grund in einem Gespräch des Kapitäns mit seinem Ersten Maschinisten. Die Seeleute selbst waren von jener starrköpfigen, finsteren und angesichts des Unabänderlichen doch ruhigen Schweigsamkeit. Einzig und allein die Zirkuskünstler waren die letzten Überlebenden einer glücklicheren Vergangenheit und schienen, nachdem sie sich ausgeruht hatten, munterer denn je zuvor.

Den Anlaß dazu bot für sie nicht am wenigsten das Ergebnis der verhältnismäßig kurzen Unterredung Ruprechts mit dem Zirkusbesitzer, die von den meisten gar nicht bemerkt oder aber nicht beachtet worden war, denn als ältester Angestellter des Unternehmens genoß Ruprecht das Vertrauen Herrn Salamonskis in allem, was das Wohl und Wehe des Zirkus anbetraf, und die beiden ratschlagen zu sehen, gehörte nicht zu den seltenen Anblicken bei einer Tournee. Seltener konnte wohl schon genannt werden, daß die beiden später vereint die junge Orgelspielerin aufgesucht hatten, doch den Glanz des ganz Außergewöhnlichen trugen in diesen Tag erst die beiden Flaschen Weißwein hinein, mit denen Ruprecht kurz vor dem Mittagessen den Direktionswagen betrat, und die festlich auf dem heute festlich gedeckten Tisch – doch festgebunden! – standen, als das Personal sich vollzählig versammelt hatte. Herr Salamonski hielt den Ahnungslosen eine kleine Rede, verwirrt sich oftmals durch die Haare fahrend und die Knöpfe seiner Weste zausend, und die junge Orgelspielerin verging dabei fast vor Schüchternheit und Scham. Lange Umschreibungen und weites Abschweifen unvermutet beendend, teilte Herr Salamonski in einer Art komischer Entschlossenheit die Verlobung Ruprechts mit dem jungen Mädchen mit:

Ja, es muß gesagt werden! – aber was sagt nun ihr, meine Lieben?

Das Mittagessen wurde ein Fest. Nicht, weil auch nur einen Menschen die Nachricht wirklich überraschte – obschon alle so taten –, sondern weil Herr Salamonski die Gelegenheit nutzte, um es mit den äußeren Ereignissen eines Festes zu umgeben: mit vielen Reden, mit geräuschvollem Lachen, dem alle sich unwillkürlich anschlossen, mit einer Erregung, von der man nicht wußte, woher sie kam, und die den Anschein erweckte, sie habe ihn schon vordem ergriffen und sich nur jetzt dieser Gelegenheit bemächtigt. Denn der Zirkusbesitzer war fast quälend lustig und übertraf sich in guten Worten gegen Ruprecht und sein Mündel. Natürlicher war die Rührung seiner Frau, die das verwaiste junge Mädchen immer wieder – und um so häufiger, je mehr die Weinflaschen sich leerten – in die Arme schloß, resolut schon jetzt gute Ratschläge erteilte und sich nach der plötzlich auftauchenden Frage, ob denn ›die jungen Leute‹ auch beim Unternehmen bleiben würden, erst dann beruhigte, als Herr Salamonski sehr geheimnisvoll erklärte, er habe mit Ruprecht über alles gesprochen, alles sei erwogen und geregelt, und endlich, nach vielem Blinzeln mit Ruprecht, alles Vorhergegangene die Eröffnung krönen ließ: Ruprecht würde sein Teilhaber!

Dem war in der Tat so, und der Zirkusbesitzer verdankte dieser Lösung ein erleichtertes Herz, denn Ruprecht sein Gehalt in voller Höhe auszuzahlen wäre ihm, wie er am Abend zuvor festgestellt hatte, sehr schwergefallen. Nun sollte diese Summe als Einlage und Kapitalbeteiligung in dem ›Zirkus Salamonski, verbunden mit großer Raubtierschau aus vier Kontinenten‹, gelten, wohingegen Herr Salamonski sich verpflichtet hatte, Ruprecht und dem jungen Mädchen ihren Lebensunterhalt zunächst einmal den Winter hindurch zu sichern und für die Hochzeit und den notwendigen Wohnwagen Sorge zu tragen. Die junge, ehrgeizige Tochter des Zirkusbesitzers endlich fügte sich in die freudige Feststimmung mit guter Miene ein. Sie war durch Ruprechts Wahl endlich ganz in ihrem Entschluß gereift, die Tätigkeit im Unternehmen ihres Vaters nur als Sprungbrett in die Welt der ›großen Nummern‹ zu betrachten. Alleingeblieben, ohne die beiden anderen Angestellten auch nur im entferntesten einer Erwägung zu würdigen, verwies das Alleinsein sie auf den Ehrgeiz im Beruf, wenigstens für die ersten Tage, denn uneingestanden fühlte sie ihre Reize nicht so gewürdigt, wie sie es gewünscht hatte, und schmollend, ohne die Eintracht zu stören, flogen ihre Gedanken und Empfindungen kommenden Triumphen über Männer und Fachgenossen, nebelhaften, angesichts der Gesellschaft ihrer Eltern und Gefährten spukartig auftauchenden Traumgestalten zu. Sie verlobte sich dem Schatten einer - das stand ihrem Ehrgeiz fest - anspruchsvolleren Zukunft, der sie schon jetzt mit dem eigensinnigen Köpfchen kokett ins Leere zunickte.

Mit dem letzten Schluck Wein dämmerte der Alltag des Winternachmittags wieder herein. Frau Salamonski drückte das junge Mädchen zum letztenmal an ihre üppige Brust und gab Ruprecht die Hand, ihm fast grimmig das Glück des Mädchens ans Herz legend, die beiden Angestellten warteten verlegen auf das Ende der Rührung, aus der die Tochter nichts gar so Wichtiges machen wollte, und es war, wie immer, Herr Salamonski, der den kürzesten Rückweg in die Pflichten eines Zirkusbesitzers fand, als er ein paar belanglose Anweisungen für die Pflege der Wagen und Tiere gab.

Es mußte aber die Wandlung in der ehemals zutraulichen und gern erzählenden Mannschaft doch nicht alle erfaßt haben, und es schienen begreiflicherweise die Arbeiter der innersten Zellen des schwimmenden Organismus zu sein, die dem Umschwung nicht gefolgt waren.

Herr Salamonski machte seinen Spaziergang nach dem Essen im Seitengang an Lee - sich den Kopf ein wenig auszulüften -, als ein schweißig glänzender, schwarzer Heizer dem Niedergang entstieg, um die Schlacken außenbords zu hieven. Mit dem nun kam er in ein Gespräch, und weil der Mann selten das Licht des Tages sah, war er auch voller Aufmerksamkeit für die Sprache, die der Seemann, und sei es auch einer der Unterirdischen, der Heizer, aus Wolken, Wellen und Wind heraushört, und gab seiner Meinung unaufgefordert Ausdruck, die Nase schnuppernd in den Wind gehoben und fortgesetzt Grimassen schneidend.

Herr Salamonski erfuhr, daß es ›faul‹ aussähe und er, der Heizer, sich sehr wundern würde, wenn hinter dieser merkwürdigen Stille nicht ein ganz gehöriger Püsterich steckte. Gleichmütig begann er dann vor dem erst Stillen und Starren, dann aber aufgeregt Fragenden die Ascheneimer hochzuwinden und unter entsetzlichem Gerassel in den Sack zu hieven, aus dem sie stäubend und zischend das Wasser erreichten und sofort ein paar einsam kreuzende Möwen näher heranlockten.

Viele Antworten bekam der Zirkusbesitzer von ihm nicht, und so wußte er auch nichts Besseres zu tun, als nach achtern zu eilen und mit den Seinen eine Viertelstunde lang zu beraten, ob dem Manne Glauben zu schenken sei oder nicht. Das Ergebnis lautete: abzuwarten; wie lange, war nicht bestimmt. Die Arglosigkeit der Familie entschied sich indessen deutlich genug, denn als Frau Salamonski am späten Nachmittag dem Kapitän begegnete, lachte sie ihn schon laut aus, was für Wetterpropheten er auf seinem Schiff habe, Bangemachen gelte nicht und dergleichen – und der hinzutretende Zirkusbesitzer schloß sich der Freude seiner Frau voller Erleichterung an. Der Kapitän verhielt sich trotz aller Freundlichkeit zurückhaltend, jedoch nicht so weit, daß es den Argwohn, einen Besserwisser vor sich zu haben, erwecken konnte, und ging auf die Brücke.

Das Echo der nachklingenden Verlobungsfeier und die Erleichterung darüber, daß sich die Prophezeiung als trügerisch erwiesen hatte, vereinigten sich bei den Zirkusleuten, und beim Abendbrot war ihnen die Gefahr schon so unwirklich ferngerückt, daß Herr Salamonski es wagte, ihnen allen auszumalen, wie schlimm es sein könnte, wenn solch ein Sturm gekommen wäre, und wie gut es sei, daß er nicht gekommen war. In freudiger Zustimmung schlossen sich ihm alle an, und vor allem Ruprecht, um der Äffin willen, die ja unter allen anderen Tieren ganz besonders seine Fürsorglichkeit genoß.

Im Gefühl völliger Sicherheit wurden sie noch durch den Boten des Kapitäns bestärkt, der die Zirkuskünstler vor den leergegessenen Tellern der Abendmahlzeit antraf und ihnen die freundliche Aufforderung überbrachte, den Rest des Abends doch ruhig in der kleinen Offiziersmesse an Deck zu verbringen, wenn es ihnen in den Wagen zu langweilig würde. Diesem Anerbieten kamen alle nach, die Drahtseilkünstlerin nicht, ohne zuvor ein paar flüchtige Verschönerungskünste vor dem fast unmerklich schaukelnden Spiegel geübt zu haben, und in dem Schiffskoch, der sie, breit und behäbig in der Eingangstür lümmelnd, empfing, fanden die Künstler einen gutmütigen Wirt, der es an einer Flasche Bier und einem gemütlichen Schwatz nicht fehlen ließ.

Nur hin und wieder guckte jemand von den Steuerleuten in die Messe und verschwand ebenso schnell, wie er gekommen war. Die Unterhaltung flaute ab, der Koch allein war ihr nicht gewachsen, und es schien eine wahre Rettung vor der überall lauernden Langeweile, als mit einemmal die Musik aus dem Lautsprecher einsetzte. Ruprecht machte seinen Rundgang, auf dem er allerdings nur bis zu den Pferden kam, denn schon von dort eilte er besorgt zurück und erzählte Herrn Salamonski etwas von zitternden Flanken, unruhig gespitzten Ohren - aber der Zirkusbesitzer, sich in der Walzermusik des Lautsprechers schaukelnd, war um Rat nicht verlegen und schob das mit einemmal auf die Übermüdung der Tiere und die ungewohnte Seereise.

Es war gegen zehn Uhr, mitten in der Musik, als die Dasitzenden so etwas wie eine Erschütterung des Schiffes fühlten, ein leises Stoßen, ein Zittern, das sich aus der Wassertiefe dem Schiffskörper mitzuteilen schien, und gleichzeitig wurde die ehemals laute Musik zu einem kaum vernehmbaren, fernen Klingen herabgedämpft. Das Licht begann zu flackern, während sich in kurzen Abständen das Zittern des Schiffes, dem Wanken und Beben eines Hauses unter einem Erdbeben vergleichbar, wiederholte. Es war, als rolle der Kiel des Schiffes über einen Knüppeldamm hinweg.

Die Zirkuskünstler standen auf und blickten aus den runden Fensterchen, ohne jedoch etwas gewahren zu können, und der Koch lehnte wie in abwartender Neugierde an der Pantry und hielt sich an dem niedrigen Messinggeländer um die Marmorplatte fest.

Die Beben schienen vorüber zu sein, Herr Salamonski teilte diese Ansicht auch dem Koch mit, und der nickte nur schweigend und starrte in die zuckenden Lampen.

Mit einem Male aber warf ein Stoß alle, die mit dem Rücken zur Fahrtrichtung gesessen hatten, über die Tische vornüber, das

Licht erlosch, die wenigen Sekunden, die das dauerte, waren in völlige Dunkelheit getaucht, und was in diesen Sekunden geschah, konnte keiner der anwesenden Menschen sehen. Sie alle weckte erst das mit einem Schlag wieder aufflammende Licht aus den verworrensten Stellungen. Ein Teil von ihnen hing noch, sich anklammernd, über dem Tisch, andere lagen auf dem Fußboden in den Ecken, Flaschen und Gläser kollerten umher, ihren Inhalt vergießend, die Tischtücher lagen, von den Tischen gerissen, in gelblichen Lachen, und das Klirren, das die Schrecken der Dunkelheit verstärkt hatte, erklärte ein Loch in der Scheibe der Pantry, das der Kopf des zurückgeworfenen Koches geschlagen hatte.

Ehe sie alle das noch recht fassen konnten, zuckte es wie ein Peitschenschlag über das Schiff, irgend etwas zerbrach knatternd und prasselnd, dann dröhnte ein unfaßbar harter Schlag gegen die kleinen Fenster - und der Rest war ein gurgelndes Plätschern.

Ruprecht, der zerschlagen und zerstoßen und halb betäubt vom Sturz in der Ecke neben der Dampfheizung hockte und sich mit unsicher tastenden Händen den schmerzenden Kopf rieb, vernahm noch ein Wiehern aus der Tiefe, ein Schlagen und Stampfen, wie von Pferdehufen, aber dann übertönte diese gedämpften Laute der brausende Einsatz des Orkans, der in der vollkommenen Stille jäh seine erste Woge dem Schiff entgegengeschleudert hatte und jetzt heulend und brausend seine gewaltige Armee der ohnmächtig wirbelnden Schiffsschraube entgegenschickte. Das Schiff stand aufgebäumt und dann wieder jäh in die Tiefe eines Wellentals gebohrt. Die Schraubenumdrehungen erlahmten in der Wassertiefe, in der sie den Kampf ungewohnt waren, oder aber das ganze Schiff erbebte, wenn die Schraubenflügel nutzlos in der Luft rasten, bis ein sich aufs Vorschiff ergießender, das ganze Deck überflutender Brecher - wenn auch nur für Sekunden - die Lage des Dampfers wieder ausglich. Wenn aber das Heulen des Orkans sich ein paar seltene Augenblicke lang in seiner eigenen Schnelligkeit abfing, hörten die Zirkusleute wie im Traum aus schier unerreichbarer Ferne den zu einem schauerlichen Chor der Mannigfaltigkeit vereinigten Angstruf der Tiere, der in einem ohrenbetäubenden und alle Entschlußkraft lähmenden Getöse der Wasser unterging.

Endlich war es soweit, daß die vielleicht mit Absicht hierher gelockten oder durch den Zufall hierher versprengten Zirkuskünstler wieder auf den Beinen standen. Sie krochen aus allen Ecken zusammen, klammerten sich an die festgeschraubten Tische und starrten einander an, aber mit dem Augenblick, da sie standen, begannen sie seekrank zu werden und mußten sich ächzend übergeben. Die drei Frauen brachen in gellendes Weinen aus, und die ohnmächtigen Männer wußten dem kein tröstendes Wort entgegenzusetzen. Ruprecht hatte sich zu der jungen Orgelspielerin hingeschleppt, und all seine beschwichtigende Zuversichtlichkeit und Nichtachtung der Sturmgefahr war verschwunden. Das einzige, was ihm noch zu Gebote stand, war, daß er das junge Mädchen umfangen hielt und ihren Kopf, der willenlos mit den Erschütterungen hin und her gerissen wurde, an seine Schulter zu betten versuchte. Erst nach geraumer Zeit waren Herrn Salamonskis Kräfte soweit wiedergekehrt, daß er nicht mehr alle seine Gedanken dem Bestreben, aufrecht zu bleiben, zu widmen brauchte. Er packte den Koch an der Schulter und stammelte entsetzt: Aber... aber... man muß doch etwas tun! Man... muß... doch etwas tun!

Sprechen Sie mit dem Kapitän! murmelte der Koch und schwankte fort zur Kombüse.

Herr Salamonski schrie ihm nach: Wie kann ich jetzt dahin kommen? Aber in seiner Stimme lag so viel Ratlosigkeit, daß die Frage zu unnützer Neugierde wurde; man traute ihr den Ernst, ein Vorhaben auszuführen, nicht zu, und der Koch würdigte sie auch keiner Antwort. Er zuckte nur stumm die Achsel.

Stolpernd und stürzend eilte Herr Salamonski ihm nach. Er wagte nicht einmal, die Tür zum Deck zu öffnen, denn das Schiff legte sich in der Gewalt des Seegangs so weit über, daß er schon auf der Tür lag und nur von der einen Angst besessen war, die Tür könnte sich unter seinem Gewicht öffnen und er dorthinaus fallen, wo seiner Meinung nach jetzt nur ein einziger, schäumender Wasserstrudel sein mochte. Darum torkelte er auch beim nächsten Überholen nach der anderen Seite wieder in die Messe, fast gleichzeitig mit dem Kapitän, der von der anderen Seite her eingetreten war, durchnäßt bis an die Knie hinauf. Aber Herr Kapitän, man muß doch etwas tun! schrie er und fiel dem Kapitän in die Arme, weil er sich bei dem Schlingern nicht aufrechthalten konnte, man muß doch etwas tun...! Die Tiere...! Mein Vermögen...! keuchte er.

Der Kapitän ließ ihn in eins der Sofas hinter den Tischen gleiten und setzte sich zu ihm.

Sie müssen sich damit abfinden, meinte er zu den anderen - die mit verzerrten Gesichtern sich an alles Festgefügte, Haltverleihende klammerten und zitternd dastanden -, setzen Sie sich hin! Setzen Sie sich hin! Ich hoffe, daß es bald vorbei ist, wir wollen versuchen, hinter Gotland zu kommen, in den Windschutz, verstehen Sie? Ich habe die Maschine schon laufen lassen, was sie nur hergibt! Setzen Sie sich hin, sonst fallen Sie ja um - nein, nicht dorthin! unterwies er einige, die sich auf das unter dem Vorderfenster befindliche Sofa schleppten -, nicht dorthin, da bekommen Sie die Bescherung am ehesten auf den Kopf! Wir räumen die Messe sowieso am besten gleich!

Im selben Augenblick war es, als renne das Schiff dröhnend und zitternd gegen eine eisenharte Mauer an. Die Zinnen dieser Mauer zerschellten, schwer wie ein Felsblock flog ein Brecher über das Schiff gegen seine Aufbauten, und mit einem furchtbaren Klirren, dem ein vielstimmiger Schrei in der Messe folgte, zerbarst das mittlere Fenster. Scherben flogen in den Raum, dann preßte sich der Wasserstrahl hinterher, und seine letzten Spritzer überspülten die zerschnittenen, blutigen Gesichter der Zusammensinkenden. Dann war es ein paar Sekunden lang totenstill; das ganze Schiff klirrte noch, bis auch das Klirren verschwand; dumpf, gepeinigt und schon ersterbend drang das Brüllen der Tiere aus der Ferne und verstummte wieder, denn das Bohren und Brodeln und Schlürfen, mit dem der Bug des Schiffes in das Wellental ging, sog alle Laute von Mensch und Tier in sich auf.

DIE EINZIGEN, die in jener Nacht Zeuge so eindringlicher Sprache der vom Menschen immer als stumm erkannten Kreatur wurden, waren die Wachhabenden auf der Brücke des Dampfers, der keuchend mit den mächtigen Armen des Orkans rang und sich dagegen wehrte, von den gewaltigen Wellen begraben zu werden, einzufahren in jene tunnelartig düsteren Gewölbe unter den leuchtenden, stiebenden Kämmen, die noch zeitig genug über dem Deck zusammenbrechen würden.

Sie waren die einzigen, ja, und die geringe Aufmerksamkeit, die sie etwas anderem als dem Trieb der Selbsterhaltung im Bestreben, ihr Schiffheil durch diese Nacht zu bringen, schenken konnten, wurde von ihnen allen peinigend erheischt durch den Ruf der Tiere.

Die Pferde schnoben und wieherten verstört, sie galoppierten dröhnend auf dem hallenden Schiffsboden und versuchten, sich von ihren Ketten loszureißen; dann und wann hörte man von unten einen schweren Fall, dem anhaltende Stille folgte, die in um so schrecklicherem Schnauben, Wiehern und Traben ihr Ende fand.

Der Matrose, der hinuntergeschickt wurde, um nach dem Rechten zu sehen, kam schnell zurück, und sein Gesicht war nicht von den Spritzern der See feucht, sondern feucht von Schweißtropfen, die immer noch von seiner Stirn perlten, als er schon dem Kapitän Bericht erstattete.

Und in jenen Augenblicken, da das Brausen und Donnern der Brecher verstummte, das übergekommene Wasser sich durch die Speigatten verlor und das Schiff eine neue Woge erstieg, auf der es sekundenlang in beängstigender Lautlosigkeit förmlich zu wippen und zu schweben schien - wie im Himmel, sagten die Matrosen -, in jener Stille begann der Wolf zu heulen und verzweifelt an seiner Kette im Käfig zu rasen.

Die ersticktesten Laute kamen von den Affen, denn ihr Käfig war auch am dichtesten verschlossen. Doch wenn das Vorschiff ein brodelnder Gießbach durchstürmte, war der Lärm der Wasser noch nicht dicht genug, als daß nicht doch noch ein gellendes Zwitschern bis zu den Ohren der Männer auf der Brücke drang. Aber es verstummte bald, und der Käfig wurde still.

Die Männer, die ruhelos an der Brückenverkleidung auf und ab schwankten und zu zweit am Ruder standen, waren die einzigen Zeugen. Sie hörten und schwiegen und verschwiegen. Wenn dann und wann einer von ihnen fortgeschickt wurde und sich seinen lebensgefährlichen Weg zur Maschinistenmesse bahnte, war er froh, diesen Weg mit äußerster Aufmerksamkeit durch den brüllenden Wasserschlund gehen zu müssen, dessen blekkenden Zähnen er oft genug erst im allerletzten Augenblick zu entrinnen vermochte, und wenn er die Messe betrat, hatten seine Ohren die Brücke vergessen.

Und wenn er zurückkam - diesmal auf dem Weg durch den Maschinenraum und die Bunker im Luftschacht zum Oberdeck -, war er schweigsam wie einer, dessen Augen und Ohren, dessen

fünf Sinne schon zu nahe das Nichts gestreift haben, um noch
ein beredter Zeuge sein zu können. Wie geht's ihnen jetzt? fragte der Kapitän, und der Bote antwortete: Schlecht!
Damit war er entlassen. Erst nach einer geraumen Viertelstunde
forderte man ihn auf, Einzelheiten zu erzählen. Und er sagte, die
Maschinisten von der Freiwache hätten den drei Frauen ihre
Kammern eingeräumt, die jüngste von ihnen habe schreckliche
Herzkrämpfe, der eine von den Männern krieche bisweilen zu
ihr, um ihr zu helfen, aber er könne ja nichts tun und sei verstör-
ter als die Pferde unten; Männer und Frauen, sie alle spien die
reine Galle, sie sähen grau und gelb aus, und sie frören..., ob man
nicht die Heizung ein bißchen mehr aufdrehen könne?... denn
die Männer, die in der Messe der Maschinisten lägen, hätten sich
mit Riemen angebunden, um nicht von den Bänken zu rollen,
sie hätten nichts zum Zudecken, sie wollten in ihre Wagen, sie
sähen nicht ein, wozu sie hier liegen sollten, das Wasser komme
bis in die Messe, sie wollten zurück in die Wagen...
Der Kapitän sprach mit dem Maschinisten, studierte die Karten
und beriet sich mit dem Zweiten Steuermann. Gegen drei Uhr
nachts stellten sie fest, daß der Dampfer, obwohl er mit höchster
Kraft lief, seit Beginn des Orkans nur um zwei Meilen vorwärts-
gekommen war, und es mußten Wochen vergehen, wenn sie so
Gotland erreichen wollten; das wog den großen Kohlenver-
brauch nicht auf, ja, auch das Schiff hatte es besser, wenn es sich
nicht gegen die Wellen anzuboxen brauchte, geschweige denn
Mensch und Getier. Weniger Wasser komme über, wenn man
die Maschine nur soviel laufen lasse, daß das Schiff nicht seine
Position verlor – und so ließ man sie denn ein paar Umdrehungen
weniger machen, ohne daß im schier Grenzenlosen der Leiden
die Besserung den Leidenden erkennbar wurde.
Nein, die frierenden, durchnäßten, von Krämpfen und Schüttelfrösten gepeinigten Künstler wollten in ihre Wagen; so ungestüm, so blind, wie Pferde ins Feuer laufen. Sie wollten nicht in
der Messe bleiben, sie begannen zu schreien und zu heulen, sie
wollten aufspringen, um dem sie beruhigenden Kapitän ihre
Meinung zu sagen – und sie kollerten doch nur willenlos in die
den Fußboden überspülenden Lachen, sie fielen hilflos zusammen, vom Würgen gequälte Kreaturen, die mit verzerrten Gesichtern stumm und stier vor sich hindösten. Sie wurden still,
genau wie die drei Frauen, die nach den Weinkrämpfen nur noch

zitternd in den Kojen der freundlichen Freiwachen lagen und über deren blasse Gesichter unablässig langsam Tränen rannen, während die blutleeren, bläulichen Lippen zuckten, als liefe durch sie ein Strom.

Die junge Orgelspielerin hatte eine Koje und Kammer für sich allein; sie war es, zu der sich Ruprecht dann und wann schleppte: in einer Entschlußkraft, die ihn wie ein schlafwandlerischer Zwang überkam, wenn ihn die Qual auch noch so eng und erstickend umklammert hielt. Er torkelte durch den engen Gang, mehr getrieben von der jäh einsetzenden Schräge der Schiffskrängung und mehr geschleudert von den Querschlägen der Brecher als aus freiem Willen. Er wurde in die stickige Kammer geworfen, unter deren Boden die Schiffsmaschine dröhnte, und er sank ungewollt auf die Koje des Mädchens, das wie leblos dalag. Ihre Haare hatten sich gelöst und hingen in wirren, feuchten Strähnen um das Gesicht, in dem die schwarz gebetteten Augen ihn halb geschlossen anstarrten; ihr Mund stand offen, das Zittern der Krämpfe durchrann jede Faser ihres Körpers und zuckte mit qualvoll anzusehenden Schlägen in ihren Zügen wider, indes sich der Mund in der Todesangst zu einem ungetanen Schrei geöffnet hielt.

Oftmals kauerte Ruprecht auf ihrem Lager, und nur einmal geschah es, daß seine Gegenwart ihr klar aufging. Grenzenlose Scham ließ da ihre Augen sich für ein paar Sekunden weit öffnen und dann schmerzlich schließen; in diesen wenigen Augenblikken ergriff sie so stark wie nie zuvor und auch niemals wieder der Wunsch, sie möge sich verbergen können, er möge sie nicht sehen.

Vielleicht ging es dunkel vor ihr auf, daß sie im Leiden abstoßend war, jetzt, da sie sich zum erstenmal als Frau empfand.

Sieh mich nicht an..., sagte sie kaum verständlich mit schwerer Zunge und wandte sich ab.

Da wankte Ruprecht zurück, und vielleicht, weil er an ihr die heilige Unbewußtheit der Kreatur verloren hatte, nahm jetzt alle seine Gedanken stürmisch der Wunsch gefangen, zu wissen, wie es den Tieren erging.

Der erste der von der Kommandobrücke entsandten Boten vertraute seinem Kameraden halblaut an: Du, der eine, der hat gefragt, was die Affen machten, er wollte aufstehen und sie holen...

In diesem Augenblick legte sich mit jäh gesteigertem Winddruck die See von allen Seiten her fast lautlos über das Schiff. Das Deck versank darin, das Wasser plätscherte unschlüssig, hin und her spielend, über die Käfige, das Schraubengeräusch verhallte zu einem unterirdischen Rollen, irgendwo schrien ein paar Stimmen gellend und entsetzt, und in diesen, nach dem Toben fast still anmutenden Sekunden erscholl ein Rauschen und Planschen, als würfe sich ein Riesenfisch aus dem Wasser und fiele wieder in sein Element zurück. Am Ende erklang zu den verdutzt sich Umschauenden und Lauschenden ein Brüllen, wie es der Wanderer von ländlichen Sommerabenden und dunklen Viehweiden her kennt – ein brünstiges Muhen, dem ebenso Grauen wie dumpfe Verzückung innewohnen kann –, und dann wurde es jäh wieder still. Wie ein Taucher, triefend, von klingendem Plätschern umwoben, hob sich langsam das Schiff, und mit der ersten trockenen Decksplanke hätten die Wachen sich Wachs in die Ohren stopfen mögen, denn der Hundezwinger raste hell und heiser gegen seinen engen Tod, der Wolf, das Füchschen, die Marder, die Affen – sie alle zwischen den Käfigwänden hatten die erste Sintflut atmend noch überstanden und erhoben ihre Stimme wider das Grauen der Nacht, bis der schwarze Schlund neuer, riesiger Wogengewölbe unter den Zahnreihen schimmernder Kämme sie in sich fraß. Inzwischen wurde es kälter von Stunde zu Stunde, und als im Morgengrauen die Brücke wieder sichtbar wurde, war sie von einer Anzahl in Pelze und schwere, schottische Wachtmäntel gekleideter übernächtigter Männer bevölkert, und aus den Käfigen drang – ob es nun an der dicken Eisschicht lag, die sie zu unförmigen, viereckigen Klumpen verwandelt hatte? – kein Laut mehr hervor.

Den vier Männern in der Maschinistenmesse und in den Kojen den drei Frauen mußten der Koch und sein Maat halbwarmen Kaffee, den zu kochen endlich geglückt war, zwischen die klappernden Zähne löffeln. Die Zirkuskünstler waren verstummt wie ihre Tiere. Es war so still in ihrer Kammer, auf deren Bänken sie über den rauschend hin und her gejagten Lachen lagen, wie in jenem Wagen, der umgestürzt, von Trossen eben noch an Bord gehalten, auf dem Achterdeck lag und auf dem eine schwarzweiß gescheckte Kuh mit wunderschönem Gehörn ihren zierlichen Fuß wie zu einem ›pas‹ in das Rechenexempel $2 \times 2 = 4$ setzte.

DIE SCHWÄRZE der aufgewühlten See schien das schwache Licht des neuen Tages zu fressen, denn es wurde nicht hell und blieb dämmrig, als verzehre das große Dunkel des Meeres den leisen, grauen Lichtschimmer, der sich von Südosten her über den Himmel ausbreiten wollte.

Allein und hilflos nahm das Schiff weiter den Kampf mit der Übermacht des Meeres auf. Alle Pumpen arbeiteten nun schon, alle Mann der Besatzung lauerten in den Niedergängen oder arbeiteten auf ihren Stationen, denn das Schiff war nicht mehr lenz. Auch mußte sich die Ladung in den gewaltsamen Erschütterungen während der Nacht verschoben haben, denn mit jeder Stunde richtete sich der Dampfer nach den Querschlägen der See immer langsamer und langsamer auf. Als trauriger Rest der Berechnungen war dem Kapitän und seinen Steuerleuten noch übrig festzustellen, wieviel Grad Schlagseite das Schiff schon hatte. Und dabei nahm der Sturm eher noch zu, als daß er abflaute. Zuweilen legten Wind und Wasser sich, für Sekunden wurde die See unheimlich spiegelglatt, aber die Kraft lauerte im Unsichtbaren und rollte unvermerkt gegen den Kiel des Schiffes und brachte den ganzen stählernen Körper zum Dröhnen, daß die Heizer in der Finsternis vor den Feuern ein Grauen ankam und sie das Gefühl hatten, es fielen Millionen schwerer Hämmer gegen die dünne Wand, die sie von der endlosen Finsternis der Wassertiefe schied. Der Erste Maschinist stand seit zwölf Stunden unabgelöst an der Drosselklappe und wurde fast Akrobat mit jener Hellhörigkeit dafür, wann er die Umdrehungen der jäh in die Luft gerissenen Schraube drosseln mußte.

In jenen Ringkampf auf Tod und Leben schlich sich zum Entsetzen der Männer auf der Brücke plötzlich ein Fremder ein. Er erschien im Unglaubhaften, so jenseits des Vorstellbaren tauchte er auf, wie vielleicht der Bewohner eines fremden Sterns in der öffentlichen Lustbarkeit einer kleinen Stadt, wo jeder den anderen kennt. Aber er war da, voll heiliger, gutgläubiger Narrheit, voll Furchtlosigkeit oder voller Verzweiflung, er spielte am Rande des Abgrunds, wie Kinder manchmal tun, aber niemand von den Männern auf der Brücke war imstande, an seinen Schutzengel zu glauben, sie waren fassungslos.

Sein blasser, zerzauster Kopf, sein verknitterter, nasser Anzug tauchten zwischen zwei Wellen, die das Schiff überschlugen, auf, der Mensch ging torkelnd bis zwischen die Käfige, er streckte die Hand aus und fingerte an den Türen, die jetzt im Eisbelag verschwunden waren, herum…

Weg! Weg! Gehen Sie weg!… schrie es in diesen Augenblicken von der Brücke.

… Gehen Sie zurück!

Und der Mann ging, nicht so sehr aus Gehorsam, sondern weil er wohl schon selbst das Vergebliche seiner Bemühungen eingesehen hatte. Aber er kam zurück, und diesmal trug er ein Beil in der Hand – das Fleischbeil aus der Kombüse, wie später bekannt wurde –, und ehe die Männer auf der Brücke es sich versahen, begann er auf einen der Käfige einzuhacken, daß ihm die Eissplitter um die Ohren flogen.

Das Ganze geschah so schnell, daß niemand dazu kam, zwischen seinem ersten und seinem zweiten Erscheinen einen Mann hinunterzuschicken, der ihn an diesem Wahnwitz hätte hindern können. Man schrie von der Brücke, er solle sich wegscheren, man tobte, man brüllte…, und er hörte es auch, denn für eine Sekunde hob er, die Axt in der Hand, unschlüssig den Kopf und musterte die Reihe der Gesichter hinter der Verkleidung, um wieder weiterzuhacken.

Und Brecher kamen, und Brecher verstrudelten durch die Speigatten, man sah den Mann sich zwischen die kreuz und quer gespannten Trossen hängen, seine Beine, die den Halt verloren hatten, baumelten im Wasserstrom; man sah, wie er zwischen zwei Brechern, sich einmal nur umschauend, die eisverkrustete Tür des Käfigs mit unsäglicher Anstrengung öffnete und in den Käfig hineinkroch – und als zwei Matrosen von der Brücke hinunterstürzten, kam er gerade wieder auf allen vieren aus dem Käfig heraus, in seine Jacke eingeknöpft vorsichtig etwas tragend. Er ging zum Seitengang und hielt sich überall fest, er ging wie im Traum, tastend gleichsam – noch einmal legte er den Kopf weit in den Nacken, denn die verzerrten Gesichter auf der Brücke neigten sich über ihn, die Männer schrien, schrien, und auch die beiden Matrosen, die ihm entgegenliefen, stürzten nach einer Sekunde, in der sie, von Entsetzen gelähmt, dagestanden hatten, wieder vorwärts – in diesem Augenblick packte den Mann eine gewaltige Faust des Nichts und warf ihn den ankommenden Matrosen in die Arme. Zu dritt standen sie in der nächsten Sekunde bis an die Hüften in einem kochenden Wasserstrudel, der ihre Hände von allem, woran sie sich klammerten, abreißen wollte…

Auf dem sich durch den ganzen Raum zwischen der Maschine und den jetzt verschraubten Lüftungsklappen erstreckenden Rost, durch den ununterbrochen ein warmer Luftstrom von den heißen Zylindern emporströmte, hockte kurz darauf der halbnackte Ruprecht neben einem alten Kohlenkorb voller Maschinentwist, den ihm die Maschinisten überlassen hatten, und betrachtete geistesabwesend, wie betäubt von dem, was er eben überstanden hatte, und von dem Getöse der Maschine und der verbrauchten Luft, den Korb und die kleine Äffin, die darin hockte. Er hatte sie, genau wie sich selbst, erst trockengerieben und dann bis an die Schultern warm zugedeckt. Jetzt saß sie da, erschöpft, zerzupfte dann und wann die Twistknäuel und sagte mitunter, für Ruprecht im Lärm der Maschine noch eben vernehmbar, ihn anstarrend leise ein zartes: Ööh…! und zerzupfte weiter den Twist.

Als der Kapitän die Treppe zum Maschinenraum herunterkam, deckte Ruprecht das Tier mit seiner Jacke zu, damit es sich nicht erschrecke, und ging ihm, an allen Eisenstreben Halt suchend, entgegen.

Sie beide gingen fort, Ruprecht sehr ungern, doch noch in der Treppe kehrte er nach einigen erregten Worten um, ergriff den Korb und nahm ihn mit. Ohne Flüche, Verwünschungen und empörte Standreden beließ der Kapitän den Vorfall nicht, und das Glück des Leichtsinnigen schien ihm noch mehr Anlaß zur Zurechtweisung, aber hinter der Maßregelung lag das Angebot des Zweiten Steuermanns, der Affenretter möge seine Kammer beziehen, denn niemand von der Schiffsbesatzung kam ja vorerst zum Schlafen.

Die anderen sind tot? fragte am Schluß der Kapitän, als sie schon in der Steuermannskammer waren, den unbeweglich neben seinem Korb Hockenden.

Ruprecht nickte.

Ja, meinte der Kapitän, wir sahen sie wohl, denn als der Brecher sich verlief, wurde irgend etwas aus der aufgerissenen Tür des Käfigs über Bord gespült. Man konnte nicht so recht sehen, was… Sie haben sich auf den schmalen Borden nicht halten können, fielen herunter und wurden naß und steif. Sie konnten nicht mehr springen, und nur die – er wies auf den bedeckten Korb – hatte einen Ring, in dem sie unter der Decke schaukelte.

Und die anderen Tiere…, was meinen Sie?

Ruprecht zuckte die Achsel.

Nach den Pferden sahen meine Leute... Er machte eine kleine Pause, es fiel ihm sichtlich schwer, weiterzusprechen.

Von denen kommt wohl keins durch. Kälte, Seekrankheit, die Wassermengen, die eingebrochen waren und gefroren... Das erste war ein Schimmel, ein hübsches Tier. –

Arabeske, ja, murmelte Ruprecht niedergeschlagen.

Arabeske, sagen Sie? Ja, ja, die als erste. Und der Wagen – eine Kuh ist draufgemalt, glaube ich –, dieser Wagen auf dem Achterdeck fiel um.

Fiel um? – Es war doch, als wehre sich Ruprecht gegen diese Tatsache, die schon alt war.

Ja, fiel um, so ist es. Sind denn darin auch Tiere?

Die Kuh! Sie konnte rechnen, Herr Kapitän! Der Kapitän murmelte etwas, was: schade, ja, leider... oder so ähnlich heißen konnte, aber da drang aus dem Korb ein leises Stöhnen, ein Ächzen, ein Wimmern endlich, wie von einem hungrigen Kinde...

Ruprecht schlug die Decke zurück, den Kapitän ließ er nichts vom Inhalt des Korbes sehen.

Sie bekommt Kinder! meinte er dann, den Kopf im Knien vor dem Korbe wendend, und der Kapitän ging kopfschüttelnd hinaus.

Ruprecht schloß sich ein.

AM ABEND des folgenden Tages lag der Dampfer hinter dem Küstensaum der Insel Gotland, deren Leuchtfeuer in regelmäßigen Abständen zu ihm herüberblinkten. Der Anker war ausgeworfen worden, und das Schiff lag ruhig, vor dem Sturm geschützt; nur dann und wann erzitterte es vom Kiel bis in die Masten, wenn es unter der Wasserlinie von einem Echo des gewaltigen Bebens getroffen wurde, das weiter draußen, wo die schützende Landmauer keine Macht mehr besaß, zur Rüste ging. Hohe Wellen stürmten dort noch von Westen nach Osten, aber der orkanartige Wind hatte sich in den schwärzlich aufgewühlten Wassertiefen zur Ruhe gelegt.

Nach dem finsteren Sturmweg des Schiffes wirkten Stille und Licht mit doppelter Kraft. Es war wirklich so still, wie es die Zirkuskünstler gar nicht zu fassen vermochten. Hin und wieder nur scheuerte in der Dünung die Ankerkette in den Klüsen, wenn

eine Woge, die leise und weich wie unter einem Tuch heran-
rollte, das Schiff lautlos auf ihre Schulter nahm und sanft wieder
fallen ließ. Und es war strahlend hell, wie es ihren Augen ganz
ungewohnt geworden war. Die Deckbeleuchtung brannte vorn
und achtern, die Mannschaft ging ruhigen Schrittes umher,
unvermutet war die ganze Besatzung wieder auferstanden nach
der Verbannung und nahm so ruhig wie den Aufruhr auch den
Frieden jetzt an. Und in dieser Stille, in diesem gelassenen Frieden verlangte es die erschöpften Künstler unbändig danach, zu
schlafen; ja, dieses Licht tröstete sie, überstrahlte alle Schatten
ihrer Gedanken, tilgte sie endlich und ebnete das Feld ihrer
Wünsche ein zu dem einzigen Wunsch: ausruhen zu dürfen.
Aber nun wurden sie geweckt, um wieder in das alte Leben
zurückzukehren.

Die drei Frauen lagen immer noch zu Bett, doch bald schon in
ihren eigenen Wagen, wohin die Matrosen sie tragen mußten,
denn die Zirkuskünstler vermochten nichts zu besorgen und
nichts zu bestellen. Auch die Matrosen waren es, die Feuer in
den Öfen anzündeten; sie schlugen den Eisbelag der Wagen notdürftig ab, bahnten Wege zu den Eingängen, lasen die Treppen
zusammen, soweit sie der Sturm nicht über Bord gespült hatte –
die Männer hockten nur untätig da und legten müde hie und da
Hand an, wenn es Kleinigkeiten zu ordnen galt. Ruprecht allein
ging zwischen den Zwingern auf und ab, aber auch er hatte
nicht Tatkraft genug, um mehr zu tun, als an ihren vereisten
Türen zu fingern. Hin und wieder betrat er das enge Gemach der
Orgelspielerin, die, von Schüttelfrösten gepeinigt, schaudernd
unter den Decken ruhte, und legte aufs neue Kohlen in den Ofen.
Ja, er erbat, von allen unbemerkt, auch ein wenig Rumgrog
beim Koch und flößte ihn wortlos der Frierenden ein. So verging
eine arbeitsreiche Stunde. An Deck wurden die vereisten Winschen aufgetaut und mit ihrer Hilfe der umgestürzte Wagen
wieder auf die Räder gestellt; überall lichtete sich der Wirrwarr,
und die Verwüstung glitt in die alte Ordnung zurück. Aber der
Eifer der Arbeitenden war die Eile von Totengräbern, die ein
Grab noch in letzter Stunde schnell ausheben, indes der Leichen-
zug und der künftige Bewohner der Grube schon auf dem Wege
zu ihnen sind.

Endlich verstummten die hallenden Hammerschläge, das Poltern der Winschen hörte nun auf, auch der Gestalten wurden es

weniger und weniger, Schritte und das Klappern der Holzschuhe verloren sich in einer wenn auch noch so beschränkten Ferne, und totenstill lag das Schiff unter dem aufklarenden Nachthimmel, hin und wieder angerührt von einem Windstoß, der wie auf lautlosen Fittichen schwebte und sich schnell über das Meer hin verlor. Und dann drangen von irgendwoher ein paar ruhige Stimmen, Eßgeschirre klapperten, Schritte entfernten sich wieder, und abermals schlug das Schweigen über dem Schiff zusammen.

Da erst erwachten die Künstler, die verstreut hier und da saßen und lagen. Aber sie rührten sich nicht. Sie nahmen die Ruhe fast noch willenloser an als den Aufruhr; sie sahen nicht zu den Fenstern hinaus, sie horchten nicht, ob nicht der Lärm der Arbeit wiederkehre, sie waren für ihre Umwelt gänzlich verloren.

Und so gewahrten sie auch nicht, daß eine Gestalt das Blickfeld ihrer kleinen Wagenfenster kreuzte, hier verweilte und dort musternd stehenblieb, ruhigen und ernsten Blickes die Schäden besah und an den vereisten Zwingern lange sinnend stehenblieb und lauschte... Es war still, es war kein Laut zu hören außer dem verworrenen, gedämpften Stimmenchor der Matrosen in ihrem Logis, und wenn einmal selten der Ruf einer Möwe durch die Dunkelheit drang, hob der leise Wandelnde jedesmal den Kopf. Zuweilen verharrte sein Blick lange auf einem der trübe erleuchteten Fenster, ohne daß er den Versuch machte, etwas vom Inneren des Wagens zu erspähen, und dann lenkte er seine Schritte, genauso unbemerkt, wie er gekommen war, zur Kombüse mittschiffs, nur schneller als vorher. Eine geraume Weile später stieß der Kochsmaat die Türen der Wagen auf und trug den Künstlern Essen herein, das der Kapitän ihnen schicke, und kaum war er gegangen, als sein Herr und Meister, der Koch selbst, erschien und vor die Dahockenden, die das Essen noch nicht angerührt hatten, nachsichtig grollend eine große Terrine voll dampfenden Glühweins stellte.

Der Kapitän ließ auch Ruprecht zu sich auf die Brücke rufen, als die Abendbrotpause ihrem Ende zuging und das Klirren der leergegessenen Schüsseln von überallher, wie ein Signal, zu hören war, denn er hatte das richtige Empfinden, Ruprecht verträte zu dieser Stunde das Unternehmen in einer Tatkraft, mit der er, was seine Wünsche und Ratschläge anging, zu rechnen vermochte. Er redete lange mit ihm, so behutsam, wie er es mit

Herrn Salamonski selbst getan hätte, und eine Folge der Unterredung war, daß Ruprecht oftmals saumselig zwischen dem Direktionswagen und der Kommandobrücke hin und her ging. Ein jedes Mal, wenn er einen der beiden Befehlsstände betrat, war ein erwartungsvoller Blick auf ihn gerichtet, nur daß der Kapitän zwischen einem jeden Eintreten ruhigen Schrittes, leise vor sich hin pfeifend, auf und ab gegangen, Herr Salamonski aber ein jedes Mal immer niedergeschlagener sitzengeblieben war. Beim letzten Gespräch im Direktionswagen stand der Zirkusbesitzer langsam auf. Er zupfte an seiner grünen Strickweste, die von weißlichen Salzwasserflecken besät war, und fuhr sich mit beiden Händen über die Schläfen, als wolle er damit Schmerzen wegstreichen. Er sprach nicht, blickte nur zum vereisten Fenster hinaus, durch das er nichts als die Lichthöfe der Lampen an Deck zu gewahren vermochte, drehte sich dann um und sah hilflos Ruprecht an.

Ich weiß, ich weiß, murmelte der, es wird fürs erste nichts daraus...

Herr Salamonski ging darauf nicht ein; vielleicht wußte er nicht einmal, was Ruprecht gemeint hatte.

Also gut..., jaaa..., murmelte er dann, den Kampf verzweifelt aufgebend, und Ruprecht verstand ihn recht, ging wieder und überbrachte dem Kapitän dieses Ja.

Wenig später polterte der Lademast auf dem Vordeck, Axtschläge fielen dröhnend gegen die Türen der Zwinger, und der grelle Strahl der Sucher auf der Brücke richtete sich auf die Arbeitenden, während zugleich die elektrischen Lampen am Lademast selbst aufflammten und ihn wie einen schräg in die Höhe strebenden Zweig schmückten.

Schweigend umstanden die vier Männer des Zirkus, die der Lärm herangelockt hatte, die arbeitenden Matrosen und mischten sich selten in deren Vorhaben ein. Nur von der Brücke, auf der man den grauhaarigen Kapitän neben den Scheinwerfern stehen sah, kam hin und wieder eine Frage oder ein Befehl, der gemurmelt seine Antwort fand. Käfig auf Käfig wurde geöffnet, ein jedes Mal prüften viele Augen still mit gerunzelter Stirn seinen Inhalt, und jedesmal reute den Zirkusbesitzer sein gegebenes Ja, obwohl er sich nicht der Einsicht verschließen konnte, der Kapitän fordere von ihm doch nur, was recht und billig und ratsam war.

Den zuerst! sagte er mit heiserer Stimme, deren er sich sogleich mit einem gezwungenen Räuspern schämte, und zeigte auf den Wolfskäfig, in dem der tote Wolf lag, eine Eisenstange des Gitters zwischen den schimmernden Zähnen, die noch bis zum letzten Augenblick gekämpft hatten. Es hatte den Anschein, als könnte sich Herr Salamonski von diesem wilden Tier am ehesten trennen, nicht so aber war es für Ruprecht. Gewiß, von dem Wolf wußte niemand von ihnen etwas zu erzählen, er hatte sich nicht als gute Nummer bewährt und hatte auch nicht versagt; ein paar Wochen lang nur hatte er als Gefangener ihnen gehört, als eine Hoffnung, die zu täuschen er in dem engen Zwinger nie Gelegenheit gehabt hatte. Und gerade deshalb liebten ihn Ruprecht und die Matrosen. Er war noch bis vor kurzem hungrig durch die finnischen Wälder getrabt, er hatte sich ins nördliche Schweden verirrt und war dort, wo der Häscher viele und der Wölfe wenige sind, gefangen und dem Zirkus verkauft worden. Er war noch namenlos, er war fremd, der Hauch der Wildnis umwehte ihn noch in seinem durchdringenden Geruch und dem Kampf mit dem Gitter, hinter dem er sich noch nicht abgefunden hatte mit seinem Schicksal, das ihn gelehrig und hörig machen, statt wild und frei lassen sollte. Er nun, als erster, sollte in die Namenlosigkeit des Todes eingehen, fern von den Wäldern, die er durchstreift.

Der Grund, aus dem Ruprechts Liebe zu den Tieren stammte, wurde aufgerissen, als vier Fäuste den Wolf bei den Läufen packten, über das Deck schleiften und ins plumpsende Wasser fallen ließen, wo er seltsamerweise sofort verschwand. Ruprecht war an die Reling getreten und blieb dort auch stehen, obschon er nichts als das Wasser sehen konnte, in dem sich die letzten Wellenringe nach allen Seiten hin verbreiteten und nur von der Bordwand des Schiffes plätschernd zurückgeworfen wurden.

Jetzt den! hörte er Herrn Salamonski sagen, aber er wandte sich nicht um; er überließ es dem Zufall oder des Zirkusbesitzers Empfinden, von wem jetzt Abschied zu nehmen sei, wenn es für den eine Reihenfolge gab. Da schleiften die Matrosen schweigend einen zweiten Sarg bis dicht an die Reling und leerten ihn wie einen Papierkorb mit raschen Griffen ins Wasser. Ein Rudel weißer Spitze, die so hell und heiser um ihr Leben gekläfft hatten, nahm das düstere Meer mit lautem Schmatzen auf, und in demselben Augenblick standen auch fast alle Arbeitenden an der Reling.

Sie konnten nicht Tod zu Tod häufen, sie konnten nicht pausenlos dem Nichts überantworten; bar aller müßigen Neugier verlangte es sie danach, zum mindesten das Gedächtnis dieser toten Tiere zu ehren und ihr schönes, von Klugheit erfülltes Leben zu der Sinnlosigkeit ihres Todes tröstlich zu gesellen. Und nur allzugern lösten die Zirkuskünstler ihren bitteren Schmerz in der milden Beredsamkeit auf. Sie erzählten von allen Tieren, und die Matrosen hörten aufmerksam zu, achteten der Eile nicht, zu der sie auch niemand mahnte, denn der alte Kapitän stand schweigend auf der Brücke, halb von der Segeltuchverkleidung verborgen, und ließ seine Mannschaft ruhig gewähren.

Sie zogen einen Wagen! Der größte Spitz, die Mutter dieser Jungen, saß darin, Mira hieß sie, und ließ sich von ihren Kindern ziehen! Sie konnten auf zwei Beinen tanzen, ja, sie haben auch Fußball mit einer kleinen, weißen Kugel gespielt, ein Affe war der Schiedsrichter dabei und blies fortwährend auf einer Signalflöte...

Die Matrosen wurden von Staunen gepackt und sahen bekümmert den weißen Flocken nach, die mit der Strömung langsam außer Sichtweite glitten. Endlich drehte sich einer um, murmelte etwas, was niemand verstand, und wog die Axt in der Hand, worauf die anderen seinem Beispiel folgten. Es graute ihnen allen beinahe vor dem Tod in den vereisten Höhlen.

Man schritt nun auf den großen Käfig zu, dessen Inhalt keiner der Matrosen zuvor gesehen hatte. Der vorderste der Matrosen leuchtete hinein...

Löwen! murmelte er den hinter ihm Stehenden zu, das Wort verpflanzte sich, und die Tür wurde vollends geöffnet.

Mit ausgestreckten Pranken, über und über vereist, daß er beim Anpacken der Männer klirrte, lag dicht vor der Tür Jupiter, der Löwe, mit geschlossenen Augen, die rechte Pranke in eine Fuge gekrallt. Lautlos, so erloschen und stumm wie er gelebt hatte - ein Greis, erkennbar am Grau seiner Mähne -, war er auch gestorben. So ein schönes Fell! murmelten die Matrosen bewundernd, als sie ihn über das Deck zogen, und hielten an der Reling inne, um ihn zu betrachten, allein das Gebaren der Zirkuskünstler, denen der Anblick des toten Tieres Leiden bereitete, ließ sie von ihrem Wunsch abstehen und den Löwen über die Reling befördern.

Die Löwin - Juno heißt sie, verbreitete sich zwischen den Arbeitenden – lag zusammengerollt wie eine Hauskatze in der äußersten Tiefe des Käfigs, und es kostete Mühe, sie hervorzuholen, denn ihr Fell war am Zwinger festgefroren. Zwei der Matrosen krochen in den Zwinger hinein, rissen sie los und schleiften sie an Deck. Mit einemmal aber bekamen ihre Bewegungen etwas Unentschlossenes, als wüßten sie nicht, ob sie fortfahren sollten, sie sahen zu den Umstehenden auf…

Hei levet noch! schrie mit einemmal jemand – ob es aus dem Kreis der Umstehenden kam oder gar einer der beiden Männer war, ging keinem auf –, und die beiden ließen davon ab, das Tier noch weiter hervorzuzerren, und flüchteten, wie alle anderen, zurück.

Mit Augenblickes Schnelle lag das Deck verödet unter dem grellen Schein der Lampen, die Schatten der Flüchtenden huschten über die glitzernden Wände und Decken der Zwinger davon, aus diesem und jenem Winkel ertönte Keuchen und Rufen, unablässig polterte es zwischen den Schlagschatten der Wagen, und weil man nur die ins Riesengroße gewachsenen Schatten der Fliehenden sah, erweckte es den Anschein, als verursachten sie das Getöse, als seien die Schemen schuld am Lärm. Die Matrosen riefen sich aus allen möglichen Winkeln an, der eine schrie dem anderen zu, er möge sich in Sicherheit bringen, die anfangs im Entsetzen wortlose Flucht reifte nun plötzlich zu grellem Geschrei. Niemand konnte aus seinem Versteck gewahren, was das noch lebendige Tier unternahm, und in der Angst flüchtete ein jeder weiter. Die schweren Eisentüren der Niedergänge schlugen krachend zu, von vorn nach achtern stolperten Schritte, etliche rannten wie besessen die eiserne Stiege zur Brücke empor, Rufe und Schreie der Unsichtbaren hallten von überallher, und niemand sah etwas, alle kamen zu spät, um die Sekunden zu erleben, die dem Ausbruch der ersten Panik folgten. Man rief stürmisch nach dem Dompteur, aber von dem kam keine Antwort. Der grauhaarige Kapitän allein sah von der Brücke aus, wie das zusammengerollte Tier sich streckte und die erfrorenen Gliedmaßen regte. Es stand vor dem Käfig, bis wohin man es geschleift hatte, mühsam auf und gab ein heiseres Grunzen und Ächzen von sich. Benommen schüttelte es den großen Kopf, und plötzlich starrten seine funkelnden Augen hinauf zur Brücke in den grellen Strahl der Sucher… Es wendete geblendet den Kopf ab, leckte sich kläglich winselnd das vereiste Fell und die

Pfoten, humpelte mit gesenktem Schweif schnuppernd zur Reling und verharrte dort, indes es sich dann und wann winselnd dem Einknicken seiner Gliedmaßen widersetzte und den Kopf zu Boden gesenkt hielt.

Der Kapitän atmete kaum. Er war unfähig, etwas zu unternehmen, ja, es wäre ihm auch nicht möglich gewesen, denn die letzten Flüchtlinge seiner Mannschaft waren verschwunden, und noch hatte keiner von ihnen die Brücke erreicht. Er konnte nichts anderes tun, als mit angehaltenem Atem den Ereignissen folgen.

Sekundenlang noch stand die Löwin unbeweglich, dann hob sie witternd den Kopf. Sie scheute vor ihrem Schatten, der schwarz und seltsam körperlich vor ihr lag, setzte zu einem unbeholfenen Sprung an - sprang mühsam, mit den Hinterläufen noch die Reling streifend, und war verschwunden.

Sie tauchte nicht wieder auf, so gespannt der Kapitän auch jede Regung des Wassers im Strahl des Backbordscheinwerfers verfolgte.

In diesem Augenblick trat der erste seiner Matrosen atemlos hinter ihn. Er wandte sich um, sah den Entsetzten ruhig mit einem unmerklichen Lächeln an und sagte nur leise: Keine Angst - vorbei!

DIESEM EREIGNIS folgten ebenso stürmische, als sich, allmählich und zögernd, erst die Zirkuskünstler und dann die Matrosen auf der Brücke eingefunden hatten. Jede Rangordnung der Männer war verwischt, das Allerheiligste des Schiffes: Brücke, Steuerraum und Kartenhaus, war der Vorhof der Menge geworden. Der Kapitän mußte erzählen, was geschehen war, seine Matrosen fragten wild durcheinander, die fieberhafte Erregung nach der langen Schlaflosigkeit steigerte sich bei all diesen Menschen bis zur schmerzhaften Erlebnisschärfe auch des Geringsten. Jeder wurde beredt, sogar der Schweigsamste, das Einmalige des Ereignisses löste allen die Zunge. Und alle fragten sie den Dompteur, einen von Ruprechts Kameraden, warum denn er das Tier verlassen habe, er! der es doch hätte bändigen können! Nein, erwiderte jener und sagte allen, auch dem Zirkusbesitzer - der seinen Vorwurf nur in Blicke und Jammern darüber, auch noch ein lebendiges Tier verlieren zu müssen, kleidete-, daß es ein Ding der Unmöglichkeit gewesen wäre, der Löwin jetzt noch gütlich beizukommen. Er erzählte von ihrem wilden Wesen, das ihm schon bei der Dressur viele Schwierigkeiten und Gefahren bereitet hatte, verwies darauf, daß ihr Zustand - sie müsse doch erfrorene Gliedmaßen gehabt haben, was der Kapitän nach seinen Eindrücken bestätigen konnte -, der Hunger und endlich der Verlust des Löwen sie sicherlich dazu gebracht hätten, jedes Lebewesen anzufallen, das ihr in den Weg trat. Man müsse zufrieden sein, daß der Zwischenfall überhaupt ohne Unglück abgelaufen sei.

Diesen triftigen Gründen vermochte sich niemand zu verschließen, auch der Zirkusbesitzer nicht, und das erregte Gespräch wurde allgemach ruhiger, als man zu den Einzelheiten des Ereignisses überging. Der Dompteur legte das Schnuppern so aus, daß die Löwin die Spur verfolgt habe, welche der über Deck geschleifte Löwe ihrem Geruchssinn hinterlassen habe, und auch das war jedermann einleuchtend. Ob sie nun die Spur bis zu ihrem Ende verfolgt und dann angenommen habe, ihr Gefährte befinde sich jenseits im Dunkel hinter der Reling, wurde ihnen nicht klar, doch war es wahrscheinlich, denn einen anderen Grund konnte ihr Sprung über Bord wohl nicht haben. Der Dompteur berichtete mehr und immer mehr von ihren Launen, ihren guten Seiten und ihrer ›Arbeit‹. Es war ›die große Nummer‹ des Zirkus gewesen, wenn sie durch feurige Reifen sprang, wenn er seinen Kopf in den Rachen des Löwen steckte und die Löwin dazu brüllend auf einem hohen, von Fackeln umgebenen Postament auf zwei Beinen stand...

Die Zeit war viel weiter vorangeschritten, als man für die ganze Bestattung vorgesehen hatte, als sich endlich die Runde auf der Brücke zerstreute und der Kapitän seinem Bootsmann leise einschärfte, nun müsse es ein bißchen schneller gehen.

Mit Herzklopfen und Spannung ging die Mannschaft wieder an ihre Arbeit - vorsichtiger auch, durch das Beispiel der Löwin gewarnt. Allein, die erste Prüfung am ersten Zwinger, den man nun öffnete, wurde bestanden, und danach wich die Spannung einer erklärlichen Erschlaffung, in der die Arbeit nun um so besser und schneller vor sich ging. In allen anderen Zwingern des Vordecks regierte sinnfällig der Tod.

Die Riesenschlange lag schlaff, mit häßlich offenem Rachen,

ausgestreckt, soweit sie es in ihrem engen Käfig vermocht hatte, Marder und Füchschen kauerten erstarrt mit eingefallenen Flanken, vereist, alle viere steif von sich gestreckt – und sie alle wanderten ins Meer. Und wirkte nun nach dem heldenhaften Ende der Löwin ihr Tod doppelt ruhmlos und still, so wandelte auch die Künstler in der Niedergeschlagenheit und Erschlaffung mehr denn je ein Drang an, die Kunde von den bescheidenen Fähigkeiten dieser Tiere verherrlichend ihrem lautlosen und spurlosen Ende anzufügen. Nun erzählte der zweite von Ruprechts Kameraden, was das Füchschen und der Marder gekonnt hätten. Balancierkunststückchen und harmlose Ringkämpfe waren ihre ›Nummer‹ gewesen, es hatte dabei schwer gehalten, sie am wirklichen, blutigen Beißen zu hindern, doch hätte es allerliebst ausgesehen, wenn der Fuchs in einem roten Wams mit rotem Hut und einer Hahnenfeder daran auf zwei Beinen spazierte. Ruprecht endlich erzählte von der Boa constrictor, um sie vor der Vergessenheit zu bewahren, weil sie keinen rechten Herrn und Meister gehabt hatte, sie sei eine große Sehenswürdigkeit gewesen bei ihren Mahlzeiten, es hätten viele Schulkinder Krähen und Ratten gebracht, um sie beim Würgen zu sehen – ja, einmal sei auch ein Schlingel mit dem Hofhahn gekommen, einem prächtigen Tier, aber den habe man natürlich nach Hause geschickt – mit dem Hahn, fügte er treuherzig hinzu, und die Matrosen lächelten erst und murmelten und bedauerten dann und waren behutsam bei ihrem Totengräberamt.

Allein, mit das Schwerste stand ihnen noch bevor, als es vom Vordeck zum Achterdeck ging und Stella am Lademast über die Reling schwebte. Ihr kluger Kopf mit dem schönen Gehörn hing schlaff über die Häupter der Umherstehenden, endlich setzte der große Körper im Wasser auf, die Taue wurden ausgeklinkt, und der Leichnam entfernte sich langsam kreisend in der Strömung.

Da kamen Herrn Salamonski die Tränen in die Augen, er begann zu stammeln und zu schluchzen und lief in seinen Wagen davon, die Tür hinter sich zuschlagend. Aber er wußte nicht, wohin; der Wagen war eng, und er wollte fort, fort um jeden Preis, fort von dem sichtbaren Untergang seines Unternehmens, den er nicht aufzuhalten vermochte. Endlich sank er auf das Bett seiner Frau, die ihn unbeweglich, keines Wortes fähig, hereinstürzen gesehen hatte, und verbarg den Kopf zwischen den Händen. Von draußen drangen leise ein paar Stimmen herein, der Schein der Lampen schlug grell durch die vereisten Scheiben, die Tochter lag aufgestützt im anderen Bett und starrte zur Mutter hinüber. Herr Salamonski ächzte verzweifelt: Das schöne Tier…, ich halt's nicht mehr aus!…, und seine Frau wußte ihn nicht anders zu trösten, als ihm behutsam die Hand auf die Schulter zu legen - so hatte sie es seit Jahren nicht mehr getan. Auch sie weinte, auch sie wußte, was da draußen geschah.

Ach Robert, ach Robert, Robert…, sagte sie nur immer wieder ganz hilflos.

DIE ERZÄHLUNGEN Ruprechts in diesen Augenblicken und allen folgenden Tagen gaben den Männern auch eine Vorstellung davon, was der Zirkus mit der Kuh ›Stella‹ verloren hatte. Sie hatte zu rechnen verstanden! Die teilnahmsvollen, aller törichten Neugier fernen Fragen der Matrosen waren den Zirkuskünstlern der einzige Trost im Unglück, aber der erreichte Herrn Salamonski nicht mehr. Ruprecht machte scheu allen vor, wie der Zirkusbesitzer dem gelehrigen Tier die Aufgabe vorgeklopft und wie die Kuh seine Aufgabe beantwortet hatte: mit einem Fuß soviel mal aufstampfend, wie das Ergebnis des Exempels gelautet. Deshalb auch setze sie auf dem Bild ihres Wagens den Fuß in das Beispiel $2 \times 2 = 4$. Sie hatte zu addieren und zu subtrahieren verstanden, nur das Dividieren war ihr nicht gelungen.

Staunensvoll beendete man das traurige Werk, das weiter anzusehen Frau Salamonski ihrem Mann nicht erlaubt hatte. Ohne daß der Zirkusbesitzer es sah, doch leider so, daß er es in der Stille hörte, fielen zwölf braune Zugpferde ins planschende Wasser, und dann - man hörte von draußen eine ungeschickt laute Stimme, daß nun die Reihe an den Schimmel gekommen sei -, dann Arabeske, das zierlichste und zärtlichste aller Tiere, bei dessen Begräbnis Frau Salamonski laut zu schluchzen begann, denn nun war ihre Aufgabe im Zirkus dahin. Schneeweiß, soweit nicht die Schönheit unter der schmutzigen Streu der Sturmreise gelitten, mit roten Fesselbändern, die ihr auch im Tode blieben, glitt Arabeske ins Wasser. Aber der Zufall wollte es, daß ein Wirbelstrom im Wasser sie fortwährend um das Schiff herum kreisen ließ, steif und starr, die rot umwickelten schlanken Beine von sich gestreckt, den edlen Kopf zurückgeworfen, die Mähne wölkte sich im tragenden Wasser...

IN JENER Nacht bevölkerte sich das Meer mit toten Tieren, und die wieder lockten andere Tiere herbei. Scharen von hungrigen Möwen, die nach dem Sturm unter Land lauerten und nun ihre wehrlose Beute witterten. Als der schweigsame Zug mit der Strömung langsam außer Sichtweite glitt, hockten auch schon flügelschlagend, krächzend im Streit, die schneeweißen Räuber auf den geblähten Leibern und stillten ihren Hunger. Von jener großen Tierschau, um die noch immer die Jugend einer kleinen Stadt im nördlichen Schweden trauerte, blieb nur ein einziges Tier übrig, das der Mensch gerettet hatte: die Äffin, und die hockte jetzt traurigen Blickes zwischen Ruprecht und der kleinen Orgelspielerin, um sich zwei magere, verhutzelte Kinder. Die anderen Zirkuskünstler standen, wenn sie nicht gerade mit dem Aufräumen in ihren Wagen beschäftigt waren, bei dem Schiffsvolk und ließen alte, verblichene, von billigen Straßenphotographen angefertigte Bilder von Hand zu Hand wandern. Darauf waren die Künste der Tiere zu sehen, soweit sie der Augenblick hatte festhalten können. Alles andere jedoch, was den Augenblick überschritt: ihre Klugheit, ihre Freundlichkeit - es war dahin, war unwiderruflich dahin. Meistens aber standen sie schweigsam an der Reling und sahen bekümmert dorthin, wo bald die Küste auftauchen mußte, oder sie saßen in ihren Wagen, ein jeder für sich allein, und dachten an den Winter, der sie erwartete.

Nur Ruprecht und die junge Orgelspielerin bildeten eine Ausnahme. Sie waren fast unzertrennlich und saßen stets in dem engen Gemach des Mädchens einander gegenüber, indes ihnen aus einer Ecke, wo ihre Heimstatt war, der stille Blick der Äffin galt. Sie sprachen nicht viel; sie schürten den kleinen Ofen, blickten zum Fenster hinaus auf das winterlich-graue, von Dunstfahnen verhangene Meer, oder sie lauschten dem klingenden Pflügen des Schiffsbugs. Zuweilen blickten sie sich an, und das junge Mädchen senkte errötend den Kopf, um ihren Blick dann wieder zuversichtlich und wortlos auf ihm verweilen zu lassen. Dann sah Ruprecht sehr bekümmert aus und vermochte es auch nicht zu verbergen.

Es wird nichts daraus, fürs erste..., sagte er niedergeschlagen, aber nun schien mit einemmal ein seltsamer, wacher Eifer, ganz anders als früher, das Mädchen zu beseelen. War sie im Leiden, in der Einsicht der Häßlichkeit zu einem anderen Leben, zu anderen Wünschen erwacht?

Wir werden warten! sagte sie zuversichtlich, geduldig wie eine Liebende und nicht wie die demütige Kreatur, und zum ersten Male streichelte sie ihn zärtlich, indes ihre Augen ein fast heiteres Leuchten erfüllte.

Mählich trug der Dampfer den Zirkus die lange Travemündung hinauf, im Laufe vieler Stunden rückte das Land dichter und dichter an die Reisenden heran, bis endlich das Ziel der langen Fahrt, Lübeck, sichtbar wurde. In dieser langsamen Eingliederung der unglückseligen Fahrenden in die Bezirke seßhaften Lebens lag etwas unendlich Schonungsvolles. Der Anspruch des künftigen steten Lebens mit seiner Not bemächtigte sich der Niedergeschlagenen ganz allmählich, und sie hatten Zeit, sich an den Raum ihrer dunklen Zukunft zu gewöhnen. Aber als endlich der Dampfer den Hafen erreichte, standen die Zirkuskünstler doch ratlos vor ihren leeren Wagen und sahen stumm zu, wie die vom Deck auf den Kai verladen wurden. Sie verabschiedeten sich vom Kapitän mit verlegenen Worten, zu niedergeschlagen, um wortreich werden zu können, und verließen das Schiff. Der Kapitän sah sie lange zwischen ihren Wagen umherstehen, sich immer wieder ratlos umschauend. Es schien, als wüßten sie nicht, wohin sie sich wenden sollten. Sie waren auch untereinander einsilbig und gingen endlich unschlüssig der Stadt entgegen. Die Wagen blieben stehen, es war auch kein Pferd da, das sie hätte fortziehen können. So standen sie noch nach Tagen dort, von ein paar Hafenarbeitern zur Seite geschoben, sie standen noch dort, als der Dampfer wieder den Hafen verließ. Wann sie geholt wurden, wie und von wem, hat der grauhaarige Kapitän nicht erlebt. Als er den Lübecker Hafen beim nächsten Male anlief, waren sie nicht mehr da.

SPÄTER EINMAL haben ein paar Matrosen, die Landurlaub bekommen hatten, den Zirkus in einer Vorstadt von Lübeck in der
Winterkälte unter freiem Himmel eine Vorstellung abhalten
sehen. Es war am Tage vor Weihnachten. Da tanzte die Tochter
auf dem Drahtseil, sie mußte in dem dünnen Trikot schrecklich
frieren, und Ruprecht führte einen komischen Ringkampf mit
einem seiner Kameraden, dem Dompteur, auf. Zwei Hühner
zogen unwillig einen kleinen Karren, in dem frierend, faltig und
verhutzelt, ein kleiner Affe saß und kutschierte.

DIE GEISTERBAHN

I

DER BERÜHMTE NAME, der schon jahrzehntelang Erwartung und Vorfreude geweckt hatte, wenn er nach einem festen Plan in beinahe regelmäßigen Abständen überall einmal im Jahre erschien, prangte immer weiter an allen Wänden: der Wagen, der Anschlagsäulen und der Bretterzäune, aber ältere Leute meinten, mit der Zeit sei aus dem Zirkus Salamonski etwas ganz anderes geworden. Sie wußten sich noch an ein großes Zelt zu erinnern, und das gab es jetzt nicht. Sie sprachen von Darbietungen der Hohen Schule, die sie gesehen hätten, von einer Kuh, welche zum Staunen von jedermann habe rechnen können, und von Löwen, Affen und Schlangen. Doch mit solchen Unterhaltungen hatte das trotz erdenklich lauter Musik aus geschickt überall verteilten Schalltrichtern doch immer noch deutlich hörbar vom dumpfen Lärm der Schwerölmotoren durchstampfte Vergnügungsviertel, das der Zirkus jetzt am Rande kleinerer Ortschaften oder in den zur Ausdehnung ganzer Städte gewachsenen Volksfestplätzen von Hamburg und Bremen geworden war, nichts mehr zu tun. Was einmal unter einem Zelthimmel von lebendigen Wesen: Menschen und Tieren, geboten worden war, mußten jetzt eine Berg-und-Tal- und Tunnelbahn, ein altmodisches, auf Kinder zugeschnittenes Karussell mit Pferdchen und Schwänen und Märchenkutschen, welche von fliehenden Hirschen mit wild geweiteten Nüstern gezogen wurden, ein zweites für autobegeisterte Halbwüchsige, ein Schießstand und eine Achterbahn ersetzen. Vielleicht werde der alte Name des Unternehmens auch nur seiner erprobten Zugkraft wegen so groß beibehalten, meinten die Zweifler, denn der klein hinzugefügte des neuen Besitzers, August Backe, der die Enkelin des Gründers Salamonski geheiratet hatte, versuchte für sich nur einen kleinen Lacherfolg zu erzielen. Gegenüber den pompösen Erinnerungen aus der Vergangenheit, die sich mit dem Namen Salamonski verbanden, war er - ob nun aus Berechnung oder aus Laune - bemüht, sich selber und die Gegenwart mit der etwas ungewöhnlichen Abkürzung *Au.Backe* einzuprägen. Immerhin hatte der neue Direktor, als er die Kunstreiterin Elvira, das einzige Kind des zweiten und bereits letzten aus der Dynastie der

Salamonskis, heiratete, die von seinem eigenen Vater ererbte Achterbahn in die Ehe eingebracht. Mit ihm hatte ein neues und, wie die kritischen Kenner des Unternehmens ganz richtig herausgefunden hatten, anderes Zeitalter sich eingestellt, in das nur der alte Name nachgefolgt war und außer der eigenen Frau Au.Backes – ein Mann.

Der einzige von den alten Angestellten des Zirkus Salamonski, der nicht entlassen und durch einen neuen Mann vom Schlage eines Monteurs oder Maschinisten ersetzt worden war in dem Zeitraum von beinahe sieben Jahren, in welchem das Unternehmen unter Au.Backes Leitung sich von einem Unterhaltungsprogramm herkömmlicher Art mit lebendigen Mitwirkenden: Dressurakten, Hoher Schule, Akrobaten am Trapez und auf dem Seil, Fakirkunst, Zwergen und Clowns, auf die Gattung ausschließlich mechanischer Belustigungen umgestellt hatte, bei welchen, wenn erst einmal die Montage der verschiedenen Attraktionen beendet war, die Menschen nicht viel anderes und mehr zu tun hatten, als die Maschinen zu überwachen, war ein gewisser Adameit, mit Vornamen Witold, ein Ermländer – ›wie er im Buch steht‹, hätte man sagen können, wenn über Ermland und seine Bewohner je etwas anderes zu Buch gestanden hätte als ziemlich langweilige kirchliche Statistiken oder solche über den hohen Alkoholverbrauch, umgerechnet auf den Kopf der Bevölkerung, oder über die Steigerung des Milchertrags beim ostpreußischen Buntvieh. Die einzige Statistik, die, wenn es sie gegeben, Adameit hätte aufnehmen können, wäre jene gewesen, welche ein ›goldenes Berufsjubiläum‹ des alternden Mannes hätte vermelden und gebührender Feier empfehlen können, denn Adameit war der letzte aus der großen, sogar dem gegenwärtigen Besitzer des Unternehmens beinahe sagenhaften Zeit, in welcher der Zirkus Salamonski sich auf seinen Plakaten wie auf den Aufschriften seines Wagenparks einer ›sensationellen Raubtierschau aus vier Kontinenten‹ hatte rühmen und sich als ›das größte Gastspielunternehmen des nördlichen Kontinents‹ bezeichnen können – mögen auch das Papier oder die Plankenwände der Wagen, auf denen solche schmückenden Kennzeichnungen des Unternehmens damals erschienen waren, ungemein geduldig gewesen sein.

Ob seinen Eltern davongelaufen oder mit ihrem Einverständnis gekommen, war nun schon seit Jahrzehnten nicht mehr span-

434

nend zu wissen und von den neuen Mitarbeitern gar nicht mehr gefragt. Auf jeden Fall war Adameit mit nur zwölf Jahren unter dem ersten Salamonski als Hilfswärter einer damals noch von den erstaunlichsten Tieren bevölkerten Manege und, mit Schaufel und Besen, als Wächter über die Sauberkeit des von ihm vorsorglich immer mit Sägemehl auszustreuenden Runds in den Dienst des Zirkus getreten. Natürlich hatte ihn das nicht davon befreit, den großen Hunger seiner jungen Jahre auch noch mit den verschiedensten anderen Dienstleistungen abverdienen zu müssen, zu denen vornehmlich die ruhmlosen ›laufenden Geschäfte‹ eines beständig rollenden berühmten Unternehmens gehört hatten: Botengänge jeder Art, vom Plakataustragen bis zum Broteinkauf für die Frau Direktor oder, mit den Jahren, der Verkehr mit Metzgern und vornehmlich Roßschlächtern und Abdeckern, der den sensationellen Raubtieren zugute gekommen war. Mehr als vierzig Zugpferde für seinen Wagenpark und, die offenen Troßkarren nicht mitgerechnet, siebzehn gedeckte Wagen hatte der Zirkus zu seinen besten Zeiten besessen; und das Bürgerrecht der Hansestadt Lübeck als eigene Nationalität gerechnet, wie die Lübecker es wünschen und wie es damals anerkannt wurde, hatten in sieben Wohnwagen einmal Vertreter ebenso vieler Nationen gehaust, während die Geschöpfe von vier großen Kontinenten in zehn Zwingerwagen beheimatet gewesen waren. Welcher der fünf Kontinente dieses Planeten dem Unternehmen seine sensationellen Vertreter vorenthalten hatte, war schon seit vielen, vielen Jahren verschollene Kunde, so wie das allermeiste, was sich einst unter dem grauen und für jene, die nur stundenweise unter ihm weilten, doch immer festlichen Himmel des Zeltes zugetragen hatte, zu einer Sage geworden war, um welche die neuen Mitarbeiter des Zirkus Salamonski sich nicht kümmerten.

Diese Beziehungslosigkeit zur Vergangenheit eines immerhin mehr als fünfzig Jahre alten Unternehmens unter den Mitarbeitern in der dritten Generation beruhte aber nicht nur darauf, daß bei einem Zirkus, wie bei jedem Unternehmen des ›ambulanten Gewerbes‹, bei fortwährendem Ortswechsel sich schon durch den Wechsel der Programme gern ein ebenso fortwährender Personenwechsel unter den Mitarbeitern vollzieht. Mehr lag es daran, daß zwei große, lange Kriege das Unternehmen zu einer Art Schlaf im Zeitwinter völliger Vergnügungslosigkeit gezwungen, den Bestand seiner ›sensationellen Raubtierschau aus vier Kontinenten‹ grimmig geschmälert und den einstigen Großabnehmer der Abdeckereien und Roßschlächter unfreiwillig zum Lieferanten aus dem Bestand seines Fuhrparks gemacht hatten, und außerdem war da ein Ereignis, ins Jahr 1926 zu datieren, das für ›das größte Gastspielunternehmen des nördlichen Kontinents‹ ungefähr soviel bedeutet hatte wie die Sintflut für jene Menschheit, deren einzig gerechte und darob gerettete Bürger einst Noah und die Seinen gewesen waren. Bei der Überfahrt von einer Gastspielreise im nördlichen Schweden nach Deutschland zurück hatte ein für die Breiten zwischen Stugsund und Lübeck selbst zur Zeit der Tag- und Nachtgleiche ganz ungewöhnlicher orkanartiger Sturm den gesamten Tierbestand des Zirkus, einschließlich aller Zugpferde, vernichtet. Einzige Überlebende der Sinflut unter den Tieren war eine trächtige Äffin gewesen, die dank der rührenden Fürsorge eines älteren Angestellten dem Tode entronnen war und nun, wie zum Dank, im wildesten Sturm ihr Kind geboren hatte, so daß das bis zur Unkenntlichkeit verarmte Unternehmen nach jener Katastrophe immerhin mit zwei Tieren aus der einst ›sensationellen Raubtierschau aus vier Kontinenten‹ von neuem hatte anfangen können. Seinen Bestand an menschlichen Mitarbeitern hatte die Armut dann vom Kai des Lübecker Freihafens weg beinahe ebenso rasch gemindert wie der Orkan den an Tieren. In unbeschreiblich mühsame Jahre eines Neubeginns, wie er kärglicher nicht hatte gedacht werden können, war schließlich nur ein einziger Mann gefolgt, der auch noch den Direktor Salamonski von damals und dessen Frau überlebt hatte und mit der Frau des Direktors von heute der einzige überlebende Zeuge jener Sintflut in der Alten Welt war: Adameit.

Teils aus Neigung und teils den Dienstjahren nach hatte er es zur Zeit der Katastrophe schon zum Dompteur gebracht gehabt und den Matrosen des Unglücksschiffes erzählen können, was es mit ›seinen‹ Tieren, einem Löwenpaar, auf sich gehabt habe. Es war ›die große Nummer‹ gewesen, wenn die Löwin durch feurige Reifen gesprungen war, er seinen Kopf in den Rachen des Löwen gesteckt und die Löwin dazu brüllend auf einem hohen, von Fackeln umgebenen Podest auf zwei Beinen gestanden hatte.

In einer Lübecker Vorstadt unter freiem Himmel, weil Herr Salamonski das Zelt zur Bestreitung der ersten dringenden Ausgaben hatte verpfänden müssen, hatte er mit einem ›komischen Ringkampf‹, der eigentlich ein Clown-Auftritt gewesen war, und einer armseligen neuen ›Nummer‹, bei welcher zwei Hühner das kutschierende, frierende und verhutzelte Affenkind in einem Karren gezogen hatten, den Weg aus der brüllenden Wildnis von vier Kontinenten in die zahme Notdurft der Hungerjahre suchen müssen – einem Kontinent ganz eigener Art, voller Abenteuer und Entbehrungen. Aber er hatte ihn damals gefunden, zäh wie er war, und als er nach dem Schiffbruch ihrer Ostsee-Arche die erste Sendung von zwei neuen Junglöwen zu späterer Dressur hatte in Empfang nehmen können, war er auch bei Nacht so gut wie nie von deren Seite gewichen. Seine Ausdauer und Beharrlichkeit schienen damals so unerschöpflich gewesen zu sein, daß nicht wenig davon dem Wiederaufstieg des ganzen Unternehmens zugute gekommen war, und bevor Robert Salamonski, der Sohn des Gründers, früh erschöpft vom Neuaufbau des Unternehmens nach der verhängnisvollen Sturmfahrt und durch die Gebrechen einer ererbten apoplektischen Natur, zehn Jahre später gestorben war, hatte er seiner Tochter und dem angehenden Schwiegersohn aufgetragen, Adameit nie zu entlassen, was für Umstellungen im Unternehmen sie auch im Sinn haben könnten.

Adameit war da vierzig Jahre alt gewesen und hatte nach dem ersten Weltkrieg, in den er – zu Zeiten des Gründers Salamonski –, achtzehn Jahre alt, ›zu den Fahnen geeilt‹ war, wie man damals gesagt hatte, einem Einzelgänger unter Wölfen gleich, der doch immer wieder zu seinem Rudel zurückfindet, wie nach einem geheimen Instinkt ganz unerklärlich sicher, schon einmal den Anschluß an das Unternehmen wiedergefunden.

Gar nicht eilends, wie einst, und nur dem Zwang gehorchend, hatte er sich, da schon ein Mann über vierzig, achtundzwanzig Jahre später noch einmal mustern lassen müssen und war sofort eingezogen worden – dem Unternehmen freilich kein großer Verlust mehr, denn vom Ausbruch des Krieges im Jahre 1939 an bis zum Jahr 1942, das Adameit statt mit der Peitsche und dem eisernen Stab des Dompteurs mit weit gefährlicheren Waffen hatte umgehen sehen, war das Unternehmen Salamonski zum zweitenmal bis ins Unkenntliche verarmt, ohne daß es dazu anderer Orkane bedurft hätte, als sie in gewissen Gegenden Deutschlands beinahe allnächtlich zu toben begannen. Man hatte den Tierbestand zu einem Teil verkauft, zum anderen Zoologischen Gärten anvertrauen müssen und schließlich für das beste und billigste erachtet, mit der Arbeit als Freilichtunternehmen, dem von den strengen Verdunkelungs-Vorschriften gleichsam das Lebenslicht unter den Scheffel gestellt wurde, gänzlich aufzuhören.

Mit Krieg und Gefangenschaft zusammengerechnet, war Adameit noch einmal sieben Jahre so gut wie verschollen gewesen, aber ebenso geheimnisvoll sicher wie nach dem ersten Weltkrieg hatte er, kaum in Bremerhaven an Land gestiegen und entlassen – wobei es etliche Mühe gekostet hatte, ihm einen ›Heimatschein‹ und die Zuzugsgenehmigung in eine der Zonen zu verschaffen –, auch nach dem zweiten seinen Zirkus wiedergefunden, der für ihn ja auch so etwas wie die eigentliche Kindheitsheimat bedeutete. Dank dem glücklichen Umstand, daß Au. Backe allen Verderben als für die Front unabkömmlich befundener Leiter einer provinziellen Dienststelle der Fleischversorgung entgangen war, hatte der Zirkus in einem neuen Zeitalter unter neuen Zeichen und Zahlen wieder von vorn angefangen.

Eigentlich hatte man für seine Kenntnisse und Fähigkeiten, soweit die durch Krieg und Gefangenschaft vermehrten noch mit den alten, die schon bekannt waren, übereinstimmen mochten, keinen Gebrauch mehr gehabt, denn der Direktor hatte angefangen, jene große Umstellung vorzunehmen, die von dem herkömmlichen Programm unter einem Zeltdach zu einem Unternehmen mit rein mechanischen Belustigungen führen sollte, und eben gerade für den wiedererwachten stürmischen Vergnügungshunger der Menschen Neuerwerbungen und Erweiterungen ins Auge gefaßt, die geschultes technisches Personal benötigten. Mehr dem Rat seiner Frau folgend, die, nun über vierzig, sich immer noch mit beinahe so etwas wie Rührung lebhaft jener Zeiten erinnerte, in denen sie achtzehn gewesen war und Adameit als Dreißiger ihrem Vater seine Treue bewiesen hatte, und selber auch eingedenk der Mahnung seines verstorbenen Schwiegervaters, Adameit nie zu entlassen, hatte er den Zurückgekehrten abermals eingestellt.

Sieben Jahre waren eine lange Zeit, namentlich wenn man sie in Löwennähe an der Wüstenfront in Afrika und dann in kanadischer Gefangenschaft und nicht als Leiter einer Dienststelle für die Fleischversorgung an der Heimatfront verbracht hatte. Dennoch waren Herr und Frau Backe sich sehr bald einig darin, daß Adameit - für ihre von vielem verschont gebliebenen Begriffe beinahe unentschuldbar - anders heimgekehrt war, als er im Jahre 1942 unfreiwillig Abschied von ihrem Unternehmen genommen hatte.

II

DIE WELT war kleiner geworden, wer wollte das bestreiten, an Gastspielreisen in die Baltischen Staaten oder nach Schweden, wie früher, war nicht mehr zu denken. Aber Adameit war nicht kleiner geworden, und wer das sagte, wie der Direktor zu seiner Frau, schon in den ersten Tagen nach Adameits Rückkehr, bildete sich das nur ein. Er schien nur noch kleiner geworden - unter Mittelgröße war er immer gewesen -, weil er in den Jahren des Krieges und der Gefangenschaft noch magerer und sehniger geworden war: ein kleiner, knochiger Mann mit dem lockeren Schritt und der zwanglosen, souveränen Haltung, als ginge er immer auf Löwen zu, die er noch zähmen müsse, schweigsam von Natur, jetzt aber schon wahrhaft undurchdringlich wie eine Wand von Wüstenschweigen, vor der er etliche Jahre zugebracht. Sein Gesicht war von dem Sandstrahlgebläse der alameinischen Stürme gehärtet und von allem überflüssigen Fleisch und Fett befreit. Die hohen Backenknochen, die er schon immer gehabt hatte, schienen jetzt noch höher hervorzutreten und ließen den Blick seiner etwas kleinen grauen, aber sehr ruhigen Augen von viel tiefer innen her sehen, als jene in Wirklichkeit liegen mochten.

»Er guckt wie eine Maus aus dem Loch«, sagte der Direktor zu seiner Frau. »Früher, meine ich, war das nicht so. Und sagen tut er jetzt überhaupt nichts mehr.«

»Aber er schweigt auch nicht böse«, verteidigte seine Frau Adameit. »Vielleicht hat er es auch schwer, sich zurechtzufinden. Du mußt bedenken: sieben Jahre! Und immer in der Wüste, und dann in den Wäldern...«

»Na ja«, gab der Direktor zu, »aber schlecht gehabt hat er es nicht, das sagt er selber.«

»Also sagt er ja doch etwas!« warf seine Frau mit Nachdruck ein.

»Soviel schon«, gab der Direktor zu, »aber sonst...? Zu den anderen hat er jedenfalls kein Verhältnis, und man bekommt nicht recht heraus, ob er nicht will oder nicht kann.«

»Er ist ja auch viel älter als die meisten.«

»Er ist der älteste von allen. Dreiundfünfzig. – An sich stellt man so einen Mann gar nicht mehr ein«, fügte der Direktor hinzu, wie um die Frau an seine Pietät gegenüber dem verstorbenen Schwiegervater zu erinnern, die er sich etwas kosten ließ.

»Und dann kommt er ja aus einer ganz anderen Zeit!«

»Na ja, auf Löwen soll er jetzt nicht mehr warten! Das ist vorbei!«

Und eben das sah Adameit auch selber. Der Direktor hatte ihm gesagt, er solle sich den neuen Betrieb erst einmal ein paar Tage lang in aller Ruhe ansehen, ohne ans Arbeiten zu denken, und ihm dann selber einen Vorschlag machen, wo und als was er eingesetzt werden wolle. Für den Schießstand kämen ja leider nur Damen in Frage, so ein bißchen was Attraktives, sonst wäre das ein netter, ruhiger Posten für ihn gewesen, und er wäre, was das Schießen betreffe, sozusagen nicht aus der Gewohnheit gekommen, haha!

Adameit hatte seinen Direktor verlegen angesehen, als hätte er noch nie in seinem Leben ein Gewehr in den Händen gehalten und noch viel weniger einen Schuß abgefeuert. Dann hatte er sich wortkarg bedankt und gesagt, er wolle mal sehen...

Er werde Augen machen, hatte ihm der Direktor selbstbewußt nachgerufen. Nichts von Pferden mehr, alles nur noch in Pferdestärken!

Adameit machte Gebrauch von der Erlaubnis und schlenderte ein paar Tage umher. Den übrigen Mitarbeitern des Unternehmens war er vom Direktor vorgestellt worden, man kannte ihn vom Sehen, und weil Au.Backe nur Andeutungen gemacht hatte, mit was für einem verdienten Veteranen man es bei Adameit zu tun habe, der schon zwei Salamonskis und dann ihm selber gedient, und Adameit selber überlassen hatte, sich ins rechte Licht zu setzen, wußten die meisten sich keinen Vers darauf zu machen, als was nun der Veteran im Betrieb umherging: ob als ein [etwas gespenstischer] Besuch aus früheren Zeiten, der bald wieder verschwinden würde, oder als eine Art zukünftiger Betriebsleiter. Man behandelte ihn unentschieden höflich. Keiner kannte ihn von früher, er kannte keinen. Mitunter stand er eine geschlagene halbe Stunde lang auf einem Fleck und sah allem zu, was sich begab. Tagsüber war das nicht viel, jedenfalls nichts von allem, worauf er sich verstand. Die achtzehn neuen Angestellten waren nicht Männer vom Zirkus, sondern hätten ebensogut in jeder Elektrowerkstatt, in einer Garage mit Reparaturbetrieb oder als Gerüstbauer für ein Bauunternehmen arbeiten können. Im Kriege gewesen waren beinahe alle. Adameit merkte es ihnen daran an, wie sie sich zu behelfen und Auswege zu finden verstanden, wenn etwas nicht nach Programm ging. Bis daß das alltäglich arbeitsame Werkstattlager sich für die Abendstunden in einen Festplatz verwandelte, wurde geschweißt und gelötet, wurden Leitungen ersetzt, Zündkerzen gewechselt, Motoren ausgebaut und einmal ein recht verzwickter Gerüstteil der Achterbahn ausgewechselt. Nichts von Pferden mehr, der Direktor hatte recht gehabt. Nur Bulldozer-Zugmaschinen, Lichtmaschinen, Antriebsmaschinen, Aggregate, glimmende Röhren und Röhrchen, welche die Musik kilometerweit hörbar aus den Schalltrichtern zu jagen vermochten, überall unsichtbare Energien und Spannungen, die von den Schalttafeln eines kleinen Wagens aus gesondert gesteuert wurden – die Sache glich eher der Scheinwerferstellung einer Flak-Einheit als einem Zirkusunternehmen. Abdecker und Roßschlächter wurden an diesem Betrieb brotlos; Sägemehl nicht für eine Manege, sondern nur für die Behelfstoiletten, die nach einem ganz neuen Patent funktionierten. Was früher im Grunde genommen auch immer wie von selber gegangen war, nach einem Plan, den jeder im Kopf gehabt hatte und der einem zur zweiten Natur oder so selbstverständlich und unbewußt geworden war wie Schlafen und Essen oder wie das Blinkern der Lider: die Reihenfolge, in welcher Aufbau und Abbau sich vollzogen und sonstige technische Einzelheiten, war jetzt in Plänen, schriftlichen Anweisungen, Arbeitsstunden und einem Personal-Verteilerschlüssel aus dem ›Direktions-Sekretariat‹ festgelegt und hing im Mannschaftswagen angeschlagen die Wände entlang. Nichts mehr war dem Zufall überlassen. Auch auf seinen Küchenwagen war Direktor Backe stolz. Er hatte ihn durch Vermittlung eines USA-Feldwebels aus Liquidationsbeständen einer mit Kriegsende verbotenen Organisation sehr vorteilhaft erworben. Alles elektrisch und hoch-hygienisch.

Nein... Adameit stand recht verloren die längste Zeit bei dem altbewährten Kleinkinder-Karussell mit den Märchenkutschen.

Die schneeweißen Schwäne schwammen uralt in die Runde; ihre hohen Flügel bildeten den Bord der Seligkeit, mit ihnen schwimmen zu können. Die Hirsche blähten die himbeerroten Nüstern, als wollten sie den Wind einschnobern, der aus den Wäldern und über Felder bis in die halb ländliche Vorstadt hineinströmte und einen so guten vollen Geruch in sich trug. Man war in Dülmen, zwischen Haltern und Münster, die nächste Stadt im Plan war Coesfeld. Selbst die Luft hier, nicht nur das Essen, schien deftig und schwer zu sein, halb nach katholischem Weihrauch, halb nach Töttken und Doppelkorn riechend, und die fast ländliche Stille der Tage ging Abend für Abend in einem handfesten Rummelplatzlärm unter, während die erhitzten, fleischigen Gesichter der Besucher wie Lampions glühten.

Kein Platz für Löwen, nein, nein; kein Platz für Hohe Schule mit ›Arabeske‹, dem Schimmel, den Frau Robert Salamonski selig noch während der schwedischen Reise geritten hatte; kein Raum für eine Boa constrictor, wie sie die ›sensationelle Raubtierschau aus vier Kontinenten‹ einmal besessen hatte, den Schulkindern zur Anfechtung, die nicht davor zurückgeschreckt waren, ihr den eigenen Hofhahn zum Fraße zu bieten; kein Interesse für die rechnende Kuh, welche jene einmal entzückt hatte, die heute schon Väter und Großväter waren; keine Heimat mehr für ihn selber, Adameit. Er aber war und blieb mit seinem ganzen Herzen dem alten Zirkus verschrieben, einem richtigen Zirkus, der nicht nur ein Name auf den Wagenwänden war – der Manege mit ihrer federnden Spreu, in die jeder Sprung wie ein dumpfer Schlag aufs Paukenfell war, dem grauen Zelthimmel, den emporzuheißen Mal für Mal eine Arbeit gewesen war, wie sonst nur alte Matrosen sie rührselig beschrieben, wenn sie einmal eine ganze Viermastbark hatten vierkant umbrassen müssen; dem atemlosen Schweigen aus dem von Augen starrenden weiten Rund, wenn das Geheimnis der Macht über die Boten der Wildnis zwischen dem Flackerschein pechträufelnder und rußender Fackeln inmitten des künstlichen Lichts offenbar geworden war: seine eigene, Adameits Macht, und das Brüllen der auf zwei Beinen katzengleich gereckten Löwin von dem donnernden Applaus der Zuschauer abgelöst worden war, bevor der Triumphmarsch aus ›Aida‹, meist auf dem Grammophon, aber selbst auf der Drehorgel noch, schmetternd eingesetzt hatte...

Adameit versank in Erinnerungen, kehrte dem Märchenkutschen-Karussell mit den Hirschen und den Schwänen den Rükken und ging aus der kleinen Vergnügungsstadt hinaus. Ein paar hundert Meter weiter schon war er auf dem Lande: Wiesen, Wäldchen, Knicks entlang den Feldern, schmale Pattwege, auf denen ihm niemand begegnete, und da und dort ein von beinahe schwärzlich-grünen Erlen gesäumter Graben, in dem die Stichlinge blitzten. Die Fasanen liefen wie Wettläufer davon.

Er setzte sich neben einem im Sonnenlicht wie flüssiger Bernstein bräunlich-golden glänzenden Bach auf die Böschung. Erst fiel ihm ihr POW-Camp hinter Toronto mit seiner fürchterlichen Enge ein, in der man so gut wie nie hatte richtig allein sein können, und er guckte, einen Halm kauend, genießerisch über die Felder hinweg in den Schatten der lockeren Wäldchen und kostete als das Schönste von allem aus, daß immer noch keine Menschenseele sich zeigte. Dann mußte er daran denken, wieviel sich dort verändert hatte, seitdem er 1908, oder wann das nun gewesen war, zum ersten Male die Manege betreten hatte, um fortan nie mehr herausfinden zu können oder zu wollen. In Braunsberg war das gewesen, soviel war sicher. Und seitdem... Er dachte nicht an etwas Bestimmtes, nicht an den Inhalt der Jahre und Jahrzehnte; nur die Zeit, die Zeit war da, wie ein Wasser, das strömte, oder wie ein Wind, der wehte. Und von beiden hätte er nicht zu sagen gewußt, woher, wohin. Genausowenig wie von diesem Wasser hier vor ihm, oder von dem Wind, der mittagsmüde um seinen Kopf strich. Er war beinahe rund um den Erdball gekommen, allerdings immer unfreiwillig. Jekaterinenburg war das Äußerste im Osten gewesen, damals, lange her, 1917, als Gefangener, und Toronto im Westen, wieder einmal als Gefangener, Gävle im Norden, ach ja, 1926, auf dieser furchtbaren Reise damals, die mit der Katastrophe geendet hatte, und El Alamein im Süden, eine andere Art Katastrophe... Hätte man sie damals nicht ganz überflüssig als Gefangene nach Kanada verfrachtet, er wäre schwerlich zurückgekehrt. In der Wüste hatte es ihm gefallen. Aber wer weiß! Der Wind hier war gut, anders als ein Chamsin, und der Schatten der Erlen, während die Luft über den Feldern in der Hitze waberte, war gegen nichts aufzuwiegen...

Aus einer schläfrigen Versunkenheit, in welcher ihm nur das Gefühl wehender und rinnender Zeit geblieben war, kehrte Adameit erst geraume Zeit später in die Lagerstadt des Zirkus Salamonski zurück. Behelfsweise teilte er einen Wagen mit ein paar jungen Burschen, die als ehemalige Flakhelfer so gut wie gar keine Erfahrungen mit ihm gemeinsam hatten und im Betrieb nur aufbauten und abbauten. Sie besaßen keine Ahnung, was ein richtiger Zirkus war. Also konnte er mit ihnen nicht sprechen, und die Folge seiner Schweigsamkeit im Wagen war, daß die Jünglinge sich ungemütlich zu fühlen begannen und tagsüber eine Art Stammtisch in der nächstgelegenen Wirtschaft begründeten, wenn sie nicht vorzogen, bei Kollegen in anderen Wagen zu Gast zu sein. Auf diese Weise hatte Adameit, wenn er ›zu Haus‹ war, meistens den ganzen Wagen für sich allein und saß auch hier zwischen lauter Fremdheit in allen Siebensachen, welche die Bewohner als ihre Habe verstaut hatten, allein.

Drei, vier Tage vergingen so. Sie waren für Adameit ein ausschließlich theoretisches Studium der neuen Zeit im alten Zirkus Salamonski. Er guckte stumm zu bei allem, was tagsüber getan werden mußte, und vor dem Personal-Verteilerschlüssel in der ›Messe‹, wie der allgemeine Mannschaftswagen jetzt sehr viel feiner als früher genannt wurde, stand er so lange, daß man den Eindruck hatte, er wolle ihn auswendig lernen. Des Abends, wenn bis zur Polizeistunde in der lauen, meist sternklaren Mitternacht der Betrieb angefangen hatte, strich er zwischen den einzelnen Attraktionen umher und verweilte, beide Hände in den Hosentaschen, lange Zeit vor einer jeden, am längsten aber immer noch vor dem Kinderkarussell, das, je später es wurde, immer spärlicher besetzt lief, weil ja längst Schlafenszeit war für jene, denen es zugedacht war, wenn nicht eine Gesellschaft feuchtfröhlicher Burschen und Mädchen nach Achterbahn, Autokarussell und Schießstand noch auf den verrückten Einfall kam, kindlich einfältig in den von den Hirschen gezogenen Kutschen und Schlitten in die Runde zu fahren und den Schatten der hohen Schwanenflügel und den geschweiften Bord der Kutschen, die zum Schutz der lieben Kleinen ersonnen waren, zu allerlei Frivolitäten mit den Mädchen zu nutzen. Manche hielten ihn, weil er so undurchdringlich ernst, ohne Gesellschaft und immer nur Zuschauer war, für einen Geheimpolizisten. Wenn sie ihn aber gesehen hätten, wie er zwischendurch am Rand des Vergnügungsparks stand, dort, wo die bengalische Beleuchtung nicht mehr recht hinreichte und der Lärm der ›gesteuerten‹ Musik in den Nachtwind hinausflatterte, flügellahm, sobald er gegen die von Menschen unverstellte, dunkle Nacht zu fliegen hatte, und einzelne Paare, eng umschlungen, in das Dunkel über Wiesen, Felder und Wälder hinausstrebten - sie hätten ihn nicht mehr dafür gehalten oder aber die verschwindenden Paare für jene Verbrecher, denen nachzusetzen der vermeintliche Polizist nicht der Mühe wert fand.

Etwas wie Langeweile bei der Eintönigkeit des Stunde um Stunde mechanisch gleichen und immer gleichlaut brüllenden Betriebs: der rasselnden Achterbahn mit den unablässig wiederkehrenden, halb trunkenen Schreien der Mädchen auf einer Kimme und ihrem langgezogenen Jaulen in einer Talgrube, den vorschriftsmäßig langsam kreisenden Karussells, die niemand aus seinem gewohnten Leben hinausschleuderten, und der gutmütigen Fadheit des Schießstands mit seinen schnarrend rotierenden Scheiben und dem hohlen Blaffen der Luftgewehre malte sich auf seinem knochigen Gesicht, wenn er zurückkehrte, und den gegen Mitternacht lustlos ermattenden Rummel nahmen seine Augen nicht mehr auf, als lägen sie zu tief, davon erreicht zu werden.

War es die Hitze, die das Holzwerk der Tag für Tag in der Sonne stehenden Wagen gespeichert hatte und die es während der kurzen lauen Nächte in die engen Gelasse mit drei, vier Schläfern darin verströmte - in diesen Nächten schlief Adameit schlecht und träumte viel. Manchmal mißlangen ihm Dressurakte, mit denen er größte Ehre hatte einlegen und atemloses Staunen hervorrufen wollen, manchmal wimmelte es um ihn herum dermaßen von Löwen, daß er gar nicht mehr wußte, welchen von ihnen er mit seinem Blick fixieren, welchem er die Peitsche zeigen, was er mit dieser schleichenden Horde, die sich noch unablässig vermehrte, anfangen sollte. Am Ende wuchs ihm alles über den Kopf. Was blieb, war Angst, wie er sie Tieren gegenüber noch nie gespürt hatte, Angst, Angst..., und er rannte aus der Traum-Manege hinaus.

Ein solcher Traum war - so schien es - für ihn, den alten Dompteur, an Schreck kaum zu übertreffen, aber es kam noch schlimmer. Bevor gegen Morgen ein heftiges Gewitter losbrach, träumte ihm in der letzten der Dülmener Nächte, daß sogar seine alte Glanznummer von vor zwanzig Jahren mißriet. Als er seinen Kopf in den Rachen des Löwen Leo steckte und die Löwin dazu zwischen den Fackeln auf den Hinterläufen posieren und

445

schreien sollte, biß ihm Leo, bevor die Löwin noch einen Laut von sich gegeben hatte, den Kopf ab. Racks! machte es für Adameit, wie von einer Nuß, die im Nußknacker zersplitterte, und er erwachte schweißgebadet bei den ersten rüttelnden Stößen eines Sturmwinds, der dem Gewitter voranging. Der Tod im Löwenrachen war so rasch vonstatten gegangen, wie ein gieriger Hund mit einem Happs ein Wurstende auffängt, das man ihm zugeworfen hat. Kein Kauen, kein sichtbares Schlucken danach… Happs! – weg. Er lag im ersten Morgengrauen wach und konnte es lange Zeit nicht fassen, daß er tot war. Und doch war alles so deutlich und so wirklich gewesen. Dann befühlte er seinen schweißnassen Hals. Nichts… Sein Kopf saß noch fest.

III

ER MACHTE einen etwas mutlosen Eindruck, als er am Morgen bei Direktor Backe vorsprach.

Nun habe er sich den ganzen Betrieb angesehen, sagte er.

»Na, und was sagen Sie? Toll, was? Nicht mehr wiederzuerkennen, wenn man so an frühere Zeiten denkt, nicht wahr? Ach ja, die alte Romantik! Die hat ja auch was für sich gehabt, zieht aber jetzt nicht mehr.«

Adameits Schweigen konnte so ausgelegt werden, daß er dem Direktor beipflichtete.

Tja, meinte Backe, die ganze Psychologie habe sich eben geändert, und danach müsse sich auch die Vergnügungsindustrie einstellen. Das Technische sei jetzt Trumpf. Fabelhaft, was da an Neuigkeiten herausgebracht werde, auch auf ihrem Gebiet. Die Leute wollten einfach nichts mehr von wilden Tieren Abenteuern, Zauberei oder gar Abnormität, wie früher zum Beispiel bei den Zwergen, wissen. Wollten selber mitmachen, selber drehen, selber steuern, Gas geben, irgend etwas bewegen… »Verstehen Sie, was ich meine? Illusion durch monströse Technik und Beteiligung daran, Rausch des Selbstgefühls, Herr über Raum und Zeit zu sein, und so in der Richtung… Nummern, wie man sie früher gezeigt hat und wie sie da einmal Spitzenklasse waren, würden heute nur einen Heiterkeitserfolg haben als Parodie! Genauso, als ob heute im Zeitalter des Tonfilms jemand den stummen Kintopp von Anno dazumal wieder anpreisen würde. Na…«, er winkte ab. Adameit war ja vom Fach, ihm brauchte er nichts zu erzählen.

Adameit nickte resigniert und zuckte die Achseln.

Und was für einen Einsatz, fragte Au.Backe jovial, habe Adameit in der Zukunft für sich selber ausgesucht? Nun kenne er ja den ganzen Betrieb, der natürlich auch viel komplizierter geworden sei, was die Termine und dergleichen betreffe, aber mit den Bulldozern lasse sich das schon schaffen.

Adameit würgte lange Zeit an dem Bekenntnis, auf das sich vorzubereiten er vier Tage lang Zeit gehabt hatte, dann endlich legte er's ab: Er… er wisse nicht, wo in dem neuen Zirkus Salamonski sein Platz sei. Der Direktor solle nur sagen, was er machen müsse.

Für Au.Backe war das ein Augenblick, in welchem ihn die Versuchung ankam, diesem alten Dompteur in aller Ruhe auseinanderzusetzen, sein Nichtwissen sei der beste Beweis dafür, daß es im Zirkus Salamonski, so wie der jetzt war, keinen Platz für ihn gebe, daß er ihm für die Zukunft das Allerbeste wünsche, ihn jederzeit empfehlen werde, aber natürlich verstehe, wenn er eine Stelle entsprechend seinen Fähigkeiten bevorzuge. Nach Lage der Dinge und da er selbst nicht wisse und so weiter und so weiter… Im nächsten Augenblick stellten sich andere Gefühle bei ihm ein. Er dachte an das Versprechen gegenüber dem Schwiegervater, an seine Frau und was die sagen würde, wenn er Adameit nicht wieder einstellte. Und dieser Veteran war eben sieben Jahre ›in der Wüste und in den Wäldern‹ gewesen, wie seine eigene Frau so gefühlvoll gesagt hatte, und nicht in der Hauptdienststelle für Fleischversorgung… Noch war Backe so etwas wie eines schlechten Gewissens fähig.

»Tja«, sagte er, nur um etwas zu sagen, »da wird die Sache schwierig.«

Adameit schien das selber zu empfinden.

»Elektrotechnik, Schwach- und Starkstromanlagen und dergleichen – davon haben Sie natürlich keine Ahnung?«

Adameit schüttelte den Kopf. Seine Augen guckten nun wirklich wie die des ›Häschens aus der Grube‹.

»Und da habe ich ja auch meine prima Leute«, stellte Direktor Backe fest. – »Und Buchhaltung und so…? Das liegt Ihnen wohl auch nicht?«

»Nein.«

»Aber die… Ach, nein!« Au.Backe schien für eine Sekunde ein Hoffnungsstrahl aufgeblitzt zu sein, dann hatte er ihn ebenso rasch wieder verlöschen sehen. An die zentrale Musiksteuerung hatte er gedacht, aber die war ja abends mit der Wache am Armaturenbrett in der Zentrale gekoppelt. »Tja, ich weiß wirklich nicht«, meinte er ratlos und blickte Adameit wie zum Trost lächelnd an.

Der erwiderte das Lächeln schwach.

»Ich verstehe ja«, sagte der Direktor, »wenn man nach so vielen Jahren zurückkommt und alles ist so anders… Aber wie wäre es mit dem Transportkommando? Ich meine Montage, Demontage und so? Da sind nie genug Leute, so gut auch alle schon aufeinander eingespielt sind.«

Adameit blickte ihn erwartungsvoll an.

»Ja«, sagte er, »das…«

»Na also, dann hätten wir's ja!« rief der Direktor laut, damit er seine eigene Überzeugung hören könne, »dann ist ja alles in Ordnung!«

»Ja«, sagte Adameit, »dann ist alles in Ordnung.«

Von diesem Tage an war Adameit beim Transportkommando: Auf- und Abbau, Verladen, Entladen, kleinere Ausbesserungsarbeiten inbegriffen, und alles schien in Ordnung zu sein. Es war eine Arbeit, bei der man schnell sein mußte, alles genauestens eingeteilt war, jeder Handgriff genormt schien, die Pläne für den Abbau und ›Belad‹ der abgebauten Teile mit denen für den ›Entlad‹ und die Wiederaufstellung fein abgestimmt waren. Nach den hitzigen Stoßzeiten aber, in denen kein Achtstunden-Arbeitsvertrag galt, gab es dann die ruhigen Tage, an denen die Attraktionen standen und Geld einbrachten und jedermann langsam wie in einer Zeitlupenaufnahme gehen konnte, wenn es ihm Spaß machte - bis mit der Polizeistunde des letzten Gastspieltages an einem Ort alle festlich-bunten Lampen und Lämpchen erloschen, die nüchternen Sonnenbrenner des Arbeitstages von Mitternacht an aufflammten und der ganze bunte Trödel des Karussells, der Porzellanladen des Schießstands und die himmelan steigenden und höllenwärts fliehenden Holzkurven der Achterbahn verschwanden. Einer der vielen Troßwagen nach dem anderen füllte sich mit riesigen Ernten von grauen Streben und Planken, Schienen und Schrauben, Versatzstücken und Bökken - alles genauestens nach festgelegten Ladeplänen verstaut, damit auch Platz habe auf den langen Plattformen, was noch bis vor wenigen Stunden sich als ein riesiges, von fern her gesehen filigranfeines, kunstvoll und sichertragend ersonnenes Gerüst für das rasende Stürmen im engen Wagen zwischen Himmel und Erde erhoben oder was sich zum sanften Dudeln der Orgelschalmeien mit einem zaubrischen Wald und Märchengetier als ein holdes, nie endendes Wunder um eine unsichtbare Achse des einnahmefreudigen Au.Backe gedreht hatte.

Das gesamte Personal des Zirkus Salamonski war zunächst verdutzt und riet Rätsel, als der gefeierte Veteran des Unternehmens, in dessen tatenlosem Umherstreifen vier Tage lang man den kritischen Beobachter mit neuen Rationalisierungsaufträgen gewittert hatte und der vielleicht zum Betriebsleiter oder etwas dergleichen aufrücken sollte, als einfacher Arbeiter dem Montage- und Transportkommando zugeteilt wurde und dort mit den jungen Ungelernten zu arbeiten begann, die über keinerlei andere Kenntnisse verfügten als jene, die sie sich hier erworben hatten. Eine Weile argwöhnte man noch, Adameit sei eine Art Volontär geworden, so etwas wie ein ›Sonderführer‹ bei der Truppe, der für die veränderten Verhältnisse eine verkürzte Ausbildung ›von der Pike auf‹ ins Auge gefaßt habe, aber Adameit selbst war der erste, der solch einen Argwohn damit zerstreute, wie er arbeitete und lebte. Er hatte sich nicht deklassieren lassen müssen, und er dachte an keinerlei Ausbildung mehr. Er tat die Arbeit, die ihm zugewiesen worden war, und lebte in der freiwillig gewählten Klasse für sich allein. Mit den Jahren berichtigte man frühere Auffassungen und ging ganz einfach davon aus, daß er jetzt das Gnadenbrot aß. Adameit selber gab keinen Anlaß, die Leute von dieser Meinung abzubringen. Er war der älteste von allen, und er wurde ein Sonderling unter ihnen. Bei der Arbeit wurde er einer von den langsameren, aber ganz zuverlässigen.

Für Direktor Backe war es kein Nachteil, in seinem Betrieb solch einen Mann zwischen den oft wechselnden Jungen zu haben. Als man ihm das erstemal erzählte, Adameit ziehe es jetzt vor, die Rollzeiten nicht im gedeckten Wohnwagen mit den anderen zu verbringen, sondern auch bei schlechtem Wetter auf einer der niedrigeren Troßfuhren zu sitzen, vorzugsweise bei den Hirschen, die – säuberlich aufgereiht wie Klappstühle in einem verregneten Sommerrestaurant – unter einer Plane standen, lächelte

er nur geistesabwesend und sagte beschwichtigend: »Lassen Sie ihn doch! Er hat es da gut. Und wenn es ihm Spaß macht... ?«
Er selber mußte jetzt schon manchmal ›neben‹ seinem Betrieb in einem Hotel wohnen, um für alle Fälle erreichbar zu sein und repräsentieren zu können. Er war im Vorstand der UDSU, der ›Union der Schausteller-Unternehmungen‹, und sprach mehr denn je von Publikums-Psychologie und dem Zwang zur Anpassung an eine völlig veränderte Lage.

IV

DREIUNDFÜNFZIG war Adameit gewesen, als er nach dem Krieg wieder in den Zirkus Salamonski eintrat. Er wurde fünfundfünfzig, und er wurde sechzig, irgendwo zwischen Lünen, Geldern, Meppen und Hamburg. Vielleicht an einem Tag, an dem das Unternehmen zur Kirmes in irgendeiner der kleinen Städte zwischen Niederrhein und Ems gastierte, vielleicht beim Freimarkt in Bremen oder in Hamburg beim Dom - vielleicht aber auch an irgendeinem Rolltag irgendwo auf einer der langen, gleichsam zur Nordsee hinausfließenden, von hohen Pappeln gesäumten niederrheinischen Landstraßen oder zwischen den westfälischen Wäldern und Wiesen bei Lüdinghausen, wo die Fasane Wettlauf in den Furchen der Rübenfelder spielten, und die Adameit über alles liebte, weil sie ihn am meisten an seine Kindheitsheimat Ermland erinnerten, obschon... Ja, mit seiner Kindheitsheimat verhielt es sich ja sonderbar. Nicht nur in dem Sinn, daß Ermland jetzt unerreichbar und wie aus der Welt war, weil es zu einem anderen Staat gehörte, sondern weil es ihm einfach nicht glücken wollte, sich irgend etwas anderes von dort richtig lebendig vorzustellen als den Platz beim Viehmarkt in Braunsberg, wo er zum erstenmal in die Manege eines Zirkus gekommen war, eines richtigen Zirkus, denn das jetzt war ja nur ein ›Betrieb‹ der ›Vergnügungsindustrie‹, Fachgruppe Schaustellergewerbe.
Sein dicht anliegendes Haar war grau geworden. Irgend etwas hatte der viele Landstraßenstaub, den er zwischen den Hirschen und Schwänen schluckte, wenn er an Rolltagen seinen Platz bei ihnen bezog, ja hinterlassen müssen. Und konnte er bei Regenwetter auch unter die Plane kriechen und zwischen ihren brau-

nen, sehnigen Hinterläufen sitzen – ihre erhobenen Vorderläufe waren in der wilden Flucht vor den Schlitten erstarrt, daß sie die nie mehr zu Boden bringen konnten –, irgend etwas Wäßriges von den großen Herbstregen war mit den Jahren in seinen tiefliegenden, allem so eigentümlich nachblickenden Augen geblieben, wenn das nicht von den gebrannten Wassern gekommen war. Er hatte nämlich eine Zeit, in der er auf westfälischen Doppelkorn hervorragend gut ansprach, andere Bedürfnisse aber bekam er nicht. Er hatte auch nicht den Wohnwagen gewechselt, in dem er in den ersten Tagen nach der Rückkehr behelfsmäßig Unterkunft gefunden und die jungen Leute durch seine einsame Sonderlichkeit obdachlos gemacht hatte. Damals hatte man noch nicht recht gewußt, mit wem man es bei ihm zu tun hatte, und ihn für mehr gehalten, als er tatsächlich war. Nachdem sich aber herausgestellt hatte, daß er wirklich kein Schnüffler, kein Volontär oder ›Sonderführer‹, sondern nichts als ein Veteran war, der das Gnadenbrot aß, hatte sich das Verhältnis ihm gegenüber geändert. Die jungen Leute, die noch dazu so häufig wechselten, waren in ihren Wagen zurückgekommen und hatten mit der Zeit angefangen, ihn ›Opa‹ zu nennen. Er war der Ältere, der älteste unter allen Angestellten, er hätte ebensogut ihr Vater sein können. Und wenn sie sehr in ihn drängten und ihn zudem mit Doppelkorn labten, erzählte er wohl auch einmal von der alten großen Zeit, zerteilte er die Brecher eines Ostseesturms ganz allein mit der Brust und stieß in der Phantasie seinen eisernen Dompteurstab, den er heimlich immer noch aufbewahrte, mit eckigen Gesten in Rachen um Rachen, die er angriffslustig-gereizt vor sich aufgähnen sah. »Trach!« erzählte er dann mit rollendem, heimatlichem Rrr, »trach! sage ich euch, immer den Bestien mitten hinein!«

Zwischen fünfundfünfzig und sechzig hatte er auch eine sehr fromme Zeit. Kein Mensch beim Zirkus Salamonski wußte Näheres darüber, wie es dazu gekommen war und warum sie wieder aufhörte – ziemlich unerklärlich eigentlich, wie man hätte meinen dürfen, denn Menschen in seinen Jahren behalten ja etwas, was sie spät im Leben angenommen haben, in der Regel bis zu ihrem Ende bei. Aber daß er von irgendwann an fromm geworden war, hing wahrscheinlich mit einem Menschen zusammen, den er kennengelernt und bei seinem unsteten Leben eines Tages wieder verloren hatte. Wie über alles, was ihn selber betraf, sprach er auch darüber nicht und war nicht einmal mit Doppelkorn dazu zu verführen.

Die Vermutung, daß es mit einer Bekanntschaft zusammenhänge, war richtig. Aber was auch nach außen hin als Frömmigkeit merkbar wurde, war vielleicht ebensosehr, daß er mit einemmal nicht vergessen konnte [als hätte er das je wollen oder müssen!], er sei aus Ermland und katholisch. Seine Seele hatte Heimweh bekommen. Es hatte einfach damit angefangen, daß ihm von einem Tag zum anderen alles sehr fremd vorgekommen war, das Land und mehr noch die Leute. Das war in Diepholz gewesen, zwischen Osnabrück und Bremen. Er hatte sich da mit einemmal wie ein Auswanderer gefühlt und nicht zu sagen gewußt, warum. Natürlich, ein Rummelplatz war ein Rummelplatz und keine Kirche. Und von einem Zirkus war bei ihnen nur noch das Wort auf den Wagenwänden geblieben. Nein, daran lag es nicht. Er wohnte und schlief ja nur in einem Wagen auf dem Rummelplatz, und wenn die Montage wieder für einmal beendet war und der Betrieb lief, hatte er tagsüber viel freie Zeit, sich in den Städten umzusehen. Die Sache lag anders. Als sie von Diepholz nach Osnabrück gekommen waren, war ihm wohler geworden, warum, war ihm nicht klar. Natürlich war das eine größere Stadt, aber ob einem die Städte gefielen, richtete sich nicht nach der Größe. In Vechta zum Beispiel fand er es richtig anheimelnd, obschon das eigentlich ein Kuhdorf war, wie man so sagte, und es mehr Leute gab, die gern von dort wegfuhren, als solche, die dort ankommen mochten, aber das hing vielleicht mit den großen Strafanstalten zusammen, deren Zellenfenster einen so trübselig und zugleich vorwurfsvoll anguckten, warum man denn nicht selber dahintersäße, ausgefressen hätte man ja doch genug, und welche die ganz kleine Stadt mit jener Sorte uniformierter, strammer, feistgegessener Männer bevölkerten, die man als ›Spieße‹ fürchten und verabscheuen gelernt hatte. Nein, nein, an allem dem lag es nicht...

Bis er sich darüber klar wurde, sah Adameit noch manche Stadt und fuhr bei wechselndem Wetter, wie es der Frühherbst mit sich brachte, noch durch manches Moor der Tiefebene zwischen Weser und Ems, das so verlassen unter dem tiefhangenden schwarzgrauen Himmel lag, daß selbst seine Hirsche, wenn sie hätten springen können, nicht hätten weglaufen mögen. In einer kleinen Emsstadt dann wurde ihm alles klar, mitten auf dem Rummelplatz eigentlich, den er sonst außer zur Arbeit nie betrat. Die Sache hing anders und tiefer zusammen, und endlich lernte er jemanden kennen, der ihm das erklären konnte, die Fremdheit und alles…

Er hatte am Abend noch einmal in die Stadt gehen wollen, um einen Korn zu trinken, denn in dieser Zeit vor Allerheiligen, in der hier im Emsland eine Kirmes nach der anderen war, wurde es zur Nacht schon empfindlich kalt, und die Feuchtigkeit aus den großen Mooren kroch in weißlichen Schwaden zwischen die Häuserzeilen der kleinen Städte. Um zu seiner Wirtschaft zu kommen, mußte er quer über den hellen, lärmigen Platz. Da sah er beim Karussell mit den Hirschen und Schwänen jemand stehen, der ihn - an sich selbst erinnerte: an sich selbst, so wie er einmal in den ersten vier Tagen vor jeder der Attraktionen gestanden und zugeguckt hatte, am längsten - obschon es da am wenigsten zu sehen gegeben hatte - vor dem kleinen Kinderkarussell.

Es war ein kleiner Mann wie er, aber breit und untersetzt. Er hatte beide Hände in die Taschen eines dunklen Lodenmantels gestopft. Auf seinem runden Kopf trug er eine Baskenmütze. Er stand unbeweglich wie ein Denkmal und guckte nur immer zu, wie die Schwäne in die Runde schwammen und wie die Hirsche galoppierten. Die Schlitten hinter ihnen waren leer, Kinder-Schlafenszeit war längst vorüber.

Adameit hatte schon im Wagen einen Korn oder zwei getrunken und eigentlich nur in die Stadt gehen wollen, weil ihm sein Vorrat ausgegangen war. Auf jeden Fall war ihm die Zunge schon gelöst. Deshalb auch nur konnte er, als er an dem kleinen Zuschauer vorbeikam, in ganz munterem, freundlichem Ton zu jenem sagen: »Da können Sie gucken, solange Sie wollen, so klein werden Sie doch nicht mehr, daß Sie da hineinpassen!«

Aber anstatt darauf mit einem Scherz einzugehen, fragte der einsame Zuschauer nur zurück: »Sind Sie aus Allenstein?«

»Nein, aus Katzdangen, Kreis Allenstein«, gab Adameit, ohne auch nur einen Augenblick zu überlegen, zurück.

»Nu, was Sie sagen!« rief der kleine Mann erfreut, »dann sind wir ja Nachbarn! Ich bin von Frauenburg!«

Adameit, der schnurgerade über den Platz hatte gehen wollen, war stehengeblieben. »Tja, wir sind Landsleute«, meinte er.

»Ja«, sagte der fremde kleine Mann, und es klang so, als hätte er sich gern mit dieser Tatsache abgefunden.

»Aber sagen Sie, wie sind Sie gerade in diese Gegend, ans andere Ende, gekommen?« fragte Adameit.

»Nu, wie man halt so herumkommt«, sagte der Fremde. »Mit der Arbeit und so, und durch den Krieg...«

»Machen wir ein Schlubberchen«, schlug Adameit vor. So abwechslungsreich solch eine Bekanntschaft war, ihm war doch wieder der Korn eingefallen, und sehr viel später durfte es nicht werden, sonst machten die Wirtschaften in der Stadt zu.

Wären sie in einer großen Stadt gewesen, dann hätte Adameit sich nicht so gefügig einem Wildfremden anvertraut, wenn der, wie dieser Fremde hier, gesagt hätte, ganz in der Nähe sei eine Wirtschaft, in der er manchmal zu Mittag esse; aber weil die Stadt sehr klein war und alle, die etwas auf dem Kerbholz hatten, schon in den Gefängnissen saßen, von denen es hier, wie in Vechta, beinahe ein halbes Dutzend gab, willigte er ein.

Sie gingen zusammen. Das Licht und der Lärm des Rummelplatzes blieben hinter ihnen zurück. Die Straßen der Stadt mit ihren niedrigen, meist schon dunklen Häusern und den vielen Gärten dazwischen nahmen sich wie eine andere Welt aus. Von den Birnbäumen tropfte die Nässe, die sich daran niedergeschlagen hatte. Der Fremde führte ihn kleine, schmale Fußwege zwischen den Gärten in die Stadt hinein, die Adameit noch nie gegangen war. Einmal blickte er sich um, wie um sich die Richtung für den Heimweg zu merken, und sah den ganzen Nachthimmel nach dem Platz zu bis beinahe in den Scheitel des Himmels erhellt und von einem grünen und roten Wabern, wie von einem Nordlicht, durchzuckt. Die Achterbahn rollte und polterte dumpf in der Ferne, wie eine Kegelbahn, auf der ununterbrochen die Kugel unterwegs war, aber die Schalmeienorgel des Karussells für die Kinder hörte sich von hier zart wie ein Glockenspiel an.

»Toller Lärm, tolles Licht!« sagte er zu seinem Begleiter. Der drehte sich mit ihm um.

»Tja, ziemlich viel Aufwand für so wenig Vergnügen«, pflichtete er bei.

»Ach, früher war das anders«, erleichterte Adameit sein Herz und begann zu erzählen. Er war ja noch beim alten, beim richtigen Zirkus Salamonski gewesen! – Jetzt achtete er gar nicht mehr auf die Richtung.

»Diese Wirtschaft hat den richtigen Namen für so zwei wie uns, was?« fragte der Fremde lachend, als er vor einem niedrigen Fachwerkhaus mit gekalkten Wänden und schwarzgestrichenen Balken stehenblieb und auf das schwach beleuchtete Schild über dem Eingang zeigte: ›Zum Sumpfhuhn‹.

Adameit lachte. Donnerwetter, das war ein Name! Na, aber der hatte auch nicht immer auf ihn gepaßt. Früher zum Beispiel, als er noch Dressur getrieben, da hatte er so gut wie keinen Tropfen getrunken. Die Tiere nämlich merkten... Er erzählte und erzählte da vor dem Eingang, und während er erzählte, war ihm immer mehr, als müßte er darüber nachdenken, was ihm im Schein der Laterne über dem Eingang des Hauses aufgefallen war: daß dieser glattrasierte Fremde ein kolossal intelligentes Gesicht besaß, mehr wie das eines Stubenhockers als das eines Arbeiters. Mitten im Erzählen betrat er schließlich die niedrige Gaststube mit dem nickelblinkenden Schanktisch, in der alles so merkwürdig bürgerlich-privat wirkte und in der um diese Stunde kaum noch Leute waren. Gemütliche Ecken gab es genug, wenn sie nicht der Einfachheit halber vorn bei der Theke bleiben und dort ihr Glas kippen wollten.

»Guten Abend, Herr Pastor«, sagte die ältere Frau, die hinter der Theke stand, freundlich und ehrerbietig zugleich zu dem Fremden.

Adameit war ganz nüchtern oder, nach zwei Korn, so gut wie nüchtern, und doch wurde ihm jetzt weich in den Knien. Wie...? Pastor...? dachte er, hatte er richtig gehört?

»Was nehmen wir? Einen Doppelkorn?« fragte der Fremde.

»Ja, Doppelkorn, einen großen«, sagte Adameit rasch.

»Und ich ein kleines Bier«, meinte der Fremde.

»Gern, Herr Pastor.«

Der Fremde zielte auf die Fensterecke, aber er nahm seine Baskenmütze nicht ab. Adameit ging hinterher. »Sagen Sie«, begann er, bevor sie am Tisch angekommen waren, und versuchte, die Sache ins Komische zu ziehen, »habe ich richtig gehört? Herr Pastor...? Wie... ja, ich meine nur: Pastor?«

»Ich bin hier der Spitzbubenpastor«, sagte der Fremde lächelnd und rutschte auf die Eckbank. »Stört doch nicht, oder? Sie sind gar nicht gemeint.«

Adameit konnte nichts sagen.

Na also, jedenfalls sei er außerdienstlich hier, wenn Adameit Wert darauf lege, das zu hören, versicherte er lachend. Seine

Schäflein seien für die Nacht schon in der Hürde. Adameit habe die Strafanstalten hier wohl gesehen? Alles alte Kavalleriekasernen..

Der Fremde war schon viel zu weit vorauf. So rasch hatte Adameit nicht mitkönnen.

Also... Pastor? Was für... Adameit bremste rasch. Die Wirtin kam mit dem Doppelkorn und dem Bier. »Zum Wohl, Herr Pastor!« sagte sie.

Adameit guckte ihr auf den Mund, als müßte er es ihr von den Lippen ablesen, daß sie tatsächlich noch einmal Pastor sagte. Er wollte jetzt schnell seinen Korn trinken und gehen. Mit einem Pastor zusammen konnte und wollte er kein ›Sumpfhuhn‹ sein, denn das tat der doch bloß, um sich leutselig aufzuspielen. Und was für eine Art Pastor war das schon, der um halb elf Uhr abends noch auf einen Rummelplatz kam und hinterher zum Sumpfhuhn wurde!

»Tja, Pastor«, sagte er, »ich meine, Pastor so oder...«

»Ach so, Sie meinen, es gibt verschiedene Sorten?« unterbrach ihn der Fremde, das Glas in der Hand. »Prosit! Auf die richtige Sorte!«

Adameit ließ sich zu seinem Korn nicht nötigen. Er trank. Leider hatte er das Gefühl bekommen, daß er jetzt viel feiner auftreten müsse.

Er sei katholischer Priester, Strafanstaltspfarrer hier am Ort, sagte der Fremde unaufgefordert ganz einfach.

Adameit guckte ihn an. »Ich bin auch katholisch«, sagte er wie ein Nationalitätsbekenntnis in der Fremde. Aber er sah keinen steifen Kragen verkehrt, sondern nur einen dunklen Pullover, soweit er das bei dem halb geöffneten Lodenmantel erkennen konnte, und einen weichen, weißen Kragen über den Halsausschnitt hinausgeklappt. Und das Gesicht... Aber das hätte vielleicht auch zu einem anderen Beruf passen können.

»Na, schmeckt der Doppelkorn jetzt nicht mehr? Hat Ihnen wohl den Durst genommen?« fragte der Fremde, der Pa... Pastor lachend.

»Nein, nein«, beteuerte Adameit, »das... das ist nur ein bißchen sehr plötzlich gekommen, Hochwürden«, vollendete er gewählt.

»Sagen Sie lieber gleich Merkwürden«, meinte der Fremde lächelnd.

Adameit wurde verlegen. Soviel wußte er doch noch von Zuhaus her: Priester redete man mit Hochwürden an. Und daß er einmal mit einem... einem richtigen – denn das war doch ein richtiger? – des Abends spät an ein und demselben Tisch sitzen würde...

»Wieso...? Wie meinen Sie, Merkwürden?«

»Ach, wissen Sie, ich meine, es wäre besser, man würde einmal hundert Jahre lang nicht von der Hochwürdigkeit reden«, sagte der Fremde sehr ernst. »Oder nur in ganz, ganz besonderen Stunden. Sagen Sie ruhig Pfarrer zu mir...«

»Ja, denn bei uns zu Haus sagte man Pfarrer von den katholischen Priestern, glaube ich«, fiel Adameit eifrig ein, »und Pastor von... von den anderen, nicht wahr?«

»Ja, ich glaube, so war es.«

Adameit trank seinen Korn aus. Der Pfarrer nippte am Bier.

»Sie trinken noch einen?« fragte der Pfarrer in dem lustlosen Schweigen, das sich eingeschlichen hatte.

Gern hätte Adameit eine ganze Flasche gekauft und wäre damit weggegangen, aber er meinte, das schicke sich nicht. »N...nja«, antwortete er auf die Frage etwas unentschlossen.

»Aber erzählen Sie weiter«, sagte der Fremde, als er die Bestellung zur Theke gerufen hatte.

Adameit, der noch vor der Tür kaum ein Ende hatte finden können, sagte jetzt kleinlaut und maulfaul: »Ach, was soll man da so erzählen, Herr... Herr Pfarrer. Das... ja, das ist ja alles so anders geworden. Früher...«

»Bitte schön, Herr Pastor«, sagte die Wirtin.

Adameit blickte flüchtig auf, senkte dann aber sogleich den Kopf. Die Frau hielt ihn sicher für einen Spitzbuben, dachte er, für einen von den Anstaltsinsassen, der Urlaub bekommen hatte oder gerade freigekommen war. Eigentlich mutete dieser komische ›Pfarrer‹ den unschuldigen Leuten, mit denen er sich so bereitwillig in der Öffentlichkeit zeigte, zuviel zu!

»Im Kriege waren Sie doch wahrscheinlich auch?« fragte der Fremde.

»Ach ja, mir hat's gelangt«, sagte Adameit. »Sieben Jahre diesmal. Erst unten in Afrika und dann in Kanada, in Gefangenschaft.«

Er habe nichts als Rußland gesehen, sagte der Fremde – »aber ausgiebig«, fügte er zweideutig hinzu.

Adameit guckte ihn an. Der andere hatte die Mütze auch jetzt noch auf dem Kopf. Das schickte sich nicht, soviel wußte Adameit auch. Vielleicht war ›Pastor‹ nur ein Spitzname, bei dem man ihn nannte?

»Sagen Sie mal, Herr… Pfarrer«, erkühnte Adameit sich zu fragen, »wenn Sie so abends spät zu uns hinauskommen, auf den Platz, meine ich, den Rummelplatz, und so dastehen und sich ein Karussell begucken, wie ich Sie getroffen habe – was… ich meine, was suchen Sie da eigentlich?«

Der Fremde blickte ihn ganz ruhig an. Er hatte ein breites, wulstiges Gesicht. Nichts darin war sparsam behandelt, und die Stirn bestand förmlich nur aus Höckern, aber in den Augen saß ein Schalk, wenn sie nicht, wie es schon im nächsten Augenblick geschehen konnte, eigentümlich stumpf und verschleiert aussahen, als plagte ihn ein starkes Kopfweh. Auf jeden Fall war es das Gesicht eines ganz nüchtern arbeitenden Mannes.

»Was ich da suche?« wiederholte er langsam.

Adameit nickte stumm. Er kostete das Gefühl aus, nun habe er diesen komischen falschen Pastor aufs Glatteis geführt.

»Tja, was ich da suche… Jedenfalls keine Seelen, die zu ›retten‹ wären«, versicherte er mit einem gutgelaunten Blinzeln und stieß Adameit vertraulich mit dem Ellenbogen an. »Und auch sonst überhaupt nichts. Ich gucke nur so…«

»Ja, aber vom Gucken allein…«

»Na ja, manchmal denke ich mir auch was. Meistens aber nichts, im Vertrauen gesagt. Ich gucke nur…«

»Beim Kleinkinder-Karussell?«

»Ja. Richtig. Bei diesem Karussell. Nur bei diesem. Es ist doch hübsch, nicht wahr?«

Adameit versicherte mit ehrlichem Eifer, ihm gefalle es am besten. Besser als das mit den blöden Autos mit Selbststeuerung, von denen die Straßen sowieso voll wären.

»Selbststeuerung!« sagte der Fremde ironisch. »Da will man den Leuten noch einmal weismachen, sie könnten selber steuern! – Na ja, ich meine auch«, sagte der falsche Pastor, »das andere ist wirklich hübsch. Die Hirsche, die springen, und die Schwäne, die schwimmen… Das alles kommt ja auch im Leben vor, der ganze Zauber. Und der Wald ist grün, märchenhaft grün, und scheint nie welken zu können oder zu wollen, und herrliche Vögel, wie unsereiner sie nie zu Gesicht bekommt, sitzen auf den blühenden Zweigen und singen. Lütdütdüt, lütdütdüt, macht das immerzu, und man könnte förmlich vergessen, daß es die Orgel ist, weil man es im Grunde genommen ganz gern vergessen möchte. Und die Schwäne, die man vorn in die Runde schwimmen sieht, kommen in Wirklichkeit von ganz, ganz weit her - haben Sie gesehen? Von dem großen Weiher unter dem Mondlicht, der auf den Rundprospekt gemalt ist, mit dem Rosenschloß in der Ferne. Der glänzt wie Silber, beinahe wie Christbaum-Lametta, und man hört es förmlich gluckern und plätschern. Schade nur, daß die Schwäne nicht zuweilen die Schnäbel eintunken können, das wäre so leicht zu erfinden, und das gehörte dazu…«

Adameit starrte den falschen Pastor mit weitaufgerissenen Augen an. So hätte er's auch erzählen mögen; so, gerade so hatte er selbst das gespürt, nur hatte er keine Worte gehabt, und überhaupt…

»Tja, so steht man da und guckt«, sagte der falsche Pastor. »Man hat am Wolchow gelegen und am Ilmensee, bei Pleskau und bei Tichwin, hat ›die Schnauze gestrichen voll‹ bekommen und mehr wie es so unter Landsern hieß, und kann sich jetzt trotz allem dem freuen und gucken. Aber Sie haben natürlich recht gehabt: man mag gucken, solange man will - so klein wird man doch nie mehr, daß man da hineinpaßt. Was soll man machen! Man muß wohl froh sein, daß man da immer noch hinein will…«

»Tja, vorbei ist vorbei«, sagte Adameit, der jetzt nicht mehr ganz hatte Schritt halten können, mit der Nüchternheit des Weisen gegen den Schwärmer. Übrigens war dieser Mann nach seiner Überzeugung bestimmt kein richtiger Pastor oder Pfarrer! Das war irgendein Original, das unter diesem Spitznamen ging, oder er war einfach meschugge.

»Aber wissen Sie, Herr Adameit«, sagte der Fremde blinzelnd, »wenn ich da so stehe und gucke, und die Rührseligkeit könnte geradezu eine Art Grünspan ansetzen an mir, dann fange ich doch an zu denken und gucke nicht nur.«

»Na, und was denken Sie dann?« fragte Adameit keck oder sogar ein bißchen belustigt. Für ihn war das Rätsel, wer dieser Mann in Wirklichkeit sein könnte, inzwischen gelöst.

»Dann denke ich an die Achse.«

»Die… Achse? Rom-Berlin?«

»Nein. An die Achse, um die der ganze schöne Zauber sich dreht: Hirsche, Schwäne, Märchenwald mit Vögeln, Schwanenteich am Schloß und so weiter. Ich denke: die Achse muß da sein, und was wäre, wenn die einmal bricht oder wenn sie nicht im Lot steht…«

»Na klar«, sagte Adameit nüchtern als Mann vom Bau- und Transportkommando, »die Achse muß im Lot sein, sonst wird das ja eine Art Berg-und-Tal- und Tunnelbahn.«

»Ja. Und nun stellen Sie sich mal vor - weil ich mir das vorstelle, wenn ich da so stehe und gucke -, die Sache wäre nicht in konzentrischen Kreisen konstruiert.«

»Das würde schleudern.«

»Richtig. Und wenn einer mal den Motor schneller laufen ließe bei diesem Schleudern…«

»Jesses!« sagte Adameit, »das würde die Sache unters Publikum schmeißen!«

»Eben, das meine ich auch«, sagte das ›Sumpfhuhn‹, das sich Pastor nennen ließ, ernst, »und das könnte ich meinen achthundert Leuten hinter Gittern auch sagen: auf die Achse kommt es an, auch wenn man die nicht sieht, und daß eben alles: der ganze Zauber und der ganze Talmi dieses Lebens, der Achse zugeordnet bleibt. Sonst schmeißt es einen - in die Gegend, in die Sünde, in die Schuld oder wohin Sie wollen, jedenfalls vom Mittelpunkt weg und auf keinen Fall in den Himmel.«

Adameit saß mit offenem Munde da. Seitdem der Fremde solche Worte wie Sünde und Himmel gebraucht hatte, war er wieder eher geneigt zu glauben, daß das doch ein richtiger Pastor sein könnte, ein echter, ein… ein Priester.

»Ja«, sagte der Fremde lächelnd, »daran kann man auf einem Rummelplatz erinnert werden. Der liebe Gott ist nämlich nicht nur bei Bibelstunden oder bei Rosenkranz-Andachten anwesend. Man könnte sogar sagen, daß er eine Vorliebe fürs Verderben hat, so wie unser Herr aus dem Himmel einmal in diese gemeine Welt gekommen ist. - Aber Sie haben es gut.«

»Wieso gut«, fragte Adameit.

»Na, Sie bauen das alles doch immer wieder auf und ab, haben Sie gesagt. Da muß Ihnen das doch jedesmal in den Sinn kommen.«

»Ach so«, meinte Adameit kleinlaut. »Nein, Herr… Herr Pastor, an so etwas denkt man da nicht. Da muß das fix gehen, fix, fix, jede Hand wie ein geölter Blitz, sozusagen.«

»Aber von jetzt an nicht mehr«, sagte der Fremde mit Nachdruck. »Denn das ist doch das Komische, Herr Adameit, daß alles irgendwann einmal anfangen kann. Machen Sie sich das einmal klar! Alles kann jederzeit anfangen, das Paradies, die Sintflut, der Tod, oder daß einem so etwas klar wird. Mann, was für eine Sensation jede Sekunde passieren kann! Und eigentlich ist die Gewöhnung und die Vergeßlichkeit das schlimmste. Glauben Sie mir: es gibt längst nicht soviel bösen Willen, wie es Vergeßlichkeit gibt. Ich höre das ungefähr jeden Tag, und ich habe mehr als achthundert Leute, die eine ganze Menge davon erzählen können.

Wetten? Sie haben sich die Dinge, mit denen Sie so Tag für Tag umgehen, auch noch nicht richtig auf ihren Sinn hin angesehen und gehen jetzt doch schon ins sechzigste Jahr. Die Böcke, die Versatzstücke, die Streben und Schrauben, gar nicht zu reden vom Mittelbaum als Achse zum Beispiel – für sich betrachtet ist das lauter graues, sinnloses Zeug, Kleinholz, aber... Frau Pepperkorn, wir nehmen noch zwei Tee mit Rum!«

Ein paar Augenblicke war es Adameit so vorgekommen, als hätte der andere, den die Wirtin Pastor nannte, die beiden Doppelkorn getrunken und er selber nur ein paar Schlucke von dem kleinen Hellen genippt.

»Das ist ein komischer Gedanke, wenn man so denkt«, sagte er, als Frau Pepperkorn schon mit den Teegläsern klingelte.

Der Fremde lächelte. »Alle Gedanken des Christentums sind sozusagen komisch«, meinte er leise, »weil man sie auf den Tod zu denken muß, und nicht aufs Leben. Nur aufs ewige Leben, wenn Sie so wollen. Wenn Sie zum Beispiel so mit beinahe sechzig Jahren und nach zwei Kriegen, die Sie mitgemacht haben, und nach allem Hin und Her...!« –

»Tja, Herr Pfarrer, Sie haben recht«, sagte Adameit nach dem dritten Tee mit Rum, als sie nach langen Gesprächen durch die noch kälter gewordene Nacht zum Rummelplatz zurückkehrten.

»Ich führe Sie denselben Weg zurück, den wir gekommen sind«, sagte der Pfarrer. »Das ist der kürzeste. – Bei Ihnen auf dem Platz scheint Schluß zu sein?«

Adameit suchte den Himmel nach der Lichtwolke ab. »Ja«, sagte er, »wir haben nur Erlaubnis bis elf.«

Der diesige Himmel war finster. Die Bäume in den Gärten tropften. Es gab zweierlei Geräusche: das trockene, helle, wenn von höheren Ästen Tropfen auf tiefere der lederig-harten Birnbaumblätter prallten, und dunklere, wenn sie die weiche Gartenerde trafen.

Nur die Nachtbeleuchtung zwischen den Wagen brannte und hob das Lager als etwas sehr Verlassenes aus der unendlichen Finsternis.

»Da ist ja die ganze Stadt des Vergnügens«, sagte der Pfarrer. »Ich kehre hier um, Herr Adameit. Also vergessen Sie nicht: übermorgen ist Allerheiligen. Ich lese morgen die heilige Messe für Sie, für alle Jahre hinter Ihnen, von Braunsberg an, und für alle Jahre vor Ihnen, denn Gott weiß, wann wir uns wiedersehen – und ob wir uns wiedersehen. Schlafen Sie gut!«

Adameit hatte das Gefühl, er sei wochenlang weg gewesen, als er die fünf Tritte zu seinem Wagen emporstieg und im Dunkeln zwischen die Kojen mit denen trat, die schon schliefen. Er kleidete sich rasch aus, keiner erwachte davon, aber er lag dann doch eine Weile im Dunkeln wach. Der Tee hatte ihn munter gemacht, der Rum-Geist war verflogen.

Recht hat er, dachte er und versuchte, sich das merkwürdige Zusammentreffen mit dem Fremden noch einmal vorzustellen. Dort beim kleinen Karussell, ausgerechnet dort, wo er selber... Ja, er hatte es eigentlich immer so gefühlt, wie der andere es in das Gleichnis mit den Versatzstücken gefaßt hatte: alles, alles war sinnlos gewesen und schien unentwirrbar wie ein Haufen Gerümpel, auf den ersten Blick nichts als ein Durcheinander von Balken und Latten, wenn man den Plan nicht kannte, das geheimnisvolle Wie nicht wußte, nach dem das Ganze in eine Funktion zu bringen war. Die Achse, die Ordnung..., sonst warf es einen hinaus in die Schuld und die Sünde, jedenfalls nicht in den Himmel. Und wohin hätte jemand wie er aus Katzdangen, Kreis Allenstein, sonst kommen wollen? Alles konnte jeden Augenblick anfangen, hatte dieser Pfarrer ganz richtig gesagt, das Paradies oder die Sintflut oder der Tod... Und soviel war sicher: ein Mann in seinen Jahren mußte anfangen, ganz anders an den Tod zu denken.

V

SOLANGE DER Zirkus Salamonski in jener kleinen Stadt im Emsland war, stand Adameit zwei-, dreimal am Morgen früher auf als sonst und ging eine Weile weg, bevor er zum Frühstück in die ›Messe‹ kam. Vermutlich ging er in die Stadt, er weihte aber niemand darin ein, was diese neue Sitte zu bedeuten habe, und war überhaupt noch mehr in sich gekehrt als sonst. In den Ruf der Frömmigkeit kam er einzig und allein dadurch, daß er anfing, seinen jugendlichen Wagengenossen das Fluchen, dem sie ausgiebig frönten, als etwas Gotteslästerliches zu verbieten, zum mindesten in seinem Beisein. Weil er aber gerade in jenen Tagen häufig in der Stadt war und ihnen den Wagen zum Alleinbesitz überließ, hätte er, wenn er zurückkehrte, die Wände noch beben spüren müssen von allen Himmel-Kreuz-Donnerwettern und viel Schlimmerem, die hier während seiner Abwesenheit getobt hatten.

Zweimal, das letztemal am Abend vor ihrem Aufbruch aus der Stadt, traf er sich noch mit dem Pfarrer, der ihn am ersten Abend so sonderlich gedünkt, daß er gemeint hatte, er heiße bei den Leuten nur mit einem Spitznamen ›Pastor‹, und beide Male waren sie im ›Sumpfhuhn‹. Er erfuhr, warum der Pfarrer auch in der Stube eine Mütze trug, denn wie man einem staunenden Kinde ein Kunststück vormacht, ließ ihn der Pfarrer, die Mütze verschiebend, den Anfang von der künstlichen Schädelplatte sehen, die er nach einer schweren Kriegsverletzung trug, und erklärte ihm mit einem wie über sich selbst belustigten Gesicht, daß er immer noch viel zu leiden habe. Adameit konnte es ihm ansehen, wenn er von einem Augenblick zum anderen müde und verschlafen aussah. Sonst aber sprachen sie meistens nur vom Zirkus, von der alten Zeit, von allen Städten und Städtchen in Ostpreußen, die sie beide kannten, und erst beim letzten Zusammentreffen wieder einmal von Adameits weitläufigem Weg in den Himmel. Dabei gingen sie schon zum Rummelplatz zurück, weil solch ein Gespräch sich draußen besser machte, als wenn Frau Pepperkorn von der Theke her hätte zuhören können, und die Dunkelheit ließ Adameit so offen sprechen wie seit seiner ersten Beichte vor mehr als fünfzig Jahren nicht mehr.

»Ich schaffe es doch nicht bis in den Himmel, Herr Pfarrer«, sagte er, und weil es dunkel war, konnte der Pfarrer nicht sehen, daß er dabei verzagt lächelte.

»Hm«, meinte der Pfarrer, »sagen Sie das nicht! Und wer schafft so einen schwierigen Weg schon aus eigener Kraft! Sicher schafft der Himmel es dann bis zu Ihnen, und in gewisser Weise hat er das ja auch schon getan, denn Sie haben sich seiner wieder erinnern müssen... Sehen Sie, Herr Adameit, das einzige, was wir mit Bestimmtheit wissen, ist doch nur dies: daß es hier stockdunkel ist, zappenduster, wenn Sie so wollen – bis auf das eine Licht der Gnade, und auch das ist ein vielbemühtes Wort... Nach der Kirchturmuhr oder nach den konfessionellen Landkarten allein kommt keiner in den Himmel. Aber die Gnade, Herr Adameit, und die Barmherzigkeit – die haben wir! Und die kann man mehren oder jedenfalls zu mehren versuchen, das habe ich Ihnen schon am ersten Abend gesagt. – Tja, leben Sie wohl! Sie fangen noch heute nacht an, abzubauen, haben Sie gesagt? Dann gucken Sie doch einmal genau an, was Sie in den Händen haben und was es bedeuten kann. Und wenn Sie nächstes Jahr wiederkommen und ich dann noch lebe, dann melden Sie sich – aber außerdienstlich, gefälligst! Mit Leuten von Zuhaus möchte ich keine Anstaltsbekanntschaften machen. Nur beim Kinderkarussell oder im ›Sumpfhuhn‹... Gott befohlen, Herr Adameit!«

VI

MEPPEN, Lathen, Leer und Ocholt waren die folgenden Stationen auf Adameits Lebensweg, dann kamen der Freimarkt in Bremen und danach der Hamburger Dom.

Alles verstanden, was der ›Spitzbubenpastor‹ gesagt, hatte er nicht, aber weil er, wie er meinte, so viel und so scharf nachdenken mußte, um hinter den Sinn der Worte zu kommen, die er – nicht ganz so genau, wie er's gewünscht hätte – in Erinnerung bewahrte, begann ihm zum erstenmal in seinem Leben der Lärm lästig zu werden, in dem er die meiste Zeit verbrachte. Er genoß die Rolltage, an denen ihn nur die stummen Schwäne und Hirsche umgaben, und betrachtete sie mit den Augen seines ›Pastors‹, aber weil die Entfernungen zwischen den Stationen nicht eben groß waren und nur Bremen und Hamburg lange ›Liegezeiten‹ mit sich brachten, überwog der lästige Lärm. Wie sollte ein Mensch da an seinen Tod denken können, oder an das Paradies und die Sintflut! Und eben das mußte er doch, wie er schon nach dem ersten Abend im ›Sumpfhuhn‹ gefunden hatte. Außerdem waren die Leute, je weiter nach Norden zu der Zirkus Salamonski rollte, auf eine Art und Weise lebendig, die Adameit das Gefühl, er sei fremd unter ihnen wie in dieser ganzen Welt, bis zu schier unerträglicher Stärke steigerte. Mit einemmal war er wieder der Auswanderer in fremdem Land, der Bekanntschaft mit vielem schließen mußte, aber zu nichts ein Verhältnis gewann, mürrischer Fremdling, störrischer Schweiger, den die frivole und derbe Lebenslust der Jungen zu ärgern begann.

Man merkte es aber auch bei der Arbeit, daß er mehr und mehr zum Einzelgänger geworden war, denn gerade die Arbeit, der er auf eigenen Wunsch zugeteilt worden war, war eine Sache der Rotte, des Zusammenwirkens, des Teilens und Verteilens, bei der man einander in die Hand arbeiten mußte. Er jedoch schien die einzelnen Stücke, die man ihm zureichte, entweder gar nicht annehmen oder dann zu lange in der Hand behalten zu wollen, als müßte er mit jedem etwas Besonderes anstellen.

»Er wird alt. Sonderlich war er ja immer«, urteilte Au.Backe, als er einmal mit seiner Frau über den Betrieb sprach. »Seine Zeit mit Korn war besser als die mit Kirche, obschon das in der letzten Zeit nachgelassen hat und jetzt der Korn wieder zu Ehren gekommen sein soll, wie ich höre. Neulich soll er sogar selbst wieder einmal kräftig geflucht haben, als ihm ein Balken auf den Fuß gefallen war. Aber er verträgt sich mit keinem mehr, von Verstehen gar nicht zu reden. Am besten geht es mit den Hirschen und Schwänen. Die widersprechen ihm nicht, bei denen behält er immer recht. - Ich weiß nicht, wie das weitergehen soll. Man schleppt ihn wohl noch eine Weile mit. Und außerdem ist mir noch eine andere Idee für ihn gekommen. Wir brauchen sowieso bald ein paar Komparsen.«

»Meinst du wirklich?« fragte seine Frau.

»Bestimmt«, sagte Backe. »Ich habe die Sache noch einmal nachkalkuliert und die Kassenausweise vom ganzen letzten Jahr durchgesehen. Das Ding geht tatsächlich so gut wie mit Verlust. Erst habe ich, wie du, gemeint, das andere sei es, das mit den Hirschen und Schwänen für die Kleinkinder, aber Märchen ziehen halt immer noch, selbst bei Erwachsenen, wenn sie leicht angesäuselt sind. Das Autokarussell dagegen läuft so gut wie mit Verlust. Heutzutage hat doch jeder Lümmel wenigstens sein Moped und fällt auf diese Kalberei nicht herein. Da ist kein Kitzel mehr bei, verlaß dich drauf. Was man selber im Ernst hat, damit spielt man nicht mehr, das ist so etwas wie ein Lehrsatz in der Publikums-Psychologie. Dieselbe Erfahrung machen sie anderswo auch. Kollege Kreike hat mir ganz was Ähnliches von seinem ›Todesfahrer‹ erzählt. Die Leute rasen sich sowieso den Schädel ein, wenn sie auf den Straßen unterwegs sind. Da wollen sie doch nicht mehr sehen, wie man in Geknatter und Gestank durch ein Kunststück mit dem Leben davonkommt, denn nachmachen können sie dieses Kunststück ja doch nicht. Also ärgert es sie. Motorisierung war gut, solange nicht jeder zweite selber motorisiert war, und die andere Hälfte wird es ja auch im nächsten Jahr sein. Nein, da ist kein Kitzel mehr bei, der Trend geht ganz woandershin, sage ich dir. Nicht ins Technische oder Mechanische, sondern«- Direktor Backe machte eine bedeutungsvolle Pause - »ins Metaphysische«, vollendete er. »Verlaß dich auf mich! Die Tendenz ist klar, und ich habe noch immer den richtigen Riecher gehabt. Ich schaffe das Ding ab und greife bei einem prima Angebot zu.«

»Und was wäre das?« fragte seine Frau, die von seinen Ansichten überzeugt zu sein schien.

»Geisterbahn!« sagte Backe lakonisch mit einem Lächeln und ließ es, als seine Frau ihn sprachlos anblickte, ironisch ein paarmal um die Mundwinkel zucken.

»Geisterbahn? Das ist doch eine ganz alte Sache«, meinte die Frau enttäuscht.

»Ja und nein«, sagte ihr Mann. »Ist natürlich alt, weiß ich, aber ist eben komischerweise wieder stärker gefragt als Technik. Das ist einfach der Trend, verstehst du? Der Trend nach dem Übersinnlichen, bei den Erwachsenen wie bei den Jugendlichen, und da muß man sich im Geschäft heranhalten. Das Angebot habe ich gerade vor ein paar Tagen aus Dänemark bekommen. Denen scheint es dort nicht zu rentieren, und ich kann den Preis noch ein bißchen drücken.«

»Ja, und Adameit? Was soll der dabei?« fragte Frau Backe.

»Adameit wird Komparse. Das ist für ihn das richtige. So ein ruhiger Altersposten, damit er sich nicht überflüssig vorkommt und für sein Brot immer noch etwas tut. Allerdings werde ich ihn heruntersetzen müssen, wenn er von der Transportgruppe weggeht, aber das wird er einsehen. Für die Arbeit dort reicht er jetzt auch schon rein körperlich nicht mehr aus, und um Vormann werden zu können, ist er einfach zu unverträglich.«

Frau Backe, gewohnt, sich ihrem erfolgreichen Mann zu fügen, und durch die Absicht, Adameit zum Komparsen zu machen, aus der Verantwortung gegenüber ihrem toten Vater entlassen, sagte nur: »Wie du meinst...«, und hörte zufrieden zu, als ihr

Mann ihr erklärte, man werde nach dem Kauf so gut wie überhaupt keine Renovation und keine Scherereien mit einer Umbeschriftung haben. Die dänischen Geister hätten es, scheint's, international gemeint, und wahrscheinlich sei das Ding ja doch irgendwann einmal in Deutschland gebaut. Auf jeden Fall habe er Vorhand und werde zu Anfang des Jahres während der langen Liegezeit in Hamburg einmal hinfahren und sich die Sache ansehen.

Adameit konnte es für einen Zufall halten, als er den Direktor ein paarmal umherstehen und seiner Arbeit zugucken sah. Beim drittenmal trat Backe näher und meinte freundlich-teilnehmend: »Na, Adameit, wird wohl schon sauer bei Ihren Jahren, was?«

Adameit guckte ihn mißtrauisch an. Das konnte der Anfang einer Kündigung sein. – Süß sei Arbeiten selten, sagte er, aber gerade sauer … ? Sei der Direktor nicht zufrieden mit seiner Arbeit?

Backe wehrte ab. Nein, nein, wie er darauf käme! Er habe bloß gemeint, es wäre gut, wenn sich mal etwas Leichteres für ihn finden ließe. Bau und Transport sei ja damals, als er zurückgekommen war, eine reine Verlegenheitslösung gewesen. »Aber ich glaube, ich habe etwas für Sie in petto«, meinte er mit geheimnisvollem Augenzwinkern. »Eine prima Sache!«

Adameit guckte ihn stumm an. Wie die Maus aus dem Loch, dachte Backe.

»Das Ding da«, sagte Backe und zeigte auf das Autokarussell, »schaffe ich nämlich ab und nehme etwas Neues.«

Mit der Abschaffung des Autokarussells war Adameit ganz einverstanden. »In diese blöden Kutschen steigt sowieso niemand mehr ein«, sagte er. »Und dann die berühmte Selbststeuerung! Als ob auch nur ein Mensch selbst etwas steuern könnte!« – Aber was wolle der Direktor statt dessen anschaffen?

»Ist noch ein Geheimnis«, sagte Backe, »wird aber in den nächsten Tagen spruchreif, und dann sind Sie der erste, der es erfährt.«

Über Adameits kantiges Gesicht legte sich der weiche Schimmer einer Zufriedenheit. Also war es nicht der Anfang einer Kündigung gewesen, sagte er sich, sondern eher eine Beförderung zu Vertrauen und Mitwisserschaft an den Direktionsgeheimnissen. Er würde der erste sein. Einmal auch er der erste. Nun, er war auch der älteste, den Jahren und vor allem den Dienstjahren nach. Gerade eben machte sich das bemerkbar. Mit Anfang der

Liegezeit in den ersten Monaten des neuen Jahres, die für Ausbesserungsarbeiten und das Überholen aller Maschinen und Motoren genutzt wurden, bevor zum Frühjahr hin wieder das Reisen begann, war eine Menge Leute verabschiedet worden oder hatte selber gekündigt. Für Ausbesserungsarbeiten brauchte man nicht die ganze Mannschaft. Den Neuen, die zum Beginn der Saison eintraten, war er jedesmal der Patriarch, der alles kannte und wußte, und für jene, die wiedereintraten, war er so etwas wie der Hausgeist, obwohl sie in rollenden Wagen lebten. Er hatte schon sieben Jahrgänge überlebt.

Als der Direktor ein paar Tage lang nicht zu sehen war, merkte Adameit das gar nicht. Aber als er ins ›Sekretariat‹ gerufen wurde, meldete sich sofort wieder der Argwohn, nun komme die Kündigung doch. Er hätte nicht zu sagen gewußt, warum ihm jetzt mit einemmal bei allem, was sich unvorhergesehen ereignete, der Gedanke kam, daß ihm gekündigt würde. Alles in seinem Leben ging eben dem Abschied oder der Verabschiedung zu. Oder hing dieser Ruf mit dem Geheimnis zusammen, das er als erster erfahren würde?

So war es. Die Frau seines Direktors empfing ihn und gab ihm im Auftrag ihres Mannes den Bescheid, sofort das Autokarussell zu verladen. Drei Wagen und zwei Zugmaschinen hatte Au. Backe telegraphisch dafür angefordert. Mit zwei Mann von der Transportgruppe und den zwei Fahrern sei unverzüglich aufzubrechen. Bestimmungsort: Kolding in Dänemark, Volkspark. Zur Erledigung der Zollgeschäfte erwartete Backe seine Leute in Flensburg.

»Das hängt mit der neuen Sache zusammen«, sagte Adameit stolz auf seine Mitwisserschaft.

Ja, ihr Mann könne das Autokarussell für etwas Neues mit in Zahlung geben. Rentieren tue es doch nicht.

Adameit teilte ihre Verachtung für das Autokarussell und die Selbststeuerung. Märchen aber, sagte er, veralteten nie. Da sei etwas Echtes bei, und das komme auch im Leben vor... So sprach der ›Spitzbubenpastor‹ aus ihm. Es war nicht so ganz das, was der gesagt hatte, aber doch dermaßen ähnlich, daß es auf dasselbe hinauslief. Frau Backe wunderte sich über seine philosophische Ader.

VII

»DER IST NICHT so sonderlich, daß er nicht noch sonderlicher werden könnte«, war des Direktors Meinung nach der Rückkehr aus Dänemark, als er mit seiner Frau sprach. »Die Fahrt, sage ich dir, hat er genossen wie ein alter Stromer den Frühling. Ich wollte ihn wenigstens von Flensburg an zu mir in den Wagen nehmen, denn er ist doch immerhin schon über sechzig, und das Wetter war windig, mit gelegentlichen Schneeschauern, aber davon wollte er nichts wissen. Er blieb, wo er war: auf dem Troßwagen; saß da in einem kleinen, roten Karussellauto und ließ sich fahren. ›Brauche nicht mal selber zu steuern und komme doch richtig hin‹, sagte er zu mir - woher er das mit dem Selbststeuern nun auch haben mag, denn in der letzten Zeit ist er ja immer wieder darauf zurückgekommen. In Kolding, als wir uns die Bahn alle miteinander ansahen, dachte ich noch ein bißchen bange: Na, wie bringe ich dem bloß bei, was ich mit ihm vorhabe, und ob er sich da nicht ein bißchen zurückgesetzt fühlen wird? Aber keine Spur!«

»Wie ist denn die Bahn?« fragte seine Frau.

»Ach Gott, eine ziemlich fade Sache, ohne Rasse, so das Gängige, womit man Dänen allenfalls noch das Gruseln beibringen kann. Aber unserem Publikum? Nein, wir werden uns noch ein paar nette Gags zulegen müssen, mechanische oder mit Komparsen. Was eben dabei ist, reicht nicht ganz aus. Du weißt, so… Tod, mit oder ohne Sense, Skelett aus dem Sarg steigend, ganz hübsch im Effekt, Mann mit abgeschlagenem Kopf unter dem Arm, phosphoreszierend - der mechanische Effekt mit dem aus dem Hals sprudelnden Blut ist ganz gerissen. Dann Hexenritt, projiziert, taugt nicht viel, Teufel - mit Komparserie -, Riesenaffe King-Kong mit geschwungener Faust, die haarscharf daneben saust, massenhaft Fledermäuse… Na ja, das wär's so, glaube ich. Aber alles prima imstande. Nur die Lichtmaschine werden wir umwickeln lassen müssen, und Warmluft für die Hölle und Nebler für den Tod bringen wir auf zweihundertzwanzig Volt. - Aber du hättest Adameit sehen sollen!«

»Wieso?« fragte Frau Backe.

»Na, der war einfach hin.«

»Hin?«

»Tja, einfach hin. Begeistert. In seinem Element sozusagen. Hätte ich mir bei einem alten Dompteur, der es doch immer mit lebendigen Raubtieren zu tun gehabt hat, nie vorstellen können. Und als ich ihm eröffnete, er solle dort ›Herr im Hause‹ sein, Oberrequisiteur, oder wie man das nun nennen soll, Gespenstervater, Fledermauswächter, der für alles zu sorgen habe, und müsse selber abends den Tod machen, da nimmt er mir alle Sorgen ab und sagt treuherzig: ›Jawohl, Herr Direktor, das ist sehr gut. Da kann ich selber auch immer an den Tod denken, und den Leuten nützt das was. Denn das kann ja jeden Augenblick eintreffen, Herr Direktor, das Paradies oder die Sintflut oder der Tod.‹ – Hast du schon so was gehört, Elvira?«

»Das muß er von irgend jemandem haben«, meinte Frau Backe nachdenklich. »Aus seinem Munde klingt das so sonderbar. Wie von einem Pastor. Schon neulich…« Sie berichtete von Adameits philosophischer Ader.

»Na, jedenfalls hat er sich der Sache mit Feuereifer angenommen und schon in Kolding Abbau und Wiederaufbau unter Anleitung der Dänen bis in alle Einzelheiten geübt. Ich habe ihn abends beim Bier zum Stationsvorsteher auf der Geisterbahn ernannt. Die anderen aber nennen ihn nur noch den Totenkopfhusaren, weil sie sagen, sein Kostüm – übrigens, wenn auch etwas zu groß für ihn, gut gemacht mit dem leuchtenden Gerippe, und dabei ganz bequem – erinnere an die alte Uniform, weißt du, mit den Schnüren vorne, wie bei meinem Hausdreß… Guck dir die Sache mal an, wenn wir sie aufgestellt haben. Ich bin jetzt nur noch nach ein paar neuen Gags aus, die wir hier einbauen könnten. Adameit hatte schon eine riesig nette Idee. Leviathan, sagt er, müsse die heißen. Die Wägelchen sollen irgendwo, wahrscheinlich ganz am Ende, in den aufklappenden Rachen eines Fischungeheuers fahren. Aber Rachen mit roten, nassen Zähnen – Stoff, angestrahlt. Grün funkelnde Augen… Ganz einfach zu machen…«

So spiegelte sich im Direktionswagen Adameits letzte große Reise. Aber wie erfüllt der selber von allen seinen Erlebnissen war, konnte Au.Backe gar nicht ahnen. Er sah nur den Feuereifer, mit dem sein ›Stationsvorsteher‹ hier daranging, die Bahn betriebsfertig wieder aufzubauen – zur Übung, natürlich, denn noch ruhte der Betrieb. Er probte mit zweien von der Stamm-Mannschaft Aufbau, Abbau und Transport für den Ernstfall, wenn die

Saison begonnen hatte. Die verschiedenen mechanischen Effekte und Attraktionen mußten ja im Handumdrehen eingebaut werden können, und er selber hatte allem Anschein nach den Ehrgeiz, sich in der Finsternis hinter der schweren, schwarzen Filzportiere, durch welche die Wägelchen ins Geisterreich rollten, auch im Schlaf zurechtfinden und flink wie eine seiner vielen Fledermäuse, die in Kopfhöhe über den Wagen hingen und unentwegt die Scheitel der Fahrgäste streifen mußten, die Wirrnis der vielen Requisiten durcheilen zu können, denn er war ja der Tod, und der Tod ist allgegenwärtig. Bei allem dem kam ihm zustatten, daß er klein und schmal von Gestalt war. Die finstere Enge, durch welche die Geleise mit jähen Wendungen und durch Mulden wie über Höcker führten, duldete keinen korpulenten Hausherrn, wenn der sich auch noch bewegen wollte. Adameit hatte schon Direktor Backe darauf aufmerksam gemacht, daß man unbedingt nur kleine Komparsen einstellen dürfe. Die wichtigsten Änderungen, die vorgenommen werden mußten, verlangten einen Maler, der das Schild über dem Eingang und die Beschriftung der Billettkasse zu ändern hatte, und eine Schneiderin, welche dem neuen Tod namens Adameit sein Gerippe und allen anderen Komparsen, sobald deren Figur erst einmal feststand, ihre schauerlichen Erscheinungen mit und ohne Kopf so einigermaßen auf Paßform abändern mußte. Die Schneiderarbeit besorgte in ihren Freistunden Fräulein Emmi vom Küchenwagen. Adameit, bei seiner ersten Anprobe sehr ernst, warnte sie vor dem giftigen Phosphor seines Knochengerüstes und empfahl Fräulein Emmi, die einen Hang zum fleischlichen Leichtsinn hatte, mehr an ihr Ende zu denken.

Niemand hätte den Direktor der Übertreibung zeihen können: Adameit war auf seine stille Art wirklich begeistert, von ruhelosem Fleiß und von unergründlichem Ernst. Er wollte den Leuten anscheinend wirklich viel mehr als nur ein oberflächliches Gruseln beibringen, eher so etwas wie einen frommen Schauder vor einer anderen Welt. Als das große, leichte Gehäuse, an dessen Gerüst, nach einem patentierten Verfahren, die Wände in Sperrholzlamellen nur aufgehängt zu werden brauchten, erst einmal stand und die Wagen rollen konnten, war er kaum noch herauszubringen. »Genauso war er damals, nach dem Unglück, als wieder das erste Löwenpaar gekommen war!« sagte die Frau des Direktors gerührt. »Da schlief er auch häufiger bei den Löwen als bei Menschen, und damals, glaube ich, hat er das Heiraten verpaßt. – Er ist doch eine treue Seele.«

Ja, hier endlich war für Adameit wieder etwas, was ihm zu einer Art Lebensraum werden konnte, ein Ersatz für den Zelthimmel von einst, unter dem er groß geworden war, und in den verschiedenen sinnfälligen Attraktionen seiner Bahnstrecke etwas, was seine Phantasie nicht mehr losließ.

Die meisten aller Gruselreize im Geisterreich beruhten ja leider nicht so sehr auf dem Eifer der drei Komparsen, sondern auf dem reibungslosen Funktionieren der Maschinerie. Und niemand hätte dem alten Dompteur, der sich ja im Grunde genommen immer nur auf Tiere und später auf Bau und Transport verstanden hatte, die Beharrlichkeit zugetraut, mit der er – im Verein mit einem Elektriker des Unternehmens – die Schaltungsintervalle für die Beleuchtungseffekte seiner Bahn studierte. Die völlige Finsternis, in welcher die Fahrt durch sein Reich angetreten wurde, sollte ja nur bei den verschiedenen Stationen und Geistererscheinungen mit einem schlagartig einsetzenden und ebenso jäh endenden Aufflammen farbiger Leuchten erhellt werden, welche die Augen der Reisenden halb geblendet zu Wahrnehmungen weckten, welche schon wenige Sekunden später wieder in der Finsternis untergingen. Längere Erhellung hätte die Illusion zunichte gemacht und Pappe, Drähte, Attrappen und Mechanismen erkennen lassen, welche nur eine schreckhafte Beleuchtung von Sekunden vertrugen, um Schaudern fördern zu können.

Der Beleuchtung war also besondere Aufmerksamkeit zu schenken, ihrer Kürze und dem Spiel der Farben. Deren Skala reichte von blutigem Rot über Grün und Blau zu fahlem Neon-Weiß. In rotem Licht tummelte sich der Teufel, der geschwänzt und gehörnt mit schauerlichem Gebrüll jeden Wagen anzufallen und die Reisenden mit einer ganz weichen Schaumgummigabel aufzuspießen hatte für seinen langsam bratenden Rost, auf den die schlechten Gewissen gehörten. In fahlem Blau, welches an Mitternacht denken ließ, entstieg das mechanische Schloßgespenst seinem Sarg, wenn die unentwegt rotierende Walze die Öffnung des Deckels bewirkte und die stelzigen Glieder bewegte, während der Filzhammer den Zwölf-Uhr-Schlag auf dem in der Finsternis unsichtbaren Gong schlug und Eulenaugen glühten. King-Kong, entsetzlich haarig, alles überragend neben der engen Fahrbahn, mit aufgerissenem rotem Rachen und gefletschten Zähnen, ließ zu grünem Urwalddämmerlicht lautlos seine Schaumgummifaust neben die Wägelchen fallen, um sie gleich danach, bis der folgende Wagen kam, von keinem Fehlschlag neben den sich duckenden, kreischenden Reisenden enttäuscht, mit den etwas ruckhaften Bewegungen einer Gliederpuppe wieder hoch zu erheben; und in grau-grünem Licht, wie es von seinem phosphoreszierenden, abgeschlagenen Kopf selber ausstrahlte, erschien der enthauptete Komparse und bot jedem der Wägelchen beflissen seinen Kopf mit dem in geblecktem Grinsen erstarrten Gesicht an, während das Blut aus dem Hals, von dem ein Henkerbeil ihm roh den Kopf getrennt hatte, brunnenhaft quoll – aber nie überquoll. Nur der Tod erschien im ganzen, gebündelten Licht: weiß, ob auch neon-fahl, wirklich und wahrhaftig. Jeder Reisende konnte beim Nahen im Wagen sehen, wie er zum Schlag mit der Sense ausholte, dem einen Schlag, den keiner in seinem Leben zweimal erlebt – aber er schlug in Wirklichkeit nie zu. Das Grausigste des tödlichen Streiches ersetzte ein jedes Auge blendender Lichtblitz, und ›Sense bei Fuß‹, selber vom Dunkel verschluckt, konnte der Tod den Wagen vorüberrumpeln lassen – der Hölle entgegen, wo ein Warmluftgebläse die augenblicksweise rot angestrahlten Stoffzungen feurig flattern ließ und jedem Fahrgast das rechte Vorgefühl gab, wie heiß es erst auf dem Rost sein müsse, während der Nebler, dessen kleine Wolke in fahlem Blau erschien, so recht die Moderfeuchte der Gespensterverliese schenkte, zumal die Bahn an dieser Stelle steil bergab ging.

Jedem der Wagen, die, auf ein rollendes Kettenband montiert, langsam vorwärtsrumpelten und im hölzernen Plateau einen trefflichen Resonanzboden besaßen, der außer dem Rumpeln nur noch Schreie hörbar werden ließ, erschien das gleiche, und auf die Abstimmung der Umlaufgeschwindigkeit mit dem Zeitpunkt für den Einsatz der mechanischen Effekte kam alles an. Vor jedem der Wagen mußte im richtigen Augenblick das Rechte erscheinen. Die meisten der akustischen und optischen Nebeneffekte wurden durch Kontaktschienen ausgelöst, der Glockenschlag des mitternächtlichen Gongs zum Beispiel, der eigentlich, solange die Bahn in Betrieb war, nie zur Ruhe kam, oder die Heulsirene ›Windsbraut‹, welche den flimmernden Hexenritt in seiner Fernsicht-Nische begleitete. Nur die drei Komparsen

konnten improvisieren, aber sie hatten zu leisten, was Phantasie
und Kehle vermochten, und jeder von ihnen hatte neben seinem
Standplatz im Dunkeln einen Kasten Bier.

VIII

S O   W A R Adameits Geisterbahn, oder – so wurde sie, als der alte
Dompteur erst einmal etliche Wochen nach der Rückkehr aus
Dänemark von früh bis spät gearbeitet hatte. Er als ›Stationsvorsteher‹ brauchte zur Erstellung des Geisterreiches, durch das seine
Bahn führte, und zum reibungslosen Auftauchen und Verschwinden aller Erscheinungen darin soviel Wochen, wie der Welten-
schöpfer Tage benötigt hatte, Himmel und Erde und alles, was
sich bis heute dazwischen befindet, aus dem Nichts zu rufen.
Aus dem Nichts konnte Adameit nicht schaffen. Er war sparsam
und tüftelte das meiste allein aus, aber einen Schlosser, einen
Schreiner und vor allem einen zum Unternehmen Salamonski
gehörenden Elektriker benötigte er doch erkleckliche Stunden.
Und so kam am Ende auch der Leviathan zustande: ein grünli-
ches Ungeheuer, von Tang und Algen behangen, halb der rie-
sigste Karpfen, der sich je aufs Festland verirrt, und halb des Jonas Gastwirt, als er jenen in seinem Bauch beherbergt hatte. Sein
ungeheurer Kopf, ganz Maul und Schlund, tauchte vor den entsetzten Reisenden erst auf, wenn die Vorderkante ihres offenen
Wagens schon beinahe die Barten oder Zähne berührte, welche
hier in einem vulgärzoologischen Mißverständnis Wildschwein-
hauern ähnelten, aber gottlob doch so früh, daß, durch einen
Kontaktschluß bewirkt, das Maul sich auftun, die ganze Kinn-
lade mit dumpfem Schlag niederfallen und den Wagen mitsamt
den Reisenden aufnehmen konnte: hinein in den roten, allenthalben von Feuchte triefenden Schlund, hinter welchem die
Reisenden, geblendet von anderem starkem Licht jenseits der
schwarzen Filzportiere, in der Rummelplatzwelt landeten, während die Papiermaché-Kinnlade des Untiers derweil sich wieder
gehoben hatte, um vor dem folgenden Wagen gleichermaßen zu
fallen.
War es das Alter oder war es die vermehrte Mühsal vieler Wochen und daß er sich so wenig Zeit zum Essen und zum Ausru-

hen gegönnt hatte - der einst nur knochige und sehnige Adameit war im Laufe kurzer Zeit ein brandmageres, eisgraues Männchen geworden. Selber hatte er mitunter das Gefühl, er sähe die Welt wie durch ein umgekehrtes Fernrohr - so weit entfernt, so klein, so zappelig und... so nichtig. Ihm, der nie mehr an irdischem Gut besessen hatte, als er in seiner Wagenecke mühelos hatte verstauen können, hatte jahrelang etwas anderes gefehlt, und jetzt im Alter, spürte er, hatte er es endlich noch einmal bekommen: eine Welt, in der er regieren konnte wie über Löwen, und ein Dach, unter dem er mit Mühe und Pflege und Freude daheim war: der Zelthimmel von einst - in patentierte Sperrholz-Lamellen verwandelt. Von allem dem aus, was er verwaltete und für dessen reibungsloses Funktionieren er dem Direktor gegenüber verantwortlich war, gab es aber auch noch eine ihm selber dunkel spürbare, seine innerste Freude und Befriedigung erregende Beziehung weiter, hinaus, hinüber, irgendwohin ins Bedeutungsvolle, wo, wie er fühlte, der ›Spitzbubenpastor‹ mit seinen Gedanken zu Haus war.

Das verstanden die anderen alle nicht, auch sein Direktor nicht, der sich über ihn bestimmt nur gewundert hatte, als er ihn bei angeschalteter nüchterner Arbeitsbeleuchtung auf seinem kleinen Hocker, den er sich für die Pausen an jener Stelle reserviert hatte, wo nach der Ordnung des Geisterreiches der Tod erscheinen mußte, sitzen sah. Er hatte einfach still dagesessen, ganz richtig, und manchmal nach links und nach rechts geguckt, nur um festzustellen, daß alles da war, was da zu sein hatte, wie schlafend, gewissermaßen, bis es einmal im roten, grünen, blauen Licht erwachen mußte und seine Bedeutung erreichte, die eben zwischen Drähten, Latten, Schienen, unter Papiermaché, Draperien und Gott weiß was sonst noch, so tief verborgen und unsichtbar war wie die Apfelkerne in ihrem Gehäuse unter dem Fruchtfleisch... Und da war er wahrscheinlich ein bißchen eingenickt, denn es war so still auf seiner Bahn gewesen, wie ein Stationsvorstand auf der Saharastrecke es nicht stiller haben konnte, und die mechanischen Geister hatten auch nicht mehr Leben in sich gehabt als Denkmäler. Die Walze war gerade in dem Augenblick stehengeblieben, in dem sie die erste Öffnung des Sargdeckels bewirkt hatte, und nun konnte man staunen, mit wieviel Geduld das Gespenst Stunde um Stunde und Tag um Tag, bis endlich die Maschine wieder einmal in Gang gesetzt wurde, halb aufgerichtet unter dem Sargdeckel kauerte. So würde man selber wohl auch auf den Jüngsten Tag warten müssen, bis die Posaune ertönte. Dazwischen aber lag der Tod... Und bis das Paradies anbrach, kam bestimmt erst noch einmal eine haushohe Sintflut. Die Leute waren danach, und sie gingen nicht in sich, sondern wurden von Tag zu Tag schlimmer.

Adameit hätte sich die Geisterbahn am liebsten in eine etwas stillere Gegend als gerade zwischen Achterbahn, Karussell und Schießbuden gewünscht. Der Lärm rundum, zu ihrem eigenen Lärm, ließ sicher niemanden mehr zum Nachdenken kommen, meinte er. Und ein bißchen Nachdenken gehörte unbedingt mit zum Spaß. Nur so viel, daß man gerade noch den Weg erkennen konnte, der aus dem Jux hinausging ins Ernste.

»Mensch, Adameit, wollen Sie hier Hütten bauen?« hatte sein Direktor gefragt und wohl zu spät gemerkt, daß er ein bißchen eingeschlummert gewesen war. »Stationsvorsteher sein ist gut, aber hier werden Sie noch lange genug hocken können, wenn die Bahn erst mal fährt!«

»Ich bin mit zwölf Jahren in die Manege gekommen, Herr Direktor, und habe es noch nie langweilig gehabt«, hatte er gesagt.

»Na ja, Manege, Manege!« hatte Backe gemeint. »Das war doch was Lebendiges und kein Panoptikum wie hier!«

Richtig, das empfand Adameit selber: das alles hier war tot, ein Panoptikum, wie der Direktor sagte; aber Leben brachte jeder Lebendige hinein, und dann konnte es ja furchtbar lebendig werden, so daß man keinen Schlaf mehr fand. Er hätte davon etwas erzählen können.

»Weißt du, ich glaube, er wird uns noch meschugge, wenn er so weitermacht«, sagte Au. Backe zu seiner Frau. »Ich möchte beinahe glauben, der nimmt das alles todernst, das Ungeheuer und das Gespenst und die Hölle und – sich selber, den Tod.«

»Ja, so ein alter Ostpreuße, und katholisch ist er halt auch«, meinte Frau Backe einsilbig.

»Nanu, was hat denn das mit katholisch und evangelisch zu tun!« sagte Backe lachend. »Du bist gut! Meinst du, es gäbe eine besondere katholische Gespensterliebe?«

»Nein, das nicht«, wehrte seine Frau ab, »aber... Wie soll ich sagen? Die... die haben so mehr, na, mehr Phantasie, und die stellen sich noch mehr vor, jedenfalls die einfachen Leute.«

»Das kann sein«, meinte Backe. »Alles, was sie so über Hölle und

Fegefeuer verzapfen! Und dann sind ja auch ihre Kirchen voll davon! – Na, das wird psychologisch interessant, was das Publikum betrifft. Erst kommt die Westfalen- und Rheinland-Tour, wie im vergangenen Jahr, aber dazwischen einmal, nach Sonderabmachung, Hameln und Verden. – Ich habe bloß Angst, daß die ganze Geschichte zu empfindlich ist, mehr für stationären Gebrauch als für den Transport, bei dem ja doch immer allerhand zu Bruch geht. Die Dänen sind nette Leute, aber verdammte Geschäftsleute!«

»Wie die Holländer!« warf Frau Backe ein.

»Mag stimmen«, pflichtete ihr Mann bei. »Ich habe nämlich so den finsteren Verdacht, daß die mir die Bahn deshalb angehängt haben. Und wenn wir unterwegs ewig Reparaturen oder Pannen haben...? Die Sachen müssen wie rohe Eier verpackt werden, das werde ich Adameit noch einmal sagen.«

Nachdem er ›das‹ gesagt hatte, berichtete Au.Backe sichtlich beeindruckt seiner Frau: »Stell dir einmal vor... Wirst du daraus klug? Ich will mit Adameit wegen des Transports und der Verpackung und so überhaupt reden, damit wir unterwegs nicht zuviel Pannen und Reparaturen haben, und er...«

Seine Frau, die mit einer Handarbeit im Schoß dasaß, blickte auf.

»Stell dir vor: er hat das alles schon selber bedacht. Hier...!« Er entrollte ein paar Blätter, auf denen sehr unbeholfen Plan-Skizzen eingezeichnet waren und die Reihenfolge der einzelnen Arbeitsphasen beim Aufbau und beim Abbau der Geisterbahn vermerkt stand. Das Wichtigste waren die Bauabschnitte, bei denen der Einbau oder der Ausbau der elektrischen Apparaturen berücksichtigt werden mußte. Außerdem hatte jeder Bestandteil der Bahn jetzt eine Nummer von ihm bekommen, die in den Aufzeichnungen über die Bauabschnitte wiederkehrte.

»Na, ich bitte dich«, sagte der Direktor, »das... das alles ist ja beinahe so etwas wie ein Testament!«

Frau Backe schüttelte sanftmütig den Kopf. »Ja«, sagte sie leise, »das ist sonderbar. Man sollte glauben, er wolle weg – aber im Guten.«

»Tja«, meinte Backe, »finde ich auch.«

»Aber gerade jetzt! Er ist im Grunde doch immer noch der einzige, der die Sache schon völlig beherrscht! Er müßte andere anlernen.«

»Eben, eben. - Na, ich habe gedacht, ich lasse mal einstweilen von Gehaltskürzung nichts verlauten. Und schließlich hat er ja bis eben wirklich viel mehr zu tun gehabt als sonst. Guck ihn dir an...«

IX

ER SELBER hatte sich bestimmt lange nicht mehr im Spiegel betrachtet [obschon er beinahe immer gut rasiert war], und er konnte sich auch nicht sehen, wie er da zuhöchst auf einem der drei Troßwagen saß, die seine Bahn trugen: pflichtgetreuer Bahnhofsvorsteher, der seine Strecke auch in diesem Zustand nicht verließ und dem man im Laufe der folgenden Wochen und Monate nachsagte, er halte während der Fahrt den Sarg mit dem erwachenden Gespenst auf dem Schoß, damit dem Skelett kein Schaden zugefügt werde, oder er trage wie ein ängstlich besorgter Vater das Ungeheuer King-Kong Huckepack, damit es seine abends niederschmetternde Faust nicht verletzte. Leviathan ruhte in einer gewaltigen Kiste auf Maß, deren Inhalt eine Unzahl daraufgemalter Gläser als höchst zerbrechlich kennzeichnete, und auch die Heerschar der Fledermäuse wie die feineren akustischen und optischen Mechanismen hatten Transport-Gelasse erhalten. Adameit hatte sich in den letzten Wochen vor dem großen Aufbruch als Packmeister erwiesen, der bei jeder großen Spedition anerkannt worden wäre. Nur er allein wußte ja auch um die Empfindsamkeit und Gebrechlichkeit der Geister. Müde trat er die Reise an und bangte.

Die Befürchtungen, die auch sein Direktor hinsichtlich der Tauglichkeit der Bahn für einen häufigen Aufbau und Wiederabbau gehegt hatte, erwiesen sich als nicht unbegründet. Vor allem aber verlangte diese neue von den Attraktionen des berühmten Zirkus Salamonski bei der Bau- und Transportgruppe ein geschultes, ganz aufeinander eingearbeitetes Personal. Adameit selber setzte seine Hoffnung auf die zwei, die schon mit ihm in Kolding gewesen waren. Am Anfang der Tournee aber, in Oldenburg, stand das Haus der Geisterbahn am ersten Abend des Gastspiels immer noch dunkel und still da - tot wie die vielen Toten, die es unter der Herrschaft des Sensenmannes beherbergte, und rundumher drehten sich und rasten alle anderen Attraktionen gleichsam um so rascher und lärmender, wie um ihre Verläßlichkeit und den Sieg der in PS zu errechnenden Wirklichkeit über das Reich der jenseitigen Schatten zu beweisen. Erst im letzten Augenblick, als Adameit hohläugig und schweißtriefend auf allen vieren zwischen Balken und Sperrholz-Lamellen auf dem Plateau zum Vorschein gekommen war und nur noch die Kraft gehabt hatte, stumm verneinend den Kopf zu schütteln, war provisorisch ein Schild über dem Eingang aufgehängt worden, auf dem ERÖFFNUNG MORGEN in einer Schrift vermerkt stand, welche durch unbefangen erscheinenden Schwung sich zu verbergen bemühte, wieviel Schweiß, Enttäuschung, ohnmächtiger Zorn und bittere Resignation hinter der Tatsache steckten, daß der vollständige Aufbau der Bahn zum vorgesehenen Zeitpunkt nicht möglich gewesen war.

Für Au.Backe war es ein warnendes Erlebnis, daß seine Befürchtungen sich schon am ersten Abend bewahrheitet hatten, und er hätte, darauf angesprochen, vielleicht ganz allgemein eine viel schärfere Politik gegenüber Dänemark befürwortet. Aber als er dem völlig verstörten, hohläugigen Adameit gegenübertrat, der wie nach dem Prankenschlag eines Raubtiers die vielen Schürf-, Schnitt- und Quetschwunden an seinen Händen mit der Zunge leckte und durch Pusten zu kühlen versuchte, besaß er nicht mehr den Mut, von den Erfordernissen der Rentabilität und seinen Erwartungen in die Fähigkeiten seiner Mitarbeiter zu sprechen, sondern verfiel in die Rolle eines Trösters, der die natürlichen Schwierigkeiten beim Start der neuen Attraktion nicht gar zu tragisch genommen wissen wollte.

Adameit blickte ihn dankbar an. Die Maus war zu einem Mäuslein geworden. Dann machte er sich von neuem an die Arbeit. Draußen, jenseits der patentierten Lamellen, raste und stampfte der seelenlose Betrieb, der so grob und irdisch war, daß garnichts versagen konnte, während er mit der Geduld eines Uhrmachers in völliger Stille die jenseitige Welt für ihre Erscheinung unter den Sterblichen rüstete. Wenn er einmal nicht mehr weiter wußte, rannte er verstohlen zu einem der Elektriker, die Wache hatten, und bat den um Hilfe. Bis zur Polizeistunde konnte er auf deren Beistand zählen. Danach aber war er ganz allein. Und er war einsamer als jeder andere. Die Stille, die nach Anbruch der Polizeistunde allmählich eintrat und sich mit dem Schweigen über seiner Strecke vereinigte, konnte ihm das Gefühl geben,

Arbeiter in einem sehr, sehr langen Tunnel oder in einer weitläufigen Gruft zu sein.

Er hatte den Obermaschinisten gebeten, die Bahn unter Strom zu lassen, damit er jederzeit versuchen könnte, ob sie gehe. Und als er schließlich kurz vor Ausgang der Geisterstunde den Hauptschalter langsam vorwärtsrückte, wie jeder Laie eines Kurzschlusses mit Funken und Knallen gewärtig, statt dessen aber mit klopfendem Herzen und halboffenem Mund lauschend das trauliche Gerumpel vernahm, mit dem die Wagen auf seiner Strecke zu rollen begannen, war er so glücklich, daß er den Hebel stehenließ, wo er stand, wie im Traum zum nächsten der langsam vorrückenden Wagen ging, sich völlig erschöpft in den hineinsinken ließ und die Fahrt durch sein ganzes, rundes Reich bei Arbeitsbeleuchtung machte. Und alles war sehr gut. Das Gespenst tat den Sarg auf, die Hexen ritten, ob auch recht fahl, weil die nüchterne Helle sie störte, King-Kong wußte, was seinem Herrn und Meister gefiel, und hämmerte von hoch oben her lautlos auf Adameits Schulter, und der Leviathan erkannte den Vater in ihm und verschlang ihn mit seligem Grinsen...

Schon war er draußen und stieg aus.

Die Nachmitternacht war windig und kalt. An den spärlichen Glühbirnen der Nachtbeleuchtung über dem Platz sah er etwas vorüberfegen, was noch Regen oder schon Schnee sein konnte. Hinter ihm machten die Wagen immer noch ganz langsam und rumpelnd die Runde. Er konnte ein leises Bums! hören, wenn Leviathan wieder einmal einen Wagen fraß, der gleich danach durch die schwere Filzportiere hindurchgerollt kam. Adameit blickte ins Dunkel hinaus wie ein zufriedener Müller, der den Mahlgang gefüllt, die Steine gut gekrönt und den Bach voller Wasser weiß. Jetzt hätte er sich Menschen herbeigewünscht, einen ganzen wimmelnden Platz, schwarz voll wie das Einflugbrett vor einem besonnten Bienenstand. Aber alles lag leer. Nicht einmal einen verspäteten Heimkehrer sah er zu einem der Wagen schleichen, einen von den Jungen, die an nichts dachten als ans Leben. Dann ging er zu dem provisorischen Schild über dem Eingang, das die Eröffnung der Bahn für morgen verhieß, und riß es herunter. Morgen war heute.

Und wieder morgen und jeden Tag. Backe wiegte sich förmlich auf der Flut direktorialer Gelassenheit, mit der er Adameit über

die zu erwartenden Schwierigkeiten beim Start der neuen Attraktion hinweggetröstet hatte, als Adameit ihm am Vormittag
meldete, seine Bahn sei fertig. Der Abend brachte die Eröffnung,
eigentlich schon der Nachmittag, denn mit Rücksicht auf die
heranwachsende Jugend, die das Leben in Luftschutzkellern und
unter Phosphorbomben nur noch vom Hörensagen kannte, und
der es am ehesten anstehen mochte, das Gruseln zu lernen, war
der Beginn des Betriebs auf der Geisterbahn auf fünf Uhr nachmittags angesetzt. Und wer einmal gesagt hatte, das Ganze sei
tot und nichts als eine Art Panoptikum, wurde Lügen gestraft.
Adameit, der gewußt hatte, jeder Lebendige trage das Leben
herein, hatte recht gehabt. Zum Glück machte der Direktor mit
seiner Frau selber eine von den ersten Fahrten mit. Er hörte das
Kreischen und Jubeln der Kinder und ihrer Begleiter um sich
herum, er sah die im Blitzlicht sich duckenden Köpfe der Reisenden in den vorderen Wagen und entging selber, schaudernd,
nur um Haaresbreite dem Verhängnis durch King-Kongs nie-
dersausende Faust, aber das Gespenst interessierte sich auch für
ihn und seine Frau nicht mehr als für andere Wagen und ließ,
kaum aufgerichtet, schon wieder gelangweilt den Sargdeckel
über sich fallen, während Adameit, der Tod, ihm das vorzeitige
Ende, bevor er zur Hölle fuhr, damit ersparte, daß er die Sense
nicht schwang.
»Ist gut so, Herr Direktor?« keuchte er statt dessen heiser, über
den Wagen gebeugt, und Au.Backe schrie beim Weiterfahren:
»Großartig, Adameit!« in die Richtung, in der er seinen Tod
vermutete.

X

ABER WAS wissen die Lebendigen schon vom Tode – wo er
kommt, wann er kommt und wie er kommt! Selbst ein ›Tod
von Beruf‹ wie Adameit wußte nichts über ihn, soviel er auch
an ihn dachte. Als ›Tod von Beruf‹ sprang er seit dem ersten
Gastspiel in Oldenburg Wagen für Wagen an, grausig, sensen-
mähend, nur mit dem großen Lichtblitz ersparend, daß das
Schrecklichste sich erfüllte, Abend für Abend, und wußte dennoch immer noch viel zu wenig. Denn als er sich eines Morgens,
dem Sommer zu, in der Stadt seines ›Spitzbubenpastors‹ wortlos

umkehrte und vom Gefängnistor wegging, spürte er nur dunkel so etwas, wie daß der Schein sich nicht zu weit vom Sein entfernen durfte, wenn er noch in Verbindung mit der Wirklichkeit bleiben wollte. Mit einemmal und stärker denn je hatte er so etwas wie Heimweh nach dem Sein, und sei es im Nicht-Sein - aus dem Schein, dem er diente. Von einem Augenblick zum anderen genügte ihm der nicht mehr, war der ihm keine Brücke mehr, denn jenseits war mit einemmal Leere. Auf keine der vielen Städte, in denen der Zirkus Salamonski gastierte, pflegte er zu warten. Auf diese eine kleine Stadt aber hatte er, um dieses einen Menschen willen, gewartet und sich sogar ein bißchen auf sie gefreut. Dem Himmel war er nicht nähergekommen, das meinte er, wenn der Pastor ihn fragen sollte, eingestehen zu müssen, aber es konnte vielleicht gut sein, sich wieder einmal über den Weg zu vergewissern. Und dann: mit ihm konnte man noch einmal irgendwie zu Haus sein...

Sie waren von Rheine gekommen, am frühen Vormittag, und hatten hier gleich mit dem Aufbau begonnen. Bis zum Nachmittag des folgenden Tages hatte alles stehen müssen. Jetzt, nach zwanzigmaligem Aufbau und Wiederabbau, mußte er beinahe mit einem Lächeln an die verbissene, einsame Schlacht denken, die er vor der ersten Vorstellung in Oldenburg gekämpft hatte, wo alles erst einen Tag später - zu spät - fertig geworden war. Aber auch jetzt mußte einen ganzen und einen halben Tag lang scharf gearbeitet werden, wenn alles betriebsfertig dastehen sollte: Achterbahn, Geisterbahn, Karussells, Schießstand. In dieser Zeit hatte er nur mitunter zum ›Sumpfhuhn‹ hinüberdenken und sich unter seine Flügel wünschen können, und gegen Abend zu hatte er sich's nicht versagt, zwischen der Arbeit drinnen bisweilen nach draußen zu gehen, wie um etwas frische Luft zu schöpfen, und einen Blick über den Platz zu werfen, auf dem noch bei jeder der Attraktionen emsig gebaut worden war. War er schon da? Oder wartete er bis nach der Eröffnung? ... Er hätte ihn, wenn er da irgendwo gestanden hätte, sofort erkannt.

Aber er war nicht dagewesen. Der wartet bestimmt die Eröffnung ab, hatte er gedacht, und besuchte dann seine Hirsche und Schwäne und würde sicherlich auch mit der Geisterbahn fahren, und er, Adameit... Aber nein, sollte er tatsächlich auch gegen den die Sense schwingen? Das war ihm unpassend vorgekommen, beinahe frivol. Bei jemandem, der mit dem Tod dermaßen auf Du stand wie der?

Er hatte ihn auch am Tag der Eröffnung nicht zu Gesicht bekommen, und am Abend, bis zur Polizeistunde, hatte er Wagen auf Wagen anfallen und junges und erwachsenes Volk niedermähen können, aber *er* war in keinem der Wagen gewesen. Mit einemmal hatte ihn da alles etwas leerer gedünkt, trotz dem begeisterten Zuspruch, den seine Bahn überall fand, und trotz allem Jauchzen und Kreischen ohne die wichtigste Beglaubigung.

Heute nun, am Morgen, war für ihn die erste Möglichkeit gewesen, selber etwas zu unternehmen. Er hatte sich ja auch ›melden‹ sollen.

Er war zum Gefängnis gegangen, jenem, bei dem er ihn früher einmal abgeholt hatte, hatte an der hohen Backsteinmauer hinaufgesehen, die den Hof mit seinen vielen Gebäuden darin umgab, hatte beklommen den Kopf geschüttelt über das schwere, graugestrichene, eiserne Tor, zu dem er gottlob nicht mit einer ›grünen Minna‹ hineingefahren wurde, hatte geklingelt. Gleich hatte der Wachhabende geöffnet, ein dicker, viel Bier trinkender oder unter wenig Bewegung leidender Mann, dem die grüne Uniform in allen Nähten spannte. Er hatte nach ›seinem‹ Pastor gefragt. Der Wachhabende hatte ihn aufmerksam betrachtet, ja, ihn beinahe gemustert, als versuchte er, ihn nach einer verschwommenen Erinnerung wiederzuerkennen.

»Sind Sie früher mal bei uns gewesen?« hatte er gefragt.

»Wie? Ich? Hier gewesen…?« hatte Adameit gesagt. »Ja!«

»Aha!«

»Aber… aber nicht drinnen, nicht drinnen! Ich habe ihn hier nur einmal abgeholt!«

»Ach so, das ist was ganz anderes«, hatte der Beamte mit einem Anflug von Lächeln gesagt. -»Tja, der Herr Pastor ist nicht mehr bei uns. Haben Sie ihn gut gekannt?«

»Ach Gott, nicht so besonders, aber…«

»Nein, der ist nicht mehr hier. - Der ist tot.«

Und dann hatte er soviel erfahren, wie der Beamte einem Wildfremden zu erzählen für richtig fand. Wolle Adameit mehr wissen, dann solle er sich an die Schwester wenden, die wohne immer noch in dem alten kleinen Haus. - Er, der eigentlich nie allein hätte Auto fahren dürfen, war in der Osterzeit doch einmal allein aufgebrochen, weil gerade niemand hatte mitkommen können, um in den Außenlagern der Strafanstalt, die in den großen Mooren lagen, die Gefangenen zu besuchen und Gottesdienst zu halten. Übermüdet, wie er meistens gewesen war, mußte ihm unterwegs wohl etwas zugestoßen sein – »Sie wissen ja«, sagte der Beamte mit aufrichtiger Trauer, »er hatte die schwere Kopfverletzung vom Krieg her; und da ist er erst gegen einen Baum gefahren, und dann hat es ihn weit neben die Straße geschleudert. Wäre jemand bei ihm gewesen – verhindern können hätte der es ja auch nicht, denn so etwas geht viel zu schnell, als daß man dann noch etwas tun könnte, aber… Er war eben ganz allein. – Und so einen bekommen wir nie wieder«, hatte der Wachhabende hinzugefügt, bevor Adameit sich auf dem Fleck umgedreht hatte und weggegangen war.

So früh es war, er hätte zu Frau Pepperkorn ins ›Sumpfhuhn‹ gehen können, um noch einmal dort zu sein, wo er mit ihm gewesen war, und um den Trost zu spüren, den nach der Meinung der Leute die Orte der vergangenen Gemeinsamkeit jenem bereithalten, der sie verwaist allein wieder aufsucht – einen Trost, der stärker sein soll als der Schmerz des Entbehrens. Adameit aber hätte ein Besuch im ›Sumpfhuhn‹ zu dieser Stunde eher zur Verzweiflung gebracht. Vielleicht hätte er sich auf nüchternen Magen betrunken. Er ging zum Platz zurück, dort aber nicht zu seinem Wagen, den er immer noch mit einigen sehr viel Jüngeren teilte, sondern geradewegs zu der stillen Station, deren Vorstand er war. Als er hinter der Billettkasse die schwere Filzportiere zurückschlug, schaltete er nichts als die Notbeleuchtung ein, in der er sich auch nach dem unvermittelten Wechsel von Tageslicht zu notdürftigem Dämmern noch gut zurechtfinden konnte. Er hatte keinen größeren Wunsch, als eine Weile allein zu sein, und setzte sich in ›seiner‹ Nische ächzend auf den Hocker, auf dem er abends als Tod ausruhen konnte.

Tot, dachte er, tot… und seine Gedanken schweiften zu den Erzählungen des Wachhabenden zurück. Er dachte an den Baum, gegen den der Pfarrer gefahren war. Dann hatte es ihn weit neben die Straße hinausgeschleudert… Ach Gott! und das mit diesem schon vom Kriege her fürchterlich zugerichteten, gebrechlichen Kopf! Das war alles so hart, daß er hätte heulen mögen. In der Osterzeit war es gewesen, weil er bei seinen Gefangenen hatte sein wollen, die irgendwo in den großen Außenlagern im Moor Torf stachen oder Gräben zogen oder Knüppeldämme bauten... Wo war er selber, Adameit, damals gewesen? In Hamburg. Ganz ahnungslos. Er hatte dort sein dürfen, und das hatte hier geschehen dürfen, ohne daß ihm ein Gefühl auch nur das geringste gesagt hätte. Aber ›er war eben ganz allein‹. Er hätte nie allein fahren dürfen. ›Und so einen bekommen wir nie wieder!‹

Diese beiden Äußerungen des Beamten hatten sich ihm wörtlich eingeprägt. Sie waren auch geheimnisvoll doppelsinnig, fühlte er, ohne daß der Beamte mehr als den einen wörtlichen Sinn beabsichtigt hatte. ›Er war eben ganz allein...‹, doch ihm, Adameit, war er zwei-, dreimal eine Gesellschaft gewesen, an die er seitdem fortwährend hatte zurückdenken müssen, die seinem Leben eine ganz neue Richtung oder so etwas wie einen neuen Inhalt gegeben hatte: die Richtung zum Tode und den Gedanken an den Tod als Inhalt, weil... Wie hatte er damals, am ersten Abend im ›Sumpfhuhn‹, gesagt? Hier fiel es ihm wieder so ein, daß er's mit Sicherheit als richtig erkannte: »Alle Gedanken des Christentums muß man auf den Tod zu denken, und nicht aufs irdische Leben. Nur aufs ewige Leben...« Jaja, dachte Adameit da auf seinem Hocker und nickte vor sich hin. Was für eine gute Gesellschaft, aber er selber ›war eben ganz allein‹. Dunkel hatte Adameit das Gefühl, darin liege so etwas wie das ganze Geheimnis des Amtes, das er dem spaßigen Pastor vom Rummelplatz am ersten Abend gar nicht hatte glauben wollen.

Tot. Zu Ende. Jetzt würde er in gewisser Hinsicht nie mehr nach Haus können, jetzt lag auch ganz Ostpreußen und ganz Ermland wie in einer anderen Welt, aus der keiner mehr zu Besuch kam. Denn die Geister hier – hatten die den Leuten wirklich nur das zu sagen, worauf er Abend für Abend ihr Kreischen, ihr Gebrüll, ihr wieherndes Johlen als Antwort hörte? Sah denn kein Mensch, der durchfuhr, hier den Anfang vom Ende? Sein Pastor, der ihn gelehrt hatte, darauf achtzugeben, was ein Balken, eine Planke, eine Schraube zu bedeuten hatten – der hätte auch hier die richtigen Augen gehabt. Und was hätte er noch selbst ihm, der doch alles kannte, alles aufbaute und abbaute und alles in Betrieb hielt – was hätte der noch selbst ihm alles zu sagen gewußt!

Er würde es nie mehr hören. Der andere war über die Welt der Bedeutungen hinaus schon im Wirklichen; nicht im Schein, den man so oder anders entschlüsseln konnte, sondern im Sein. Adameit fühlte von neuem, wie schon beim Gefängnis, die Sehnsucht nach seinem Pastor wie nach einem anderen Sein und einer anderen Welt, weil er sich hier jetzt so allein vorkam wie in seinem ganzen Leben noch nicht, nicht einmal hinter dem Stacheldraht der Gefangenschaft früher. Aber das war natürlich ein ganz dunkles Gefühl, nur der allgemeinen Richtung nach, nichts als ein Wunsch: weg, weg aus allem, was die Leute doch nicht als das erkannten, was es war, und worüber sie ohne nachzudenken lachten. Im Grunde genommen, meinte er, lachten sie ihn selber aus, und in gewissem Sinne auch seinen Pastor, für den er sich wehren zu müssen meinte. Häng dich auf! riet ihm hier im Halbdunkel zum erstenmal eine innere Stimme, und er blickte jäh auf, als hätte er diese Stimme wirklich und leibhaftig gehört, vielleicht aus dem halboffenen Sarg vom Gespenst oder von dem in einem starren Grinsen verzerrten, phosphoreszierenden Kopf des Enthaupteten, der auf einem Schemel vor der folgenden Nische lag. Er musterte mit gerunzelten Brauen alle seine Geister und stand auf. Nein... Die alle waren still, die sagten nichts. Die Stimme aber sprach weiter, wo immer er in seiner Traurigkeit ging und stand, und je müder und mutloser er sich fühlte, desto beharrlicher nahm sie an Stärke zu. Er lebte beständig mit einem Einflüsterer im Ohr, der ihn nie verließ, und der war seine einzige Gesellschaft. Wenn das Abendpublikum vor grauslichem Vergnügen kreischte, dann flüsterte der nur noch lauter, und seine Einflüsterungen hatten die Süße der Bitternis gegen die Fadheit all dieser nichtsnutzigen, frivolen, denkfaulen Menschen, die keine andere Welt kannten als jene, in der ihr Tisch zum Essen und ihr Bett zum Lieben standen, die Motorrad oder Auto fuhren und meinten, damit allein schon kämen sie an ein Ziel, und zwischen denen er sich so alt, so uralt und so fremd fühlte, als wäre er nicht zweiundsechzig Jahre alt und aus Katzdangen, Kreis Allenstein, sondern von vor Jahrhunderten und von einem ganz anderen Stern.

XI

»DER MUSS irgend etwas erlebt haben, wovon er uns nichts sagt«, meinte Direktor Backe zu seiner Frau, als sie über Adameits noch stärker merkbare Sonderlichkeit sprachen: daß er sich jetzt nur noch ganz für sich allein hielt, mit niemandem mehr sprach, am liebsten auch tagsüber allein im Halbdunkeln auf der Station saß, zu deren Vorsteher Au.Backe selber ihn einmal im Scherz beim Bier in Kolding ernannt hatte – lange war's her.

»Aber gib zu«, sagte Backe, »ich habe den Trend damals richtig gespürt. Und wenn du dir die Kassenausweise ansiehst und alle miteinander vergleichst, siehst du den Erfolg noch ganz anders. So etwas wie die Geisterbahn wollen die Leute jetzt auf dem Platz. Genau wie Okkultismus und Spiritismus und Yoga, und wie alle diese Sachen heißen mögen, in den Vortragssälen. Der Trend geht nach dem Metaphysischen, soviel ist sicher, und da ist ja im Grunde genommen was Gutes und eben dieser gewisse Kitzel bei.«

»Aber hat er die anderen jetzt angelernt?« fragte Frau Backe. »Wenn er sich immer so ganz für sich allein hält und alles allein machen will, müßte man ja fürchten, daß die anderen niemals…«

»Doch, doch, soviel hat er ihnen schon gesagt und sagt's ihnen noch«, meinte Backe. »An sich könnten wir ihn jetzt schon entbehren, und irgendwann wird man ja einmal daran denken müssen, wenn es so weitergeht.«

»Merkwürdig«, sagte seine Frau nachdenklich, »mir ist so… Waren wir, als er mit einemmal so fromm wurde, nicht auch hier in der Gegend?«

Backe fing an, nachzurechnen. »Könnte wohl sein«, meinte er dann. »Also hängt es vielleicht damit zusammen? Warte mal! Wie ging es damals? Diepholz, Osnabrück, Vechta… Tja, könnte stimmen. Ist eben auch eine kolossal katholische Gegend hier, schwarz ist gar kein Ausdruck dafür. Du hast gar nicht so unrecht gehabt mit der ›katholischen Gespensterliebe‹. Aber ich habe so verschiedentlich das Publikum studiert. Psychologisch interessant. Die Leute nehmen das Gruseln mit Humor, als etwas Fremdes, aber im Grunde genommen doch Vertrautes, auf jeden Fall freundlich und bei allem Jux mit Respekt. Bin gespannt, ob das überall so geht. Nur… Ich habe manchmal das Gefühl, der Adameit schnappt uns noch über. Wenn man seine Geister beleidigt, hat man sozusagen ihn selber beleidigt. Ich glaube, der möchte seine Bahn am liebsten in einer Kirche aufbauen. Von mir aus gerne, wenigstens am Sonntag, da hätte man

sein Kassenpublikum sozusagen mit katholischer ›Sonntags-
pflicht‹.«

»Ach, laß das doch!« sagte seine Frau.

Backe hatte zum erstenmal das Gefühl, sie höre es nicht gern,
wenn er so über ihre Kirche sprach. Die Salamonskis waren von
Haus aus selber katholisch, und er hatte seine Frau katholisch geheiratet.

»Na«, sagte er mit direktorialer Würde, »alles Veteranentum in
Ehren, aber wenn das so weitergeht, muß ich ihn mir mal vor-
knöpfen!«

Doch als Adameit ganz von selber zu ihm kam, das war in Hameln nach der ersten Vorstellung auf Sonderabmachung dort,
die Backe schon in Hamburg vereinbart hatte, ›knöpfte‹ der
Direktor Adameit nicht vor, wie er es für den Fall geplant hatte,
daß Adameit bei seiner Sonderlichkeit beharren würde, sondern
sagte selber nur angewidert: »Schweinerei! Warum kommen
Sie damit ausgerechnet zu mir?«

»Nu, weil Sie sich sonst doch nicht vorstellen könnten, daß jemand so etwas dem Tod antut – dem Tod, Herr Direktor! Mitten ins Gesicht, Herr Direktor!«

»Aber nehmen Sie die Schweinerei jetzt doch gefälligst weg! Ist
ja peinlich!« rief Backe erregt.

»Jetzt kann ich sie ja wegnehmen, Herr Direktor«, meinte Adameit leise und ganz ruhig, »aber wenn ich sie Ihnen nicht gebracht hätte, hätten Sie es mir ja doch nicht geglaubt. Das sind
die Frauen heutzutage, und dazu fahren sie bei uns auf der
Bahn!«

Backe, angewidert und sehr erregt, polterte los: »Aber so nehmen Sie's doch endlich weg, das gehört doch nicht auf den
Schreibtisch! Und wenn meine Frau jetzt hereinkäme… Men-
schenskind, stellen Sie sich das doch mal vor!«

Adameit faltete die schmutzige Zeitung auseinander, mit der er
schon gekommen war, und packte ein. Der Direktor sah ihm mit
verbissenem Schweigen zu und ärgerte sich über die Langsamkeit. Er war fest entschlossen, kein Wort zu sagen, bevor Adameit sich von seinem Schreibtisch entfernte und das einpackte,
womit man gewagt hatte, dem Tod ins Angesicht zu schlagen –
dem Tod und nicht Adameit –: ein widerwärtig beschmutztes
Stück Unterkleidung. Wenn der Schlag damit ihm, Adameit
selber, zugedacht gewesen wäre, hätte das den alten ›Stations-

vorstand‹ längst nicht dermaßen gekränkt. Er, als ehemaliger Dompteur, war ja Tiere und allerlei Tierisches gewöhnt.

»Das will ich Ihnen sagen, Herr Direktor«, sagte Adameit [»und du kannst dir nicht denken, wie tieftraurig dieser Blick damals war«, erzählte Direktor Backe seiner Frau noch Wochen und Monate später], »wenn das so weitergeht, dann hänge ich mich auf und komme wirklich als Gespenst auf die Bahn, um diesen Leuten einen Schrecken einzujagen. Aber das wird ein Schrecken werden, sage ich Ihnen, Herr Direktor, ein Schrecken…! Und dann schlagen die mir nicht mehr so etwas ins Gesicht!«
Er zitterte am ganzen Leibe.

»Du lieber Himmel«, sagte Backe besorgt, »Adameit, was ist mit Ihnen? Mann Gottes, lassen Sie sich doch so etwas nicht dermaßen zu Herzen gehen! Das ist ja nicht gegen Sie gemeint, also… nicht gegen den Tod und nicht gegen Sie persönlich! Die Leute sind halt wieder lebenslustig geworden und dementsprechend geschmacklos, und wenn es dunkel ist und jeder glauben kann, wie er so gerne möchte: mich sieht keiner! dann gibt es halt solche Schweine. In der Tunnelbahn ist das doch beinahe dasselbe, nur daß es da nicht lo lange dunkel bleibt und die Leute nur Zeit zum Knutschen finden.«

»Ich… ich hänge mich auf, Herr Direktor!« flüsterte Adameit außer sich. Seine ganze Erregung war Schmerz.

»Hören Sie, Adameit, Sie müssen Schluß machen mit dem Arbeiten«, warf Direktor Blacke sehr ernst ein. »So geht das nicht weiter.«

Adameit blickte ihn aufmerksam an. »Wollen Sie mich vielleicht loswerden, Herr Direktor?« fragte er leise.

»Das natürlich nicht, Adameit«, verteidigte sich Backe, »wie kommen Sie auf so etwas? Ich meine aber…«

»Ich werde schon von selber gehen«, sagte Adameit mit Grabesernst, kehrte sich auf dem Fleck um und ging, das Päckchen in Zeitungspapier unter dem Arm, stumm hinaus.

»Die Leute sind ja unterschiedlich, und hier sind sie in psychologischer Hinsicht tatsächlich etwas anders als im Rheinland oder in Westfalen«, sagte Au.Backe später zu seiner Frau. »Vielleicht sind sie hier mehr auf die nüchterne Wirklichkeit eingestellt oder haben weniger Humor. Aber wie er das mit dem Vonselber-Gehen gemeint hat, habe ich ihn wahrhaftig nicht mehr fragen können. Offen gestanden, wollte ich auch nicht. Nicht daß ich irgendwie Angst gehabt hätte, ihn zu fragen, aber weißt du: er ging so… so entschieden, daß mir gar nichts mehr übrigblieb, als ihm nachzugucken, und jetzt darf man gespannt sein, wie er das gemeint hat. Von selber gehen wird er, hat er gesagt. Aber wann? Und wohin? – Na, also ich habe von Gehen wirklich nichts gesagt, da habe ich ein gutes Gewissen. Nur daß er mit dem Arbeiten Schluß machen müsse, habe ich ihm angedeutet, als er sich die Schweinerei dermaßen zu Herzen genommen hatte. Und dabei bleibe ich. Aber da kommt man ihm eben einfach nicht bei! Er sagt nicht: ›Sehen Sie sich an, Herr Direktor, womit die mir ins Gesicht geschlagen haben‹, sondern er sagt: ›Können Sie sich vorstellen, daß jemand so etwas dem Tod antut!? Dem Tod! Herr Direktor…!‹ Ich lasse ihn erst einmal ruhig machen, was er will. Nachlaufen und ihn bitten tue ich nicht, sonst kommt er sich noch unentbehrlich vor, und das ist er, Gott sei Dank! nicht mehr. Aber komisch ist doch auch, was ich heute, so ganz zufällig, festgestellt habe: er hat die letzten vier, fünf Lohntage überhaupt nicht mehr abgeholt! Wie findest du das? Natürlich, irgendwelche größeren Bedürfnisse hat er ja nicht mehr, aber, wie es scheint, auch kein Interesse mehr, denn er hat überhaupt nicht erklärt, warum er sie nicht abgeholt hat!«

Adameit mochte nichts mehr erklären. Die Bedeutungen standen doch nicht fest, und die Schlüssel der Auslegungen paßten von den verschiedensten Menschen zu den verschiedensten Dingen. Man mußte einmal die Wahrheit gehört haben, dann wußte man genau, wie der Schein sich zum Sinn und zum Sein verhielt, und wer die nicht gehört hatte, verfiel dem Blendwerk zu nichts als Vergnügen. Er hatte die Wahrheit einmal gehört, aber jetzt war der, der sie ihm eröffnet hatte, tot, und er fand sich unter den Lebendigen nur noch in der Erinnerung an den Tod und an den Toten zurecht. Die Lohntage hatte er einfach vergessen, da war gar nichts zu erklären. Direktor Backe hatte recht gehabt: irgendwelche größeren Bedürfnisse besaß er nicht mehr, und der Rest nach den Bedürfnissen war Vergessen.

Er hatte auch schon völlig vergessen, was er dem Direktor vom Selber-Gehen gesagt hatte. Nicht als Absicht und Meinung, die man mit Arbeitsvertrag und Kündigungsterminen hätte in Zusammenhang bringen können, hatte er das gesagt, sondern in einem Gefühl des Abschieds, das wachzuhalten der Einflüsterer erfolgreich bemüht war. Und deshalb geschah nichts von allem, worauf der Direktor insgeheim vielleicht doch wartete. Adameit ging nicht, Adameit kam nicht [zum Beispiel, um seine Guthaben einzuziehen] – Adameit war da, wie er immer dagewesen war. Tagsüber meist im Halbdunkel seiner ›Station‹, wo es wohl immer irgend etwas für ihn zu tun gab, oder einmal selten in der Stadt, wo einige Männer des Unternehmens gesehen haben wollten, wie er unten an der Weser beim Hotel ›Zum Bremer Schlüssel‹ saß, auf das von Regenfällen angeschwollene, gelbliche Wasser des Flusses so einfach vor sich hinblickend, nichts als Zeit, die an ihm wie Wind vorüberwehte, und Wasser, das an ihm vorbeifloß, in den Augen.

Zum Glück wiederholte sich so etwas, wie ihm am Anfang des Gastspiels widerfahren war, nicht an einem der folgenden Abende. An den Nachmittagen, da sich beinahe ausschließlich Jugendliche oder Kinder in Begleitung von Erwachsenen um die Attraktionen scharten, konnte man so gut wie sicher sein, daß nichts Unliebsames oder gar Peinliches vorkommen würde. Des Abends aber war eine sehr handfeste Art junger Burschen auf dem Platz, die von sich selber als ›Brassen‹ redeten und mit geschwungenen Flaschen die Wagen enterten, gleichviel ob zur Achter- oder zur Berg-und-Tal- und Tunnelbahn, oder in später Stunde sogar die Nachen und Schlitten hinter den Schwänen und Hirschen. Auf der Geisterbahn hatten in diesen Tagen nur die anderen beiden Komparsen zu klagen, Adolf, der Teufel, und Willi, der Mann ohne Kopf. Adolf beschwerte sich beinahe täglich bei Backe, daß man Schwanz und Gehörn bei ihm nicht respektiere, wenn er die Wagen anfalle, und ihn mehrfach mit einem Wasserstrahl aus heimtückisch mitgeführten Spritzen traktiert habe, während Willi allabendlich noch viel Ärgeres ausstand, bis – am sechsten Abend – jenes Ungeheuerliche geschah, von dem die Kunde sich durch die Billetteuse bis in den Direktionswagen verpflanzte und Au.Backe von Butterbrot und Bier aufspringen und in die andere Welt rennen ließ: Willi war sein abgeschlagener Kopf gestohlen worden! Als er sich, nach Pflicht und Gewohnheit schauerlich schreiend, über einen der Wagen gebeugt und beflissen sein abgeschlagenes Haupt mit dem gräßlich verzerrten Gesicht dargeboten hatte, war ihm dieses von den raschen Griffen ganz unangefochtener Insassen im Handumdrehen entwunden worden. Ein, zwei Sekunden hatte er gebraucht, seinen Verlust und die Ungeheuerlichkeit dieses Raubes zu ermessen – Sekunden der Kopflosigkeit in jeder offenbaren und geheimen Beziehung! –, dann war er, von Blitzen umzuckt, selber fahl leuchtend, dem davonfahrenden Wagen nachgewetzt. Doch anstatt ihren Raub freiwillig wieder fahren zu lassen, hatten die angetrunkenen Insassen des Wagens sich zur Wehr gesetzt und mit dröhnendem Gelächter Willi das wichtigste Attribut seiner Gräßlichkeit verweigert. Es war zu einem Handgemenge gekommen, bei dem Willi, zumal er auf seinen ›blutenden‹ Hals Rücksicht zu nehmen hatte, natürlich der Schwächere gewesen war, denn konnte er auch bei seiner Kenntnis der Bahn zur Not die rechten Schritte und Tritte wählen – das in der Finsternis unablässig sich fortbewegende Kettenband unter den Füßen hatte seine Sohlen mehr als einmal beinahe eingeklemmt, und die Übermacht von vier jungen Burschen, welche seinen Kopf fortwährend, wie Taschenspieler, von Hand zu Hand wandern ließen, so daß er ihn, wie oft er ihn auch aufleuchten sah, doch nie erwischte, machte seine Absichten von Anfang an fruchtlos.

Schließlich, er hatte den Wagen da schon eine ganze Runde lang nutzlos verfolgt, drehte er vor Leviathans Rachen, in den er sowieso nicht hätte folgen können, weil er darin keinen Boden unter den Füßen gehabt hätte, nach links ab, erschien zum fassungslosen Staunen des Publikums mit einemmal draußen vor dem Entree, rannte zur Kasse, keuchte der Billetteuse etwas zu und verschwand mit dem langsam über das Proszenium rumpelnden Wagen, in welchem immer noch die vier Burschen saßen, die nun mit rabiatem Gebrüll sein gestohlenes Haupt vor dem Publikum schwenkten, abermals durch die Filzportiere nach drinnen.

»Halt! Halt! Hauptschalter aus!« schrie Willi ununterbrochen, aber man hörte ihn nicht. Die Wagen rumpelten zu laut, und die übriggebliebenen Geistererscheinungen genügten offenbar immer noch, um die Leute wie die Märzkater kreischen zu lassen.

Draußen hatte man durch das plötzliche Erscheinen und Wiederverschwinden einer zunächst gar nicht deutbaren Figur ohne Kopf und den fluchtartigen Aufbruch der Billetteuse aus der Kasse, deren Tür hinter ihr offenblieb, mittlerweile auch erfaßt, daß irgend etwas Besonderes, wenn nicht gar Gefährliches, geschehen sein mußte. Die Leute traten näher, etliche stiegen auf die niedrige Estrade des Proszeniums, auf welchem die Wagen durch die Filzportieren rollten, und lüpften die Vorhänge nach links und nach rechts. Aber dem Geschrei im Innern war nicht anzuhören, ob es Jubel oder Entsetzen zu bedeuten hatte. Ein Maschinist war unauffindbar, so eifrig man auch hinter die Kasse spähte, und, breitbeinig über dem rastlosen Kettenband stehend, das jeden Augenblick neue Wagen heranfördern konnte, ins Innere zu forschen versuchte. Die Ratlosigkeit machte sich in stürmischen Fragen bemerkbar, und zusammen mit dem Geschrei von drinnen wuchs dieses Stimmengewirr um die Geisterbahn zu einem ganz erheblichen Lärm. Welchen Eindruck es auf die beiden anderen leibhaftigen Geister gemacht hatte, einen Wagen mit vier grölenden Reisenden darin und hinter ihm, blitzumzuckt, den fahl leuchtenden Willi, mit grotesken Kapriolen halb hüpfend, halb rennend, unentwegt: »Mein Kopf! Mein Kopf!« und: »Herr Direktor! Herr Direktor!« schreiend, auftauchen zu sehen, ohne sich im geringsten vorstellen zu können, was denn eigentlich geschehen war, da die Bahn ja immer noch ordnungsgemäß lief – davon konnten jene beiden anderen erst hinterher erzählen. Adameit aber sagte nicht viel. Er schwieg verächtlich zu dieser Welt, wie das Gespenst in seinem Sarge, doch es fiel allen auf, daß er so bleich war, wie sie ihn nie gesehen hatten, und daß seine Verstörtheit viel tiefer reichte als bei Willi und Adolf der Schreck.

Backe erreichte die Geisterbahn, als der Wagen mit den vier Kopfjägern und Willi im Gefolge eben die dritte und letzte Runde beendet hatte, die vier mit ihrer Trophäe am Aussteigen waren und einer von ihnen dem vor der Estrade versammelten Publikum seinen Raub in der erhobenen Rechten so zeigte, wie ehedem die Scharfrichter mit dem dargebotenen Anblick des Hauptes, das ihr Beil eben vom Rumpfe getrennt, die Gaffer ums Schafott zu überzeugen versucht hatten, daß sie ihres Amtes redlich gewaltet hätten. Lachsalven belohnten den Kopfjäger und sein unblutiges Werk.

Mit wenigen Sprüngen stand Backe neben dem vierschrötigen Lümmel, und was Willi während drei Runden nicht gelungen war, gelang ihm sofort: er brauchte nur zuzugreifen, und schon hielt er den Kopf in der Hand. Wenige Augenblicke später hatte er ihn dem durch einen Spalt hinter der Portiere lauernden Willi, der sich nicht noch einmal draußen zeigen mochte, gereicht. Das alles war schneller gegangen, als die vier es sich je hätten träumen lassen. Sie guckten noch verdutzt auf die Filzportiere, als müßten sie den Weg, den der Kopf genommen, wie die Leuchtspur einer Kugel verfolgen können, da spürte der Nächststehende schon Au.Backes unsanfte Faust im Rücken, die ihn zum Verlassen der Estrade zwang. Der Wortwechsel der vier mit dem Direktor verlor sich für jene, die sich ihre gute Laune nicht verderben lassen wollten, in der Ferne und erstarb in der Nähe eines Polizisten, bei dessen Anblick die Kopfjäger etwas kleinlaut wurden. Willi bot sein gräßliches Haupt derweil schon längst wieder Wagen für Wagen dar, aber gewarnt durch das Erlebnis dieses Abends, hielt er den Kopf jetzt eisern umklammert. Sein schauerliches Gebrüll war etwas matter geworden, denn er hatte das Gefühl, diesen Leuten hier sei das Gruseln einfach nicht beizubringen.

»Ja, psychologisch besteht hier eben eine ganz andere Lage«, sagte der Direktor anderen Tages, als die ärgerlichen Zwischenfälle besprochen wurden, »und ich weiß tatsächlich nicht, was den Leuten hier noch Spaß machen könnte. Achterbahn hat nicht richtig gezogen, Berg-und-Tal- und Tunnelbahn schon gar nicht, und Kinderkarussell natürlich nur am Nachmittag. Bloß Geisterbahn sind sie wie toll gefahren. Aber sie haben überhaupt nichts wie... na, sagen wir mal, so etwas wie Illusion dabei gehabt. Der Trend ist auch bei ihnen da, der Zug zum Übersinnlichen sozusagen, aber sie haben einfach schon ein zu dickes Fell, und er kommt nicht mehr durch. So komisch sich das anhört, aber der Schießstand ging am besten. Und sie waren gute Schützen! Gar zu gute beinahe. Für unseren Prämienvorrat ging es jedenfalls haarscharf an einem Ausverkauf vorbei. Ich habe so gut wie eine ganze Garnitur telegraphisch nachbestellen müssen. Na ja, packen wir ein – nach Verden!«

XII

UNTERWEGS von Hameln nach Verden hätte Adameit am liebsten immer wieder anhalten lassen mögen und hätte doch nicht zu sagen gewußt, warum. Außerdem wäre es gar nicht möglich gewesen, denn der Troßwagen mit den Schwänen und Hirschen, den er zur Abwechslung wieder einmal benützte, wie um das Gerücht

Lügen zu strafen, er fahre mit dem Sarg auf dem Schoß und mit King-Kong Huckepack, rollte als siebenter in der langen Kolonne, die durch ein spätsommerlich abgeerntetes Bauernland nach Norden steuerte und stumm aufblickenden Herden die auf allen Wagen quergestellte, riesige Aufschrift zeigte: Zirkus Salamonski, und darunter klein, für Kühe wie für Menschen schwer zu entziffern: Au.Backe. Manchmal war ihm, als zögen die Hirsche selber – und nicht der Bulldozer vor dem Wagen – ihn viel zu schnell, und alles raste links und rechts nur so vorbei. Dann wieder meinte er, gleich müßte er die schweren, auf dem Wasser klatschenden Schläge hören, mit denen die Schwäne sich zu dem großen Flug anschickten, der in den riesigen Wolken über dem nach Norden zu immer weiträumigeren Lande enden würde – diesen blaugrauen Wolken, die nach der Erde zu schweren Tränensäcken ähnelten und nach oben immer lichter und leichter wurden, bis sie im Scheitel des Himmels wie reglose weiße Türme standen. Einmal sah er zur Rechten ein riesiges Wasser blitzen und dachte ans Haff – er wußte nicht, warum ihm gerade das Haff einfiel, denn er hatte in seinem langen Leben ja viele große Wasser gesehen –, und da zogen ihn die Schwäne in seine früheste Kindheit zurück: nicht zu Menschen, sondern in vor lauter Entferntheit verschwommene Orte, in einen Wald zu einem kleinen Wirtshaus, wo er einmal eine Brauselimonade hatte trinken dürfen, und an eine Mühle, die des Nachts gebrannt hatte, daß die glühenden Körner wie Feuerwerk gesprüht hatten. Bei allen diesen Erinnerungen fühlte er, wie ihm sein Herz wehtat und bisweilen eine gar zu lange Pause zwischen zwei Schlägen machte, so daß ihn schon eine wunderliche Angst überfiel, wie er sie bis dahin nicht gekannt hatte – eine Angst, die so seltsam und so stark war, daß er darin wie in einer dunklen Grube versank. Wenn er den Kopf wieder hoch im Hellen hatte, sah die Gegend schon ganz anders aus, und sie mußten derweil sehr viel weiter gefahren sein. Solch eine Reise hatte er noch nie erlebt, und er war im Grunde genommen froh, als sie in Verden einrollten, denn nun hatte er gleichsam wieder festen Boden unter den Füßen, während zugleich das Heimweh nach den Orten der Erinnerung und nach irgend etwas, was er gar nicht in Worte zu fassen vermocht hätte, ihn beinahe überwältigte. Sein ›Spitzbubenpastor‹ war ein Teil von diesem Heimweh, das mit Sinn und Verstand so viel zu tun hatte wie die Lotrechte, mit welcher der Apfel vom Baum fällt oder der Stein in die Tiefe des Wassers. Er stand nach der Anfahrt eine Weile wie verloren auf dem fremden Platz in dieser wieder einmal noch viel fremder anmutenden Welt und hörte den Einflüsterer lauter als die schallenden Stimmen der Zirkusmannschaft und jener jungen Burschen, die gegen Freikarten halfen. Wer ihn beobachtet hätte, dem wäre aufgefallen, daß er überhaupt keine Farbe mehr hatte. Alles an ihm war grau: das dicht anliegende, schüttere Haar, die Brauen, die Haut des Gesichtes; ja, selbst die Lippen wirkten wie ausgeblichen und schimmerten heute nur bläulich. Es fiel ihm auf, daß viele der jungen Burschen hier Stiefel trugen, und Hosen, die selbst so lange nach dem Krieg wie umgefärbt wirkten, und das schien ungute Erinnerungen bei ihm zu wecken. Seine Stirn runzelte sich, der Blick aus seinen tiefliegenden Augen kroch noch tiefer in die Höhlen zurück. Seinen beiden Gehilfen murmelte er zu, er käme gleich, und ging langsam zu seinem Wagen, um sich sein Arbeitszeug anzuziehen. Morgen mußten alle Attraktionen stehen und sollte Eröffnung sein. Aber er konnte seine Sache jetzt schon im Schlaf, und deshalb machte es ihm auch wenig aus, daß er die folgenden Stunden, solange gearbeitet wurde, müde und nur wie im Traum verbrachte. Nur wollte er nicht, daß beim Aufbau ›seiner‹ Bahn solche Leute halfen, die Stiefel trugen. Die ließ er von Adolf und Willi zur Achterbahn bringen und arbeitete mit den beiden allein. Und alles war, wie immer, sehr gut. Keiner von ihnen wußte, warum, aber aus irgendeinem Grunde wurden sie diesmal besonders rasch fertig, was Adolf und Willi die Möglichkeit gab, vor Beginn der Vorstellungen noch viel freie Zeit in der Stadt zu genießen, und Adameit das Glück, endlich wieder – statt mit anderen im Wagen – als ›Vorstand‹ auf seiner eigenen, halbdunklen Station ganz allein zu sein. Denn das war etwas, was er, um noch leben zu können, so nötig brauchte wie die Luft zum Atmen, und dafür hatte er bislang, ohne sich zu bedenken, manche Annehmlichkeit im Wohnwagen geopfert, wenn er für die Reisen von Ort zu Ort eine Troßfuhre bestieg.

Wenn er nicht auf seinem Hocker in der Nische des Todes saß und rauchte oder die Installationen irgendwo prüfte, konnte er von diesem zu jenem wandern und hatte immer noch keine Langeweile dabei. Vielleicht mußte man dazu über manches hinwegsehen können, wie er, mehr in den Sinn als auf das Bild.

Der Einflüsterer unterhielt ihn dabei. Er versprach ihm alles, was ihm noch fehlte: vor allem die Dauer, nach der Adameit sich sehnte, und daß nie mehr Fremde um ihn sein würde, sondern alles vertraut, nur Glück - das unendliche Glück, nicht mehr da sein zu müssen... Hatte nicht selbst der ›Spitzbubenpastor‹ gesagt, daß er keinen von seinen Lebenslänglichen verleugnete, der seine kurzen Wege in der Zelle noch mehr abkürzte und sich eigenmächtig in die ›Arme Gottes‹ warf, sondern daß er sie alle zu Grabe geleitete und immer für sie betete? Das hatte der gesagt, jawohl. Und wie hatte er das genannt? Ihm kam der Ausdruck nicht so deutlich in Erinnerung, daß er hätte sagen können, so und nicht anders habe es geheißen, aber es war so etwas mit ›Flucht nach vorn‹... Jedenfalls hatte er gesagt, er müsse jeden unter seinen achthundert, der eigenmächtig aus dem Leben gehe, gewissermaßen seinem eigenen Leben abziehen, denn er empfinde es so, daß dann er selber versagt habe, daß der andere an seinem eigenen Tisch nicht mehr satt geworden sei und daß er den Hunger des anderen nach Gnade nicht habe stillen können... Aber... war er vielleicht auch deshalb so früh gestorben? Hatte er sich zuviel von seinem Leben abziehen lassen müssen? Doch dann... dann konnte er, Adameit, jetzt auch... Ihm würde dadurch nichts mehr abgezogen werden, er hatte ja schon alles gegeben, was er nur hatte geben können - sagte der Einflüsterer. Wenn er je hätte Rücksicht nehmen wollen - jetzt brauchte er's nicht mehr, und er war ja auch keiner von den achthundert, obschon der Wachhabende ihn damals für einen Entlassenen gehalten hatte, wie die Wirtin im ›Sumpfhuhn‹ wohl auch...

Adameit kehrte nach einem Gang durch die halbdämmrige Runde, in welcher nur die spärlichen Birnen der Arbeitsbeleuchtung zwischen den Fledermäusen brannten, auf seinen Hocker zurück, zündete eine Zigarette an, daß die nächtigen Flatterer bald zwischen bläulichen Wolken zu schweben begannen, und ließ den Einflüsterer reden. Er brauchte gar nicht mehr viel hinzuhören, um überzeugt zu sein, daß der recht habe. Seine Müdigkeit pflichtete bei. Seitdem er dem anderen nichts abverlangte, was von dem selber als Opfer eingefordert werden würde, war er bereit und wollte er bereit sein. Der Tag, die Stunde - das alles war gleich. Tag und Stunde, da er geboren worden war, hatte er ja auch nicht vorher gewußt.

Adameit fuhr zusammen. Von der Zentrale steuerten sie die erste Welle Musik über den Platz, irgendeinen Marsch, ›Mit klingendem Spiel‹, oder wie der nun hieß, und den der Elektriker zur Eröffnung besonders liebte. Jaja, mochte das nur ›klingen‹! Von Spiel war dabei doch nicht die Rede, das hatte er zweimal und alles in allem mehr als zehn Jahre lang in seinem Leben erfahren. Aber jetzt mußte er wohl noch etwas essen oder noch besser etwas trinken, denn der Abend war lang.

Eine Welle Musik nach der anderen steuerte die Zentrale über einen Platz, der jetzt, am späten Nachmittag, noch beinahe menschenleer dalag. Der Elektriker nannte es ›das Vorwärmen‹ - nicht seiner Röhren und aller sonstigen Apparaturen, sondern der ganzen Atmosphäre um die verschiedenen Attraktionen, zu denen erst Menschenscharen strömten, wenn Büros und Läden geschlossen hatten und die warme Dämmerung des Spätsommers anbrach. Dann aber hing Musik, die schon verklungen war, und Musik, die noch aus den Trichtern quoll, wie eine Wolke über dem Platz, und die leuchtenden Girlanden der Glühbirnen durchzogen das Dämmern, aus dem allmählich Dunkelheit wurde, und ließen nach ein paar Stunden das Gemisch von Staub, welchen die vielen Füße aufwirbelten, und Schwaden von Rohölgas von den dumpf stampfenden Maschinen sichtbar werden, in welchem die Menschen gingen und standen. – Derweil wurde in vielen Wagen noch gegessen und getrunken, vor allem in der großen ›Messe‹, welche die Masse der Mannschaft jetzt gar nicht mehr auf einmal zu fassen vermochte. Adameit saß auf seinem Bett und genehmigte sich einen letzten Doppelkorn, bevor er auf die Uhr sah und durch die ersten Scharen von Schaulustigen langsam zu seiner ›Station‹ ging.

Er blieb ein paarmal stehen und schöpfte Luft. Die Dämmerung war schon so tief, das Licht der vielen Lampen und Lämpchen aber auch noch nicht zu stark - er sah den ersten Stern am Himmel. Als hinter ihm die Schalmeien des Kinderkarussells zu dudeln anfingen, das immer als erstes zu laufen begann, damit die Ungeduldigsten noch am Tage der Eröffnung vor Schlafenszeit fahren könnten, fiel ihm ›Lütdütdüt! Lütdütdüt!‹ ein und alles, was der Pastor damals über die Hirsche und Schwäne so schön gesagt hatte: vom Walde, vom Schloß mit den Rosen und dem mondbeschienenen Weiher im Park - ›wie Christbaum-Lametta‹, so hatte er sich ausgedrückt, und ›schade, daß die Schwäne

498

nicht die Schnäbel eintunken könnten, das gehörte dazu und wäre so leicht zu erfinden‹… Tja, wer erfand das wohl für ihn? Aber der brauchte ja diese Schwäne nicht mehr, um den wehten jetzt sicher schon ganz andere Flügel… Mit gesenktem Kopf ging Adameit weiter. Die vielen Stiefel! dachte er schon im nächsten Augenblick vergrämt, weil tatsächlich viele Stiefel vor seinem Blick aufgetaucht waren. Weiß der Himmel, wozu sie die schon getragen haben, und warum sie die hier bei uns tragen! dachte er. Hier waren doch keine Pferde mehr, wie der Direktor ihm schon am ersten Tag nach seiner Rückkehr stolz erklärt hatte, sondern nur noch PS. Wollten sie vielleicht auch die PS mit Stiefeln und Sporen besteigen?

Es war ein halb ländliches, halb städtisches Publikum, in welchem die Bauernreiter so häufig waren wie die Angestellten und Arbeiter, aber die Leute, um die auch nach Fütterung und Feierabend gleichsam der Ammoniakdunst der Ställe stand, überwogen – eine derbe frische Sorte von ganz ›hiesigen‹ jungen Männern und hellblonden Mädchen, mit vom Wind über ihren Koppeln geröteten Gesichtern, die unbändig lachen konnten, wenn sie dem Tod auf der Geisterbahn begegneten oder den Teufel sahen oder den armen Enthaupteten mit dem Kopf unter dem Arm. Sie waren vorerst nur ausgelassen, aber je später es wurde, desto gefährlicher wurde das, denn noch etliche Getränke durcheinander hätten in ihnen den Wunsch wachrufen können, mit ihren Stiefeln auf dem Sarg des Gespenstes zu stehen, daß das nie mehr zum Vorschein komme, oder die ganze Bahn einmal anzuhalten und Adolfs Hölle auszuforschen. Nichts von allem schien in ihnen Vorstellungen zu erwecken, die dem, was sie zu sehen bekamen, Antwort gaben, nichts schien in ihnen die Zukunft beschwören zu können, die ja gewiß einmal mit dem Tod und, wer weiß, vielleicht auch mit dem Teufel vor sie trat.

Adameit mähte und mähte, aber diese vor Lebenslust berstenden, unbändigen Scharen waren für einen alten Tod wie ihn kaum zu bewältigen. Er, an das Dunkel und die dazwischen zuckenden Blitze gewöhnt, sah sie eher dahergerollt kommen, als sie den Tod auf der Lauer erkannten. Er holte aus, er hörte sie kreischen, und wenn er seinen grinsenden Totenschädel in dem Augenblick, da der Blitz ihn grell aufleuchten ließ, über den Wagen beugte und schauerlich hohl schrie: »Der Toood!« sanken die Mädchen ein wenig zusammen – doch nur so viel, daß sie gleich danach desto tiefer und sicherer in den Armen der Burschen ruhten.

Adameit befiel eine lähmende Traurigkeit bei dem Vergeblichen seines Tuns. Diese Leute waren, wie man so sagte, ›nicht umzubringen‹, und je später es wurde, desto offener und unschamhafter wurden die Umarmungen, die sie dem Tod beinahe herausfordernd zeigten. Die Wagen waren jetzt meistens nur mit Paaren besetzt, und die kühnen jungen Männer, da und dort schon eine Flasche schwingend, fuhren, einen Arm um ihr Mädchen gelegt, unangefochten durch das gehäufte Grauen und winkten den bei der zweiten Runde schon vertrauten Geistern so unbekümmert zu, daß es dem Tod die Mühe des Sensenschwunges kaum lohnte, Willi nicht seinen kopflosen Jammer und Adolf dem Teufel keinen Stich mit der Gabel. Diese Sorte junger Leute schien so hartgesotten, daß sie auch auf des Teufels Rost nicht mehr weich werden würden. Das Gespenst klappte seinen Sargdeckel von Mal zu Mal früher zu, konnte man meinen, King-Kong traf ärger denn je daneben ins Leere, allein der Leviathan verschlang sie alle mit amphibischem Gleichmut. Ja, vielleicht unterschieden diese von etwas Trunkenheit und Liebe Berauschten bei anderen als sich selbst gar nicht mehr so recht, wo lebendiges Fleisch und wo Papiermaché war, vielleicht galt der weit ausholende Schlag mit der Flasche, den Adameit etwas zu spät sah, als daß er ihm noch hätte ausweichen können, gar nicht ihm, sondern dem Tod überhaupt, der es gewagt hatte, sich in den Weg zu stellen, doch in der nächsten Sekunde spürte er den Schlag auf seinem mehr als zweiundsechzig Jahre alten Schädel, den eine ermländische Bauernmagd einst unehelich geboren hatte und den die Maske des Knochenmannes jetzt so gut wie gar nicht dagegen schützte. Er stürzte wie von jenem Blitz gefällt, der mit seinem eigenen, weit ausholenden Hieb zusammenfiel, aber die Finsternis, die danach kam, sollte sich für ihn nie mehr teilen.

Man fand ihn erst am Ende des Abends, als Willi, der Mann ohne Kopf, und Adolf, der Teufel, ihrer Kostüme entledigt bei Arbeitsbeleuchtung an der Nische des Todes vorbei zum Ausgang gingen. Adameit hatte da vermutlich schon länger als eine Stunde dort gelegen, wo er jetzt, vornüber gestürzt, auf seinem Gesicht lag: tot. Die Untersuchung ergab aber, daß wahrscheinlich nicht der Schlag mit einer Bierflasche auf das Stirnbein die unmittelbare Todesursache war, sondern daß eine Herzlähmung sein Ende herbeigeführt hatte. Natürlich stand diese in einem Zusammenhang mit der schweren Verwundung, welche die Ärzte feststellen konnten.

Wer der Täter gewesen war, blieb unaufgeklärt. Keiner der beiden anderen Komparsen hatte während der Vorstellung bemerkt, was in der Nische des Todes geschehen war; alle Untersuchungen der Behörden verliefen ohne Ergebnis. Die Bahn war in den späten Abendstunden des Eröffnungstages unaufhörlich von durstigen Reisenden befahren worden, die sich Flaschen mitgebracht hatten.

Als die Polizei nach allen Untersuchungen den Leichnam freigegeben hatte, wurde Adameit begraben. Er selber hatte keinerlei Wünsche oder Verfügungen diesbezüglich hinterlassen, aber Direktor Backe verwendete sein Guthaben darauf, ihm ein würdiges, ob auch stilles Begräbnis zu verschaffen. Nur die Angestellten des Zirkus Salamonski waren vollzählig zugegen. Frau Backe weinte. Sie allein erinnerte sich der alten Zeiten unter ihrem Vater, in denen Adameit der geworden war, als den sie ihn hier begruben. Direktor Backe sprach am offenen Grabe ergriffen von ›einem der Letzten aus einer Zeit, die nie mehr wiederkommen‹ würde.

»Tja, vielleicht ist es, was die Menschen heutzutage betrifft, psychologisch doch interessant«, sagte der Direktor am Abend, als er noch einmal an das Begräbnis zurückdachte: »Die Leute wollen einfach nicht mehr an den Tod erinnert werden. Sehen sie ihn, dann erschlagen sie ihn – als ob sie ihn damit aus der Welt schaffen könnten! Vielleicht sollte man eine Bahn mit nur seligen Geistern zeigen, bloß…«

»Na, und warum überhaupt Geister, wenn sie ja doch nur *eine* Welt kennen: die, in der es ihnen so gut geht!« warf Frau Backe ein.

»Auch richtig, Elvira. Aber sieh mal, der Trend ist doch da! Und worin sollte die Seligkeit schon bestehen? Autos? Venusberg? Eigenheim mit Komfort? Das alles haben sie ja schon. Ja, spaßig, sich zu denken, aber: Seligkeit mit nichts wäre für sie wahrscheinlich *die* Attraktion!«

IN SEINEN allerletzten Lebensjahren, als der spottlustige Scharfsinn, den man ihm früher nachgesagt hatte, schon einer bisweilen
weitschweifigen und leicht gerührten Freude an der Erinnerung
gewichen war, pflegte Rabbi Josua von ungewöhnlichen oder
durch sonst irgendeinen besonderen Umstand seinem Gedächtnis verhafteten Rechtsfällen zu erzählen, die er, der beinahe ein
Mannesalter lang zum Gericht des Hohen Rates in Jerusalem
gehört, mit abzuurteilen gehabt hatte, und wenn nach einem
heißen Tag die Abendkühle auf dem Söller seines Hauses ihn
schon wie ein Hauch des ewigen Morgens umfächelte und die
Sterne mit unruhig flackerndem Glanz heraufzogen, geriet er
aus dem Erzählen vor Freunden und Schülern oft in so etwas wie
ein Selbstgespräch mit seiner eigenen rastlosen Seele.

»Da war«, sagte er einmal... »Wartet!... im dreitausendsieben-
hundertachtundneunzigsten Jahr seit der Erschaffung der Welt«,
flocht er ein, weil er ein wenig eitel auf sein gutes Gedächtnis
war, »die Sache des jungen Elieser ben Hyrkanos. Keiner von
euch hat ihn gekannt, nein? Er ist ein Schüler des großen Rabbi
Meïr gewesen, und kein schlechter, habe ich mir sagen lassen. -
Ich weiß nicht, was aus ihm geworden ist; keiner, glaube ich,
weiß das. Aber das besagt nichts. Was wissen wir! Es gibt bisweilen unruhige Geister, die in kommende Zeiten zu weisen
scheinen, so wie es andere gibt, die schon fremd anmutende
Worte der Vergangenheit noch einmal in der Gegenwart wiederholen und die eine Trauer des Vergänglichen im Vergangenen
umhüllt. Man versteht die unruhigen Boten des Kommenden im
Augenblick nicht, und doch mag man sie nicht verlästern, denn
man spürt, daß sie Vorahnungen oder noch nicht ganz fertig gewordene Vorformungen sind von etwas, was kommen kann -
oder kommen wird? Wer weiß! Aber zu denen gehörte er. Ich
erinnere mich ganz genau, wie von heute. Es war ein langer Tag
mit ihm, und er war ein Angeklagter, der im Grunde je länger,
je mehr seinen eigenen Richtern leidtat. Und dieser Tag - dauert
er nicht heute noch an?

Meine Jahre haben kein Gestern und kein Morgen mehr. Sie
sind ein einziger Tag, an dem nichts Neues unter der Sonne geschieht. Warum erinnere ich mich seiner? Ist er nicht fort - weiter als jene vier Ellen, die wir mit dem Bann als einer leeren Kluft

zwischen ihm und allen Rechtgläubigen über sein Leben verhängten? Fort, ja, aber solche wie er bleiben im Grunde genommen immer da, in jeder Zeit, sie sind das Ärgernis der dunklen Samen des Zweifels...«

Rabbi Josua schwieg eine Weile und blickte in den rasch völlig eingedunkelten Himmel hinauf. »Es klingt mir alles fremd aus meinem eigenen Mund«, sagte er dann, »und dennoch muß ich es sagen: der Kläger über den Angeklagten und Verurteilten. Sie kommen nie voneinander los. Vielleicht so, wie der Allerhöchste nie von seinen Menschen loskommt. Hoffen **wir** es! Wüßten wir es schon, wären wir selig zu preisen. Doch wenn Er die Menschen um ihrer Schuld willen lieben müßte – wieviel hätten Richter auf Erden dann neu zu bedenken! Ja, das Geheimnis von solchen Menschen, wie er bei aller seiner Jugend einer war, ist tiefer, als der Senkel der Weisen hinabreicht. Nur die Barmherzigkeit des Allerhöchsten lotet es aus. Er allein weiß mit dem Menschen um die nächtliche Tiefe der Schuld, die jener von Adams Zeiten an mehrt.

Die Sache des jungen Elieser ben Hyrkanos war dem Gericht von ganz verläßlichen Leuten hinterbracht worden und beruhte ebensowenig nur auf böswilliger Nachrede von Nachbarn, wie sie von heute oder gestern gewesen wäre. Ein Priester des Tempels und etliche Leviten hatten sich dafür verbürgt, und von diesen dazu angehalten noch der Anführer unserer Wache, bei welcher der leibliche Vater des jungen Elieser: Hyrkanos ben Gawriel, ein ungemein dienststeifriger, beinahe überbeflissener frommer Mann, wie man erzählte, bis vor sieben Jahren Dienst getan hatte. Er war dann ausgeschieden – oder hatte ausscheiden müssen, weil ein Siechtum ihn befallen hatte, und verdüstert und, wie man sagte, zeitweise umnachteten Geistes, jedwedem Umgang mit Menschen abhold, war er vor nicht langer Zeit gestorben.

Zu der Zeit, da nicht nur ein Verdacht auf ihm lastete, sondern eine Fülle von Beweisen gegen ihn vorlag, die zu verheimlichen er auch nicht die geringsten Anstrengungen unternommen, sondern die er eher offenkundig hatte werden oder bleiben lassen, wie um die Richter seines Volkes herauszufordern, lebte der junge Elieser ben Hyrkanos mit seiner verwitweten Mutter allein und versorgte jene durch die Früchte eines Handwerks, das er erlernt hatte, bevor er nebenher eine Zeitlang der Schüler

Rabbi Meïrs, des Hochverehrten, geworden war. Er war ein
sehr kunstfertiger Schleifer, aber ebensosehr wie auf den vollkommenen Schliff eines Steins erpicht, den man ihm anvertraut
hatte, in die vielfältig gebrochenen Strahlen der Offenbarung
des Allerhöchsten versunken, um die Zeit, da wir ihn in Gewahrsam nahmen und vor uns beschieden, wohl so gegen zwei-
undzwanzig Jahre alt: ein schöner junger Mensch mit lodernden
Augen von einem dunklen Feuer, wie ein madegassischer Mond-
stein, und von einer leidenschaftlichen Beredsamkeit, erinnere
ich mich, so daß uns allen mitunter war, als streiften uns mächtige Schwingen.
Die Anklage gegen ihn war schwer, und die Beweise machten
seine Sache eigentlich von Anfang an ausweglos. Er war durch
Zeugen überführt, mindestens ein Jahr lang das Gesetz offenkundig mißachtet und Gott und den Tempel verleugnet zu haben, sehr zum Kummer seiner betagten Mutter. Sein Ankläger
war ich, sein Verteidiger Rabbi Gamaliel, der Hochgeehrte.
Nach dem Zeugnis derer, die ihn angeschuldigt hatten, meinte
ich alles über ihn zu wissen, und worauf es mir ankam, war, sein
treuloses Unwesen als im Einvernehmen mit jenen Unruhestiftern zu entlarven, die damals angefangen hatten, uns mit ihren
Predigten und Taufen auf den Namen des Jesus von Nazareth
Sorgen zu bereiten und das Volk immer tiefer zu verwirren. In
dieser Richtung stellte ich alle meine Fragen, als die Wächter
ihn an einem frühzeitig heißen Morgen im Nisan vor die Rabbanim des Gerichts geführt hatten.
Er sah unerschrocken aus, als er da zwischen seinen Wachen
stand, und der Anfang der Befragung durch den Ältesten der
Rabbanim - ich glaube, Rabbi Akiba war es damals - ließ Trotz
und Halsstarrigkeit von seiner Seite vermuten.
›Du bist Elieser, der Sohn des Hyrkanos?‹ begann Rabbi Akiba
seine Fragen, die zum Anfang einer jeden Verhandlung gehörten.
Der junge Mann sagte mit Kopfnicken ein leises: ›Ja, Herr.‹
Rabbi Akiba fragte nach seinem Alter; er nannte es; nach seinem
Beruf, den ich euch schon beschrieben habe; nach anderen Lebensumständen wie denen, daß er bei seiner verwitweten Mutter
lebte und deren Ernährer war. Und nach einer kurzen Pause, als
alles dieses beantwortet war, fragte er gewichtig: ›Und du bekennst dich schuldig?‹

Alle Rabbanim schauten ihn an. Es geschah, ich erinnere mich gut, in einem Augenblick, da wie durch Zufall ein breiter Streifen frühen, vorzeitig heißen Sonnenlichts über sein Gesicht fiel, während wir anderen alle im Schatten saßen, so als sollte das Licht uns dienen und er nicht das geringste verhehlen können, nicht einmal die winzigen Schweißtropfen, die sich auf den Schläfen und um die Nasenwurzel in seinem übernächtigten Gesicht zu bilden begannen.

›Wessen schuldig, Herr?‹ fragte er mit rauher Stimme. Er versuchte, den Standort zwischen seinen beiden Wächtern soweit zu ändern, daß sein Gesicht den Schatten genösse, aber da die Wachen neben ihm um keine Elle wichen, blieb er vorerst ein Gefangener des Lichts.

Es goß jede Falte in seinen Zügen aus und warf auch wieder sonderbare Schatten, so daß der Ausdruck seines Gesichts fortwährend wechselte – wie ein geschliffener Stein unaufhörlich anders die Sonnenstrahlen bricht. In diesen Augenblicken schien er das lebendige Zeugnis seines Berufes, und die Sonne des Allerhöchsten selbst schliff ihn vor unseren Augen.

›Haben nicht einmal die Tage und Nächte im Kerker dich nachdenken lassen?‹ fragte Rabbi Akiba ihn ernst.

›Wohl nachdenken, Herr‹, entgegnete er, und für einen Augenblick hob er ein wenig den Kopf und sah in das Licht hinein, das auf ihn niederstürzte, so daß seine Augen von dunklem Feuer entflammt wurden. ›Aber Schuld, Herr‹, fuhr er dann fort und blickte Rabbi Akiba freimütig an – ›wessen Schuld soll ich tragen? Meines Vaters Schuld? Soll ich mich zu der vor Euch, Rabbanim, bekennen?‹

Niemand von uns war darauf gefaßt gewesen. Was hatte Hyrkanos ben Gawriel vor dem Hohen Rat geheimgehalten? Und die Frage Rabbi Akibas löste eine Antwort von solcher Heftigkeit aus, daß Elieser eine geraume Weile frei sprechen konnte, bevor Rabbi Akiba, der sichtlich überrumpelt worden war, ihn unterbrach.

›Habe ich nicht selbst nachzuforschen versucht, Herr, ob mein Vater Schuld trug, und gegen wen?‹ stieß er hervor. ›Sieben Jahre habe ich als treuer Sohn darunter gelitten, daß er sich schuldig wähnte und mit sich haderte und ins Gericht ging, und habe sieben Jahre lang die kleinen Freudentage erlebt, wenn er aus dem Tempel kam und sich für alle Zeit geheilt wähnte, und schuldlos vor den Priestern und vor dem Allerhöchsten und seine alte Kraft zurückerlangt zu haben meinte – bis zu der nächsten dunklen Stunde, da der Zweifel ihn abermals überfiel und seine Rechte lähmte und er die Stille der Nacht mit seinem Hader zerredete. Sieben Jahre lang, Herr, meine ganze Jugend lang, und jetzt...‹

›Wir wissen nicht, wovon du sprichst!‹ fiel Rabbi Akiba ihm endlich in die Rede. ›Rabbi Josua wird dir sagen, wovon wir hier sprechen wollen!‹

Darauf hatte ich längst gewartet, und insgeheim hatte es mich schon verdrossen, daß Rabbi Akiba dem hohen Gericht das Wort durch diesen jungen Menschen hatte entwinden lassen. Rabbi Gamaliel betrachtete den seiner Verteidigung Anvertrauten mit sinnendem Blick, als ich zu reden begann, doch hatte ich noch nicht das erste Wort gesagt, als der junge Elieser einflocht: ›Von meinem Vater, Herr.‹

›Du bist schuldig, Elieser ben Hyrkanos‹, sagte ich, ›du und niemand anderes als du. Der Rücken deines toten Vaters, hinter dem du dich versteckst, vermag dich nicht zu schützen. Er war ohne alle Schuld, wie die, die ihn kannten, bezeugen. Er war ein treuer, gesetzeseifriger Mann.‹

›Aber er, Herr, hat sieben Jahre mit seiner Schuld gerungen!‹ fiel er mir ins Wort.

›Schweig!‹ verwies Rabbi Akiba ihm seine Unart, die aber, glaube ich, mehr Eifer als Trotz war. Und ich heftete meinen Blick auf den Feuerball, in welchem mir sein Gesicht nur den Umrissen nach erschien, und hielt es fest, ob auch die Augen mich mit der Zeit zu schmerzen begannen, und fragte, was wir schon durch Zeugen wußten: ›Bekennst du dich schuldig des Umgangs mit den Anhängern jenes Galiläers, den wir vor sieben Jahren den Heiden überliefert haben, daß sie ihn als einen Aufrührer gegen den Cäsar zu Tode brächten, und den sie jetzt als den Messias ausgeben, der nach seinem Tod am Kreuz auferstanden und gen Himmel gefahren sei?‹

Aus der Lanze von Licht, zwischen Wolken bläulichen Staubes, ohne daß ich sein Gesicht recht zu erkennen vermochte, kam ohne Zögern seine Antwort:

›Ja, Herr.‹

›Du bekennst also‹, sagte ich, ›dich mit ihnen versammelt zu haben, in ihren Häusern, in der Halle Salomos und überall dort, wo diese Menschen mit der Zeit angefangen haben, ihr Unwesen zu treiben?‹

›Ja, Herr.‹

›Du bekennst auch‹, fuhr ich fort, ›was unsere Zeugen beobachtet haben und mit ihren Aussagen noch einmal zu bekräften gewillt sind: daß du dich zu wiederholten Malen müßig auf der Schädelstätte umhergetrieben hast, die jeder Rechtgläubige meidet, und ohne dich hinterher zu reinigen, wie das Gesetz es vorschreibt?‹

›Ja, Herr.‹

›Und du nimmst die Schuld auf dich, das Gesetz und den Tempel gelästert zu haben?‹

›Nein, Rabbi!‹ rief es aus der Lichtsäule, in der er wie ein Gestäupter am Pfahl stand. ›Ich habe das Gesetz nicht gelästert und nicht den Tempel! Was... was gingen die mich da an, daß ich sie hätte lästern sollen?‹

›Wie? Wie?‹ fragte ich, ich wollte meinen Ohren nicht trauen. -

›Weise Rabbanim‹, sagte ich zu dem Gericht, ›Ihr habt das Ungeheuerliche gehört: Gesetz und Tempel bedeuten ihm weniger, als daß er sie einer Lästerung wert fände!‹

›Das, Rabbi Josua‹, mischte der große Rabbi Gamaliel sich mit einem versonnenen Lächeln ein, ›ist nicht ganz das, was Elieser ben Hyrkanos gesagt hat. Er hat auf Eure Anklage erklärt: was hätten Gesetz und Tempel ihm in diesem Zusammenhang bedeuten sollen! In diesem Zusammenhang gab es sie gar nicht, also konnte er sie nicht lästern. Oder... Elieser?‹

Der junge Elieser ben Hyrkanos blickte von einem zum anderen, erst zu Rabbi Gamaliel und dann zu mir. Ich glaube, ihm war gar nicht aufgegangen, daß der große Rabbi Gamaliel sein Verteidiger war. Er reckte seinen Hals, um den Kopf aus dem Lichtstrahl zu bringen, dessen Gleißen ihm das hohe Gericht im Schatten verbarg, einmal nach links, ein andermal nach rechts. Als er mich anblickte und ich sein Gesicht in dem gewöhnlichen Licht erkennen konnte, sah ich, daß er schon jetzt müde aussah.

›Ihr Herren Rabbanim‹, bekannte er leise, ›ich glaube, daß Euer Verdacht nicht mich betrifft!‹

›Das ist kein Verdacht‹, fiel ich ihm ins Wort. ›Wir haben die Beweise!‹

›Wenn Ihr die Beweise habt‹, entgegnete er, ›so haltet sie mir vor. Habe ich das Gesetz und den Allerhöchsten gelästert, so laßt

die reden, die meine Worte gehört haben. Sie werden zum
Schaden ihrer Seele lügen müssen, wenn sie so reden sollen, wie
es Euch Wahrheit dünkt. Und eben dies: Wahrheit von Lüge
zu scheiden, habe ich ja versucht, deshalb stehe ich vor Euch, und
wenn darauf Strafe steht, dann...‹
›Dann nimmst du sie im Bekenntnis deiner Schuld an?‹ fragte
ich.
›Welches ist meine Schuld?‹ entgegnete er. ›Meine Schuld, Herr,
nur meine, und nicht jene, unter deren Last mein Vater sieben
Jahre lang dahingesiecht ist, alle die sieben Jahre meiner Jugend,
die kaum einen Tag ohne den Schatten dieser Schuld gesehen
hat, und keine Nacht gehört ohne das Wehklagen seiner Reue!
Um wessetwillen, Herr, könnt Ihr mir das sagen? Um wesset-
willen? Sagt mir das!‹
Es klang wie eine inständige Bitte, was er hervorgebracht hatte,
und mit Augenblickes Schnelle war ich, der Ankläger, vom
Frager zum Befragten geworden.
Rabbi Gamaliel, der Weise, lächelte.
›Bekennst du dich zu Jesus, den die Irrlehrer und Aufrührer wi-
der das Gesetz den Messias nennen?‹ fragte ich zurück.
›Nein, Herr‹, sagte er ohne zu zögern, ›aber wenn...‹
›Kein Wenn und kein Aber!‹ herrschte ich ihn an.
›Warum nicht, Rabbi?‹ fragte er unerschrocken zurück. ›Das
Wenn und das Aber ist die Hefe der Weisheit.‹
›Nicht vor dem Gericht des Hohen Rates, wenn es eine Frage
gestellt hat, auf die es der Wahrheit nach nur eine Antwort ohne
Wenn und Aber gibt.‹
›Der Geist ist dunkel, Herr, das hat schon unser Vater Hiob er-
kannt‹, sagte er.
›Um diesen Geist geht es nicht‹, gab ich ihm zur Antwort. ›Es
geht um die Taten. Du bemühst unseren Vater Hiob unnütz! –
Ich frage dich noch einmal, ob du dich mit den Irrlehrern und
Verächtern des Gesetzes zu jenem Jesus von Nazareth, dem Ga-
liläer, bekennst!‹
›Wenn er der Messias gewesen ist, wie jene sagen – wie müßte
ich nicht! Aber wenn...‹
›Du bist wieder beim Wenn und Aber!‹
›Aber was habe ich anderes getan, als zu erforschen, ob es ohne
dieses Wenn und Aber geht? Schon mein Vater hat das getan,
jahrelang, und ihn hat niemand vor Gericht gebracht.‹

509

Diese Tatsache war selbst mir unbekannt. Kein Zeuge hatte davon gesprochen. Gehörte sie zu dem Geheimnis, das der tote Hyrkanos ben Gawriel mit ins Grab genommen hatte? – ›Dein Vater?‹ fragte ich. ›Seit wann? Und wie? Berichte!‹

Der Sonnenstrahl, der ihn lange vom dunklen Scheitel herab getroffen hatte, war ein wenig weitergewandert und traf jetzt wie ein Speer von Licht seine Linke, die er von der Schulter bis zu den Lenden hinab über die volle Länge seines im Kerker verschmutzten Gewandes spaltete. Elieser ben Hyrkanos genoß sichtlich den Schatten als eine Welt mit uns, seinen Richtern.

›Soll ich alles, von Anfang an, erzählen, Rabbi?‹ fragte er.

Rabbi Akiba nickte ihm stumm zu.

Der junge Elieser blickte eine Weile vor sich hin, dann sagte er: ›Ich weiß den Anfang nicht auf den Tag oder die Stunde genau zu bestimmen, Rabbanim. Was damals geschah und wie es geschah – es sind sieben Jahre seitdem vergangen, und ich war damals sieben Jahre jünger und sah und merkte wohl manches nicht so, wie ich es heute sehen und merken würde oder wie ich es im vergangenen Jahr gemerkt habe, als mein Vater endlich starb. Das... das alles war nur mit einemmal da, immer, Tag und Nacht, aber... aber ohne die Nacht, nach der mein Vater erst spät am Mittag des folgenden Tages von seinem Dienst heimkam, wäre es sicher nie gewesen, nie geschehen, nie gekommen. Sicher muß der Anfang in jener Nacht gelegen haben, und alle, die ich später ausgeforscht habe, vor allem jener, den sie jetzt Petrus nennen...‹

›Simon, Sohn des Jonas, den Galiläer?‹

›Eben jener, Herr.‹

›Wie kannst du solch einem einfältigen Aufwiegler Glauben schenken?‹ fragte ich ihn.

›Um Glauben, Herr, geht es da nicht‹, erwiderte er klug. ›Ich habe nur wissen wollen, genau wissen, was in jener Nacht vor sieben Jahren geschehen war, und jener Petrus ist damals zugegen gewesen, sagt er.‹

›Er lügt! Alle, alle hatten sie sich wie die Asseln unter einem Stein verkrochen und tauchten erst viel später wieder auf, als kein Licht mehr auf sie schien.‹

›Da könntet Ihr Euch irren, Herr‹, sagte er, ›es sind ja auch sieben Jahre vergangen, denn unter dem Kreuz, an dem er gerichtet wurde, stand ja damals mit anderen schon der Gefreundte jenes

Petrus, den er vor allen liebte… Das weiß ich von Zeugen, die zu Füßen von Golgatha gestanden haben, und das hat mir auch jener Jünger selbst erzählt.‹

›Erzähle weiter von deinem Vater!‹ befahl ich ihm. Doch mit einem Blick aus den Augenwinkeln hatte ich zu meinem Ärger bemerkt, daß Rabbi Gamaliel, die Leuchte des Gesetzes, lächelte. Wahrscheinlich genoß er die Blöße, die ich mir mit meinem Eifer gegeben hatte.

›Ja‹, sagte der junge Elieser ben Hyrkanos nachdenklich und blickte vor sich hin, ›es ist ja auch nicht wichtig, nicht für mich. Nur daß der Anfang in jener Nacht damals gelegen haben muß. Das muß er, das muß er!‹ stieß er nach einer Pause hervor. Es machte den Eindruck, als wäre er jetzt völlig mit sich selbst und seinen Erinnerungen allein; und wie vielleicht tausend und aber tausend Male für sich selbst, ging er in Gedanken einen langen Weg zurück, Jahre und abermals Jahre, um den Augenblick zu entdecken, der die Erklärung für das Geheimnis, mit dem er rang und mit dem sein Vater gestorben war, liefern konnte. Wir ließen ihn gewähren. Es versprach am ehesten einen Fortgang der Sache.

›Damals, ja, damals‹, begann er aufs neue, den Blick immer weiter gesenkt, und ich glaube sogar, daß er einen Fuß vorsetzte und mit der Spitze seiner Sandale leicht den Boden zu scharren begann, als könnte er dort etwas finden, was er suchte. –

›In einer Nacht wurde der Rabbi aus Galiläa gefangengenommen, kurz vor dem Passahfest, droben am Ölberg, und die ausgezogen waren, um seiner habhaft zu werden, waren eine halbe Centurie von den Römern und ein Aufgebot von der Wache des Hohen Rates, bei dem sich mein Vater befand. Mein Vater war ein sehr eifriger, ja vielleicht übereifriger, strebsamer Mann, weise Rabbanim; jedenfalls ist er es damals gewesen…, ich… ich habe gar nicht immer gern gehört, wie eifrig und strebsam er gewesen ist‹, gestand der junge Elieser widerwillig. ›Aber mit diesem Eifer, dem Gesetz zu dienen, war er ja vom Lande gekommen, wo er Knecht gewesen war…‹

Wir schwiegen.

›Sie nahmen ihn gefangen, ja. Es ging beinahe ganz ohne Blutvergießen ab. Nur jener Petrus, der heute der Erste unter ihnen ist, zog das Schwert, aber das verwies ihm der Rabbi sogleich. Und dann führten sie den Gefangenen hinunter in die Stadt, mein Vater und die anderen. Und da... da muß es geschehen sein, zwischen meinem Vater und dem Gefangenen, denn mein Vater hat zu den wenigen gehört, die den gefangenen Rabbi bewachten, als er in der Nachmitternacht zu Rabbi Hannas gebracht wurde, bevor er dem Hohenpriester vorgeführt ward, das war in jenem Jahr Rabbi Kaiphas.

Rabbi Hannas, das haben mir alle erzählt, die dabeigewesen waren: jener, den sie Petrus nennen, und ein anderer, der Johannes heißt und weitläufig zu den Gefreundten des Hohenpriesters gehört, Rabbi Hannas fragte damals den Galiläer danach aus, wer zu seinen Jüngern gehöre und welches seine Lehre sei.

Jener antwortete: ‚Ich habe frei und öffentlich geredet vor der Welt; ich habe allezeit gelehrt in der Schule und im Tempel, da alle Juden zusammenkommen, und habe nichts im verborgenen geredet. Was fragst du mich darum? Frage die, die gehört haben, was ich zu ihnen geredet habe; siehe, die wissen, was ich gesagt habe!‘

Das dünkte meinen Vater, ein so beflissener, strebsamer Mann er war, eine ungebührliche Antwort vor dem großen Rabbi Hannas zu sein, und in seinem Eifer für die Obrigkeit holte er aus, versetzte dem Gefangenen einen Backenstreich und sagte, ehrlich aufgebracht, zu ihm: ‚Sollst du dem Hohenpriester also antworten?‘

Das... das‘, murmelte der junge Elieser mehr für sich selbst hin, als daß er es zum Gericht gesprochen hätte, ›das muß es gewesen sein, Rabbanim.‹

›Was?‹ fragte ich ihn scharf, um ihn in die Wirklichkeit zurückzurufen, daß er vor Gericht stand und sich nicht in Selbstgesprächen ergehen konnte.

Er blickte auf, und es war ihm deutlich anzumerken, daß er aus der Vergangenheit in seinen Vorstellungen in die Gegenwart hier vor den Richtern zurückkehrte. Aber er sagte kein Wort.

›Was?‹ fragte ich ungeduldig noch einmal, ›was muß gewesen sein?‹

›Das, das, Rabbi‹, sagte er einsilbig, immer noch in Erinnerungen befangen.

›Das also, gut, nennen wir es vorerst ‚das‘. Dein Vater gab einem Aufrührer, der ungebührlich und herausfordernd geredet hatte, einen Backenstreich, weil ihn seine Redeweise vor dem großen

Rabbi Hannas eine Frechheit gedünkt hatte. – Hat Rabbi Hannas ihn dafür getadelt, daß er's sich zu Herzen hätte nehmen müssen?‹

›Nein.‹

›Und jener? Ich meine: der Gefangene? Hat er versucht, zurückzuschlagen?‹

›O nein, Herr‹, sagte Elieser eifrig. ›Im Gegenteil. Er war ja gebunden, aber er war auch da schon so sanftmütig, wie man noch später hat sehen können, bei allem, sogar beim Letzten und Schlimmsten. Er sagte zu meinem Vater nur ganz ruhig: ‚Habe ich übel geredet, so beweise es, daß es böse sei. Habe ich aber recht geredet, warum schlägst du mich?‘‹

›Und?‹

Der junge Elieser blickte mich ruhig an und sagte mit Nachdruck: ›Herr, er hatte recht geredet. Alles, was ich in Erfahrung gebracht habe, hat ihm recht gegeben. Niemand weiß sich zu erinnern, daß er anders als öffentlich geredet hätte. Nie im verborgenen, wie ein Aufrührer. Mein Vater war im Unrecht. Doppelt im Unrecht, Herr.‹

›Warum doppelt?‹ wollte ich wissen.

›Man schlägt nicht den, der recht redet, und… man schlägt keinen Gebundenen.‹

›Willst du dir anmaßen, die Strafen, die das Gericht um der Gerechtigkeit willen verhängt, anzufechten?‹ wies ich ihn zurecht.

›Soll man die, die gestäupt werden, im Gehen schlagen, oder wenn sie freie Hände haben?‹

›Das habe ich nicht gemeint, Herr‹, erwiderte er. ›Die Gestäupten trifft das Urteil, aber nicht… die Willkür eines übereifrigen Dieners.‹

Er hatte recht, aber er schien mir so wahnbesessen übergerecht, wie sein Vater übereifrig gewesen sein mochte. – ›Bisweilen‹, sagte ich, ›steht der Übereifer dem Gesetzestreuen besser an als jenen, die ihm um seiner Gerechtigkeit willen einen Fallstrick legen wollen. – Doch was geschah weiter?‹

Der junge Elieser blickte mich an, als überlegte er mit schwerem Zaudern, ob es wirklich nötig sei, auch das Folgende noch zu sagen.

›Und weiter?‹ wiederholte ich. ›Er war endlich gefangen, er hatte vor dem großen Rabbi Hannas gestanden, dein Vater hatte ihm für sein ungebührliches Betragen einen Backenstreich, meinetwegen auch einen Faustschlag ins Gesicht versetzt, er wurde vor Rabbi Kaiphas geführt und am gleichen Tage den Römern überantwortet und gekreuzigt. Und weiter?‹

Elieser hatte mit versonnenem Kopfnicken begleitet, was ich angeführt hatte. – ›Richtig, Rabbi‹, sagte er, ›ja, so war es.‹ Und dann, nach einer Pause, mit einem Nachdruck, als hätte er Kraft dazu sammeln müssen: ›Aber wenn er nun der Sohn des Allerhöchsten gewesen wäre, wie man sagt?‹ Ich hatte ihm noch nicht in die Rede fallen können, da fügte er hinzu: ›Und mein eigener Vater hätte ihn...‹

›Schweig!‹ herrschte ich ihn an. ›Kein Wort mehr!‹

Er schwieg augenblicklich. Es entstand eine seltsam inhaltsschwere Pause. ›Du hast doch erklärt‹, fuhr ich fort, ›daß du dich nicht zu jenem Jesus bekennst, den seine Mitschuldigen als den Messias ausgeben!?‹

›Nein, Herr‹, sagte er, ›aber...‹

›Kein Aber! Bist du dies nicht schon dem Andenken deines Vaters schuldig? Seine Hand allein war klüger als du mit allen deinen Tüfteleien, ob sie ihm nun einen Backenstreich oder einen Faustschlag versetzt hat.‹

›Aber gerade er, Herr, hat diesen Schlag nie verwunden!‹

›Wie das?‹ fragte ich ihn.

›Er hat ihn nie verwunden, Herr‹, wiederholte er leise und blickte mich an, als wäre er sich bewußt, welch ein Gewicht dieser Eröffnung zukäme. ›Nie, alle sieben Jahre lang nicht. Und nur deshalb habe ich bis zu jener Nacht zurückgeforscht.‹

›Aber nur bei denen, die seine Anhänger waren – oder sind?‹

›Nein, Herr‹, sagte er. ›Ich habe viele andere gefragt, manchmal vielleicht, ohne daß sie merkten, worauf es mir ankam. Viele von den Dienern des Hohen Rates, die mit meinem Vater Dienst getan haben, auch solche, die in jener Nacht dabei waren, und dann die Knechte der Römer und...‹ Mir kam mit Schrecken eine Ahnung, daß dieser auf seine Art und Weise von der Wahrheit besessene Mensch von allem vielleicht mehr wußte als ich durch jene, die Zeugnis wider ihn abgelegt hatten.

›...und Rabbi Nikodemus und...‹

›Von dem Abtrünnigen schweige!‹ befahl ich ihm. Von niemandem wünschte wohl jeder von uns weniger zu hören als von ihm. ›Halte dich an die Sache! Sprich von deinem Vater!‹

Und er gehorchte, er hielt sich an ›die Sache‹, wie ich ihn geheißen hatte, und sprach weiter. Aber während ich ihm · zuhörte und das Geheimnis des Hyrkanos ben Gawriel in dessen letzten sieben Lebensjahren aus dem Mund seines Sohnes erfuhr, überlegte ich zugleich, daß ›die Sache‹, die hier zur Verhandlung und Aburteilung stand, in gewissem Sinne ja gar nicht mehr die Sache des jungen Elieser war, sondern die seines Vaters, und daß der Sohn eigentlich recht gehabt, als er uns schon zu Anfang gesagt hatte: er glaube, unser Verdacht betreffe ihn nicht.

›Ich habe alle und jeden befragt‹, wiederholte er – ›auch jene, deren Namen ich, wie ich verstehe, vor Euch nicht nennen soll. Aber das ändert nichts an der Sache, weise Rabbanim‹, sagte er überlegen. ›Die Wahrheit ist ja nicht nur von den Erbötigen zu erfahren. – Ist die Wahrheit nicht beinahe immer das mißhandelte Stiefkind der Lebendigen? Ich glaube, ja. Aber...‹

›Sprich zur Sache!‹ mahnte ich ihn.

›Zur Sache, ja‹, wiederholte er fügsam. ›Die Sache begann, als mein Vater am Mittag des folgenden Tages vom Dienst kam. Übernächtigt, verdrossen, ich erinnere mich genau – warum verdrossen, weiß ich nicht mehr. Er aß und legte sich schlafen. Daß er sich schlafen legte, weiß ich mit Sicherheit, denn als am Nachmittag um die sechste Stunde die seltsamen Zeichen am Himmel und auf Erden geschahen, fuhr er nur halbwach vom Lager auf und stürzte zu uns anderen in den Hof hinaus, daß kein niederstürzendes Gestein ihn treffe, und blickte verstört in den finster gewordenen Himmel. So sehe ich ihn heute noch vor mir. Und von dieser Stunde an, meine ich, nistete das Unglück sich bei uns ein. Es war wie der Hausschwamm, der jeden Balken zerfrißt, daß nichts mehr Feste hat und trägt, wie unversehrt es äußerlich auch aussieht.

Von einem Tag zum anderen gesellten sich immer noch ein paar Worte mehr zu den Andeutungen und Gerüchten, wer der am Kreuz Gerichtete in Wahrheit gewesen sei und wie furchtbar das Wort sich erfüllen werde, das die Priester und das ganze Volk gesprochen hatten, als der Landpfleger sich willens gezeigt hatte, ihn statt des Barabbas freizugeben: daß sein Blut über uns kommen möge und unsere Kinder...

Mein Vater, meine ich, war von jenem Tage an nicht mehr der gleiche, aber vielleicht bilde ich mir das auch nur ein und ist die Wahrheit, daß er sich sehr rasch veränderte, gar nicht an diesen einen Tag gebunden, sondern an alle Tage und Wochen danach, als die Erde nicht mehr bebte, wie an jenem Nachmittag, die Gräber sich nicht auftaten, wie in jenen Stunden, der Vorhang im Tempel schon längst wieder heil war und der Himmel sein gewohntes Licht leuchten ließ. Für mich aber, der damals ein Knabe war, ist die Veränderung im Wesen des Vaters unzertrennlich verbunden mit der Erinnerung an den Anblick, den er uns bot, als er in unsere eigene Angst hinein verstört und von Schrecken geschlagen durch das beim Erdbeben knisternde Gebälk aus dem Haus gestürzt kam. Für ihn selber mag die Änderung andere Wendepunkte gehabt haben. Es werden die Gerüchte gewesen sein, die man ihm wie jedem anderen zutrug, die aber er mit anderen Ohren hörte als die meisten. Die Anklagen werden es gewesen sein, die er alle auch und namentlich gegen sich gerichtet meinen durfte; die Zeichen des Himmels und der Erde werden Zeichen für ihn gewesen sein müssen - müssen, weise Rabbanim -, denn so übereifrig er war: die Gewalten des Himmels und der Erde hätte er nicht leugnen mögen. Und dann, dann kam der dritte Tag, da Er auferstand von den Toten...‹

›Sage, daß seine Anhänger das Gerücht aussprengten, er sei von den Toten auferstanden!‹ griff Rabbi Akiba zum ersten Male rügend in Eliesers Erzählung ein, die so, wie er sie vorbrachte, ein Greuel für unsere Ohren war.

Elieser blickte auf. ›Wie Ihr wollt, Herr‹, sagte er uneingeschüchtert zu Rabbi Akiba. - ›Der dritte Tag also kam, da das Grab leer war... und wie ein Lauffeuer das Gerücht umging, Er sei von den Toten auferstanden: der Messias, Gottes eingeborener Sohn!‹

›Sage, daß...‹, rief Rabbi Akiba.

›Ja, Herr, ja‹, kam Elieser einer neuen Rüge zuvor.

›Sei froh‹, griff ich der weiteren Erzählung Eliesers vor, ›daß nicht dein eigener Vater mehr als Wache neben dir steht! Er hätte längst zugeschlagen bei dem, was du uns zumutest!‹ - Mich verdroß es, wie er mit dem verwegenen Vorwand, nur ein Zeuge zu sein, seine Aussage vor dem Gericht zu einem Zeugnis für den Nazarener zu machen versuchte. Für mich stand längst fest: er hatte auf meine Frage gelogen und gehörte insgeheim zu den Anhängern des hingerichteten Galiläers.

Er blickte mich tief betroffen an. Die Erwähnung seiner selbst hier vor Gericht in Verbindung mit dem toten Vater und was der einmal in einer ähnlichen Lage getan hatte, mochte das bewirkt haben. Eine Weile war er sprachlos. Alles, was er sagen wollte, loderte in seinen Augen. – ›Ich, Herr‹, stammelte er dann, ›ich bin nicht Er, aber auch ein Schlag gegen mich brächte dem, der ihn führt, keinen Segen, denn ich rede nicht aus Eitelkeit, sondern um der Wahrheit willen!‹

›Die Wahrheit wissen wir!‹ sagte ich kurz angebunden.

Er schwieg. Schwieg und schwieg, als wollte er nicht mehr weiterreden oder als müßte er nachdenken. Eine eigentümlich lähmende Stille entstand. Wußten wir die Wahrheit wirklich? – Ich hätte auch damals gestehen müssen, daß ich noch weit entfernt von ihr war.

›Fahr fort!‹ unterbrach Rabbi Akiba die Stille, es klang beinahe versöhnlich aus seinem Mund.

›Ich weiß nicht, was ich sagen soll, Rabbanim, ohne Ärgernis zu erregen, denn eben der, von dem ich hier nicht reden soll und den es für Euch, Rabbanim, gar nicht anders gibt als einen Missetäter wie tausend andere oder... ja, überhaupt nicht mehr gibt, wurde ja mit der Zeit etwas ganz Wirkliches und, weil jener von den Toten auferstanden war... oder sein sollte, auch etwas ganz und gar Gegenwärtiges, furchtbar immer weiter Einklagendes, Tag für Tag und später bisweilen Nacht für Nacht. – Die Leute erzählten, so wie Leute nun einmal erzählen: aus Neugier, aus Klatschsucht, aus Hunger nach etwas Wunderbarem, aus Müßiggang. Die Seinen, die sich nach dem Richttag eine Weile verborgen gehalten hatten, begannen, allmählich immer kühner, öffentlich hervorzutreten und Zeugnis von ihm abzulegen, wie Ihr wißt, und wirkten Wunder in seinem Namen, so daß viele sich auf seine Lehre taufen ließen. Vielleicht waren es auch sie selber, die immer neue Berichte über ihn und Aussprüche von ihm im Schwange hielten und aus der Schrift aufzurechnen begannen, daß Er und niemand anderes der zum Heil von ganz Israel Verheißene sei.

Mein Vater hatte nie ein Hehl daraus zu machen brauchen, daß er zu den Dienern des Gesetzes gehörte, und jedermann in unserer Nachbarschaft wußte, was er tat und in jener Nacht mitgetan hatte – ich möchte eher glauben, das habe seinem Übereifer geschmeichelt. Wie nun die Flut der immer krauser ausgeschmückten Mären über Ihn stieg und alle das große Beben und die Verfinsterung des Himmels an seinem Richttag in Verbindung mit dem Unrecht brachten, das ihm angetan worden war und das noch über uns und unsere Kinder kommen sollte, begann mein Vater, den Leuten zu widersprechen. Er verteidigte den Hohen Rat und die Weisheit der Hohenpriester, doch als es – ich weiß nicht genau, wann und durch wen – erst einmal ausgekommen war, daß er selber jenen Galiläer in der Nacht vor Hannas geschlagen hatte, begann er sich selbst zu verteidigen und zu rechtfertigen, wenn er redete. Er aber war nur einer, allein, und die anderen waren Unzählige. Ja, Unzählige und dazu meistens noch Unsichtbare, denn die Erzählungen der Leute über Leben und Lehre und Leiden und Sterben des Auserwählten, aus denen, wenn sie meinem Vater und uns, den Seinen, zugetragen wurden, nichts als offene oder versteckte Anklagen gegen uns geworden waren – diese Erzählungen umgaben uns mit der Zeit wie ein körperloses, ungreifbares Heer von Feinden... Die Schuld, die zubemessen wurde, wurde nicht mehr nur meinem Vater allein auferlegt, sondern uns allen, und aus dem einen Schlag, den mein Vater dem Gefangenen versetzt hatte, wurde bald da, bald dort ein Hagel von Schlägen. Mit welchem Recht, wenn überhaupt eine Schuld bestanden haben soll, ist mir unerfindlich. Doch was alles gewispert und getuschelt oder offen gescholten wurde, das vergiftete uns die Luft. Es ließ meinen Vater, wenn er friedlich in unserem Hause am Tisch saß, ärger vereinsamen, als wenn er ein Aussätziger gewesen wäre. Ich gestehe: von meinen Gespielen und Freunden gehänselt und mit Bosheiten verfolgt, habe ich in der ersten Zeit selber versucht, ein Zeichen des Makels an meinem Vater zu entdecken, bis ich mich – wie wir alle – ganz von allen Gleichaltrigen abwandte, alleinblieb, allein lernte und nur noch die Gesellschaft meiner Eltern teilte. Unser dreier Leben glitt unbarmherzig und unaufhaltsam immer weiter aus der Gemeinschaft hinaus. Wir fingen an, uns selbst genug zu sein. Aber ich habe mir dennoch nächtelang den Kopf zerbrochen, Rabbanim, wie die Anhänger dessen, der die Liebe und einzig die Liebe gepredigt haben soll, so furchtbar und unnachgiebig rachsüchtig und unwahrhaftig in ihrem Haß sein konnten.

Mein Vater tat weiter seinen Dienst, als wäre nichts geschehen, aber er sprach nicht mehr darüber, was er als ein Diener des Gesetzes erlebte, wie er's früher mit Eifer getan, als wollte er jedweden Vorwand für ein neues Gerede vermeiden. Vor meiner

Mutter hörte ich ihn oft sich rechtfertigen und sie zum Zeugen anrufen, daß er nichts Unrechtes getan habe, was mit seinen Pflichten als Diener des Gesetzes und treuer Sohn des Tempels unvereinbar gewesen sei. Er trug erst vor ihr allein, später, als ich älter und verständiger geworden war, auch vor mir alle Beweise dafür zusammen, daß jener nun Tote und dennoch Lebendige keine bessere Behandlung verdient habe, daß er ein Gesetzesbrecher und Aufrührer wider den Tempel und den Cäsar gewesen sei und daß der eine Schlag, den er ihm für seine Unehrerbietigkeit vor Rabbi Hannas versetzt hatte, ja doch nichts gegen die Peitschungen und Schläge gewesen sei, die er am folgenden Tag von den Knechten der Römer habe erdulden müssen.

Er erzählte nie, ohne daß man seine Erwartung spürte, wir beide möchten ihm recht geben, ja mehr als das: ihn belobigen und beruhigen. Allmählich begann sein Eifer beim Erzählen und seine erwartungsvolle Ausführlichkeit, mit der er sich auch beim geringsten aufhielt, uns förmlich zu quälen. Und wenn wir nickten und ihm beipflichteten, spürten wir, ohne daß wir untereinander uns auch nur ein Wort darüber hätten zu sagen brauchen, welch eine Unrast und Selbstquälerei sein Gemüt verzehrte.

Und dann wurde er krank. Erst viel später habe ich mutmaßen können, daß es auf den Tag genau geschah, nach dem er sich zuvor im geheimen lange mit jenem gestritten hatte, den sie Petrus nennen. Der hatte wohl alle Vorwürfe, die im Schwange waren, erneuert. Aber, das weiß ich jetzt auch, er hat es mir selber gesagt: er hatte meinem Vater Frieden und Versöhnung und die Gnade und Barmherzigkeit seines Gottes angeboten [gegen den er selber sich in jener Nacht auch schwer vergangen habe, wie er ehrlich bekümmert eingestand], wenn der sich taufen ließe und fortan den Namen Jesus als den seines Heilands und Versöhners bekenne...

Das hatte mein Vater nicht gewollt - oder nicht gekonnt. Er, ein Diener des Tempels und des Hohen Rates! Einsam und verbittert hat er danach unablässig allein mit sich selber und seinen Anklägern gerungen, meistens lautlos und nur vor uns, seinen Nächsten, in von Jahr zu Jahr dunkleren Reden: halb ein Ergriffener von Ihm, dem Unbekannten, kommt es mir heute vor, und halb ein Widersacher seines Schuldspruchs und des Rächers bis zum bitteren, ungetrösteten Ende. Denn gerade seine Krankheit wurde ihm zu einem dunklen, geheimnisvollen Zeichen des Gerichts, unter dem er seit jener Nacht stand.

Es begann damit, daß von einem Tage zum anderen eine Schwäche seine Rechte befiel, von der Schulter herab bis unten zur Hand, von Tag zu Tag ärger, bis zum völligen Siechtum, wie eifrig er sie auch mit Salben und Bädern pflegte. Am Ende vermochte er sie kaum noch zu bewegen, nichts damit zu greifen, nichts zu halten. Die Rechte. Diese Rechte, Rabbanim, mit der er... Ich sehe ihn heute noch vor mir, wie er, vom Dienst befreit, am Anfang bisweilen müßig dasaß, den Ärmel mit der Linken hochgestreift hatte und finster diese Rechte betrachtete, von der außer einer im Unterarm wulstartigen Schwellung, welche die Haut spannte und glänzen machte, und der beinahe um die Hälfte vergrößerten Hand, deren Unförmigkeit die Umrisse aller Knochen hatte verschwinden lassen, kein äußeres Zeichen ihrer Krankheit abzulesen war.

,Warum‘, konnte er murmeln, mehr für sich selbst als zu mir, ,warum hat der Allmächtige die Kraft dieser Rechten verdorren lassen und meine Stärke geschlagen! Kannst du mir das sagen, mein Sohn?‘

Natürlich wußte ich ihm keine befriedigende Antwort zu geben, und er grübelte weiter oder ließ meine Mutter einen Absud von heilkräftigen Kräutern bereiten, in dem er den gelähmten Arm badete. Wenn sich eine Besserung einstellte, gab das seinem ganzen Wesen einen Auftrieb, der nur noch anschaulicher machte, daß seine Zweifel und Anfechtungen die Schwäche dieser seiner Rechten vorher für weit mehr als eine gewöhnliche Krankheit gehalten hatten, wie sie jedes Glied eines Menschen einmal befallen kann, und in der Art und Weise, wie er die neu gestärkte Rechte wieder gebrauchte, lag etwas wie Frohlocken und ein stolzes Pochen darauf, daß eben doch er recht behalten habe – und nicht der andere, der Einflüsterer seiner vorgeblichen Schuld.

Wir atmeten auf, die Mutter und ich. Ich aber, das gestehe ich, aus noch einem anderen Grunde, der einzig und allein mich selbst anging. Je länger sein Siechtum gewährt, desto mehr hatte nämlich auch ich schon angefangen zu grübeln, ob die Schuld, die meinen Vater mit der Strafe des Siechtums in der sündigen, gottesfrevlerischen Rechten schlug, nach jenem Gesetz, das Väter und Söhne bindet, nicht auch zu einem Teil meine eigene Schuld sei.‹

Ich sah, wie selbst der sanftmütige Rabbi Akiba eine ärgerlich-abwehrende Handbewegung machte, als wären es ihm jetzt - wie der Fliegen und Mücken - der ungereimten und schon halb wahnwitzigen Vorstellungen gleich solchen einer ›gottesfrev-lerischen Rechten‹ des Hyrkanos ben Gawriel zu viele geworden, allein bevor er noch etwas hätte einwerfen können, fuhr der junge Elieser fort:

›Aber sein Frohlocken und meine Erleichterung währten nie lange. Abermals und immer wieder schlug ihn die Krankheit für immer längere Zeit. Schon mußte ich mehr für unser Auskommen sorgen, als er es vermocht hätte. Keine Salbe und kein Absud waren stark genug gegen das Übel, das niemals sichtbar aus diesem Arme ausbrach. - Das alles wurde für uns so etwas wie ein Alptraum, aus dem es nur mitunter noch ein flüchtiges Erwachen gab. - Ich denke an eins: als mein Vater schließlich in den Tempel ging und den Opferpriester bat, die Rechte zu segnen, die jener andere anscheinend verflucht. Und wie kam er da das erste Mal zu uns zurück! Ich sehe ihn vor mir: die Rechte erhoben - jene Rechte, die wir sonst immer nur lahm zu sehen gewohnt waren -, erhoben, Rabbanim, um die volle Länge des Arms, alle fünf Finger der Hand zum Greifen gespreizt, die Hand öffnend und wieder schließend, ein Leuchten auf dem schon verhärmten Gesicht.

,Gott du Gerechter!' rief meine Mutter mit unterdrücktem Jubel, ,diesem Hause ist Heil widerfahren!'

,Heil, ja, Weib, durch den Gott Mose und der Propheten!' verkündete mein Vater und begann zu erzählen, wie sich alles zugetragen hatte. Er hatte dem Priester alles berichtet, und jener hatte alle seine Anfechtungen beschwichtigt und den Segen über die kranke Rechte gesprochen. Und von Stund an war er gesund gewesen. - Wollten wir dies nicht als ein Wunder preisen?

Meine Mutter brach in Tränen der Dankbarkeit aus, und mir schwindelte es in der Gewalt Gottes, die durch den Mund des Priesters unter uns lebte und wirkte. Wir waren in etwas vereint, was man nur ein grenzenloses Entzücken nennen konnte, und begriffen wohl jetzt erst, welch eine Bürde von uns genommen war.

Die Stunde des Gebets an jenem Tage hielten wir, glaube ich, doppelt oder dreifach lang. Und am Abend, auch dessen erinnere ich mich genau, fluchte mein Vater im Vollgefühl wiedererlangter Stärke dem Hingerichteten, dem Galiläer, und spottete seiner Ohnmacht mit wildem Lachen. Da aber, Rabbanim, da war mir, als stürzte ich aus dem grenzenlosen Entzücken in eine bodenlose Tiefe hinab. Ich hielt beim Anhören seiner Worte ängstlich den Atem an und starrte auf seine Lippen, und eine Furcht über Sinn und Verstand befiel mich. Ich weiß nicht, ob ich je wieder in meinem Leben so große Furcht verspürt habe wie an jenem Abend. Ich glaube nicht. Ich weiß auch nicht, ob meine Furcht damals schon mit einer bestimmten Vorstellung oder Ahnung verbunden gewesen ist, was der Fluch meines Vaters bewirken könnte, was für eine Herausforderung er bedeutete und was jetzt geschehen müßte, wie bei einem Ringen, bei dem ja nur einer Sieger bleiben könnte. Ich weiß nur, daß ich von jenem Abend an wartete. Wie sehr, vermag niemand mir nachzufühlen. Ich wartete. Tage und Wochen, und nichts geschah. Meint aber nicht, Rabbanim, daß meine Furcht darob geringer geworden wäre. Nein, unerklärlicherweise wurde sie es nicht. Ich begann, im Gegenteil, nur darunter zu leiden, wenn mein Vater mit der wieder gesundeten Rechten beinahe prahlerisch mehr auszurichten versuchte, als der Hand eines Menschen zukommt, und die Stärke des Gottes der Väter wider den dunklen Zauber der Irrlehrer und die Schandmäuler ihrer Genossen pries. Mir war da, als riefe er förmlich das Verhängnis herbei - oder die Strafe des Stärkeren. Hatte er nicht selber im ersten Überschwang vor uns erzählt, er habe dem Priester im Tempel von seinen Anfechtungen berichtet, und jener habe sie zu beschwichtigen gewußt? Also hatte er doch vorher lange in Anfechtungen gelebt... Würden die wiederkommen? Oder war der Segensspruch des Opferpriesters stärker als der vermeintliche Groll dessen, den er einmal geschlagen hatte, und der Fluch seiner Anhänger? Wenn es so war, dann waren alle Gerüchte, welche die Seinen ausstreuten, nur Blendwerk und Trug. War es aber nicht so, und erwies sich des Tempels Segen einmal als schwächer denn die Macht des Fluches, dann... Alles, weise Rabbanim, war ein Warten, ich weiß nicht, wie lange. Ein Warten unter Flüchen des Vaters und einer bisweilen wahrhaft gespenstischen Prahlerei seiner Rechten - so daß es mir manchmal mit einem untergründigen Schrecken so vorkam, als wünschte er sich sein Unglück insgeheim zurück, um nur die Macht, die Macht dessen zu spüren, den er beleidigt hatte, weil das heillose Leid unter seiner Macht immer noch besser war als seine Abwesenheit.

Wieviel Schuld bei mir liegt – ich weiß es nicht. Ich habe Euch ja gesagt, daß ich wartete. Und ich gestehe ein, daß ich ihm und seinem Gebaren beim Warten mit wachsendem Zorn in meiner Seele zusah. Half da mein Warten am Ende noch mit, das Unheil wieder herbeizuziehen? Beschleunigte es das Verhängnis, das über ihm schwebte und von dem er anscheinend nichts wußte? Das, weise Herren, wäre meine furchtbare Schuld. Aber… wiegt die nicht geringer um das widernatürliche Glück, das er unter der Heimsuchung des Mächtigeren gespürt haben muß? Ich frage und frage, und wie die Stimme unseres Vaters Hiob möchte ich sagen: ‚Hab ich denn wirklich Sünde getan? Wohnt mir inne noch meine Verfehlung?… Gott ist's, der mich beugte, sein Netz ist's, das mich umgarnt hat. Ruf ich: Gewalttat! – mir wird keine Antwort. Schrei ich um Hilfe – mir wird kein Recht.‘

Von irgendeinem Tage an wußte ich insgeheim, daß das Unglück schon ganz nahe war. Woher ich das wußte, Rabbanim, weiß ich nicht zu sagen. Vielleicht war es ein seltsamer Überschwang meines Vaters, der mir dieses Gefühl eingab – ein Überschwang, dessen prahlerische und trügerische Kurzlebigkeit meiner guten Mutter gar nicht aufging und in dessen Natur ich sie nicht einweihen wollte, denn vielleicht täuschte ich mich und behielt sie mit ihrem frommen Vertrauen recht, daß das Unglück für immer von úns gewichen war. Nie war ich einsamer als in diesem Wissen und Warten, damals erst eigentlich wurde ich vom Knaben zum Mann. Als aber das Unglück eines Abends, da ich von meinem Meister aus der Werkstatt heimkam, offenbar geworden war, verließ mich doch genauso die Fassung, wie der Kummer meiner Mutter untröstlich war. Mein Vater lag an jenem Abend wie gelähmt am ganzen Leibe auf seinem Lager und kämpfte die Nacht hindurch in wirren Träumen mit einem schattenhaft Unbeweglichen, gegen den seine lahme Hand unaufhörlich unter schier unerträglichen Schmerzen ausholen mußte und von dem diese Hand Mal für Mal abprallte, ohne daß jener sich auch nur um einen einzigen Zoll bewegt hätte,

oder durch den - wie durch leere Luft hindurch - die vom Schmerz zerrissene Hand als ein Opfer ihrer eigenen sinnlosen Wut ins Grenzenlose flog, so daß er wie von Sinnen aufschrie und meinte, der davonfliegenden Hand nacheilen zu müssen...
Das, Rabbanim‹, sagte der junge Elieser nach einer Weile leise und mit einem Schauder, als sähe er die Bilder jener ersten Nacht immer noch vor sich, ›das war wie die Gehenna. Doch wir schulden dem Allerhöchsten Dank, denn sie währte nicht ewig, wie sie währen kann, sondern mit manchen Unterbrechungen, da sein Zustand sich wieder besserte, alles in allem nur sieben Jahre. Ich machte in diesen Jahren die Beobachtung, daß die Rechte meines Vaters, auch wenn er über eine völlige Lähmung klagte, nur gelähmt war, wenn er wach und bei Bewußtsein war! Im Schlaf sah ich ihn die kranke und lahme Hand nicht anders bewegen, als wäre sie gesund wie die Linke. Ihre Krankheit: die Lähmung, schlug sie unentrinnbar mit seinem Bewußtsein von sich selbst. Das war ein Geheimnis, Rabbanim, das, glaube ich, ihm selber nie aufging. Er war und blieb der Gefangene seiner Erinnerung, ohne es zu wissen. Im Laufe der Jahre machte ich mich häufig eines Vergehens schuldig, das ich vor Euch, wenn ich denn heute schon reden muß, nur als eine Tücke bekennen kann, die einem Sohn gegenüber seinem Vater nicht ansteht. Aber ich war wie besessen davon - und bin's noch heute -, hinter die Wahrheit zu kommen! Der, meinte ich, käme ich nahe, wenn ich ihn erst im Schlaf beobachtete: wie er da den Arm und die Hand nicht anders bewegte, als wären sie gesund und, von mir unversehens aus dem Schlafe geweckt, diese eben noch gesund scheinende Rechte schlaff hängen ließ, als gehörte sie nur wie ein abgestorbenes Stück Fleisch zu seinem lebendigen Leibe. Schon vom ersten Augenblick des Wachseins an bediente er sich ihrer nicht mehr! Steckte das Übel, mußte ich denken, gar nicht in diesem Arm und in dieser Hand, wie geschwollen die auch waren, sondern am Ende einzig und allein in seinem Geist? Wie aber konnte der Gott, den er vielleicht einmal aus der Verblendung menschlichen Übereifers geschlagen hatte, so unversöhnlich und rachsüchtig sein, daß er einen aus der Schwäche aller menschlichen Natur schuldig Gewordenen Jahr um Jahr verfolgte und peinigte - und hatte dabei auf Erden nur die Liebe und das Erbarmen gelehrt!? Das waren die Grübeleien meiner Wochen und Monde, aus denen ich keinen Ausweg sah.

Wir rieten dem Vater abermals, der Kraft des Priesters im Tempel zu vertrauen und dort Heilung zu suchen. Abermals ging er hin, nicht mehr ganz so vertrauensvoll wie beim ersten Male, und vergeblich hätten wir auf einen Mann warten müssen, der freudestrahlend mit einer hoch erhobenen Rechten und griffsicheren Hand kam... Wenn wir den überhaupt erwartet hätten! Aber das hatten wir nicht, und ich weiß eigentlich nicht einmal, warum. Als wir ihn fragten, meinte er kleinlaut: O ja, er glaube schon, es sei besser geworden, aber eigentlich hätte die neue Art von Absud, welchen ihm die Mutter das letzte Mal aufgebrüht, doch noch stärker gewirkt. Nun wollte er doch wieder lieber diesen Absud.

Tempelsprüche, Salben und Bäder, und Bäder, Salben und Tempelsprüche - diese Heilkunst wandelte er jahrelang ab, und am Ende, als sein Gemüt schon völlig verstört war, wurde jedes der drei Mittel Selbstzweck, an den er gar nicht mehr glaubte. Die Besuche im Tempel, Rabbanim, verrichtete er mit der gleichen Aufmerksamkeit und Andacht, mit der er seinen Arm der Länge lang in eine kleine Wanne bettete, die ich ihm hatte anfertigen müssen und in der er recht heißes, schwefliges Wasser am meisten liebte. Was und woran er glaubte und ob er überhaupt noch etwas glaubte - der Allmächtige weiß es und niemand sonst! Vor unseren Augen versank er sehr rasch in einen Zustand, der wohl mit der Krankheit seines Armes und seiner Hand gar nichts mehr zu schaffen hatte. Die Erinnerungen, die mit diesem Arm und mit dieser Hand zusammenhingen und die ihn nie losließen, zerstörten seinen Geist. Mir gab dieses alles das Rätsel auf, ob nicht ich wenigstens den Mächtigeren anerkennen und an ihn glauben sollte. Mit furchtbarer Beklemmung, ich gestehe es ein, fühlte ich je länger, je mehr, wie die Gleichgültigkeit meines Vaters gegenüber dem Gesetz und dem Tempel - um nicht Unglauben zu sagen - auf mich übergriff, und gleich einem wehrlos Gefangenen begann ich mich zu erforschen, ob ich seine Schuld teilen müßte. Wann würde meine Hand, die ich beim Schleifen neben dem Auge als das feinste Werkzeug benötigte, erlahmen, und wann mein Arm verdorren, der nun meine Eltern ernährte? Oder sollte ich aus Liebe zu meinem Vater den großen, haßerfüllten Rächer mit dem Opfer meines Glaubens versöhnen? Doch wie sollte ich an einen so unmenschlichen und widergöttlichen Haß glauben können! Oder war dieser neue Gott so über alle Maßen groß, daß die Tat eines unbesonnenen Menschen gegen ihn sich niemals sühnen lassen konnte? Mit Schauder gedachte ich meines Vaters Flüche und Spott. Vermochte dann auch das Opfer einer Sohnesliebe nichts? Das war mein Hader mit mir selbst. Und ich gestehe dazu: Ich wollte – wie wenig das Gesetz und der Tempel mir nun auch schon bedeuteten –, ich wollte das letzte Opfer nicht bringen! Behaltet eure Schuld! schrie ich innerlich nicht nur meinem Vater, sondern allen Vätern zu. Behaltet sie mit dem Blut, das ihr vergossen habt und das über euch kommen mag! Nicht über mich! Bin ich schon ein Sohn dieses Volkes, so will ich doch nicht der Erbe seiner Missetaten sein. Ich wollte nicht eins der Kinder sein, die mit eingefordert waren in das unentrinnbare Los der Sühne für etwas, das ich, wie ich meinte, nicht mitverbrochen hatte. Oder sollte ich Adams Erbe hüten? Das wäre dieses Leben nicht wert, meinte ich, und verflucht sollte der sein, dessen Samen mich in dieses Joch gerufen hatte!

Wir mahnten ihn immer wieder von neuem, in den Tempel zu gehen und sich von der gottgesättigten Kraft des Priesters heilen zu lassen, aber er ging am Ende gar nicht mehr hin. Er blieb bei seinem Absud und genoß den. In den letzten Monden seines Lebens, wenn er irgendwo allein hockte und die gelähmte Rechte wie ein Scheit Holz vor sich hin in den Schoß gelegt hatte, sprach er viel vor sich hin, aber nie mit jemandem, den wir sehen konnten. Bisweilen redete er heftig und beschimpfte ihn und mahnte ihn unwirsch zur Ehrfurcht. Dann waren seine Nächte hinterher erfüllt von Gesichten, in denen er den Schatten einer zuschlagenden Hand über die Wände eilen sah und uns beschwor, diese Hand doch bloß aufzuhalten, denn in einem Dunkel, das wir nicht zu gewahren vermochten, stand Der, den diese Hand schlug. In solchen Nächten gewahrte ich, wie es in seinem Arm und in seiner Hand zuckte, so wie man es bei den Besessenen sieht. Zu anderen Zeiten saß er klagend im Hof und bat für sich selbst um Erbarmen, aber niemals, niemals kam ein Wort aus seinem Munde, das vermuten ließ, er habe Erhörung gefunden. Mich graute es da vor der Härte des Rächers. Seine letzten Worte, da schon nicht mehr bei Bewußtsein, waren: ,Deine Vergeltung ist deine Liebe, du Mächtiger Unbegreiflicher! Anders kann ich dich nicht glauben!' – und da griffen seine Hände – beide Hände, Rabbanim, als hätte seine Rechte nie eine Lähmung befallen gehabt –, gleichsam scheu liebkosend vor sich hin in die leere Luft, und sein von Trauer verschattetes Gesicht lächelte zum erstenmal wieder freudig, als hätte er alles Unbegreifliche der vergangenen sieben Jahre begriffen… Doch wie ich gesagt habe: er war da nicht mehr bei sich selbst, sonst hätte er ja auch seine Rechte gar nicht zu bewegen vermocht.‹

Ihr habt aus meiner Erzählung gehört«, sagte Rabbi Josua und lehnte sich eine geraume Weile auf seinem Sitz zurück, um in den feurigen Reigen der Sterne zu blicken, die wie der singende Chor unseres Vaters David über den Tempel Salomos zogen, »daß wir den jungen Elieser lange Zeit mit keinem einzigen Wort unterbrochen und – soviel Anlaß wir gehabt hätten – zur Mäßigung in seiner Redeweise angehalten hatten. Was er erzählt und wie er's erzählt, hatte uns im ganzen stärker ergriffen, als es eine Rüge im einzelnen wert gewesen wäre. Vor allem: ich als sein Ankläger mußte mir gestehen, daß ich von dem Schicksal des Hyrkanos ben Gawriel seit jener einen Nacht vor sieben Jahren so gut wie gar nichts gewußt hatte. Die Zeugen hatten erklärt, er habe an einem Siechtum gelitten und sei verfinsterten Geistes gestorben. Aber wie sein Siechtum entstanden war und was seinen Geist verfinstert hatte, das hatten sie schon nicht mehr gewußt oder als bekannt vorausgesetzt – oder aber nicht sagen wollen. Was konnte ich danach von allen ihren anderen Aussagen halten?

Das waren nagende, heimliche Fragen an mich selbst, als Elieser, ohne daß Rabbi Akiba ihn hätte dazu auffordern müssen, von neuem zu berichten begann. Mir war dabei, als führte in einer seltsamen Umkehrung der Ordnung der Angeklagte seine Richter und nicht sie ihn vor den Beweis seiner Schuld – so unbändig war seine brennende Liebe zur Wahrheit. In meinen Jahren bin ich nicht mehr eitel genug, euch das verhehlen zu wollen, denn mein eigenes Gericht ist nahe, und der ewige Richter möge mich so wahrheitsliebend befinden, wie er es war. Wahrheitsliebend – selbst in der Befangenheit und im Irrtum. – Ach! was sage ich alter Mann da!

›Er war, während er nach der Gewohnheit des Volkes Gottes noch mitten unter uns war, aus dem Tempel ausgezogen, Rabbanim‹, erzählte der junge Elieser weiter. ›Aus der Stätte Gottes und dem Hort seiner Väter, ich gestehe es ein. Und wie in einer geheimnisvollen Bürgschaft, die ich als Sohn für den Vater übernommen, hatte er mich mit zum Unbehausten gemacht, zu einem Wanderer unterwegs. – Unterwegs, ja. Wer wüßte, wohin! Wo können wohl er und seinesgleichen eine neue Heimstatt finden? Einen Ort zwischen dem Zorne Gottes und seiner Vergeltung am Menschen, den Er doch selber mit aller seiner Unvollkommenheit geschaffen hat?

Niemand hat mir darauf Antwort geben können. Nicht das alte Gesetz und nicht der Tempel und nicht der Neue Bund, den die Anhänger des Galiläers mit seinem unschuldigen Tod zwischen Gott und den Menschen gestiftet meinen. Denn dieser Bund... Sollte ich den letzten Worten meines sterbenden Vaters vertrauen, daß seine Vergeltung, wie furchtbar sie uns auch trifft, seine Liebe sei, und daß ich ihn gar nicht anders zu glauben vermöchte? Oder war dieser Gott, wenn der Galiläer nach den Beteuerungen seiner Jünger Gottes eingeborener Sohn gewesen war – nur dann, nur dann, Rabbanim! –, nicht nur das Opfer seiner Feinde unter dem auserwählten Volke geworden, das ihn verleugnet hatte, sondern im Leben und nach seinem Tode noch verhängnisvoller das seiner Freunde, die ihn verherrlichten? Errichteten die jetzt, nach der Verkehrtheit menschlichen Scharfsinns und selbstsüchtiger Liebe, ein Reich der Rache und Vergeltung mit den Bausteinen von allen Worten der Liebe und Barmherzigkeit, die er je gesprochen hatte?

Als wir über meinen toten Vater das Kaddisch gesprochen und um ihn getrauert hatten, wie das Gesetz um die Toten zu trauern gebietet, war mir, als hätten wir versucht, den Toten noch einmal und jetzt für immer in jene Welt heimzuführen, in der er als Lebender nicht mehr hatte weilen wollen und aus der er mich mit sich gezogen hatte. Es dünkte mich ein schweres Unrecht zu sein, das mich zur Strafe mir selbst entfremdete. Und dann war ich entschlossen, das neue Wort zu suchen und den Neuen Bund auf die alte Schuld zu erproben. Gab es die wirklich oder war mein Vater das Opfer seines eigenen übertriebenen Eifers und der Rachlust der Menschen geworden? Und wieviel Schuld hatte er mir hinterlassen, daß ich sie sühnen müßte und Vergebung fände? War der, den einmal ein Schlag von unserem Geschlecht getroffen hatte, wirklich der Messias, der Sohn des Allerhöchsten?

Ich sehe, Rabbanim, es mißfällt den Ohren Eurer Weisheit, was ich hier sage‹, flocht er fürsorglich ein, als er unsere finsteren Mienen gewahrte. ›Aber... aber anders habe ich um der Liebe zur Wahrheit und zum Allerhöchsten willen nicht fragen können. Denn ich begehre Gott und nicht seinen Tempel‹, brach er aus, ›meinen Sinn dürstet es nach diesen sieben Jahren endlich nach seiner Liebe und nicht nach seinem Gesetz! Fast möchte ich heute schon meinen: seinen Zorn zu fühlen - gewiß und wahrhaftig den Seinen und keiner Menschen und Menschensatzung Bosheit und Gericht! -, sei viel mehr Glück als seine Abwesenheit, sein Schweigen und die Ungewißheit, wo er zu finden sei. Schenkt er seine Liebe und seinen Frieden nicht - ich will, auch leidend, in der Offenbarung seiner Herrlichkeit schwelgen! So, wie es wohl meinem eigenen Vater ergangen ist. Ist es ihm so ergangen, dann erkenne ich deutlich mein Erbe und will, wenn es nicht anders sein kann, seine Schuld endlich zu meinem Eigentum machen, denn die Schuld der Väter hat mich den Schauder meines Lebens gelehrt.‹

Welche Worte, meine Freunde, bedenkt: welche Worte vor dem hohen Gericht, die der junge Elieser sprach!« sagte Rabbi Josua mit einem halb verzweifelten, halb mitleidigen Kopfschütteln. »Aber... ihm war jetzt gar kein Einhalt mehr zu gebieten. Von dem Wahn angestachelt, die Wahrheit und nichts als die Wahrheit finden zu müssen, bekannte er sich zu allem, was ihm zur Last gelegt worden war. Nur daß er sich bemühte, in Gleichgültigkeit zu verkehren, was wir ihm rundheraus als Lästerung anrechneten. Leidenssüchtig warf er sich beinahe freudig in die Arme der Schuld - Arme, sage ich, aber es ist und war ja ein Rachen.

Ja, er hatte nach seines Vaters Tode Umgang mit allen gehabt, die in jener Nacht vor sieben Jahren dabeigewesen waren. Nach vielen von denen suchte unser Gericht, doch er verriet vor uns ihren Zufluchtsort nicht. Ja, er hatte mit ihnen geforscht und gefragt und das Gesetz Mose und die Propheten zu ergründen versucht, ob jener Galiläer der Verheißene gewesen sein könnte. Ja, er war bei Rabbi Nikodemus, dem Abtrünnigen, gewesen und hatte seinen Rat eingeholt. Ja, er war in Gethsemane und auf Golgatha gewesen, ohne sich jemals von einem befleckenden Ort zu reinigen, wie das Gesetz es befiehlt, denn er fand die Unreinheit des Herzens ärger als die Befleckung durch unreine Stätte.

Nein, er achtete die Beschneidung nicht so hoch, daß einer, der nicht beschnitten war, nicht ›dem Geiste nach‹ gleichwohl beschnitten und seines Heils gewiß sein könnte. Nein, nein, und ja, ja. Nein wider das Gesetz und den Tempel, unsere Festen, und Ja zu dem wie Nebel ungreifbaren Dunst der neuen Wundermären unter Zöllnern und Heiden, mit denen jener Umgang gehabt hatte, dessen Predigten sie nun zu einer Lehre machen.

›Halt!‹ rief ich ihm zu und gebot seinem Redestrom Einhalt. ›Ich frage dich jetzt zum letzten Male: Und Jesus? Der, den sie den Messias nennen? Bist du auf seinen Namen getauft?‹

›Nein.‹

›Und du widersagst hier auch öffentlich allem, was sie von ihm lehren?‹

›Herr, ich sehe seine Barmherzigkeit noch nicht, und ist er der Gott der Vergeltung, so will ich ihm widerstehen, bis er mich meiner Schuld überführt!‹

›Er ist kein Gott‹! herrschte ich ihn an. ›Wie kannst du den Allerhöchsten hier vor uns lästern, daß du Ihm diesen falschen Propheten beigesellst! – Rabbanim‹, wandte ich mich ein wenig erregt an das Gericht, ›mit dem Verhör dieses Menschen werden wir nicht weiterkommen, als daß er den Saal des Gerichts zum Lehrhaus für seinen Eifer und seinen Irrtum macht. Wenn wir die Zeugen wider ihn noch einmal gehört haben, ist es nach dem Gesetz Israels, daß wir ihn auspeitschen lassen und dann den Bann über ihn legen!‹

Ich hatte die beinahe unmerkliche Bewegung erspäht, mit der Rabbi Gamaliel, der Hochgeehrte, auf sich aufmerksam machte, daß er als Verteidiger das Wort zu ergreifen wünsche, und setzte mich wieder. Und Rabbi Gamaliel stand auf.

Er betrachtete eine Weile stumm und versonnen – ich meinte, mit nicht ganz gerechtfertigtem Mitleid – den jungen Elieser, der seinen Kopf unter diesem Blick senkte, und bat Rabbi Akiba leise um das Einverständnis des Gerichts, daß Elieser ben Hyrkanos hinausgeführt werde, während das hohe Gericht seine Vergehen erörterte und das Urteil über ihn fällte.

›Und die Zeugen?‹ fragte ich den Hochgeehrten – so fragwürdig deren Zeugenschaft mir eine Stunde vorher noch erschienen war, aber ich wollte auf dem Recht meines Amtes bestehen, ich war ja damals noch viel jünger…

Rabbi Gamaliel erhob ein wenig die Linke, wie um mir Heißsporn anzudeuten, ich solle warten, bis Rabbi Akiba über seine Bitte entschieden habe. Der erteilte nach einem nur flüchtigen Blick auf die Reihe seiner Mitrichter schon aus Ehrfurcht vor dem berühmten Gesetzeslehrer seine Einwilligung. Stumm blickten wir alle hinterdrein, als der junge Elieser hinausgeführt wurde. Der ganze Saal der Versammlung war nun ohne einen einzigen sichtbaren Sonnenstrahl. Er ging bei der Tiefe des Raumes in ein ungewisses, beinahe abendliches Dämmern hinaus. Für ein paar Augenblicke vernahmen wir noch das verworrene Lärmen jener, die ihn draußen zu Gesicht bekamen, mochten es nun die Zeugen oder andere Wartende sein, bevor er über den Hof zu einem Gelaß der Gefangenen geführt wurde.

›Die Zeugen, ja…‹, war das erste, was Rabbi Akiba selbst sagte, als wir allein waren. – ›Besteht der geehrte Rabbi Josua darauf, daß wir sie alle noch einmal hören?‹

Ich erhob mich, aber ich war um Antwort verlegen, denn ich fühlte voraus, daß Rabbi Gamaliel einen Einwand erheben würde, der mein Begehren, sie noch einmal zu hören, zunichte machen würde. ›Ich… ich bestehe nicht‹, sagte ich, ›wenn der Hochgeehrte…‹

Rabbi Gamaliel erhob sich in seiner ganzen Ehrfurcht gebietenden Größe, und ihr könnt mir glauben, ich habe nur einen Menschen in meinem Leben gesehen, der auch äußerlich an der Länge seines Leibes förmlich wuchs, wenn die Tiefe seines Wissens und die Größe seiner Menschlichkeit ihn erhoben.

›Rabbanim‹, sagte er und strich sich den Bart, ›ich meine, wir können Rabbi Josua danken, daß er nicht unbedingt auf den Zeugen bestehen will. Diesen Verzicht hat dem Ankläger der Geist des Friedens eingegeben, und er ehrt seinen Scharfsinn. Denn, wie dünkt Euch – ist dies nicht ein Fall, da das Zeugnis der Menschen mehr Unklarheit in die Sache hineinträgt als Klarheit? Ist dies nicht die Sache eines Menschen allein mit dem Allerhöchsten wie kaum eine zweite, die wir je miteinander beraten haben? Können Zeugen mehr sagen als dieser Beklagte, und, wenn sie's könnten, Wahreres als dieser bis zum Wahn von der Wahrheit Besessene? Hinwieder ist eine andere Frage: Können wir solch wilde Wahrheitssucher im Gehege des Gesetzes dulden? Werden sie nicht leicht zu Unruhestiftern unter der eigenen Herde, welche in ihrer Besessenheit und mit der Kraft der Abtrünnigen die Pforten sprengen und die Hürden niedertreten und das Unheil falsch verstandener und wider Recht und Gesetz angemaßter Freiheit über die ganze Herde bringen, welche ausbricht und den Wölfen anheimfällt? So frage ich mich...‹

›Er aber, Hochgeehrter‹, wandte ich ein, ›betrachtet sich ja gar nicht mehr als ein Glied der Herde, welche das Gesetz einhegt und schützt. Nach seinen eigenen Worten hat er sich jenseits von Tempel und Gesetz gestellt. Er will sie nicht lästern, aber er mißachtet sie deutlich durch sein Beispiel und seine Reden.‹

›Richtig‹, pflichtete der Hochgeehrte mir bei. ›Er ist keiner der Unsrigen mehr, und nur wir könnten ihn – in einem mißlichen Sinn für uns selbst – dazu machen. Doch ich wage auch nicht zu behaupten, daß er schon einer der anderen wäre. Nur weiß ich: wessen er vielleicht irgendwann einmal sein wird – Gottes wird er immer sein!‹

Ich hielt betroffen den Atem an.

Rabbi Gamaliel nickte unter allen anderen mir allein gewichtig zu.

›Ja‹, wiederholte er, ›Gottes. Allein, allein, vielleicht furchtbar allein in Entzweiung und Hader, denn selbst das Ferne-Sein ist noch eine Gunst des Allerhöchsten für manche, aber auch niemals in Gleichgültigkeit oder in der Gemeinde. Solche wie ihn ruft der Allmächtige ohne Nachbarn in die Welt, Rabbanim. Um der Barmherzigkeit mit den anderen willen liebt er diese allein im Schrecken, den seine Offenbarung für den Menschen bedeutet. Er liebt sie, daß er ihr Herr sei bis ins Feuer der Gehenna. – Warum, Rabbanim, sollten wir ihn auspeitschen lassen, da schon der Gott unserer Väter ihn züchtigt? Wir kämen bei den Anhängern des Galiläers nur ins Gerede, einen neuen Blutzeugen ihres neuen Gottes geschaffen zu haben, und sein Blut wäre gestohlenes Wasser auf ihre Mühlen. Denn deren Korn mahlt er vorerst noch nicht. Er sieht die Barmherzigkeit des Anderen noch nicht, sagt er. Nein, in ihm mahlt etwas anderes, will mich bedünken, und das ist der Wahn von seiner und seines Vaters Schuld und Rechtfertigung: seine Sache, einzig und allein seine Sache mit Gott! Ein nicht wohlüberlegtes Urteil von uns aber kann eine Sache des Volkes daraus machen, und alle sieben Jahre und den einen gewichtigen Tag würden wir aufrechnen müssen, wenn wir die Zeugen noch einmal verhörten...‹

Rabbi Gamaliels Rede fand Beifall beim Rat, und ich verzichtete auch auf die Strafe der Auspeitschung. Auf dem Bann über ihn aber wollte ich bestehen, und den beschloß das hohe Gericht eines Sinnes.

›Wer so weit entfernt von den Söhnen Israels denkt, hat schon mehr als die vier Ellen zwischen sich und das Volk gelegt, die wir als Abstand aller Reinen und Gerechten von ihm zur Strafe über ihn verhängen können‹, sagte Rabbi Gamaliel. ›Aber schließt in Euren Herzen, weise Rabbanim, wenn ihr den Spruch der Strafe nach dem heiligen Gesetz Mose und nach der Einsicht unter Menschen sprecht, tief im geheimen die Verheißung des Hochgelobten ein, daß er sich ‚des Sünders erbarmen und ihn nicht richten werde nach seiner Missetat‘. Sprecht sie mit dem Bann in der Zeit zugleich als einen Segen für die Ewigkeit ihm zu, daß der sein nach Gerechtigkeit und Wahrheit hungerndes Herz sättige. Noch hat er die Barmherzigkeit des Anderen nicht erkannt. Und sind nicht die Menschen, die von Gott leben, dieses untereinander seiner größeren und unverdienten Barmherzigkeit schuldig? Das Leid - wer weiß denn um seine Gerechtigkeit als nur der, dessen Name gelobt sei!‹

Als Elieser ben Hyrkanos wieder hereingeführt, das Urteil ihm eröffnet und der Bann der Ältesten und Hohenpriester Israels über ihn verhängt ward, sah ich, daß er, wie kühn er vormals auch gesprochen hatte, gleichwohl erbleichte. Zu dem vermeintlichen Fluch des Gottes, mit dem er rang, nahm er noch jenen der Menschen auf sich, und in seinem bleichen Gesicht erschien mit kaltem Schweiß der Tau seiner Angst vor dem Allerhöchsten. Dann ging er, beide Arme ein wenig zur Seite gespreizt, als wollte er die Leere der Gemiedenheit, die der Fluch um ihn legte, jetzt schon spüren, gesenkten Hauptes hinaus.

Niemand weiß, was aus ihm geworden ist. Manche haben später zu berichten gewußt, er lebe in großer Einsamkeit als ein geachteter Schleifer in Antiochia, halte sich aber völlig abseits von der Gemeinde dort: andere wollen ihn in der Gesellschaft jenes Abtrünnigen gesehen haben, der vordem Saulus hieß und ein Betrauter der Ältesten Israels war, bevor er als Paulus zum Verräter wurde - Gras möge wachsen vor seiner Tür! Verläßlich berichtet ist nichts. Des Unbehausten Spur verweht in der Wanderschaft...

Es bleibt ein unauflösliches Geheimnis«, schloß Rabbi Josua seine Erzählung: »Nie kann der Allmächtige – sein Name sei gelobt! – in das Leben seines Menschen, den er nach seinem Bilde erschaffen hat, eintreten, ohne daß der Mensch ihm zuvor eine Schwelle im Bewußtsein seiner Ohnmacht und Sünde und Schuld bereitet. Ohne das Bewußtsein der Schuld bleibt er ferne; nur das Wissen um Sünde und Schuld ruft des Vollkommenen Nähe und Barmherzigkeit. Aber so nahe wie Er ist dann auch niemand unter den Menschen seinem Nächsten, nicht in der Feindschaft und nicht in der Liebe.«

»Warum nicht wenigstens in der Liebe, Rabbi?« fragte einer der Schüler nach einer Weile bescheiden.

Rabbi Josua schwieg geraume Zeit. Dann blickte er mit dem verständnisinnigen Lächeln eines Greises in den Nachthimmel hinauf und antwortete, ohne den Schüler anzusehen, wie fragend oder schon beinahe versucherisch ins Dunkel und den Reigen der Sterne: »Nach dem Ermessen des Menschen: wenn der Allerhöchste das reine und vollkommene Selbst ist – vielleicht kann er gar nicht so selbstlos sein, wie bisweilen menschliche Liebe ist, und muß den nach sich selbst geschaffenen Menschen zur Ehre seines Namens um seiner selbst willen lieben? Das wäre, wenn es nicht ein schöner Selbstbetrug ist, der zu den Sünden unserer Hoffart gerechnet werden muß, eine große, ja vielleicht die einzige Hoffnung des Menschen...«

AM 13. APRIL des Jahres 1744, der auf den Donnerstag in der dritten Fastenwoche fiel, wurde unweit des Städtchens Rosheim im Elsaß, wo sich nahe dem Dorf Rosenweiler zwischen den ersten Waldhügeln der Vogesen und der Dorfreute auf Befehl der Bischöfe von Straßburg von alters her der große Friedhof befand, welcher alle toten Ungläubigen in ihrem Bistum fernab von den Behausungen der Christenmenschen aufnehmen mußte, der Jude Malchus ben Levi ergriffen, der zur Fahndung ausgeschrieben war und, wie es in dem Haftbebefehl hieß, auch unter seinen Genossen dadurch leicht kenntlich war, daß er sehr ungleich große Ohren besaß, was ihm bei seinesgleichen den Übernamen ›Einohr‹ eingetragen hatte.

Er war ein Schächter von Molsheim, aber seit geraumer Zeit flüchtig und vielerlei geheimer Umtriebe verdächtig, wie kabbalistischer Praktiken und der Beihilfe zur gesetzwidrigen Auswanderung von Personen vorgeblich reformierten Glaubens, für welche die königlichen Edikte die Strafe an Leib und Leben verhängt hatten. Bei seiner Festnahme hatte er auch keinen glaubwürdigen Grund für seine Anwesenheit in dieser Gegend anzugeben gewußt, denn da er noch lebendig war und in diesen Tagen kein Begräbnis auf dem Friedhof stattfinden sollte, für welches immer ein Weggeleit erteilt wurde, war die Nähe des großen Friedhofes der Toten nicht hinreichend, und eine Bescheinigung darüber, daß er den Juden-Leibzoll entrichtet, welcher ihm die Übersiedlung an einen anderen Ort gestattete, hatte er auch nicht vorweisen können. Er wurde für den ersten Tag seiner Haft in den Keller des Büttels von Rosheim verbracht, dort in den Block gelegt und am Samstag vor dem vierten Fastensonntag zwischen zwei Reitern nach Molsheim getrieben, wo er noch vor dem Osterfest dem Blutgericht vorgeführt werden sollte. In Molsheim kam der schmächtige, dunkel krauslockige Mann im schwarzen Kaftan, zwischen die Pferde gebunden, schweißbedeckt und völlig erschöpft von dem je später, desto rascheren Weg, ohne einen Blick vom Pflaster zu heben, gerade um die Stunde an, da die meisten Bürger zu den Missionspredigten der hochwürdigen Patres von der Gesellschaft Jesu in die Kirchen strömten, der Kinder auf den Gassen, die ihn hätten schmähen können, aber zum Glück sehr wenige waren und nur allerorten rund um die Stadt in den Gärten die Nachtigallen schlugen und die Störche den letzten Flügelschlag zu ihren Nestern auf den hohen Firsten taten, während die Rufe der ruhelosen, frühlingstollen Kuckucke auch bei hereinbrechender Nacht nicht verstummen wollten und Uhrzeiten schlugen, die es für niemand zwischen Himmel und Erde außer für die Liebenden gab.

Malchus ben Levi wurde von den beiden Reitern dem Büttel des Gerichts bei der Pforte zum Gefangenenturm übergeben.

Am gleichen Tage war vom Schultheiß und den Schöffen der Pater Medard, ein Franziskaner von St. Apollinaris, dazu bestimmt worden, den Juden aus seiner Ungläubigkeit zu erlösen und bußfertig dem wahren Glauben zuzuführen, bevor seine irdischen Richter nach seinem eigenen Bekenntnis oder nach den Beweismitteln, die das Gericht schon gegen ihn gesammelt, das Urteil auf Grund der königlichen Verordnungen über ihn fällten.

Dieser Pater Medard, ein angegrauter Bauernsohn aus der Gegend von Kolmar, hatte in der Stadt schon viele Jahre einen Dienst versehen, den niemand gern mit ihm getauscht hätte, stand er doch dem Aussätzigenheim jenseits der Mauern und dem Spital ›für jegliche arme, elende und fremde Menschen‹ als ›Heiligenpfleger‹ vor, während er in St. Apollinaris noch die Frühmesse las und vom Schultheiß und den Schöffen bei gebotenem Anlaß dazu ausersehen wurde, Diebe, Totschläger und andere Übeltäter auf einen bußfertigen Tod vorzubereiten. Er war ein untersetzter, handwerklich-nüchterner, ein wenig zu Schwermut und Schweigsamkeit neigender, des Umgangs mit dem Unglück gewohnter Mann, der immer raschen Schrittes, wie zu einer Arbeit ging, Mitte der Fünfzig, mit dem Gesicht eines Bauern, und verwaltete sein Amt anerkanntermaßen so gut, wie er auch den väterlichen Hof, den er seinem Bruder hatte lassen müssen, nicht besser verwaltet hätte.

Als er, durch lebenslangen Umgang mit dem Unglück jenes Kalenders beraubt, der Werktag und Feiertag scheidet, weil das Unheil sich weder an Uhrzeiten noch an Tage hält, schon am Sonntag das halbdunkle Gelaß betrat, in welchem man den Juden gefangenhielt, und des Malchus ben Levi ansichtig wurde, der, den Hals in einem Block von Holz, die Hände nach links und nach rechts von Schellen an eisernen, in der Wand eingelassenen Ketten gefesselt, auf einer Strohschütte saß, machte er nicht viele Umschweife und sagte ihm, daß er einer Gnade gewürdigt sei, gerade um diese Zeit in sich gehen und seinem Unglauben abschwören zu können, denn dieses diene zu seinem Verdienst der Herrlichkeit jenes, dessen Auferstehungsfest zu feiern die Christenheit sich demnächst anschicke, und daß er seine zeitlichen Leiden zum freiwilligen Opfer darbringen dürfe für jenen, an dem seinesgleichen einst so frevlerisch gefehlt, daß Gott sie heute noch dafür schlüge.

Nach diesen Worten, die er stehend gesprochen, setzte er sich auf einen Schemel, der in der Zelle stand, obschon niemand hätte einsehen können, wozu er hier stand, es sei denn für Besucher wie Büttel, Magistratspersonen oder den Priester, weil der an die feuchte Wand gefesselte Gefangene ihn gar nicht hätte benutzen können.

Der Jude sah aus seinen mandelförmigen, dunklen Augen in dem bärtigen und abgezehrten Gesicht zu dem vor ihm sitzenden Priester auf, den dieser Blick verheißungsvoll demütig dünkte, aber weil der Block, in welchem sein Hals steckte, mit seinem Gewicht die schmächtigen Schultern sehr zu drücken schien, senkte er alsbald wieder den Kopf, während seine Arme und Hände gezwungenermaßen immer weiter abgespreizt in den Schellen hingen. Er beugte den Nacken, als müßte er den Schwertstreich empfangen, und schwieg.

Den Pater Medard dünkte dieser Nacken sehr weiß und von ungemein zarter Beschaffenheit der Haut, und beim Anblick der abgewinkelten Arme durchfuhr ihn im Halbdunkel des Gelasses die ganz unsinnige Gedankenverbindung, daß er selber allmorgendlich freien und heiligen Willens so dastand, wenn er in St. Apollinaris die Frühmesse las. Er hatte schon so manchen Malefikanten in diesem Gelaß gleicherweise gefesselt vorgefunden, doch erst der Jude, über dessen Untaten er so gut wie nichts wußte, weil zu wenig Zeit gewesen war, ihn zu unterrichten, hatte ihn auf diesen Gedanken gebracht. Zugleich bemerkte er, daß das linke Ohr des Juden ganz klein und weder entsprechend der Größe des anderen noch nach den Maßen seines Leibes sonst beschaffen war. Er hatte sich seine Stirnlocken wohl an etlichen Tagen nicht mehr zum Kräuseln um den Finger wickeln können, denn sie hingen ihm strähnig herab und vermehrten den

Eindruck der äußersten Dürftigkeit und Erniedrigung, die er in seiner Gefangenschaft erfuhr.

Als der Jude, nachdem Pater Medard ihm den ersten Zuspruch erteilt, fortfuhr zu schweigen, wiederholte der Pater, was er ihm schon einmal gesagt hatte, mit etwas anderen Worten – im unklaren darüber, ob der Übeltäter nur Zeit zum Nachdenken brauche, oder ob er verstockt sei.

Malchus ben Levi blickte, als Pater Medard geendet hatte, abermals stumm zu ihm auf, doch bereitete ihm das sichtlich große Anstrengung, und als er den Kopf wieder senkte, war dies mehr ein Hängenlassen unter dem Gewicht des Blockes, während sein Hals dabei, wie der Stengel einer welken Blüte, immer länger zu werden schien.

»Ein freiwilliges Opfer!« sagte er leise vor sich hin, weil er scheint's nicht mehr die Kraft besaß, den Kopf noch einmal zu heben, doch es klang nicht gehässig, sondern mehr wie im Selbstgespräch. »›Den ich fürchte, der Furchtbare, fiel her über mich. Vor dem mir graut, kam über mich… Ich finde nicht Ruh, ich finde nicht Rast, ich finde nicht Frieden, da der Grimm ist gekommen…‹ Aber der, der es geschickt hat – sein Name sei gelobt!« murmelte er, kaum verständlich, in die Falten seines Kaftans.

Pater Medard empfand, daß der gefangene Jude unzugänglich, wenn nicht unerreichbar für seinen Zuspruch war, stand auf und sagte, jener möge wohl bedenken, welch ein Geschenk er ihm angeboten habe, und fleißig in sich gehen. Er werde seinen Besuch zu gelegener Stunde erneuern. Und damit stand er rasch von seinem Schemel auf und ging, während der Gefangene – das sah er beim Hinausgehen von der Tür her – jetzt so tief zusammensank, daß der Leib förmlich an den zur Rechten und zur Linken in die Wand eingemauerten Handschellen zu hängen schien.

Mit der Erinnerung an diesen Anblick trat Pater Medard den Weg durch die ihm von früheren Besuchen her vertrauten Gänge des Kerkers an, die nach der einen Seite bei der Wohnung des Büttels, nach der anderen hin vor der Tür des Gerichtssaales endeten. Er strebte zum Ausgang nach der Straße hin, wo sich gleich neben dem rundgewölbten alten Tor die Behausung des Büttels befand, der ihm das schwere Schloß und die doppelten Riegel öffnen mußte. Jener hatte ihn vielleicht erwartet oder kommen hören, denn kaum betrat der Pater den recht geräumigen, aber nun tief dämmrigen Vorplatz, da tat die Tür des Beschließers sich auf, und der Büttel selbst erschien vor dem Licht der Lampe, die er in seinem Gelaß schon brennen hatte.

Pater Medard sagte beiläufig, er wolle jetzt gehen, und das Rasseln der großen Schlüssel am Bunde des Büttels, als der mit prüfendem Tastsinn die richtigen zwischen den Fingern auswählte, versprach ihm Entlassung aus dem beklemmenden Raum, in dem bei jedem Luftzug, wie eben jetzt, die schwärzlich verstaubten Spinnenweben zwischen dem Kreuzgewölbe anfingen, hin und her zu wehen, wie Algen in strömendem Wasser.

»Nichts auszurichten, Herr Pater?« fragte der Büttel, während er öffnete, denn ihn hatte der Besuch sehr kurz gedünkt.

»Warum?« fragte Pater Medard im gleichen Augenblick, da der Torflügel aufschlug und die letzte Halbhelle eines lauen Frühlingsabends zusammen mit den abendlichen Geräuschen des Lebens in der Stadt auf sie einstürzte.

»Ah, lange sind Sie nicht bei ihm geblieben!« meinte der Büttel.

Pater Medard empfand die Bemerkung wie einen Vorwurf, über den er sich fürs erste nicht gern ins klare kommen wollte.

»Wer ist das eigentlich?« fragte er und erinnerte sich zugleich seines ersten Zuspruchs – nun mit beinahe peinlicher Deutlichkeit.

»Ein Jude, ja, aber...«

»Das ist der Malchus ben Levi, hier aus der Stadt«, sagte der Büttel. »Aber bei unseren Juden hier etwas Besonderes, ich weiß nicht, wie sie es nennen. So ein halber Heiliger...«

»Ja, aber was hat er verbrochen?« fragte Pater Medard ungeduldig.

»Er war ein Schächter, Sie wissen, Herr Pater...«

Pater Medard hatte Schächer verstanden. »Warum?« fragte er, »warum... ein Schächer?« – Ja, so hatte er da an seinen Handschellen gehangen. Ob er's wußte oder nicht – er hatte an die beiden zur Rechten und zur Linken denken müssen.

»Schächter, Herr Pater«, sagte der Büttel nachdrücklich zu Pater Medards Beschämung. »Sie schlachten ja auf ihre eigene Art, und er hat das besorgt. Und außerdem hat er wohl auch die Kinder beschnitten – natürlich nur die männlichen Geschlechts«, fügte er vertraulich grinsend hinzu.

Pater Medard wäre am liebsten ungesäumt gegangen, aber er wiederholte die Frage: »Wie heißt er?« und schien nach der Antwort in ein Grübeln zu verfallen, dessen Ursache er selber nicht hätte angeben können, bevor er hastig fragte: »Und wofür ist er angeklagt?«

»Oh!« sagte der Büttel mit der Gemächlichkeit eines Müllers, der die Steine seines Mahlgangs wohlversorgt weiß, »da ist, wie ich vom Weibel gehört habe, so allerlei. Geheime Praktiken nach Art der Ungläubigen – wenn nicht gar Zauberei«, fügte er flüsternd ein –, »und außerdem soll er Leuten zur Auswanderung verholfen haben, die in den königlichen Edikten um ihres verkehrten Glaubens willen für die Galeeren vorgesehen sind, und – ja, wohl noch sonst so manches. Der Weibel hat mir gesagt, es werde wohl nur eine kurze Tagsitzung geben, und ich könne den Strick schon schlingen.«

»Wann wird das Gericht tagen?« fragte Pater Medard.

»Ich weiß nicht«, sagte der Kerkermeister. »Morgen jedenfalls noch nicht. Aber vor dem Palmsonntag wird alles zu Ende sein.«

»Aber warum muß er bis dahin so an die Wand gefesselt hängen?« fragte Pater Medard, halb wider Willen.

»Muß er nicht«, antwortete der Büttel gemächlich, »muß er nicht, nein. Hab mir selber schon gedacht, daß er zu schwach dazu ist. Ein richtiger Säufer und Totschläger, wissen Sie, Herr Pater«, flocht er ein, »der hält ja mehr aus als ein Stier, aber so ein Jüdchen, das kaum laufen kann...«

»Nehmen Sie ihn aus dem Block, Meister«, sagte Pater Medard, »und... und schließen Sie ihm die Schellen auf«, fügte er hinzu, wie von Erinnerungen beunruhigt, die er vor den Ohren des Büttels gleich danach damit verleugnete, daß er sagte: »Es hat sonst gar keinen Zweck, daß ich mit ihm rede. Er leidet zu stark, als daß er zuhören könnte.«

Die Glocke von St. Apollinaris läutete zum Angelus, und den Büttel dünkte das für diesen Gesprächsteilnehmer das richtige Zeichen zu sein, denn er ließ die Tür mahnend ein paarmal in den Angeln hin und her schwenken und brummte: »Wenn Sie meinen, Herr Pater, wenn Sie meinen...?«

»Es braucht nicht gleich zu sein, nicht sofort! Nicht daß er meint, ich hätte ihm das erwirkt!«

»Ich verstehe«, sagte der Büttel mit dem verschmitzten Blinzeln eines Mitverschworenen, bei dem Pater Medard sich zu schämen begann, »nicht sofort, aber bald. Gute Nacht, Herr Pater!«

Unter der Glockenstimme von St. Apollinaris trat Pater Medard auf die Straße hinaus, die vor dem Eingang zum Gefängnis nicht so schmal war, daß sie nicht Raum für das graublaue Halbdunkel des Frühlingsabends gelassen hätte. Er schritt eine kurze Strecke so rasch aus, wie man es von ihm gewohnt war, aber dann blieb er unvermittelt stehen. Malchus, dachte er, Malchus ben Levi - und er erinnerte sich an das viel zu kleine Ohr…

Erst sah es so aus, als wollte er dorthin zurückkehren, von wo er gekommen war, aber dann ging er rasch weiter zum Spital hin. Er amtete dort nicht nur als Spiritual der Schwestern und als Heiligenpfleger, sondern besaß auch ein winziges Gelaß als Wohnung, das den Vorteil hatte, zum Garten hinaus zu liegen, wo zwischen den letzten Kräuterbeeten der Schwestern und den anrainenden, von wilden Hecken durchzogenen Weiden keine Grenze bestand.

Mehr den Umrissen nach, als daß er's genau und in Einzelheiten hätte erkennen können, gewahrte Pater Medard in seiner Kammer ein fastenzeitliches Mahl, das ihm die Schwestern bereitgestellt hatten, aber er setzte sich nicht zu Tisch, sondern trat von der Tür weg gleich ans weit geöffnete Fenster. Obwohl es schon zu dunkel war, um lesen zu können, zog er sein Brevier hervor und schlug die Seiten auf, die er heute noch beten mußte, doch es geschah mehr, wie um nicht mit leeren Händen angetroffen zu werden, falls man ihn hier beim Müßiggang überraschte. Er blickte in den Garten und über die Weiden hinaus, deren dunkles Erlenbuschwerk sich jetzt in einem feinen Dunst aus der feuchten Gemarkung zu verschleiern begann. Die Nachtigallen schlugen ganz in der Nähe mit einer Beharrlichkeit, die ihn schmerzlich dünkte, und die Kuckucksrufe in der Ferne klangen erstickt, weil die Feuchte ihren Ton dämpfte. Dann schwoll der Chor der Frösche an, und in einzelnen Pausen vernahm man ganz für sich das Läuten der Unken, das aus den Tiefen jener Wasser zu kommen schien, die mit dem sich verdichtenden Dunkel in den Himmel zu steigen begannen.

Während der Mönch dieses alles sah und hörte, sah und hörte er's zugleich nicht, denn wohl vereinigte das Halbdunkel in dem Gelaß des Juden, das er innerlich mitgebracht, sich jetzt, da er am Fenster stand, mit der friedlich hereinbrechenden Nacht, aber das Bild des an seinen Handfesseln kraftlos Herabhängenden hing für seine Augen vor der sich nächtlich verschleiernden Landschaft. Auch als er das Fenster geschlossen, Licht angezündet und

541

von neuem sein Brevier aufgeschlagen hatte, verließ es ihn nicht. Die Arme des Malchus ben Levi spannten sich von Seite zu Seite, als Pater Medard an diesem Sonntag Laetare das letzte in seinem Pensum betend zu lesen begann. Er hatte so manchen Gefangenen bis in die letzte Stunde zu betreuen gehabt, doch allein dieser Jude, was er auch verbrochen haben mochte, teilte, auf geheimnisvolle Art und Weise ausgestoßen, abgesondert und gefangen, eine Welt mit ihm hier – seine eigene Welt des Heils, ›um die, wie ringsum Berge sie umgeben, der Herr rings um sein Volk ist, von nun an bis in Ewigkeit‹. Daß er Malchus hieß, machte eintausendsiebenhundert Erdenjahre in dieser Zeit vor der Passion wie zu einem Tag, und Pater Medard spürte als eine göttliche Vorsehung, daß dieser Tag für ihn und seine Begegnung mit ihm noch nicht zu Ende, sondern erst angebrochen war. In der Nacht sah er das zu kleine, verkrüppelte oder verkümmerte Ohr des Juden vor sich, und es dünkte ihn recht und billig, daß es nicht mehr zu voller Größe hatte wachsen können, nachdem Petrus es ihm mit dem Schwert vom Kopf getrennt hatte, bis er aufwachte, sich seiner Täuschung bewußt ward und darüber zu grübeln begann, daß dieser Malchus ja nicht jener war, von dem die heiligen Evangelisten berichteten, und daß das Ohr, das Petrus ihm wider die sanftmütige Meinung des Herrn zornmütig abgeschlagen, ja sicher ein großes Ohr, das Ohr eines erwachsenen Knechtes, gewesen war. Warum aber, fragte er dann ins Dunkel hinein, war das Ohr seines Malchus so klein?

Als er den Juden anderntags aufs neue besuchte, traf er ihn, aller Fesseln ledig, auf dem Stroh liegend an, und Malchus ben Levi stand, noch bevor Pater Medard vollends eingetreten war, rasch auf. Jetzt erst, als er an die Wand gelehnt dastand, konnte der Mönch recht gewahren, wie schmächtig er war. Er hatte seine Löckchen gekräuselt und sah, weil man ihm wohl gestattet hatte, sich zu waschen, nicht mehr ganz so elendig aus wie am Tage vorher. Schweigend blickte er aus seinen kummertiefen Augen dem Besucher entgegen.

Pater Medard, dem vieles zugleich aus der vergangenen Nacht einfiel, sagte freundlich, er freue sich, ihn soviel gelinder festgesetzt vorzufinden als gestern, er solle darin ein Zeichen sehen, daß die christliche Barmherzigkeit auch das Recht leite, das nach dem Grundsatz gepflegt werde, den Sünder zu lieben, aber die Sünde zu hassen. Ob er in sich gegangen sei und sich schon eine rechte Vorstellung von seiner Schuld vor Gott und der Majestät des Königs gebildet habe?

Malchus ben Levi, ohne sich an der Wand auch nur um einen Zoll zu bewegen, schwieg und blickte ihn nur immer an, als bemäße er nach jedem Schritt, den Pater Medard tat, wie groß die Gefahr für ihn sei.

Pater Medard betrachtete sein zu kleines Ohr, und der Jude, wie einer Schuld überführt, schien das zu spüren, denn es kam dem Mönch vor, als kehrte er die Kopfhälfte mit diesem verkrüppelt-kleinen Ohr vor seinem Blick ab.

Pater Medard versuchte, nach seinen Zügen zu erraten, wie alt er wohl sein könnte, und er schätzte den Juden - wie schwierig das auch bei einem Mann von anderem Volk sein konnte - gleichen Alters mit sich selber. Nur war sein Bart noch von keinem einzigen grauen Haar durchzogen.

»Warum hast du ein so kleines Ohr?« fragte er.

Im nächsten Augenblick bereute er die Frage, er wußte selber nicht, warum; aber er breute sie schon, bevor er die ruhige und beinahe würdevolle Antwort des Gefangenen hörte: »Das ist das Ohr unseres Vaters Malchus.« Und dabei fiel ihm ein, daß der Büttel gesagt hatte, der andere gelte unter seinesgleichen als etwas Besonderes, als ›ein halber Heiliger...‹ Er jedoch hatte ihn angeredet wie den erstbesten Roßdieb.

Er wurde betreten, weil vielerlei Gedanken zugleich ihn überfielen, und setzte sich auf den Schemel. So sehr einer Welt er sich in der vergangenen Nacht mit dem Gefangenen gewähnt - mit einemmal war ihm, als wäre der andere der viel ältere von ihnen beiden, der über seine Lebenszeit hinaus gleichsam in Zeitalter zurückreichte, von denen er selbst nur dem Hörensagen nach wußte. Und alles, was er bislang mit ihm geredet hatte, kam ihm tölpelhaft vor.

»Wissen Sie«, begann er zögernd, »warum man Sie gefangenhält?«

»Ich kann es mir denken«, antwortete Malchus ben Levi unerwartet gesprächig.

»Und Sie sind sich Ihrer Schuld bewußt und wollen gestehen?«

»Was soll Schuld sein, Herr Pater!« sagte der Jude.

»Das, was die Gesetze des Königs als ungesetzlich erkennen«, sagte Pater Medard voreilig.

»Dann beneide ich die Christen nicht um die Geschichte des Christentums«, sagte Malchus ben Levi, und der Pater blickte bei der Verwegenheit dieser Antwort rasch auf. »Dann ist die Geschichte der Christen mehr Schuld als...«

»Sie reden, als wären Sie ein Richter und nicht einer, über den Gericht gehalten wird.«

»Das ist gleichgültig«, sagte der Jude unangefochten, »die Wahrheit steht über Verlust oder Gewinn.«

Pater Medard war bei den letzten Worten aufgegangen, daß dies ein ganz anderer Gefangener sei, als er sie sonst zu betreuen gehabt hatte, und daß er, ohne es zu wollen oder zu wissen, die Form der Anrede geändert hatte. Einen Augenblick war ihm, als wollte der Jude ihn in die Rolle des Pilatus nötigen, aber in die wollte und brauchte er sich nicht nötigen zu lassen.

»Es gibt ewige und es gibt zeitliche Wahrheiten«, sagte er, »und beiderlei Arten fordern von uns Achtung. Es wird Ihnen vor Ihren irdischen Richtern nicht helfen, wenn Sie die ihrer eigenen Schuld überführen wollen, und Ihrem ewigen Richter können Sie nur bußfertig und als ein Schuldiger mit der Hoffnung auf Barmherzigkeit durch das Opfer seines Sohnes gegenübertreten. Nur müssen Sie sich erst zu dem Sohn bekennen. - Verhärten Sie Ihr Herz nicht, Malchus ben Levi«, fügte Pater Medard eindringlich hinzu und blickte den immer noch an der Wand verharrenden Juden an.

Der schwieg eine Weile, dann entgegnete er leise, am ganzen Leibe zitternd: »Wie werde ich mein Herz verhärten, Herr Pater! Da sei Gott vor! - Aber wie soll ich meinen Verstand betrügen?«

Den solle er gar nicht betrügen, warf Pater Medard ein. Im Gegenteil, er solle die ihm als göttliches Erbteil zugekommene Vernunft gebrauchen und sie der Einsicht in das Geheimnis der Gnade durch Jesus Christus zugänglich machen. Verstand stehe dem Glauben immer im Wege, aber die Vernunft könne ihm dienen, obschon sie da nach irdischer Meinung unvernünftig erscheine, ja für die Kinder dieser Welt eine Torheit sei...

»Ja, Paulus!« murmelte Malchus ben Levi mit einem verzagten Lächeln leise.

Habe er sich denn in seinem Leben schon mit dem Christenglauben abgegeben? fragte Pater Medard.

»Ich?« fragte der Gefangene erstaunt, und Pater Medard stutzte bei dieser Frage. Er konnte nur beipflichtend nicken.

»Oh!« sagte Malchus ben Levi, »schon unser Vater Malchus hat damit angefangen. Eintausendsiebenhundert Jahre, Herr Pater, haben wir gedacht und geforscht...«

Das hatte sich so selbstsicher angehört, daß es Pater Medard einen Augenblick aberwitzig vorkam, wenn er über den christlichen Glauben sprach und nicht jener, der eintausendsiebenhundert Jahre in den Mund nahm. Aber welch ein unergründliches göttliches Geheimnis lag darin, dachte er gleich danach, daß dem anderen und seinesgleichen in eintausendsiebenhundert Jahren die Gnade für alle Menschheit in Jesus Christus nicht aufgegangen war!

Er schwieg betroffen. Manchmal, sagte er dann grüblerisch, in eigene Gedanken versunken, wolle es doch so scheinen, als stünde das, was durch irdische Zeit, wie lange sie auch währe, zu erwerben sei, in keinem Verhältnis zu dem, was einem erleuchteten Augenblick zukomme. Wenn er an Paulus denke, den er selber vorhin genannt habe – wie sei der in einem einzigen Augenblick aus dem Sattel seiner selbstgerechten Verblendung geworfen worden! Er solle um die Gnade des Augenblicks beten, wenn er denn kein leeres Lippenbekenntnis ablegen wolle, das nur seine irdischen Richter zufriedenstelle.

Malchus ben Levi blickte ihn aufmerksam an. – »Vom Gesetz Israels her betrachtet, sieht es ganz anders aus, Herr Pater«, sagte er leise, und etwas wie Bedauern klang in seiner Stimme mit. »Bewahre der, dessen Name gelobt sei, den Menschen vor der Verblendung des Augenblicks und vor Abfall und Untreue gegen sein Volk!«

»Gott hat nur ein Volk«, sagte Pater Medard.

Der Jude senkte den Blick.

»Nur ein auserwähltes, ja, dem selbst seine Züchtigung noch seine Liebe ist... Aber wie furchtbar haben die, die Gott zu lieben vorgeben und die Offenbarung in seinem Sohn empfangen zu haben meinen, gegen Gott gefrevelt, wenn sie gegen ihr eigenes Volk wüteten und das Volk, das der Allmächtige im Alten Bunde zu seinem auserwählten gemacht hat, im Namen eines Neuen Bundes, den sie gar nicht halten, verfolgen!« sagte er leise. »Auf einen Gewalttäter, der unseren Vater Malchus und seinen Samen durch alle Jahrhunderte geschlagen hat, und auf einen Verräter an seinem Volk und Gesetz berufen sie sich als auf ihre Ersten und Fürsten und haben auf dem Mißverstehen eines der Unseren ihre Tyrannei errichtet.«

Pater Medard hatte den Juden ausreden lassen, obschon ihn dünken wollte, jedes der Worte, die er eben gesprochen hatte, sei nur mit dem Tod zu sühnen. Sein Gesicht war zornrot.

»Soll ein Jude dem Christentum glauben – oder den Christen?« fragte Malchus ben Levi aufblickend.

»Christus allein!« warf Pater Medard ungehalten ein.

»Den verstehen wir besser als die Christen«, sagte Malchus ben Levi mit einem verzagten Lächeln. »Nur glauben wir ihm nicht, was die Christen meinen: daß er der Sohn des Allerhöchsten ist, der Messias. – Der ist noch nicht gekommen.«

Pater Medard schwieg einen Augenblick. Dann stand er vom Schemel auf. »Jude, du wirst frech!« brach er aus und fragte ihn dann mit mühsam zurückgehaltenem Zorn, ob er seinen Tod eitel suche, daß er solche Ungeheuerlichkeiten hier vor ihm, seinem vom Gericht verordneten Priester, ausspreche. Für jedes Wort eben habe er schon den Tod verdient.

Das, sagte der Jude, sich wie in einer Schwäche mit nach links und nach rechts abgespreizten Armen an die Wand lehnend, sei keine Antwort auf das, was er gefragt habe – oder ja, eine Antwort, gewiß, aber nur die Antwort des Petrus und nicht die seines Meisters. Das habe schon sein Vater Malchus zu spüren bekommen, und solle auch er es wieder erleiden – er sei bereit!

Abermals hatte der Gefangene von seinem Vater Malchus gesprochen, und daß der irgend etwas erlebt hatte, was den Seinen durch alle Zeit nachging. Wer aber war dieser ›Vater Malchus‹? Und was hatte er zu spüren bekommen?

»Wer ist dein Vater Malchus, und was hat er zu spüren bekommen?« fragte er. Es klang drohend, und ohne es zu merken, hatte Pater Medard abermals die Form der Anrede gewechselt.

»Herr«, sagte der Jude demütig, aber Pater Medard konnte nicht unterscheiden, ob es echte Demut war oder nur eine Frucht der Einschüchterung und Angst, »Herr, unser Vater Malchus war ja schon dabei, als die Knechte des Hohen Rates und die Wache der Unreinen den festnahmen, den die Christen als ihren Gott verehren, den Jesus von Nazareth.«

»So, damals…«, flocht Pater Medard leise ein. Er hatte Mühe, dem Juden so weit weg zu folgen, obschon es in diesen Wochen ja auch ganz nahe und gegenwärtig war, und empfand für den Augenblick mehr noch ein ungeheures Staunen, daß der Sohn jenes Malchus wahrscheinlich schon jahrelang mit ihm in ein und derselben Stadt gewohnt, ohne daß er auch nur das geringste davon gewußt hatte. Und dabei lebte er doch selber tagtäglich beim Zelebrieren der Frühmesse in *einer* Welt mit ihm – oder in so gut wie einer Welt. Mit einemmal begriff er die Unkenntnis und Fremdheit zwischen ihnen nicht mehr.

»Das war in der Nacht droben am Ölberg in der Stadt unserer Väter. Unser Vater Malchus hatte schon von jungen Jahren an zu den Knechten des Tempels gehört, ein Knecht wie jeder andere und ein treuer Sohn seines Volkes. Als damals nach dem Beschluß der Ältesten und Hohenpriester der Galiläer festgenommen und den Unreinen überliefert werden sollte, daß sie ihn als einen Aufrührer wider den Cäsar richteten, da teilte der Hauptmann der Wache zufällig auch unseren Vater Malchus der Schar zu, welche dem Judas zu dem Versteck des Galiläers in den Gärten folgen sollte. Und da... Sie wissen ja selbst...«

Pater Medard nickte.

»Da entstand das Getümmel, und einer von denen, die dem Galiläer nachfolgten, zückte mit einemmal ein Schwert und schlug auf unseren Vater Malchus ein – einen einzigen Streich, der ihm wohl den Kopf hätte spalten sollen, aber weil unser Vater Malchus beim Schein der Fackeln im letzten Augenblick noch das Blinken eines Schwertes vor sich erkannte und seinen Kopf um ein weniges zur Seite geneigt hatte, schlug ihm der Schwertstreich nur ein Ohr ab und zerschnitt ihm das Wams. Ohne das Wams hätte er ihm sicher noch die Herzader gespalten, und er wäre verblutet...«

»...Und der Herr verwies ihm dies«, nahm Pater Medard die Erzählung des Juden in einer Pause auf, »und sagte, daß durch das Schwert umkommen werde, wer das Schwert gebrauche.«

Malchus ben Levi nickte.

»Und rührte den Knecht an und heilte ihn. – Oder nicht?« fragte Pater Medard den Juden, als der immer weiter schwieg.

»Nein, Herr«, sagte der kleinlaut, wie in einem Eingeständnis, »wir wissen es anders, und wir haben ein langes Gedächtnis. Die dabeigewesen waren, haben es auch anders bezeugt. Der einzige, der die Heilung berichtet, war ein jüdischer Arzt, der dem

Glauben der Väter abtrünnig geworden war. Der hat viel später gelebt. Als Arzt hat er gleich ans Heilen gedacht, und als Christ hat er die Schuld jenes Jüngers ungeschehen machen wollen. Denn gleichviel, ob der, den sie damals festnehmen mußten, ein Prophet oder ein Gaukler, ein Aufrührer oder gar der Messias war – was hat der Knecht, der nur zu gehorchen hat, für Schuld vor der Geschichte? Soll der Soldat den Gehorsam aufkündigen, wo er nur eine beschworene Pflicht sieht? Kann er mehr verantworten, als sein Verstand faßt und als Glaube und Gesetz ihm gebieten? Nein...«

Jedes der heiligen Evangelien sei geoffenbart worden, wandte Pater Medard dagegen ein, und berge eine unanzweifelbare Wahrheit. Es gehe nicht an, daß Malchus ben Levi drei anführe und eins auslasse. Der Geist Gottes unterscheide sich nicht nach menschlichen Jahren.

Nein, pflichtete der Jude ihm bei, aber... was den einen Offenbarung des Allerhöchsten sei, das sei für andere nur Fabel. In denen spielten Jahre sehr wohl eine Rolle, und der menschliche Geist – namentlich jener der Abtrünnigen – sei unverläßlich.

Wo aber er seine ›verläßliche‹ Überlieferung von den Erlebnissen des Vaters Malchus aufgezeichnet finde, wollte Pater Medard wissen und zwang sich zur Geduld.

Die seien nie aufgeschrieben worden, räumte der Jude ein. Sie so zu überliefern, wie sie sich zugetragen hätten, seien siebzehnhundert Jahre lang die Söhne des Malchus am Leben gewesen, und jeder Erstgeborene trage ja auch noch das Echtheitszeichen.

»Nur jeder Erstgeborene?« – Und sei nie einer von ihnen zum Christen geworden?

Nur die Erstgeborenen unter den Söhnen, erklärte Malchus ben Levi beinahe stolz und mit Eifer. Und die anderen – solche, von denen der Pater gesprochen habe –, die seien vergangen und vergessen, keine Spur führe mehr zum Haus ihres Lebens zurück, setzte er streng hinzu.

Er also sei ein Erstgeborener?

»Ja, Herr«, sagte der Jude, »und deshalb weiß ich auch alles so genau. Das kommt den anderen Söhnen und den Töchtern unseres Vaters Malchus gar nicht zu. Nur wir, die das Zeichen tragen, müssen alles so genau wissen, zu unserer Rechtfertigung und damit die Erinnerung an Malchus in Israel niemals auslöscht. Er war das erste Opfer, das die Christen unter dem auserwählten Volk mit dem Schwert gefordert haben. – Unser Vater Malchus wußte an jenem Abend ja gar nicht, wer mit dem Schwert auf ihn eingeschlagen hatte. Ihm spritzte das Blut aus der Wunde – Ohrwunden bluten besonders heftig«, flocht er anscheinend sachverständig ein –, »und zwei seiner Kameraden führten ihn erst abseits und danach eilends vom Ölberg in die Stadt hinunter, wo ein Wundarzt sich seiner annahm und große Mühe hatte, das Blut zu stillen, das aus einer Wunde, die so nahe der Herzader lag, nicht aufhören wollte, sein Leben verrinnen zu lassen. Erst nach und nach bekam er zu wissen, daß es unter den Jüngern des Galiläers, der inzwischen schon verhört und gekreuzigt worden war, ein besonders zornmütiger, heftiger Mann vom See Genezareth gewesen war, ein ehemaliger Fischer, mit Namen Simon, genannt Petrus, der jetzt als das Oberhaupt der Anhängerschaft galt, sich aber klüglich verborgen hielt. Mit ihm beschloß unser Vater Malchus im ersten Zorn noch streng abzurechnen, während er krank zu Hause lag und von seinem jungen Weibe und dem Arzt die schreckliche, entstellende Wunde pflegen ließ.

Es trug sich dann aber so vieles zu, daß er anderen Sinnes wurde oder jedenfalls von dem Vorsatz abließ, mit dem Schwert zu vergelten oder vergelten zu lassen, was jener ihm mit dem Schwert zugefügt hatte, obschon ihn das schwer angekommen sein muß, denn er hatte erst wenige Wochen vor jener Nacht geheiratet, und als er von seinem Wundlager aufstand, litt er vor seiner jungen Frau nicht wenig unter der Mißgestalt mit den Narben der Wunde, die wie ein häßlicher, purpurner Pilz dort wucherten, wo er einmal vor jener Nacht ein wohlbeschaffenes Ohr besessen hatte. Er versuchte nur immer besonders sorgfältig, die Wundmale unter den Locken zu verbergen.

Der Kreuzigung des Galiläers, den gefangenzunehmen unser Vater Malchus an jenem Abend mitgeholfen hatte und wobei er das einzige blutige Opfer der Anhänger geworden war, waren drei Tage später wirre Gerüchte gefolgt, daß der Tote in Wahrheit der Messias gewesen und nun von den Toten auferstanden sei. Davon, und daß bei seinem Sterben die Erde erbebt und der Vorhang im Tempel mitten entzweigerissen wäre, hatte unser Vater Malchus im ersten Wundfieber gehört, und dies alles mag sich mit dem, woran er sich erinnerte: daß eben der Galiläer seinem Jünger streng verwiesen hatte, das Schwert zu gebrauchen, zu jener Bedrängnis vereinigt haben, die sein Krankenlager im Fieberwahn schlug. Auf jeden Fall half es auch mit, daß er sich vornahm, die Vergeltung nicht mit dem Schwert zu suchen. Als er aufgestanden war und wieder seinen Dienst bei der Wache des Tempels versah, forschte er nur eifrig nach, was sich in jener Nacht und seitdem zugetragen hatte, und es waren kaum zwei Monde vergangen, da wußte er alles - auch wo jene, die sich seine Jünger nannten und allmählich wieder etwas kühner hervorzutreten begannen, wohnten. Es war nicht Rachsucht, was ihn zu ihnen trieb. Es war mehr die Redlichkeit eines Gemütes, das sich der Friedfertigkeit des Nazareners in jener Nacht bei seiner Gefangennahme lebhafter erinnerte, als der unverständigen Blutgier jenes Petrus, obwohl unser Vater Malchus das Erbe nach ihr trug, und der Feigheit ihrer aller, die, wie man ihm erzählt hatte, samt und sonders geflohen waren. Vater Malchus verglich die Zeichen, die ihm verläßliche Menschen berichtet hatten: daß jener wahrhaftig von den Toten auferstanden sei und sich seinen Jüngern schon mannigfach offenbart habe, und aus allem dem kam ihm das Fragen, ob er, ohne zu wissen oder zu wollen, vielleicht mitgeholfen habe, mehr als nur einen Gerechten zu Tode zu bringen, sondern gar ... Gottes Sohn? Nein, das hätte er nicht zu denken vermocht, niemals. Aber wie alle Bedienten des Tempels wußte er zuviel von Eifersucht und Neid unter den Ältesten und Hohenpriestern, daß er's nicht für möglich gehalten hätte, anzunehmen, sie, die Knechte, kleine Leute, seien dazu mißbraucht worden, einen mißlichen Mahner und Propheten unter dem Volk aus dem Wege zu räumen.

Außerdem war er, so sehr er unter der entstellenden Narbe litt, in jener Zeit besonders friedfertig gestimmt. Sein junges Weib Rahel hatte ihm anvertraut, daß sein Same anfange, in ihr Frucht zu tragen, und daß sie bald ihr erstes Kind erwarten dürften. Dieses Glück, das der Allerhöchste ihm bereitete, söhnte ihn mit vielem aus, und es war nicht Rachsucht, die einen Übeltäter vor sich forderte, sondern Wißbegier, was ihn eines Tages nach der geheimen, nur unter den Anhängern des gekreuzigten nazarenischen Rabbis geübten Art, welche er in Erfahrung gebracht hatte, an die Tür des Hauses pochen ließ, in welchem jener Petrus sich verborgen hielt. Er selber, unser Vater Malchus, wagte damit ja auch nicht wenig, denn kaum einer der Unseren hätte ihm glauben wollen, daß nur Wißbegier ihn dorthin trieb.

Als ihm geöffnet wurde, stand eine Frau in der Pforte, an der er sich rasch vorbei in den Hof drängte. ›Führ mich zu Simon, den ihr Petrus nennt!‹ hieß er sie.

Sie blickte ihn furchtsam an, weil sie ihn nicht kannte, aber da er allein kam und sichtbar keine Waffen auf sich trug, mochte sie keine Gefahr von ihm befürchten und hieß ihn, zu folgen. Sie führte ihn bis vor den Söller des Hauses, wo etliche Männer im Gespräch miteinander waren. Als sie beim Nahen der Frau aufblickten, erkannte unser Vater Malchus jenen Petrus wie ein Gesicht, das er einmal im Traum gesehen hatte – nur war dieser Traum von Fackelschein durchzuckt und von Lärm erfüllt –, und zugleich wurden ihm wieder alle Schmerzen bewußt, die er um seinetwillen hatte ausstehen müssen, und daß er durch diesen verworfenen Menschen für sein ganzes Leben verunstaltet war.

Er rief der Frau, die ihn geführt hatte, von der Treppe her nach, daß er den Petrus allein zu sprechen begehre, und ging keinen Schritt weiter. Wenige Augenblicke später kamen erst die Frau und hinter ihr jener Petrus, und unser Vater Malchus trat den Rückweg von der Söllertreppe vor ihnen an.

Der Ort, wo er stehenblieb, war ein Untergemach, das nicht viel Helligkeit hatte, aber er blieb neben der Treppe stehen, bereit, sich von jenem Petrus hinführen zu lassen, wohin es dem beliebte. Der aber, kaum von der Treppe gestiegen, trat neben ihn, zum Zeichen, daß er ihn hier abzufertigen gedenke, und fragte ihn nach seinem Begehren.

Unser Vater Malchus tat ein paar Schritte zu einem der Fenster hin, damit der andere ihn leichter erkenne. Petrus folgte ihm. Die Frau war überdem wieder verschwunden, und sie waren allein.

›Weißt du, wer ich bin?‹ fragte unser Vater Malchus und blickte ihm ins Gesicht. Im nächsten Augenblick empfand er Abscheu vor dem anderen, denn er meinte, einen großsprecherischen Feigling erkannt zu haben, desgleichen er in seinem Dienst noch nicht gesehen hatte. Dieser bärtige Galiläer in mittleren Jahren starrte ihn zitternd und mit angstflackernden Augen an.

›Hier‹, sagte unser Vater Malchus, der soviel jünger als der andere war, und zeigte dorthin, wo er einmal ein wohlgestaltes Ohr besessen hatte, ›vielleicht erkennst du mich an dem, was ich nicht mehr habe. Du hast es genommen. Aber ich möchte wissen, warum. War das nach eurer Lehre?‹

Petrus starrte ihn an, brachte aber kein Wort über die Lippen. Unser Vater Malchus hatte das Gefühl, daß der andere nur in der Furcht zitterte, er und die anderen auf dem Söller sollten verhaftet werden.

›Ich bin ganz allein‹, sagte er, ›und obschon ich ein Diener des Gesetzes bin, habe ich kein Schwert bei mir, wie ein Jünger jenes Rabbis, der die Liebe gepredigt hat, einmal getragen haben soll – du weißt vielleicht, wer das war...‹

Petrus blieb die Antwort schuldig und starrte ihn nur immer weiter an.

›Kennst du eure eigene Lehre nicht, daß du schweigst?‹ fragte unser Vater Malchus, den das Schweigen des anderen ärgerte und verwirrte. ›Ich selber habe so einiges von ihr gehört, aber du, den man den Ersten unter den Jüngern des galiläischen Rabbis nennt...‹

›Die Ersten werden die Letzten sein, hat er gesagt‹, murmelte Petrus endlich, kaum zu verstehen.

›Ich hätte ein Schwert unter meinem Rock mitbringen und dich erschlagen können, jetzt und hier‹, sagte unser Vater Malchus; ›ich hätte dir den Schädel spalten können, so wie du es mir hast antun wollen, oder... Hast du mir nicht den Schädel spalten wollen?‹

›Wann?‹ fragte Petrus mit blassen Lippen.

Unser Vater Malchus war von dieser Frage entwaffnet. ›Wer bin ich?‹ herrschte er ihn an. ›Oder willst du mich vielleicht nicht erkennen, weil du dann keine Schuld mehr hast?‹

›Du... du bist der Knecht, gegen den ich das Schwert ergriffen habe...?‹ sagte halb fragend Petrus.

Unser Vater Malchus deutete stumm auf die Stelle, an der er einmal ein Ohr gehabt hatte. ›Ja‹, sagte er, ›und du hast es mir abgeschlagen. Hätte ich meinen Kopf nicht im letzten Augenblick ein wenig zur Seite gewandt, stände ich nicht vor dir. Denn dann hättest du mir den Schädel gespalten. Und hätte ich nicht ein dickes Wams getragen, hätte der Schwertstreich mir die Herzader zerschnitten...‹

›Das... das alles habe ich gar nicht gewollt‹, sagte jener Petrus mit einemmal so einfältig, daß unser Vater Malchus hätte lachen mögen. ›Ich‹, sagte er, ›ich habe doch nur den Meister verteidigen wollen... Dich... dich habe ich gar nicht gesehen. Dich hatte ich damals gar nicht gemeint.‹

›Darfst du töten, wo du nicht siehst und nicht kennst? Ist das eure Lehre? Ist alles gut, was dem Meister dient?‹

›Alles, ja‹, sagte Petrus mit Festigkeit.

›Aber - du hast auch gehört, was er dir damals sagte?‹

›Ja. Er hat es mir verwiesen.‹

›Und?‹ fragte unser Vater Malchus.

›Erst hat alles erfüllt werden müssen, was die Propheten gesagt haben.‹

›Und jetzt? Ist jetzt etwas anders geworden?‹

›Es hat sich alles erfüllt: daß er gestorben ist und auferstanden von den Toten, und…‹«

Pater Medard hörte gespannter denn je zu.

»…Daß er auffahren wird gen Himmel, hoffen wir, und daß er uns den Heiligen Geist senden wird, den Tröster, den Helfer, ohne den wir nichts vermögen.‹«

Für Pater Medard war der Apostelfürst gerettet. Er atmete auf.

»›Ich… ich hatte ihn damals falsch verstanden‹, flüsterte Petrus mit einemmal eindringlich auf ihn ein. ›Ich hatte ja nicht dich treffen, nicht dich töten, ich hatte nur für ihn streiten wollen, verstehst du? Ich werde büßen müssen, er hat es mir vorausgesagt. Und ich habe auch sonst keinen Grund, stolz zu sein nach jener Nacht…‹

Unser Vater Malchus verstand nicht, worauf er anspielte.

›Erst habe ich mit dem Schwert für ihn gesündigt‹, bekannte Petrus, und in seinem Gesicht zuckte es von verhaltener Erregung, ›und danach habe ich gegen ihn geleugnet. Was schlimmer gewesen ist…?‹

›Gewalt ist also nicht eure Lehre?‹ fragte unser Vater Malchus noch einmal.

›Gewalt?‹ wiederholte jener Petrus mit weit offenem, leerem, wie verständnislosem Blick. ›O nein‹, sagte er dann, ›die Gewalt ist ja das Fernsein von seiner Gnade. Er hat uns seinen Frieden gelassen…‹

Als unser Vater Malchus nach jenem Gespräch von Petrus schied, machte er sich viele Gedanken um den galiläischen Rabbi, von dessen Friedfertigkeit und Barmherzigkeit der Erste unter seinen Jüngern ihm noch viel erzählt hatte - und nicht ohne um Verzeihung zu bitten, daß er, als er in seinem schwachen Verstand für Ihn, seinen Meister, eingetreten sei, sich wider ihn, den Knecht der Pflicht unter dem Gesetz, so blutig vergangen habe. Er erzählte auch alles seiner jungen Frau, die in den kommenden Wochen ihrem ersten Kindbett entgegensah. Sie waren sich einig, daß vielleicht ein blutiges Unrecht geschehen sei, doch war dies für sie beide, ohne daß sie es recht zu erklären vermocht hätten, ein Unrecht, in dem er, unser Vater Malchus, auf eine seltsame Art und Weise und in einer Verstrickung von einer ganz anderen Seite her, mit jenem Rabbi vereint war.

Was danach folgen sollte, hätte unser Vater Malchus sich dennoch nicht vorzustellen vermocht. Denn an dem Tag, da seine Rahel ihr erstes Kind geboren hatte, einen Knaben, rannte er im Dämmern zu dem Haus des Petrus und ließ sich mit schweißbedeckter Stirn und lodernden Augen an der Pforte von der Frau, die ihm öffnete, nur schwer überzeugen, daß jener nicht hier sei. Flüsternd und nur weil sie ihn nach seiner Einohrigkeit vom ersten Besuch her erkannt hatte, vertraute sie ihm an, wo er ihn jetzt zu suchen habe und wie er dort klopfen müsse. – Petrus hatte zur Sicherheit mittlerweile wieder einmal die Wohnung gewechselt.

›Wer bist du, und wer ist dein Gott?‹ herrschte unser Vater Malchus ihn beinahe an, als er des Ersten unter den Jüngern endlich habhaft geworden war.

Jener stutzte, aber er blickte ihn mit mehr Selbstgefühl an als beim ersten Male.

›Wer bist du, und was willst du?‹ fragte er.

Unser Vater Malchus deutete dorthin, wo er einmal ein Ohr gehabt hatte, und erzählte – ihm als ersten unter den Menschen, die es noch nicht mit eigenen Augen gesehen hatten: ›Mein Weib Rahel hat mir heute ein Kind geboren, unser erstes, und überdies einen Sohn, gepriesen sei der Allmächtige! Aber dieser Sohn hat nur ein Ohr, wie sein Vater, dem du das andere abgeschlagen hast. Und deshalb frage ich dich: Wer bist du, und wer ist dein Gott, daß er schlägt von Geschlecht zu Geschlecht, auch die Unschuldigen und für das Unrecht und für den Unverstand, wie du vor mir gestanden hast?‹

Jener Petrus antwortete aufs erstemal nicht. Er ließ sich noch zweimal erzählen, was sich begeben hatte. Dann aber, so schien es unserem Vater Malchus, warf er sich in die Brust und sagte: ›Gepriesen sei unser Herr Jesus im Himmel, daß er auch den Unverstand der Seinen zum Zeichen erhebt und unsere Sünde für Ihn gewürdigt hat, Segen zu stiften!‹

›Wie?‹ fragte unser Vater Malchus, ›Segen, höre ich? Segen für ein Kind mit nur einem Ohr?‹

Petrus nickte. ›Nimm es dir zum Zeichen‹, sagte er, ›unser Herr hat es gebilligt, ich bin entsühnt.‹

›Und mein Kind? Mein Sohn?‹ fragte unser Vater Malchus.

›Er ist ein lebendiges Zeichen von Geschlecht zu Geschlecht, was unser Herr Jesus Christus vermag.‹

›Und das‹, fragte unser Vater Malchus, ›das ist seine große Barmherzigkeit, von der du mir erzählt hast?‹

›Du weißt doch‹, sagte jener Petrus, ›daß auch die Züchtigung durch den Herrn ein Beweis seiner Liebe ist. Das hat schon unser Vater Hiob erkannt.‹

›Und du hast von nun an Frieden in deinem Gewissen ob deiner Missetat?‹ fragte unser Vater Malchus mit zitternden Lippen.

›Ich habe Frieden im Willen des Herrn‹, entgegnete Petrus.

Da schlug unser Vater Malchus ihn schallend ins Gesicht und ging. Er wollte nicht mehr hören.

Der Erstgeborene unseres Vaters Malchus wuchs mit einem Ohr heran, die folgenden Kinder besaßen deren zwei, wie sehr unser Vater Malchus auch gefürchtet hatte, sie könnten den Makel des Erstgeborenen erben. Aber der Erstgeborene des Erstgeborenen wiederum kam mit nur einem Ohr zur Welt oder – wie soll ich sagen! – mit einem ganz unfertigen Anfang zu dem, was einmal ein Ohr werden konnte und was, solange er lebte, doch nie ein richtiges Ohr wurde. Und von da an hat sich alles so weiter vererbt, nur daß mit dem Alter des Geschlechts das Ohr, das erst gar kein Ohr war, immer etwas größer wurde – nur eben… nie ein richtiges Ohr.

Manche in unserem Geschlecht wollen wissen, daß unser Vater Malchus, als er schon ein alter Mann war, noch einmal versucht hätte, Frieden mit jenem Petrus zu schließen, der wenige Jahre nach dem Tod des galiläischen Rabbis schon der anerkannte Führer jener Sekte war, welche man bei uns verächtlich die Nazarener nannte. Doch da war er für ihn nicht mehr aufzufinden. Es hieß, so sagt man, unser Vater Malchus habe erfahren, daß jener Petrus in die Hauptstadt der Unreinen übers Meer gezogen sei, um dort für seinen Meister zu wirken, und dort habe er ein sehr qualvolles Ende erlitten, das ihn mehr gekostet hätte als ein Ohr. An die Barmherzigkeit - des einen wie des anderen - hat unser Vater Malchus nie glauben können. Das Unrecht und das Leid klagten an von Geschlecht zu Geschlecht, und er hatte nicht, wie Petrus, einen Herrn, in dessen Willen er gegen seinen eigenen Samen Frieden fand. Er war ein einfacher Soldat des Tempels gewesen, der gewohnt war, seine Feinde auf der Erde zu suchen. Aber die ihm Unrecht getan hatten, waren gleichsam in den Himmel entwichen und wollten von dorther rechtfertigen, was ihre Schuld auf dieser Erde war. Das hat unser Vater Malchus nie verstanden und immer bestritten...«

Pater Medard wurde sich mit einem auch für den Zellengenossen hörbaren Aufatmen bewußt, daß er den Gefangenen sehr lange hatte erzählen lassen, ohne ihn auch nur ein einziges Mal zu unterbrechen, wie oft er, zur Ehre Petri, auch Grund dazu gehabt hätte. Er stand auf, während der Jude immer noch an der Wand verharrte, als könnte er gar nicht müde werden, solange er im Raum der Vergangenheit verweilte und nicht der Gefangene dieses Tages in dieser Zelle war.

»Und das bestreitet Malchus ben Levi, der Einohr, auch heute noch!« sagte der Jude mit einer Festigkeit, in der er außer sich geraten zu sein schien, und blickte den Mönch furchtlos aus siebzehn Jahrhunderten seines in den Erstgeborenen einohrigen Geschlechts an.

»Es gibt eine Lösung, auch dafür, auf Erden wie im Himmel«, sagte Pater Medard kühn, »und Frieden. - Ich werde dafür beten«, fügte er hinzu und trat auf den Juden zu. »Jeder im Gefolge Petri muß wohl versuchen, das Ohr zu heilen, an dessen Heilung durch den Herrn selbst Sie nicht glauben wollen. - Gute Nacht! Die Geschichte Ihres Vaters Malchus ist - unsere Geschichte, darf ich so sagen?«

Er reichte ihm die Hand, die Malchus ben Levi stumm und mit glänzenden Augen ergriff. »Sie haben kein Weib und keine Kinder?« fragte Pater Medard so behutsam, als könnte Malchus ben Levi ihm ein Geheimnis mitteilen. Der Jude schüttelte stumm verneinend den Kopf.

»Mit mir könnte es zu Ende sein«, sagte er vieldeutig.

Was? fragte Pater Medard sich auf einem Heimweg, auf dem niemand ihn an seinem Schritt erkannt hätte, so saumselig ging er jetzt. Er hörte die vieldeutigen Worte des Gefangenen immer wieder neben der freiwillig gegebenen Auskunft des Büttels, morgen, habe der Weibel gesagt, werde Gericht über den Juden gehalten werden.

»Nein!« hatte er da erschrocken gerufen.

Sei der Herr Pater noch nicht fertig mit ihm? Er sei doch heute lange genug bei ihm gewesen, hatte der Büttel grinsend gesagt.

Er hatte ihn mit wie versteinertem Gesicht angeblickt.

Wisse der Gefangene das? hatte er schließlich gefragt, weil ihm wieder die Bemerkung eingefallen war, ›mit ihm könnte es zu Ende sein‹.

Nein. - Das werde den Malefikanten üblicherweise nicht vorher mitgeteilt.

Was konnte oder könnte zu Ende sein - sein Leben oder das Verhängnis... und vielleicht zugleich auch sein Leben? - Er fand keine Antwort und ging durch das feuchtwarme Halbdunkel, ohne etwas anderes als die Geschichte ›unseres Vaters Malchus‹ zu hören, und stand noch länger als am vorangegangenen Abend am offenen Fenster und blickte in die Wiesen hinaus, über deren Grund der Nebel heute in dieser späteren Stunde schon bis zur Mitte der Baumstämme emporgestiegen war, so daß nur noch die Kronen seltsam unirdisch wie verlorene Nester in dem weißen Meer schwammen. Das Lied der Nachtigallen aber war immer noch nicht zu Ende, die Kuckucke riefen, als suchten sie einander, und die Unken läuteten aus tieferen Tiefen denn je.

Pater Medard fühlte sich zurückversetzt in die Tage, da seine Kirche angefangen hatte zu leben, gegründet zwischen die Schuld sehr menschlicher Menschen und die Offenbarung des Herrn, und ihm war, als sei ihm aufgetragen, mit der armseligen Kraft eines einzigen Herzens den Weg der Geschichte durch alle Irrtümer und Befleckungen bis zu diesem Jahr und zu dieser Stunde und zu dem Schicksal dieses Unglücklichen ganz allein zurückzulegen. Das ging über seine Kraft. Das Leid der Jahrhunderte konnte nicht in einen einzigen Augenblick zurückfließen und von einem einzigen Herzen allein aufgenommen werden. Dieser Ozean sprengte jedwedes menschliche Maß und Vermögen, dieser Ozean von Leid hätte auch einen Heiligen ertränkt.

Zugleich aber ging ihm auf, was es für einen Menschen bedeuten mußte, so unzertrennlich und bewußt in der Überlieferung der

Väter zu leben, wie es ihm an Malchus ben Levi klargeworden war. Denn so, wie dessen Erinnerung und sein ganzes Denken und Fühlen durch nichts als mündliche Überlieferung zurückreichten in die Stunde, da das Geschlecht sein Zeichen erhalten hatte, so hielt es sich ja auch mehr als siebzehn Jahrhunderte des Leides, des Makels und der Verfolgung gegenwärtig. In jeden Augenblick waren Tage aufgelöst, in jeden einzigen Tag Jahre, in Jahren Jahrzehnte und in Jahrzehnten Jahrhunderte zurück bis... Bis zu jenem einzigen Schwertstreich, den der Wille Gottes und des Herrn selbst verewigt hatte für alle Erstgeborenen unter den Nachkommen des Malchus von Geschlecht zu Geschlecht.

Warum? fragte sich Pater Medard, worin lag hier die barmherzige Absicht Gottes?

Zeichen und Male vererbten sich wie Züge in einem Gesicht oder wie Muster in einem Fell, das wußte er. Auch daß die Schwangeren empfänglich waren für Sinneseindrücke, die sich ihrer Leibesfrucht wie das Zeichen eines Stempels einprägten, war bekannt. Hätte Rahel, das Weib des Malchus, bei ihrer Niederkunft einen Knaben mit nur einem Ohr geboren, das hätte er verstanden und mit der Ordnung der Natur noch in Übereinstimmung bringen können. Aber siebzehnhundert Jahre lang ein Mal für jeden Erstgeborenen, wo schon der erste, dessen Ohr unter dem Schwert des Petrus fiel, unschuldig war - oder jedenfalls nicht schuldiger als alle Menschheit, die zu entsühnen der Herr hatte kommen müssen!? Das vor dem Herrn verheimlichte Schwert Petri war an jenem Abend auf dem Ölberg schuldbeladener gewesen als der Knüttel des Tempelknechtes, der zu seinem Amt und zu seiner Ausrüstung bei diesem Auftrag gehört hatte. Und gleichwohl verewigte Gott die Schuld an dem Unschuldigen und gab dessen Geschlecht durch Jahrhunderte zu tragen, was der, den der Herr sich zum Eckstein seiner Kirche auserwählt hatte, einmal offenkundig übelgetan? War Gott dieses Zeichen so viel wert, daß er dafür alle Erstgeborenen eines Geschlechts siebzehn Jahrhunderte lang opferte und den wohlmeinenden Vorwitz eines Jähzornigen, der die Ordnung des Heilswegs noch nicht verstanden hatte und selbst den Mord nicht scheute, in den Schutz seines allerhöchsten Willens aufnahm? Wollte er dann auch rechtfertigen, was seine Kirche in allen Jahrhunderten begangen oder verfehlt...? Oder wartete vielleicht eine Liebe über zeitlichen Sinn und Verstand in der Ewigkeit für alle jene, denen Gott das Opfer aufgebürdet hatte, hier auf Erden das Zeichen des Malchus zu tragen, damit die Gewalt des Schwertes als ein Mittel des Heils ein für allemal sinnfällig geächtet auf Erden sei? - Dies, meinte Pater Medard, konnte der Anfang zu dem Weg eines Vermutens in die unerforschliche Tiefe und das Geheimnis so langen Leidens sein. Und diese Vermutung konnte er ihm morgen als einzigen Trost bringen - wenn ihm nicht doch noch die Barmherzigkeit des Gekreuzigten aufging...

Er betete in einer unendlichen Verzagtheit und empfand mit beinahe etwas wie Scham, daß er sich die Worte seines eigenen Flehens von dem Geschlecht jener lieh, die Gott so schwer geschlagen und die seine Christenheit so bitter verfolgt hatte bis hin zu diesem einen, um dessen Errettung er rang und der von sich selbst gesagt hatte, mit ihm könnte es vielleicht zu Ende sein. Errettung! - wenn nicht in der Zeit - denn darüber befand das Gericht -, dann doch für die Ewigkeit, bis zu deren Pforten er, Medard, ihm beistehen mußte.

Als er aber am nächsten Mittag wieder im Gefängnis vorsprach, fand er dort nur einen ihm unbekannten Gehilfen des Büttels vor, der ihm bedeutete, wohl sei die Versammlung des Gerichts über den Juden für heute zu Ende, morgen werde eine zweite folgen müssen, weil er sich so verstockt gezeigt habe, doch es habe keinen Zweck, wenn der Pater sich jetzt um ihn bemühe. Natürlich sei es gut, wenn der Jude zur Einsicht kommen und sich unter geistlichem Zuspruch entschließen würde, ein volles Geständnis abzulegen, aber... »Alles hat so seine Zeit«, sagte der rotblusige, über und über sommersprossige junge Mann. »Wir haben ihn erst vor ein paar Stunden von der Bank nehmen dürfen, auf der er sich schließlich zwischen den Seilen zum Sprechen bequemt hat.«

»Was hat er gestanden?« fragte Pater Medard mit zitternden Lippen.

»Daß er massenhaft Menschen geschmuggelt hat - die ›vorgeblich Reformierten‹, und solche, die eigentlich in Breisach festgesetzt oder in die Kolonien geschickt werden sollten. Nur die Zauberei will er noch nicht zugeben...«

Pater Medard kehrte sich für einen Augenblick ab. - Immer wenn der Glaube der Christen schwach wurde und ins Wanken kam, blühte der Aberglaube, wußte er mit der Nüchternheit des Mannes, der sich sein Leben lang beinahe nur um die Menschen auf der Schattenseite des Schicksals zu kümmern gehabt hatte. Er glaubte nicht an die Zauberkraft des Malchus ben Levi – an die seine so wenig wie an die aller jener, welche in dieser alten Stadt während der vergangenen hundert Jahre mit Schwert und Feuer dafür zu Tode gebracht worden waren. –

»Ich gehe zu ihm!« sagte er zu dem überraschten Gehilfen und betrat den langen Flur, den er kannte.

»Wie Sie wollen. – Reden Sie ihm gut zu!« rief ihm der junge Mensch halb nach.

Als aber Pater Medard – er wußte nicht, wann – aus der Zelle des Juden zurückkam, hatte er noch nicht ein einziges Wort zu einem Menschen gesprochen. Stundenlang hatte er stumm auf der Strohschütte neben dem dort Liegenden gehockt und nichts anderes gewünscht, als in gewandeltem Sinne ein Schwamm sein zu dürfen für die Tränen, die unter den Schmerzen nach der Folter, der man ihn ausgesetzt hatte, aus den Augen des Juden geronnen waren. Er hatte nichts sagen können; er hatte nicht einmal gewußt, ob Malchus ben Levi, dieses ohnmächtige, bisweilen wie von Schauern durchzuckte, schmächtige Bündel im schwarzen, besudelten Kaftan, in dessen Nasenlöchern jetzt noch verkrustetes Blut stand, und dessen blutbesudelte Hände ihn beinahe bläulich fahl dünkten, überhaupt merkte, daß jemand bei ihm und daß dieser Jemand er war. Stumm hatte er – wie für einen Sterbenden – alle Bußpsalmen gebetet; die gehörten ihm, und die gehörten ihnen gemeinsam; und hatte nichts tun können, als ihm die Hand auf den Kopf zu legen, der unruhig sein knisterndes Lager wetzte. Einmal war er hinausgegangen und hatte Wasser geholt in einer Bütte, die er in dem Gelaß des Gefangenen vorgefunden, hatte ihm die Stirn genetzt und das Gesicht gewaschen und ihm den Rest in einem Becher zum Trinken an die Lippen gesetzt. Doch selbst da, als der glanzlose Blick des Stöhnenden voll auf ihm verweilt, hatte er nicht gewußt, ob Malchus ben Levi ihn erkannte. Wortlos neben ihm sitzend, immer eine Hand auf seiner Schulter oder auf seinem Kopf, wie um ihn durch diese Berührung nicht entfliehen zu lassen, hatte er weiter bei ihm gewacht. Der Jude hatte kein Wort gesprochen, und er selber hatte ihn nie angeredet. Jetzt ging er – für heute.

Der Büttel, der wieder selbst seinem düsteren Hause vorstand, sagte ihm beim Hinausgehen, das Gericht werde morgen in der Frühe noch einmal zusammentreten. Fälle es sein Urteil, habe der Weibel ihm gesagt, dann werde das schon am folgenden Morgen vollstreckt, denn man wolle die Hinrichtung in geziemendem Abstand vom Osterfest lossein, ehe sie die Judenschaft der Stadt noch mehr in Aufregung versetze, sähe die doch in allem eine Rache der Christen, die sich für ihre Passion ein Opfer unter den Juden suchten, und Malchus ben Levi sei sehr angesehen unter den Frommen.

Pater Medard nickte; die Ordnung schien ihm ja doch unabänderlich. Er ließ sich die Pforte öffnen. Morgen komme er wieder, sagte er. Der Meister solle gelinde zu dem Gefangenen sein und ihm keinen Wunsch abschlagen, habe er ja doch nicht mehr deren viele zu tun, wie er verstehe...

»Freilich, so viele nicht mehr«, sagte der Büttel. »Die Bäume werden bis dahin nicht in den Himmel wachsen, und das Gras legt nur einen Zoll zu...« Er solle aber erst nach der Urteilsverkündung kommen, da werde der Jude ihn am ehesten brauchen...

Pater Medard nickte stumm. Aber anstatt zu seiner Behausung im Spital zu gehen, schlug er, ohne daß er sich's überlegt hatte, mit einemmal rasch den Weg zu St. Apollinaris ein. Er konnte noch nicht mit Vorsätzen denken; eben befand er sich noch viel zu nahe dem Herd eines Bebens, das, wie er fühlte, fortan sein ganzes Leben wieder und wieder erschüttern und dem vielleicht eine neue Richtung geben würde.

Ohne zu zögern trat er in St. Apollinaris ein und kniete vor dem Tabernakel nieder, das heute eine für ihn antwortlose Stille umgab. Er betete sein Brevier, ohne der Worte innezuwerden; er schaute geraume Zeit mit starrem Blick, in dem sich von Zeit zu Zeit die Tränen übermächtig sammelten, auf das kaum zuckende Flämmchen der Ewigen Lampe – alles dies überwältigt und wie betäubt. Als die Kirche sich unter Glockenklang mit jenen zu füllen begann, die den geistvollen Predigten der hochwürdigen Patres von der Gesellschaft Jesu lauschen wollten, schlurfte er wie ein Bettler hinaus, der in der Nähe geladener Gäste nicht auffallen wollte. Er ging langsam zu seinem Spital aller Armen, Elenden und Fremden und wußte nichts als: Mein Gott! mein Gott! Noch nie hatte er das Bewußtsein gehabt, der Tod eines anderen Menschen koste ihn selbst das Leben; diesmal aber war es so. Der Jude forderte das Opfer des Petrus, den Träger der Schlüsselgewalt Petri. Und wenn die Schlinge…?

Pater Medard konnte das nicht zu Ende denken. Nicht in den – fernen – Jahren seiner ärgsten Anfechtungen hatte er, der einst blonde, stämmige Bauernsohn, dem es jahrelang nichts anderes bedeutet hatte, den Acker der Kirche zu bestellen, als seinem älteren Bruder auf dem väterlichen Hof um Kolmar, den Wechsel zwischen der Aussaat der Feldfrüchte auf den verschiedenen Äckern zu bestimmen, solch eine Verwirrung erlebt. Er fiel auch daheim in seiner Kammer im Spital bei weit geöffnetem Fenster auf seinen Betstuhl: wie betäubt von dem Schlag jenes, den der Jude am ersten Tag, da er ihn aufgesucht mit Hiob, ›den Furchtbaren‹ genannt hatte, den, vor dem ›ihn graute‹ – und suchte bis zum Morgen schlaflos vergeblich den ›Vater der Liebe‹, dessen Name gelobt sei.

Massenhaft, fiel ihm aus der Erzählung des Büttels ein, massenhaft habe er jene aus dem Lande geschmuggelt, die dem ›vorgeblich reformierten Glauben‹ anhingen und eigentlich für die Galeeren, für die Kolonien oder für die Festung bestimmt gewesen waren. Der Jude… den hadernden und sich nun schon seit beinahe zweihundert Jahren bis aufs Blut und in unausdenkbare Grausamkeiten hinein bekämpfenden Christen… Um Geld? Sicher um Geld. Aber ein Judaslohn war das nicht gewesen. Er hatte die Last der Gefahr getragen, und sein ohnehin von vielen Beschränkungen eingeengtes Leben konnte und durfte einen klingenden Lohn dafür recht wohl empfangen. Aber hatte er das nur um des Entgelts willen getan? Pater Medard schien es gar nicht so unmöglich, daß er es auch ohne Entgelt getan haben könnte – für jene, denen seine eigene Kirche ein Mal eingebrannt hatte, wie es dem abgeschlagenen Ohr des Erzvaters Malchus vergleichbar war. In diesem Gedanken kam ihm der Jude noch näher und rückte ihm zugleich ferner. Er wurde ein Teil der ewigen Einheit des Glaubens, und zugleich trennten ihn von ihm beinahe zweihundert Jahre Hader der Zeit, seitdem der erste Krieg gegen die Hugenotten begonnen hatte, trennte ihn von ihm das Leid, das Leid, das unermeßliche Leid, von jener Nacht des ersten Schwertstreichs an, das, wie er spürte, er selber mit zugefügt hatte… Er grübelte noch geraume Zeit ins Ausweglose, und alles, was ihm am Ende blieb, war ein Gefühl für das ungeheuer bedrängende Gegenwärtige der Passion, die von allen – für Menschenverstand unbegreiflichen – Ecken und Enden der Geschichte her gelebt werden mußte – auf die Mitte hin: das Kreuz, an welchem der Herr der Zeiten hing.

Um diese Zeit dämmerte schon ein neuer Tag, und in den vom Tau durchnäßten Bruchweiden setzten die ersten Störche auf. Der Chor der einsamen Nachtsänger war verstummt, und zwischen Himmel und Erde begann, beinahe betäubend, der tönende Wirrwarr jener vielen, welche diesem grau und lind anbrechenden Tag huldigten. Am Spital vorbei knarrten die Räder des ersten der Marktfahrer. Pater Medard lauschte ihnen so lange nach, daß er darüber einschlief, und nur dem jahrzehntealten Gedächtnis seines Leibes hatte er's zu verdanken, daß er die Stunde nicht verschlief, da er zur Frühmesse wach sein mußte. Flüchtig gewaschen und zwischen Nacht und Tag verwirrt, eilte er nach St. Apollinaris. Zu Anfang des Kanons schien ihm die Zeitrechnung abhanden gekommen zu sein, oder aber er hatte der lebendigen Menschen, derer er gedachte, soviel mehr als alle die morgendlichen Besucher der Messe, denn nach dem ›Memento, Domine, famulorum famularumque tuarum…‹ fand er, wie es schien, überlange Zeit nicht zum Gedächtnis der Heiligen. Doch er war ja der Priester ›für jegliche arme, elende und fremde Menschen‹, wie es in seiner Bestallungsurkunde hieß, und in ihnen der ›Heiligenpfleger‹, wie das Amt von ihm sagte, weil in Armut, Elend und Fremdheit auf dieser Welt die Heiligkeit nach den Gesetzen einer anderen am ehesten schlummern mochte. So kamen Petrus, Paulus, Jakobus, Linus, Kletus, Klemens, Xystus und wie sie alle hießen, bei ihm wohl erst nach jenem Einen zu Recht, dessen er so innig gedachte, daß ihm die Sinne vergingen.

Nach der Frühmesse mußte er ins Spital, vom Spital mit dem Heiligen Leib zu den Aussätzigen vor den Toren. Er legte seinen Weg aber mit Bedacht so, daß er am Gefängnis vorbeikam. Ausrichten konnte er um diese frühe Stunde nichts: er konnte nur dasein und warten – mit ihm. Erst dem Nachmittag zu war er aller anderen Pflichten ledig für die eine, die er sich über die Bestallung durch den Schultheiß hinaus zu eigen gemacht hatte. Das Wiedersehen mit dem Juden an diesem Tage aber stand da schon im Zeichen seiner Letztmaligkeit. Der Büttel hatte es ihm an der Pforte bedeutet.

Morgen früh müsse er dem armen Sünder auf seinem letzten

Gang beistehen, hatte er gesagt. Das Gericht habe das Urteil auch wider sein Leugnen bis zum letzten gefällt und ihn für alle seine Untaten, die er eingestanden, wie für jene, die ihm Zeugen nachgesagt hätten, ohne daß er selbst sie habe bekennen wollen, mit dem Tod durch den Strang bestraft. Morgen früh werde er zum Galgen hinausgefahren – selber gehen würde er ja ohnedies nicht können – und dort seinen Tod erleiden. Es solle aber vor der Judenschaft der Stadt ganz im geheimen geschehen, denn von Straßburg bis Zabern herrsche Aufregung unter denen. Der Schultheiß habe nur die kleine Wache und die Trommler aufbieten lassen, damit der Jude keine Gelegenheit mehr habe, das Volk, das sich sammle, vor dem heiligen Osterfest durch seine Reden in Verwirrung zu bringen. Vor dem Gericht sei er nämlich von halsstarriger und herausfordernder Beredsamkeit gewesen, welche alle Mühe, die sich der Herr Pater schon mit ihm gemacht habe, als eitel Verschwendung habe erscheinen lassen. In diesem schwächlichen und nun auch noch durch die peinliche Befragung ermatteten Leibe wohne so etwas wie die Kraft eines Löwen, wenn er zu reden anfange.

Weiß er, daß er...?

Der Büttel hatte den Kopf geschüttelt. Nein. Daß er sterben muß, weiß er, weil man ihm das Urteil eröffnet hat, aber daß es schon morgen sein wird, weiß er noch nicht. Vielleicht merkt er's am Nachtessen, nur – er rührt ja nichts an, weil es von uns Unbeschnittenen kommt, hatte er lachend hinzugefügt.

Pater Medard fand Malchus ben Levi auf der Strohschütte sitzend, gegen die Wand gelehnt, aber der Jude schien sich nicht mehr soviel Kraft zuzutrauen, daß er einen Versuch gemacht hätte, aufzustehen, als der Besucher bei ihm eintrat. Er blickte zu ihm empor, machte mit verhaltenem Lächeln achselzuckend eine Geste, daß er wohl gern aufstehen möchte, jedoch nicht die Möglichkeit habe, wiewohl er ohne Fesseln sei, und senkte dann gleich wieder den Kopf. Wollte Pater Medard leise mit ihm reden, dann blieb ihm nichts anderes übrig, als die Strohschütte des Gefangenen zu teilen. Das tat er denn auch und kniete gleich, nachdem er eingetreten war, neben ihm nieder.

»Sie kennen Ihr Urteil?« sagte er.

Der Jude nickte stumm. –

»Wann?« fügte er nach einer kurzen Pause aufblickend hinzu.

Pater Medard zögerte. In Bruchteilen von Sekunden fragte er

sich, was das barmherzigere und richtigere sei: Malchus ben Levi
wissen zu lassen, wie wenig Zeit er noch habe, oder mit einer
Ausflucht die nahe Stunde zu verschweigen. Beim Überlegen
betrachtete er ihn und mußte unwillkürlich denken, daß dem
Henker gar nicht mehr soviel Leben auszulöschen bleibe, dermaßen abgezehrt und verfallen sah der Gefangene nach den wenigen Tagen seiner Haft und seines Fastens aus.
»Morgen früh«, sagte er leise, ohne daß er's eigentlich gewollt
hatte. »Ich werde bis zuletzt bei Ihnen bleiben.«
»Morgen früh schon«, sagte Malchus halb fragend, als überraschte ihn die Eile.
»Bis dahin ist noch viel Zeit«, sagte Pater Medard. »Viele Augenblicke, und Sie wissen ja, manchmal sind die Augenblicke wichtiger als die Jahre, auf die man sich beruft. Ich habe Ihnen schon
beim ersten Male gesagt, Sie sollten um die Gnade des Augenblicks beten.«
Der Jude erwiderte darauf eine geraume Zeit nichts. Dann sagte
er leise: »Es ist zu spät, Herr Pater. Der Israelit hat in den Jahrhunderten und Jahrtausenden seit Erschaffung der Welt eine sichere Behausung. Und wenn das Argument der Christen der
Tod ist…«
»Was ist schon der Tod!« sagte Pater Medard unbedacht.
»Das werden Sie wissen, wenn Sie ihn erleiden – oder erlitten
haben«, sagte der Jude nüchtern. – »Wie seltsam sind die Christen!« fuhr er nach einer Weile fort, »Seine Barmherzigkeit reden und reden sie in einem fort, und den Tod in Seinem Namen
wirken sie. Was wiegt schwerer?«
Pater Medard wollte ihm darauf nicht antworten. Es gehörte,
wie er fand, nicht zur Sache – zur Sache dieser einen Seele vor
dem letzten Gang und Gericht. – »Sie haben selber gesagt, Vater
Malchus habe am Ende des Lebens, als er schon ein alter Mann
war, Frieden schließen wollen mit Petrus. Aber es war zu spät.
Der heilige Apostel hatte da schon den Märtyrertod für den
Herrn erlitten. Aber dieses ›zu spät‹ galt und gilt nur für damals.
Wollen Sie nicht jetzt in der letzten Nacht Ihres Lebens durch
mich unwürdigen Nachfolger im Amt Frieden schließen?«
»Es ist keine ganz sichere Überlieferung«, sagte Malchus ben Levi
ausweichend, »vielleicht nur eine, in welcher immer die Wün-
sche der Geschlechter fortgelebt haben.«
»In den anderen könnte ebensogut nur ein unfruchtbarer Groll

am Leben geblieben sein«, gab Pater Medard dem Juden zu bedenken. »Irgendwann einmal«, sagte er leise und legte dem Juden die Hand auf die Achsel, »irgendwann einmal muß doch einer ganz von vorn anfangen, trotz der Last der Vergangenheit und mit jener Hoffnung, welche die Seligkeit wirkt, wie der heilige Apostel sagt.«

»In der letzten Nacht?« fragte Malchus ben Levi zweiflerisch und lächelte.

»In einem anderen Sinn ist es die erste. Hat nicht schon Petrus vor Ihrem Vater Malchus von den Letzten gesprochen, welche die Ersten sein werden?«

Malchus ben Levi nickte stumm. »Aber die Ersten wären dann auch die Letzten«, gab er Pater Medard zu bedenken. »Ich möchte rein vor meine Väter treten können.«

»Aber das Heil, das Heil Ihrer unsterblichen Seele!« brach Pater Medard aus.

Der Jude blickte ihn offen an, doch er verschwieg die Antwort, die er, wie der Mönch spürte, bereithielt.

»Warum hätte schon Ihr Vater Malchus Frieden schließen wollen, wenn er nicht des Grolls und Grams überdrüssig gewesen wäre! Führen Sie doch zu Ende, was ihm versagt geblieben ist, und heiligen Sie das Erbe Ihrer Väter durch den großen Entschluß zum Frieden, der allem Ihrem Leiden neuen Sinn gibt, den einzigen, den einzigen, der denkbar ist…«

»Welchen?« fragte Malchus ben Levi gespannt.

»Daß… daß Gott Ihren Vater Malchus und alle Erstgeborenen nach ihm gebraucht hat, um sinnfällig die Gewalt zu ächten. Erkennen Sie doch auch darin die Gnade einer Berufung! Was wissen wir, welchen Lohn er Ihnen wie allen vor Ihnen bereithält!«

»Das Leid und Unheil über uns Juden - zur Seligkeit für die Christen?« murmelte Malchus ben Levi. »Warum«, begehrte er mit Heftigkeit auf, »soll ich dann nicht bei unserem Vater Hiob bleiben dürfen? Ich brauche keinen neueren Bund, als er ihn mit dem hatte, dessen Name gepriesen sei! Nein, nein, nein!« wehrte er heftig ab. »Wenn ich das Opfer der Gewalt bin - warum soll ich den Willen des Allerhöchsten anders ehren als damit, daß ich mich füge! Ist dies nicht auch das, was die Erben des Petrus von mir erwarten können? Ich… ich nehme ja den Sinn unseres Opfers an! Kann ein Mensch mehr?«

Pater Medard fühlte sich um seinen Beweis betrogen, ohne daß er Malchus ben Levi auch nur den geringsten Vorwurf hätte machen können. Der Jude dachte schärfer als er.

»Sie rechnen zuviel vor der Gnade«, sagte er lahm in das Schweigen, das sich in der Zelle ausbreitete. »Alles Rechnen und Rechten geht nur in Christus rein auf. Beten Sie ihn an als Ihren Heiland und Erlöser!«

»Er ist mir wie ein Bruder«, sagte der Gefangene, »aber mein Erlöser ...?« Dann saß er lange Zeit und schüttelte stumm den Kopf, sehr langsam, als sei diese Verneinung bei ihm nicht die Auflehnung in einem jähen Widerspruch, sondern eine aus langer Erfahrung. »Wer könnte wissen, wer er gewesen ist, wenn nicht wir!« sagte er schließlich.

»Gottes eingeborener Sohn, der Erlöser der Welt!« sagte Pater Medard.

Der Jude blickte ihn an, er versagte sich die Antwort aus Achtung oder aus Zartgefühl, aber alles in seinem Blick drückte die Verneinung aus.

»Ich werde von Mitternacht an bei Ihnen sein«, sagte Pater Medard, dem der Gedanke gekommen war, daß er, um dem Gefangenen beistehen zu können, die Frühmesse ausfallen lassen oder aber den Dechanten von St. Apollinaris bitten müßte, einen anderen Priester zu betrauen. »Nutzen Sie jeden Augenblick - jeden Augenblick, ich bitte Sie!« bat er beinahe flehentlich, als er sich aus dem Stroh erhob. »Ich werde bald wieder bei Ihnen sein!«

Es wunderte ihn, daß das Leben überhaupt hatte weitergehen können und immer weiterging, als er die abendliche Straße mit ihren vertrauten Erscheinungen und Geräuschen betrat, um den Dechanten von St. Apollinaris aufzusuchen; daß diese Nacht, die zwischen den altersdunklen Häusern und um die Türme der Kirchen hereinbrach, nicht auf irgendeine Art und Weise bezeugte, daß sie eine letzte Nacht sei; eine Nacht an der äußersten Grenze der Entscheidung - für oder gegen Ihn. War das aber nicht eine jede Nacht? Er trat, als er sich beim Dechanten seines Anliegens entledigt hatte, noch für ein paar Minuten in St. Apollinaris ein und maß gleichsam fragend die Gewölbe und das Chor mit erstauntem Blick, ob sie denn nun wirklich das Erbe zu beheimaten vermöchten, das ihnen in dem Leben und Sterben des Malchus ben Levi angeboten war.

Seinen Schritten zum Spital hin hätte niemand zu entnehmen

vermocht, ob er Antwort bekommen hatte, und wenn eine -
welche. Den Schwestern, die er seltsam geistesabwesend dünkte,
sagte er nur soviel, daß er die Nacht nicht im Haus verbringen
und nichts von ihrer Aufmerksamkeit beanspruchen würde.
Gleichwohl blieb er dann bis gegen Mitternacht in seiner Klau-
sur und störte die Schwester Pförtnerin in ihrem ersten Schlaf
auf, daß sie das Haus wieder hinter ihm schließe.

Er ging zum Gefängnis, wo er sich von einem sehr weinseligen,
verschlafenen Büttel öffnen ließ und eine Zelle betrat, in welcher
beim Licht einer einsam brennenden Laterne ein reichlich be-
messenes Nachtessen unangerührt stand und der Gefangene wie
ein flügellahmer Vogel auf der Strohschütte hockte.

»Ich bin bei Ihnen«, murmelte er, als er die Tür hinter sich geschlossen hatte.

Zu seinem Erstaunen scharrte der Jude geraume Zeit im Stroh, bis
er - wie, fand Pater Medard gar keine Zeit, zu erkennen - eine
Möglichkeit gefunden hatte, sich an der Mauer aufzurichten.

»Wird es Ihnen nicht zu schwer ?« fragte er.

Der Jude blickte ihn mit wie von Fieber glänzenden Augen an.

»Ich habe einen Christen gefunden, der mich gefragt hat, ob es
mir nicht zu schwer werde«, sagte er mit einem verzagten Lächeln. »Davon könnte ich allen Vätern erzählen, wenn ich sie
wiedersähe.«

»Werden Sie es denn nicht ?« fragte Pater Medard mit einem
Schauder.

»Von Auferstehung und Wiedersehen haben die Schrift und die
Propheten nichts verheißen«, sagte Malchus ben Levi. »Nur daß
wir ruhen dürfen.«

»Aber Christus«, wandte Pater Medard ein, »wird um sich sammeln alle die Seinen, und wir bekennen die Auferstehung des
Fleisches!«

»Unser Volk ist müde«, entgegnete der Jude. »Wir sind dem
Allerhöchsten dankbar, wenn wir ruhen dürfen in Abrahams
Schoß. - Ich danke Ihnen, Herr Pater«, sagte er nach geraumer
Zeit, während der Pater Medard regungslos auf dem Schemel
gesessen hatte. »Ich danke Ihnen. Sie waren an meinem schwersten Tage bei mir, Sie wissen, nachdem ich…« Seltsamerweise
schien er nicht aussprechen zu wollen, daß man ihn gefoltert
hatte. »Ich habe Ihnen da nicht sagen können, wie dankbar ich
Ihnen war. Sie waren mir wie ein Bruder.«

»Alle sind wir Brüder – in Christus«, sagte Pater Medard. »Wollen Sie ihn nicht endlich annehmen als den, der vor Ihnen und für Sie gelitten hat?«

»Als den allemal«, entgegnete Malchus ben Levi zu Pater Medards Überraschung. »Alle, die unschuldig leiden, leiden füreinander und für jene, denen es erspart bleibt…«

»Aber auch als Gottes eingeborener Sohn, als das Opfer, das sich für uns alle dargebracht hat?«

»Nein«, bekannte der Jude leise, »so nicht. Als Bruder im Leiden, ja. Aber als Opfer des Allerhöchsten an seine Menschen – nein. Dann müßte ich zu gering denken von denen, die vor mir ohne ihn gelitten haben.«

Pater Medard dünkte das ein unfruchtbarer Streit. »Dies ist die letzte Nacht«, sagte er beschwörend.

Der Jude nickte stumm. – »Ich weiß«, sagte er nach einer Weile, müde. »Lassen Sie mich zu dem Gott meiner Väter beten.« Er kehrte sich zur Wand ab, erhob beide Arme und lehnte sich mit den Handflächen gegen die Mauer. Der schmächtige Körper schien von Zeit zu Zeit zusammenzuknicken, so daß Pater Medard meinte, er müsse ihn auffangen und vor dem Fall bewahren. Aber wie lange er ihm auch zusah, Malchus ben Levi hielt sich aufrecht, und das Gemurmel von seinen Lippen erfüllte die Zelle. Pater Medard verstand kein Wort. Er begann auf und ab zu gehen und sprach die Gebete für die Anempfehlung der Seele, denn dies, wollte ihm scheinen, war Malchus ben Levis Todeskampf. Unbedenklich reihte er den Juden der Schar der christlichen Seelen ein, er wußte nicht, warum.

Von Zeit zu Zeit, wenn eine Turmuhr schlug, blieb er stehen und lauschte, aber jedesmal hatte er zu spät angefangen, die Schläge zu zählen. Er mußte dem Morgengrauen glauben, wenn es erst einmal in dem schmalen, hohen, vergitterten Fenster erschien. Malchus ben Levi stand immer noch an der Mauer, die Handflächen der hoch erhobenen Arme gegen die Wand gestützt. Es sah aus, als wäre er dort aufgehängt.

Pater Medard bedachte mit Dankbarkeit im Herzen, daß es kein Weib und keine Kinder gab, denen mit seinem Leben der Gatte und Vater genommen wurde. Ob er aber um den Verlust des eigenen Lebens so trauerte wie jetzt? Pater Medard gewahrte, wie seine spitzen Schultern zuckten und ein übermächtiger Krampf den schmächtigen Körper zu schütteln begann. Er ging zu ihm und legte ihm wortlos die Hand auf die Achsel. Malchus ben Levi ließ es geschehen, ohne sich zu ihm umzukehren, und so blieben sie nebeneinander, bis der Morgen kam.

»Sie haben noch Zeit«, murmelte Pater Medard ein paar Male; »nur ein einziges Wort, ein einziges Wort!«

Er hatte das bittere Empfinden des Versagens. Das Wort, das er von Malchus ben Levi erwartete – ihm selber war es bis jetzt ebensowenig gewährt. Und was wollte er lieber, als diese Seele mit dem richtigen Wort zu ihrem Erlöser rufen!

»Verzeihen Sie mir«, begann er zu stammeln, »ich bin meines Herrn nicht wert, ich… ich ahne das Geheimnis, in dem sich alles löst, alles Leiden, auch das Ihre, aber ich kann es nicht sagen. Glauben Sie, glauben Sie mir, glauben Sie an den Herrn, der Ihr Leiden erwählt hat!«

Nichts verriet ihm, daß der Jude ihn gehört hatte. Er meinte nur zu spüren, wie der Krampf nachzulassen begann. Malchus ben Levi hatte jetzt auch die Stirn gegen die Wand gelehnt und konn- in dieser Stellung ausruhen. Seine Lippen flüsterten gegen das Mauerwerk.

Pater Medard sah die ganze Zelle morgenhell. Die Laterne verbreitete kein Licht mehr. Wann würden sie kommen, fragte er sich. Er hatte vergessen, die Stunde in Erfahrung zu bringen.

Von draußen herein drangen die ersten Geräusche der erwachten Stadt, und die Sperlinge stritten vor ihren Nestern unter sehr nahen Dachsparren. Dann meldeten sich die ersten Schritte. Die Zeit verrann jetzt langsam und rasch zugleich. Pater Medard lauschte nach draußen und nach drinnen. Er betete nur noch Stoßgebete für den gegen die Mauer gelehnten Juden, der daran auch mit den Knien Halt gesucht hatte. Er mochte zum Umfallen müde sein.

Als er einen Wagen knarren und den Schritt einer Gruppe von Menschen hörte, wußte Pater Medard, daß es kein Marktfahrer war, sondern daß man den Gefangenen holen kam. Der aber schien von allem, was vor sich ging, nicht das geringste zu hören. Die Stimme, mit der er immer eindringlicher vor sich hinflüsterte, war schon ganz heiser.

»Kommen Sie, mein Bruder«, sagte Pater Medard mit einemmal und drehte den Gefangenen bei der Schulter sanft zu sich herum. Er hatte die Schritte im Gang gehört, die ihrer Tür galten, und wollte mit Malchus ben Levi bereit sein, bevor man sie rief. Im selben Augenblick aber, da die Tür geöffnet wurde und er mit dem Schächer den ersten Schritt hinaus tun wollte, sank der Jude neben ihm zusammen. Seine mißhandelten Glieder trugen ihn keinen Schritt weit. Mit weitoffenen, flehenden Augen blickte er zu Pater Medard empor und machte vergebliche Versuche, wieder auf die Füße zu kommen. Als einer der eingetretenen Knechte und Pater Medard ihn unter der Achsel faßten, hing er mehr an ihren Armen, als daß er gestanden hätte, und so trugen sie ihn den Gang entlang bis zu dem Karren, der vor dem Tor hielt. Malchus ben Levi durfte das Stroh ein letztes Mal wechseln. Zwischen den Trommlern und Wachen ging es ohne Verzug zur Stadt hinaus. Die Schar der Gaffer war erst beim Tor auf ein gutes Hundert gewachsen. Mit frohgelauntem Schreien folgten sie dem Karren.

Pater Medard kauerte neben dem Schächer im Stroh des rumpelnden und schüttelnden Wagens. Was er noch sagen wollte, wurde von den Stößen der Räder zerrisssen.

»Malchus ben Levi«, sagte er, »es sind noch viele Augenblicke übrig! Erkennen Sie doch die Barmherzigkeit Christi! Ergeben Sie sich ihr! Opfern Sie Ihre zeitlichen Leiden seiner ewigen Herrlichkeit auf, und er wird Sie annehmen wie den gerechten Schächer, dem er gesagt hat: ›Heute noch wirst du mit mir im Paradiese sein!‹«

Er konnte Malchus ben Levi nicht anmerken, ob der ihn überhaupt gehört hatte, dermaßen rüttelte der Wagen und schrie das Gefolge der Gaffer, das ständig wuchs, und sein Zuspruch schien ihm auch so schal zu sein, daß er hätte wünschen mögen, der arme Sünder höre ihn gar nicht.

Wortlos hielt er ihm das Kreuz hin, daß er es küsse, aber Malchus ben Levi, neben ihm im Stroh, veränderte seine Haltung nur insoweit, wie ihn der rumpelnde Karren hin und her warf.

Pater Medard begann zu beten: ›In paradisum deducant te Angeli... et perducant te in civitatem sanctum Jerusalem...‹ ›Ins Paradies mögen dich die Engel geleiten und dich in die heilige Stadt Jerusalem führen. Der Chor der Engel nehme dich auf, und mit Lazarus, dem einst so armen, sollst du ewige Ruhe haben...‹ Wem gebührte dieses Geleit, wenn nicht ihm, dem in die Fremde versprengten Sohn der heiligen Stadt! Lazarus aber, dachte er dann gleich wieder, hatte an den Herrn geglaubt, und der Herr hatte ihn von den Toten auferweckt, als sein Leichnam schon drei Tage alt war... War dieses Geleit nicht vielleicht doch zuviel für den Ungläubigen?

Oh! – Pater Medard wischte sich den Schweiß von der Stirn. Der Herr, dachte er, sollte entscheiden, was recht war, und ihm bei seinen Irrtümern nur den guten Willen anrechnen, der mit dem Bruder litt. Was aber war das für eine Christenheit, die hinter dem Wagen johlte! Waren das Menschen, die Tag für Tag die Bergpredigt hören konnten? Er wagte nicht, sich nach ihnen umzusehen. Vielleicht waren es die Nachkommen jener, die am Karfreitag die Gassen von Jerusalem gesäumt und zu Füßen von Golgatha die Mauer der Gaffer gebildet hatten. Aber, durchfuhr es ihn, selbst Petrus, der alles in der leiblichen Nähe des Herrn gehört, hatte das Schwert gezogen und Malchus ein Ohr abgeschlagen. Wie sollten diese hier es besser wissen!

Nun waren sie schon beim Galgenberg angelangt.

Es war kein Berg, wie der Name versprach, sondern nur ein Anger in der Gabelung der großen Straßen nach Osten und Süden, auf dem von alters her der Galgen stand. Vielleicht hatten die Leiber derer, die hier geendet waren und die man hier sogleich verscharrt hatte, den Anger zu einem kaum merklichen Hügel gewölbt, denn das Blutgericht von Molsheim hatte einen auf viele Todesurteile gegründeten Ruf. Und nun ging alles so rasch, daß Pater Medard schon Mühe hatte, an Malchus ben Levis Seite zu bleiben, damit er ihm weiter mit beschwörenden Worten zusetzen könnte, sein Heil nicht von sich zu weisen. Von dem vielen, was zugleich geschah: wie die Wache den Anger nach der Mauer der Gaffer hin säumte, wie die Trommler nahe dem Galgen Aufstellung nahmen, der Weibel des Blutgerichts noch einmal hier am Ort der Vollstreckung die Papierrolle mit dem Urteil öffnete und mit einer Stimme, die in der großen, taunassen Stille dieses Morgens von sanftem Perlgrau völlig unterging, zu lesen begann – von allem dem sah er nichts und hörte er nichts. Er stand neben Malchus ben Levi, dem man die Hände auf den Rücken gebunden, als man ihn vom Karren gehoben hatte, neben der Leiter. Das Urteil, das verlesen wurde, hörte er ebensowenig wie der Verurteilte; er sah nur unweit der Richtstätte eine Bachstelze emsig umhertrippeln und mit wippendem Schwanz Nahrung suchen und hörte den kurzen, klingenden Ruf, mit dem sie in den taugebadeten Morgen davonflog.

»Gott der Allmächtige gebe Ihnen Kraft, Bruder!« murmelte er

Malchus ben Levi über die Schulter zu, denn er sah, wie der Weibel die Rolle mit dem ausgefertigten Urteil zu senken begann.

Da geschah es seit der Mitternacht in der Zelle zum erstenmal, daß der Jude ihn anredete.

»Christ«, sagte er mit einem traurigen Lächeln, das einer Grimasse ähnlich sah und Pater Medard verriet, wie weit er schon außer sich war, »vergiß nicht: von nun an werde ich dir zum Gericht! Ich sterbe gern, denn ich darf mit meinen Vätern schlafen. Du aber mußt auferstehen und Rechenschaft geben!«

Pater Medard hatte noch nicht antworten können, da kamen von rechts und links die Gehilfen des Büttels und trennten ihn von dem Schächer. Mehr gehoben als geschoben erreichte der die Sprosse der Leiter, die hoch genug war.

»Sch'mah Jisrael«, begann Malchus ben Levi mit heiserer, laut hallender Stimme und flackernden Augen, die nichts mehr von dieser Welt sahen, sein letztes Gebet, aber alles Weitere ging in dem Wirbel der Trommeln unter, die man zu rühren befohlen hatte. Im nächsten Augenblick gab die auf Hunderte angewachsene Menge der Gaffer einen Laut von sich, der einem wollüstigen Stöhnen glich und den man selbst durch den Wirbel der Trommeln hindurch hören konnte. Pater Medard kehrte sich ab. Er rief für den, der von ihm hatte gehen müssen, die Engel und den Herrn aller Heerscharen an und wußte mit noch mehr Gram in seinem Herzen, daß er fortan mit dem göttlichen Geheimnis des Leidens auf dieser Welt allein zurückblieb.

UM DIE MITTE des Maimonats im Jahre 1642, als der Ober-
kommandierende aller französischen Truppen, Marschall Guébriant, etliche Schwadronen Dragoner vom weimarischen Regiment des Obersten von Rosen ins südliche Elsaß verlegte, damit Pferde und Reiter dort in den Genuß reichlicherer Nahrung
kämen, denn sie im Breisgau trotz anhaltendem Stillstand in den
Aktionen auf dem großen Kriegstheater im vergangenen Winter zu beschaffen gewesen war, hatte der Monat seinen Ruf noch
nicht eingelöst. Die Kuriere der in die Gegend von Oberehn-
heim, Rosheim, Barr und Boersch verlegten Truppen mußten
dem Generalquartiermeister sehr bald berichten, daß die erlauchte Vorsorge des Marschalls vorerst noch nicht von der himmlischen Vorsehung honoriert werde und daß das einst so frucht-
bare und fette Land, welches die königliche Majestät einen ›Garten Gottes‹ zu nennen beliebt habe, sich nach dem mansfeldischen
Ruin in den zwanziger Jahren und den Brandschatzungen der
schwedischen Reiter unter General Horn für die hungrigen neu-
en Kostgänger nur wie ein leergegessener Teller vormaliger
Gäste ausnähme.

Die Weiden waren in einem späten, kalten Frühling so gut wie
ohne Graswuchs geblieben, so daß die Pferde meistens auf Stall-
futter angewiesen waren, welches nicht selten aus den Stroh-
dächern ihrer eigenen Ställe bestand, und wie tief auch die Reiter
ihre Säbel in die Kellerböden stoßen und die Landbewohner
tribulieren mochten, um heimliche Gelasse ausfindig zu machen,
deren Schätze und Vorräte man ihnen, wie sie meinten, vorenthalten wollte – sie hatten gleichwohl so wenig zu essen und zu
trinken wie ihre Pferde Hafer im Maul. Anhaltender Regen und
dann wieder Kälte, welche das Land bis tief in die Täler und die
Niederung des Rheinstroms um die frühesten Morgenstunden
reifgrau vergreisen ließ, hinderten die Schossen der wenigen
nicht verwüsteten Rebhänge am Treiben, und die meisten aller
Felder blieben in dem entvölkerten Land unbestellt. Aus den
regennassen, dunstverhangenen Wäldern der Vogesen riefen die
Kuckucke bis um die späten Abendstunden nur, wie um sich
unter ihresgleichen zurechtzufinden, ohne Locken und Seligkeit, und da und dort starben die Störchinnen in eisigen Nächten

einen sanftmütigen Opfertod auf ihrer noch nicht geschlüpften Brut, während das bis auf weniger als die Hälfte zusammengeschmolzene Landvolk nicht mehr draußen zu sein wagte - etlichen Berichten zufolge der vielen Wölfe wegen, doch ward in anderen freimütig zugegeben, daß niemand mehr vor den bei Hunger und Durst immer zügelloseren Dragonern noch seines Lebens sicher sei.

Dies war die Lage, die man dem Marschall berichtete.

Guébriant beschloß, einen Offizier zu entsenden, der zu jener Zeit seine ganz besondere Gunst genoß, den nach dem Oberst von Rosen Nächstkommandierenden im Regiment, einen Oberstleutnant Rausch von Traubenberg, aus Livland oder dort herum gebürtig, und ihm aufzutragen, mit Schultheißen, Schöffen und Räten des Landes Räson zu reden, daß die bei der Not zu Anfang vielleicht ein wenig aus dem Stegreif erfolgte Dislozierung nicht zu schlimmeren Mißhelligkeiten führe, hatte er doch nach Herzog Bernhards Tod sehr fest im Auge, dies seien der königlichen Majestät von Frankreich Land und Bürger, und es stehe etwas dabei auf dem Spiel, welchen Fortgang die Sache nehme.

Er ließ Traubenberg seine Instruktionen erteilen und forderte neuen Bericht bei erster Gelegenheit an. Gleichen Abends ward ihm Meldung erstattet, daß der Oberstleutnant zusammen mit etlichen Dragonern als Bedeckung aufgebrochen sei. Dann vernahm er geraume Zeit nichts mehr, setzte aber nach wie vor großes Vertrauen in seinen Boten, der ihm in der jüngsten Vergangenheit lieber geworden war als Rosen, welcher noch gar zu sehr bedacht darauf zu sein schien, als Soldat des toten Herzogs von Weimar politisches Testament zu erfüllen und die elsässischen Eroberungen als Faustpfand gegen Frankreich zu betrachten. Es mochte damit zusammenhängen, daß Traubenberg der Politik überhaupt nicht gewogen, der vielen verzwickten Fragen zwischen den Souveränen und Konfessionen in diesem Krieg unkundig oder leid und bei seinen dreiundfünfzig Jahren überhaupt ein Mann war, den mehr eine schwerblütige Besonnenheit und Nachdenklichkeit für das einzelne Menschliche, wie klein es auch erschien, auszeichnete, als ein wacher Sinn für die Kabalen und Rankünen dieses seit bald fünfundzwanzig Jahren mit viel Pulver und Blei und Menschenleben und noch mehr Blut und Tränen bestrittenen Kriegstheaters der großen Mächte.

Traubenberg ritt wenige Tage nach seinem Aufbruch in jene Gegend ein, in welche man die Reiter des Regiments verlegt hatte, und nahm in dem noch recht wohlgehaltenen Haus der Straßburger Johanniterkomturei Quartier, das er in dem Städtchen B. fand, und wo von den nicht einmal mehr hundert Bürgern keiner ihm die Zimmer neidete, die er von seinen eigenen Leuten rasch ein wenig wohnlicher herrichten ließ, daß sie ihn für den Anblick so vieler brandgeschwärzter Ruinen entschädigten, die er tagsüber, wohin er auch kam, sehen mußte. Außerdem blickte er von seinen Fenstern in die Gärten hinter der halb geschleiften und verwitterten westlichen Wehrmauer, deren Torturm dem Hause der Komturei benachbart stand, und konnte, wenn er am Fenster stand oder sich im Garten aufhielt, gewahren, daß der Mai sich nun endlich anschickte, seinen Ruf einzulösen. Nach ein paar warmen Tagen war es, als lächele dieses arme, verhärmte Land, das soviel irdische wie himmlische Plagen hatte erdulden müssen, zu jedes Herz um so mehr bewegender Holdseligkeit auf und lasse sich von seinem eigenen Blühen überwältigen, das wie in atemloser Unruhe, alles beinahe Versäumte wiedergutzumachen und das fast Entgangene noch einzuholen, Mensch und Tier bei Tag und bei Nacht keinen Schlaf ließ. So widersinnig die lange Kälte gewesen war, so hintergründig konnte einen die jähe Sommerwärme dünken, in welcher das Land nun mit einemmal, wollüstig in Dunstschleiern zitternd, unter dem Blütenschaum seiner Schönheit wie in einem Fieberrausch lag.

Traubenberg war vom frühen Morgen bis zum späten Abend mit drei ausgesuchten Leuten als Bedeckung unterwegs und inspizierte die Truppen allerorten und ließ sich von ihren Offizieren Bericht erstatten. Wo es nur möglich war, versuchte er, die Verhältnisse zum Besseren zu wenden, schreckte aber, wo er von gemeinen Vergehen erfuhr, auch nicht davor zurück, den Profosen Arbeit zu geben. Die meisten Wölfe, von denen die Gegend in den Wäldern der Vogesen und bis in die Feldmark dem Vernehmen nach förmlich wimmeln sollte, vermutete er mit tiefem Kummer im Herzen für seine Augen unkenntlich unter weimaranischen Wämsern, und es wollte ihn ein geringer Trost dünken, wenn Schultheißen und Schöffen ihm bedeuteten, ganz so schlimm wie General Horns Schweden trieben es die Reiter des verewigten Reichsfürsten Bernhard von Weimar noch nicht. Sie selber, die Bürger und Bauern dieses Landstrichs, wollte Traubenberg dagegen scheinen, hätten schlechter Lehrmeister schlimme Sitten angenommen und waren durch die Mißgunst der Zeit böse, ränkevoll, kleinlich und rachsüchtig geworden und immer nur gar zu gern bereit, die Ursachen für alles Elend bei anderen zu suchen und Fremde entgelten zu lassen, was sie im eigenen Hag nicht mehr fanden. Die Prediger hinwieder, welcher Konfession auch immer, die noch im Amt waren und den Mund aufzutun wagten, hatten das Richterwort von den Lauen, die ausgespien werden sollten, längst vergessen oder wagten es einfach nicht mehr, der Herzenshärte zu widerstehen, welche die Not in Schwang gebracht hatte. Auf diese Umstände wies Traubenberg in seinem schriftlichen Bericht an den Generalquartiermeister nachdrücklich hin, damit nicht alle Schuld auf den Soldaten abgewälzt werde.

Er stand bei weitoffenen Fenstern in seinem Zimmer auf, als er das Schreibwerk beendet hatte, und blickte erleichtert in den Garten hinaus, den das Licht der späten Sonne im Westen bestrahlte. Die Kirsch- und Apfel- und Birnbäume, die jetzt alle beinahe zugleich blühten, leuchteten wie von einem rosigen Feuer durchglüht auf, während ihn eine träge, süße, unaufhörlich summende Wolke Wohlgeruchs, die von unten heraufstieg, sich die schmerzenden Schläfen seines schon seit Stunden eigentümlich schweren, benommenen Kopfes mit beiden Händen streichen ließ. In eben diesem Augenblick ward er zum erstenmal seiner Nachbarschaft zur Linken gewahr und erstarrte förmlich, während er regungslos am Fenster verharrte und seinen Blick nur immer fester auf das Schauspiel richtete, das sich ihm bot. In einem eher mager bestellten, an Bäumen und Büschen ärmlichen Gärtchen, in das nur eine rückwärtige Pforte des Torturms Einlaß geben konnte, war ein seltsames Paar erschienen. Ein schnauzbärtiger Mann, von dem ihm schon die erste Eingebung sagte, dies könne nur ein ältlicher Metzger oder ein Profos oder ein Büttel sein, hatte dort eine Frau vor sich hinausgetrieben, welche er, weil ihre Hände auf den Rücken gefesselt waren und die Fessel in einem viele Ellen langen Strick endete, förmlich weidete. Traubenberg, aus vielen Kriegsjahren mancherlei gewohnt, wollte gleichwohl seinen Augen nicht trauen. Nicht nur, daß der abscheuliche, krumme und bei seinen gichtischen Gebrechen sicher nicht starke Kerl sich der Frau mit der Fesselung ihrer Hände auf dem Rücken versichert hatte; jetzt band er noch seelenruhig das Ende des Strickes, das er bis dahin gehalten hatte, um einen Baum, als bedeutete es ihm zuviel Mühe, dieses absonderliche Haustier mit eigener Hand zu halten, um sich dann gemächlich auf einen verwitterten Hackklotz zu setzen und, von Zeit zu Zeit ausspuckend, vor sich hin zu starren, während die Gefesselte und Gefangene in dem engen Gärtchen ziellos bald ein paar Schritte hierhin, bald dorthin tat, dabei fortwährend den Strick hinter sich herschleifend, bis sie sich – müde oder ratlos – einfach auf den Boden niederkauerte und in die Blütenpracht der Bäume rundum starrte. Sie stand und ging nicht mehr auf ihren eigenen, vielleicht müden Füßen; sie erging sich mit ihren Blicken, und Traubenberg hatte Muße, ihr Gesicht zu betrachten: ein junges, ob auch verhärmtes, bleiches Gesicht, dessen Augen ihn auch auf die Entfernung seltsam mandelförmig dünkten und das die dunklen Haare eng anliegend gekämmt umrahmten – bis er sekundenschnell auf einem Fuße vom Fenster zurücktrat, denn ihre Blicke waren einander begegnet.

Er empfand seine Zuschauerrolle als etwas Würdeloses, läutete der Ordonnanz und befahl der mit mißmutiger Einsilbigkeit, sie solle zum Torturm nebenan gehen und ausforschen, was es mit diesem absonderlichen Weidegang auf sich habe. Als die Ordonnanz gegangen war, versuchte er durch eine Spiegelung im Fenster, der er gewahr wurde, zu erfahren, ob die gefangene Frau und ihr Wächter immer noch im Garten seien. Ja, sie waren es; nur sah er es in der erblindeten Scheibe so undeutlich wie in fließendem Wasser, und die am Boden Kauernde mochte wohl auch jetzt sein Fenster im Auge behalten; aber nach einer Weile schepperte durch die abendliche Stille das Läuten einer Glocke – die Ordonnanz! fiel Traubenberg ein –, und während er rasch wieder ans Fenster trat, sah er halb im Spiegelbild und halb mit einem unmittelbaren Blick aufs Geschehen, was sich in den nächsten Sekunden da unten zutrug.

Der vor sich hinplierende Wächter, vom Läuten wie aus dem Schlaf geweckt, sprang auf und versuchte, die Gefesselte mit gewalttätigem Ziehen am Strick zum Aufstehen zu bewegen, damit er sie in den Turm treiben könne. Die Gefangene schrie ein paarmal unterdrückt auf, weil das heftige Ziehen an dem

Strick ihr die Arme aus den Achseln zu reißen drohte, und versuchte, jämmerlich in der Richtung auf ihren Büttel hinkriechend, rasch aufzustehen, wobei sie jedoch mehrmals das Gleichgewicht verlor und wieder zu Boden sank, während zugleich der Wächter, nachdem er sich mit einem Blick überzeugt hatte, daß diese Gefangene ihm schwerlich entfliehen würde, sich dafür entschied, dem Läutenden sogleich zu öffnen, ohne zuvor die Gefangene wieder eingebracht zu haben, und sich zum Eingang in den Torturm trollte. In diesen Augenblicken waren Traubenberg und die Unbekannte allein.

Er war ans Fenster getreten, aber er blieb dort - zum Unterschied von jener Sekunde, da ihre Blicke zum erstenmal einander begegnet waren. Er hielt es aus, wie sehr er sich innerlich auch dafür anklagte, ihr mit der Entsendung der Ordonnanz die Schmerzen bereitet zu haben, unter denen sie aufgeschrien hatte. Vom Duft der blühenden Bäume, die jetzt, vom Licht verlassen, gleich Firnschnee wie aus einem inneren Widerschein zu leuchten begannen, stand er da, gleichsam berauscht, mit bis in die Schläfen pochendem Herzen und versuchte nur, mit mehr als seinen Augen zu erkennen, was für ein Gesicht es war, das da unten zu ihm aufgewandt blieb - schwankend über einem Körper, dem die auf den Rücken gefesselten Hände keinen Halt und keine Sicherheit gewährten. Es war ein junges Gesicht, meinte er - oder nur so alt, wie auch jedes junge in einer Gefangenschaft zu werden vermag; es war nicht bittend oder gar flehend zu ihm gewandt, nein, es blickte ihn nur an als ein erstes menschliches Gegenüber.

Traubenberg war tief verwirrt und zugleich, wie er mit einem eigentümlich selbstlosen Glücksgefühl empfand, völlig über sich hinaus erhoben. Dies allein war es wohl, was ihn ausharren ließ. Es kam, empfand er, jetzt auch gar nicht mehr darauf an, ob das da unten eine ganz verworfene Hure oder Diebin oder Mörderin war, sondern einzig und allein darauf, daß sie dafür bestimmt worden waren, Auge in Auge einander begegnen zu müssen. Gott hatte seinen Menschen ja auch nicht gewährt, immer nur Gleichartigen zu begegnen, genausowenig, wie seine Offenbarung nur für jene geschehen war, die ihn danach zu lieben und ihm nachzufolgen begonnen hatten. Aber auch mit allen Einschränkungen, die er auf der Stelle hätte machen können - nie und nimmer hätte er glauben mögen, daß die Augen, die zu ihm emporblickten, einer Hure oder Mörderin gehörten. Er hatte das undeutliche Gefühl, in ein Geheimnis eingefordert zu werden, von dessen Folgen er sich in diesen Augenblicken überhaupt keine Vorstellung zu machen vermocht hätte – eingefordert in einen anderen Menschen, den er gar nicht kannte und der ihm zugleich über Sinn und Verstand ging. Er war nicht verliebt, der Dreiundfünfziger, die Zeit seiner Amouren lag noch weiter zurück als der Tod seiner Frau an der großen Kontagion, der ihn aus Livland vertrieben hatte. Darum befragt, hätte er nichts anderes sein wollen als ein Kavalier mit Herz gegenüber dem Leid in einem anderen Menschen, dem nur einen Arm bieten zu brauchen, anstatt von ihm mit in das unergründliche Geheimnis des Leidens hinuntergezogen zu werden, immer noch eine große Gunst der Vorsehung war.

Nach einer Weile schlich sich von links her wieder der schnauzbärtige Alte in das Bild ein und schien zu der Frau ein paar Worte zu sagen, doch beachtete sie das nicht und blickte weiter zu ihm auf, so daß der Alte zu seinem Hackklotz ging, und im nächsten Augenblick war Traubenberg sehr gegen seinen Willen genötigt, ins Zimmer zurückzutreten, denn die ausgesandte Ordonnanz kam zu ihm, obschon er sich später immer wieder mißmutig vorhielt, er hätte sie ja am Fenster stehend empfangen können. Nur war ihm das gegen eine Art Scham und Delikatesse gegangen oder als wäre die Fremde schon eine Art Geheimnis von ihm. Als aber die Ordonnanz Meldung erstattet und er durch ein paar Fragen noch etliches mehr erfahren hatte und ans Fenster zurückging, war der Garten zur Linken leer. Traubenberg starrte in das ärmlich bewachsene Geviert und blickte dann, als sich auch nach geraumer Zeit kein lebendes Wesen mehr da unten gezeigt hatte, finsteren Gesichts in die blühenden Bäume, um welche die Dämmerung zu spinnen begann, während ihre Düfte nur noch stärker, von denen vieler anderer blühender Stauden untermischt, zu ihm aufstiegen. Die ersten fahlen Nachtfalter begannen um die offenen Fenster zu flattern und schlugen gegen die Scheiben…

Das ging ihm nicht ein, nie und nimmer ging ihm das ein! dachte er. Das waren der Argwohn und die Bösartigkeit des Aberglaubens, die sich ein schutzloses Opfer suchten, um ihre ohnmächtige Wut über alles ausgestandene Unglück an irgendeinem Wesen auslassen zu können und damit, wie es die finsteren Heiden heute noch taten, ihren beleidigten Gott für sich zu versöhnen. Damit die Kühe wieder kalbten, die Weingärten sprossen, die Fische laichten, kein Hagelschlag mehr das Korn traf und kein Frost die Blüten verbrannte... Das war nicht wahr, das war nicht wahr, das konnte nie und nimmer die Wahrheit sein! Sie – eine Erzmalefikantin, die auf den Scheiterhaufen gehörte, obschon sie bis eben noch nicht habe gestehen wollen? So hatte es die Ordonnanz erfahren. Eine Zauberin und Hexe aus der Fremde, die erst seit kurzem hier gewohnt, aber schon vermocht hatte, das Vieh gelt zu zaubern und den Leuten zu allem, was Gott ihnen an Plagen und Züchtigungen schickte, noch ihres Teufelsbuhlen Blendwerk auf den Hals zu laden...? In einem höllischen Wagen, von sechs Katzen und gegen sechzig Ratten gezogen, habe man sie bei Nacht um die Kreuzwege und durch die Rebberge fahren sehen!

Traubenberg schlug mit dem Stiefel zornig gegen das Mauerwerk unter dem Fenster und begann dann rasch auf und ab zu gehen. Was, fragte er sich, was wurde aus solch frevelhaftem, tödlichem Unsinn, wenn er sich da nicht ins Mittel legte? Aber durfte er das? Reichte die Vollmacht, die ihm der Marschall erteilt hatte, dazu noch aus? Und..., kannte man nicht die Empfindlichkeit von Magistraten, wie kümmerlich ihr Recht hier auch war, wenn ihnen Soldaten die Justiz auf ihre Weise abnahmen? Das waren der Krone von Frankreich Land und Untertanen, wurde der Marschall nicht müde zu bedeuten. Gewiß, gewiß, aber er war ebenso gewiß der königlichen Majestät von Frankreich Soldat in einem weimarischen Regiment. Nur war er kein Theologe, der sich, weil er über Gott nichts wußte, desto phantasiereicher über den Teufel auslassen konnte, und kein listenreicher Rechtsverdreher vor einem Blutgericht, sondern hatte das Blut – fremdes und eigenes – immer nur mit dem ehrlichen Säbel vergossen...

Er trat noch einmal ans Fenster, aber der Garten des Torturms war und blieb leer. Mit einemmal stand ihm der Schweiß auf der Stirn. Er schob es auf die ungesunde Witterung, welche der Kälte und Regennässe gar zu rasch die sommerliche Wärme hatte folgen lassen, und wollte sich nicht eingestehen, daß es im selben Augenblick geschehen war, da er sich gefragt hatte, ob die Zauberei nicht schon damit offenkundig sei, wie dieses wildfremde Weibsmensch über die große Entfernung hin vermocht hatte, alle seine Aufmerksamkeit und Gedanken für sich mit Beschlag zu belegen…? Doch gewann dieser Argwohn keine Macht über ihn und hatte auch keinen Wirklichkeitsrang, denn den ganzen Abend hindurch verließ ihn das Bild der Gefangenen nicht, wie sie mit gefesselten Händen den Strick hinter sich herschleifte, niederkauerte, in die blühenden Bäume hinaufsah, zu ihm sah…, zu ihm…, wie der Alte sie beim Strick jählings zu sich gerissen, wie sie da aufschreiend versucht hatte, dem Schmerz damit zu entfliehen, daß sie in jene Richtung kroch, in die es sie riß…, und wie sie dann, allein gelassen, unverwandt zu ihm hingeschaut hatte. Wie lange, wußte er nicht. Lange, lange. Ihm kam es vor, als sähe sie auch jetzt durch Mauern und Wände hindurch zu ihm.

Traubenberg wußte von allen Marketendereien der Armeen, bei denen er im Feld gestanden hatte, daß kein Mann je so tief sinken kann wie eine Frau. Aber in keinem Manne konnte die göttliche Schöpfungsordnung auch je so tief gekränkt und beleidigt werden wie in der Erniedrigung und Beleidigung einer unschuldigen Frau. Und eben das war es, was ihn mit dem Bild der Gefesselten auf ihrem absonderlichen Weidegang, mit ihrem Schmerz und dem Am-Boden-Dahinkriechen verfolgte! Hier war, fühlte er undeutlich, nicht der Oberstleutnant Rausch von Traubenberg aufgefordert, ein Kavalier zu sein, sondern in einem tieferen Geheimnis hatte Gottes Adam für Gottes Eva einzustehen, mochte der Baal des Aberglaubens noch so sehr toben.

Er schob die fiebrige Unruhe einer schlecht geschlafenen Nacht, aus der er schweißgebadet erwachte, auf das Wetter und den zu starken Blütenduft in seinem Zimmer und befahl, die Fenster fortan tagsüber geschlossen zu halten. Doch verhielt er, als er im Sattel saß, schon nach wenigen Schritten sein Pferd und fragte seine Leute, ob dieser Torturm hier das Gelaß für die Missetäter enthalte, die man dingfest gemacht. Sie - und namentlich jener, den er am Vortage als Boten ausgeschickt - bestätigten es ihm. Traubenberg legte den Kopf in den Nacken, daß die Krempe seines Federhutes sich flach an den Rücken anlegte, spähte in die Höhe des Turms, wo ein paar Fenster die Wohnung eines Wächters verrieten, und betrachtete dann finsteren Blickes ein paar tiefe, schmale Scharten im Mauerwerk, die mehr als mannshoch über dem Pflaster lagen und deren Gitter in der Finsternis am Ende kaum noch zu erkennen waren. Von der Straße her war auch nicht das kleinste Pförtchen zu sehen. Der Zugang mußte im Geheimen vom Innern der Wehrmauer her liegen. Das verdroß ihn besonders, er gab sich keine Rechenschaft darüber, warum, und fragte seine Leute nach dieser Besonderheit aus. Jener, der gestern die Ordonnanz gemacht, gab ihm da den Bescheid, der einzige Zugang, den er ausfindig gemacht und gestern benutzt habe, liege etliches entfernt neben dem Turm in der Mauer hinter einem Fallgitter, und man habe von dort genau so weit im Halbdunkel zurückzugehen, wie man an dem Turm vorbeigegangen sei, bis man – vermutlich zu ebener Erde – ans Gelaß des Büttels gelange. Es sei ein rechter Maulwurfsgang, dessen Wände von Feuchtigkeit trieften, weil die winzigen Scharten in der Wehrmauer zu wenig Luft hereinließen, und aus der halbdunklen Kammer des Büttels, die nur nach dem Garten zu Fenster und Tür besitze, führe, wie er erkannt zu haben meine, noch eine Treppe in den Keller hinab. Nach oben hin winde sich eine schmale Stiege zum Gelaß des Türmers.

Traubenberg sagte, er oder sie alle sollten das am Abend noch einmal genauestens auskundschaften, wenn die Leute das Spionieren eher für die Suche nach einem Schatz oder nach einem Schinken halten würden als bei hellichtem Tag. Fallgitter und dergleichen Hindernisse sollten sie unbrauchbar machen, daß man sie nicht mehr hinunterlassen könnte – nur sollten sie achtgeben, auf der richtigen Seite zu sein, wenn eins fiele, fügte er mit unfrohem Lächeln hinzu. Und dann war er wieder einen ganzen Tag unterwegs und ertappte sich bisweilen bei dem Gedanken, ob es wohl möglich sei, daß man eine Gefangene noch unter der Feuchte des Maulwurfsganges im Keller verwahre, oder ob man ihr nicht vielleicht doch ein trockenes Gelaß im oberen Turm eingeräumt habe. Was für Anweisungen er seinen Leuten erteilt und wie sehr er sich ihnen damit in die Hände gegeben hatte, wurde ihm auch erst jetzt klar. Der, den er gestern als Ordonnanz ausgeschickt hatte, mußte doch meinen, er wolle den Turm im Sturm oder mit List erobern und die Gefangene darin befreien. Das machte ihn über sich selbst verdrossen, und zugleich war ihm doch, als hätte er, wenn er nicht selbst den Kundschafter spielen wollte, gar nicht anders handeln können. Er war froh, daß seine Dienstobliegenheiten ihn am Abend eben dieses Tages zum Dechanten des Städtchens führten, weil die Pfarrherren im Dekanat Klagen gegen die Dragoner erhoben hatten, denen er zu gütlichem Ausgleich nachgehen wollte, obschon er sich nach allem, was er in Erfahrung gebracht hatte, von der Standhaftigkeit der geistlichen Herren nicht viel versprach. Und dieser Dechant, schien ihm, war wohl auch nur um seiner exemplarischen Schwäche und Lauheit willen der Sprecher seiner Brüder im Herrn. Wohl verteidigte er die Güter der Leutpriester und Fronhöfe gegen die Kontributionen, welche die Dragoner ihnen abgenötigt, und zankte Traubenberg aus, als hätte der alle Mädchen geschwängert, die sich ihren Seelsorgern im Beichtstuhl anvertraut, von Schlimmerem und ganz Schlechtem zu schweigen, doch als dieser seines Erlebnisses am Vortage Erwähnung tat und sich vorderhand behutsam nach dem Stand des Zauberunwesens im allgemeinen erkundigte, merkte er, daß der Dechant wortkarg wurde.

Das Schlimmste, meinte er, sei wohl überstanden, gottlob. Die himmlische Vorsehung habe auch zuviel Menschen hinweggenommen, als daß den Übriggebliebenen noch viel Zeit und Lust geblieben sei, dem Teufel mit Zauberunwesen zu dienen. Fremdes Volk freilich…

Traubenberg vergewisserte sich, ob die Gefangene, die er gesehen, eine Fremde sei.

So müsse man sie wohl nennen, erwiderte der Dechant. Sie habe erst an die sechs Wochen im Städtchen gewohnt gehabt, als man ihrer Zauber- und Hexenkünste innegeworden sei und sie unter Anklage in Gewahrsam genommen habe.

Woher sie gekommen sei, wollte Traubenberg wissen.

Darüber, erwiderte der Dechant, liege noch ein Geheimnis, und ihr selbst sei nichts zu entlocken. Nur müsse sie, nach allem zu schließen, eine Person von Stande sein, die wie so viele Menschen in diesen Zeiten ins Unglück geraten sei.

Ob es dann aber nicht genügt hätte, sie der Stadt zu verweisen, und ob er, den man doch sicher als geistlichen Berater hinzugezogen habe, denn wirklich an die Ammenmären von dem Wagen mit den sechs Katzen und den sechzig Ratten glaube.

Der Dechant machte ein süßsaures Gesicht.

Sie nur der Stadt zu verweisen, hätte dem empörten Bürgersinn nicht genügt, sagte er, und es sei ja auch etwas Erhebendes, wenn die Frömmigkeit mit Entschiedenheit gegen den Teufel und alle seine Werke auftreten wolle. Wie sich das mit den sechs Katzen und den sechzig Ratten verhalte, wisse er freilich nicht, denn er liege bei Nacht in seinem Bett, solange die Kriegsfurie ihm das nicht noch einmal wieder genommen habe, und danke Gott dafür.

Wie unverhohlen eifrig Traubenberg auch in ihn drängte – er bekam nicht viel mehr zu wissen und sollte sich damit abzufinden haben, daß man ihr den Prozeß machen würde, mit allen Mitteln, die es nur gab, ein Geständnis zu erhalten, und daß sie ihre gerechte Strafe würde erleiden müssen, wenn sie ihres crimen überführt worden sei. Die Hauptsache war, daß sie dereinst bußfertig starb, wenn sie ins Feuer der Gerechtigkeit ging, nachdem sie zum Verderben ihrer Mitmenschen so schändlich dem Meister der höllischen Flammen gedient…

Traubenberg brach der Schweiß aus. Wann man das Urteil erwarten könne, erkundigte er sich.

Danach wurde der Dechant unerwartet gesprächig, diese Frage hatte in ihm den Theologen geweckt. Das, sagte er, hänge ganz davon ab, wann das Domkapitel sein Gutachten abgebe. Und liefe dies darauf hinaus, daß auch an einer Schwangeren ein Urteil, gleich welcher Art, zu vollstrecken sei und ihre Leibesfrucht mit ihr zu leiden habe, weil kein Gefäß, das unrein sei, noch einen reinen Inhalt bergen könne, der zu christlicher Hoffnung berechtige, dann werde man wohl bald zur Verhandlung schreiten, und Urteil und Vollstreckung würden rasch folgen. Widersage das Gutachten aber solcher Auffassung und danach geübtem procedere und statuiere das Erbarmen Gottes und seine Gnade, die auch in schlechten Früchten den Keim zu guten Nachkommen nicht unmöglich machten, weil ja bei Gott kein Ding unmöglich sei, dann werde man das Gericht vertagen, bis sie ihr Kind geboren habe, und erst danach den Spruch über sie fällen, der dann das Kind nicht in Mitleidenschaft ziehen würde – außer daß es eben seine leibliche Mutter verlöre…

Traubenberg hatte sich einmal übers andere den Schweiß von der Stirn trocknen müssen und auf des Dechanten musternden Blick etwas von der Abendschwüle gemurmelt.

»So… so erwartet sie also ein Kind?« stieß er hervor.

Der Dechant nickte.

Traubenberg schilderte mit sich überstürzenden Worten noch einmal, wie er sie auf ihrem Weidegang beobachtet und welchen

Eindruck ihm ihr Schmerzensgeschrei und das Reißen an ihrer Fessel gemacht hatte.

»Er meint es nicht so böse, der Meister«, entschuldigte der Dechant ihren Büttel, »aber ich will ihm sagen, daß er gelinder verfahre. Nur fürchtet er sich sicher vor ihr...«

»Der?« rief Traubenberg, »ein Mann, wie alt er auch sein mag...!«

»Auch über alte Männer haben so junge Frauen Gewalt«, entgegnete der Dechant mit vieldeutigem Lächeln, das auf Traubenbergs nach seiner Meinung gewiß unziemliche Anteilnahme an der Zauberin anspielte.

Traubenberg schüttelte finster den Kopf. »Ist es«, fragte er nach einer Weile störrisch, als wollte er die Antwort eigentlich gar nicht hören, »ist es ein eheliches oder ein uneheliches Kind?«

»Sie sagt, es sei in Ehren empfangen. Wörtlich so: in Ehren empfangen. Wird es überhaupt je geboren, so wird's in der Unehre des Kerkers sein. Aber wo ist in solchen Zeiten die Ehre der Frauen! Jeder Dragoner...«

Traubenberg hatte schon den Mund aufgetan, um zu antworten, da schlug er's mit der Hand aus und wandte sich zum Gehen. Der Dechant geleitete ihn bis zur Haustür, und auf dem kurzen Weg dahin sagte Traubenberg sich, daß er klug sein und den Dechanten nicht vergrämen dürfe, wenn er sich dieser Wissensquelle nicht selbst berauben wollte. Also fing er vor der Tür unvermutet noch einmal von ihren ersten Traktanden an und versprach dem Dechanten für die Güter der Pfarrherren mehr, als er selber zu halten gesonnen war, um ihn nur günstig zu stimmen. – »Sonderbar«, meinte er zum Schluß mit mehr gespielter als echter Nachdenklichkeit, »will mir nur scheinen, daß niemand weiß, woher sie gekommen ist.« – Er meine die Gefangene, fügte er erklärend hinzu, als er den Dechanten begriffsstutzig sah.

»Ach so!« sagte der. »Ja, aber sie will es nicht sagen.«

»Und ich«, sagte Traubenberg und sah den Dechanten dabei mit einem bedeutungsvollen Blick an, »ich meine, ich habe jemanden in ihr erkannt... Ich meine nur«, wiederholte er mit Nachdruck. »Der Abstand war zu groß.«

»Wen?« fragte der Dechant. Es klang nicht sehr gespannt, ja, vielleicht durchschaute er den prahlerischen Betrug, und Traubenberg, mehr und mehr überrascht von sich selbst, aber gewillt,

587

das Spiel zu Ende zu führen, das er angefangen hatte, mochte es ihm auch am Ende nichts als Schimpf und Schande eintragen - Traubenberg erwiderte leise und mit Nachdruck, das werde er dem Herrn Dechanten sagen können, wenn er sie einmal von nahem habe sehen dürfen. Als Bevollmächtigter des Marschalls besitze er doch die Erlaubnis dazu? - Er wartete keine Antwort ab.

Behalte er mit seinem Verdacht recht, dann betreffe das in gewisser Weise auch die Armee, log er kühn, und sei er im Irrtum, dann habe seine Augenscheinnahme gar keine Bedeutung. - Werde sie im Keller gehalten oder im oberen Turm?

Das, sagte der Dechant, etwas mühsam ausweichend und dem Anschein nach von der Unternehmungslust Traubenbergs eher konsterniert als erfreut, das wisse er nicht. Er sei ja nur für das geistliche Wohl der Malefikantin bestellt...

Er konnte aber nicht sehr darum bemüht gewesen sein, sagte sich Traubenberg später, wenn er jetzt noch nicht wußte, wie und wo im Turm sie lebte. Also hatte er sie höchstens in der Kammer des Büttels gesprochen.

Er kam an diesem Abend zu spät in das Haus der Komturei, als daß er hätte erwarten dürfen, die Gefangene wiederzusehen. Schon war auch die Dämmerung so tief, daß nicht mehr viel in den Gärten zu erkennen war - nicht viel mehr als die blühenden Bäume, deren jeder einzelne wie ein Bukett für sich prangte, weil der dunkle Stamm mit der Dunkelheit verschmolz.

Traubenberg, weil ihn die Luft der Zimmer unerträglich dumpf dünkte, öffnete selbst alle Fenster und genoß es, daran auf und ab gehend, wieder so gut wie draußen zu sein, während er mit unsteten Gedanken den Tag überschlug. Er machte sich klar, daß er gar nicht viel Zeit besaß. Spätestens nach drei Tagen hatte er keinen triftigen Grund mehr zum Bleiben. Er hatte dann erreicht, was er gewollt und was die Instruktion des Marschalls ihm aufgetragen hatte. Und dann?

Im Wissen darum, daß seines Bleibens nicht lange sei und daß er bald scheiden müsse, trat er an eins der Fenster, stützte beide Hände aufs Sims und sah mit trübem Blick in den Garten hinunter. Dann... Dann würde irgendwann einmal das Gutachten des Domkapitels eintreffen, und die Herren Theologen würden, wie sie meinten, von Gott her entschieden haben, wie mit dem armen, sündigen Menschen und seinem Kind, das er unter dem Herzen trug, auf dieser Welt zu verfahren sei. Und dann...? Dann würde entweder gleich ein Scheiterhaufen entfacht werden, oder das Verlies würde sich noch ein paar Monde länger um zwei Menschen in einem schließen, bis der eine sich vom anderen für Zeit und Ewigkeit schied. Denn ein Scheiterhaufen würde in jedem Fall brennen, das verlangte ›der gekränkte Bürgersinn‹, an dem so viel ›Erhebendes‹ war, und irgendein Kloster oder ein Waisenhaus würde endlich einmal einen leibhaftigen Findling der theologischen Irrtümer beherbergen... So war's, so würde es sein – die Verhöre, die Foltern, das Urteil, die Leiden in Rauch und Feuer nicht einberechnet, und nicht den Schmerz im Abschied von dem ›in Ehren empfangenen‹ Kind... Traubenberg beugte sich vor, als drückten ihn ungeheure Lasten über das Sims. Im Bruchteil einer Sekunde war ihm, als könnte er frei und selbstlos in das Herz der Finsternis aller menschlichen Schuld und Verdammnis blicken, von denen er in den vergangenen Jahren schon so viel gesehen, und das Deutlichste, was er dabei empfand, war seltsamerweise ein großes Heimweh nach Livland, als gäbe es dort dergleichen nicht. Die Liebe aber, die Liebe zu dem Land seiner Väter war es, die ihn immer, wenn er hier Haß, Schuld und Unheil als seine Gegenüber erkannte, an das ferne Land im Nordosten der Welt zurückdenken ließ, und deshalb dachte er jetzt, da die schwülen Duftwolken aus den blühenden Bäumen zu ihm emporstiegen, auch daran, daß in diesen Nächten zu Haus am livländischen Nordstrand wohl der Faulbaum in Blüte stehen und bei der sprichwörtlichen Kälte des ›Faulbaum-Sommers‹ erschauern würde – in der geliebten Armut und Verlassenheit seiner Jugend, die auch nicht viel anderes als Kriege gekannt.

Er schreckte zusammen, als er drunten im Garten Schritte vernahm und gleich danach ein paar Gestalten unterschied. Als er sie ins Auge faßte, gewahrte er: es waren die drei von seinen Dragonern. Sie kamen, einer hinter dem andern, schweigend aus dem Dunkel und strebten, ganz zuletzt aufschließend, zu ihrem Quartier. Sicher hatten sie den ihnen aufgetragenen Kundschaftergang gemacht.

Und er täuschte sich nicht. Denn kaum im Haus, strebten sie zu ihm und berichteten. Die Knollfinken, sagten sie lachend, womit sie die meist Acker- und Weinbau treibenden Bewohner des

Städtchens meinten, hätten sich da einen ganz hübschen, verschmitzten Rattenkobel angelegt, es sei schon so, wie ihr Kamerad gesagt habe, und der Bau habe tatsächlich nur den einen versteckt gelegenen Zugang mit dem Fallgitter, das nach ihren Manipulationen jetzt in alle Ewigkeit nicht mehr fallen könne; ob einen geheimen Ausgang vom Keller unter dem Gelaß des Büttels her, wüßten sie nicht, doch sei das wohl zu vermuten, denn wer sicherte sich nicht einen zweiten Ausgang, wenn ihm der erste, der zugleich Eingang sei, abgeschnitten werde! Nur könne man den wohl erst ausfindig machen, wenn man einmal die ganze Fortifikation ungehindert bei Tage und mit Fackeln habe untersuchen dürfen. Sie hätten, wie ihnen der Herr Oberstleutnant befohlen, kein Aufsehen erregen wollen. Der Büttel scheine jedoch in dem Turmgelaß zu wohnen und obendrein beweibt zu sein, denn durch die Tür, wie dick und bewehrt die auch sei, hätten sie deutlich zwei Stimmen gehört, die eines Mannes und die einer Frau, die unverkennbar die Mundart dieser Gegend gesprochen hätten.

Traubenberg dankte ihnen für ihre Kundschafterdienste und fügte hinzu, es werde sich wohl herausstellen, daß die sehr nötig gewesen seien, denn hier werde, wie er gemerkt habe, ein übles Spiel getrieben - mit Menschen überhaupt und nicht nur mit Soldaten. Vielleicht werde er einmal ihre Hilfe brauchen, weil sie die Ortskundigsten seien.

Sie erwiderten, der Herr Oberstleutnant solle es ihnen nur sagen, wann sie nötig seien, sie wollten das Rattennest schon auszuräuchern wissen, wenn es darin auch, dem Anschein nach, nicht viel Beute zu machen gebe.

Die Beute, sagte Traubenberg, könne er ihnen dann aufwiegen - außerdem sei mit Gold nicht immer das Beste erobert. - Jetzt sollten sie ihm noch etwas zu trinken bringen - und wenn sie dazu auch Meßwein aus dem Keller des Pfarrhauses zapfen müßten [das hatten die Dragoner allenthalben reichlich getan, wie er noch heute vom Dechanten vernommen], sagte er in einer Anwandlung von Leichtsinn aus seiner Verzweiflung, und dann wolle er früh schlafen gehen, denn der Tag habe ihn bei dieser Hitze recht ermüdet.

Als er am folgenden Morgen ausgeruht erwachte und die Fenster weit öffnete, daß der Gesang der Vögel in den Gärten ihn mit einer Lautstärke überfiel, wie kein Mensch sie so kleinen

Kehlen hätte zutrauen mögen, hatte er das Gefühl, sein Inneres habe sich während der Nacht und des Schlafes für keinen Atemzug von jenen Vorsätzen getrennt, die er heute zu verwirklichen entschlossen war, ja, als sei er nur noch inniger mit ihnen verwachsen, so wie die unbekannte Gefangene schon ein Stück seiner selbst geworden zu sein schien. Doch schon im nächsten Augenblick hielt er den Atem an, und seine aufgestützten Arme begannen unter dem Gewicht des ganzen Leibes zu zittern. Abermals sah er den Weidegang, und in dieser frühen Morgenstunde noch abscheulicher als beim erstenmal, denn es war eine alte Vettel [die Frau des Büttels! war ihm sofort klar], welche nicht müde wurde, auf die gefesselte Gefangene loszukeifen, wenn jene nicht mehr gehen, sondern sich niedersetzen wollte. Bei jedem ihrer Scheltworte riß sie, um ihrem Befehl Nachachtung zu verschaffen, an dem Strick, so daß die Gefesselte Mal für Mal einen grausamen Schmerz erdulden mußte, wenn sie nicht imstande war, den Abstand zwischen sich selbst und der Wächterin rascher zu verkürzen, als jene am Strick nachgreifen konnte.

Traubenberg geriet außer sich. Die Mißhandlung einer Frau durch ein Wesen von gleichem Geschlecht, wie alt und hexenhaft auch immer, dünkte ihn widerwärtiger als alles andere. »He!« rief er heiser und beugte sich aus dem Fenster vor.

Die Gefangene blickte auf, die Alte plierte zu ihm hin und ließ den Strick schlaff hängen. Traubenberg hielt beider Blicke ein paar Sekunden lang stand, dann trat er vom Fenster zurück und begann eilends Toilette zu machen. Als er der Ordonnanz läutete, verlangte er statt des Morgenimbisses, daß sie ihn sofort zu dem Eingang in den Turm führe.

Der Dragoner staunte, sagte aber kein Wort und ging seinem Oberstleutnant voran. Traubenberg ernüchterte auf der Straße aus einem Rausch von Wut, aber er wollte eben nicht denken und schritt sporenklirrend rasch neben der Ordonnanz einher. Beim Eingang in die Mauer, wo er das Fallgitter flüchtig musterte, hieß er den Dragoner zurückzugehen und ihm das Morgenessen bereitzumachen. Er wisse ja aus ihren Beschreibungen, wie er hier drinnen zum Ziele komme.

Tatsächlich bereitete es ihm keine Schwierigkeiten. Nur den Glockenstrang mußte er im Halbdunkel eine Weile suchen. Als er geläutet hatte und die schwere, eisenbeschlagene Tür sich auftat, stand die alte Vettel ihm allein gegenüber.

Wo ihr Mann wäre, der Büttel, fragte Traubenberg unwirsch auf deutsch und dann auf französisch, das die Alte besser zu begreifen schien als sein Deutsch.

Der sei im Weinberg, versicherte sie eingeschüchtert, musterte ihn aber argwöhnisch unter ihren grauen Haarsträhnen her von oben bis unten.

Dann solle sie ihn sofort zu der Gefangenen führen, der Zauberin, die sie noch eben im Garten geweidet.

Die Alte schien unentschlossen, denn sie wich nicht von der Tür, die sie mit beiden Händen festhielt, als könnte sie auch auf den Gedanken kommen, sie ihm vor der Nase zuzuwerfen, und Traubenberg trat rasch einen Schritt vor, um sich die Schwelle gegen eine Unberechenbarkeit der Alten zu sichern.

»Wird's bald!« herrschte er sie an.

Sie wich zurück. Jetzt war er gespannt, wohin sie sich wenden würde, und er ließ kein Auge von ihr. Sie ging… Nicht in den Keller, zu dem er den Einstieg durch eine Falltür im Boden deutlich zu unterscheiden vermochte; auch nicht zur Treppe, die mehr wie eine Leiter in die Höhe führte; hinter diesem Gelaß war ein zweites, durch eine ebenso schwere Tür wie die des Eingangs gesichert, aber ohne Fenster, wie dies doch wenigstens eins besaß, und dazu die Tür, die in den Garten führte, wahrscheinlich nur durch ein paar hochgelegene Scharten mit der Außenwelt in Verbindung…

Traubenberg, ein paar Schritte weitergegangen, blickte, als die Alte geöffnet hatte, in eine, wie ihm vorkam, völlig dunkle Höhle, in welcher er nichts unterschied. Dann hörte er die Alte sprechen. Es war von Schnell-Aufstehen die Rede, jedoch ohne Geschimpf, soviel verstand er. Gleich danach kam die Alte zurück und ging, ohne ein Wort zu sagen, an ihm vorbei in den Gang hinaus. Als sie die Schwelle hinter sich hatte, meinte Traubenberg hören zu können, wie sie eilte. Sie holt Hilfe, dachte er, oder sie versucht vorsorglich, das Fallgitter niederzulassen. Beim Gedanken daran mußte er lächeln. In der Tür zum Garten, sah er, steckte kein Schlüssel, und das sehr kleine Fenster daneben war schwer vergittert. Aus der dunklen Höhle aber, die sie ihm geöffnet, kam niemand.

Er wußte nicht, was er tun sollte. Um seine Anwesenheit zu erkennen zu geben, räusperte er sich. Aber auch danach blieb der Eingang in die Finsternis leer.

Er sah sich um und betrachtete die ärmliche Wohnung: ein filziges, zweischläfiges Bett, Tisch, Stühle, ein Schrank und zwei riesige, mit Eisenbändern beschlagene Truhen. In der Ecke die Herdstatt, auf der ein paar über der Glut geröstete Maiskolben lagen, die schon halb abgenagt waren. Schon dies dünkte ihn ein Gefängnis, aber das eigentliche Gefängnis lag ja dahinter! Nun packte ihn Ungeduld, nicht zuletzt weil er fürchtete, die Alte könnte mittlerweile die Obrigkeit alarmieren, und er hätte ein Dazwischentreten Dritter zu gewärtigen, die ihn nach seinen Vollmachten befragen würden.

»Madame!« sagte er halblaut und trat auf die Schwelle zur Finsternis. Er hörte, als er das eine Wort gesagt hatte, nur das leise Rascheln von Stroh. Noch hatten seine Augen sich an die Dunkelheit nicht genug gewöhnt, daß er etwas zu erkennen vermocht hätte.

»Madame!« wiederholte er mit heiserer Stimme, »wollen Sie kommen? - Können Sie kommen?« fügte er rasch hinzu. »Ich warte.«

Er trat einen Schritt zurück. Seine Lage kam ihm jetzt, je mehr er aus dem Rausch seines anfänglichen Zorns ernüchterte, desto aberwitziger vor. Was tat, was wollte er hier!? Eine Gefangene befreien, die gar nicht kam und ihre Freiheit vielleicht verschmähte? Aber dann... Dann mußte man sie in den Wochen, die man sie hier schon hielt, zerbrochen haben, denn kein vernünftiges Wesen verschmähte die Freiheit!

Mit einemmal hörte er eine Kette über den Boden schleifen, und kaum hatte er das gehört, da wich er unwillkürlich einen Schritt zurück, denn im Eingang zur Finsternis, die ihm immer mehr wie ein Bergwerk vorkam, war die Gefangene erschienen: ohne Fesseln, mit beiden Händen sich an der Türleibung zur Rechten und zur Linken haltend und zwinkernd in das für sie ungewohnte Licht schauend.

Traubenberg vermochte sich auch nicht um einen Zoll zu bewegen. Er starrte sie an, als wäre sie nur ein Gespenst und gar nicht leibhaftig. Immer noch sah er sie mit den Augen, die ihrem Blick vom Fenster her standgehalten hatten, und zugleich verließ ihn keinen Augenblick das Bewußtsein, daß sie ein Kind unter dem Herzen trug. Um so mehr ergriff ihn ihr Anblick und wie ihre Lippen sich um ein Weniges öffneten, als hätte sie ihm einen unhörbaren Gruß gesagt. Sie war von mittlerer Statur, die

Kleidung mußte ehemals sehr stattlich, beinahe kostbar gewesen sein, doch war die Seide jetzt verknittert und statt mit Pailletten da und dort mit Strohhalmen behangen. Das blasse Gesicht hätte großen Liebreiz ausstrahlen können, wenn es nicht so deutlich die Spuren der Gefangenschaft getragen hätte, aber ihre dunklen - ja, er hatte richtig gesehen: ungewöhnlich stark mandelförmigen - Augen waren von wunderbarem, tränenfeuchtem Glanz und gaben der ganzen Erscheinung in aller Erniedrigung der Unfreiheit eine schmerzliche Schönheit.

»Madame«, flüsterte Traubenberg auf deutsch und trat einen Schritt näher, »hält man Sie hier unschuldig gefangen?«

Sie sah ihn mit einem sprechenden Blick an, dann nickte sie ein paarmal rasch und fügte leise hinzu: »Aber ja, aber ja... Sie haben es gesehen, nicht wahr? Es sind böse Menschen.«

Ihr Deutsch klang Traubenberg fremdartig. Er hätte nach der Sprache nicht zu sagen gewußt, woher sie stammte. Ebenso rasch und beinahe flüsternd, als hätten sie Lauscher, sagte er, wer er sei. Und sie? Er habe vergeblich ihren Namen zu erfahren versucht und woher sie gekommen sei.

Statt einer Antwort schüttelte sie, wie in einem Verzicht halb die Augen schließend, den Kopf.

Warum, forschte er, solle das ein Geheimnis bleiben? Er könne ihr dann nur um soviel schwerer behilflich sein.

Sie antwortete nicht. - »Ich muß meine Strafe tragen«, sagte sie nach einer Weile leise, wie zu sich selbst. »Niemand anders soll es für mich entgelten.«

Sei sie aber wirklich unschuldig? fragte Traubenberg noch einmal drängend.

Über ihr bleiches Gesicht flog ein Schatten schmerzlichen Unmuts. »Gestern«, sagte sie mit festerer Stimme, »haben Sie ohne ein Wort nicht daran gezweifelt, glaube ich.«

Traubenberg mußte sich zugeben, daß sie recht hatte, und senkte beschämt den Blick. Geraume Zeit sprach keiner von ihnen ein Wort. Dann, ohne sich ihr auch nur mit einem einzigen Schritt zu nähern, sagte Traubenberg mit einemmal, von sich selbst überrascht: »Ich werde Sie nicht verlassen, Madame, nie! Vertrauen Sie auf meine Hilfe! Halten Sie aus!«

Er ging auf sie zu, ergriff einen Stuhl und trug ihn zu ihr, daß sie sich setzen könne, da ward er gewahr, daß eine Kette mit einem schweren Schloß um einen ihrer Knöchel beinahe straff gespannt ins Dunkel führte und daß sie also die ganze Zeit nur mit größter Anstrengung und Überwindung auf der Schwelle hatte stehen können, denn weiter als bis zur Schwelle reichte die Kette um ihren Knöchel nicht.

Das Erschrecken mußte sehr deutlich, für einen Mann beinahe beschämend deutlich, auf seinen Zügen zu lesen gewesen sein, als er den Stuhl linkisch in den Händen hielt und ihn schließlich dorthin stellte, wo ein Niemandsland zwischen ihr und ihm lag.

»Ich danke Ihnen, Herr Oberstleutnant«, sagte sie leise, kehrte sich ab und ging an der über den Boden hinter ihr nachschleifenden Kette ins Dunkel zurück.

Traubenberg war wie betäubt. Ein paar Augenblicke stand er ratlos da, dann eilte er mit dem verbissenen Vorsatz, mehr zu erfüllen, als sie sich von ihm versprach, beschämt und verwirrt den dunklen Gang in der Wehrmauer zurück. Als er der Helle des Tages beim Eingang mit dem Fallgitter ansichtig wurde, zögerte er jedoch. Es kam ihm widersinnig vor, aus einem Gefängnis mit offenen Türen davonzulaufen. Wie, wenn er umkehrte und…? Mit der Fessel, meinte er, mußte er fertig werden können. Im nächsten Augenblick fragte er sich, worauf er sich denn hier, in Dreiteufels Namen! eingelassen hätte. Und so offenkundig durfte er sich, wenn er Patent und Bestallung behalten wollte, nicht über die Justiz der Bürger hinwegsetzen. Da es der königlichen französischen Majestät Untertanen waren, würde er auch bei seinem Marschall keiner Nachsicht sicher sein können. Außerdem hatte die Alte ihn eingelassen. Sie wußte, wer er war, und würde sofort alle Obrigkeiten gegen ihn anrufen. Weit würde die Freiheit, um diese Stunde gewonnen, sie keinesfalls führen… Also ging er dem Ausgang zu. Das Fallgitter hing oben, niemand hatte es, während er mit der Gefangenen allein gewesen war, niedergelassen, und auch die Alte bekam er nicht mehr zu Gesicht. Mit finsterer Miene, wie seinen Dragonern auffiel, kehrte er in das Haus der Komturei zurück und schloß sich dort zum Morgenimbiß ein. Die Fenster befahl er - gegen die Tageshitze, die, wie er sagte, sich jetzt schon bemerkbar zu machen beginne - alle zu schließen.

Traubenberg hielt sich den ganzen Tag eingeschlossen und ritt nicht aus. Er versagte sich's sogar, ein Fenster zu öffnen und ließ den Sonnenglast hinter den dicht angezogenen Läden wabern.

Erst gegen Abend entsandte er einen Dragoner zum Dechanten und ließ sich bei dem für eine kurze Unterredung melden. Um diese Zeit, meinte er, werde es mindestens schon dämmrig sein. Er wollte das Städtchen bei hellem Licht meiden und wußte selber nicht, warum. Stundenlang saß er am Tisch und rührte gleichwohl keine Feder an, stundenlang lag er auf seinem Bett und starrte in das verwirrende, fortwährend zitternde Muster von Licht und Dunkelheit, das der Sonnenschein hinter geschlossenen Läden auf die Wände warf.

Er liebte sie nicht, er liebte sie nicht, statuierte er als ein sicheres Argument in seiner Verwirrung. Und wie hätte er sie auch lieben können oder lieben dürfen, da sie eben eines anderen Mannes Kind in den ersten Anfängen zu einem neuen Menschen unter dem Herzen trug! Doch wer war dieser Mann? Und warum hatte er sie diesem Unglück so schutzlos preisgegeben? Sie müsse ihre Strafe tragen, hatte sie gesagt, aber andere sollten nichts entgelten... Deshalb sagte sie ihren Namen nicht und gab keine Auskunft, woher sie kam. Also konnte es wohl nur ein Name von Rang sein.

Er liebte sie nicht, und dennoch mußte er ihr helfen, ja, wenn es darauf ankam, sein ganzes Leben einsetzen – und durfte zugleich nichts überhastet vornehmen, was ihren Fall zu einem seinen machte und falsche Verdachte erregen konnte. Wie bereute er jetzt seine zweite Frage, ob sie wirklich unschuldig sei! Er dachte zurück, und je länger er zurückdachte, desto unwirklicher kam ihm sein Besuch im Gefängnis vor. Die Alte, der angeknabberte Mais auf der Herdstatt, die straff gespannte Kette, die ins Dunkel führte..., hatte er das nicht alles geträumt?

Die vielen Stunden, die er allein verbrachte, wurden ihm gar nicht lang, denn allein das Gesicht, das er wieder vor sich sah, war unergründlich. Und sie sollte ›in einem höllischen Wagen, von sechs Katzen und sechzig Ratten gezogen, bei Nacht um die Kreuzwege und durch die Weinberge‹ gefahren sein, nichts als Verwünschungen auf den Lippen? Diesen Lippen... Er hatte sie ja heute morgen betrachtet, als sie sich wie zu einem unhörbaren Gruß geöffnet hatten...

Liebte er sie doch? fragte er sich argwöhnisch noch einmal.

Nein. Die Menschen hier waren böse, hatte sie gesagt – böse geworden in ihrem Elend, für das sie andere leiden machen wollten, nach seiner eigenen Meinung –, und war er auch kein guter, so wollte er doch ein besserer als die von ihrem Wahn und Aberglauben Besessenen sein. Schwarze Magie und Zauberei, die gab es, aber sie war keine Priesterin der Schwarzen Messen. Ihr Geheimnis hütete eine Schuld ihres Leibes oder ihres Herzens, aber auf keinen Fall eine, die anderen Menschen Unheil auflud, soviel verstand er.

Er trat dem Dechanten heute gemessener und bestimmter gegenüber, denn er hatte ihn am Vortage kennengelernt, und eröffnete ihm mit beinahe amtlicher Knappheit, daß er die Malefikantin heute aufgesucht und auch etliches mit ihr gesprochen habe. – Das, merkte er, wußte der Dechant schon längst. – Sein Verdacht, den er gestern geäußert, sei ihm da zur Gewißheit geworden, nur dürfe er sich, ohne zuvor den Konsens seines Marschalls eingeholt zu haben, nicht eröffnen. Immerhin könne er sagen, daß es sich um eine Person von sehr hohem Stand handle, auf deren menschenwürdige Behandlung achtzugeben sich empfehle, denn es sei ja auch noch kein Urteil gefällt, ja, nicht einmal formaliter Anklage erhoben, sondern nur ein Verdacht geäußert. Er wisse sich mit seinen Prinzipalen einig, wenn er dem Dechanten hier diese Summe in Gold hinterlasse, welche dieser zu treuen Händen verwalten und zur Besserung der Lebensumstände der Inhaftierten nach eigenem Ermessen verwenden möge. Messen zu ihrem Seelenheil seien so wichtig wie Essen und Trinken…

Wenn nicht wichtiger! flocht der Dechant eifrig ein.

…Und auch die Unterbringung rate er dringend zu ändern, vielleicht mit dem Umzug in ein Turmgemach, in welches das Tageslicht scheine, denn es könnte sehr wohl geschehen, daß man sich höheren Orts her einmal hier einfinde und inspiziere, wie die Bürgerschaft sich einer vermeintlichen Übeltäterin versichert habe. Außerdem aber…

Traubenberg machte eine berechnete Pause. Eine sehr große, kostbare Wahrheit müsse auf dem Spiel stehen, dachte er bei sich selber, wenn soviel an sich schändlicher Trug erlaubt oder wenigstens entschuldigt werden sollte.

…Außerdem aber habe ihn die theologische Seite des Falles, auf welche der Herr Dechant ihn gestern aufmerksam gemacht, später noch sehr beschäftigt. Die Frage nämlich, welch ein Verhalten die wahre Christenpflicht gegenüber dem zu erwartenden Kinde stipuliere, welches gewißlich mit der Erbsünde behaftet sei, aber welchem ein bonum zuzuhalten, nach dem Gesetz der Natur nur auf dem Weg über seine Mutter möglich sei, für wie verworfen man die auch ansehen möge. Es sei also ein Gott wohlgefälliges Handeln, wenn man dem bis auf die Erbsünde unschuldigen Kind im Mutterleibe nicht mehr Ungemach antue, als ihm durch die göttliche Vorsehung schon daraus erwachsen sei, daß es diese Mutter bekommen habe, sondern ihm im Gegenteil dazu verhelfe, deren sündhaften und, wie man meine, verbrecherischen Leib so gesund und stark als möglich zu verlassen, damit es später tätiger Reue und Sühne überhaupt fähig sei. Auf dieses Argument verwickelte der Dechant ihn in ein langes theologisches Gespräch, zu dem er seine Magd sogar eine Kanne Wein holen ließ. Wieder und wieder verwies er auf das zu erwartende Gutachten des Domkapitels, doch handelte Traubenberg zum Schluß auch noch das für ihn mit am wichtigste aus: daß nämlich der Dechant ihm unverzüglich durch einen Boten Nachricht zukommen lassen würde, wenn das Domkapitel sein Gutachten erstattet habe und dies ungesäumt einen Prozeß stipuliere, noch bevor das Kind zur Welt gekommen sei. Den Lohn für den Boten hinterlegte Traubenberg mit der ersten Summe gleichfalls zu treuen Händen des Pfarrers. Unter festen Beteuerungen, alles getreulich so zu halten, wie sie's einander versprochen hätten, trennten sie sich, und zwei Tage später in der Frühe ritt Traubenberg unter dem Gesang der Nachtigallen, für die es im Dickicht auf den Auwiesen noch nicht Tag geworden war, zum Feldlager Marschall Guébriants zurück, das sich zu dieser Zeit im Breisgau befand. Eine unaussprechliche Schwermut, die, so widersinnig es scheinen mochte, an den holdseligen Gefilden vor der großen Rheinebene nur immer neue Nahrung zu finden schien, erfüllte ihm Herz und Sinn.

Die Krankheit des Kardinals Richelieu und die zunehmende Unentschlossenheit der französischen Politik auf den Schauplätzen des großen, immer müderen Kriegstheaters in Deutschland brachten es mit sich, daß Marschall Guébriant, der seine Truppen durch die dem Feinde am Niederrhein gelieferten Bataillen wie durch die Entbehrungen eines nachfolgenden Winterlagers in armen und leergegessenen Gebieten geschwächt und kampfunwillig wußte, in diesem Sommer kein größeres Treffen mehr anging. Wohl zeigte er sich mit einem Teil seiner Streitmacht im Felde und band in Schwaben das bayerische Heer, daß es keine Zeit fände, die Stadt Thionville zu entsetzen, welche Condé eben belagerte, aber mit der Hauptmacht seiner Truppen hielt er sich wohlweislich zurück, bis ihm aus Paris neue Weisung oder ansehnliche Verstärkung zugekommen sei. Für den Fall, daß der Feind ihn früher hart ansetzen würde, hatte er sich als Ausweichquartier das Elsaß erkoren.

Nicht zuletzt deshalb ließ er sich von Traubenberg ausführlich Bericht erstatten und ordnete an, daß dieser nach seiner Meinung besonnene Offizier, der, wiewohl deutscher Sprache und deutschen Geblüts, nicht die engen Interessen der deutschen Reichsfürsten gegen die Krone Frankreichs vertrat, immer in seiner Nähe zu bleiben haben, damit er auf seinen Rat hören und ihn gegebenenfalls immer zum Persuadieren entsenden könne.

Traubenberg war dies in einer ersten sonderbaren Erschöpfung nach der doch nur kurzen Dislozierung nicht unlieb, doch ließ die Untätigkeit abseits vom Feldleben ihn häufiger, als ihm guttat, ins Grübeln verfallen, was sich wohl in dem Städtchen zutragen möge, das er jüngst verlassen hatte. Er wußte nicht, ob das weinselige schöne Land ihn dermaßen verzaubert hatte oder die Zauberin dort, die er im Kerker besucht, und jedwede Empfindung, wenn er sie hinterher strenger Kritik unterzog, schien ihm den Keim zu einer seltsamen Exaltation zu enthalten, die seinen Jahren nicht anstand, ja, die er für sein Leben scheute oder gar ablehnte – und die er im nächsten Augenblick doch als unausweichlich und seinem innersten Ich zugehörig empfand. In diesem Zwiespalt verging für ihn viel von der Zeit.

Auch das fortwährende Warten auf eine Nachricht des Dechanten wurde ihm eine rechte Plage, weil er das seltsame Erlebnis, namentlich in der ersten Zeit, einfach nicht aus seinen Gedanken zu verdrängen vermochte. Bisweilen hielt er den Dechanten für einen Erzschelm, der geldgierig angenommen hatte, was er ihm hinterlassen, ohne an die Pflichten zu denken, die sich aus den Dukaten ergaben, und dann wieder tröstete er sich damit, daß die Mühlen der Gottesgelahrten sicher beinahe so langsam mahlten wie die jenes, auf dessen Kenntnis sie sich etwas einbildeten, und daß er noch gar nicht erwarten könne, etwas zu hören, denn auch bei den Theologen hatte, als er in dem Städtchen gewesen war, der Fall der Zauberin erst ein paar Wochen alt sein können.

Es kam ihm nur so wunderlich lange vor, bis daß ein Mensch ward, und ein bitterböses Rätsel der Vorsehung, warum er so lange werden mußte, um für den Aberwitz seiner Mitmenschen in ein paar Minuten im Feuer zu ersticken. Er benutzte jede Gelegenheit, Kuriere aus dem Elsaß auszuforschen, was sich dort zutrage, wagte aber keinem eine Botschaft an den Dechanten aufzutragen und so die Aufmerksamkeit auf sich zu lenken. Nur wenn es eine Inspektion bei jenen Truppen galt, die gegen die Bayern im Felde standen, war er noch voll altem Unternehmungsgeist, so daß Guébriant mehr als einmal meinte, er suche die Abwechslung der tödlichen Gefahren unter Kriegern, statt jener des Hauptquartiers, in welchem an amourösen Scharmützeln unter den freundlichen Pfeilen Cupidos kein Mangel war. Traubenberg sagte dann mit einem gekünstelten Lachen, ›ein alter Hund lerne nicht mehr tanzen‹, wie es bei ihnen daheim im Sprichwort heiße, und es dünke ihn bequemer, auf einem breiten Reitersäbel zu schlafen als auf einem der Pfeile, worauf Guébriant eine frivole Bemerkung machte, beides sei nicht nach richtiger Männer Geschmack, er wisse da bessere Lager.

Und natürlich grübelte Traubenberg so fruchtlos wie lange über das Geheimnis der Gefangenen, das sie niemandem hatte eröffnen wollen, auch nicht ihm selber: wer sie sei und woher sie komme. Für diese Fragen, die er jetzt sich selber stellte, war er zur Antwort auf jedwede Art abenteuerlicher Umstände verwiesen, in welche diese Zeit ihre Menschen gebracht hatte, und auch nicht das scheinbar Ungereimteste, Abenteuerlichste, Traurigste oder Lächerlichste schied von vornherein aus. Hätte ihm jemand eröffnet, sie sei die Tochter eines Papstes, so hätte er's glauben können, und hätte ein anderer wissen wollen: nein, eines Kaisers, so wäre dies ebensogut möglich gewesen wie daß sie nur eines Köhlers Kind war, das in den wirren Kriegszeitläuften auf Abwege gekommen war. Das Schicksal war in diesen Jahren aus der alten Wertsetzung geraten, weil beinahe jeder das zuvor Unerhörte, nicht für möglich Gehaltene, erlebte. Er fand in allem nur dabei Zuflucht, daß sie gewiß und wahrhaftig unschuldig sei und ein Opfer der Menschen.

Als im Spätsommer der Marschall zum erstenmal die Bemerkung machte, man werde dem wachsenden Druck der Bayern unter Mercy und Johann von Werth nachgeben und sich ganz ins Elsaß zurückziehen müssen, wo ansehnliche Festungen die

Stützen eines hinhaltenden Widerstands bilden könnten, horchte Traubenberg in höchster Erregung auf und riet, die Landschaft zuvor nach ihren Möglichkeiten, eine so ansehnliche Zahl Truppen beherbergen zu können, neu einschätzen zu lassen. Doch Guébriant erwiderte gleichmütig: Ach was! da säße man an des eigenen Vaters Tisch, und was nicht im Elsässischen aufzutreiben sei, werde man in der Nachbarschaft requirieren, die von diesem Krieg bis eben nichts als die Unterhaltung gehabt habe, die er Zuschauern biete. Wo und wie die Truppe Quartier mache, wisse sie immer selbst am besten. Dagegen erlaubten sich etliche von Guébriants Nächsten, Zweifel anzumelden, zumal man die Elsässer nicht vergrämen und sie bei Laune halten solle, das Banner der Lilien über den Adler zu stellen. Der packe zu und reiße in den Tod, während doch die Lilien nur Wohlgeruch verbreiteten und das Inbild von Unschuld und Sanftmut seien.

Dann müsse man wohl die weimarischen Dragoner, über welche die Elsässer so beweglich Klage geführt hätten, zuvor entlassen, scherzte Guébriant. Leder und Säbel hätten immer so ihr ganz eigenes Parfum, und was die Unschuld betreffe, hätten die Dragoner eine besondere Art von Wertschätzung bewiesen.

Traubenberg beteiligte sich nicht weiter am Gespräch, doch am selben Abend schrieb er dem Dechanten und mahnte ihn an sein Versprechen - ganz im klaren darüber, daß, wenn der Marschall seine Absichten bald ins Werk setzte, er Gefahr lief, als ein Prahler und Lügner entlarvt zu werden, denn wo der Marschall in der Nähe war, würde man nicht zögern, von ihm selbst die Einwilligung zu erwirken, daß sein Oberstleutnant das Geheimnis der Unbekannten eröffnete, das zu kennen er vorgegeben und nur mit des Marschalls Einwilligung zu lüften versprochen hatte. Und dann... Traubenberg schwindelte es förmlich, in welch eine unrühmliche Affäre er sich da eingelassen hatte. Hätte er sie doch wenigstens geliebt! Aber wer würde ihm glauben, daß es ihm nur um das Recht und um die Unschuld zu tun war? - Er gab den Brief der ersten Stafette mit.

Es ging nach einem milden, sonnigen Herbst schon in Finsternis und den ersten Frösten auf den Advent zu, als Guébriant seinen Truppen befahl, sich vom Feind zu lösen, und sie - wie ein Spieler die Steine auf dem Brett - nach einem vorbedachten Plan ins Elsaß dislozierte, wo die ersten die Festungen verstärkten, hinter welchen das Gros alsdann in die Winterlager einrücken sollte.

Gegen den Strom dieses Heerbanns mit seinem Troß marschierte der ländliche Bote, der am dritten Sonntag in der Zeit der Ankunft des Herrn im Feldlager Guébriants eintraf und, nachdem er sich gehörig ausgewiesen hatte, begehrte, ins Quartier des Oberstleutnants von Traubenberg vom weimarischen Regiment geführt zu werden, dem er einen Brief seines Dechanten à propre main auszuhändigen habe, welcher von großer Wichtigkeit sei.

Traubenberg las das Schreiben auf stehendem Fuß. Seine Miene verdüsterte sich, dann hellte sie sich wieder auf, und als er das Papier sinken ließ, warf er einen Blick in die Runde, als suchte er Waffen oder Gefährten. Ein ganzer Kalender und eine Unzahl von Möglichkeiten wirbelten ihm durch den Kopf. Er wußte noch nicht, wie er antworten sollte. Um Zeit zu gewinnen, hieß er seine Bedienung, dem Boten aufzutischen, was er haben wollte, und für ein Quartier zu sorgen, in welchem er ausruhen könne. Er wolle ihn später zu sich bescheiden. Und dann setzte er sich hin und breitete das Schreiben noch einmal aus.

Das Gutachten eines hohen Domkapitels sei, wie der Dechant schrieb, erst mit langem Verzug gekommen, weil Krankheit und Tod so viele seiner gelehrtesten Mitglieder getroffen hätten. Es plädiere für einen Prozeß nach Austragung der Leibesfrucht, der aber nun bald beginnen könne, da die Schwangere im allernächsten ihr Kind erwarte. Inzwischen sei den Wünschen des Herrn Marschalls Rechnung getragen worden, und sie befinde sich bei bester Gesundheit, sei aber leider immer noch nicht geständig, sondern eher noch verstockter als früher. Habe auch immer noch nicht, selbst nach Androhung der schweren Pein, Namen und Herkunft verraten wollen. Würden dann wohl Seile und Schrauben zu Hilfe genommen werden müssen, Gott sei's geklagt! wenn sie nur erst von ihrem Kinde genesen. Doch hätten Schultheiß und Schöffen beschlossen, sie dem Blutgericht von Molsheim vorführen zu lassen, welches das einschlägige crimen schon häufig mit hoher Gelehrsamkeit der Herren Patres von der Gesellschaft Jesu nachzuweisen vermocht und danach rechtskundig geahndet habe. In ihrer Stadt fehle es durch die Ernte an Toten, welche die Kriegsfurie gehalten, und dadurch, daß niemand von jenen, welche die Schwedischen als Geiseln mitgenommen, jemals wiedergekommen sei, sowohl an assessores bei einem Hohen Gericht als auch an Amtspersonen, welche dem Urteil geziemend Nachachtung zu verschaffen vermöchten. Wo das Urteil zu exekutieren sei, stehe dahin, werde das aber wohl nach reichlicher Übung, die man in Molsheim bei derlei traurigen Verrichtungen habe, alldorten geschehen. Allem Fortgang in dieser Sache bereite eben die teure Weihnachtszeit ein Ende, und gewähre die zu erwartende Gnade, die der Allerhöchste in Jesu Christo der Welt zugehalten habe, selbst so verstockten Übeltäterinnen wie jener, derer sie sich zum irdischen Vorteil aller Mitchristen versichert, noch eine letzte Gnadenfrist, Buße zu tun, ehedenn ihr irdisches Gericht sie vor das himmlische führe.

Traubenberg war es klar, daß er rasch handeln müsse. Der Kerker von Molsheim war eine Festung, die er weder mit List noch mit Gewalt einzunehmen vermochte. Er fragte den Boten am Abend aus, wie lange er mit dem Brief des Dechanten unterwegs gewesen sei, und verglich die Angaben des Mannes mit dem Datum des Briefes. Dann setzte er eine ziemlich nichtssagende Antwort an den Dechanten auf, in welcher er ihm dankte, seines [nicht des Marschalls, wie jener in dem Wahn meinte, den Traubenberg ihm selbst eingepflanzt] größten Interesses an dem weiteren Fortgang der Sache versicherte, dunkel andeutete, es hätten sich auch schon andere Interessenten bemerkbar gemacht, über die er ihm aber hier brieflich auch nicht das geringste verraten dürfe, und zum Schluß mitteilte, die Operationen auf dem Kriegstheater und die Absichten des erlauchten Marschalls würden sie nun bald näher an den Ort der Handlung führen, so daß er hoffen dürfe, bald wieder das ungeteilte Vergnügen ihrer Bekanntschaft zu erneuern.

Noch am selben Abend bat er den Marschall um einige Tage Urlaub, damit er einige persönliche Angelegenheiten ordnen könne, solange dieser Teil der Armee nicht in Marsch gesetzt worden sei.

Guébriant meinte, dem schwerblütigen, sonst so ruhigen Offizier eine ungewöhnliche innere Erregung anmerken zu können, und fragte ihn aus, wohin er wolle.

»Ins Elsaß«, entfuhr es Traubenberg wie mit einem tollkühnen Kopfsprung in die Wahrheit.

Ob er dann aber nicht auch noch zurechtkomme, wenn sie alle dahin zögen, fragte der Marschall stutzig.

Dann, sagte Traubenberg vieldeutig, würde es wohl für immer

zu spät sein. Die Fatalitäten hätten keine Rücksicht auf die Strategie des Marschalls genommen, und er bitte recht sehr.

Guébriant blickte ihn nachdenklich an. Gelte es eine Sache der Liebe oder der Ehre? fragte er leise.

Traubenberg zauderte. – Der Wahrheit, sagte er dann, und ohne diese gebe es die beiden ersten nicht.

Da habe er ein gewichtiges Wort gesagt, meinte Guébriant vor sich hin nickend, und auch dieser unselige Krieg wäre längst schon zu Ende, wenn alle, die soviel von Liebe und Ehre redeten, es wenigstens ihrem eigenen Herzen und Verstand nach ein wenig mehr mit der Wahrheit hielten. Aber er...

Er sprach nicht weiter, doch hatte Traubenberg das Gefühl, er kämpfe in diesem Augenblick wie mit Todesschatten. Am liebsten hätte er ihm die ganze Wahrheit über sein Vorhaben gesagt.

Wolle er allein weg, oder brauche er Bedeckung? Eigentlich sei es ja ein Armutszeugnis, wenn er in den Landen, welche die französische Armee sich eben anschicke, als Winterquartier zu beziehen, nicht ohne Bedeckung sicher sei.

Er, sagte Traubenberg einsilbig, nähme gern zwei oder drei von seinen Dragonern mit.

Guébriant blickte ihn, ohne ein Wort zu sagen, geraume Zeit an. »Ich verstehe«, sagte er dann, »man ist bisweilen im eigenen Frieden nicht sicher. – Auf bald!« fügte er hinzu und streckte Traubenberg seine Hand hin.

Traubenberg begann zu überlegen, wieviel Reiter er mitnehmen solle, zwei oder drei. Je weniger an dem Vorhaben beteiligt waren, dessen Durchführung ihm selbst noch gar nicht klar war [außer daß es die Gefangene befreien mußte], desto besser war es. Hätte er es allein vermocht, dann hätte er's getan, aber er war dem Aussehen und dem Rang nach schon bei zu vielen bekannt. Nach einigem Grübeln entschied er sich, die drei mitzunehmen, die ihn beim erstenmal begleitet hatten, alle drei und nicht zwei, um keine Eifersucht zu erregen. Als Lohn wollte er ihnen geben, soviel er konnte, sie aber auch an strengstes Stillschweigen binden. Der vierte, den er mitzunehmen gedachte, war – ein Handpferd. Aus irgend etwas Unerklärlichem war er auf diesen Einfall gekommen, nur weil er über eine Möglichkeit nachgedacht hatte, so rasch wie möglich den größtmöglichen Abstand zwischen sie und ihre Henker zu legen.

Als er die drei um sich hatte, fragte er sie, ob sie noch zu ihrem Versprechen stünden, das Rattennest auszuräuchern, das sie im Mai ausgekundschaftet. Die Beute, die sie darin nicht machen könnten, werde er ihnen zu ersetzen wissen, die seine gehe in Gotteslohn auf.

Sie waren mit Freuden bereit.

Und, daß sie's wüßten, fügte Traubenberg ein wenig zweideutig hinzu, um sich ihnen nicht gar zu sehr zu verpflichten, ihr Unternehmen geschehe mit Wissen des Marschalls, habe aber ganz im geheimen zu bleiben.

Eine Woche später sahen Traubenberg und seine Dragoner jenen Teil vom ›Garten Gottes‹, den sie zuletzt im blühenden Überschwang des holdseligsten Mais gesehen hatten, unter einem ernsten, tief hangenden Winterhimmel bei Barfrost und stößigen Winden wieder. Seit etlichen Stunden hatten sie nach Traubenbergs Willen größere Dörfer und die Städte gemieden, sich auf Seitenwegen oder, wenn sie die nicht ausmachen konnten, querfeldein ihrem Ziele genähert und dabei so manches Wild aufgestöbert, das die Reiter sich als Braten gewünscht, wenn denn die Weihnachtsgans, die jetzt fällig sei, auch für diesmal wieder ein Wunsch bleiben sollte.

Ja, es sei ein recht mutloses Weihnachten, meinte der eine; er stehe jetzt schon das zehnte Jahr im Feld und habe Narben für hundert. Den Frieden aber, der alljährlich um diese Zeit ausposaunt werde, könne er nicht mehr glauben.

Und etwa die Freude, die allem Volk widerfahren werde? fragte ein anderer mit schmalem Grinsen. Nach der solle er sich einmal in deutschen Landen umhören, wo das Wehgeschrei lauter töne als aller Gesang der Engel. Er denke immer an ein Gespräch zurück, das er im vergangenen Jahr um diese Zeit mit einem alten Fährmann in der Gegend um Kempen geführt habe. Der habe gesagt, von allem, was in der Heiligen Schrift stehe, sei nicht mehr wahr, als der Mensch in sich selber gewahre.

Dann, mischte sich Traubenberg in ihr Gespräch ein, sei ja noch gar nichts verloren und gar kein Grund zur Mut- und Freudlosigkeit, denn es könne ein jeder fürs erste nach seinem guten Willen und Vermögen in der Wahrheit Gottes und in Frieden und Freude sein. Alles andere, was mehr als ihn selber betreffe, solle er mit Hoffnung im Herzen Gott anheimstellen. Wohl änderten sich die Reiche dieser Welt dem Äußeren nach mit Dekreten, aber der Frieden und die Freude würden von jedem einzelnen Herzen erbaut.

Schade nur, meinte der dritte, daß die Allgemeinheit so wenig von den Herzensgütern der einzelnen zu spüren bekomme.

Dazu, daß dies geschehe, nehme ja die Geschichte ihren Fortgang, sagte Traubenberg, sonst könnte Gott ihre Welt heute schon untergehen lassen. Er vertraue aber wohl den einzelnen auf der Erde, daß sie einmal *alle* zu werden vermöchten und *eins* – auch unter dem *Einen* Hirten. – Nun aber, er sehe in der Ferne schon Rosheim, das sie rechts liegen lassen wollten, müsse er ihnen eröffnen, um was es für sie gehe…

Er hatte es an allen den Tagen, da sie unterwegs gewesen waren, nicht getan und, wenn sie ihn mit listigem Blinkern gefragt, immer wieder verschoben. Auf den letzten Tag hatte er sie einzuweihen versprochen. Im Weichbild von Rosheim, dessen massige Türme über den Horizont ragten, geschah es. Sie staunten und begannen als alte ›Feldhühner‹, wie sie sich selbst nannten, sogleich, ihre Aufgaben zu verteilen und das Vorgehen zu erörtern.

Er, sagte Traubenberg, müsse, weil man Gesicht und Rang von ihm schon zu gut kenne, im Hintergrund bleiben und könne erst in Aktion treten, wenn sie das Rattennest aufbekommen, den Büttel und sein Weib gefesselt und ihnen die Augen verbunden hätten…

Erst müsse man ihnen die Augen verbinden, dann erst sie fesseln! warf einer ein, damit sie sich gar nicht zu lange an ihrem Anblick weiden und hinterher desto mehr plappern könnten. Dafür, daß sie stillhielten, bis man ihnen die Handschellen anlegte, sorge der Schreck. Er werde auch nicht darum verlegen sein, sein Schießeisen zu zeigen.

Die schwere Eingangstür müsse man aber, sobald man drinnen sei, sofort wieder schließen, für den Fall, daß unvorhergesehen noch jemand komme. Wenn man jeden zufällig Hinzukommenden nach gleichem Rezept traktieren müsse, bekäme man den Käfig zu voll.

Traubenberg merkte, daß die ›Feldhühner‹ ihr Scharren verstanden und alle Möglichkeiten mit einberechneten. – Wo aber sei er geblieben? fragte er zum Schluß. Sie, zu dritt, führten den

Handstreich in der tiefsten Dämmerung aus. Wollten sie bis zum Turm reiten?

Nein. Er selber müsse mit den Pferden in der Nähe bleiben.

Mit allen fünf Pferden?

Ja.

Und dann?

Dann komme einer von ihnen als Bote zurück und bringe Bescheid, daß der Anschlag gelungen sei.

Oder mißglückt, warf Traubenberg finster ein.

Und dann komme er mit ihrem Kameraden und den Pferden nach. Um diese Zeit werde es schon dunkel sein, und niemand werde ihn erkennen können.

Nein, sagte Traubenberg, er komme zu Fuß. Die Pferde hätten immer draußen zu bleiben, die erregten nur viel zuviel Aufmerksamkeit. Der, den sie schickten, werde ihn bei der Pferdewache ablösen, und später kämen sie alle zugleich aus dem Turm zu den Pferden zurück, und es werde Abmarsch geblasen. – Hätten sie etwas, was zum Fesseln tauge? Und etwas, womit sie dem Büttel und seiner grausamen Vettel die Augen verbinden könnten? Er opfere gern seine Strümpfe, und sie sollten beim Fesseln nicht zimperlich sein...

Auch nach ihrem Abzug müßten sie darauf bedacht sein, daß die beiden die Nacht hindurch noch hübsch häuslich seien und nicht zu früh Lärm schlagen könnten, erwog einer.

Alle pflichteten bei.

»Die Hauptsache ist«, sagte Traubenberg sorgenvoll, »daß wir nicht nur die beiden Alten finden...« Wo aber sollte er zu Anfang mit den Pferden bleiben? Bei der Mühle an der Straße nach Rosheim oder in den Weinbergen oberhalb?

Sie einigten sich auf die Weinberge, zu denen der eine von ihnen einen schmalen Abweg von der Rosheimer Straße her wußte, gleich hinter dem Schelmenacker und nahe dem Turm. Damit sie nicht zu früh ins Revier kämen, ritten sie geraume Zeit im Schritt, und jede Einzelheit ihres Planes ward wieder und wieder erörtert, während Traubenberg, je mehr sie darüber sprachen, desto ärger die hypochondrische Angst beschlich, sie zerredeten das Gelingen in einen völligen Mißerfolg, oder die Gefangene sei längst nach Molsheim gebracht worden.

Die Dämmerung fiel so unvermutet rasch ein, daß sie das letzte Stück scharf traben mußten, um rechtzeitig zur Stelle zu sein, und die Hast der letzten Stunde ließ keinen Gedanken mehr aufkommen, der etwas anderem als dem nach ihrem Plan Nächstliegenden gegolten hätte. Ehe sich's Traubenberg versah, stand er mit fünf Pferden in den Weinbergen allein und sah die letzten Blätter, die der Frost noch nicht gelöst hatte, in den Windstößen schauern und hörte das trübselige Pfeifen im kahlen Geäst, das die Gärten nach der tiefer liegenden Straße zu säumte.

Es war jetzt halbhell. Seine Dragoner waren im Ort. Er erschrak bei diesem Gedanken dermaßen, daß er nicht weiterdenken wollte. Wie Diebe von ihrem Hehler hatten sie sich hier flüsternd von ihm getrennt. Heute war Weihnachten und Friede und Freude auf Erden, und sie übten auf sein Geheiß soviel Gewalt… Wie konnte sich das zusammenreimen, namentlich für ihn, der vorhin noch so gut wie alles auf das Herz des einzelnen gestellt hatte? Und wie sollte im ganzen Ordnung einkehren können, wenn jeder einzelne den Frieden nach seinem Gutdünken brach? Er wußte keine andere Antwort als das innere Gesetz, dem er folgte.

Die Pferde standen, warmgeritten von ihrem letzten scharfen Trab, schon beinahe als Silhouetten gegen den bleigrauen Himmel, verwarfen den Hals und schnoberten in den rauhen Wind. Er roch ihren Schweiß, wenn sich der Wind zu ihm kehrte, ging hin, lockerte ihnen die Sattelgurte und band von jedem der Sättel etwas ab, was er ihnen gegen den kalten Wind überwerfen konnte. Es rührte ihn unsäglich, als sein Fuchs, spielerisch den Kopf niedersenkend, mit dem warmen, glatten Hals eine Berührung suchte, und er liebkoste ihn innig. Dann setzte er sich auf das unterste der vielen steinernen Mäuerchen, welche die Brust des Rebhangs wie Rippen umspannten. Wo war an diesem Abend nach Gottes Geheiß die Gewalt? fragte er sich wieder. War sie nicht vielleicht nur die des Menschen gegen Gottes Gebot? Oder rechtfertigte sich ein gewisses Maß von Gewalt im höheren Zweck, wenn sie dem ganz ohne Selbstsucht diente? Etwa daß er, um der Schuldlosigkeit und Wahrheit beizustehen, die Schergen der niederen Gewalt fesseln und knebeln ließ? Welches Wesen aber wollte sich anmaßen, über hoch und niedrig, über Wahrheit und Lüge und Unschuld und Schuld ein Urteil zu fällen? Jedoch die Obrigkeit, wie nun diese Schultheißen und Schöffen und Pfarrer, taten das, und da durfte wohl er als einzelner auf Tod oder Leben sein Recht anmelden, dem er nicht anders Geltung verschaffen konnte als mit jener Art Gewalt, derer sie selbst sich bedienten! Nur…, wo blieb da der Frieden? – Er hätte ihnen einschärfen müssen, dachte er noch, daß sie kein Blut vergießen sollten. Blutvergießen in der Christnacht! Das wäre wie ein gotteslästerlicher Karfreitag im Jubel der weihnachtlichen Engel. Aber wollten sie nicht selber, sobald das Hosianna verklungen war, Seile und Schrauben anwenden und den Scheiterhaufen schichten?

Traubenberg seufzte. Dieses Räsonnement war ausweglos, dünkte ihn. Die Engel… Er blickte über das in der Dunkelheit erlöschende fahle Grün der Hügel, in dem sich die Rebstöcke als ein dünnes, schwarzes Filigran abzeichneten. Überall dort, dachte er, konnten Hirten sein, Schafe und Engel, und überall, im ganz Unvermuteten, der Ruf zu Freude und Frieden… Ob sie wohl wußte, daß Weihnachten war? Oder hatte sie nur jenen Kalender, der allen Trauernden und Leidenden gemein war? Er… er würde sie sehen. Mit einemmal wußte er das, ohne zu wissen, woher er das wußte. Was würde er sagen? Und wie, wenn sie sich weigerte, ihm zu folgen, genauso, wie sie damals freiwillig in ihre Finsternis zurückgekehrt war? Daran hatte er überhaupt nicht gedacht. War es dann, alles in allem, nicht doch nur Selbstsucht, was ihn das ganze Unternehmen mit soviel List, Trug und Gewalt hatte anfangen lassen? Er hatte ja, wenn er ehrlich war, doch nur an sich selbst und aus sich selber gedacht und keinen Augenblick an sie und für sie. Vielleicht wollte sie immer weiter ›ihre Strafe tragen‹, wie sie gesagt hatte, und alles, was er veranstaltete, war gar nicht nach ihrem Sinn? Was… was fing er dann an? Sollte er sie dann zwingen, weiterzuleben, und sie auch gegen ihren Willen entführen?

Die Dämmerung wurde so tief, daß er nur noch das Allernächste zu unterscheiden vermochte. Die benachbarten Hügel waren verschwunden, und bald wurde alles das gleiche seufzende Dunkel. Er stand auf und trat zwischen die Pferde, die ein Stück lebendiger Wärme waren. Das Handpferd begann, die schorfige Kruste des Weges zu scharren, und das Geräusch dünkte ihn, weil der Boden gefroren war, so laut, daß er's beim Zügel nahm, um es davon abzubringen, denn bei diesem Geräusch in der Nähe konnte er nicht das geringste von der Straße mehr hören. Dann ging er das Weglein bis zur Straße zurück, sicher, daß niemand ihn sehen konnte. Eine Weile hielt er Ausschau, ob jemand von der Stadt her komme, aber er sah in dieser Richtung nur ein paar schwache Lichter aufglimmen, die, kaum entzündet, wie am Verlöschen wirkten. Vielleicht war alles mißlungen, dachte er mutlos und ging zurück. Der Kälte wegen setzte er sich nicht mehr hin, sondern blieb bei den Pferden. Das Handpferd verdroß ihn abermals durch sein Scharren, und er mußte es noch einmal davon abbringen. Mit einemmal aber hatte er das Gefühl, die Tiere stellten argwöhnisch die Ohren vor und begännen zu lauschen. Unruhig aneinandergedrängt, wendeten sie auf dem Fleck, um etwas, was sie allein hörten, besser auffangen zu können. Traubenberg stutzte. Er klopfte dem seinen leise den Hals und sprach ihm gut zu. Im nächsten Augenblick aber trat er selbst auf den Weg hinaus. Er hatte stolpernde, eilige Schritte gehört.

Gleich danach tauchte der Schatten eines der Dragoner auf, der noch dunkler war als die Nacht. Traubenberg fand, er komme schwankend, wie ein Bär auf der Flucht.

»Heda!« rief Traubenberg ihn an, weil die Pferde unruhig wurden.

»Alles gut, alles gut!« stammelte der Dragoner, völlig atemlos von dem eiligen Weg bergauf. Wenn der Herr Oberstleutnant jetzt rasch selbst gehen wolle...?

»Ist sie da?« fragte Traubenberg, packte ihn bei der Schulter und tat schon den ersten Schritt zur Straße hinunter.

»Ja, ja«, keuchte der Soldat, und als Traubenberg in dieser absonderlichen Wachablösung schon an ihm vorbei war, hörte er ihn hinzufügen: »Sie sind da! Die Tür ist geschlossen! Nicht läuten! Klopfen! ›Christkind‹ ist die Parole! Sonst wird nicht aufgemacht!«

Das, schoß es Traubenberg durch den Kopf, als er zur Straße hinuntereilte, war die einzige Kleinigkeit gewesen, die sie vergessen hatten! Die Parole! Nun hieß sie ›Christkind‹, das hatten die drei selbst erfunden... Ihm sollte es recht sein, wenn nach diesem Wort nur aufgetan wurde!

Den Kragen hochgeschlagen, hastete er mit langen Schritten stadtwärts und versuchte in der Finsternis zu erspähen, ob jemand ihm entgegenkomme. Noch etwas hatten sie vergessen! schoß es ihm durch den Sinn. Die Dragoner hätten Auftrag haben sollen, ihr sogleich zu eröffnen, daß sie sich bereitmachen müsse, aufzubrechen. Er hatte keine Ahnung, wieviel von ihren

Habseligkeiten zu behalten ihre Schergen ihr erlaubt hatten. Und gerade jetzt, da sie ein Kind erwartete, durfte keine Sorgfalt außer acht gelassen werden. Würde sie aber überhaupt reiten können...?

Es hätte ihn nicht gewundert, wenn die Sturmglocke des Städtchens angefangen hätte zu läuten, weil ihr Anschlag mittlerweile entdeckt worden war, aber alles blieb still. Er eilte an der Mühle vorbei, die dunkel zur Linken der Straße lag, schon unterschied er den Turm, und nun griff er mit der Rechten fester um seinen Säbel und wäre bereit gewesen, sich eher hier auf dem Fleck niedermachen zu lassen, als auch nur um einen Schritt zurückzuweichen. Gleich danach hastete er an der Wehrmauer entlang und suchte die Pforte hinter dem Fallgitter. Es war jetzt so dunkel, daß nur eine Eule noch etwas sah. Aber hier gähnte das Loch, und nun mußte er in dem nachtschwarzen Gang die ganze Strecke zurück... Da ließ er den Säbel fahren. Die Hände nach links und nach rechts ausgestreckt, fühlte er sich mit jedem Schritt vor. Er wußte nicht, wie lange das ging. Es war wie ein Lebendig-Begrabensein – mit dem Ziel zum Leben. Erst als er von fern leise Stimmen unterschied, wußte er, daß er nahe der Tür sein mußte, und fühlte sich vor. Als er die Tür spürte, begann er leise zu pochen.

Sofort wurde es drinnen still.

»Christkind!« sagte Traubenberg und erschrak, wie laut das eine Wort hier hallte. Aber nichts geschah. Er trat vor, klopfte noch einmal, hielt die Hände als Schalltrichter um den Mund und wiederholte: »Das Christkind! Macht auf!«

Im nächsten Augenblick tat die schwere Tür sich um einen Spalt auf, er erkannte im schwachen Schein einer Kerze einen seiner Dragoner und zwängte sich mit einem »Das habt ihr gut gemacht!« durch den Spalt, bevor der Dragoner die Tür wieder schloß. Dann standen sie zu dritt da und lachten sich wortlos an. Traubenberg, halb betäubt von der Spannung der letzten Stunde, klopfte den beiden stumm auf die Schulter. Dann blickte er sich um. Dasselbe Gelaß wie damals, nur bereichert um zwei Gestalten, die mit verbundenen Augen der Wand zugekehrt saßen: der Büttel und sein Weib, ohne ein Wort.

Einer der Dragoner hielt Traubenberg ein Tuch hin, ballte es in der Faust zusammen und machte eine sprechende Geste, daß er ihnen so etwas als Knebel in den Mund gestopft habe. Ihre Hände waren auf den Rücken gebunden, vielleicht noch etwas fester, als sie selber es vordem bei ihrer Gefangenen getan.

»Wo…?« fragte Traubenberg und blickte zur Tür ins Nebengelaß.

Die Dragoner schüttelten den Kopf. »Nein, oben«, sagte der eine.

Traubenberg sagte leise, man könne die beiden Alten ruhig eine Weile im Dunkeln lassen, ergriff die Kerze und wandte sich zur Treppe. »Kommt mit!« hieß er sie knapp. Auf dem Weg die steile Stiege hinauf hielt er inne und fragte sie: »Habt ihr sie schon gesehen?«

Sie nickten. Ja, einmal, nur um sich zu überzeugen, daß sie noch da sei, aber ganz kurz, und… und es habe sich da auch nicht so gut gemacht, denn sie habe dem Kinde gerade die Brust gereicht.

»Dem Kind? Die Brust?« war alles, was Traubenberg sagen konnte. Hatte sie ihr Kind schon geboren? Seine Füße strauchelten ein paarmal, als er weiterstieg.

Ihr Gefängnis lag in der Höhe des ersten Treppenabsatzes über dem Gelaß für den Büttel und sein Weib. Die armselige Unschlittkerze flackerte im Zugwind, der von unten heraufstrich, und ihre Schatten wanderten in wilden Sprüngen über die grauen, spinnwebenbehangenen Wände mit.

»Hier!« sagte einer von den Dragonern und zeigte auf eine Tür, deren schwere Riegel auch einem Erdbeben hätten widerstehen können. » Wir haben offengelassen…«

Traubenberg zögerte. Dann - klopfte er an. Seine Dragoner grinsten. »Das wird das erstemal gewesen sein, daß hier jemand anklopft, bevor er hineingeht«, sagte der eine halblaut.

Traubenberg mußte ihm innerlich recht geben, aber er beachtete es nicht. Er öffnete die Tür, die schwer in den Angeln ging, streckte den Arm mit der Kerze vor und trat ein. Die Dragoner schoben sich hinter ihm her.

Er erkannte durch das Licht hindurch so wenig, daß er die Kerze zur Seite schwenkte und sich mit der Linken die Augen beschattete. Da erst sah er das Lager der Gefangenen deutlich. Es bestand aus nichts als aus einer Schütte Stroh, die ihr wohl schon monatelang gedient hatte, denn die Halme waren zu etwas zerwetzt, was wie Häcksel aussah. Mitten darin kauerte sie und hielt ein Bündel an die Brust gepreßt. Sie sah sehr bleich und zugleich sehr glücklich aus. Ihre Augen, von tiefen Schatten umrahmt, starrten die drei an, als sähe sie Erscheinungen.

Traubenberg brachte in den ersten Sekunden kein Wort über die Lippen. Er blickte sie an und wußte nicht, ob sie ihn überhaupt wiedererkannte. Seine Dragoner standen neben ihm.

»Madame«, sagte Traubenberg endlich mit heiserer Stimme, »wir sind gekommen, um Sie abzuholen… in die Freiheit«, fügte er vorsorglich hinzu, daß sie es nicht mißverstehe. »Ich habe es Ihnen im Mai so gut wie versprochen.«

Sie rührte sich nicht, sie blickte sie nur immer weiter an, aber ihr Blick verriet, wie Traubenberg meinte, jetzt immer mehr ein glückseliges Staunen.

»Wir wollen gleich fort«, sagte er, »es ist große Eile.«

Sie alle drei sahen, wie sie das Bündel in ihren Armen fester zu halten begann, als wollte man es ihr nehmen. Zugleich richtete sie sich an der Wand höher auf. Und dann war das erste, was sie halb ängstlich, halb ihren Besitz beschwörend leise sagte: »Ich habe ein Kind!«

»Ich sehe es«, antwortete Traubenberg lächelnd, und nach links und nach rechts zu seinen Dragonern gewandt, fügte er für sie unverständlich hinzu: »Da seht ihr die Losung leibhaftig – unser Christkind!«

Zwei Wochen später, am Nachmittag eines schneidend kalten, früh eindunkelnden Dreikönigsfestes, ließ Traubenberg sich bei Marschall Guébriant melden, der um diese Zeit schon in der Feste Breisach Quartier genommen hatte. Man konnte ihm ansehen, daß er sehr lange nicht aus dem Sattel gekommen war, denn sein großes, kantiges Gesicht unter dem angegrauten Haar wirkte völlig abgezehrt, die Augen waren vor Schlaflosigkeit klein geworden und lagen tief eingesunken hinter entzündeten Lidern. Der Marschall ließ ihn geraume Zeit warten, was seinen Adjutanten nichts Gutes für den weimarischen Oberstleutnant verhieß, Traubenberg selber aber gab es die Zeit, sich mit dem Stand der Dinge vertraut zu machen und zu erfahren, wohin man die einzelnen Regimenter disloziert hatte. Die beinahe drei Wochen, die er weg gewesen und während derer die Armee ins Elsaß marschiert war, hatten ihn allem viel tiefer entfremdet, als er's je selber für möglich gehalten hätte.

Ja, woher er denn käme, fragte man ihn.

Er blickte sie aus seinen müden, rotgeränderten Augen lange Zeit an, und es konnte den Anschein erwecken, als hätte er die Frage gar nicht gehört. Dann erwiderte er einsilbig nur: »Nachher!« und begann im Vorzimmer hin und her zu wandern. Seine hohe Gestalt wirkte gekrümmt, als beugte er sich immer noch im Sattel vor.

Als der Marschall ihn schließlich empfing und Traubenberg sein Zimmer betrat, sah er Guébriant unbeweglich am Fenster stehen und ihm den Rücken zukehren. Traubenberg wußte, wie er das deuten mußte, aber er blieb neben der Schwelle stehen und schwieg. Vielleicht vergingen eine Minute oder zwei in diesem Schweigen, während derer jeder wartete, daß der andere zu sprechen anfangen werde. Schließlich drehte sich Guébriant auf dem Fleck um und sagte mit einem kühl musternden Blick auf Traubenberg, der ihm noch einmal seine Ehrenbezeigung erwies, die Wahrheit scheine zeitlos zu sein – oder an keine Zeit gebunden, wenn ein weimarischer Offizier ihr mitten im Kriege und bei wichtigen Märschen seiner Armee wochenlang nachreiten könne. Seine Dragoner hätten sie schneller gefunden und seien, wie er sich habe berichten lassen, wenigstens schon zehn Tage vor ihm wieder zum Regiment eingerückt.

Er hatte angefangen, im Zimmer auf und ab zu gehen und alles, was für Traubenberg so mißlich zu hören war, wie in einem ironischen Selbstgespräch vor sich hingesagt. – Ob Traubenberg heute gekommen sei, wollte er wissen.

Traubenberg gab Auskunft: vor etwa drei Stunden.

Morgen, sagte Guébriant und redete sich in mehr Zorn hinein, als eigentlich in ihm steckte, morgen hätte er ihn, wenn er sich nicht aus freien Stücken eingefunden, als Deserteur ausschreiben lassen.

Traubenberg wurde blutrot.

Woher er denn komme, fragte Guébriant weiter.

Aus dem Lothringischen, gab Traubenberg Auskunft, bei Trier.

Guébriant blieb auf dem Fleck stehen, kehrte sich um und blickte Traubenberg über die Länge des ganzen Zimmers hinweg an.

Er, sagte Guébriant zornrot, habe sich aber für das Elsaß abgemeldet! Das sei am Neunzehnten im Dezember gewesen, und heute schreibe man den sechsten Januar in einem neuen Jahr!

Er nehme jedwege gerechte Bestrafung an, sagte Traubenberg,

wenn der Marschall ihm nur zuvor eine Gelegenheit geben wollte, sich zu erklären. Lothringen sei in Wahrheit nicht sein Ziel
gewesen, als er sich für das Elsaß habe beurlauben lassen.

»In Wahrheit, in Wahrheit!« murmelte Guébriant, er habe es
immer mit der Wahrheit zu tun! »Aber...« Er schöpfte tief
Atem, wie um einen Unmut zu dämmen und sich nicht zu ver-
reden. Nun solle er einmal auch ihm die Wahrheit sagen! Was
habe diese Affäre zu bedeuten? Zugleich gab er ihm mit den
Augen einen Wink, daß er von der Tür näherkommen und sich
zu ihm setzen solle, der hinter seinen Schreibtisch ging.

Traubenberg wußte den Unmut des Marschalls wenn nicht ver-
raucht, doch gebändigt, und zugleich fiel ihm wieder ein, wie
er ihm schon damals, als er Urlaub genommen, so gern die ganze
Wahrheit gesagt hätte. Müde ließ er sich vor dem Tisch nieder,
hinter dem Guébriant für ihn jetzt wie sein Richter saß. Hatte er
recht gehandelt, als Soldat und als Mensch?

»Das war im Mai«, begann er und erzählte langsam, aus der Erinnerung alles Wichtige beschwörend, die ganze Geschichte,
mit allen seinen Zweifeln und Anfechtungen, aber auch mit aller
Überzeugung für die Wahrheit, daß dieses sogenannt christliche
Volk sich im Hexenwahn insgeheim nach heidnischer Art Opfer
suche, um seinen Baal zu versöhnen. Als er den höllischen Wagen mit den sechs Katzen und sechzig Ratten erwähnte, verzog
der Marschall angewidert sein Gesicht. Dreimal während Traubenbergs Erzählung vergewisserte er sich, ob der die vermeintliche Hexe wirklich nicht geliebt habe oder gar noch liebe, und
schüttelte bei jeder Verneinung nur immer verwunderter den
Kopf. »Was sind Sie für ein Mann!« sagte er beim drittenmal
ratlos. Als er sich den gelungenen Anschlag auf das Gefängnis und
die Entführung schildern ließ, sagte er, von der Geschichte entzückt: »Sie haben Ihren kleinen Heiland aus der Hölle geholt,
mein Lieber. Das ist superbe, für diesen Dienst sollte man die drei
Dragoner belohnen! Aber...«, fügte er nachdenklich hinzu: »ein
Kind aus dem Rachen des Verderbens zu retten, das heißt große
Beute machen für den eigenen Himmel! Und dann...?«

Dann habe er die Dragoner geheißen, zum mindesten bis Schlett-
stadt tagsüber auf getrennten Wegen zurückzureiten und erst
von dorther vereint zum Regiment zurückzukehren, erzählte
Traubenberg weiter. Je weiter sie noch in dieser ersten Nacht
kämen, desto besser, dann werde man sie nicht so leicht in Zu-

sammenhang mit der Entführung bringen, zumal die ganze Gegend sich eben mit Soldaten zu füllen beginne und er auch gerüchtweise vorgesorgt habe, daß es viele Liebhaber für die vermeintliche Hexe gäbe. Das alles sei ein kurzes Gespräch in den Weinbergen gewesen, als sie den Turm, von niemandem gesehen, verlassen gehabt und sich bei den Pferden versammelt hätten. Ihm sei es von Anfang an klar gewesen, daß er die Wöchnerin eine Zeitlang werde begleiten und für ihr Fortkommen sorgen müssen, nur habe er ja nicht wissen können, wohin sie wollte oder wohin sie konnte, denn sie habe bis dahin weder Namen noch Herkommen verraten. Schließlich – die Dragoner hätten schon Abschied genommen gehabt –, schließlich habe er sie da im Dunkeln in den Weinbergen rundheraus fragen müssen: »Madame, wohin?«

Guébriant wiegte lächelnd den Kopf. »Welch eine Geschichte!« murmelte er halb ernst, halb amüsiert.

Er habe ihr vorgehalten, daß er sie im Lager stets in Ehren aufnehmen könne, und so, daß kein Schatten auf ihre Tugend falle. Ebenso willig aber sei er, sie dorthin zu geleiten, wohin sie wolle und wo sie sich und das Kind in Sicherheit wähne, wenn das nur nicht zu weit weg von seinen Pflichten führe. Sie solle ihm vertrauen, er habe keine losen Amouren im Sinn und bitte sie in dieser Heiligen Nacht um dessentwillen, der einmal darin der Welt zur Rettung geboren worden sei, um die Gabe der Zuversicht und die des Glaubens an seine redliche Meinung... Ja, mit eben solchen Worten habe er in sie gedrängt, während ein schnöder kalter Nachtwind um sie gepfiffen und ihm Angst für das Bündel in ihren Armen eingeflößt habe, erzählte Traubenberg versonnen.

»Und sie? Was sagte sie da?« fragte Guébriant sichtlich immer mehr gefesselt.

»Sie sagte erst gar nichts«, berichtete Traubenberg, »und dann bat sie mich, ihr in den Sattel zu helfen, weil sie mit einem Arm das Kind halten müsse. Da verstand ich, daß sie sehr mit sich rang und Zeit gewinnen wollte für etwas, was wie ein Geständnis ausfallen mußte, denn es würde mir ja den ersten Hinweis geben, von wo sie gekommen war oder wo sie am ehesten eine Heimstatt finden könnte. Als sie im Sattel des Handpferds saß, das anfangs unruhig unter ihr zu tänzeln begann, so daß mich schon ein Schrecken packte, sie könnte das Kind aus den Armen verlieren, fragte ich sie, ob nicht ich das Kind nehmen solle. Mein Fuchs sei verständig und wisse vielleicht, welch kostbares Gut er in dieser Nacht trage. Doch sie schlug es aus. Das Pferd, sagte sie verständig, müsse sich nur erst ein wenig gewöhnen. Und da saß ich auf. Sattel an Sattel saßen wir in der Finsternis. Die Pferde wollten nach ihrem Gedächtnis, von woher sie gekommen waren, von selbst anfangen, den schmalen Weg zur Straße zu nehmen, und wir ließen sie gewähren und hielten sie nur kurz im Zügel. Unten auf der Straße aber mußte die Entscheidung fallen. »Selten«, sagte Traubenberg, »bin ich einen kurzen Weg so lange geritten. Aber auch als wir unten angelangt waren, sprach sie noch lange Zeit kein Wort. Ich konnte ausmachen, wie sie den Kopf tief über das Bündel an ihrer Brust gesenkt hielt und das Pferd mit der Rechten nicht aus dem Zügel ließ, daß es nicht weitergehe. Mit einemmal dann richtete sie sich auf, kehrte sich zu mir und sagte leise, wie aus einem großen, schweren Entschluß: ›Bringen Sie mich nach Haus, Herr Oberstleutnant!‹ ›Wo ist das?‹ fragte ich, ohne ein einziges Wort mehr. Sie nannte mir einen Namen. ›Im Lothringischen‹, fügte sie hinzu, ›oder ist das zu weit?‹ ›Weit ist es‹, sagte ich ihr, ›aber machen wir uns auf den Weg.‹«

Und so, berichtete Traubenberg, seien sie geritten, und ihm habe der Ort am nächsten Tag nicht mehr zu weit gelegen, denn er habe sich mehr und mehr überzeugt, daß sie gar nicht allein unterwegs sein durfte. Diese Kriegszeiten hätten die Straßen aufs sonderlichste bevölkert, und nicht immer zum Besten. Das erste, was er am folgenden Tag habe tun müssen, sei gewesen, sie neu zu equipieren, denn nur die Dunkelheit habe ihm verborgen, was das Gefängnis ihr angetan. Gegen Zabern hätten sie die erste Unterkunft gefunden, in der sie hätten rasten und ein wenig verweilen können. Immer gebieterischer habe sich auch bemerkbar gemacht, daß sie ja nicht zu zweit unterwegs gewesen seien, sondern zu dritt, und er habe so manchen Dienst verrichtet, der ihn vor aller Leute Augen als einen beflissenen, liebevollen Vater legitimiert habe. Sie habe ihm manchmal zugesehen, und dann sei ihr die Röte bis in die Wangen gestiegen, daß sie liebreizend wie eine zweite Maria ausgesehen habe, aber sie habe noch immer kein Wort gesagt. Nur, meine er, habe sie ihn bisweilen so unendlich dankbar angeschaut, daß er ganz gerührt worden sei und etwas wie einen stummen Segen in allem gespürt habe, was er jetzt nach viel Trug, List und Gewalt zu einem guten Ende zu führen begonnen hatte.

Am dritten oder vierten Tage sei es gewesen, erzählte Traubenberg weiter – er habe sich da an seine Josefsehe und seine Nährvaterschaft an dem Kinde schon recht gut gewöhnt gehabt –, daß sie mit einemmal zu sprechen begonnen habe; so im Dahinreiten, ohne ihn anzusehen, ja vielleicht aus Scham besonders eifrig auf den Weg achtend, damit sie ihn nicht anzusehen brauchte, und er habe sich gehütet, etwas anderes zu tun. Da habe sie ihm ihre ganze Geschichte erzählt, ihren Namen und woher sie stamme. Er habe ihr aber schwören müssen, daß er's niemandem weitererzähle, und deshalb könne er dem Marschall auch nur so viel eröffnen, daß sie die Tochter eines uradligen Geschlechts im Lothringischen gewesen sei, die man in ein Kloster gegeben hatte, ohne daß sie eine rechte Berufung dafür gespürt. Noch bevor sie die Gelübde abgelegt, hatten Truppen Condés die Gegend überschwemmt und das Kloster besetzt, und da sei es geschehen, daß sie sich einem anderen Herrn ergeben habe als jenem, den ihre Eltern für sie gewählt. Er sei ein junger Hauptmann gewesen, den sie ohne Wissen ihrer Eltern zum Manne genommen habe, aber etliche Wochen nach ihrer Hochzeit sei er vor Thionville auf dem Felde geblieben. Von da an sei sie umhergestreunt, weil sie nicht mehr gewagt habe, nach Haus zu gehen und sich ihren Eltern zu zeigen, bis sie dann vom Neid böser Nachrede verfolgt worden, gefänglich eingezogen und... ihm als vermeintliche Hexe begegnet sei. Er solle sie bis dorthin begleiten, wohin sie als verlorene Tochter nun heimkehre, aber dort solle er sie allein lassen mit dem, was sie erwarte, und sie für immer vergessen. Nun müsse sie einen neuen Sinn und einen neuen Herrn für ihr Leben suchen.

So habe sich alles zugetragen. Noch tagelang, nachdem sie erst einmal begonnen, habe sie ihm von ihrem Leben erzählt, und zuweilen habe er das Gefühl gehabt, sie spreche für sich selber hin oder in das Ohr eines Beichtvaters. Niemals habe sie ihn dabei angesehen, die Worte hätten sich ihr im Gang der Pferde wie durch Zaubermacht von den Lippen gelöst, so als sei die Fortbewegung etwas dabei unendlich Hilfreiches und als löste sie sich, während sie immer weiter ritten, auch mit jedem Pferdeschritt nach vorn in die Zukunft von den Schrecken und Leiden ihrer Vergangenheit.

Traubenberg schwieg lange Zeit, den Kopf in die Hand gestützt, als gedenke er dieses seltsamen Rittes der Entäußerung eines Menschen, der ihm, wie er sich's in der Weihnachtsnacht gewünscht, soviel Zuversicht und Vertrauen beschert hatte. Dann, fügte er wortkarg hinzu, habe er im Weichbild eines sehr edlen Besitztums Abschied von ihr genommen und sei durch Tag und Nacht hierher gejagt, immer die Pferde wechselnd, daß keins zu sehr ermüde.

»Ja, und sie selber?« fragte Guébriant.

Sie, sagte Traubenberg langsam, und in seine müden Augen kam etwas Verwachtes und zugleich ganz Weitsichtiges, als sähe er ihr immer noch nach, sie sei mit dem Kind im Arm durch eine entlaubte Allee zu Fuß auf ihres Vaters Haus zugegangen, und so behalte er sie auf ewig im Gedächtnis.

Guébriant schwieg lange Zeit, und Traubenberg machte den Eindruck, als schliefe er in seinem Stuhl ein. Er erhob sich auch nicht zugleich mit dem Marschall, als der aufstand, sondern fuhr erst ein wenig überrascht auf, als der schon neben ihm stand und die Hand auf seine Schulter legte.

»Es lohnt die Wahrheit«, sagte Guébriant leise, fast brüderlich, »und die Wahrheit wird lohnen.«

ALS DAS JESUSKIND in Bethlehem geboren werden sollte, erschien der Stern, der seine Geburt anzeigte, nicht nur den weisen Königen im Morgenlande, sondern auch einem König im weiten Rußland. Es war kein großer, mächtiger Herr oder besonders reich oder ausnehmend klug und den Künsten der Magie ergeben. Er war ein kleiner König mit rechtschaffenem Sinn und einem guten, kindlichen Herzen, menschenfreundlich, sehr gutmütig, gesellig und einem Spaß durchaus nicht abgeneigt. Daß einmal ein Stern am Himmel erscheinen und die Herabkunft des Allherrschers über das ganze Erdreich ankündigen würde, und daß der Königssproß, der dann in Rußland herrschte, aufbrechen und dem größeren Herrn als Gefolgsmann huldigen müßte, das wußte unser kleiner König von allen seinen Vätern und Vorvätern her. Die hatten diese Verheißung durch viele Geschlechter bewahrt und jedem ihrer Nachfolger weitergegeben.

Er hatte eine Riesenfreude, der kleine König in Rußland, daß der Stern, der das größte Ereignis der Welt ankündigte, gerade zu der Zeit am Himmel erschien, in der er, noch jung an Jahren, am Regieren war, und beschloß, sogleich aufzubrechen. Großes Gefolge wollte er nicht mitnehmen, das lag ihm nicht, und nicht einmal einen von seinen treuesten Knechten, denn es war nichts darüber bekannt, wo der größte Herrscher geboren werden und wie weit seine Reise ihn führen würde. Er wollte sich allein auf die Suche machen. Also ließ er sich sein Lieblingspferd Wanjka satteln – keinen Streithengst oder dergleichen, sondern nur so ein kleines, unverwüstliches russisches Pferdchen: zottig und mit einer Stirnlocke, daß die Augen kaum den Weg erkennen konnten, auf dem sein Herr es lenkte, aber ausdauernd und genügsam, wie man es für eine weite Reise braucht. Aber halt! dachte der kleine König, mit leeren Händen geht man nicht huldigen, zumal es nicht nur einem hohen, sondern dem höchsten Herrn gilt. Er überlegte lange, was er wohl mitnehmen könnte, daß seine Satteltaschen es noch zu fassen vermöchten, was die Güter und den Fleiß seines Landes ins rechte Licht setzen und, vor allem, für den zur Welt gekommenen höchsten Herrn eine geziemende Huldigungsgabe sein würde. Die Reiche dieser Welt, dachte er bei sich, beurteilt ein weiser Mann stets nach der Tugend und dem Fleiß ihrer Frauen. Also nahm er etliche Rollen vom schönsten, zartesten Linnen mit, das die Frauen seines Landes aus dem dort gewachsenen Flachs gewebt hatten. Dazu packte er etliche der schönsten, edelsten Pelze ein, die seine Jäger in den Wintern erbeutet und weich wie Sammet und Sämisch gegerbt hatten. Dann, meinte der König, sieht jedermann, geschweige dieses allweise Kind, daß mein Volk auch im Winter nicht auf der faulen Haut liegt, obschon es auf unseren großen Öfen dann bei Kwaß und Gurken wie im Himmel ist. Von den Flußtälern, in denen seine Arbeiter Goldkörner aus dem Sande wuschen, ließ er sich viele kleine Ledersäcklein mit dem zauberischen Korn bringen, das den Wandel dieser Welt regiert, und aus den Bergen seines Landes, wo die verläßlichsten seiner Bergleute in den verschwiegensten Minen schürften, die keines Untertanen Wissen kannte und kein Mund je nannte, vermehrte er rasch noch den Vorrat an seltenen und kostbaren Edelsteinen, der beständig in seiner Schatzkammer lag. Die schönsten und wertvollsten nahm er als Gabe seines Reiches an den Allherrscher auf die Reise mit. Und schließlich, mehr der Frauenklugheit gehorchend, von der er gehört hatte, sie sei das einzige, was die Welt am Saum halte, wenn die Weisheit der Könige zu Ende sei, ließ er sich von seiner Mutter noch ein kleines irdenes Krüglein Honig hinzutun, den die samtpelzigen, runden Bienchen in den Linden Rußlands gesammelt. Kinder, welcher Art sie auch seien, hatte die Mutter gesagt, brauchten diesen Nektar. Und sei das Kind, das geboren werden sollte, der alten Verheißung nach auch vom Himmel gekommen, so werde es der Honig einer russischen Linde noch am ehesten an seine bessere Heimat erinnern.

Dies waren die Gaben, die der kleine König mitnahm. Und nachdem er den Seinen alles gut anvertraut und ihnen gesagt hatte, wie sie's mit allem halten sollten, bis er wiedergekommen war, ritt er eines Nachts auf Wanjka davon, denn da leuchtete der Stern ja am hellsten. Er ritt durch sein ganzes Königreich, aber der Stern stand und stand nicht still. Er mußte über die Grenzen in die unbekannte Welt hinaus. Das tat er, aber die Fremde war natürlich etwas anderes und Schwereres als die vertraute eigene Erde. Tag um Tag war er unterwegs, manchmal auch des Nachts, wenn er meinte, der lange Schweif seines

Sterns, dem er folgte, berühre beinahe die Erde und er könne ihn schon im nächsten Augenblick mit den Händen packen und sich, ohne weiter viel nachdenken zu müssen, einfach an den Ort des Heils ziehen lassen.

Aber nein, das ging nicht. Was ihn allein zog, war sein eigenes Verlangen, dem größten Herrscher aller Zeiten und Zonen huldigen zu dürfen, und dieses Verlangen trachtete er nie ermatten oder gar ganz einfach einschlafen zu lassen, so sehr ihn auch die Fremde fesselte und verwirrte.

Er sah so vieles, was er bis dahin nicht gekannt und davon er nie gehört hatte. Das Gute merkte er sich genau, damit er es später, wie er dachte, auch bei seinem Volk im eigenen Land in Schwang setzen könnte; das Schlechte grämte und bekümmerte ihn noch mehr, als wenn er's im eigenen Land hätte sehen müssen, denn hier in der Fremde besaß er ja keine Macht, wieviel Mitleid auch in ihm erwachte, wenn er die Gerechten schmachten und die Guten im Elend sah. Er half, wo er konnte, mit Worten und Werken und bedachte, wenn er wieder allein unterwegs war, immer inniger in seinem Sinn, wie brennend nötig die Welt doch einen neuen Allherrscher brauche, der die Verfolgten zu schützen, die Unterdrückten wiederaufzurichten, die Gefangenen zu lösen, die Kranken zu heilen und die Gerechten zu belohnen vermochte. Dieses alles, so lautete die alte Verheißung, nach der er aufgebrochen war, werde der neue Herrscher tun.

Zwei, drei Monde lang war er schon unterwegs, da hatte er eines Nachts, als der Stern besonders prächtig am Himmel wanderte und er ihm beim flinken Trab seines Pferdchens mit Wehmut im Herzen nachritt, weil er an die ferne Heimat denken mußte, aus der er vor schon so langer Zeit aufgebrochen war, eine ganz seltsame Begegnung. Das erste, was er im Dunkel erkannte, dünkten ihn wandernde Hügel zu sein. Beim Näherkommen dann gewahrte er, daß es eine vornehme Reisegesellschaft sein mußte, welche der Kühle wegen vorzog, bei Nacht unterwegs zu sein, oder welche dem Stern ebensoviel Beachtung schenkte wie er selbst. Nur ritten die Herren und ihr Gefolge nicht Pferde, sondern Kamele, die wie in Filzstiefeln einherschlurften, und was ihn wandernde Hügel gedünkt hatten, waren die höckerigen Rücken der schwerbepackten Kamele.

Als der flinke Trab des russischen Pferdchens die Gesellschaft eingeholt hatte, scharten die Diener sich sogleich schützend um ihre drei Herren, denn sie mochten Räuber befürchtet haben, aber das Mißverständnis war rasch behoben. Und unser kleiner König, gesellig wie er war, freute sich, Weggenossenschaft zu haben. Er fragte die drei Herren, woher sie kämen und wohin sie wollten, und diese nannten ihm Reiche im Osten, aus denen sie einmal aufgebrochen waren, von denen unser kleiner König noch nie erzählen gehört hatte. Ihr Ziel aber - ihr Ziel war sein eigenes Ziel: der Ort, über welchem der Stern stillestand! Dort, sagten sie, sei ihnen offenbart worden, werde ein Kind geboren werden, das der größte König, der weiseste Arzt und der höchste Priester aller Zeiten und Zonen war, und diesem Kind müßten sie huldigen und es anbeten. Der kleine König kam aus dem Staunen nicht heraus. Er erzählte ihnen, daß er aus eben demselben Grund aufgebrochen sei aus Rußland. Die drei Herren aus dem Osten kannten es dem Namen nach, aber sie schienen es für ein sehr dunkles, wildes und kaltes Land zu halten, in dem König zu sein sich gar nicht verlohne. Bis daß es Morgen wurde, versuchte der kleine König sie zu überzeugen, daß es das beste und liebste Land der Welt sei, aber das gelang ihm nicht so recht.

Und als es hell wurde und er erkannte, mit wem er im Dunkeln so freimütig gesprochen hatte, wurde er ganz kleinlaut.

Gegen soviel Pracht und Würde, wie da auf den Kamelrücken schaukelte, nahm er sich nur wie ein Strolch aus, und beim Anblick der vielen beflissenen Diener fragte er sich einen Augenblick lang, ob es nicht vielleicht doch klüger gewesen wäre, wenn er ein paar von seinen treuesten Knechten zur Aufwartung mitgenommen hätte, obschon auch seine besten Leute es mit den Schranzen dieser drei an höfischer Gewandtheit, welche jene ihren Herren abgeguckt, ums liebe Leben nicht hätten aufnehmen können. Der kleine König sah an seinem staubigen, verschlissenen Reitrock hinunter und schämte sich, und die drei großmächtigen Herren aus dem Osten schienen ihm mit ihrem gemessenen Schweigen zu bedeuten: für einen, der im Dunkeln ein so großes Wort geführt, sähe er im Hellen gar zu klein aus. Die drei waren überhaupt die seltsamsten Menschen, die der kleine König je zu Gesicht bekommen hatte, und dabei hatte er während der letzten Monde doch schon allerlei Seltsames gesehen. Der eine von ihnen, mit einem langen, gewichsten Spatenbart, war ungefähr so weiß wie die Menschen insgemein, der zweite war gelb wie eine Lindenblüte und der dritte gar schwarz. Nun ging dem kleinen König auch auf, warum er, als es noch Nacht gewesen war, sich mitunter hatte fragen müssen, ob er denn wirklich mit dreien und nicht nur mit zweien spräche. Der Schwarze war immer ein Stück Nacht selbst gewesen.

Auf den Feldern vor dem Ort, in welchem die Weitgereisten Herberge suchen wollten, weil der wegweisende Stern nun untergegangen war, während unser kleiner König meistens mit dem Sattel als Kopfkissen hinter einer Feldscheune schlief, funkelte der Tau der Morgenfrühe, in welchem die Sonne Feuer anzufachen schien, und die Herren priesen das Schauspiel. Da packte unseren kleinen König der Übermut, und er, so staubig und unscheinbar er aussah, wollte bei all der fremden Pracht ringsumher auch einmal für etwas gelten.

»Aber ein paar Perlen aus dem teuren Rußland«, rief er, »glänzen doch noch viel schöner als der Tau!« griff in die Satteltasche, holte ein Ledersäcklein mit Perlen hervor, die er eigentlich für das Jesuskind mitgenommen hatte, und streute die in weitem Bogen als eine Saat seiner Eitelkeit und Liebe zu dem teuren Land der Väter in das taufunkelnde Feld.

Die drei Herren schwiegen verdutzt zu diesem Überschwang. Erst nach einer geraumen Weile erkundigte sich der mit dem Spatenbart: »Waren das Perlen?«

»Freilich«, sagte der kleine König, »und eigentlich...« Ihm fiel jetzt erst ein, daß der neue große König sie hatte bekommen sollen, aber er schämte sich, das einzugestehen, und sprach deshalb nicht weiter. »Rußland hat noch viele«, meinte er dann kurz angebunden.

»Perlen sind Tränen«, sagte der Fremde mit dem Spatenbart. »Warum sät Ihr Eure Tränen in die fremde Erde aus, Herr Bruder?«

»Ach, dazu bin ich wohl ausgezogen«, sagte der kleine König unbedacht und keck, »ich behalte ja noch immer mein Lachen!« Aber ihm war gar nicht so keck zumute, wie er tat, und mit jeder Meile, die sie noch ritten, hatte er immer mehr das Gefühl, die drei Herren glaubten ihm gar nicht, daß er zu dem gleichen Ziel unterwegs sei wie sie, oder sie hielten ihn für ganz und gar unwürdig, dieses neuen, größten Königs Vasall zu sein. Die wenige Zeit, die er noch mit ihnen zusammen war, führten die drei so gebildete Gespräche miteinander, daß er ihnen gar nicht zu folgen vermochte und lieber Unterhaltung mit einem ihrer Diener gepflogen hätte, nur verstand er die nicht.

Als sie bei der Herberge angelangt waren, in welcher die drei sich durch einen Vorreiter angesagt hatten und wo alles für ihren Empfang gerüstet war, daß sie auch in den Tagesstunden eine rechte Ruhe genießen könnten, ließ der kleine König sich gar nicht darauf ein, die mißliche Rolle eines Überzähligen zu spielen. Für die drei war er ein gar zu kleiner Herr, als daß er das Lager mit ihnen hätte teilen dürfen, und für einen Platz unter ihrem Gesinde kam er sich selbst, Rußland zu Ehren, zu groß vor. Also band er seinem Pferdchen Wanjka den Maltersack vor, nahm ihm die Packtaschen und den Sattel ab und legte sich mit denen als Kopfkissen in der Scheuer allein zum Schlaf nieder, wie er's gewohnt war.

Er schlief prächtig und träumte von Kwaß und Gurken, als läge er daheim auf einem russischen Ofen, aber als er aufwachte, geschah es von einem Stöhnen, in welchem aller Welt Jammer laut zu werden schien. Verwundert rieb er sich den Kopf, weil er doch allein zu sein meinte, da ward er gewahr, daß nach ihm sich noch jemand eingeschlichen hatte. Es war ein junges Bettelweib, das hier untergekrochen war, um seine schwere Stunde unter einem schützenden Dach zu erwarten, und während er gemächlich geschlafen, hatte sie einem Mägdlein das Leben geschenkt. Niemand war da, der Mutter und Kind hätte beistehen können, als er allein. Gewohnt war der kleine König die Arbeit nicht, die jetzt auf ihn wartete, aber aus gutem Herzen meinte er, sich nicht versagen zu dürfen. Er holte der jungen Mutter aus der Herberge etwas zu essen und zu trinken, und weil sie in den letzten Tagen nichts von den Leuten bekommen hatte, füllte er auch ihren Beutel mit ein paar Prisen Gold aus einem seiner ledernen Säcklein reichlich auf. Nur das Kindlein hatte es noch ganz erbärmlich... Mit gerunzelter Stirn betrachtete der kleine König immer wieder dessen elende Blöße. - »Ach, du armer Schneck!« sagte er schließlich, »welcher Liederjan auch dein Vater gewesen ist, der dir nicht mehr als die dünne Haut auf diese Welt mitgegeben hat - so lasse ich dich nicht!« Und er ging hin, packte eine seiner Satteltaschen auf, entnahm ihr eine Rolle von dem heimatlichen Linnen und trennte ein halbes Dutzend der schönsten Windeln, volles, breites, russisches Maß, davon ab.

Als er für alles Notwendige gesorgt hatte, daß Mutter und Kind unbesorgt der kommenden Nacht entgegensehen konnten, war es schon Abend geworden. Der kleine König sattelte sein Pferdchen und nahm von der Bettlerin Abschied. »In meinem Land«, sagte er zu ihr, »solltest du es besser haben«, und er erzählte ihr vom traulichen Rußland, in dem alle Bettler der Barmherzigkeit sicher sein konnten, ohne zu sagen, wer er dort war.

»In meinem Lande«, entgegnete die Bettlerin ihm mit schwacher Stimme, »solltest du der König sein. Aber ich gelte ja gar nichts, und deshalb kann ich dich nur zum König über mein Herz machen. Das aber tue ich sicher, von dieser Stunde an.«

Sieh an, sagte sich der kleine König glücklich, vom Gold und vom Linnen für den großen Allherrscher habe ich freilich einiges weggegeben, aber dafür habe ich jetzt auch in der Fremde mein eigenes Land, und vielleicht ist solch ein Herzens-Land nicht das Schlechteste. Wenn nur der große König mir verzeiht...

Als er sein Pferd auf den Hof der Herberge führte, lag der weit und verlassen da. Die Karawane der drei großmächtigen Fremden, sagten die Leute, sei beim ersten Sternenstrahl davongezogen. Dieser Stern da, mit dem langen Schweif, sagten die Leute und zeigten auf den großen Stern, weise ja auch auf ein ungewöhnliches Ziel.

Der kleine König wiegte nachdenklich den Kopf. Zum erstenmal auf der ganzen Reise schlich sich ein Bangen in sein Herz ein, und ein dunkles Gefühl, schon vom Morgen her, daß er gefehlt oder etwas versäumt haben könnte. Aber dann faßte er sich, legte den Leuten noch einmal die Bettlerin mit ihrem Kinde ans Herz und ritt davon.

Er ritt und ritt, er ritt diese Nacht und die folgende und alle Nächte, die in diesem Mond noch kamen; längst hatte er alle Lieder der Heimat gesungen, die er in seinem Gedächtnis bewahrte und sich selbst und Wanjka des Nachts zur Ermunterung vorsang; nie mehr holte er die Karawane der drei Könige aus dem Morgenland ein. Es war, als hätte sie die Erde verschluckt. Wo er nach ihr fragte, bekam er wortkarge Antworten, so daß er mehr als einmal der Meinung war, die drei hätten den Leuten mit Fleiß aufgetragen, falsche Auskunft über ihren Weg zu geben, obschon das Land eben in Frieden lag und alle Tore, auch bei Nacht, offenstanden. Doch solange der große Stern am Himmel stand und er seinen Weg nach dem wählen konnte, war er niemals richtig verzagt, Könige hin, Könige her. Freilich hätte er seine Aufwartung gerne mit denen zusammen gemacht; nicht so sehr, weil dann etwas von ihrem Glanz auf ihn hätte fallen können, sondern weil Gesellschaft dem Schüchternen immer ein wenig mehr Mut gibt.

Die, mit denen er tagsüber Gesellschaft hatte, gewannen allerdings nicht den Eindruck, daß er so besonders schüchtern sei. Es steckte doch ein König in ihm, der gewohnt war, zu befehlen, und mit dem König zugleich ein Richter. Je weiter er nach Süden ritt, desto ungerechter dünkten ihn jene, welche über diese Länder herrschten, und desto härter war das Los der Beherrschten. Krankheiten und Seuchen fraßen wie die Räude um sich, und wehe denen, die zum Siechtum verurteilt waren, denn sie hatten ein jahre- und jahrzehntelanges Sterben ohne Obhut und Pflege. Die Peitsche regierte, wo das Zepter hätte walten sollen, und der Mensch verwandelte sich zur Ware. Dem kleinen König gingen die Augen über, was alles der neue große König, der zur Welt kommen sollte, hier noch auszurichten haben würde, und jetzt erst konnte er so recht ermessen, wie sehnlich man auf ihn gewartet hatte, Geschlecht um Geschlecht. Er, der kleine König aus Rußland, wollte ihm beileibe nicht vorgreifen, sicher verstand er sich nicht so gut aufs Regieren wie jener, obschon der erst einmal ein Kind sein würde, aber wenn die Not ihn gar zu grausig dünkte, dann streckte er etwas aus dem Huldigungsschatz für den Allherrscher vor, sie zu lindern, und sagte bisweilen auch, daß der Dank, den er erntete, nicht ihm, sondern dem anderen, dem großen Kommenden, gebühre. Auf diese Weise schrumpfte sein Vorrat an Ledersäcklein mit Gold mehr und mehr zusammen, und er konnte sich ausrechnen, daß der Tag nicht fern war, da er anfangen mußte, Edelsteine in Münzgold zu wechseln.

Dieser Tag kam dann noch viel eher, als er ausgerechnet hatte. Denn als er eines Abends mit ansehen mußte, wie zwei riesige, feiste Aufseher die ausgemergelten, leibeigenen Arbeiter und Arbeiterinnen einer Pflanzung, die nach der Meinung der beiden nicht rasch genug gearbeitet hatten, mit einem Hagel von

Stockschlägen bedachten, unter denen nicht wenige wie tot zusammenbrachen, kaufte er kurzerhand die ganze Schar los.

Das war nun freilich ein Geschäft, das nicht nur viel Geld brauchte, sondern auch mehr Zeit raubte, als er zwischen Abend und Sternaufgang besaß, und zum erstenmal auf der ganzen Reise blieb der kleine König an diesem Ort über Nacht. Er saß zwischen den Freigekauften, die ihn als ihren Erlöser feierten, und sah den Stern über den Himmel wandern, seinen Stern... Aber er ritt ihm nicht nach. Wanjka, der es gewohnt war, um diese Zeit zu traben, verwarf unruhig den Kopf und wunderte sich sehr.

Am andern Tag ritt der kleine König zum ersten Male beim hellen Sonnenschein weiter, obschon er nichts besaß, was ihm den Weg weisen konnte, als sein eigenes Gutdünken. Aber er hatte den Ort, da er als Erlöser gefeiert worden war, rasch hinter sich bringen wollen. Eine tiefe Falte der Nachdenklichkeit kerbte ihm die Stirn, als er auf dem in der ungewohnten Sonne blinzelnden Wanjka dahinritt. Er fragte sich nämlich, ob das Gute auch immer das Richtige sei... Die Freigekauften waren schon am frühen Morgen zu ihm gekommen und hatten gefragt, wer ihnen jetzt zu essen gäbe. Als Leibeigene waren sie es gewohnt, daß ihre Aufseher und Peiniger nicht nur den Stock der Strafe, sondern auch die Suppenkelle schwangen, und an diesem ersten freien, arbeitslosen Morgen ihres Lebens hatten sie weder das eine noch das andere geschmeckt. Nun waren sie hungrig, sie wollten essen... Der kleine König hatte ihnen, bevor er davongeritten war, noch einmal Geld gegeben, davon sie sich Essen für drei Tage kaufen konnten. Und dann, hatte er ihnen gesagt, sollten sie die Arbeit von freien Menschen verrichten. – Schon auf der ersten Meile hinter dem Ort begann er zu zweifeln, ob sie das tun würden. Vielleicht waren sie das Sklavendasein zu sehr gewohnt, als daß sie noch als Freie zu leben vermochten, und würden sich vielleicht noch einmal freiwillig selbst verkaufen, um der Suppenkelle sicher zu sein, die immer kam, der Stock nur bisweilen.

An diesem Tag, im hellen Sonnenschein, zählte der kleine König die Säcklein, die er noch besaß, und erschrak. Es waren ihrer viel weniger, als er gedacht hatte, viel weniger. Vielleicht, dachte er, sich selber zur Entschuldigung, hat man mich einmal tagsüber bestohlen, ohne daß ich's gemerkt habe? Ich habe so einen festen Schlaf, und wenn ich von Kwaß und Gurken träume, könnte man mich einfach wegtragen! Gar nicht davon zu reden, daß einer die Packtaschen öffnen könnte... Im Grunde aber glaubte er selber nicht daran, es waren nur Ausflüchte seines Gewissens.

Er beschloß, sehr sparsam zu sein und den Schatz des Allherrschers nicht mehr anzugreifen, damit der keine gar zu geringe Meinung von seinem Lande bekomme. Und außerdem, tröstete er sich ein wenig zu eifrig, besaß er ja immer noch ein paar Rollen von dem feinen Linnen und das Pelzwerk und das Krüglein Honig, das allein vieles, vieles aufwog, weil es von den runden, goldpelzigen russischen Bienchen in einer Linde gesammelt worden war. Aber... Schon bevor es Abend geworden war, hatte der kleine König sich wieder einmal gegen die eigenen guten Vorsätze vergangen und verzagte an sich selbst. Er hatte ein paar Aussätzigen, die ihn sehr gedauert, eine ganze Rolle von seinem feinen Linnen zu Binden zerschnitten, mit denen sie ihre eiternden Schwären bedecken und also auch hoffen konnten, daß ihre Plagen unter den Schwärmen ekler Fliegen gelinder würden.

Jetzt komme ich ins Gebirge, dachte der kleine König, da wird die Luft reiner sein, ich werde keine Fliegen auf den eiternden Schwären der Aussätzigen zu sehen bekommen, und folglich werde ich auch die Versuchung loswerden, noch einmal etwas wegzugeben. Aber je leichter er von seinen Versuchungen und Schwächen loszukommen trachtete, desto schwerer wurde ihm das gemacht. Schwächen sind es ja eigentlich auch gar nicht, dachte er bei sich selbst. Was kann einer dafür, daß Gott ihm ganz andere Notwendigkeiten über den Weg schickt als anderen Menschen! Es sollte mich wundern, wenn der größte aller Könige dafür kein Verständnis hätte. Huldigungsgaben sind gut und schön, aber daß seinen künftigen Untertanen beizeiten geholfen wird, ist doch noch besser. Und außerdem: wenn ich ihm erzähle, was ich eigentlich alles hatte mitbringen wollen - wie wird er mir nicht glauben! - So knüpfte er sich von einer Meile zur anderen ein immer feineres Netz von Rechtfertigungen, warum er gerade so habe handeln müssen, wie er's getan, und immer weiter so handeln müßte.

Der Abend, da er ins Gebirge aufbrach, ging dunkel und wolkenschwer herein, denn der Winter war nahe. Ein einziges Mal, beim Aufbruch, sah der kleine König seinen Stern, dann wurde ihm der von Regen verborgen. »Spring, Wanjka, spring! Beiß ihn in den Schwanz!« rief der kleine König da noch keck und trieb Wanjka zur Eile, aber die ganze Nacht ritt er in die Irre und mußte am Morgen froh sein, daß er Wanjka und seine Glieder heil beisammen hatte, so unwegsam und wüst war die Gegend gewesen. Und als die Sonne aufging, fand er den überfallenen Kaufmann, den die Räuber, die in diesen Bergen hausten, am Abend vorher niedergeschlagen und bis aufs Hemd geplündert hatten.

»Oi, Freundchen«, sagte der kleine König voller Mitleid, »du siehst aus wie ein Engelchen, das sich aus dem Himmel verflogen hat, so nackt wie du bist. Dir wird man um der Barmherzigkeit willen helfen müssen.« Erst verband er den Verwundeten. Wollte es seinen Ohren auch scheinen, das feine Leinen schreie förmlich auf, wenn er von einer Rolle die Binden abriß, so schalt er's in seinem Herzen und befahl ihm, stille zu sein, denn Blut zu stillen solle es sich als höhere Ehre anrechnen, als die Notdurft eines Kindes zu sammeln. – Dann labte er den Verletzten mit Essen und Trinken.

»Aber nackt wie ein Engelchen bist du immer noch geblieben«, sagte der kleine König und kratzte sich hinter dem Ohr. »Wanjka«, sprach er weiter, »hat einen schönen und langen Schwanz und eine dichte und zottige Mähne. Aber schnitte ich ihm auch alles hier auf der Stelle ab, könnte ich dir immer noch kein Kleid daraus weben... Es wird nichts helfen, es werden ein paar Pelzchen daran glauben müssen, und noch eine Rolle vom Leinen, sonst erfrierst du.«

So ging es zu, daß der überfallene Kaufmann im feinsten Hochzeitsleinen und in Zobel gekleidet aus seinem Unglück zu den Menschen zurückkam und der kleine König mit beinahe leeren Packtaschen seinem Stern nachritt. Und jetzt war es beinahe, als hätten seine Taschen Löcher bekommen, so rasch ging auch das letzte dahin. Als der kleine König ein Jahr unterwegs gewesen war, konnte er in allen Taschen den Boden fühlen. Das Leinen war den Nackten und Kranken zugekommen, die Pelze den Frierenden, das Gold und die Edelsteine – bis auf die Perlen, die er im ersten Übermut gesät – den Bedürftigen und Gefangenen. Einzig die Gabe der Mutter, das irdene Krüglein mit Honig, war übrig, und darin ließ der kleine König die Sonne sich spiegeln, als er den Deckel vorsichtig gelüftet hatte.

Er saß am Wegrand, ließ Wanjka grasen, der in der letzten Zeit kaum je Hafer gekostet und noch struppiger als früher und bedenklich mager und ein Pferdejahr älter geworden war, was mehr gilt als ein Jahr unter Menschen. Verzückt schaute er in den glänzenden Spiegel des gelblichen Nektars und sah im Geiste das grün-goldene Feuer der blühenden Linden daheim, wie sie dastanden und in der Sonne badeten, jede einzige eine Wolke von Duft und Gesumm. Den kleinen König überwältigte ein unendliches Heimweh. Ach! dachte er bei sich, lieber eine kurzlebige Biene daheim sein als ein unbekannter König in fremdem Land! Und lieber den Linden nachfliegen, als den Sternen nachlaufen! Jetzt war er schon ein Jahr unterwegs und sah noch immer kein Ende ab. Die Fremde war ein Elend geworden, das Neue schal, und seitdem er alles, was er besessen, verschenkt hatte, sprach er eigentlich nur noch mit Wanjka. Er war so einsam geworden, wie er sich's gar nicht hatte vorstellen können.

Die erste wilde Biene, die, nach dem Winter heißhungrig und vom Duft der russischen Linden gelockt, sich auf den Rand des irdenen Krügleins setzte und Honig sog, sah er noch nicht, oder sie flog zu rasch wieder fort, als daß er sich Gedanken darüber gemacht hätte. Erst als drei und vier und dann dreißig und vierzig und immer mehr dahergesummt kamen, merkte er, daß man, nachdem er nichts mehr schenken konnte, ihm das letzte, was er besaß, rauben wollte. »Weg! weg!« schrie der kleine König und fuchtelte mit beiden Händen und suchte nach dem Deckel, den er beiseite gelegt hatte, ohne ihn finden zu können, denn ohne daß er's gemerkt hatte, saß er darauf. Unterdessen hatte der glänzende Spiegel seines Honigs sich mit Bienen bedeckt, und alle schleckten sie den heimischen Honig. Als der kleine König zugriff und mit dem Krüglein in der Hand aufsprang, stand er alsbald in einer wahren Wolke von blitzenden Flügeln, und je mehr er das Krüglein schwenkte und die Lüsternen abzuwehren versuchte, desto ärger stachen sie ihn.

»Weg! weg!« schrie der kleine König abermals, aber diesmal galt das ihm selbst. Er wollte auf Wanjkas Rücken entfliehen und so das Krüglein in Sicherheit bringen. Doch Wanjka... Wanjka, selber von Bienen bedrängt, galoppierte längst irgendwo mit gesteiltem Kopf, wild ausschlagend und den Hals verwerfend gegen den Wind über die Felder, um sich dann am Boden zu wälzen und jene geflügelten Feinde, die sich in seiner Mähne verfangen hatten, dadurch unschädlich zu machen, daß er sie zerdrückte. Der kleine König sah ihn kaum, denn von den vielen Stichen, die er erhalten hatte, schwollen ihm schon die Augen zu. Seine Rechte hielt immer noch das Krüglein, aber ihm war, als hielte er diese Hand, die ein einziges Gewimmel von Bienen war, in flüssiges Feuer. Ja, ja, dachte der kleine König mehr traurig als zornig, freßt nur, freßt mich nur bei lebendigem Leibe auf! Er war so todtraurig, daß er hätte weinen mögen, wenn seine Augen es nur noch hätten können. Aber sie konnten es nicht mehr, schon staken zu viele Bienenstachel in den geschwollenen Lidern. Er konnte nichts anderes, als stillhalten: dem glühenden Schmerz, der Traurigkeit, dem Dunkel, in welchem für ihn die ganze Welt mitsamt der Sonne untergegangen war. Und so blieb er sitzen und hoffte, daß niemand ihn in seinem Elend finden und daß das Pferdchen wieder zu ihm kommen würde, wenn die Bienen es nicht mehr plagten, denn außer Wanjka besaß er ja nichts mehr. In seinem Herzen war nichts als Hader: mit der Verheißung, die ihn hatte aufbrechen lassen, mit dem Stern, der nicht hatte stillstehen wollen, mit dem größten König aller Zeiten und Zonen, der ihn von so weither bestellt, mit der Fremde, die ihn so trügerisch genasführt, mit den drei Königen, die ihn im Stich gelassen hatten, wie er meinte, und mit der Undankbarkeit jener, denen er wohlgetan... Nur mit sich selber haderte er nicht.

Was für ein Tag es war, an dem seine Augen sich wieder für ein Spältchen öffneten, daß er das Licht der Sonne zu sehen vermochte, wußte er nicht. Es war sehr lange dunkel um ihn gewesen, er hatte die Tage und die Nächte in Fieber und Schmerzen nicht zu zählen vermocht. Als er die Welt wiedersah, schien sie ganz die gleiche zu sein wie damals, als die Bienen ihn überfallen hatten. Wanjka weidete in seiner Nähe, der Sattel hing schief von seinem tief eingerittenen Rücken herab, und die Packtaschen waren schlaff wie leere Bälge. Mit dem ersten Blinzeln durch die abschwellenden Lider aber hatte der kleine König gesehen, daß das Honigkrüglein in seiner rot aufgeschwollenen, unförmigen Rechten leer war - ganz leer. Und keine Biene war weit und breit zu hören. Da warf er in nachtschwarzer Verzweiflung das Krüglein der Mutter in hohem

Bogen weg, daß es an den Felsen zerschellte, ging mit taumelndem Schritt auf Wanjka zu und gab ihm als ersten Willkomm einen Tritt auf die Kruppe. Dann schwang er sich in den Sattel und jagte, zum ersten Male wieder mit Tränen in den Augen, von dem Ort seines letzten Unheils davon. Er verfluchte alle Kreatur und die Schöpfung, die ihn bestohlen.

Wenige Tage später aber kniete er neben Wanjka, dem er in seiner Verzweiflung so unrecht getan hatte und der jetzt, alle Viere von sich gestreckt, krank auf dem Boden lag und nicht mehr aufstehen wollte, und sprach mit ihm. »Wer«, sagte der kleine König und sah dem Pferdchen in die Augen, in deren unergründlichem Blick schon blaue Schleier dahinzuwehen schienen, »wer wird mich zu meinem Stern bringen, und wer wird mich zurücktragen in die teure Heimat, wenn nicht du, Freund? Verzeih mir den Fußtritt von neulich! Ich habe ihn mir nicht selber geben können, aber so war er gemeint, glaub mir!« - Wanjkas Nüstern bebten leise, als schnoberte er den Duft vom Heu der heimatlichen Weiden, sein Kopf steilte sich, und er streckte alle Viere noch länger von sich, daß die Fesseln knackten und er beinahe wie ein richtiges Pferd aussah. - »Du kannst nicht antworten«, sagte der kleine König, »ich weiß, aber so geringschätzig zu lachen brauchst du nun auch nicht, wenn ich dich frage«, denn er meinte, Wanjka hätte seine Zähne beim Lachen entblößt. Doch da war Wanjka schon tot.

Als dem kleinen König das aufgegangen war, saß er noch viele Stunden neben dem vierbeinigen Freund und liebkoste seinen gespannten, immer steiferen Hals und spielte mit dem Zotteldickicht der Mähne. Einmal raffte er den dichten Vorhang der Stirnlocken beiseite und wollte ihm in die Augen blicken. Aber das fremde, glasige Dunkel darin hielt er nicht aus. Dabei mußte er nur an den schelmischen Trotz, an die Neugier und an die treue Geduld denken, die früher darin gewohnt hatten. Er ließ die Locken zurückfallen, stand auf und war viele Stunden damit beschäftigt, von weit und breit her Steine zusammenzutragen, die er über den toten Freund häufte, damit nicht das wilde Getier seinen Schlummer unziemlich störe. Die untersten Steine lehnte er ganz behutsam gegen Wanjkas erkaltete Flanken und entschuldigte sich fortwährend, wenn sie ihn drückten. Und dann setzte er sich neben den steinernen Hügel und wartete auf den Stern.

Der Stern kam in der ersten Nachtstunde nicht und nicht in der zweiten, nicht in der dritten und nicht in der vierten, der König mochte sich die Augen ausstarren, soviel er wollte, und den Wind schelten, der ihn weinen machte. Erst geraume Zeit nach Mitternacht sprang er auf und hastete in der Finsternis davon. Aber wie schnell er auch sprang – so schnell wie Wanjka vermochte er's nicht, und er wurde sich klar darüber, daß die Reise jetzt noch länger dauern würde. Doch auch damit waren seine Sorgen nicht zu Ende. Was in der ersten Nacht nach Wanjkas Tod geschehen war: daß der Stern erst dem Morgen zu erschien, wiederholte sich jetzt Nacht für Nacht. Ja, der Stunden, da der Stern – tief über dem Horizont gen Süden – sichtbar war, wurden es immer weniger, wenn er sich das auch nicht eingestehen wollte. Sein Schweif hing nicht mehr ins Firmament hinab, sondern stützte sich irgendwo dort vor ihm im Süden auf die Erde, dort, wo... Dort, wo... Der kleine König rannte förmlich durch die Nacht, daß weit und breit die Hunde argwöhnisch heulten und die Wächter stutzten. Was hat das alles genutzt, dachte er verbittert, Hungrige zu speisen, Nackte zu kleiden, Gefangene zu befreien, alles zu verstreuen und dabei nur die Tränen des eigenen Unglücks zu säen... König zu werden über das Herz eines Bettelweibes, haha! Darauf habe ich mir einmal etwas eingebildet, ich Narr! Jetzt komme ich trotz allem zu spät, und komme ich zurecht, dann bin ich ein Bettler, den man nicht vorläßt!

Einmal dann, gar nicht viel später, kam für ihn die längste Nacht seines Lebens: die Nacht, da der Stern überhaupt nicht erschien, so wolkenlos klar das Dunkel auch war. Da saß der kleine König vom Einnachten bis zum Morgengrauen auf einem Fleck. Tagsüber ging er weiter, aber mehr nach seinem Gutdünken als nach einer himmlischen Weisung, und als er sich eine zweite Nacht vergeblich die Augen ausgestarrt hatte, schlich er in der Morgenfrühe zu einem Stall und schlief. Die Streu war noch warm von den Leibern der Tiere, die hier genächtigt, und er dankte Gott für die Wohltat, die er ihm bereitet.

Von der zweiten Nacht an, in welcher der Stern nicht mehr leuchtete, konnte man eigentlich sagen, daß der kleine König aus Rußland eine Art Landstreicher wurde. Er ging und ging, ging tagsüber und nachts, ging mal mit Hoffnung im Herzen und mal mit Trotz und Verzweiflung oder mit Kummer, aber er hatte kein rechtes Ziel mehr, weder in seiner Seele noch vor Augen. Und je weniger ihm sein Ziel vor Augen und im Herzen stand, desto mehr verstrickte er sich in das Unglück und die Händel der Welt, die ihn hier ärger dünkten, als ein König - und sei es der allergrößte aller Zeiten und Zonen - sie je zu bessern vermöchte. Und deshalb ging es mit ihm dann auch so, wie es ging.

Er war eines Morgens ans Meer gekommen, in eine fremdartig schöne Hafenstadt, und hatte vom Morgengrauen an drunten am Wasser gesessen und zugeschaut, wie die Morgenröte sich gleich Perlmutter in den Wellen brach. Ach! hätte er noch Perlen gehabt, sie und etwas von ihrem Glanz hinzuzuwerfen! Dann war er Zeuge eines wilden Auftritts geworden. Eine Galeere, die im Hafen lag, war zur Abfahrt bereit; nur fehlte ein Mann. Der Mann an den Riemen, der fehlte, war tot. Er war ein säumiger Schuldner des Schiffsherrn gewesen, und jener hatte ihn durch das Gericht dazu verurteilen lassen, auf einer seiner Galeeren zu dienen, bis er mit der Kraft seiner Arme die Schuld abverdient habe. - Diese Arme waren nicht stark genug gewesen, der ganze Mann nicht zum Galeerendienst tauglich. Ehe das Schiff hier angelegt, hatte man seinen Leichnam ins Meer werfen müssen. Nun aber kamen der Schiffsherr und seine Knechte und führten zwischen sich den halbwüchsigen Sohn des Toten, der in des Vaters Fessel geschmiedet werden sollte, und nebenher ging seine noch junge Mutter und flehte den Schiffsherrn um Erbarmen an. Der erwiderte barsch, daß er von nichts wissen wolle, als daß der Sohn alsogleich in des Vaters Fesseln träte.

Der kleine König, abseits, hörte sich das alles an und sah mit Grimm und Gram in seinem Herzen zu. Die junge und, wie ihn dünkte, schöne Witwe dauerte ihn, und sie rührte ihn in ihrem Schmerz um den halbwüchsigen Sohn, dem man heute schon ansehen konnte, daß er dem Vater bald ins Grab folgen würde. Wie ein Schaf, das zur Schlachtbank geführt wird, stand er hilflos und untätig da und schaute bald die Mutter, bald seine Häscher an, während seine Mutter den Schiffsherrn beschwor, sie wäre, wenn er ihr den Knaben nähme, ohne Ernährer.

»Erst abverdienen, was schon aufgegessen ist!« schrie der

Schiffsherr roh lachend, oder ob sie vielleicht selbst kommen wolle? Das gäbe einen Spaß!

Der kleine König betrachtete die junge Frau. Ihm fielen mit einemmal so viele junge Mädchen daheim in seinem eigenen Land ein, die er mit Wohlgefallen angesehen, um die er aber nie gefreit hatte. Er stellte sich vor, wie schön es sein könnte, an der Seite einer sanftmütigen und treuen jungen Frau, wie es diese gewiß war, zu leben, bei Tag und bei Nacht... Und als der Schiffsherr an der Hafenbrücke Befehl gab, den Knaben ins Schiff zu bringen und ihn in die Fessel zu legen, jetzt eile es ihm, denn der Morgenwind wehe günstig, sprang der kleine König von seinem Platze abseits hervor und trat unter die Leute.

Dann gehe er statt des Knaben, sagte er leise und blickte den Schiffsherrn herausfordernd an.

Das erste, was er hörte, war ein höhnisches Lachen. Dann hatten die Augen des Schiffsherrn ihn eingeschätzt, wie der Metzger ein Stück Vieh betrachtet, das ihm zur Schlachtung geboten wird. – Oho! traue er sich's zu? Er solle es sich dreimal überlegen, sagte der Schiffsherr, die Reise sei nicht so bald zu Ende, wenn er die runde Zeche, die ihm sein Vorgänger eingebrockt, bis zum letzten Heller bezahlen wolle. Und für Leute mit seinem aufrührerischen Blick käme manchmal noch ein Draufgeld hinzu... Ihm sei es sonst recht. – Er hatte nämlich mit einem einzigen Blick erkannt, daß der kleine König ein besserer Ruderknecht sein würde als der halbwüchsige Knabe.

Der kleine König blickte die junge Witwe an, deren Augen überweit geworden waren von Bestürzung und Hoffnung. Er sah, daß sie schön war und daß die Hoffnung für ihren Knaben sie unter ihren Tränen nur noch schöner machte. Er hätte sie lieben mögen bis ans Lebensende, wenn er selbst nur noch Hoffnung genug für sein Leben gehabt hätte.

»Es bleibt so«, sagte er dann leise, kehrte sich ab und stieg ins Schiff hinunter, wo der Galeerenvogt ihn in die Eisen schloß.

Nun kam die Zeit im Leben des vierten Königs, von der so schnell erzählt ist und die zu leben doch so lange, so grausam lange währte, beinahe dreißig Jahre lang. Dreißig Jahre auf der Galeere! Er war arglos gewesen, als er sich für den halbwüchsigen Knaben der Witwe in die Fessel des Toten hatte schließen lassen, und hatte gar nicht nach der Höhe der Schuld gefragt, die der Tote ihm hinterlassen, und wie lange er rudern müsse, um sie abzudienen. Als die Eisen sich erst einmal um seine Knöchel geschlossen hatten, bekam er, wann immer er fragte, zur Antwort: »Noch längst nicht!« Jahr um Jahr hatte er sich ›noch längst nicht‹ genug geschunden, Bank an Bank mit aller Welt Abschaum und den Unglücklichen, die durch Torheit oder Arglist hier geendet. Zweimal in diesen dreißig Jahren gelang es ihm zu fliehen, aber beide Male wurde er wieder gefangen, weil seine jahrelang in den Eisen eingeschlossen gewesenen Füße ihn nicht rasch genug hatten von der Küste wegtragen können. Für beide Fluchtversuche wurde die Zeit verlängert, mit der er die Schuld des Toten abzudienen hatte, obschon ihm klar war, daß diese ›Schuld‹ nur noch ein Vorwand war. Unzählige Male, wenn er Willkür und Unrecht grausam unter den Gefährten seines Unglücks wüten sah, zettelte er Aufruhr an und mußte ein jedes Mal jenes ›Draufgeld‹ auf die Zeche zahlen, das ihm der Schiffsherr an dem Morgen in dem fremden Hafen vor den Augen der jungen Witwe für seinen aufrührerischen Blick schon vorausgesagt hatte. Der Schiffsherr, unter dem er eingetreten war, starb; der Sohn erbte ihn als fleißigen, ob auch störrischen Ruderer, und nach etlichen Jahren, als auch die Vögte ein paarmal gewechselt hatten, gab es niemand mehr, der noch wußte, daß er ja eigentlich nur für einen anderen auf die Bank geschmiedet dasaß und nur so lange zu fronen brauchte, bis die Schuld des Toten getilgt war. Und dieses: allmählich in Vergessenheit zu geraten mit seinem Opfer und letztlich gleichsam nur zur stummen Einrichtung des Schiffes zu gehören, war vielleicht das schlimmste und das schwerste für den kleinen König. Dieses Vergessen löschte ihn selber als Menschenwesen aus. Von da an erlosch er zusehends selber und wurde seinem eigenen Schatten gleich. Aus den tief eingesunkenen Augen des abgemagerten Gesichts konnte er vor sich hinstarren, ohne daß jemand zu sagen vermocht hätte, ob er überhaupt etwas sah, ja ob er lebte. Sein Blick glich mit jedem Jahr mehr jenem, den er vor langer, langer Zeit eines Morgens in den großen Augen Wanjkas gesehen und damals nicht zu ertragen vermocht hatte. Und doch: mochten andere es auch nicht gewahren können - er sah etwas, und er lebte darin, nur noch darin. Er sah noch einmal und immer wieder den Stern, um dessentwillen er vor vielen Jahren aus der teuren Heimat aufgebrochen war, sah ihn bei Nacht und bei Tag jetzt, denn das Licht war dunkel genug, daß er ihn auch tagsüber, wie aus einem tiefen Brunnen, zu erkennen vermochte, und alles Dunkel, das ihn unaufhörlich in der fiebrigen Hitze unter Deck auf der Ruderbank umgab, wurde für ihn von seinem Glanze zerteilt. Er bedachte alle Wege, die er geritten war, und vor allem jenen Morgen, da ihn der fremdländische König aus dem Osten gefragt hatte, warum er seine Tränen in die fremde Erde säe.

Ich behalte ja noch mein Lachen, hatte er damals töricht zur Antwort gegeben; jetzt hatte er's lange verloren, auch das; wie die Perlen, das Gold, die Edelsteine, die Pelze und das Linnen. Und an das Königreich, das die Bettlerin ihm in ihrem Herzen bereitet hatte, wie sie gesagt, konnte er nicht mehr glauben und nicht darauf hoffen.

Unsägliche Reue erfüllte seine Jahre. Er hatte alles vertan, wie er meinte, er hatte sinnlos verschwendet. Gar nicht zu reden davon, daß er nicht des Allherrschers Vasall werden konnte - er war nicht einmal mehr der Krone in der Heimat würdig. Längst hatte sie sich gewiß auch ein anderer aufgesetzt, und er war vergessen. Nur wunderte er sich von Jahr zu Jahr mehr, warum die Herrschaft des größten Königs, dem zu huldigen er ausgezogen war, sich gar nicht mit einer Wende zum Besseren in ihrem elenden Leben auf der Galeere bemerkbar machte.

Und dann sah er die junge, schöne Witwe vor sich, um deretwillen er einst darin eingewilligt hatte, ein Ruderer der Galeere zu werden. Er hatte sich längst klargemacht, daß es nicht geschehen war, um das Los des Knaben zu lindern, sondern um der Frau, der Mutter, ein Zeichen seiner jäh erwachten Liebe zu geben. Und er fand, das Licht des Sterns dürfe und könne auch dieses Gesicht bestrahlen, und da habe er nichts zu verbergen oder zu bereuen. Aber wo war sie? Sicher hatte sie ihn längst vergessen, dachte keinen Augenblick mehr an den Fremden, der ihr den Ernährer erhalten, oder hatte längst abermals einen Mann genommen - das Königreich ihrer Liebe verschenkt, wie die Bettlerin ihr Herz gewiß dem Nächstbesten, der ihr nach der Begegnung im Stall ein paar Münzen geschenkt, obschon sie es ihm versprochen und abgetreten. Ach! der Gedanken waren viele und der Nächte und Tage in beinahe dreißig Jahren, sie zu denken, noch mehr. Darüber fiel eine kräftige Rudererbrust ein, ging der Atem mühsam wie aus einem zerlöcherten Balg, wurden erst die Schläfen vorzeitig grau und dann der ganze Kopf, und die Augen sanken glanzlos tief ein in den Höhlen, während die Haut unter den schweren Fesseln allmählich zu Leder geworden war.

Als man den kleinen König eines Tages aus dem Dienst entließ, mußte man ihn an Land tragen. Er taugte nicht mehr für die Galeerenbank, er taugte nur noch zum Sterben. Aber der Hafen, in dem er an Land getragen wurde, war der gleiche wie vor beinahe dreißig Jahren, in welchem er sich auf der Galeere hatte in Fesseln schmieden lassen.

Er lag ein paar Stunden, gegen einen Prellstein gelehnt, im Schatten und ließ den Wind um sich wehen, den er nach der dumpf-unbewegten Fieberhitze unter Deck in dreißig Jahren unsäglich genoß. Vor dem flimmernden Silberspiegel der See schloß er die Augen. Er hatte ihre mörderische Grausamkeit kennengelernt, ihr Lächeln konnte ihn nicht mehr verführen. Die Hafenhunde beschnüffelten ihn und hoben ihr Bein an seiner Schulter, er verjagte sie nicht. Er mußte erst wieder zum Leben erwachen. Zwischendurch schlief er wohl auch etliche Male ein. Daß er auf eigenen Füßen aus dem Hafen würde weggehen können, glaubte er nicht. So bald trugen ihn die eigenen Füße noch nicht. Er hatte sie jahrelang kaum benutzt. Aber er wollte zufrieden sein, wenn er hier liegenbleiben und einmal für immer einschlafen durfte. Doch gegen Abend kam ein dem Anschein nach wohlhabender und, nach den Dienern, die ihn begleiteten, sehr angesehener Mann an seinem Prellstein vorbei, blieb stehen, betrachtete ihn lange und fragte ihn dann, woher er komme.

Der kleine König hob nur stumm seine Hand und deutete vor sich hin aufs Meer. Von dorther komme er. – Sprechen mochte er nicht.

Sei er von einer Galeere entlassen? fragte der Mann, der mittlerweile mit Schaudern die lederhäutigen, nackten Knöchel betrachtet hatte, die dreißig Jahre lang in Eisen eingeschlossen gewesen waren.

Der kleine König nickte stumm. – »Heute, ja«, war alles, was er dann zu sagen vermochte.

»Könnt Ihr selbst gehen?« fragte der Mann. Der kleine König schüttelte mit einem verzagten Lächeln den Kopf. Das bedeutete: Nein.

»Holt eine Sänfte!« sagte der Fremde zu zweien seiner Diener. Jene gingen, ein dritter blieb noch bei ihm. Und er sprach weiter: »Von heute an werdet Ihr bei mir wohnen, bis man Euch gesund gepflegt hat.«

Der kleine König glaubte nicht recht zu hören. Er wollte dem Fremden danken, doch bevor er noch ein Wort über die Lippen bringen konnte, sagte der: »Dankt nicht mir! Und jene, der Ihr danken könntet, lebt nicht mehr. Es war meine Mutter. Sie hat mir bis an mein Lebensende zur Pflicht gemacht, alle, die von den Galeeren entlassen werden, bei mir aufzunehmen und pflegen zu lassen, bis sie wieder zu Kräften gekommen sind. - Immer habe ich diesen letzten Willen von ihr nicht gern erfüllt«, sagte er streng, »und so wird das wohl auch bleiben, denn es sind meist rechte Galgenvögel, die sie von den Galeeren hinauswerfen und die besser im Gefängnis daheim wären als in meinem gesitteten Hause, aber... Nun ja, meine Mutter meinte, sie habe einmal auch einen guten Menschen auf die Galeeren gehen sehen, und um seinetwillen hat sie mir das Versprechen abgenommen, das ich erfülle. Seid Ihr anders als Eure Vorgänger, so wird das ihr Gedächtnis ehren und mir ihre weichherzige Weiberlaune nicht mehr ganz so töricht erscheinen lassen wie früher.«

Der kleine König lag gegen den Prellstein gelehnt und schaute dem reichen Mann in die Augen. Er schwieg lange Zeit, die Erinnerungen an den Morgen vor beinahe dreißig Jahren überwältigten ihn, und er forschte in dem Gesicht des Mannes, der vor ihm stand, nach den Zügen des hilflosen Knaben von damals, der wie ein Schaf vor der Schlachtbank gestanden hatte. Dann sagte er, beinahe flüsternd: »Soso, so also war Eure Mutter, Herr...? Ich habe...« Aber er sprach nicht weiter, er wollte sich nicht verraten. Ich habe es mir schon damals gedacht, ich habe es immer gewußt, dreißig dunkle Jahre lang habe ich das gewußt, hatte er sagen wollen. - »Ich will Eurer guten Mutter keine Schande bereiten«, sagte er schließlich, »Ihr seid gewiß der älteste ihrer Söhne...?«

Der Fremde nickte. »Ja«, sagte er dann, »es ist nicht immer leicht, der älteste Sohn zu sein, das bringt so manche mißliche Pflicht mit sich...«

Der kleine König hätte darauf so manches zu sagen gewußt, aber zum Glück enthoben die beiden Diener, die mit einer einfachen Sänfte kamen, ihn der Versuchung, Antwort zu geben, und ächzend ließ er sich von ihnen aufladen.

Von jenem Tage an lebte der kleine König in einer abgelegenen Kammer im Hause des reichen Kaufmanns, der wider Willen den letzten Wunsch seiner Mutter erfüllte und auch nicht müde wurde, aller Welt zu versichern, er tue das sehr ungern, denn er glaube nicht daran, daß auch nur einer, der seiner Wohltaten teilhaftig werde, ihrer im geringsten wert sei, vielmehr gehörten sie alle von der Galeerenbank ins Gefängnis und von dort geradewegs auf den Schindanger. Er war ein harter Herr, der reiche Kaufmann, der sich aus kleinen Verhältnissen und einer durch die Schulden seines früh verstorbenen Vaters bedrängten Kindheit schwer hatte emporarbeiten müssen, aber sein Reichtum und Erfolg stopften jenen Leuten den Mund, die sagen wollten, sein eigener Vater sei auf einer Galeere geendet, und der Mutter hielt er das Wort, das er ihr einmal gegeben.

Alles das bekam der kleine König von den Dienstleuten zu erfahren, während er still wie ein Schatten in seiner abgelegenen Kammer hauste und ganz allmählich wieder zu Kräften kam. Er verweilte mit seinen Gedanken ganz in der Vergangenheit, und da die Frau, um deretwillen er sich einmal in Fesseln hatte legen lassen, nun tot war, besaß er nur noch den Stern und den großen König und fragte sich, wie es wohl mit dem gegangen sein könnte.

»Ihr seid die Ausnahme von der Regel gewesen«, sagte der reiche Kaufmann widerwillig anerkennend, als der kleine König zu ihm kam, um ihm zu danken und sich zu verabschieden - »wenn sich nicht noch hinterher herausstellt, daß Ihr nur etwas geschickter dabei zu Werke gegangen seid, ein Spitzbube zu sein, als Eure Vorgänger«, fügte er mißtrauisch hinzu. »Aber möge es einmal beim ersten bleiben«, sagte er dann, »ich wünschte es, um meiner Mutter willen.«

»Ich auch«, pflichtete der kleine König ihm bei. »Gesegnet sei ihr Andenken!«

Der Kaufmann blickte ihn etwas verdutzt an, solche Worte hatte er nicht erwartet, aber da hatte der kleine König sich schon abgewandt und ging. Er wollte seine Tränen nicht zeigen.

Er ging wieder auf die Landstraßen hinaus, auf denen er einst daheim gewesen, bevor die Galeerenbank sein Platz im Leben geworden war. Von früher her wußte er noch, wo sein Stern zum letzten Male geleuchtet und seinen langen, goldenen Schweif auf die Erde gestützt hatte. Wie aus alter Gewohnheit, die wieder erwacht war, ging er in dieser Richtung. Und mit der Wahl dieser Gewohnheit schien er auch nach dreißig Jahren das Rechte getroffen zu haben, denn er mußte sich wundern, wie voll von Leuten die Straßen waren. Entweder waren der Landstreicher soviel mehr geworden als früher, oder die Straßen gen Süden führten hier zu einem besonders lockenden Ziel. Er hielt Umschau unter den Leuten und fand bald heraus, daß es keine Landstreicher waren, im Gegenteil: gutbürgerliche und kleinbürgerliche Leute, die bei dem schönen Frühlingswetter in ganzen Familien ausgezogen waren, einer großen Stadt im Süden entgegen, wo sie an einem Fest teilnehmen wollten. Natürlich schwemmte der Strom der Festteilnehmer auch so manche von der Zunft jener mit, die sich überall einstellen, wo Müßiggang und Festfreude im Schwange sind: Bettler und Bettlerinnen, Gaukler und Händler.

Der kleine König überholte bisweilen einen, der sich nur ächzend vorwärtsschleppte, um diesen großen Markt noch zu beschicken, welcher vielleicht der letzte seines Lebens sein, ihm aber bestimmt noch soviel Almosen einbringen würde, daß er davon bis zu seinem Ende ohne Hunger leben konnte. Ein anderes Mal überholten rüstigere Wanderer ihn und sahen mit der Schadenfreude von stärkeren Mitbewerbern auf ihn herab, der erst viel später als sie anfangen würde, vom Mitleid der Leute zu ernten. Einzig und allein die Gestalt einer alten Frau blieb tagelang in seinem Gesichtskreis vor ihm. Es mochte eine Bettlerin sein, keine Händlerin, denn wie er auch von weitem erkennen konnte, führte sie keine Habe bei sich, sondern schritt ohne Bürde an einem Stock so rasch aus, wie sie vermochte - ebenso rasch wie er selber, der kleine König, denn sonst hätte er sie nicht so lange sehen können, wie er's tat. Um die gleichen Zeiten und genauso lange wie er schien sie zu rasten, in den gleichen Orten zu nächtigen, um die gleiche Zeit wieder aufzubrechen wie er, die gleiche Kraft und die gleichen Gewohnheiten zu haben und vielleicht auch ein und dieselbe Müdigkeit. Als er sie auch am dritten Tage in gleich weitem Abstand vor sich sah, dünkte ihn das wunderlich: so, als ginge sein eigener Schatten ihm so weit voraus, und er machte sich viele Gedanken. Manchmal lockte es das letzte bißchen Neugier in ihm, sie einzuholen und sich zu vergewissern, welch eine Bewandtnis es mit ihr habe - wenn sie sich nun überhaupt einholen ließ und ihren Schritt nicht ebenso beschleunigte wie er. Dann wieder verzichtete er müde und wollte auch dieses Rätsel auf sich beruhen lassen. Vielleicht, dachte er, bilde ich mir das alles nur ein. Das meiste im Leben, was einen beschäftigt, ist nur ein Vorwand des Schicksals, die Liebe auch. Aber sicher ist sie der schönste von allen - für die grausamste Lehre.

Die große Stadt mußte am folgenden Tage schon sehr nahe sein, denn wo immer von Ost oder von Westen her eine Straße auf die seine einmündete, führte sie mehr und immer mehr Menschen herzu, die alle gen Süden weiterstrebten. Und je dichter das Gewimmel wurde, in dem er nun zum erstenmal die Bettlerin nicht mehr erkennen konnte, desto einsamer kam der kleine König sich vor. Er vermißte das Letzte, was ihm ein paar Tage lang vertraut geworden und jetzt schon wieder entschwunden war: die Bettlerin, ein nie geschautes Gesicht; ihm war, als hätte man ihm seinen Schatten genommen. Nun, dachte er, wollte er rasten und nachdenken, was er hier eigentlich sollte. Am Nachmittag gleißten von fernher die Kuppeln eines riesigen Tempels in einer auf vier Hügeln erbauten Stadt, und die mit ihm Wandernden brachte der Anblick dazu, in laute Rufe des Entzückens und der Lobpreisung auszubrechen und ihren Schritt zu beschleunigen, um noch vor Abend in den Mauern zu sein. Nur der kleine König ging langsamer. Er wollte nicht zum Abend in der Stadt einkehren - ja, wollte er es je und überhaupt? Als er gegen Sonnenuntergang ein Wäldchen von Ölbäumen auf einem Hügel dicht vor den Toren erblickte, verließ er die große Straße und stieg mühselig keuchend auf einem schmalen Pfad hinauf. Hier unter den Bäumen oder in einer Gärtnerhütte hoffte er, die Nacht verbringen zu dürfen.

Der Ort heimelte ihn an und bedrückte ihn zugleich, je näher er kam. Reiche Leute schienen hier ihre Gärten und Pflanzungen zu haben, und keins der dichten, schattigen Gehege entbehrte der Pflege. Aber es war kein Mensch weit und breit. Einmal nur meinte der kleine König einen Schatten zwischen dem Gebüsch verschwinden zu sehen, aber als kein Zweiglein knackte und alles still blieb, verwies er sich's als Einbildung an einsamem Orte, wenn dieser Schatten nicht ein Landfahrender gewesen war, dem ebensowenig daran gelegen sein konnte, Menschen zu treffen, wie ihm.

Als er einen Brunnen fand, den tagsüber wohl ein Gärtner benützte, löschte er lange und ausgiebig seinen Durst. Dann blickte er sich um und horchte. Von fernher war der Schall vieler großer Trompeten zu hören, deren Ton die windstille Abendluft sehr weit trug. Unter den Bäumen, um die Feuchte des Brunnens, stieg und sank nur das winzige Brausen eines Mükkenschwarms, und weiterhin zwischen den Büschen sangen die Grillen. Er stand lange Zeit reglos, halb wie zum Verweilen und halb, als überlegte er, ob er weiter müsse. Dann gab er seiner Müdigkeit nach und stieg einen schmalen Gartenweg zwischen weit überhängenden Felsen hinab. Unter dem Dach des Gesteins gegen den Tau geschützt, wollte er die Nacht verbringen, die rasch hereinbrach. Doch die tiefe Nische, zu der er seinen Schritt lenkte, war... schon bewohnt. Der König erschrak. Eine alte Frau saß dort. Sie schien von eh und je dort gesessen zu haben, sie saß so unbeweglich, als wäre sie aus Stein gehauen. Rasch wollte er zurück, aber sie hatte ihn schon erblickt, und er blieb. Und wenige Augenblicke später dünkte ihn lächerlich, daß er überhaupt ans Fliehen gedacht hatte, denn diese Alte war hier sicher so wenig ein geladener Gast wie er. Es war eine alte, von Wind und Wetter gegerbte Bettlerin, die das Gedränge der abendlichen Stadt gescheut und wohl beschlossen haben mochte, hier die Nacht zu verbringen.

Der König, ohne die Alte viel zu beachten, machte sich's häuslich, wie er es gewohnt war: er suchte sich einen flachen Fels, gegen den er den Rücken lehnen konnte, und legte sich die Rechte als Kissen in den Nacken. Dann guckte er zu den Sternen empor. Die Alte, die zwischen langen Zeiten des Schweigens, in denen sie schon eingenickt sein mochte, zur Redseligkeit zu neigen schien, begann ihn nach Bettlerart auszufragen: wo er seine besten Plätze habe, wie er's anfange, viel zu bekommen, ob er schon einmal Gebrechen geheuchelt habe, um das Mitleid zu spornen, und wenn ja, dann welche, und wo nach seiner Meinung die Obrigkeit am gefährlichsten sei und die Weichherzigkeit der Leute am ergiebigsten.

Auf das allermeiste wußte der kleine König gar keine Antwort. Er besaß nicht die Erfahrungen, über welche die Alte zu verfügen schien, und bald schlief er ein. Eigentlich war er zornig, als ihn die Stimme der Alten – er wußte nicht, wie bald – wieder weckte. Sie wollte wissen, woher er gekommen sei.

Der kleine König lauschte ihrer Frage nach. Die Nische, in welcher sie saßen, verlieh ihren Stimmen so absonderliche Stärke, daß es tönte, als hätten mindestens drei Kehlen ihre Kraft geliehen.

»Woher?« fragte er noch schlaftrunken. »Ach, von weither…« Dann nannte er die Stadt, in welcher man ihn von der Galeere geladen und im Hause des Kaufmanns aufgenommen hatte.

Die Alte schwieg. Er konnte sie jetzt nicht mehr sehen, denn die Nacht war zu tief.

»Und sie selber?« fragte der kleine König, aber sie gab keine Antwort. Dann sei er vielleicht gar nicht einmal einer von der Zunft? fragte sie eine geraume Weile später kichernd.

Welcher Zunft? wollte der König wissen. Nun, jener, welche den Menschen eine Gelegenheit zum Wohltun biete, wie das Gesetz es befehle.

Das dünkte den kleinen König eine seltsam hochfahrende Erklärung fürs Betteln. – Nein, meinte er nach einer Weile einsilbig, von jener Zunft sei er nicht. Aber halt! genau besehen doch, nur… Meistens, wenn er es recht bedenke, hätten die Leute gerade die Gelegenheit durch ihn nicht wahrnehmen wollen. Aber wahrscheinlich komme es den meisten Menschen im Leben so vor. Die Alte kicherte in der Finsternis vor sich hin.

»Man muß ihnen auch etwas geben«, sagte sie mit greisenhaft brüchiger Stimme belehrend.

»Als Bettler? Den Leuten etwas geben?« fragte der König erstaunt.

»O ja«, sagte die Alte. »Keiner ist so arm, daß er nicht noch etwas zu geben hätte. Und nur wenn die Wohltäter das auch ein wenig spüren, tun sie wohl. – So sind die Menschen nun mal. Nur der Allmächtige schenkt auch in die leeren Hände und in einen tauben Sinn.«

Der kleine König war ganz wach geworden. »Was«, fragte er, »kann ein Bettler seinem Wohltäter zum Entgelt geben?«

»Ach«, meinte die Alte gleichmütig, »alles, was er besitzt.«

»Und warum bettelt er überhaupt, wenn er ›alles besitzt‹?« fragte der kleine König unwirsch. »Daß er bettelt, beweist doch, daß er nichts besitzt!«

Von der Ecke der Alten her kam Schweigen. Schon glaubte der kleine König, gegen die kindische Alte recht behalten zu haben.

»Ach, daß du das nicht verstehst«, sagte die Alte dann, »und bist doch sicher nicht jünger als ich, so wie ich dich vorhin gesehen habe. – Natürlich kann er ihm nicht das gleiche geben, aber etwas anderes, was der Geber vielleicht nötiger braucht als Geld. Einen Blick vielleicht, ein Wort – irgend etwas, was das Herz und den Sinn des anderen erhellt, sein Selbstvertrauen ein wenig belebt, oder was sein Gewissen beruhigt. Es gibt so vieles...«

»Vieles!« wiederholte der kleine König und schüttelte in der Finsternis lächelnd den Kopf.

»Ich«, sagte die Stimme der Alten in der Finsternis, »habe einmal alles, was ich besaß, weggegeben, und... Ach ja, da war ich noch jung!«

Der kleine König meinte, die Alte hätte sagen wollen, sie habe irgendwann einmal in der Jugend ihren Leib um ein Almosen weggegeben. Darüber mehr zu erfragen, widerstand ihm, da die Alte selbst verstummt war.

»Ich weiß, was du denkst«, sagte die körperlose und dabei doch so volltönende Stimme in der Nähe, »du denkst, ich spräche davon, daß ich mich einmal um ein Almosen einem Mann verkauft hätte. Ach nein! Männer habe ich gehabt, und Kinder habe ich gehabt, aber nicht um Geld oder aus Gefälligkeit. Davon rede ich nicht. Torheit ist Torheit, und Sünde ist Sünde, und die Liebe ist ein Vorwand für beides. Nein, ich habe viel mehr verschenkt, aber du kannst mir glauben, daß ich heute noch wiedergeschenkt bekomme.«

»Was hast du verschenkt?« fragte der König, »und wie bekommst du heute noch wiedergeschenkt?«

Es blieb lange still in der Nische. Der König blickte gespannt ins Dunkel hinein, in jene Richtung, wo er die Alte vermutete.

»Ich habe vor beinahe dreißig Jahren einmal mein Herz verschenkt«, sagte die Stimme der Alten, und mit einemmal war in dieser Stimme mehr Klang als früher. »Einem Manne, der barmherzig und gut zu mir war, sehr gut und voller Barmherzigkeit. Damals war ich jung und töricht und in großer Not. Ich habe ihm damals gesagt, daß ich's täte, aber ob er es geglaubt hat, weiß ich nicht. Wer glaubt schon einer jungen

Bettlerin! Nein, ich habe nicht einmal gewußt, ob er's annehmen wollte. Aber ich habe es ihm geschenkt, obschon er gleich davonritt, und habe es seitdem nie wieder zurückgenommen, nicht im Versehen, wie es die Sünde sein kann, und nicht im Vorsatz. Und seitdem... Seitdem bin ich sehr glücklich in dem Gefühl, daß es ein sehr guter und barmherziger Mensch war, der mein Herz besitzt, und Tag für Tag genieße ich von diesem Glück und habe ihm dreißig Jahre lang mit Jubel im Herzen meine Treue hinzugeschenkt. So also... Nichts geht verloren«, sagte die Bettlerin leise, und weil sie wohl sehr müde geworden war, hörte der kleine König sie gähnen.

»Nein«, pflichtete er ihr bei, »da hast du recht, nichts geht verloren! Nur weiß niemand, wo es bleibt - wie nahe von ihm vielleicht schon, und wie bald oder wie spät.«

Er war froh, daß sie das unwidersprochen ließ und daß es still blieb, denn so gelang es ihm leichter, die Gedanken zurückzuschicken in die kleine Scheuer, in der er sie zum ersten Male gefunden, als sie ihr Kind zur Welt gebracht und er ihr die Windeln von einer Rolle des heimatlichen Linnens geschenkt hatte. Vor beinahe dreißig Jahren! Nun war sie eine alte Frau, und er war ein alter Mann, und weite Wege war jeder von ihnen gegangen, aber am Ende waren sie die gleiche Straße zu dem gleichen Ort gezogen, ohne voneinander zu wissen. Er war sicher, daß sie es war, die er tagelang wie seinen eigenen Schatten gesehen hatte. Und was er immer verloren gemeint, hatte er behalten, ja mehr: dreißig Jahre lang hatte er etwas besessen, woran er gar nicht geglaubt: das Königreich des Herzens, das sie ihm damals im Stall gelobt... So war er also immer noch König, wie unwürdig der Vasallenschaft unter dem größten König aller Zeiten und Zonen und der Krone in Rußland er sich auch immer gewähnt!

Der kleine König blickte mit Tränen in den Augen zu den Sternen hinauf. Sein Herz war bei der Alten. Er war sicher: sie hatte ihn nicht wiedererkannt, so wenig er sie erkannt hätte, wenn sie sich ihm nicht zu erkennen gegeben hätte. Mit Jubel im Herzen schenkte sie ihm Tag für Tag ihre Treue... fiel ihm aus ihrer Erzählung ein. War er dann nicht doch unsäglich reich, auch ohne Krone und Land? Seine Gedanken verloren sich zwischen den milchigen Schleiern in der Himmelskuppel, ja, vielleicht schlief er in seiner Schwäche zwischendurch wieder einmal ein. Dann aber schreckte er bei einem verworrenen Lärm in der Nähe zusammen, bei dem - er spürte das mehr, als daß er's hätte hören können - auch die Alte erwacht war. Der Lärm schlug in ihre Nische wie in eine jeden Schall vervielfältigende Muschel.

»Ach! diese großen Städte«, hörte er die Alte ärgerlich murmeln. »Immer dieser Lärm! Was haben sie denn jetzt auch noch nachts zu toben!«

Der kleine König saß gespannt da, jeden Augenblick bereit, sich durch die Büsche davonzumachen, aber der Lärm schien sie und ihren Garten nichts anzugehen. Er hörte aufgeregte Stimmen und Waffenklirren. Was das Ganze zu bedeuten hatte, ahnte er nicht. Vielleicht hatten die Scharwachen in der Nachbarschaft jemand zu suchen gehabt. Er war froh, daß es nicht hier, in ihrem Garten, gewesen war, und als Unbeteiligter genoß er die Ruhe, die allmählich wieder einkehrte. Daß er das Laub hören konnte, wenn es in einem Windhauch flüsterte; Tautropfen, wenn sie von irgendwo, wo sie sich gesammelt hatten, niederperlten; die winzigen Geräusche, welche die Stille der Nacht noch tiefer machten und über denen er noch einmal einschlief.

Als der Tag heraufdämmerte und er wieder erwachte, war er allein. Die Alte hatte ihn irgendwann einmal verlassen, als er noch geschlafen hatte, und er hatte nicht einmal gehört, wie sie aufbrach. Er hatte so fest geschlafen, als hätte er, wie einst in der Jugend, von Kwaß und Gurken geträumt, oder vielleicht hatte er ihren Schritt für eins der leisen Geräusche der Nacht gehalten. Nun war sie fort, er vermißte ihre Gesellschaft, und nun, meinte er, würde er sie wohl auch nicht mehr wiedersehen. Sicher saßen zuviel Bettlerinnen in den Straßen der großen Stadt, als daß die Suche nach der einen unter den vielen sich lohnte. Und warum sollte er sie auch wiedersehen? Er wußte ja alles und empfing auch heute das Geschenk ihrer Treue ›mit Jubel in ihrem Herzen‹...

Sein eigenes krankes Herz fühlte, daß es ein heißer, schwüler Tag werden würde. Schon bedrückte die feuchtwarme Luft unter dem Blätterdach und den Felsen des Gartens seine eingefallene Brust, und sein Atem ging schwer. Über der Stadt gegenüber dem Garten waberte der Dunst um Kuppeln und Dächer und ließ deren Umrisse zittern. Den kleinen König schwindelte, als sein Blick keinen Halt fand. Der Entschluß aufzubrechen fiel ihm so schwer, daß er beschloß, so lange wie möglich hier oben zu bleiben.

Es ging schon gegen Mittag, als er langsam den Hügel hinabstieg und auf einem Pfad zu der großen Straße strebte, auf der er am Vortage gekommen war und die zu einem der Stadttore führte. Das Gedränge hier unten war heute womöglich noch ärger als gestern, denn mit der Sonnenuntergangsstunde des Tages brach das hohe Fest herein, das allen Gläubigen zu Anfang Ruhe und Stille gebot. Die letzten, verspäteten Karawanen, von den Treibern zur Eile gepeitscht, schwankten den Toren entgegen, blökende Schafe, welche im Tempel geopfert werden sollten, trippelten einem wandernden wollenen Teppich gleich dahin, so dicht war Leib an Leib gepreßt, und wo kein Tier mehr Platz hatte, wanderte ein Mensch. Den kleinen König, als er erst einmal auf die Straße getreten war, mahlte, preßte und sog es zugleich hinter die Mauer, ohne daß er noch selbst hätte den Schritt bemessen können, und unter den Quadern des Tores wäre er beinahe umgesunken und von den nach ihm Schreitenden sicher zertreten worden, wenn er sich nicht im letzten Augenblick noch am Schwanz eines Esels hätte festhalten können. Dabei fiel ihm Wanjka ein, der tote Freund, der ihn so sicher getragen hatte. Dann aber, kaum hinter dem Tor, konnte er an nichts Gewesenes und Vergangenes mehr denken. Sein alter, müder Kopf faßte das Gegenwärtige kaum, die Augen gingen ihm über von allem, was er an Merkwürdigem sah, und seine Ohren faßten die verwirrende Vielfalt des Lärmens nur, wo er einzelnes von den Scharen Volks fortwährend wiederholt hören konnte. Das Geschrei der Menge galt einem König, nur begriff der kleine König aus Rußland noch nicht, was es mit diesem König auf sich hatte, und ob die Menge, welche durch die Gassen und Straßen irgendwohin drängte, vielleicht unterwegs war, diesem König zu huldigen, oder ob sie sich wider ihn zum Aufruhr erhob. Eine Weile ließ er sich von dem zum Strom angeschwollenen Fluß der Müßiggänger mitreißen und hastete mit allen anderen stadteinwärts; dann fühlte er, daß seine Kräfte versagten, und trat, als sich Gelegenheit bot, rasch in einen schützenden Torweg. Er mußte sich an die Mauer lehnen und die Augen schließen, dermaßen schwach hatte er sich in seinem ganzen Leben noch nicht gefühlt. Die

Jagd der Menge, die Gassen hinauf, hörte er nur als verworrenen Lärm. Sehen mochte er sie nicht, denn sie schien ihm mehr und mehr voller Bosheit. Wahrscheinlich, dachte er, ist es Aufruhr, obwohl sich ja Freude und Haß in dem Gebaren einer Menge so unheimlich ähnlich sahen... Aber was für ein König war das?

Der Atem stockte ihm, als dieser Gedanke ihn überfiel, und er meinte, sein Herz höre auf zu schlagen, so daß der Taumel für seine Sinne noch verwirrender wurde.

»Sie haben den Größten, und sie wollen ihn zum Geringsten machen«, hörte er mit einemmal eine bekannte Stimme sagen, aber als er die Augen auftat, mußte er in seiner Verwirrung lange nach dem Menschen suchen, der diese Worte gesprochen hatte, bis er - beinahe zu seinen Füßen - im Schutz des Torwegs, in den sie selber sich auch geflüchtet hatte, die alte Bettlerin gewahrte.

Er starrte sie an und mußte etlichemal von neuem ansetzen, bis er die wenigen Worte über die Lippen bekam: »Was sagst du? Und von wem sprichst du?«

Sie blickte ihn, wie er meinte, mit einem spöttischen Lächeln an. »Weißt du das nicht, und bist auf allen Straßen in Samaria und Galiläa unterwegs?«

Er schüttelte stumm den Kopf.

Sein Herz pochte ihm zum Zerspringen. »Sie haben einen König, von dem die heiligen Schriften und die Propheten sagen, daß er der Sohn Gottes selber ist; er hat Kranke geheilt und Tote auferweckt; aber jetzt fordern sie von den Heiden, daß er ans Kreuz geschlagen werde.«

»Woher... Woher weißt du das?« fragte der kleine König. Schon war er ein paar Schritte aus dem Torweg hervorgetreten.

Die Alte blickte ihn mit nachsichtiger Geringschätzung an. »Man bekommt nicht nur Almosen«, sagte sie, »man bekommt auch etwas zu wissen.«

Der kleine König war wie von Sinnen. Ein König, von dem die heiligen Schriften und die Propheten verkündet hatten, daß er Gottes Sohn sei, und er... »Sag, wie alt ist dieser König«, forschte er die Alte in herrischem Ton aus.

»Der?« erwiderte sie gleichmütig. »Man sagt, er sei um die Dreißig herum.«

»Dreißig? Dreißig, sagst du?« fragte der kleine König keuchend.

Die Alte nickte, aber ihr Kopf bewegte sich vor den Augen des kleinen Königs immer langsamer und langsamer, wie das Pendel einer Uhr, die bald stillstehen würde, und er wußte nicht, ob es an ihr lag oder ob seine Augen ihn trogen.

»Dreißig, dreißig«, murmelte er, als wäre darin das größte Rätsel der Welt und seines Lebens verborgen. »Dreißig«, sagte er lauter, hob den Kopf und blickte die Alte an, »das... das war doch damals, als...« Er vergaß sich völlig und vollendete: »als du in der Scheuer dein Kind bekamst und ich dir die Windeln von meinem Linnen gab?«

Die Alte starrte ihn mit weiten Augen und halboffenem, zahnlosem Munde an, ihre alten kralligen Hände hatten angefangen zu zittern. Fürs erste brachte sie kein Wort über die Lippen, aber es war ganz deutlich: sie hatte ihn erkannt!

»Ich nehme dein Herz mit, ich nehme dein Herz mit, ganz und für immer!« stammelte der kleine König und hastete mit den Nachzüglern der Menge stadteinwärts davon. Ein einziges Mal noch blickte er sich um. Da sah er die Alte reglos vor dem Torweg kauern, den Kopf gebeugt, die Hände auf die Fliesen des Pflasters gestützt, und ihm war, als kauerte sie da wie versteinert und sänne unaufhörlich über ihr Geschick nach. Als sie vornüber sank und mit ihrer Stirn kraftlos gelähmt auf die Steine schlug, sah er das nicht mehr. Gerade in diesem Augenblick hatte er sich wieder umgedreht, mit allen seinen Gedanken bei dem größten König.

... Die Gasse hinauf, über Straßen und Plätze, und überall, wie er fühlte, zu spät, zu spät. Noch war überall die große Erregung zu merken, aber etwas Außerordentliches, das sich zugetragen hatte, war doch nicht mehr anwesend. Es war vorbeigezogen - aber wohin? Der kleine König kannte die Stadt nicht; das Gewimmel, das allenthalben herrschte, verwirrte ihn und täuschte trügerisch Richtungen vor, die für ihn vielleicht ganz gleichgültig waren.

»Den König...? Wohin? wohin?« fragte er schließlich den Nächstbesten keuchend, er hatte wissen wollen, wohin man den König geführt, und der Fremde wies ihm, stutzig geworden durch diesen Verstörten, eine Richtung an, in der viele gingen. In dieser Richtung stapfte der kleine König weiter.

Und je länger er wieder stadtauswärts ging, wie es ihm schien, desto deutlicher merkte er, daß er auf der Spur des richtigen Geschehens war, auf der Spur dessen, den er gesucht hatte und immer weiter suchte. Denn wie eine Brandung den Wasserschaum zurückläßt, standen noch Menschen da und säumten die Straßen, die erst vor kurzem etwas Ungewöhnliches gesehen hatten. Der kleine König hob kaum den Kopf. Er brauchte keinerlei Auskunft mehr, er war sicher: er war auf der Spur, und alles, was jetzt nottat, war nur Eile. Einmal sah er weinende Frauen, die in ein Haus flüchteten, ein andermal grau verstörte Männer, aber er hielt sich nicht auf. Mit dem Strom und, wenn's nottat, auch gegen den Strom der verwunderten Gaffer und Müßiggänger hastete er weiter. Der König...! der größte! Heilige Schriften und Propheten hatten ihn angekündigt! dachte er verwirrt, und jetzt erhob sich sein Volk wider ihn! Gegen den König, dessen Kommen der Stern angekündigt hatte und dem zu huldigen jene drei damals vor dreißig Jahren und er selber aus dem fernen Rußland ausgezogen waren! Wie war das möglich? Wie... war... das möglich?

Nein, zu begreifen war gar nichts mehr. Denn als die Häuser zurückgewichen waren und freies Feld sich auftat, sanft ansteigend zu einem Hügel und je weiter, desto mehr von Menschen geleert, die alle auf der untersten Straße stehengeblieben waren und von dort aus gafften, da war dem kleinen König nur gewiß, daß er hier zu Füßen des Schindangers der großen Stadt stand und daß oben - dort oben, wo eine Handvoll Knechte eben drei große Kreuze aufrichtete, an denen drei zum Tode verurteilte Menschen hingen - daß dort oben und nirgends sonst auf der Welt... sein König war.

Es konnte so aussehen, als bedächte er sich, ob er weitergehen sollte oder nicht. In Wirklichkeit hatten seine Schwäche und die Erkenntnis, was hier geschah, ihn für ein paar Augenblicke überwältigt. Er stutzte, er schwankte - aber dann schritt er gebeugt und keuchend den Abhang hinauf. Wie seine Füße ihn noch trugen, wußte er nicht. Dies... dies waren die letzten Schritte, das fühlte er, und vor dreißig Jahren hatte er die ersten gemacht. Alle zum gleichen Ziel. Kam er zu spät? Kam er auch jetzt wieder zu spät?

Der vierte König, der kleine aus Rußland, hob aufwärtssteigend den Kopf und blickte zu den drei Kreuzen hin, an denen der

Schächer inmitten schon von weither seinen Blick auf sich zog. Er achtete es nicht, daß er über moderndes Gebein stolperte und daß einer seiner Füße sich in dem beinahe kalkweiß gebleichten Gerippe eines Toten wie in einer gespannten Falle verfing. Schweiß strömte über seine Stirn und rann ihm den Hals hinab, er wischte ihn nicht fort. Mit einemmal aber blieb er stehen, und seine Rechte griff rasch zur Brust nach dem Herzen hin, das einen grausamen Stich empfangen zu haben schien. Sein Gesicht war grau geworden, so heiß die Sonne auch brannte, und seine Lippen schimmerten bläulich wie die Ackerbeeren an den Rainen, bei denen er sich auf seiner Wanderschaft so manches Mal ohne Entgelt verköstigt. Dann, ob auch etwas langsamer, schritt er weiter. Schritt um Schritt, langsamer und immer langsamer. Er hielt den Kopf jetzt aufgehoben, daß sein Blick das Kreuz in der Mitte nicht mehr verlieren konnte. Und je häufiger er, langsam näherkommend, stehenblieb, desto deutlicher und inniger sah er den Herrn, seinen gekrönten Herrn, seinen König, den größten aller Zeiten und Zonen, dem als Kind zu huldigen er vor mehr als dreißig Jahren aus Rußland ausgezogen war. Er wußte, daß Er es war, der da in der Mitte hing. Er wußte das – aber woher, das wußte er schon nicht mehr. Der Herr hatte ihn nur einmal anzuschauen brauchen in seinem Schmerz, da hatte er es für alle Zeit gewußt.

Ihn anzuschauen und von Ihm angeschaut zu werden aber – das war zuviel für des kleinen Königs Herz. Einen Augenblick empfand er die beseligende vollkommene Stille, in welcher der Schlag seines Herzens aussetzte – das war der Augenblick, da er lautlos vornüber zusammensank –, dann fühlte er einen stechenden Schmerz, den ein eiserner Rechen ihm bereitete, welcher seine ganze Brust zusammenzog.

Ich habe nichts, ich habe nichts mehr von allem, was ich dir hatte mitbringen wollen, dachte der kleine König beschämt und gequält. Das Gold, die Steine, das Linnen, die Pelzchen und selbst der Honig, den die Mutter mir in das Krüglein gefüllt – alles ist hin und vertan. Verzeih, Herr! Rußland aber…

Doch da, als es schon vor seinem Blick dunkelte, fiel ihm das Herz der Bettlerin ein, das sie ihm als Königreich geschenkt hatte, und er dachte an sein eigenes Herz: das einzige, was er noch zu verschenken hatte. Und in das Polster eines wilden

Thymians hinein, das sich zwischen moderndem Gebein ausbreitete und seinen Duft in den nahen Abend verströmte, flüsterten seine Lippen, ohne daß er es da noch wußte: »Aber mein Herz, Herr, mein Herz... und ihr Herz... Unsere Herzen, nimmst du sie an?«

SCHATTENGERICHT

SOLANGE ICH DA BIN, ATMEST DU NOCH
Grabschrift auf dem evangelischen
Friedhof in Capri

DIE BESTE Bezeichnung für die Gattung dessen, was auf den folgenden Seiten steht, hat jener Dichter vorweggenommen, der seine Erzählungen ›Geschichten vom Hörensagen‹ genannt hat. Es ist die wahrhaftigste, denn wer von uns weiß immer, wo ein Leben, von dem wir einmal, sei es in aller Kürze, vernommen haben, schon angefangen hat, sich mit unserer Einbildungskraft zu vermischen - vielleicht bis zu jener fließenden, gar nicht mehr genau erkennbaren Grenze, an der Angenommenes zu Eigenem wird. Hörensagen schließt die Wirklichkeit mit ein - oder auf jeden Fall nicht aus, und das will mir für das, was hier erzählt wird, gebührlich erscheinen. Alle diese Schicksale sind überstanden, zu einem vielleicht nur vorläufigen Ende überlebt, ich kenne die Toten; und nun gehört zu ihnen, den Wesentlichen und Ursächlichen aus dieser Erzählung vom Hörensagen, auch der Mann, dem ich ohne jedweden anderen Zusammenhang als den, der darin liegen mag, daß Wirklichkeit über Tag und Jahr wieder von uns eingefordert werden kann, nach dem letzten Krieg eines Abends in einem anspruchslosen Stockholmer Hotel begegnete und der mich in ein langes nächtliches Zwiegespräch verwickelte, bei dem ich nicht viel zu sagen hatte und bei dem aus seinem Mund zwei Menschen das Wort führten, die, wie er selber jetzt auch, nicht mehr am Leben waren.

Verstehen Sie, was ich meine, fragte mich mein Gegenüber damals mit einem müden Blick über seine scharfgeschliffenen, ungerandeten Brillengläser hinweg, der die Möglichkeit, niemals - auf jeden Fall nicht von einem medizinischen Laien - verstanden zu werden, einzuschließen und mit Resignation hinzunehmen schien.

Ich glaube, ja, sagte ich, aber bevor ich fortfahren konnte, war er aus seinem Sessel aufgestanden, durchquerte den ganzen Raum mit seinen um kleine Tische herum geordneten Sesseln und da und dort noch brennenden Stehlampen, trat an die Fensterwand, vor die bei Einbruch der Nacht irgend jemand schwere Vorhänge gezogen hatte, und blickte, mit der abgewinkelten Rechten den Vorhang zur Seite haltend, hinaus. Wir befanden uns in diesem kleinen Salon des Hotels in einer Höhe mit den Dächern aller Häuser, welche den Platz im Herzen von Stockholm umgeben, und für einen Augenblick konnte man den in der Tiefe trotz der späten Stunde in die Runde jagenden Verkehr hören, während das Aufflammen und Verlöschen der Leuchtreklamen in Augenhöhe und die wandernde, grellweiße Schrift der letzten Neuigkeiten den Eindruck erzeugten, wir säßen hier oben wie vor dem kreisenden Prismenmantel eines Leuchtturms, als in einer Über- oder Außerwelt, während der grün, rot, weiß kreisende Mantel das sich jagende, wirkliche, banale Leben war.

Mein Gesellschafter ließ den Zipfel des gerafften Vorhangs fallen und kehrte sich um, und im gleichen Augenblick fuhr ich dort fort, wo er seine Erklärung unterbrochen hatte.

Ich glaube, ja. Sie meinten, es gäbe in der Neurochirurgie immer wieder Ausnahmen von dem, was man bis anhin hat als Regel hinnehmen können; wo, übrigens, nicht! Und in besonderem Maß gelte das für die Kriegschirurgie.

Er nickte ein stummes Ja und betastete den Strauß einer Vase, um sich zu vergewissern, ob er aus lebendigen Blumen bestand oder jenen fatalen Nachahmungen, in denen dieses täuschungslüsterne Zeitalter lebt. Die Kriegschirurgie, sagte ich, weil die zeitlich und räumlich unter Umständen zu handeln gezwungen ist, bei denen die Krankengeschichte mit der Einlieferung des Patienten vom ersten Feldverbandsplatz in das nächstgelegene Spital im rückwärtigen Frontgebiet über zwei, drei Tage häufig nur eine versuchsweise Therapie bis zur erhofften Transportfähigkeit des Patienten ins Kriegslazarett vermerkt.

Ja, pflichtete er mürrisch bei, und dabei beendet der lakonische Vermerk: Exit, mit Angabe der Uhrzeit und dem Zusatz, die Todesursache sei vermutlich durch eine Nachblutung im Stammhirn ausgelöst worden, ein nur halb oder noch weniger ausgefülltes Blatt klinischer Krankengeschichte.

Ich nickte und sagte, das Leben eines Menschen sei, namentlich im Krieg, rasch weggeräumt. Er als Arzt müsse das am besten wissen.

Ja, und die Effektenverwaltung fängt eine mitunter ganz kriminalistisch anmutende Suche nach dem oder den Erben dessen an, was der Mann in den Taschen getragen hatte und des Erbens wert scheint. Damals war nichts da, ich versichere Ihnen: nicht das geringste... und trotzdem: Keiner hat mir – jedenfalls mir! – soviel hinterlassen. Ich glaube, ich habe das heute nachmittag bei dem Symposium klarer und besser ausgedrückt, aber der verdammte Whisky, den ich nicht gewöhnt bin...

Er war am frühen Abend von einem Symposium gekommen, mit dem der erste nordische neurochirurgische Kongreß nach dem Kriege zu Ende gegangen war, und wir hatten uns, obschon wir bereits drei Tage im gleichen Hotel gewohnt hatten, bei der Anmeldung zum ersten Male wiedergesehen. Wiedergesehen seit...? Beide standen wir vor dem verständnislos dreinschauenden Concierge wie der Abu Markub, der mit gesenktem Schnabel darauf wartet, daß die Beute im seichten Wasser deutlich werde.

1941 mußte es gewesen sein. Der Monat? Im September. Mehr am Anfang als am Ende.

Zwischen dem 4. und dem 7. September, kann ich Ihnen genau sagen. Er las es von einem Zettel ab, den er aus der Tasche geholt hatte, einem winzigen Notizblatt.

Woher wissen Sie das so genau? Haben Sie den Zettel für unser Wiedersehen vorbereitet?

Er lächelte und führte mich von dem Tresen der Conciergerie weg. – Haben Sie noch etwas vor?

Ich verneinte. Ich hatte schon gegessen und im Haus bleiben und früh schlafen gehen wollen.

Genau wie ich. Dann sitzen wir noch ein wenig beisammen...

Daraus war die Sitzung geworden, die eben noch andauerte. Der Concierge hatte uns mit Mineralwasser versorgt, den Cognac hatte ein jeder von uns aus seinem Zimmervorrat beigesteuert. Und schon sehr bald, nachdem wir die ersten ›Positionsbestimmungen‹ hinter uns hatten: warum er, der mittlerweile ein in Finnland hochangesehener Neurochirurg geworden war, hier war, und warum ich hier war – sehr bald schien das ganze Hotel bis auf uns beide in dem kleinen Salon neben dem ›Empfang‹ und die von Zeit zu Zeit mit dem Fahrstuhl aus der Tiefe emporkommenden Gäste, die ihren Schlüssel bekamen und in den Korridoren zur Rechten und zur Linken verschwanden, wie ausgestorben. Nur ein einziges Mal ereignete sich in diesem Haus für Leute, die noch mit etwas wie

Muße reisten, ein ›arrivée‹. Es geschah nicht, es fand nicht statt, nein, es ereignete sich, und dabei wurden viel mehr Angestellte sichtbar, als man hinter den geschlossenen Türen und in den leeren Fluren je hätte vermuten können.

Sie wissen, ›er‹ hat hier auch immer gewohnt, wenn er nicht offiziell da sein mußte.

Ich nickte, denn ich wußte sogleich, von wem er sprach: vom Marschall. Ja, sagte ich, ich habe ihn, als er nach Portugal oder in die Schweiz flog, zweimal hier sitzen sehen, dort drüben - immer so um die spätere Abendstunde, allein, ohne Adjutant, und meistens war er ins ›Geographical Magazine‹ vertieft. - Ich mußte noch einmal zu den beiden Sesseln hinübersehen, die neben einer als Rauchtisch ausgearbeiteten Stehlampe standen, als könnte er dort in aller Herrschaftlichkeit und mit dem bedeutenden Ernst, der in seinem Gesicht zu lesen war, wiedererscheinen.

Ach, wissen Sie, gerade in diesen Tagen beim Kongreß, als wir uns nur mit Kriegschirurgie zu befassen und die englischen und amerikanischen Kollegen ganz erstaunliche Sachen zu erzählen hatten, habe ich mich manchmal im geheimen gewisser, ...na, sagen wir Anfechtungen, nicht erwehren können, was die Größe der Feldherrn betrifft, ob das nun Alexander und Auchinleck oder unseren Marschall betrifft.

Sie hatten, als ich Sie 1941 kennenlernte, Ihr Staatsexamen noch nicht hinter sich?

Nein. Ich war damals ›Praktikant‹ und deshalb der Wachstation im Feldlazarett Surmajärvi zugeteilt, weil ich nach so vielen Semestern doch schon etwas wußte und nicht gerade irgendein Sanitätsgefreiter war. Aber eben das: alles zu erleben, und mit etwas Wissen von allem, was sich - ich sage immer noch: zum größten Teil ganz hypothetisch - wissen läßt, das war das Schwerste. Sich darüber hinwegzusetzen, dazu gehörte etwas, was ich nicht besaß und wohl nie besitzen werde. Das gehörte zu dem Fall mit hinzu.

Zu welchem? Zu dem, über den Sie heute bei Ihrem Symposium sprachen?

Ja. Ich habe zweimal über ihn gesprochen. Heute nachmittag nur in etwas aufgelockerter Form, weil es eben ein Symposium war und keine klinische Demonstration. - Wir waren vorhin dabei, wie rasch...

Ich nickte, obwohl ich Mühe hatte, seinen Gedankensprüngen zu folgen.

Ja. In der Kriegsgeschichte wird die Lakonie auf die Spitze getrieben. Bei ihm... Er deutete in die Ecke hinüber, die ich einfach ›die Ecke des Marschalls‹ nennen kann... Bei ihm, las er von einem Zettel ab, bleibt in den Memoiren nur ungefähr soviel übrig wie: ›Der bedeutsamste der Kämpfe während dieser Offensive [1941] war ein in der Nacht zum 4. September erfolgter Durchbruch der starken Stellungen, die der Gegner am Tuulosjoki angelegt hatte. Nach einer Artillerievorbereitung, die in bezug auf Geschütze und Munition alles überstieg, was den Truppen bisher je zur Verfügung gestanden hatte, brach das VI. Armeekorps den Widerstand der Verteidigung. Schon am 7. erreichte die 1. Jägerbrigade unter ihrem tüchtigen und verwegenen Kommandeur, Oberst Lagus, den Swir...‹

An diese Nacht kann ich mich gut erinnern. Die Artillerievorbereitung ließ unsere Bude in allen Fugen zittern. Es war ein windig aus Feldsteinen und Mörtel zusammengekleistertes Haus, das dadurch, daß es nicht wie andere Häuser aus Balken gebaut worden war, wohl seinen Charakter als ›Amtsgebäude‹ unter Beweis hatte stellen sollen. Und nicht nur die Scheiben zitterten, sondern die ganzen Fensterrahmen klapperten.

Ich habe mir die Stelle aus den Memoiren ausgezogen, obwohl ich eigentlich nicht weiß, warum. Mit Neurochirurgie hat das nichts zu tun. Aber ich habe, glaube ich, genau antworten wollen, wenn jemand mich fragen sollte. Ein Krieg hat unzählige winzige Stationen, und jede ist ein Ereignis für den, der in ihr besteht oder der in ihr untergeht. Für den Feldherrn ist sie nur eine Episode.

Ich wagte, das zu bezweifeln. Doch er wollte nicht nachgeben. Schließlich ließ er gelten, daß es sich hinterher so verhalten könnte.

Unser Gespräch schien mir, je länger es währte, desto verworrener. Vielleicht hatten die zwei, drei Male, da ich ihm im Jahre 1941 auf Reisen an der Front und hinter der Front in Ostkarelien begegnet war, nicht genügt, ein Wiedersehen nach soviel Zeit, wie mittlerweile vergangen war, anders als mit einem verbindlichen Grußaustausch zu bestehen. Der blasse, etwas versponnen wirkende Sanitätspraktikant Södergran, den ich in den unvergeßlich schönen August- und Septembertagen des Jahres 1941 im Feldlazarett von Surmajärvi kennengelernt und später, nach seiner Versetzung, noch ein paar Male in Pitkäranta wiedergesehen, hatte ja auch mit dem bebrillten, hochaufgeschossenen, immer noch blassen außerordentlichen Professor, der hier beim Kongreß mit Erfolg doziert hatte, nichts zu tun. Außerdem trank er seinen Cognac-Soda nach meinem Dafürhalten zu rasch, beinahe gierig.

Ich dachte schon an den Whisky, über den er sich beklagt hatte, und damit an den Abschied, da geschah etwas, was ich nur ein einziges Mal während des Krieges erlebt hatte: daß ein Mensch aus dem, was man verdachtweise einen leichten Rausch hätte nennen können, in eine luzide Genauigkeit und Beherrschung umschlug.

Sehen Sie, für das Menschenbild des Biologen gibt es nur einen beseelten Körper und eine körperhafte Seele. Leben ist da nicht anders vorstellbar als in der polaren Beziehung zwischen Natur und Geist. Und wenn nun unsere anthropologische Einsicht uns zwingt, die rein geistigen Phänomene anzuerkennen: die Fähigkeit, abstrakt denken zu können, künstlerisches Gestaltungsvermögen, religiöse Erkenntnis oder gar Glauben - anzuerkennen, meine ich, und zugleich dieses alles aus dem Auge zu lassen... Je tiefer unser Einblick in die biologische Symbiose von Sekretion und Denkfunktion hinabreicht, um so mehr erhebt sich für den Psychologen wie für den Psychosomatiker auch die bedrängende Frage, wo er denn nun den anderen Zusammenhang zu suchen habe: jene Zone des Gehirns, das wir ja zu kennen meinen, in welcher sich Geist und Natur vereinen und im letzten und eigentlichen Sinne sich erst die Identität des Menschen, sein Bewußtsein von sich selbst als unverwechselbarer Personalität, herstellt. - Verstehen Sie, was ich meine?

Ich glaube, ja.

Das sagen Sie wie ein Kandidat im Staatsexamen, der sich hinterher rühmt, was für Glück er gehabt habe.

Das ist nicht schmeichelhaft. - Aber Sie begehen den Fehler, als Physikus in der Metaphysik trigonometrische Punkte aufstellen zu wollen.

Er blickte mich lange und, wie mir schien, aufmerksam und zugleich traurig an. Ich sollte an diesen Blick später noch lange zurückdenken. Es war, als hätte er das völlig Ausweglose einer

Lage eingesehen und hielte, wie mit Skalpell und Pinzette, inne. – Erinnern Sie sich noch genau an die Tage damals? fragte er dann, wie um von seiner ersten Frage ins Unbeantwortbare des Metaphysischen abzulenken.

O ja, sagte ich. Tag für Tag der milchige Frühnebel, aus dessen unabschätzbarer Dichte die Minen grotesk mit einem dumpfen Aufschlag, der an das Fallen von Früchten erinnerte, plumpsten; und jeden Tag um Mittag die unbeschreibliche Verklärung der Welt in dem steigenden Nebel der Flammen: die Wälder, die unendlichen Wälder, durch die der Tuulosjoki mit einer kaum noch merklichen Strömung in den nur zwei-, dreihundert Meter weit entfernten Ladogasee floß! Und das Flößholz! fiel er mir ins Wort, vergessen Sie nicht die in der Mittagswärme gärenden, scharf duftenden Baumstämme, die sich so dicht vor der Mündung gestaut hatten und eine natürliche Verbindung mit unserem Brückenkopf am anderen Ufer bildeten, wenn auch bei jedem Schritt das tiefbraune, beinahe schwärzliche Wasser heraufschwappte! Es klang beinahe begeistert darüber, wie genau seine Erinnerung mit der meinen übereinstimmte.

Ja, das Erlenwäldchen vor der Flußmündung auf der anderen Seite war der Brückenkopf, fiel mir ein. Es wimmelte da von den Unseren, und ein junger Fähnrich, das stand mir auch noch ganz deutlich vor Augen, rannte ziel- und planlos umher und zeigte immer wieder mehr kichernd als lachend auf die zerfetzten, leblosen Leiber der Russen, die während der Nacht versucht hatten, sich anzuschleichen, um diesen lästigen Brückenkopf auszuräumen, und dabei in den Sperrgürtel unserer Minen geraten waren. Der arme Kerl! Er hatte einen Schock, für den vorerst kein Arzt da war.

Es war aber auch bei Tage nicht ganz ungefährlich, über die Flößholzbrücke ins Erlenwäldchen zu kommen. Ich habe es ein, zwei Male getan, aber später wartete ich die Dunkelheit ab, trotz dem Nachteil, daß man keinen Holzstamm mehr unterschied und zwischen zwei treten konnte, die einem den Knöchel wie in einer Gleisweiche einklemmten.

Ja, die Floßbrücke wurde von den Russen eingesehen, und das nutzten sie natürlich aus. Der Angriff später, über den Sie mir das Zitat vorlasen, setzte ja auch erst ein, als es eben anfing zu tagen. Erinnern Sie sich noch an den wunderbaren Uferhang auf der anderen Seite, der sich zum Oberlauf hinzog? Diese grasigen, sanften Halden, die dunklen Balkenhäuser, die bis aufs Fundament abgetragenen Reste dessen, was einmal, nach unseren Karten, eine kleine Kirche gewesen sein mußte und jetzt – so spät im Jahr! – wie ein kleiner, dicht mit blühenden Weidenröschen und Leinkraut bestandener Friedhof aussah.

Alles war uns beiden ganz genau erinnerlich, auch die breite, schnurgerade, sandige Anfahrtsstraße, auf der vier Schützenpanzer nebeneinander hätten fahren können, obschon ich in meinen Vorstellungen vier Troiken vorzog. Welt! Welt! Das war gewesen, das hatte es gegeben, ja, das gab es mit etwas rostigem Eisen und ein paar schneeweiß gebleichten menschlichen Gebeinen zwischen Moos- und Grashümpeln heute noch, nur war es für uns verschlossenes Land.

Wie es bei dem einen Erlebnisse sind, gibt es bei einem anderen Landschaften, aus denen er eigentlich nie zurückkehrt, er mag sich später befinden, wo er will, sagte er.

Und manchmal ist das scheinbar Verschiedene das Gleiche, sagte ich. Es gibt eine Macht, die Menschen, Begebenheiten, Schicksale und Landschaften einander zuordnet, so daß man meint, dieses oder jenes hätte sich nirgends anders als dort und dort und unter gewissen Umständen abspielen können.

Meinen Sie? – Er dachte eine Weile nach. Dann sagte er leise: Es könnte sein. Ich habe immer an den Styx gedacht, wenn ich das träge, dunkle Wasser überquerte. In der Ruhepause bis zum großen Angriff hatte ich zwei-, dreimal schwierige Fälle abzuholen, fügte er erklärend hinzu. Übrigens auch den Fähnrich, von dem Sie vorhin sprachen, und der aus seinem schweren Trauma nie herausgekommen ist, wenn ich mich recht erinnere. Nein, der andere, der, den ich meine und über dessen Fall ich hier beim Kongreß referiert habe, der war schon... Wie soll ich sagen!... über den Styx. Der war schon einmal weg oder so gut wie weg gewesen und doch in irgend etwas, was sein ganzes Leben bedeutete, gesammelt, wie im Brennpunkt, verstehen Sie?

Er schenkte sich stumm sein Glas voll.

Ich erinnere mich, fuhr er fort, als er einen ersten, langen Schluck genommen hatte: Ich stand auf dem Flur des ehemaligen Kolchos- oder Sowchos-Verwaltungsgebäudes, in dem wir unser Lazarett eingerichtet hatten, als die Gruppe eintrat. Es war ein recht langer Flur mit der sowjetischen Bürokratie angemessen vielen Zimmern zur Rechten und zur Linken, und die Gruppe mit einem älteren Militär in Felduniform an der Spitze und der Bahre, von der man nur den Träger an den vorderen Holmen sehen konnte, schien sich nicht im klaren darüber zu sein, wohin sie sich zu wenden hätte. Ich war zuständig, denn ich war gerade vor etlichen Tagen zum Chef der Wachstation gemacht worden.

Wachstation – was kann man darunter verstehen?

Die Station für frisch operierte Fälle in der Nähe des Operationssaales, oder für die eben erst eingelieferten Fälle, die umgehend operiert werden müssen. – Das erste, was ich dachte, als ich bei den Eingetretenen angelangt war, von denen jetzt auch der andere Träger an der Bahre im Flur stand, war: Charon ist umgekehrt!

Charon – das galt dem hochgewachsenen Begleiter mit eisgrauem Haar und – wie soll ich sagen! – einfach noblen Zügen, die von tiefem Ernst erfüllt waren. Er trug an seiner Uniform mit einer verwaschenen Sommerfeldbluse keinerlei Rangabzeichen, wie man sie in solch einer Situation ja unwillkürlich sucht, doch verrieten seine Stiefel einen Effektenstandard, der in der Regel nur einem hohen Offizier eigen ist. Ohne zu überlegen nahm ich Haltung ein, soweit ein Medizinalpraktikant wie ich dessen fähig war. Er grüßte mit sobrer Gelassenheit zurück. Dabei fiel mir an seinem Ärmel eine verknüllte und verblaßte Armbinde jener Art auf, welche die estnischen Freiwilligen in unserer Armee trugen. Damals waren es noch nicht ganz so viele wie später, ein kriegsstarkes Regiment, das zweihundertste Infanterie-Regiment, unter eigenem Kommando bis zum Majorsrang, aber eine nicht unbeträchtliche Gruppe war schon, unter unsere Jäger verteilt, mit auf dem Vormarsch.

Ich wußte nicht, mit welchem Dienstgrad ich Charon anreden sollte. Den Jahren nach konnte er nur Oberst sein, aber warum...?

Ich erstattete Meldung wie bei einem von den Eigenen.

Charon wandte sich an die Träger und hieß sie, die Bahre vorsichtig abzusetzen. Das geschah am 5. September 1941 mittags. Ich blickte auf die Bahre. Was dort unter einer Decke fest eingegurtet lag, war etwas, was ich Tag für Tag zu sehen bekam: ein totenbleicher, jüngerer Soldat mit einem so dicht und fest verbundenen Kopf, als hätte man mit dieser Art von Verband den ganzen Schädel beisammenhalten wollen. Doch der gemessene Ernst, mit dem der, den ich bis dahin nicht anders als Charon nennen konnte, aus seiner Brusttasche einen Einlieferungsschein zog, mir den überreichte, mit einer äußerst knappen Verbeugung sich als Kolonel Saareste vorstellte, machte das scheinbar Gewöhnliche zu einem Ereignis.

Kolonel hatte er gesagt, also war er Oberst. Aber er war ein estnischer Oberst, das hörte ich seinen ersten Worten an. Außerdem war die Bezeichnung Kolonel bei uns nicht das Synonym für diesen Dienstgrad. Mit einem bisweilen von estnischen Lehnworten durchsetzten, gebrochenen Finnisch erklärte er mir, er habe mit der ganzen Sache eigentlich nichts zu tun, er sei weder dem Armeekorps, noch einer Division, noch einem ihrer Regimenter zugeteilt, sondern nur zur Rekognoszierung beim Stabe von Lagus gewesen, als er von der schweren Verwundung dieses Landsmannes, der ihm persönlich etwas näher stehe als andere, gehört habe und sich seiner sofort habe annehmen können. Hier seien der Einweisungsschein und die Papiere. Der Bataillonsarzt habe ihm wenig Hoffnung gemacht, aber vielleicht. . . ? Er nehme auf jeden Fall sehr Anteil daran, wie es ausgehe. Hierorts sei er über das Stabsquartier zu erreichen, und ich möge ihm laufend Bericht erstatten. In jedem Fall, fügte er mit einem Blick hinzu, den ich im Grunde genommen auch heute noch nicht loswerde. – Man kann ihn nicht loswerden, nein, fügte Södergran nach einem Schluck aus seinem Glas hinzu, weil es einfach Blicke gibt, die einen in die Pflicht nehmen. Pflicht für den Augenblick und für immer. Für immer, das bedeutet eine Bezugsetzung zur Menschlichkeit überhaupt.

Ich hatte mir, während er sprach, seine Züge eingeprägt. Er war der Typ des Esten mit schwedischem Einschlag, mit schmalem Kopf, gerader Nase, blauen Augen, die bei ihm eine heillose Schwermut ausstrahlten, eisgrauen, schon stark gelichteten Haaren und einem befehlsgewohnten Mund mit sehr schmalen Lippen in dem hageren Gesicht. Ein Offizierstyp, wie er eigentlich nur in ›alten‹ Armeen vorkommt, und der für die Armee eines jungen, schon untergegangenen Freistaates ungewöhnlich war. Er mochte seine Karriere im alten Rußland begonnen haben, doch danach sah er auch wieder nicht aus. Viel später erst habe ich erfahren, daß er Zögling von Saint-Cyr und mit einem sehr hohen Kommando in der Armee seiner Heimat betraut gewesen war.

Vielleicht haben Sie irgendeine ruhige Ecke für ihn frei? sagte er andeutend. Ich versprach, sofort mein Bestes für den Verwundeten zu tun, in jeder Hinsicht, und er ging ein, zwei Schritte vor mir wieder dem Ausgang zu. Nun waren wir ein Feldlazarett, das ausschließlich mit Hirnverletzten belegt wurde. Das mag Sie wundern, aber diese Auslese schon hinter dem ersten Hauptverbandsplatz erklärte sich dadurch, daß die kleine finnische Armee ungefähr ebenso viele Hirnverletzte hatte wie die große des Britischen Königreiches! Und einfach deshalb, weil unsere Bauernburschen eine unüberwindliche Abneigung dagegen hatten, sich einen Stahlhelm aufzusetzen, namentlich im Sommer. Wir hatten den Spitznamen ›das Totenhaus‹ bekommen, weil wir die meisten Abgänge zu verzeichnen und Abend für Abend bis zu drei Lastautos mit den üblichen weißen Särgen in die Heimat abzuschicken hatten, ein Haufen Papiere dabei, welche Särge noch einmal zu öffnen erlaubt war und welche nicht. Das waren unsere Transporte mit den ›stillen Jungen‹, die schneller rollten als die Munitionstransporte und dergleichen.

Als wir beim Ausgang angekommen waren, trat der Kolonel noch einmal an die Bahre, beugte sich ein wenig hinunter und betrachtete, von uns allen abgewandt, den Verwundeten. Dann verabschiedete er sich von mir. Nicht nur militärisch mit der Hand an der Feldmütze, sondern auch mit einem Händedruck. Die beiden Träger, nachdem sie ihre Ehrenbezeigung gemacht hatten, traten wieder zwischen die Bahre und warteten ab, wohin ich sie zu gehen heißen würde. Ich blickte noch einen Augenblick länger, als sie's gewohnt sein mochten, dem Davongehenden nach. Mir schien dieser Kolonel der vollkommene Offizier zu sein. Ein Unglück, irgendeins, ob es nun mit seiner Person oder mit dem Schicksal seiner Heimat zusammenhing, und wie sich das mit seiner Person verbunden, hatte ihn in einen viel höheren Rang als den hohen, den er schon bekleidete, gerückt.

Der funktioniert wie eine Maschine, sagte einer von den Bahrenträgern.

Aber wohin mit dem Verwundeten? Mir fiel als ein ruhiger Ort, wie ich ihn dem Kolonel versprochen hatte, nur die

667

Wachstation ein. Allerdings war es fraglich, ob er dort lange bleiben könnte, denn seitdem heute früh der Vormarsch wiederaufgenommen worden war, hatten wir mit vielen Zugängen zu rechnen. Dennoch ging ich den beiden voran in das Zimmer mit einem leeren Bett und den Instrumentenschränken für das Erste und Wichtigste an den Wänden. Dort sollten sie die Bahre abstellen. Derweil wollte ich für einen Sanitäter und eine Schwester besorgt sein, damit unser Chef, wenn er sich des frischen Falles annehmen wollte, schon etwas wenigstens vorläufig Fertiges, Bettlägeriges vorfand.

Aber die Bahre müßten sie wieder mitnehmen, wandten die beiden ein, sie hätten vorn sowieso Mangel!

Dann sollten sie eine von unseren freien als Ersatz mitnehmen!

Natürlich, sagte der eine mit bitterem Unterton, ihr hier tragt eure Leute ja sowieso mit einem Dach über dem Kopf hinaus.

Ich schob die beiden ab und veranlaßte das Nötige. Derweil studierte ich das Soldbuch und das Einweisungsformular. Effekten, die zu untersuchen gewesen wären, gab es nicht. Entweder waren sie nicht vorhanden gewesen, was aber kaum glaubhaft schien, oder man hatte vergessen, sie mitzugeben. Nun, im Zweifelsfalle war der Kolonel da.

Während ein Sanitäter und eine Schwester sich des Verwundeten annahmen, ging ich auf der Schreibstube die Papiere durch und legte die Karte an, die jeder Eingelieferte in unserer Kartei bekam.

Er war Fähnrich des 200. Infanterie-Regiments, das aus estnischen Freiwilligen bestand. Eero Saareste... Also gleichen Namens wie der Kolonel. Vielleicht ein Sohn? Vielleicht sonst ein Verwandter. Geboren in Reval, dreiunddreißig Jahre alt. Der verhältnismäßig niedrige Dienstgrad erklärte sich dadurch, daß er nicht durch unsere Armee gegangen, sondern ihr als Freiwilliger zugeteilt war. Verwundet in der Morgenfrühe dieses Tages beim Beginn des Angriffs am Tuulosjoki. Offene Schädelverletzung schwerster Art, verursacht durch Schrapnell oder Minensplitter. Zivilberuf: Publizist; Zivilstand: ledig. Nach Auffindung auf dem Feldverbandsplatz behandelt mit Adrenalin zur Stimulation der Herzfunktion und des Kreislaufs, für den Transport mit angemessener Dosis Dilaudid. Bei Abtransport Symptome von Gehirndruck nicht feststellbar, über Lähmungserscheinungen und dergleichen vorläufig keine

Diagnose möglich. Wundränder mit Jod gepinselt, steriler Vollverband. Bis zur Wirkung der Injektion zeitweise völlig ansprechbar.

Als ich die Schreibstube verließ, begegneten mir im Flur die Schwester und der Sanitäter mit dem Effektenbündel in der Hand.

Ob er den noch brauchen wird? sagte der Sanitäter und streckte mir den Kleidersack entgegen.

Ich zuckte die Achseln und ging mit der Schwester auf die Wachstation zurück.

Als er da ausgezogen mit soviel Gesicht, wie der turbangroße Verband sichtbar ließ, lang ausgestreckt dalag, schien er noch etwas bleicher, hagerer und länger zu sein. In Achtungstellung hätte er bei jeder Parade den Flügelmann abgeben können.

Ist er bei Bewußtsein?

Ich glaube nicht.

Blut, als erstes, um den Schock abzufangen, sagte ich, und sie ging.

Gruppe? fragte sie noch von der Tür her.

Sehen Sie auf der Karteikarte nach! Ich habe sie schon angelegt. Saareste, Eero, Fähnrich vom 200. Infanterie-Regiment, den Esten.

Sie ging, um sich die passenden Frischblut-Bomben und das Besteck zu holen. Derweil war ich mit ihm allein. Anfangs noch rein gewohnheitsmäßig griff ich nach einem Auge, um die Reaktion der Pupille zu prüfen. Schon dabei schien mir, er hebe das Lid von selber. Dann bewegten sich seine Lippen, und als ich mich ganz tief über ihn hinunterbeugte, hörte ich ihn etwas wie: Wo sind denn die anderen? flüstern, aber für den genauen Wortlaut dieses Flüsterns will ich nicht einstehen. Es war im übrigen auch ein finnisch gefärbtes Estnisch oder ein estonisiertes Finnisch. Danach schwieg er wieder und lag völlig reglos, aber nun eigentlich nicht mehr wie ein Narkotisierter, sondern wie ein Schlafender. Ich selber steckte ihm die Transfusion, nachdem wir den rechten Arm hochgelagert hatten, und wie er unsere freilich behutsamen Hantierungen, selbst beim Einstich der Nadel und dem Andrücken der Pflaster, die sie fixieren sollten, hinnahm, nötigte der Schwester ein zweiflerisches Kopfschütteln ab. Ja, sagte ich achselzuckend, als sie die letzten Ätherbäuschchen versorgt hatte und sich zur Tür wandte, jetzt bleibt abzuwarten, was der Chef sagt. Ist er schon im Haus?

Ich glaube, er ist gerade gekommen.

Tuusula! Der unvergeßliche, der beste Arzt, von dem man schon viel lernen konnte, wenn er, untersetzt und vierschrötig wie ein Bauer aus Savo, zwischen den Bettreihen hindurchging und mit verkniffenem Mund und unbeschreiblich klugen, immer wägenden kleinen Augen in dem stupsnäsigen, alles andere als schönen Gesicht die Spreu vom Weizen zu scheiden schien in dem traurigen Feld, das zu bestellen seine Pflicht war. Schon vor dem Krieg genoß er nicht umsonst den Ruf, einer der besten Neurochirurgen im Lande zu sein, und ich hatte es mir als Glück anrechnen müssen, gerade unter ihm an seinem Lazarett arbeiten zu dürfen, das für einen Fachmann wie ihn sehr weit vorn lag. Er vertrat jedoch mit Nachdruck den Standpunkt von der schnellsten als der besten Hilfe, so daß man ihm seinen Willen gelassen hatte.

Er erschien denn auch hier nach seinem Grundsatz von der besten Hilfe, ohne daß ich ihn hätte suchen lassen müssen, und trat, während die Schwester ging, wortlos ans Bett. Erst betrachtete er lange Zeit stumm den Verwundeten, dann griff seine Rechte zu einem Augenlid, um das behutsam anzuheben, und nachdem er einige Zeit, die mir merkwürdig lang vorkam, in das Auge geblickt hatte, so wie unsereiner als Kind in einen der seltenen, alten Ziehbrunnen geblickt hat, tastete er sich mit der Linken nach einer Hand unter der Decke vor und zog mit der Rechten das Stethoskop aus der Brusttasche seines Kittels.

Holen Sie mir mal die Papiere, murmelte er mir zu und schickte mich in einem Augenblick hinaus, in dem ich ums Leben gern drinnen bei ihm und dem Fähnrich geblieben wäre, und die Schwester und den Sanitäter...

Ich hatte zu gehorchen, aber ich beeilte mich und kam schon wieder zurück, als er noch mit dem Stethoskop auf der Brust des Verwundeten gebeugt dastand.

Als ich ihm die Aufzeichnungen überreichte, nickte er und sagte mit dem schelmischen Lächeln, das er mir stets zollte, wenn er mit mir zufrieden war: Ist gut so, Herr Professor! Nur noch den Blutdruck! In der Therapie einstweilen so fortfahren, wenn nichts ganz Besonderes zu sehen ist. Wir wollen diesen ersten Verband mal aufmachen und noch mehr Antiseptikum geben. Keine orale Ernährung. Traubenzucker. Mit Opiaten sehr zurückhaltend, weil es mir das Herz zu stark angreift. Alles, was den Kreislauf stimuliert, eher heraufsetzen. Ständige Wache.

Schwester und Wärter traten ein und blieben an der Tür stehen. Ich war neben dem Bett postiert.

Er hatte mich wieder einmal, wie er's tat, wenn er zu einem gutmütigen Scherz aufgelegt war, ›Professor‹ genannt. Er wußte, daß ich mich nach beendetem Studium und entsprechender Fachausbildung habilitieren wollte.

Macht mal vorsichtig auf! sagte er zu uns dreien und zog sich mit den Papieren in die Fensterecke zurück. Aber bloß vorsichtig! Nichts ziehen! Lieber schneiden! schärfte er uns ein.

Während wir zu dritt ans Werk gingen, meinte ich ihn einmal halblaut: Ach! dieser Saareste, dieser Unglücksmensch! vor sich hinmurmeln zu hören, aber bei dem Geschäft, einen ersten sterilen Wundverband um einen zerbrochenen Schädel so zu entfernen, daß keine Wunde sich wieder öffnete, blieb keine Zeit, auf anderes zu lauschen. Ich versuchte, während unsere Arbeit sich der Wunde näherte, herauszufinden, ob der Patient Reaktionen zeigte, und insbesondere, ob um die Augen herum sich der Reflex irgendeines zerebralen Geschehens andeutete, doch blieb das Gesicht mit den geschlossenen Augen starr wie eine Maske.

Der Jodgeruch aus den Mull-Abdecktüchern wurde stärker, ein Zeichen dafür, daß wir der Verwundung nahe waren. Schon kam irgendwo eine Strähne dunkelblonden Haares zum Vorschein, das, wo es mit geronnenem Blut vermischt war, in beinahe schwärzlichen Klumpen einfach zwischen dem Mull herausfiel.

Der Chef stand auf, als hätte er den Augenblick, da er selbst zur Stelle sein mußte, nach vorherigem Zuschauen richtig eingeschätzt, und nicht, mit den Papieren beschäftigt, am Fenster gesessen. Aufhören! befahl er und fing an, sich umständlich und lange die Hände zu waschen. Dann ließ er sich sterile Handschuhe aus dem Apparat geben, und alle traten vom Bett zurück.

Er besaß kleine rundliche Hände, beinahe kindliche ›Patschhände‹ von einer Fühlsamkeit, der man hätte zutrauen mögen, daß sie ein ganzes Hirn oder Herz von seinem Platz nehmen und unverletzt wie ein Eidotter wieder an den rechten Ort zurücklegen könnten. Wie er das machte, was nun folgte, ist für ewige Zeit sein Geheimnis geblieben, denn er lebt ja nicht mehr. Den verklebten, hart verkrusteten, knisternden Verband zu lösen, ohne daß ein Tropfen Blut floß oder die Schädeldecke mit dem nicht gerade kurzen Haarwuchs sich dem Anschein nach auch nur um den Bruchteil eines Millimeters hob - das und so, so rasch und selbstverständlich, konnte nur er. Und nun, als alles freigelegt war, stand er da, der Bauer aus Savo, und betrachtete wieder einmal ein frostverwüstetes Feld, wie der Bauer Paavo seins in Runebergs Gedicht. Er ließ sich Spiegel und Lampe umlegen, und die Schwester mußte ihm auf dem Bestecktisch etliche Lanzetten, Pinzetten und Spatel bereithalten. Minutenlang erforschte er niederblickend das Kranium des verwundeten Fähnrichs wie die Oberfläche eines fremden Gestirns: wo Kontinente wären und zwischen ihnen die im reichlichen Jodbestrich und geronnenem Blut schwer erkennbaren Risse und Scharten, welche gleich Stromfurchen zwischen den Kontinenten die Wundränder darstellten. Mich hieß er, fortlaufend Herz und Puls zu überwachen und um die Atmung besorgt zu sein. Mir kommt es so vor, als ob es dem einmal die ganze Schädeldecke abgehoben hätte, erklärte er zu mir gewandt hinter der Operationsmaske, und dann setzte er das erste Werkzeug an, um zu prüfen, ob und was sich möglicherweise unter der einmal gesprengten und für den Bruchteil eines Augenblicks angehobenen Oberfläche: der Schädelkapsel, befand. Er selber hielt den Atem hinter der Maske an,... starrte und starrte, die Kopfhaltung bisweilen nur eine Kleinigkeit ändernd, wie das Suchfeld es gerade erforderte. Dieser Mensch blickte, wenn er auch nur das Äußerste des freiliegenden Kraniums absuchte, dem anderen ins Innerste: dorthin, wo dieses in seinem kaum mehr fühlbaren Herzschlag flackernde Lebenslicht doch noch brannte! Darüber wurde sein Gesichtsausdruck, nach dem Aufleuchten in einem einzigen Augenblick, immer düsterer.

Als er sich aufrichtete, ließ er sich noch einmal Jodtinktur geben und pinselte und tupfte nach. Dann befahl er einen neuen sterilen Verband und ließ die Zwinge am Transfusionsschlauch lockern, daß die Zufuhr etwas rascher erfolgte. Den neuen Verband legte er mit meiner Assistenz selber an - ich vermute, zum Ärger der Schwester. Er wurde diesmal dünner als der erste, mit dem der Fähnrich vom Feldverbandsplatz gekommen war, schon des späteren Röntgens wegen. Dafür verordnete er zwei Keilkissen, um die Lage des Kopfes sicherer zu fixieren, wenn der Verwundete aus seinem Schock und der Wirkung der ersten Spritze erwachen sollte. Er wird gegen Abend unruhig werden, sagte er zu mir, wenn... Die Möglichkeiten hinter diesem Wenn sprach er nicht aus. Da scheint mir ein Splitter zu sein, meinte er dann, aber entweder ist er vom Hinterkopf her so tief eingedrungen, daß man sein Ende nur wie eine Nadelspitze sieht, oder er liegt ganz oberflächlich auf. Dahinter muß ich noch kommen, wenn er besser dran ist als eben. Machen Sie einstweilen so weiter. Aber er kann gar nicht Kräftigendes genug bekommen.

Ich fragte, wie wir ihn ernähren sollten.

Infusionen, nur Infusionen, entschied er beinahe unwirsch. Wissen Sie, ob nicht das Schluck- oder das Verdauungszentrum gelähmt sind? Zunächst alles abdämpfen und nur Herz und Kreislauf kräftigen. Sie müssen jemand Verständiges für die Wache aussuchen. Es wäre mir schon wegen des Kolonels darum zu tun. - Er selber hat ihn gebracht, sagten Sie? - Ich bejahte.

Er schien versucht, noch etwas zu sagen, was den Kolonel betraf, drehte sich dann aber auf dem Fleck um und ging. - Ich werde Mäkinen ins Bild setzen, sagte er von der Schwelle aus. Mäkinen war sein Schüler und Assistent schon von seinem Krankenhaus in Friedenszeiten her.

Der Fahrstuhl neben der Loge des Concierge hinter unserem Rücken kam voll mit einer lauten, animierten Gesellschaft von Südländern emporgeschwebt und hatte kaum das Stockwerk erreicht, als die Tür schon von innen förmlich gesprengt wurde und sich eine Gruppe von Herren und Damen ins Foyer ergoß, von der wir nichts Schlimmeres befürchten konnten, als daß sie hier im Salon noch einmal seßhaft werden könnte. Doch zum Glück ließen sie sich die Schlüssel zu ihren Zimmern geben und entfernten sich, lachend und lärmend wie auf einem neapolitanischen Markt, auf einem der Flure, wo man sie noch geraume Zeit zwischen ihren verschiedenen Zimmern umhergehen und die Unterhaltung wieder und wieder aufnehmen hören konnte. Der Nachtconcierge lauschte mit einem Gesicht, das seinen Widerwillen spiegelte, in die Ferne, kam, als es still geworden war, zu uns und wechselte die Aschenbecher. Er fragte, ob er frisches Mineralwasser bringen dürfe, und als wir bejahten, kehrte er nach einer Weile mit ein paar eiskalten Flaschen zurück. Södergran hatte die Cognacflasche diskret auf den Fußboden neben sich gestellt. Nun holte er sie herauf und mischte sich ein frisches Glas, das er beinahe auf einen Schluck bis zur Hälfte leerte. Dieser Durst hatte bei dem überschlanken bebrillten Typ eines Intellektuellen etwas Abstoßendes. Soviel Flüssigkeit er zu sich nahm - es schien ihn, ganz widersinnig, nur auszutrocknen.

So war das damals auch, sagte er dann, so wie eben. Stellen Sie sich unsere Kolchosbude, die zum Feldlazarett geworden war, nicht still vor, wie moderne neurologische Kliniken heute. Natürlich versuchten wir beständig eine Absonderung der ruhigen von den unruhigen Eingängen, aber streng durchzuführen war das nicht, und so ein paar Tobsüchtige, wie diese Gesellschaft eben, konnten auch bei uns die Ruhe stören, wenigstens eine Zeitlang. Und ich auf der Wachstation hatte anderes und mehr zu tun als unser Concierge hier, namentlich als es Abend wurde und die ersten von der Ernte dieses Tages bei uns unter Dach kamen. Saareste war am frühesten Morgen verwundet und dann durch die Fürsorge des Kolonels sofort vom Feldverbandsplatz zu uns gebracht worden. Er blieb jetzt ein paar Stunden lang nicht allein. Neue Betten wurden hereingerollt und wieder hinausgeschoben, wenn das erste erledigt worden war. Ein wunderbar schwermütiger, sonnenverklärter Herbsttag in der Einöde ging zu Ende, als draußen die ersten Lastwagen für die rückwärtigen Transporte angeheizt wurden und zu surren begannen. Die schweren Abgase der Holzgasgeneratoren mischten sich mit einem zarten Bodennebel, den der von der starken Sonne tagsüber erwärmte Boden förmlich ausatmete. Von draußen und drinnen wurden durch die dafür verantwortlichen Leute die Verdunkelungen vorgelegt, die ich haßte, denn sie schlossen einen in den ganzen Brodem von Leiden und Unmenschlichkeit ein, der dieses Haus beherbergte. Wenn ich nicht selber bei dem verwundeten Fähnrich sein und in seiner Nähe meine Karteiarbeit verrichten konnte, hatte ich eine junge Hilfspflegerin neben seinem Bett, ein gutmütiges, aufopferndes Wesen, aber ohne Erfahrung in der Krankenpflege, namentlich eines solchen Falles. Vorläufig jedoch gab es nichts zu tun. Das Herz hatte sich merkbar gekräftigt, Unruhe war nicht aufgetreten, er wirkte immer mehr wie ein Schlafender und nicht wie ein Narkotisierter. Ich ließ die Schwester die Traubenzucker-Infusion ansetzen und gab Anweisung für abermals eine Bombe Frischblut.

Nimmt mich wunder, wann der noch einmal aufwacht! sagte die Schwester, die von den Möglichkeiten dieses Patienten, zu überleben, nicht viel zu halten schien.

Aber er tat es, und er tat es - wie mir zu Gefallen - um eine Zeit, da ich bei ihm wachte. Er schlug die Augen auf und betrachtete eine Weile seine Hände, in denen die Infusions-Nadeln steckten. Dieser Blick im Liegen am eigenen Körper entlang strengte ihn jedoch sichtlich an. Er blickte um sich, entdeckte mich und fragte genau dort weiter, wo ich ihn schon einmal hatte flüstern hören, nur lauter jetzt und klarer: Wo sind die anderen?

Wer?

Der alte Herr und der Priester und der Adlige und... und die Dame? Die Dame vor allem, mit der ich zuletzt sprach!

Das haben Sie geträumt, sagte ich. Lassen Sie das! Das strengt Sie nur an. - Nein! Nicht die Hände von den Spreusäcken nehmen! mußte ich ihn ermahnen, als ich sah, wie es in seinen Händen, in deren Venen die Nadeln staken, zu zucken begann.

Haben Sie Schmerzen?

Das war eine dumme Frage, die dümmste, die man überhaupt stellen konnte. Mit dieser Schädelfraktur mußte er sich in einem Zustand befinden, der von keinem Menschen sich vorzustellen oder nachzuempfinden war. Und dabei die beharrliche Wachheit und Bewußtheit, die in seiner Frage spürbar gewesen war! Er schien sich damit zufrieden zu geben und dämmerte wieder ein. Nach einer Weile klopfte es leise an der Tür, und bevor ich hatte hingehen und öffnen können, stand der Kolonel auf der Schwelle. Ich hatte mich nur erkundigen wollen, sagte er leise, und während ich mich mit einem Blick auf den Verwundeten überzeugt hatte, daß der - über die Entfernung hinweg freilich kaum vernehmliche - Klang einer Stimme, die ihm vertraut sein mußte, keinerlei Reflexe auslöste, er habe sie gehört und identifiziert, trat ich mit dem Kolonel vor die Tür der Wachstation hinaus, ließ sie aber einen Spalt offen und behielt die Klinke in der Hand.

Verzeihung, Herr Kolonel, sagte ich, es ist vielleicht noch etwas zu früh.

Ist er noch nicht wieder aufgewacht? - Der Mund mit den schmalen Lippen sprach sehr langsam und deutlich; ich konnte die Worte selbst in dem flackernden Licht, das unser Notstrom-Aggregat uns lieferte, so gut ablesen wie hören.

Er ist gerade dabei, aufzuwachen, und ich dachte mir, daß es besser ist, wenn er nicht zu früh starke Eindrücke empfängt, wie ein Wiedersehen mit Ihnen.

Er nickte.

Ich hatte in meiner Erklärung einfach vorausgesetzt, daß ein Wiedersehen mit dem Kolonel ein starker Sinneseindruck für den Verwundeten sein würde, und erntete auch keinen Widerspruch.

Liegt er hier allein? fragte er ungläubig.

Vorläufig ja. Es hat sich so einrichten lassen.

Und was sagt Professor Tuusula?

Am besten, der Herr Kolonel würde den Chef selbst fragen. Ich bin nicht auskunftsberechtigt und weiß auch zu wenig.

Er nickte stumm. Schön, sagte er dann, ich danke Ihnen für alles, was Sie tun.

Hat er keinen Stahlhelm aufgehabt? fragte ich jetzt, oder...

Nein, das Ganze ist in einem verminten Hause geschehen, drei-, vierhundert Meter jenseits des Tuulosjoki nach dem Übergang. Da liegen...

Ja, am Uferabhang, so weit man sehen kann flußaufwärts. Ich bin ein paarmal dortgewesen.

Nun, dann wissen Sie Bescheid. Diese Häuser mußten durchgekämmt werden, obwohl man vorher keinen sicheren Beweis dafür bekommen hatte, daß sie als MG-Nester oder Bunker oder dergleichen mit Schußfeld zum Fluß oder zur Straße hin ausgebaut worden waren. Aber Sie wissen ja: die Russen verraten nicht alles beim ersten Wort. Und als er vornweg mit ein paar Leuten in eine der ersten Hütten eindrang, flog so gut wie das ganze Haus in die Luft. Zum Glück war er, als Vorderster, das einzige Opfer. Die anderen hatten draußen gesichert. Ich glaube, er war der erste von allen Verwundeten.

Also war er drinnen im Hause. Denn er spricht, wenn er etwas sagt, immer von »den anderen«. Aber nicht von Kameraden, sondern, soweit sich das mehr erraten als verstehen läßt, von

Zivilpersonen: einem alten Herrn, einem Priester, einer Dame, mit der er zuletzt gesprochen habe...

Über das verschlossene Gesicht des Kolonels huschte ein kummervolles Lächeln, das ich damals noch nicht recht zu deuten wußte. Man hat, sagte er, dort keinerlei Überreste von anderen Menschen gefunden. - Sie halten mich auf dem Laufenden? vergewisserte er sich.

Ich ließ die Klinke los, nahm Achtungstellung ein und empfing dann seinen Händedruck. Und nun hatte ich, wenn ich so sagen soll, Steinchen genug, um weiterbauen zu können. In einer der Hütten dort am Fluß, die alle unweit der Fundamente der einstigen Kirche standen, war es geschehen. Also in einem Haus. Und darin waren ›die anderen‹ gewesen: der alte Herr, der Priester, die Dame. Allein schon diese Worte waren in der Welt, in der dieser Krieg in den Wäldern des bolschewistischen Ostkarelien sich abspielte, ein völliger Aberwitz! Nun, aber...

Södergran hielt inne, ohne daß ihn irgendwelche verspäteten Gäste mit ihrem Lärm unterbrochen hätten, blickte in sein Glas, nahm einen Schluck und fuhr dann mit anderen Erinnerungen fort.

Sie erinnern sich vielleicht, was Numers und Hedkvist und ein paar andere von unseren guten Pressekompanie-Leuten geschrieben, was die so alles aufgestöbert hatten, in Walamo und auf der Karelischen Landenge. Es war kaum zu glauben! Wie von einem Taifun im Innern an den äußeren Rand gewirbelt, hatten sie in den kleinsten Dörfern, welche auf den Waldlichtungen lagen, so gut wie alles gefunden, was man sich unter Leitfossilien des alten russischen Kaiserreiches vorstellen konnte, alles, was bei der Katastrophe der Revolution jung genug gewesen war, so lange zu überleben, bis wieder ein Blick von außen her darauf fallen konnte, und was nicht Hungers gestorben oder bei den verschiedenen ›Säuberungen‹ verhaftet und verschleppt worden war: ehemalige Hofbeamte, ehemalige Lehrer und Lehrerinnen an adligen Instituten, ehemalige Priester, ehemalige Offiziere und sonstige Chargen - ein einziges Ehemals, eine versunkene, nun greisenhaft gewordene Welt, wie versteinerte, eben noch kenntliche Einschlüsse in dem Lebensstoff des jungen, des neuen kommunistischen Rußlands, mit dessen Gesellschaftsform sie nicht das Geringste gemein hatten. Traf man sie an, konnte man sich nur fragen, wie es möglich gewesen war, daß sie, abgesehen von aller Diffamierung, Überwachung und sonstigen administrativen Maßnahmen rein physisch hatten überdauern können. Wesen, die mehr als zwei Jahrzehnte lang im Dunkel wie Schaben unter dem Fußboden hatten existieren müssen, und doch auch wieder am Licht einer gewissen, wenn auch noch so karg bemessenen Öffentlichkeit, ein jeder mit einer sorgsam ausgebauten ›Legende‹, die seine Vergangenheit für die Einwohnerkontrolle weglog: mit einem ›adoptierten‹ Leben statt des eigenen, von dem sie sich erst jetzt bei unserem Einmarsch lossagen konnten, denn es ging in diesem Krieg ja nicht so sehr um die Nationalität, als wie in der Zeit zwischen Weiß und Rot – um die Gesinnung und Gesittung. Deshalb hatten diese Leitfossilien des alten Rußland auch versucht, sich den Zwangsaussiedlungen durch die Militärbehörden und die Militärpolizei bei dem anbefohlenen Rückzug der Armee zu entziehen, und waren nicht selten zwischen die Fronten geraten. Vielleicht hatte der schwerverwundete Fähnrich in einem der kleinen Häuser am Tuulosjoki solche zueinander geflüchtete Überlebende der alten Zeit angetroffen und sprach von denen als ›den anderen‹. Aber nein! Der Kolonel hatte ja gesagt, die Hütte sei, wie die Russen das meistens taten, vermint gewesen [das war unsere Kolchosverwaltung, die wir als Lazarett bezogen hatten, übrigens auch gewesen!], und der Fähnrich als der Vorderste beim Rekognoszieren habe im Sinne des Wortes ›in der Hitze des Gefechts‹ unachtsam die Zündung ausgelöst. Außerdem seien bei den Trümmern keinerlei Überreste von anderen Menschen zu finden gewesen. – Die Sache blieb fürs erste ein Rätsel.

Als ich wieder neben seinem Bett stand, lag er mit offenen Augen da. Mir kam der Gedanke, ihn ein wenig höher zu betten, damit der Kopf vom Blutdruck entlastet würde; dann kontrollierte ich alles, was es für mich zu kontrollieren gab: Puls, Atmung, Reflexe. Die höhere Lage des Kopfes schien ihm sichtlich gut zu tun, sein Blick wurde lebhafter, gleich danach bat er um etwas zu trinken. Ich setzte ihm ein Glas mit etwas abgestandenem Mineralwasser an die Lippen, und er trank ohne merkbare Beschwerden beim Schlucken. Folglich war auch dieses Zentrum ungestört geblieben. Nur begann es wieder in seinen Händen zu zucken. Das war einerseits ein gutes Zeichen: daß keine Lähmung in den oberen Extremitäten erkennbar war; andrerseits bestand Gefahr, daß die Nadeln sich durch die Wände der Venen bohrten. Deshalb verpflasterte ich ihn noch einmal gründlicher und sprach ihm gut zu. Die unteren Gliedmaßen: Füße und Beine, hatte er bis dahin nicht ein einziges Mal bewegt; doch ohne daß der Chef es befohlen hatte, wollte ich ihn dazu nicht ermuntern und mich vergewissern, daß dort keine Lähmungserscheinungen vorhanden wären. Im Gesicht war jeder Muskel normal gespannt. Nichts ließ darauf schließen, daß ein Fazialnerv in Mitleidenschaft gezogen war, und auch sein Sprechvermögen war, wie ich ja gehört hatte, dem Allgemeinbefinden angemessen, die Artikulation deutlich. Er schien, aufs erste gesehen, in nichts Einbuße erlitten zu haben; nur die Temperatur stieg, wie ich mich überzeugen konnte, mit der kräftigeren Herztätigkeit rasch an.

So fand ihn der Chef vor, als er mit Mäkinen zusammen kam und sich von mir Bericht erstatten ließ. Die beiden fachsimpelten geraume Zeit, aber auch der Chef ließ Beine und Füße, wo sie waren, oder als wären sie überhaupt nicht dagewesen. Was ihn am meisten interessierte, war die Ansprechbarkeit, und über die war er höchlichst erstaunt. Eine merkwürdige Sache, murmelte er, als er sich vom Bett abkehrte. Nun, warten wir ab.

Und solch eine ›merkwürdige Sache‹, bei der man abwarten mußte, abwarten über Sinn und Verstand, blieb er einstweilen. Södergran langte sich noch einmal die Flasche vom Boden, mischte ein frisches Glas, trank und fuhr dann – nun mit etwas wie Muße – fort. Bei uns, müssen Sie wissen, war ein Fall, wenn er eine Nacht überlebt hatte, nicht mehr unbedingt ›frisch‹. Wenn er Tage und Nächte hinter sich hatte, ›stank‹ er schon, wie die rohesten Zyniker sagten, und wer ›ohne Dach über dem Kopf‹ weitertransportiert wurde, und sei es nur, daß er als Maximum der Bewegung gerade die Augen verdrehen konnte, der war sozusagen ein lebendiges Wunder aus dem ›Totenhaus‹. Unser Verschleiß an Menschenleben – in diesen engen vier Hauswänden! – war fürchterlich. Wer sich anders auszudrücken beliebte [es waren Gott sei Dank ganz wenige], der erklärte, wir hätten den besten Umsatz in Heldenleben.

Der merkwürdige estnische Fähnrich trotzte vorerst einmal der Einreihung in irgendeine Kategorie. Er schien eine unbändige Lebenskraft in sich zu haben, denn daß es ein bewußter Lebenswille gewesen wäre, hätte man bei seinem Zustand, glaube ich, nicht sagen können. Er befand sich ja, im Sinne eines bewußten geistigen Lebens, gar nicht bei uns. Aber er wurde auch nicht bewußtlos, ganz im Gegenteil; er blieb mit seinem geistigen Dasein anderswo, und dieses Rätsel war es, was mich vorhin, als wir anfingen, zu der Frage veranlaßt hatte: Wie und wo hängt es zusammen? Wo identifiziert das geistige So-Sein als Eigendasein sich selbst als unverwechselbares Ich, das in der Lage ist, Daseinsveränderungen - und seien sie nur äußerlicher Art! - wahrzunehmen?

Die Seele, oder wie Sie es nennen wollen, ist nach meiner Ansicht auch im kleinen Finger oder im großen Zeh, warf ich ein. Es ist ein Mythos, ihren Sitz mit dem Herzen allein zu verbinden. Wir sind als Menschen im ganzen beseelte, geistmächtige Substanz. Die Hirnfunktionen und die Zellen, aus denen sie entspringen, sind nur Konzentrate, so wie das Herz Konzentrat der Kreislaufphänomene ist. Es gibt aber vom Geist wie von der Seele her nichts Partielles. Unterschiedliches, ja, aber nichts Ausgeschlossenes, was nun einfach nur ›dienendes Glied‹ im Sinne mechanischer Funktionen wäre.

Er blickte mich scharf an. Da behaupten Sie viel, sagte er. Ich werde Ihnen - nun, keinen Gegenbeweis führen, aber Ihnen zeigen, inwieweit der Mensch doch nur Speicherzelle ist, deren Bestand virulent gemacht werden kann oder die völlig abstirbt. Sie können natürlich sagen: die im Sinne von Zunahme oder Abnahme der Individuation zur Persönlichkeit wird. Wo und warum wird einer wach zu seinem Ich, und wo und warum nicht?

Sie sollten als Physikus nicht versuchen, Ihre trigonometrische Vermessungstechnik am Metaphysischen auszuprobieren! wandte ich noch einmal ein.

Er lächelte. Das kann man sagen, räumte er ein, aber die Frage bleibt in jedem Fall. Sonst hätte man seit Pawlow nicht soviel Erfolg mit Indoktrinationen gehabt, den banalsten und den raffiniertesten.

Am dritten Tag schien es Tuusula an der Zeit, ihn in unseren kleinen, behelfsmäßigen Operationssaal holen zu lassen. Mäkinen assistierte ihm, und ein paar Schwestern waren dabei. Ich war, schon weil die Wachstation nicht unbesetzt bleiben konnte, nicht zugelassen worden. Im Sitzen, nur mit einer Lokalanästhesie und unter Zufuhr von Frischblut und Kreislaufmitteln, öffnete er die Wunden und suchte das ganze freiliegende Gebiet noch einmal nach Fremdkörpern, nach Splittern von zerstörter Knochenmasse und nach Haaren ab. Dabei hielt er ihn nach bestem Vermögen ununterbrochen im Gespräch. Als die schwierigste aller Phasen, bei unseren primitiven Voraussetzungen, schilderte die Operationsschwester mir die Änderung seiner Lage auf dem Operationstisch und die Untersuchung der rückwärtigen Schädelpartien und der Verwundungen dort, die bei der Strecklage, in der er bis dahin gehalten worden war, gar nicht hatten entdeckt werden können. Außerdem waren diese Bereiche äußerlich am dichtesten von Blut durchtränkt worden, wie es kaum anders hatte sein können, und bei dieser Untersuchung opferte er sein erstes Haar. Anders war gar keine freie Sicht zu bekommen. Und gerade die war notwendig und, wie sich erweisen sollte, schicksalschwanger. Er hatte, wie das Röntgenbild zeigte, bisher auf einer Verwundung am Hinterkopf gelegen und, merkwürdig genug, nie den Versuch gemacht, die Lage des Kopfes zu ändern. Während der Untersuchung dieser Verletzung aber gerieten das Atemzentrum und der Kreislauf völlig aus dem Gleichgewicht, und um einen Kollaps zu vermeiden, wurde das Weitere aufgeschoben. Schwer mitgenommen von dem, was mit ihm geschehen war, bekam ich ihn zurück, und es schien fürs erste der gleiche Zustand eingetreten, in dem ich ihn empfangen hatte. Aber ich habe Ihnen ja gesagt: Es gibt Fälle, die allen Regeln trotzen. So einer war er. Wieder ein paar Tage und Nächte, und dieser Mensch – oder das, was von ihm übriggeblieben war – entwickelte ein phänomenales Sprechvermögen, ja unter Einfluß von auch nur ganz geringen Dosen Morphium so etwas wie einen euphorischen Mitteilungsdrang, während in allen diesen Tagen sein Gesicht immer bleicher und kleiner zu werden schien und nur der lebhafte bis hektische Blick und der anscheinend mühelos artikulierende Mund davon abstachen. Nur war er hier – und doch gar nicht hier. Ein schweres Trauma hielt ihn fortwährend an dem sonderbaren Ort seiner Verwundung gefangen, von dem er dermaßen suggestiv erzählte, daß selbst ich, der ihn in den längsten Wachen beobachtete und namentlich nachts, wenn er zur Unruhe neigte, am Ende nicht mehr mit Sicherheit wußte, was von allem sich vor und was sich nach seiner Verwundung ereignet hatte. Dabei sprach er

681

nicht wirr, in Bruchstücken, obwohl es für mich, der nicht immer bei ihm war und das auch nicht sein konnte, natürlich Bruchstücke gab, die ich zusammenfügen und, weil es um ein Geschehen mit Personen und einem anscheinend logisch gegliederten Handlungsablauf ging, bisweilen nach Pausen und Unterbrechungen mit Rückfragen ermitteln mußte. Auf jeden Fall war er bei Beginn des Angriffs in der Feuerpause unserer Artillerie mit ein paar Leuten von seinem Zug gleich nach dem Ausbruch aus dem Erlendickicht nach links sichernd ausgeschwärmt, die sanfte Uferböschung hinan, weil von dieser Flanke her die Straße ein paarmal, wenn auch locker und verstreut, mit Maschinengewehrfeuer belegt worden war. Die eigentümlicherweise stehengebliebenen Hütten, die schon so weit hangabwärts lagen, daß sie von der gerodeten und einst bäuerlich bestellten Ebene entlang dem Flusse nicht mehr eingesehen werden konnten, hatten sehr gut zu MG-Nestern ausgebaut sein können, die ihre ganze Feuerkraft erst entfalten wollten, wenn der Angriff auf der Straße massiert weiterging und der Nachschub über die Flößholzbrücke einsetzte. Unsere Pioniere standen wohl schon bereit, eine feste Brücke zu schlagen. Für einen raschen Rückzug der Verteidiger lag der Wald nahe genug.

Wir liefen beileibe nicht einfach draufzu, sagte der Verwundete mit keuchendem Atem. Wir hielten uns eine ganze Strecke weit unten am Wasser, um nicht in den mutmaßlichen Schußwinkel zu geraten, und nahmen die erste der Hütten - es war die nächste neben den Überresten der Kirche - von hinten her. Ich hatte eine geballte Ladung in der Faust. Aber die Tür stand weit offen, als wäre jemand daraus Hals über Kopf davongelaufen. Schon wollte ich, was ich in der Hand hielt, aufs Geratewohl hineinwerfen, da fiel mir ein, daß, wie es sich so oft herausgestellt hatte, noch Zivilpersonen drinnen sein könnten. Und richtig! Ich sage Ihnen: In der Nähe platzten eben ein paar schwere Granaten, weil die Russen Sperrfeuer schossen und vor allem die Brücke treffen wollten, meine Jungen hatten sich in Deckung geworfen, und mich warf der Luftdruck förmlich ins Haus... Wieso, schrie ich, was macht ihr hier?

Komische Frage, nicht wahr? Aber nach dem engen Vorhaus mit der weitoffenen Tür war die große Stube, wie mir schien, voller Leute. Voller Leute! Mitten während des Angriffs mit

Artillerie- und MG-Feuer und ein paar Salven, welche die Schiffsartillerie unserer Kanonenboote vom Ladogasee her den Russen in die Flanke schoß. Welch ein Wahnwitz, unter diesen Umständen hierzubleiben! Hätten sie sich wenigstens in den Wäldern weiter flußaufwärts versteckt und wären wieder zum Vorschein gekommen, wenn diese Hütten nicht mehr mitten im Kampfgebiet lagen!

Der verwundete Fähnrich schien noch jetzt seine Erregung über die unbegreifliche Handlungsweise dieser Menschen nicht dämpfen zu können. Ich mußte ihm gut zureden, sich nicht zu seinem eigenen Schaden aufzuregen, aber das half nicht lange. Mitten im Feuer, murmelte er, mitten im Kampfgebiet! Ich habe mich anstrengen müssen, sie zu erkennen, denn die ganze Stube war voller Rauch und Staub. Wahrscheinlich hatte es draußen ganz nahe noch ein paar Treffer von schwerem Kaliber gesetzt. Da nun aber am Ernst ihrer Lage kein Zweifel sein konnte, schien den sonderbaren Bewohnern dieser Hütte auch die Frage aufgestiegen zu sein, ob sie das Richtige getan hätten, als sie geblieben waren.

Weg mit euch, sagte ich, hier kommt ihr in der nächsten halben Stunde ums Leben! Todsicher, sagte ich und mußte gleich danach lachen, weil das hier tatsächlich keine Redensart war. Bloß hatte ich immer weiter Mühe, sie alle voneinander zu unterscheiden. Manchmal, so sonderbar das klingt, schienen es mir mehr, manchmal weniger zu sein, und dabei hatte ich nicht beobachten können, daß jemand von ihnen sich entfernt hatte oder jemand hinzugekommen war. Immer der Staub, immer der Rauch, ich fing schon an, Kopfschmerzen zu bekommen, und der Stahlhelm drückte mich, als wäre er mir zu klein geworden. Die Stube... Sie kennen diese Art Stuben? - Ich nickte.

Neben der immer noch sperrangelweit offenen Tür, die schon vorher ein Luftdruck aufgerissen haben konnte, der große gemauerte Ofen mit einer niedrigen Kochnische, wandfest die lange Bank im Winkel, davor der Tisch mit ein paar klobigen Hockern. Sonst sah ich nichts. Hinter dem Ofen war die Dämmerung so tief, daß ich, wenn ich nach rechts blickte, nicht einmal unterscheiden konnte, ob dort Betten standen oder ob die ganze Gesellschaft auf dem Ofen und auf der Wandbank schlief, und an den rohen, mit Moos gestopften Balkenwänden leuchtete da und dort der helle Fleck von etwas, was aus einer Zeitung ausgeschnitten sein konnte. Nebenan eine Kammer. Die Tür dahinein war zu erkennen. Kein ›Obras‹. Dessen Ewiges Licht hätte der Luftdruck der Detonationen sowieso längst zum Verlöschen gebracht. Aber die Detonationen hörten mit der Zeit auf, es wurde still bis auf ein Bellen und Knattern in der Ferne. Und ich... Dafür gehöre ich vor ein Kriegsgericht! Ich vergaß meine Leute draußen, so sehr nahm diese Gesellschaft hier mich gefangen, und vergaß den ganzen Vormarsch und das Angriffsziel. Das ist mir unbegreiflich.

Wahrscheinlich waren Sie da schon verwundet, versuchte ich ihm sanft aus einer Wirklichkeit in die andere zu helfen, damit es sein Ehrgefühl stärke, kein Versäumnis begangen zu haben.

Verwundet? Ich? - Nein, das kam ja erst später.

Wann, meinen Sie?

Als mich die beiden den Abhang hinuntertrugen und dieser tolle, verflogene Koffer neben uns niederging. Oder es war eine Bombe. Nur habe ich keine Maschine am Himmel gesehen, obwohl ich zwischen diesen beiden auf der Bahre doch nirgends andershin als in die Luft gucken konnte.

Er ruhte eine Weile aus und schwieg. - Wenn Sie etwas zu trinken hätten? bat er dann. Es war klar, daß er vieles, ja alles durcheinander gemengt und daß das trennende Bewußtsein sich bei ihm noch nicht wieder eingestellt hatte.

Die Stimmung bei allen Anwesenden schien mir gedrückt.

Ja, wohin? fragte einer, und als ich ihn ins Auge faßte, erkannte ich gut, was für ein Typ das war. Auch die anderen wurden, weil Rauch und Staub sich verzogen, ganz deutlich. Sie saßen in einem rechten Winkel auf der Bank. Neben mir zur Linken und geradeaus, einer neben dem andern, wie aufgereiht. Der erste mir zur Linken sah aus wie ein adeliger Gutsbesitzer aus früherer Zeit, dann kam ein uralter orthodoxer Priester, dem das silberne Haar auf die Schultern fiel, neben ihm eine Dame von großem Reiz, ihr zur Seite ein seltsam altmodischer gelehrter Herr mit einer Nickelbrille und müde hängendem Knebelbart, dann wieder ein junger Mann in einer Art blauer Litewka, hochgeschlossen, aber ohne Tressen und Rangabzeichen... Geradeaus kam als erster ein kleiner Mann mit tiefliegenden, traurigen Augen, der aus einer burlesken Theatervorstellung weggelaufen zu sein schien, denn, denn er war...

stellen Sie sich das vor!... er war als ›Tod‹ kostümiert. Auf
ein eng anliegendes schwarzes Gewand hatte man ihm mit
Leuchtfarbe ein Totengerippe gemalt. Ich sah, weil er saß, nur
die obere Hälfte des Skeletts, die Wirbelsäule, die Rippen und
die Arme und Hände als Knochen. Vor sich auf dem Tisch
hatte er etwas liegen, was wohl die Totenmaske für sein Gesicht war, wenn er sich als Tod betätigte, etwas Grauses, da und
dort auch jetzt noch fahl Leuchtendes, wie ein gespenstisches
Wespennest. Seine linke Schläfe wies, weil er die Maske abgenommen hatte, bis ins Haar hinein blau und blutunterlaufen die
Spuren eines fürchterlichen Schlages auf, den man ihm versetzt
hatte. Ob dieser Schlag ihm als Tod oder ihm als Menschen gegolten hatte, war mir nicht klar.

Der deutlichste, den ich unterschied, war ein alter katholischer
Geistlicher im Kollar und mit einem trotz seinem Alter falten-
losen, aszetischen Gesicht. Ich meinte, er erinnere irgendwie an
den letzten katholischen Erzbischof von Estland, den mir einmal jemand auf der Straße gezeigt hatte.

Andere konnte ich meistens nicht erkennen, weil die Entfernung zu ihnen sich unaufhörlich änderte und sie mir von einem
Augenblick zum andern ganz nahe erschienen und dann wieder
wie ans Ende eines langen, halbdunklen Saales entrückt. Es war
furchtbar anstrengend, sie bei diesem Wechsel der Optik im
Auge zu behalten.

Wir sind doch so gut wie tote Leute. Oder nein: wir sind einfach tote Leute, die es nicht mehr gibt, bemerkte der, den ich
für einen adligen Gutsbesitzer hielt.

Wie meinen Sie das? fragte ich ihn.

Er stand von der Bank auf, machte eine leichte, weltmännische
Verbeugung, murmelte etwas, was wohl sein Name war und
worin ich nur das Wort ›Graf‹ unterschied, und setzte sich
wieder.

In welcher Sprache verständigten Sie sich denn miteinander?
fragte ich den verwundeten Fähnrich mit nachdrücklicher Absicht.

Sprache? Welcher? fragte er nach kurzem Besinnen sich selbst.
Und fuhr dann, ohne daß ersichtlich geworden wäre, er wolle
mir Auskunft geben, beinahe leichthin fort: Ja, die Sprachen!
Ich verstand ja alle drei, und in welcher ich mit wem gesprochen habe - ich weiß nicht. Mit der Dame französisch, soviel

ich noch konnte. Sie verhielten sich ja auch alle äußerst scheu zu mir, obwohl ich meinte, sie alle irgendwie zu kennen, ihr... ihr Gehaben war von einer gewissen Distinguiertheit, und bei dem greisen orthodoxen Priester wirkte das, was die anderen als ›Leute von Welt‹ auszeichnete, als ›Weltverlorenheit‹, - Sie wissen, so etwas wie die schöne Weltverlorenheit, beinahe schon Verklärtheit, über die man sich bei ganz alten Frommen wundern kann...

Die Schwierigkeit ist doch, sagte der junge Mann in der hochgeschlossenen blauen Litewka, von der die Tressen abgerissen waren, daß wir weder zurück noch nach vorn können. Wir sind hier im Niemandsland eingeschlossen. Wir sind nicht mehr wir, und unsere ›Legende‹ gilt nicht mehr.

Behaupten Sie doch das nicht! sagte ich zu ihm. Gut, angenommen, Sie könnten nicht zurück, aber wozu sollten Sie auch! Das Vorwärts hinter unsere Linien ist doch auch eine Art Zurück. Oder trauern Sie Ihrem früheren Leben so sehr nach?

Das nicht, sagte er, aber ich... Verzeihen Sie, aber ich zweifle daran, daß unser Vorwärts in Ihr Zurück lange ein Vorwärts für uns sein kann.

Sie werden viele Schlachten gewinnen, aber den Krieg verlieren, heißt es, habe ein Politruk gesagt, warf die Dame leise ein.

Die Schwierigkeit besteht darin, daß wir nirgends mehr zu Hause sind, belehrte mich der sehr alte, schmächtige Herr mit müde herabhängendem Knebelbart, der die Würde eines ehemaligen Ministers oder Hofrats an sich hatte, obwohl sein schwarzer Gehrock oder was es nun war, das er trug, schon grünlich schimmerte und sehr verschlissen aussah. Wir besitzen keine Welt mehr, verstehen Sie? Wir sind einmal geschaffen worden und haben unser Leben gelebt und haben unsere Welt überlebt, und wie es jetzt noch im geistigen Sinne zu leben möglich sein soll, weiß keiner von uns.

Das klang so philosophisch, daß ich es vorzog, mir den alten Herrn nicht als ehemaligen Minister, sondern als emeritierten Professor der Universität Moskau vorzustellen.

Wir haben einander geerbt, der eine vom andern und zugleich den andern, je nach den verschiedenen Abschnitten Ihres Lebens. Ja, Ihres eigenen Lebens! Ganz abgesehen von Vater Seraphim und mir - Pierre da drüben, der der jüngste scheint, ist in Wahrheit der älteste, mit allem, was zu uns gehört hat.

Und jetzt hausen wir alle unter einem Dach. Das ist unser ganzes Unglück, konstatierte der Herr, der sich als Graf vorgestellt hatte, wie eine unabänderliche Tatsache, und deutete erst auf den greisen orthodoxen Priester und dann auf den jungen Mann in der Litewka.

Gerade als dieser junge Mann in der hochgeschlossenen blauen Litewka mit den abgerissenen Tressen finster einwarf: Entfernung von der Truppe oder Verrat kann man mir nicht vorwerfen! tat sich die Tür zur angrenzenden Kammer auf, und ein Zivilist erschien, den ich vorher noch nicht gesehen hatte. Bei seinem Eintreten gerieten alle in Erregung, ich sah es ihren Gesichtern an, und namentlich die junge Dame auf der langen Bank neben dem Litewkaträger und dem alten Priester schien vor Aufregung zu erröten.

Der Eingetretene war mir unsympathisch, zugleich aber meinte ich, ihn schon einmal in meinem Leben gesehen zu haben. Er kam aalglatt zu allen, die wie Schulkinder auf der Bank saßen, und eben das... Jetzt wußte ich, was mich, ohne daß es mir bewußt geworden war, die ganze Zeit gestört hatte: daß sie da alle die Wand entlang wie Schulkinder aneinandergereiht saßen! Und der Neue kam wie ein gefürchteter Lehrer zum Abhören, obschon ein undefinierbares Lächeln nicht von seinem Gesicht wich.

Dieses mir irgendwie bekannte, graue, wie übernächtigte Gesicht! Auch sein Anzug war grau, ob auch von altmodischem Schnitt!

Er nahm von mir kaum Notiz und sagte, weil er meinen prüfenden Blick bemerkt hatte, nur lächelnd: Sie haben beliebt, mich einmal ›den Marder‹ zu nennen. Und jetzt - sehen Sie: Das alles sind blutlose Figuren, ich habe ihnen ihr Leben ausgesogen, und sie wissen nicht mehr, wie leben, weil Sie selber das auch nicht mehr wissen, stimmts? Sie haben keine Ideale mehr, kein Lebensverlangen, kein geistiges Zuhaus, das nach draußen hin noch etwas gilt!

Aber Gott ist ewig! wandte der greise orthodoxe Priester mit zitterndem Bart ein, in Vater, Sohn und Heiligem Geist. Und wenn auch die Kirchen über uns zusammenfallen. Müssen sie das nicht, wenn auch nur Einer unter den Dreien einen Atemzug tut...? Der, in dem ich den letzten katholischen Erzbischof von Estland zu erkennen gemeint hatte, nickte beifällig.

687

Oder wenn die Behörden weitere Nachsicht und Kredite verweigern! fiel ihm der Marder ins Wort. Sachte, sachte, die neue, andere Trinität hat genausoviel Ewigkeitswert, und es ist noch nicht ausgemacht, wer von uns das längere Stroh zieht. Wir haben erstens den glaubhaften Anschein der Wahrheit. Den haben Sie selber ausgeliefert. Das Gemeinwohl, das bei Ihnen zur egoistischen Liebe pervertiert wird, gilt bei uns nur als Solidarität im sozialen Sinne. Die Dynamik, die Sie Verrat zu nennen belieben, und die Gewalt, die von der Allmacht übriggeblieben ist, werden bei uns stetig aufs Totale hin ausgebaut. Uns langt das. Die Organisation brauchen wir nur den Vorzeichen nach auszutauschen, dann merkt keiner mehr, was die alte, überlebte Gottesanbetung und was das Neue, Unsere ist, das die Zukunft der Menschheit hat. Ich frage Sie noch einmal, in Zeugengegenwart...

Der Graue blickte auf mich.

Sie sind und bleiben der Marder! wandte ich erregt ein, Sie saugen diesen Menschen das Blut aus. Aber ich bin bereit, mein Blut dafür hinzugeben, daß diese Menschen...

Ach, immer noch? sagte er geringschätzig. Auch Sie können wir ›fertigmachen‹, wie es so schön bei Ihnen heißt, ganz leise, durch etwas Abnützung und Nachhilfe dabei. Feigin! rief er, zur Kammertür gewandt, und im nächsten Augenblick war ich dermaßen verblüfft, daß ich geraume Zeit brauchte, um mich in das hineinzufinden, was nun geschah. In der Kammertür erschien ein noch junger Mann mit dunklem Haar, fremdländischen Zügen, die mich am ehesten an einen Italiener oder Südfranzosen erinnerten, welcher deutliche Spuren einer körperlichen Mißhandlung aufwies. Seine Kleidung bestand aus etwas, was geistlich wirkte und doch durchaus weltlich war: einer schwarzen, in die Stiefel gesteckten Hose und einer hochgeschlossenen Joppe mit rundem Kragen. Es war eine Winterkleidung, die sich sonderbar ausnahm und völlig unzeitgemäß im Sinne des Wortes war. Er ging ein wenig taumelnd zum nächsten Platz auf der Bank, der neben dem katholischen Erzbischof frei war, und schmiegte sich, förmlich Schutz suchend, an den älteren, der ein Bruder im Geist von ihm sein mochte, denn war er auch weltlich gekleidet - er konnte ein Priester sein.

Der, den der Marder so befehlsgewohnt als Feigin herbeigerufen hatte und der nun hinter dem jungen mißhandelten Mann in Schwarz erschien... Nein, da konnte einen schwindeln, sage ich Ihnen. Diesen Mann mit den energischen Zügen hatte ich selbst vor zwei Monaten als Gefangenen verhört! Es war ein Textilarbeiter von der Firma ›Rauaniit‹ in Reval gewesen. Und nun war er hier! Hier! Gerade er, über dessen Ende ich viel gegrübelt hatte. Er trug auch noch die gleiche Kleidung wie damals: ein Mittelding zwischen einem Mechaniker-Overall und einer Uniform, im Ganzen aber doch mehr Mechanikerkleidung, in der beerensuchende Frauen ihn nahe der Bahnstrecke zwischen Helsingfors und Hangö, das damals ein sowjetischer Stützpunkt gewesen war, aufgestöbert hatten und der dann, weil er sich den Knöchel verstaucht und nicht rasch hatte fliehen können, von unseren ländlichen Schutzkorpsleuten festgenommen worden war. Ich selber aber [und deshalb hatte man mich ausgesucht, um mit ihm konfrontiert zu werden und ihn zu verhören] - ich selber kannte ihn schon viel länger: vom Sommer 1940 her, als er in einer Uniform rot-spanischer Truppen Milizchef in Estland gewesen war, die Wache im Domschloß kommandiert und statt der alten Staatsflagge auf dem Turm die rote Fahne der sogenannten Volkserhebung gehißt hatte. Ein Kerl, der nicht umzubringen war, wie man so sagt. In dem ländlichen Kartoffelkeller, in dem ich ihn zu verhören hatte, wollte er mir weismachen, er sei nach dem Beginn seiner Karriere in Estland in Rußland Flieger geworden und habe in Luftnot auf einem Flug nach dem sowjetischen Hangö abspringen müssen. Nur war nie ein Flugzeug abgestürzt, und zu seiner Luftnot wollte der viele Sprengstoff und sonstiges Sabotagematerial nicht passen, die man unmittelbar in der Nähe seines Waldverstecks aufgefunden hatte: Trotyl, um die finnischen Verbindungen an mehreren Stellen zu sprengen, einen Geheimsender und dergleichen. Auf des Messers Schneide stand die für ihn über Leben und Tod entscheidende Frage, ob er als Sabotagefachmann in Berufskleidung oder als Soldat in geheimem Auftrag anzusehen sei. Als Saboteur kam er vors Peloton, als Soldat ins Gefangenenlager...

Und jetzt war er hier! Er betrachtete mich, den alten Bekannten, wie schon damals mit vor Haß funkelnden Blicken, obschon er sich den Anschein zu geben versuchte, ich sei ihm völlig gleichgültig.

Er ist noch nicht soweit, sagte er mit einer auf den Mißhandelten deutenden Kopfbewegung zu dem Marder.

Hier stand und steht die Tür sperrangelweit offen, fuhr es mir durch den Kopf. Was hatte alle diese Menschen, die sich offensichtlich in der Gewalt der beiden Unholde befanden, daran gehindert, zu fliehen? Es war doch grotesk.

Dann nehmen wir uns erst noch einmal den anderen von den Schwarzen vor, den falschen Bestuchin, den Diakon, entschied der Marder, und zusammen mit Feigin verschwand er lautlos in der Kammer nebenan. Sie gingen nicht auf dem Fußboden, so daß man ihre Schritte hätte hören müssen, sondern wie in einer satanischen Levitation über dem Boden.

Aber ums Himmelswillen! begann ich, als die Kammertür sich hinter den beiden geschlossen hatte, warum... warum fliehen Sie nicht einfach? Die Tür steht doch weit offen!

Nur für Sie hat sie so weit offen gestanden. Draußen ist Militär, sagte der erste in der Reihe, der Adlige.

Aber das sind doch unsere eigenen Leute! Die krümmen Ihnen doch kein Haar! rief ich. Dann grübelte ich nach, wo und wann ich den aalglatten grauen Mann kennengelernt haben könnte, der behauptete, ich hätte ihn einmal den Marder genannt. Irgend etwas von diesem, wie ich meinte, stummen Fragen mußte dennoch laut geworden sein, denn der junge Mann in der blauen Litewka ohne Tressen belehrte mich: Der hat schon mich damals verhört und aus mir so etwas wie einen Affen Gottes machen wollen.

Das begriff ich nicht.

Wo, fragte ich, wo war das, und wann?

Nun, vor der geplanten Invasion Englands, erklärte der junge Mann [und natürlich dachte ich an die geplante Invasion dieses Krieges, während die seine mehr als hundert Jahre zurücklag].

Und hinter mir, sagte die junge Dame neben ihm, war er doch wie ein Marder und Löwe zugleich her.

Es war das zweite Mal, daß sie etwas gesagt hatte, und ich betrachtete sie jetzt dermaßen neugierig, als wäre sie vorher gar nicht in der Stube gewesen. Was der junge Mann in der altertümlichen blauen Litewka gesagt hatte, vergaß ich, offen gestanden, ganz einfach. Wie konnte ich mich auf so viele verschiedene Lebensläufe einlassen!

Die Dame war nicht mehr ganz jung, und ihre feinen Züge verrieten, daß sie von edlem Geschlecht war. In ihr mochte es noch einmal eine Kindheit und Jugend und zugleich eine vollblütige Fraulichkeit erleben. Der Kleidung nach hatte sie es auf eine altertümelnde Raffinesse angelegt, denn zu einem fußlangen, zimmetfarbenen Rock trug sie ein stark tailliertes Mieder der gleichen Farbe, von dem eine schöne, zarte Bluse mit einem gefältelten Kragen abstach. In dieser Apparition schien sie mir mit ihrem lebhaften Mienenspiel, den großen Augen und dem da und dort von einer ergrauenden Strähne durchzogenen gewellten Haar Jahrhunderte zu spiegeln, ohne von dieser unseligen Zeit allzu schroff abzustechen, und in allen ihren Jahrhunderten war ich daheim.

Die Liebe muß bleiben, bis in die tiefste Erniedrigung hinein, die einem andere nur äußerlich antun können. Ich hätte damals, als man Pierre verhaftete, sagte sie mit einer andeutenden Handbewegung nach links hin, wo der junge Mann in der Litewka saß, nicht fliehen sollen. Der ›Kaiser von Frankreich‹, ein Hauptmann aus Korsika - und der Herzenskönig! Muß man fragen, wer den höheren Rang hat? Aber damals schien mir: ein Mensch,... was ist schon ein Mensch!

Der Mensch in der Welt - nichts. Aber die Liebe muß bleiben, immer, denn sie zieht ihn aus der Welt empor, sagte der alte katholische Priester mit einer spröden, hohen Stimme, nicht im Kanzelton, nur aus der Erfahrung eines alten Mannes.

Als ich zurückkam, war es zu spät, räumte die Dame beschämt ein.

Sagen Sie das nicht, widersprach der Priester. Er hatte da nur die andere, die größere Liebe gefunden.

Ich begriff gar nichts.

Nun, die Gottesliebe, klärte mich der Erzbischof auf, der meine Begriffsstutzigkeit bemerkt zu haben schien. Pierre hatte Hortense geliebt, und Hortense hatte ihn geliebt, etwas weniger vielleicht, weil sie noch die Politik liebte. Und als man Pierre verhaftete und der überhaupt keine Wahl hatte: ob er Soldat bleiben oder Gefangener unter falschem Verdacht werden sollte, sondern ganz einfach verhaftet wurde, wie es unter den Tyrannen immer geschehen ist, da floh sie und hatte Glück und entkam. Aber... es ist schon so: Die Liebe bleibt.

Und deshalb, pflichtete der greise orthodoxe Priester, den sie

Vater Seraphim nannten, bei, deshalb mag die Tür offensein und offenbleiben. Wir sind um der Liebe willen hier und bleiben. Wie sollten wir die beiden Bösen hier sonst überzeugen können. Man hat uns einmal ein Schicksal vorgezeichnet; wir füllen diese Zeichnung aus. Es ist wie mit dem Hunger. Hunger kann man mit Fasten besiegen. Die beiden erleiden schon eine ewige Strafe dafür, daß sie böse sind, denn sie wissen, daß man gut sein soll und gut sein kann und daß wir sie nur schwer lieben können.

Es klopfte leise an der Tür - also: an der Tür der Wachstation, flocht Södergran vorsorglich ein, weil er mir wohl anmerkte, wieweit ich ihm in die wirren und doch wieder logischen Erzählungen des verwundeten Fähnrichs gefolgt war –, an der Tür der Wachstation also klopfte es leise, und der Kolonel wurde sichtbar. Er kam jeden Tag einmal. Der Krieg schien für ihn hier zu Ende oder wenigstens vorläufig zu Ende zu sein.

Ich ging ihm bis zur Schwelle entgegen und erklärte leise: Er spricht sehr viel, zuviel, und das strengt ihn an. - Dann ließ ich die beiden allein. Ich blieb, nachdem ich in der Schreibstube gewesen war und das Dringendste gesichtet hatte, auf dem Flur in der Nähe.

Dieser Flur! Ich stehe heute noch stundenlang in diesem Flur mit den vielen Türen rechts und links, von denen manche nur einen Bindfaden-Verschluß besaßen, weil, als wir eingerückt waren, die Russen wie aus einer Manie alle Beschläge mitgenommen und wir trotz dringlichen Bestellungen nicht genug neue nachgeliefert bekommen hatten. Also mußten es zwei eingeschlagene Nägel, zu Haken gebogen, und ein dicker Bindfaden mit zwei Schlaufen tun. Es blieb natürlich immer ein so breiter Spalt, daß eine Hand dazwischengreifen konnte und jedes Sprechen und Stöhnen bis auf den Flur vernehmlich war. Aber auch das nannte sich Lazarett! In der Höhe, dicht unter der Decke, lief ein Draht, an dem in nicht ganz regelmäßig geratenen Abständen von Fliegenschmutz bräunlich gewordene Glühlampen hingen. Das leise Flackern der Birnen, wenn Licht brannte, konnte einem nicht entgehen. Der durch Holzgas betriebene Motor und der Dynamo, die man draußen hören konnte, waren eben nicht für Jupiterlampen geschaffen. Es gab Zeiten, zum Beispiel, wenn der Holzgasgenerator gefüllt werden mußte, in denen die Lampen mit einem Viertel der Wattstärke brannten und die Trübseligkeit des roh beworfenen und wie vor Jahrhunderten zum letztenmal gekalkten Mauerwerks förmlich apokalyptische Gewalt anzunehmen schien. Zeiten zum Sterben. Und in den meisten Stuben wirres Gerede, hin und wieder ein Aufschrei, und dann die stummen Wärter mit einer Bahre zwischen sich: manche in den Operationssaal, die meisten hinaus in den großen Schuppen, über den wir verfügten und in dem einmal die Traktoren der Kolchose oder Sowchose untergebracht gewesen waren. Die Luft war dick von Lysol-, Kreosot- und anderem Gestank. Die feineren, beinahe geruchlosen Desinfektionsmittel kamen nur bei der Wundbehandlung im Operationssaal zur Anwendung.

Als der Kolonel wieder erschien, sagte er: Ich kann ihn nicht besser finden. Aber er spricht viel.

Zuviel, bestätigte ich ihm. Es macht den Anschein, als müßte er mit einer letzten verzweifelten Anstrengung sein ganzes Gedächtnis loswerden, und dabei kommt man nicht so recht daraus, wann und wo sich was abgespielt hat. - Hat er den Herrn Kolonel mit Sicherheit erkannt?

Ich glaube, ja, sagte der Kolonel leise. Die wenigen Falten in seinem Gesicht schienen bei dieser kümmerlichen Beleuchtung wie mit Ruß ausgefüllt, seine Lippen waren farblos.

Er erzählte mir aber fortwährend, daß ein junger Mann in einem schwarzen Anzug mit den Hosen in den Stiefeln und mit einer schweren, rundkragigen Joppe sich nicht habe brechen lassen, und beschuldigte immer wieder einen gewissen Feigin - so ein Mann ist mir von der sogenannten ›Revolution‹ in Estland nur dem Namen nach bekannt -, das versucht zu haben.

Feigin? - Ich erzählte, was ich mit ihm erlebt und daß ich selber ihn verhört hätte.

Er hörte aufmerksam zu. Damals war ich noch nicht hier, sagte er, aber er ist doch, soviel man mir erzählt hat, als Saboteur erschossen worden. Die Qualifikation, Soldat zu sein, wurde ihm aberkannt, weil er kein Soldbuch bei sich hatte, nur den Ausweis einer halbmilitärischen Fallschirmspringer-Organisation, und weil die Sprengladungen und der Geheimsender ihn eindeutig als einen aus einem Flugzeug abgesprungenen Saboteur auswiesen. Ich habe damals, als ich davon hörte, sehr bedauert, nicht dagewesen zu sein, als man ihn festnahm, denn ich hätte von früher her noch manches mit ihm abzurechnen gehabt. Er hatte meine besten Kameraden, soweit sie noch nicht hatten fliehen können, auf dem Gewissen.

Und jetzt also diesen jungen, schwarzen Zivilisten...

Ja, glauben Sie denn, daß er so verworren von etwas Wirklichem redet? fragte der Kolonel mich stutzig.

Ich, sagte ich, vielleicht ein wenig beschämt und unsicher, ich bin in seinen Geschichten ›ganz drin‹, wie man so sagt, Herr Kolonel. Und es sind ja gar keine Geschichten. Es ist eine einzige Geschichte, in dem einen Raum, in dem einen Haus hinter dem Strom, eine Begegnung mit Menschen, die aus so etwas wie Liebe trotz ihren Peinigern und aus Treue auch im Vergeblichen nicht haben fliehen wollen; sie kennen kein Vorwärts und kein Zurück mehr, sie sind ohne Raum und ohne Zeit.

Der Kolonel blickte mich erst eine Zeitlang so an, als hätte ich selber Pflege nötig; dann meinte er ausgleichend: Er hat in seinem Leben natürlich ungeheuer viele Menschen gekannt, und manche werden wie ein Stück von ihm selbst in sein Leben und in seine Arbeit eingegangen sein. Er war Publizist, wie auch in seinen Papieren steht, er ist mein Neffe. Ich habe ihn eigentlich nie so recht gekannt, denn sein Beruf war mir zu fremd, und ich im Oberkommando, als Chef der Zweiten Abteilung...

Nur im Spätwinter 1940, als er sich mit ein paar Freunden über das Eis des Finnischen Meerbusens schlich, um beim Winterkrieg hier mit dabei zu sein, bekam ich so etwas wie Hochachtung vor ihm. Das war immerhin etwas, was ein Publizist nicht jeden Tag tut. Später, nach dem Kriege, habe ich noch ein paar Korrespondenzen, die er von hier aus schrieb, gelesen. Die wurden unter den delikaten Umständen damals im Frühling 1940, als wir schon die sowjetischen Stützpunkte im Lande hatten, der Militärzensur vorgelegt. Wir waren ›unter dem Schutz der Sowjetunion‹ ja noch ›frei‹, wie es hieß, aber für einen Mann wie Molotow und seine Verträge keine Entfesselungskünstler. Und später habe ich ihn aus den Augen verloren und erst hier ganz zufällig wiedergefunden. - Glauben Sie, daß er's übersteht?

Ich konnte mit dem besten Gewissen sagen, daß ich das nicht wüßte. Wenn nicht Professor Tuusula, unser Chef...

Eben der hüllt sich in Schweigen. Er... Es kam ihn so schwer an, darüber zu sprechen, daß ich für einen Augenblick meinte, Tränen stünden ihm in den Augen. Er... er wäre der letzte von uns allen, von meiner Familie, wir stammen aus Viljandi-maa. Vielleicht wissen Sie...?

Mir war der Name der behaglichen Kleinstadt im urbäuer-lichsten Estland als Fellin geläufig. Ich nickte.

Alle anderen sind schon ausgerottet, verschleppt und getötet. Vielleicht auch um meinetwillen und meiner Charge, fügte er hinzu. Seitdem trage ich jedenfalls keinen Stern mehr.

Lachen Sie nicht! sagte Södergran, in Gedanken versunken, aber dieses Eingeständnis einer so noblen Erscheinung wie der des Kolonels, dem man seinen inneren und äußeren, mit ehrlich abverdienten Dienstjahren und Fähigkeiten erworbenen Rang ohne Zutun von Sternen und Biesen ansah, machte mir diesen Menschen zu so etwas wie einem ergreifenden Büßer. Ich weiß nicht, für was. Für sich oder seine Sache, seinen Stand, sein Vaterland. Wahrscheinlich hatten für seine soldatische Denkart Sterne, Biesen, Tressen, Achselstücke und dergleichen nur so lange Sinn und inneren Bestand, als es ein Vaterland gab, in dem sein Stand Sinn besaß. Und er selber als hoher Offizier war nur so lange vorhanden, wie es das gab, was ihm das alles verliehen hatte: der Staat. Mit dessen Sein oder Nichtsein war auch für ihn persönlich alles entschieden. Er war kein Krieger, kein Landsknecht. Seine Buße erhöhte und verherrlichte, wie für einen Christen, ›die Sache‹. In dieser Hinsicht war er, aus einem jener – wie man so sagte – ›ganz jungen Völker‹ am baltischen Ufer, ein ganz altmodischer Typ, auf du und du mit den alten Preußen oder den Franzosen alter Schule. Von der Sentenz, die der Fähnrich bewußt oder unbewußt dem alten Priester in den Mund gelegt hatte: daß die Liebe auch in der tiefsten Erniedrigung nicht weichen, das hieß in ihrer Lage: nicht fliehen dürfe, damit sie dem Bösen bei seiner Erlösung beistehen könne, mochte ich dem Kolonel nichts sagen. Er hätte mich für verrückt gehalten.

Der Kolonel knöpfte seinen dünnen Feldmantel zu und verab-schiedete sich gemessen. Mir schien es nicht ausgeschlossen, daß er mittlerweile bereute, so viel gesprochen zu haben. Ich ging in die Wachstation zurück. Fähnrich Saareste mußte seine abendliche Spritze haben, obschon sie ihn eher euphorisierte als einschläferte.

Der Kolonel versteht das alles nicht und meint, ich phantasiere, sagte er als Erstes, und ich konnte ermessen, wie wenig der Besuch vermocht hatte, ihn aus der scheinbaren Realität seiner traumatischen Welt zu befreien.

Man muß wohl vieles selbst erlebt haben, um es glauben zu können, erwiderte ich. Es geschehen jetzt die unwahrscheinlichsten Dinge, und wer sie nicht selbst miterlebt hat, meint, der andere phantasiere... Lassen Sie Ihr Bein frei! - Ich zog die Spritze mit weisungsgemäß 0,02 auf, legte das ganze Bein frei und befahl ihm, wie jeden Tag mindestens zweimal, das Knie mit einem Anziehen des Fußes leicht zu beugen und danach die Füße kreisend zu bewegen und die Zehen zu krümmen.

Er ging auf jeden Befehl in stummer Konzentration ein. Die Knie hoben sich leicht an. Mehr verlangte ich nicht. Die Fußbewegungen aber gelangen ihm nur äußerst mangelhaft, und die Zehen blieben völlig regungslos, wie aus Holz, obwohl ich ihn mehrmals aufforderte, sie zu bewegen.

Haben Sie kalte Füße? fragte ich ihn.

Er verneinte. - Ich weiß gar nicht, daß ich Füße habe.

Ich massierte die Zehen und zwickte ihn ein paar Male, so daß er, wenn er eine Empfindung in diesen Teilen seiner Gliedmaßen gehabt hätte, es sehr schmerzhaft hätte spüren müssen. - Daß dies nicht der Fall war, war äußerst bedenklich. Er starb gewissermaßen von unten her ab. Unter diesen Umständen wollte ich nichts injizieren, sondern ließ es bei einem Umlagern des Kopfes bewenden und Doktor Mäkinen rufen. Er lag derweil da, als gehe das Ganze ihn nichts an.

Als ich Mäkinen kommen hörte, ging ich ihm bis zur Tür entgegen und unterrichtete ihn über die eingetretene Änderung.

So habe ich's mir gedacht, sagte er lakonisch und trat ans Bett. Aber mit dem allzuvielen Reden geht es weiter? Ich mußte bejahen. Mit meiner Hilfe ließ er den Fähnrich etliche Male eine andere Kopfhaltung einnehmen, deckte das Bett ab und prüfte alle Reflexe. Verschiedene Bewegungen fielen noch schwächer aus als bei meinen Versuchen mit ihm. Mit etwas wie Grimm im Gesicht deckte der Assistenzarzt die Beine wieder zu - flüchtig und ganz und gar nicht nach dem ausgeklügelten Schema der Schwestern. Ich erkundigte mich wegen der Spritze.

Er ist ja ziemlich resistent, nicht wahr? fragte Mäkinen zurück. Ich bejahte und fügte hinzu, sie hätte bisher eher eine euphorisierende Wirkung auf ihn gehabt, auf keinen Fall einschläfernd.

Lassen Sie ihn die haben, sagte er, und das klang, als käme es
nun eigentlich nicht mehr auf sehr viel an. Ich sehe den Chef
heute abend noch, und diesen... diesen Kolonel.

Zum ersten Male beleidigte mich ›dieser Kolonel‹.

Wiederholen Sie die Kontrolle der Reflexe und der Beweglichkeit aller Extremitäten mindestens jede zweite Stunde,
schärfte er mir ein. Es kann jetzt, da es angefangen hat, sehr
schnell gehen. Womit, unterließ er zu erklären und ließ mich
mit dem verwundeten Fähnrich allein. Ich trat ans Bett und
blickte ihm, die Spritze und einen getränkten Wattebausch in
der Hand, lange ins Gesicht. Erkannte er mich? Oder redete er
einfach, gleichviel, mit wem, weil er reden mußte?

Er erwiderte meinen Blick mit dem Ausdruck dankbaren Erkennens im ganzen Gesicht. Gott sei Dank, Sie verstehen! flüsterte er.

Er mußte Durst haben. Seine Lippen waren schon schorfig von
der Hitze, die ihn innerlich ausglühte, und ich gab ihm ein Glas
mit Traubenzuckerlösung zu trinken. Schlucken konnte er
noch ganz unbehindert... Dann entblößte ich sein Bein am
Schenkelhals. Nur ein kleiner Stich, sagte ich und leerte die
Spritze. – Tut ihnen das eigentlich sehr weh?

Ich spüre es kaum, erwiderte er, und ich wartete, mit der Uhr
in der Hand den Puls unter Kontrolle, wann die Injektion anfangen würde, sich bemerkbar zu machen. Aber ich wartete
und wartete – vergebens.

Haben Sie früher im Leben viel starke Arzneien genommen?
erkundigte ich mich.

Was für Arzneien?

Nun... Narkotika.

Nein. Viel Tee habe ich getrunken, und gegen Narkosen habe
ich ein dickes Fell.

Auch nicht viel Alkohol?

Kaum. Dann hätte ich nicht arbeiten können. Und ich habe
viel gearbeitet...

Erst eine halbe Stunde später schien mir eine gewisse Entspannung der Muskulatur, auch im Gesicht, und eine euphorische
Beruhigung einzutreten, und da verließ ich ihn, um für meine
anderen – um seinetwillen ohnehin etwas vernachlässigten – Fälle,

697

wie ich empfand, zu sorgen. Es ging gegen Mitternacht, als ich sein Zimmer - ich möchte glauben: völlig geräuschlos öffnend - wieder kontrollierte, eigentlich mit der Absicht, mich jetzt so, wie ich ging und stand, auf der alten, mit schon klebrig gewordenem Wachstuch bezogenen Couchette zum Schlafen niederzulegen. Doch da war er - hellwach oder wie ich es nun bezeichnen soll, und eher unruhig als unter Einfluß der Injektion. Mir fielen sofort die Proben ein, die Mäkinen mir aufgetragen hatte, aber ich gestehe: ich fürchtete mich ein bißchen vor ihnen und maß seinen Puls. Der war sehr schwach und völlig arhythmisch. Ein Flackern statt eines Brennens. Die tachycardischen Erscheinungen, die viel merkbarer als früher geworden waren, ließen den Schluß zu, daß dieses Herz sich für drei Leben anstrengen mußte und dennoch kaum sein eigenes in Gang zu halten vermochte. Außerdem - oder als Folge der mangelhaften Herztätigkeit - war die Atmung längst nicht mehr die gleiche. Ich oder richtiger wir, denn ich hatte die Nachtschwester mobilisiert, gaben ihm Sauerstoff und - mir schien diese Schaukelkur ein Wahnwitz nach der voraufgegangenen Injektion - etwas, was den Kreislauf anregte, und danach wurde er bald ruhiger.

Lassen Sie ihn doch sterben, sagte die Schwester lakonisch, nicht ohne, sondern im Gegenteil voll mütterlichen Mitgefühls mit dem keuchenden, nach Luft ringenden Etwas, das sich unter der Decke als ein Mensch abzeichnete. Ich zuckte die Achseln und fing an, die ganze Neurochirurgie zu hassen. - Es ist nur jetzt so schlimm, sagte ich ausweichend. Am Nachmittag war er noch ganz gut dran. Fürs erste bleibe ich hier und versuche, da auf der Pritsche etwas zu schlafen. Wenn Sie mich brauchen...

Eher brauchen Sie mich, sagte sie und ging. Aber es mußte sich tatsächlich um eine zeitlich äußerst begrenzte Krise nach der ersten Injektion gehandelt haben, denn hätte mich jemand gegen Morgen, als ich selber ein paar Stunden geschlafen hatte, nach meinem Patienten gefragt, so hätte ich nichts anderes zur Auskunft geben können, als daß es ihm, den Umständen entsprechend, gut gehe bis... Es hätte mitgesagt werden müssen: Die Füße waren gefühl- und reflexlos, und die Lähmung schien allmählich die Knöchel mit zu erfassen und aufwärts zu wandern. Der lange Dämmerzustand jedoch, in dem er sich befunden haben mußte, die Verabreichung von Sauerstoff und den

Kreislauf fördernden Mitteln schienen seinen Geist ungeahnt belebt zu haben. Ich sage: den Geist, denn wo in diesem ramponierten Gehirn das lag, was ihn wieder reden machte - und so reden! -, weiß ich bis heute nicht.

Warum, begann er mit Schaumblasen vor den Lippen, warum fühle ich das alles nicht als Schuld? Vor diesen Menschen da gesessen, mit ihnen geredet, nichts zu ihrer Befreiung getan, ihnen keinen Weg gezeigt zu haben, weder vorwärts noch rückwärts... Und es gab ja doch Wege, Auswege, sie waren ja doch nicht ganz hilflos ihren Peinigern ausgeliefert, und wenn ich tausendmal einen Lebenslauf für sie entworfen habe - oder hätte! Stellen Sie sich vor: Ich suchte nach der geballten Ladung, mit der ich das Haus betreten hatte, und konnte sie nicht mehr finden. Ich drehte mein Koppel in die Runde und stieß nirgends auf die Revolvertasche. Ich... ich war in Wirklichkeit viel wehrloser als alle, die in der Stube saßen, und durfte mir das nicht anmerken lassen. Mir war, als hätte ich allen einmal meine Meinung als Sinn und als Waffe im Leben mitgegeben, und besäße jetzt selbst keine eigene mehr. Sie alle waren mir vertraut wie Doppelgänger meines Ichs, aber wo der Doppelgänger sich bewährte, war der Einzelgänger, der ich immer gewesen und mit der Zeit nur immer mehr geworden war, weniger als ein Schatten von ihnen. Das war wie ein böser, finsterer Zauber, der mich lähmte, und nebenan...

Die können nicht töten, sagte der alte Herr in dem, was wie ein abgetragener Gehrock aussah, gleichsam tröstend zu mir. Weder der Meister der Lüge, den Sie den Marder genannt haben, der Wissende ohne Gewissen, noch der andere, der Gewalttäter. Sie können uns nur von unserer Sterblichkeit wegverhelfen, und dafür muß unsere Liebe ihnen dankbar sein. Diese Liebe ist für sie selber wie Feuer, gegen das es nichts zum Löschen gibt.

Mir schien es damals ein schwacher Trost. Heute - bin ich klüger? Ich kann sie nicht lieben, mag das auch die Hölle für sie sein. Sie haben sich diese Hölle verdient.

Die Gefangenschaft im Bösen kann einem ganz ungeahnt zur Freiheit verhelfen, sagte der vornehme, blasse Herr, der mir zunächst saß. Sehen Sie, ich habe 1905 als Kommandeur einer Strafexpedition des Generals Orlow revolutionäre Bauern erschießen lassen, in einem Gehorsam aus Pflicht, denn ich hatte ein Feldgericht zu leiten. Vielleicht waren Unschuldige dabei, kann sein. Ein Feldgericht, das für alles zwischen Leben und Tod nur vierundzwanzig Stunden Zeit hat, kann nicht nach der Person eines Angeklagten urteilen, sondern nur nach der Sache. Die Sache war überpersönlich für uns Richter. Sie war nach Rang und Auftrag einfach Pflicht. Können Sie das begreiflich machen? – Man hat mich verleumdet; man hat, wo immer es möglich war, an mir und meinen Nächsten Rache geübt. Aber hat mich das umbringen können? Mich, vielleicht, aber da war ich ja gar nicht mehr wichtig. Man hatte mich schon bei Lebzeiten totgesagt, als der Wert der Pflicht sich mit den wechselnden Regierungskoalitionen politisch zu ändern begann; die Pflicht aber – die hat niemand umdeuten oder umbringen können, und die Versöhnung mit der Pflicht, wie unmenschlich die auch scheinen mochte, hat nur Liebe zustande gebracht. Und diese Liebe hat viel Geduld gekostet. Ich bin erst 1940 verhaftet worden, und diese sogenannten unmenschlichen Pflichten lagen da schon fünfunddreißig Jahre zurück, aber meine Geduld mit Feigin war Gott sei Dank länger als die seine mit mir. Heute bin ich ein freier Mensch und kann dem Irrtum in der Geschichte beinahe immer ohne persönlichen Groll nachsehen. Ich nicht! wandte die Dame erregt ein. Man kann die Gottesliebe hassen – sie beachtete die heftige Antwort nicht, die sich im Gesicht und in den Gesten des greisen Priesters neben ihr spiegelte –, die Gottesliebe hassen, wenn sie einem den Menschen nimmt. Gott hat uns fürs erste einander gegeben und erst für irgendwann einmal sich selbst vorbehalten. Gut, ich bin geflohen, ich bin mit meiner Liebe Pierre nicht in die Erniedrigung nachgefolgt. Aber soll ich deshalb einverstanden damit sein, daß er nach seiner schweren Verwundung in den Orden der Franziskaner eintrat?

Das mit der Liebe, meinte der adlige Gutsherr, der als Offizier ein Feldgericht geleitet hatte, das klärt sich, wenn nur erst einmal die Spiegel klarer werden. War das nicht Ihre Meinung damals, als wir in der Bäckerstraße in Reval die Zelle teilten, hochwürdigster Herr? – Er blickte zu dem Erzbischof von Estland hinüber, und der nickte. »In uns allen spiegelt sich des Herrn Klarheit mit *aufgedecktem* Angesicht, und wir werden in dasselbe Bild verklärt werden von einer Klarheit zur andern«, zitierte er mit seiner hohen, spröden Stimme.

Aber Gott ist kein Egoist, der sich von uns in der Liebe bedienen läßt, sonst wäre er nicht die Liebe selbst! beharrte die Dame.

Der aus der Kammer nebenan zuletzt Hereingeführte, dem man die Spuren der Mißhandlungen jetzt etwas weniger ansah, nickte mit immer noch verschwollenem Gesicht. Dies war mein Erzbischof, sagte er mit nur mühsam artikulierter Rede und legte dem neben ihm Sitzenden vertraulich die Hand auf die Schulter, und wir haben uns am Ende vor unserer Trennung voneinander über vieles nicht mehr einigen können. Aber es ist nach dem Jesajaswort richtig: »Die Gottestore sind offen für alle.« Man kann selbst durch die Menschenliebe darin eingehen, weil es ohne Gottesliebe keine gerechte Menschenliebe gibt.

Das Gespräch fing an, mich sehr zu ermüden. Ich vermochte den einzelnen Äußerungen nicht mehr zu folgen, weil es mir an der Kenntnis von Voraussetzungen gebrach, von denen ich meinte, ich hätte sie einmal gewußt, aber wieder vergessen. Ich bemerkte nur, daß die Dame im zimmetfarbigen Miederkleid mit dem feingefältelten Kragen den, den alle Pierre nannten, lange ansah.

Sie müssen verzeihen, sagte ich, und dabei merkte ich zum ersten Male, daß meine Zunge mir nicht mehr recht gehorchen wollte, ich verstehe nichts von all dem, was Sie mir erzählen.

Sie verstehen nichts? fragten alle wie aus einem Munde.

Später vielleicht, sagte ich als Ausflucht. Im Augenblick ist doch nur wichtig: wohin? Wollen Sie mir nicht folgen? Das heißt, ich werde nicht lange selber für Sie sorgen können, aber ich kann dafür einstehen, daß...

Können Sie das wirklich? fragte der vornehme alte Herr. Ich möchte meinen, Sie haben jeden einzelnen von uns mittlerweile schon überlebt. Vielleicht sind wir Ihnen lästig, und um Augenblicke geht es uns nicht mehr, wir sind der Ewigkeit näher.

Natürlich geht der Vormarsch weiter, räumte ich ein, und ich werde vielleicht weit entfernt von Ihnen sein, aber mich doch immer ein wenig um Sie kümmern können.

Der alte Herr lächelte nachsichtig. Hinter diesem Strom...
Ich weiß nicht, ob Sie so sehr weit vorwärtskommen. Man wird Sie übersetzen und zurückbringen müssen. Dies ist ja auch nicht Ihre Welt - genauso wenig wie die unsere. Nur wissen wir

nicht, wohin. Für Sie wird man sorgen, denn Sie stehen noch in
Pflicht und Dienst. Und wir haben keine Pflicht und keinen
Dienst mehr. Wir haben alles getan, was Sie von uns gewollt
haben. Sie haben uns gerufen, wir sind dagewesen, wir haben
unser Teil gesagt. Die logische Konsequenz wäre, wir gingen
zurück. Jetzt aber: wohin? Das, was einmal unsere Welt war,
haben Ihresgleiche zerstört - Ihresgleiche, ich meine nicht Sie,
sondern nur die unseligen Ungeister, die Geschichte gemacht
haben. Wenn ich Sie da nicht bei Atem und Leben vor mir
sähe - ich könnte glauben, Sie gehören mehr zu uns als zu den
anderen, mit denen Sie vorwärtsmarschieren wollen. Denn Sie
können nur geschlagen zurückkehren. Allein die Ideen, die Sie
eben vorwärtstreiben, werden sich als zu schwach erweisen,
glauben Sie mir altem Mann! Die letzten individuellen Ideen,
welche die geschichtliche Welt gespeist haben, gehören dem
vergangenen Jahrhundert an. Und heute...? Was wollen Sie
mit den Parolen der Massen und auf den platten, ideologischen
Ebenen, auf denen die Funktionäre der sogenannten plurali-
stischen Gesellschaft die Termitenhaufen der neuen Welt orga-
nisieren?

So könnte ein Mann vom geistigen Zuschnitt Pobjedonoszews
geredet und geschrieben haben! sagte ich.

Ja, haben Sie mich denn nicht gerufen als Zeugen der Wahrheit, nachdem man mich ein paar Jahrzehnte lang als Lügner
verunglimpft hat? fragte er mit einem traurigen Blick aus seinen tiefliegenden Augen und zwirbelte mit der Rechten seinen
dünnen, herabhängenden Bart. Alles, was Sie seit Erfindung
der Buchdruckerkunst mit Parlamentarismus, Presse, Demokratie und seit Karl Marx und der organisierten Gesellschaft als
den Weg des Fortschritts gepriesen haben, hat doch nur zur
Selbstvernichtung der Kultur geführt. Dem Gläubigen war von
Anfang an klar, daß es der Menschheit an Selbstbeherrschung
zum Allherrschertum fehlen würde.

Eine humane Ordnung, begann der blasse Gutsherr zu meiner
Linken, und der Greis fiel ihm ins Wort: ...hat schon die
Französische Revolution aufrichten wollen. Selbst die Huge-
notten erniedrigten Gott und nannten ihn nur ›das höchste
Wesen‹. »Gezeugt und nicht geschaffen...« heißt es dagegen.
So weit kann die Humanität gehen: daß sie Gott aus den Augen
verliert, nach dem der Mensch gebildet ist!

Der Greis machte den Eindruck völliger Unbelehrbarkeit, und ich verzichtete darauf, ihm zu widersprechen. Ja, es ist ein Paradox, sagte ich einlenkend, daß diejenigen, welche die Selbstvernichtung unserer Kultur eingeleitet und gefördert haben, von den Kräften ihrer Überwinder nichts wissen wollen - sie nicht einmal kennen. Das macht diesen Krieg so sinnlos. Die Schlachtfelder sind falsch, und die Strategen sind wie für einen eiszeitlichen Faustkampf geschaffen, nur daß sie heute über alle Exklusivitäten der Technik verfügen.

Jeder Äon endet in solchen Paradoxien, sagte der alte Herr leise und stand auf, es ist nur furchtbar und schwer zu ertragen, der Letzte im Ende zu sein. - Er ging hinter den Ofen ins Dämmerdunkel, in dem ich nichts zu unterscheiden vermochte; wahrscheinlich, meinte ich, um ein wenig zu ruhen. Bald aber folgten ihm, als hätte er ihnen von dorther gewinkt, alle anderen bis auf die Dame. Vielleicht, dachte ich, hielten sie jetzt eine Beratung ab, ob sie nicht doch meinem Vorschlag folgen und sich von mir hinter unsere Linien führen lassen sollten. Die Dame würde sich, soweit war ihr Einverständnis mit jenem Pierre genannten jungen Mann mir schon klar, dem jungen Mann in der verschlissenen Litewka anschließen. Aber als wen und was sollte ich diese bunt durcheinandergewürfelte Gesellschaft bei unserer Feldpolizei abliefern? Und Feigin? Und den Marder? Denn diese beiden Bösewichte mußten zur Aburteilung mit, Liebe hin oder her!

Ich mußte bei den philosophischen Abschweifungen des greisen Staatsmannes oder Professors eingenickt gewesen sein, dermaßen fühlte ich mich jetzt ›aufgeweckt‹. Der Marder! Feigin! Wenn ich dem Kolonel den lebendig überantworten könnte!

Der lange anhaltende Blick der Dame erinnerte mich an meine Höflichkeitspflichten. Ich faßte sie ins Auge, so verschwommen, in allen Umrissen verfließend, mir ihre Erscheinung auch gegen das immer stärkere Licht des Mittags, das zum Fenster hereinschien, wurde.

Wir hatten unseren Angriff bei Morgengrauen begonnen. Wenn es jetzt so hell geworden war, hatte der Nebel sich gehoben, und es war Mittag geworden. Aber dann wurde es für mich Zeit! Daß meine Leute überhaupt so lange gewartet und so viel Geduld aufgebracht hatten! Die ganze Stube schien leer bis auf uns zwei da am Fenster, und ihr Blick war tief bekümmert.

Sie haben mich überhaupt nicht beachtet, sagte sie leise, und wissen Sie ganz genau, daß ich das weiße Battisttüchlein damals nicht vielleicht für Sie als Gnadenpanier fallen ließ?

Ich sprudelte ein paar unbedachte Entschuldigungen hervor: der alte Herr, der Priester, mein Gesprächspartner zur Linken...

Graf Ovelacker, ja, flocht sie ein. Er hat ein schweres Leben hinter sich und hat seinen Stand und seine Pflicht so gewissenhaft aufgefaßt wie kaum einer von uns, Vater Seraphim ausgenommen, der sanftmütige Greis, der nichts hassen kann.

Konstantin Petrowitsch Pobjedonoszew hat sein Leben lang als Minister zuviel Gewalt besessen, als daß er von ihr nicht auch unter dem Verhängnis, daß er nun einmal ein Mensch war, Gebrauch gemacht hätte...

Aber Sie, Madame, fiel ich ihr ins Wort, Sie habe ich doch auch schon gesehen!

Ein paar Augenblicke nur. Das erstemal auf dem Schloß Vanloue bei Boulogne, erinnern Sie sich? Als die Armee für die Invasion Englands dort zusammengezogen lag.

Aber ich war nie an der Westfront! wandte ich ein.

Ich sehe Sie immer noch mit Ihren Karten vor mir, auf denen Sie jeden Baum im Park zu suchen schienen. – Ich will Sie nicht anklagen, fuhr sie nach einer Weile fort, und nun schien es mir, als wechselte der Ausdruck ihres Gesichtes unaufhörlich, so daß ich hätte meinen können, es säße jeden Augenblick eine andere Frau vor mir. – Ich will Ihnen nur jetzt im letzten Augenblick begreiflich machen, daß Sie mich versäumt haben, immerzu versäumt, uns alle. Vielleicht hätten auch wir Sie lieben und darüber schweigen können.

Warum ist dies der letzte Augenblick? fragte ich unter einer mir selbst unerklärlichen Last von Schuld.

Sie leben – Sie werden es noch erfahren.

Und warum, wie, wann, wo hätte ich Sie versäumt – Sie oder ›uns alle‹, wie Sie sagen? Können Sie denn mehr als eine sein?

Weiß der Himmel! Ich war doch kein Tugendheld gewesen! Und wie konnte sie sagen, daß ich sie nicht beachtet hätte! Hatte sich nicht schon ihr seltsames Kleid mir für alle Zeit meines Lebens eingeprägt? Diese Mischung von einer rustikalen Figurine aus dem 18. Jahrhundert und patrizischem oder höfischem Putz! Wie konnte sie da sagen, ich hätte sie nicht beachtet!

Ich glaube, Sie haben keine von uns, wie viele wir auch gewesen sein mögen, und doch in allen die Eine, je verstanden, sagte sie leise. Sie haben immer Schattenhochzeit mit allem gefeiert, was nur mittelbar menschlich war.

Das ist ein hartes Urteil.

Sie haben es sich selbst geschrieben - geschrieben, im Sinne des Wortes. Und deshalb bin ich dagegen, Ihnen zu folgen. Wenn wir schon keine Welt mehr haben - Sie selbst haben auch keine mehr. Es mag Ihnen besser gehen als uns in unserer Erniedrigung hier, aber... Ihre Welt? Ich weiß, Sie haben Sehnsucht nach uns, aber wir kommen nicht wieder, so wie Sie nicht wieder als der gleiche über den Strom kommen. Man wird Sie holen, das wissen Sie selber auch schon.

Welch eine seltsame Pythia! Ich begann, unter ihren Wahrsprüchen zu frösteln. Man würde mich holen, über den Strom, zurück? Ich starrte sie mit einem Zittern in allen Gliedern an, und da erschien sie mir als alle Frauen meines Lebens in der einen mit dem seltsamen, halb strengen, halb liebenswürdigen Blick in den schieferblauen Augen und mit der Last und dem Geschenk der Schuld, die Menschen auch miteinander vereint.

Von draußen brach jäh eine wahre Flut Sonnenlicht in die Stube und schlug dermaßen über ihrer Gestalt zusammen, daß sie meinen auf dieses Ereignis nicht gefaßten Augen entschwand. In der nächsten Sekunde gellte aus der Kammer nebenan der Schrei einer Frau, und ich war mit einem Sprung auf den Beinen und suchte meine Pistole. Ich fand sie nicht, doch rannte ich gleichwohl zur Kammertür und riß sie weit auf. Der Knall, der damit gepaart war, ließ mich begreifen, daß ich nur um eine Sekunde zu spät gekommen war, ein Verbrechen zu verhindern. Jetzt aber - ich sage Ihnen: Das war für mich nicht mehr zu fassen! Diese Kammer, von der ich gemeint hatte, sie enthielte außer den beiden Unholden, dem klugen Diener des Bösen, dem Marder, und dem gewalttätigen Feigin, niemand, war wie in einer überfüllten Straßenbahn gedrängt voll von Personen, Mensch neben Mensch, die allesamt bekannt auf mich wirkten. Ich versuchte, ihre dichtgedrängten Leiber auseinanderzureißen, um wenigstens zu sehen, was dem Aufschrei und dem Knall voraufgegangen sein könnte, denn irgendeine Bettstatt oder ein Lager schien sich, der Gruppierung der Gestalten nach, in diesem engen Raum zu befinden. Die Leerung der Kammer ließ sich nur dadurch bewerkstelligen, daß die dichtgedrängte Menge in die Stube abwanderte. Das tat sie wortlos und ohne das geringste Geräusch zu erzeugen, und alle waren wie ohne Gesicht.

Jetzt hat auch Duschka, unser Täubchen, ausgeflattert! schrie Feigin triumphierend, mit einem Revolver in der erhobenen Rechten, und zeigte auf den Leichnam einer jungen Frau, der auf einer Pritsche lag, während der Marder in der Kammerecke sich einer Beschäftigung hingab, die mich erstarren ließ. Dort stand kerzengerade und totenbleich ein Mann, der wie in ein proletarisches Zivil verkleidet wirkte, aber in seinen Zügen und nach der Gepflegtheit seiner Hände unverkennbar ein Aristokrat war. Er hatte die Arme nach beiden Seiten ausgebreitet.

Wir haben ihn, sagte der Marder, sich zu mir umblickend, und jetzt sollen Sie mal sehen!

Das alles kann nur ein Traum sein, sagte ich zu mir selbst. Der proletarisierte Rittmeister von Mitterhusen, den ich als einen der elegantesten Kunstkenner in Helsingfors gekannt hatte und der dann eines Tages wieder reaktiviert worden und seiner vielen Sonderkenntnisse wegen der Fünften Abteilung des Generalstabes zugeteilt worden war - dieser Mitterhusen war doch nicht der Mann, der ohne Gegenwehr, und wäre es nur ein Fußtritt gewesen, mit sich geschehen ließ, was der Marder ihm antat... Wann? Womit? Denn ich hörte keinen Schlag und sah den Hammer nicht. Und doch nagelte er den Rittmeister Mitterhusen an die Wand an!

Sie werden von den Nägelchen nicht sterben, höhnte ihn der Marder, während Mitterhusen der Kopf auf die Brust sank. Ihr großes Vorbild ist ja auch lebendig geblieben, wenn auch nicht immer zeitgemäß. Aber darauf kommt es nicht an.

Er kniete am Boden - kniete vor dem, dessen lautlose Kreuzigung er an den Füßen vollendete - und holte weit mit dem unsichtbaren Hammer aus. Das muß sein, räsonierte er kichernd. Wollt Ihr Euren Gott vom Guten bestreiten? Wir erst können wirklich töten, wenn wir wollen - mit dem Schweigen der Dummen und der Klugen, die wir erobern, und unsere besten Leute können Euer ABC umgekehrt aufsagen, so daß Ihr meint, vor etwas ganz Neuem zu stehen, während es so alt wie der Sündenfall ist.

Als der Graue, der Marder, sich nach getanem Werk vom Fußboden aufrichtete, hob Mitterhusen noch einmal den Kopf und blickte mich an. Alle Falten seines Gesichts waren jetzt in der Agonie schon wie schwarz eingekerbt. Aber er sagte kein Wort, sondern blickte mich nur mit einem schwer zu deutenden Ausdruck in den Augen an: Schmerz, Ergebung, als erleide er diese furchtbaren Qualen tagtäglich, und ließ den Kopf wieder sinken.

Und jetzt, Herr Fähnrich, sagte der Graue, kommt unsere Sonderbehandlung für Ihren Fall. Sie haben ja alles, was Sie hier gesehen haben, als Konsequenz der Zukunft ins Auge gefaßt, als Sie den Anfang entwarfen, nicht wahr?

Von der einen Seite drang der stämmige Feigin mit dem Revolver auf mich ein, von der anderen Seite der katzengeschmeidige Marder. Sie packten mich, ohne daß ich mich hätte wehren können, und legten mich auf den Schragen, von dem der Leichnam der jungen Frau mittlerweile verschwunden war; mir blieb unerklärlich, wie und wann es geschehen sein konnte. Doch anstatt der dunklen Kammer umgab mich mit einemmal eine immer größere Helligkeit, die meine Augen und den ganzen Kopf schmerzte. Ich starrte in einen strahlend blauen Himmel...

Im nächsten Augenblick ließen die, die mich tragen mußten, der Marder und Feigin, mich rasch und ganz unvermutet fallen, so daß mir förmlich der Schädel platzte. Neben uns wirbelte der Einschlag eines ganz schweren Kalibers oder einer Bombe als eine Fontäne aus der Mitte des feuerflüssigen Erdballs auf. Und auf den Wellen des ungeheuren Luftdrucks, den diese Fontäne verbreitete, das weiß ich noch, bin ich denen, die mich getragen hatten, ganz einfach davongeschwebt.

SÖDERGRAN machte eine lange Pause, hob dann die Flaschen, eine nach der anderen, doch die Cognacflasche zuerst, vom Boden auf, mischte sich sein Getränk, blieb aber noch lange, ohne das Glas zum Munde zu führen, davor sitzen.

Ja, sagte er dann und schnellte förmlich in seinem Sessel empor, so hört sich das heute an, in weichen Sesseln, in Sätzen mit Punkt und Komma. Aber so war das damals nicht. Sie müssen das alles zurückübersetzen in die Stube der Wachstation vor dem Tuulosjoki, in den ebenerdigen, steingemauerten Schuppen, der sich Lazarett nannte, unter das enervierende, flackernde, müde Licht der hoch unter der Decke schwebenden schmutzigen Glühbirnen, in die Atmosphäre der Desinfektionsmittel, zu den Begleitgeräuschen von Getrappel auf dem Flur und halb unterdrückten Aufschreien aus der Ferne, dem Zugwind, der die Verdunkelung klappern ließ, und... ja, was alles noch! Weiß Gott! was alles noch. Auf alle Fälle ein Artilleriegrollen in der Ferne oder ein irgendwohin verirrter Bombenabwurf eines beharrlich über dem Bodennebel kreisenden russischen Flugzeugs, dessen Motorengeräusch einem schon vor dem Abwurf minutenlang die Schädeldecke mit neuen, sinnlosen Nähten gesteppt hatte, bis man sich schließlich sagte: Also, wenn's sein muß, zirkle da oben nicht so lange und wirf deinen Segen ab! Man hätte ihn im Dunkeln wegfangen mögen, wie man aus dem Bett aufs Geratewohl eine Mücke zu finden versucht, wenn sie sich ins Zimmer eingestohlen hat.

Sätze ohne Punkt und Komma, die Pausen abgerechnet, in denen man selber vor Müdigkeit einnickte. Aber dieses lädierte Hirn war unermüdlich, und dieser Mund, der ja doch, anatomisch gesehen, diesem Gehirn gehorchen mußte, sprach und sprach. Bald stoßweise, bald wieder in ruhigem Fluß, bald nur mit einem raschelnden Flüstern. Sie mußten in Gedanken ein ›und‹ oder ein ›aber‹ einfügen, das war alles, sonst war die Leistung wie die eines routinierten Stenographen vollkommen. Man hatte das Gefühl, eine vorgestanzte Walze laufe ab, und kein Loch werde ausgelassen. Nur die Intensität wechselte merklich, und die Artikulation war nicht immer gleichmäßig deutlich. Aber der Wille dahinter, dieses seltsame Erlebnis anzuvertrauen, war ungeheuer, und die Grübeleien im Gespräch mit der fremden Dame auch in diesem Menschen von Gott weiß woher voll ausgefüllt von einem mit der ganzen Personalität des Sprechenden erfüllten Gram, Schmerz, Selbstkritik - wie Sie es nennen wollen. Vergessen Sie nur nicht die Transkription in teilweise Wirrnis und in den Atemhaushalt eines Sterbenden, der dann und wann, wenn wir in einer Erzählung nur eine Pause machen, in ein Unheil ankündigendes Schweigen versinkt oder zu röcheln anfängt.

Ich stand neben dem halbaufgedeckten Bett, starrte auf die Armbanduhr und notierte von Zeit zu Zeit die Werte, als ich die Schritte hörte, die mich aus meiner Konzentration rissen.

So kam nur der Chef! War es Morgen oder immer noch Nacht? Ich blickte zum Fenster, aber der dichte Morgennebel gab, obwohl die Verdunkelung von draußen weggenommen worden war, nicht das Gefühl, es sei Tag, und immer noch brannte die flackernde Glühbirne unter der Decke. Ohne sie wäre es mehr als halbdunkel gewesen. Der Fähnrich lag wie ein ganz ruhig Schlafender da, nur entdeckte ich eben zum erstenmal, daß die geschlossenen Augen hinter leicht hervorgepreßten Lidern lagen, was dem ganzen Gesicht etwas blind Stierendes verlieh. Also hatte der Druck im Hirn sich rasch geändert. Und eben das war es auch, was Tuusula nach einem flüchtigen Nicken, das mir galt, als erstes auffiel. Seit wann das so sei? wollte er sichtlich verstört wissen. Ich reichte ihm die Karte mit allen Eintragungen von den Kontrollen der Nacht.

So schwarz hat Mäkinen mir die Sache nicht gemalt, murmelte er. – Gleich in den Operationssaal! Wer hat Dienst?

Ich wußte es nicht, versprach es aber sofort in Erfahrung zu bringen und für das Nötige zu sorgen.

Das Azetylen! rief er mir nach. Ich ließ ihn allein und suchte geraume Zeit die Schwestern, die eben ablösten, bis ich die beiden Diensttuenden für den Operationssaal gefunden hatte. Sie kamen mir wie die Feuerwehr nach.

Tuusula hatte die Wachstation schon verlassen und bereitete sich für seinen chirurgischen Eingriff vor. Die Schwestern lösten die Bremsen am Bett und fuhren es auf den Flur hinaus. Der verwundete Fähnrich schlief oder schien zu schlafen. Ich ging bis zum Operationssaal mit und schaltete die Azetylen-Beleuchtung für den Operationstisch ein, was mir jedesmal ein widerwärtiges Geschäft war, bei dem ich auf eine Explosion gefaßt war. Dann kehrte ich in mein Revier zurück, wo es eben bei der Ablösung des Personals besonders viel zu tun gab. Zwischendurch erreichte mich aus dem Operationssaal die Anweisung des Chefarztes, ich solle den Kolonel über das Telephon oder mit einer Ordonnanz sofort ins Lazarett bitten. Das, wenn ich's offen sagen soll, war für mich die Sterbestunde des Fähnrichs. Ich gab den Auftrag des Chefs sofort weiter und hatte zum Nachdenken nicht viel Zeit, denn eben trafen die Morgentransporte ein, von denen manche aus dick verbundenen Köpfen noch die Nachricht lallten, der ganze Angriff sei glücklich zu Ende, die Truppe stehe am befohlenen Ziel: der großen

Eisenbahnbrücke über den Swir. Das war am frühen Morgen des 7. September, und nun kam für sie das Paradies des Geborgenseins zwischen zwei Papierlaken mit Schwestern und Pflege oder der Tod in einem papierenen Totenhemd nach einem raschen Sterben. So lange wie der Fähnrich hielt einer es in den seltensten Fällen aus. Deshalb standen in der Wachstation, in der er bis eben allein gelegen hatte, drei oder vier Betten, die auf meine Anweisung hineingerollt worden waren, als man ihn aus dem Operationssaal zurücktransportierte. Ich hatte es der frischen, dringlichen Zugänge wegen einfach nicht anders einrichten können.

Die beiden Wärter, die ihn von den Schwestern übernommen hatten, blickten ratlos drein, wohin sie mit ihrer Fracht sollten. Im selben Augenblick erschien mit sehr ernstem Gesicht der Kolonel in der Tür. Er sah sich um, erkannte mich, aber nicht seinen Neffen im Bett zwischen den Wärtern, und ließ sich ohne viele Fragen von mir an den Chef verweisen.

Im Flur herrschte viel Kommen und Gehen, bis alle Zugänge untergebracht waren. Für eine halbe Stunde schien alles Panik vor dem Aufbruch zu sein. In Wirklichkeit war es für die meisten ein wenn auch flüchtiges Heimischwerden. Aber wohin mit dem Fähnrich? Ich konnte sein Bett doch nicht einfach in eine Ecke schieben lassen, irgendwohin, wo jeden Augenblick jemand an ihm vorbeiging!

Die einzigen im Hause, die in der Nähe des Operationssaales ein winziges Zimmer für sich besaßen, waren die Ärzte: der Chef und Doktor Mäkinen. Ein winziges Gelaß, in dem sie ihre Mäntel abhängen, die Kittel anziehen und sich auf zwei Stühlen an einem Tischchen niederlassen konnten. Dorthinein paßte, wenn man alles andere zusammenrückte und aufeinanderstellte, zur Not noch ein Bett.

Ich überwand einen Widerwillen, ging unter dem Vorwand, mir neue Anweisungen holen zu wollen, zum Operationssaal und fragte, ob ich den eben Operierten im Ärztezimmer abstellen lassen dürfte. Der Chef, im Operationskittel, die Gummihandschuhe noch an den leicht abgespreizten Händen, stand mit dem Kolonel im Gespräch, als ich mich meldete. Er ließ mich geraume Zeit warten, bis er mich der Ansprache würdigte. Ordinationen: einstweilen keine, er selbst habe ihm alles verabfolgt. Sei die Wachstation so stark belegt? Er komme gleich.

Für den Fähnrich einstweilen das Ärztezimmer, ja. Ich solle dort vorher Ordnung schaffen, so gut es gehe... Dann sprach er weiter mit dem Kolonel, dessen Gesicht unendliche Trauer widerspiegelte, ohne daß seine Haltung sich auch nur um einen Viertelzoll gelockert hätte.

Ich winkte den beiden Trägern, mit dem Bett zu mir zu kommen, aber sie mußten wirklich ein Weilchen draußen warten, bis ich drinnen, so gut es ging, Ordnung geschaffen hatte und alles so eng zusammengerückt war, daß noch ein Bett hineinpaßte. Dann war es ein Lotsenmeisterstück, dieses Bett - ohne allzu hart anzustoßen - hineinzufahren. Es ging um halbe Zentimeterbreiten. Und während ich die beiden dirigierte, wobei der am Kopfende kaum wußte, wie er um das Bett herum wieder zur Tür gelangen sollte und mit seinem Kittel die roh beworfene Mauer fegte, daß der Staub ihm wie eine Wolke nachhing, sah ich den verwundeten Fähnrich zum letzten Male als Lebenden. Was sage ich: Lebenden! Noch ging sein Atem, der Puls war kaum zu fühlen. Ein unförmiger Turban von Verband umschloß ein schlafendes gelb-mageres Kindergesicht.

Die Wärter gingen. An ihrer Statt trat lautlos wie ein Schatten der Kolonel ein. Er zog seinen Mantel nicht aus.

Bleibt der Herr Kolonel? fragte ich ihn.

Er nickte.

Ich hatte zu gehen, aber vom Fußende blickte ich doch noch einmal in soviel Gesicht, wie von dem Fähnrich zu sehen war, und weil man seinen Kopf hochgelagert hatte, brauchte das Auge die perspektivische Verkürzung nicht auszugleichen. Ich sah in der gelben Blässe schon die aufs Wesentliche reduzierte Klarheit. Dann ging ich. Der Kolonel hatte sich auf den Bettrand gesetzt. Es sah nicht danach aus, als rechnete er damit, lange zu bleiben. Die Hand, die er auf die eine freie und sichtbare des Verwundeten legte, wollte den wohl mehr an seine Anwesenheit erinnern, als daß sie ihm zum Abschied gereicht worden wäre.

Ich ging auf die Wachstation, wo der Chef schon an der Arbeit war, und assistierte wie ein Traumwandler.

Haben immer Sie bei dem Fähnrich gewacht? fragte Tuusula mich zwischendurch hinter der Operationsmaske hervor, als er eine leichtere Verletzung freigelegt hatte.

Ich glaube, ja, sagte ich. Der Chef habe ja gesagt, es komme ihm wegen des Kolonels sehr darauf an, und da hätte ich gedacht, es wäre das beste, wenn ich selber bliebe. Nebenher hätte ich so manches Schriftliche hier erledigen können, wenn er ruhig gewesen war.

Aber jetzt übergeben Sie die Station für vierundzwanzig Stunden und melden sich dann wieder zum Dienst!

Wenn der Herr Professor noch erlauben wollte, daß ich warte, bis...

Das kann noch lange dauern, oder es kann gleich geschehen oder schon geschehen sein. Ich habe ihm eine wahre Sensation aus dem winzigen Zwischenbereich zwischen dem optischen und dem akustischen Erinnerungsfeld, dem Verdauungstrakt und dem Bewußtsein entfernt, die in die Bewegungsintention hineinreichte: ein Ding wie eine hauchdünne, haarfein gekrümmte Sattlernadel. Ich habe sie erst heute entdeckt, weil durch die geänderte Kopflagerung das stumpfe Ende sich einen Millimeter herausgearbeitet hatte. Aber wenn jetzt eine Nachblutung im Stammhirn einsetzt...

Er hatte noch nicht ausgeredet, da öffnete sich die Tür. Tuusula blickte unwirsch auf, wie er's immer tat, wenn er sich gestört fühlte.

Es war der Kolonel, und seine Miene glättete sich. Gehen Sie! murmelte er mir zu. Als ich bei der Tür war, sagte der Kolonel leise, so daß nur ich es hören konnte: Wenn Sie einmal kommen wollten, bitte... Ich glaube, er ist tot.

Ich ging mit ihm den Flur entlang. Wir wechselten kein Wort. Er öffnete und trat vor mir ein. Nach ein paar Schritten bis zum Bett blieb er stehen. Aber ich erkannte es schon von der Tür her. Das bleiche Kind mit dem großen Turban war, den Kopf leicht zur Seite geneigt, tot, die Klarheit auf seinen Zügen unbeschreiblich.

Es war nur eine Formalität, aber ich bat den Kolonel leise, mir Platz zu machen, trat ans Bett, nahm die Hand, als wollte ich ihm den Puls fühlen, der gar nicht mehr schlug, zog die Decke zurück, setzte, wie einst, das Stethoskop auf seine Brust, wie um Herzschläge zu hören, die kein Echo hinterlassen hatten, und hob das Lid eines Auges mit dem erstarrten Blick darunter, der kein Blick mehr war. Dann zog ich die Decke vollends zurück und faltete ihm die Hände über der Brust, so daß sie sich später wie ein winziger Hügel unter der Decke abzeichneten.

Der Kolonel hatte allem dem stumm zugesehen. Als ich vor ihn hintrat, erwies ich ihm, um mein Beileid zu bekunden, eine stumme Ehrenbezeigung und sagte: Er ist tot, Herr Kolonel! Er nickte, dann reichte er mir die Hand. Er war der Letzte, sagte er. Ich danke Ihnen. Sie haben ihn mit viel Aufopferung gepflegt.

Ich wehrte ab.

Ich weiß das, sagte er. Ich danke an seiner Stelle nicht für etwas, was er nicht bekommen hätte. - Er wandte sich der Tür zu, blieb aber noch einmal stehen und legte grüßend die Hand an die Mütze, bevor er auf den Flur hinaustrat. Und jetzt..., meinte er unschlüssig, kaum einen Schritt weit im Flur.

Es sind keine Effekten mitgeschickt worden, als er eingeliefert wurde.

Ich habe sie geholt, sagte der Kolonel. Sie waren vergessen worden.

Auf der Schreibstube wären noch die Formalitäten wegen der Bestattung zu regeln, sagte ich.

In Helsinki, bemerkte er lakonisch, auf dem Soldatenfriedhof. Wir selber haben nicht einmal dafür eigene Erde mehr. Er machte eine Pause, als ermäße er das in seiner ganzen, menschlich so schwer zu ertragenden Wehmut. Die verlorenen Vaterländer fordern das meiste, sagte er dann: Treue und Opfer - für ein wenig sehr ungewisse Hoffnung.

Wir gingen den Flur entlang, und ich zeigte ihm, wo sich die Baracke mit der Schreibstube befand. Ich komme gleich zurück, sagte er. Man wird ihn jetzt hinaustragen und einsargen? Ich erklärte ihm die Reihenfolge dessen, was jetzt geschehen würde: Die Wärter würden ihn auf einer Bahre in den Schuppen hinaustragen, und dort würde er eingesargt werden...

Diese Farben soll er mitbekommen, sagte der Kolonel, löste seine am Mantel noch recht farbenfrische Armbinde in den estnischen Farben vom Ärmel und händigte sie mir aus. Für mich war es in diesem Augenblick wie ein kultischer Akt. Ich versprach, sie ihm sogleich überzustreifen. - Am Abend, sagte ich, gehen dann die Transporte ab. Eine genaue Uhrzeit vermochte ich nicht anzugeben. Auf alle Fälle: wenn der Nebel kam, weil er den besten Fliegerschutz bot.

Ich werde mitfahren, sagte der Kolonel. Aber ich sehe Sie vorher noch. Entschuldigen Sie, unterbrach er sich mit einemmal,

713

nahm mir die Armbinde aus der Hand und ging ohne ein Wort
der Erklärung den Flur entlang zu dem Gelaß mit dem Toten
zurück.

Ich blickte ihm nur eine Sekunde verblüfft nach, dann begriff
ich, wie richtig er handelte. Er war der Oberst, der Letzte, er
hatte Auszeichnungen zu vergeben, er war das verlorene Land,
das für ein wenig sehr ungewisse Hoffnung Treue und Opfer
verlangte.

Er war gerade am Ende des Flurs beim Operationssaal, als ich
von den Wärtern zwei Mann in ihre Aufgabe einwies. Sie faßten eine von den Bahren, die im Flur gegen die Mauer gelehnt
standen und mich fatalerweise immer noch an zusammenge-
klappte Gartenliegestühle erinnerten. Der Kolonel war noch
nicht wieder zu sehen. Ich hieß die beiden, bedachtsam zu sein,
und auf halbem Wege angelangt, trat der Kolonel ihnen auch
schon aus der Tür entgegen. Er ließ die beiden an sich vorbei,
wartete ab, bis sie, die Bahre mit dem Toten zwischen sich,
wieder erschienen und ging dann wenige Meter vor ihnen und
beim Öffnen der Tür behilflich vor dem Toten hinaus. Was
draußen geschah, beobachtete ich nicht mehr. Ich ging in die
Wachstation zurück, wo unser Chef noch bei der Arbeit war
und Mäkinen sich mittlerweile eingefunden hatte. Die ersten
Betten wurden hinausgefahren und verteilt.

Der Chef sah mich fragend an.

Exit! gab ich zur Antwort.

Wann?

Es muß wenige Augenblicke, bevor der Kolonel hier erschien,
geschehen sein. Ich habe alle Proben gemacht. Ganz friedlich,
ohne Todeskampf. Ich vermute, eine Blutung im Stammhirn.
Der Kolonel war bei ihm.

Hat er den noch erkannt?

Ich weiß nicht. Er hat nichts darüber gesagt. Inzwischen ist alles
geregelt. Der Kolonel wird am Abend selber mitfahren. Nach
Helsinki soll er.

Tuusula arbeitete nachdenklich weiter. Erst nach geraumer
Zeit hörte ich ihn vor sich hinmurmeln: So den Letzten zu verlieren... Legen Sie sich hin, Södergran!

Wenn Herr Professor mir noch erlauben wollte, im Dienst zu
bleiben, bis er weg ist? Auch der Herr Kolonel hat gewünscht,
mich noch einmal zu sehen.

Na, dann machen Sie bis dahin mit! entschied er.

Und ich machte mit, wenn auch wie ein Schlafwandler. Ich ersetzte auf der Wachstation eine Schwester, ich ließ das Ärztezimmer wieder in Ordnung bringen, ich stahl mir die Zeit, einmal in den Schuppen hinüberzugehen. Da war er, weil es ein ›flauer‹ Tag war, schon eingesargt, richtig: mit der blauschwarz-weißen Armbinde am linken Ärmel, und der Bestimmungsort: HELSINKI, war deutlich lesbar am Sarg angeheftet. Ein Tag, dessen Licht wie von Bienenflügeln abgestreift, aus eitel Goldglanz bestanden hatte, mit einem feuchten Hauch herbstlicher Kühle im Schatten, stieg in den Zenit und welkte dahin. Es nahte die Stunde, da die Lastwagen angeheizt und die Ladebrücken mit den weißen Einheitssärgen beladen wurden. Ich ging mit dem seinen bis zu den für Helsinki bestimmten Särgen mit und hatte das sonderbare Gefühl, man fahre ihn in die falsche Richtung. Warum nicht vorwärts? Warum nicht zu den Seinen, von denen er mir, sich selbst zur Befreiung wie zur Vernichtung, erzählt hatte: in die halbdunkle, von Rauch und Staub und dann von einem überwältigenden Licht erfüllte Stube am Tuulosjoki? Nur einmal war sie von dem einen, alles überflutenden Sonnenlicht erfüllt gewesen, und darin war ihm die Gestalt der Einen in Vielen geliebten entschwunden. Wäre er dort in den Wäldern hinter dem Strom sich und dem geheimsten Sinn und Geheimnis seines Lebens nicht nähergekommen als auf dem Kreuzacker von Helsinki? Denn wohin hatte er selbst gehört? Die Hauptstadt Finnlands war noch für den Toten ein Asyl, wie sie es einmal, um der Freiheit willen, für den Lebendigen gewesen war. Ein Asyl, nicht mehr; eine Sache, die man sich, wie er's getan hatte, zu eigen machte, aber... aber dann? Vielleicht hatte der Weltlose alle die Weltlosen herbeigerufen, von denen er mir erzählt hatte? Ich beschloß, schon jetzt in freien Minuten damit anzufangen, alles aufzuschreiben, was er erzählt hatte, und unseren Chef um seine Ansicht zu dem Fall zu bitten. Für ihn würde sich das wunderlich ausnehmen, aber er wußte ja auch nicht, was ich mit ihm erlebt hatte, und er – er besaß seine festgefügte Welt.

Wie aber war der Fähnrich aus Estland in diese eigentümlich weltlose Welt geraten? Welt war sie ja doch nur nach dem Maßstab des Überweltlichen, über das er, jedenfalls im Gespräch mit mir, nie ein Wort verloren hatte. Die Begleitpapiere, die mit ihm gekommen waren, vermerkten, daß er auf dem Hauptverbandplatz, seiner schweren Verwundung wegen, seelsorgerisch betreut worden war. Hatte er das noch bewußt erlebt? Oder war auch das in seinem Trauma untergegangen? Vielleicht hatte ich mich um diese Seite der Fürsorge für ihn zu wenig gekümmert, es sollte mich reuen. Und hatte sein Leben, so wie es sich mir in seinen Fieberreden gespiegelt hatte, nicht eine phänomenale Länge gehabt, die mit den Personalien, die wir von ihm erhalten hatten, in gar keine Übereinstimmung zu bringen war? Es hatte bei der Invasion gegen England im Pas de Calais angefangen, wo jener Pierre wegen unerlaubter Entfernung von der Truppe verhaftet worden und die Gräfin geflohen war. Aber diese Invasion - wo jetzt alle Welt von der deutschen in England sprach! - mußte ja die geplante französische unter Napoleon vor mehr als hundert Jahren gewesen sein! Dann kam das 19. Jahrhundert mit dem greisen Staatsmann, dann kamen die Märtyrer der Neuzeit..., gut, aber alles Menschen, von denen die intellektuellen Avantgardisten allerorten, auch in Helsinki, mit so etwas wie nachsichtigem Mitleid sprachen, daß sie sich sinnlos aufgeopfert hätten und daß die Neuzeit über ihre sentimentalen Skrupel hinwegschreiten müsse. Wo, um Himmels willen, waren seine Erde und seine Welt? Verstreute man die Asche solcher Menschen nicht angemessen in alle vier Winde? In ihren Himmel hinauftragen konnte man sie nicht. Die Feuerbestattung also; ich fühlte mich in der Auffassung meiner allerersten törichten Semester bestärkt.

Als ich mich bei einer leichten Berührung an der Schulter erschrocken umdrehte, stand der Kolonel vor mir.

Ich nahm Haltung ein.

Lassen Sie, sagte er unmilitärisch persönlich. Ich habe Sie drinnen gesucht und freue mich, daß ich Sie hier gefunden habe. Ich wollte Ihnen zur Erinnerung eins von seinen Büchern geben, das ich unter seinen nachgelassenen Sachen gefunden habe. Er hat viele geschrieben. Ich selber, muß ich gestehen, habe keins gelesen. Es war nicht mein Fach, aber man hat ihnen manches Gute nachgesagt. Vielleicht haben Sie, wenn dieser Krieg zu Ende ist und wir noch leben, einmal Zeit, darin zu lesen, vollendete er lächelnd. Ich nahm einen ziemlich abgegriffenen Band entgegen.

Die noch nicht startbereiten Lastwagen qualmten und hüllten uns mit ihrem Rauch ein, der in der Abendkühle zu Boden gedrückt wurde. Bei anderen Wagen wurden die Planen festgezurrt, welche die Särge verbargen.

Ich fahre bis Kauvola voraus, sagte der Kolonel, dort werde ich beim Umladen dabeisein. Dann reichte er mir die Hand und ging zu seinem Wagen, der in der Nähe wartete. Die militärische Ehrenbezeigung machte ich ins Leere. Ich sah noch mit an, wie er davonfuhr. Dann schlenderte ich, das Buch in der Hand, zu unserem ›Lazarett‹ hinüber und meldete mich, der Weisung des Chefs folgend, für vierundzwanzig Stunden ab. Immer noch brannte der Rauch der Holzgasgeneratoren, in dessen Schwaden wir gestanden hatten, mir in den Augen und ließ sie tränen. In der Barackenkammer, die ich bewohnte, öffnete ich zum ersten Male das Buch und las seinen Namen als Autor und den Titel. Es war ein Roman. Ich überflog ein paar Seiten, von denen ich eben nichts verstand, und schämte mich im selben Augenblick meiner Leichtfertigkeit, so äußerlich und billig das Innerste eines Menschen verstehen zu wollen. Ich legte das Buch weg. Nun wollte ich schlafen. Das Buch lag ja als sicheres Pfand neben mir, und ich sollte es ja auch erst lesen, hatte der Kolonel gesagt, wenn der Krieg zu Ende und wir dann noch am Leben wären... Das war mein letzter Gedanke.

Ich habe das Buch dann doch gelesen, bevor der Krieg zu Ende war. Ob der Kolonel da noch lebte, wußte ich nicht. Ich habe andere gelesen, die ich mir über eine Buchhandlung in Helsingfors bestellen konnte. Ich habe schon während des Krieges alles zusammengetragen, was mir erreichbar war, manches nur in Schulausgaben und Übersetzungen, seitdem ich in einem seiner Bücher dem ersten Menschen aus der Kammer der Hütte am Tuulosjoki begegnet war. In der Buchhandlung hätten sie mich für einen neurasthenischen Nichtstuer halten müssen, wenn sie meine Feldpostnummer zu deuten verstanden hätten. Aber wissen Sie, was mich zu dieser wahrhaft enzyklopädischen Gründlichkeit anspornte? Mein Eifer und meine - ich gestehe - ein wenig beruflich begründete Neugier, ihm in seine Stube und in seine Kammer in der Hütte am Tuulosjoki folgen zu können, zu allen den vielen Menschen dort, die, wie sie ihm gesagt, zwischen den Welten gelebt und keine ungeteilt und uneingeschränkt eigene mehr für sich besessen hatten, so daß es für sie kein Vorwärts und kein Zurück mehr gegeben hatte, als er, vom Luftdruck der explodierten Mine mit schweren Schädelverletzungen niedergeworfen, sich selbst in ihnen und sie alle, Kinder seines Herzens und seines Geistes, in sich selbst wiedergefunden hatte. Nun verstand ich vieles, was er vor sich hin geredet hatte, besser als früher, und noch mehr verstand ich überhaupt zum ersten Male in allen seinen Zusammenhängen.

Sie waren es gewesen, die in ihm lebten und ihm ihr Leben liehen, als er mit einer Kraft über Sinn und Verstand und in pathologischen Zusammenhängen, die selbst Tuusula, als ich ihm später einmal von allem erzählte, nicht verstand, vor einem anderen Menschen Zeugnis von ihnen abgelegt hatte. Sie lebten, solange er lebte, und dafür stand er in einer fremden, feindseligen Welt ein. Er war als ihr Schöpfer zugleich ihr Schuldner. Das war sein Geheimnis, das er in seinen Tod mitnahm, und er hat mich gezwungen, es mit ihm zu teilen und weiter zu überliefern. Es gab kaum eine Gestalt in allen seinen vielen Büchern, von der er mir nicht in seinen wirren Reden auf dem letzten Lager erzählt hatte, und hätte er Zeit gehabt - ich hätte noch viele andere in der Vollendung ihrer Lebensläufe, die er da wohl schon wie den Samen seiner geistigen Zukunft liebend und leidend in sich trug, kennengelernt.

SÖDERGRAN schwieg. Es war deutlich: Er war fertig mit seinem Bericht. Aber er würde wohl weiterforschen, wo die Zusammenhänge zu suchen sein könnten, von denen er am Anfang gesprochen hatte: der Bereich, in dem die eigentliche Personalität und das Bewußtsein der Identität eines Menschen sich herstellen. Denn Saareste hatte als Ich und zugleich als seiner selbst nicht bewußtes Nicht-Ich erzählt.

Wir wissen nicht, pflichtete ich ihm bei, wo die Grenzen des Menschen gesetzt sind. Wir sehen wohl nur so weit, als die Sichtweite unseres Auges reicht, und bis dorthin, wo der Horizont beginnt. Aber der Horizont - was ist der Horizont anderes als nur das Ende unserer Sehkraft und der Anfang eines Unendlichen, in das uns die Einsicht verwehrt ist?

AM 15. APRIL des Jahres 1954, der auf den Gründonnerstag der Osterwoche fiel, lag um die Mittagszeit eine der stillen, mit frisch ergrünenden Vorgärten gesäumten Straßen im Zürcher Universitätsviertel wie ausgestorben da, weil die behagliche Gewohnheit eines vergangenen Jahrhunderts, daß jedermann sich um zwölf Uhr mittags zu Tische setze, in diesem Bereich der Weltstadt auch heute noch zu gelten scheint. Nahe von einem zweistöckigen Miethaus unweit jener Einbahnstraße, die vom Zürichberg steil herab im rechten Winkel verläuft und auf der vor der Kreuzung jener stillen Straße ein STOP-Zeichen jeden Autofahrer zum Halten zwingt, rasten von Zeit zu Zeit Autos herunter, die verspätete Mittagsgäste auf den Berg getragen haben mochten, verhielten der Vorschrift gemäß kurz und setzten ihre Fahrt dann ins Stadtinnere fort. Gegen halb ein Uhr trat aus diesem Miethaus in der Straße ein Mann in den Vorgarten, durchquerte ihn und ging auf einen ›Cadillac‹ zu, den er vor dem Haus abgestellt hatte, schloß die Tür auf und setzte sich ans Steuer. Im selben Augenblick aber löste sich die Gestalt eines Mannes, der bis dahin wie mit einem Steinpfosten im Gartengitter des Nachbarhauses verwachsen dagestanden hatte, von ihrem Standort. Der Mann trat rasch, bevor der Fahrer noch den Zündschlüssel hatte einstecken können, an den ›Cadillac‹, zog eine Pistole aus der Tasche und feuerte durch das offene Seitenfenster auf den schon hinter dem Steuerrad Sitzenden eine Reihe von Schüssen ab, unter denen der Getroffene zusammensank. Dann ging der Schütze ruhig bis zur Straßenkreuzung, deren auf den Asphalt gemaltes STOP jedes von oben her kommende Auto zum Anhalten zwang. Er brauchte nur wenige Augenblicke zu warten, bis ein freies Taxi kam, stieg ein und begehrte in gebrochenem Deutsch, zur Polizeihauptwache gefahren zu werden. Nach wenigen Minuten dort angelangt, entlohnte er den Fahrer, betrat das große Amtsgebäude, blickte sich einen Augenblick nach dem Zimmer um, das für ihn in Frage kommen könnte, klopfte, trat ein, ging an den breiten Tresen, hinter dem an mehreren Tischen ein paar an diesem föhnig-hellen Frühlingstage mittagsmatte Beamte saßen und von den Nebenräumen her allerlei Kommen und Gehen herrschte, legte eine Pistole vom Kaliber 7,65 auf den Tisch und erklärte, daß er soeben in der Freiestraße um der Gerechtigkeit willen den Janek Klaymann habe töten müssen. Man werde die Leiche hinter dem Steuer eines ›Cadillac‹ vor dem Haus Nummer soundsoviel finden...

Diese Schüsse am 15. April 1954 waren das Ende der Jagd eines Mörders auf den Gemordeten, die acht Jahre lang gedauert hatte, der Beginn einer Strafuntersuchung, die fünfhundertsechsundvierzig Tage in Anspruch nahm, und der Anlaß für einen Strafprozeß vor dem Zürcher Obergericht, das nach einer den ganzen Tag fast pausenlos füllenden Verhandlung sein Urteil fällte. Zugleich aber hatten die Voruntersuchung und die Verhandlung alle, die nur irgend etwas mit dem Fall zu tun hatten, in eine staunenerregende, ihnen völlig unbekannte Welt geführt.

Der Unbekannte, der sich freiwillig selbst gestellt hatte und als seinen Namen Jerzy Casjan angab, wurde für verhaftet erklärt, gefesselt und bis zur ersten Abklärung des Tatbestandes in eine Verhörzelle der Polizeihauptwache verbracht. Dort unterzog man ihn einer sehr gründlichen Leibesvisitation, die nichts Wesentliches zum Vorschein brachte, forderte ihn jedoch auf, alles abzuliefern, was einen Selbstmord hätte ermöglichen können, und überließ ihn sich selbst. Mit gebotener Vorsicht wurde seine Zelle des öfteren revidiert. Man fand ihn jedoch jedesmal äußerst ruhig und in sein Schicksal ergeben. Das gleich nach Eingang der ersten Mitteilung an den angegebenen Tatort ausgerückte Überfallkommando forderte über Funk einen Krankenwagen an, weil der hinter dem Steuer seines Autos von einer ganzen Serie von Schüssen Getroffene noch Lebenszeichen aufweise; der im Innern blutbesudelte Wagen wurde im Hof der Polizeihauptwache polizeilich sichergestellt, aber der Schwerverletzte verschied schon wenige Minuten nach seiner Einlieferung im Kantonsspital an den erlittenen Verletzungen. Sein letztes vernehmlich gesprochenes Wort war: »Erpressung«. Seine Papiere lauteten auf den Namen Janek Klaymann, Kaufmann, polnischer und zugleich israelischer Staatsbürger. Die gleichen Staatsbürgerschaften hatte der Mörder Jerzy Casjan in seiner Verhörzelle für sich in Anspruch genommen. Er wurde alsbald, nachdem seine eigenen, freiwillig gemachten Angaben sich bewahrheitet hatten, mit den für ein Schwerverbrechen angemessenen Sicherheitsvorkehrungen aus der Polizeihauptwache ins Untersuchungsgefängnis in Einzelhaft verbracht, wo gleich nach seiner Einlieferung die ersten Einvernahmen begannen. Er machte seine Aussagen geständnisfreudig, ohne erkennbare Versuche, etwas zu verschleiern, und ohne sich in Widersprüche zu verwikkeln.

Um diese Zeit war die Morgenausgabe der Neuen Zürcher Zeitung für den folgenden Tag erschienen, die es einzurichten gewußt hatte, daß in ihrem Blatt noch eine kleine, an auffälliger Stelle eingerückte Notiz über den Mord zur Mittagsstunde mit vagen Andeutungen des Motivs für den Mord erscheinen konnte, und ein junger Rechtsanwalt, der, auf der Straße schlendernd, die Zeitung durchblätterte, war von der Mitteilung über diesen Mord zwischen zwei einstmaligen Bewohnern Osteuropas, deren Namen darauf schließen lassen konnten, daß sie Juden waren, dermaßen fasziniert, daß er von der nächstgelegenen Telephonzelle der Straße aus den für den Tatort zuständigen Bezirks-Staatsanwalt anrief und fragte, ob für den Mörder Casjan schon ein Verteidiger vorhanden oder von Amts wegen benannt worden sei. Der Bezirksanwalt des Stadtkreises verneinte das, worauf sich der junge, dem Staatsanwalt nicht unbekannte Rechtsanwalt, welcher es sich in langen Jahren einer Krankheit in Davos zum nicht eben gewöhnlichen Zeitvertreib gemacht hatte, Jiddisch zu lernen, anerbot, für den in Anklage versetzten Mörder Casjan als Offizialverteidiger aufzutreten. Der Bezirksanwalt nahm dieses telephonische, ungewöhnliche Angebot unter Vorbehalt für den Augenblick an, ließ den jungen Anwalt jedoch wenige Tage später amtlich wissen, daß sein Anerbieten angenommen worden sei und seiner Verbindung mit dem Untersuchungsgefangenen nach den amtlichen Vorschriften sowie der Einsichtnahme in die Akten der Staatsanwaltschaft nichts im Wege stehe. Durch die freiwillige Meldung des jungen, jiddisch sprechenden und in etwa mit orthodox-jüdischem Milieu vertrauten schweizerischen Strafverteidigers war, wie sich zeigen sollte, dem Angeklagten fortan ein Mann und ein Mensch beigegeben, der es sich zur Aufgabe machte, die Gerichtsbehörden in jene »andere, ihnen völlig unbekannte Welt« einzuführen, in welcher der Mörder und der Ermordete gelebt, die ihr Denken und Handeln bestimmt und das Motiv zum eigentlichen Verbrechen gebildet hatte.

Während dieses sich abspielte, bekannte der des Mordes Angeklagte bei den ersten Einvernahmen *zur Person*:

Casjan, Jerzy; geboren 1925 in Luzk, Polen; Beruf: Kaufmann. Konfession: mosaisch; Wohnort: zur Zeit Zürich. Wo vorher? Auf Reisen, in Stettin, Berlin, Paris, Warschau, Rom, Wien, New York. Beruf des Vaters: Fisch- und Lederhändler, wohlhabend. Schulbesuch: in Luzk, das in der polnischen Ukraine lag; es war nach dem sowjetisch-deutschen Abkommen im Jahre 1939 an die Sowjetunion gefallen.

In den Personalien des ermordeten Klaymann stand als Geburtsort ebenfalls Luzk angegeben.

So habe er den ermordeten Klaymann schon früher gekannt?

Ja. Sie seien zusammen in der gleichen Schule gewesen.

Seien sie schon von Kind an Feinde gewesen?

Nein. – Er habe den Klaymann, als noch Frieden gewesen war, 1939 zum letzten Male gesehen. Dann sei er verschwunden. Er selber, Casjan, sei auch gegen gutes Geld, das der Vater den Russen zugesteckt habe, nicht freizubekommen gewesen und von den Russen als Küchenjunge für eine Militärküche mobilisiert worden. Er habe aber bis 1941, bis daß der Krieg zwischen den Deutschen und den Russen ausbrach, immer noch Fühlung mit dem Elternhaus haben und seine Familie besuchen dürfen. Klaymann sei verschwunden geblieben.

1941, als der Krieg zwischen den Deutschen und den Russen ausgebrochen sei, habe er seine Eltern zum letzten Male gesehen. Seine Truppeneinheit sei nach Osten verlegt worden, immer tiefer und tiefer in die Sowjetunion hinein. Aber was ihm erst als das größte Unglück erschienen sei, das sei in Wirklichkeit seine Rettung gewesen, denn er habe bald erfahren, daß von den achtzehntausend Juden, die in Luzk gelebt hätten, von den Deutschen kein einziger am Leben gelassen worden sei. Alle habe man sie umgebracht und in drei Massengräbern in den Wäldern unweit der Stadt verscharrt. Da habe er beschlossen, Soldat zu werden und gegen die Deutschen, die Mörder seiner Eltern und aller Juden in Luzk, zu kämpfen. Er habe sich zur nationalpolnischen Armee des Generals Sikorski gemeldet und sei dort auch angenommen worden. Beim ersten Besuch der Badstube vor der Einkleidung aber sei er als Beschnittener, als

Jude, erkannt worden, und man habe ihn mit Schimpf und Schande davongejagt, denn man habe nur katholische Polen in der Truppe haben wollen.

Da habe er sich die Papiere eines Ungarn namens Jerzy Casjan zu beschaffen gewußt, der »in Sibirien verfault« war...

Also heiße er gar nicht Casjan, wenn dieser Name der Name eines toten Ungarn sei?

Der Angeklagte gestand: Nein, dem sei so, er heiße eigentlich gar nicht Jerzy Casjan, sondern Samek [Samuel] Witos... Er habe sich an den angenommenen Namen nur so gewöhnt, daß ihm der ursprüngliche ganz ungeläufig geworden sei. Als Jerzy Casjan habe er sich noch einmal bemüht, Soldat zu werden. Und als auch der neue Name und die neuen Papiere nichts genützt hätten, da hätte er... Da hätte er - dieses Geständnis fiel ihm schwer! -, da hätte er sich, obwohl er ein streng orthodox erzogener Jude gewesen sei, eine Halskette mit einem katholischen Kreuz daran gekauft, und unter dieser Tarnung sei er endlich in die Armee aufgenommen worden. Weil man aber im Militär manchmal zeigen müsse, was man sonst immer verberge, sei er auf einem Transport eines Tages doch als Jude erkannt und kurzerhand aus dem fahrenden Zuge geworfen worden. Da habe er sich auf eigene Faust nach Samarkand durchgeschlagen, und dort sei er in die russisch-polnische Armee Wassiliewsky aufgenommen worden. Damit habe er zwei Ziele zugleich erreicht: gegen die Deutschen, die Mörder seiner Eltern und aller Juden von Luzk, kämpfen und die Sowjetunion verlassen zu können, die er mittlerweile auch schon gründlich genug kennengelernt habe.

Beim Vormarsch der Armee Wassiliewsky nach Westen habe er - er sei damals gerade achtzehn Jahre alt gewesen - ein Erlebnis gehabt, das ihn beinahe um Sinn und Verstand gebracht habe. Sie seien in der Nähe von Luzk durchmarschiert, und er habe sich einen kurzen Urlaub erwirkt, um die Stadt seiner Väter wiederzusehen. Von einzelnen Überlebenden habe er da erfahren, daß alle achtzehntausend Juden von Luzk durch die Deutschen massakriert und in Massengräbern in den umliegenden Wäldern verscharrt worden seien, auch seine Eltern und seine ganze Sippe. Er sei von einem dieser Massengräber zum andern gewandert und habe sich bei jedem gefragt: Wo...?

In den allerletzten Monaten des Krieges sei er schwer verwundet worden am Kopf und habe lange in Krakau im Lazarett gelegen. Nach sechs Monaten sei er entlassen worden und habe eine Medaille für Tapferkeit und ›fast geschenkt‹ ein Auto aus Beutebeständen erhalten. Da sei der Krieg schon zu Ende gewesen. Er habe nicht recht gewußt, wohin. Nach Osten in die Ruinen, die er dort schon gesehen hatte? Nein. Er habe sich nach Westen abgesetzt und in Stettin einen kleinen Handel mit Stoffen eröffnet, die irgendwo schwarz gewebt, schwarz verschifft und in einem völlig undurchsichtigen Netz kleiner Schwarzhändler abgesetzt worden seien. Er habe das Auto gehabt und damit auch immer nach Berlin fahren können. Eines Tages hätten Bekannte ihn gebeten, gefälligkeitshalber einen ›armen Burschen‹ mitzunehmen, der Janek Klaymann heiße und zwanzig Kilo Kaffee zwischen den Ruinen von Berlin zu Gold machen und sich damit eine neue Existenz aufbauen wolle. Das sei sein erstes Wiedersehen mit Klaymann gewesen. Der habe ihm erzählt, er habe während des Krieges bei den Partisanen und in einer Befreiungsarmee gekämpft, sei auch in Warschau gewesen, aber mit dem Leben davongekommen, weil er beizeiten in den Untergrund gegangen sei... Von jener Reise nach Berlin an habe er, Casjan-Witos, den Klaymann fürs erste nicht wiedergesehen.

1946 sei ihm der kleine Stoffhandel in Stettin verleidet gewesen, und er sei - mit der Absicht, in die Vereinigten Staaten auszuwandern - ins UNRRA-Lager Schlachtensee im amerikanischen Sektor von Berlin übergesiedelt. Von dorther aber habe er noch alle möglichen Geschäfte getätigt und sich darauf spezialisiert, Gold und Edelsteine aufzukaufen. Die seien gegen Tabak und Lebens- und Genußmittel, welche es im UNRRA-Lager im Überfluß gegeben habe, ganz billig zu haben gewesen. Er habe gute Geschäfte gemacht, aber doch nicht so gute wie Klaymann, wie er später gehört habe, denn der sei zu einem Meister in seinem Fach aufgestiegen. 1948 habe ihn eine Zigarette, die er einem armen Teufel von Deutschen geschenkt, in Beziehung zu diesem Mann gebracht, der sich nie anders als ›Professor‹ genannt, ihm aber mit der Zeit anvertraut habe, daß er aus alten Wehrmachtsbeständen eine Kiste mit einem Gramm Radium besitze, das er ›sichergestellt‹ habe und jetzt gern verkaufen würde.

Er, Casjan-Witos, habe sich als Mitglied der polnischen Militärmission ausgegeben gehabt und Interesse für dieses Gramm Radium gezeigt, das in einer schweren, mit dem deutschen Amtssiegel versiegelten Kiste mit Bleieinsatz verpackt gewesen sei. Er habe seinen Freund und Mitarbeiter Berkowitsch ins Vertrauen gezogen, weil er selber zuwenig von Radium verstanden habe, und gemeinsam hätten sie einen Plan ausgeheckt, wie das Radium an den Mann zu bringen sei. Dies aber habe sich als viel schwerer erwiesen, als sie angenommen hatten, denn weder die Polen noch die Amerikaner interessierten sich für das Geschäft, bis Berkowitsch ihm eines Tages melden konnte, er habe einen Mann kennengelernt, der über gute Beziehungen zu den Russen verfüge und in das ganz große Geschäft einsteigen wolle. Dieser Mann war Janek Klaymann.

Klaymann habe die Kiste mit einem Gramm Radium erhalten; er habe versprochen, sie den Russen weiterzuleiten [was auch geschehen sein konnte], aber nach einigen Wochen erklärt, die Prüfung in Moskau habe ergeben, daß alles mit dem angeblichen Radium Schwindel gewesen sei. Wieder einige Wochen später habe er Casjan-Witos die geöffnete leere Kiste zurückgeliefert und ihm gleichzeitig fünftausend Dollar ›Schadenersatz‹ angeboten. Natürlich habe das in ihm und seinen Partnern den Eindruck bestärkt, Klaymann habe sie alle betrogen.

Es sei zu einer Besprechung mit Klaymann im russischen Sektor von Berlin gekommen, zu der Berkowitsch einen mehr zufälligen Bekannten, den Kaufmann Perlmann, mitgenommen habe, aber auf diese Sendboten und Unterhändler habe nicht nur Klaymann, sondern auch die sowjetische Militärpolizei gewartet, die Berkowitsch und Perlmann mit tätiger Beihilfe Klaymanns verhaftet hatte. Perlmann wurde wieder freigelassen, weil er glaubhaft machen konnte, er sei ganz zufällig mitgekommen. Berkowitsch war für immer verschwunden. Als er, Casjan-Witos, durch Perlmann über das Vorgefallene unterrichtet worden sei, habe er einfach nicht glauben können, daß ausgerechnet der Glaubens- und Leidensgenosse Klaymann zum ›Masser‹, wie es im Jiddischen heißt, zum Denunzianten und zu etwas Schlimmerem als einem Mörder geworden sei. Er sei bereit gewesen, alles für die Rettung seines Freundes Berkowitsch zu wagen und habe mit Klaymann sogar ein Treffen im russischen Sektor vereinbart. Im letzten Augenblick sei er gewahr geworden, daß man ihm eine Falle gestellt hatte, und habe sich unter Anwendung seiner ganzen Körperkraft die Flucht erkämpft.

Unter diesen Umständen habe er sich auch im westlichen Berlin nicht mehr sicher gefühlt. Er sei nach Paris gefahren, um seine Auswanderung nach Israel von dort aus zu betreiben. Kaum in Paris angelangt, habe er erfahren müssen, daß auch seinen zweiten Freund und Mitarbeiter Ribazk inzwischen durch Klaymann das Los Berkowitschs ereilt habe, und von da an habe es für ihn nichts anderes gegeben, als *die Gerechtigkeit wiederherzustellen.* Pariser Emigranten hätten ihm berichtet, die in Berlin verhafteten Polen jüdischen Glaubens würden fürs erste nach Warschau verbracht. Also wollte er nach Warschau und alles daransetzen, Berkowitsch und Ribazk - mit oder ohne Klaymanns Hilfe - zu befreien. Wessen Klaymann fähig war, kam aber auch durch einen anderen Bericht an den Tag: Er hatte sich während der deutschen Okkupation von Warschau mit Hilfe einer reichen katholischen polnischen Familie in einem zum Bunker ausgebauten Keller versteckt gehalten, in welchem die Familie, die ihm Zuflucht gewährte, ihren gesamten Besitz an Gold und Schmuckstücken eingemauert hatte, er allein wußte, wo. Nicht lange, und die polnische Familie wurde selbst gezwungen, Zuflucht in diesem Keller zu suchen und das Los der ›untergetauchten‹ Juden zu teilen. In einer Nacht, in der Klaymann abwesend war, wurde das Versteck von den Deutschen ausgehoben, alle Insassen des Kellers verschwanden spurlos bei der Gestapo. Die den Keller später als erste wieder betraten, fanden die Mauer des Kellers an einer Stelle aufgebrochen. Irgend jemand hatte dort etwas gesucht - und vielleicht gefunden; auf jeden Fall schrieben die Berichterstatter Janek Klaymanns sagenhaften Reichtum diesem Keller und dem Verrat an jenen, die ihm Schutz gewährt hatten, zu.

Dieses alles, gestand Casjan-Witos, habe in ihm einen wahren Rausch, Vergeltung zu üben und Gewißheit zu erhalten, erzeugt. Er sei nach Warschau gefahren und habe nichts gescheut, sich über das Schicksal seiner verschwundenen Freunde und den Verbleib Klaymanns zu vergewissern. Mit allen Mitteln und allen Kosten, die dazu nötig gewesen seien, habe er schließlich erfahren, daß Berkowitsch und Ribazk nach Sibirien deportiert worden seien, wo sie ›verfaulten‹, daß aber Klaymann nach Israel ausgereist sei.

Es habe für ihn nur eins gegeben: selbst weiterzufahren nach Israel. Er habe sich die Ausreise aus Polen nach Israel verschafft.

Bei der Ausreise aber sei ihm etwas dazwischengekommen. Er habe ein liebes polnisch-jüdisches Mädchen kennengelernt, das seinem Herzen nach den einsamen Jahren seiner Jugend und des rohen Soldatenlebens viel bedeutet habe, und das habe er schließlich geheiratet. Er habe eine Zeitlang den Wunsch gehabt, seßhaft zu werden und nur noch seine Frau glücklich zu machen. Aber dann seien die alte Unruhe und der Drang, die Gerechtigkeit wiederherzustellen, von neuem und stärker denn je in ihm erwacht. Es sei die furchtbarste Qual für ihn gewesen, des Nachts neben seiner schönen, jungen, nach Liebe verlangenden Frau zu liegen und ihren Arm abzuweisen, weil er an Klaymann und dessen Schändlichkeit gedacht habe. Schließlich habe er seiner Frau den Vorschlag gemacht, mit ihm aus Polen auszuwandern, damit er seine Pflicht erfüllen könne, ohne die er sie auch nicht glücklich zu machen vermöge. Sie sei schweren Herzens darauf eingegangen. Aber wozu sie sich am Ende durchgerungen habe, sei ihr von den Behörden verweigert worden. Weil sie in einem kriegswichtigen Militärbetrieb in der Uniformschneiderei gearbeitet habe, sei ihr das Ausreisevisum verweigert worden. Da habe er sich heimlich von ihr davongestohlen und sei allein weggefahren... Er habe einfach nicht anders können. Vielleicht habe sie ihm verziehen. Sie warte immer noch auf ihn in Polen. In Israel habe er sein Leben mit Schwarzhandel und als Taxifahrer bestritten. Lange habe es gedauert, bis er Klaymanns habhaft geworden sei, der in märchenhaftem Reichtum gelebt habe. Er habe von ihm Gerechtigkeit gefordert und ein Ehrengericht einberufen wollen. Klaymann habe zugesagt, doch statt seiner sei die Polizei zur Stelle gewesen, und Klaymann selber sei - ohne Angabe eines Reiseziels - mit dem Flugzeug verschwunden gewesen. Geldsummen, die Klaymann ihm angeboten habe, als er ihn hier in Israel zum erstenmal wiedergetroffen hatte, habe er glatt abgelehnt.

Von der israelischen Polizei wieder freigelassen, sei ihm klargewesen, daß er nichts anderes zu tun habe, als Klaymann nachzureisen. Aber wohin? Durch Verbindungen in alle Welt, die dem Judentum eigen sind und die es zu einer einzigen, über den Erdball verstreuten Familie machen, habe er, Casjan-Witos, erfahren, daß Klaymann geschäftlich oft in Italien und Österreich zu tun habe. Also sei er dorthin gefahren und habe ihm dort nachgespürt. Doch wohin immer er gekommen sei, Klaymann sei eben gerade wieder abgereist. Als er zum erstenmal nach Zürich gekommen sei, habe er ihn um wenige Tage verpaßt. Klaymann war in die Vereinigten Staaten geflogen. Sofort habe er um ein Visum in die USA nachgesucht, doch falls dies gar zu lange auf sich warten lassen sollte, sich damit getröstet, daß Klaymann, der an Geschäften in der Schweiz und im Fürstentum Liechtenstein beteiligt gewesen sei, über kurz oder lang ja doch wieder in Zürich auftauchen würde.

Das Besuchsvisum kam rascher als Klaymann. Casjan-Witos, der auf jeder Station seiner Jagd seinen Lebensunterhalt mit einerlei welcher Arbeit bestritten und als Tellerwäscher, Stiegenputzer, Händler oder was auch immer eisern für die nächste Reise gespart hatte, kam in die Vereinigten Staaten, bevor Klaymann sie verlassen hatte. Abermals gelang es ihm, ihn, wie die sprichwörtliche Nadel auf einem Heuboden, auf einem ganzen Kontinent ausfindig zu machen, bevor er sich entziehen konnte, und forderte ihn vor ein Gericht, wie es nur das Judentum kennt und vor dem allein er seine Unschuld hätte glaubhaft machen können. Klaymann sagte sein Erscheinen zu, aber während das intern-jüdische Gericht mit dem Ankläger Casjan-Witos wartete, befand Klaymann sich schon in einem Flugzeug über dem Ozean und landete am gleichen Tag auf dem Flughafen Zürich...

Abermals Tellerwaschen, Stiegenputzen, Kommissionshandel in ›krummen‹ Geschäften, bei Tag und bei Nacht, »den Hund machen« für den einzigen Preis, der etwas galt: die Passage nach Europa, das Billett in die Schweiz. Nicht mit einer Waffe in der Tasche, die Ausgleich schaffen sollte für begangenes offenbares und vermutetes geheimes Unrecht, sondern nur mit glühenden Gedanken, daß Recht Recht bleiben und Unrecht und Verbrechen gebrandmarkt werden müßten, *wenn sie begangen* worden waren. Daß *wiedergutgemacht werden müsse*, was verfehlt worden war, denn immer noch, sagte Casjan-Witos, habe er gewußt, daß Klaymann über gute Beziehungen zu den Russen verfügte und die Menschen, die er ins Unglück gebracht hatte, wieder befreien könnte. *Gott sollte Richter sein!* Und Gott habe ihm, dem gläubigen Juden, hier auf Erden nur durch den Spruch des

Thora-Gerichts vernehmlich werden können! Er habe ein *Thora-Gericht* wollen, nicht morden, ein *Thora-Gericht* und sonst nichts! Und jedem Spruch eines *Thora-Gerichts,* auch wenn es gegen ihn ausgefallen wäre, habe er sich fügen wollen.

SCHEINT DIE Geschichte bis dahin nur der trübe Handel zwischen zwei zwielichtigen Ganoven der allerersten Nachkriegsjahre nach dem Zweiten Weltkrieg zu sein - zwei Ganoven, die etwas miteinander auszutragen hatten und deren man von Lebendigen und von Toten noch heute Tausende zwischen die einstigen Trümmerfelder deutscher Städte beschwören könnte -, hier, an dieser Stelle der Geschichte, tritt Gott in sie ein: der unsichtbare, der lebendige, hörbare Gott, den Casjan-Witos, der Rabbinatsschüler aus Luzk, so weit abseits sein Leben ihn geführt, seitdem die sowjetische Armee ihn mit vierzehn Jahren von ihm entfernt und ihm nur das Töten und Getötetwerden unter Menschen gezeigt, und so gewichtig er in seiner Not und in seinem Rachedurst IHN, den Allmächtigen, Unaussprechlichen, mit einem katholisch-christlichen Halskreuz verleugnet hatte, um nur polnischer Soldat werden zu können, unter Brüdern von gleichem Glauben und Stamm am allerwenigsten verleugnen wollte.

»Witos«, heißt es im Plädoyer des Verteidigers, »hat wörtlich gesagt: ›Ich kam innerlich nicht über die Tatsache hinweg, daß ein eigener Stammesbruder fähig war, seine Glaubensgenossen diesem grausamen Schicksal auszuliefern, und nachher ohne Gewissensbisse weiterlebte...!‹ Die Tatsache, daß ein Mitverfolgter und Mitelender an seinen Schicksalsgenossen so handelte, war bei der naiv gebliebenen religiösen Anschauung des Angeklagten unvorstellbar und brachte seine Weltordnung zum Einsturz. Dies konnte nicht ohne Sühne bleiben. - Der Gedanke Witos' war: Es gibt einen Gott, und eine solche Ungerechtigkeit kann er nicht zulassen. Es muß alles getan werden, um die Freunde zu retten und die Gerechtigkeit - für Witos das Weltgleichgewicht - wiederherzustellen. Mit dem gewaltigen Affekt, welcher ausgelöst worden war, hat er wirklich mit religiöser Inbrunst diesem Gedanken nachgelebt. Der Angeklagte ist, ich möchte sagen, von einer mittelalterlichen Religiosität. Seine Vorstellungen sind mythologisch. Engel existieren für ihn gegenständlich, und Gott ist wie ein handelnder Vater. Was will ich damit sagen? Ein Bereich, der religiöse oder ethische, ist bei Samek Witos verschüttet worden und blieb etwa so, wie er gewesen war, als er mit vierzehn Jahren von der Sowjetarmee requiriert wurde. Was will dies hier bedeuten? Den Krieg, den Rückzug mit den Russen, die Einstellung in die polnische Armee, den blutigen Vormarsch nach Westen, das Elend von Tausenden und schließlich die Massakrierung seiner ganzen Familie zusammen mit achtzehntausend Glaubensgenossen in Luzk erlebte Witos nicht wie eine ungeheure Ungerechtigkeit, sondern wie ein unaufhaltsames, nicht zu beeinflussendes Naturereignis; etwa so, wie wir in der Schweiz Lawinenniedergänge, Überschwemmungen oder Bergstürze empfinden. Die Erschießung seiner ganzen Familie und der zahllosen Mitbürger erfolgte für ihn durch eine Macht, welche anonym war und blieb. Was er empfand, waren Trauer und das Gefühl der Vereinsamung. Nicht aber so in Sachen Klaymann. Bei dem muß er ein konkretes Verhalten feststellen, welches er trotz allen Erlebnissen nicht für möglich hält und das in ihm eine vulkanische Reaktion auslöst...«, in der nur Gott Richter sein und durch ein ›Din Tauroh‹ oder ›Din Thora‹ sprechen kann.

Ein ›Din Tauroh‹ oder ›Din Thora‹ ist eine allein dem orthodoxen Judentum bekannte Rechtseinrichtung. Es ist keine ›Privatjustiz‹ im abfälligen Sinne, und es ist kein ›Gottesgericht‹ als religiöse Perversion, wie sie das christliche Mittelalter kennt. Die wenigsten Nichtjuden sind mit dieser Einrichtung bekannt. Es ist ein Gericht auf alttestamentlicher Grundlage, das wenigstens früher sogar Strafkompetenz gehabt haben soll und heute die Rolle eines Ehren-Schiedsgerichts zwischen Glaubensgenossen zu spielen scheint. Vorsitzender ist in der Regel immer ein Rabbiner. ›Din‹ kann mit Gericht übersetzt werden, ›Tauroh‹ oder ›Thora‹ heißt Lehre, womit vor allem die Fünf Bücher Mose gemeint sind.

Das ›Din Thora‹ hat in dem ganzen Streit zwischen Samek Witos und Janek Klaymann eine große, ja eine beherrschende Rolle gespielt. Schon in Berlin, als auf Klaymann der erste Verdacht fiel, wollte Witos ihn vor ein ›Din Thora‹ bringen. Klaymann war ausgewichen und hatte die Gelegenheit eines Treffens zu einer Falle für Witos einzurichten gewußt. Bei jedem ihrer Treffen hatte er Witos Geld angeboten als Abfindung, und jedesmal hatte Witos Klaymann vor ein ›Din Thora‹ gefordert: in Tel Aviv, in New York. Nur ein ›Din Thora‹ war zuständig und konnte Klarheit schaffen, ob Klaymann schuldig war oder nicht. Und war er schuldig, dann versprach einzig und allein der Schuldspruch des ›Din Thora‹, daß Klaymann die Wiedergutmachung mit der Befreiung der in Sibirien schmachtenden Freunde des Samek Witos in Angriff nahm und daß die Glaubensgenossen mit Sicherheit wußten, mit wem sie es bei Janek Klaymann zu tun hatten: mit einem ›Masser‹, einem Angeber in Diensten des russischen N.K.W.D.

Ein orthodoxer Jude weiß, was es bedeutet, sich einem ›Din Thora‹ zu entziehen. Er setzt sich damit selbst ins Unrecht und kann aus der Glaubensgemeinschaft ausgeschlossen, ›exkommuniziert‹ werden, mit allem, was das sozial und materiell für ihn bedeutet. Klaymann hatte sich wiederholt, nicht nur vor Witos, zum Erscheinen vor einem ›Din Thora‹ verpflichtet, im letzten Augenblick aber immer wieder einem Flugzeug den Vorzug gegeben, das ihn an einen für seine Glaubensgenossen vorerst unbekannten Ort trug, ja, er hatte sich über das ›Din Thora‹ vor Dritten lustig gemacht. Immer wieder aber war er von dem rastlosen Witos aufgespürt worden.

So auch diesmal.

Samek Witos, damals noch Jerzy Casjan, hatte im März in New York so viel Geld zusammengescharrt, daß er die Passage nach Europa buchen konnte, und Ende März traf er bei seiner nun bald achtjährigen Jagd auf Klaymann in Zürich ein. Es gelang ihm recht bald, den auf großem Fuß lebenden Klaymann aufzustöbern. Er hat ausgesagt, damals habe er noch geschwankt, ob es ihm gelingen könnte, Klaymann diesmal endlich vor ein ›Din Thora‹ zu bringen, oder ob er ihn »töten müsse«. Am 2. April beschaffte er sich einen Waffenschein, der von den Amtsstellen in Zürich verhältnismäßig leicht zu erhalten ist, und gab als Grund für den Erwerb einer Schußwaffe an, er wünsche bald nach Israel zurückzukehren und benötige die Waffe zu seinem persönlichen Schutz. Noch aber kaufte er die Waffe nicht. Verschiedene Glaubensgenossen verwandten sich bei Klaymann für sein Begehren, Klaymann solle vor einem ›Din Thora‹ erscheinen, und am 8. April sprach Witos beim Rabbiner von Zürich vor, legte ihm den Fall dar und trug ihm sein Begehren vor, das Rabbinat möge Klaymann auffordern, bis zum 12. April zu erklären, ob er zum Erscheinen vor einem ›Din Thora‹ bereit sei. Der eingeschriebene Brief des Rabbiners blieb von Klaymann unbeantwortet. Daraufhin kaufte Witos am 13. April eine Pistole und Munition, doch ließ er sich ausdrücklich und schriftlich bestätigen, daß er den Kauf innerhalb von acht Tagen rückgängig machen dürfe... Das bedeutete: wenn er die Waffe durch Klaymanns Einlenken gegenüber dem Rabbinat nicht mehr benötigte und Klaymann das Schicksal, das Casjan-Witos ihm zugedacht hatte, selbst von sich abwendete.

Am 14. April entdeckte Casjan-Witos den Klaymann vor dem Zürcher Stadttheater, machte aber von seiner geladenen Waffe keinen Gebrauch, weil er nicht unschuldige Passanten in der Umgebung gefährden wollte. Am 15. April, um die Mittagsstunde, fielen dann vor dem Haus in der stillen Freiestraße, das Casjan-Witos Tag und Nacht nicht aus den Augen gelassen hatte, die tödlichen Schüsse, und auf der Polizeihauptwache erschien der Mann, der die Pistole auf den Tisch legte und in gebrochenem Deutsch sagte, er habe soeben den Klaymann-Janek um der Gerechtigkeit willen töten müssen...

RUHIG, VÖLLIG gefaßt, ja mit einem gewissen Stolz in der Haltung und in dem Gefühl, endlich Frieden mit sich zu haben, betrat Samek Witos am 15. April 1954 spätnachmittags die Zelle im Untersuchungsgefängnis Zürich, die für fünfhundertsechsundvierzig Tage und Nächte seine Heimstatt, der Ort zahlloser Unterredungen mit seinem Verteidiger, mit Psychiatern, dem Gefängnisarzt, Untersuchungsbeamten der Staatsanwaltschaft und Zeugen werden sollte. Nie aber der Ort einer Begegnung mit einem Rabbiner, also einem ›Seelsorger‹, weil das Judentum, nachdem die Untat bekanntgeworden war, sich ganz allgemein nach dem Grundsatz: ›E Jid schießt nicht auf e Jid‹ von Witos und seinem Schicksal abgewandt hatte. Dafür trafen auf rätselhaften Wegen und Umwegen oder über die Missionen fremder Staaten in anderen Erdteilen Nachrichten ein, die alle nichts Günstiges über Janek Klaymann und sein Leben während des Krieges und nach dem Kriege mitteilten. Der Seele des Samek Witos nahm sich nur ein alter ›Zaddik‹, ein chassidischer ›Frommer‹, von Beruf Kaninchenschächter aus dem ›Judenviertel‹ der Stadt, an und redete mit ihm und nahm ihn, bei dem das psychiatrische Gutachten »eine ungeheuer harte und absolute Persönlichkeitsbildung« festgestellt hatte, ›an sein Herz‹, wie es in der Sprache der Chassidim heißt, um ihm durch noch größere Liebe sein hartes Schicksal ertragen zu helfen. Denn auf das, was nun folgte, war niemand gefaßt!

Ein Kenner der Strafanstaltspraxis oder der üblichen Phänomene bei Gefangenen während langer Haft rede sich nicht damit heraus, Samek Witos habe in den folgenden Wochen die typischen Merkmale der Zellenpsychose gezeigt, die je nach den psychischen Anlagen des Inhaftierten mehr oder weniger schwer ins Gewicht fallen und zu Störungen verschiedenster Art führen können. Was sich nach wenigen Tagen ereignete, nachdem die ersten Einvernahmen zur Person und zur Vorgeschichte der Sache stattgefunden hatten und Samek Witos zum ersten Male aus fremdem, ›ungläubigem‹ Mund das Fünfte Gebot: »Du sollst nicht töten!« und die Worte des Alten Testaments: »Die Rache ist mein, spricht der Herr!« gehört hatte, war, daß er physisch und psychisch zusammenbrach. Und dieser Zusammenbruch erfolgte nach seiner eigenen Definition! Wenn, hatte er, auf das Unstatthafte seiner Privatjustiz und deren Irrtumsmöglichkeit angesprochen, gesagt, wenn Klaymann unschuldig gewesen wäre, hätte ich gar nicht schießen können!

Warum nicht? Das Magazin seines Revolvers sei doch voll geladen gewesen!

Trotzdem. Ich hätte gar nicht können. Wenn Klaymann unschuldig gewesen wäre, hätte der Allerhöchste - gepriesen sei sein Name! - meinen Arm verdorren lassen, bevor ich noch von dem Revolver hätte Gebrauch machen können. Es wäre einfach nicht so gekommen, es wäre gar nicht möglich gewesen, was ich getan habe!

In dieser für einen schweizerischen Kriminalbeamten völlig unbegreiflichen Argumentation aus einer völlig unbekannten Welt setzte die Vivisektion der westlichen Kriminalistik bei einem ausgesprochen östlichen Menschen ihr analytisches Skalpell an, und Samek Witos' ganze, hier in Zürich, der Zwingli-Stadt eines noch heute schroff rationalistischen Protestantismus, völlig unbegreifliche, nebulos erscheinende, jeder

Verbindung mit dem Christentum und dem Neuen Testament entbehrende Verbindung zur archaisch-alttestamentlichen Welt stieg wie ein versunken gewesenes Vineta aus der Vorzeit auf. Er glaubte, was er sagte; er hatte gehandelt - handeln müssen -, wie er geglaubt hatte und glaubte; und er sagte seine Tat aus dem Glauben. Im Zusammenprall mit der Welt westlichen Denkens aber bekam seine eigene Welt Sprünge und Risse, in denen sich der Zweifel einnistete. Wie, konnte er sich jetzt in der Einsamkeit seiner Zelle fragen, wenn er falsch gehandelt haben sollte, wenn Klaymann unschuldig oder zum mindesten nicht so schuldig gewesen war, wie er acht Jahre lang geglaubt? Wie, wenn der Allerhöchste nur seine Demut hatte auf die Probe stellen wollen? Wie, wenn er gegen das fünfte der Gebote Mose verstoßen, wenn er *gemordet* hatte? Wie, wenn der Allerhöchste - gepriesen sei sein Name! - sich gerade Klaymann zum Zeugen dafür erwählt hatte, daß ER Richter sei und nicht Samek Witos aus Luzk? Wie, wenn die Hand, die er tötend erhoben hatte, in Wirklichkeit sich gegen das Gesetz und die Propheten und DEN gerichtet hatte, der Israel aus allen Völkern auserwählt? Wer hatte je gesagt, *wann* der Allerhöchste die Hand des Untäters verdorren ließ? *Vorher* in seiner großen Barmherzigkeit, daß sein Kind kein Unrecht begehen könne, oder *nachher* zur Strafe und Warnung für alle aus Seinem Volk? Hatte er nicht auch Kain nach dem Mord an seinem Bruder Abel erst ruhig nach Haus gehen lassen? - Dann war er ein simpler Mörder nach dem Gutdünken fälschlicher Vollmacht!

Solcherart waren die Fragen, die Samek Witos aus Luzk an sich richtete, wenn die mit einemmal peinigenden Verhöre zu Ende waren und als er langsam, aber ganz deutlich spürte, wie seine mörderische Rechte zu verdorren begann.

Ja, seine Rechte ›verdorrte‹, wie er, hohläugig und verquält, nach einiger Zeit dem Gefängnisarzt erklärte, der seinen rechten Arm und die rechte Hand pflichtgemäß zu untersuchen hatte, als er das Übel darin nicht mehr zu verheimlichen vermochte: die Mörderhand, die gottgestrafte... Der Arzt lächelte, aber - obschon er mit der kriminalistischen Vorgeschichte des Falles vertraut war - er wußte keine Diagnose zu stellen. Die Rechte begann vom Schultergelenk an bis in die Finger hinein zu ›verdorren‹, wenn man die Symptome: eine starke, beinahe bis aufs Doppelte des normalen Umfangs eintretende glänzige

Hautschwellung, hochgradige Schmerzhaftigkeit und beinahe völlige Unfähigkeit, die Finger zu bewegen, so nennen wollte. Eine physikalische Therapie verfing nicht, und Cortison- und Ultra-Cortison-Injektionen ins Schultergelenk verschafften kaum Linderung, geschweige Heilung. Das Abwinkeln oder Erheben des Armes war für den Patienten unmöglich, aber auch eine im Kantonsspital vorgenommene Arteriographie verschaffte keine Anhaltspunkte für eine Kreislaufstörung, welche den Zufluß des Blutes in alle Gefäße hätte behindern können. Schmerzstillende Opiate als einziges brachten Linderung, aber die Verabfolgung höherer Dosen verbot der labile psychische Zustand des Patienten. Es drohte ein Persönlichkeitsverfall einzutreten, der in der Geschichte des Haftwesens nicht unbekannt ist, in den Gefängnissen totalitärer Staaten bewußt gefördert wird, dem aber die Zürcher Untersuchungs-Justiz mit allen nur geeignet scheinenden Mitteln entgegenzuwirken bereit war, denn das ›Verdorren‹ des Armes wurde für die Prozeßführung zu einem kritischen Symptom.

In dieser Phase der Untersuchung entschloß der Staatsanwalt sich, einem Begehren des Häftlings stattzugeben, das er sonst abgelehnt hätte, da den Untersuchungsgefangenen anderer Konfessionen seelsorgerischer Beistand jederzeit gewiß war, während bei Samek Witos der amtierende Rabbiner jedwede Bemühung versagt hatte. Und Samek Witos hatte die Anstaltsleitung um die Erlaubnis ersucht, einem Gottesdienst in der Synagoge beiwohnen zu dürfen!

Nach gewissenhafter Überlegung und einigem Zögern wurde Samek Witos an einem Sabbat unter allen gebotenen Vorsichtsmaßnahmen: einer Sprungfessel, die jedwede Flucht unmöglich machte, und in Begleitung eines Kriminalbeamten in Zivil zum abendlichen Gottesdienst in die Synagoge gebracht. Und es ist nicht so wichtig zu sagen, was Witos hier empfand, denn das müßte sich Hypothesen und Phantasien nähern, sondern die späteren Schilderungen des Polizeibeamten zu beachten, den wir ruhig Meyer nennen können, da die Justiz- und Polizeibehörden in Zürich mehr als zehn Beamte namens Meyer beschäftigen, die alle den Rang eines ›Detektivs‹ bekleiden und nur nach den Zahlen, die ihrem Namen beigefügt werden, zu unterscheiden sind.

Detektiv Meyer hat später erzählt, daß das Ganze für ihn ein

völlig überwältigendes, aber ebenso unbegreifliches Erlebnis
gewesen sei. Mehr als fünfzehn Jahre sei er im Justiz- und Poli-
zeidienst gestanden und habe gemeint, seine Vaterstadt Zürich
zu kennen. Aus dem Außendienst als junger Straßenpolizist, als
Detektivgefreiter im Innendienst und nun als Detektivwacht-
meister im Untersuchungsgefängnis. Er habe sein Leben lang
mit Leuten zu tun gehabt, die mit dem Gesetz in Konflikt geraten seien, die aber alle – wie abscheulich und entartet sie bisweilen auch gewesen seien – doch Menschen seiner eigenen vertrauten Welt gewesen seien. Er gehöre der Zürcherisch-Refor-
mierten Kirche an, sei getauft, habe sich kirchlich trauen und
seine Kinder taufen lassen. Mit dem Betreten der Synagoge,
wo der Rabbiner durch den Bezirksanwalt vorher von ihrem
Besuch unterrichtet gewesen sei, sei er aber einfach in eine andere Welt gekommen, in der es ihm den Atem verschlagen
habe. Natürlich habe er gewußt, daß es in Zürich recht viele
Juden und daß es eine Synagoge und ein von ihnen als Wohn-
quartier bevorzugtes Stadtviertel gebe. Der Anblick einer so
großen Schar von stehenden Männern mit Hüten auf dem Kopf
und lose umgeworfenen Mänteln, der feierliche, halb traurig
wehklagende, halb inbrünstige Gesang, die ihm unverständ-
lichen Riten und Lesungen – dies alles unter Menschen, von denen er nicht wenige aus Amtshandlungen gekannt habe, das
sei... Ja, er wisse es nicht anders zu sagen: Das alles sei unbegreiflich gewesen, eine andere Welt und doch auch, wenn er
an Moses, Jeremias, die Propheten und die Psalmen aus den
Religionsstunden seiner fernen Schulzeit denke – etwas wie seine
eigene Welt, die später im Leben immer zu kurz gekommen
sei, die es aber immer weiter gegeben habe, mochte man sie
beachten oder nicht, und aus der im Grunde genommen ja auch
er selber, das heißt: was er als reformierter Christ zu bedeuten
habe, gekommen sein mußte... Es sei, er wolle das ganz offen
aussprechen, denn er habe Zeit genug gehabt, es zu bedenken,
ein für ihn völlig umstürzendes Erlebnis gewesen, das er nie
wieder vergessen könne und auch nicht wolle, denn er wolle in
seinem reformierten Glauben kein Lügner sein. Und seitdem
betrachte er alles ganz, ganz anders.

Er habe Mühe gehabt, auf Samek Witos aufzupassen, aber das
sei wohl auch nicht nötig gewesen, da er sich sowieso beim
Eingang aufgehalten habe, und erst hinterher, als der lange

Gottesdienst zu Ende gewesen sei und er Witos sich dem Rabbiner habe nähern sehen, sei er in Befolgung seiner Dienstanweisungen in der Nähe gewesen. Der Rabbiner habe den kranken Arm des Witos gesegnet und ›besprochen‹. So etwas müsse es wohl gewesen sein, anders wisse er sich die Handlung, bei der – wahrscheinlich nur in Hebräisch – geredet worden war, nicht zu deuten. Dann habe der Rabbiner den Witos entlassen, und er habe sich seiner wieder anzunehmen gehabt und ihn ins Untersuchungsgefängnis zurückgebracht. Doch schon auf dem Wege – mag einer es glauben oder nicht! – habe der Witos, der auf dem Weg zur Synagoge und zurück kein Wort gesprochen habe, seinen rechten Arm wie ein Gesunder bewegen und mit allen Fingern der Rechten greifen können! Es sei einfach ein Wunder geschehen!

Das ›Wunder‹ war von niemandem, nicht einmal vom Arzt des Untersuchungsgefängnisses, zu leugnen, und das Wunder gab dem Gefangenen Kraft. Es war die Kraft der ›Gerechtigkeit‹ vor Gott, auf die es dem alttestamentlichen Gläubigen so sehr ankommt. Diese Gerechtigkeit war Lebenskraft, die dem angeklagten Häftling dazu verhalf, die fünfhundertsechsundvierzig Tage der Untersuchungshaft zu überstehen. Nicht daß es nicht noch Rückfälle und Krisen gegeben hätte, in denen Witos abermals zusammenzubrechen drohte und das alte Leiden sich abermals bemerkbar machte. Es gab sie. Aber die ärztliche Beobachtung ergab den im Bereich der psychosomatischen Medizin wohl erst- und einmaligen Tatbestand, daß das Gefühl einer Schuld, mit dem er dauernd kämpfte und das seinen medizinischen Status so eindeutig und flagrant, bis zu unleugbaren totalen Lähmungserscheinungen, herabminderte, an sein Bewußtsein gebunden war. Denn bei nächtlichen Kontrollen durch die Zellentürklappe, wenn er schlief [und also nicht bei Bewußtsein war], erwies es sich, daß der Untersuchungshäftling im Schlaf bei allen Bewegungen auf der Pritsche die Rechte ohne jedwede Hemmung oder Störung oder Schmerzempfindung, die sich hätte Ausdruck verschaffen müssen, frei benutzte. Sein Schuldbewußtsein war eine Bewußtseinsschuld, um es so paradox auszusprechen. Der nur im Bewußtsein gegenwärtige Gott und sein Richtertum ließen den schlafend Unbewußten in Frieden und in Gerechtigkeit bestehen. Der Schatten des Bruders, den er getötet hatte und mit dem er als Gelähmter Tag und Nacht die Zelle hatte teilen müssen, war gebannt und stand nun schon unmittelbar vor dem Richter über die Lebendigen und die Toten.

SAMEK WITOS wurde nach fünfhundertsechsundvierzig Tagen Untersuchungshaft, zahllosen Verhören und Zeugenaussagen, die aus allen Ecken und Enden der Welt zu beschaffen gewesen waren, in denen versprengte Juden lebten, welche das große Massaker der Jahre 1939 bis 1945 überlebt hatten, in Anbetracht der Tatsache, daß er sich vollumfänglich zu seinem Verbrechen bekannt, sich selbst gestellt und bei der Voruntersuchung, wo immer es möglich gewesen war, Hilfe zur Wahrheitsfindung geleistet hatte, nicht dem Schwurgericht überantwortet, sondern am 13. Oktober 1955 dem Zürcher Obergericht zur Aburteilung vorgeführt, dessen Spruch nach einer Verhandlung, die nahezu den ganzen Tag gedauert hatte, auf sieben Jahre Zuchthaus, abzüglich fünfhundertsechsundvierzig Tage Untersuchungshaft, drei Jahre Ehrverlust und fünfzehn Jahre Landesverweisung lautete. Außerdem wurden ihm sämtliche Kosten des Verfahrens auferlegt.

Witos nahm das harte Urteil ohne Widerspruch an - vielleicht nicht zuletzt, weil sein Verteidiger ihm bedeutet hatte, bei guter Führung in der Strafanstalt könne er nach der Hälfte der zubemessenen Haftstrafe auf vorzeitige Entlassung rechnen.

Er war in der Strafanstalt ein einsamer, stolzer Gefangener. Außer dem Zaddik, dem frommen alten Chassiden, dem Kaninchenschächter aus der Freigutstraße, der ihn ›an sein Herz nahm‹, besuchte ihn nie ein Glaubensgenosse. Ein anderer Besucher von Zeit zu Zeit war sein Verteidiger, der auch erreichen konnte, daß Witos tatsächlich nach der Hälfte der zubemessenen Strafhaft unter Anrechnung seiner guten Führung entlassen wurde.

Aber er war auch ein stolzer Gefangener. Nichts traf ihn tiefer und reizte ihn so zur Widersetzlichkeit, wie wenn er unter die Mörder eingestuft wurde. Das war er nicht, und seine gesunde Rechte enthob ihn jedwedes Zweifels. Ungebrochen ließ er sich, als ihm die Freiheit verkündet wurde, zum Flugplatz Zürich verbringen, um dort unter Polizeiaufsicht eine Maschine der EL AL zu besteigen und in das auserwählte Land, zu dem auserwählten Volk dessen zu fliegen, dessen Willen er um der Gerechtigkeit willen unter Menschen vollstreckt. Hatte nicht der große Maggid von Dubno, konnte er sich fragen, einmal angesichts des Hungers in seiner Familie geseufzt und gehadert und sogleich eine Stimme vernommen, die ihm sagte: ›Du hast deinen Anteil an der kommenden Welt verwirkt!‹ Aber der große Maggid hatte nur geantwortet: »Wohlan, der Lohn ist abgeschafft, jetzt kann ich wahrhaft zu dienen anfangen!«

DER ERSTE TEIL der merkwürdigen Geschichte vom Nachfolger, die mir der einzige von den aus der alten russischen Schule hervorgegangenen höheren Seeoffizieren Finnlands erzählt hat, der nachmalige Konteradmiral Baron von S., der damals freilich schon längst pensioniert war und die noble Tradition seines deutsch-baltischen Geschlechts mit der weltmännischen Weite eines echten Seemanns und einem feinen, nachdenklichen Humor vereinigte - der erste Teil dieser merkwürdigen Geschichte also war, als er sie mir erzählte, in ihren Anfängen so alt wie das Jahrhundert selbst und die Laufbahn des späteren Admirals als hochgemuter junger Fähnrich zur See auf dem Kreuzer ›Pobjeda‹. Als sie auf eine für unser Begreifen grauenvolle Art und Weise in einem zweiten Abschnitt zu Ende gegangen war, hatte sie zugleich das Ende seiner Karriere in der meuternden kaiserlich-russischen Flotte bedeutet.

Am Anfang war die ganze Geschichte ein loses Hörensagen, das damals ihm wie seinen Kameraden, die auf dem bei der Inselfestung Kronstadt ankernden Kreuzer Dienst getan hatten, aus dem um die Jahrhundertwende unruhigen, vorrevolutionären Sankt Petersburg zugetragen worden war, wo sich fortwährend die seltsamsten Ereignisse begaben, die alles Hergebrachte auf den Kopf zu stellen schienen. Dreizehn Jahre später dann hatte das Hörensagen dort als Tatsache vor seinen Augen enden sollen, so als hätte ein geheimer Kreis sich nur an diesem Ort schließen und die Identität zweier äußerlich völlig voneinander verschiedener Leben eines Menschen nur dort sich wiederherstellen lassen.

Das Hörensagen von einst war um jene Zeit so gut wie vergessen. Schließlich hatte man ja zwei Kriege geführt, und eine neue, viel blutigere Revolution als die zu Beginn des Jahrhunderts deutete den Untergang des ganzen Staates an. Was sich aus dem Hörensagen von einst gleichwohl erneute, waren wie gelenkt anmutende Indiskretionen, welche den rangältesten unter den Garnisonspriestern der zu allen Zeiten stark belegten Flottenstation, den Erzpriester Vater Warlaam betrafen. Der war im Laufe von verhältnismäßig wenigen Jahren in den Rang eines Archierei, also eines Erzpriesters, aufgestiegen und, was für einen Militärseelsorger nicht eben gewöhnlich war, von Anfang an dem Mönchsstand zugehörig gewesen. Begonnen aber hatte seine Geschichte, wie das lose Hörensagen ein halbes Menschenalter früher ausgestreut hatte, in Sankt Petersburg, der kaiserlichen Hauptstadt, und dort wiederum in einer kleinen Kirche unweit des Bahnhofs auf der sogenannten ›Viborger Seite‹.

In der Sakristei jener kleinen Kirche, welche dem heiligen Isidor geweiht war, legte an einem Samstagabend in der frühesten Vorfastenzeit des Jahres 1901 der alte Hilfspriester Vater Lew Konstantinowitsch Beschanitzky, der den Abendgottesdienst gehalten hatte, eben die liturgischen violetten Gewänder ab, als der Diakon, den er beim Lichterlöschen gewähnt, durch eine der Seitenpforten des Ikonostas in der Sakristei erschien und meldete, es sei in der Kirche neben den gewohnten alten Männern und Mütterchen, welche bis weit über das Ende der Feier im ›Haus des Herrn‹ als der sichersten und heimeligsten Wohnstatt verharrten, auch ein junger Mensch zurückgeblieben, der Uniform nach ein Student, der, als er seine Bitte vorgebracht, sehr erregt auf ihn gewirkt habe und um nichts von seinem Verlangen abzubringen gewesen sei, sogleich mit dem Priester zu sprechen, der eben zelebriert habe, und ihm beichten zu dürfen.

Vater Lew Konstantinowitsch blickte den Diakon aus seinen beständig blinzelnden, entzündeten, zum Tränenfluß neigenden Augen hinter einer mit den Jahren viel zu schwach gewordenen Nickelbrille an und strich sich den schütteren, eisgrauen Bart.

Ein Student? wiederholte er, und Sie sagen, sehr aufgeregt?

Der Diakon bestätigte es und fügte hinzu, er sei nicht sicher, ob er nicht schon jetzt in der Nähe der Sakristei hinter dem Ikonostas stehe, denn als er zu Vater Lew gegangen sei, um diesem das Begehren des Fremden zu unterbreiten, und sich noch einmal umgeblickt habe, wie um sich zu vergewissern, daß der Beichtwillige nicht nur eine Einbildung von ihm sei oder daß seine Bitte auf einem üblen Scherz beruhe, habe er gesehen, wie der Student ihm nachgegangen sei. Vielleicht stehe er deshalb jetzt schon in der Nähe.

Nu... nu sag ihm, meinte der Priester, er solle sein Anliegen noch eine Nacht gewissenhaft überdenken und morgen wiederkommen. Morgen vormittag... Nein, nicht morgen vormittag! Aber morgen mittag! Oder sagen Sie: gleich nach dem Mittag, das wird für meine Frau mit dem Essen besser passen, weil dann die Kinder zu Hause sind. Gleich nach dem Mittag, wenn er will. Nur jetzt nicht, so spät... Er dachte an die gebratenen Korjuschka mit ihrem zarten Geschmack nach frischen Gurken und an die Löffelkuchen aus dem Breirest vom Mittag her, die seine als Köchin hochgeschätzte Frau um diese Stunde sicher für ihn bereithielt.

Der Diakon ging, um den Bescheid auszurichten; Vater Lew fuhr fort, die heiligen Gewänder abzulegen, bis er nur noch im Leibrock dastand, der den Korjuschka und den Löffelkuchen angemessen war. Zwischendurch hielt er ein paar Male inne und lauschte, weil er einen erregten Wortwechsel in der Nähe gehört zu haben meinte, der für den heiligen Ort unziemlich war, aber weil die Stimme des Diakons dazuzugehören schien, machte der ihn nicht unruhig für irgendeine mögliche mißliche Wendung der Dinge.

Als wenige Augenblicke später der Diakon wieder erschien, hatte die Erregung, die der dem Fremden nachgesagt, sich allem Anschein nach auf ihn selber übertragen, und außerdem richtete er das Ersuchen des Fremden, Vater Lew Konstantinowitsch jetzt ungesäumt unter vier Augen und dem Siegel priesterlicher Verschwiegenheit sprechen zu dürfen, beinahe wie einen Prikas des hochwürdigsten Metropoliten aus.

Will er wirklich mich? Keinen anderen? fragte der alte Priester ungläubig. Er hätte gar nicht an sich hinunterzublicken brauchen, an seinem abgewetzten, da und dort fleckigen Leibrock, unter dem, des Schmelzwassers wegen, das sich draußen auf den Straßen staute, die Spitzen von einem Paar derber, geschmierter Stiefel hervorragten, um seine Bedeutungslosigkeit, um nicht zu sagen Nichtswürdigkeit und Allzualltäglichkeit im fünfundsechzigsten Jahr seines Lebens und vierzigsten seines Priestertums zu ermessen. Ein Priester, der Hilfspriester von St. Isidor, aber immerhin ein hauptstädtischer Priester. Vier von seinen fünf Kindern waren schon in Amt und Versorgung, Ilja, der Jüngste, ging eben noch ins Seminar...

Ja, wenn er wirklich so meint, was er will...? sagte Vater Lew zweiflerisch. Ihm fielen die Korjuschka und die Löffelkuchen ein, die heiß gegessen werden mußten, und er bat den Diakon, in der Kirche ein paar Kerzen brennen zu lassen, die ihm beim Hinausgehen leuchten könnten, dem Kirchenwächter Bescheid zu sagen: Solange er in der Sakristei Licht sähe, sollte er die Kirche nicht schließen, und endlich noch seiner Frau auszurichten, er müsse sich, Dienstes halber, ein wenig verspäten. Er selber aber, der Diakon, könne jetzt gehen und diesen beharrlichen fremden Menschen zu ihm schicken.

Auf jenen brauchte er nicht lange zu warten. Kaum hatte der Diakon die Sakristei verlassen, da trat in den schwach beleuchteten Raum die schmächtige Gestalt eines jungen Mannes in einer schwarzen Studentenuniform mit einem außerordentlich lange nicht mehr gestutzten Haarschopf, der seine innere Wirrköpfigkeit zu versinnbildlichen schien, und verbeugte sich schon auf der Schwelle.

Haben Sie wirklich mich sprechen wollen? fragte er in einem Ton, in dem die Aufrichtigkeit seines Unglaubens, der andere müsse ihn und keinen anderen gemeint haben, mitschwang. Ich... ich... ich bin...

Ich weiß, sagte der junge Mann, der sich seinen Stuhl zurechtrückte, finster, ich weiß, Sie stehen nicht in dem für mich fatalen Ruf eines besonders ›begnadeten Seelenführers‹, wie sie in Mode gekommen sind. Sie sind...

Ich bin ein Nichts - weniger als ein Nichts, vollendete Vater Lew mit einem verarmten Lächeln: der Hilfspriester von St. Isidor.

Machen Sie daraus keine neue Art Hochmut von Heiligen, verwies ihm der junge Mann sein Reden, setzte sich und begann sich nach dem Dafürhalten des Priesters wortlos die Haare zu raufen.

Wie ist es, erinnerte der ihn nach einiger Zeit, Sie haben beichten wollen? Sie haben nicht warten können bis morgen [der Geruch der Korjuschka und der Löffelkuchen stieg ihm förmlich in die Nase!], es drückt Sie etwas sehr schwer, ganz schwer - so daß Sie keine Nacht mehr darunterliegen könnten? fügte er mit etwas amtlichem Mitleid hinzu.

Der andere ließ sein Haar in Frieden und blickte auf. Nun sah der Priester zum ersten Male voll sein Gesicht. Er hatte dunkles, langes Haar und wie gekerbte, scharfe Züge mit dunklen Augen, die sicher sehr leidenschaftlich blicken oder sich noch tiefer verfinstern konnten. Es war, zugegeben, ein düsteres Gesicht, dem man leicht so manche Regung des Wesens zutrauen konnte, gegen die, wie bei einem andern, das Herz keinen Einspruch erhob.

Ich bin hier vorbeigekommen und habe mir gedacht: Gehst mal hinein... Wirst sehen, was sie da drinnen anstellen.

So geht niemand zur Beichte. - Haben Sie das sozusagen als Orakel nehmen wollen?

Orakel? Nein.

Sie haben nichts, was Sie schon im Sinn hatten, davon abhängig gemacht, ob Sie hier im voraus ein Ja oder ein Nein hören würden?

Der Student starrte eine Weile in das Licht der drei Talgkerzen, die noch brannten, dann murmelte er: Nicht eigentlich so, nein. Man geht ja immer mit Absichten oder mit Entschlüssen mit sich herum, so wie mit Meinungen oder, wenn Sie wollen, mit Überzeugungen. Und es gibt Zeiten, da sie alle da sind, aber noch nicht ganz fertig, nicht ganz, ganz fertig, so daß man...

Haben Sie die Sünde, die Sie hier einzutreten hieß, also noch nicht begangen - oder jedenfalls nicht ganz begangen, nur im Geiste vielleicht oder in der Absicht oder in der Vorstellung?

Wollen Sie Mut finden gegen das Böse?

Wer sagt Ihnen, daß es böse sei?

Warum säßen Sie sonst hier?

Der Student schwieg eine Weile. Dann sagte er: Nehmen Sie einmal an, ich sei viel allein und hätte ab und zu das Bedürfnis nach Gesellschaft.

Aber Sie! Ein Student! Mit Kameraden, Freunden, Gesinnungsgenossen...?

Der junge Mann machte eine wegwerfende Handbewegung, welche die Flammen der drei Kerzen zum Flackern brachte, und die Unbeherrschtheit der eigenen Handbewegung verzerrte mit gespaltenem Licht und irrenden Schatten sein Gesicht. - Ich habe mit einer Jüdin geschlafen, murmelte er nach einer Weile finster. Wenn Sie das als Sünde auffassen wollen?

Vater Lew Konstantinowitschs Augen zwinkerten so rasch und tränten so reichlich, daß er die Brille abheben und sich die Augen trocknen mußte. Seinem Gegenüber schien das schwer deutbar. Erschütterte den alten Priester diese Tatsache dermaßen, daß er angefangen hatte zu weinen? Er sah ihm zu, und als Vater Lew sein Taschentuch wieder einsteckte, lag um seinen

Mund ein Zug, der den Ausdruck der Verbissenheit um ein weniges milderte.

Sie beichten das so, daß ich hören kann: es hat Ihnen keine Freude gemacht. Bereuen Sie es aber auch aufrichtig und von ganzem Herzen?

Ich? Wieso?

Warum erzählten Sie es mir sonst?

Ach! – Der seltsame Besucher machte auf seinem Stuhl eine Bewegung, als wollte er sich abwenden, aufstehen und gehen, da hielt er, schon halb abgewandt, wieder inne, blickte den Priester gehässig an und sagte mit nun wirklich schneidender Stimme: Ach! In was für einem Krautgarten wollt ihr alle den Baum der Erkenntnis wachsen und Früchte tragen sehen! Ihr Kleingärtner, ihr... Ihr bringt es ja kaum bis zur Zimmerlinde oder bis zum Oleander auf der Veranda! Ums Töten geht es, daß ihr das nicht versteht! Töten! Töten! Töten! Tausendfach die Höchsten und Gefährlichsten, die selber töten und noch mehr töten lassen, zuerst! Töten, so viele, bis nur die Friedfertigen übrig sind, denen schon der Wurm am Angelhaken so etwas wie der gekreuzigte Heiland ist – alle leidende Kreatur, die stellvertretend dran muß, verstehen Sie?

Vater Lew Konstantinowitsch sah den wie rasend gewordenen jungen Mann ängstlich an und sagte stotternd: Ja, aber..., aber sagen Sie, Sie wollen doch nicht wirklich töten, Sie wollen doch keinen Mord begehen, und ich und die Kirche sollen das sozusagen im voraus verzeihen...?

Er war aufgestanden, denn der junge Mann hatte sich rasch erhoben, und der Stuhl, auf dem er gesessen hatte, war hinter ihm polternd hingefallen.

Ich habe Ihnen gesagt, fuhr der Fremde unnachsichtig fort: Ich bin hier vorbeigekommen, ich habe mir gedacht: Gehst mal hinein und siehst nach, was sie tun, man kann immer klüger werden, man ist nie sicher... Es geht ums Leben, es geht um den Tod, viele Tode, viele Tode...

Sie haben das Unglück gehabt, einen ganz, ganz unwürdigen Priester vorzufinden, wandte der alte Hilfspriester ein, ich bin kein begnadeter Seelenführer für einen so... so klugen und verzweifelten Menschen wie Sie. Ich rate Ihnen: Besprechen Sie das alles mit... mit... Er suchte einen Namen und fand ihn in seiner Verwirrung nicht.

Der junge Besucher lachte geringschätzig. Ach so! Sie beurteilen Ihren Herrn nach den Litzen an den Livreen seiner Diener? Haha! Nein, mein Verehrter, Sie sind gerade so gut Stellvertreter wie jeder andere!

Nur im Gebot der Nachfolge Christi! Nur als Diener! wandte Vater Lew erregt ein. Ich flehe Sie an: Schieben Sie die Verwirklichung Ihrer Vorsätze auf, und wenn Sie's nicht um Gottes willen tun wollen, dann um meinetwillen, der Ihnen in seiner Schwäche nicht zum Guten verhelfen kann! Seien Sie mein Stellvertreter in der Sündlosigkeit, wenn Sie vorhaben, eine schwere Sünde zu begehen. Das sind Sie als Mensch mir schuldig, der Ihnen nichts Böses angetan hat!

Warum können Sie ›Stellvertreter Gottes‹ mir nicht beweisen, daß man den, der sich zur Ausübung der teuflischsten Gewalt seiner Clique, seiner Minister und einer Heerschar von Beamten bedient und der die Galgen wie die Altäre bevölkert - warum man den und seine ganze Brut, die sich auf das ›Stellvertretertum Gottes‹ und seine ›Gnade‹ berufen, nicht aus dem Weg schaffen darf? - Nein, muß, muß, mit jedem nur erdenklichen Mittel!

Ich... ich brauche es Ihnen nicht zu beweisen, sagte Vater Lew kreidebleich mit einer Sprache, als hätte er Kieselsteine im Munde. Wozu ein Beweis! Es ist die Obrigkeit, die von Gott verordnete Obrigkeit, auch wo sie vom Bösen befallen ist, Gott sei's geklagt! Aber was Sie vorhaben, ist noch viel böser, weil es nicht einmal den Versuch zum Guten macht!

Wo und wie sind die ›Guten‹ geendet? warf der Besucher ein. Nur der Tod der Töter wird die Friedfertigen befreien, sage ich Ihnen, und Ihre ganze Wahrheit und Weisheit ist auch nicht den Schein der Bilder wert, die Sie verehren! Sie werden das erkennen, wenn es getan sein wird, und vielleicht - vielleicht! - bleibt dann für Ihren eben autorisierten und privilegierten Frieden etwas von einem natürlichen Frieden ohne Macht übrig!

Es dauerte noch wenige Augenblicke, da wußte Vater Lew Konstantinowitsch Beschanitzky, daß er wirklich und wahrhaftig allein war. Er stand da, die Rechte um die Stuhllehne, sah jenseits des Tisches den umgestürzt liegengebliebenen Stuhl des Besuchers und fühlte sich wie aus einem angsterfüllten Traum erwachen. Das Naß aus seinen entzündeten Augen ließ er rinnen, solange es mochte; er zwinkerte nur öfter, als könnte er den Strom damit hemmen. Dann rückte er seinen Stuhl zu-

recht, ging um den Tisch herum, hob den umgestürzten des
Fremdlings auf und stellte ihn auf die Beine und ergriff den
ziemlich tief herabgebrannten Leuchter. Mit dem in der Hand
ging er zur Tür, blickte gewohnheitsmäßig lange zurück, ob
nirgends das kohlende Ende eines Dochtstümpfchens mit seinem Räuchlein eine Gefahr anzeige, und betrat dann die von
nur einem Leuchter beim Ausgang ganz schwach erhellte Kirche. Hätte er nicht selber die kleine Dreifaltigkeit der ziemlich
tief heruntergebrannten Kerzen getragen – er hätte wie im
Dunkel gehen müssen, denn seine Augen reizte der kalte Zug
vom Eingang der Kirche her zu noch reichlicherem Tränen.
Dunkle Zeiten, dachte er, Unruhe überall, ein einziges Gären
und Aufbegehren, gegen das seine Jugend sich wie der Garten
Eden ausnahm. Aber diesen Gedanken verscheuchte er gleich
wieder, denn ihm fiel der Vergleich des Fremden mit dem
Baum der Erkenntnis ein, den ›sie‹ im Krautgarten hegten.
Krautgarten, ja, das stimmte. Alles schoß ins Kraut: die Unrast, die Unmoral, der Undank, der Unfriede, der kein Leben
mehr achtete, die Gottlosigkeit, und man konnte sich nicht genug wundern, von wem das alles ausging und wer dabei alles
mithalf. Nicht die Armen allein, die oft aufbegehrten, sondern
die Reichen und selbst die Reichsten. Nicht die Einfältigen,
sondern jene, die sich ›Intelligenz‹ nannten. Die Schüsse der
Attentäter wurden von zarten Frauenhänden gelöst, die Pe-
tarden staken in den Handtaschen der Aristokratinnen. Die
Bomben verfertigten und verwendeten jene, die sonst gehäkelt
hatten oder sich zum Hofball gedrängt – und die Gottlosen,
natürlich, die am liebsten alles in die Luft sprengen wollten,
wie dieser junge Mensch heute abend... Aber so lange, daß
die Fischchen ganz kalt geworden sein würden, hatte es mit
diesem Wirrkopf bestimmt nicht gedauert...

NEIN, SIE standen noch knusprig im Rohr, und den Löffelkuchen war es eher zum Vorteil ausgeschlagen, daß sie ein wenig
hatten warten müssen, denn sie hatten, wo sie auf der Pfanne
aufgelegen waren, ein schorfiges Karamel um sich gebildet,
dessen Knusprigkeit ganz besonders gut schmeckte, wenn es
zwischen seinen alten, vielgelichteten Zähnen zersplitterte. Der
Frau, die ihn nach dem Grund für sein langes Ausbleiben fragte,

sagte er nur, da sei nach der Andacht noch ein junger, ratsuchender Mann zu ihm gekommen, so ein Wirrkopf, wie es derer
heute viele gebe, und den er von einem dummen Streich habe
zurückhalten müssen. Daß er das getan habe, daran glaubte er
nun, da er satt war, felsenfest, und mit der Sattheit und dem
Glauben an seinen Einfluß auf den Fremden überfiel ihn eine
voreilige Selbstzufriedenheit, die ihn alle Schrecken bei der
Unterhaltung und wie er den jungen, finsteren Mann ange-
fleht hatte, um seinetwillen und als sein Stellvertreter von den
bösen Vorsätzen zu lassen, vergessen ließ.
Er wurde in der kommenden Zeit auch gar nicht an ihn erinnert. Die Tage gingen, wie Tage gehen; die Vorfastenwochen
wurden zunehmend von dem schweren Dunst nach Sonnen-
blumenöl aus allen Küchen des Viertels geschwängert, und die
Bombe, die eines Tages platzte und dem Kultusminister des
Reiches und ein paar schönen Pferden das Leben kostete, schien
sich aus dem heißen Ölbrodem der Fastenküchen selbst entzündet zu haben. Gleichwohl dachte Vater Lew Konstantinowitsch Beschanitzky da schon ein paar Male an den jungen
Mann, der als Beichtkind gekommen und als Mordandroher
gegangen war, und sein Selbstgefühl sank. Also, dachte er, war
es ihm doch nicht gelungen. Aber ›sein‹ junger Mann brauchte
mit der ganzen Sache ja gar nichts zu tun haben, und folglich
hatte er es auch nicht. Doch als später nach dem herrlichen
Osterfest im April ein Attentat auf den Innenminister der kaiserlichen Majestät glückte, empfand er's wie ein für seine geheime Vorahnung schon deutbares Unglück, das mit dem ganzen Reiche zutiefst ihn selber anging.
Er war aber nicht erschrocken, als es eines Abends spät noch an
seiner Wohnungstür läutete, denn als Priester war er's gewohnt, um die ungewöhnlichsten Zeiten geweckt und zu
Kranken und Sterbenden geholt zu werden. Doch sahen die
beiden Beamten, die seiner völlig verstört fortwährend: Aber
bitte! Aber bitte, die Herren! vor sich hinjammernden Frau
vorangingen, als kennten sie die ganze Wohnung, ohne daß
jemand sie ihnen vorher hätte zu zeigen brauchen – diese beiden
Beamten sahen nicht nach Krankenwachen oder nach Leidtra-
genden aus. Sie suchten, wie sie mit den ersten Worten erklärten, den lebendigen Hilfspriester an der Kirche des heiligen
Isidor: Lew Konstantinowitsch Beschanitzky.

Als Vater Lew sich zu dieser äußerlich wenig glanzvollen Stellung bekannte, beachteten sie weder seine höfliche Aufforderung, Platz zu nehmen, noch diejenigen seiner Frau, die, wenn sie nicht mit einem Schürzenzipfel die Stuhlböden abwischte, sich die grauen Haarsträhnen aus der Stirn strich, sondern forderten den Priester auf, sich sofort fertigzumachen und mitzukommen, draußen warte die Droschke...

Droschke, murmelte Vater Lew fassungslos, Droschke, Droschke... Sollen wir fahren? Aber wohin?

Die beiden gaben keine Antwort und blickten sich im Zimmer und nach dem Vorzimmer um, als müßten sie für ihn nach dem Mantel und der Pelzmütze in dieser von Tauschnee und Eisgang unwirtlichen Frühlingsnacht suchen. Der Frau befahlen sie, als Vater Lew ächzend und in Tränen so gut wie erblindet den Pelz angezogen und die Mütze aufgesetzt hatte, zu schweigen und zeigten ihr wie auf Verabredung stumm noch einmal eine schwere, runde Münze, die sie unter dem Kragenaufschlag ihrer Mäntel trugen.

So wurde Vater Lew Konstantinowitsch Beschanitzky drei Tage nach dem geglückten Anschlag auf das Leben des Innenministers Seiner Majestät während der späten Abendstunden in seiner Wohnung unter dem Verdacht der Mitwisserschaft an dem Verbrechen oder gar der Beihilfe dazu verhaftet, als er noch ein letztes Mal in der Haustür sein Weib umarmt, die völlig Verwirrte getröstet und seine Rückkehr für eine spätere Stunde der gleichen Nacht versprochen hatte. Er schlug es aus, einen Hausschlüssel mitzunehmen und sagte ihr beschwichtigend, er werde klopfen oder den Hausknecht wecken. Die Handschellen, kurz nach dem Einstieg in die Droschke um seine alten, gichtknotigen Handgelenke angebracht, ketteten sein ganzes Denken an ein hilfloses Grübeln darüber, was denn nun eigentlich geschehen sein könnte. Was hatte dieses nächtliche Abgeholtwerden, was hatte die Fahrt - wohin? wohin? -, was hatten die Handschellen wie für einen gewöhnlichen Gewaltverbrecher mit ihm, dem geweihten Priester, zu tun? Sein müder, alter Kopf faßte das nicht. Das war wie ein Stück aus einem wüsten, wirren Traum... Und mit einemmal da hatte er wieder einen Stuhlrücken zwischen den Fingern und die in der Sakristei von St. Isidor flackernde Dreifaltigkeit eines tief heruntergebrannten Leuchters...

Er wurde von den beiden Beamten der ›Ochrana‹, die ihn verhaftet hatten, in die Peter-und-Pauls-Festung eingeliefert, nach strenger Leibesvisitation, bei der er nur mit Mühe und unter Berufung auf seinen priesterlichen Stand sein Brustkreuz hatte behalten dürfen, erst in Einzelhaft verbracht und noch in der gleichen Nacht – ohne daß er bis dahin hätte daheim klopfen oder den Hausknecht wecken können – einem Untersuchungsrichter zugeführt. Das geschah um Christi schwache Stunde. Was ihm auf den Kopf zugesagt wurde und wofür es einen Zeugen gäbe, der sich ebenfalls im Anklagezustand befände, war seine Beteiligung an den Attentaten, die zwei Ministern der erlauchten kaiserlichen Majestät das Leben gekostet hätten, oder wenigstens die Mitwisserschaft davon, die den Behörden mitzuteilen er böslich und im Einvernehmen mit der illegalen, revolutionären Bewegung unterlassen habe – ein bei seinem Amt als Priester doppelt schwerwiegendes, verabscheuungswürdiges Delikt.

Vater Lew Konstantinowitsch, soweit er überhaupt zu Worte kam und sprechen konnte, bestritt alles, was man ihm vorwarf, und bat schließlich, als er vor Tränen nicht einmal mehr den müden Kanzlisten sehen konnte, der alle Fragen und Antworten an einem Nebentischchen mitschrieb, man möge ihn doch wenigstens von den Handschellen befreien, damit er sich die Augen wischen könne. Doch als das geschehen war, zeigte es sich, daß man ihm bei der Leibesvisitation vorsorglich auch das Taschentuch weggenommen hatte, damit er sich an dem nicht aufhängen könnte, und das haarige Tuch seines Leibrocks, mit dessen Ärmeln er seine Augen zu trocknen versuchte, reizte den Tränenfluß nur noch mehr.

Ich kann nicht mehr, sagte er schließlich mit überzeugender Einfachheit. Ich sehe nichts, Sie sehen ebensowenig, Hochwohlgeboren. Ich sehe die Wahrheit auch mit blinden Augen. Alles, was Sie sehen oder zu sehen meinen, ist ein Irrtum, mag ich sonst ein noch so schuldiger, schlechter Mensch sein wie wir alle.

Sie bekennen also Ihre Schuld? fragte ihn rasch wie ein zuschnellender Hecht der Untersuchungsrichter hoffnungsvoll.

Ich bekenne meine Schuld und Ihre Schuld! Alle Schuld bekenne ich, denn keiner ist ja am andern unschuldig, sagte Vater Lew aus der Weisheit einer höheren Eingebung. Nur die Schuld, von der Sie die ganze Zeit geredet haben, kann ich nicht bekennen und werde ich nicht bekennen.

Dann, fragte der Untersuchungsrichter eisig, wollen Sie auch nicht bekennen, daß Sie die Sakristei der Kirche vom heiligen Isidor am Abend nach dem Gottesdienst zu geheimen Zusammenkünften mit Ihren Gesinnungsgenossen benutzt haben?

Um Gottes willen! entfuhr es Vater Lew, wer kann das behaupten?

Es gibt einen! Und er hat sogar ein bißchen zugehört und ist ein ehrenwerter Zeuge.

Hat er mich angezeigt?

Nein, der nicht...

Wie kann er ehrenwert sein, wenn er der Vorbereitung eines Verbrechens zugehört haben will und nicht gleich zur Polizei geht?

Wir sind es, die fragen, nicht Sie. Sie haben zu antworten. - Haben Sie sich mit Ihren Mitverschworenen nach dem Abendgottesdienst in der Sakristei getroffen oder nicht?

Einmal, begann Vater Lew, aber schon fiel ihm der Untersuchungsrichter, zu seinem Kanzlisten gewandt, ins Wort: Schreiben Sie auf, Wassilij Maximowitsch, er gesteht: einmal...

Aber Vater Lew verbesserte: Keinmal, kein einziges Mal! Fragen Sie doch den Diakon!

Der eben weiß es besser!

Dann lügt er Ihnen zu Gefallen, der Arme! - Lassen Sie mich jetzt erzählen, wie alles war, oder nicht? Und ohne daß Sie schon mit dem ersten Wort, das genausogut aus dreien bestehen könnte wie ein Märchen, ein Geständnis hervorzaubern wollen! Denn Sie müssen zaubern können, Hochwohlgeboren, wenn Sie ein Geständnis meiner Schuld haben wollen. Mit natürlichen Dingen geht es nicht zu, nein, nie, sage ich Ihnen. Ich bin ein Knecht Gottes, ein armseliger, schlechter, ich weiß es, der Herr erbarme sich meiner! Aber mit Revolutionen und Revolutionären habe ich nichts zu tun!

Es ging gegen Morgen, die Stunde der Schwachheit war überwunden, der Verhörrichter merkte, daß der Verhaftete stärker wurde, als hätte er inzwischen geschlafen, und sein sonst tränenverschwommener Blick war hinter heiß entzündeten, feuerroten Lidern starr und nadelscharf in einem winzigen Punkt der Pupille gesammelt. Der Verhörrichter war dabei überzeugt, daß er den Richtigen vor sich hatte, den schwer, beinahe unmöglich zu greifenden Kopf des Bandwurms, der den Leib dieses Volkes entkräftete. Gerade die erstaunliche Verwandlung des alten müden Priesters in den angriffslustigen Rechthaber hatte den Wechsel in seiner Auffassung bewirkt. Und wie viele abtrünnige Priesterkandidaten und Seminaristen hatte er schon erlebt!

Wie ist es, wollen Sie? erinnerte Vater Lew ihn, als geraume Zeit Schweigen geherrscht hatte.

Der Verhörrichter tat so, als erwachte er aus tief versunkenem Nachdenken. Nein, sagte er dann gemessen. Sie wissen ja so gut, wie alles war, daß Sie es nicht vergessen werden. Vielleicht fällt Ihnen auch noch irgend etwas ein, vielleicht sogar etwas Wichtiges, jedenfalls für die Polizei. Oder Sie können uns das viele Gerede gleich ersparen und uns einfach sagen: So und so und der und der, und damals... und so weiter. Sie wissen schon, wie ich's meine. Ich bin heute abend ein bißchen müde, aber wir haben ja viel Zeit und müssen auch noch mit so vielen von Ihren Freunden sprechen. Später!

Aber meine Frau! rief Vater Lew und sprang völlig reglementswidrig auf.

Der Verhörrichter bedeutete ihm mit einem Finger, sich wieder zu setzen, während der Kanzlist schon den Stuhl zurückgeschoben hatte, um zum Schreibtisch zu gehen und, wenn es nötig werde, einzugreifen.

Setzen Sie sich, sagte der Verhörrichter mit einem unterdrückten Gähnen. Dies ist ein administratives Verfahren. Vorläufig werden nur Ihre geistliche Behörde und Ihre Frau davon in Kenntnis gesetzt. Die Ergebnisse der Untersuchung werden Ihrer geistlichen Behörde, dem Heiligen Dirigierenden Synod, auszugsweise mitgeteilt und die daraus zu folgernden Maßnahmen der Rechtsabteilung nahegelegt. Ihre Frau hat Schweigepflicht, aber sie kann Sie während der Untersuchungshaft einmal im Monat besuchen. Alles Weitere erfahren Sie durch das Gefängnispersonal.

Einmal im M-o-n-a-t! schrie Vater Lew, und seine Stimme schrillte ins Falsett. Heute nacht...

Erinnern Sie sich gut an alles! sagte der Verhörrichter, ohne diesem Protest Beachtung zu schenken, weil er ja auch Vater

Lews Versprechen nicht kannte, und stand, den Stuhl weit hinter sich scharrend, auf.

Dies war ein Stück aus der ersten der mehr als hundertfünfzig Nächte und Tage, die Vater Lew Konstantinowitsch Beschanitzky von der Sankt-Isidors-Kirche im Gefängnis der Peter-und-Pauls-Festung verbrachte, während das geheime, administrative Verfahren wegen revolutionärer Umtriebe oder der Beihilfe zum Mord an zwei Ministern der kaiserlichen Majestät gegen ihn anhängig war. Einmal, und es war wieder während einer Nacht, weil er oft zu jenen Stunden verhört wurde, in denen er bis dahin nur gewöhnt war, Sterbenden beizustehen - einmal während der viele Wochen und Monate dauernden Haft gelang es ihm, ›seine Geschichte loszuwerden‹, wie sie's grimmig scherzend nannten: die ganze Geschichte von jenem Augenblick an, da der Diakon nach der Abendandacht zu ihm gekommen war und ihm den erregten jungen Mann gemeldet hatte, der sich nicht hatte abweisen lassen und beichten wollen. Und dann gab er ihr Gespräch wieder, was gar nicht so leicht war: daß er ihm die Mahnung gegeben habe, von bösen Vorsätzen zu lassen, daß er die Obrigkeit achten solle, wie er ihm das eingeschärft habe und ihm schließlich gesagt, dies sei er allein schon ihm schuldig, den er zum Mitwisser seiner geplanten Missetaten gemacht habe, und daß ihn als Mitwisser durch seine Schwachheit zum Stellvertreter in der Sünde zu machen, die größte aller Sünden sei, weil... weil alles, was im Bösen nicht um Gottes willen ungeschehen bleibe, unter arglistiger Ausnutzung der Schwäche eines Menschen, dem es versagt bleibe, für Gott das Richtige, das Gute zu wirken, Gott den Herrn zwiefältig betrübe: um seinetwillen und um des unschuldigen stellvertretenden Menschen willen.

Also habe er doch alles gewußt? war das, was sie begriffen hatten oder begreifen konnten.

Nichts, nichts habe er gewußt!

Wolle er ihnen weismachen, daß er nichts gewußt, daß es, wie der Diakon gehört habe, ums Töten, Töten und noch einmal Töten gegangen sei?

Davon... Natürlich, der junge aufgeregte Mann habe fortwährend davon geredet, daß man erst alles töten müsse, was der lebendigen Freiheit der Friedfertigen im Wege stehe, aber... Kein Name, keine Person sei genannt worden!

Er bemerkte, wie der Verhörrichter irgendeine Einrichtung unter der Platte seines Schreibtisches betätigte, und gleich danach tat die niedrige Tür zum Außenflur der Kasematte sich auf, und mehrere Personen betraten den Raum.

Vater Lew Konstantinowitsch drehte sich nicht um. Er besaß schon soviel Gefängnis- und Verhörsdisziplin, daß er wußte, dies sei ihm nicht gestattet.

Stehen Sie auf! hörte er sich geheißen.

Er stand auf.

Betrachten Sie diese Personen! wurde ihm vor einer Reihe von fünf, sechs ausgemergelten, gefesselten Gestalten zwischen je zwei Gendarmen rechts und links am Flügel befohlen. Wen kennen Sie? Oder wen erkennen Sie wieder?

Vater Lew trat, ohne sich lange besinnen oder wählen zu müssen, auf den finsteren, heute noch magreren dunklen Wirrkopf zu, der einmal bei ihm in der Sakristei gesessen hatte, und während echte Tränen des Mitgefühls ihm über die stoppeligen, eingefallenen Wangen strömten, legte er seine beiden freien Hände auf des andern stählern zusammengeklinkte und sagte unbeherrscht klagend: Du Armer! Ach, du Armer, du!

Sie haben keinen von den Gefangenen zu berühren! wurde ihm barsch verwiesen, und die Gendarmen ließen sich von allen Gefesselten sofort die offenen Handflächen vorweisen zum Beweis, daß sie nichts darin verbargen, was der alte Priester soeben einem von ihnen zugeschmuggelt haben könnte.

Also, sagte der Verhörrichter, wir haben es: dies war Ihr Mitverschworener! Wie nannte er sich damals?

Vater Lew, sich unschlüssig zwischen den Gefangenen und dem Verhörrichter hin und her wendend, sagte: Er... er nannte sich überhaupt nicht, Euer Hochwohlgeboren, er... Beichtkinder haben keine Namen, und ihre Sünden kennt durch das Ohr des Priesters Gott allein.

Auch die zukünftigen, die es noch begehen will?

Ja. - Die Beichte kann ja die schlechte Absicht auslöschen.

Sind Sie sicher?

Ganz sicher. Daß das Siegel des Beichtgeheimnisses nicht gebrochen werde, haben manche Heilige eher ihr Leben brechen lassen.

Aber sprach dieses... dieses ›Beichtkind‹, sagte der Verhörrichter mit einem höhnischen Auflachen, nicht von Töten, Töten und nichts als Töten, wie Sie schon bekannt haben?

Vater Lew wollte sich unwillkürlich nach dem so nahe hinter ihm stehenden, gefesselten Gefangenen umdrehen, aber der Verhörrichter ließ es nicht dazu kommen. Er sprang von seinem Stuhle auf, riß den alten Priester bei der Schulter näher zu sich heran und zwang ihn, ungeteilt ihn und nur ihn anzusehen.

Gestehe, Kanaille! knurrte er. Jetzt bekenn Farbe!

Mit einer Kopfbewegung gab er über Vater Lews Scheitel hinweg den Befehl, die Gefangenen wieder hinauszuführen. Draußen warten! rief er den Gendarmen nach. Dann wieder zischte er auf Vater Lew ein, der den Scheitel gesenkt hatte: Farbe bekennen! Verfluchter Pope! Farbe bekennen! Bekennen! Noch ist es nicht zu spät für einen Gnadenerweis!

Natürlich, murmelte Vater Lew schließlich, natürlich hat er vom Töten gesprochen, von nichts als Töten, damit die Freiheit wieder einziehen könnte...

Töten, gut. Wen? Namen?

Gar keine Namen.

Keinen einzigen Namen?

So gut wie er selber nicht einmal seinen eigenen Namen genannt hat. Er war erregt. Er schien mir ein mit sich selbst noch nicht einiger Mensch zu sein.

Und Sie haben ihm zu dieser Einigkeit verholfen?

Das kann ich kaum getan haben.

Notieren Sie! rief der Verhörrichter dem Kanzlisten zu, sehr wichtig: Er sagt ›kaum‹.

Nein, kaum, denn ich habe ihm die Gerechtigkeit der göttlichen Dreifaltigkeit vorgehalten und ihn beschworen, die irdischen Obrigkeiten als von Gott eingesetzt zu achten, weil sie bei allen Schwächen und möglichen Fehlern eben doch das Gute und Gottgewollte anstreben.

Aber er blieb dabei, töten zu wollen?

Leider, ja, muß ich annehmen.

Und mit dieser Absicht haben Sie ihn gehen lassen?

Ja. Er ging. Ich hätte ihn kaum halten können. Er machte mich sogar lächerlich als einen ohnmächtigen Stellvertreter dessen, den wir als den Allmächtigen anbeten.

Sie sind keinen Augenblick auf den Gedanken verfallen, einen so finsteren, erregten, revolutionären Typ der nächsten Polizeiwache zu melden, daß die ihn vielleicht noch verhaften könnte, solange er sich in diesem Stadtviertel herumtrieb?

Nein. Ich bin ins Pfarrhaus hinübergegangen zum Essen. - Vielleicht hatte ich ihn gar nicht ernst genug genommen. Die jungen Leute heutzutage reden soviel von Bomben und Schießen und Umsturz und daß nur ein einziges Drunter und Drüber eine neue Ordnung schaffen könne...

Sie sind mir ein schlaues Vögelchen, sagte der Verhörrichter nach einem Augenblick des Schweigens spöttisch. Wie ausgesucht für die Rolle des Einfältigen. Aber ich sage Ihnen: Mein Leim klebt noch fester, als Handschellen binden. Passen Sie auf!

UND VATER Lew paßte auf: erst dreißig Tage bis zum ersten Besuch seiner Frau, von dem er tränenüberströmt in seine Zelle zurückgeführt wurde, und seine Frau, weil sie sich das Kopftuch fest vors Gesicht preßte, um ihre Tränen nicht der Öffentlichkeit zu zeigen, beinahe unter die Pferdebahn geraten wäre. Noch einmal dreißig Tage, bis auch die hellen Sommernächte von St. Petersburg ein einziger bleicher Tag zu sein schienen und er seine weinende Lebensgefährtin mit einem verzweifelten Achselzucken verließ, noch einmal und abermals. Er schluchzte und er schrie seine Unschuld in das härene Gewand seines Beichtvaters, aber er wußte nie, ob man ihm glaubte.

Um Christi willen! stöhnte er und preßte beide Hände so hart um sein Brustkreuz, daß es die Halskette zu sprengen drohte, um Christi willen! Glauben Sie denn, Vater und Bruder, daß jemand mit dem Heiland in der Hand so lügen wird - so lügen kann?

Der Beichtvater, der während seines priesterlichen Dienstes im Gefängnis vieles Sonderbare und Unglaubliche gewohnt worden war, zuckte die Achseln und murmelte: Mein armer Bruder! Du leidest, wenn du die Wahrheit sprichst, für einen ganz, ganz großen Sünder, den Gott noch nicht verstoßen möchte. Und weil Er weiß, daß du Liebe genug hast, immer noch Liebe genug, trotz allem, hat Er dich auserwählt, als Stellvertreter zu leiden.

Ich... ich begreife nicht! stöhnte Vater Lew. Denkt Er denn nicht an meine Frau und an meine Kinder?

Es ist seltsam, erwiderte der Beichtvater, wieviel Liebe und

Wohltun denen jetzt bezeugt wird, seitdem Sie gefangengehalten werden. Sie leiden keine Not und werden nie welche leiden. Sie leben eher besser als früher.

Aber ohne mich?!

Vielleicht ist das nach der geheimen Rechnung, die wir nicht kennen, gar nicht so wichtig. Erforschen Sie Ihr Gewissen!

Vater Lew blickte ihn mit einem matten Strahl wehmütiger Hoffnung auf seinem tränennassen Gesicht an.

Man kann eben nicht bestreiten, sagte der Beichtvater, daß Sie sich schwer verfehlt haben, Lew Konstantinowitsch.

Verfehlt? Ich?

Ja.

Aber wie?! Ich habe Ihnen doch in der Beichte gesagt, daß ich wirklich nichts...

Denken Sie an den Paragraphen elf im Spezialbefehl Seiner Majestät des Kaisers Peters des Ersten aus dem 1722. Jahre! Der wird heute noch in jedem geistlichen Seminar gelehrt. Darin ist ausführlich und in Abstimmung mit den kanonischen Regeln dargelegt, daß die Beichtväter verpflichtet sind, politische Vergehen gegen die Staatsautorität und deren Wächter, ob sie nun schon begangen worden sind oder erst geplant werden, ungesäumt der Geheimen Staatspolizei anzuzeigen! Und Sie haben mit einem Mörder oder einem Mordhelfer in Ihrer Sakristei gesessen und sich etwas über das Töten, Töten, nichts als Töten erzählen lassen, ohne der Polizei gleich hinterher auch nur ein Sterbenswörtchen zu sagen.

Aus dem 1722. Jahre..., ein Spezialbefehl... Kaiser Peters des Großen? – Den habe ich nicht mehr gewußt, gestand Vater Lew.

Aber die Polizei weiß ihn, noch heute, das haben Sie zu merken bekommen!

Aber wo bleibt bei diesem Befehl das Beichtgeheimnis? lehnte der alte Hilfspriester von St. Isidor sich auf.

Das ist darin treu bewahrt. Auch in diesem Befehl. Der erfüllt nur genau das Wort unseres Herrn vom Gehorsam unter der Obrigkeit. Warten Sie nur! Ich weiß, man fertigt das Urteil der Kirche eben in der Rechtsabteilung des Heiligen Dirigierenden Synods aus, und der hochwürdigste Archierei Platon wird in den allernächsten Tagen zu Ihnen kommen und es Ihnen vorlesen. Es ist sehr scharfsinnig verfaßt.

Als der Besuch des hochwürdigsten Archierei Platon Indjuk ihm an einem Augusttag angekündigt wurde, saß er dumpf brütend auf seiner Pritsche. Sein Kopf war keine halbe Nuß mehr wert, und der Sendbote des Heiligen Dirigierenden Synods schien ihn zunächst nicht mehr zu fesseln als eine Taube auf dem Dach. Doch wahrte er alle Formen hierarchischer Höflichkeit, soweit der Sendbote ihm Gelegenheit dazu ließ, stand bei seinem Eintreten auf, bat um den Segen des Archierei und trat – wie vor der Schriftrolle, die der andere entfaltete – drei Schritte zurück, als die Verlesung des Ukases des Heiligen Dirigierenden Synods begann. Die hörte er mit gesenktem, bisweilen lauschend geneigtem Kopf an, als hätte er Mühe, alles zu verstehen, doch veranlaßte ihn ein von dem Archierei eingeflochtenes: Sie erhalten eine vollständige Abschrift von dem Ukas!, alles Folgende mit unbewegtem Gesicht, wie erstarrt mitten in der Zelle stehend, anzuhören. Was sich ihm, rasches Psalmodieren gewohnt, für Zeit und Ewigkeit einprägte, waren die Erwägungen und Tatsachen und schließlich – das Urteil!

Da hieß es so oder ungefähr so:

Eingesehen die der Rechtsabteilung des Heiligen Dirigierenden Synods zugekommenen Akten der durch Allerhöchsten Erlaß eingesetzten Staatsschutz-Behörde [Ochrana] in Sachen des ehemaligen Hilfspriesters Lew Konstantinowitsch Beschanitzky von der Pfarrei St. Isidor in St. Petersburg, welcher sich seit April dieses Jahres zur Verfügung der Untersuchungsorgane des Staatsschutzes in Haft in der Peter-und-Pauls-Festung hierorts befindet, besteht der begründete Verdacht, daß der besagte Expriester unter dem Anschein einer Zusammenkunft zwecks Ablegung der Beichte konspirativen Umgang mit einem Mitglied einer illegalen, staatsfeindlichen Organisation zum Zwecke eines bewaffneten Umsturzes im Reiche unterhalten hat, was er auch nicht bestritten.

Eingesehen die Möglichkeit, daß der Expriester Lew Konstantinowitsch Beschanitzky die Tragweite seiner Handlungsweise nicht erkannt hat oder gar von illegalen Subjekten zu ihren staatsfeindlichen Umtrieben unwissentlich mißbraucht worden ist, hat er sich im geistlichen und weltlichen Sinne eines groben, fahrlässigen oder absichtlichen Dienstversäumnisses schuldig gemacht. Schon seiner staatsbürgerlichen Pflichten ungeachtet, welche ihn dazu hätten veranlassen müssen, den zuständigen Polizeiorganen des Reviers, in welchem die Kirche des heiligen Isidors sich befindet, sofort Mitteilung von dem Kirchenbesuch eines in jeder Hinsicht verdächtigen Fremden zu machen, damit dessen Festnahme noch ehestens möglich sei, hat er nach einem in der Sakristei von St. Isidor geführten, beichtähnlichen Gespräch, für dessen Wortlaut von seiten des Besuchers [weil der bedeutend lauter gesprochen hatte als der Expriester Lew Konstantinowitsch Beschanitzky] der Diakon Woskressenski Zeuge ist, sich in flagranter und durch nichts zu entschuldigender Weise der Verletzung des durch den Druck publizierten, heute noch an jeder geistlichen Lehranstalt gelehrten und zum Allgemeinwissen der Priesterschaft gehörigen Spezialbefehls Seiner Kaiserlichen Majestät, Peters des Ersten, vom 28. April des 1722. Jahres schuldig gemacht, in welchem ausführlichstens und nach Abstimmung mit den Kanonischen Regeln dargelegt worden ist, daß die Beichtväter verpflichtet sind, politische Vergehen gegen die Staatsautoritäten und deren Wächter, ob schon begangen oder erst noch geplant, unverzüglich der Geheimen Polizei anzuzeigen, handelt es sich hier doch nicht um einen Bruch des Beichtgeheimnisses, sondern um die reine evangelische Erfüllung des Herrenworts vom Gehorsam und der Treue unter der Obrigkeit.

Eingesehen diese erwiesenen und durch kein vorgebrachtes Argument zu erschütternden Umstände, verfügt der Oberprokureur des Heiligen Dirigierenden Synods der Allrussischen Heiligen Kirche heute die Ausstoßung des besagten Lew Konstantinowitsch Beschanitzky aus dem geistlichen Stande, erklärt ihn aller Rechte und Pflichten eines Priesters Jesu Christi und Seiner Heiligen Kirche verlustig und übergibt ihn ohne Empfehlung, Gnade für Recht walten zu lassen, in Anbetracht der Schwere seines Deliktes und dessen verwerflichen Beweggründen dem weltlichen Gericht zu Urteil und Strafe.

Nach dieser so wortreichen wie beim ersten Anhören so gut wie unbegreiflichen Verlautbarung mit dem unmenschlich harten Urteil, das ich Ihnen - meinte der Admiral resigniert lächelnd - hier nur nach meiner Erinnerung an ähnliche Aktenstücke aus der Justizverwaltung der Admiralität wiedergegeben habe, trat der synodale Sendling auf den wie hypnotisiert in drei Schritt Entfernung vor ihm stehenden greisen Priester zu, überreichte ihm die Abschrift des synodalen Urteils und hob dann, ihm über die Achseln greifend, das priesterliche goldene Kreuz von der Brust des Ausgestoßenen, reichte es mit spitzen Fingern seinem Sekretär und verließ grußlos die Zelle. Den tief zwischen die Schultern eingezogenen, wirrhaarigen, eisgrauen Kopf des alten Mannes, der einem sterbenden Vogel glich und der wenige Stunden später schon, seiner priesterlichen Vorrechte in Haar- und Barttracht beraubt, nach Sträflingsart geschoren wurde, sah er nicht mehr. Er sah aber auch den größeren Anderen nicht, der das von der Brust des Alten zum Zeichen seiner Schande und seiner Entehrung und Ausgestoßenheit entfernte Kreuz der Würde des Priestertums einer Kirche in Seinem Namen mit seinem eigenen, das er selbst einmal getragen, vertauschte und den Schultern Vater Lews auflud.

DIE UNTER Ausschluß der Öffentlichkeit geführten Untersuchungen und Verhandlungen in der Sache der Attentäter, die ein weitverzweigtes Netz von Konspiratoren und aktiven Revolutionären bloßlegten, zogen sich einen heißen, auch des Nachts geisterhaft hellen Petersburger Sommer lang hin. Gegen den Herbst zu, im September, wurde dann das Urteil verkündet, das für vier der Angeklagten die Todesstrafe aussprach, und für den Rest, darunter den ehemaligen Hilfspriester an der Kirche von St. Isidor, Lew Konstantinowitsch Beschanitzky, und den Studenten, als dessen Namen Vater Lew zum ersten Male Ilja Wassiljewitsch Baranow vernahm, langjährige Haftstrafen bei Zwangsarbeit in Sibirien verhängte. Bei der Erwähnung des Paragraphen elf in dem von Zar Peter dem Großen für die heilige Kirche im Jahre 1722 dekretierten ›Geistlichen Regiment‹, welches die teilweise Aufhebung des Beichtgeheimnisses im Staatsinteresse in sich schloß und gegen den der Angeklagte Beschanitzky sich schwerstens vergangen habe, daß nur zehn Jahre Zwangsarbeit eine angemessene Sühne darstellten, errötete niemand im Gerichtssaal, wie lange Vater Lew auch darüber gegrübelt hatte, welcher seiner Amtsbrüder aus den Zeiten des geistlichen Seminars und den Unterrichtsstunden in Kirchengeschichte diesen frevelhaften Eingriff des gottlosesten unter den Herrschern über Rußland in die Hoheit der Kirche und das Geheimnis der Sünde, das sie allein vor Gott auszubreiten sich unterfangen durfte, wohl noch im Gedächtnis bewahrte oder gar achtete. Wie, um des Himmels willen! dachte er im stillen, hätte er dem rasenden Beichtkind damals, das allen Mächtigen und Gewaltigen den Tod für die Friedfertigen angesagt hatte, heute noch widersprechen können? Aber wenn die Friedfertigen selber anfingen, Gewalt auszuüben, ohne in der Hoffnung Gottes zu leben, waren sie mit hineingebannt in den Teufelskreis, und die Finsternis auf dem Erdenrund war vollkommen für ihren grausamen Fürsten... In jedem, der sein Leiden in Hoffnung litt, hatte Gott der Herr seine Erde noch untertänig, und jeder, der sein Kreuz mit Geduld auf sich nahm, machte Christi Spur über diese sündhafte Welt unauslöschlicher für ewige Zeiten. Das war sein letzter und wahrster und geheimster Gottesdienst und seine unvergängliche Teilhabe am glorreichen Werk der Erlösung, wie immer sein Katechismus gelautet haben mochte.

Mit solchen Gedanken betrat Vater Lew eines Nachts im Oktober den langen Weg nach Sibirien in die Kàtorga, der jetzt nicht mehr, wie im vergangenen Jahrhundert, zu Fuß zurückgelegt werden mußte, sondern in schwervergitterten Gefangenenwagen, die von Zeit zu Zeit in dunkelsten Nachtstunden den Moskauer Bahnhof verließen, nachdem der Marsch aus den Gefängnissen zum Bahnhof zu Fuß in einem dichten Geleit von Gendarmen oder, ausnahmsweise, in Arrestantenwagen vor sich gegangen war. Er hatte es so einzurichten gewußt, daß seine Frau und sein Sohn ihn vor dem Abtransport nicht mehr kahlgeschoren, im schweren, gesteppten Buschlat und hohen Stiefeln hatten zu sehen brauchen. Aus ihrem Leben - das war seine letzte Eitelkeit - wollte er als Priester scheiden.

Man war von seiten der Transportleitung bemüht, die ›Politischen‹ von den ›Kriminellen‹ zu scheiden und die in den gleichen Verfahren Verurteilten voneinander zu trennen, so daß nicht schon mit der Waggonierung alte Verbindungen, Freundschaften oder Feindschaften wieder aufgefrischt werden konnten. Unter den Gefangenen gab es so manche Rechnung zu begleichen, sei es eine vermeintliche des Mißtrauens wegen irgendeiner Verräterei oder eine der Dankbarkeitsschuld, in welcher sich irgend jemand einem anderen gegenüber empfand. Außerdem enthielt so gut wie jeder Wagen mindestens einen Spitzel, welcher es gegen die Zusicherung, irgendeiner Vergünstigung teilhaftig zu werden, übernommen hatte, alles mitzuteilen, was für die Polizei und zunächst für das polizeiliche Transportkommando wissenswert sein konnte. Trotz den allgemeinen Richtlinien für die Gefangenentransporte fügte es sich aber so, daß die beiden zu zehn Jahren Zwangsarbeit verurteilten Strafgefangenen Beschanitzky und Baranow dem gleichen Wagen zugeteilt und nach einer Fahrt von etwa zwei Wochen in das gleiche Gefangenenlager bei einem Bleibergwerk hinter dem Ural eingewiesen wurden. Der geheime Rapporteur im Waggon hatte von der Fahrt nichts Bemerkenswertes im Verhältnis zwischen den beiden zu berichten gehabt. Der ehemalige Priester hatte wie zufällig seinen schmalen Platz an einem Ende des Wagens gehabt und dort aus Müdigkeit oder Niedergeschlagenheit oder einfach aus Altersschwäche vor sich hingedämmert, und Baranow war sein Platz unter einer Gruppe jüngerer Leute am anderen Ende des langen Wagens zugefallen. Daß zwischen den beiden gleichwohl bisweilen lange oder von Baranows Seite hastig vermiedene Blicke ausgetauscht worden waren, hatte die Aufmerksamkeit des Spitzels nicht erregt. Es hatte sich auch nie so gemacht, daß sie bei den Mahlzeitrasten oder zum Waschen auf den dafür vorgesehenen Zwischenstationen nebeneinander an die Kette geschlossen worden waren. Und dennoch sahen die beiden einander oft und lange an. Wortlos, weil keiner im Wirrwarr der Diskussion unter den ›Politischen‹ hätte verstehen können, was der andere sagte, weil keiner von ihnen dem anderen etwas ›Politisches‹ zu sagen hatte und weil keiner für den anderen schon das rechte Wort gefunden hatte. Im Verhältnis zueinander verließen die beiden gleichsam jetzt erst die Sakristei und begannen das Schicksal aneinander von neuem.

Wann es zur ersten richtigen Begegnung zwischen ihnen und zu einem Gespräch unter vier Augen kam, weiß niemand. So eng das Gefangenenlager mit seinen Baracken und Pritschen und dem Eßraum war, so weitläufig waren die Geheimnisse, die sich darin zutrugen, so tief war das Bergwerk, so weit waren die Wege in der eiskalten Wildnis, welche der unerbittlichste Wächter ihrer Gefangenschaft war, denn jeder Fluchtversuch hätte mit dem Tod geendet, und das Blei, das sie in Staubwolken schürften, erstickte den Hall ihrer Stimmen. Sie wurden das, was kein Spitzel mehr zu berichten brauchte, und was

man still duldete: unzertrennliche Kameraden. Für den Strafgefangenen Beschanitzky bedeutete es die Erleichterung, daß
Baranow ihm Tag für Tag einen Teil der schweren Schürf-
arbeit und der Fron an der Karre abnahm. Feste für sie beide
waren alle paar Monate voneinander entfernt die Tage, da Vater Lew einen Brief von seiner Frau und seinem Sohn daheim in
Empfang nehmen und Baranow daraus berichten durfte. Seiner Frau gehe es gut, sagte er, über Erwarten gut, obschon sie
nicht mehr in St. Petersburg im alten Pfarrhaus lebe, sondern
ins nahe estländische Gouvernement und dort in das Kloster
Kuremäe umgesiedelt sei und sich aufs beste nützlich und geachtet erweisen könne. Sie genieße nach dem ›Unglück‹ in
allem die Fürsprache, den Rat und die Hilfe der Fürstin Schachowskoi, die selber häufig ins Kloster Kuremäe komme und
dort allgemein als Wohltäterin gelte. Seitdem sie diese hoch-
herzige Frau und wahrhaft christliche Seele getroffen und deren Mitgefühl erregt habe, geschehe auch alles, was nur denkbar sei, zu seiner, Vater Lews Befreiung und Ehrenrettung. Es
könne, nein, es könne und werde nicht mehr lange dauern...!
Wenn sie trotzdem, je länger desto weniger, miteinander sprachen, so lag es daran, daß der greise Beschanitzky allmählich an
einer Blei-Silikose zu ersticken begann. Er hatte sein lebelang
unter Asthma gelitten; hier wurde eine tödliche Krankheit daraus. Gegen das Ende des zweiten Jahres ihrer Strafhaft arbeitete
Baranow so gut wie für zwei, und als Beschanitzky eines Tages
nicht mehr zum Appell antrat, blieb auch Baranow der Arbeit
fern, was von den Wachen wie in einem stummen Respekt vor
der opferbereiten Kameradschaft ohne Aufsehen geduldet wurde. Beide waren sie ja nicht nur Verbrecher, die ihre Strafe ab-
büßten, sondern ›Unglückliche‹, wie der Volksmund sagte.
Und Baranow brauchte auch nicht lange mit der Arbeit auszu-
setzen, denn Vater Lew Konstantinowitsch starb, kaum daß er
sich endlich zur Ruhe gelegt hatte. Nur Baranow hatte Übung
darin, von des anderen bläulich verfärbten Lippen ablesend zu
verstehen, was der schwer um Atem ringende, sich in der Anstrengung aufbäumende ausgemergelte Körper des alten Priesters am Ende noch keuchte. Aber er schwieg darüber, es blieb
fürs erste ein unauflösliches Geheimnis zwischen den beiden.
Er küßte ihm weinend die Stirn, schloß seine mit dem Versie-
gen der einst allzu vielen Tränen vom Bleistaub hornigen, halb

erblindeten Augen, faltete ihm die Hände über der eingefallenen Brust und steckte zwischen die Maulwurfsschaufeln ähnlich gewordenen, gelbgrauen Hände ein Holzkreuz, das er
schon lange vorher im geheimen geschnitzt.

ZWEIEINHALB Jahre nach dem Antritt seiner Strafe wurde Baranow, der nach dem Tode des unschuldigen Priesters stumm und
im Schmerz wie versteinert gelebt hatte, durch einen Allerhöchsten Ukas wegen ›Wohlverhaltens und bewiesener Einsicht‹ begnadigt und ihm die Verbüßung der restlichen Straf-
zeit mit Wiedereinsetzung in den vollen Genuß aller bürgerlichen Ehren und Rechte erlassen. In seinem noch maskenähn-
licher gewordenen, wie gekerbten Gesicht unter dem leicht angegrauten dunklen Haar bewegte sich, als ihm das von höchster
amtlicher Stelle am Ort der Verbannung eröffnet wurde, kein
Muskel, und er empfing die Glückwünsche mit der Geistes-
abwesenheit eines Träumenden. Am gleichen Tage verließ er
nach einem langen Besuch auf dem Friedhof der Gefangenen,
wo er geraume Zeit - weil es keine andere Sitzgelegenheit gab -
auf Vater Lews Grab saß, den Ort ihrer gemeinsamen Leiden.
Mit den Ausweisen und dem Fahrschein, die ihm die Polizei
ausgestellt hatte, verschwand er gen Westen. Es war nun der
April des Jahres 1904, und der da amtierende, verhaßte Innenminister Plehwe sollte auch nur noch ein paar armselige Monate zu leben haben, bevor ein Attentat auf ihn glückte. Doch bei
den Fahndungen nach den Mitverschworenen des sozialrevo-
lutionären Täters bezog die Polizei die Person des begnadigten
Strafgefangenen Baranow nicht mehr in ihre Bemühungen ein.
Er bewohnte beinahe unmittelbar von der Zeit an, da er St. Petersburg nach der Strafverbannung wiedergesehen hatte, eine
Kammer im Souterrain des schönen, weitläufigen Stadtpalais,
das der Fürst Schachowskoi in der Hauptstadt besaß: mitten
unter dem Gesinde und doch von ihm durch mehr als eine ab-
gelegene Kammer - durch etwas Unerklärliches, das alle emp-
fanden und darin sie gleichwohl den Willen des Fürsten und
seiner Gattin respektierten, getrennt. Die Hausherrin und der
Hausherr gaben ihn als einen Studenten aus, der sich ihrer
Gunst und Förderung erfreute, nachdem er aus dem estländischen Gouvernement in die Hauptstadt zugezogen war.

Und tatsächlich war Baranow, bevor er in die Kellerstube des fürstlichen Palais einzog, in Estland gewesen. Er hatte zuvor auf einer Karte nachsehen müssen, wo das im estländischen Gouvernement vor nicht langer Zeit gegründete Kloster Kuremäe eigentlich lag. Dann war er dorthin aufgebrochen. Nach der langen Heimreise aus Sibirien war ihm die Fahrt auf der Baltischen Eisenbahn über die Narowa bis zu einem kleinen Flecken wie eine Spazierfahrt erschienen, der ein Spaziergang von einem Tag gefolgt war, denn sich auf der Posthalterei ein Fuhrwerk zu dingen, hatte er nicht genug Geld besessen.

Als er nach einem langen Marsch durch schier endlose Moore die Kuppeltürme des Klosters im letzten Schein der niedergehenden Sonne eines schon recht warmen Maiabends erblickt hatte, waren ihm die Tränen in die Augen gekommen. In diesen Frieden hatte er noch einmal die unselige Botschaft zu bringen und wie ein unglückseliges Gespenst die traurige Vergangenheit dessen zu beschwören, von dem er selbst am besten wußte, wie unschuldig er gewesen war. Arglos wie ein Marienkäferchen, so arglos, so arglos, ja, hatte er nach einer Nacht in einer übervollen Pilgerherberge am nächsten Tag von Vater Lew Konstantinowitsch Beschanitzky zu sagen gehabt, als er an der Klosterpforte nach dessen Frau gefragt und die Antwort bekommen hatte, daß sie bald nach der Unglücksbotschaft vom Tode ihres Mannes aus Gram gestorben sei, und später von einer Botin der Fürstin Schachowskoi geholt worden war, der man – da sie sich als eine der Gründerinnen gerade im Kloster aufhielt – mittlerweile hinterbracht hatte, daß ein jüngerer, merkwürdig weltfremd und finster wirkender Mensch nach der Witwe des einstigen Priesters Nachforschungen anzustellen versucht habe. Man hatte ihn zu der Aristokratin geführt, die in einem Seitenflügel des Klosters zeitweilig etliche herrschaftlich, aber nicht luxuriös möblierte Räume bewohnte, welche im Gegensatz zu den Zellen der Nonnen, die ohne Verbindung miteinander an einem langen Flur lagen, eine ziemlich weitläufig wirkende, untereinander in Verbindung stehende Flucht von Zimmern gewesen waren.

Sie hatte ihn halb als Boten und halb als Bittsteller empfangen, vor allem aber wohl aus Neugierde, was es mit diesem ›merkwürdig weltfremd wirkenden, finsteren Menschen‹ auf sich haben könnte, der so lange Zeit nach dem Tod der unglücklichen Frau des in der Verbannung gestorbenen Priesters nach ihr gefragt hatte.

Baranow hatte sich zu erkennen gegeben und gesagt, er sei gleich nach seiner Ankunft in St. Petersburg hierher gefahren, um Lew Konstantinowitschs Frau von dem seligen Ende ihres Mannes zu berichten, sie um Verzeihung zu bitten, soweit er schuldig gewesen sei, und sie zu fragen, was er jetzt für sie tun könne, denn tun müsse er etwas – oder sogar vieles; das sei er schon dem letzten Versprechen schuldig, das er Vater Lew Konstantinowitsch gegeben habe, der – und nun war die Äußerung gefallen, bei der es einen Augenblick so ausgesehen hatte, als werde die Fürstin ihn des Klosters verweisen lassen –, der unschuldig gewesen sei, ganz unschuldig, arglos wie ein Marienkäferchen, so arglos, so arglos, ja – oder wie ein Buchfink, hatte er mit einem leichten Erröten hinzugefügt, daß man ihn nicht beschuldige, gar zu unziemlich oder unehrerbietig von dem Toten geredet zu haben.

Und diesem Marienkäferchen, hatte die Fürstin wie eine erzürnte Großmutter einem Tunichtgut zornrot vorgehalten, diesem unschuldigen Marienkäferchen haben Sie die Flügel verbrannt! Diesen unschuldigen Buchfink haben Sie getötet – ihn, der sein ganzes Leben lang nur die göttliche Liturgie gesungen hat, Sie elender Mensch, Sie... Sie Armer! sage ich lieber!

Durchlaucht, hatte Baranow nach einem Augenblick des Besinnens, in dem er seine Erregung hatte niederkämpfen müssen, gesagt, Durchlaucht, ich kann mit Ihnen nicht anders sprechen, als ich's mit der Gattin des seligen Vaters Lew Konstantinowitsch getan hätte – so offen, so aufrichtig, mit so viel Reue und mit so viel Einsicht, wie mir gekommen ist. Ich weiß, ich sehe verwüstet aus, ich verdiene keine Achtung auf den Augenschein, auf den ersten Blick hin..., nein. Aber: Durchlaucht – und nun war mit einemmal die seltsame Mischung aus wie Trotz wirkender Entschiedenheit und melancholischer Demut bei ihm zum Vorschein gekommen, die ihn zeit seines Lebens ausgezeichnet hatte –, Durchlaucht, *wenn ich* schon das Feuer gewesen bin, das dem Marienkäferchen die Flügel verbrannt, wenn ich der Wüstling gewesen bin, der den unschuldigen Buchfink getötet hat, aus dessen Kehle immer nur die göttliche Liturgie gekommen war, wer – ich frage ergebenst, Durchlaucht, zu meiner Belehrung und Besserung und nicht aus hoffärtigem Trotz! -, wer hat mich zum Feuer, wer hat mich zum Mörder gemacht? Hat nicht jemand das Feuer an die Flügel des Marienkäferchens gehalten, damals in der Peter-und-Pauls-Festung? Hat mir nicht jemand - ohne daß ich es gewollt hätte, denn ich habe dem Untersuchungsrichter nur die Wahrheit und nichts als die Wahrheit gesagt, wie Vater Lew -, hat nicht jemand gegen meinen Willen mir die Hand umgedreht, nachdem er den Kopf des Buchfinken hineingesteckt hatte?

Die Fürstin blickte ihn lange Zeit sehr ernst an.

Ich, wir, Vater Lew und ich..., wir haben unsere Erfahrungen gehabt... bis zum Ende.

Er ist auch begnadigt worden, genau wie Sie, aber die Nachricht kam zu spät, hatte die Fürstin ihm eröffnet.

Ach, Gnade! hatte Baranow vor sich hingemurmelt, die besaß er längst. Längst. - Ich weiß ja nicht, was das ist: Gnade, Durchlaucht, denn ich bin kein theologisch gebildeter Mensch, aber daß bei Vater Lew das war, was ich ahne, wenn Sie Gnade sagen, das weiß ich. Ich bin damals sehr unbesonnen gewesen, das weiß ich jetzt. Ich hätte ihn nicht in diese Lage bringen sollen... Was weiß ich! Ich habe damals Rat gesucht, und er hatte keinen für mich, kein Wort, nur so das herkömmliche armselige Einerlei, das unser Volk jahrhundertelang gehört hat.

Er hatte innehalten müssen, denn das Gesicht der Fürstin hatte sich unheildrohend verfinstert.

Durchlaucht, Sie wissen, wie ich es meine, hatte er schüchtern hinzugefügt.

Ja, daß bei den Revolutionären jeder von ihnen so hochmütig ist, zu meinen, Gott koche für ihn eine besondere Suppe! war der Fürstin zornbebend entfahren.

Und das tut er ja auch, hatte Baranow seelenruhig erwidert, Ihm sei gedankt. Nur die Zutaten, die... die passen uns nicht immer in unsere kleine Ökonomie des Glücks, glaube ich.

Die Fürstin hatte ihn lange betrachtet, von oben bis unten - voller Abscheu, wie er gemeint hatte. Dann hatte sie sich gesetzt und kopfschüttelnd mit dem Ernst, der im Gesicht einer leidenden Mutter steht, leise gesagt: Sie seltsamer Mensch, Sie! Da wird verschwendet, da wird geschnitten und gebrannt, das eine kommt zum andern, ohne daß es gefragt wird, und das Leiden kocht über in Gottes Hafen auf der Glut, die unsereinen verbrennt... So, glaube ich, so ungefähr ist das, hatte Baranow voller Eifer gestammelt. Damals, als ich Vater Lew zum ersten Male sah, in der Sakristei damals, da wußte ich *eine* Seite von der Sache, eine, nur eine: das unendliche Leid, und daß man dagegen ankämpfen müsse, mit allen Mitteln, wie ich damals gemeint habe. Aber Vater Lew hat mir dann ohne viel Worte die andere Seite gezeigt, die viel inhaltsreichere, und wir haben darüber gar nicht viel zu sprechen brauchen...

Sie haben mit Vater Lew Beschanitzky nicht viel über Theologie gesprochen, sagen Sie? Nicht viel über Gott und Göttliches? Ja, Sie waren ja, als Sie noch im Lager der Revolutionäre standen, so gut wie ein Atheist, nicht wahr? hatte der Fürst Schachowskoi etliche Wochen später Baranow gefragt, als der schon im Gefolge der Fürstin wieder nach St. Petersburg gekommen war und im Hause der Schachowskois Unterkunft gefunden hatte.

Nein, Exzellenz, hatte Baranow der Wahrheit gemäß zur Antwort gegeben. Das heißt: Ganz so sehr Atheist, wie Sie meinen, Exzellenz, bin ich ja nicht gewesen, denn sonst hätte ich..., sonst wäre ich damals am Abend gar nicht in die Kirche gegangen, und dann... Er hatte geraume Zeit gezögert. Am Anfang... Ich gestehe: Ich war damals noch so - wie soll ich sagen! - noch so dumm und störrisch oder wahrheitsbegierig, was weiß ich!, daß ich ein paarmal versucht habe, ihm Fangfragen zu stellen, nicht schlechter als einer der Untersuchungsrichter, die uns verhört hatten. Wie ist es, Vater Lew, habe ich ihn gefragt, wie ist es: Wie denken Sie jetzt über Ihre Kirche und deren Beamte und über die kaiserliche Justiz, die sich auf Gottes Willen an den Menschen beruft? Hat die Justiz einen Funken Ahnung von allem, was Gott - sofern es ihn geben sollte - mit den Menschen vorhat, was er von ihnen will, daß sie's tun? Und wollen Sie mir wirklich weismachen, daß Jesus gemeint hat, gerade so gut und nicht anders als in seiner Kirche solle die Bergpredigt verwirklicht und das Vaterunser gebetet werden?

Und was hat er erwidert? hatte der Fürst ihn gespannt unterbrochen.

Er hat mich angelächelt, Exzellenz. Mit soviel Lächeln, wie auf seinem ausgezehrten Gesicht überhaupt noch hatte erscheinen können. Es war dann immer wie ein Leuchten... Iljuschka, du dummes Söhnchen, hat er gesagt, wie soll ich anders von meiner Kirche denken als Gott? Daß sie die seine ist, aber daß wir sie ganz unvollkommen sind, wie alles, was der Mensch macht, auch wenn er's vom Himmel geschenkt bekommen und zur Verwaltung übernommen hat. Und die Justiz? Du hast sie zu schmecken bekommen wie ich, nur noch härter, viel härter. Mir hat man erst mein Amt zugute gehalten und dann auch wieder nicht. Nun ja, im Gesetz sind sie alle ja nur ein bißchen spitzfindiger, als der Himmel spricht [aber wir sind sehr stolz darauf, und unsere Verhältnisse sind ja in gewissem Sinne wirklich sehr viel komplizierter geworden als zu Zeiten des Erzvaters Moses und anderseits auch wieder nicht!] – nun, merk dir's: Im Gesetz sind, wenn du die Hunderte von Paragraphen auf einen Nenner bringst, ja nur die Zehn Gebote enthalten. Aber die Hunderter geben den Menschen eben die Möglichkeit zu so viel Niedertracht, wie wir's erfahren haben und wie sie mit den Zehn Geboten niemals ausrichten könnten. Das mußt du einsehen. Und ob Christus und sein heiliges Wort Seine Kirche so gewollt haben, wie wir sie ihm von den Lippen lesen? Du bist ein Schläuling, mein Lieber. Natürlich nicht, sage ich dir offen. Halte dich vor allem an nichts anderes als an die göttliche Liturgie. Das ist Er selbst und alle, die Eins in Ihm sind. Die Verwaltung, die schwarzen und die weißen Mützen, die oberen und die niederen Ränge, mein Lieber, das alles ist nur ein Bild in einem von uns Menschen selbst unvollkommen geschliffenen Spiegel. So sehen es die Feinde der Kirche und meinen: Aha, da haben wir sie! Nichts ist so gemeint gewesen. – Ich bin einverstanden, ganz einverstanden. Aber sie, die Feinde, hat Gott auch nicht so gemeint und meint sie auch heute nicht so. Ein einsichtiger Priester, ein wirklich einsichtiger, ein frommer, wird die Gebrechen der Kirche als einer irdischen Institution immer einräumen und Gott *hinter* oder *über* ihr suchen und vor allem *in sich selbst,* in seiner eigenen Unzulänglichkeit. Die Feinde Gottes und der Kirche aber suchen nur die Fehler bei den anderen und sehen die Tugenden bei sich selbst. Deshalb lohnt sich gar nicht, mit ihnen zu diskutieren. Und wenn du mich fragst, Iljuschka, ob ich überhaupt nach allem noch an Gott glauben könnte, muß ich dir sagen: Wie sollte ich nicht, solange noch *ein* Mensch mich liebt... Das kann keiner ohne Gott tun. – Liebst du mich, Iljuschka, hat er mich gefragt. Ja,

Vater, habe ich ihm geantwortet. Gut, gut, hat er zufrieden gemurmelt. Und dann, siehst du, noch meine Frau und vielleicht, wer weiß, noch andere. Genug, mehr als genug für einen lebendigen Menschen.

Er war schon weise, hatte der Fürst gesagt.

Ja, er wußte schon damals mehr, als Menschen nur vom Menschen her reden können, hatte Baranow in Gedanken an den Seligen beigepflichtet.

Und jetzt? hatte der Fürst gefragt.

Ich muß mein Versprechen einlösen, das ich ihm gegeben habe. - Und was war das für eines?

Ich habe ihm, ohne daß ich damals nur im geringsten daran gedacht hätte, wie ich das verwirklichen könnte, in seine brechenden Augen hinein versprochen, daß ich ihm sein goldenes Brustkreuz, das ihm als Priester zustand, wiederbringen und in sein Grab legen würde. Das Kreuz, das man ihm genommen hatte, als man ihn aus dem Priesterstand ausstieß und ihm das andere, das viel, viel schwerere aufbürdete, unter dem ich ihn dann zusammenbrechen und sterben gesehen habe.

Der Fürst hatte Baranow lange angesehen. Er ist begnadigt worden durch die kaiserliche Majestät, wie Sie selber, hatte er gesagt. Und jetzt müßte der Kaiser als höchster Herr über die Kirche noch die andere Gnade folgen lassen.

Er muß tun, wie Christus und die Gerechtigkeit befehlen, hatte Baranow gesagt.

Christus, lieber Freund, hatte der Fürst mit sarkastischem Lächeln berichtigt, herrscht nicht nur durch Metropoliten und Priester, sondern auch durch Ministerialbeamte im Heiligen Dirigierenden Synod. Und denken Sie an den Paragraphen elf?

Denken Sie - glauben Sie an den selber, Exzellenz? hatte Baranow gefragt.

Ich brauche es nicht, denn ich plane keine Revolution. Es mag schon sein, daß er dem Geheimnis unserer Kirche der Liebe und Barmherzigkeit gar nicht ansteht, sondern nur so eine Anleihe aus dem westlerischen Absolutismus ist. Aber ich werde Ihnen helfen können. Ich bin selber einer von diesen Ministerialbeamten, und für diesmal, Gott sei Dank! nicht der geringste. Aber weiter. Was wird aus Ihnen? Jetzt sind Sie hier. Aber dann...?

Baranow hatte mit einigem Zögern erklärt, er bitte die Exzellenz, bei seinem Gesuch um Aufnahme in das Priesterseminar in Kiew oder sonst irgendwo, wo er keine Bekannten von früher her hätte, sein Fürsprecher zu sein.

Sie glauben jetzt also an Gott? hatte der Fürst nach einer Weile gefragt.

Ich kann nur antworten, wie der Selige mir geantwortet hat: Wie sollte ich nicht, solange noch *ein* Mensch mich liebt! Ich liebe ihn ja über alle Zeit in die Ewigkeit, und er – ich bin sicher –, er liebt von dorther auch mich noch, so wie er mir schon bei Lebzeiten nie ein Wort des Vorwurfs für sein Unglück gesagt und mich immer nur ermutigt hat. Wir haben nicht viel gehabt, um einander das zu zeigen. Ein bißchen von der Ration Essen, die wir bekamen, hat er mir geschenkt, weil ich immer mehr Hunger hatte als er. Er hat sie mir aufgenötigt. Um Christi willen, hat er gesagt. Und sonst? Ich weiß nicht. –

Wann ist Ihnen dieser Gedanke, Priester zu werden, gekommen? hatte der Fürst gefragt. Ich meine: nicht nur der Gedanke im allgemeinen, sondern der feste Vorsatz. Selbst nach allen den Eingeständnissen, die Vater Lew Ihnen gemacht hatte, und nach allem, was Sie zusammen erlebt hatten.

Ach, hatte Baranow scheinbar einfältig gesagt, das hat eigentlich mit den Händen angefangen.

Mit den Händen?

Ja, Exzellenz, mit den Händen.

Wie meinen Sie das?

Ich... Ja, wie soll ich das beschreiben, so daß Sie es verstehen! Ein Gefangener, Exzellenz, hat ja nicht immer freie Hände. Es kann sein, daß er eine Kette trägt oder Ketten hört oder Ketten sieht. Auf jeden Fall ist ihm die Kette etwas ganz und gar Gegenwärtiges, was sich ihm sehr einprägt. So... hatte er gesagt und mit der Linken den Ärmel der Rechten ein wenig hochgestreift, daß der Fürst ein schwielenhartes, rotes Armband in der Haut am Gelenk der freien Hand sah. Und mit einemmal hatte ich zwei freie Hände und konnte damit machen, was ich wollte. Nun, zwei freie, leere Hände. Sie haben mich verlegen gemacht, als ich auf der Eisenbahn saß und nach Westen fuhr. Ich sah immerzu die anderen darunter oder dahinter, die, die ich eben gefaltet und zwischen die ich ein kleines Holzkreuz gesteckt hatte. Die waren einmal gesalbt worden. – Nichts war davon übriggeblieben, nichts, nichts; aber als sie mir so unendlich teuer geworden und nicht viel anders geworden waren als zwei Grabschaufeln, wie ein Maulwurf sie hat, da...

Er hatte nicht weitersprechen können.

...Da, war es mit einemmal gleichsam aus ihm hervorgestürzt, da war mir ganz klar, ganz überwältigend klar, als hätten eben diese alten Maulwurfsschaufeln mich bei den Händen geführt, daß ich sie für immer festhalten und weiter verrichten müßte, was sie nicht hatten vollenden können durch meine Schuld, durch meine Schuld, durch meine übergroße Schuld! Das ging über meine Kraft. Ich war ja auch schwach. Ich habe geweint. Mir war mein Weg klar. Aber natürlich kamen mir später Zweifel. Ich habe stunden- oder tagelang mit den Händen in den Hosentaschen gelebt, so als wären sie darin festgekettet. Aber das konnte ich dann auch wieder nicht aushalten, erstens weil es sich nicht immer so schickte, und zweitens – ich hatte ja doch freie Hände! Warum sollte ich Theater spielen, einen Flegel oder einen Gefangenen? Natürlich habe ich die Hände wieder aus den Taschen genommen. Doch sobald ich sie sah...? Das gleiche. Und ich kann sie auch heute noch nicht sehen, ohne immer an dasselbe zu denken, und nur so hat es noch Sinn, daß ich Hände habe. – Ich weiß nicht, ob Sie das verstehen können, Exzellenz? hatte er verlegen gefragt.

Das... das ist erstaunlich, das ist... Ja, wer weiß, Gott führt einen bisweilen bei den Händen. Warum sollte er das nicht können!

Nichts ist ohne Nachfolge, sagte ich mir, hatte Baranow hinzugefügt, weder das Gute noch das Böse. Und ich habe gar keine Wahl mehr. – Ich weiß, daß das alles sehr überspannt klingt, aber – er hält mich so gut wie bei den Händen und führt mich und wird mich führen... vielleicht noch dorthin, wohin ich gar nicht will.

Unversehens war er gewahr geworden, daß der Fürst seine Hände betrachtete, und wie aus einem Instinkt, sie zu verbergen, hatte er die Arme blitzschnell schlaff hängen lassen, so daß die Hände mit dem Umriß des Sessels verschmolzen. Dem Fürsten war sein eigener Fehler peinlich gewesen, und er hatte das Gespräch auf die praktischen Anstalten gelenkt, die jetzt als erstes zu treffen wären: für die Wiedereinsetzung des seligen Lew Konstantinowitsch Beschanitzky in seinen einstigen priesterlichen Stand und für Baranows Zukunft als Zögling eines geistlichen Seminars. Zu vielen von ihnen besaß er Beziehungen, und die für Baranow zunächst allerwichtigste aller Beziehungen des Fürsten war die zum Heiligen Dirigierenden Synod.

Das Verfahren muß wiederaufgenommen werden, hatte der Fürst gesagt, und vieles spricht dafür, daß es jetzt leichter gehen wird als früher, als noch ›der eiserne Greis‹ - er meinte den Oberprokureur des Heiligen Synods, unter dem Vater Lew aus dem Klerus ausgestoßen wurde - selbstherrlich regierte. Die Luft weht jetzt linder und liberaler, aber eben auch die politische Unruhe ist nur noch größer geworden. Haben Sie das schon gemerkt?

Ich habe mit niemandem von meinen alten Bekannten gesprochen, hatte Baranow erwidert, ich gehe allem und allen aus dem Wege.

DIE ALTEN, graugelben Maulwurfsschaufeln, die ihn führten, hatten gar nichts anderes zugelassen. Vielleicht wäre es viel leichter für Baranow gewesen, den alten revolutionären Freunden von früher, soweit sie noch am Leben und in St. Petersburg weilten, zu begegnen und ihnen Rede und Antwort zu stehen, als nun der Bürokratie des Heiligen Dirigierenden Synods. Unter Revolutionären hatte ein jeder, wie sehr es mit der Verwirklichung der heiligen Sache der Zukunft im argen lag, immer weiter auf die Zukunft hoffen und an die Zukunft glauben können. In den Amtsräumen des Heiligen Dirigierenden Synods mit seinen Büro-, Tisch- und Amtsvorstehern hatte ihn mehr als einmal der Kleinmut zu überwältigen gedroht, nie und nimmer könne das Reich Gottes auf Erden von dieser staubgrauen, in so vielen bornierten und soviel zynischen und arroganten geistlichen Gestalten der großen Verwaltungsmaschinerie, die um ihrer selbst willen zu existieren schien, herbeigezogen werden. Wenn es noch einer Probe für ihn bedurft hätte, ob es ihm mit seinem Willen: ein Diener Gottes in seiner Kirche zu werden, ernst sei - hier, in stundenlangem Warten und stundenlangem Reden, immer und abermals auf das gleiche pochend: auf die geistliche Ehrenrettung des Toten, hier hatte er die Probe für die Kirche gegen die Kirche bestanden! Und für die Sache der Ewigkeit und der ewigen Wahrheit war ihm mit Wehmut und Kummer bewußt geworden, daß es wahrscheinlich ohne die Mithilfe und Fürsprache eines einzigen zeitlichen Menschen und Beamten, des Fürsten Schachowskoi, dessen Name ihm die Türen und die Ohren geöffnet hatte, gar nicht gelungen wäre, wenigstens für einmal der Wahrheit und Gerechtigkeit auf Erden den Sieg zu verschaffen. Das Verfahren der Kirche gegen Vater Lew war formell wiederaufgenommen, seine Unbesonnenheit und die Unterlassung der sich aus dem Paragraphen elf ergebenden Amtsverfehlung mit einer Rüge bedacht, die Ausstoßung aus dem geistlichen Stand jedoch rückgängig gemacht worden. Auf einer Reise quer durch das weite Rußland bis in das sibirische Straflager, in dem man ihn selber begnadigt, hatte Baranow das goldene Brustkreuz zurückgetragen und im Beisein des örtlichen Priesters und dessen Vorgesetzten tief, tief im Grab, wo er schon auf das modernde Holz des Sarges gestoßen war, versenkt. Und danach - mit dem Gefühl, daß ein unaussprechlicher und unendlicher Segen ihn von nun an begleite, hatte er sich von den Händen weiterführen lassen. Das Aristokratenpaar, das mit der Zeit angefangen hatte, Gefallen an ihm und seinen Gedanken zu finden, hielt ihm, als er zurückgekehrt war, die Pforten des geistlichen Seminars in Kiew offen.

Und nun sind Sie doch nicht mehr Revolutionär...? hatte der Fürst ihn beim Abschied mit dem sarkastischen Lächeln eines Aristokraten, der einen Gegner mit einem für ihn unbedeutenden Opfer für sich gewonnen zu haben glaubt, halb im Scherz gefragt.

O doch! hatte Baranow in die helle Verdutztheit des Fürsten geantwortet. Mehr denn je!

Und welcher Partei wollen Sie jetzt beitreten? - Diese Frage hatte der Fürst schon mit einem deutlich strengeren Unterton gestellt.

Der Partei unseres Herrn - in Seiner Kirche, gegen Seine Kirche, mit Seiner Kirche, in aller Freiheit, aber für die Gefangenen.

Der Fürst hatte stumm genickt und ihm nachdenklich den Abschied erteilt. Die Fürstin, eine viel lebhaftere und bis zur Schwärmerei geneigte Seele, hatte bei Baranows Worten mit ihrem Blick an seinen Lippen gehangen.

Ich habe es gewußt, soll sie später immer wieder gesagt haben,

Jahr um Jahr, solange Baranow erst im geistlichen Seminar und später, als er schon unter dem geistlichen Namen Warlaam in den Mönchsstand eingetreten, auf der geistlichen Akademie war, ich habe es gewußt, er hat die wahre Nachfolge des seligen Lew Konstantinowitsch angetreten, und der, der selber nur ein armer, kleiner Hilfspriester an Sankt Isidor gewesen ist, wird ihn höher und höher ziehen.

Fürs erste hatte es nicht danach ausgesehen. Baranow hatte, als er schon beinahe dreißig Jahre alt war, beim Austritt aus der Geistlichen Akademie seinen Bischof um die Gunst gebeten, ein Bistum in Sibirien versetzt und dort Gefangenenpriester zu werden. Dabei war er zunächst auf entschiedene Ablehnung gestoßen. Seine Ausbildung und der Rang, der ihm in Aussicht stand [er war schon jetzt bei erster Gelegenheit zum Archierei, zum Erzpriester, vorgesehen], trugen die Vorausbestimmung in sich, ein wichtiges Amt in einer großen Stadt im europäischen Rußland zu bekleiden.

Belieben Sie von uns Missetätern nicht gar so gering zu denken, hatte Baranow mit einer Anspielung auf seine Vergangenheit zu seinem Bischof gesagt. Bin ich nicht selber gefangen gewesen und habe meine Brüder noch heute dort und kenne sie und weiß, was sie ins Verderben gebracht hat? Die vielen politischen Gefangenen sind ausgebildete, scharfsinnige Denker, hochwürdigster Vater, und von den Kriminellen sind so viele kriminell geworden, weil sie, ohne es richtig definieren zu können, nur das haben verwirklichen wollen, was die denkenden Revolutionäre nicht in die Tat umsetzen können oder noch nicht umsetzen wollen... Noch nicht. Aber ich bin sicher, daß sie sich eines Tages ohne Bedenken der Kriminellen bedienen werden, und dann werden sie alle die fürchterlichste Gattung Mensch sein, die Gott uns als Zuchtrute geben kann: die Planer und die Täter. Ich habe die Meinung bekommen, daß man jetzt zu ihnen gehen muß, gleich, jetzt noch, bevor es zu spät ist.

Nach langem Drängen Baranows und ebenso langem Zögern seiner geistlichen Oberen war er schließlich in das Erzbistum Tobolsk versetzt und dort nach dem Ermessen des Erzbischofs als Gefangenenpriester eingesetzt worden. Doch das erste Ungewöhnliche, was seine Amtsführung kennzeichnete und manchem untergeordneten Geist die verstohlene Bemerkung entschlüpfen ließ, dieser eifernde Neuerer wäre vielleicht am besten doch Revolutionär geblieben, dann wäre man seiner sicherer gewesen als bei den ungewöhnlichen Anordnungen, die er für sich und seine Amtsführung traf – das erste Ungewöhnliche war gewesen, daß Vater Warlaam sich mit seinen Gefangenen hatte einschließen lassen und Tag und Nacht und nicht nur zu den festgesetzten Gottesdienstzeiten bei ihnen gewesen war. Bin ich ein Krämer, der seinen Laden, oder ein Beamter, der seinen Schalter nur zu gewissen Stunden offenhält? Soll ich die Worte hören müssen: »Und ihr habt mich nicht besucht?« hatte er gesagt, als man ihn auf das Ungewöhnliche und Bedenkliche solch eines Verwischens der Unterschiede zwischen Freien und Gefangenen und zwischen einem gottgeweihten Priester und verbrecherischen Menschen aufmerksam gemacht hatte. Ich kann ihnen allen nur alles sein, wenn ich immer bei ihnen bin, hatte er beharrt.

Unter solchen Fragen und solchen Antworten, die er zwischen seiner rastlosen Arbeit gegeben hatte, waren die Jahre dahingegangen; nicht fruchtlose Jahre, wie er an seiner Ernte hatte vorweisen können; aber als er in den geistlichen Stand eines Archierei, eines Erzpriesters, erhoben worden war, hatte er sich in seiner Gehorsamspflicht mit der Versetzung auf die der Hauptstadt St. Petersburg vorgelagerte wichtige Inselfestung Kronstadt als rangältester Priester dort abfinden müssen…

UND VON nun an, sagte der Admiral nachdenklich und langsam, als betrete er nach Vorgezeichnetem eigene Wege, gibt es für mich keine Indiskretionen, keine Gerüchte, keine Geschichten mehr. Nun wird alles verbürgte Tatsache, Geschichte, deren Zeuge ich zu einem großen Teil selber gewesen bin und für deren Wahrheit ich gutstehe, wenn auch so manches Geheimnis bleibt.

Als ich vom November 1916 an bis in den März des Jahres 1917 hinein, als Zar Nikolaus II. alle seine Offiziere von ihrem Treueid entband und als die alte, 1809 gewährte Verfassung Finnlands wieder in Kraft gesetzt wurde, in der Garnison der Festung Kronstadt Dienst tat, erhielten wir den neuen Garnisonsgeistlichen im Rang eines Archierei, dessen Kommandierung wohl in dieser unruhigen, von Zweifel zerfressenen Zeit einen

777

zuverlässigen, glaubensstarken und autoritätstreuen Priester vor Augen führen sollte. Was aber dem Kielwasser der Barkasse, mit der er auf der Inselfestung anlegte, sehr bald folgte, war eine Unzahl von Gerüchten. Man müßte ein fürchterliches Verbrechen mutmaßen, wenn man annehmen wollte, ihre Verbreitung sei von der politischen Absicht gefördert worden, den zur Meuterei geneigten Matrosen und Soldaten in der Person eines hohen, schon äußerlich achtunggebietenden Priesters ein Beispiel zu geben, daß Gehorsam unter dem Gesetz und ein fester Glaube an die Gebote des Christentums wie seiner Kirche nicht unvereinbar mit modernen sozialen Ideen seien.

Es kann sein, daß mit der besten Absicht solch ein Verbrechen begangen worden war, denn an sich läßt sich auch die ungewöhnlichste Karriere eines Mönchspriesters ohne Familie und Pfarrei in einem Bistum mit allen seinen Matrikeln nicht über mehr als zehn Jahre verfolgen. Daß diese Umstände die Person des neu hierher kommandierten rangältesten Garnisonspriesters, abgesehen von seinem Aussehen und seinem sehr ernsten, ja, sagen wir melancholischen Auftreten, ungewöhnlich interessant gemacht haben, kann man nicht verschweigen. Aber ich muß gleich hinzufügen, daß er schon bei seinen ersten Besuchen beim Garnisonschef, den höchsten Chargen und im Umgang mit seinen Priestern, denen er bis zum letzten Außenfort und in die finsteren Kasematten nachfuhr, den Eindruck eines fast heiligmäßigen Menschen voller Demut machte, welche die meisten Militärpfarrer, welcher Konfession auch immer, allzuoft hatten vermissen lassen. Nur die Schwermut eben, die er ausstrahlte und in die einzudringen niemand versuchen konnte! In ihr lag so etwas wie die Strafe für die politische Absicht, wenn es die gegeben haben sollte, in ihr loderte das Feuer des Dornbuschs, in das auch Moses nicht hatte blicken und nicht Gott erkennen können. Dieser Priester ließ sich für politische Zwecke nicht gebrauchen und nicht mißbrauen, weil er eben ein Priester war und nichts anderes. Er brauchte sich gar keine Mühe zu geben, er verhinderte alles, was man mit ihm vorgehabt haben könnte, damit, daß er der war, der er war. Man konnte mit ihm grübeln und mit ihm beten, aber man konnte mit ihm nicht leichtfertig disputieren. Man konnte heiligmäßig leben wie er, aber ein sozialrevolutionäres Programm gab sein Lebenswandel nicht her. Das war in diesen Zeiten, da keiner Macht mehr Bestand verbürgt schien, bei aller äußeren Tatenlosigkeit seine Macht - eine gewaltige Macht, sage ich Ihnen, so gewaltig im stillen, daß sie nach einem geheimen Gesetz des Ausgleichs die äußere Gewalt förmlich herbeizurufen schien.

Man hatte von Anfang an in der Garnison das Gefühl, daß er nicht der Priester war, der sich beliebt machen wollte oder beliebt machen könnte oder der die - meist unerklärlichen - Gaben besaß, einfach beliebt zu sein, so beispielhaft er auch lebte und so viele Opfer er sich seine Arbeit kosten ließ. Er war der erste orthodoxe Priester, den ich gekannt habe, der wahrhaft Seelsorge betrieb! Die vielen Gerüchte um ihn und seine Vergangenheit, die sich mit den Wochen des Spätwinters, angereichert von Phantastischem, Böswilligem und Erlogenem, vermehrten, ließen ihn aber sehr rasch zu einem verhaßten, insgeheim verachteten Menschen werden, dem sein vermeintlicher Verrat an der Sache der Revolution bei der erstbesten Gelegenheit zum Verderben ausschlagen mußte. Anders ist der nebelgraue Vormittag im März des Jahres 1917, wenige Stunden, nachdem der berüchtigte Tagesbefehl Nummer 1 des Petersburger Sowjets ergangen war, welcher die Verfügungsgewalt der Soldaten über die Waffen dekretierte, nicht zu verstehen.

An diesem 14. März 1917, neuen Stils, hatte angesichts der völlig unübersichtlichen, schon von zahlreichen Gewaltakten rohester Art gebrandmarkten Lage die ganze Kronstädter Garnison Kasernierungsbefehl erhalten, und die Kommandanten der Flotteneinheiten hatten Funkstille befohlen, um keine Nachrichten aus der Hauptstadt unter die meuterische Mannschaft hereinzulassen, und Dampf aufmachen lassen, um mit Eisbrecherhilfe oder notfalls mit eigener Kraft durch das sieche Eis in hohe See zu gehen.

Natürlich wurde keiner von den vielen Befehlen mehr befolgt. Im Gegenteil: Weil nicht von Anfang an scharf geschossen wurde, rottete sich alles, was sich zufällig zusammenfand, zusammen und bildete sehr bald von Namenlosen kommandierte Haufen, die sich damit befaßten, dieses oder jenes Magazin zu plündern, weil die Posten sich widerstandslos mit dem Ellenbogen beiseite schieben ließen. Jeder höhere Dienstgrad, dessen man ansichtig wurde, wurde mißhandelt, am liebsten Spießruten laufen gelassen – aber mit einemmal, wie aus dem Boden gewachsen, stand da vor ihnen der Archierei!

Sie hatten gerade ›Weißköpfchen‹, einen hochangesehenen Schnaps, den nur die Offizierskasinos bezogen, requiriert und einen ganzen Transportkarren mit so vielen Kisten beladen, wie die tief durchgerittene Mähre von der Stelle bringen konnte. Es waren etwa zwanzig und, bis sie die Eisfläche des nahen Strandes erreicht hatten, schon gegen dreißig spritzbesoffene Kerle, und zwischen sich, von allen Seiten zupackend, als müßten sie einen schwankenden Mastbaum halten, führten sie den Archierei Warlaam, ohne daß sie da schon recht eigentlich wußten, was sie mit ihm anfangen wollten. Vater Warlaam ging ruhig, aufrecht, wie er immer gegangen war, und er erwiderte ebensowenig etwas auf die Schmähungen, die man ihm von allen Seiten ins Gesicht schrie, wie er auch nur mit der geringsten Bewegung einen der Schläge und Fußtritte quittiert hätte, die man ihm pausenlos versetzte. Was Vater Warlaam in diesen Minuten gedacht hat, ist sein Geheimnis geblieben. Aber er wußte wohl, daß er jetzt nachvollziehen müsse, was ihm selber vorgelebt und vorgelitten war, und daß die alten, gelbgrauen Maulwurfsschaufeln des Seligen ihn auch jetzt noch zogen. Ach, daß eure neue Macht und Freiheit nur Gott nicht beleidige! soll der Archierei, wie ein Zeuge später glaubte, sich erinnern zu können, einmal vor sich hin gesagt haben.

Die Rotte mit ihrem Gefangenen war beinahe hundert Schritte aufs Eis hinausgelangt, da erscholl vom Ufer her ein heiserer, unbändiger Schrei, und als die meisten sich umwandten, sahen sie einen der Ihren als Reiter auf der Karrenmähre, die sie angeschirrt vor dem kostbaren Fuder zurückgelassen hatten, auf dem bloßen Rücken des Gauls schwankend, ihnen nachgesprengt kommen. Als das Pferd aufs Eis hinausgejagt wurde, wäre es beinahe gestürzt, doch schienen die Zugleinen des Anspanns, unter dem es immer noch ging, sich irgendwo verfangen und ihm einen Halt gegeben zu haben. Das angehobene Kummet lag von unten her so stramm um den Hals gezogen, als hätte man die Absicht, das Tier zu erwürgen.

Ein wildes Gebrüll empfing ihn, das sich noch steigerte, als er aus seinen Taschen ein paar ungeöffnete Flaschen ›Weißköpfchen‹ verteilte. Und dann, man stand nun schon einmal und genoß den Schnaps, und etliche hatten Zeit gefunden, sich mit dem Pferd und dem Geschirr zu schaffen zu machen, dann gab es jemanden, der Zirkus! Zirkus! schrie...

Niemand hat später genau den Augenblick bezeichnen können, in welchem der Archierei der Länge lang auf dem Eis lag und zwei, drei Kerle auf seinem Leibe knieten, um ihn festzuhalten, damit man ihm die Gelenke an beiden Füßen mit einem Strick vom Anspann fest zusammenbinden könnte. Es gab später auch niemand, der hätte beschreiben können, wie aus dem Zuggespann des Karrens, das der Gaul hinter sich hergeschleift hatte, die Longe entstanden war, an welcher das Pferd mit einemmal unter seinem Kummet unruhig schnobernd stand. Es gab nur jemand, der aussagte, Grigorij habe der geheißen, der sich das Ende der Longe fest um die Faust gewickelt und dem Gaul einen furchtbaren Fußtritt versetzt habe, so daß das Tier sich aufbäumend und wie mit einem Schrei davongerannt sei - hinter sich an den zusammengebundenen Zugseilen oder Riemen oder sonst irgend etwas Langem den Archierei, mit den zusammengefesselten Füßen nach vorn und dem hin und her schleudernden Kopf und Körper auf dem schrundigen Eis immer in die Runde... Zirkus! Zirkus!

Von dem einst lebendigen Menschen mit einem Haupt und vier Gliedmaßen wäre beinahe nur noch ein halbnackter blutiger Rumpf übrig gewesen, wenn nicht eine Serie von Schüssen vom Ufer her in diesem Augenblick Grigorij und etliche neben ihm niedergestreckt hätte. Grigorij sei zusammengebrochen, und im gleichen Augenblick sei seiner Hand die Longe entglitten. Das erregte Pferd, das sich frei fühlte, sei nun, von den Schüssen verstört oder vielleicht auch verletzt, wie rasend davongestürmt - so rasch, wie man es dieser alten Mähre nie hätte zutrauen mögen, oder wie um sich von der entsetzlichen Last, die es in die Runde hatte schleifen müssen, zu befreien. Und mit einemmal - keiner hätte da schon Zeit gehabt, eine Waffe hervorzuholen und durchzuladen -, mit einemmal sei der Gaul in dem hoch aufspritzenden Gischt aus einer Wake oder der von einer Barkasse ins Eis gebrochenen Fahrrinne verschwunden gewesen. Gerade da, ohne andere Deckung auf dem Eis als die Leichen der schon Gefallenen, hätten sie an ihre Verteidigung denken müssen, bis sie Hilfe von Gleichgesinnten bekommen hätten, die ihrerseits wieder ihre Gegner am Ufer, einen Zug konterrevolutionärer Fahnenjunker, unter Feuer nahmen...

SIE KÖNNEN mir ersparen, sagte der alte Admiral gedankenverloren, noch weiter zu erzählen, was an jenem dunstigen Märzvormittag geschah, bis schließlich die blasse Sonne durch einen milchigen Tauwindschleier, welcher der Jahreszeit in diesen Breiten eigen ist, hervorbrach. Ich selber befehligte die Fahnenjunker, die, durch Gerüchte und die Meldungen zuverlässiger Wachstreifen alarmiert, vom Ufer her zu spät eingegriffen hatten, und ich präsidierte im Auftrag des Garnisonskommandanten dem Standgericht, das anschließend mit erdenklicher Eile, solange auf unserer Seite auch nur noch ein Anschein von Autorität bestand, zusammentrat und nur Todesurteile fällte. Kaum verkündet, wurden sie auch von Fahnenjunkern vollstreckt. Und dann war für uns alle die schmähliche Stunde gekommen, zu verschwinden, so gut und so rasch wir konnten, denn der Sowjet von St. Petersburg, die meuternden Flotteneinheiten und unsere außer Rand und Band geratene Garnison vereinigten sich zu einem entsetzlichen Blutbad, bei dem der Teufel mit seinem Erfindungsreichtum den Bademeister spielte.
Ich sehe immer noch den Blutkreis vor mir, den das wie an einem Göpel zu seinem Ende in die Runde geschleifte Leben des Archierei Warlaam auf dem Eis hinterlassen hatte.
Ich habe den furchtbaren Blutkreis dieses Göpels nie überschritten, sagte der alte Offizier. Ich wäre sonst, glaube ich, auf irgendeine geheimnisvolle Art und Weise nie mehr herausgekommen. Der Nachfolger hätte gemäß einer mystischen Sukzession nach einem neuen Nachfolger verlangt und vielleicht mich in die Pflicht genommen, ohne daß ich mich da noch hätte wehren können. Aber ich fühlte nicht die Kraft, wie ich auch nicht den Glauben besaß, den er selber von dem sanftmütigen Vater Lew erhalten hatte.
Er bekam jenen weitsichtigen Blick in seine blauen Augen, der alten Seeleuten eigen ist, und saß einen Augenblick wie vor der unendlichen Kimmung seines Lebens, in dem der Schattenstrand doch nicht mehr sehr weit entfernt sein konnte. Sehen Sie, sagte er, immer wieder darauf zurückgreifend: Der Blutkreis auf dem Eis, den ich nicht durchschritt und nicht über-

schritt, war sozusagen der Horizont meines eigenen, eben noch bewohnbaren Lebens. Jenseits davon lag das, wenn Sie so wollen, göttliche Geheimnis des Leidens und des schuldlosen Opfers, das ich – Theologie hin, Theologie her, es ist alles einerlei Schaum – in unserer Menschenwelt für unlösbar halte.

IN DER Regierungszeit des allen Neuerungen abholden Zaren Alexanders des Dritten von Rußland, die, seitdem sein weitherziger Vorgänger auf dem Thron einem Attentat zum Opfer gefallen war, im Jahre 1881 begann, sollte unter dem Wahlspruch ›Ein Reich, ein Glaube, ein Kaiser!‹ die Einschmelzung aller jener Völkerschaften am Rande des großen Reiches geschehen, die sich nach Glauben, Sprache, Volkstum und Geschichte von den großrussischen Überlieferungen und Ansprüchen unterschieden. Aus Gründen der militärischen Sicherheit des Reiches galt das Hauptaugenmerk dabei jenen im Laufe der Zeit von Österreich, Preußen und Rußland zu einem Teil gewaltsam dem russischen Reich einverleibten Völkerschaften, die im militärischen Vorfeld einer möglichen kriegerischen Bedrohung durch das eben geeinte Deutsche Reich lebten. Sie fristeten wohl noch ein etwas mehr als provinzielles Eigendasein, aber ihre nicht ›rechtgläubigen‹, also römisch-katholischen, römisch-unierten oder protestantisch-lutherischen Landesbewohner bildeten mit eigener Sprachhoheit und nie erloschenen Freiheitsbestrebungen für den russischen Generalstab wie für den Heiligen Dirigierenden Synod der orthodoxen Kirche eine ständige Gefahr. Es handelte sich dabei um Polen und Ukrainer, um Litauen und im weiteren Sinne auch um Kurland, Livland und Estland, deren deutsch-baltische Oberschicht verbissen alte, einst von Zar Peter dem Großen gewährte Sonderrechte verteidigte.

Den härtesten Widerstand boten Polen und Litauen, in denen erst jüngst erbitterte Aufstände gegen das Zarenreich mit furchtbarem Blutvergießen hatten niedergeschlagen werden müssen. Da aber das polnische Volk zu viele Millionen zählte, als daß es mit drakonischen Maßnahmen gegen die katholische Kirche und mit der von St. Petersburg aus gelenkten Sprach- und Kulturpolitik in einem kalten Kriege ganz zu einer gesichtslosen russischen Provinz hätte gemacht werden können, das litauische Volk hingegen aus wenigen Millionen Katholiken bestand und die Politik einer ›Sicherung der Grenzmarken‹ dort mehr Erfolg verhieß, wurde neben der Einschleusung eines russischen Bevölkerungsanteils, welcher die Einheit des litauisch-polnischen Volkstums auflösen sollte, damit begonnen, die litauische Sprache zu unterdrücken und den Gebrauch der lateinischen Lettern, durch die sich in Druck und Schrift der geistige, vor allem der religiöse und konfessionelle Zusammenhang des Landes mit der westlichen Welt und deren Kultur kundtat, zugunsten der dem Volke völlig fremden kyrillischen Lettern ganz einfach zu verbieten. Die Verbreitung von Druckschriften in feindlichen lateinischen Buchstaben wurde mit den strengsten Strafen belegt: der Katorga, der Zwangsarbeit in Sibirien, oder einem Militärdienst von fünfundzwanzig Jahren.

So kam es in Litauen zu der unseligen Zeit der ›Kyrilliza‹, des Kampfes um das Recht auf den Gebrauch der lateinischen Letter gegen die kyrillische Schrift, die zum Symbol der Unterdrückung wurde und vom ganzen katholischen Volk aus dem Eigenbewußtsein seiner Sprache, Kultur und seinem westländischen Glauben gehaßt. Die Schlachtfelder dieses Kampfes, der ganze vierzig Jahre lang währte, waren die weit im Lande verstreuten, auf einsamen Gehöften gegründeten Schulstuben der ›Gramatniki‹, die den ›Schulen in der Not‹ vorstanden, und die einsamen, verschwiegenen, nächtlich-dunklen Wege der ›Knygnešiai‹, der ›Bücherträger‹, die – aus allen Ständen des Volkes rekrutiert – als Berufsschmuggler um Lohn oder als Idealisten der nationalen Sache es auf sich nahmen, jenseits der Grenze im ostpreußischen Tilsit heimlich gedruckte Bücher in lateinischen Lettern, vorwiegend solche geistlichen Inhalts, wie die ›Šaltinis‹, und Zeitungen wie die ›Aušra‹, die ›Morgenröte‹, oder ›Varpas‹, ›Die Glocke‹, auf Schleichwegen gegen das übermächtige Aufgebot der wachsamen russischen Gendarmerie ins Land zu bringen. Wenn solch eine Schmugglerbande mit ihren riesigen, schweren Säcken gestellt und bisweilen gegen heftigen Widerstand mit Feuerwaffen überwältigt worden war, hatten die ›Knygnešiai‹ mit den härtesten Strafen zu rechnen, abgestuft nach dem Widerstand, den sie geleistet hatten. Die Katorga, die Zwangsarbeit in Sibirien, wurde mit den Jahren, in welchen die Schmuggler sich zunehmend bewaffneten und der Gendarmerie hitzige Gefechte lieferten, die übliche Strafe. Wo Geistliche in dem geheimen Verteilernetz des Schmuggelguts entdeckt wurden, war der Zwangsaufenthalt in einem Kloster ihr Los. Das Verlangen eines ganzen Volkes nach der geistigen

Luft, in der es leben wollte und in der ausschließlich es gedeihen konnte, war aber so stark, daß über die dunklen Wege der ›Knygnešiai‹ vierzig Jahre lang kein Gras wuchs, wenn man so sagen darf, denn alle ihre Wege führten ja, um die russische Gendarmerie zu täuschen, durch das ödeste Unland, über Seen, Flüßchen und durch die Wälder, wo sie am dichtesten waren.

UNTER DEN Mitgliedern einer Gruppe von ›Knygnešiai‹, welche im Jahre 1889 nach einem heftigen Feuerwechsel unweit der Grenze von der russischen Gendarmerie gestellt und verhaftet worden war, weil er sich seiner Last nicht rasch genug hatte entledigen oder sich mit der Waffe hätte zur Wehr setzen können, befand sich auch ein junger Mann, Jonas Jasulaitis, aus der Gemeinde Kretinga, der eben die höhere Schule beendet und, noch unschlüssig, ob er Priester werden oder einen weltlichen, praktischen Beruf ergreifen sollte, sich fürs erste in den Dienst der heiligen Sache des Volkes gestellt hatte und ohne Entlöhnung für sein Volk und seinen Glauben zum Schmuggler geworden war. Er mußte wehrlos erdulden, was die Gendarmen ihm an roher Gewalt antaten, und zusehen, wie man ihn in Fesseln schlug. Danach wurde er auf dem Etappenweg aller Gefangenen in die Festung Dünaburg gebracht. Er befand sich dort, in Lettgallen, immer noch, wenn auch am Rande, im Reich seines eigenen katholischen Glaubens, der soviel wie sein Nationalitätsgefühl war, und konnte bei einem katholischen Priester beichten und die heilige Eucharistie empfangen, bevor man ihn, der zu zehn Jahren Zwangsarbeit in Sibirien verurteilt worden war, mit einem großen Sammeltransport von politischen und kriminellen Verbrechern erst in das hoch über dem Irtysch thronende Zentralgefängnis von Tobolsk und danach noch einmal dreitausend Werst weiter östlich in ein Zwangsarbeitslager bei den Bergwerken von Nowo-Nertschynsk im Gouvernement Jenniseisk versetzte. Um diese Zeit war Jonas Jasulaitis zwanzig Jahre alt, ein etwas schmalbrüstiger, hochaufgeschossener junger Mann, der noch wie ein Jüngling wirkte, mit strahlend blauen Augen und einem hellblonden Haarschopf, bei dessen Anblick in Fesseln jeder der Sibirjaken, die selber nicht selten entlassene und zur Niederlassung hier gezwungene Strafgefangene waren, und vor allem deren Frauen das Erbarmen ankam. Ihm wurde am reichlichsten in den Teller gespendet, der für die Wohltätigkeit des Volkes an den Gefangenen beim öffentlichen Vollzug von Strafen aufgestellt zu werden pflegte, und nicht selten geschah es, daß einfache Frauen, welche den Zug der Gefangenen zu irgendeinem Ziel außerhalb des Lagers oder der Bergwerke ausgespäht hatten, trotz der bärbeißigen Abwehr der Gendarmen auf Jasulaitis zugestürzt kamen und ihm irgend etwas, Geld oder eine Guttat ihrer Küche, schenkten. Jonas Jasulaitis fühlte sich hier unter der Fron der schweren Arbeit wie der Prophet im finsteren Bauche des Walfischs und gab sich gar keinen Gedanken hin, wann der ihn wieder in die Freiheit ausspeien würde, denn er fühlte, daß die Sehnsucht ihn rasch verzehren und er dann sein teures Heimatland nie mehr wiedersehen würde. Die Gesellschaft anderer Gefangener von seinem Volk, der gleichen Sprache und des gleichen Glaubens, mußte ihm das ferne Litauen ersetzen, und so schleppte er sich, allen anderen gleich, durch die schwere Arbeit und die langen Jahre.

Er wurde seiner ›Demütigkeit‹ wegen, wie es in dem Erlaß des Gouverneurs hieß, zwei Jahre vor Ablauf der ihm gerichtlich zubemessenen Zwangsarbeit begnadigt, aber mit seiner Entlassung aus der Strafhaft war die Pflicht verbunden, sich in einem armen, kleinen Kreisstädtchen des Gouvernements anzusiedeln, dessen Hauptstadt Jenniseisk war. Dort hatte er sich sofort, nachdem er mit einer Kibitka eingetroffen war, bei der Gendarmerie zu melden, und diese hatte sich, anfangs täglich, von seiner Anwesenheit, die des Gnadenerweises an ihm würdig war, zu überzeugen. Später, als Gewohnheit und Schlendrian eingerissen waren, wurden die Abstände geräumiger.

Als er nach wochenlanger Reise erst einmal in dem Städtchen eingetroffen war, das aus ein paar Kirchen des orthodoxen Glaubens und ein paar öden, sehr breiten Straßen bestand, welche bis auf die Amtsgebäude der Polizei und der Feuerwehr von niedrigen Holzhäusern gesäumt wurden, beschränkte nach den Meldeformalitäten des Ankunftstages seine mit den Jahren der Zwangsarbeit gar nicht so demütig gewordene Anwesenheitsmeldung sich darauf, daß er morgens in der Frühe, oder wann immer es ihm paßte, das Polizeigebäude betrat, die Tür zur Wachstube um ein wenig mehr als einen Spalt öffnete und laut: »Esú, Jonas Jasulaitis!« hineinrief, was die diensttuenden

788

Gendarmen nicht wenig erboste, weil er sich litauisch meldete. Doch war er von dem Gebrauch seiner Muttersprache gegenüber diesem ihn so stiefväterlich behandelnden Vater Staat nicht abzubringen und verbiß sich, weil ihm jetzt nach der Entlassung aus der Zwangsarbeit gleichsprachige Kameraden fehlten, nur noch störrischer in den Gebrauch dieser Sprache. Mit der Zeit ließ er bei der Meldung auch seinen Namen weg, weil der Walfisch ihn ja sozusagen zur Hälfte schon ausgespien hatte, und beschränkte sich darauf, in der geöffneten Tür zu erscheinen und wortlos durch seinen Anblick von seiner Anwesenheit zu überzeugen. Ein russisches Wort zu gebrauchen, das ›Hier!‹ oder ›Melde mich zur Stelle!‹ hätte bedeuten können, verbot ihm sein wachsender Trotz, und die Gendarmen, die sein Betragen richtig deuteten, trugen diese Mißachtung des Wahlspruchs ›Ein Reich, ein Glaube, ein Kaiser!‹ in seine Personalakte ein, die ihm von Nowo-Nertschynsk her sehr saumselig, wie zu Fuß, gefolgt war.

Als ein, zwei Jahre vergangen waren, verabsäumte Jonas Jasulaitis die täglichen Meldungen und beschränkte sich auf eine Wochenmeldung, die ihn mehr als genug dünkte und die er ganz zwanglos zu einem Erscheinen um irgendeine ihm gelegene Zeit gestaltete, als wollte er mit dem Anblick seiner stummen Person die Hüter der Ordnung nur an das schlechte Gewissen mahnen, das sie hätten haben sollen. Und da im Laufe der Zeit die Beamten hin und wieder wechselten, kam es zu absonderlichen und komischen Auftritten, weil ein Neuling in der Wachstube sich das stumme Erscheinen des großgewachsenen, blondschopfigen Mannes nicht zu deuten wußte und einer ihm einmal nachrief, die öffentliche Bedürfnisanstalt befinde sich im Hof.

»Ich bedarf eurer nicht«, murmelte Jonas Jasulaitis, »und habe kein anderes Bedürfnis, als heim ins teure, litauische Vaterland zurück zu können«, und kehrte, litauisch vor sich hin redend, dorthin zurück, von wo er zur Polizei gegangen war und wo er, beinahe vom ersten Tage an, seitdem er sich in diesem Städtchen gezwungenermaßen hatte niederlassen müssen, sein Auskommen und seine Wohnung gefunden hatte: zu einem Bäcker der Stadt, der wie er ein entlassener und zur Niederlassung hierher verwiesener ehemaliger Strafgefangener aus dem Kasanschen Gouvernement war.

Wenn alsbald ein Polizist, mit dem Auftrag, dem Unbekannten nachzuspüren, den man irrtümlich in die Bedürfnisanstalt verwiesen hatte, die sonst nur an Markttagen rege benutzt wurde, erst im Laden und dann in der Backstube erschien, herrschte Jasulaitis, schon mit der großen, weißen Schürze angetan, ihn wie einen Eindringling in sein unkränkbares Reich mit gebrochenem Russisch an: »Soso, hast du heute schon Brot gegessen?«

»Ja«, sagte der Polizist.

»Hast du vielleicht sogar Bulki gegessen, die deine arme Frau dir wie am Sonntag zur Besänftigung gegen deine Wütigkeit oder aus Liebe vorgesetzt hat?«

Manchmal hörte er: »Ja.«

»Also wisse«, sprach der litauische Bäcker in gebrochenem Russisch weiter: »Jonas Jasulaitis ist da, denn ohne ihn hättest du weder Brot noch Bulki, noch Suschki, noch Gott weiß was zu essen! Und nun fort mit dir, sonst brennt mir das Brot an, weil ich den Ofen mit meinem Zorn auf euch heize!«

Das alles sagte der ob seiner ›Demütigkeit‹ vorzeitig aus der Strafgefangenschaft entlassene Jasulaitis in gebrochenem Russisch. Fortan schwieg er wieder, oder er redete Litauisch vor sich hin, weil ihm die Muttersprache wie ein Licht war, in dem er sich selbst überhaupt erst sehen konnte, oder wie ein Spiegel, in dem er seine eigene Gestalt und seinen Glauben erkannte.

Der Bäcker, in dessen Backstube Jonas Jasulaitis seinen Zorn verheizte, war noch halbwegs bei Kräften gewesen, als der vorzeitig entlassene Sträfling ihm, ganz durch Zufall, seine Dienste anerboten hatte. Dieser Zufall hatte Elisaweta geheißen, und sie war die Tochter des Bäckers, die einzige, die meistens im Laden stand. Bei ihr hatte Jasulaitis die ersten Bulki seit acht Jahren gekauft, richtige Bulki, weiße, süß duftende, warme Brötchen, und das Mädchen war auf seine stille, ein wenig scheue Art sehr freundlich zu ihm gewesen. Es war, wie es ihm beim zweiten Einkauf auf sein neugieriges Fragen erzählt hatte [Jonas war neugierig, weil die nicht-gefangene Welt für ihn bis in die geringsten Kleinigkeiten wieder ein atemraubendes Erlebnis war], es war noch im Kasanschen Gouvernement geboren und, nachdem der Vater zu zwanzig Jahren verurteilt worden war, wenige Jahre, nachdem der seine Strafe angetreten hatte, mit der Mutter nach Sibirien gefolgt - immer in der

Hoffnung, man werde den Ehemann und Vater vielleicht vorzeitig entlassen. Das aber war allem Anschein nach vergessen worden. Elisaweta bekam keine Geschwister, die Mutter war früh dahingesiecht und gestorben, und als Iwan Borisowitsch Michailow aus seiner Gefangenschaft entlassen und zur Wohnsitznahme hier gezwungen worden war, besaß er nur diese eine Tochter, die in dem wie gegerbten, ausgemergelten Mann zuerst gar nicht ihren Vater wiedererkannte. Er war Arbeiter gewesen, als man das Urteil über ihn gefällt hatte. Im Lager war er – mit den vielen Jahren, die er abzudienen hatte – zum Bäcker geworden, ein Vertrauensposten günstigster Art, und eine Arbeit, die er nach seiner Freilassung und Zwangsansiedlung hier halb aus Gewohnheit und halb, weil es keine andere passende Beschäftigung für ihn gegeben, fortgesetzt hatte. Gegen harten Widerstand der schon Angesessenen hatte er seine Aufnahme ins Artel der Bäcker durchgesetzt und war einer von den drei amtlich anerkannten Bäckern der Stadt geworden. Hilfe konnte der weit vor der Zeit Gealterte gut gebrauchen, vor allem des Nachts, wenn der große Ofen geheizt wurde, und auch sonst zum Mehltragen und Kneten. Ja, er zog sich, als hätte er nur auf Jonas Jasulaitis gewartet, kaum daß der ihm seine Dienste anerboten hatte, mehr und mehr von der Arbeit und dem Geschäft zurück und lebte nur noch seiner zerstörten Gesundheit. ›Kasansche Backwaren‹ stand auf einem Schild über dem Ladeneingang in goldenen kyrillischen Lettern, wie hätte es anders sein können!, und lockte nicht wenige Besucher der großen Märkte und auch sonst allerlei Volk in einer Gedankenverbindung mit der unentwegt segenspendenden Mutter Gottes von Kasan zum Kauf in den Laden. Der Bäcker selbst aber war, sehr zum Leidwesen seiner Tochter Elisaweta, Atheist, wiewohl er des Geschäftes wegen die kirchlichen Gepflogenheiten beachtete. Iwan Borisowitsch Michailow hatte sein Auskommen gefunden, ja er war beinahe wohlhabend geworden oder hätte das sicher werden können, wenn seine vorzeitig gealterte Natur ihm nur noch ein wenig mehr Zeit gelassen hätte. Eines Tages aber war er nach nur kurzer Krankheitszeit, auf Betreiben seiner frommen Tochter gebührlich gesalbt, tot, und über das Lager des Entschlafenen mit den auf der Brust gefalteten Händen sahen Elisaweta und Jonas einander eigentlich zum erstenmal an...

Natürlich hatten sie einander schon vorher angesehen, der schweigsame oder wortkarg in seiner für Elisaweta fremden Sprache vor sich hinbrummelnde Mann und das ein wenig jüngere Mädchen, dessen Leben jetzt dem dreißigsten Jahr näher war als dem zwanzigsten. Aber dieser Blick über den entschlafenen Dulder Iwan Borisowitsch Michailow hinweg war doch ein ganz anderer als alle früheren Blicke. In beider Augen lag ein Fragen, und in jedem Blick lag schon die Antwort. Worauf - darüber hatte der tote Iwan Borisowitsch selber nie ein Wort verloren. Vielleicht hatte er es für selbstverständlich gehalten, denn er hatte seinen Gehilfen, dessen Vergangenheit so ähnlich war wie die seine, immer gut gehalten; vielleicht hatte er es vergessen, mit der Tochter und dem Gehilfen darüber zu sprechen; vielleicht hatte er es gewollt und keine Zeit mehr dazu gefunden. Dagegen hätte er sicher nicht gesprochen, als - kaum daß die Panichiden für den Verstorbenen gehalten und der in die fremde, sibirische Erde gesenkt worden war - Elisaweta und Jonas am Abend wie aus einem Munde zueinander sagten: »Gut, so heiraten wir!« Dann küßte Jonas Elisaweta zum erstenmal, es war für ihn ein großer, ein berauschender Augenblick, in dem er am liebsten für alle Ewigkeit hätte verweilen mögen, aber er mußte die Ewigkeit bald abkürzen und in die Backstube gehen, um den großen Ofen zu heizen.

Doch siehe, dort blieb er von nun an nicht lange allein. Leise schlich sich Elisaweta herein, setzte sich auf die Kante eines Backtrogs oder auf den Schemel, auf dem hockend Jonas mit geneigtem Kopf dem heißen Werden der Brote und der Bulki zuzusehen pflegte, stand bisweilen auf, kam zu ihm und küßte ihn, immer schweigend, als dürfe hier in der säuerlich oder süß duftenden Wärme beim Halbdunkel, dem Feuerschein aus dem Ofen und unter dem Zirpen der Grillen, die sich eingenistet hatten und still mit von dem Mehl fraßen, das Jonas zum Mischen und Kneten in den Trog schüttete, kein Wort gesprochen werden, wie in der Kirche, und schloß ihn, wenn er gerade kein Gerät in der Hand hatte, mit solch einer Heftigkeit in die Arme, daß Jonas Sehen und Hören verging und ihm zumute ward, nun endlich werde er frei, ganz frei, und ihr Nebeneinanderher-Leben in allen den vergangenen Jahren habe einen schon immer vorhanden gewesenen Bach so hoch aufgestaut, daß jetzt, da sie einander ihr Wort gegeben hatten, ihre Liebe zu ihm sich wie ein Strom über ihn ergoß. Sie war blond und blauäugig gleich ihm, wie eine große, schwere Garbe von goldenem Weizen, in der er sich zum Rausch und zum Schlaf niederlegen konnte. - Nach solchen Begebenheiten rügten die Käufer anderntags, das Brot oder die Bulki seien ›zu scharf gebacken‹, und Elisaweta im Laden versprach unter anzüglich blinzelnden Blicken der Käufer mit vielen Entschuldigungen Besserung, sie werde mit ihrem Bäcker unter vier Augen reden.

Das tat sie, aber die Folge war nur das standesamtliche Aufgebot und daß sie ihren Beichtvater in der Uspenski-Kathedrale aufsuchte, um seinen Rat zu erbitten und seine Buße für ihre Ungeduld anzunehmen und - nicht zuletzt - mit ihm den Tag der Hochzeit festzusetzen. Doch da gab es Schwierigkeiten. Jonas war katholisch und wollte auch jetzt nicht davon lassen, nicht einmal ihr zuliebe. Das, sagte er, wäre Verrat am Vaterland und dessen heiliger Sache wie an seinem Glauben. Er habe einmal Priester werden wollen!

Kein Zureden nützte. Alle Liebe, auf die Elisaweta sich berief, schlug er in den Wind und redete in erbittertem Übereifer davon, dann werde er lieber in heimlicher Ehe mit ihr leben. Erst etliche Besuche von Elisawetas Beichtvater, dem alten Vater Wenjamin von der Uspenski-Kathedrale, förderten bei dem Halsstarrigen die Einwilligung zutage, daß der Priester sich an den vorgesetzten Bischof wenden und seine Erlaubnis zur Einsegnung dieser Mischehe nach orthodoxem Ritus erwirken könne. »Die Kinder aber«, fügte Vater Wenjamin hinzu, und Elisaweta nickte mit von Tränen geschwollenem Gesicht, »werden rechtgläubig getauft und erzogen!«

»Was habt ihr Römisch-Katholischen für einen kleinen Gott!« sagte Vater Wenjamin, »daß er so eifersüchtig über euren Glauben wacht, und doch soll er der Vater unseres Herrn Jesus Christus sein.«

»Und Ihr, Vater Wenjamin«, fragte Jonas bis zu Tränen erbittert, »heißt Euch denn Euer größerer Gott, uns in die Katorga zu schicken, nur weil wir Ihn in unserer Sprache anbeten wollen?«

»Ach, das ist Politik, und es wird alles eine Prüfung für uns sein«, erwiderte der alte Priester mit einer Ausflucht. »Lieben wir einander, wie uns der Herr geboten hat! Und ihr beide - ihr liebt euch doch...?«

Elisaweta schlug den Blick nieder. Jonas sah den Priester fest an und sagte mit gewichtigem Ernst: »Ja, Vater.«

»Und dann«, sagte der Priester lächelnd, »ist alles gut und unser aller Gott ein Wohlgefallen. Er hat dich, Jonas Jasulaitis aus dem fernen litauischen Land, aus den Fesseln befreit; er wird dich auch noch aus dem Unglauben lösen.«

Jonas Jasulaitis zuckte die Achseln.

SIE WURDEN nach langem Hin und Her zwischen dem Bischof und Vater Wenjamin ein Paar; sie heirateten; aber soviel Jasulaitis-Brote und -Bulki Jonas in dem sehnsüchtig-ergebenen, wieder mädchenhaft aufblühenden Leib seiner Frau mit ehelichem Eifer zu backen versuchte, ihre Ehe war fürs erste kinderlos und blieb es für immer. Und wie es so zu geschehen pflegt, machte dieser Umstand sie alle beide erst betroffen und später grüblerisch, wo oder bei wem die Schuld liegen mochte: ob bei dem fehlenden Segen des Vaters, den der nicht mehr hatte geben können, ob bei der Verschiedenheit ihrer Herkunft oder bei der Verschiedenheit ihres Gottes und ihres Glaubens. Zwar ging Jonas nach rechtschaffener Bürger Art allsonntäglich mit seiner Frau in die Kirche, und er feierte die Ostern, schon weil dies das Fest aller Bäcker war. Aber wie Elisaweta mit der Zeit wahrzunehmen meinte, nistete sich bei ihrem Mann die Gewohnheit ein, noch während des Kirchenbesuchs oder gleich danach beim Hinausgehen für geraume Zeit zu verschwinden. Nicht daß er, wie manche anderen, ins Wirtshaus gegangen wäre! Nein, er blieb in dem Städtchen der Einzelgänger, als der er buchstäblich gekommen war. Er verschwand nur, verschwand schemenhaft wie mit den Weihrauchschwaden, die sich aus den weit geöffneten Kirchenpforten in die Straßenluft verloren...

Und das machte sie fürs erste unendlich traurig. Sie konnte sich nichts Innigeres und anderes denken, als neben ihm, seinen Arm noch ein wenig fühlend, vor Gott dem Herrn mit ihm zu stehen oder zu knien. Spürte sie ihn mit einemmal nicht mehr und nahm ihn bei ihrer tiefen Andacht auch mit einem verstohlenen Blick aus den Augenwinkeln nicht mehr wahr, dann war das anders, ganz tief und schwer anders, als wenn er des Nachts einmal verstohlen aus dem Bett aufgestanden und leise wie ein

Geist in die Backstube verschwunden war. Aber was tat er, wenn er - ehe sie sich's versah - mitten in der heiligen Opferfeier sich wie ihr eigener Schatten von ihrer Seite gelöst hatte und aus der Kirche verschwunden war und blieb?

Mißtrauen nistete sich in ihr ein. War es, da ihre eigene Ehe kinderlos blieb, eine andere Frau, die er liebte und von der er sich gerade um die Zeit, da sie Gott am nächsten war, den Segen versprach, den ihr Schoß ihm nicht gewährte? Oder war er heimlich wieder in politische Umtriebe verstrickt, die sich im Schatten der Kirche und bei dem Volksgewimmel um das Gotteshaus am unauffälligsten bewerkstelligen ließen? Eher war es eine andere Frau, dachte sie wider Willen, weil ihr einfiel, daß er manchmal um den Preis, daß das ganze Brot ihm verbrannte, mit den glühenden Wangenrosen der Backstubenhitze durch das dunkle, kleine Haus zu ihr ins eheliche Zimmer gerannt kam und sein Gelüst bei ihr stillte. Und doch: wie sollte er da eigentlich einer anderen Frau als ihr nachstellen! Aber ach, die Männer! fiel ihr aus dem argwöhnischen Geschwätz der alten Weiber ein - auf welchen der Männer war Verlaß!

Es blieb lange Zeit Jonas' Geheimnis, wohin er sich fortstahl, wenn er es so einzurichten wußte, daß er sich unbemerkt von ihr entfernen und, ohne seine Absicht gar zu auffällig zu bekunden, mit der Zeit sich einer der Kirchenpforten nähern konnte.

Kaum draußen angelangt, ging er ungesäumt auf dem Weg durch das Städtchen, wo es seiner Erfahrung nach so gut wie menschenleer dalag, und strebte auf der großen Landstraße stadtauswärts. Er ging nicht schnell, er ging nicht langsam, er ging wie in Gewohnheit und Pflicht, und dennoch... Es hob ihn jedesmal - er klagte sich dafür bei der Heiligsten Dreifaltigkeit und der heiligen Jungfrau und allen Heiligen und bei seiner nichtsahnenden Frau an -, es hob ihn jedesmal förmlich aus der wimmelnden Menge in der fremdartigen Kirche, aus der fremden Sprache und aus dem Anblick jener fremden Schrift, um derentwillen er als Schmuggler ins Unglück geraten war, hinweg und hinaus in die Einsamkeit, die sein tägliches Unglück und sein sonntägliches Glück in allem war, dessen er sich in der Not seines Herzens befleißigte. Sein unsägliches Heimweh zog ihn, er hätte gehen und gehen können, bis er einmal am Ziel angelangt war. Seine Sprache, deren er sich eben nur für sich selbst bediente, sehnte sich nach einem Echo aus dem lebendigen Odem des Menschenmunds. Sein Vertrauen auf Gott und sein römischer Glaube - wo hätten die hier ihre Anbetung darbringen können? Gott, Gott - konnte der große Gott ihn, Jonas Jasulaitis, den kleinen, entlassenen Sträfling, hier im weiten Sibirien unter allen den Ungläubigen und Andersgläubigen überhaupt noch im Halbdunkel seiner Backstube entdecken, wenn er *Ihn* nicht in seiner Sprache anrief? In seiner Sprache, welche die Sprache war, die seine Mutter ihn gelehrt, die er mit den Eltern und Geschwistern, mit allen in der Gemeinde, ja selbst noch mit den Kameraden im Unglück des Straflagers gesprochen hatte? Die Sprache, mit der allein er sich würde verständlich machen und seine Herkunft nachweisen können: vor seinen Nächsten, wenn die da noch lebten, vor seinem Volk, vor seinem Glauben und dessen heiliger Kirche, vor einem Gott, dessen Geschöpf er war!

Er hatte schon etliche Male ein Gesuch an die Behörden gerichtet, in seine Heimat zurückkehren zu können. Jedes der Gesuche war abgelehnt worden. Und dennoch hoffte er immer noch auf seine Rückkehr und glaubte beinahe daran. Er hatte Elisaweta nicht verheimlicht, daß er diese Gesuche gestellt hatte; sie hatte dazu geschwiegen. Vielleicht hatte ihr eigener Vater einmal ähnliche Bittschriften eingereicht, ins gesegnete Kasan heimkehren zu dürfen. Und dennoch: Bei dem ersten lichten Wäldchen von niedrigen, verkrüppelten Birken bog Jonas Jasulaitis von der Landstraße ab, ging so tief ins Dickicht hinein, daß er sich ungesehen wähnen konnte, fiel auf die Knie, breitete die Arme aus und begann, auf litauisch mit Gott, seinem Vater und Herrn, mit der heiligen Jungfrau der Fürbitte und des guten Rats, mit allen Heiligen, mit der fernen Heimat und allen geliebten Menschen dort zu reden. Er redete, er betete, er bestürmte die Heilige Dreifaltigkeit, ihm den Heimweg mit seinem Weibe zu ebnen, wie einst dem Volke Israel aus Ägypterland. Er flehte Gott an, seiner hier nicht zu vergessen, wie Er sich seines auserwählten Volkes und des Hiob immer erinnert habe, und sagte: wer er sei, woher er komme und warum er hier sei: um des heiligen, gesegneten Wortes willen, das Er Seiner Kirche gegeben.

Dann sprach er mit den Seinen. Ach, es fiel ihm so schwer, mit jenen zu sprechen, die er tot wähnen mußte, und über die Gräber hinaus zu reden, denn ihre Seelen waren ja gewiß, an aller Liebe des Schöpfers teilnehmend und fürbittend, in Gottes Hand. Aber dann mit ihren Nachkommen, daß auch die wüßten, wer vor ihnen stand... Ihr Bruder Joseph aus Ägyptenland, den die russischen Gendarmen verschleppt hatten... Tränen strömten ihm über die Wangen, wie sie dermaleinst fließen würden, wenn alles Wirklichkeit geworden war, was heute - mit dem schlechten Gewissen vor Elisaweta - nur ein Traum, eine Hoffnung, ein Glaube, sein liebstes, teuerstes Leben war, auch wenn sie es nicht verstand, und aus dem er sich wie aus einem ehelichen Fehltritt der Untreue erhob, das gespielt unbefangene Lächeln auf dem Gesicht, das alles Heilige, was er erlebt hatte, Lügen zu strafen schien. Wie mit zufälliger Säumigkeit fand er sich nach der Stunde im Wäldchen wieder bei ihr ein: im alten Leben, in ihrem Leben, Elisawetas und seinem, der Fremde, die einer langsamen Auszehrung gleichkam.

An dem Festtag, den man zu Ehren des heiligen Propheten Elias feierte, mitten im Sommer, der hier in Sibirien noch ein hitziger Frühling war, wußte Elisaweta bei aller ihrer Verstörtheit und in ihrem Kummer es so einzurichten, daß sie sich während des Gottesdienstes gleich Jonas aus der Kirche entfernen konnte - aber nur, um seinen Weg dann von fern zu verfolgen. Sie sah, er wanderte gemächlich aus dem Städtchen hinaus, die große Landstraße entlang und dann auf einem schmalen Pfad im rechten Winkel auf ein lichtes Birkengehölz zu, in dem er verschwand. Auf der leicht übersehbaren Landstraße konnte sie, solange er selber dort ging, ihm nicht folgen, und noch waren auch nur zu wenige Kirchgänger der Umgebung auf dem Heimweg, als daß sie sich zwischen die hätte mischen können. Also wartete sie eine Weile und ging dann, als Jonas verschwunden war und etliche alte Frauen ihren Weg teilten, so rasch, wie es Sitte und Anstand erlaubten, die Landstraße entlang, an dem lichten Birkengehölz vorbei und bog erst hinter diesem nach rechts ab. Die anderen mochten sich bei diesem Abweg denken, was sie wollten. Und kaum war sie hinter dem Wäldchen angelangt, da dämpfte sie jeden ihrer Schritte und versuchte, wie ein Schmuggler zu schleichen. Der heiße Blick ihrer Augen verbrannte förmlich das Unterholz. Wo steckte Jonas? Was trieb er? Würde sie ihn überhaupt zu Gesicht bekommen?

Die Sonne schien hell, der niedrige Wald mit dem feuchten

Moos unter den weißen, krüppelhaft gewundenen Stämmen und dem Schleier des knospenden Grüns in den Kronen war der Feiertag selbst, ein helles, frohes Glück gegen ihren finsteren Verdacht, daß er sich hier mit einer anderen Frau traf und mit ihr seine Spiele trieb. Aber... Nein, nein, sie sah ihn mit einemmal von hinten her, er hatte sie nicht kommen gehört und konnte sie nicht sehen. Er kniete am Boden, allein, weit und breit war nichts von einem fremden Weibsbild zu sehen. Er kniete. Er war versunken, denn er hörte sie nicht einmal, als ein dürrer Zweig unter ihrem Schuh knackte. Er hatte beide Arme ausgebreitet, sprach vor sich hin, nicht Russisch, wie er's auf seine fremdländische Weise mit ihr sprach, sondern in einer ganz anderen, viel fremderen Sprache, die sie ihm nie und nimmer hätte nachsprechen können.

»Kopiu per slenkstj bučiuoju baltas rankeles ir... sakau garbē Jezui Kristui«, glaubte Elisaweta zu hören, und dann meldete sich ihr Jonas wie in die große Feiertagsstille über Land und Meere hinein: »Aš esú, Jonas Jasulaitis«..., und so immer weiter, immer weiter, bald wie im Gebet, bald im Erzählerton, halb fragend, halb beteuernd, wahrscheinlich je nachdem, wie er's aus der leeren Unendlichkeit gefragt oder gesagt zu hören vermeinte.

›Jezui Kristui‹... war das Wichtigste, was Elisaweta Iwanowna gehört und verstanden hatte. Er war nicht bei einer anderen, er sprach mit Ihm, und danach in seiner ureigenen Sprache mit... mit einer anderen Welt, in der er sich melden und sagen mußte, wer er war: Jonas Jasulaitis, aus der Gemeinde Kretinga, seit Jahr und Tag in Sibirien verschollen für Gott und die litauischen Menschen.

Sie ließ ihn lange Zeit gewähren, bis er von selber aufstand, und dann erst brach sie, die sich mühselig so leise angeschlichen hatte, laut in Tränen aus. Jonas Jasulaitis flog förmlich zu ihr herum, gewahrte seine Frau und sprang mit langen Sätzen auf sie zu - gerade noch rechtzeitig, die Schwankende auffangen zu können.

»Was hast du getan?« fragte Elisaweta später, als der erste Tränenstrom versiegt war, mit wie erloschener Stimme.

»Ich habe gebetet«, sagte Jonas, »wie mich die Alten bei mir zu Haus gelehrt haben, daß ich mit reinen Händen ins Heiligtum eintrete vor Jesus Christus, den Herrn, und ich... ich habe gesagt, in meiner Sprache, wer ich sei, wo ich gewohnt hätte, bevor sie mich in die Katorga verschleppten, wer mein Vater gewesen sei und meine Mutter, aus welchem Kreis und welcher Gemeinde ich stammte und wie der Name unseres Hofes sei - alles, was ich einmal in unserer Sprache werde sagen müssen, wenn ich mit dir nach Hause komme, damit sie mich wiedererkennen und bei sich aufnehmen und damit ich die Sprache der Väter nicht verlerne, denn ich will ihnen allen in dem Licht gegenübertreten, das unsere Zunge verbreitet, damit alle mich wiedererkennen. Und wie soll mein Gott und Vater wissen, wo ich bin, wenn ich es ihm nicht sage, wie er's von mir zu hören gewohnt ist, wo ich...«

Elisaweta Iwanowana ließ den Kopf an seiner Brust hängen. »Nach Haus?« flüsterte sie mit erstickter Stimme, »willst du nach Haus? Sind wir nicht hier zu Haus? Bist du nicht bei mir zu Hause?«

Jonas Jasulaitis schwieg, denn er wollte ihr nicht damit wehtun, daß er sagte, nie würden Litauen und der alte Glaube aus seinem Herzen zu reißen sein.

»Sag, hast du nicht mich? Bin ich nicht deine Frau? Bist du nicht bei mir zu Haus, in meinem Herzen, in meinem Leib, auch wenn Gott ihn unfruchtbar bleiben läßt?«

Jonas Jasulaitis schwieg weiter. Er liebkoste sie nur stumm. Dann sagte er, es klang wie ein Befehl: »Komm, Elisawetuschka, gehen wir nach Haus! Vergiß das alles...«

»Wie werde ich das je vergessen können!« widersprach sie ihm sanft. »Du hast eine falsche Frau gewählt. Du hättest fliehen müssen, als sie dich hierher zur Zwangsansiedlung verwiesen.«

»Ich wäre nicht weit gekommen«, flocht er ein, »und zu Haus in Litauen hätten die Gendarmen mich rasch wieder umgedreht und zurückgeschickt...«

»Ach, darum geht es gar nicht!« beharrte sie. »Du hast eine falsche Frau gewählt. Ich habe dir keine Heimat geben können, und das muß ich bis aufs Totenbett bereuen.«

Er nahm sie bei der Hand und zog sie mit sich fort. Als sie bei der Landstraße angekommen waren und dort den letzten, säumigen, halbbetrunkenen Kirchgängern begegneten, wurden sie beide rot, als wären sie ein Liebespaar, das man ertappt und das sich für etwas, was es im Verborgenen getan hatte, schämen müßte. Jonas kam das selbstsichere Lachen zu spät aufs Gesicht, als daß die Wanderer es noch hätten sehen können. Wie? schien seine Miene fragen zu wollen, kann ein rechtmäßig getrautes junges Ehepaar nicht einen kleinen, verliebten Spaziergang machen? – Wenn Elisaweta nur nicht so unglücklich und so verweint ausgesehen hätte...

Es wurde ein seltsam dumpfer, von Schweigen geschlagener Festtag. Jonas war beim Gebrauch des Russischen ohnehin wortkarg, aber so sprachlos wie am Fest des wortgewaltigen Propheten Elias war er doch noch nie gewesen. Früher als sonst verschwand er in die Backstube und begann dort, für den kommenden Werktag den großen Ofen zu heizen. Elisaweta kam nicht zu ihm, und er selber setzte kein Brot aufs Spiel, indem er rasch zu ihr, der schon früher zur Ruhe Gegangenen, rannte.

Und dabei blieb es, keiner von ihnen vermochte es zu ändern. An Elisaweta zehrten Reue und Kummer über ihre Unzulänglichkeit, und Jonas mit seiner Wortkargheit schien sich nur noch weiter in die Ferne, die Heimat, die Sprache seines Volkes und seines Glaubens zu schweigen. Sie fand ihn, wenn sie bisweilen gezwungen war, die Backstube aufzusuchen, um mehr Ware für das Lädchen zu holen, im Halbdunkel auf dem dreibeinigen Hocker vor der großen Ofentür sitzend, aus der ein schmaler Keil Feuerschein den sonst überall dunklen Boden spaltete, den Schieber, mit dem er die fertigen Laibe aus der Tiefe des Ofens hervorholte, wie eine Fährstange neben sich aufgepflanzt, gleichsam zur Fahrt bereit zu jenseitigen, ganz fernen Ufern.

Das aber war, je mehr Zeit verging, desto klarer die Reise in eine noch andere Welt, als Elisaweta sie eifersüchtig haßte. Sie hatten, so einfach und so gut das ging, nach jenem Fest des Propheten in aller Alltäglichkeit wieder zueinandergefunden, Mann und Frau, bei der Arbeit, im Geschäft und in der Backstube, im Ehebett, beim gemeinsamen Mahl, in der Kirche. Aber eine unausgesprochene, dumpfe Fremdheit blieb. Sie hörte ihn nur noch häufiger als früher in der rätselhaften, fremden Sprache seines Landes und seines Volkes vor sich hinmurmeln, und an den Feiertagen verschwand er, nachdem ›die Stadt‹ ihn gesehen hatte, in der Kirche von ihrer Seite und blieb geraume Zeit verschwunden. Sie spürte ihm nicht mehr nach, sie wußte, daß er ihr im ehelichen Leben treu war, aber darüber hinaus bewahrte er noch eine andere Treue. Sie schreckte ein paar Male zusammen, wie von einem Schlag, wenn er sie, in Gedanken versunken oder wie um sie zu reizen, in der fremden Sprache des Westens anredete, in der er mit seiner Heimat und mit dem Gott seines Glaubens sprach und sich vor seinem Volk dort zu erkennen gab. Bei solchen Gelegenheiten wollte sie ihn nicht mehr kennen!

Er nahm es hin, er schwieg, als wäre er gar nicht mehr vorhanden und als wäre sie, seine Frau, nicht mehr in seinem Gesichtsfeld. Sie wurden zwei von Schweigen geschlagene, in ihrer Stummheit wie in Muschelschalen eingeschlossene Wesen, zwischen denen sich mit der Zeit, aber immer seltener und immer bitterer, ein Tränenstrom Elisawetas ergoß, die fortwährend ihre Unschuld beteuerte, daß es nicht an ihr liege, wenn sie ihm kein Kind gebar, sondern an Gottes allerheiligstem Willen. Jonas zuckte die Achseln und floh in die Backstube, in der er ›Teufelsbrot‹ buk, wie Elisaweta im Zorn schrie, weil viele Kunden schon über sein zu scharf gebackenes oder nicht gut ausgebackenes Brot geklagt hatten und mit der Zeit einfach fortgeblieben waren.

Dabei war Jonas gar nicht gleichgültig, wie es Elisaweta scheinen konnte, sondern er litt auf seine stumme, in sich verkapselte Art mindestens ebenso tief wie sie, ohne es in der zunehmenden Verhärtung ihrer Schalen gegeneinander zum Besseren wenden zu können. Das wurde erst anders, als er sich an einem Wintertag vor Ostern nach vielen vergeblichen Versuchen, die Arbeit am Backtrog und am Ofen doch noch bewältigen zu können, zu Bett legen mußte und als eine fiebrige Krankheit ihn wie mit Milliarden von heimlichen Würmern im Leibe aufzuzehren begann. Die Backstube wurde kalt für immer, Elisaweta schloß das Lädchen, in dem nur noch ein paar Kränze Suschki auf ihrem Faden aufgereiht hingen, und mit dem Erkalten des großen, werktäglichen Ofens, vor dem Jonas tags und nachts gesessen und auf den Augenblick gewartet hatte, da seine Arbeit zu einem guten Ende gekommen wäre, brach die große, feiertägliche Stille des Todes in ihr kleines Haus herein. Die Tabletten, die ein Arzt ihm gegen das Fieber verordnete, schlugen bei Jonas eine Zeitlang noch an, aber den Verfall seines Leibes hielt nichts mehr auf. Mit tief eingesunkenen, überweiten Augen lag er hustend im Bett und betrachtete schweigend, wie Elisaweta um ihn herum hantierte. Er schien die Sprache verloren zu haben. Bewegte er die Lippen, dann konnte sie nichts hören. Nur ein einziges Mal vermeinte sie, ihnen das ›Esú, Jonas Jasulaitis!‹ ablesen zu können, und da weinte sie in ihre Schürze und ging hinaus. Ach! sie, wenn irgend jemand, wußte ja doch, wer er war!

Als es nach allen Anzeichen, die sie vom Tod ihres Vaters her kannte und die ihr die Nachbarsweiber beschrieben hatten, mit Jonas zu Ende ging, holte sie Vater Wenjamin von der Uspenski-Kathedrale, daß der mit dem Sterbenden bete und ihm die Sakramente spende.

Jonas Jasulaitis aber starb nicht so schnell. Er lag wie erloschen in seinem Bett, regte sich nicht, sprach kein Wort, hielt die Augen mit den auf einmal so großen, schwer gewordenen Lidern lange geschlossen und schlug sie dann zu einem Blick auf, der Erstaunen, nichts als Erstaunen verriet. Der Priester sprach auf ihn ein, betete mit ihm, wollte seine Beichte empfangen und gab Jonas, als der wieder in einen schweißströmenden Halbschlummer versank, die Sterbesakramente. Und dennoch lebte der Kranke weiter, obschon der Zustand, in dem er sich noch zwei Tage und zwei Nächte befand, eine ganz eigene Welt oder Überwelt irgendwo zwischen Leben und Tod sein mußte, denn mit geschlossenen Augen war er blind und stumm und wie taub für alles, was um ihn herum geschah, mochten so viele Leute an sein Lager treten und für ihn beten, wie da wollten. Erst am dritten Tage, während der langen Dämmerung, die sich gleichsam in diese Welt hineintastete, schlug Jonas Jasulaitis die Augen groß und weit auf. Es lag das alte Staunen in seinem Blick, wie schon früher, als müßte er sich darüber wundern, daß er nicht daheim, auf dem Hof seiner Eltern in der Gemeinde Kretinga, liege, und zugleich doch ein Glück, wie es noch nie zuvor bei ihm sichtbar geworden war. Er sah Menschen um sein Lager, aber er schien niemand anders zu erkennen als sein Weib, das sich auch gleich zu ihm drängte und eine seiner heißen und knochig gewordenen Hände ergriff.

»Jonas!« stammelte sie beseligt, als wäre er, wie einst Joachim zu Anna, von einer langen, langen Reise im Unbekannten zurückgekehrt. »Jonas, bist du da...?«

Über das verhärmte, abgezehrte Gesicht des Sterbenden huschte ein schwaches Lächeln, das alle Härten daraus hinweg-

schmolz, und während er für alle Anwesenden deutlich sichtbar und gleichsam als ein Siegel seine andere Hand segnend
oder mehr Halt suchend auf die Hand der Frau legte, die ihn in
ihrer Welt festhalten wollte, sagte er so, als hätte er nie eine andere Sprache als die ihre gesprochen, wie eine Abbitte und
einen letzten Entschluß zu ihr auf russisch, damit sie ihn ganz
und für alle Ewigkeit begreife: »Daragaja! Milaja!« Teure!
Liebe! Und in diesem Augenblick fühlte Elisaweta Iwanowna
mit Gewißheit, daß für Jonas Jasulaitis endlich ihr eigenes Herz
das ferne, unbekannte Land geworden war, gegen das sie soviel
Eifersucht gehegt hatte, und in dem unsagbar großen Schmerz
über seinen Verlust war doch ein Kleines gut, sehr gut, beinahe
eine sehr traurige Süße...

IN DER alten karelischen Hauptstadt Viborg, als sie noch zu Finnland gehörte, machte im Jahre 1934 ein gewisser Ginken, mit seinem vollen Namen Sergej Antonowitsch Ginken-Bogajewski, ein ehemaliger Oberst im Ingenieurkorps der kaiserlichen russischen Armee, von sich reden. Er war ein Kind dieser Stadt, der Sohn eines ehemals hochangesehenen Agronomen und Kaiserlich Russischen Staatsrates und hatte die Tochter eines Generals zur Mutter, aber ihm selber war es durch die Zeitläufte, die zwei Revolutionen und mancherlei Kriege gebracht hatten, nicht ganz so stetig und gut ergangen wie seinen Eltern, die nun auf dem russischen Friedhof in Viborg lagen. Doch war er, nachdem er die ersten Schulen in der Vaterstadt selbst und dann die Kriegs-Ingenieur-Schule im alten St. Petersburg besucht und den üblichen Dienst bei der Truppe in verschiedenen Korps und Garnisonen hinter sich gebracht hatte, bei Beginn des Weltkriegs einem höheren Stab in den Kämpfen um Ostpreußen und die Karpaten zugeteilt, hoch ausgezeichnet und schließlich zum Oberst befördert worden. Einzig und allein die Revolution hatte dieser Karriere, die mit der Beförderung zum General geendet hätte, ein Ende gesetzt, und der damalige Oberst hatte, seinem Eid getreu, bald bei dieser, bald bei jener der ›weißen‹ Armeen unter Wrangell, Judenitsch, Morosow und Skoropadski Dienst genommen, bis es ihn, der eigentlich Pionieroffizier gewesen war, als Chef einer Nachrichtenabteilung in die Reihen der französischen und der britischen Interventionsarmeen verschlagen hatte. Bei denen hatte er, als kaisertreuer russischer Offizier, solch einen Ekel vor der politischen Verschlagenheit und militärischen Unfähigkeit der westeuropäischen Interventionisten bekommen, daß er, als das Heer der Bolschewisten Odessa erobert hatte, über Konstantinopel, Rumänien, Polen und die baltischen Staaten in die alte Heimat, das jetzt selbständige Finnland, und dort in die Stadt seiner Väter zurückgekehrt war.

Anfangs hatte der in der Mitte der Fünfziger stehende ehemalige Oberst versucht, von einer kleinen Fabrik für Süßigkeiten, vorwiegend kaukasischer Sorte, zu leben, aber dieses Unternehmen war fehlgeschlagen, weil, wie er sich damals geäußert,

»der Geschmack ganz ins Westliche umgeschlagen« war und Viborg nur noch einen Bruchteil seiner einstigen Bewohner russischer Nationalität, russischer Sprache und russischen Glaubens besaß; in Wirklichkeit aber, weil der Oberst sich besser auf Brückenkonstruktionen, Eisenbahnwesen in strategischen Belangen und Straßenbau verstand. Dazu war er ein glühender Patriot eines einigen und starken Rußlands und träumte sich mit seinen Orden und Ehrenzeichen in eine ferne, glorreiche Zukunft, von der er, nach seinen Erfahrungen bei den britischen und französischen Expeditionskorps in der Vergangenheit, nichts mehr fürchtete, als daß sie sich einmal auf den Sieg fremder Bajonette gründen könnte. Deshalb nahm er vom ersten Tag seines Emigrantenlebens in der angestammten Heimat an Fühlung mit den verschiedensten Organisationen russischer Flüchtlinge in der weiten Welt auf, die - wie viele politische Unterschiede es zwischen ihnen auch geben mochte - alle für ein neues Rußland und dabei doch für eine Rückkehr ins alte Leben wirkten, und führte einen weitläufigen Briefwechsel. Ehemalige Kameraden aus den verschiedensten Armeen besaß er in der Fremde genug. Da aber die Fabrik für kaukasische Süßigkeiten allen Logarithmentafeln, die er beherrschte, zum Trotz verkracht war und seine Unternehmungslust und sein Tatendrang in der Kleinstadtatmosphäre der Hauptstadt Kareliens sich in wirren Träumen und Kalkulationen und Spekulationen verloren, endete er schließlich als Nachtportier in einem Hotel zweiter Klasse, das - wie ihm zu Gefallen - den Namen ›Petersburger Hof‹ führte und zu seinen Gästen hauptsächlich kleine Kaufleute, Handelsreisende in schlechten Geschäften, Mitglieder fremder Schiffsbesatzungen mit Damenbegleitung und sonst noch Leute zählte, die es immer einmal, sei es mit Absicht oder wider Willen, in eine fremde Welt verschlägt. Und dabei hatte Ginken, bevor er an diesem ›Hof‹ eingeführt wurde, nicht den geringsten Versuch gemacht, wie andere Emigranten von seinen einst im Beruf erworbenen Kenntnissen als Privatlehrer zu leben, geschweige von den wahrhaft erstaunlichen historischen Liebhabereien, in denen er es zur Meisterschaft eines Fachmanns gebracht hatte, denn er verfügte nicht nur über ein gediegenes Wissen in russischer Staats-, Militär- und Kirchengeschichte, sondern galt als ›wanderndes Lexikon‹ auch für absolut zuverlässig, was die philosophischen Geistes-

strömungen Rußlands im 19. und 20. Jahrhundert und die Schriften der orthodoxen Kirchenväter betraf. Aus seinem Zahlen-, Personen- und Sachgedächtnis hätte er mehr ausschreiben können, als auf Tausenden und aber Tausenden der polizeilichen Meldeformulare für im Hotel ›Petersburger Hof‹ zu Viborg abgestiegene Fremde je Platz gefunden hätte. Aber er wurde der Nachtportier, der Tag für Tag in einer von irgendeinem Vorstadt-Flickschneider aus einer alten blauen Uniform zum Anzug abgeänderten Kleidung, mit einem pfeffer- und salzfarbenen Kommodore-Spitzbart und Schnurrbart, der seinen feinen aristokratischen Zügen gut stand, mit leicht schlurfendem Gang zur pflichtgemäßen Stunde über den Platz vor dem ›Petersburger Hof‹ geschlichen kam, hinter den Tresen der Portiersloge trat, als erstes einen Stapel Bücher und Papiere für die eigene Nachtarbeit aus einer alten, abgegriffenen Aktenmappe auspackte und danach die Gästeliste über die schon einlogierten Reisenden zu studieren begann. Vielleicht war er aus dem alten Ruckel von Haus, das er in der Vorstadt bewohnte, gekommen, vielleicht von der Bibliothek, vielleicht aus dem Hafen, in dem er sich an den ausländischen Schiffen nicht sattsehen und nie davon ablassen konnte, mit Leuten der Besatzung oder vom Kommando ein Gespräch anzuknüpfen – Leuten, von denen er nicht wenige später in der Nacht wiedersah, denn sein berühmt gutes Gedächtnis bewahrte so ungefähr alles Wichtige, was auch in Viborg zwischen Origenes und dem General Mannerheim die Männer und vornehmlich die Seeleute fesseln konnte. Ganz in der Nähe des Hotels lag ein kleiner Coiffeursalon, von dem aus er häufig telephonierte, wenn er nicht wollte, daß bei der Morgenablösung der Tagesportier seine Gespräche mithörte, und Sinikka... er pflegte dann das abgegriffene Photo einer wohlondulierten Dame, die ihren Busen mit einem Fuchspelz verhüllte, hervorzuholen – Sinikka war ein Fräulein, das – insgeheim, zu seiner, Ginkens, besseren Information – gebildete, kenntnisreiche Herren von gehobenem Stand gern als Gäste in ihrer kleinen Wohnung über dem Coiffeursalon sah. Also ich bitte, schärfte er ein, Herren! Kenntnisreiche, gebildete! Er gäbe ihnen hier nicht eine zweideutige Adresse! Zu der könne jeder beliebige Fuhrmann sie fahren. Herren! Herren von Bildung und Stand!
Seine Nächte, wenn kein verspäteter Ankömmling oder ange-

trunkener Spätheimkehrer unter den schon Einlogierten ihn mehr störte, verbrachte er hinter dem Tresen der Portiersloge oder in dem kleinen, mit vielen Fenstern versehenen Verschlag, den man vom Empfangsraum abgeteilt und neben einem kleinen Tisch und einem Stuhl auch mit einer Couchette für den diensttuenden Nachtportier versehen hatte, damit der in ruhigen Stunden Gelegenheit habe, sich - natürlich angekleidet - ein wenig hinzulegen und auszuruhen; Tee stand ihm in beliebigen Mengen aus der Hotelküche zur Verfügung, in die er vom Vestibül aus durch einen langen, schlecht beleuchteten, öden Gang mit den Türen, die zu den ›Kabinetts‹, den Séparées, führte, gelangen konnte, und hinter dem Tresen der Loge und in dem kleinen Schlafkäfig der Halle lagen stets angebrochene Schachteln mit Papyrossij, denn Sergej Antonowitsch rauchte ohne Unterlaß, bis ihm beim Zerkauen der Papphülsen die Tabakglut den Bart ansengte.

Er verschrieb die Nächte, wenn er die letzten Meldezettel ausgefüllt hatte, die der Drei-Uhr-Polizist holen würde, mit Briefen an seine Freunde in der weiten Welt, und alles, was er zu erzählen hatte, handelte vom alten Rußland, das hundert Kilometer weiter östlich an der neuen Grenze zwischen Finnland und der Sowjetunion begann. Am Anfang seiner Schreiberei betraf alles die Vergangenheit, die goldenen Tage, die blutigen Tage, die dunklen Tage, das Ende von Odessa, den Verrat des Westens am alten heiligen Rußland... Eine Gegenwart kannte der alte Nachtportier kaum. Die schleppte sich von einem halb verschlafenen Tag zum andern, und einzig die Nächte entschädigten ihn. Sie brachten nach der Vergangenheit die Zukunft. Die Stille hinter dem Tresen und in seinem Schlafgemach, der blaue Dunst des Rauches, der sich wölkte und ringelte, der Dampf, der aus der Teetasse aufstieg - hinter allem dem lag Zukunft. Er begann aufzuschreiben, wie er sich die vorstellte, und allmählich entstand eine Denkschrift nach der anderen, in denen die Ziele und die Methoden nach der politischen Gesinnung derer, die sie erhalten sollten, wechselten. Die Zukunft barg alle Möglichkeiten. Er richtete seine Vorstellungen auf alle ein. Und so sah er sich bald in eine Korrespondenz mit mindestens sechs verschiedenen ideologischen Lagern der Emigration verstrickt, deren Gedanken er sich alle zu eigen machte, weil er mit zunehmendem Alter keine Wirklichkeit mehr besaß und sein eigener Verstand nichts mehr zu ordnen vermochte. Er entwarf Bilder: Rußland – nach einer Restauration der alten Ordnung; Rußland – nach einem nationalbolschewistischen Umsturz; Rußland – eine neue Demokratie Asiens; Rußland – ein sozialrevolutionärer Staat der proletarischen Gerechtigkeit; Rußland – eine in der religiösen Sendung wurzelnde Autokratie; Rußland – ein Staatswesen der militärischen Oligarchie; Rußland – ein bürgerlicher Staat; Rußland – ein Feudalstaat; Rußland – ein Paradies der Arbeiter und Bauern... unerschöpflich, unbesiegbar; Rußland – mit einem parlamentarischen, Rußland mit einem ständisch-korporativen Regierungssystem; Rußland mit einer Föderation unzähliger Semstwo-Zellen... Am Ende wußte er selber nicht mehr, in welchem Staat und unter welchem Regime er leben wollte. Er begann seine Nachtklienten auszufragen, was sie von Rußland und dessen Zukunft hielten...

Und dann kam die Nacht, da er einmal erschöpfend Auskunft bekam, so betrüblich die auch alle seine Konstruktionen und Phantasien hinwegfegte und, wie ein beim Eisgang über die Ufer getretener Frühlingsstrom in den Wäldern Kareliens, von allen seinen eigenen Brücken in die Zukunft nichts anderes als ein paar nutzlose, morsche Pfeiler zurückließ. Der Reisende, der ihm die richtige Antwort gab, hieß Pawel Borissow und logierte im ›Petersburger Hof‹ mit der Berufsangabe, daß er Vertreter der ›Viborger Naphtha-Aktiengesellschaft‹ sei – eine große Firma, die, wie Ginken wußte, sich mit dem Vertrieb von russischem Öl und Petroleum im Lande befaßte. Die sowjetrussischen Schiffe der ›Viborger Naphtha‹ löschten hier im Hafen ihre Ladung, aber die Besatzung kam nie an Land, und deshalb hatte er ihr nie eine landsmännische Gefälligkeit erweisen können.

Borissow kam eines Nachts spät von einer Festlichkeit ein wenig angeheitert ins Hotel, Ginken mußte eigens für ihn öffnen und war eigentlich wenig erbaut von ihm, weil er ihn bei der Abfassung einer ihn wichtig dünkenden Denkschrift zu Händen des Großfürsten und Thronfolgers Kyrill, der in der französischen Bretagne als Emigrant residierte, gestört hatte, aber in dem unliebsamen Störenfried entpuppte sich einfach *der* Mann, auf den Ginken gewartet hatte, seitdem er in diesem Hotel seinen Dienst versah: beschlagen in allen politischen Richtungen,

Gruppen, Kreisen, bekannt mit allem, was Namen und Achtung besaß, auf dem laufenden mit dem Allerneuesten, von welchem Zirkel es auch ausgehen mochte, ob aus Paris oder Belgrad, Sofia oder Prag, Berlin oder New York... Und ein glühender Anhänger jedweder Arbeit für das heilige, das ewige Rußland, dem gerade jetzt so große Gefahr drohte, daß man selbst der Sowjetmacht eigentlich helfen sollte, weil auch sie noch Rußland, das ewige Rußland vertrat...

Aber das alles in Diensten der ›Viborger Naphtha A.G.‹, die doch nachweislich sowjetrussischer Besitz war?

Wer sucht sich seine Amme selbst aus? entgegnete Borissow lachend. Hauptsache ist, daß das Kind groß und stark wird.

Da habe er recht, pflichtete Ginken mit glänzenden Augen bei und bat den verspäteten Hotelgast in seinen kleinen Schlafraum, wo sie unbeobachtet von draußen weiter miteinander reden könnten.

Sie setzten sich dort auf die Pritsche und redeten. Borissow waren die Papyrossij ausgegangen, und er bat, von Ginkens Handvorrat hinter dem Tresen, der für Gäste bestimmt war, ein paar Schachteln kaufen zu dürfen. Ginken wehrte ab und bot ihm von den eigenen an, aber Borissow bestand auf seinem Wunsch, weil er später in seinem Zimmer auch noch welche brauche, er rauche bis in den Schlaf hinein, sagte er...

Genau wie ich, meinte Ginken lächelnd und erfüllte seine Bitte. Borissow begehrte gleich zu zahlen. Aber wie lange er auch Scheine aus seiner Brieftasche hervorzog und wieder hineinschob, er hatte keinen passenden und präsentierte Ginken schließlich fünftausend Mark, auf die der Nachtportier unmöglich herausgeben konnte. Dann, meinte Borissow, verrechnen wir es auf der Schlußabrechnung, und weigerte sich, den Schein zurückzunehmen. Im Zuschieben des Scheins und im Abwehren solch hoher Zahlung entfiel seiner Brieftasche ein Kärtchen, von dessen Aufdruck Ginkens Blicke nur soviel wie ein großes Andreaskreuz erhaschten, und von diesem Augenblick an war sein Widerstand gebrochen. Er kenne auch den bevollmächtigten Vertreter seiner Kaiserlichen Majestät hierzulande, der über die weitere Verteilung von Orden des Heiligen Nikolaus des Wundertäters aller Rangstufen wache, sehr gut, sagte Borissow, als hätte er Ginkens Gedanken erraten.

Er selber sei nur Träger des hohen Ordens vom Heiligen

Wladimir dritter Klasse mit Schwert und Band, sagte Ginken, den habe er sich während des Krieges bei den Kämpfen um den Wald von Augustowo erworben.

Dann könne er immer noch aufsteigen, zwei Sprossen auf der Leiter habe er vor sich, sagte Borissow bedeutungsvoll lächelnd.

- Aber daß Ginken die politische Lage so anders beurteile als er und seine Gesinnungsgenossen, wundere ihn; wahrscheinlich habe das mit seinem isolierten Leben hier in Viborg zu tun. Und nun begann Borissow, Ginken in die große Weltpolitik einzuführen, in welcher das Schicksal des ewigen Rußlands gerade jetzt durch seine Feinde mehr als je auf dem Spiele stand. Von hier, von Finnland aus, gingen dreierlei politische und militärische Strömungen, erklärte er dem staunenden Nachtportier: die erste nach Süden über Estland und die anderen baltischen Staaten und Polen nach Deutschland, die zweite, die man die nordische nennen könnte, zu den skandinavischen Staaten und die dritte schließlich nach England als dem Schutzpatron der drei skandinavischen Staaten. Die erste Strömung sei die gefährlichste, die es seit Menschengedenken für Rußland gegeben habe, denn sie vereinige nicht nur das ganze beutelüsterne Geschmeiß der am Ende des Weltkrieges von Rußland abtrünnig Gewordenen, sondern sie rufe auch das revanchistische Deutschland nach Finnland als der Ausgangsbasis einer bewaffneten Intervention in Rußland von Norden her. Deshalb, schloß Borissow, müsse man endlich nicht nur genau erfahren, was politisch und militärisch bei den verschiedenen Gruppen der russischen Emigranz in der Fremde gedacht und geplant und mit den Deutschen vereinbart werde, sondern was den Deutschen, wenn sie Finnland einmal als Basis eines interventionistischen Krieges gegen Rußland benutzten, an militärischen Aufmarsch- und Nachschubmöglichkeiten zur Verfügung stehe. Sei er, Ginken, nicht selber Fachmann auf diesem Gebiet in der kaiserlichen Armee gewesen?

Ginken bejahte mit leuchtenden Augen.

Also, sagte Borissow, sähe er da kein Arbeitsfeld für sich?

Und ob! sagte der patriotische Ginken. Diese westlichen Interventionisten habe er am Ende des Weltkriegs genügend kennengelernt.

Na also, sagte Borissow, das habe er sich gedacht, und in diesem Sinne habe er auch immer von Ginken gehört. Denn er,

Ginken, solle nicht meinen, er sei ein ganz Unbekannter! Seine vielen Denkschriften seien vielerorts hoch geschätzt und gewürdigt, und an Freunden und Gesinnungsgenossen fehle es ihm wahrhaftig nicht. Er wolle ihn, solange er in Viborg sei, noch mit einigen bekannt machen, und wer da vorgebe, in seinem, Borissows, Namen zu kommen und mit Ginken zu reden, müsse sich mit einem Andreaskreuz ausweisen - sonst gelte eisernes Schweigen, wie auch über dieses Gespräch.

Borissow solle nicht versäumen, Fräulein Sinikka hier nebenan einen Besuch abzustatten, Salmi Sinikka Stern, der Salon werde unter ihrem eigenen Namen und keinem Phantasienamen wie ›Favorita‹ oder dergleichen geführt, revanchierte sich Ginken. Fräulein Sinikka besitze sein volles Vertrauen und sei in seinen eigenen Gedanken zu Haus.

Borissow blieb in Viborg volle drei Tage, stattete zur Pflege seines Haares und Bartes und anderer Geschäfte wegen mehrere Besuche bei Fräulein Salmi Sinikka Stern ab und machte Ginken die Nacht zum Tage, weil er ihn vom Restaurant des ›Petersburger Hofes‹ aus mit seinen vielen Freunden in der Stadt und ihrer Umgebung zusammenführen wollte, die sich alle zum Austausch von Meinungen und Nachrichten wieder bei Ginken melden würden. Damit es weniger Aufsehen errege, sollten sie am besten für eine Nacht im Hotel übernachten und dabei Ginkens Bekanntschaft erneuern. Mit jedem von den vielen Freunden kam Borissow einzeln, so daß Ginken die Nacht für seine verschiedenen kleinen Pflichten beinahe zu kurz wurde. Für die Drei-Uhr-Zeit, wenn der Polizist die Meldeblöcke holen kam, erbat er sich Ruhe.

Das Alter überfiel ihn als scheinbare Jugend, als er jetzt nach den Anweisungen Borissows zu arbeiten begann. Als Oberst, scherzte er Borissow gegenüber bei dessen drittem Besuch, als gerade der russische Dampfer ›Petrofim‹ im Hafen lag und Borissow selbst das Ein- und Ausklarieren des Schiffes und seiner Ladung überwachte, als Oberst fange er noch einmal wie als Fähnrich mit einem Zug bewährter, tapferer Leute an. Hier bekam Borissow schon die genauesten Angaben über die Kapazität einer Eisenbahnstrecke und der Brücken dieser Strecke, die zur Grenze führte. In diesen Kartenabschnitten hier waren die Aufmarschräume eingezeichnet, hier sei ein Verzeichnis über die Kohlenbunker und Wasser-Einnahmestellen für die

Lokomotiven. Der neue Flugplatz, so hatten die Brüder Ahtiainen ihm berichtet, die dort in der Gegend beheimatet waren und sich als Arbeiter hatten dingen lassen, der neue Flugplatz sollte...

Doch da passierte Ginken sein Mißgeschick mit der Polizei, das ihn in seiner Vorstadt in aller Leute Mund brachte und auch von zwei Nachmittagszeitungen höchst aufgebauscht berichtet wurde.

ZUM ERSTENMAL von sich reden machte Sergej Antonowitsch Ginken-Bogajewski [den Namen seiner Mutter fügte er dem väterlichen gern bei, weil sie einen General zum Vater gehabt hatte und er als ›nur Oberst‹ damit sozusagen in den Sonnenschein der durch den Ausbruch der Revolution entgangenen Beförderung gerückt wurde] nicht durch seine Kenntnisse in Vergangenheit und Gegenwart, seinen Umgang mit Fräulein Sinikka im Salon zu ebener Erde und im ersten Stock darüber, und auch nicht durch seine Bekanntschaft mit Borissow und dessen Freunden, die seine eigenen Freunde geworden waren, sondern durch seine Katzen. Die brachten ihn zum erstenmal in Fühling mit der Polizei, die er sonst nur in jenem Vertreter kannte, der als Straßenstreife jeden Morgen gegen drei Uhr die von den Gästen ausgefüllten Anmeldeformulare beim Nachtportier des ›Petersburger Hofes‹ wie bei allen anderen Nachtportiers aller anderen Hotels abzuholen pflegte – also früh genug, um interessante oder gesuchte Gäste noch im Morgengrauen aus dem Bett heraus verhaften zu können. Und nicht die Ordnungs-, die Sitten- oder die politische Polizei war es, die sich für Ginken interessierte, sondern die Gesundheitspolizei, die – durch Nachbarn seiner Vorstadtbehausung aufgehetzt – an seiner Katzenzucht Anstoß nahm. Ginken, an einem Vormittag in seiner armseligen Behausung aufgeschreckt zwischen Büchern, Stapeln alter russischer Zeitungen aus Belgrad, Paris, Berlin, Shanghai, New York und etlichen anderen Hauptstädten der Welt, in denen Emigranten lebten und Phantasien schrieben, zwischen Küchenunrat, tierischen Exkrementen, Uniformen, invalidem Mobiliar und einer nicht abzuschätzenden Menge undefinierbarem Schmutz, von einem nicht zu zählenden Rudel von Katzen jeder Farbe und Rassenmischung umschlichen, bekannte sich zu seiner Tierliebe. Wie? Konnte man ihn nicht jeden Morgen, wenn er seinen Dienst verließ, einen dicken Packen von Resten aus der Hotelküche tragen sehen? Diese Küchenreste ernährten seine Lieblinge und Schützlinge, die sich fortwährend vermehrten, weil einmal die Natur das gebot und zweitens die Hartherzigkeit der Leute das so bewirkte, denn es stellten sich fortwährend Zuzügler ein. Leider sehe und genieße er sie durch seinen Dienst viel zuwenig.

Aber diese Lieblinge und Schützlinge, die aus der Vorstube des zu ebener Erde gelegenen kleinen Holzhauses einen eigenen Aus- und Eingang neben dem einzigen von ihm bewohnten Zimmer besaßen, streunten in der ganzen Nachbarschaft, gab man ihm zu bedenken. Sie waren zu einer heulenden Nachtplage geworden und stiegen zu jedem offenen Fenster als Speiseräuber und Bettenschänder ein! Sie erregten öffentliches Ärgernis, und dieses abzustellen wurde ihm angelegentlich empfohlen, wenn er nicht aufs Spiel setzen wollte, daß die Obrigkeit mit Gift und Fallen einschritt.

Ginken fügte sich melancholisch. Wie er das tat, war nicht genau festzustellen. Etliche Böswillige behaupteten, sie hätten ihn ein paarmal mit einem alten Kartoffelsack, der von einer Sekunde zur anderen verschiedene Gestalt annahm, in die Nähe des Hafens gehen sehen. Die Tierliebe aber war sehr tief in ihm verwurzelt, denn nach der Genossenschaft der Katzen begann er eines Tages, als Borissow wieder einmal zu Besuch dagewesen war, das Fenster seiner Vorhauskammer zu einem kleinen Taubenschlag auszubauen, in dem die Gefiederten nach seinem Belieben durch einen sinnreichen Mechanismus ein- und ausfliegen konnten, ohne daß das ihn in seiner Stube viel von der kostbaren Ofenwärme kostete, wenn er tagsüber schlief. Und die Tauben störten niemanden in der Nachbarschaft.

Das erste Pärchen, das bei ihm Wohnung nahm, hatte Fräulein Sinikka ihm geschenkt: ein Paar schneeweiße Turtel- oder Lachtauben, deren Gurren Ginken ganz wehmütig stimmte. Als er Fräulein Sinikka gefragt, wo sie diesen Schatz aufgetrieben, hatte sie nur schelmisch gelächelt. Aus dem Land, wo es die Liebe gibt, hatte sie schließlich ausweichend gesagt und Ginken zu Phantasien angeregt, wenn der Tauber sein Weibchen mit zu einem Fächer gespreiztem Schwanz umwarb.

Danach schenkte Borissow, als er, wie er gleich zu Anfang

sagte, für eine Weile das letztemal kam, weil seine vielen Besuche in Viborg schon angefangen hätten, Aufsehen zu erregen, Ginken einen ganzen Korb voll der schönsten Ringeltauben. Er brachte sie ihm eines Mittags, als Ginken schon ausgeschlafen hatte, selbst ins Haus, wie irgendein beliebiger Hausierer Landeier und frische Butter oder Beeren.

Sie werden ein Taubenvater, wie man Sie früher allgemein den ›Katzenvater‹ genannt hat, sagte Borissow, und Fräulein Sinikka wird die Taubenmutter. Aber diese lieben Tierchen hier, sagte er, als er eine Taube um die andere vorsichtig unter einem Tuch über dem Korb hervorholte, dürfen nicht ganz so fliegen, wie sie wollen. Sie müssen eingesperrt bleiben. Erst, wenn sie etwas zu sagen haben, lassen wir eine los, denn sie fliegt ganz von selber dorthin, wo sie richtig zu Haus ist, und Fräulein Sinikka gibt ihr ein Briefchen mit. Sie selber, Sergej Antonowitsch, können ihr alles weitergeben, was Sie wissen oder wissen wollen, was man Ihnen in Zeichnungen bringt oder was sonst noch von Wichtigkeit ist...

Also Brieftauben? fragte Ginken.

Borissow nickte. - Die sind zuverlässiger als die zensurierte Post. Aber auch mit denen dürfen Sie keine unverschlüsselten Nachrichten schicken. Den Schlüssel müssen wir verabreden. Es sollen ja Friedensbotschaften sein oder jedenfalls Nachrichten, die dem Frieden dienen, und deshalb...

Ginken griff wortlos nach einem Stapel Bücher und nahm einen Band zu Hand, der zuoberst lag. ORIGENES entzifferte Borissow. - Wer ist das? Eignet sich der?

Ginken klärte ihn weitschweifig auf und sagte unter anderem, daß man das ganze kommunistische System schon von diesem Kirchenvater lernen könne.

Ausgezeichnet, sagte Borissow, aber ich sehe, es ist in kirchenslawischem Text geschrieben.

Das mache nichts, meinte Ginken. Um so fester sei das Gehäuse verschlossen, das nur er öffnen könne. Und es gebe in der Sowjetunion doch noch Priester und eine Kirche...

Natürlich, natürlich, sagte Borissow, das meiste von dem ganzen Gerede über die Verfolgung sei ja nur interventionistische Propaganda! Also, was schlage er vor? Nur einen Absatz! In der ersten Woche eines jeden Monats sollte das Abc vom dritten Wort an gelten, in der zweiten vom sechsten, in der dritten vom neunten, in der vierten vom zwölften. In den Monaten ohne R sollten die Buchstaben der letzten Worte von hintenher gelesen als ABC gelten. Könne er sich das merken?

Ginken lächelte überlegen. Nennt man mich umsonst »das wandelnde Gedächtnis«? Oder soll ich es wiederholen?

Borissow wehrte ab. Ich kenne Ihren Ruf, sagte er kurz. Aber bei jemand anderem würde ich mich nicht so einfach darauf verlassen. – Sinikka wird Ihnen so kleine Papilloten geben, auf denen sie alles fein säuberlich aufgeschrieben hat, was Sie ihr aufgetragen haben, und mit solch einer Klammer... Er holte eine Handvoll haardünner ganz feiner Klammern aus der Hosentasche... Mit solch einer Klammer machen Sie das Röllchen hier fest! Er griff in den Verschlag, holte sich eine der Tauben heraus und führte Ginken geraume Zeit in die Kunst ein, wie er das Papilloten-Röllchen mit der Klammer zu befestigen habe. Ginken mußte den Hergang unter seiner Anleitung wiederholen.

Und dann, sagte Borissow, gehen Sie hier hinter dem Haus in das Gärtchen [es gab da tatsächlich einen Flecken Unland mit ein paar verwilderten Beerensträuchern] und lassen das Vögelchen fliegen. Es fliegt viel sicherer nach Haus, als ich nach Viborg komme. Zu Fräulein Sinikka gehen Sie doch jeden Tag, schon des Rasierens wegen, nicht wahr?

Ginken nickte.

Wundern Sie sich nicht, sagte Borissow, wenn Sie sich Ihnen gegenüber für Ihre Kundschaft erkenntlich zeigt.

Wieso? fragte Ginken erstaunt.

Das Rasieren kostet nichts mehr, sagte Borissow. Im Gegenteil: man bekommt dafür bezahlt.

Ginken versank einen Augenblick in Nachdenken, dann sagte er seufzend: Ach! So meinen Sie das... Das... das... So war das eigentlich nicht gemeint, obschon das Origenes-Wort, das wir ausgesucht haben, beinahe anzüglich ist: »Bittet um das Große, und das Kleine wird euch hinzugegeben werden, und bittet um das Himmlische, und das Irdische wird euch zuteil! Wer bei mir ist, der ist nahe beim Feuer; wer von mir ferne ist, der ist ferne vom Reich.« Aber das... Ginken wurde blaß und erregt. Das hat Origenes eigentlich nur weiterberichtet, das stammt gar nicht von ihm selber, das ist...

Einerlei was, sagte Borissow ungeduldig ob der Weitschweifigkeit des Alten, das will ich mir in mein ›Poesiealbum‹ abschreiben, und auch die Herkunftsangabe dazu. Er trug alles in ein Notizbuch ein und nickte zufrieden. Goldene Worte, meinte er beifällig.

Ich weiß nicht, beharrte Ginken, ich weiß nicht...

Ja, ob er denn diese Friedenstäubchen nicht für die gute Sache benutzen wolle? fragte Borissow ihn etwas streng.

Natürlich, natürlich, sagte Ginken und verhaspelte sich bei den Worten, die gute Sache, die gute Sache, natürlich...

Sonst komme er selber in einen Käfig, meinte Borissow grinsend und deutete auf die wie Ginken verstört wirkenden Tauben, aber das werde dann ein steinerner, und über dem Eingang werde das Staatswappen zu sehen sein.

Ginken blickte ihn eine Weile wortlos an, dann nickte er melancholisch wie beim Verlust seiner Katzen. Borissow reiste mit den besten Wünschen ab.

DIE GEGENWART, die nun kam, war anders als die Vergangenheit, aber die Zukunft wollte Ginken sich auch nicht so wünschen. Die neuen Freunde und Bekanntschaften, die Borissow ihm vermittelt hatte, wollten ihm mit einemmal nichts Rechtes bedeuten. Es kamen, von ihnen geschickt und mit dem Andreaskreuz als Legitimation, auch immer wieder Fremde, die er nicht kannte und die sich wie zur Warenablieferung einstellten, wobei er nur zu quittieren brauchte. Hinterher sah er den einen oder anderen noch in Sinikkas Salon, und solche Wiedersehen verleideten ihm das Rasiertwerden von ihrer zarten und doch sicheren Hand, das er dann selber besorgte oder einfach unterließ, sodaß er vom Tagesportier des ›Petersburger Hofes‹ mehr als eine Rüge einstecken mußte. Als er die erste Papillote, die Sinikka ihm bedeutsam zusteckte, dem Gefieder einer Taube anvertraute, zitterten seine Hände wie die eines alten Trinkers, und mit Schweißperlen auf der Stirn trug er den ›Friedensboten‹ hinaus, wo der – aus dem Gefängnis erlöst – pfeilschnell davonflog, ein paarmal zu seinem Verdruß über dem Häuschen kreiste und rasch gen Osten verschwand.

Ginken wünschte sich die Vergangenheit oder die Zukunft herbei, seiner Gegenwart wurde er nicht mehr froh. Nur Fräulein Sinikka gedieh darin sichtlich. Ihr Salon bekam nach und nach eine ganz neue Klientel. Die Damen von der Direktion der ›Viborger Naphtha A. G.‹ ließen sich bei ihr frisieren, und der Frau des sowjetrussischen Konsuls in der Stadt durfte sie im Konsulat die Haare ondulieren und die Nägel an allen vier Gliedmaßen schneiden. Dabei ging es nicht ohne Vertraulichkeiten ab, die ihr das Leben verschönern halfen. Ein Teil davon floß Ginken zu, der seine Papilloten von ihr in Geldscheinen verpackt erhielt. Die Tauben verschwanden allmählich aus ihren Schlägen, und Ginken blickte ihnen in einer Mischung von Sehnsucht und Erleichterung nach. Er freute sich schon - er wußte nicht, warum - auf den Tag, da er die letzte entließ, da brachte ihm eines Tages eins von den alten Weiblein, die im Hafen ›Viborger Kringel‹ und karelische Piroggen an die Schiffsbesatzungen verkauften, ein ganzes Körbchen neuer Tauben, von denen die Alte mit zahnlosem Grinsen sagte, sie habe dem Herrn Oberst vom zweiten Steuermann der ›Petrofim‹ auszurichten, daß diese Täubchen zum Schlachten wohl zu schön und zu alt seien.

Ginken fühlte sich versucht, den ganzen Schwarm auf einmal leer davonfliegen zu lassen oder mit abgehacktem Kopf in der Hotelküche des ›Petersburger Hofes‹ abzuliefern, aber in der Angst vor Borissows Rache verschob er's und flüchtete in der kommenden Nacht mit beinahe hektischem Eifer in die Zeitungen der Pariser und der Belgrader Gruppen, die alle ein anderes Bild von der politischen Lage entwarfen, als Borissow ihm gezeichnet hatte. Lag das nun an dem Einfluß der westlichen Interventionisten? grübelte Ginken. Wohin er mit seinen Gedanken griff - er griff ins Leere, und außerdem griffen seine Gedanken nicht mehr sicher und rasch. Er begann, ein Gläschen zu trinken, wie das von alters her ein bewährter Brauch war, und dem einen Gläschen folgte ein zweites, weil jedes denkende Wesen auf zwei Beinen steht, und ein drittes - für die Heilige Dreifaltigkeit, ein viertes auf die heiligen Evangelisten, ein fünftes auf den Pentateuch, ein sechstes wollte er sich einschenken auf...

Da kam der Drei-Uhr-Polizist und musterte ihn argwöhnisch, wie Ginken schien.

Warten Sie! sagte Ginken zu ihm, da ist noch ein Zettel, der nicht unterschrieben ist, und er setzte die Feder wie im Flug zu einem ›S. A. Ginken-Bogajewski, Oberst‹ an.

Halten Sie sich nicht Tauben? fragte ihn der Polizist wie beiläufig.

Ginken ereiferte sich, vom ›Pentateuch‹ benommen. Und ob! Herrliche und kluge Tierchen, vor allem die weißen! Die lachten den ganzen Tag, auch jetzt, da niemand etwas zu lachen habe.

Soso, sagte der Polizist, halten Sie nur die weißen?

Nein, sagte Ginken, auch die Ringeltaube, ›columba palumbus‹, wie ihr lateinischer Name sei. Die Taube sei ein altes Symbol für den Heiligen Geist.

Na, meistens werden sie wohl gegessen, sagte der Polizist, wenn sie nicht als Brieftauben benutzt werden.

Sind wieder Klagen gekommen über meine Tauben wie über die Katzen? fragte Ginken.

Haben Sie so etwas gehört? fragte der Polizist.

Ich? Nein. Ich schlafe ja, während die anderen Zeit haben zum Reden und Klagen.

Der Polizist grinste vielsagend und ging. Der Nachtportier Ginken folgte ihm bis vor die Tür und blickte ihm, sich selber mißbilligend, nach. Der verfluchte Schnaps! dachte er. Er hatte mit diesem Polizisten sonst nie ein Wort gesprochen. Er war zu zerstreut oder zu benommen, weiter in den Zeitungen zu lesen, und Denkschriften verfaßte er, seitdem er die Friedensboten abfertigte, nicht mehr. Als der Hausdiener kam, um das Vestibül zu reinigen und die Schuhe der Gäste zu putzen, erwähnte der zufrieden, daß dies seine letzte Nacht gewesen sei. Er habe gekündigt.

Wer denn sein Nachfolger sei? wollte Ginken wissen. Aber das wußte der Hausdiener der letzten Nacht nicht, und Ginken begann mißmutig, seine Handverkaufskasse für Briefmarken und Papyrossij zu revidieren. Der Polizist mit dem dummen Gerede über die Tauben ging ihm nicht aus dem Kopf, und einen Augenblick war er fest entschlossen, heute alle Verschläge zu öffnen und die ganze Schar seiner Helfer zu entlassen. Als er nach Hause gekommen war, stand er lange unschlüssig und finster vor dem Taubenschlag und hörte dem Gegurre und Gelächter des Lachtäuberichs mit Widerwillen zu. In der folgenden Nacht fragte er den Drei-Uhr-Polizisten, denselben, mit dem er in der vergangenen Nacht so überflüssig viel geredet hatte, halb widerwillig und halb wie in einem Zwang zu diesem Gespräch: Aus welchem Grunde denn jemand Klage über seine Tauben führen könne, wenn die doch gar nicht aus ihrem Verschlag kämen?

Lasse er die nicht frei fliegen? fragte der Polizist stutzig.

Nein.

Aber das sei ja Tierquälerei – wie mit den Katzen! Keineswegs, stritt Ginken ab. Dazu, daß man sie einfach frei umherfliegen lasse, seien diese Tierchen viel zu zart. Und vielleicht käme jemand noch auf den Gedanken, sie abzuschießen und zu essen! Von solchen Tauben habe er noch nie gehört, meinte der Polizist kopfschüttelnd.

Ginken war zufrieden und zugleich rasend vor Wut gegen sich selbst. Bei manchen, dachte er, fängt es mit dem Waschzwang an, bei mir mit dem Reden. Jedoch gegenüber dem neuen Hausdiener, der sich wider die Gewohnheit des alten schon gegen zwölf Uhr einstellte und vorgab, jetzt die Schuhe putzen zu wollen, gab er sich abweisend wie gegenüber einem Bittsteller. So früh am Abend brauche man ihn nicht, sagte er, manche von den Gästen seien noch gar nicht im Hause. Aber das sagte er wider besseres Wissen. Er selber wollte für sich und die Gäste, die vielleicht noch zu ihm kämen, ungestört sein. Um das zu unterstreichen, zog er sich vor dem Hausdiener, den er gleichwohl bald da und dort zu hören meinte, in seinen Couchetten-Verschlag zurück.

Gegen ein Uhr erschien Sinikka in Begleitung eines fremden Herrn und bestellte, als kennte sie ihn gar nicht, in Ginkens aufgerissene Augen hinein für eins der Séparées einen kleinen kalten Imbiß, Wodka und einen Schaumwein von mittlerem Preis. Ginken ließ die beiden in den öden, schlecht beleuchteten Flur, aus dem der Küchengeruch nie wich, vorausgehen, sah den Hausburschen in der halbgeöffneten Küchentür, winkte ihm, als das Paar im Séparée hinter der gepolsterten Doppeltür verschwunden war, zu sich an den Tresen, verwies ihm seine unpassende Anwesenheit, wenn solch diskreter Besuch kam, und ließ durch ihn im Restaurant Bescheid sagen, wo nur noch ein alter Kellner und ein Küchenbursche solch späte Bestellungen abfertigten. Auf seiner Couchette sitzend, grübelte er, was Sinikka mit diesem Fremden zu schaffen und warum sie ihn nicht in ihrem Salon empfangen hätte. Aber auch dabei störte der neue Hausdiener ihn, weil er nun beim Eingang Posten bezogen hatte, wie um jedem späten Ankömmling die Tür zu öffnen. Ginken jagte ihn weg. Das, sagte er, sei nicht der Stil des Hauses. Posten werde hier nicht bezogen, und das mußte man ihm als altem Offizier glauben. Er schenkte sich ein Gläschen ein, rauchte viel und hing Gedanken nach, an die er sich, kaum daß er sie gedacht hatte, nicht mehr erinnern konnte. Dann stand er auf und promenierte ein paar Male den langen Küchenflur auf und ab. Durch die Doppeltüren des Kabinetts war nichts zu hören, und das verdroß ihn dermaßen, daß er noch ein Glas trank, damit er wieder auf zwei Beinen stehen könnte. Nach dem Glas auf die sieben sakramentalen Gaben, gegen drei Uhr, erschien Sinikka mit ihrem Begleiter, der höflich einen Schein auf den Tresen legte und, von dem - weiß Gott, woher erschienenen - Hausburschen geleitet, vernehmlich gähnend auf die Straße trat. Als er die Tür geschlossen hatte, legte Ginken sich schlafen, und schlafend fand ihn der Tagesportier vor.

Hier riecht es nach Schnaps, sagte er argwöhnisch, sich fortwährend mit nachdrücklichem Schnüffeln in dem Verschlag drehend, als könnte der Geruch aus einer der Ecken und nicht von der Couchette her kommen, auf der Ginken lag.

Ihm sei nicht ganz wohl, murmelte Ginken betreten.

Das sehe man.

. . . Und deshalb habe er selbst einen Schnaps zur Stärkung genommen. Er könne ihm aber sofort die Kasse übergeben.

Das tat er verschlafen, packte dann seine Zeitungen in die Mappe und ging nach Hause. Der neue Hausdiener - das war das letzte, was Ginken zu seinem Mißfallen sah - erstattete dem Tagesportier Bericht über die Nacht. Ihm kam der Gedanke, daß die beiden unter einer Decke stecken könnten, und das beunruhigte ihn für die Zukunft. Noch heute abend, kam ihm in den Sinn, mußte er mit Sinikka sprechen . . . Eben war der Salon natürlich geschlossen. Doch bevor er zu Sinikka gehen konnte, kam die selber auf Besuch zu ihm - zum erstenmal! Es war um die Mittagszeit. Ginken genierte sich seines Aufzugs, doch sie focht das nicht an. Das habe nichts zu sagen, er lebe halt so, wie ein Junggeselle lebe. Viel wichtiger sei die Ware hier: ganz eilige Post! Die müsse so schnell wie möglich aus dem Haus. Den Salon habe sie krankheitshalber den ganzen Vormittag geschlossen gehalten und statt Locken zu wickeln die Papilloten zu etwas Besserem benutzt. Er solle sogleich eine Taube und eine Agraffe geben. Ginken gehorchte, und gemeinsam rüsteten sie den Friedensboten aus. Ob sie auch den Schlüsselwechsel beachtet habe, fragte er sie. Es sei heute der erste Tag im Monat ohne R.

Nein, entfuhr es ihr heftig, und sie biß sich auf die Lippen.

Sie könne ausnahmsweise aber das Datum, für das der Schlüssel noch galt, hinzusetzen, riet er ihr. Das tat sie eilends, alles an ihr flog vor Eifer oder Aufregung. Als sie Ginkens Wohn- und Schlafstube betrat, stieß sie einen halb unterdrückten Schrei des Entsetzens über die Unordnung und den Schmutz aus.

So habe ich es immer, gestand er mit einem matten, verzagten Lächeln.

Damit werde keine Magd mehr fertig, meinte sie angewidert, nur noch das Feuer.

Wer weiß, entfuhr es ihm, ohne daß er's eigentlich hatte sagen wollen, vielleicht brennen wir bald alle Schiffe hinter uns ab...?

Sie musterte ihn prüfend. – Sie trinken jetzt zuviel, Sergej Antonowitsch, sagte sie mißbilligend, und dabei verlieren Sie die Nerven.

Früher waren bessere Zeiten, erwiderte er kleinlaut. Da hatte man noch etwas. Eine Vergangenheit, deren man sich nicht zu schämen brauchte, und eine Zukunft, an die man glaubte oder auf die man hoffte.

Und jetzt?

Ginken zuckte die Achseln und schwieg. Ich, gestand er dann kleinlaut, ...ich muß immer reden, wie in einem Zwang, und ich bekomme Angst vom Reden.

Das nahm sie mit finsterer Miene zur Kenntnis. Solche Leute... begann sie, aber sie schwieg sich über ›solche Leute‹ aus. Als er am Abend zum Rasieren kam, war der Salon wieder geöffnet, aber Sinikka behandelte ihn mit nachdrücklicher Zurückhaltung. Borissow sollte mal wiederkommen und Ihnen den Kopf zurechtsetzen, sagte sie beim Abschied. Oder jemand anderes von seiner Autorität!

Ginken wagte zu fragen, mit wem sie denn in der vergangenen Nacht so spät im Kabinett gewesen sei.

Das, sagte sie von oben herab, war ein Offizier aus Helsinki, ein sehr gebildeter Herr.

In dieser Nacht, schon gegen elf Uhr abends, als der neue Hausdiener zum Glück noch nicht herumschnüffelte, kam einer von Borissows Freunden, ein Schullehrer, der aus Ingermanland stammte, und erzählte ihm über den Tresen gelehnt, so daß es wie ein ganz zufälliges Gespräch zwischen dem Portier und einem Gast aussah, eine Menge wichtiger Sachen, welche den neuen Flugplatz betrafen, und händigte ihm ein paar sehr ungelenke Zeichnungen der Brüder Ahtiainen aus. Aber als er gehen wollte, konnte Ginken ihn noch im allerletzten Augenblick rasch durch den Flur zum Eingang ins Restaurant geleiten, von dem aus er auch eine Nebenstraße betreten konnte, denn er hatte den neuen Hausdiener im Eingang entdeckt. Zum zweiten Male mußte er ihm diese Dienstfertigkeit verweisen. Unsere Gäste lieben das gar nicht, sagte er, das sieht nach gar zuviel Aufmerksamkeit aus.

Aber so sei das doch in Helsinki bei jedem besseren Hotel Sitte, wandte der neue Hausdiener ein.

Wir, sagte Ginken in seinem Zorn mit hart erzwungener Gemessenheit, wir sind ein gutes, aber kein besseres Hotel, und hier läßt man den Gästen Freiheit, denn sie genießen Vertrauen. Das Verhältnis zu diesem Hausdiener artete in einen verstohlenen Krieg aus. - Sei er als Hausdiener für den Tag und für die Nacht angestellt? examinierte ihn Ginken.

Ach, . . . vor allem für die Nacht. Es kämen ja doch auch noch spät abends Gäste.

Dann könne er selber als Nachtportier ja abdanken, knurrte Ginken. Bisher sei es gut ohne einen Hausdiener für die Nacht gegangen. Der Vorgänger habe seinen Dienst um vier Uhr morgens begonnen, und das sei früh genug gewesen.

Er legte die Papiere des Lehrers zwischen die Zeitung, damit er sie ganz unauffällig studieren könne. Sie schienen ihm hochinteressant, vor allem weil auch schon die Stichbahn und der Standplatz der künftigen Tankzisternen eingezeichnet waren. Das lohnte eine Taube. Doch als er, der sich extra viel Zeit gelassen hatte, am Morgen beim Salon vorbeiging, um Sinikka die Stichwörter zur Aufzeichnung zu übergeben, war der Salon noch geschlossen. Er wunderte sich und ging nach Haus. Die Papiere brannten ihn in der Tasche. Er zog sich nicht aus, sondern legte sich in seinen Kleidern für ein paar Stunden aufs Bett, um gegen Mittag in die Stadt zurückzukehren und den

Salon zu besuchen. Der aber war immer noch geschlossen. Ginken ging kopfschüttelnd weiter, als er ein paar Male die Klinke niedergedrückt hatte, und mit einemmal kam ihm der Gedanke, daß er sich unauffällig umdrehen und sich überzeugen müßte, ob jemand ihm folgte oder ihn beobachtet hatte, als er diesen zweiten Versuch unternahm, bei Sinikka Einlaß zu finden. Aber er hatte Angst, dieses Zeichen seiner Angst zu verraten, und ging um den Häuserblock nach Haus. Ihm stand der Schweiß auf der Stirn, als er vor den Auslagen eines Trödlers verweilte, der bei dem trockenen Wetter schon manchen Plunder vor die Tür gestellt hatte, doch er wühlte zum Schein sehr gefesselt in dem Unrat. Dann durchzuckte ihn der Gedanke, daß er zur Polizei gehen und unter irgendeinem Vorwand etwas fragen könnte, zum Beispiel nach den gesetzlichen Bestimmungen über die Taubenhaltung. Er habe gehört, daß man nach den Katzen jetzt auch Anstoß an seinen Tauben nehme, aber er sei nun einmal ein Tier- und insbesondere ein Taubenfreund, wenn er auch keine gesetzliche Bestimmung verletzen wolle... Als er ein paar Schritte weitergegangen war, schlug er sich den Gedanken aus dem Kopf. Wozu auf sich aufmerksam machen? fragte er sich selbst. Vielleicht wollten sie dann seinen Taubenschlag sehen, ob der den Forderungen des Tierschutzvereins entspreche. Aber irgendein Zwang, Zeugnis von sich selber zu geben, blieb wie ein Stachel oder eine Splitterfliese in ihm haften und vergällte ihm den ganzen Nachmittag. Obendrein klingelte es noch, kurz bevor er sich zum Nachtdienst aufmachen wollte. Als er öffnete, stand draußen in der Dämmerung ein fremder Mann, der sich in russischer Sprache vielmals für seine Störung entschuldigte. Ginken erwartete nach dem ersten Schrecken nichts anderes, als daß der Fremde ihm ein Andreaskreuz zeigen würde, aber von dem bekam er nichts zu sehen und zu hören. Der Fremde bat nur um einen Rat. Der Herr Oberst, sagte er mit schmeichlerischer Höflichkeit, stehe bei aller Welt im Ruf, ganz besonders beschlagen in russischer Kirchengeschichte und Theologie der Väter zu sein, und nun hätten er und seine Freunde von der Bibliothek sich gefragt, ob er diesen Zettel, der wohl ein Exzerpt aus einer der patristischen Schriften sei, zu deuten wisse.

Ginken erbleichte, als der andere einen seidenpapierdünnen Zettel hervorholte, dem man ansah, daß er einmal zusammengerollt gewesen war, der aber auch ein paar dunkle Flecken, wie von Blutspritzern, trug, und ließ sich noch auf der Schwelle stehend den Zettel reichen.

Das, sagte er schließlich, nachdem er ihn zum Schein lange gemustert hatte, mit schwerer Zunge, das könne er hier im Dämmern, ohne Brille und bei der Eile, mit der er sich zum Dienst einfinden müsse, nicht studieren. Vielleicht überlasse der Herr ihm den Zettel, und er habe während seines Nachtdienstes Zeit, sich mit der Deutung zu befassen.

Den Zettel könne er als Bibliothekseigentum leider nicht aus der Hand geben, sagte der Fremde. Aber vielleicht - er habe heute abend nichts vor, und die Nacht sei seine beste Forschungszeit -, vielleicht könne er Ginken im ›Petersburger Hof‹ aufsuchen und ihm den Zettel noch einmal zeigen, wenn Ginken eine stille Zeit zwischen seinen Pflichten habe...?

Ginken nickte und schickte sich an zu gehen, wobei der Fremde ihm wie von selbst Gesellschaft geleistet hätte, als er mit einemmal stehenblieb, sich entschuldigte, er habe etwas vergessen, in sein Haus zurückging und dort die für Sinikka bestimmten Papiere in einem Stapel alter Zeitungen verbarg. Als er wieder auf die Straße kam, war der Fremde schon außer Sicht. Außer Sicht blieb aber auch Sinikka, denn der Salon war immer noch oder schon wieder geschlossen. Ginken trat bartstoppelig, wie um ein Jahrzehnt gealtert, seinen Dienst an. Er beschloß, den Leihapparat, den sie für vergeßliche Gäste zum Rasieren bereithielten, zu benutzen und sich in seinem Verschlag selbst zu verjüngen. Anders kam er sich wie ein Stromer vor, zumal dieser Fremde noch seinen Besuch angekündigt hatte.

Der Maiabend war von einer jäh gekommenen Wärme, als sei in der Welt ein Fieber ausgebrochen, das ihm den Kopf schwer und die Glieder wie aus Blei geschaffen machte. Zum erstenmal hatte er für den unzeitig früh erscheinenden Hausdiener Verwendung, denn er hieß ihn, während er sich in seinem Verschlag notdürftig rasierte, die Eingangstür mit beiden Flügeln weit offen halten, damit die von vielen undefinierbaren Gerüchen geschwängerte Winterluft im Vestibül sich erneuere. Er behielt den Eifrigen dabei aber genau im Auge. Hatte er, so fragte er sich im stillen, auf der Bibliothek je einen Menschen gesehen, der so aussah wie der Ratsucher von heute nachmittag? Nie. Aber natürlich gab es Beamte, die er im Katalogsaal und in der Ausleihe nie zu Gesicht bekam, die allenfalls im Lesesaal wirkten, den er selber, weil er tagsüber keine Zeit hatte, nie betrat. Aber dieser Zettel... Es war eine von Sinikkas Papilloten gewesen, man hatte ihr noch angesehen, daß das hauchdünne Papier einmal zusammengerollt worden war, wie zu einem Haarwickel im Damensalon... Blieben nur die schwarzroten, an Blut erinnernden Flecken, eher Spritzer... Und dabei hatte niemand als eine Taube dieses zusammengerollte Papier am Leibe gehabt, zwischen den Federn... War der Taube etwas zugestoßen? Aber diese Tierchen flogen ja so schnell und so hoch, und es war kaum anzunehmen, daß sie zwischen ihrem Abflugsort und ihrem Ziel, wo immer sich das befinden mochte, eine Rast einlegten...

Er spürte abermals die Versuchung, dem eifrigen Hausdiener die Vertretung anzuvertrauen, nach Haus zu gehen und den ganzen Taubenschlag freizulassen – alle bis auf das dumme Lachtaubenpärchen, das nur zum Gurren und Kichern auf die Welt gekommen war. Die beiden hatte er vor einiger Zeit, als es wärmer geworden war, auch nach draußen gelassen und ihnen eine Stange zum Sitzen und Chassieren unweit des Einfluglochs gebaut.

Er spürte ein Verlangen nach Sinikka oder nach Borissow – nach irgend jemand Resolutem. Schließlich gab er dem Hausdiener Auftrag, einen Augenblick für ihn aufzupassen und ihn am Telefon zu vertreten, und eilte die wenigen Schritte zum Salon. Der aber war immer noch dunkel, und er konnte sich's sparen, die Klinke zu drücken. Als er zurückkehrte, stand der Hausdiener mit dem Telefonhörer am Kopf, legte ihn aber sogleich, als er Ginkens ansichtig wurde, in die Gabel und murmelte zur Erklärung: Eine total besoffene Gesellschaft, die nach einem freien Kabinett fragte, aber ich habe gesagt, es sei alles besetzt. Das konnte wahr, aber das konnte auch eine Lüge sein, und er hatte vielleicht in Wirklichkeit und Wahrheit in den wenigen Minuten mit seiner Liebsten oder mit der Polizei telephoniert. ›Angst hat große Augen‹, dachte Ginken mit dem russischen Sprichwort, aber Augen hin, Augen her – die Angst blieb Wirklichkeit für die ganze Nacht. Er stand lange vor der Karte, die er sonst, außer wenn Touristen Auskunft heischten, nie betrachtet hatte, und studierte sie. Wo war die Grenze am nächsten und nur locker bewacht...? Darüber – und was er als

Losung angeben mußte – hatte Borissow ihn für einen Notfall nie aufgeklärt. Wo war Sinikka? Warum kam dieser ›Bibliothekar‹ nicht wieder, wie er versprochen hatte? Interessierte ihn und seine Kollegen die rätselhafte Schrift auf der Papillote nicht mehr? Das wäre seltsam gewesen oder mehr als das: verdächtig. Dann waren sie vielleicht selbst auf den Schlüssel gekommen und hatten das geheimnisvolle Gehäuse geöffnet? Russische Priester und Kirchen, in denen altslawisch zelebriert wurde, gab es auch hier in der Stadt.

Gegen elf Uhr kamen die Brüder Ahtiainen sichtlich angeheitert aus dem Restaurant zu ihm hinüber und begrüßten ihn wie einen alten Bekannten. Er gab sich verlegen, weil der neue Hausdiener auch schon um die Wege war und vielleicht von Gott weiß woher zusah. Er solle doch ins Restaurant hinüberkommen, bestürmten sie ihn, da sitze noch ein Freund, der ihn unbedingt kennenlernen wolle, einer vom Ordenskapitel des heiligen Andreas, wie er sage.

Ginken erkundigte sich, ob das Mitglied des St.-Andreas-Ordenskapitels nicht zu ihm kommen könne. Es handle sich nicht um eine Frage des Protokolls [das verstanden die Ahtiainens überhaupt nicht], sondern er könne als Nachtportier nicht so leicht von hier weg. Doch als er, kaum daß er dies gesagt hatte, den Hausdiener das Vestibül betreten sah, hieß er den wie etwas Selbstverständliches, ihn ein Weilchen zu vertreten, damit er einen Freund im Restaurant besuchen könne. Mißmutig, wie es schien, willigte der Hausdiener ein, und es schien eine Verabredung zwischen ihm und dem Bibliothekar zu bestehen, denn kaum hatte Ginken mit den beiden Brüdern das Ende des langen Flurs erreicht und wollte das Restaurant betreten, da rief der Hausdiener ihn über die ganze Länge des Flurs zurück. Ginken hatte gerade noch Zeit, den Ahtiainens: ›Bis nachher!‹ zuzumurmeln, da mußte er ins Vestibül zurück, wo niemand anderes als der Bibliothekar auf ihn wartete. Er entschuldigte sich überhöflich, wie schon am Nachmittag, für die Störung, aber er habe nicht gewußt, daß Ginken selber hier Gäste empfange...

Sei er nicht selbst so ein Gast? fragte Ginken erbost. Ein alter Freund und Kriegskamerad habe eben vom Restaurant her nach ihm geschickt, und das sei schon für ein paar Minuten die Vertretung des Hausdieners wert.

827

Aber bitte! Aber bitte! So genau habe er das alles ja gar nicht wissen wollen, und Herr Ginken brauche gar nicht soviel zu erklären. Das sei doch selbstverständlich, und natürlich..., er selber sei ja auch eine außerdienstliche Störung.

Ginken machte diese Höflichkeit erregt. Was wünschen Sie? fragte er, als hätte er den Bibliothekar noch nie gesehen.

Der kam zu ihm um den Tresen herum und holte abermals die Papillote aus der Brusttasche, nur lag die jetzt in einer durchsichtigen Hülle geborgen. Sie wissen doch, sagte er, wir sprachen schon heute nachmittag darüber, ich hatte nur fragen wollen, ob Sie als Spezialist etwas dazu sagen können.

Spezialist sei er nicht, meinte Ginken, nur Liebhaber, denn er sei ja sein Leben lang Soldat gewesen.

Aber doch auch mit Kenntnissen im Nachrichtendienst, nicht wahr? vergewisserte sich der Fremde. Hier also, er sehe, es sei der gleiche Text, der Empfindlichkeit des Papiers wegen habe man ihn notdürftig gesichert...

Was für Flecken das seien, wollte Ginken wissen, als er die Brille aufgesetzt und die Papillote in ihrem durchsichtigen Futteral vor sich hatte.

Unbekannt, unerklärlich, bemerkte lakonisch der Bibliothekar.

Blut, versuchte es Ginken. – Vielleicht...?

Nur die Frage: Menschenblut oder Tierblut?

Das könne man mit einer mikroskopischen Untersuchung wohl noch ermitteln. Aber die Buchstaben?

Kirchenslawisch.

Aber ergäbe die Zusammensetzung irgendeinen Sinn?

Ginken wurde es heiß, noch heißer als ihm vorher gewesen war, sein Kopf schmerzte, aber er begann zu buchstabieren...

Die seltsamsten Silben und Wörter kamen dabei heraus. Das ist, sagte er schließlich und stand auf, wie um sich von dem neben ihm stehenden und halb über ihn gebeugten Bibliothekar zu befreien, das ist verhunzte Patristik, kommt mir vor, aber kein klarer Text. Das ist verschlüsselt...

Hm, brummte der Bibliothekar vor sich hin. Und dann, rasch, mit einem wie aufschnellenden Blick auf den alten Oberst-Portier: wisse er zufällig den Schlüssel oder könne ihn ermitteln?

Dazu müsse man wohl Chiffrierexperte sein, und diese Gattung komme nicht häufig vor.

Sei er selbst keiner, vielleicht von früher her?

Er sei, wie man doch wisse, im Garde-Ingenieurkorps gewesen.

Nun ja, aber später vielleicht...?

Da habe man nicht mehr viel zulernen können. Die Bildung, die richtige Bildung, wollte er ausholen und etwas über sein Studium - ein volles Studium, nicht nur so ein paar Vorlesungen! - an der Kriegshochschule des Kaiserlichen Ingenieurkorps, das in Erinnerung an Seine Majestät Nikolaus den Ersten gegründet worden war, erzählen, aber der Bibliothekar hatte für die jüngere Vergangenheit scheint's kein Interesse.

Ich verstehe, unterbrach er Ginken, das sind natürlich zwei Welten. Wenn Sie nur in der Ihren hätten bleiben können!

Dieses Schicksal teile er mit Tausenden und aber Tausenden von Kameraden in der ganzen fremden, neuen Welt.

Diese Stelle als Nachtportier... Sehr anstrengend.

Ginken pflichtete bei. Sehr, sehr anstrengend, viel zuwenig freie Tage und Nächte.

Und die Taubenzucht bringe ihm ja auch wenig ein.

Die sei nur so eine Liebhaberei von ihm, genau wie die Katzen, deretwegen er es mit der Polizei zu tun bekommen habe.

Tauben könnten aber auch sehr lästig und störend sein, bemerkte der Bibliothekar. Er wisse zum Beispiel, daß... daß die Leitung der Universitätsbibliothek in Helsinki um ihr schönes, klassizistisches Gebäude mit seinen Simsen und Nischen sehr besorgt sei. Überall machten die Tauben sich breit. - Übrigens, was diesen rätselhaften Text betreffe...

Ginken, der eben hatte aufatmen wollen, stutzte von neuem.

Tja, Tiere, sagte er verloren lächelnd, ohne abzuwarten, was sein Gast hatte sagen wollen, was will man! Jedem hat Gott seinen Eingang und seinen Ausgang im Leibe gegeben.

Der Bibliothekar nickte lächelnd. Und manche sitzen gefangen.

Warum lassen Sie die Ihren nicht mehr frei fliegen? Die Leute, die ich nach Ihrem Haus fragte, erzählten mir, daß Sie Ihre Tauben, bis auf das weiße Pärchen, fortwährend eingesperrt halten, wie Brieftauben.

Innerlich bat Ginken den Besucher um das entscheidende Wort. Was er aber sagte, war: Wenn sie fliegen, werden sie nicht fett genug!

Ah! Für die Taubenbrühe! sagte der Besucher und schnupperte genüßlich. Sehr kräftigend!

Ginken bestätigte es. Und leicht bekömmlich, fügte er hinzu, er sei ja nicht mehr der Jüngste.

Der Besucher ließ das kulinarische Thema fallen und kam, wie schon vorher aus einem angefangenen Satz zu hören gewesen war, wieder auf den geheimnisvollen Text zurück. Sie, sagte er, sind ja ungefähr der einzige bei uns in der Bibliothek, der noch nach Patristik und Religionsgeschichte und -philosophie verlangt. Das habe ich in der Kartothek der Ausleihe festgestellt, und deshalb bin ich zu Ihnen gekommen.

Ja, das sei eigentlich sein Hauptinteresse, wenn er jetzt auch wenig zum Lesen komme. – Dürfe er übrigens den Text doch noch einmal sehen?

Aber gern, sagte der Fremde, nur reichte er ihm das Futteral nicht über den Tresen, sondern kam damit, wie mit einem Schatz, den er nicht aus den Händen lassen dürfe, um den Tresen herum, legte das Blatt vor Ginken auf den Tisch und beugte sich für Ginkens Geschmack noch einmal so widerwärtig dicht über ihn.

Nun? fragte er nach einer Weile, aber Ginken schwieg beharrlich. Eine geraume Zeit verging. Nun? fragte der Besucher etwas ungeduldig, immer noch nicht?

Ginkens Gedanken arbeiteten fieberhaft. Er mußte die Woche ermitteln, auf die der Text paßte. Er stammte aus dem März, denn der R-Schlüssel war zuständig, und es war der Schlüssel der vierten Woche. Die Taube, die er damals hatte fliegen lassen, war also nicht ins Friedensland gekommen... Was hatte sie für Nachricht bringen sollen? Mit lautlos sich bewegenden Lippen begann er den Schlüssel zu lösen... Der Flugplatz, die Mobilisationsbefehle für den Abschnitt Rautu...

Wollen Sie das auswendig lernen? fragte der Besucher. Sie kennen das doch.

Wieso? sagte Ginken und fühlte, daß er nicht zu dem Fremden aufblicken durfte, denn sicher war er, so blutleer er seinen Kopf jetzt fühlte, ganz bleich. Er räusperte sich in die quälende Stille. Von der Tür her, das erspähte er mit einem nur ein ganz klein wenig gehobenen Blick, guckte der verfluchte Hausdiener ihm zu und bemerkte obendrein sein verstohlenes Aufblicken. Nein, entfuhr es ihm heftig, als er förmlich aufsprang und der über ihn gebeugte Bibliothekar sich rasch zurückziehen mußte, nein! Ich begreife das nicht! Das kommt mir bekannt vor, aber es ist doch nicht das, was ich meine.

Was haben Sie denn gemeint?

Ach, einen Kirchenvater, murmelte Ginken benommen. Hieronymus oder, oder... Na, tut nichts zur Sache. Nur so einer von denen. Man müßte, sagte er dem Bibliothekar offen ins Gesicht, weil er sich wieder zu fassen vermocht hatte, man müßte den Text längere Zeit vor sich haben und Vergleiche anstellen können.

Das gehe leider nicht, sagte der Bibliothekar kurz, es sei denn, Ginken komme mit in die Bibliothek. Aber auch dort dürfe er sich keine Abschrift machen, das sei im Staatsinteresse verboten.

Im Staatsinteresse? fragte Ginken erstaunt.

Ja. Das sei wie mit den Hieroglyphen, welche die Völker im Vorderen Orient auch nicht gern außer Landes gäben.

Aber das Britische Museum sei doch voll davon!

Schon richtig, aber nur von solchen aus alter Zeit. Und diese Hieroglyphen...?

Wir glauben, daß sie von ganz frischem Datum sind.

Ginken schüttelte den Kopf.

Auf jeden Fall danke er ihm sehr für die Mühe, die er sich gemacht habe, versicherte der fremde Bibliothekar und ging. Er dürfe den Herrn Oberst doch wieder einmal bemühen, wenn er und seine Kollegen vor solchen Rätseln stünden?

Ginken versicherte ihn mit schwacher Stimme seiner Dienstwilligkeit und ging, kaum daß der Fremde zur Tür hinaus war, in die Küche, um sich eine große Kanne Tee und heißes Wasser zu holen. Als er durch die Tür ins Restaurant spähte, stellten sie dort gerade die Stühle auf die Tische, um den Raum zu fegen. Kein Mensch außer den Scheuerfrauen war mehr zu sehen, auch der Nachtkellner und der Küchenbursche nicht. Aus der Begegnung mit dem Vertreter des St.-Andreas-Ordenskapitels war für diesmal nichts geworden. Aber der mußte ja begreifen, daß er als Nachtportier nicht nur für ihn da sein konnte.

Er ging mit seinem Tee in den Couchetten-Verschlag, setzte sich, goß mit zitternden Händen Tee ein, aber schenkte dann noch etwas Schnaps hinzu. Das ist kein Bibliothekar! machte er sich selbstquälerisch klar, das ist kein Bibliothekar, das ist ein...

Er sah das kleine, wie die Universität von Helsinki in klassizistischem Stil erbaute Haus in der Karjaport-Straße vor sich, das Staatswappen hing über dem Eingang, genau wie Borissow gesagt hatte, und dieses Haus hatte er wohl als den letzten Taubenschlag erwähnt; zehn war, soweit er sich erinnerte, die Hausnummer. Wo waren sie jetzt alle: Borissow, Sinikka, die Brüder Ahtiainen, der Lehrer...? Weiß Gott, wo. Er aber war da, und er war allein, wie er's noch nie in seinem Leben gewesen war. Denn früher hatte er immer noch irgendwo hingehen können, ob er willkommen war oder nicht, irgendwohin zu Menschen, in die Bibliothek, in die Kirche...

Kirche, Kirche, sagte er unhörbar vor sich hin. Ihm kam der Gedanke, den ganzen Taubenschlag in die Kirche zu bringen, so wie reuige Diebe ihre Beute einem Priester gaben, als Mittler. Davon hatte man so oft gelesen, früher, als die Leute noch Reue zeigten. Die Tauben, in der Kirche, ja. Das ganze Alte Testament war voll von solchen Tauben, die als Opfergaben in den Tempel gebracht worden waren. Warum sollte nicht auch er...? Und nur das Lachtauben-Pärchen behalten? Ach! Er wehrte den Gedanken mit einer verdrossenen Handbewegung ab. Die ganze Stadt würde bei diesem unverhofften Fund in der Kirche wissen, daß es seine Tauben waren. Warum sie nicht einfach fliegen lassen? Das war doch die beste Lösung.

Als er an dem geschlossenen Salon Sinikkas vorbei nach Hause schlurfte, war das erste, was er, dort angekommen, tat, daß er alle Tauben fliegen ließ. Um die Lachtauben machte er sich keine Sorgen, die würden ganz von selbst bei ihm bleiben; nach den anderen befragt, konnte er sagen, daß irgendwelche böswilligen Menschen in seiner Abwesenheit die Schläge geöffnet und alle Tauben hätten fliegen lassen. Er warte aber immer noch auf ihre Rückkehr. Nur sei die jetzt, da der Sommer anfange und es überall etwas zu fressen gebe, nicht so sicher.

Er fühlte sich erleichtert. Ein Indiz war weg, das spürte er; mit den Tauben konnten sie ihn fortan nicht mehr zum Reden bringen. Was Borissow von ihm dachte, war jetzt gleichgültig. Er konnte ihm später erklären, warum er so und nicht anders hätte handeln müssen. Blieb noch das Buch...

Er hatte die Tür ins Gärtchen offen gelassen, denn von draußen kam nur Wärme herein, und dazu der Gesang vieler Vögel. Namentlich die Amsel, die sonst um diese Tageszeit selten zu hören war, vergoldete seine armselige Stille. Vögel, Singvögel hätte er sich halten sollen, dachte er betrübt, statt dieser verfluchten Tauben, die ihn so einsam hatten werden lassen. Singvögel, Stieglitze am liebsten, das war nach echter russischer Art.

Er hatte einen General gekannt, der selbst in der Kaserne das Zimmer voller Singvögel hatte und jeden bevorzugte, der ihm neue verschaffte. Mit den Tauben war das eine impotente ewige Buhlerei, bei der nichts herauskam. Was hatte sein weißer Lachtäuberich schon mit allem seinem Radschlagen zustande gebracht? Nicht ein einziges Ei. Blieb noch Origenes, der Band aus der Bibliothek, den er zurückbringen wollte. Nur die eine Stelle, die er mit Borissow ausgewählt hatte, wollte er ausschreiben.

Er nahm den Band, schlug ihn erst wahllos auf und begann dann nach der Stelle zu suchen. Wie hatte Borissow mit listigem Grinsen gesagt? »Goldene Worte«... Sie standen, soweit er sich erinnerte, in einer Homilie oder in einem Jesajas-Kommentar. Da hatte er's...! »Bittet um das Große..., bittet um das Himmlische...! Wer bei mir ist, der ist nahe beim Feuer; wer von mir ferne ist, der ist ferne vom Reich.« Das Große..., das Kleine..., das Himmlische! Nahe beim Feuer - ferne vom Reich, diese Worte lösten in Ginken die seltsamsten und verworrensten Gedankensprünge aus. Was blieb, das war die starre Trauer um irgend etwas, das, wie er fühlte, für immer dahin war. Wohin? Das wußte er nicht. Nur war es nicht mehr bei ihm... Langsam schrieb er sich, des Kirchenslawischen in der Schrift nicht gewohnt, die Sätze aus. Er konnte am Abend etwas früher in die Stadt gehen, wenn die Bibliothek für Spätbesucher unter der arbeitenden Bevölkerung noch geöffnet war, und den Band mit einer Sammlung Bylinen, die er gelesen hatte, zurückgeben. Jetzt, hatte er im Gefühl, war das alles nicht mehr am Platze. Er konnte nur noch ärmer und noch einsamer werden. Eine andere Deutung für seine Lage fiel ihm nicht mehr ein. Warum hatte er eigentlich nie daran gedacht, ein Testament zu schreiben? Irgend etwas hatte er ja doch zu hinterlassen. Dieses verwahrloste Häuschen gehörte ihm, der Garten dahinter mit den alten Sträuchern, die wieder einmal dicke Knospen hatten, das Inventar hier drinnen... Doch bei dem Blick in die Runde schauderte ihn, als sähe er alles zum erstenmal, wie Sinikka neulich... Sinikka, ja. Wo mochte die sein? Er hatte sie Borissow empfohlen, und der hatte aus der Schülerin die Meisterin über ihn gemacht. Das war kränkend, das war illoyal. Es hatte schon seine Richtigkeit: man durfte seine Freunde nicht teilen, wenn man sie nicht ganz verlieren wollte.

Und früher... Ach Gott! früher war Sinikka doch manchmal noch empfänglich für ein bißchen Galanterie von ihm gewesen, wenn er sich auch hatte eingestehen müssen, daß er unverhältnismäßig früh gealtert war. Im Kaukasus damals, und in Odessa! Du lieber Himmel, das waren Zeiten gewesen, ganz abgesehen von allen den Zwischenstationen in den verschiedenen Garnisonen, in denen ein flotter Offizier, wie er's gewesen, wie ein Maharadscha war. Gewesen, vergangen. Er hätte weinen mögen, aber das taten Leute von seiner Karriere nur in schlechten Romanen der Schriftsteller im Westen, die sich mit der ›russischen Seele‹ befaßten. Nein, er ging schlafen. Das war alles, wonach es seine Seele in ihrer Müdigkeit verlangte. Und am Nachmittag, am Nachmittag... Diesen Gedanken dachte er nicht mehr zu Ende.

Als er am frühen Nachmittag wieder erwacht war und seinen ersten Tee, im Hemd neben dem Herd mit dem Primuskocher darauf, getrunken hatte, beschloß er, sich sogleich selbst zu rasieren. Er genoß das Gefühl der Unabhängigkeit und Selbständigkeit, das ihm dieser Vorsatz gab. Dann machte er seinen Weg in die Stadt, die Bücher in der Mappe unter dem Arm. Heute hatte er im Hotel die ›Narodnoje Djelo‹ zu erwarten, eine sozial-revolutionäre Zeitung, die früher in Reval erschienen war und jetzt in Paris herauskam. Deren Lektüre zusammen mit der des nationalen ›Rußki Wjestnik‹ gewährte immer so etwas wie ein hochinteressantes nächtliches Zwiegespräch, bei dem die Ohren kein Wort und keines Wortes Sinn verpassen durften. In der Bibliothek – er konnte für alle Fälle nach dem Herrn fragen, der bei ihm gewesen sei und sich wegen der Patristikertexte erkundigt habe, dann hatte er mit einem Schlage heraus, ob es den dort wirklich gab oder ob sein Argwohn recht behalten hatte. Und natürlich: so umständlich und ausführlich er später der Bibliothekarin in der Ausleiheabteilung sein Anliegen vortrug: solch einen Herrn gebe es unter den Bibliothekaren nicht, mußte er hören, da habe wohl ein Liebhaber seinem Privatwunsch dadurch mehr Gewicht verleihen wollen, daß er sich Bibliothekar genannt habe. Ginken nickte beschwert. Ja, ja, sagte er zustimmend, ein Liebhaber, ich verstehe. Es gibt aber nicht viele für dieses Gebiet.

Die Bibliothekarin ließ sich noch einmal seinen Namen sagen und seinen Leserausweis zeigen. Sie werde die Sache im Auge behalten, sagte sie, damit sich niemand unrechtmäßig den Titel anmaße und sich für Privatzwecke als Bibliothekar der Stadt ausgebe.

Stundenlang war er bei mir! schärfte ihr Ginken gekränkt ein.

Die Bibliothekarin schüttelte wortlos den Kopf.

Der Abend war warm wie der vergangene, und Ginken schlenderte ein wenig durch die Straßen. Viele Fenster und Türen waren weit geöffnet, wie um Jahre und nicht nur Monate auszulüften. Dann ging er ins Restaurant des ›Petersburger Hofes‹ und genoß an einem Tischchen abseits, an dem die Kellner fortwährend vorübereilten und man den Lärm der Küche mit den schreienden Köchen hörte, seine vertraglich bewilligte Mahlzeit. Zwischen einem Bissen und dem nächsten sah er sich im Lokal um, ob er Bekannte entdecken könne. Nein. Seine Freunde kamen wohl später. Freunde... Und dabei fühlte er sich so allein wie vor dem Tod, denn auch heute war Sinikkas Salon geschlossen gewesen. Er hatte ihn der Vorsicht halber auf ziemlich weitem Abstand passiert. Kein Zweifel, dachte er, sie ist weg, ganz weg. Aber dann hatte ja auch er keinen Sinn mehr, und daß er die Tauben hatte fliegen lassen, nahm sich jetzt als ein Meisterstück der Logik aus. Er triumphierte innerlich und ertappte sich bei dem im Grunde doch wohl ein wenig gar zu tollkühnen Wunsch, der falsche Bibliothekar möge sich noch einmal einstellen, damit er ihm seine Betrügerei auf den Kopf zusagen könnte. Doch dieser tollkühne Wunsch erfüllte sich nicht. Es wurde eine Nacht wie jede andere, nur mit ein paar minderbemittelten Touristen mehr im Haus und mit den Vorwitzigkeiten des neuen Hausdieners, der nicht von seiner Seite wich, bis er sich demonstrativ in sein Schlafgehäuse zurückzog. Er ging im Grunde nicht gern hinein, denn beim Anblick der Couchette schläferte ihn. Heute nacht freilich... Da saß er mit glühenden Ohren und las die Zeitungen, die bewunderungswürdig pünktlich kamen. Auch ein kleines Land hatte seine Vorteile. Im alten, großen, ewigen, heiligen Rußland hätte es nicht ganz so gut geklappt. Aber damals... Damals hatte ja auch jeder Tag seine Neuigkeiten aus nächster Nähe in sich, die man im Kasino erfahren konnte oder bei den Damen. Heute... Der Oberst-Portier Ginken verschlang die Zeilen. Der ›Rußki Wjestnik‹ meldete aus Riga eine sowjetische Spionage-Affäre, bei der ein gewisser Borissow, seiner Tarnung nach Vertreter der ›Viborger Naphtha A.-G.‹, im Hauptberuf aber Nachrichtenoffizier der Roten Armee, und eine Friseuse aus Karelien, die sein Lockspitzel gewesen sei, die Hauptrollen gespielt hätten. Nur die Exterritorialität des Dampfers ›Petrofim‹, auf den die beiden geflüchtet wären, hätte der lettischen Polizei die Verhaftung der beiden unmöglich gemacht. Es seien aber gewichtige Vorstellungen bei der sowjetischen Gesandtschaft erhoben worden, und der Gesandte habe eine Untersuchung des Falles zugesagt. Borissow..., die ›Friseuse aus Karelien‹: Sinikka! Natürlich Sinikka, obschon ihr Name in der Zeitung verschwiegen worden war. Deshalb der geschlossene Salon, und er ganz allein, überflüssig, abgeschrieben. Sie hatten alles, was sie hatten haben wollen. Und dieser Borissow war ihr Liebhaber, bestimmt.

Ginken legte seinen Kopf in die alten Hände, welche die hochgeäderte Haut darüber nicht mehr straff umspannen wollte, sie sahen wie zerknitterte Handschuhe von gelbgrauer Farbe aus. So also ist das, war alles, was er dachte. Und: Nach dieser Treulosigkeit machte er nicht mehr weiter. Übrigens würde Sinikka nach diesem Zwischenfall in Riga nicht mehr nach Viborg zurückkommen können, die lettische und die finnische Polizei arbeiteten in diesen Sachen bestimmt zusammen. Wie gut, daß er die Tauben entlassen und das Buch abgeliefert hatte. Jetzt besaß er nur noch den kleinen Auszug aus der Homilie oder dem Jesajas-Kommentar, den er immer als ›Goldene Worte‹, die er sich zur persönlichen Andacht ausgeschrieben hätte, ausgeben könnte. Und diese Worte waren ja gar nicht von Origenes selber. Der hatte sie nur weiterberichtet. Sie mußten aus irgendwelchen apokryphen Evangelien stammen. »Wer nahe bei mir ist, der ist nahe beim Feuer; wer aber von mir ferne ist, der ist ferne dem Reich...« Das bezog sich nicht nur auf das alte, heilige, ewige Rußland. Der das gesagt hatte, dessen Reich war nicht von dieser Welt. Er hatte es selber gesagt vor Pilatus. Also: Wenn Borissow wider Wahrscheinlichkeit und Erwarten noch einmal hier auftauchen sollte, konnte er ihm das entgegenhalten. Er selber, Ginken, war noch nicht so alt wie der selige Simeon, aber er konnte sprechen wie der. Was lag an dieser Welt! Wenig oder nichts. Und was hielt ihn darin? Die Angst, mußte er sich eingestehen. Angst, Angst und nichts als Angst. Aber warum sollte er nicht die Stelle wechseln, wegziehen aus

Viborg? Der Gedanke erschreckte ihn dermaßen, daß er sich zum Tee ein paar Spitzgläschen Schnaps eingoß. Nein, um's Himmels willen! In die Fremde, jetzt, in so späten Jahren? Hier... Er dachte an das Grab seiner Eltern, obschon man das in seiner Verwahrlosung kaum mehr erkennen konnte. Er dachte an die ganze Stadt, die vor seinen inneren Augen auftauchte, er dachte an den Hafen, er dachte an den Wind, er dachte an die Umrisse von Kronstadt, die man nicht weit von hier bei sommerlichen Luftspiegelungen umgekehrt über dem Meer schweben sehen konnte, er dachte... er dachte... er fühlte: hier und nirgends anders war er noch zu Haus. Und mit diesem Gefühl des Glückes und der Einsamkeit vergingen wieder ein paar Tage und Nächte. Nach einem warmen Regen wurde es heiß und bald danach grün. Das war jedes Jahr die Zeit der holden Täuschungen für die Menschen, denn danach kam der kalte Faulbaumsommer, in dem man bisweilen die Blüten der Sträucher und den Schnee darauf nicht voneinander unterscheiden konnte. Daß jetzt niemand mehr des Nachts nach ihm fragte oder ihn besuchte, deutete Ginken so, daß man ihn abgeschrieben hatte, daß alles vorbei war, das mit den Tauben und den Papilloten, mit der Intervention und der Gefahr für das alte, ewige Rußland, obwohl jetzt gerade alle Zeitungen der Emigranz, welcher Richtung auch immer, über die kriegerischen Reden der Deutschen und das fortwährende Marschieren und Rüsten schrieben, und daß Pilsudski, der alte Fuchs, schon in die Fänge des Reichsadlers geraten sei. Dann waren Borissow und seine Leute eigentlich pflichtvergessen, oder sie hielten nichts mehr von dem alten Nachtportier. Aus diesem Gedanken stieg Bitternis in ihm hoch. Sie hielten nichts von ihm, nein; er hatte es auch in der alten Armee nicht zum Generalmajor gebracht... Aber daran war einzig und allein die Revolution schuld, verteidigte er sich, und dafür hätte er eigentlich Leute vom Schlage Borissows, die jetzt in Riga ihren Wolfspelz hatten zeigen müssen, zu bekämpfen!
Diese Wendung kam mit so scheinbar absurder Folgerichtigkeit, daß er bei seinem Sinnieren förmlich das Gleichgewicht verlor. Wo er hinstürzte, war nichts als Reue, uferlose Reue, die seine Angst zum erstenmal in Tränen auflöste. Aber sollte er nur kämpfen, weil Borissow und seinesgleichen ihm die Beförderung zum General unmöglich gemacht hatten? War das

nicht zu wenig und ganz egoistisch? Um das Himmlische bitten, dann würde das Irdische hinzugetan. Nun, er hatte nie so besonders oder, wie er besser sagen wollte, in einem persönlichen Verhältnis zum Geber um das Himmlische gebeten. Er hatte gleichwohl so viel Irdisches bekommen, wie ihm gebührte, und nur die Allzuirdischen, die gottlosen Revolutionäre, die das ganze Reich zerschlagen und die kaiserlichen Majestäten ermordet, hatten ihm das wärmende Herdfeuer des Alters mit dem Rang, der ihm zukam, vorenthalten. Also hatte er sich, als er sich mit Borissow eingelassen hatte, für seinen Teil gewaltig geirrt. Für seinen Teil; ob auch fürs Reich, konnte eben noch niemand sagen. Die lettische Polizei würde sagen: ja. Und die finnische? Danach brauchte er gar nicht zu fragen. Alles nichts für einen alten Gardeoberst und Nachtportier, kam er mit sich selber überein, alles das ging ihn nicht eine saure Gurke an, wie man so sagte. Er war fertig, er war hinter dem Ende, er konnte vergessen, die größte Wohltat des Alters.

Er sah: der Hausdiener lümmelte wider sein ausdrückliches Verbot in der offenen Tür und fixierte die späten Passanten, aber er war zu müde oder zu gleichgültig, um ihn wieder einmal zu berufen. Mochte er. Vielleicht nahm er bald seinen eigenen Posten ein. Als ein später Gast mit einem bescheidenen Köfferchen kam, machte er mit der Linken eine einladende Handbewegung, weil es keine Tür zum Öffnen gab, und bestand förmlich darauf, dem Eintretenden seinen kleinen Koffer aus der Hand zu nehmen, obschon der das nicht wollte.

Ginken trat aus dem Verschlag und erkundigte sich hinter dem Tresen nach den Wünschen des Fremden. Der wünschte ein ruhiges Einzelzimmer für eine Nacht. Der Hausdiener wollte, während Ginken den Reisenden an den Block der Meldeformulare bat, sich abermals des Koffers bemächtigen, aber der Ankömmling legte beim Schreiben mit der Rechten unmißverständlich die Linke auf den Koffer und hinderte den Hausdiener an seiner Vorwitzigkeit. Ginken kochte innerlich. Das, beschloß er, mußte er morgen früh dem Tagesportier melden. Einstweilen gab er dem verdächtig Übereifrigen einen Wink, den neuen Gast auf sein Zimmer zu begleiten, und begann den Meldeblock zu studieren, um danach seine Unterschrift anzubringen. Es war ein finnischer Gast, geboren in Helsinki, von Beruf... Ingenieur! Während der neuangekommene Fremde mit dem Hausdiener verschwand, vergegenwärtigte sich Ginken sein Gesicht. Trotz dem rein finnischen Namen hatte er wie ein typischer Schwede ausgesehen: langschädelig, blond mit dem ersten Anflug von Grau, mit gerader, energischer Nase und hellblauen, leicht verschleierten Augen. Ernst, nüchtern. Wenn ein Ingenieur, dann gewiß einer mit Interessen für andere Gebiete als Kirchengeschichte und Patristik. Das Bestreben, seinen Koffer selbst zu tragen, konnte eine Marotte oder einfach die Gereiztheit gegen den so läppischen wie verdächtigen Übereifer des Hausdieners gewesen sein. Als jener wieder die Treppe herunterkam, stellte ihn Ginken scharf zur Rede und kündigte ihm, kraft seines Einflusses im Haus, die Entlassung an. Der Hausdiener grinste verlegen und machte sich für eine Weile aus dem Staube.

Bald danach erschien der Fremde von oben und erkundigte sich bei Ginken, wo er wohl noch etwas essen könnte.

Ginken empfahl das Hotelrestaurant.

Nach seiner Aussprache sei er Russe, vermutete der Fremde.

Ginken bekannte sich dazu.

Und auch nicht sein Leben lang Hotelportier.

Ginken stellte sich mit Namen und Rang beim Kaiserlichen Garde-Ingenieurkorps vor.

Der Fremde nahm die Vorstellung erfreut an und ging nach ein paar beiläufigen Allerweltsbemerkungen ins Restaurant hinüber. Als er zurückkam, händigte Ginken ihm den Schlüssel aus, aber der Fremde schien, obwohl es spät war, noch keine Lust zum Schlafen zu haben. Es sei ihm zu warm, sagte er, einfach zu warm.

Ob er noch einen Bummel unternehmen wolle, erkundigte sich Ginken. Er könne ihn vielleicht beraten.

Danke, nein, er kenne Viborg von früher. Es sei ja immer die bunteste Stadt in Finnland gewesen. Ein Hauch Osten komme hier in den kühlen Norden, und die alte hansische Tradition von den baltischen Ländern her sei auch noch erstaunlich lebendig. Man merke das häufig nur an Häusernamen, welche die baltischen Deutschen aus Viborg ihren Sommervillen gegeben hätten. So sei er einmal nicht weit von hier mitten im karelischen Urwald an einem See in einer Villa mit dem Namen ›Friedheim‹ zu Gast gewesen. Vielleicht kenne Oberst Ginken die Gegend dort?

Ginken bedauerte, während hinter seiner Stirn der Gedanke pochte, in der Nähe von ›Friedheim‹ lebe einer der Brüder Ahtiainen, und der andere habe selbst die alte, verfallene Villa gepachtet.

Wolle er noch einmal einen Besuch dort machen? fragte er. Eben sei das herrlichste Wetter, an den Seen nur noch etwas kühl gegen Abend.

Ach nein, schlug der Fremde das Ansinnen aus, hier habe er eben mit Zeichnungen zu tun. Was für Zeichnungen das waren, sagte er aber nicht und ging, obwohl er noch so munter war, auf sein Zimmer.

Nach einer Weile telephonierte er von dort oben. Ginken nahm das Gespräch an. Der Herr, weil er doch noch nicht schlafen könne, fragte Ginken, ob der ihm noch etwas zu trinken aufs Zimmer beschaffen könne.

Ginken versprach, sofort den Nachtkellner zu schicken.

Der Fremde wehrte ab. Die Bestellung lohne keinen Kellner. Ob der Herr Oberst ihm nicht persönlich die Gefälligkeit erweisen könne.

Ginken, Oberst, bedauerte, daß er unten in der Loge unabkömmlich sei, er werde aber den Nachtkellner schicken. Was es sein dürfe?

Der Gast bestellte ein paar Flaschen Bier und bedankte sich - wie Ginken schien - merkbar enttäuscht. Ginken zog sich für eine Weile in sein Denkgehäuse zurück. Der neue Gast war ihm nicht geheuer. Er kannte Viborg. Er kannte ›Friedheim‹. Wieviel mehr würde er noch kennenlernen wollen? Ihn befiel eine ganz neue Art Müdigkeit. Er wünschte, alles wäre vorbei, alles, das ganze Katze-und-Maus-Spiel. Irgendwo hatten sie ihn ja doch. Irgendwo, nur wußte er nicht, wie weit die nächste Masche war und ob es für ihn noch ein Durchschlüpfen gab.

Der Nachtkellner, der nach der Bierlieferung von oben kam, wußte zu berichten, daß dieser Gast noch gar keine Anstalten zum Schlafen gemacht habe, obschon es so spät sei. Ginken zuckte die Achseln ob der Sonderlichkeit dieser Welt und ihrer Menschen. Den aufsässigen Hausdiener mußte er förmlich zum Schuheputzen kommandieren, wie einst seinen Djenschtschik. Der offene Windfang des Vestibüls schien ihm der viel liebere Aufenthaltsort zu sein als die um diese Nachtzeit halbdunklen Korridore. Dann kam der Drei-Uhr-Polizist und holte die

Meldezettel, und dann geschah nichts mehr, außer daß Ginken selbst von Zeit zu Zeit an die frische Luft ging, doch nie weiter von der Tür entfernt, als daß er das Telephon nicht hätte hören können. Die Zeit der holden Täuschungen - in solchen Nächten war sie da, und man genoß sie, zwischen glückseliger Wehmut und Angst vor dem Kommenden geteilt.

Von dieser Nacht und ihrer Lektüre an brauchte er am Salon gar nicht mehr vorbeizugehen. Er wußte ja, daß der geschlossen sein mußte, und außerdem - sie wäre dieses Schlenderständchen als unbemerkte Huldigung gar nicht wert gewesen.

Als er nach Hause kam und seine unordentliche Stube betrat, packte ihn der Zorn gegen sich selbst. Zuoberst auf einem Stapel Bücher sah er den Zettel mit dem Origenes-Exzerpt, das er sich am Tage vorher ausgeschrieben hatte. Er hatte ihn einfach dahin gelegt, als ob er dahingehörte oder als ob er das Wichtigste von seiner Lektüre wäre. Oder nicht? Wenn einmal jemand in seiner Abwesenheit in seinen Sachen schnüffelte - was dann? Nun, er hatte ja auch den ganzen Band in aller Öffentlichkeit auf der Bibliothek abgegeben und ihn nicht stillschweigend in eins der Regale zurückgestellt, was er übrigens gar nicht hätte bewerkstelligen können, denn Origenes stand nicht in der Handbibliothek des Lesesaals. Ganz so gefährlich war also seine Vergeßlichkeit nicht. Aber die letzten Notizen von dem ingermanländischen Lehrer zwischen den Zeitungen? Er begann nach ihnen zu suchen und fand sie nicht. Dreimal hob er eine der Zeitungen nach der anderen von dem hohen Stapel ab, aber die Zettel mit ihren klobigen Zeichnungen waren nicht aufzutreiben. Zeichnungen! Er dachte sofort an den Ingenieur, der mit Zeichnungen zu tun hatte. Ginken begann zu schwitzen. Er versuchte, alles wieder so hinzulegen, wie er's vorgefunden hatte, zog sich den Rock aus und begann die Suche von neuem, aber das vierte Ergebnis bedeutete das erste: die Zettel waren verschwunden, und er selber, das wußte er mit Sicherheit, hatte in der Zwischenzeit nicht an den Stapel gerührt. Da setzte er sich auf sein Bett und meinte, er träume, und im Traum gurre der Täuberich und stimme hinterher sein Gelächter an. Er hätte ihm den Hals umdrehen mögen, denn das Gelächter lachte über ihn. Schließlich legte er sich schlafen, und da nach seiner Überzeugung doch jemand im Haus gewesen war, ließ er die Tür für den nächsten Besuch unverschlossen.

Doch es kam gar niemand. Ginken konnte ungestört bis in den frühen Nachmittag hinein schlafen. Als er aufwachte, geschah es, weil irgend etwas im Haus von einem Wind draußen zu schlagen begonnen hatte. Ihm fielen die Luken vor den Taubenverschlägen ein. Vielleicht waren es die, wenn ein Wind unter sie fuhr. Er ging ins Vorhaus und fand seinen Verdacht bestätigt. Aber an ein Gewitter im Mai hätte er nie gedacht, und eben das war es, was sich nun bei der zur Schwüle gewordenen Wärme zusammenbraute. Bald begann es prasselnd zu regnen; das Blechdach seines Hauses war ein Resonanzboden, der jedem Tropfen den zehnfachen Schall gab, und bei einem Donner meinte er, das Blech vibrieren und in den Fugen leise klirren zu hören.

Er genoß es als eine Lösung. Eine, nur eine... Eine andere - kam sie oder nicht? Die Zettel waren unmißverständlich, der Text auf ihnen unverschlüsselt und nicht in Kirchenslawisch. Sinikka hatte ihn ins Verderben gebracht, weil sie an jenem Tag, ohne ihn vorher zu verständigen, nicht mehr im Salon gewesen war und ihm auch nicht aufgetragen hatte, eine Papillote selbst zu beschreiben. So endete er wie in einem Schundroman mit einer Friseuse, wenn...

Das Wenn bedingte eine neue Suche im Zeitungsstapel, und diesmal faltete er jedes Exemplar auseinander und schüttelte es mitten in der Stube aus, als müßten die Zettel irgendwann doch einmal herausfallen. Aber sie taten es nicht. Jetzt wünschte er, der Bibliothekar benötige noch einmal seine Dienste. Er wollte ihm freiwillig sagen, daß er den Schlüssel gefunden habe. Die kirchenslawischen Texte stammten aus Origenes. Wie er das herausgefunden habe? Ganz einfach. Er sei doch nicht umsonst als das ›wandelnde Lexikon‹ bekannt. Ihm sei, als er Origenes bei einer gewissen Stelle gelesen habe, die Häufung gewisser Buchstaben an dieser Stelle mit einer ähnlichen Häufung in dem geheimnisvollen Text aufgefallen, und da habe er sich die Stelle ausgeschrieben und angefangen, Schlüssel zu suchen. Nach einer Weile - ihm sei inzwischen auch mit etlichen Brokken wieder eingefallen, was der Bibliothekar ihn auf dem Seidenpapierzettel habe lesen lassen -, nach einer Weile habe er eine gewisse Gesetzmäßigkeit bemerkt. Es gebe, wie er festgestellt habe, vier Schlüsselgruppen in dem Origenestext, und der, der auf der Papillote verwendet worden sei, sei der vierte. Er könne sich, weil er den verschlüsselten Text nicht lange genug zur Hand gehabt habe, irren oder das, was er entziffert habe, nur bruchstückhaft wiedergeben, im ganzen aber scheine es sich um eine Mitteilung militärischer Natur zu handeln... War das nicht schlüssig? Er machte sich damit nicht dümmer, als er war, und obendrein war es die Wahrheit.

Ginken ging mit seinen eigenen Kombinationen wie mit einer allzu heißen Waffel um, die er nicht sogleich schlucken konnte. Würde man ihm diese Fabel glauben? Auf keinen Fall, wenn die Zettel zwischen den Zeitungen in falsche Hände geraten waren. Dann... Er ergab sich und sehnte den Bibliothekar zum Geständnis herbei. Aber wenn die Zettel harmlos verschwunden blieben... Doch wie konnte das geschehen sein? Auf alle Fälle wollte er sich mit keinem, der auf das Andreas-Kreuz eingeschworen zu ihm kam, mehr befassen. Tun, als hielte der Mann ihn für jemand anderes. Warum auch war der Vertreter des Ordenskapitels nicht wiedergekommen? War das vielleicht auch nur ein Provokateur gewesen? Fortan wollte er für jedermann unabkömmlich hinter dem Tresen sein, schwerhörig für Schwatzlustige, gar zu beschäftigt für Müßige - oder einfach den Hausdiener hinter den Tresen bestellen und selbst in die Küche gehen. Wenn jemand ihm in die Küche nachkam, hinaus auf den Hof, vom Hof um die Stallecke auf die Nebenstraße, von dort wieder zum Haupteingang hinein... und so fort und fort... Irgendwann mußte der andere ja merken, daß er nichts mehr mit ihm zu tun haben wollte.

Er dachte das alles, und er sah das vor sich, und die ganze Welt schien ihm eine Falle ohne Ausweg zu sein, als er rasiert und angekleidet auf die Straße hinaustrat, um seinen Weg zum Dienst unter die Füße zu nehmen. Das Gewitter hatte keine Abkühlung und Erfrischung gebracht. Es herrschte eine feuchte Schwüle, in der er müde dahinschlurfte. Einmal sah er in einer Schaufensterscheibe sein eigenes Gesicht und erschrak. Er war so alt, so uralt geworden. Über dem Meer nach Süden hin riß der Himmel in einem furchterregenden Wetterleuchten auf, in dem ihn alles um ihn herum so gespenstisch verödet anmutete wie eine entvölkerte Stadt im Kriege. Beim jähen Schein des Wetterleuchtens sah er die weiß-blaue Kreuzflagge auf dem Schloßturm im Herzen der alten Stadt gleichsam angstvoll wie Taubenflügel flattern, weil neue Gewitterböen sie erst heftig ausschwingen und im nächsten Augenblick, wenn die Bö zusammenbrach, kraftlos in sich zusammensinken ließen. Dieser Anblick machte ihn traurig, ohne daß er wußte, warum. Was war schon Finnland! Viborg - das war etwas. Hier war er geboren, hier hatte er seine Kindheit verlebt, hier war er zuerst zur Schule gegangen, hier hatte er seinen ersten Kuß gegeben, hier... Ach! Hier war alles, und nur diese Stadt half ihm, das Alleinsein zu ertragen. Und keine Taube war es wert, daß sich irgend etwas daran änderte. Er hatte geirrt. So mancher alte Mann irrte zu guter - oder zu böser - Letzt noch. Die alten Lieben mußte man jung erleben.

Heute ging er am Salon vorbei, und tatsächlich in einem Zufall genau vor der Tür stutzte er, weil er sich fragte, ob er sein Haus abgeschlossen hätte. Aber nach diesem Stutzen schlurfte er hastig weiter. Er hatte ein dunkles - sicherlich blutrotes - Siegel an der Tür zum Salon und eine nur bleiern matt schimmernde Plombe gesehen. Das Dunkel des Siegels hatte ihn sofort an die dunklen Flecken auf der Papillote erinnert. Auch die stammten von Blut her, nur war ihm immer noch unklar, ob es Tier- oder ob es Menschenblut gewesen war. Blut aber auf jeden Fall, und deshalb war - Krieg. Er aber war viel zu müde, als daß er noch hätte Krieg führen wollen oder können. Er war hinter dem Ende, das hatte er richtig gedacht heute nachmittag, er hatte sich selbst überlebt, wie immer das nun auch bei der scheinbaren Jugend, die er vor noch nicht langer Zeit als ›Fähnrich‹ empfunden hatte, gekommen war.

Er sah die Flügeltür des ›Petersburger Hofs‹ schon von fern weit geöffnet und gegen das helle Vestibül zwei Menschen, die beieinander standen und plauderten. Er fragte sich, ob er durch den Haupteingang hineingehen oder durchs Restaurant eintreten und dann seinen Dienst übernehmen sollte, entschied sich aber für den Haupteingang, für dessen anspruchsvolleres Milieu seine ganze schmächtige Gestalt sich, ihm selber unbewußt, ein wenig straffte. Als er in den ersten Böen und unter den ersten Tropfen eines neuen Gewitters von der Straße her hastig den Gehsteig betrat und dem Haupteingang zustrebte, erkannte er, was für zwei Menschen es waren, die im Vestibül nahe der Tür standen. Es waren sein patristischer Bibliothekar von neulich und der in der vergangenen Nacht gekommene Ingenieur. Er grüßte gemessen. Sie aber wandten sich sogleich ihm zu, der eine rechts, der andere links.

Ich... ich glaube, ich habe jetzt den Schlüssel, sagte Ginken leise und heiser zu dem Bibliothekar.

So? erwiderte der, aber der andere, der in der vergangenen Nacht Gekommene, nahm ihm das Wort von den Lippen und fügte hinzu: Jeder Meister kennt sein eigenes Werk am besten! Haben Sie ihn in der Mappe? Lassen Sie mal sehen! - Er sagte das so, als gäbe es für ihn gar keinen Widerspruch.

Es ist nichts drin, sagte Ginken kleinlaut, aber er händigte dem Fremden seine halbfeuchte Mappe aus.

Der würdigte sie nicht einmal des Öffnens.

Draußen hatte der Regen angefangen, auf die Trottoirplatten zu prasseln. Ginken sah dem Aufspritzen der Tropfen, die wie Geschosse kamen, verloren zu; er schien es einfach vergessen zu haben, pflichtgemäß hinter den Tresen zu gehen.

Wie ist es, fragte ihn der Bibliothekar, haben Sie hier noch irgend etwas mitzunehmen?

Nnnein, gab Ginken zur Auskunft. Höchstens... wenn Zeitungen gekommen wären?

Der neue Hausdiener stand hinter dem Tresen. Er hatte alles mit angesehen und mit angehört. Ginken schien es, als lächelte er verstohlen. Zeitungen seien für Herrn Oberst Ginken nicht gekommen, gab er nach einem Blick in den Verschlag zur Auskunft.

Dann solle er einen Wagen bestellen, wurde er von dem Ingenieur geheißen. Für solch einen Regen sei der Weg zu Fuß allzu weit. Der Hausdiener bediente mit einer Gewandtheit, die er sich kaum in der verhältnismäßig kurzen Zeit seines Dienstes im Hause angeeignet haben konnte, die Telephonanlage und forderte einen Wagen vom nächsten Standplatz an. Kommt gleich! sagte er zu dem Ingenieur gewandt.

Ginken hatte sich zum Ausgang umgedreht. Er nahm von diesem Hausdiener nicht Abschied, das schien ihm ganz und gar überflüssig zu sein; er nahm von dem ganzen Haus nicht Abschied, obwohl er darin zahllose gute und böse Stunden verbracht. Es war nur eine bedeutungslose Nachtherberge gewesen, bis auf den einen schicksalsschwangeren Irrtum. Aber das alles dachte er gar nicht bewußt. Er stand mit hängenden Schultern gebeugt unter dem grellen Licht im Windfang, und als der Wagen vorfuhr, hastete er ungeheißen durch den Regen unter sein Dach wie in sein letztes, allerletztes Zuhause. Der Bibliothekar, der mit dem Ingenieur nachgestiegen war, nannte dem Chauffeur das Fahrtziel: Karjaport-Straße 10. Ginken wehrte die Handschellen sanftmütig ab. Nicht nötig, sagte er leise und wollte andeuten, daß er keinen Fluchtversuch mehr vorhabe, ich bin schon hinter dem Ende.

IN SO VIELEN, meist theologischen, aber auch okkulte Phänomene betreffenden Handbüchern ich jetzt wieder nachgeschlagen habe, um mich der Deutung des Begriffes Levitation noch einmal zu vergewissern - ich habe keine gefunden, die meinem Lebensnachbarn während etlicher Jahre, einem alten, etwas sonderlich gewordenen Schiffsarzt, angestanden hätte. Und doch hatte er schon damals, als er mir dieses Erlebnis erzählte, dabei beharrt, eben das habe sich zugetragen, und alles, was die Literatur gemeinhin als ein übersinnliches, die Gesetze der Schwerkraft sprengendes Phänomen überliefere, habe sich mit ihm, an ihm und durch ihn ereignet, auf jener Reise damals, als die ›United States‹ der Vereinigten Dampfschiffahrtsgesellschaft, Kopenhagen, achttausendfünfhundert Bruttoregistertons, in den Jahren nach dem ersten Weltkrieg mit einer vollen Last polnischer Auswanderer zwischen Gdynia und New York unterwegs gewesen war. Das ist heute mehr als vierzig Jahre her. Solche Reisen mit einem Schiffsbauch voll armseliger menschlicher Leiber waren aber damals nichts Neues für ihn gewesen. Er hatte schon nach dem Russisch-Japanischen Kriege als Arzt Dienst auf einem jener neutralen Transportschiffe getan, welche russische Kriegsgefangene aus Japan rund um den aufrührerischen asiatischen Teil Rußlands in die ruhigeren europäischen Ostseehäfen gebracht hatten, und hatte bei diesen Fahrten hinlänglich Russisch gelernt, um sich im alltäglichen Wortschatz verständigen zu können. Bei Anzeichen von Meuterei oder gefährlicher Unruhe unter den entlassenen Kriegsgefangenen hatte ihr Kapitän damals von der Kaiserlich-Russischen Admiralität die probate Anweisung gehabt, das nächste Sturmzentrum anzusteuern, damit die Seekrankheit unter den Soldaten allen mißliebigen Diskussionen und Rebellionen ein Ende setze.

Einen Sturm eigens anzusteuern brauchte die ›United States‹ auf ihrer für den Doktor denkwürdigen Reise zwischen Gdynia und New York nicht. Der überfiel das Schiff halben Weges mitten im Atlantik. Man hatte über Funk Vorwarnung bekommen und sich, so gut es bei dieser Fracht ging, vorzubereiten versucht, mit jeder Stunde und neuen Meldungen rigoroser, obschon es die Auswanderer beunruhigte, als sie durch die aufgeschraubten Ladeluken und die festgekeilten Persennings darüber vom Tageslicht ausgeschlossen und alle Niedergänge ähnlich gesichert wurden. Die notdürftige Beleuchtung im Lastraum und im Zwischendeck brannte nun Tag und Nacht ununterbrochen, aber niemand in dem schon leise ächzenden, schwer rollenden Schiffsleib hätte zu sagen vermocht, wann es jenseits ihres Verlieses Tag und wann es Nacht war. Einmal war es Sauerstoffmangel, was sie lethargisch vor sich hindösen ließ, dann wieder horchten sie mißtrauisch auf das bei dem schweren Rollen des Schiffsleibs unruhig rauschende Wasser der Bilsch.

Der Arzt hätte, ohne sie zu sehen, auf ein paar Sekunden genau angeben können, wann die fort und fort steigende Angst sich dieser Menschen vom Lande bemächtigte. Das geschah, als er selber in seinem Krankenrevier instinktiv das rechte Bein einstemmte und in einer alles erfassenden Schräge rundumher lotrecht stand, während mit gewaltigen, förmlich trinitarisch einprägsamen Schlägen die ersten drei Sturmwellen längsseits der ›United States‹ aufprallten und das Schiff sofort sehr viel Wasser übernahm. Bald danach begann es in allen Wanten und Pardunen leise zu brummen: den Grundton des einsetzenden Sturms, der sich rasch zum höchsten Diskant und später im Orkan zu einem auf keiner Skala mehr meßbaren Flageolett steigerte. Die Brecher und das Flugwasser an den Bullaugen und den Fenstern des Schiffes auf dem Kommandodeck nahmen jedwede Sicht. Sogleich wurde die Geschwindigkeit der ›United States‹ herabgesetzt und nur soviel Fahrt behalten, wie dazu nötig war, daß das Schiff im Steuer blieb. Gleichwohl hörte man, wenn das Vorschiff tief eintauchte, achtern die Schrauben wie Kreissägen rasen. Die Seen rannten, gejagten grauen Wölfen gleich, auf das Schiff zu und teilten, wenn sie die ›United States‹ trafen, furchtbare Prankenschläge aus, unter denen der genietete Eisenleib ächzte.

Von dieser Zeit an war der Arzt so gut wie ununterbrochen bei den Auswanderern, die sich dem Tode nahe wähnten. In vielhundertfachem Schreien, Beten, Jammern und Stöhnen verrichtete er mit Pflastern, Tropfen und Spritzen seinen Dienst als Arzt und – mit seinem unbeholfenen Russisch – als Tröster: daß es nur ein gewöhnlicher Sturm sei, der auch einmal wieder aufhören würde, und daß das Schiff stark und seetüchtig sei. Der Dolmetscher und die Läufer, die ihm zwischen den Frachträumen und seinem Revier zur Verfügung standen, hatten wenig zu tun. Sie bewachten die beiden Ausgänge, die es zu den Bunkern und hinter denen in das weitläufige Innere der ›United States‹ gab. Das erste, worauf es ihm ankam, war, die schwangeren Frauen von der Masse der Auswanderer auf ihren Strohlagern zu trennen, weil er diese vielleicht sehr rasch in sein Revier schaffen lassen mußte. Mit den Wellen kamen, seiner langjährigen Erfahrung nach, wenn auch immer viel zu früh, die Wehen.

Die Erfahrungen ließen ihn im Stich, was die ›Gewöhnlichkeit‹ dieses Sturms betraf, die er den Auswanderern einzuprägen versucht hatte. Es war kein gewöhnlicher Sturm; es war ein höchst ungewöhnlicher Sturm; und aus dem ungewöhnlichen Sturm wurde in der zweiten Nacht ein Orkan, wie ihn der Atlantik nur um die Zeit der Äquinoxis kennt. Er hatte schon bei drei Geburten beizustehen gehabt. Im Laderaum und im Zwischendeck wälzte sich im eigenen Kot und bis zum letzten Tropfen Galle erbrochenem Mageninhalt ein Menschenunrat, in dem man die, die einmal in Gdynia mit Sack und Pack und hoffnungsfroh an Bord gegangen waren, nicht wiedererkennen konnte. Was der Arzt, seit dem Beginn des Sturmes nicht mehr aus den Kleidern gekommen, für seine Pfleglinge am meisten gebrauchte, waren eine Sorte Injektionen mit herzstärkenden und eine andere mit bis zur Lähmung beruhigenden Mitteln. Tabletten vertrug niemand mehr. Der Verbrauch von Pflastern hatte schon viele Meter von den Rollen gefressen. Diejenigen, die er ihrer Tobsucht wegen in Fesseln hatte legen lassen müssen, versuchte er vor den anderen zu verbergen und schämte sich dessen trotz aller Nüchternheit, mit der er seinen Dienst versah, wie einer unverzeihlichen Untat. Der Wachdienst der Läufer, die nur noch eine Tür hüteten, weil die andere vorsorglich von draußen verschlossen worden war, artete zum Abwehrkampf an einer Brustwehr aus. Immer noch steckte in manchen soviel Leben und Kraft, daß sie torkelnd hinaus wollten, einerlei, wohin, nur hinaus, hinaus... bis sie bei einem atemberaubend langen Überholen des Schiffes haltlos irgendwohin geschleudert wurden, wo sie für eine Weile wie betäubt liegenblieben.

In den ersten Morgenstunden des dritten Tages, als der Arzt, völlig übermüdet, mit blutunterlaufenen Augen, ungewaschen und unrasiert, sich für eine Weile in seine Kammer geflüchtet, nur den Rock und die Schuhe ausgezogen und sich auf sein Bett geworfen hatte, um womöglich eine Stunde zu schlafen, wurde er alsbald von dem Dolmetscher herausgeklopft. Er müsse kommen! Da unten sei die Hölle! Alle, ob sie noch stehen oder nur kriechen konnten, wollten hinaus. Das Schiff gehe unter, man verschweige es ihnen nur, aber das Wasser unter ihnen rausche und rausche und sei fortwährend am Steigen, und von irgendwo oben tropfe es schon. Hinaus wollten sie, das sei ihr gutes Recht, und wer sie daran hindern wolle, den würden sie erstechen. Messer hätten sie noch.

Der Arzt begriff, daß eine Lage eingetreten war, bei der eine nicht mehr zu beherrschende Panik ausbrechen konnte. Er stand auf, schlüpfte in die Schuhe und griff nach seinem Rock. »Nicht den!« bat ihn der Dolmetsch flehentlich. Eine Uniform mit viel Gold, »viel, viel Gold! Seien Sie ganz große Arzt! Dann sie werden gehorchen!«

Mürrisch tat der Arzt ihm den Gefallen, der ihm als die reine Schaustellerei erschien, und langte sich irgendeine von Tressen strotzende Paradeuniform mit dem Äskulapstab aus dem Spind und zog deren Rock an, was bei dem Schlingern und Aufbäumen des Schiffes nur im Sitzen zu bewerkstelligen war. Beim Schließen hakte er fortwährend ins Leere und steigerte sich in eine Wut, in welcher der Keim zum Schreien und Fluchen und Dreinschlagen, ja überhaupt zu jeder Form des Außer-sich-Geratens vorhanden war. Dann hastete er mit seinem Verbandskasten und frisch sterilisierten Spritzen und Nadeln torkelnd davon; hinter ihm der kleinlaute, aufs Schlimmste gefaßte Dolmetsch.

Einer von den drei Läufern stand im Bunker hinter der Tür. Er hatte Freiwache. Sie lösten einander ab. Die Luft da drinnen - er machte eine Handbewegung zur Nase hin -, die Luft da drinnen... Man könne es nicht lange aushalten. Dem Arzt schlug ein unbeschreiblicher Brodem entgegen, als der Läufer geöffnet hatte und er über die hohe Schwelle stieg. Einen Augenblick war ihm selber unfaßlich, daß in diesem feucht dunstenden Gestank noch Menschen leben konnten. Schwankend und, wo es ging, sich stützend ging er unter die Stöhnenden

und Schreienden, kniete nieder, wo jemand ihm verdächtig still erschien, fühlte ungezählte Pulse und ließ sich den Weg zu einer Schwangeren freimachen. Gleich danach winkte er den Läufern. Es war mit ihnen verabredet: winkte er, dann hatten sie zu dritt zu kommen. Eine leichte Bahre war das dritte. Sie wußten auch schon, wohin mit der Last, und daß sie die Liegende festzuzurren hatten. Sekundenlang, wenn die ›United States‹ mit dem Vorschiff tief eintauchte und die Schrauben leer rasten, verlöschte das Licht. Jedes Wiederaufflammen der Birnen grüßte die Menge mit einem erleichterten Stöhnen wie aus einer Brust. Ja, alles war viel schlimmer geworden: der Gesundheitszustand, der bei manchen schon kritisch war, der Widerspruch bei einzelnen, an dem sich die Panik aller entzünden konnte, das Ekelerregende und kaum noch Menschenwürdige ihrer Lager auf dem verunreinigten Stroh. Und er ging mit einem ihn selber hohl und fad dünkenden Trost umher und machte, wo es ihm unerläßlich zu sein schien, von seiner Spritze Gebrauch. Nur auf den Knien liegend konnte er mit ihr hantieren, bisweilen noch die Linke aufgestützt, obschon die ihm häufig im Schleim und Unrat wie auf eingeseiftem Boden davonglitt... Bis zu jenem Schrei, der ihn bis ins Mark erstarren ließ, weil er den instinktiv sofort auf sich bezog, während rundumher die Liegenden sich mühsam aufrichteten, auf seine Füße starrten und eine alte Frau mit ausgestreckter Hand den anderen irgend etwas zeigte, was für alle der furchtbarste Anblick zu sein schien, denn alle krochen, wie Schlangen, von allen Seiten heran, um das Fürchterliche von nahem zu betrachten.
Den Schrei der Alten hatte er richtig gedeutet. Er galt ihm. Das Geschrei der anderen, das sich bis in die letzten Winkel fortpflanzte und alle zur Flucht aus dem Stroh hochtrieb, begriff er erst allmählich, und nur der Dolmetsch, der herbeigeeilt kam, wußte die ganze Wahrheit. Sie hatten entdeckt, daß er seine hohen schwarzen Schnürschuhe nicht geschlossen und nicht gebunden hatte, sondern mit lose hängenden Schnürbändern umherging. Das war für sie ein Zeichen!
Während der Arzt noch verdutzt dastand und von der Tatsache her, daß er in der Eile vergessen hatte, seine Schuhe zu schließen und zu binden, die verschiedensten Schlüsse zu ziehen bemüht war, rund um ihn her alle Leiber sich zu rühren begannen und in Licht und Schatten mit einem Male vervielfacht der einzigen

Tür zustrebten, deren Hüter schon die Freiwache um Hilfe anrief, kam ihm blitzartig zu Bewußtsein, daß dies der vorerst lautlose Augenblick der Panik war, die sich vorzustellen er immer abgewiesen hatte. Der Dolmetscher, taumelnd und schwankend neben ihm, schrie bald auf die Menge ein, sie solle sich beruhigen, bald keuchte er mit verzerrtem Gesicht dem Arzt zu, alle, die seine offenen Schuhe gesehen hätten, glaubten nichts anderes, als daß die Schiffsbesatzung sich schon für den Untergang der ›United States‹ bereit gemacht und als erstes die Schuhe aufgebunden habe, um sie für den Kampf im Wasser leicht abstreifen zu können. Und da...

Seinen Schrei: »Halt!« hörte der Arzt gar nicht. Er selber war mit allem, was in ihm lebte, dieser Schrei geworden, den er noch ein paar Male wiederholte und der die Gesichter sich wieder ihm zuwenden ließ. »Ihr verrückten Teufel!« schrie er mit seinem gebrochenen Russisch, »ihr glaubt, daß ich...« Er wiederholte, was ihr Verdacht war. »Aber nein«, schrie er völlig außer sich, »ich werde euch zeigen...« Und mitten in dem am Boden kriechenden Menschengewimmel, beim Schlingern und Bocken des Schiffes, das unter ihnen allen gerade eben einen völlig wahnwitzigen Tanz aufführte, welcher jeden, der keinen Halt hatte, zu Fall brachte - mitten darin hob er, frei stehend, erst das linke Bein und zog die Schnürbänder durch die Ösen, vergaß keine, vergaß keine dabei und knüpfte die Enden oben zu einem Knoten, einem strammgezogenen Knoten. »Knoten!« schrie er außer sich, »keine Schleife! Knoten!...« und zeigte ihnen aus freiem Stand mit einer Bewegung des angezogenen Fußes, der einen Halbkreis beschrieb, den ersten der so fest geschlossenen Schuhe - ohne auch nur einmal zu schwanken oder nach Halt zu suchen, so als stünde er nicht auf dem Boden, sondern als schwebte er unerreichbar für das Stoßen, Stampfen und Schlingern des Schiffes frei in der Luft. »Habt ihr's gesehen?« schrie er weiter atemlos. »Das war der erste, ihr verrückten Teufel, und jetzt kommt der zweite, damit ihr nicht sagen könnt, mit einem Fuß wäre auch immer noch gut schwimmen!« Er wechselte das Standbein, wo immer es nun auch stehen oder ob es nicht stehen mochte und er in seiner Levitation über dem Boden schwebte - er wechselte das Bein und vollführte mit atemberaubender Sicherheit die gleiche Prozedur am zweiten Schuh: gewissenhaft, langsam, keine Öse auslassend, bis zu dem strammen Knoten mit den Enden, der ihm unter nicht so demonstrativen Umständen viel zu stramm gewesen wäre. Noch einmal wies er sein Werk vor. Die ihm Nächsten betrachteten es stumm. Dann trat der Arzt auf. »Seid jetzt ruhig, ihr verrückten Teufel!« sagte der Arzt ermattet, »und laßt mich schlafen!«

In einem Zustand nie zuvor gekannter Erschöpfung, als hätte er sein Leben einmal an diese Hunderte weggegeben, da er das ihm selber vorerst unbegreifliche Wunder des freien Standes auf einem Bein in dem sturmschlingernden Schiff vollbracht, kehrte der Arzt in sein Revier zurück. Wie ein Schlafwandler sorgte er für die Schwangere, der er eine Wache gab, befahl, ihn zu wecken, wenn die Wehen stärker würden, und legte sich vorerst auf sein Bett. Nach einer Weile spürte er einen Schmerz an den Knöcheln, vor denen das Blut sich schon blauschwarz staute, und mußte die Knoten zerschneiden, dermaßen fest waren sie geknüpft. Die Schwangere gebar mit seiner Hilfe bei Neufundland ihr sechstes Kind. Der Sturm war im Abflauen. Während die Matrosen in ihren schweren Ölmänteln darangingen, Lauftrossen an Deck zu spannen, welche denen zum Halt dienen konnten, die später einmal die Kraft besaßen, nach oben zu kommen, legte er sich - vorsichtshalber immer noch halb angezogen - zum ersten Schlaf nach drei Tagen und zwei Nächten nieder. Das eigentümliche, früher nie gekannte Gefühl einer Erschöpfung hielt auch noch an, als er wieder aufgestanden war und viele von den Auswanderern später hohläugig und verwüstet an der Reling stehen und nach der Freiheitsstatue Ausschau halten sah.

»Ich war ja gar nicht mehr bei mir gewesen«, erzählte er, »ich hatte mich sozusagen in die Angst dieser Hunderte auflösen und sie überwinden müssen. Was ich danach behielt, war weniger, als ich gewesen war - und zugleich mehr, denn eben diese unbewußte Erfahrung des Schwebens, des Außer-sich-Seins, des Aufgehens in etwas früher nie Erreichtem, bei dem alle Naturgesetze zuschanden wurden, ... verstehen Sie?«

»Die Levitation«, sagte ich, »wird von Heiligen und von Besessenen berichtet. Einzig und allein die moralische Qualität entscheidet darüber, was der Heilige Geist wirkt und was die Dämonen vermögen.«

»Man braucht nicht vom Heiligen Geist erfüllt zu sein, um das

Wohl von ein paar Hunderten von Menschen zu wirken, die sich verloren wähnen, und wir Dänen sind nicht mehr so dämonisch wie zu Wikingerzeiten«, entgegnete er lächelnd. »Die Pflicht vielleicht, ganz einfach die Pflicht, nicht als Besessenheit vom Geist des Bösen, weil sie ja etwas Gutes wirken will, aber als selbst dem Bürgerlichen eigene Leidenschaft, die man in seltenen Augenblicken als etwas mühselige Auszeichnung des Schicksals empfinden darf...? Ich nehme für mich nicht mehr in Anspruch.«

ER WAR DER letzte in der langen Reihe jener, die ›der Graf‹ seit
dem Jahre 1732 ausgesandt hatte, »um für den Heiland Entdeckungen zu machen« und auch der entlegensten Welt die
Frohe Botschaft zu bringen: der Graf von Zinzendorf in Herrnhut, das Evangelium von den Lippen des deutschen Pietismus.
Viele vor ihm waren hier durch die Beziehungen des Grafen
zum dänischen Hofe, bei der Königlichen Grönland-Verwaltung in Kopenhagen gebührend akkreditiert, in diese größte
Kolonie der Welt gekommen, welche freilich zu ihrem größten
Teil aus Eis bestand und einem der kleinsten europäischen Kö-
nigreiche gehörte [und heute noch gehört].
Irgendwann einmal in einem Sommer, als das jährliche Postboot gekommen, war auch er an Land gestiegen: der letzte seit
den drei ersten vor rund einhundertfünfundsechzig Jahren,
gleich allen seinen Vorgängern nicht wie einer der schrecken-
erregenden Eroberer der Neuen Welt vor Zeiten, sondern
sanftmütig, mit dem ernsten und zugleich erquickenden Wort,
aus dem die große Freude entsprang, die schon einmal den Hirten in Bethlehem verkündet worden war.
Die kleine Kolonie von Dänen, die vorwiegend aus Amtspersonen der ›Grönland-Verwaltung‹, einem Lehrer, einem dänischen Pastor, den Vertretern einiger großer Handelshäuser in
Kopenhagen und dem Arzt bestand, empfing ihn freundlich.
Ein Zukömmling gab zum mindesten einen Winter lang etwas
her, obschon dieser deutsche Herrnhuter mit einem für Dänen
etwas schwer aussprechbaren Namen nicht verheiratet war.
Das war für das ›Gesellschaftsleben‹ der kleinen Kolonie am
Ende der Welt der einzige mißliche Umstand, der mit seinem
Erscheinen verbunden war. Aber gerade dieser Umstand sollte
sie, als die Barkasse des vor Anker gegangenen Dampfschiffs
›Hans Egede‹ ihn mitsamt seinem umfangreichen Gepäck an
Land gebracht hatte, etliche Jahre lang aufs beste unterhalten -
besser, als das eine leibhaftig anwesende Frau je vermocht hätte.
Der Missionar, als er erst einmal beim Amtmann, dem Pastor,
dem Arzt, dem Lehrer und den Kaufleuten mit aller Förmlichkeit seinen Besuch abgestattet und sich eingelebt hatte, erklärte
nämlich, darum befragt, warum er denn seine Frau nicht gleich

mitgebracht habe, mit schüchternem Erröten: Doch, doch, es gefalle ihm hier ausgezeichnet, er sei zwar unverheiratet, doch die Herren hätten recht, es würde für sein Heim und die Seelsorge sehr gut sein, wenn eine Frau ihm zur Seite stünde. Er werde den Ältesten der Brüdergemeine zu Herrnhut seinen diesbezüglichen Wunsch unterbreiten und darum bitten, daß man ihm Schwester Anna schicke, die er recht ins Herz geschlossen habe und die an dem Leben hier sicherlich Gefallen finden würde. Denn, sagte er mit Stolz darauf, daß die Gemeinde auch weit versprengt über den Erdkreis wie eine Familie zusammenhalte und daß die Ältesten daheim wie sorgende Väter für jeden ihrer Sendlinge das Richtige wüßten, denn sehen Sie, es ist bei uns alles sehr gut eingerichtet!

In dieser für ihn so gut eingerichteten Welt begann er seine Arbeit. Die bestand zunächst einmal darin, daß er dem dänischen Pastor zur Hand ging, soviel wie möglich von der Sprache der Eskimos zu lernen versuchte, äußerlich und inwendig die bescheidene Hütte auffrischte, welche sich von alters her im Besitz der Missionare der Herrnhuter Brüdergemeine befand, in den Stunden langer Wintertage und -nächte den Brief bedachte, den er den Ältesten der Sozietät schreiben wollte, und, als es nach der arktischen Nacht einmal wieder Morgen wurde und ein Sommer mit einem neuen Postboot in Aussicht stand, diesen Brief dann auch mit einem Herzen voller Hoffnung schrieb. Er gab Rechenschaft über seine Arbeit und steuerte nach allem, was er über die Sache des Heilands zu berichten hatte, auf seinen persönlichen Wunsch zu, der aber auch nur halb ein persönlicher und zur anderen Hälfte ein Wunsch für das Heil der sündhaften Eskimos war, die seit langem angefangen hätten, zu stehlen und zu saufen [welches beides sie, bevor die Weißen gekommen wären, dem Vernehmen nach nicht gekannt hätten] – eben also: Schwester Anna!

Der Sommer kam mit seinem nicht enden wollenden Licht, das Postboot kam mit Briefen und einer Kiste Bücher für ihn, und das Postboot nahm, als es wieder davonfuhr, einen Brief mit und ein paar Angebinde aus Seelöwenzahn, von Eskimohänden kunstreich geschnitzt, die Schwester Anna erfreuen sollten. Er erzählte der ganzen Kolonie stolz, das nächste Mal werde das Schiff mit Schwester Anna an Bord kommen und malte jedermann aus, ein wie sanftmütiger, aber tapferer

Mensch Schwester Anna sei. In der Kolonie fingen die Frauen an, die künftige Frau des Missionars ›zu bestricken‹ und ›zu behäkeln‹, damit sie das karg ausgesteuerte Junggesellenheim ihres künftigen Mannes recht bald verschönern könne, und ließen sich von dem schüchternen Eheanwärter immer neue Vorzüge seiner künftigen Gattin ausmalen.

Und der Winter ging, und der Sommer kam, und der Missionar zerknüllte, als das Postschiff die Bucht ansteuerte, hintereinander drei Taschentücher in seinen heißen Händen. Er war nun schon so vertraut mit den Lebensumständen hier, daß er's den anderen gleichtat, sich von zwei Eskimos hinausrudern ließ und an Bord kletterte, bevor das Schiff angefangen hatte, etwas auszuladen und an Land schaffen zu lassen. Da waren seine Briefe und da zwei Kisten mit Büchern, und... Nein, kein Passagier, keine Schwester Anna.

Schwester Anna, schrieben die Ältesten, und er las es noch an Bord, damit er nicht um Auskunft verlegen sei, wenn er wieder an Land kam, Schwester Anna habe, darum befragt, zur Antwort gegeben, sie könne sich nicht entschließen, zu ihm nach Grönland zu ziehen, aber sie lasse ihm herzlich für die Eskimoknochen danken.

Nein, sagte der Missionar, es ist ihr zu weit bis zu uns am Ende der Welt, sie mag nicht, aber...

Ach! das habe man sich doch gleich denken können, er sehe alle und alles in gar zu rosigem Licht! Solch einen Menschen, wie er ihn in Schwester Anna beschrieben habe, gebe es einfach nicht!

...Er ließ sie ausreden. Schwester Anna hatte bei ihnen die Probe nicht bestanden, vielleicht steckte auch etwas Selbstsucht hinter dem ganzen Gerede. Aber sehen Sie, sagte er, dem Anschein nach unangefochten, sehen Sie, es ist bei uns doch alles sehr gut eingerichtet! Ich werde unseren Ältesten schreiben, jetzt gleich, noch mit diesem Schiff, und um Schwester Elisabeth bitten. Schwester Elisabeth, die hat einen so stetigen Sinn! Passen Sie auf!

Die gestickten Kissen, die gehäkelten Deckchen und was dergleichen mehr für Schwester Anna gewesen war, wanderten bei der Frau Amtmann, bei der Pastorin und der Frau des Lehrers in die Lade bis zu dem Tage, an dem Schwester Elisabeth mit dem stetigen Sinn käme.

Es hatte den Anschein, als wollte der Missionar sich um sein Glück in der für ihn so gut eingerichteten Welt verdient machen, dermaßen eifrig legte er sich diesen Herbst und Winter in die Sielen. Die Bücherkisten waren ja auch keine Stapelware. Ihr Inhalt: die Heilige Schrift, das ›Buch der Versammlungen‹ und Traktate der Brüdergemeine, sollten zu den Menschen, zu den unerleuchteten Seelen. Er hatte gelernt, mit Schlittenhunden umzugehen, und machte schon recht weite Fahrten. Die Kolonie war noch mehr erleichtert, als er glücklich war, wenn er wieder einmal von einer dieser Missionsfahrten mit heiler Haut zurückkehrte. Der Pastor ermahnte ihn sogar einmal, sich als Neuling doch nicht gar zuviel zuzutrauen. Aber auch wenn er nicht auf einer Reise war, blieb er nicht müßig. Die lange Winternacht hindurch verbesserte und vervollständigte er ein Eskimonisch-Deutsches Wörterbuch, mit dem seine Vorgänger begonnen hatten, und lieferte Transkriptionen für den von der Katasjok-Sprache abweichenden Umanak-Dialekt. Es war, als wollte er erst wieder Augen für seine Umwelt haben, wenn über dem Treibeis der Bucht die lange Rauchfahne des Postbootes erschien. Und da ließ er sich denn auch, gleich den anderen, eilends hinausrudern und musterte schon von weitem die Reling des Schiffes, an der etliche Köpfe erschienen waren. Mit Herzklopfen überflog er die Reihe: Der... der... der... Die! Das konnte sie sein! Doch beim Näherkommen mußte er seine Hoffnung berichtigen. Nein, das war nicht Schwester Elisabeth. Nun, vielleicht war sie noch in ihrer Kammer und machte sich zum Landgang fertig, weil sie sich bestimmt nicht vorstellen konnte, daß er ihr bis aufs Meer hinaus entgegenkam...
Doch nein, er las es schon an Bord auf dem Vorschiff, allein, die Ältesten schrieben es ihm: Schwester Elisabeth war anderswo in den glücklichen Hafen der Ehe eingelaufen. Sie hatte nach Löbau in Sachsen geheiratet, den Bruder Felix, er kenne Bruder Felix wohl von früher her noch...
Ich muß ihm sogleich gratulieren, sagte der Missionar, als er vom Schiff an Land zurückgekehrt war, und einzig das: daß Bruder Felix solch ein Glück ins Haus geschneit war, schien ihn zu beschäftigen, nicht, was ihm selber entgangen war. Der Glückliche! Ja, der Felix! sagte er immer wieder gerührt und verabschiedete sich rasch - gar zu rasch, als daß er noch Zeit hätte finden können, Auskunft zu geben, und verzog sich für

etliche Tage in seine Hütte, immerzu mit Schreiben beschäftigt. Als er wieder zum Vorschein kam und auf dem Wege zum Schiff war, um seine Post abzuliefern, ließ er sich von mancherlei anzüglichen Reden, namentlich denen der etwas rauhen Kaufleute, nicht anfechten. Ach! sagte er zu allen, man darf nicht selbstsüchtig sein. Wie schön, daß Schwester Elisabeth soviel müheloser in Löbau in Sachsen als in Grönland ihr Glück gefunden hat! Was bin ich schon! Und was hätte ich ihr zu bieten gehabt! Ich habe bestimmt gar zu hoch hinaus gewollt. Aber es kommt keiner zu kurz. Sehen Sie, es ist bei uns alles so gut eingerichtet. Ich habe unseren Ältesten geschrieben und sie gebeten, mir Schwester Klara zu schicken. Die ist nicht mehr die Jüngste und hält es in allem mit dem treuen Ausharren, und die wird eine wunderbare Hausmutter für mich sein. Ich bin ja auch nicht mehr der Jüngste!

Das Postboot fuhr mit seinem dritten Wunsch ab, der Herbst brach an, und der Winter kam. Der Missionar war viel unterwegs.

Wollen Sie erst wieder zu uns zurückkommen, wenn auch das Postschiff kommt? fragte ihn die Pastorin einmal, als er von einer gar zu langen Reise, auf der ihn die meisten schon für immer verloren gewähnt hatten, in seine Hütte zurückgekehrt war. Er wurde verlegen und bestritt die argwöhnische Vermutung. Nein, ein Seelenfischer wie er habe halt keinen Fahrplan, und den Kurs bestimme der Herr, sein höchster Kapitän. Was er hier in der Bucht habe ausrichten können, das habe er ja auch schon getan. Die gar nicht volkreichen Stämme weiter im Ostland bedürften seiner sehr. Dort habe er den Samen des Gottesworts auf fruchtbaren Boden säen dürfen und schon viele Kinder getauft.

Damit, daß diese Bucht ›ausgefischt‹ sei, entschuldigte er sich meistens, wenn er lange Sturmzeiten hindurch ausblieb. Der Pastor aber prägte ihm zwischen nachdrücklichem Lob für seinen Eifer ein, sich doch bei den Fahrten auf jeden Fall einen Botendienst einzurichten und melden zu lassen, wo er gerade sei und ob er Hilfe brauche. Die Ungewißheit um ihn plage sie alle hier, wenn er so lange Zeit wie diesmal verschollen bleibe, denn man habe ihn ja mittlerweile recht fest ins Herz geschlossen.

Der Missionar versprach mit glücklicher Beschämtheit Besserung. Die Boten, die er an den Pastor schicken wollte, hätten ja auch sicher viel geistlichen Gewinn von einem Aufenthalt hier. Ach! sagte der Pastor ohne Illusionen, sie werden in der warmen Küche sitzen und klatschen und heimlich einen Schluck Branntwein zum Speck trinken. Was unsere Animationen sind, das werden ihre Laster, Gott sei's geklagt!

Und dann war es soweit. Aber der Missionar ließ sich nicht mehr an Bord des Dampfschiffs rudern, wie früher, sondern wartete an Land ab, bis die erste Barkasse kam. Die hatte zwischen der Besatzung, zwei Kaufleuten, denen der Willkommenstrunk an Bord zu Kopf gestiegen war, und vielen Säcken und Kisten einen ganz großen Verschlag, in dem ein Kälbchen bequem hätte Platz finden können, und... Nein, kein Passagier, nur gerade dieser Verschlag war für ihn, mitsamt etlichen Briefen und kleinen Kisten.

Die Briefe von der Sozietät öffnete er gleich unten am Landeplatz der Barkasse, während die Matrosen seinen Kälberverschlag an Land hievten: ein Harmonium darin, weiß Gott! ein Harmonium für seine persönliche Andacht und Kurzweil und für die Zusammenkünfte seiner Gemeinde. Jetzt war seine Hütte so reich wie des Pastors Kapelle, und er mußte daran denken, ein Bethaus zu bauen. Aber nicht so reich wie des Pastors Haus, darin eine Pastorin emsig und hausmütterlich wirkte und alleweil den besten Kaffee bereithielt. Nein, zu so großem Reichtum würde er es nie bringen, das wurde ihm klar, als er den entscheidenden Brief las. Die Ältesten schrieben, seinem Herzenswunsch lasse sich leider nicht willfahren, denn Schwester Klara, die an seinem Wirken auf Grönland immer von Herzen Anteil genommen, viel, ja bis zum Letzten nach ihm gefragt und ihm das Harmonium hinterlassen habe, das beifolge – Schwester Klara sei vor etwas mehr als einem Jahr selig im Herrn entschlafen.

Der Missionar, die Briefe noch in der Hand, ging mit den Matrosen und ihren Eskimo-Helfern zu seiner Hütte und ließ sie das Harmonium, das man zuvor aus seinem Käfig befreit hatte, hineinstellen. Er wählte den erstbesten Platz dafür und meinte, er könne ihn ja später noch ändern. Für mancher Männer Geschmack bedankte er sich ein wenig wortkarg für den großen Dienst, den man ihm erwiesen hatte, aber er hatte sie ja, als sie noch dastanden und das Prunkstück in seiner kargen Hütte betrachteten, »auf bald« verabschiedet. Er hatte wohl Wichtigeres zu lesen.

In der kleinen Kolonie hingen die Gardinen an den Fenstern, die lange Zeit, während der Transport dauerte, nicht zur Ruhe gekommen waren, wieder ganz still und faltenlos. Dahinter sahen sie sich bedeutungsvoll an. Also: wieder einmal war niemand gekommen... Und da war auch nichts Wichtigeres zu lesen, als er schon einmal gelesen hatte: Sie war vor mehr als einem Jahr selig im Herrn entschlafen, sie hatte immer von Herzen Anteil an ihm genommen, sie hatte bis zum Letzten nach ihm gefragt und ihm ihr Harmonium vermacht... Und er – er hatte sich viele Jahre mit törichten Wünschen aufgehalten, hatte sich viele Tage und noch mehr Nächte geplagt und Schwester Klara von einem Mal zum andern enttäuscht. Was Wunder, daß sie lieber entschlafen war!

Der Missionar ersparte allen die Sünde der Schadenfreude und zeigte sich, als das Dampfschiff noch in der Bucht lag, zwischen den Leuten, als wäre nichts geschehen. Der Pastorin und der Lehrersfrau erzählte er unaufgefordert, daß Schwester Klara, um die er gebeten habe, mittlerweile gestorben sei.

Ob er nun um eine andere Schwester gebeten habe, fragte man ihn. Nein, sagte er kurz.

Dann sei wohl doch nicht alles so gut eingerichtet, wie er gemeint habe, sagte mit schlecht verhehltem Spott die Frau des Amtmanns, die ein wenig zur Freigeistigkeit neigte, weil sie meinte, sich das als die erste Dame der Kolonie schuldig zu sein.

O doch! erwiderte er felsenfest, alles ist bei uns sehr gut eingerichtet. Daß unsereiner selbst bisweilen ein wenig dümmer ist als sonst schon, kann doch die Weisheit Gottes und die Fürsorge unserer Ältesten nicht beschämen.

Na ja, meinte einer der Kaufleute gemütvoll, schon der liebe Heiland ist in der Wüste dreimal versucht worden und hat immer die richtige Antwort gegeben.

Eben eben, sagte der Missionar, der den Spott nicht gehört zu haben schien, Sie haben ganz recht, Herr Bertelsen. Dreimal kann man oder muß man sich wohl versuchen lassen, selber etwas für sein Glück besitzen zu wollen. Und wird der Wunsch einem nicht erfüllt, dann hat man wohl zu wissen, daß das, was Gott versagt, seine Gabe und sein Zutun an unser Leben bedeutet. Es ist alles sehr gut eingerichtet.

WAS HÄTTE ich ihm sagen sollen! fragte der ehemalige Feldgeistliche von der Ostfront. Was war ungeschriebenes Gesetz, was war geschriebenes Gesetz, und was war göttliches und was Menschenrecht? Wo war der heilige Paulus mit seiner Weisheit von den Pflichten eines Bürgers in unserer Verworrenheit am Ende, und hatte ein Irgendjemand, irgendein Priester in diesem Jahrhundert, die gültige Antwort zu geben? – Aber Nikodim hatte ja gar keine Bürgerpflichten bei uns, und wenn ich mit so schlechtem Gewissen Gott zum Troste herbeizog, meinen Gott, vor dem ich mich schon für mich und für unsere eigenen schämte, wieviel Tressen sie auch trugen, kam mir das wie ein unredliches Taschenspielerkunststück vor. Ich sitze jetzt wieder jede Woche mindestens einmal im Beichtstuhl und sage denen, die hinter dem Sprechgitter knien, was Sünde ist. Und damals...?

War das Sünde? fragte mich leise der noch von dem langen Polarwinter her blasse russische ›Hilfswillige‹ Nikodim, der einmal an der Front im finnischen Karelien zu uns übergelaufen war, weil er in der Sowjetunion zu Anfang des Krieges natürlich mobilisiert worden war, sein Glaube ihm aber verbot, eine Waffe zu tragen, geschweige sie zu gebrauchen. Er muß irgendeiner russischen Sekte angehört haben, wie es deren namentlich im Norden Rußlands so viele gibt, vielleicht den Raskolniki, den Altgläubigen. Bei uns hatte er Kartoffeln geschält und treu und anstellig hunderterlei Dinge verrichtet. Er hatte unseren Rückzug aus Finnland nach Norwegen mitgemacht und war nach den desperaten Befehlen in den letzten Wochen des Krieges vereidigt worden. Ehe er sich's versah, hatte man ihm ein Gewehr in die Hand gedrückt und, als ihm das erst recht zu Bewußtsein gekommen war, damit eben auch die Pflicht aufgeladen, dieses Gewehr so bald als möglich wieder loszuwerden, wie sein Glaube befahl... Und zwei Tage später war er im Gebirge bei Bardufoss von unseren Patrouillen auf seinem Fluchtweg ostwärts abgefangen und als Deserteur zurückgebracht worden. Das Gewehr hatte derweil unbeschädigt auf seiner Pritsche gelegen. Er war also nicht mit der Waffe, aber gleichwohl als ›Waffenträger‹ desertiert, doch im Grunde war er für seinen Glauben von der Waffe weg desertiert. Daß er überhaupt desertiert sei, war ihm nicht klar. Man erinnerte ihn an den Eid, den er mitgeschworen hatte, den aber mehr als die Hälfte von uns selber nicht zu achten gewillt war. Vor dem Standgericht wurde der gegen ihn ins Feld geführt und galt als heilig, als wären wir noch etwas von keinerlei Zweifel Angekränkeltes, vor Gott Bestehendes, Einmütiges, Ganzes.

...War das Sünde? wiederholte er und sah mich mehr ratsuchend als aufbegehrend und vorwurfsvoll an. Ich hatte das Gefühl, er habe da schon mit seinem leiblichen Leben abgeschlossen, und ihn bekümmere nur noch die Zukunft im Ewigen. Wir saßen in dem mit einer vergitterten Luke versehenen ehemaligen Pulverkeller des norwegischen Landhändlers, in dem er nach seiner Festnahme, während des Standgerichts bis zu seiner Hinrichtung gefangengehalten wurde.

Nicht Sünde vor Gott, aber eine schwerwiegende Übertretung des Gesetzes vor dem, dem er seinen Eid geschworen hatte.

Gebt dem Kaiser, was des Kaisers, und Gott, was Gottes ist, murmelte er. Ich halte keinen Eid gegen das Leben meiner Brüder; meine Taufe gilt mehr. Ich... ich kann nicht töten.

Dann hätte er sich beizeiten ausnehmen und nicht mitschwören sollen.

Damals habe ich kein Gewehr gesehen und kein Gewehr bekommen, sagte er überzeugend einfach.

Das stimmte. Der Wortlaut der Eidesformel war ihm, der nur die Sprache der Heiligen Schrift aus dem Gedächtnis kannte, den Wortschatz der alltäglichen Umgangssprache im Deutschen beherrschte und mit abstrakten Begriffen keinerlei Vorstellungen und Folgerungen verband, gar nicht aufgegangen. Ob der General, an den sein Gnadengesuch routinemäßig, aber mit befürwortender Stellungnahme seiner Vorgesetzten, abgegangen war und dessen Antwort jede Stunde eintreffen konnte, Zeit und guten Willen genug fand, sich in diesen Sachverhalt hineinzuversetzen? Ich wußte es, ohne es ihm schon sagen zu dürfen: nein.

Muß ich sterben? fragte er leise, aber mit fester Stimme.

Ich glaube, ja, sagte ich ihm. Der General wird Ihr Gnadengesuch wohl gerade jetzt aus Gründen der Disziplin nicht erfüllen können. Ich glaube, Sie und ich tun recht daran, nur noch an den irdischen Tod und das ewige Leben zu denken.

Wir sind schon seit vielen hundert Jahren für unseren Glauben getötet worden. Kain, Vater, ist ja nur damit zu entsühnen, daß wir uns für Abel opfern. Warum ich nicht?!

Wollen Sie nicht beichten, über Ihr ganzes Leben, Nikodim, damit wir danach bei Christus sein können? sagte ich.

Danke, sagte er. Aber ein wenig später, wenn ich darf, damit ich mich nicht gleich hinterher wieder mit Zorn und Traurigkeit versündige. Darf ich Sie dann rufen lassen, Vater?

Ich bin immer hier, sagte ich ihm, immer... Und sehen Sie, ich bin jetzt, zwanzig Jahre später, immer noch bei ihm, so rasch es auch damals zu Ende ging. Dieses eine Versprechen habe ich also doch gehalten.

Bevor er nach mir verlangt hatte – immer seines Rufes gewärtig, saß ich ein wenig abseits von müßigen Schwätzern vor dem Haus und ließ mich von der wiederauferstandenen, bleichen Nordlandsonne bescheinen –, war über Funk die Antwort des Generals gekommen. Ein abschlägiger Bescheid, natürlich, der ihm eröffnet werden mußte.

Ich bat den Feldwebel, der hier Arrestaufseher war, er möge das mir überlassen, und weil er kein Büttel war, sondern ein Soldat, der sich seine Pflicht auch nicht hatte aussuchen dürfen, überließ er's mir gern. Es war jetzt früh nach Mittag. Ich ging hinter dem Feldwebel in die Wachstube, um mich zu erkundigen, wieviel Zeit noch wäre. Zeit? Jetzt? Er zog die Uhr, weil er meinte, ich hätte keine.

Nein, für Nikodim! unterbrach ich ihn in dem qualvollen Mißverständnis.

Ach so! Morgen früh, bei Tagesanbruch. Wir fahren um vier Uhr zum gewohnten Platz – oben auf dem Berg, sagte er und zeigte hinaus, wo die Berge schon beinahe schneefrei noch im Sonnenlicht badeten. Ich kannte den Platz.

Sie kommen mit?

Selbstverständlich.

Gar nicht so selbstverständlich, Herr Pfarrer, sagte er. Der hat doch nicht Ihr Gesangbuch.

Wissen Sie das so genau, Feldwebel?

In eben diesem Augenblick meldete ein Gefreiter, der zum Tod durch Erschießen verurteilte russische Hilfswillige habe nach mir verlangt. Ich war für eine Weile wie zwischen Himmel und Erde gerissen und rührte mich nicht.

Glauben Sie, daß noch ein anderer Bescheid kommen könnte? fragte der Feldwebel.

Nnnnein, natürlich nicht, aber warten kann man ja immer, sagte ich, machte auf dem Fleck kehrt und ging.

Ich komme nachher noch dienstlich und gebe ihm das Nähere bekannt wegen morgen früh und so, und frage ihn gemäß Vorschrift nach seinem letzten Wunsch.

Ja, später, und wenn Sie können, Feldwebel, nicht nur gemäß Vorschrift, erwiderte ich.

Ich war nicht mehr gefaßt und wollte jetzt alles hinausschieben, am liebsten wegschieben, einfach nicht geschehen lassen. Die Endgültigkeit war mir selber mit einemmal zu schwer, als daß ich sie hätte tragen wollen. Deshalb mußte ich den Gefangenen eine Weile warten lassen. Als ich zu ihm ging, hatte ich das Gefühl, ich wäre gefaßter. Er saß, als ich eintrat, auf seiner Pritsche, stand auf, aber setzte sich gleich wieder. Ich setzte mich Seite an Seite mit ihm.

Der Herr General hat Ihr Gesuch abgeschlagen, sagte ich ihm als erstes und Schwerstes. Und jetzt, Nikodim... Ich mußte ihm meinen Arm um die Schultern legen, anders wußte ich überhaupt nicht mehr mit ihm zu sprechen.

...Abgeschlagen, kam es aus seinem Mund wie ein im Gehäuse seines Innern lange verirrtes Echo. Jetzt beichten Sie, Nikodim, und dann...

Ich beichte, sagte er mit dem Gewicht der Endgültigkeit - im Namen des Vaters und des Sohnes und des Heiligen Geistes! flocht ich ein -, und während mein Arm ihn mit der Zeit immer enger und fester umschließen mußte und, ohne daß ich noch sonderlich auf seine gestammelten Worte geachtet hätte, alle meine Gebete ihn und seine kurze sündige Vergangenheit vor Gott trugen, erhielt ich von ihm sein ganzes zeitliches Leben - wie eine heilige Sage in unseliger Zeit. Ich sprach ihn los, ich segnete ihn, ich umarmte ihn mit dem Kuß der Auferstehung, an der er schon bald teilhaben würde. Dann verließ ich ihn, um meinen kleinen Feldaltar zu holen. Als ich wiederkam, war draußen die Sonne gesunken. Er saß, wie ich ihn verlassen hatte, auf seiner Pritsche. Das kleine Gefängnis wurde früh nächtig, denn als ich die Kerzen anzündete, gaben sie schon einen starken Schein. Er kam aus der Ecke vom Bett und kniete neben mir nieder. Ich feierte die Messe für einen Märtyrer, und er empfing von mir die heilige Eucharistie, die ich ihm nach dem Brauch der Orthodoxen in beiderlei Gestalt spendete. Soviel Dispens von der Vorschrift erteilte ich mir selbst. Wir hier waren schon in einem dritten und letzten Raum des Glaubens. Kein Mensch kann so lange und soviel Trost geben wie die Menschheit in Gottes Kirche, denken Sie immer daran. Ich allein hätte später nicht fest umschlungen mit ihm zusammen auf seinem Lager sitzen und ihm Trost zusprechen können, aber die Kirche konnte es und kann es in Zeit und Ewigkeit, das ist mein Glaube. In der Linken das Buch, die Rechte um seine Schulter, las ich die Bußpsalmen für ihn und dann die Sterbegebete.

Zwischendurch kam - leise wie ein Dieb in der Nacht, was mich sehr wunderte - der Feldwebel, eröffnete ihm in einem Brockendeutsch, daß man ihn morgen in der Frühe um vier Uhr zur Vollstreckung des Urteils abholen würde, und fragte ihn, ob er noch einen letzten Wunsch habe. Der werde ihm, wie es Brauch sei, anstandslos bewilligt werden. Etwas Gutes zu essen vielleicht, oder eine gute Flasche mit etwas Starkem, um besser über die nächsten Stunden hinwegzukommen...? Es sei ja alles menschlich, er habe dafür volles Verständnis, fügte er hinzu.

Und da geschah das, was keiner für möglich gehalten hätte, der Feldwebel nicht und ich nicht: Dieser Gefangene bat als einen letzten Wunsch, sich noch einmal gründlich waschen und reine Kleider anziehen zu dürfen. Ein Hemd, ein weißes Hemd. Oh, weißes Hemd der Taufe, das wir nach allen Irrungen und Befleckungen zurückempfangen! Weißgewandeter Engel der Offenbarung, der uns von dem »verborgenen Manna geben will und einen weißen Stein dem Sieger, auf dem ein Name steht, den niemand kennt, als der, der ihn empfängt«! Dem Sieger...

Man kann die äußerste Wirklichkeit nicht reiner und genauer in der Erinnerung wiederherstellen als mit der Sprache der Heiligen Schrift und der ›göttlichen Liturgie‹, wie die Russen sagen. Daran habe ich nach jener Ölbergnacht noch so manches Mal denken müssen. Er war, als ich für die Nacht und die Morgenfrühe zu ihm zurückkam, für das Letzte gerüstet wie für alle Feste des Glaubens in dem *einen* Ereignis, das ihm bevorstand. Weihnachten war darin, da der Herr auch für ihn erschienen war, das Fest der Erscheinung, das jedes Wasser heiligte, die - ja, die Nacht am Ölberg und der Karfreitag. Dann aber die Auferstehung! Und die Himmelfahrt, die große Trösterin! Ich hielt, je weiter es gegen Morgen ging, nur noch so etwas wie seine ungeduldige Hülle umschlungen. Diesen schlichten Geist entflammte das Feuer der Pfingsten.

Und in diesem Zustand fuhr man ihn gegen vier Uhr hinaus - hinauf auf den Berg über Bardufoss, der wie das ganze von Ewigkeit zu Ewigkeit schweigende Gebirge kurz vor Sonnenaufgang in einer völlig entrückten, weltfernen Klarheit lag. Während der Fahrt steckte ich ihm ein kleines russisches Kreuz zu, das ich einmal in Karelien vor Andenkensammlern in Sicherheit gebracht und am Abend zuvor wieder benediziert hatte: ein russisches Doppelkreuz mit dem wägenden Querbalken, für welchen der Schächer die Waage sich neigte: wer schwer genug und für gerecht befunden worden war. Er hielt meine Hand in der seinen, bis der Pfahl in Sicht kam. Dann sprang er förmlich aus dem Kübelwagen und ging rasch zu dem Platz, an dem er seinen Tod empfangen sollte. Halten Sie mich nicht für einen Stimmungsmaler, aber das erste Morgenrot erglühte in diesem Augenblick auf seinem weißen Hemd, als er dort vor dem Pfahl stand. Das Erschießungskommando tauchte wie aus dem Boden gerufen auf und gab seine Salve, alles ging wie atemlos zu. Kain ist ja nur damit zu entsühnen, daß wir uns für Abel opfern, hatte er gesagt. Die Sonne war zur Gänze aufgegangen, es wurde ein neuer Tag. Ich heute... ich... »Solange ich da bin, atmest du noch«, habe ich einmal auf einem Grabstein in Capri gelesen.

BEI EINEM kurzen Besuch auf dem behelfsmäßigen Flugplatz einer deutschen Luftwaffen-Staffel im nordfinnischen Operationsgebiet, der aus den Urwäldern Kareliens gerodet worden war und vorwiegend Aufklärern und leichten Bombern im Kampfraum von Salla und Kiestinki diente, lernte ich in den mehr feuchten als fröhlichen Stunden einer Herbstnacht des Jahres 1943 in der Offiziersmesse eine mit der Zahl ihrer geflogenen Einsätze stark zusammengeschrumpfte Gruppe von Männern kennen, deren Galgenhumor sich vorwiegend mit dem ›Gasmann‹ als einem Schreckgespenst der möglicherweise nahen zivilistischen Zukunft beschäftigte, wenn eine bescheidenbürgerliche, aber unbezahlte Gasrechnung wieder mehr gelten würde als ein erfolgreicher Kampfeinsatz über oder hinter den feindlichen Linien. Der ›Gasmann‹ starb an jenem Abend die ungeheuerlichsten Tode, denn hätte er auch nur in einer der mordlustigen Phantasien überlebt und seine Rechnung quittieren dürfen, so hätten, ihrer Meinung nach, alle ihre Kameraden in der heillos zusammengeschrumpften Staffel, die den Platz nicht mehr erreicht hatten und verschollen geblieben waren, ihr Leben sinnlos eingebüßt.

Die lärmende Runde wurde mit jeder Stunde frivoler, der Galgenhumor begann mit jäher Ernüchterung auszurechnen, wie wenig von allen Versprechungen, die man der Staffel bei ihrer Überfliegung aus Frankreich auf finnisches Frontgebiet gegeben hatte, eingelöst worden war: mit wie jämmerlich wenigen Maschinen, wie wenigen Flugzeugführern, wie wenig Ersatzteillieferungen, wie wenig Treibstoff man zu rechnen hatte, wer mit der letzten Maschine nach Haus fliegen dürfe - kurzum: der ›Gasmann‹ wurde der lange Schatten vor der untergehenden Sonne ihres Kriegerglücks. Und jetzt, beschwerte sich die immer merklicher betrunkene Mehrheit, habe auch noch ›der Graf‹, der als Waghals sonst immer seinen Glücksschopf unter dem Helm gehabt habe, sich nur als Wandervogel zurückkretten können, und seine Maschine sei irgendwo im Urwald verkohlt!

Der, den sie den ganzen Abend nur als den ›Grafen‹ angesprochen und der, selber nicht im mindesten betrunken, recht häu-

fig das große Wort geführt hatte, war ein Oberfähnrich öster-
reichischer Herkunft, dessen viele Pflaster am Kopf und an den
Händen verrieten, daß sein Besuch beim Feldarzt noch nicht
lange zurückliegen konnte. Er war klein von Wuchs, dunkel-
haarig, von elegantem, im Gegensatz zu vielen von den andern
gestochen kavaliersmäßigem Auftreten, und verschmähte es,
die Beachtung, die man ihm zollte, auszukosten. Ein paar gar
zu grell aufgesetzte Lichter in seiner sarkastischen Redeweise
erweckten bei mir von Anfang an den Eindruck, daß es ent-
sprechende Finsternisse dahinter oder darunter gebe. - Ich
fragte ihn, was es mit der Bezeichnung, er sei zum Wandervogel geworden, auf sich habe.
Er lächelte spöttisch und schlug die Antwort mit einer Handbewegung aus.
Na, zu Fuß ist er gekommen, durch halb Karelien! waren die
anderen mit etwas wie Bewunderung um so bereitwilliger zur
Auskunft.
Was heißt schon halb Karelien! spöttelte er. Weiß jemand hier,
wo Karelien anfängt und wo es aufhört? Die Hälfte, meine
Herren, dozierte er ironisch, kann man nur und erst feststellen,
wenn man das Ganze kennt, so wie... hm... wie das ganze
Großdeutsche Reich!
Der Hauptmann, der die Reste der einst vollzähligen Staffel
kommandierte, fand es geraten, dieser unbehaglichen Ironie
auszuweichen, und wechselte das Thema der Unterhaltung,
während die meisten der allmählich schwer Berauschten sich
mit einem Versuch zu stramm dienstlicher Haltung vor ihrem
Vorgesetzten verabschiedeten. Und dann blieb mit einemmal
auch der Hauptmann weg, und ich sah mich wie nach Verabredung mit dem beinahe völlig nüchtern gebliebenen Oberfähnrich allein.
Im gleichen Augenblick, da er sich mit einem Fremden unter
vier Augen wußte, kam etwas melancholisch Gelöstes über ihn,
und er schenkte sich mit ruhiger Hand ein Glas von dem
schweren Rotwein ein, den wir den ganzen Abend getrunken
hatten. Dann fragten wir einander wie beiläufig aus, woher wir
kämen, und er machte ein letztes Mal einen Versuch zu einer
der überdrehten Witzeleien, mit denen er sich vor den anderen
ausgezeichnet hatte, als er mit einem flauen Lächeln bemerkte,
er würde, wenn er sein Erbgut in Kärnten je wiedersähe, dort

auch den letzten Baum absägen lassen. In diesen Urwäldern habe er zuviel Bäume zu sehen bekommen. Lieber auf einer einsamen Insel im Pazifik, sagte er, als in dieser Wildnis.

Mit der Frage, ob er das auf seiner Wanderung durch Karelien festgestellt habe, kam ich indirekt auf die Beschwerden der anderen über sein ›Wandervogelleben‹ zurück.

Das auch, sagte er lakonisch. - Marschieren Sie mal acht Tage nach dem Kompaß durch dieses Dickicht! fügte er hinzu.

Er trage noch so viele Pflaster, daß es nicht lang zurückliegen könne.

Ist auch nicht lange her, gab er zur Auskunft, ich habe seit der Rückkehr jetzt gerade acht Tage Krankenurlaub gehabt.

Und die Maschine?

Die ist hin, sagte er abwinkend. Ich bin abgeschmiert und habe aussteigen müssen. Das war schon auf dem Heimflug. Die siebente in unserer Verlustliste. So etwas steht im Protokoll. Aber daneben gibt es ja auch noch so manches, was man nicht im Protokoll lesen kann, und das... Wissen Sie, ich wundere mich, daß ich hier sitze!

Er saß ganz ruhig da und drehte sein Weinglas beim Stiele. Als im Hintergrund der Baracke einmal jemand vom Personal der Messe sich etwas zu schaffen machte, blickte er flüchtig auf, kehrte dann aber sogleich zu ungeteilter Aufmerksamkeit zurück. - Im Protokoll steht, wie man seine Maschine verliert, und, wenn man Glück hat, steht da auch noch, daß der Gegner selbst, eigener Beobachtung nach, hat daran glauben müssen. Wenn es nun ein sichtbarer Gegner war, eine andere Maschine, ein Feind in Person und nicht das anonyme Gebrodel der Flak. Wie und wo man aufgesetzt hat und was man von der eigenen Maschine noch hat beobachten können... Na ja, so ziemlich alles bis zur eigenen Unterschrift auf dem Meldeblock. Aber daß da zwei Fallschirme in der Luft gehangen und daß die beiden, die einander oben nicht mehr aus dem Visier gelassen hatten, schließlich parterre auch wieder einander begegnet sind...

Sind Sie ihm unten wieder begegnet? fragte ich ungläubig, denn die Wahrscheinlichkeit, daß zwei über den Urwäldern Ostkareliens mit dem Fallschirm abgesprungene Flieger einander unten wieder begegnen, mußte äußerst gering, ja eigentlich völlig unglaubwürdig erscheinen.

Er nickte erst wortlos und fügte dann hinzu: Haarscharf, wie nach Verabredung, so, als hätte es so sein müssen. Ich will Ihnen erzählen, wie das vor sich ging. Und dann sagen Sie mir hinterher, ob ich noch am Leben bin.

Warum nicht?

Warten Sie! Die Antwort ist nicht so einfach... Er blickte eine Weile stumm in sein Weinglas und sagte dann: Ich setzte in der Krone einer hohen Tanne auf, nachdem ich den anderen, den es wie mich ziemlich heftig schwenkend nach Westen hin abgetrieben, im Gegenlicht bei niedrigem Sonnenstand schon geraume Zeit aus den Augen verloren hatte. In der Krone einer hohen Tanne setzte ich auf. Das war ungefähr so das Schlimmste, was man sich vorstellen konnte, denn der Wind schleifte mich eine ganze Weile durch die Baumwipfel wie durch einen endlosen Reiserbesen. Und während ich darum kämpfen mußte, die Fallschirmleinen einzuholen, denn ich konnte den Schirm ja dem Wind nicht ablaufen, mußte ich in jedem Augenblick so festes Geäst unter mir haben, daß ich mich daran festhalten und den Abstieg wagen konnte. Schließlich war diese Synchronisierung, die mir heute wie ein Wunder vorkommt, erreicht, und ich krallte mich wie eine angeschossene Krähe halb betäubt im Wipfel einer hohen Tanne fest und schnallte mich aus den Gurten, die mich immer wieder weiterzerren wollten, weil der Fallschirm immer noch etwas Luft fing. Als ich damit fertig war und mich etwas ausgeruht hatte, probierte ich alle viere. Die waren heil oder schienen es jedenfalls zu sein. Nur hatte ich überall auf der bloßen Haut Schmerzen, als läge ich in einem Ameisenhaufen. Wenn ich nach unten guckte, sah ich nichts als Dunkelheit. Die Baumstämme verloren sich wie Stalaktiten im Dämmern. Aber hinunter mußte ich rasch, meinte ich, denn hier oben hing ich frei zum Abschuß für jeden, der einen Finger krumm machen wollte. Doch auch das - ich sage Ihnen: eine wahre Kaminfegerarbeit in einem Fabrikschornstein! - auch das gelang mir, ich weiß nur nicht mehr, in wie vielen Stunden, denn ich mußte bei diesem Abstieg in unzähligen Spiralen rund um den Stamm, bis ich schließlich unten stand. Kann sein, daß es da schon dämmerte, genausogut kann es sein, daß mir das gedämpfte Licht unter den Bäumen zunächst einfach wie eine ewige Dämmerung vorkam.

Ich setzte mich hin, wo ich den ersten Fuß aufgestellt hatte, und versuchte erst einmal, ganz zu mir zu kommen. Wenn ich zum

Himmel aufschaute, sah ich meinen Fallschirm hoch oben zwischen zwei Ästen mit einem herabbaumelnden Zipfel wie ein Stück schmutzige Wäsche hängen. Und um mich herum? Bäume, Bäume, Bäume; Gebüsch, dicht, verwachsen wie zu Mauern und wie für ein Machete-Messer geschaffen, von dem man als kleiner Junge in Dschungelbeschreibungen gelesen hatte. Kontrolle. Pistole: das Magazin voll, ein paar Reserve-Magazine; Signalpistole, Leuchtraketen; eiserne Ration, einschließlich Tabletten und Verbandzeug; Kompaß am linken Handgelenk, am rechten die Uhr, nicht stehen geblieben. Zehn Minuten über fünfzehn Uhr. Es ging in dieser Breite auf die Nacht zu. Die Überkleidung von der Landung her wie mit Messern aufgeschlitzt, daß das Futter hervorblitzte. Also los, nach Haus auf den Platz! Versuchen konnte man's ja. Und außerdem hatte ich doch Mordsglück beim Aufsetzen gehabt und mir nichts verstaucht oder gar gebrochen. Aber wohin hier, wo man vor lauter Bäumen den Wald nicht sah? Ich versuchte mir noch einmal zu vergegenwärtigen, welchen Kurs ich geflogen hatte, bevor ich meinen Verfolger selbst ein letztes Mal angegangen war und er mit einer dicken, schwarz blakenden Rauchfahne hinter sich gezeichnet und – weil ich wohl auch sein Leitwerk beschädigt hatte – Parallelkurs zu mir geflogen war, bevor er gleich mir hatte aussteigen müssen. Ich hatte im großen und ganzen stur West, drei Strich Südwest gehalten und, auch als in der Kabine schon Qualm zu spüren gewesen war, bis zum Aussteigen immer noch soviel Vorgabe auszunutzen versucht, wie mir meine alte Flughöhe gab, um so weit wie möglich nach Westen durchzukommen. Also war, geflogen wie gegangen, am Kurs nichts zu ändern. Und wie weit ich auch schon bis nach Westen gekommen war – auf eine Front mit Schützengräben und dergleichen brauchte ich keine Rücksicht zu nehmen, von den Stellungen um die wenigen Straßen abgesehen. Hier suchten die Feinde sich ohne zusammenhängende Fronten mit Fernpatrouillen, und außer Partisanen konnten nur Bären gefährlich sein. Für den Hauptfeind des Jahres, die Mücken, war die Saison schon vorbei. An ihn, den anderen, dachte ich gar nicht. Also denn! ›Befiehl du deine Wege‹, lieber Franz, dachte ich und machte mich auf den Weg heim ins Reich, wo es auch noch Kärnten gab.

Er erzählte, wie er aufgebrochen war, leise wie ein Schmuggler jedes Geräusch zu vermeiden versucht, nach einer halben Stunde sich seiner Überkleider entledigt hatte, weil ihm der Schweiß in Strömen den Rücken hinuntergeflossen war, und erst einen Halt eingelegt hatte, als schon die Leuchtmarkierungen auf seinem Kompaß zu sehen gewesen waren. Da war er auf das nächstbeste Dickicht zugegangen, das ebensogut einen Bären hätte behausen können, hatte seine Überkleider wieder angezogen und sich schlafen gelegt. Auf alle Fälle bereit dazu, denn es war nun rasch dunkel geworden. Aber der Schlaf war noch lange nicht gekommen. Er hatte angefangen, jämmerlich zu frieren, soviel dürres Moos er auch zu sich herangescharrt und sich wie ein Fötus zusammengekrümmt hatte. Zu der ohrenbetäubenden Stille nach dem Sturz durch die freie Höhe und dem sausenden Schwenken am Fallschirm waren jetzt die undefinierbaren Laute und Geräusche der Nacht gekommen, in denen er einmal Menschenstimmen zu vernehmen, ein andermal unbekannte Tiere zu unterscheiden gewähnt, dann wieder Schritte nahen gehört hatte, bis alles sich in ein Rauschen aufgelöst, von dem er nicht gewußt hatte, ob seine Ohren es ihm vortäuschten oder ob es wirklich so rauschte.

Es war wie das Einschlafen in einer Narkose, sagte er, und es war wohl auch mehr eine Ohnmacht als Schlaf, woraus ich nach einer halben Stunde erwachte. Der kalte Waldboden strömte einen Geruch aus, wie man ihn nach einer Narkose noch stundenlang ausatmet. Ich aß etwas, saß eine Weile still da und lauschte. Dann schlief ich wirklich ein. Aber wie oft ich zwischendurch wach wurde, habe ich nicht gezählt.

Als die ersten Umrisse der Baumstämme sich gegen das Dunkel abgezeichnet hatten, war er wieder aufgebrochen, erstaunt darüber, wie gut und wie lange er geschlafen hatte. Er hatte vor dem Aufbruch seine Waffen überprüft und sogleich die Überkleider ausgezogen, obschon es ihn da noch mächtig gefröstelt hatte, alle Reißverschlüsse geschlossen und sich das Ganze wie einen Balg über die Achsel geworfen. Nun hatte er sich warmlaufen müssen. Und das hatte er auch bald geschafft. Es war ein nahezu wolkenloser Herbsttag gewesen, an dem bald die Sonne zum Vorschein gekommen war, und wenn er nicht auf Pilze und Beeren als Zukost zu seiner eisernen Ration und den Tabletten, die zum Notvorrat gehörten, angewiesen gewesen wäre, hätte er meinen können, auf einem langen Jagdausflug zu sein. Noch war er auch bei vollen Kräften gewesen, oder die Tabletten hatten es ihm vorgetäuscht.

Bäume, Bäume; Büsche, manchmal nutzlose, hinderliche, manchmal nützliche, von denen er sich Beeren gepflückt, und Eierschwämme und Steinpilze in Mengen. Tückisch waren die in den Wald beinahe unmerklich eingebetteten Moose und Moore gewesen, auf die er erst aufmerksam geworden war, wenn er mit einem Stiefel schon dringesteckt hatte. Diese noch ungegilbten, hellgrünen Auen hatten ihn mitunter zu beträchtlichen Umwegen gezwungen. Jeden Flecken Birkenwald hatte er freudig gegrüßt, ›wie das Wirtshaus hinter dem Friedhof‹, sagte er, denn zwischen den vielen düsteren Kiefern und Tannen hatte der Anblick seinen Sinn förmlich aufgeheitert.

Am Mittag hatte er ziemlich ausgiebig gerastet. Danach kam der Nachmittag, der nicht mehr lang sein konnte, denn es war Ende September, und die Sonne sank früh. Er hatte eine ganz sanfte, beinahe unmerkliche Bodenwelle vor sich, zu deren Höhe dichter Föhrenwald ihn zwischen einer wahren Allee von hellen Birken entließ, und sein Weg zwischen den Birken war breit wie eine Kleinstadtgasse, die von struppigem, gilbendem Gras und stacheligem Rankenwerk überwuchert war. Und da...

Es war beinahe genau vierundzwanzig Stunden nach meiner Landung in der Tanne, sagte er. Da kam wie jeder beliebige Fußgänger auf der gleichen Gasse der andere in die Allee zwischen den Birken eingeschwenkt! Ich sah ihn vielleicht früher als er mich, denn er stand für mich im Gegenlicht, und ich war gegen das tiefe Dunkel der Föhren heraufgekommen. Und er... Er sah genauso aus wie ich. Können Sie sich vorstellen, was das bedeutete? Ein Doppelgänger, und nach vierundzwanzig Stunden in der Wildnis und ohne ein sichtbares Wesen in der Nähe zum erstenmal ein lebendiger Mensch! Ein Mensch wie ich selbst, und ausgerechnet der, der einen in die Lage versetzt hatte, in der man sich befand - wie ich, übrigens, ihn selber!

Rùki wwerch! schrie ich. Hände hoch! sollte das heißen, hatte man mir gesagt, und ich sah, wie er förmlich zusammenflog und wie seine Rechte in die Tasche griff. Ich hatte meine Pistole schon in der Hand. Ich hätte jetzt schießen können, ich brauchte nur noch durchzuladen, und das hätte ich, bis er fertig geworden war, sicher zustande gebracht. Aber ich tat es nicht. Ich weiß nicht, warum. Es schien mir einfach aberwitzig, daß zwei Leute, die allein in einem so großen Walde waren, aufeinander schießen sollten. Für keinen von uns beiden war Deckung nahe genug. Die Birkenstämme waren zu dünn, er selber schon zu weit hangabwärts gekommen, als daß er hätte zurücklaufen und verschwinden können. Wir standen auf dieser Gasse einander gegenüber.

Nix woinà! rief ich ihm zu, nix woinà!

Er zerrte immer noch an etwas, was er aus seiner Tasche hervorziehen wollte und was sich wohl im Futter verfangen hatte. Es wäre gemein gewesen, jetzt auf ihn zu schießen, aber durchgeladen hatte ich mittlerweile.

Nix woinà! schrie ich, nix woinà! Hier ist kein Krieg! Woinà da! fügte ich hinzu und zeigte mit der Linken in den Himmel, aus dem wir uns selber heruntergeholt hatten. Der Krieg ist da oben, oder da oben war er einmal. Hier unten war Friede.

Jetzt hatte er seine Pistole in der Hand und im Nu durchgeladen.

Nix woinà! wiederholte ich, die Pistole mit angehobenem Arm in der Hand.

Er guckte mich verblüfft an. Dieses Gerede hatte ihm einfach die Initialzündung genommen, und ich sah, er fing an zu lächeln. Und auch ich lächelte oder machte eine Grimasse, die man als Lächeln deuten konnte, und schob meine Überkleider, die herunterzurutschen drohten, höher auf die Schulter, als wäre es in dieser Situation noch darauf angekommen, ob jemand unter einem Schuß mit ordentlich über die Schulter geworfenen Kleidern zusammenbrach. Aber so ist das, so handelt man: völlig wahnwitzig, wenn erst einmal das, was man den gesunden Menschenverstand nennt, sich eingeschaltet hat. Er lohnte es mir nicht damit, daß er in diesem Augenblick, da ich mich bewegte und meine Rechte nicht mehr ganz fest auf ihn gerichtet war, auf mich geschossen hätte, nein. Er hob seine eigene Rechte mit der Pistole und schoß gen Himmel, zwei- oder dreimal, ich weiß es nicht genau, denn die Abschüsse knallten nach der uferlosen Stille der vergangenen Stunden wie ein einziger Peitschenschlag in meinen Ohren. Im nächsten Augenblick tat ich es ihm nach: einen, zwei, drei Schuß...

Ich wußte: Noch hatte ich vier.

876

Idi domòi! rief ich ihm zu, geh nach Hause! und tat selber einen Schritt hangaufwärts auf ihn zu. Aber er rührte sich nicht, und so blieb auch ich wieder stehen. Nix woinà! rief ich noch einmal, woinà na werchù! und zeigte in den Himmel. Da oben war der Krieg! Hier unten - und meine Linke beschrieb einen Halbkreis - mìr! Friede!

Er lächelte. Charaschò! sagte er dann lächelnd. Pojdjòm! Gut, gehen wir! und kam langsam auf mich zu.

Das alles ging so vor sich, wie Figuren auf einem Spielbrett den Platz wechseln. Er hielt sich ein wenig mehr nach rechts auf meine Seite hin, ich trat mit dem nächsten Schritt ein wenig mehr nach links und bog damit vor ihm aus. Ein Instinkt befahl jedem von uns, den Gegner im Auge zu behalten und ihm so weit wie nur möglich auszuweichen. Immer noch hielt jeder von uns seine Pistole im Anschlag, und zwischen jedem Schritt und dem nächsten lag so etwas wie eine Ewigkeit, weil jeder seinen Schritt sorgsam sicherte. Für zehn, zwölf Schritte brauchten wir Minuten. Dabei kam ihm zustatten, daß er hangabwärts ging, während ich, wenn auch beinahe unmerklich, mit jedem meiner ausweichenden Tritte ansteigen mußte. Aber dann kam der Augenblick! Wir standen einander gegenüber, beide die Pistole im Anschlag, und sicher klopfte auch sein Herz ihm, wie das meine, bis zum Hals hinauf. Aber wir hielten nicht inne, als wäre das zu gefährlich, wir blieben in Bewegung, obschon wir uns anstarrten. Er war ein blutjunger Kerl, sicherlich auch nur Leutnant oder Unterleutnant, ein frisch aussehender, brünetter, beinahe hübsch zu nennender Bursche, wie ein Kornett bei unseren Husaren früher, und das dunkle Bärtchen auf der Oberlippe...

Um's Himmels willen! Ich selber trug ja auch solch ein Bärtchen! Wir guckten uns wie Spiegelbilder an, und wieder mußte jeder von uns lächeln, wenn auch mit dem verfluchten Schießeisen in der Hand. Es hätte jetzt nur gefehlt, daß einer dem anderen seine Pistole vor die Füße warf, gleichzeitig, um vollends darzutun, daß es keinen Krieg mehr zwischen uns gäbe. Aber das tat eben keiner, obschon ich nicht sagen kann, warum. Im übrigen hatte er's genauso gemacht wie ich: trug seine Überkleider über der Schulter und hatte seine Helmhaube in den Nacken gestreift.

Die Stille war jetzt so fürchterlich, daß jeder Herzschlag mir wie ein Kolbenschlag gegen die Schläfen dröhnte. Domòi, domòi, murmelte ich, do swidànja! Nach Haus, nach Haus, auf Wiedersehen!

Wssjewò charoschewò! Alles Gute! gab er zurück. Ich sah: Er hatte schneeweiße, perlenfeine Zähnchen. Und wir chassierten auf der engen Gasse seitlich aneinander vorbei und ließen einander nicht aus den Augen. Er war vielleicht drei, vier Schritte weitergekommen, als er stehenblieb, die Pistole hob und wie aus lauter Mutwillen noch ein paar Male in den Himmel schoß. Ich tat es ihm lachend mit zwei Schüssen nach. Wir lachten beide und schrien uns beide lachend: Nix woinà! zu und traten vorsichtig weiter voneinander weg. Nicht lange, und es kam der Augenblick, da er rücklings hangabwärts und ich rücklings hangaufwärts gehen mußte, und das Gefühl einer Entspannung oder sagen wir ruhig Schlappheit, das einen jäh überfiel und einem die Knie weich machte, war sicherlich nicht nur bei mir, obschon jeder immer noch in die Pistole des anderen guckte.

Der, der verschwinden mußte, war ich, und zwar genau dort, wo er, der andere, aufgetaucht war: beim Buschwerk am Ende der Gasse, wo eine Gardine von Ranken wie ein lockeres Drahtverhau den Blick auf etwas wie eine Lichtung versperrte. Er war jetzt genau dort angelangt, von wo ich ihn zum ersten Male erblickt hatte. Dort blieb er abermals stehen, und jetzt winkte er mit dem Revolver in der Hand lachend zurück.

Im selben Augenblick aber, mitten in einem Schritt rückwärts, den ich in etwas seltsam Weiches tat, fühlte ich mich wie umklammert – ich kann es nicht anders beschreiben! –, in meinen Bewegungen behindert, gepackt, mit irgend etwas verfilzt, und in dem eisigen Schrecken, der mich jäh überfiel, weil ich das Gefühl hatte, jemand hielte mich von hinten her fest und er hätte sich nur so freundlich gezeigt, weil er gewußt hatte, daß andere ihm folgten, riß ich meine Rechte frei und schoß gezielt eine Dublette auf ihn. Schon beim ersten Schuß meinte ich sehen zu können, wie er weich in den Knien wurde, und beim zweiten brach er zusammen. Ich machte mich mit einem einzigen Ruck vollends aus der Umklammerung los und stand – allein, von wildem Dornengesträuch umgeben. Die langen Ranken waren es gewesen, die mich von hinten umgeben und bei mir das Gefühl hatten entstehen lassen, man versuchte mich festzuhalten. Weit und breit, auch dort, wo ich eine Lichtung vermutet hatte, war kein einziger Mensch. Da hockte ich mich hin, ich weiß nicht, für wie lange. Nichts in meinem Sichtfeld bewegte sich. Nur ein dunkles, unförmiges Bündel lag da ein wenig unterhalb von mir in der Gasse, regungslos...

Als ich schließlich aufstand und zu ihm ging, war er schon tot. Die Bläschen Blutschaum vor seinem Munde zerplatzten, das Rinnsal über seine Lippen wurde dunkler und gerann steif. Ich hatte ihn Mitte Mann getroffen, denn ich bin von zu Haus her ein guter Schütze. Ihm war die Pistole aus der Hand gefallen, sie lag im Grase. Ich hob sie auf und drückte ab, einmal ums andere, aber es löste sich kein Schuß. Ich lud durch und zog schließlich das Magazin heraus. Es war leer. Vertrauensselig, wie er gewesen war, hatte er keinen Schuß mehr zu vergeben gehabt, und ich... ich hatte mir zwei aufgespart. Sicher hatte auch er noch ein paar volle Magazine in den Taschen, aber...

Aber daß das so etwas wie ein Mord aus Angst gewesen war, stand für mich fest. Und da lief ich, wie das eben so ein Mörder aus Angst tut, von seiner Leiche weg wie vor mir selbst.

Er war gerannt, bis er keinen Baumstamm mehr vom anderen hatte unterscheiden können, und hatte sich – als wartete nicht die lange Nacht auf ihn – unter der erstbesten Tanne, die bis weit auf den Boden reichende Äste besaß, niedergekauert. Aber an Schlaf war nicht zu denken gewesen, viel weniger als in der ersten Nacht. Damals hatte die Erschöpfung ihn einschlafen lassen; heute hatte sein Gewissen mit ihm gewacht. Und wie er sich's auch zurechtgelegt hatte, um vor sich selber bestehen zu können – kein Argument hatte ihm geholfen. Er war als Mörder aufgestanden, da der Tag zwischen den dunklen Ästen zu grauen begann. Und dann war er marschiert, so rasch er hatte können, aber im Grunde genommen...

Ich sage Ihnen, gab er kaum vernehmlich Auskunft, ich sage Ihnen: nicht mehr nach Haus, zu unserem Platz, mit einem Ziel vor mir, sondern nur weg, weg von etwas, was hinter mir lag, was für mich selber unentschuldbar war und blieb, Krieg hin oder her. Das war ja gar nicht mein Feind gewesen! Mein Feind – das war und blieb ich mir selber mit meinem mörderischen Dem-Schicksal-zuvorkommen-Wollen, mit der blinden Angst, die nur noch scharfe Augen für eine Einbildung gehabt hatte: einen arglosen Menschen, dessen Vertrauen ich betrogen hatte. Natürlich war Krieg, ich hatte es ja selber gesagt, aber nicht mehr hier unten, wo wir einander begegnet waren. Und mit jedem Tag und mit jeder Nacht, die ich zwischen Träumen und Wachen unter irgendeinem Baum oder in einem Dickicht verbrachte, wurde mir immer klarer, daß ich - von unserer Ähnlichkeit miteinander zu schweigen - in ihm mich selber umgebracht hatte. Von da an war mir alles egal, auch mein Leben. Ich schoß zwar einmal nachts ein paar Raketen, daß sie mich bei uns einpeilen könnten, wenn sie überhaupt auf Raketen aufpassen sollten, aber über eine breite Schneise, der man ansehen konnte, daß sie einmal aus dem Wald geschlagen und in der Folge immer freigehalten worden war, bin ich gegangen, als wäre sie der Ring oder, wie bei Ihnen, die Straße Unter den Linden. Es war mir völlig gleichgültig, ob ich auf Bären oder auf Partisanen stoßen und von denen umgebracht würde. Mein Leben lag auf einer schmalen Gasse unter gilbenden Birken, denn der, der da lag, lag stellvertretend für mich. Als ich irgendwann einmal [es war, wie ich später gehört habe, am achten Tage] ein paar grinsenden Lappen in finnischen Uniformen und ein paar Leuten von unserem Bodenpersonal wie mit Moos paniert und über und über mit Flechten behangen achtlos in die Arme lief, soll ich wie ein Betrunkener getaumelt sein und wie ein Schlafwandler ausgesehen haben. Aber ich war ja gar nicht so sehr von Kräften, wie sie meinten. Ich war trotz Pilz- und Beeren- und Tabletten-Kost eigentlich noch recht gut daran. Nur... Eben das, worüber ich nicht hinweggekommen war, und was mit jedem der acht Tage mehr von meinem Leben verbraucht hatte, als wäre das, was ich angerichtet, ein unersättlicher Tod von mir selbst. Und so... So ist das noch heute, schloß er. Sagen Sie mir jetzt, ob ich noch am Leben bin! Jetzt ist die Antwort schwerer, als Sie vorhin gemeint haben, fügte er streng hinzu, und ich fühlte, er würde jede Antwort unnachsichtig auf Tod oder Leben abwägen. Denn das, sagte er, weiß ich nach so vielen Tagen und Nächten jetzt schon selber genau: Sitzt man im Krieg nicht in einer Maschine und nimmt den Gegner als die andere Maschine im Visier an, sondern hat den Menschen von Auge zu Auge vor sich, dann tötet man jedesmal ein Stück von sich selbst. Und wovon soll man dann am Ende leben?

Ich schwieg. Zu lange. Er deutete es so, daß ich keine Antwort wüßte, und schob seinen Stuhl zurück und stand auf.

Glauben Sie nicht, hätte ich ihm - etwas früher - antworten sollen: von dem wird man leben müssen, den man in einer tragischen Verschuldung, der das Leben nicht ausweichen kann, getötet hat - und den man auf irgendeine Art und Weise wieder zum Leben erwecken muß? Die schuldlos Toten sind für die lebendig Gebliebenen nach einer unerklärlichen Verrechnung wohl am ehesten dazu da!

Aber als diese Antwort mir einfiel, lag der Flugplatz schon weit hinter mir, und ich weiß nicht, ob ›der Graf‹ je nach Kärnten zurückgekommen ist.

DAS BIS DAHIN völlig in provinziellem Dunkel verlaufene Leben des Pawel Petrowitsch Komissarow, eines kinderlosen Witwers in mittleren Jahren und von Beruf Flachshändler aus der Stadt Kostroma am obersten Oberlauf der Wolga, wurde am 4. April des Jahres 1866 für die ganze Mitwelt, vornehmlich aber in seinem russischen Vaterland, blitzartig beleuchtet und dementsprechend berühmt. Komissarow, der sich auf einer kleinen, an manchen Abenden recht vergnüglichen Geschäftsreise in St. Petersburg befand, machte gerade um jene Zeit einen Spaziergang beim Sommergarten der kaiserlichen Majestäten, als Zar Alexander der Zweite, der Bauernbefreier, der Gesegnete, dortselbst seine tägliche Promenade abzuschließen geruht hatte und eben in seine zwischen einer Eskorte von Gardekürassieren wartende Kalesche zu steigen gedachte.

Es hatte sich beim Nahen des Kaisers mit seiner Suite ein Menschenauflauf von Müßigen gebildet, und Komissarow, der sich diese große Gelegenheit in seinem geringen Leben nicht entgehen lassen wollte: den Kaiser von nahem und ganz wie von Mensch zu Mensch zu sehen, rückte gleich allen anderen näher an den Platz, bei dem sich der kaiserliche Einstieg vollziehen sollte. Dabei kam er in vorderster Reihe neben einen anderen Mann zu stehen, der so neugierig schien wie er selber. Die Majestät jedoch war kaum voll sichtbar und für ein paar Augenblicke ungedeckt, weil sie sich umgedreht hatte, um der ehrerbietigen, die Hüte schwenkenden und laut jubelnd Gesundheit und Gottes Segen wünschenden Schar der Untertanen leutselig zuzuwinken, als die Rechte des Mannes neben Komissarow vor dem Menschenknäuel hervorschnellte und...

Beinahe zugleich schnellte Komissarows Rechte von unten herauf gegen den ausgestreckten Arm seines Nachbarn. Er dachte sich gar nichts dabei, ihm war zumute, als träumte er das nur. Ein Schuß, der sich aus einer Pistole seines Nachbarn löste, ging ins Leere, ein Prischen Pulverrauch roch er noch, und dann...

Dann sah er die Pistole nicht mehr und sah den Mann nicht mehr. In einem Knäuel von herbeigestürzten Beamten der Polizei und Offizieren à la suite bekam er beinahe soviel Püffe und Stöße und Fußtritte, wie für die ganze kreischende, auseinanderstiebende und -getriebene Menschenmenge ausgereicht hätte, doch minderte sich dieser Anteil an der unglimpflichen Behandlung, die man dem Attentäter zuteil werden ließ, sehr bald, und er sah sich nur noch von Offizieren und Beamten umringt, die ihm *Honneurs* erwiesen und ihm die Schulter klopften, während die kaiserliche Kalesche mit etwas verminderter Suite vierspännig *en pleine carrière* davonfuhr. Er wurde als Retter Seiner Majestät beglückwünscht und belobt und - gemäß allerhöchstem Befehl - zu einer zweiten eskortierten Kalesche geführt, in welcher er neben einem küraßfunkelnden Offizier und etlichen Staats- und Kollegien- oder dergleichen Räten vom Fleck weg in das Winterpalais gefahren wurde, ohne daß er zuvor seine von den vielen Fußtritten verschmutzten Stiefel oder die Hosen hätte putzen können.

Den Kaiser, vor dem er sich am meisten hätte genieren müssen, fand er dort auch nicht vor. Der war, während die Nachricht, daß ein Attentat auf ihn durch die treue Beherztheit eines russischen Bauern mißglückt sei, sich mit Windeseile in der ganzen Stadt verbreitete, unter bedeutend verstärktem Polizei- und Kavallerieschutz in die Kasansche Kirche gefahren, um Gott dortselbst den Dank für seine gnädige Vorsehung abzustatten, und schon während er aus der Kasanschen Kirche zurückkehrte, stand so gut wie die ganze Bevölkerung der benachbarten Stadtbezirke um das Winterpalais. Wer die Anordnung ausgegeben hatte, ward nicht bekannt, doch als die neblichte Dämmerung des Apriltages zur Nacht wurde, waren alle Fenster der Stadt illuminiert, alle Kirchen voller Betender, überall dröhnten wie von den Stufen zu Gottvaters Thron die tiefsten Kirchenbässe das Tedeum, und als der Kaiser in das Smolnij-Kloster fuhr, um mit den engelreinen Stimmen der Sängerinnen dort Gott die Ehre zu geben, jauchzte das Volk außer sich vor Freude, und man hätte denken mögen, er könne nur von Menschen, die ihn liebten, seinen Weg getragen werden, nicht gefahren und von finsteren Reitern und schußbereiten Polizisten bewacht.

Dann aber kam für Komissarow der unvorstellbare Augenblick.

Er, der sich, seitdem er das Winterpalais betreten, zwischen Offizieren und kaiserlichen Räten hatte aufhalten müssen und in einem eigens für ihn vorbehaltenen Zimmer in einem Flügel der Adjutanten und Leibjäger nicht nur barbiert und frisiert worden war, sondern auch Kleider und Schuhe hatte wechseln müssen, so daß er zum Schluß nicht mehr wußte, wie das Märchen hieß, in dem er der Prinz war - er wurde zwischen zwei kürassierten Offizieren, die Erzengeln glichen, über viele Treppen und Flure vor den Kaiser geführt, der sich - umgeben von den allerprächtigsten Herren in Uniformen und Fräcken - in einem großen Saal befand, welcher von dem gebrochenen Licht vieler Kristall-Lüster ein einziges Funkeln und Gleißen war.

Als einer der Offiziere schmetternd Komissarows Erscheinen in den Saal meldete, trat der Kaiser aus der dicht um ihn gedrängten Gruppe hervor, ging Komissarow entgegen, zog ihn, der nach dem ihm eingeschärften Befehl am Boden niedergekniet war, zu sich empor und - umarmte ihn, gerade so, als ob Ostern wäre!

»Ich erhebe dich in den Adelsstand!« sagte er zu Komissarow, der nicht wußte, wie ihm geschah, und sich am liebsten in leere Luft aufgelöst hätte. Er sagte nicht· danke, er verbeugte sich nicht, er stand da und schwitzte Korinthen, wie man so zu sagen pflegt.

Da wandte der Kaiser sich zu seinem Gefolge und sagte: »Was meint ihr Herren dazu?« Alle riefen: »Jawohl, er hat es verdient, er hat den Kaiser gerettet!«

Komissarow verstand die leisen Stupfer von hinten her, die ihm einer der Erzengel versetzte, er kniete nieder und küßte des Kaisers Ärmel. Und dann wurde er wieder hinausgeführt.

DASS DER Adel ein ungeheuer arbeitsbeladener Stand ist, wenigstens zu Anfang, wußte Komissarow, als er eine Woche später auf der Heimfahrt nach Kostroma in einer kaiserlichen Kutsche zwischen einem kaiserlichen Feldjäger von Rang und einem Wirklichen und Geheimen Staatsrat der dritten Adelsstufe saß. Nicht nur, daß er in seinem Privatgemach im Winterpalais fortwährend barbiert, gewaschen, mit wohlriechenden Essenzen genetzt, gebürstet, angezogen, umgezogen und fremden Leuten in immer neuen Sälen gezeigt worden war und immer wieder von neuem seine ›Geschichte‹ zum Besten hatte geben müssen, wie er dieser Kanaille von einem Attentäter, die sich einen Russen genannt hatte, in Wirklichkeit aber wohl doch ein gedungener polnischer Aufrührer gewesen war, die Pistole mit der todbringenden Kugel ins Leere geschlagen hatte – nein, auch alle die amtlichen, von den verschiedensten Räten besorgten Erhebungen über seine noch leibeigenen Eltern, sein Leben, sein Einkommen, seinen Beruf, seinen Zivilstand, in hundert und aberhundert Fragen gekleidet, waren dazu angetan gewesen, ihm sein Glück und seinen neuen, mit einer für seine Flachshändlerbegriffe durch die kaiserliche Gnade und Schatulle schwindelerregend hohen Apanage bedachten Stand zu vergällen. Nicht einmal seine paar Siebensachen, seine Schmierlederstiefel und ein paar gebrauchte und ein paar frische Rubaschki, hatte er selbst aus dem Gasthaus, in dem er abgestiegen gewesen war, abholen und sich dabei von Grigorij Alexandrowitsch Platow, seinem Wirt bei allen seinen früheren Petersburger Reisen in vielen Jahren, verabschieden dürfen. Ein Feldjäger hatte das für ihn besorgen müssen, denn seinem neuen Stand sei das nicht mehr angemessen, hatte man ihm bedeutet. Es war nichts Brüderliches und Warmes und Herzliches in diesem neuen, erlauchten Stand, kam ihm vor, aber nun ja, das würde sich wohl wieder einstellen, wenn er erst wieder einmal nach Kostroma ins eigene Zuhaus gekommen war, tröstete er sich.

Aber Kostroma, Kostroma...! War hier Ostern? War hier Kirchweih oder der große Markt? Warum fuhr ihre Kutsche geradewegs bis vor das Stadthaus und kam das Stadthaupt ihm ehrerbietig entgegen, um ihn zu umarmen und zu küssen und so zu tun, als wollte es ihm die goldenen Schlüssel überreichen? Warum sangen die Kinder rund um den Platz, und warum schwenkten sie Fähnchen? Warum kam der allerehrwürdigste Erzbischof mitsamt der ganzen Pfarrgeistlichkeit der Kathedrale ihm die Stufen hinunter entgegen, um ihn zwischen goldenen Gewändern und schwarzen und weißen Klobuks einzuholen zum großen Tedeum, daß Gott selber den Zarenbeschützer so gnädig beschützt? Ihm, Komissarow, ließ man ja kaum einmal Zeit, dem Bischof, dem ›Großen‹, den Schuh zu küssen, als wäre er etwas noch Größeres als der Große. Und dann der Adelsmarschall des Gouvernements und der Adelsklub! Der Adelsmarschall hatte sich eben angeschickt, zur Silbernen Hochzeit des Zaren nach St. Petersburg zu reisen und hätte das, wie er sagte, gar nicht tun können, wenn es in dem einen, entscheidenden Augenblick beim Sommergarten am 4. April nicht ihn, Komissarow, den gottgebenedeiten Flachshändler aus Kostroma, nunmehr durch kaiserliche Gnade in die vierte Adelsstufe erhoben, gegeben hätte...!

Ein Déjeuner, bei dem Komissarow unter seiner Unkenntnis des Französischen litt, ein Souper, eine Rédoute, Empfänge, Feste, daß man kaum mehr nüchtern wurde, aber ohne das meiste verstanden zu haben, und immer wieder die Erzählung, um die man ihn bat, seine große Erzählung, so etwas wie eine Byline, in welcher die Menge sich drängte, die Majestät hoheitsvoll zur Kalesche schritt, die Kanaille neben ihm die Pistole zückte... Aber da: ein Blick, eine Erkenntnis wie ein Blitz, ein kräftiger, urrussischer Schlag von der Wolga, der Mutter Rußlands, gegen die tückische Weichsel, gegen den Arm des Untäters aus dem Westen! Knall, Pulverrauch, Schreien, Schlagen, Treten, Entsetzen, nichts als Entsetzen über die Prügel der Polizei, über die Verruchtheit des Anschlags... Komissarow hatte sich schon nach wenigen Stunden in Kostroma so innig in die traumhaften Augenblicke vor dem Sommergarten in St. Petersburg eingelebt, daß er jedesmal aufsprang und vor seinem Publikum in einer wilden Pantomime rollenden Auges, mit der geballten Rechten um sich fechtend, mit Schnauben und Stampfen und einem einzigen heiseren Schrei als Schlußfanfare die große Szene seines Lebens durchspielte. Anders konnte er sie gar nicht mehr erzählen. So und nicht anders wollten es die Zuhörer. So wuchs er über seine Vergangenheit als Flachshändler hinaus und in den Adel hinauf. Ein Held, auf dem einmal der Heilige Geist mit der rechten Geistesgegenwart geruht hatte!

IN SOLCHEM Trubel vergingen ein paar Tage und ein paar Wochen, bis auch das letzte, am weitesten von Kostroma entfernt wohnende Mitglied des Adelsklubs in der Stadt gewesen war und sich von Komissarow seine große Szene hatte vorspielen lassen. Er stand bei Tag und bei Nacht zur Verfügung, wenn es darum ging, die kurzen Augenblicke seiner glorreichen Vergangenheit noch einmal zu durchleben und andere daran teilhaben zu lassen. Zwischendurch hatte er allerdings auch Zeit, sein ganzes Leben seinem neuen Stande gemäß von Grund auf neu einzurichten. Die huldvolle Apanage Seiner Majestät bot ihm bis an sein Lebensende das sicherste Fundament.

Er vertauschte die Wohnung, die er bis dahin im Haus des polnischen Viehhändlers Adam Sobczack gemietet und in dessen Anwesen er auch über eine Stallung für sein Pferd und eine Remise für seinen Wagen verfügt hatte, und bezog, schon weil er ›seit damals einfach mit keinem Polen mehr zusammenleben‹ konnte, wie er sagte, eine kleine, heimelige Datscha unweit der Wolga im besten Viertel der Stadt, in dem nur Kronbeamte und Offiziere wohnten, tauschte sein Pferd mit Aufgeld gegen ein besseres Kutschpferd ein und kaufte sich eine gebrauchte, aber in Federn und Polstern wie neue Kalesche. Seine alte, schlampige Haushälterin Praskowja, die ihn bis dahin versorgt hatte, jagte er fort, obschon er ihr in leichtsinnigen Augenblicken, wie sie einen Witwer in mittleren Jahren überkommen können, mehrmals die Ehe versprochen hatte, und stellte einen Djenschtschik ein, der bei einem vor kurzem verstorbenen ehemaligen Oberst im Dienst gestanden und in den letzten Wochen, auf irgendeine gute, von Gott gesandte Gelegenheit wartend, beim Adelsklub herumgelümmelt und den Anschein zu erwecken versucht hatte, er sei dort unentbehrlich; Wassjka hieß er. Der heizte ihm den Samowar, bürstete ihm die Stiefel, lüftete sein Bett, nachte ihm die besten Sachen aus der Vorratskammer weg und trank den häuslichen Schnaps, zu dessen Genuß Komissarow keine Zeit mehr fand, weil er im Adelsklub anwesend und zu seinen Vorstellungen bereit sein mußte. Kurzum: er legte sich im Laufe kürzester Zeit eine ganz ansehnliche Reihe von Unarten bei und absolvierte eine nach der anderen in einer endlosen Faulheit. Wie man ihn mit der Zeit zu hänseln, nachzuäffen oder sich über seine flachshändlerischen Manieren trotz dem neuen Adelsstand aufzuhalten begann, merkte er gar nicht. Das tagtäglich bis in die tiefe Nacht hinein während Faulenzerleben im Adelsklub erhielt erst viel später einmal einen Dämpfer für sein argloses Gemüt, als er in der Trunkenheit zu verwechseln begann, was er in seiner ›Heldennummer‹ zu erzählen hatte und was andere als Lobeshymnen auf seine Beherztheit, Tapferkeit, Unerschrockenheit - und was dergleichen Tugenden mehr sind - ebenfalls halbtrunken daherzufaseln pflegten. Da geschah es einmal, daß sich für Komissarow die Grenzen verwischten und daß er, schon stehend, mitten in seinem dramatischen Heldenepos, mit rollenden Augen, wild um sich fuchtelnd, von sich selber als einer zweiten Person zu reden begann.

»Und seht ihr«, schrie er die lange Tafel entlang, »da geht er, der Biedermann aus unserem teuren Kostroma, dem flachsblauen Edelstein im Schoß unserer Mutter, der mächtigen Wolga! Da geht er, Gott führt ihn, sein Gesalbter braucht ihn gegen die tückischen Feinde des ungläubigen Westens! Ehrfurcht beugt ihn, als er den Zarbefreier, den Gesegneten, unseren erlauchtesten Kaiser Alexander den Zweiten - Gott beschütze und erhalte ihn uns! - erblickt. Und als die polnische ungläubige Kanaille wie eine zischende Natter aufschnellt und den Gottgesegneten morden will - Ha! urrussischer Held, du bist schneller! Wie der Erzengel Michael - gebenedeit sei sein Name! - fliegt deine Hand...« So weit die Hand Pawel Petrowitsch Komissarows mit mächtigem Mäherschwung ausholte, fielen die Gläser klirrend und scherbend auf das blütenweiße kostromasche Leinen und auf den Boden und hinterließen Lachen von rotem Krimsekt, in denen die ganze Gesellschaft wie in Blut schreckensstarr saß und erst aufsprang, als der Adelsmarschall den taumelnden Helden beiseite nahm und ihn im Vorzimmer am geöffneten Fenster zur Besinnung brachte.

Von jenem Abend an war Komissarow nicht mehr jeden Tag im Adelsklub, sondern er teilte sein Quartier zwischen dem Klub und der Fuhrhalterei, wo die Postkutschen aus allen möglichen Städten ankamen und abfuhren, wo man immer Neuigkeiten erfuhr und Tag und Nacht eine Table d'hôte gedeckt stand. Und war er im Klub, dann bevorzugte er zur ›Kopfaufbesserung‹, wie er's nannte, die beinahe menschenleeren Stunden des Vormittags, in denen er meistens auch nur ›Kopfaufbesserer‹ gleich ihm bei sauren Pilzchen und scharfen Marinaden und einer Stopka vorfand.

Einmal aber war auch ein ganz Nüchterner anwesend, der so gut wie alles aufzubessern hatte und nichts mehr verschlechtern konnte. Es war ein armer Gutsbesitzer, ein Baron Engelhardt, dessen Vorfahren eigentlich aus den baltischen Ostseeprovinzen stammten und der hier in der Gegend ein richtiges kleines Flachsgütchen besaß, bei dem Pawel Petrowitsch in alten Zeiten als Flachshändler alljährlich mit dem Hut in der Hand an der Küchentür vorgesprochen und ein Geschäftchen abzuschließen versucht hatte. Ein paar Male im Lauf der Jahre waren sie, wenn der Flachs noch auf dem Halm stand, handelseins über eine Ernte auf soundsoviel Desjatin geworden, aber später hatte der Baron sich darauf verlegt, seine Flachsernten selber aufzuarbeiten und an die vielen Fabriken in Kostroma schon halbfertige Ware zu verkaufen.

Er war ein großer, aber nach der Art dieser fremden Deutschen immer noch schlanker Mann um die Siebzig, mager wie ein Hering, mit schmalem Kopf, einem nach englischer Mode kurz gestutzten, eisgrauen Bart und wie in ewiger Betrübnis dreinschauenden Augen. Man erzählte sich, daß er ganz versessen aufs Geigenspiel war, mit dem er viele lange, einsame Abende auf seinem Gütchen verbrachte. Hörte er von einem, der das Fortepiano oder das Spinett zu spielen verstand, dann war er hinter dem her wie der Teufel hinter der armen Seele und hätte den, wenn der nur von der gleichen Spielwut besessen gewesen wäre wie er, Jahre oder sein Leben lang auf seinem Gut behalten. Aber niemand, nicht einmal die Musikjuden, die jetzt in Schwang zu kommen begannen, hatte solch eine Passion wie er. Seine Besuche im Adelsklub benutzte er nur, um dort zwischen seinen vielen und wahrscheinlich unerfreulichen Besuchen auf der Kreditbank eine Unmenge Gläser starken Tee zu trinken und dazu Suschki zu knabbern. Kein Wunder, wenn er bei dieser Kost kein Fett ansetzte. Und auch sonst schien er von diesem Leben und seinen Glücksgütern nicht viel zu halten.

»Ach!« sagte er mit halb wehmütiger, halb mitleidiger Miene, »reden Sie mir nicht vom Glück, Pawel Petrowitsch, und schon gar nicht von Ihrem Glück! Von dem haben Sie schon viel zuviel geredet! In alten Zeiten war man klug genug, das Glück als ein unzuverlässiges Weibsstück auf einer rollenden Kugel darzustellen. Wipps! kommt es, wipps! ist es wieder weg. Was wollen Sie! Durch ein Glück, das so ähnlich war wie das Ihre, bin ich hier. Und jetzt? Ich sehe das Unglück, ich habe es schon lange gesehen. Ich bin bankerott. Ich verkaufe und gehe mit einer Reisetasche dorthin, von woher meine Vorfahren stammen. Vielleicht hat dort noch jemand eine leere Dachkammer für mich. Das wäre dann wirklich ein Glück: nichts Verläßliches mehr als sich selbst!«

Durch was für ein Glück er denn hierhergekommen sei, fragte

der ehemalige Flachshändler und nunmehrige Edelmann mißtrauisch.

»Sie wissen das nicht, Pawel Petrowitsch? Nun ja, ich habe
nicht soviel darüber geredet wie Sie, es ist schon lange her, und
das Glück war im Grunde auch gar nicht mein eigenes, ich habe
es nur geerbt, sozusagen. Einem meiner Vorfahren hat das liebe
Zarchen Paul der Erste, Sie wissen, der, der dann mit seiner
Schärpe erdrosselt wurde, einmal ganz zu Unrecht eine Ohrfeige versetzt. Also eine Ohrfeige, verstehen Sie, bei Hofe, und
es ging dabei noch um ein Ehrenzeichen des Christenglaubens.
Und das Zarchen besaß eine Hand wie ein Soldat - also auch
eine Handschrift, die man nicht so einfach von der Backe ab-
wischen konnte. Und ganz zu Unrecht. Nun, nichts Böses über
die Toten und schon gar nicht die Zaren! Er hat's eingesehen.
Er hat sich nicht entschuldigt, aber er hat meinem Ururgroß-
vater Geschenke gemacht, hat ihn zum Staatsrat ernannt, hat
ihm Leibeigene geschenkt, ein Gut... Nun, Sie wissen ja, wie
es bei mir aussieht - oder, sagen wir, ausgesehen hat, denn jetzt
ist kaum mehr etwas von der alten Herrlichkeit da. Weil nach
Zar Paul dem Ersten und Zar Alexander dem Ersten und Nikolai dem Ersten unser gottgesegneter Alexander der Zweite
zur Regierung gekommen ist und die leibeigenen Bauern befreit hat, die sein Vorgänger Paul meinem Vorfahren zur Sühne
für die ungerechte Ohrfeige geschenkt und von denen ein Teil
unserer Familie immer rechtschaffen gelebt hatte, ganz einfach
befreit, also... Sie verstehen: uns wieder weggenommen. Und
was haben wir jetzt? Nichts. Lauter Revolutionäre, die mit
Lohnforderungen und Tarifen kommen und, wenn sie arbeiten sollen, weglaufen und irgendwo im Walde versteckt ›Die
Glocke‹ lesen, die der Aufwiegler Herzen in London läutet,
und sich im Bombenlegen ausbilden. Bis dahin war alles gut-
gegangen, alle waren zufrieden mit ihrem Auskommen in der
Naturalwirtschaft. Kein böses Wort. Nun ja, manchmal ein
paar Rutenstreiche, wie sich versteht, aber dann auch wieder
eine Aufmunterung. Und jetzt? Bargeld als Lohn, Zwölf-
Stunden-Arbeitstag. Also: mein Ruin. Ach, Pawel Petrowitsch,
warum sind Sie nicht auch mit dem Adel der vierten Stufe beim
Flachs geblieben! Flachs ist etwas Verläßliches, und Flachs ist
wie ein ganzes Menschenleben. Er wird gesät, er wächst auf, er
blickt mit blauen Blütenaugen vertrauensvoll zum Himmel,

wie wir's alle in der Blüte unserer Jahre einmal getan haben, aber er wird mit der Wurzel ausgerauft, wie Junggesellen und Witwer, die wir sind und keine Kinder haben. Er wird gebrochen, er kommt in die Brache, wie der Mensch ins Grab, und verfault dort, aber... Ein bißchen Gnade, sehen Sie! Nach der Hechel und der Bleiche kommt für den Flachs wie für den Menschen eine Seligkeit, die bis zum Faden und bis zum Webstuhl reicht, ohne den Christus nicht seine Windeln, sein Schweiß- und sein Schamtuch gehabt hätte, ohne den er nicht in Grabtücher hätte gewickelt und nach der Auferstehung nicht unter seinen Jüngern hätte erscheinen können, denn er war ja immer mit weißen Gewändern bekleidet. - Ich habe meinen Flachs durch das bekommen, was Sie Glück nennen. Sie aber hatten den schönen Flachshandel und bekamen das Glück dazu, und jetzt sind Sie so einfältig und haben den Flachs fahrenlassen und glauben, das Glück dauere ewig. Ich begreife Sie nicht. Was machen Sie, wenn der einmal von Ihnen gerettete Kaiser beim nächsten Attentat - Gott verhüte es! - stirbt?«

»Er wird nicht sterben, solange ich lebe!« sagte Pawel Petrowitsch Komissarow, dessen Kopf doch noch nicht hinreichend ›aufgebessert‹ war, mit finsterer Entschlossenheit.

»Sie sind, entschuldigen Sie, mein Lieber, ein Narr!« sagte der sonderliche alte deutsche Baron kopfschüttelnd, schlürfte den letzten Schluck Tee aus seinem Glas und stand auf.

Dieses Gespräch, so kurz es auch war, machte Komissarow in seiner steten Langeweile mißtrauisch und finster. Ja, was würde geschehen, wenn...? fragte er sich. Flachs wurde jedes Jahr aufs neue gesät, warf Samen ab und lieferte seine Stengel in die Spinnereien und Webereien. Zaren kamen und gingen, aber jeder einzelne fiel doch entschieden anders aus als sein Vorgänger. Vielleicht kam einer, der die ganze Befreiung der Leibeigenen rückgängig machte? Darauf sprach er den alten baltischen Baron bei ihrem nächsten Treffen an.

»Ach, mein Lieber«, sagte der, »das ist nicht mehr rückgängig zu machen, ebensowenig wie der Tod, den auch er sterben wird. Irgendwann einmal...«

»Er wird nicht...«, fing Komissarow an, aber der alte Herr winkte gelangweilt ab. »Wenn's die Polen nicht zustande bringen, werden es die Revolutionäre tun, oder - wie man sich zuflüstert – wir selber, wir Adligen, die unseren besten lebendigen Besitz verloren haben.«

Komissarow sprang auf. Der Alte blickte ihm gedankenvoll nach, ob er dem Neuling im Stand vielleicht doch gar zuviel Verstand zugemutet hätte.

Das hatte er. Denn was Komissarow jetzt vor lauter Langeweile und Grillen unter seinem schütteren Haar anfing, war der reine Unverstand. In kurzer Zeit nistete sich bei ihm die Wahnidee ein, daß er über das Leben seines Zaren wachen müsse und daß Alexander der Zweite verloren sei, wenn nicht er wieder den Schutzengel spielte. Also fuhr er nach St. Petersburg. Aber niemand und nichts dort schien ihn zu brauchen: Das Leben ging, wie es immer gegangen war; nur sein alter Herbergswirt Gregorij Alexandrowitsch Platow machte viel Aufhebens von seiner Anwesenheit im Haus, behandelte ihn standesgemäß zum alten Preis und ließ ihn, was er in Kostroma lange nicht mehr getan hatte, bei jeder Gelegenheit seine ›Heldenrolle‹ durchspielen. Komissarow begann, sich nach den jetzigen Gewohnheiten der Majestät zu erkundigen: wann sie zu promenieren geruhe, wo und mit wem und ob man den Schutz für das erlauchte Leben verstärkt habe oder nicht. Alles, auch die geringste Kleinigkeit, wollte er wissen, als müsse er sich wie eine Laus unter einer Epaulette des kaiserlichen Uniformrocks einnisten. Tagsüber strich er ums Winterpalais und den Sommergarten herum, als gäbe es nur diese beiden Orte für den Kaiser, und das einzig Aufregende, was bei jedem seiner recht häufigen Besuche in St. Petersburg geschah, war, daß er mindestens einmal als verdächtiges Subjekt verhaftet und, wenn er sich zu erkennen gegeben hatte, mit tausend Entschuldigungen wieder freigelassen wurde. Dann reiste er jedesmal, als hätte die Polizei eine von ihm kühl und gelassen erwogene Probe bestanden, ruhiger nach Kostroma zurück und erzählte einen Teil seiner Erlebnisse im Adelsklub und an der Table d'hôte der Fuhrhalterei. Das alles aber nahm niemand mehr ernst, und der gütige Vater Pimjon von der Kathedralkirche, der ihm vor Jahren einmal im Gefolge des ehrwürdigsten Erzbischofs die lange Treppe vom Portal herunter segnend entgegengekommen war, hielt ihn jetzt nur einmal auf der Straße an und führte ein langes, leise mahnendes Gespräch mit ihm über die Eitelkeit des Glücks und das ewige Unheil, das der Schnaps über die Seele eines un-

mäßigen Trinkers bringe. Komissarow blickte ihn begriffsstutzig an und sagte schließlich: Ja, ja, so einen leisen Verdacht
habe er beim Vater Diakon Woßkressenskij immer gehabt...
Vater Pimjon ließ ihn stehen und ging kopfschüttelnd weiter.
Und Pawel Petrowitsch Komissarow ging zur Table d'hôte in
der Fuhrhalterei. An diesem Tage fuhr der Postwagen, mit dem
man den besten Anschluß nach St. Petersburg hatte, und das
war seiner Erfahrung nach immer ein bis in die tiefe Nacht hinein unterhaltsamer Tag. Heute bot er sogar etwas wie eine Sensation. Denn wer kam da mit einem Mietfuhrwerk, das über
und über beladen von alten Koffern und Taschen war, wenn
nicht der sonderliche alte baltische Gutsherr! Nur so ein Hering
wie er konnte zwischen dem vielen Gepäck noch Platz finden.
Er sagte es gleich: Jetzt fahre er für immer weg. Komissarow
solle bei der Kreditbank um ein Spottgeld sein Gütchen aus-
lösen. Der Boden sei gut, aber die Leute, die ehemaligen Leibeigenen, seien eine üble Bande.
»Nein«, sagte Komissarow, »jetzt bin ich dafür zu alt.«
Nun, dann solle er ihm die stehende Ernte auf dem Halm ab-
kaufen, das gäbe ihm, wie er's mit der Bank ausgemacht habe,
im Land seiner Vorfahren noch eine kleine Rente, und ihn,
Komissarow, bringe das vielleicht ins Geschäft zurück. Sonst
lebte er vor Langeweile noch ein wenig kürzer...?
Komissarow lächelte sauer und versprach, sich die Felder einmal anzusehen. Ob der Herr Baron einen Verwalter dagelassen
hätte, an den er sich wenden könnte?
Einen Verwalter? – Der sitze auf der Kreditbank hinter dem
Pult, auf dem das große Buch mit den roten Zahlen liege...
Als der bei aller Bärbeißigkeit liebenswürdige alte Baron abgereist war, hatte Komissarow das Gefühl, der habe ihm seine
Flachsfelder einfach als ein greifbares Andenken dagelassen -
zum Betrachten, daß er sich daran erfreue... ja, warum nicht
auch das: daß er einmal mit dem Mann am Pult des großen
Buches über sie spräche. Auf jeden Fall hockte er nur ein paar
Tage lang hinter vielen Samowaren, die der Nichtsnutz Wassjka
für ihn heizen mußte, auf seinem Sorgensofa und sann. Dann
hieß er Wassjka eines Tages in der Frühe, das Pferd anzuspan-
nen und ihm einen Sack Hafer und einen Sack Heu mitzugeben, und fuhr ganz allein davon. Er brauchte mit einer gemäch-
lichen Fahrt drei Tage, bis er in die Gegend kam, in der das

Gütchen des davongefahrenen baltischen Barons lag, und bis dahin fuhr er an unzähligen Flachsfeldern vorbei, die alle dicht vor der Blüte standen, und hielt bei jedem sinnend an. Hier hatte er früher gekauft, und dort hatte er früher gekauft, jaja, und von dem ganzen guten Handel war, ohne daß er's wußte, bei ihm nichts anderes übrig geblieben als die dumme Redensart: ›Ach, du blauer Flachs!‹ so wie jemand: ›Ach, du lieber Himmel!‹ oder ›Erbarmung! Erbarmung!‹ dahersagt. Aber er genoß es unsäglich, die schönen, eben stellenweise noch recht niedrigen Felder unter dem Wind zu betrachten, und häufig stieg er vom Wagen und prüfte die Stengel und die Blütenstände eines Feldes mit allen fachkundigen Griffen seiner alten, blaugeäderten Hände. Das war ein Flachs hier, den hätte er gekauft! So zäh im Stengel und so lang in der Faser, und dazu ein Blütenstand, der wie ein verliebtes blaues Mädchenauge aufstrahlen würde! Tjaja, aber ihn - ihn guckte das wohl nicht mehr an. Oder doch? War nicht so mancher rüstige Witwer am Ende seines Lebens doch noch einmal glücklich geworden? In den Krügen, in denen er schon vor Jahren und Jahrzehnten bei seinen Handelsfahrten immer eingekehrt war und gegessen und seinen Schnaps und seinen Tee getrunken hatte, empfingen die alten Wirte oder deren Söhne ihn jetzt wie den Gouverneur oder den Adelsmarschall und traten ihm für die Nacht das eigene Bett und die eigenen Wanzen ab, so wie sie das eigene beste Hähnchen für ihn schlachteten. Aber er winkte - er wußte selber nicht, warum - wie vor etwas Bedeutungslosem ab, wenn sie ihn dazu verlocken wollten, seine Heldengeschichte von einst zu erzählen. Und sie, die sich nur unwissend und einfältig stellten, wußten ja auch die ganze Geschichte. Die hatte sich vom Adelsklub in die Gutshäuser und von den Gutshäusern bis in die letzte Hütte verbreitet. Waren nicht Kostroma und das ganze Gouvernement auf ihn stolz?

Das verlassene Gütchen des alten baltischen Barons lag so da, wie eben die verlassene Habe eines alten Junggesellen daliegt. Komissarow empfand als Witwer einen Stich, der ihm mitten ins eigene Herz gezielt war. Mit den Leuten, die der Alte so schlechtgemacht hatte, wollte er sich so sparsam wie möglich einlassen, gerade soweit, daß er hier Nachtquartier und einen Stall für sein Pferd bekam. Aber die Flachsfelder! Er ging am folgenden Morgen, als alles noch taufunkelnd dalag, mit einem alten Knecht, der auch schon ›frei‹, aber noch nicht ganz so tarifkundig wie die anderen war, die bestellten Äcker ab und ließ sich keine Auskunft entlocken, wozu er das tat. »Nun, zur Freude!« sagte er ausweichend, wenn der Alte ihn mit Fragen bedrängte, ob wohl er das Gut kaufen und sich hier statt des baltischen Barons niederlassen würde.

»Ach nein«, wehrte Komissarow wehmütig ab, »ich habe ja keine Erben, genausowenig wie der.«

»Und die Kreditbank«, begann der Alte wie ein Weissager, aber Komissarow winkte wie bei seiner ›Heldengeschichte‹ ab.

Die Frucht stand unterschiedlich, aber es waren herrliche Stücke dabei, die er auch früher schon auf den ersten Blick gekauft hätte. Er dachte an den alten Herrn mit dem eisgrauen englischen Schnurrbart, der eben wohl noch immer unterwegs nach Haus war, und es war ihm ein bißchen peinlich, hier wie ein besserer Leichenfledderer umherzugehen. Er spürte dunkel, daß er von allen seinen ›Standesgenossen‹, wie er sich auszudrücken gewöhnt worden war, nur diesen gern gemocht hatte. Die anderen, die Erfolgreichen, waren eine schnöde, hoffärtige, nur noch französisch parlierende Brut, ohne ein russisches Herz. Der Alte vom Ostseestrand allein hatte etwas vom Flachs und von Menschen verstanden. Komissarow wußte nicht mehr, wie alle seine Vergleiche gelautet hatten, aber zu allerletzt, das war ihm im Gedächtnis geblieben, waren sie alle beim Gottessohn angelangt - beim Leichentuch und beim Gewand der Auferstehung. Das hatte der Baron nach seinem Herzen gesprochen, und schon deshalb sollte niemand seinen Flachs in fremde, falsche Scheuern ernten!

Wenige Tage nach seiner Heimkehr von dem Gütchen des Barons Engelhardt ging Komissarow in die Bank zum Pult des Buches mit den roten Zahlen und kaufte nach langem Feilschen, weil das nun einmal dazugehörte, auch wenn man mittlerweile ein Edelmann der vierten Rangstufe geworden war, die ganze Ernte des Barons auf dem stehenden Halm auf. Schon unterbreitete man ihm ein Angebot, ob er nicht auch das Gut und die vorhandenen Einrichtungen zur Verarbeitung des Flachses zu einem günstigen Preis erwerben wolle. Aber nein, das wollte er nicht. Nur ein Vorkaufsrecht auf die nächste Ernte, falls er die selbst einsäen lassen oder wenn ein neuer Besitzer sie ansäen sollte. Das wurde abgemacht und verbrieft.

Und mit demselben Tag wurde Pawel Petrowitsch Komissarow wieder ein glücklicherer Mensch. Er ging kaum mehr in den Adelsklub, er dachte mehr an die kommende Flachsernte als an vergangene Tage. Als der Flachs zu blühen begann, blieb er, bis das letzte blaue Mädchenauge sich geschlossen hatte, als treuer Liebhaber auf dem verlassenen Gutshof. Wassjka hatte mitfahren müssen, um hier das Notwendige zu besorgen. Der schaute in die Augen, die wach für ihn blieben, die andern. Auf den Fahrten zum Gütchen und von dort wieder in die Stadt kaufte Komissarow während des Sommers noch da und dort ein schönes Feld hinzu, es fehlte nicht viel, und er hätte wieder seinen Umsatz in früheren Zeiten erreicht, aber als er höchstpersönlich an einem Erntemorgen auf Engelhardts Gut ans Flachsraufen ging, blieb er mit dem ersten Büschel, das er in der Hand hielt, geraume Zeit halbgebückt und zusammengekrümmt, mit kaltem Schweiß auf dem bleichen Gesicht stehen, weil er einen so furchtbaren Schmerz in seinem Herzen verspürte, als habe er mit diesem Büschel Flachs sich das eigene Leben aus der Brust gerauft. Es wurde nicht viel besser, solange er da stand und sich schließlich zu Boden gleiten ließ. Wassjka mußte mit der Kutsche aufs Feld hinausgefahren kommen und seinen Herrn ins Gutshaus abholen, in dem er ein paar Tage lang den guten, teuren Schnaps in Umschläge auf seiner Brust träufeln ließ, statt ihn in behaglichen Schlucken durch die Kehle zu genießen. Sobald er sich wieder aufrappeln konnte, gab er seine letzten Anweisungen für die Ernte, fuhr nach Haus und vertraute dem Diener an, von Zeit zu Zeit zu überwachen, daß alles so ausgeführt wurde, wie er's angeordnet hatte, und Wassjka war den tariffreudigen ›Freien‹ nach Art herrschaftlicher Diener eher ein noch strengerer Herr als sein Herr Komissarow selbst und brachte so manches unterschlagene Erntegut wieder auf die rechte Tenne.

Es bedurfte etlicher Wochen, bis Komissarow mit dem Rat eines Arztes wieder so ungefähr der alte wurde, und derweilen zogen Herbst und Winter ins Land. Da fuhr er bei jedem Wind und Wetter umher und besichtigte seine Ernten und gab Befehle, wie man bei der Arbeit weiter verfahren sollte. Wenn das Geschäft, wie er schon jetzt berechnen konnte, bei den gestiegenen Löhnen der faul gewordenen ›Freien‹ auch nicht mehr so viel abwarf wie in früheren Zeiten - es war Flachs, er hielt die Fäden seines altvertrauten Lebens in der Hand und hatte einen Halt daran. Vor allem aber mußte er jetzt so bald wie möglich nach St. Petersburg fahren und seine alten Kunden besuchen und die Polizei auf die Probe stellen und ein Auge auf das Leben der teuren Majestät halten, denn er hatte ein so beklemmendes Gefühl, was deren Sicherheit betraf. Mehr als das Herz hatte die Sorge um ihn seine Nächte schlaflos gemacht, denn man hörte so seltsame Gerüchte, wie das Bombenwerferunwesen im Lande zunahm, in Kiew, in Charkow, in Odessa, überall. Doch drei Tage vor Komissarows geplanter Abreise in die Hauptstadt an der Newa sprengte von dorther der Kurier vors Palais des Gouverneurs und des Adelsmarschalls, der die amtlich ausgefertigte Nachricht brachte, daß es sechs ruchlosen Attentätern gelungen sei, dem Leben des Zarbefreiers, des Gesegneten, mit einer ganzen Anzahl von Bomben ein Ende zu bereiten, als der Kaiser am Sonntag, dem 1. März, von einer Parade in der Michaelsmanege am Katharinenkanal entlang ins Winterpalais fuhr. Auf allen dorthin führenden Straßen hatten Verschwörer mit Bomben in den Taschen gestanden. Man hatte den sterbenden Kaiser noch ins Palais gebracht, und dort hatte er den letzten Seufzer getan - dort, wo Komissarow selbst...

Als Pawel Petrowitsch Komissarow diese Nachricht hörte, überwältigte sie ihn dermaßen, daß er von Stund an kein Wort mehr sprach und sein Haus nicht mehr verließ. Man hatte ihn selber getötet - oder so gut wie getötet. Er saß zusammengesunken in einer Ecke seines Sorgensofas, vor sich auf dem Tisch statt eines Grafintschik und eines Spitzglases die Flachsproben von den verschiedenen Feldern, die er nach St. Petersburg hatte mitnehmen wollen. Er nahm bald dieses, bald jenes Büschelchen zur Hand und zog mit der Rechten die langen, geschmeidigen Fasern durch die dicht darum geschlossene Linke, daß es raschelte, als ginge der Wind übers Feld. Ach, du blauer Flachs...! Das hätte nicht geschehen können, wenn ich schon dagewesen wäre, sagte er sich beharrlich zum Vorwurf. Der verfluchte Flachs, die Selbstsucht seines alten Herzens, hatte ihn von seiner höheren Pflicht gegen das Leben des Kaisers abgehalten. Doch dann fiel ihm ein: Es waren ihrer sechs gewesen, Männer und Frauen, und alle Straßen hatten sie besetzt, eine davon sogar unterminiert, so daß das edle Opfer auf keinen Fall mehr hätte entkommen können... Wo hätte er da stehen können? Der Bösen waren zu viele gewesen, der Bösen auf dieser Welt waren überhaupt immer und überall zu viele. Er hätte nur mit ihm sterben können, wenn er bei ihm im Wagen gesessen hätte, und das hätte man ihm ja doch nicht erlaubt. Und zum Sterben brauchte er gar nicht bis nach St. Petersburg.

Er ließ den ehrwürdigen Vater Pimjon von der Kathedralkirche zu sich rufen, sagte ihm, daß er ein ganz unwürdiger, sündhafter Mensch sei, und bat ihn um seinen Segen. Dann erklärte er dem Priester, der anfangs etwas ungeschickt auffällig im Zimmer umherschnupperte und sich nach einem Grafintschik und einem Gläschen umsah, daß er vor einiger Zeit wieder angefangen habe, seinen alten, lieben Flachshandel zu betreiben. Doch befürchte er, daß er die letzte Ernte, die schön ausgefallen sei, nicht mehr hier auf Erden um Geld losschlagen werde. Deshalb schenke er sie der Kirche, daß sie Garn davon spinnen und Leinen daraus weben lasse - die Fabrikanten täten das ja, wie er wisse, für die Kirche umsonst. Er setze nur zur Bedingung, daß die Hälfte von allem Leinen armen Toten als ihr letztes Kleid geschenkt werde - um Christi willen, der auch in das Leinen des Joseph von Arimathia gehüllt worden sei. Auf diese Bedingung ging Vater Pimjon ein und rühmte Komissarow, von dessen Nüchternheit er sich mittlerweile überzeugt hatte, als Wohltäter und spendete ihm noch einmal seinen Segen.

Zwei Tage später fand Wassjka seinen betagten Herrn im Sorgensofa sitzend, den schönsten Büschel Flachs von Engelhardts Feldern zwischen den Händen, zusammengesunken, mit einem sehr glücklichen Lächeln auf dem bleichen, erstarrten Gesicht.

Sankt Petersburg,
am 4./7. Dezember 1867

Liebste Mamascha,

ich habe Dir diesmal von nichts als vom Tode zu berichten,
und obgleich selber quicklebendig und bei bester Gesundheit,
bin ich in den Todesfall verstrickt, von dem die ganze Hauptstadt in diesen Tagen spricht und der für meine Zukunft vielleicht nicht ohne Folgen bleiben wird, wie ich verstohlenen
Andeutungen im Ministerium nach dem Tage des Vorgangs,
dem 2. Dezember, habe entnehmen können.

Die Menschen denken wieder zurück an Nikolai Gogol, der in
Moskau, buchstäblich auf den Knien liegend, betend und in
Andacht versunken vor einem Bild der Mutter Gottes, unter
schweren Qualen Hungers starb, weil er, wie er zuvor gesagt
hatte, wenn er in Gott leben wollte, wie er's begehrte, nur
außerhalb des Leibes leben könnte. Und das selige, beinahe unmerkliche Hinscheiden des heiligmäßigen Starez Ilarion vor
wenigen Jahren fällt ihnen wieder ein, der in einer der Einsie-
deleien des Walaam-Klosters im Ladogasee, selber todkrank
auf seinem dürftigen Lager liegend, noch einen ratsuchenden
Todsünder empfangen, mit ihm geredet und ihn schließlich
gebeten hatte, sich doch neben ihn zu legen, damit er »seine
Seele recht für Gott erwärmen« könne und beim Sprechen
nicht so große Mühe habe - bis der Ratsuchende an der Seite
des Starez, der immer weniger und immer leiser zu ihm gesprochen und endlich stillgeschwiegen hatte, von dem aber, wie er
später erzählte, eine unsäglich wohlige, sein ganzes Herz durch-
strömende Wärme ausgegangen sei, wie aus einem Zustand
zwischen Bann und Schlaf erwachend, innegeworden war, daß
er schon geraume Zeit neben einem friedlich Entschlafenen gelegen hatte. Übrigens ist, wie man berichtet, aus diesem letzten
Ratsucher bei Vater Ilarion, einem früher ganz übel beleumde-
ten Subjekt: einem degradierten Artillerie-Hauptmann, der
nach dem Urteil des Gerichts sogar von der Möglichkeit des

militärischen Wiederaufstiegs ausgeschlossen worden war, ein völlig unzugänglicher Büßer in eben jener Behausung geworden, in welcher der selige Starez Ilarion ihm mit seiner eigenen verlöschenden Leibeswärme »seine Seele recht für Gott erwärmt« hatte. [Das alles mutet wie eine jener urrussischen Geschichten an, über die man bei uns daheim gern lächelt, aber ich meine, man muß sich vor Überheblichkeit in acht nehmen, denn solche Tiefen und Höhen verraten doch noch heile Dimensionen!]

Ich überlese, was ich geschrieben habe, und seufze: Teure Mamascha, wo bin ich! Nach dem langen Vorangegangenen bin ich ja gar nicht hier in dem bunten Wirbel der Ereignisse, die sich in der Hauptstadt unserer Majestäten zutragen und Wurzeln bis in die ferne und fernste Vergangenheit haben, sondern ich bin - möge der Schmerz der Erinnerung an ihn Dir nicht zu weh tun! - bei meinem verehrten Vater, Gott hab ihn selig! - bei Papa, auf der Kanzel oder beim Sprengelkonvent, auf denen er, wenn er sprach, auch nur schwer ein Ende fand und wo, wie Propst von Zur Mühlen einmal im Scherz gesagt hat, sein Hauptsatz apodiktisch über den Entenweiher hallte, wenn der Nebensatz und die Nebensätze der Nebensätze und alle anderen Interkalarien noch von der Kanzel tropften oder mit dem zarten Dampf aus den nachgefüllten Kaffeetassen und dem Rauch der Zigarren vermischt eben zu den Fensterklappen hinausschwebten... Nicht wahr, Du siehst ihn auch vor Dir, wie ich?

Und ich mache es ihm nach, wie er tat, wenn er einmal gemerkt hatte, daß er aus dem Impuls eines Augenblicks mit einem einzigen Satz eine Brücke in den Ozean von Vergangenheit und Gegenwart vorzutreiben versuchte, die viel zu vieler Pfeiler als Gedächtnisstützen bedurfte, um tragen zu können, und die niemals ein anderes Ufer gefunden hätte. Er sprang dann in den Hauptsatz zurück... Ist aber, fällt mir ein, im Grunde genommen nicht das meiste in unserem Leben, wo unser Gefühl mitspielt, solch ein Brückenschlag des beseelten Einzelwesens in den Ozean seines Schöpfers, und empfinden wir nicht gerade dadurch so manches als heiligen ›Gehorch‹, wie es in unserem baltischen Deutsch für gewisse Pflichten des dienenden Volkes heißt?

Mamascha! leg mir die Hand auf den Mund [liebevoll-behutsam wie früher, als Du die Stricknadeln so weit bei Seite strichst, daß keine mich in die Augen stechen könnte], und sag streng wie zu den Zeiten, da ich neben Deinem Strickknäuel plapperte und draußen der Wintersturm toste und unsere alte Magd Liisa mit der zweiten, der Nacht-Beige Birkenscheiter für den Ofen kommen mußte: Schweig! Lerne, lies und schreibe!

Aber ich fange von vorn an, als wäre ich nicht bei Propst Thomson in die Grundschule gegangen, hätte nicht die Ritter- und Domschule in Reval hinter mich gebracht, noch als junger, wie ich meinte, angehender Mediziner meinen bescheidenen ›Mann‹ als Bursch der Estonen an unserer Alma mater Dorpatensis gestanden und wäre nicht hier ein hoffnungsvoller Anwärter auf ein höheres Amt in der Kameralabteilung des Kaiserlichen Hofministeriums. Nur... auch auf diesem scheints schnurgeraden, wie vorgezeichneten Wege widerfahren einem Erlebnisse, wie ich ein erregendes und ergreifendes am 2. Dezember hatte, das noch in mir nachschwingt und das den einen Hauptsatz meines Epitaphs in Papas Sinne um mindestens einen Nebensatz zu bereichern imstande sein wird, wenn es nicht gar, wie es den Anschein nimmt, meinen Lebenslauf mit einer ganz unverhofften Wendung ändert.

Hör zu, Mamascha! Ich habe gelernt, ich habe gelesen, wie Du befahlst - nun schreibe ich.

Ich befand mich am 2. Dezember nachmittags gegen drei Uhr, schon beim Eindämmern, in einem leichten Schneetreiben, das nichts als gefrierender Nebel zu sein schien, in der Mitte der Gurjewskaja auf dem Wege nach Haus, als neben mir zur Linken das herrschaftliche Portal eines ehemaligen Ossobnjaks, der bis vor wenigen Jahren dem Großfürsten Nikolai gehört, dann von diesem an einen spekulationsfreudigen Baumeister unserer ›Gründerjahre‹ verkauft und von jenem um zwei Etagen bis auf nun vier aufgestockt und mit zwei Seitenflügeln versehen worden ist - als neben mir das Portal aufgerissen wurde und mit herausgebeugtem Oberkörper ein völlig außer sich geratener Mensch, in jedem Zug seines bärtigen Gesichts verzerrt und wild wie nach Hilfe oder wie nach Feinden ausschauend, erschien. Dies geschah im gleichen Augenblick, in dem ich das Portal auf zwei, drei Schritte Abstand passierte, und der erste und zunächst wohl auch einzige, der dieses Menschen in seinem Entsetzen ansichtig wurde, war ich.

Natürlich stutzte ich nicht ohne Schrecken und sah, wie er sich mit der Linken gegen den festen Flügel der Tür stützte und mit der Rechten den anderen halb offenhielt. Beide Hände, nahm ich nach der ersten Überraschung mit geschärftem Blick wahr, zitterten stark, und die Ellenbogen drohten häufig nachzugeben - wobei der geöffnete Türflügel sich hätte schließen müssen, wenn der Mann sich nicht mit dem hinausgebeugten Oberkörper zurückzog.

Was ist geschehen? fragte ich ihn streng. Ist dir nicht gut? Oder will man dir etwas zuleide tun?

Nein, nein, keuchte er, aber... ich glaube, Euer Hochwohlgeboren, ich glaube, sie ist tot!

Aus der zur Hälfte oder noch weniger geöffneten Tür erschollen jetzt die gedämpften Stimmen mehrerer Männer in aufgeregtem Durcheinander, und da ich sah, daß ein vornehmer, geschlossener Schlitten mit einem Leibjäger neben dem livrierten Kutscher sich gemächlich dem Hause näherte, wie um davor anzuhalten, sagte ich rasch zu dem Verwirrten: Laß sehen! und halte unberufene Leute fern! Ist es ein Verbrechen?

Oh! Du grundgütiger Gott! gurgelte er entsetzt. Ein Verbrechen! Wie sollte es ein Verbrechen sein! Ein Unglück, ein Unglück nach Gottes heiligem Willen! Aber man wird uns als Verbrecher aburteilen! - Und damit gab er die Tür frei und ließ mich hinein.

Ob er von jetzt an bei der Tür blieb und Unberufene abwehrte, oder ob er gleich hinter mir hergelaufen kam, weiß ich nicht. Bewußt sah ich ihn erst eine Weile später wieder, als ich die ganze Szene des Treppenvorplatzes zu ebener Erde überblickt hatte, welche im Terrazzo des Bodens, den wie gewachstblanken Marmortreppen mit einem rotsamtenen Läufer, mit Buntglas ausgelegten, hohen Fenstern und, ich erinnere mich genau an das gespenstische Détail: einem von seinem Präparator aufrecht montierten Bären, dessen Tatzen eine für die Visitenkarten aufwartender Besucher bestimmte Schale hielten, noch den Charakter des Hauses als hochvornehmen Ossobnjak eines Großfürsten widerspiegelte. Natürlich war die Schale des Bären in einem Miethaus von vier Stockwerk Höhe sinnlos, doch war er einfach als Zeuge der noch vornehmeren Vergangenheit in der vornehmen Gegenwart stehengeblieben, denn daß das Haus >hochherrschaftlichen Charakter< besaß, machten die feierliche Harmonie der Proportionen, die tiefen Laibungen und der Schwung der aus edlem Holz gearbeiteten hohen Türen und das, ich möchte sagen kirchenähnliche Licht offenbar, das durch die Buntglasfenster hereinfiel. Es hätte auch die distinguierte Leere geherrscht, die zu solchen Häusern gehört, weil der ganze profane Umtrieb mit Händlern, Holzträgern und dergleichen sich auf den wahrhaft volkstümlichen Küchentreppen abspielt, hätten nicht inmitten des breiten Treppenschwungs zum ersten Stockwerk mit gesenktem Blick drei Männer gestanden, in denen unschwer Dworniki, also was wir unsere ›Hauskerle‹ zu nennen belieben, zu erkennen waren. Sie standen in einem Kreis, den mit einemmal auch eben jener Vierte schloß, welcher die Haustür in dem nämlichen Augenblick aufgerissen hatte, da ich den Eingang passierte.

Für einen einzigen Augenblick focht mich der Gedanke an, zur nächstgelegenen Polizeiwache zu gehen und etwas ›Behördliches‹ in Gang zu setzen, das mich persönlich jedweder Verantwortung enthob. Aber das war nur ein einziger Augenblick. Dann war ich entschlossen, alles in dieser seltsamen und düsteren Angelegenheit auf mich zu nehmen.

Ich schlug einen strengen, beinahe barschen Ton an, weil ich fühlte, daß ich in gewissem Sinne meine Jahre überstimmen mußte. Was hier vorgehe, fragte ich.

Ihr Rund öffnete sich ein wenig, ließ mich hinzutreten, und - ich wage Dir kaum zu beschreiben, was meine Augen erblickten. Auf jener Stelle des Terrazzobodens, von dem aus man zwischen den geschwungenen Treppen zum vierten Stockwerk hinauf wie in einen sich öffnenden Schacht in eine lichte Kuppel hinaufblicken konnte, lag ein quadratisch verfertigtes hölzernes Gebilde, das die Dworniki eine ›Plaschtschatka‹ nannten, man kann sagen: ein Podest mit vier solid eingelassenen Krampen, an welchen vier Seile befestigt waren. In einem Abstand über der Plattform, welcher der Größe eines hochgewachsenen Menschen entsprach, waren die Seile von den vier Ecken her zu einem einzigen vereinigt, ich sah fürs erste nicht, ob gespleißt oder mit einem soliden Knoten verbunden, obschon einer der Dworniki mir die Konstruktion demonstrierte, indem er, an einer Stelle zufassend, die Tragseile spannte. Von dort an, wo die vier Seile zu einem einzigen vereint weiterliefen, hatte es einmal in die Höhe geführt, wo es zu alleroberst im

Gebälk des vierten Stockwerks über eine Rolle gelaufen war, die man dort oben noch eben erkennen konnte. Das Seil war lang genug, daß ein Ende zu ebener Erde bequem greifbar stets dazu dienen konnte, eine Last oder jemanden, der sich auf die Plaschtschatka gestellt hatte, in die Höhe zu hissen, wenn diese Person sich mit beiden Händen an zwei von den Ecken zur Mitte über ihm zusammenführenden Seitentauen festhielt, um durch ruhiges Stehen ein Schwanken und Pendeln zwischen den Treppengeländern zu vermeiden. Das Ganze war eine primitive Art von Ascenseur, wie man ihn jetzt in den französischen Journalen als letzte Neuigkeit aus den großen Bauten der Glanzzeit des dritten Kaisers abgebildet sehen kann, und die Dworniki versicherten mir, es seien auch nie Lasten, sondern nur Menschen auf der Plaschtschatka befördert worden, die auf besonderen Wunsch des Mieters im vierten Stockwerk, des Herrn Grafen von Rasumowsky, für seine vielen Besucher installiert worden war. Nur fehlte diesem russischen ›ascenseur‹ ein mechanischer Antrieb und, vor allem, eine Übertragung der angewendeten Mühe durch eine Übersetzung, welche die unten von Männerfäusten eingesetzte Kraft mit Hilfe eines sinnreichen Mechanismus' wie beim Flaschenzug geringer machen konnte, um den erstrebten Effekt zu erreichen: das Emporheben eines des Treppensteigens ungewohnten oder unfähigen Menschen [wie es der Graf selber war], bis zu einem höheren Stockwerk, dessen Schwellenhöhe die Dworniki sich durch markierende Knoten und Teerstriche im Zugseil so sinnreich wie primitiv fühlbar und sichtbar gemacht hatten, während sie unten in der Dämmerung des Vestibüls diesem Hebegeschäft gegen guten Lohn oblagen. Wenn jemand durch die Kraft ihrer Arme aufwärts zu gelangen wünschte, waren auch immer mehrere der Dworniki des Hauses nötig, die ihr Ältester im Fassadentrakt zu mobilisieren hatte, wenn das Geheiß an ihn erging, und sie teilten den Lohn und berechneten dessen Höhe nach den Etagen, bis zu denen ihre Kräfte gebraucht wurden.

Dieses alles hatte seit Jahren ohne die geringsten Anstände von seiten der Hausbesucher wie der Dworniki funktioniert, seitdem der Ossobnjak des Großfürsten Nikolai zu einem herrschaftlichen Miethaus geworden war. Wohl war mitunter daran gedacht worden, aus der offenen Plaschtschatka, auf der man [sieht man von dem sich neben der gehobenen Person aufwärts schwingenden Treppengeländer ab], im Leeren schwebte, eine kleine Kabine zu machen, mit einem Polstersitz darin für Gebrechliche oder Betagte, doch war dies an der Überlegung gescheitert, daß solch ein bewegliches Vehikel in der Vertikalen noch viel mehr Männerkraft bedurft hätte, als das Hauswesen sie hätte zur Verfügung stellen können.

Ich bin abgeschweift, teure Mamascha, und habe mich ins technische Détail verloren, doch ist dies kein eigentliches Abschweifen gewesen, denn das Vehikel dieser Plaschtschatka war oder ist allzu unique, als daß man das Furchtbare, das geschehen war und zu dessen letztem Akt ich als Zeuge gerufen wurde, ohne diese curieusen Einzelheiten verstehen könnte.

Ich muß nur noch gleich sagen, daß das vierte Stockwerk, das höchste in diesem Haus, eben von dem schon kurz erwähnten Grafen Rasumowsky bewohnt wurde, einem Manne, der in der Hauptstadt als ein in der ›Welt‹ lebender Eremit gilt und ob seiner wahrhaft irenischen Frömmigkeit höchstes Ansehen genießt. Er schart Gleichgesinnte um sich und will - nicht gegen die Kirche, aber als ein, wie er sagt, »persönlich erweckter« Christ - das in allzu starren Formen abgestorbene Leben der institutionellen Kirche von innen her beleben. Seine Beziehungen reichen weit ins Ausland [was vom Oberprokureur des Heiligen Dirigierenden Synods nicht gern gesehen wird], besonders nach Böhmen, Mähren und in die deutsche Lausitz, wo die herrnhutische Brüdergemeine sich seiner vorzüglichen Liebe und Förderung erfreut. Das orthodoxe Luthertum unserer lieben Heimat hätte, wie ich glaube, wenig Freude an seinen Reden und Taten, welche die altüberkommenen Volkstumsschranken zwischen den verschiedenartigen Landesbewohnern niederreißen wollen.

Da ich überlese, was ich bis hierher geschrieben habe, habe ich mich, teure Mamascha, ein wenig im Verdacht, daß ich Dich mit dem, was nun folgen muß, habe verschonen wollen: dem, was ich im Kreis der vier Dworniki zu meinen Füßen sah... Aber ich muß es Dir, so délicat wie immer möglich, schildern. Da lag das Quadrat der primitiven Plaschtschatka, das wie durch ein Wunder, ohne irgendwo an einem Geländer anzustoßen und damit zwischen einem der Stockwerke seine Last auf die Treppe abzuwerfen, in die Tiefe gefallen war: der Boden

und – der Mensch, der sich darauf befunden hatte, senkrecht, wie ein Stein. Eine Dame, alt, vornehm gekleidet mit einem Zobelpelz. Der Hut war vom Kopf geglitten und lag in einiger Entfernung. Einer der Dworniki bückte sich danach und legte ihn dem stehenden Bären in die Schale. Dann gewahrte er etwas, was der unbeweglich Daliegenden aus dem Munde gefallen war... Horreur! Du verstehst. Er trug auch das weg auf die Schale, das gaumenfarbene Guttapercha oder so etwas ähnliches mit ein paar goldenen Zähnen daran. Nun bot der Bär es dar und schien den bißwütigen Rachen mit den gefletschten Zähnen ob dieser seiner Habe nur noch weiter zu spreizen. Es herrschte Stille. Die Daliegende schien keinen Atemzug mehr zu tun. Auf ihrem Zobelpelz lagen die vier kurzen Enden des Tragseils, dann – in einem wirren Haufen – die Schlingen eines sehr langen Seils, und dazu... der Stumpf von einem völlig verschlissenen Stück Tauwerk, an dessen Ende die sorgsam gespleißte, mit Draht umwundene und noch mit einem Schraubengewinde unlösbar gemachte Zwinge, in welcher die ganze ›Plaschtschatka‹ aufgehängt gewesen, gänzlich unversehrt war. Wir hatten den vierten Knoten gerade in der Hand, murmelte einer der Dworniki – das heißt: Ich hatte ihn, denn ich war gerade beim Vorgriff am Seil, und wir hielten an und warteten, bis sie ausgestiegen wäre. Und da kam sie... Er deutete mit beiden erhobenen und dann herabfallenden Armen den Sturz an, der sich zugetragen hatte. Trach! So kam sie, genauso, wie sie hier liegt, und hinter ihr her das Seil...
Ich beugte mich hinab. Auch im Halbdunkel des Parterres war die Feinheit ihrer Züge nicht zu übersehen. Eine äußerst elegante Dame von einmaliger apparition. Ihre Augen waren halb geschlossen. Aus einem Mundwinkel und aus den Ohren rann ein wenig Blut. Im übrigen war keinerlei Verletzung zu sehen. Sie lag nur so merkwürdig zusammengekrümmt, die Beine unter sich gezogen, aber dieser Umstand konnte auch darauf zurückzuführen sein, daß sie sich im Fallen zusammengekauert hatte oder ganz einfach in die Knie gezwungen worden war.
Weiß jemand von euch, wer diese Dame ist? fragte ich die betretenen Dworniki.
Sie nickten und flüsterten – wie aus Scheu vor einer vielleicht Toten oder weil die Dame von so hohem Stand war –, das wüßten sie genau, sie wäre oft gekommen, schon seit Jahren,

seitdem der Herr Graf Rasumowsky da oben – »dem Himmel näher als andere«, wie er sich auszudrücken beliebt habe – im vierten Stockwerk wohne. Sie sei die Fürstin Tatjana Borisowna Potemkina, eine Freundin und Ratgeberin unserer Kaiserlichen Majestät, eine... eine Heilige!

In eben diesen Augenblicken hallte von ganz hoch oben her erst eine weibliche Stimme, die fragend irgend etwas Unverständliches rief, und gleich danach erschien am Ende des Treppenhausschachts im Licht der Kopf eines sehr alten Herrn, der in die Tiefe zu uns blickte. Weder die Dworniki noch ich versuchten, einer der beiden Gestalten eine Antwort oder Erklärung zu geben. Dies hätte nur ein wildes Geschrei im Treppenhaus verursacht.

Wartet! sagte ich zu den Dworniki, ich gehe hinauf und erkläre, was geschehen ist!

Aber ich war noch nicht bis zum dritten Stockwerk auf den rotsamtenen Läufern emporgestiegen, als der alte Graf, eine äußerst gepflegte Erscheinung mit einem feinen, vergeistigten Kopf, den lange, weiße Bartkoteletten zierten, sich dicht an die Wandung der Treppe schmiegend, um das Geländer und den schwindelerregenden Blick nach unten zu vermeiden, mir mit einer bemerkenswerten Behendigkeit entgegenkam. Mit allen Anzeichen der Bestürzung fragte er, ob der Besucherin, die er erwartet habe, etwas zugestoßen sei.

Ich präsentierte mich, von meinen Sprüngen treppaufwärts etwas atemlos, und sagte ihm offen und ungeschminkt die Wahrheit.

Nach Haus! Nach Haus! flüsterte er mit einer Stimme, die sich verhaspelte; er war aschfahl geworden. Ich komme gleich nach. Und den Priester, und den Arzt...!

Und die Polizei, ergänzte ich still für mich. Der Vorgang hier mußte protokolliert und die Todesursache als Folge einer ganz fahrlässigen Installation im Hause beurkundet werden.

So raste ich die Treppen wieder hinunter, wo die vier Dworniki immer noch tatenlos um die reglos Daliegende standen, der Bär Hut und Gebiß präsentierte und das Seil mit seinen Schlingen wie in dem geheimnisvoll-unlöslichen Schlüssel für die himmlische Notation einer mit einem schrillen Mißklang geendeten Lebensmelodie zu erstarren schien.

Das erste, was ich tat, war, daß ich behutsam eine Hand der Daliegenden ergriff und an ihrem Handgelenk den Puls zu fühlen versuchte. Ich spürte ihn nicht. Auf weitere Versuche, festzustellen, ob Leben oder Tod über diesen Leib herrschten, verzichtete ich.

Ich nahm die Dworniki ins Gebet und instruierte sie. Wir wollten tun, als führten wir eine ohnmächtig Gewordene zu ihrem Schlitten, denn daß das Gefährt vor dem Haus ihr Schlitten war, bestätigten die Vier. Meine Vermutung war richtig gewesen. Sie war gekommen. Dann war das Unglück geschehen. Inzwischen hatte der Schlitten gewendet und war gemächlich wieder am Haus vorgefahren, wo er die Herrin erwartete, während ich selber nach dem Erscheinen des einen der Dworniki schon ins Haus geeilt war. Ein reines Wunder war es, daß nicht der Leibjäger um der Wärme willen und zu einem Schwatz mit den Dworniki ins Haus gekommen war, während die auf das Adieu der Fürstin und ihren Lohn warteten.

Nun mußte ein Dwornik, der mir der verständigste schien, auf die Straße hinaus und den Schlittenkutscher auf Befehl des Grafen heißen, mit seinem Gefährt aufs Trottoir bis ganz dicht vor die Haustür zu fahren, damit wir die Fürstin, zwischen uns gestützt, bis zum geöffneten Schlag führen könnten. Vorgegebener Grund: Die Fürstin sei ohnmächtig, der Herr Graf Rasumowsky habe die sofortige Heimschaffung befohlen. Zwei Dworniki sollten die Leblose oder wie Leblose unter den Achseln halten, die beiden anderen vorausgehen und etwaige Neugierige von einem ›Krankentransport‹ fernhalten, ich selber... Ja, was sollte ich selber tun?

Das ergab sich, ohne daß ich weiter hätte zu fragen brauchen.

Der zu entsendende Bote der Dworniki verließ das Haus, wir anderen warteten ab. Bald danach hörte man von der schweren Haustür her das Scharren und Schürfen der Schlittenkufen und das Klingeln der Pferdeschellen. Der Augenblick war da!

Hebt sie auf! befahl ich den Dworniki.

Zwei von ihnen griffen der Daliegenden unter die Achseln und hoben sie ächzend und stöhnend in die Höhe. Der Kopf des Menschen zwischen ihnen fiel mit einem jähen Nicken auf die Brust. Sie ist tot! durchfuhr es mich. Das Blutgerinnsel aus ihrem Mund wurde stärker und verlor sich in dem kostbaren Pelz. Sie ist tot! Sie ist tot! wurde mir immer gewisser, als ich gewahrte, wie die beiden kräftigen Männer, welche die Fürstin links und rechts unter der Achsel gefaßt hielten, mit der freien Hand deren Arme gegen den Körper pressen mußten, um sie im Griff zu behalten, denn trotz dem kräftigen Hub unter den Achseln wären ihre Arme in die Höhe geglitten. Die Füße schleiften dem Körper willenlos nach.

Es war viel dunkler geworden. Kaum ein Mensch war auf der Straße. Das Schneetreiben hatte zugenommen, die wenigen Gestalten, die irgendwo schemenhaft zu erspähen waren, flohen in schräger Eile davon.

Das Schwierigste war der Einstieg. Ich hatte dem Kutscher und dem Leibjäger der Fürstin noch keinen Blick geschenkt. Jetzt beorderte ich den Leibjäger auf die Straßenseite des Einstiegs, hieß ihn die Tür weit offenzuhalten und nahm mit Kräften, wie ich sie mir kaum je zugetraut hätte, die Leblose oder wie Leblose aus den Händen der beiden Dworniki ins Innere des Schlittens in Empfang.

Ach! Mamascha, wie würdelos kann der tote Mensch von den Lebendigen behandelt werden, ohne daß man denen eine Schuld aufzubürden vermöchte, weil Unwissen und Ungeschicklichkeit es eben nicht besser und würdiger einzurichten verstehen, oder weil die Umstände es nicht anders zulassen.

Noch kräftiger anhebend und mit ihren Griffen von den Achseln des beschränkten Raums wegen am Leib der Leblosen immer tiefer bis zur Taille greifend, schoben sie mir, der ich durch die geöffnete Tür, mich von der Straßenseite her tief ins Schlitteninnere vorbeugend, von der entgegengesetzten Seite her zugriff, diesen durch keine Willensregung mehr regierten Körper, dessen Kopf mit jeder Bewegung und jedem Nachschub grausig in die Runde schlenkerte, in die Schlittenecke auf meiner Seite und plazierten ihn dort zum Sitz, wobei es jetzt schon fortwährend neuer Bemühungen bedurfte, ihn beim Sitzen zu halten und nicht, wie es seine funktionslose Muskulatur mit sich gebracht hätte - entschuldige die Betrachtungsweise eines ehemaligen Mediziners! - vornübersinken und auf den Boden des Schlittens gleiten zu lassen, wo er abermals ungefähr so dagelegen hätte, wie ich ihn im Treppenhaus vorgefunden hatte. Mir wurde klar: Ich mußte mit! Das war ich dem Tod oder der Toten, mochte es eine Fürstin oder eine Bettlerin sein, schuldig.

Ich schlug die Tür auf der Straßenseite zu, ging um den Schlitten herum, befahl dem Leibjäger auf den Bock zu steigen und abfahren zu lassen, als, unmittelbar bevor ich selber einsteigen wollte, um die Leblose oder wie Leblose zu halten, einer der Dworniki in höchster Eile erschien und mir auf der Schale des Bären im Vestbül hinstreckte, was man vor kurzem dort niedergelegt hatte: den Hut der Dame und... Du weißt, Mamascha.

Ich wußte nicht, wohin damit. Den Hut konnte ich allenfalls noch neben mich legen, so eng es war, aber... Ich riß ein mouchoir aus der Brusttasche, faltete es auseinander und versorgte, mit dem ausgebreiteten Tuch greifend, ohne meine Finger in unmittelbare Berührung damit zu bringen, was dem Mund der Unglücklichen beim Aufprall in der Tiefe entglitten war. Aus dem halb geöffneten Schlag rufend, trug ich den Dworniki auf, sofort die Polizei zu verständigen, obschon das kein so angenehmes Geschäft für sie war, und gab Befehl, zum Ossobnjak der Fürstin zu fahren.

Mamascha: eine rasende, schellenklingende Fahrt im geschlossenen Schlitten, der in allen Kurven des Weges schleuderte und schleifte, durch halb Sankt Petersburg zum Newaquai und von dort weiter in eine stillere Seitenstraße, wo die Fürstin ihren Ossobnjak besaß. Im Halbdunkel, dann in völligem Dunkel des engen Schlittengehäuses, durch das dann und wann verworrene Lichter von Straßenlaternen oder aus hell erleuchteten Fenstern von Vergnügungsstätten zuckten, aber im Arm, fest, fest im Arm - eine Tote. Ich war überzeugt davon. Ihr reiches, ergrautes Haar hing jetzt wirr um die Schläfen und in die Stirn hinein. Die Frisur hatte sich völlig gelöst. Der Kopf hing auf die stark geschnürte Brust hinab, in der kein Herz mehr schlug. Als ich einmal einen günstigen Augenblick abpassen und einen starken Lichtschein ausnutzen konnte, der auf unser Gefährt fiel, wagte ich es, ihr Gesicht zu mir aufzuheben und ihr in die Augen zu sehen... Du ahnst nicht, wie mir dabei zumute war! Und ich habe es bereut. Aus vielen Gründen. Nicht zuletzt vielleicht, weil meine Wißbegier mir sofort ungebührlich erschien. Aber ich hatte gesehen, was mir Gewißheit gab: Ihre Augen waren gebrochen, der Blick stumpf, glanzlos, die noch halb offenen Augen einer Toten, die nur einer liebenden Hand bedurften, um sie für alle Ewigkeit zu schließen.

Meine Linke war von dieser langen, grauenhaften Umarmung des Todes wie gelähmt, meine Rechte durch die andauernde

Anstrengung, den Körper am Vornübersinken zu hindern, völlig ermattet. Was jener Todsünder bei Vater Ilarion einmal als ein Überströmen von wohliger Wärme und Liebe gefühlt hatte, das empfand mein linker Arm, der die Tote umschlungen hielt, als immer fühlbarere Kälte und Fremdheit bis zu dem grauenvollen Vorwurf des Gewissens, an einer Wehrlosen einen Frevel zu verüben.

Endlich fuhren wir vor dem Potemkinschen Ossobnjak vor. Hier genossen wir den Vorteil, daß wir die Anfahrt in das Stadtpalais des Geschlechts von der Straße her in den kurzen Vorgarten bis unmittelbar vor das Portal benutzen konnten und uns dadurch den Blicken Unberufener entzogen.

Als der Schlitten hielt und der Leibjäger den Schlag öffnete, wurde mir schwindlig – ich weiß nicht, ob aus Erregung oder durch den langen Mangel an frischer Luft in dem engen Gehäuse neben der Toten. Den Leibjäger verwunderte meine Sprachlosigkeit höchlichst, denn er hatte erwartet, daß ich ihn sogleich mit Befehlen überhäufen würde. Schließlich, als die Tür lange genug offengestanden und ich mich wieder erholt hatte, richtete ich alle Befehle des Grafen Rasumowsky aus: man solle nach einem Priester schicken, nach einem Arzt, alles so rasch als möglich, und nach einem höheren Polizeioffizier vom nächsten Revier. Außerdem sei etwas vors Portal zu schaffen, worauf man die erlauchte Fürstin ins Haus tragen könne. Sie selber vermöge keinen Schritt zu tun. Derweil würde ich hier im Schlitten warten.

Der Arme stürzte um das Haus herum zum Dienstboteneingang davon. Derweilen stieg der Kutscher vom Bock, wagte es aber nicht, einen Blick in den Schlitten zu werfen, sondern machte sich bei den Pferden zu schaffen – oder tat so, als ob.

Wenige Augenblicke später blinkten allenthalben im Haus Lichter auf, viele der Fenster füllten sich mit goldener Helle, und als das große Portal aufging, erschien, angeführt von dem Leibjäger, eine ganze Prozession von Bedienten männlichen und weiblichen Geschlechts, die mit großer Mühe und Respekt so etwas wie einen Thronsessel zwischen sich trugen. Ich, der die Tote umarmt hielt, hätte lachen können, wenn mir danach zumute gewesen wäre.

Das tauge nicht! rief ich aus dem offenen Schlag. Sie sollten die nächstbeste leichte Türe aus den Angeln heben, ein Laken

913

darüber breiten und mit diesem Notbehelf von einer Trag-
bahre wiederkommen. Die Fürstin könne nicht gehen und
nicht anders als liegend getragen werden. Zugleich erinnerte
ich sie, berittene Boten an den Priester, den Arzt und an die
Polizei zu entsenden.

Was sich in den Gesichtern malte, ist nicht zu beschreiben.
Aber sie gehorchten. Immer weiter saß ich mit der Toten im
Arm allein, während nach erstaunlich kurzer Zeit die reitenden
Boten in einem weiten Bogen um den Schlitten herum zur
Einfahrt hinausgaloppierten. Aus dem geöffneten Portal fiel
jetzt recht viel Licht in das enge Gehäuse des Schlittens. Man
hätte denken können, ein Liebhaber oder Ehegatte brächte auf
die allerzärtlichste Art und Weise seine Liebste heim.

Ich hatte Zeit zu beobachten, wie sich hinter vielen der hellen
Fenster die hastenden Schatten von Bedienten abzeichneten,
die auf der Jagd nach einer geeigneten Tür waren, wie ich sie
ihnen beschrieben hatte [in diesem kostbar gebauten Palais
wahrscheinlich gar nicht so leicht und am ehesten im Flügel der
Dienstboten zu finden], oder die in den Leinenschränken stö-
berten, unwissend, wozu das Laken dienen sollte, während sie
ebensogut das erstbeste Damasttuch von einem Tisch hätten
reißen können.

Endlich aber kamen die Männer mit einer annehmbaren Tür
zwischen sich, und die Zofen und Mägde, nun schon jammernd
und weinend, wieder hinaus.

Der Majordomus, ein würdevoller Alter mit englischer Rasur,
im dunklen, halblangen Uniformrock, das Potemkinsche
Wappen auf die Brust gestickt, trat an den Schlag, dicht hinter
ihm die ersten Kammerzofen der Verstorbenen in schwarzen
Kleidern mit gestärkten Häubchen, als säße auf jedem der
Köpfe eine schneeweiße Taube. Sie waren die höchsten Chargen. Eine nahe Verwandte der erlauchten Fürstin, deren Ge-
sellschafterin, die sonst mit ihr im Palais lebe, sei für heute un-
glücklicherweise in Zarskoje Selo, gab der Majordomus Auskunft.

Die Schar der verstörten Mägde in Arbeitskleidern und hellen
Küchenschürzen war derweilen nähergerückt. Die übrigen
männlichen Diener, in Rubaschki und - noch nicht zum Abend
umgekleidet - die Hosen in die Stiefelschäfte gesteckt, musterten vorwärtsdrängend das Gefährt.

Ich wurde ungeduldig. Wahrscheinlich übersahen die draußen Stehenden noch gar nicht, in welcher Lage ich mich hier drinnen mit der Toten befand.

Ich hieß die Männer, die Tür genau vor den Schlag des Schlittens auf die verschneite Erde zu legen und das Laken darüber zu breiten. Der Majordomus gab den Befehl weiter. Dann, immer noch von drinnen her alles dirigierend, befahl ich alle Männer auf die dem Portal abgewandte Seite und sagte dem weiblichen Personal, es sei jetzt der Schicklichkeit wegen an ihnen, ihre Herrin aus meinen Armen entgegenzunehmen, denn mir war klar, daß die schwierige Operation, den leblosen Körper aus dem engen Gehäuse durch die schmale Tür zu entfernen, vielleicht nicht ohne dérangements der Kleidung würde vor sich gehen können. Ihren Kopf, damit dessen grauenerregendes Schlenkern die Unvorbereiteten nicht gar zu sehr erschrecke, wollte ich ihnen bis zum letzten Augenblick, immer weiter nachrückend, je weiter sie Beine und Körper aus dem Gelaß gezogen hatten, gestützt nachreichen, bis ihn eine von ihnen selbst halten konnte. Aber...

Wie umsichtig das alles auch ausgedacht war: der Anblick, der ihnen zuteil wurde, riß sie zu wilden, völlig hysterischen Schreien der Verzweiflung hin, während die Männer auf der anderen Seite des Schlittens sich abwandten und mit den Händen in den Taschen ausspuckten. Das war eben ihre Art, nicht zu schreien. Und die Pferde wurden unruhig und wollten davon, so daß sie vom Kutscher scharf am Zaumzeug gehalten werden mußten. Ich gab aus dem Schlitten heraus die letzten Anweisungen, die Fürstin auf die Tür zu betten und das Laken über ihr zusammenzuschlagen. Als Allerletztes reichte ich der Nächststehenden den Hut und das immer noch in meinem mouchoir Eingehüllte. Und dann konnte ich selber aussteigen...

Der Schlitten war davongeglitten. Das merkte ich erst geraume Zeit, nachdem er schon um die Hausecke auf dem Weg zu den Stallungen verschwunden war. Ich stand zwischen mehr als einem Dutzend Menschen, die alle auf ihre Art klagten und flüsterten und trauerten, und zu unseren Füßen lag die Tür mit der darauf ruhenden, weiß verhüllten Gestalt. Nur ich wußte ja mit Sicherheit, daß es ein Leichnam war!

Ins Haus! befahl ich, als hätte ich auch hier alle Kommandogewalt, und die Männer, selbst der würdevolle Majordomus, der mich für eine Obrigkeitsperson zu halten schien, gehorchten, kamen von hinten her und faßten unter der Tür zu. Es waren ihrer sechs, der Leibjäger unter ihnen. Auf der kurzen Freitreppe mußte ein Halt eingelegt werden, denn ein Flügel der Tür war nicht breit genug für die Notbehelfsbahre, und der zweite Flügel mußte erst mit kräftigen Schlägen gegen die Riegel oben und unten aufgetan werden. Dann bewegte der Zug sich ins Innere des Hauses, die folgenden Mägde schlossen den zweiten Türflügel wieder, und während ich die Träger hieß, die notdürftige Bahre in der luxuriösen Halle niederzusetzen, war von draußen her schon das Schellengeläut von einem oder mehreren eilig anfahrenden Schlitten zu vernehmen.

Der erste, der kam, war Graf Rasumowsky. Er hatte sich, wie er stammelte, eilends seinen Pelz angezogen und war mit dem erstbesten Iswoschtschik hierhergefahren. Er erkannte mich sofort wieder und trat zu mir. Seine Augen standen voller Tränen.

Wir haben eine Heilige verloren! stammelte er, eine Heilige, ich schwöre es Ihnen bei Gottes Wort. Oder... oder hat sie den Sturz überlebt?

Ich bin kein Arzt, gab ich einsilbig zur Antwort, aber ich glaube es nicht.

Er bedankte sich für meine Umsicht.

Wundervoll, wundervoll! flüsterte er immer wieder, als ich ihm berichtet hatte, wie alles vonstatten gegangen war, wundervoll, wie Sie alles so besonnen geordnet haben! Die Polizei ist schon in der Gurjewskaja... Das Seil, mit dem sie die Besucher emporzogen, war ganz einfach an einer Stelle zerschlissen, zuoberst, an der Stelle, bis zu der die meisten Besucher gezogen wurden: zu mir... Oh! es ist furchtbar! Und ich... ich habe immer gesagt, dort oben wohnte ich dem Himmel am nächsten! Welche Selbstsucht! Sie aber, die dem Himmel treuer und selbstloser diente als jeder andere Mensch, den ich kenne, die Kirchen und Klöster stiftete und unterhielt und für jeden Bedürftigen eine offene Hand hatte... Ein Engel, ich schwöre Ihnen, ein Engel unter uns Menschen! Und sie... auf dem Weg in meinen selbstsüchtigen Himmel, sie ereilt der Tod wie einen gefallenen Engel, durch die Schuld derer, denen sie nur wohlgetan hat! Ach! unser leichtvergeßliches, achtloses Volk! Aus Turmeshöhe hat es sie hinabgestürzt, wie man im Mittelalter die jüdischen Frauen und Mädchen frevlerisch sterben ließ. Sollte ich mich nicht tief unter die Erde verkriechen zur Buße? Aber ach! auch dort... Wenn nur der Priester endlich käme, oder der Arzt. Vielleicht, daß doch noch Hoffnung besteht... Wie ist es: Hat sie, nach dem Aussehen zu urteilen, denn Sie als Einziger haben sie ja gesehen... Wie war, gefälligst, doch Ihr Name, der mir teuer werden wird?

Ich stellte mich ihm abermals als Georg von Brevern, Beamter in der Kameralabteilung des Kaiserlichen Hofministeriums, vor. Ich sei, sagte ich, ganz zufällig durch die Gurjewskaja gekommen, auf dem Weg vom Amt nach Haus. Und im selben Augenblick, da ich den Eingang des alten, großfürstlichen Ossobnjaks passiert hätte, sei einer der Dworniki wie von bösen Geistern verfolgt aus der Tür geschossen gekommen. Nur halb, nur halb, nur mit dem Oberkörper, mit wilden, ganz irren Augen um sich blickend, erläuterte ich.

Er trat neben die Tür mit der verhüllten Gestalt der Fürstin, kniete nieder, bekreuzte sich, verneigte sich so tief, daß seine Stirn den Boden berührte, schlug ein großes Kreuz über die Tote und versank in stillem Gebet, in das nur die Zofen und Mägde ihr Schneuzen und das ununterdrückbare Wimmern hören ließen.

Ich nahm die Gelegenheit wahr, zog eine Visitenkarte hervor und legte sie zuoberst in die aus Messing getriebene, schöne persische Schale, die hier, dicht neben der Tür, für die Karten der Besucher diente.

Das nächste Schellengeläut meldete den Priester an, den man gerufen hatte. Es war der Beichtvater der Fürstin. Und mit seinem Erscheinen änderte sich die Stimmung von einem Augenblick zum andern. Daß ich, teure Mamascha, der ich nun die religiösen Bräuche der Rechtgläubigen einigermaßen kenne, nicht ganz unschuldig an einigen äußerlichen Veränderungen war, gestehe ich Dir, Stütze unseres alten, wohlverbürgten und von vielen treuen Christenseelen getragenen Luthertums, offenherzig. Ich hieß die männlichen Bediensteten die Tür mit der Fürstin darauf auf den größten und längsten der im Vestibül vorhandenen Tische, eine Art Bibliothekstisch, heben, hieß die Mägde, ein großes Kreuz der Verblichenen und Leuchter mit Kerzen sowie alles zur Spendung der letzten Heiligen Sakramente für den Weg eines Heimgegangenen in die Ewigkeit

917

aufzustellen. Das alles geschah mit Windeseile, während der Archierei Nikon noch sein Epitrachelion anlegte, bevor er an die Bahre trat, die nun in geziemender Höhe auf dem Tisch lag. Das weiße Laken wurde auseinandergeschlagen, und der Leib der Fürstin lag zum ersten Male so da, wie ich ihn im Treppenhaus der Gurjewskaja geborgen hatte, aber ausgestreckt und mit auf der Brust gefalteten Händen. Die Mägde und Zofen waren geschickt genug gewesen, sich keine Unziemlichkeit bei der zobelbekleideten *apparition* ihrer Herrin zuschulden kommen zu lassen. Eine in jeder Falte ihrer Kleidung makellos große Herrin lag da, die, wie Graf Rasumowsky gesagt hatte, ein Engel und eine Heilige gewesen war - lag da vor aller Augen. Man hatte ihr Haar notdürftig geordnet, und die liebste ihrer Zofen, wie ich gehört habe, hatte ihr mit ihrem eigenen naßgeweinten Taschentüchlein das Blutrinnsal aus dem Mund, das Kinn hinab und in den Pelz hinein, abgewischt. Und kaum hatte Vater Nikon die Entschlafene unter den Gebeten der Kirche gesalbt und ihre Seele den Engeln auf dem Weg in die Ewigkeit zur immerwährenden Anschauung Gottes anbefohlen, da scharten sich alle von den Frauen und viele von den Männern kniend um die Tote im Gebet.

Ich bat Graf Rasumowsky mit einem Blick beiseite und fragte ihn, ob ich als einziger Zeuge bei der Auffindung der Leiche hier noch nötig sei und das Eintreffen des Arztes und der Polizei abwarten solle. Ich sei ihm ja nun bekannt und stünde allen Behörden wie sonstigen interessierten Personen jederzeit zur Verfügung.

Man wird Sie belohnen, sagte er leise mit brüchiger Stimme, man wird Sie hoch belohnen! Und Sie haben es verdient, Sie lieber Mensch! Unsere Majestät, die Kaiserin, für welche die Tote eine vertraute Freundin war, wird Ihre Beherztheit zu würdigen wissen, ich bin sicher. Und Sie haben alles verdient, alles... Mir selber bleibt nur die Reue, ewige Reue... Hier braucht Sie nichts mehr zu halten. Gehen Sie, Sie müssen ja völlig erschöpft sein. Und... Sein Blick heftete sich auf den Revers meines Pelzes und wurde immer starrer. Lassen Sie sehen...! flüsterte er dann. Ich wurde ein wenig verlegen. Was hatte er entdeckt?

Er griff hastig um den ersten Knopf meines Pelzes, Du kennst ihn, es ist kein Zobel und kein Bisam, sondern der gute, altmodische Eichhörnchenpelz eines estländischen Landpastors, den ich von Papa geerbt habe, wie die Redingote und den Lutherrock - drehte ihn aus dem Knopfloch und hielt sich den nun lockeren Revers dichter unter die Augen. Dann sagte er, und sein ganzes Gesicht verklärte sich dabei: Sie sind nicht rechtgläubig, soweit ich verstehe, nicht wahr? Sie kommen aus dem estländischen Gouvernement. Ich habe viele Freunde dort unter Deutschen und Esten.

Ich bin der Sohn eines lutherischen Landpastors im Gouvernement Estland, warf ich ein.

Aber... Halten Sie diesen Pelz heilig! Man kann das auch als Lutheraner tun, wenn eine Seele, die eine Heilige und Nachfolgerin Gottes, unserer aller Herr, war, ihn mit ihrem Blut getränkt hat. Denn ihr Blut ist, als Sie wie ein zweiter Joseph von Arimathia für ihren Leichnam sorgten, auf Sie übergegangen. Ich mag nicht sagen, ihr Tod habe es für Sie und auf Sie ausgegossen, das wäre törichte Schwärmerei. Aber Sie sind gesegnet, lieber Herr!

Er wandte sich von mir ab, als draußen Schlittenschellen einen neuen Besucher ankündigten: entweder den Arzt oder die Polizei. Ich ging, ohne daß jemand mir noch Beachtung geschenkt hätte. In der Einfahrt sah ich einen Zivilisten, also wohl den Arzt, einem Iswoschtschik entsteigen, ging zurück, fragte den Fuhrmann, ob er frei sei oder ob der Herr ihm befohlen habe, auf ihn zu warten. Als der Kutscher mir wiederholt versichert hatte, der Herr habe ihn entlöhnt, was ein Zeichen dafür sei, daß er nicht zu warten brauche, fuhr ich mit dem Schlitten, der den Weltarzt gebracht hatte, nach Haus.

Gleich danach begegnete uns bei einem immer heftigeren Schneetreiben, das einen fast erblinden ließ, von vier berittenen, trabenden Polizisten eskortiert, wie es einem so bedeutenden Herrn wie dem Polizeileutnant oder -hauptmann, einem so ungewöhnlichen Fall und schließlich einer so erlauchten Standesperson angemessen war, die Delegation der hohen Obrigkeit in ihrem Schlitten.

Postskriptum: 8. Dezember 1867

Der Brief war noch nicht bei der Post, so daß ich ihm dieses Postskript anfügen kann - in Befolgung jenes weisen Rat-

schlags, den mein hochverehrter Vetter von der Ritterschaftlichen Gütersozietät in Reval mir einmal gab: als nobler Mann
das Wichtigste immer wie nebenher in einem Postskriptum ein-
fließen zu lassen. Das, meinte er, sähe nicht so anspruchsvoll aus
und verpflichte einen möglicherweise Dankschuldigen unter
Umständen nicht gar so sehr zu emphatischen Dankesbeteue-
rungen.

Also: Durch Allerhöchste Kabinettsordre ist Dein Sohn Georg
mit dem ersten Januar 1868 zum Vorsteher der Abteilung für
die Verwaltung der Privatschatulle Ihrer Kaiserlichen Majestät
im Rang eines Hofrats ernannt und mit dem St.-Georgs-Orden
2. Klasse am Band ausgezeichnet worden! Ihre Majestät hat
sich geneigt erklärt, ihn nach dem Inkrafttreten seiner Beförderung in Audienz zu empfangen.

Mamascha: Verzeih! Ich habe mir, um mich bei soviel irdischen
Ehren doch auch auf etwas Irdisches, vielleicht allzu Irdisches,
und nicht nur auf meinen Christenglauben stützen zu können,
einen Stock mit einem sehr schönen, ziselierten, silbernen
Knauf - eine ganz einmalige billige Gelegenheit - erstanden.

Schelt mich nicht einen Gecken, wenn ich im kommenden
Sommer damit aus der ›großen Welt‹ der Hauptstadt ins stille
Altenteil von unserem Pastorat mit dem Blick zwischen den
lichten Buschwiesen hindurch auf den majestätischen Peipussee
komme. Das Leben will ja dem Tod auch ein wenig abgewin-
nen, und der Tod ist großmütig und freigebig. Ich schreibe dies
nicht aus Erfahrung [die ich gar nicht haben kann], sondern aus
der Gewißheit, die nach meiner Überzeugung einem jeden von
unserem Menschengeschlecht ins Leben mitgegeben wird. Wir
brauchen ihn jedenfalls, ob als Christen oder als Stoiker, nicht
zu fürchten.

Dein ›Großschatullier‹, ›Ritter am Bande‹, Hofrat - und ehemaliger Nägelbeißer und Nichtsnutz

Georg.

In memoriam Rudolf Kassner

ES GIBT kaum eine »eigene Sache«. Forscht man nur ein wenig gründlicher nach, und kommt einem gar der »Zufall als Vorformung des Schicksals« zu Hilfe, so entdeckt man bald, daß die vermeintlich »eigene Sache« auch schon die Sache von anderen ist oder gewesen ist. Nur der Preis, den der Einzelne für »seine Sache« entrichten muß, ist Wandlungen unterworfen - mitunter auf Leben oder Tod, wie ich bei dem Besuch erfuhr, den ich als Ratsuchender dem Professor für Kirchen- und Dogmengeschichte an einer mitteldeutschen Universität abstattete.

Ich traf den Gelehrten, der den gleichen Namen trug wie jener Militärpfarrer, welcher mich vor Jahrzehnten in der Festung G. konfirmiert hatte, bei dem mühseligen Geschäft an, alte Akten zu ordnen und dabei auszusondern, was ihn Ballast in seiner nicht unbeträchtlichen Menge von Handschriften dünkte. Und kaum hatte sich zwischen uns herausgestellt, daß er der älteste Sohn eben jenes Militärpfarrers war, der mich konfirmiert hatte, da waren wir in Erinnerungen verstrickt an die alte Oderfestung, die Heimatstadt des großen Andreas Gryphius, an ihre Schulen, das Konvikt, die Jesuitenkirche und die Dominsel und an die bis 1918 sage und schreibe siebzehn königlich-preußischen Militärbehörden, die von zahlreichen Stäben, Intendanturen, dem Garnisonslazarett und der »Königlichen Fortifikation« bis zur Kriegsschule gereicht hatten.

Er hatte bei unserem Gespräch die meisten der Faszikel auf seinem Bibliothekstisch beiseite geschoben, und wie durch Zufall war nur noch der unterste vor ihm liegen geblieben, der - dem Aussehen nach - in vergangenen Jahrzehnten die härtesten Strapazen ertragen und nur noch mit etwas wie wunderhafter Nachhilfe seinen Fortbestand erlebt haben mochte. Noch hier und nach so langer Zeit verbreitete er förmlich das Odium einer Wehrmachts-Schreibstube, und die Aktendeckel ließen keinen Zweifel an einer militärischen Vergangenheit zu.

Als wir die theologisch-historischen Fragen erörtert, die mich zu ihm geführt hatten, und sein Blick ganz zufällig auf den Faszikel gefallen war, der nach allem Weggeräumten als letzter vor ihm liegen geblieben war, sagte er, die Hände auf den unansehnlichen und zur Sicherheit noch umschnürten Aktendeckel legend, mit einem resignierten Lächeln: »Sehen Sie, man kann aber auch für Johann Sebastian Bach sterben!«

»Steht das darin?« fragte ich und deutete auf das Aktenbündel.

»Ja. Oder so gut wie... Übrigens sind jetzt fünfundzwanzig Jahre vergangen, seitdem mir diese Akten übergeben wurden. Ihren wesentlichen Inhalt hatte der Lazarett-Seelsorger in einer kleinen ukrainischen Stadt mir als Divisionspfarrer zur Weiterleitung an die Angehörigen des von ihm bis zum letzten Atemzug betreuten Verwundeten anvertraut.«

Er sprach dabei das Wort »Verwundeten« so aus, als setzte er es in die Anführungszeichen eines Zweifels, welcher nicht ausschloß, daß ihm bereits Gewißheit innewohnte.

»Ich behielt damals jenen Teil der Akten zurück, der den Angehörigen nur Entsetzliches zu berichten hatte (ausschließlich Protokolle von Sitzungen des Kriegsgerichts, dem eine Bewährungseinheit – Sie verstehen! – unterstand), und erfüllte den Auftrag des Lazarettpfarrers oder versuchte dies wenigstens, nachdem die Papiere zur Kontrolle der Geheimen Feldpolizei vorgelegt worden, nach der Absendung später jedoch wieder an die Division zurückgekommen waren, da die Empfänger nach postalischer Auskunft ›unerreichbar‹ seien. Davon habe ich auch den Amtsbruder im Lazarett verständigt. Der bat mich jedoch, die Papiere zu behalten, denn mein Leben und Besitz, meinte er nicht ohne ironische Andeutung auf meinen höheren Dienstgrad, seien gewiß sicherer als die seinen, weil schon damals das Gerücht umlief, man werde, um die Front zu ›begradigen‹ und ungeheure Vorteile für einen kleinen Geländeverlust einzutauschen, das Städtchen bald räumen – was dann auch wirklich geschah. Und so sind die Papiere bei mir geblieben, und er hat mit seiner Voraussage recht behalten, denn er selber ist in seinem Lazarett bei den Verwundeten geblieben, als die nicht rechtzeitig hatten evakuiert werden können, und hat deren Schicksal geteilt.«

»Und wie hängt das alles mit Johann Sebastian Bach zusammen?« fragte ich.

»Sie können die Papiere«, sagte der Professor, »über denen, wie auf dem Titel eines Musikstückes im neunzehnten Jahrhundert, kalligraphisch und wie mit melodiösen Schnörkeln ›In eigener

Sache< steht, bis morgen mitnehmen und lesen. Aber gehen Sie, bitte, ganz vorsichtig damit um! Das Papier hat die Neigung, sich in Staub aufzulösen, wie man es sich von den Ereignissen und Erinnerungen aus jener Zeit wünschte.« Dann warf er rasch ein, ich könnte allerdings die Papiere nicht recht begreifen, wenn er mir nicht wenigstens andeutungsweise die Vorgeschichte erzählt hätte. Auch diese hänge in gewissem Sinne mit seinem Vater zusammen, der mich in der Garnisonskirche von G. konfirmiert habe, nur wisse er nicht mit Sicherheit zu sagen, ob damals schon dieser Mann - er legte, wie auf den Scheitel eines Lebenden, beide Hände auf das Aktenbündel - auf der Empore an der Orgel gesessen habe. Vielleicht sei er später erst in den Dienst an der Garnisonskirche getreten. Er habe aus Skalmirschütz gestammt, einem belanglosen Flecken an der ehemals deutsch-russischen Grenze, und habe später seine Ausbildung in Breslau mit einem höchst anerkennenden Diplom abgeschlossen. Irgendwann einmal sei er Organist der Garnisonskirche von G. geworden. Zugleich aber habe er der Stadt, die nur über ein kümmerliches Provinztheater hinter dem Gryphius-Denkmal, ein paar Gesangvereine zur Legitimation bürgerlich feucht-fröhlicher Geselligkeit und ein paar einzelgängerische Freunde der Kammermusik verfügt habe, ein nicht zu ahnendes musikalisches Leben eingehaucht. Unvergeßlich sei ihm selber, wie er damals unter der Leitung dieses Mannes, der im bürgerlichen Leben den Namen Wieland getragen, als etwas in seinem Leben und Werden Wunderwirkendes, Robert Schumanns Oratorium »Das Paradies und die Peri« gehört habe.

»Er war ein Sinnierer«, fuhr der Professor nach einer Pause fort, »etwas zu hart gesagt: ein Sektierer. Auf jeden Fall ein nachdenklicher Einzelgänger, wie man ihn an einer Garnisonskirche nicht sucht; der sein Leben lang unverheiratet blieb - oder sich nur der heiligen Cäcilia angelobt hatte. Mit seinem Eigensinn, dessen erinnere ich mich aus Gesprächen zu Haus am Familientisch, hatte schon mein Vater zu kämpfen. Aber er legitimierte diesen bis zur Verschrobenheit gehenden Eigensinn immer mit einer Leistung, und die Aufführungen von Bachs Matthäus-Passion, für die er die Solisten von Gott weiß woher beschaffte und die in seiner eigenen Kirche, der Garnisonskirche, stattfanden, waren in der Stadt ein Ereignis, das die Erinnerungen von einst an Kaisers Geburtstag mit Parade und Illumination verblassen ließ. Er wiederholte sie alljährlich, und aus einer Aufführung in der Passionszeit beim erstenmal wurden mit den Jahren wenigstens drei. Die Passion wurde so etwas wie sein Werk, sein eigentliches Leben, das Ereignis, von dem alles bei ihm abhing, und ich möchte glauben, er hatte den bei gewöhnlichen Bürgern sonst geltenden Kalender zugunsten jenes anderen abgeschafft, der von einer Aufführung der Matthäus-Passion im einen Jahr bis zur Aufführung im folgenden reichte. Außerdem wurde insgeheim vermutet, er als anspruchsloser Junggeselle schieße aus seinem Gehalt als Organist und Einkünften aus privatem Musikunterricht einen nicht unbeträchtlichen Teil der Kosten für die Verpflichtung der Solisten zu, die aus größeren Städten wie Breslau oder Frankfurt kamen. Sie verstehen: ein hagerer, bebrillter Mann, der aus nichts als Musik zu bestehen schien, den Fünfzigern näher als den Vierzigern.

Das Jahr 1933 brachte der alten Festung mit ihren im Jahre 1919 überflüssigerweise geschleiften Wällen und gesprengten Kasematten aus friderizianischer Zeit eine neue Art Leben. Daß die Garnisonskirche mit dieser neuen Zeit eine neue Rolle zu spielen begann, bekam mein alter Vater als erster zu spüren, denn er gehörte theologisch jenem Teil der lutherischen Landeskirche an, dessen Bekenntnis in Acht und Bann getan wurde. Er trat zurück. Der neue ›Hausherr‹ war ein Mann von der theologischen Richtung der ›Deutschen Christen‹. Der Organist aber blieb der alte... Und nun bereitete sich die Tragödie vor, die wie nach einem antiken Gesetz ablaufen mußte. Sie wäre rascher gekommen, wenn nicht 1939 der Ausbruch des Krieges sein Ritardando eingeschoben hätte. 1943 aber, mitten während des (insgeheim schon verlorenen) Rußlandfeldzuges, tat sich die Szene auf.

Die Stadt erhielt den Besuch des großen Henkers aus den Reihen der Schwarzen. Wieder einmal, Gott allein weiß wie, hatte der Organist mit der Unterstützung jener Amtsstellen, welche die Truppenbetreuung verwalteten, einige Aufführungen der Matthäus-Passion in der vorsorglich verdunkelten Kirche angesetzt. Doch da geschah des Unerwarteten zuviel: Der große Henker sagte für sich und seinen Stab seinen Besuch zur ersten Aufführung an! Den betulichen Lärm um dieses Ereignis, von

Stäben, Dienststellen, Zeitungen und, nicht zuletzt, dem Wehr-kreis-Pfarrer der Deutschen Christen, werden Sie sich vorstellen können. Frieden zwischen Staat und Kirche, kein gelber Stern in der Stadt störte mehr das Bewußtsein des ›Ahnen-erbes‹, der ›Festigung deutschen Volkstums‹. Ein Ereignis er-sten Ranges, das alle Epauletten und schwarzen und braunen Uniformen, welcher Schattierung auch immer, und alle Degen und Dolche aufbot. Nur das Wichtigste nicht: den Taktstock des Organisten, den der, selber den Cembalo-Part spielend, stehend gebrauchte, wenn die großen Chöre und Choräle sei-ner Weisung bedurften.

Der Organist weigerte sich, sein Lieblingswerk fortzusetzen und die Matthäus-Passion aufzuführen, wenn der große Hen-ker dem Schächer Jesus ›die Ehre‹ gäbe... Welch ein Einfall! Und Sie verstehen: in dieser kleinen, nur im militärischen Be-reich großen Stadt! Doch er blieb dabei. Er beugte sich weder dem Pfarrer der Deutschen Christen, noch dem Standorts-kommandeur, noch dem oder den Adjutanten des großen Henkers. Schon bei den ersten Kontroversen zeigte sich, daß die-ser bisher scheinbar ganz einsiedlerisch nur seiner Musik lebende Mann in Wirklichkeit ein ›Mann von Welt‹ gewesen und ein Mann von Kenntnissen war, die man ihm nie zugetraut hätte.

Seine Weigerung wurde zu einem politischen ›Fall‹. Man legte ihm nahe, ›indisponiert‹ zu sein, wie es bei vielen Konzerten der einfachste Ausweg sei. Aber keineswegs: er war nicht in-disponiert, er nannte nur alle seine Gründe, warum die Anwe-senheit dieses illustren Gastes bei seinem Konzert ihm nicht passe, und dabei stellte sich heraus, daß er Rundfunksendungen kannte, auf deren Abhören die schwersten Strafen standen. Er war eben nicht nur ein versponnener, eigenbrötlerischer Musi-ker, sondern ein gewissenhafter Staatsbürger gewesen.

Ich kenne die meisten der Verhörsprotokolle. Er wurde wie ein ›Zeuge Jehovas‹ eingestuft, nur daß ihm nach Wochen und Monaten der Haft die ›Rechtswohltat‹ einer Frontbewährung zugestanden wurde. Er hatte sich in Brandenburg zur Ausbil-dung zu melden, lernte schießen und marschieren und fand sich eines Morgens vor Sonnenaufgang in der Ukraine wieder. Dort wurde er seiner Kompagnie zugeteilt, die sich in der Mehrzahl wegen ganz anderer Delikte sühnend zu bewähren hatte, und durfte sich mit einem Spezialgerät im Auffinden von

Tretminen, Stolperdrähten und anderen legalen Gemeinheiten der modernen Kriegführung üben. Dabei soll er eminent ›musikalische‹, das will sagen empfindsame Hände bewiesen haben. Das Schlimmste für ihn waren die Kommandos zu Erschießungen und die zur Jagd auf Partisanen, bei denen es weder hüben noch drüben Gnade gab. Und da legte er, statt des Taktstocks, wie in seiner alten Kirche, die Maschinenpistole nieder und weigerte sich, Familien mit vielen kleinen Kindern auf einen bloßen Verdacht hin auszurotten oder weil der abwesende Vater unter die Partisanen gegangen war und manchmal nachts sich Essen holte. Das, sagte er halsstarrig, das gehe, wie weitmaschig man das Wort Gottes auch auffasse, gegen das Gebot unter Gott dem Herrn.

Sie werden begreifen: Kriegsgericht! Befehlsverweigerung, Schwächung der Wehrkraft und wie die Delikte damals alle hießen... Von irgendeiner mir unbekannt gebliebenen Stelle aus wurde das Verfahren gegen ihn nach feldgerichtlichen Gepflogenheiten unbegreiflich verzögert, wurden immer neue Zeugen angefordert, Berichte aus der Heimat und fachärztliche Gutachten verlangt. Es wurde deutlich, daß irgendeine ›höhere Gewalt‹ sich dieses Falles angenommen hatte und das Verfahren aufzuschieben versuchte. Und das Ende? Sie werden staunen. Eines Tages wurde er mit einer scharfen Verwarnung zu seiner Einheit zurückkommandiert. Das geschah im Jahre 1943, um die Osterzeit, es wurde gerade zu einer tagelangen Jagd gerüstet, um den Schnee auszunutzen, denn die Wälder wimmelten nun schon von russischen Partisanen, die unsäglichen Schaden anrichteten und deren Schlupfwinkel als Ortsunkundiger auszuheben ein Ding der Unmöglichkeit war. Er hat es bewiesen, denn er gehörte zu den Toten der ersten Nacht. Genau gesagt: nicht zu den Toten, sondern den Schwerverwundeten, die unerklärlicherweise noch ins nächste Feldlazarett befördert wurden, in dem ein Wehrmachtspfarrer sein möglichstes tat. Dieser Pfarrer erzählte mir, unser Mann habe vier Einschüsse im Rücken gehabt, aus nächster Nähe abgefeuert, so daß der Pulverschmauch noch auf der Uniform erkennbar gewesen sei, habe nur noch ganz wenig sprechen, ein Vaterunser mitlallen und ihm ein Päckchen Papiere anvertrauen können. Dann sei er gestorben und ein paar hundert Meter weiter in einer alten Zeltplane bestattet worden.

Ich kann zu meiner Ehrenrettung nicht behaupten«, sagte der Professor, »daß ich mich seiner Sache so besonders angenommen hätte. Mein katholischer Amtsbruder in der Division und ich führten damals beim Oberbefehlshaber der VI. Armee gerade unseren großen und vergeblichen Strauß für die orthodoxe Kirche und die Rechtfertigung ihrer Geistlichen und gegen die Unmenschlichkeiten, die man an dem letzten Rest der zu Zwangsarbeit verdammten jüdischen Bevölkerung beging - was uns übrigens nichts als einen ›scharfen Verweis wegen Kompetenzüberschreitung‹ eintrug.

Erst als der Amtsbruder vom Lazarett mir alle die Papiere übergab, die in die Heimat abgegangen und wieder an die Division zurückgekommen waren, und ich das ganze Bündel hier an mich nahm - erst von da an, muß ich gestehen, hat der sonderbare Organist mich wieder begleitet. Nehmen Sie es, lesen Sie es«, sagte er und schob mir den Faszikel zu. »Gehen Sie nur vorsichtig mit diesen brüchigen Papieren um. Was von den Verhören darin steht, offenbart die ganze Satanie hinter einem Richtertisch der damaligen Zeit. Und davor, von einem einzigen wehrlosen Christen ausgesprochen, eine ganze evangelische Theologie, die auf dem Choral aufbaut.«

Er schlug den Band gegen das Ende der eingehefteten Blätter auf, blätterte eine Weile, legte dann ein leeres Blatt aus seinem Zettelkasten ein und schob ihn mir hinüber.

»Von hier an... Alles Wesentliche hat er von hier an gesagt.«

ALS ICH am Abend des gleichen Tages die hohen Seiten aufschlug, die ich nur so behutsam zu berühren wagte, als wären es Schmetterlingsflügel, begann ich nicht sogleich zu lesen, sondern betrachtete die kalligraphisch genauen, ruhigen Schriftzüge, die in den Schleifen und Schwüngen einen Schreiber mit Sinn fürs Beiwerk verrieten. Mancher große Buchstabe mutete mich wie ein Gebilde an, in dem ein Notenschlüssel variiert worden wäre. Das Lesezeichen des Professors war beim Beginn eines ganzen - des letzten - Abschnittes eingelegt. »Ich habe in diesen Tagen«, hieß es da, »da kein Verhör oder irgendeine andere Störung die Stille meiner Haftstube beeinträchtigte, das ganze Werk immer wieder durchdirigiert und befand mich, obschon man von außen her nichts als gelegentlich ein paar Schritte des Postens hätte hören können, in einem ungeheuren, vom Endlichen ins Unendliche fließenden Raum. Aber obgleich ich meinte und meine, jedes Wort und jede Note ohne eine Universal- oder Eulenburg-Partitur vor mir zu kennen, ergriff mich bei Nummer 74 und 75, dem Rezitativ und der Arie des Basses im zweiten Teil, eine Bestürzung, als hätte ich zwischendurch alles vergessen oder als würde mir ohne jedwede Vorbereitung in einer Prüfung eine Aufgabe über Sinn und Verstand gestellt. Dabei überfiel mich eine Beschämung, deren Tiefe ich nicht schildern kann; ich weiß nur, daß sie mein ganzes Selbstvertrauen verzehrte.

Der g-moll-Einsatz der in ruhigen Sechzehnteln beginnenden Streicher, der die lethargische Stille des Karfreitags-Abends wiedergibt, erinnerte mich mit einemmal an die Melodiefolge des Kanons: ›Ich folge dir gleichfalls mit freudigen Schritten‹ in der Johannes-Passion. In meiner Nähe wanderten, wie in einem Nebel, die Jünger, die nach Emmaus gingen, und ich ging mit: einer von ihnen und gleichwohl abgesondert durch mein Bewußtsein, daß ich es war, der sah und hörte und der den ganzen Kosmos, der sich im Rezitativ-Text spiegelt, in meinen Sinnen trug. Wie gerne hätte ich jetzt Zinzendorfs Werke zur Hand, um lesen zu können, ob der Inhalt dieses Rezitativs unmittelbar seinem Gedankengut eigen gewesen oder ob er eine Frucht aus seinem Geist in des Textdichters Henrici Worten ist. Denn nirgends, scheint mir, habe ich Altes und Neues Testament in so wenigen Zeilen und Assoziationen vereinigt gefunden:

> ›Am Abend, da es kühle war,
> ward Adams Fallen offenbar.‹

Das ist Schöpfungsgeschichte in der tragischen, scheinbaren Unvereinbarkeit mit der Heilsgeschichte in Einem: die ›coincidentia oppositorum‹, wie Nikolaus von Cues das Zusammenfallen des Entgegengesetzten nennt.

> ›Am Abend drücket ihn der Heiland nieder‹,

aber

> ›am Abend kam die Taube wieder
> und trug ein Ölblatt in dem Munde.‹

›O schöne Zeit! O Abendstunde!‹ geht es im Text weiter. Doch wieviel ist damit im Gang der Heilsgeschichte abgeschritten! Die Zertanheit des Menschen im Sündenfall Adams, die Unentrinnbarkeit vor dem göttlichen Zorn, wie zu Zeiten der Sündflut..., doch am gleichen Abend noch ›kehrt die Taube wieder‹, die Versöhnung, und als Gleichnis von Gottes Liebe ›trägt sie ein Ölblatt in dem Munde‹.

> ›Der Friedensschluß ist nun mit Gott gemacht,
> denn Jesus hat sein Kreuz vollbracht.‹

Die Schöpfung ist gefallen. Sie hat in der unendlichen Gefahr der Verwerfung und Verworfenheit geschwebt - und wird entsühnt, in fünf Zeilen, fünf Bildern: der größte aller Kreise, von einer Hand auf geringstem Raume gezeichnet!
Aber wäre es nur das Rezitativ Nummer 74! Die folgende Arie ist für mich so etwas wie eine neue Summa aller Theologie geworden, und ich weiß nicht, namentlich jetzt nicht, wie ich dafür danken soll. Bisweilen ahne ich ja, was mich erwartet; bisweilen schaudert es mich davor, wie jeden Menschen, der noch atmet; bisweilen versuche ich, mich gegen die Angst zu verschließen; bisweilen versuche ich, darauf zu vertrauen, daß mit dem, was verhängt wird, der Mensch auch das empfängt, was ihn mindestens ebenso hoch erhebt, wie er in die Tiefe gestoßen wird... Ich will mich an das halten, was mir zuteil geworden ist. Denn da heißt es in der Arie Nummer 75, die für mich eine neue theologische Einsicht einleitet, eine neue christliche Anthropologie schafft und eine neue, vom inneren (Gott zum Bilde geschaffenen) Menschen her beschworene Eschatologie, in der Gott nicht mehr das unbegreifliche, rätselhaft und anonym gewordene ›ES‹ oder ›X‹ ist, sondern ein Ich, ein Du, ein Gegenüber in seinem Sohn:

> ›Mache dich, mein Herze, rein,
> ich will Jesum selbst begraben.
> Denn er soll nunmehr in mir,
> für und für,
> seine süße Ruhe haben.
> Welt, geh aus, laß Jesum ein...‹‹

BEIM LESEN dieser Verse stutzte ich. Die Schriftzüge wurden mir transparent, und ich sah die Inschrift der Grabplatte auf einem Friedhof in meiner Nachbarschaft, deren Sinn über mehr als zweihundert Jahre hinweg in diesen Versen des barocken Pietisten vorweggenommen worden war, obschon sie dem Werk eines der kühnsten modernen Denker unserer Gegenwart entstammten.

Das Große, Bedeutende: Gott in der Gestalt seines Sohnes nicht mehr abstrakt, kein unannahbares Es, kein Heiland, der sich in sein göttliches Ich einschließt. Seine Passion unter der Menschheit, der er sich geopfert hat, ist zu Ende. Zwei Rezitative, ein Chor und ein Schlußchor sind musikalische Wunder, sind reiner Gedankenausdruck der um Kreuz und Grab versammelten Christenheit. Und hat nicht die Arie: »Mache dich, mein Herze, rein...« eine neue Dimension erschlossen?

»Ich will Jesum selbst begraben. Denn er soll nunmehr in mir, für und für, seine süße Ruhe haben. Welt, geh aus, laß Jesum ein.«

Dieser Vorsatz ist der Anfang einer neuen christlichen Anthropologie: der Mensch nicht nur als Gegenüber Jesu Christi, der durch die Huld Gottes sein Freund geworden ist, sondern der Mensch als Grab dessen, der sich selbst für ihn und alle Welt geopfert hat und der auch *in* ihm, seinem menschlichen Grab, Auferstehung feiern wird. Nicht mehr nur in jener geschichtlichen Welt, wie die Evangelien sie uns mit der Szenerie des Ostermorgens um Jerusalem berichten, sondern im Geheimnis der Existenz des Einzelnen, der ihn bei sich eingelassen hat. Nicht nur durch die Auferstehung eine erneuerte, in die Vergöttlichung erhobene Welt, sondern ein vergöttlichtes Ich des Menschen, der als Grab innerhalb der Adamsgeschichte gesprengt wird. Die Einsicht in dieses neue Verhältnis zwischen dem göttlichen Menschensohn und dem Menschen als Wohnstatt Gottes hatte für den einsamen Schreiber in der Haftstube ein neues Verhältnis zum Leben und zum Tode bewirkt.

Ich las noch ein paar Male, was er geschrieben hatte, dann notierte ich auf dem als Buchzeichen eingelegten Zettel die Worte, die mir eingefallen waren, und brachte sie am folgenden Tage zusammen mit der wohlbehüteten Kostbarkeit »In eigener Sache« bei der Seite aufgeschlagen, da der tote Schreiber den ganzen Vers in seinen sechs Zeilen wiedergegeben hatte.

»Lesen Sie das«, sagte ich, ohne vorher irgend etwas zu erklären.

Er nahm das Blatt, wechselte die Brille und las halblaut vor sich hin: »Vielleicht war es früher so, daß ein Mensch einfach bis zur Grenze ging, und dort starb er dann, und das ewige Leben begann. - Seit Jesu Christo aber geht die Grenze mit, und so weiß niemand im Grunde, wann und wo das ewige Leben beginnt.«

»Wer hat das geschrieben?« fragte er.

»Es ist die Inschrift auf einem Grabstein in meiner Nachbarschaft«, erklärte ich ihm. »Das ist christliche Theologie, nicht wahr?«

»Ja«, sagte er, »und ich meine, recht neuartige. Aber warum konfrontieren Sie sie mit dieser barocken Arie aus der Matthäus-Passion? Diesem Sechszeiler hier...«

»Weil beide dasselbe sagen.«

»Das müßten Sie beweisen.«

Ich versuchte es mit jener Befangenheit, in der wir immer meinen, Theologen wüßten im Wesentlichen mehr als andere Menschen. Ich möchte annehmen, ich habe ungefähr folgendes gesagt: »Wenn es früher so war, daß ein Mensch einfach bis zur Grenze ging und starb und daß dann das ewige Leben begann, ist damit gesagt, daß das Ewige im Gegensatz zur überlieferten Meinung eine Grenze habe, wenigstens nach unten, nach dem Bereich des Irdisch-Menschlichen hin. Und die wandernde Grenze, die innenmenschlich möglich gewordene Verrückbarkeit dessen, was bis dahin immer als menschlichem Bereich und Zutun entrückt, als *grenzenlos* definiert worden ist, wird wiederum einem Menschen, dem Gottmenschen Jesus Christus, zugedacht. Dies allein ermöglicht dann auch, wie der Sechszeiler aus der Matthäus-Passion ausspricht, den Eingang des Gottessohns in das menschliche Herz, sein Grab. Theologie, welcher Konfession auch immer, wird darin nur einen Liebesbeweis Gottes an seine Menschheit erkennen können. Nun ist aber das Göttliche, kann man einwenden, auch in anderen Religionen, nicht nur der christlichen, als etwas Außer- und Übermenschliches betrachtet worden. Der Verfasser dieser sechs Zeilen und die Grabinschrift, von der ich Ihnen eben noch nicht verraten möchte, von wem sie stammt, geben dem Göttlichen aber eine christliche Deutung als etwas innenmenschlich, nicht ausschließlich überirdisch Fixiertes, als etwas mit der menschlichen Existenz sich Wandelndes, Bewegliches und Fortzeugendes. Denn seitdem Christus Leben in Menschengestalt und irdische Geschichte geworden ist, hat ›das ewige Leben‹ und hat ›die Ewigkeit‹ zum Bereich des Menschlichen hin Gestalt und Grenzen bekommen und wandert seitdem in jeder menschlichen Existenz mit. Um wieviel gewisser, wenn ein Mensch einmal von sich gesagt hat: ›Mache dich, mein Herze, rein! Ich will Jesum selbst begraben. Denn er soll nunmehr *in mir*, für und für, seine süße Ruhe haben. Welt, geh aus, laß Jesum ein!‹

Und niemand weiß, sagt die Grabinschrift voraus, wann und wo das ewige Leben (mit dem auferstandenen Christus, dessen Erwachen aus dem Todesschlaf mit unserem eigenen Erlöschen zusammenfällt) beginnt, für das es vor der Geschichtlichkeit Gottes in Christus nur den zwar dogmatisch definierten Augenblick der Auferstehung in der Grabkammer des Josef von Arimathäa gegeben hat. Die Teilhabe am Reich Gottes, die nach den alten Kategorien zweidimensionalen Denkens unverrückbar die Ablösung der Seele von ihrem Leib zur Voraussetzung hatte, ist nun seit der Menschwerdung Gottes in Christus nicht mehr nur unbedingt ein Jenseits, sondern kann in und mit Christus schon im Diesseits Ewigkeit sein.

Alle bedeutenden Geister sind in einem unverwechselbaren Sinne Stifter eines neuen Bundes. Und das hat sich auch an jenem bewahrheitet, über dessen Grab in meiner Nachbarschaft die Steinplatte mit dieser Inschrift liegt. Es war Rudolf Kassner. In seiner Konsequenz bedeutet dieser Grabspruch nicht weniger als eine neue christliche Anthropologie. Voll von dem göttlichen Geheimnis in unserem Leben und Wesen weiten die letzten Worte über dem, was an ihm selber sterblich gewesen ist, unser ›mitten im Leben vom Tod umfangenes‹ Dasein in ein höheres Leben und eine Welt ohne Grenzen, in der Christus und die um das Kreuz der Passion herum die Gewalt der Wahrheit und die Vision des Schönen als ›coincidentia oppositorum sub specie aeternitatis‹ vereint. Nur so ist auch die tragische Widersprüchlichkeit des Schöpferischen in der Kunst zu rechtfertigen.«

Mein Gastgeber hatte mich geduldig angehört. »Das sind neue Aspekte«, sagte er. »Und Sie sagen, über Rudolf Kassners Grab stünden diese Worte, die... ja, die man eigentlich auch eine neue Eschatologie nennen könnte.«

Ich bestätigte es ihm. Nur seien sie, zum Glück, noch nicht literarisch ruchbar geworden.

»Ja«, sagte er, behutsam die Seiten des Faszikels bis zur letzten wendend, und schob die Brille hoch in die Stirn: »manchmal ist einem, als dächten wir aus unendlich vielen Schicksalen, die gelebt worden sind und noch gelebt werden, auf den verschiedensten Wegen der Nachfolge auf das Eine und den Einen zu. Und der große Zug aller sich Bewegenden ist auf den Zirkeleinstich oder die Achse oder wie Sie es nennen wollen hin gesehen, unendlich teilbar und gleichwohl in jedem Teil richtig. - Sehen Sie«, fügte er hinzu und winkte mich an seine Seite, daß ich ihm über die Schulter in den Faszikel sehen könnte, »sehen Sie, das war für mich vielleicht das Ergreifendste: diese klaglosen, nüchternen, nur andeutungsweise gemachten Eintragungen, deren Schriftbild nur an einer Stelle Unsicherheit verrät, doch schon ein paar Wörter später wieder ganz das alte wird...«

»Neue Verhöre, ich weiß nicht, wozu. Ich habe doch alles gesagt. Ich kann ihnen aus meinem Organistengedächtnis und aus allen den Choralversen, die ich auswendig weiß, besser antworten als mit meinem Verstand. Dabei habe ich das Gefühl, sie selber sähen mich gar nicht mehr recht und tasteten im Nebel. Nebel, aus dem für mich auch ihre Stimmen kommen. Ach! lasse man mich nach den vielen Verhören in Ruhe! Ein für allemal in Ruhe mit immer neuen Fragen nach meinem geringen Dafürhalten, hinter dem ich in gar keiner Wirklichkeit mehr bin. ›Mache dich, mein Herze, rein...‹ Denn der heilsamen Unruhe nach allem dem, was ich im Vorangegangenen aufgeschrieben habe, habe ich für den Rest meines Lebens genug. Was ich hoffen kann, ist der ewige Frieden.«

Wir schwiegen beide geraume Zeit, dann sagte mein Gastgeber, zu mir aufblickend, der noch halb über seine Schulter gebeugt dastand: »Ewiger Friede... Frieden... Dieser Quietismus reimt sich für mich nicht mit Rudolf Kassner zusammen. Hätte der -›Gegner seiner selbst‹, wie er ihn in der ›Melancholia‹ beschreibt - nicht viel eher, Unamuno gleich, auf die ›Offenbarung Seiner Herrlichkeit‹ gehofft? Denken Sie an das ›Tragische Lebensgefühl‹!«

Ich geriet für einen Augenblick ins Horchen, das viele Erinnerungen umschloß, und meinte, noch jetzt und so weit entfernt von der zum Speisesaal verwandelten, breiten Terrasse des alten Château Bellevue für eine Sekunde in einem halb Jubel, halb Entdeckerglück verkündenden Ausruf die helle, wie aus großer Höhe, aus welcher der Späher vernehmbar bleibt, mitten in das soigniert-gedämpfte Murmeln der übrigen Gäste fallende Stimme zu hören, die bis zuletzt ein Äußerstes an Wachsamkeit verriet.

Ich schilderte meinem Gastgeber diese teils optische, teils akustische Erinnerung.

»Sehen Sie«, meinte er, »Sie sagen es selber: bis zuletzt...«

»Nein«, fiel ich ihm ins Wort, »nicht wenn Sie dieser Erinnerung so viel Gewicht beimessen. Als er, nach seinem Gefühl, alles gesagt hatte, schwieg er und kehrte sich für die langen letzten Stunden zur Wand, stumm. Und wenn nicht schon irgendwann und irgendwo früher einmal, hat er wohl damals und dort vor der Wand die andere Stimme gehört, und das Grab des Auferstandenen tat sich auf... Staunen, das ihm wie allen bedeutenden Erkennern aus Demut so eigen war, ein heller, eine große freudige Entdeckung verkündender Ausruf aus immer höherer Höhe, der nicht mehr über die erlahmenden Lippen ging...«

Das Lied der Väter: Insel Verlag, Leipzig, 1938. Neuausgabe: Jakob Hegner Verlag, Köln und Olten, 1950.

Der große, offenbare Tag: Jakob Hegner Verlag, Köln und Olten, 1950.

Stern über der Grenze: Erstveröffentlichung unter dem Titel »Semjon, der ausging, das Licht zu holen« im »Inselschiff«, Heft 4, 1937; Buchveröffentlichung: Verlag Friedrich Reinhardt, Basel, 1947. Neuausgabe unter dem Titel »Stern über der Grenze«, Jakob Hegner Verlag, Köln und Olten, 1951.

Hinter den Linien: Zusammen mit »Der gekreuzigte Diakon« und »Das Christkind aus den großen Wäldern«. Jakob Hegner Verlag, Köln und Olten, 1952.

Das Christkind aus den großen Wäldern: In: »Hinter den Linien«. Jakob Hegner Verlag, Köln und Olten, 1952. Einzelausgabe: Jakob Hegner Verlag, Köln und Olten, 1954.

Das Wiedersehen: Erstveröffentlichung in »Neue Zürcher Zeitung«, November 1954. Buchausgabe: Zusammen mit »Der gekreuzigte Diakon«. Jakob Hegner Verlag, Köln und Olten, 1957.

Der gekreuzigte Diakon: In: »Hinter den Linien«. Jakob Hegner Verlag, Köln und Olten, 1952. In: »Das Wiedersehen«. Jakob Hegner Verlag, Köln und Olten, 1957.

Der Mantel der Barmherzigkeit: Jakob Hegner Verlag, Köln und Olten, 1954.

Unschuld der Sünde: Erstveröffentlichung unter dem Titel »Die letzte Welt« in »Die Neue Rundschau«, Heft 2, 1955. Buchausgabe unter dem Titel »Unschuld der Sünde«. S. Fischer Verlag, Frankfurt am Main, 1957; 2. Aufl. Jakob Hegner Verlag, Köln und Olten.

Die Arche, die Schiffbruch erlitt: Insel Verlag, Leipzig, 1935. Neuausgabe: Jakob Hegner Verlag, Köln und Olten, 1952.

Die Geisterbahn: »Neue Zürcher Zeitung«, November 1958. Buchausgabe: Jakob Hegner Verlag, Köln und Olten, 1959.

Die Söhne Hiobs: Zusammen mit »Unser Vater Malchus«. Jakob Hegner Verlag, Köln und Olten, 1962.

Unser Vater Malchus: In: »Die Söhne Hiobs«. Jakob Hegner Verlag, Köln und Olten, 1962.

Dragonergeschichte: Erstveröffentlichung in »Die Neue Rundschau«, Heft 2/3, 1962. Buchausgabe: Jakob Hegner Verlag, Köln und Olten, 1963.

Die Legende vom vierten König: In: »Der vierte König«, Roman. Jakob Hegner Verlag, Köln und Olten, 1961. Einzelausgabe: Jakob Hegner Verlag, Köln und Olten, 1961.

Schattengericht: Im gleichnamigen Erzählband. Jakob Hegner Verlag, Köln und Olten, 1967.

Casjan, der Mörder: In: »Schattengericht«. Jakob Hegner Verlag, Köln und Olten, 1967.

Der Nachfolger: In: »Schattengericht«. Jakob Hegner Verlag, Köln und Olten, 1967.

Die Heimat der Verbannten: In: »Schicksale und Abenteuer«. Jakob Hegner Verlag, Köln und Olten, 1968.

Hinter dem Ende: In: »Schattengericht«. Jakob Hegner Verlag, Köln und Olten, 1967.

Levitation: In: »Schicksale und Abenteuer«. Jakob Hegner Verlag, Köln und Olten, 1968.

In Grönland wartet ein Missionar: In: »Schicksale und Abenteuer«. Jakob Hegner Verlag, Köln und Olten, 1968.

Selbstgespräch vor einem Zeugen: In: »Schicksale und Abenteuer«. Jakob Hegner Verlag, Köln und Olten, 1968.

Das Duell: In: »Schicksale und Abenteuer«. Jakob Hegner Verlag, Köln und Olten, 1968.

Das feindselige Glück: In: »Schicksale und Abenteuer«. Jakob Hegner Verlag, Köln und Olten, 1968.

Brief eines hauptstädtischen jungen Herrn an seine alte Mutter im Gouvernement Estland: In: »Schicksale und Abenteuer«. Jakob Hegner Verlag, Köln und Olten, 1968.

In eigener Sache: In: »Dank an Edzard Schaper«. Jakob Hegner Verlag, Köln und Olten, 1968.